IMPÉRIO DOS MALDITOS

DO MESMO AUTOR, PELA **PLATAFORMA21**

Império do Vampiro
Império do vampiro (volume 1)

As Crônicas da Quasinoite
Nevernight: A sombra do corvo (volume 1)
Godsgrave: O espetáculo sangrento (volume 2)
Darkdawn: As cinzas da república (volume 3)

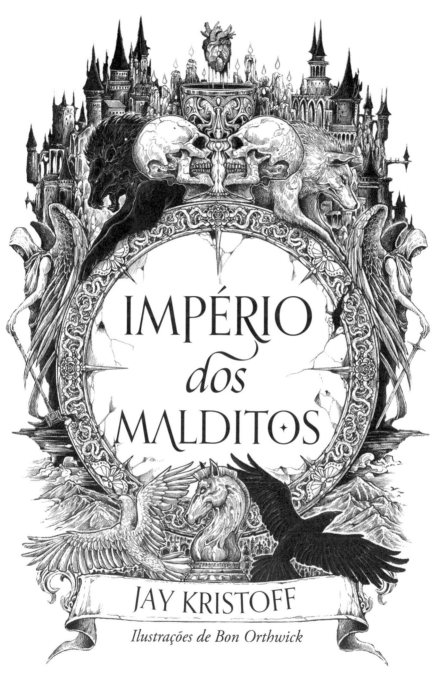

IMPÉRIO dos MALDITOS

JAY KRISTOFF

Ilustrações de Bon Orthwick

TRADUÇÃO
EDMUNDO BARREIROS

TÍTULO ORIGINAL *Empire of the Damned*

Copyright © 2024 by Neverafter PTY LTD.
First Published by St. Martin's Press. Translation rights arranged by Adams Literary and Sandra Bruna Agencia Literaria, SL. All rights reserved.
Publicado originalmente por St. Martin's Press. Direitos de tradução geridos por Adams Literary e Sandra Bruna Agencia Literaria, SL. Todos os direitos reservados.
© 2024 VR Editora S.A.

Plataforma21 é o selo jovem da VR Editora

GERÊNCIA EDITORIAL Tamires von Atzingen
EDIÇÃO Thaíse Costa Macêdo
EDITORA-ASSISTENTE Marina Constantino
ASSISTÊNCIA EDITORIAL Michelle Oshiro
PREPARAÇÃO Natália Chagas Máximo
REVISÃO Juliana Bormio de Sousa e Flávia Yacubian
DIAGRAMAÇÃO E ADAPTAÇÃO DE CAPA Pamella Destefi e P.H. Carbone
PRODUÇÃO GRÁFICA Alexandre Magno
DESIGN DE CAPA Micaela Alcaino
ARTE DE CAPA © Kerby Rosanes 2024
MAPAS © Virginia Allyn 2024
ESTRELA DE SETE PONTAS © James Orr 2024
ILUSTRAÇÕES DE MIOLO © Bon Orthwick 2024

Dados Internacionais de Catalogação na Publicação (CIP)
(Câmara Brasileira do Livro, SP, Brasil)

Kristoff, Jay
Império dos malditos / Jay Kristoff; ilustrações de Bon Orthwick; tradução Edmundo Barreiros. – Cotia, SP: Plataforma21, 2024. – (Império do vampiro; 2)

Título original: Empire of the damned.
ISBN 978-65-88343-78-4

1. Ficção australiana 2. Ficção de fantasia 3. Sobrenatural na literatura I. Orthwick, Bon. II. Título. IV. Série.

24-207968   CDD-A823

Índices para catálogo sistemático:
1. Ficção: Literatura australiana A823
Cibele Maria Dias – Bibliotecária – CRB-8/9427

Todos os direitos desta edição reservados à
VR EDITORA S.A.
Via das Magnólias, 327 – Sala 01 | Jardim Colibri
CEP 06713-270 | Cotia | SP
Tel.| Fax: (+55 11) 4702-9148
plataforma21.com.br | plataforma21@vreditoras.com.br

1ª edição, ago. 2024

FONTE Adobe Garamond Pro Regular 11/16,3pt e 20/20pt
PAPEL LuxCream 60g
IMPRESSÃO Gráfica Santa Marta
LOTE GSM010724

Eu daria um salto no escuro,
Mas perderia a coragem.
No fim, vou ter o inferno
Que eu mereço.
– Architects

DRAMATIS PERSONAE

Invernos longos chegaram e partiram desde nossa última visita, e os anos não foram muito bondosos. A memória é um animal caprichoso, e a vida, cheia demais para que recordemos cada nome e acontecimento. Por isso, seu historiador lhe oferece um lembrete sobre nossos atores:

Gabriel de León – O Último Santo de Prata, o Leão Negro de Lorson e suposto herói desta história. Nascido nove anos antes que a morte dos dias se abatesse, quando o sol foi escondido no céu por todo o Império de Elidaen, sua infância foi curta e cruel. Ele é um sangue-pálido – nascido de uma mãe mortal e um pai vampiro, herdeiro tanto dos poderes quanto da sede de seu genitor. Gabriel foi recrutado pela Ordem da Prata de San Michon aos 15 anos, tornando-se um defensor dessa irmandade sagrada antes de cair em desgraça.

Uma década após sua excomunhão, ele era um homem arrasado e dependente da droga *sanctus* para conter seu desejo por sangue cada vez maior. Mas em uma jornada rumo à vingança, nosso modelo caído foi apresentado a uma garota que mudaria sua vida para sempre.

Dior Lachance – Filha de uma prostituta e órfã aos 11 anos, ela começou a se vestir como garoto para evitar problemas nos becos e sarjetas de sua juventude. Sua vida de pequenos furtos foi interrompida pela descoberta de que seu sangue era capaz de curar qualquer ferimento e qualquer doença. Acusada de bruxaria, Dior foi condenada à morte pela Santa Inquisição, mas foi resgatada por Chloe Sauvage, uma irmã da Ordem da Prata e amiga de Gabriel.

A boa irmã revelou que o poder do sangue de Dior não era feitiçaria, mas uma bênção dos céus. Dior é descendente de uma mulher chamada Esan, a filha do próprio filho mortal de Deus, o Redentor. E agora, cabe a ela trazer o fim da morte dos dias e cumprir seu destino como o Santo Graal de San Michon.

Celene Castia – Irmã de Gabriel, assassinada aos 15 anos quando sua aldeia foi destruída pelos Mortos. Gabriel achou que a irmã estava enterrada havia muito tempo, mas ela retornou anos depois como uma vampira, chamando a si mesma de Liathe e caçando Dior. Inicialmente, os irmãos não se entenderam, mas Celene acabou salvando a vida de Gabriel e o ajudou a resgatar Dior da traição e da morte.

Celene é muito mais temível do que os outros vampiros de sua idade. Ela nasceu da linhagem de sangue Voss, mas exerce os dons de sangue dos Esani – a mesma linhagem misteriosa à qual pertencia o pai de Gabriel. Ela mantém tanto seu rosto quanto seus motivos ocultos.

Ela e o irmão não estão... nos melhores termos.

Astrid Rennier – Uma irmã da Ordem da Prata, amor de Gabriel. Astrid era a filha bastarda do imperador Alexandre III, enviada para um mosteiro quando sua existência se tornou inconveniente para a nova esposa de Alexandre. Formando uma amizade com Gabriel que desabrochou em amor, ambos foram excomungados quando a gravidez dela foi descoberta.

Astrid deu à luz uma menina e se casou com Gabriel. O casal se retirou para as extremidades mais ao sul do império, para ali viver como uma família em tranquila felicidade.

Mas a felicidade não ia durar.

Paciência de León – Filha de Gabriel e Astrid. Seu pai tatuou o nome dela em prata nos dedos quando ela nasceu – um lembrete para o antigo Santo de

Prata do que era realmente importante. A menina era o orgulho e a alegria de Gabriel, a luz mais brilhante em sua vida.

Ela foi assassinada com a mãe pelas mãos do Rei Eterno, Fabién Voss.

Não sinta vergonha, caro leitor. Eu também chorei.

Bebedora de Cinzas – A espada encantada de Gabriel, que fala diretamente com a mão de quem a empunhe. Embora experimente breves momentos de lucidez, ela fica frequentemente confusa sobre onde e até mesmo quando está – a Bebedora de Cinzas nunca mais foi a mesma desde que sua lâmina foi quebrada na pele do Rei Eterno.

Como Gabriel tomou posse dela é tema de muita especulação entre cantores e menestréis videntes do império.

Aaron de Coste – Antigo Santo de Prata de San Michon, Aaron era filho de uma baronesa com um vampiro do sangue Ilon: kith que podem manipular as emoções dos outros. Foi aprendiz com Gabriel, e a dupla compartilhava de uma rivalidade cheia de ódio que acabou por se tornar amizade verdadeira. Ele deixou a Ordem da Prata quando seu amor pelo ferreiro Baptiste Sa-Ismael foi exposto e considerado uma blasfêmia por seus irmãos.

Baptiste Sa-Ismael – Antigo dedo preto da Ordem da Prata e o homem que forjou a primeira espada de Gabriel, a Garra de Leão. Depois da descoberta de seu relacionamento, Baptiste deixou a ordem com Aaron. O casal se instalou no sul, restaurando o *château* chamado Aveléne.

Anos mais tarde, receberam a visita de seu velho amigo, que àquela altura tinha tomado Dior sob sua proteção. Baptiste e Aaron ofereceram santuário para Gabriel e ajudaram a defender a jovem Graal contra o ataque de Danton Voss.

Abade Mãocinza – Antigo mestre de Gabriel, um filho do sangue Chastain: kith que conseguem conversar e assumir a forma de animais. Mãocinza tentou inculcar um sentido de dever no jovem Gabriel, alertando-o para nunca sucumbir à sede em seu sangue.

Anos mais tarde, foi nomeado abade da Ordem da Prata, sendo importante na busca de Chloe Sauvage para encontrar o Santo Graal.

Chloe Sauvage – Irmã da Ordo Argent, amiga de infância tanto de Astrid quanto de Gabriel. Chloe o ajudou a repelir a invasão de Fabién Voss a Nordlund, um feito que fez com que Gabriel, aos 16 anos, fosse sagrado cavaleiro pela imperatriz.

Anos depois, Chloe se encontrou com o velho amigo mais uma vez e o recrutou para ajudar a defender Dior Lachance. Chloe queria levar Dior para o mosteiro de San Michon, onde a morte dos dias poderia ser desfeita por meio de um ritual antigo que descobrira na biblioteca. Mas quando Gabriel soube que o ritual envolvia o sacrifício de Dior, ficou revoltado, matando Mãocinza, Chloe e meia dúzia de outros santos de prata em defesa da garota inocente.

Saoirse Dúnnsair – Membro da Companhia do Graal – aqueles heróis recrutados por Chloe Sauvage para proteger Dior. Saoirse era uma guerreira das Terras Altas ossianas, carregava um machado encantado chamado Bondade e era companheira da leoa-da-montanha Phoebe.

Ela e Phoebe foram mortas em batalha por Danton Voss em San Guillaume.

Père Rafa – Outro da Companhia do Graal, estudioso da irmandade de San Guillaume e amigo de Chloe Sauvage. *Père* Rafa acompanhou Chloe em sua jornada para encontrar Dior, frequentemente divergindo de Gabriel em questões de fé.

Ele também foi morto por Danton durante o massacre de San Guillaume.

Bellamy Bouchette – Um menestrel vidente da Opus Grande e membro da Companhia do Graal. Viajou com Gabriel, Dior e os outros pelas vastidões desoladas do sul de Nordlund, sempre disposto a compartilhar uma história ou canção.

E, *oui*, Danton também o matou.

Mestre da forja Argyle – Chefe ferreiro da Ordem da Prata. O velho dedo preto lutou ao lado de Gabriel, Aaron e Baptiste na Batalha dos Gêmeos, na qual a invasão do Rei Eterno foi derrotada. Estava presente no ritual para assassinar Dior, mas escapou do ataque de Gabriel à catedral de San Michon.

Talon – Um serafim da Ordem da Prata. Talon era um homem cruel, nunca o confidente mais íntimo de Gabriel. Ele sucumbiu à sangirè – a sede vermelha –, um problema hereditário que acaba deixando todos os sangues-pálidos loucos de desejo por sangue. Foi morto por Gabriel e Mãocinza.

Fabién Voss – O Rei Eterno, Priori do sangue Voss, e talvez o kith mais velho em existência. Fabién Voss foi o primeiro Priori a transformar em armas os atrozes – uma raça descerebrada de vampiros que se tornaram abundantes depois da morte dos dias –, reunindo-os em um exército conhecido como a legião sem fim. Apesar de ser atrasado pelos esforços de Gabriel, Fabién acabou por conquistar Nordlund e seguiu para Leste, tomando grande parte do continente elidaeni.

Seus filhos, os sete príncipes da eternidade, foram fundamentais em sua invasão. Enfureceu-se com o assassinato de sua filha caçula, Laure, pelas mãos de Gabriel e, anos mais tarde, teve sua vingança sangrenta contra o Santo de Prata e sua família.

Laure Voss – A Aparição de Vermelho e filha mais nova de Fabién, Laure explorou Nordlund para preparar a invasão de seu pai, o que a botou em conflito com Gabriel, Aaron e Mãocinza. Ela arrancou o braço de Mãocinza, marcou o rosto de Aaron para sempre e foi incendiada por Gabriel. Em retaliação, Laure viajou até Lorson e queimou a aldeia em que Gabriel nascera, assassinando todos ali, incluindo a irmã caçula dele, Celene.

Foi morta por Gabriel na Batalha dos Gêmeos.

Valya d'Naél — Irmã da Santa Inquisição, que, ao lado de sua gêmea, Talya, perseguiu Dior pelo crime de bruxaria por todo o império. A dupla capturou Dior e Gabriel na cidade de Promontório Rubro e torturou os dois brutalmente. A garota escapou, assassinando a irmã de Valya, Talya, e resgatou Gabriel do tormento.

Isabella Augustin — Esposa de Alexandre III e imperatriz de todo Elidaen. Era patrona da Ordo Argent, restaurando a grandeza da ordem após séculos de declínio. Sagrou Gabriel cavaleiro depois da Batalha dos Gêmeos, e o usou como sua mão direita nos anos subsequentes, supervisionando sua ascensão à fama e à glória.

Maximille de Augustin — Um rei guerreiro que deu início à unificação de cinco países em guerra no grande Império elidaeni, mais de seis séculos atrás. Maximille foi morto antes que seu sonho se realizasse, mas sua dinastia governa o império até hoje. A Igreja da Fé Única chamou Maximille de o Sétimo Mártir Sagrado como recompensa por seus esforços na Terra.

Michon — A Primeira Mártir, uma simples caçadora que se tornou discípula do Redentor e deu continuidade a sua guerra santa após sua execução sobre a roda. Apesar de a maioria não saber disto, Michon também foi amante do Redentor, e juntos tiveram uma filha chamada Esan — um nome que significa fé em talhóstico antigo.

Esan – Filha de Michon com o Redentor. Há quatro séculos, os descendentes de Esan se rebelaram contra a dinastia Augustin, um levante que ficou conhecido como a Heresia Aavsenct. Sua rebelião foi derrotada pelos cruzados da Fé Única, e a maioria dos seus foi morta.

Dior Lachance é a última descendente de sua linhagem.

E agora, *mes amis*, nós começamos.

Do cálice sagrado nasce a sagrada seara;
A mão do fiel o mundo repara.
E sob dos Sete Mártires o olhar,
Um mero homem esta noite sem fim vai encerrar.

– Autor desconhecido

PÔR DO SOL

✦ I ✦

O MENINO MORTO abriu os olhos.

Tudo estava imóvel e silencioso, ele no centro e acima de tudo. Era uma estátua, seu único movimento no abrir das pupilas, no afastar suave dos lábios sem sangue. Não houve aceleração do fôlego quando o despertar o reclamou, nem uma batida profunda sob a pele de porcelana. Ele estava ali deitado na escuridão, angelical e nu, olhando para o dossel de veludo desgastado pelo tempo e se perguntado o que o havia acordado.

Ainda não havia anoitecido, isso era certo. A estrela do dia ainda beijava o horizonte, o escuro ainda não tinha afundado até os joelhos. Os mortais que compartilhavam sua cama grande com dossel estavam plácidos como cadáveres, imóveis exceto pelo movimento leve como pluma do braço do belo jovem sobre sua barriga, o ritmo suave da respiração da donzela contra seu peito. Não havia fome em um leito tão repleto, nem frio entre belezas tão maduras. Então o que o arrancara de seu sono?

Ele não tinha sonhado durante o dia – aqueles do Sangue nunca sonhavam. Mesmo assim, percebeu que o sono não lhe proporcionara conforto; sem descanso com a frágil luz solar, e emergindo das trevas do sono de morte, de repente ele entendeu.

O que tinha acordado Jean-François foi a dor.

Agora, ele recordava; a mão subindo até seu pescoço enquanto as imagens dançavam, como moscas-de-cadáver em sua cabeça. Dedos duros como ferro se afundando nas cinzas de sua garganta. Presas manchadas de vinho, expostas em um rosnado. Olhos cinza-tempestade, cheios de ódio enquanto ele era jogado contra a parede, fumaça vermelha fervendo em sua pele.

"*Eu disse que ia fazer você gritar, sanguessuga.*"

Jean-François estivera a apenas alguns momentos de seu fim e sabia disso. Se Melina não tivesse intervindo com seu punhal de aço de prata...

Imagine isso.

Depois de tudo o que você viu e fez.

Imagine morrer bem ali naquela cela imunda.

Deitado ali na escuridão, Jean-François acariciou o lugar onde Gabriel de León o machucara. Visualizando aqueles olhos cinza impiedosos envoltos em fumaça vermelha, o menino morto sentiu seus maxilares se cerrarem. E por um momento — só o espaço de uma única respiração mortal —, o marquês experimentou uma sensação que imaginara ter sido relegada à poeira das décadas.

"*Não há ninguém com mais medo de morrer que coisas que vivem para sempre.*"

Seu movimento perturbou a jovem ao seu lado, e ela deu um suspiro antes de voltar a mergulhar no sono. Era uma bela flor, de origem sūdhaemi, com cachos castanhos e macios e pele escura de fundo oliva. Ela estava mais para esquelética — mas não eram todos assim naquelas noites? — e era alguns anos mais velha do que Jean-François quando ele tinha recebido o Dom. Sua pele era quente, e seu toque, ah, tão agradável, e sempre que o olhava, os olhos verde-escuros dela inchavam com uma fome incongruente com sua fachada ingênua.

Ela já servia em seus estábulos havia quatro meses. Devassa e desejosa. Por um momento, Jean-François quis poder se lembrar de seu nome.

Os olhos dele percorreram a promessa do corpo nu dela; a linha suculenta da artéria correndo pelo interior da coxa, o delicioso traçado das veias em seus pulsos e subindo até a extremidade pronunciada de seu queixo. Observou a batida delicada do pulso sob a pele, hipnótico e suavizado pelo sono. A sede se agitou dentro dele – sua amante odiada, sua nêmesis amada –, e Jean-François visualizou Gabriel de León mais uma vez, o rosto do Santo de Prata pairando a centímetros do seu.

Dedos se afundando cada vez mais.

Lábios próximos o bastante para beijar.

"Grite para mim, sanguessuga."

O historiador se apoiou sobre o cotovelo, cachos dourados caindo em torno de seu rosto. Atrás dele, o belo jovem deu um suspiro de objeção, a mão tateando os lençóis frios. Era de uma beleza nórdica, cabelo como corvo e pele cremosa, cerca de 20 anos de idade, imaginou Jean-François. A viscondessa Nicolette o apresentara algumas semanas antes – um suborno de sua sobrinha de sangue em troca de uma palavra favorável dita ao ouvido da imperatriz, e embora odiasse Nicolette como veneno, Jean-François aceitara. O rapaz era esguio como um puro-sangue, a carne do pulso, da garganta e das partes baixas levemente marcada por dentes afiados como agulhas.

Seu nome com certeza começa com um D...

Jean-François passou a ponta dos dedos marmorizados pela pele da jovem, com a delicadeza do primeiro hálito primaveril. Olhos de chocolate se estreitaram fascinados, enquanto a carne dela reagia – aquela trilha reveladora de pelos arrepiados enquanto uma unha cortada alisava as marcas de mordida em seu pescoço. O monstro se curvou sobre ela, a língua se movendo rapidamente no alto e em torno da intumescência de seu mamilo, e a respiração da jovem se acelerou, trêmula e agora desperta. O calor do sangue que ele bebera antes que todos caíssem no sono havia esmaecido – seus lábios deviam estar frios como gelo derretendo. Mesmo assim ela gemeu enquanto ele mamava com mais ímpeto, mordendo forte, mas não o suficiente. E afastando as coxas ela ousou passar a mão no cabelo dourado dele.

– Mestre... – arquejou.

O rapaz agora estava acordado, despertado pelos suspiros da jovem.

Ele espalhou beijos pelos ombros nus do marquês, e, devagar como cera de vela derretida, sua mão desceu para os quadris do sangue-frio, passou pelos músculos pálidos de sua barriga, descendo até as partes baixas de Jean-François. O vampiro permitiu que o nórdico o tocasse e o acariciasse, fazendo seu sangue descer e ouvindo o rapaz gemer. Isso o deixou duro como ferro e pesado em sua mão.

– Mestre – suspirou ele.

A jovem estava pressionando beijos ao longo de seu pescoço, cada vez mais perto dos ferimentos deixados por De León. Jean-François encheu uma das mãos com os cachos dela, que arfou quando ele a puxou para trás. O pulso dela agora era um tambor de guerra, e ele a beijou, com força, permitindo que suas presas cortassem o lábio dela e derramasse algumas gotas de fogo brilhante como rubi sobre a língua dançante dos dois.

A sede, então, aumentou de repente, e por um momento ele precisou se esforçar para mantê-la sob controle. Mas o marquês era uma criatura que gostava tanto da caçada quanto da matança, por isso interrompeu seu beijo sangrento e guiou a jovem para o rapaz duro como pedra atrás dele.

Ela logo compreendeu, afastando os lábios enquanto o nórdico se ajoelhava para encontrá-la. Ele gemeu quando ela o tomou na boca, o pulso batendo mais forte abaixo da pele quente e lisa. O marquês observou o par se movimentar por algum tempo, a brincadeira de sombra e luz sobre a carne deles. O cheiro no ar disse a Jean-François que a jovem estava molhada e quente como chuva de verão, e o mero roçar de seus dedos em sua boceta fez com que ela estremecesse até os dedos retorcidos dos pés, apertando-se contra sua mão, necessitada e suplicante.

– Ainda não, amor – sussurrou ele, provocando um gemido de protesto. – Ainda não.

Jean-François se levantou, lânguido, e se ajoelhou por trás do rapaz arquejante. Afastando madeixas longas e escuras do pescoço do nórdico, o marquês sentiu o tremor do mortal; um predador às suas costas, agora, garras afiadas passando por sua pele. As mãos do marquês desceram por ondulações e vales de músculos deliciosos, enfim envolvendo o calor daquele pau pulsante. E olhando para baixo do plano arquejante da barriga de sua presa para a jovem, ele rosnou uma ordem baixa e dura:

— Acabe com ele.

A jovem gemeu, com os olhos presos nos dele, uma sacerdotisa, perdida em oração. O rapaz estava tremendo, segurando os cachos da jovem enquanto as presas do monstro roçavam a pele dele. Jean-François ainda podia sentir os dedos do Santo de Prata em torno de seu pescoço.

— Grite para mim — murmurou.

O rapaz fez exatamente isso, uma das mãos emaranhada no cabelo do marquês. A jovem o tomou em sua garganta, cada vez mais fundo, e enquanto Jean-François sentia aquilo — aquele calor pulsante e vibrante transbordando das partes baixas do rapaz e entrando na boca dela, que ansiava por isso — ele mordeu, além daquela breve e intoxicante resistência da pele, liberando a torrente de vida jubilosa e densa de seu interior.

Então não havia mais nada. Nenhum corpo trêmulo em seus braços. Nenhum grito ardente ecoando nas paredes. Havia apenas o sangue, em chamas com cada fragmento da paixão do rapaz: um elixir de vida e luxúria entrelaçadas que o erguiam cada vez mais alto para os céus sem limites.

Vivo.

Jean-François bebeu com tanta avidez quanto a jovem, querendo apenas mais, apenas isso, apenas *tudo*. Em noites antes da estrela do dia falhar, ele teria tomado apenas isso. Mas ovelhas agora eram raras demais, sua vida era valiosa demais para desperdiçar, por isso ele cortou o polegar com uma unha afiada e o pressionou sobre os lábios do rapaz. O mortal arquejou, se grudando, sugando, uma das mãos ainda emaranhada nos cachos da jovem, bebendo profundamente enquanto arqueava os quadris, uma comunhão perfeita, consumindo e consumido, todo o mundo a seu redor banhado em…

— Mestre?

O chamado soou à porta do quarto, seguido por uma batida rápida; Jean-François reconheceu o perfume acima do aroma celestial de sangue.

– Meline. – Ele suspirou, vermelho gotejando de sua boca. – Entre.

A porta para seu *boudoir* se abriu, admitindo a entrada de ecos de aço e pedra, sussurros suaves de criados nos corredores acima. O *château* agora estava despertando; uma dúzia de notas fracas de cheiro de sangue no ar quando sua mordoma entrou no quarto.

Meline trajava um espartilho de barbatana de baleia, um belo vestido de damasco de veludo preto um pouco desgastado pelo tempo. Havia uma gargantilha de renda apertada em seu pescoço, cabelo ruivo comprido arrumado em tranças finas, uma meia dúzia pendente com esmero sobre seus olhos dando a aparência de correntes finas. Ela parecia uma madame de 30 e tantos anos, embora estivesse mais perto dos 50; a implacável carga do tempo desacelerada pelo sangue que ela tomava semanalmente das veias dele. Parava emoldurada pelo batente da porta, alta e imponente, lançando um olhar frio como gelo para o banquete parcialmente saboreado.

O rapaz estava deitado de costas, exaurido e pálido, mas ainda duro como aço. Ao ver Meline, o estado de ânimo da jovem desmoronou, e ela puxou os lençóis para cobrir sua nudez, com os olhos baixos.

– O que é, Meline?

A mordoma fez uma reverência.

– A imperatriz deseja vê-lo, mestre.

O historiador jogou um robe sobre os ombros. Seu tecido era claro e fino, mas começando a esfiapar nas bordas – não havia seda nova em uma terra onde nada crescia. Ele passou a ponta dos dedos sobre um globo chymico, trazendo luz para a alcova palaciana ao redor. As paredes tinham estantes de carvalho, repletas com as histórias que tanto o fascinavam. Sua mesa estava coberta de bastões de carvão, estudos artísticos de animais, arquitetura e corpos nus. Jean-François esfarelou um pouco de pão de batata em um terrário de vidro e sorriu quando cinco camundongos pretos emergiram do pequeno *château* de madeira. Seus familiares se lançaram sobre a refeição, Claudia brigando com Davide como sempre fazia, Marcel guinchando pela paz.

Ele olhou para a mordoma.

– Nós temos uma reunião marcada no *prièdi*, não temos?

– Desculpe, mestre. Mas sua graça exige sua presença agora.

O historiador piscou, sua atenção aguçada. Meline ainda estava fazendo uma mesura; perfeitamente imóvel, perfeitamente treinada. Mas ele captou a desarmonia em seu olhar, a tensão em seus ombros. Ele caminhou na direção dela, a seda sussurrando, e tocou seu rosto.

– Fale, minha pombinha.

– Um mensageiro chegou de *dame* Kestrel, mestre.

– ... A Donzela de Ferro aceitou o convite de sua graça – compreendeu o marquês.

Meline assentiu.

– Assim como lorde Kariim, mestre. Seu enviado chegou no fim da manhã, trazendo notícias da intenção do Aranha de comparecer à convocação de nossa imperatriz.

– Os priorem dos sangues Voss e Ilon? – disse ele, surpreso. – Vindo aqui?

Jean-François se virou na direção da cama, com a voz dura como ferro.

– *Fora.*

A jovem se sentou, tensa de medo. Vestiu uma camisola e insistiu para que o rapaz se levantasse, passando o braço dele em torno de seu ombro. Ela evitou o olhar frio de Meline – sempre uma espertinha – enquanto ajudava seu colega a seguir na direção da porta. Mas quando passaram, o nórdico olhou nos olhos de Jean-François, o olhar ainda ardendo com a loucura do Beijo.

– Eu *amo* você – sussurrou.

Jean-François pressionou uma garra sobre os lábios melados do rapaz e lançou um olhar afiado para a jovem. Não era necessário mais nenhum aviso, e a dupla logo desapareceu pela porta.

Meline observou sua saída, irritada.

– Você não gosta deles – murmurou Jean-François.

A mulher baixou o olhar.

– Perdoe-me, mestre. Eles são... indignos do senhor.

– Ah, minha querida. – Jean-François acariciou a face da escrava, erguendo seu queixo para que ela pudesse olhá-lo outra vez. – Minha querida Meline, a inveja não lhe cai bem. Eles são apenas o vinho antes do banquete. Sabe que só confio em você. Que é você que eu adoro.

A mulher ousou pôr a mão dele sobre seu rosto, cobrindo os nós dos dedos de beijos.

– *Oui* – murmurou.

– Você é o sangue em minhas veias, Meline. E se tenho um medo, minha pombinha, minha querida, é a ideia da eternidade sem você ao meu lado. Sabe disso, não sabe?

– *Oui* – respondeu ela em voz baixa, quase chorando.

Jean-François sorriu, passando o dedo por seu rosto. Observou o pulso dela se acelerar, seus seios arquejarem quando a mão dele chegou à gargantilha em seu pescoço. Então ele pôs uma garra afiada no queixo dela, quase com força suficiente para romper a pele.

– Agora vista-me – ordenou.

Meline estremeceu, sussurrando:

– Como for de seu agrado.

✦ II ✦

O MENESTREL VIDENTE DANNAEL á Riagán disse certa vez: se um homem buscasse prova de que a beleza podia nascer da atrocidade, ele não precisava ir além de Sul Adair.

Construída no coração congelado das montanhas Muath no leste de

Sūdhaem, a cidade fortificada era um testamento à engenhosidade e à crueldade dos homens mortais. Dizia-se que Eskander IV, o último shan de Sūdhaem, gastou a vida de dez mil escravizados para construí-la. A rocha de ferro escura que dava ao *château* seu nome – Torre Preta, na língua local – foi extraída a 1.500 quilômetros de distância, e a rota pela qual foi transportada passou a ser conhecida como *Ne'seit Dha Saath* – a Estrada das Sepulturas Sem Nome.

Sul Adair ficava aninhada no Passo de Hawkspire, protegendo as minas de vidro de ouro em Lashaame e Raa, a grande cidade portuária de Asheve. Esses tesouros agora estavam esmaecidos, mas Sul Adair resistia, sem ser corrompida pela mão do destino ou os dentes do tempo. E foi no alto desses picos congelados que a imperatriz Margot Chastain ergueu seu trono.

Jean-François caminhava pelos corredores, passos ecoando nos tetos altos. Meline o vestira com o que tinha de melhor – uma casaca de veludo branco e uma manta pálida de penas de falcão. As luas gêmeas e os lobos do sangue Chastain estavam costurados em seu peito, e o cabelo comprido que sua imperatriz tanto adorava caía sobre seus ombros como ouro derretido. Meline andava três passos atrás como era adequado para uma escrava, o damasco escuro de seu vestido sussurrando.

Criados passavam pelos corredores sombreados, caindo de joelhos ao vê-lo. Animais familiares – gatos, ratos e corvos – observavam-no chegar, afastando-se quando se aproximava. Ele viu outros kith; mediae e recém-nascidos da corte de sangue de Margot, curvando-se e fazendo mesuras conforme o marquês passava. Mas ele passou pela maioria praticamente sem vê-los, seu olhar fixo nas paredes ao redor, as empenas erguendo-se acima como os ramos do céu.

O interior do *château* era decorado com os afrescos mais incríveis em toda a criação. O grão-mestre Javion Sa-Judhail trabalhara neles por trinta anos. Diziam que quando o grão-mestre recebeu a notícia do nascimento de seu primeiro filho, nem tirou os olhos do trabalho. Quando o senhor da guerra sūdhaemi Khusru, a Raposa, lançou sua campanha malfadada para retomar a cidade do controle de Augustin, Javion continuou a pintar mesmo enquanto os exércitos do imperador e do aspirante a shan se enfrentavam nas muralhas. E quando sua amada esposa, Dalia, se jogou da torre mais alta de Sul Adair em protesto por sua negligência, o grão-mestre não reservou tempo nem para ir a seus ritos funerários.

Jean-François admirava a paixão do mortal. Mas ainda mais o que ele havia criado com ela: uma beleza que perduraria, muito depois que seu criador tivesse alimentado os vermes.

O *château* foi construído em cinco níveis magníficos, e Javion tinha pintado as paredes de cada um como um passo na ascensão para o céu. O primeiro nível era dedicado ao domínio natural, e aos filhos favoritos de Deus, a humanidade. O segundo era enfeitado com parábolas dos santos; o terceiro, um tributo aos Sete Mártires Sagrados. Acima deles voavam os anjos da hoste celestial – Eloise, Mahné, Raphael, até o velho e querido Gabriel – abrindo suas asas brancas como pombos ao longo das paredes altas do quarto nível de Sul Adair.

Jean-François subiu ainda mais, com Meline respirando delicadamente a suas costas quando enfim chegaram ao último nível do *château*. Ali, um corredor grandioso se estendia à frente deles, tapete vermelho-sangue cobrindo as pedras do chão. Belos candelabros enfeitavam as vigas, como grandes teias de aranha de vidro de ouro cintilante, cheios das sombras de morcegos dependurados. E sobre as paredes, onde Javion Sa-Judhail pintara sua homenagem de décadas a Deus Todo-poderoso, o próprio soberano do céu, havia agora apenas pedra escura sem qualquer traço característico.

O trabalho da vida do grão-mestre tinha sido lixado e substituído por dezenas de pinturas em molduras douradas. Retratos diferentes da mesma pessoa, repetidas vezes. Passando a passos largos pelos soldados trajando aço, Jean-François chegou às portas altas do santuário íntimo de sua *dame*. E ali parou, estudando o retrato acima da entrada.

Ela que tinha eliminado o céu e suplantado seu reino sobre a terra.

– Entre – veio a ordem.

Soldados escravizados empurraram e abriram as portas poderosas, revelando a câmara grandiosa que havia depois delas.

– O marquês Jean-François do sangue Chastain, historiador de sua graça, Margot Chastain, primeira e última de seu nome, imperatriz imortal dos lobos e dos homens.

Um caminho de tapete vermelho felpudo se estendia para a escuridão, flanqueado por três pilares altos. O marquês sentiu um frio no salão, banindo as paixões tépidas como o sangue que tivera em sua cama. Entrando sozinho, seguiu o carpete, com as mãos unidas como um penitente, acompanhado pelo som de um castrato solitário em algum lugar nas sombras. A cada passo, aquele frio se apertava com mais força sobre sua pele, assim como o volume de um poder sombrio e impossível.

Um rosnado longo e baixo de alerta soou à frente. O marquês estacou e curvou-se numa reverência, baixa o suficiente para seus belos cachos dourados tocarem o chão.

– Minha imperatriz. Vossa graça ordenou minha presença.

– Ordenei – veio a resposta, harmoniosa e profunda como a terra.

– Sua palavra é meu evangelho, vossa graça.

– Olhe para mim, então, marquês. E reze.

Jean-François ergueu os olhos. O tapete era um rio de sangue, correndo de um trono magnífico. Quatro lobos pretos e ferozes descansavam em uma plataforma ao seu lado. Do outro lado, um pajem com o libré dos Chastain estava ajoelhado com as palmas das mãos viradas para cima, segurando um tomo encadernado em couro quase do seu tamanho. E atrás do trono, com sete metros de altura, assomava outro retrato da Priori do sangue Chastain, a mais velha da linhagem do pastor, soberana temível de seus semelhantes.

A imperatriz Margot.

Não era o melhor que ele tinha pintado – Jean-François pintara todos os retratos naquela torre –, mas *era* a pintura favorita de sua graça. Margot estava retratada sentada sobre uma dourada lua crescente, trajando um belo vestido cor de ônix. Lobos gêmeos flanqueavam seus pés, luas gêmeas beijavam seu céu. Era uma jovem na forma, mas uma deusa em estatura, pálida como os ossos descorados pelo sol de seus inimigos. O retrato fora copiado inúmeras vezes, enviado para ducados do sangue por toda Sūdhaem; uma lembrança dela, a quem juraram fidelidade eterna. A imperatriz era uma reclusa infame – essa era a única versão que a maioria de seus súditos conheceria.

Abaixo do retrato, estava sentada a própria imperatriz.

Pelo menos, a versão que *Jean-François* conhecia.

Ela não era a figura imponente que ele pintara na tela. Na verdade, Margot não tinha grande estatura – era até baixa, como um tolo poderia apontar. Não era uma jovem voluptuosa nem uma perfeita beleza loura. Margot não era nenhuma donzela quando se Transformou, mas uma mulher de meia-idade. E agora, entalhada em mármore branco e majestade de ébano como era, ainda tinha as marcas de uma vida mortal difícil, dos anos impiedosos, preservados na história eterna de sua carne.

Mas era a verdadeira beleza para um artista como o marquês. E seu caminho para o favor de Margot. Porque não havia espelho, nem vidro nem água iluminada pelo luar que devolvesse o reflexo de um vampiro. E os anos desde que a imperatriz tinha visto seu rosto em qualquer coisa que não os retratos com os quais Jean-François a lisonjeava eram quase incontáveis.

Margot era tão velha que não conseguia nem se lembrar de sua aparência.

A imperatriz de lobos e homens fixou olhos escuros como o céu em Jean-François. A sombra dela se estendia a sua frente, acariciando a dele, e embora nem um sopro de vento se movimentasse na câmara, o marquês sentiu seus cachos se agitarem em uma brisa fria. A mão dela, em forma de garras, acariciou o lobo mais próximo – uma velha dama perversa chamada Malícia –, e a imperatriz falou com uma voz que parecia vir do ar por toda a volta dele.

– Tu estás bem, marquês?

— Perfeitamente bem, vossa graça. *Merci*.

Os lábios da imperatriz se curvaram delicadamente. Outro lobo — um belo e elegante chamado Valor — rosnou quando ela tornou a falar:

— Aproxima-te, filho.

Jean-François subiu na plataforma e se ajoelhou aos pés de sua imperatriz. Mesmo sentada no alto, Margot era quase menor que ele, e, mesmo assim, sua presença o diminuía. As sombras se estenderam, e ela ergueu a mão tão rápido que pareceu não se mover, mas piscar de seu colo para o rosto dele.

O estômago de Jean-François se agitou quando Margot lhe ergueu o queixo para que ele pudesse olhar para ela. Fazia cinquenta anos, e ele ainda se lembrava de sua paixão assassina na noite em que ela o havia matado. A alegria sombria em seus olhos quando ele se erguera do chão ensanguentado de seu estúdio, tomado de horror e assombro por ela não o ter destruído, mas *dado* a ele uma vida nunca sonhada.

— Tu ainda estás ferido.

Grite para mim...

— Uma bobagem, vossa graça.

— Seis noites, e essa bobagem permanece?

— Mas se cura aos poucos. Eu lhe asseguro, mãe, isso não merece sua atenção.

A imperatriz sorriu.

— Quem sou eu, meu filho?

— Vossa graça é a soberana de direito deste império — respondeu ele, a voz cheia de orgulho. — Conquistadora, sábia e vidente. Ancien dos kith, e Priori do sangue Chastain.

— Tu então pensas que sou incapaz de julgar o que merece ou não minha atenção?

O tom de voz da imperatriz era delicado, a ponta de seus dedos tocando o pescoço ferido dele. Vampiros não podiam escolher quais de suas vítimas receberiam o Dom, e a maioria acabava apodrecendo por dias antes de se Transformar, surgindo como aquela raça vil conhecida como *sangues-ruins*.

Jean-François era o último vampiro de alto-sangue que Margot criara, e ele sabia que muitos na corte da imperatriz sussurravam que ela o favorecia. Mas quando Margot apertou com mais força, quando ele teve apenas uma *sugestão* da forma monstruosa dentro dela, um calafrio percorreu sua espinha.

– Sinto muito, vossa graça. Não cabe a mim dizer o que não deve preocupá-la.

– Estás dizendo que isso *devia* me preocupar?

– Eu... não digo nada, vossa graça.

Um polegar forte o suficiente para triturar mármore passou com delicadeza sobre sua laringe. O frio se aprofundou, sombras se curvando, *gritando*.

– Para que serviria um historiador que não fala?

– ... mãe, eu...

Uma risada baixa ecoou na câmara, presas afiadas brilhando quando a escuridão ficou imóvel.

– Eu me divirto contigo, amor. – Margot envolveu o rosto dele com a mão em concha, com olhos pretos brilhantes. – Tu às vezes pareces tão infantil. Tão *jovem*. Eu te alertaria para tomar cuidado com essa fraqueza, se ela não me fizesse te adorar ainda mais. E eu te adoro, adoro, meu belo, com todo meu coração de mãe.

O sorriso dela caiu dos lábios como folhas mortas.

– Mas tu fedes como as ovelhas com quem te excitas, Jean-François. Para trás agora.

O terceiro lobo, uma senhora de idade chamada Prudência, observou enquanto o Marquês retrocedia, de cabeça baixa. Jean-François fez de seu rosto uma máscara para esconder a tempestade em seu interior – ardor, vergonha, medo e devoção. Sua mãe sempre o tirava do prumo, sempre o deixava se sentindo como um...

A imperatriz olhou para o garoto ao seu lado. O pajem permanecera imóvel por todo esse tempo, com aquele tomo com detalhes em latão na palma das mãos. Embora tivesse a força de um escravizado, seus braços ainda deviam estar queimando pela agonia de segurá-lo – esse era o objetivo, imaginou Jean-François. Sabia que a imperatriz não apoiava a maneira como ele passava suas noites. Dar a ele essa demonstração de crueldade despreocupada era o lembrete dela do que ele era. Do que *eles* eram.

O lobo não se importa com os problemas da minhoca.

– Eu li tua crônica – disse ela.

– Ela agradou a vossa graça?

– Tua habilidade artística segue maravilhosa como sempre. Entretanto, acho a história um tanto... incompleta.

– É uma obra em progresso, vossa graça.

Jean-François sentiu uma brisa fria, e sua imperatriz desapareceu sem mais – em um momento, estava sentada em seu trono; no seguinte, o trono estava vazio. Ele afastou o cabelo do rosto e a viu então parada junto de uma das janelas altas que davam para o norte.

– Quem corre rápido corre às cegas – murmurou Margot. – A impaciência foi o fim do Rei Eterno, e eu não tenho intenção de seguir o belo Fabién até o inferno. – Margot voltou os olhos escuros como breu para o filho. – Mas as coisas ficaram... urgentes, meu amor.

– Vossa graça está falando da Donzela de Ferro. E do Aranha.

Os lábios de Margot se retorceram no que um tolo podia chamar de sorriso.

– Eles na verdade vêm *aqui* – disse Jean-François, indo até ela.

– Sim. E dizem os ventos que o Draigann se aproxima acima dos oceanos, com nosso convite apertado em sua mão de mendigo. Devem chegar antes do banquete do Dia da Dama.

– Os priorem das *três* linhagens de sangue. Todos aqui em uma semana. – Jean-François olhou pasmo para as montanhas. Pequenas figuras em aço escuro circulavam pelas muralhas abaixo, potes carregados de brasas ardendo como estrelas sobre muros inexpugnáveis. – E vossa graça pretende conceder a eles cortesia?

– Não seria educado recusar. Considerando que fui eu quem propus essa convocação.

— Um encontro desses não ocorreu nem uma vez em *centenas* de anos. Nós lutamos nas sombras contra os outros priorem desde tempos imemoriais. Como podemos confiar neles?

A imperatriz chegou a rir disso.

— Não podemos, meu doce marquês. Mas no desejo deles de autopreservação? *Nisso* podemos confiar. Essas guerras sugaram todo o sangue da terra, meu filho. E com todo pequeno feudo esculpido por senhores de sangue novos-ricos, com cada bocado arrancado por bandos descontrolados de sangues-ruins inferiores, mais perto cambaleamos na direção da catástrofe. Kestrel sabe disso. Kariim sabe disso. Até o Draigann sabe disso.

Margot sacudiu a cabeça, o lábio se curvando

— Mas mesmo atraídos até aqui espontaneamente, eles nunca vão ceder. Nós precisamos de vantagem para alcançar esse objetivo. E mesmo agora, ele está gritando no buraco onde tu o deixaste.

Jean-François cerrou os dentes.

— Ele é perigoso, mãe.

— É evidente que sim. Como tu achas que ele teria sobrevivido num mundo tão frio se não fosse assim? — Os dedos de Margot acariciaram o machucado de Jean-François por baixo do lenço em seu pescoço, delicados como sussurros. — Mesmo assim, eles são a chave, meu filho. Esse enigma, essa arma, esse Graal... dele e apenas dele depende seu destino.

— De León *odeia* nossa espécie, mãe. Ele não nos contou *nada* c...

— Por que achas que te incumbi dessa tarefa?

Ele franziu o cenho, perplexo.

— Eu sou seu historiador. Não há ninguém em seu...

— Porque tu és *jovem*, Jean-François. Jovem o bastante para te lembrares de como é ser um homem. Isso é poderoso. Conforto e camaradagem dos quais um lobo inteligente pode tirar proveito. — Margot acenou para a história nas mãos do jovem escravizado. — Nessas páginas há a história de um homem cujo cálice transborda de fúria. E de tristeza. Mas, acima de tudo, *orgulho*. Ele pode protestar, mas não duvide disso: Gabriel de León tinha o *desejo* de que o mundo conhecesse sua história. Essa é a grande profundeza de sua vaidade. E a chave para seu fim.

O olhar sombrio de Margot foi até o pescoço de Jean-François.

– E ele sente afinidade por ti, doce marquês. O assassino de sua *famille*. Seu laço com Dior Lachance. Pensa em como suas confissões para mim foram íntimas.

– Íntimas? – Jean-François cerrou os dentes. – Ele tentou me *matar*...

– Tu aprendeste a lição – retrucou ela. – Chegou a hora de engolir o orgulho ferido, meu pequeno, e dar essa bondade que os sábios oferecem depois da crueldade.

O marquês estremeceu, frio subindo por sua espinha enquanto a imperatriz lhe acariciava o rosto.

– Só a ti eu incumbiria dessa tarefa, Jean-François. Não a teus irmãos, nem primos nem a ninguém em nossa corte eu deposito tanta fé. De todos os horrores que produzi, tu não vês que é só em ti que confio? Que é a *ti* que adoro?

Margot inclinou a cabeça, examinando os olhos de Jean-François.

– *Oui* – sussurrou ele.

Atrás dele, na plataforma, o quarto dos lobos da imperatriz – um brutamontes enorme chamado de Feiura – lambeu o maxilar, por onde escorria saliva. Margot se moveu sem se mexer, num piscar de olhos tocando o rosto dele e no seguinte estendendo a mão. E sobre sua palma estendida, havia um frasco de vidro com poeira vermelho-escura e uma chave pesada de ferro.

– Traga-me aquilo de que preciso, filho. Traga-me um império.

Jean-François fez uma reverência, murmurando:

– Como for de seu agrado.

✦ III ✦

O ASSASSINO ESPREITAVA POR uma janela estreita, ainda esperando a chegada do fim.

O aposento não estava como ele o deixara quando o arrastaram para o inferno. As pedras do piso foram esfregadas até que ficassem quase limpas e um velho tapete de pele de carneiro fora jogado sobre as manchas de sangue. A lareira estava desprovida de chama, mas não de calor. Tinham acendido o fogo algumas horas antes, expulsando o frio. Havia duas poltronas antigas no coração da cela, com uma mesa redonda entre ambas, sobre a qual havia dois cálices dourados; vazios, embora cheios de promessa.

Tudo fora arrumado outra vez, como as peças em um jogo de tabuleiro esperando pela chegada dos jogadores. Mas embora tivessem se esforçado para deixá-lo muito mais confortável dessa vez, o Último Santo de Prata não se deixava enganar.

Mesmo assim, era melhor do que a prisão que ele acabara de deixar.

Passara seis noites no fundo de um poço vazio no interior da torre, faminto. Sua língua era um leito de rio de lama ressecada. Sua garganta era uma planície desértica. A agonia fora sua única companhia; agonia e gritos marcados por sangue e sonhos com *ela*, esmaecidos como fumaça.

Ele estava delirante quando enfim o içaram e lhe deram uma dose de *sanctus* tão doce que o sabor o fez chorar. Um grupo de soldados escravizados o escoltou até uma casa de banho no coração do *château*, onde dois belos mortais – uma jovem sūdhaemi de olhos verdes e um rapaz nórdico de cabelo escuro – o mergulharam até o peito em uma maravilhosa água morna. Eles o banharam devagar, removendo com pente o sangue e a sujeira de seu cabelo enquanto seus cílios adejavam sobre bochechas marcadas. Quando terminaram, Gabriel quase se sentiu meio-humano outra vez. Por isso, quando sentiu o rapaz dando beijos delicados em seu ombro e a jovem passando dedos lentos pelo interior de sua coxa, ele se viu suspirando em vez de ansioso por ter uma espada.

– O que estão fazendo? – indagou, com a garganta ainda rachada de gritar.

– Nosso mestre ordenou que cuidássemos de suas necessidades, *chevalier* – respondeu a jovem. – Todas elas.

– Como vocês se chamam?

A jovem piscou, confusa.

– Eu...

– Seu nome, *mademoiselle* – insistiu Gabriel.

– Jasmine.

– Dario – murmurara o rapaz, os dentes fazendo cócegas na orelha de Gabriel.

Ele os afastou com delicadeza, tanto mãos quanto lábios.

– *Merci, mes chers*. Mas não estou com esse tipo de fome. Nem sou esse tipo de bastardo.

Eles o vestiram com suas velhas roupas de couro, agora lavadas; botas engraxadas e túnica imaculada. E depois de três tigelas de ragu de coelho e meia garrafa de um vinho tão raro que podia valer um *château* em Nordlund, Gabriel foi escoltado sob guarda pela escada da torre acima, para esperar pela vontade do marquês Jean-François Chastain mais uma vez.

Não esperou por muito tempo.

Enquanto Gabriel olhava pela janela para as montanhas distantes, sentiu um formigamento, como se uma mão estivesse afastando seu cabelo do pescoço. Virando-se, viu o sangue-frio parado a sete metros de distância, separados por poltronas e mesa e cálices vazios.

– Está se sentindo revigorado, *chevalier*? – perguntou Jean-François.

O marquês trajava roupas elegantes e pálidas, os cachos dourados caindo sobre o rosto de mármore. Seus lábios de rubi estavam retorcidos, sangue fresco manchando o branco de seus olhos. Embora não tivesse visto o historiador nem uma vez nas seis noites anteriores, Gabriel sabia que este monstro estava por trás de cada momento de sua tortura. Castigo por seu ataque na última vez que se falaram.

– Como está a garganta? – perguntou o marquês.

– Melhor.

– Eu posso remediar isso.

O sorriso do sangue-frio se transformou em algo mais sombrio; algo que caçava sorrisos reais por esporte. Por um momento, o ar ficou denso e escuro como sangue do coração.

– Achei que podíamos tentar outra vez, De León – declarou Jean-François. – Achei que podíamos conversar como nobres, o equilíbrio entre nós igualado, e todos os nossos rancores esquecidos. – O marquês apontou para a poltrona. – Quer se sentar?

– O que acontece se eu não quiser?

– Sangue derramado, aposto. – Jean-François levou a mão ao interior de sua casaca e abriu uma pequena lâmina com um cabo de pérola reluzente. – E não do tipo agradável.

Gabriel olhou para a navalha.

– Um pouco pequena, não é?

– Não se trata do tamanho da lâmina, *chevalier*, mas da habilidade de quem a empunha.

– Uma canção entoada por todo homem baixo que já conheci.

O marquês riu e estalou os dedos. A porta da cela se abriu, e a escravizada fiel de Jean-François, Meline, esperava do outro lado, seu corpete apertado em uma cintura fina, transbordando uma cascata de saias pesadas. Ela entrou deslizando pelo quarto e pôs um prato dourado sobre a mesa.

Gabriel viu um globo chymico e um pote de água fumegante, coberto por um pedaço de musselina. Ao lado, havia um pedaço de sabão sobre um prato e um pincel de crina de cavalo.

Seus olhos voltaram para a lâmina pequena do monstro.

– Você está brincando.

– Esta carne nunca foi velha o bastante para cultivar mais que uma sombra de uma barba, mas me disseram que elas podem ser um tanto… irritantes. – Jean-François fez uma careta. – E com toda a honestidade, *chevalier*, a sua parece menos uma barba que uma blasfêmia.

– Quanto a isso, eu *preciso* zelar por minha reputação.

– Considere meu serviço como um pedido de desculpas. Conforto proporcionado depois de um conforto negado. A menos, é claro... que não confie em mim com uma navalha em seu pescoço.

O monstro sorriu, o ar crepitando com um divertimento sádico. Gabriel conhecia o tipo de jogo sendo jogado ali, o propósito cruel por trás dele. Agonizar por seis noites e depois ser arrastado de volta para os pés daquela coisa, sabendo que ainda estava sob o poder dela. Expor seu pescoço para aquele sanguessuga e rezar para que ele não o cortasse.

Tudo para que ele se *rendesse*.

Tirando o cabelo dos ombros, Gabriel se instalou na poltrona de couro ornamentada. O monstro lhe sorriu, saboreando sua subjugação. Fechando os olhos, Gabriel jogou a cabeça para trás. Confiando que o escorpião não fosse picar.

O intervalo de três respirações longas se passou antes que a musselina fosse envolta em seu rosto com água-doce morna. Gabriel inalou vapor, a pele formigando quando ouviu os passos do sangue-frio a sua esquerda. Combatendo os instintos que ele aguçara ao longo dos anos de matança e guerra, as necessidades básicas de lutar e fugir que lhe passavam pela mente, desejando que seu coração parasse de trovejar.

Paciência, sussurrou uma voz em seu interior.

Paciência...

– Minha imperatriz leu sua história, *chevalier*. – Agora, vinda de trás, a voz do monstro era delicada. – Seu aprendizado em San Michon. Sua viagem com Dior Lachance e a batalha contra a Ordo Argent pela vida do Graal. Uma saga digna das eras. Sua graça ficou satisfeita.

– Bem, isso tira um peso de minha cabeça – murmurou Gabriel.

– E da minha, garanto a você.

– Estava com medo de desapontar a mamãe, sangue-frio?

– Na verdade, aterrorizado.

A musselina foi retirada de seu rosto, e Gabriel sentiu Jean-François transformar o sabão em espuma sobre seu queixo. O cheiro não era de todo desagradável: mel-dos-tolos, cinza e notas muito suaves de cortiça-azul.

– Ela, porém – refletiu o marquês –, ofereceu crítica sobre a extensão do tomo.

Jean-François agora estava à direita de Gabriel, o maxilar do Santo de Prata se tensionando quando sentiu o primeiro toque da navalha na carne. Com os dedos levemente pressionados sobre o queixo de Gabriel, o monstro passou a lâmina pela bochecha dele com um movimento longo e suave.

– Ela ficou ávida pela perspectiva de uma continuação.

A lâmina estava afiada como vidro, sussurrando quando tornou a lhe beijar a pele. O toque do marquês era duro como pedra, ainda que delicado, quente depois de se alimentar. Gabriel se manteve firme, mas a fera dentro de si encontrava-se nervosa por estar tão vulnerável – pelos invisíveis se eriçando em sua espinha enquanto o marquês contornava com habilidade sua lâmina pelo arco do lábio superior de Gabriel.

– Embora tenhamos tido nossas divergências, De León, não sou uma alma vingativa. Mas sua graça deixou seu desejo claro. Então, embora não tenha desejo de lhe infligir mais tormentos, vou ser forçado a fazer isso se você a desafiar. E nenhum de nós de fato quer isso.

Gabriel sentiu a navalha outra vez, fazendo a curva na direção de seu pescoço. Um toque quente como sangue junto à garganta, o leve roçar da virilha do monstro em sua mão.

– Você dorme com mulheres, sangue-frio? Ou com homens?

A lâmina parou.

– Por que a pergunta, Santo de Prata?

Ele deu de ombros.

– Me dê o prazer.

Gabriel sentiu um polegar duro como pedra em seu lábio, limpando muito delicadamente os restos de sabão.

– Homem, mulher... essas questões são insignificantes para imortais.

Afundando depressa no oceano da eternidade. A beleza pode ser encontrada em qualquer lugar.

— Então quando leva uma de suas beldades para a cama, você as esquenta primeiro? Ou apenas faz com que fiquem de quatro e logo começa?

A navalha ficou imóvel outra vez.

— Você está...

— Para deixar mais claro... – Gabriel enfim abriu os olhos e encarou o marquês. — Se vai tentar me foder, vampiro, pelo menos tenha a decência de primeiro me pagar uma bebida.

Jean-François cerrou os dentes. A navalha pairava acima da jugular de Gabriel.

O Santo de Prata apenas sorriu.

Gabriel sabia que estava em perigo. Mas mesmo torturado e cansado ele não era tolo. A verdade era que se aqueles monstros o quisessem morto, já estaria assim, e embora o tivessem arrastado até os limites da sanidade, eles não o haviam deixado cair. Ele sabia o que queriam. A história de como o Graal de San Michon se quebrara. Saber se haveria algum modo de ainda o usarem em seu proveito. Por isso, embora apostar que um escorpião não fosse picar pudesse parecer tolice, Gabriel sabia que não tinha nada a temer sentado naquela cadeira.

Oferecer o pescoço àquele bastardo não era uma rendição.

Era uma *conquista*.

E, fechando os olhos outra vez, ele jogou a cabeça bem para trás.

— O Monét, se você tiver, *chérie*.

— Cuide disso, Meline – ordenou Jean-François.

Gabriel ouviu a porta ranger e se fechar, a chave girar – a escrava agora o considerava perigoso o suficiente para trancá-lo às suas costas. O *sanctus* que lhe deram para fumar mal dava o conteúdo de um dedal, mas seus sentidos permaneciam aguçados e, conforme o marquês pressionava a navalha sobre sua carne outra vez, Gabriel contou os passos de Meline descendo a torre.

Ele agora sabia que aquela porta pesada de ferro levava para a ala oeste do *château*. Cada degrau daquela escada em direção ao salão de jantar tinha sido contado mentalmente durante sua marcha até ali. Todo soldado escravizado gravado. As janelas altas pelas quais um homem podia pular, portas de serviço por onde era possível escapar, tudo armazenado nos cofres de ferro de suas lembranças.

O marquês continuou a barbeá-lo em silêncio, sua expressão convencida de triunfo evaporada. A navalha passou pelo pescoço dele uma última vez, o assassinato a apenas um capricho de distância. Mas enfim o monstro limpou a lâmina e a guardou dobrada no interior de sua casaca.

Após um momento, Jean-François apertou as mãos, frias e úmidas, sobre o rosto de Gabriel. O Santo de Prata sentiu o cheiro pronunciado de álcool e, por baixo, apenas o toque mais leve de...

Flores.

Gabriel tornou a abrir os olhos. Jean-François o olhava, cachos dourados se agitando enquanto passava água no rosto de Gabriel.

— Desculpe, De León — murmurou o monstro. — Infelizmente, sino-de-prata é uma das poucas fragrâncias agradáveis que ainda podemos produzir nestas noites. Sei que era a flor favorita de sua mulher. De sua filha também. E se o aroma despertou lembranças desagradáveis, peço perdão. Como eu disse, não tenho desejo de vê-lo sofrer.

Gabriel perdeu o foco, rememorando dias distantes do passado. Aquele pequeno farol perto do mar. O calor no sorriso de Paciência e nos braços de Astrid. A canção de ondas e gaivotas e as praias distantes, e três pancadas atingindo a porta como martelos.

— Entre — murmurou Jean-François.

Meline retornou à cela com uma garrafa de vidro verde, preenchida por um vermelho delicioso. Gabriel inalou o perfume do vinho, observando a artéria pulsante sob a gargantilha de Meline, os olhos passando pelas curvas leitosas de seus seios enquanto ela se inclinava para a frente e enchia um dos cálices. O sangue dele se acelerou, e ele evitou seus olhos quando ela lhe entregou o copo.

— Deseja mais alguma coisa, mestre?

Gabriel nem tinha visto o monstro se mexer, mas Jean-François agora estava sentado na poltrona em frente. Havia um tomo encadernado em couro no colo do sangue-frio.

— Não neste momento, minha pombinha. Deixe-nos.

— Seu desejo é uma ordem. — A mulher olhou para Gabriel. — Não estarei longe.

Gabriel piscou e ergueu o copo, e Meline foi embora. O Santo de Prata inclinou a cabeça para trás e esvaziou o cálice em um gole. Com as roupas de couro rangendo, serviu-se de outro. E com a taça cheia até a borda trêmula, ele se encostou na poltrona, com os olhos cinzentos no monstro a sua frente.

— O que o Rei Eterno fez com sua *famille*... — Jean-François sacudiu a cabeça, com olhos na janela estreita. — Confesso que a história me tocou o coração, Santo de Prata.

— Você não tem nenhum coração, sangue-frio. Nós dois sabemos disso.

— A crueldade não me é estranha. Mas *há* um limite que só os monstruosos de verdade ousam ultrapassar. E Fabién Voss era, de todas as formas, exatamente isso. Mas, ao matá-lo, você se tornou o autor de uma calamidade. O império oscila no gume de uma faca, De León. Se as cortes de sangue não estiverem unidas, só pode haver um fim para essa história.

— E você acha que o Graal vai ajudá-lo? — escarneceu Gabriel. — Eu já lhe disse antes, sangue-frio. O cálice está quebrado. O Graal está acabado.

— Não importa no que eu acredito, Gabriel. Nenhum de nós quer vê-lo jogado de volta naquele buraco. Mas é *exatamente* lá que minha imperatriz vai deixá-lo se eu não lhe der o que ela quer.

— E se eu fizer isso...?

— Imortalidade. Talvez do único tipo que qualquer um de nós realmente conhece.

O sangue-frio produziu um estojo de madeira, entalhado com lobos e luas. Sacou uma pena grande, escura como o coração no peito de Gabriel, e pôs um vidrinho sobre o braço da poltrona. Mergulhando a pena na tinta, ele ergueu os olhos escuros e cheios de expectativa.

– Comece – disse o vampiro.

O Santo de Prata deu um suspiro.

– Como quiser.

Livro Um

Santos e pecadores

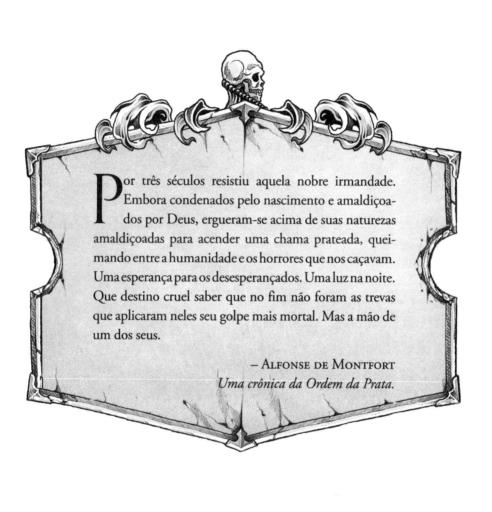

Por três séculos resistiu aquela nobre irmandade. Embora condenados pelo nascimento e amaldiçoados por Deus, ergueram-se acima de suas naturezas amaldiçoadas para acender uma chama prateada, queimando entre a humanidade e os horrores que nos caçavam. Uma esperança para os desesperançados. Uma luz na noite. Que destino cruel saber que no fim não foram as trevas que aplicaram neles seu golpe mais mortal. Mas a mão de um dos seus.

— Alfonse de Montfort
Uma crônica da Ordem da Prata.

✦ I ✦

NADA ALÉM DE ESCURIDÃO

– POR ONDE DEVEMOS começar? – perguntou Gabriel.

– O mais sábio parece ser do lugar onde parou – respondeu Jean-François.

– Se é sabedoria o que procura, sangue-frio, está falando com o homem errado.

– Infelizmente você é o único homem no quarto.

Gabriel escarneceu e voltou a se recostar na poltrona.

– Essa é a porra da história da minha vida.

– Prossiga com ela, então. – O historiador pegou um fragmento imaginário de poeira da manga de sua sobrecasaca, com os lábios franzidos. – Você viajou através de meio império, buscando por vingança, após o assassinato de sua mulher e de sua filha. Estava disposto a destruir o Rei Eterno, Fabién Voss, e tornou-se guardião de Dior Lachance, última descendente da linhagem sagrada do Redentor. Seus irmãos em meio à Ordo Argent tentaram assassiná-lo, e sua velha amiga Chloe Sauvage tentou sacrificar mlle. Lachance num ritual antigo com o objetivo de destruir a morte dos dias. Mas, com a ajuda de sua irmã, agora revelada como uma dos kith e que chama a si mesma de *Liathe* – o lábio do vampiro então se distorceu com desprezo –, você subiu até os cumes de San Michon, matou seus antigos camaradas como se fossem porcos sagrados enfileirados e resgatou o Graal da morte certa. Um final feliz para todos.

Jean-François acenou com a pena, as sobrancelhas arqueadas.

– A menos que fosse um membro da Ordem da Prata, é claro.

O Último Santo de Prata não disse nada, encarando o globo chymico entre eles, vislumbrando anos já muito distantes. Uma mariposa pálida como um crânio saíra rastejando de alguma fresta no interior da cela, e agora esvoaçava em torno da luz. Ele observou o inseto se debater em vão contra o vidro, lembrando-se do adejar de mil asas diminutas quando mergulhara das alturas do mosteiro depois que seus ditos irmãos cortaram sua garganta. O gosto de sangue ancien na língua, puxando-o das fronteiras da morte. Uma figura pálida em uma sobrecasaca vermelha, arrastando ao seu lado sua máscara de porcelana para revelar o rosto do monstro, o horror, a irmã por baixo dela.

– *Por que você não me contou, Celene?*

– *Porque tudo o que eu sssofri, tudo o que eu ssou, é por sssua causa.*

O Último Santo de Prata tomou outro vagaroso gole de vinho.

– *Porque eu odeio você, irmão.*

– De León?

– Você por acaso se pergunta onde isso vai acabar, Chastain? – questionou por fim Gabriel. – Quando a última garganta mortal for aberta? E a última gota de nosso sangue se esgotar? Quando a loucura de sua imperatriz pelo Graal for exposta, e sua espécie atacar a si mesma como cães pelo último osso? Você acha que cairá lutando? Ou vai morrer de joelhos?

– Há toda sorte de prazeres a desfrutar de joelhos. – O historiador sorriu, passando a pena sobre os lábios. – Mas lhe garanto que não tenho intenção de morrer.

– Nem ela tinha, vampiro.

O Santo de Prata deu um suspiro, com o olhar ainda perdido na luz.

– Nem ela.

Gabriel de León se recostou na poltrona, o globo brilhando no cinza tempestuoso de seus olhos. O ar ainda estava frio, exceto pelo sussurro cálido de sua respiração, pelo hino delicado de seu pulso e pelo beijo aveludado de asas de morcego no céu noturno lá fora.

O historiador mantinha a pena sobre a página.

O mundo prendeu o fôlego.

E, finalmente, o Último Santo de Prata começou a falar:

– Ainda me lembro como se fosse ontem, sabe? Posso ver com tamanha nitidez que é quase assustador. Nós dois, parados diante daquele altar. A catedral vazia e silenciosa. A fumaça se erguendo até o teto, o desafortunado alvorecer da morte dos dias penetrando através das janelas e a estátua do Redentor olhando para a carnificina que eu fizera. Mas a coisa de que mais me lembro é do sangue. Esfriando no chão. Pulsando em minhas veias. Os respingos por todo o rosto da garota ao meu lado.

"Dior ainda estava envolta nas túnicas em que pretendiam matá-la. Um preço que julgavam valer a pena pagar para salvar o mundo. Ela estava ali parada em meio ao silêncio ecoante, olhos azuis arregalados, machucados e fixos em mim. Seu pecador. Seu salvador. E afastando uma mecha de cabelo branco como cinza de seu rosto, ela sussurrou:

"'O que fazemos agora?'

"'Acho que você devia vir conhecer minha irmã', eu disse, suspirando.

"'Irmã?'

"'É uma história longa.'

"Dior me observou em silêncio quando me ajoelhei ao lado do corpo de Chloe. Os cachos cinzentos de minha amiga estavam ensopados de sangue, olhos verdes e vazios que mesmo sem visão acusavam o homem que havia condenado este mundo à escuridão. Fechei suas pálpebras com a ponta dos dedos ensanguentados, então voltei andando pelo corredor, fazendo o mesmo com cada Santo de Prata que eu assassinara. O grande De Séverin, o pequeno Fincher, o velho abade Mãocinza. Amigos. Irmãos. Um mentor. Pus a espada de cada um sobre o peito e fechei seus olhos para sempre. Mas não rezei por nenhum deles. E abrindo o sobretudo ensanguentado de Mãocinza, eu encontrei...

"'A Bebedora de Cinzas!', gritou Dior.

"Saquei minha velha espada quebrada de sua bainha surrada. Seu aço de estrela brilhava, sinais gravados sobre a lâmina curva, vinte centímetros arrancados de sua ponta quando tentei sem sucesso matar o Rei Eterno. Apesar do sangue em minhas mãos, a bela senhora no punho me sorriu como sempre, os braços estendidos ao longo da guarda como se quisesse me abraçar. Seu grito ecoou em minha cabeça, prata e cintilante de alegria.

"*Gabriel!*

"'É bom revê-la, Bebedora', sussurrei.

"*D-D-D-Dior... e-e-ela está...*

"'Ela está aqui', falei. 'Ela está bem.'

"*Me entregue a ela, me entregue a-a-a...*

"Ofereci a espada, e Dior a pegou com um sorriso. Eu não consegui ouvir as palavras que a Bebedora lhe falou mentalmente, mas ouvi a resposta da garota.

"'Estou bem, Bebedora', murmurou. 'Não há nada que perdoar.'

"Dior abaixou a cabeça e pôs uma mecha de cabelo escuro atrás da orelha. Então deu um sorriso tão brilhante quanto o sol há muito perdido e, como faria com uma irmã, abraçou a espada quebrada junto ao peito.

"'*Merci*, Bebedora.'

"Dior me devolveu a espada, e seu peso foi um conforto perfeito em minha mão ensanguentada. Segurei apertado seu cabo envolto em couro, grato além das palavras por tê-la de volta ao meu lado. Uma certeza em um mundo mergulhado em caos e loucura.

"*Não podemos ficar aqui, Gabriel*, sussurrou. *Embora p-possa parecer, não há santuário sobre este solo sagrado devido a nós, a nós.*

"'Adoro esse seu hábito de me contar merdas que eu já sei, Bebedora.'

"*Felizmente. Porque como sempre, v-v-v-você precisa que eu faça isso.*

"Embainhando a espada com um pequeno sorriso, peguei Dior pela mão e, juntos, saímos caminhando pelo corredor na direção do amanhecer esforçado. O ar lá fora estava congelante, neve densa caindo em meio aos grandes pilares de pedra do mosteiro, os grandiosos prédios góticos assomando acima deles. San Michon era inexpugnável; um bastião que resistira conforme a maior parte do império mergulhava na escuridão. Mas embora a Bebedora de Cinzas estivesse louca como um balde de gatos molhados, o que dissera era verdade – não havia proteção ali para nós. O destino de Dior não seria encontrado na ponta da faca de Chloe, mas estava certo de que a garota *tinha* um destino, e não podíamos apenas ficar ali escondidos em meio às manchas de sangue. No mínimo, outros santos de prata descobririam seu abade assassinado por minha mão sobre solo sagrado ao regressarem de suas Caçadas.

"E apostava que essa não seria uma conversa que transcorreria bem.

"Mas o inverno profundo já atingira Nordlund. Os rios estavam congelados e sólidos, e não havia nenhuma barreira para os vampiros que ainda estavam nos caçando. O Rei Eterno enviara seu filho caçula na trilha de Dior e, embora Danton estivesse morto, Voss não era tolo para arriscar todo o seu cacife em um lance de dados. Quando saíssemos do solo sagrado, estaríamos entrando na boca do lobo.

"Estávamos amaldiçoados se partíssemos. E amaldiçoados se ficássemos.

"Ouvi o chocalho de um guincho, e olhando pelo mosteiro vi uma dúzia de Irmãs do Priorado da Prata na plataforma do céu. Três Irmãos da Forja estavam ao lado delas, liderados pela figura enorme do mestre da forja Argyle. Estavam envoltos em peles, carregando pertences reunidos às pressas e com a expressão assombrada de pessoas fugindo para salvar a pele.

"Fugindo de *mim*, percebi.

"Argyle ergueu o martelo de aço de prata ao nos ver. O velho dedo preto estivera presente na Catedral para o ritual, satisfeito como todos os outros em condenar uma inocente para salvar o mundo. Mas fugira quando parti ao resgate de Dior. Eu me lembrava de como o velho fora em dias mais felizes, trabalhando duro em sua forja amada, fazendo as armas que tinham salvado minha vida na Caçada mais de uma vez. Mas então cuspiu na pedra ao ficar entre mim e as irmãs sagradas, as cicatrizes de queimadura em seu rosto gravadas em vermelho lívido.

"'Não chegue mais perto', avisou.

"'Argyle...'

"'*Para trás*, Gabriel de León. Mantenha essas mãos sangrentas afastadas, estou lhe avisando!'

"Acho que poderia tê-los detido. Se vivessem, contariam a história do que se passara ali a quem quisesse ouvir. E o que eram mais alguns assassinatos depois do que eu havia feito? Mas apenas observei em silêncio. Sabia o que aquelas pessoas viam quando me olhavam. Não um herói que tinha salvado uma criança inocente, mas um traidor que havia profanado seu mosteiro, assassinado seus amigos e condenado o mundo. Uma das irmãs fez o sinal da roda, e a barba grisalha do mestre da forja Argyle se eriçou quando ele rosnou:

"'Rezo para que você viva para se arrepender desse sacrilégio, vilão. Que Deus o *amaldiçoe* por isso.'

"A plataforma desceu através das neves uivantes. Senti ventos amargos queimando os meus olhos, a garota ao meu lado apertando minha mão ensanguentada.

"'Você não é um vilão, Gabe.'

"Retribuí o aperto, sorrindo de canto para ela.

"'Sou um vilão quando preciso ser.'

"Com o braço a envolvendo, nós nos dirigimos para o priorado, nossos ombros curvados contra a ventania uivante. O velho e grandioso prédio agora estava vazio, nossos passos ecoando sobre pedra fria conforme subíamos a escada. Dior me levou até o quarto onde tinha dormido, e, abrindo a porta com um chute, nós encontramos suas roupas dobradas com cuidado sobre a cama, as botas ao lado.

"'Graças à Virgem-mãe. Estou com os peitos congelando nessa túnica *idiota*.' Ela ergueu um dedo de alerta. 'E nada de piadas sobre precisar tê-los para perdê-los.'

"Ergui as mãos em sinal de rendição.

"'Eu não disse uma palavra.'

"'Continue assim.'

"'Doce Redentor, você faz uma piada sobre o tamanho dos peitos de uma mulher e passa o resto da vida se desculpando por isso.'

"'Acho que há nisso uma lição para todos nós.'

"Escarneci, e quando ela rasgou as túnicas ensanguentadas e as jogou no chão, eu me virei de costas, vigiando o corredor lá fora. Dior não perdeu tempo e vestiu a calça que eu lhe dera, a camisa, o colete e a bela sobrecasaca – pálida com arabescos dourados, forrada de boa pele de raposa. E ao pentear o cabelo para trás, afastando-o da marca de beleza em sua face, ela fez uma pequena pirueta, agitando os braços junto ao corpo.

"'Melhor?'

"Olhei para trás e fiz uma careta.

"'Passável.'

"'Bastardo', escarneceu. 'Você também não é nenhuma pintura, sabia?'

"'Na verdade, sou sim. Tem uma boa minha pendurada na Galeria Imperial em Augustin. Moulin a pintou.' Cocei o queixo. 'Quero dizer, ela costumava ficar pendurada lá. Antes de eu ser excomungado. Agora deve estar pendurada nas latrinas.'"

"'Apropriado.'

"'Vá se foder.'

"'Que inteligência sarcástica, *chevalier*.'

"'Inteligência é desperdiçada com quem não a tem, *mademoiselle*. Agora temos lugares onde estar, e *nenhum* deles é aqui. Então calce as botas nos pés antes que as minhas encontrem sua bunda.'

"Ela escarneceu, dando tapinhas no traseiro.

"'Você teria de pegá-la para chutá-la, velho.'

"Dior Lachance era uma garota que tinha sobrevivido nas ruas desde os 11 anos de idade, anos que a deixaram com um pragmatismo aguçado pelas sarjetas, uma inteligência impudica, uma coragem que deixaria a maioria dos guerreiros que conheci envergonhados. Por isso, embora quase tivesse sido assassinada por alguém que considerava uma amiga, imaginei que nossa pequena troca de brincadeiras grosseiras faria com que ela se sentisse em território familiar. E, no início, ela entrou no jogo, sempre dando o seu melhor. Mas enquanto ela tentava amarrar o lenço no pescoço, vi que que seus dedos vacilavam.

"'Você está com frio', menti, entrando em cena para ajudá-la.

"Ela ergueu o queixo, permitindo que eu arrumasse o tecido em torno de seu pescoço. Enquanto fazia o nó, percebi que Dior estava evitando meus olhos.

"'Acho que foi sorte a irmã Chloe ter deixado minha roupa guardada', murmurou. 'Considerando que ela nunca teve a intenção de que eu voltasse aqui.'

"'Sorte. Ou o diabo ama os seus.'

"'Fico satisfeita que *alguém* esteja olhando por mim. Deus com certeza não será, depois de tudo isso.'

"'Deus.' Escarnecendo, despenteei o cabelo cinza dela. 'Você não precisa de Deus. Você tem a mim.'

"Seus olhos enfim se encontraram com os meus, e sua voz saiu num sussurro:

"'Você está falando sério?'

"Ao olhar nos olhos da garota, pude notar seu sofrimento, ressurgindo agora à superfície. Ela era afiada e dura como aço, Dior Lachance, mas percebi que, apesar de toda sua fachada, ainda tinha apenas 16 anos. Jogada de cara num mundo que não poderia ter imaginado. Todas as pessoas de quem ela já gostara a haviam deixado ou tinham sido levadas embora. Sua confiança não era fácil de conquistar, e ser recompensada com uma faca no pescoço depois de tê-la oferecido a Chloe... bem, eu podia ver que essa traição a havia magoado mais fundo do que eu imaginara a princípio.

"'Estou falando sério', disse, vasculhando os olhos dela. 'Pelo Sangue, eu *juro*. Não sei aonde a estrada vai nos levar, garota. Mas vou percorrê-la ao seu lado, seja lá qual destino nos espere. E se o próprio Deus por acaso nos separar, se toda a legião sem fim entrar no meu caminho, eu encontrarei o caminho de volta das margens do abismo para lutar ao seu lado. Eu não vou deixá-la, Dior.

"Estendi o braço e apertei suas mãos com toda a força que ousei.

"'Eu *nunca* vou deixar você.'

"Ela lutou contra isso por um momento a mais, puxando o cabelo sobre os olhos, vestindo a armadura de bravata que aprendera a usar quando criança… uma criança, Sete Mártires, o que eu achava que ela era agora? Mas por mais que ela resistisse, tudo se soltou, o sangue seco em sua pele rachando quando seu rosto se franziu. Vieram, então, as lágrimas, escorrendo por seu rosto quando ela baixou a cabeça e rosnou.

"'*Covarde* de merda…'

"'Doce Virgem-mãe, garota, covarde é a *última* coisa que você é.'

"Estendi a mão para ela, sem jeito, e quando encostei em seu ombro, ela deu um soluço alto e jogou os braços ao meu redor. Fiquei imóvel por um momento, paralisado. Mas enfim a ergui, abraçando-a enquanto ela chorava. Todo seu corpo estremecia com os soluços, e eu a balancei para a frente e para trás, como tinha feito com minha própria filha, no que parecia uma vida atrás. A lembrança era irregular como uma lâmina quebrada, e o pensamento em *ma famille* me deixou com um nó na garganta.

"'Quieta, agora', murmurei. 'Tudo vai ficar bem, prometo.'

"Ela fungou com força, pressionando o rosto em meu peito como se quisesse esmagar sua pergunta. 'Nós… nós f-fizemos a coisa certa, Gabe?'

"'O que quer dizer com isso?'

"'O *ritual*', sibilou. 'A morte dos dias. P-podíamos ter acabado com ela! Com tudo isso!'

"Meu peito doeu ao ouvir isso, sentindo o fardo pesado de meus feitos sangrentos naquela catedral. Eu fizera meus antigos irmãos em pedaços para salvar Dior, e embora não conseguisse ter pena de pessoas que estavam dispostas a assassinar uma criança, ainda tinha consciência que o rito que eu havia interrompido poderia ter *funcionado*. A partir do momento em que eu fizera aquela escolha, toda criança órfã, toda mãe assassinada e todo momento de sofrimento sob o céu da morte dos dias… tudo isso agora era em parte culpa minha.

"Mas não dela.

"'Escute-me agora.' Eu a afastei para encará-la. 'Coloque uma tampa nessa garrafa de bobagens, está me entendendo? A escolha foi só minha, e se há um preço a pagar por ela, então sou eu que *vou* pagar a conta.' Escarneci, tentando soar mais seguro do que estava. 'Na verdade, os escritos naquele mosteiro são principalmente porra de porco e mentiras. Celene me disse que se eu deixasse a ordem matar você, tudo seria desfeito.'

"'Celene?'

"'Minha irmã caçula. A que você conhecia como Liathe.'

"Os olhos marejados de Dior se arregalaram.

"'Aquela bruxa de sangue da máscara? Ela está tentando botar as garras em mim desde que saímos de Dhahaeth.'

"'Ela também nos ajudou a derrotar Danton e sua prole. Ela não é amiga do Rei Eterno.'

"'Então o inimigo de meu inimigo…'

"'Normalmente é só outro inimigo.' Olhei para a janela, para a luz mortiça através dela. 'Mas ela salvou a minha vida. E me ajudou a salvar a sua. Nós devíamos pelo menos ouvir o que ela tem a dizer. Não é seguro ficarmos aqui, Dior. Você precisa decidir que caminho tomamos agora.'

"Ela piscou ao ouvir isso.

"'Eu? Por que eu?'

"'Porque esta é a *sua* vida. *Seu* destino. Você é o Santo Graal de San Michon. Vou estar ao seu lado, sempre e a toda hora. Mas sua estrada é apenas sua. *Você* deve fazer a escolha.'

"Ela fungou com força e engoliu em seco.

"'E se eu escolher a errada?'

"'Aí vamos nos perder juntos.'

"Ela me encarou, e vi aquela velha centelha se inflamando nos olhos dela.

"'A estrada à frente é sombria', disse a ela. 'E é difícil continuar andando quando não se vê o chão sob seus pés. Mas é *isso* que é a coragem. A disposição de continuar andando na escuridão. Acreditar que o fim está logo ao seu alcance, e não a um milhão de quilômetros de distância. E enquanto algumas garotas podem vacilar, podem fracassar, podem se encolher como bebês em vez de seguir pela noite solitária, você não é uma delas.'

"Apertei sua mão e examinei seus olhos.

"'Você *não* é uma dessas garotas.'

"Ela aprumou os ombros em sua bela sobrecasaca e se ergueu mais alta, afastando aquelas mechas pálidas do rosto. E embora ainda fosse pequena, cansada, Deus, *tão* nova e com aqueles olhos brilhantes, captei um vislumbre da mulher que Dior Lachance poderia vir a ser."

"E, por um mero instante, a escuridão deixou de parecer tão sombria.

"'Vamos lá então', disse ela. 'É melhor não fazer a *famille* esperar.'"

✦ II ✦
COMOS E PORQUÊS

— DESCEMOS PARA O vale abaixo, e um único pensamento ocupava a minha mente. Não o alívio por saber que minha irmã não estava morta, nem o horror por saber que, em vez disso, ela estava Morta. Nem desconfiança dos dons estranhos que ela exibira, tampouco curiosidade sobre como ela passara os últimos dezessete anos. Enquanto eu e Dior descíamos devagar pela plataforma do céu, minhas perguntas e minhas dúvidas eram apenas sussurros abafados por um único medo.

'"Celene me fez beber o sangue dela.'

"Dior parou de roer as unhas e ergueu os olhos, cuspindo uma lasca irregular.

'"Com certeza sou nova em tudo isso, mas vampiros não costumam fazer o contrário?'

'"Mãocinza cortou meu pescoço. O sangue de Celene impediu que eu morresse.'

'"Então não parece tão ruim.'

'"É um longo caminho percorrido na direção da porra de um desastre.'

"A garota sacudiu a cabeça, inexpressiva.

'"Há poder no sangue de vampiros, Dior. Força. Uma cura para sofrimentos mortais. Ele até atrasa a velhice. Mas há mágikas mais sombrias também. Beber o sangue de vampiros lhes dá *poder* sobre você, um poder que só se aprofunda quanto maior a quantidade bebida. Beba do mesmo vampiro em três noites diferentes e se tornará um escravizado. Apenas um servo de sua vontade.'

"'É por isso que santos de prata fumam sangue', murmurou ela. 'Em vez de engoli-lo.'

"Assenti, olhando para o rio congelado abaixo.

"'Mãocinza certa vez me contou a história de um vampiro chamado Liame Voss. Era um jovem coração de ferro, nascido em Madeisa há uns cinquenta anos. Marco, um Santo de Prata, foi enviado para a cidade quando as pessoas começaram a desaparecer.

"'Marco era um caçador astuto, e fez o que qualquer caçador astuto faria. Investigou a tumba de Liame, conversou com a *famille* e a noiva do homem, uma garota bonita de nome Estelle. Ele quase pegou sua presa, também, alcançando o vampiro quando Liame atacava uma prostituta perto das docas. Marco lhe arrancou o braço com sua espada, quase o cegou com uma bomba de prata. Mas o sanguessuga pulou na baía, nadando para a escuridão onde Marco não podia segui-lo.

"'O estranho foi que Liame fazia uma nova vítima quase toda noite. Mas depois que Marco quase o matou, os assassinatos pararam. Nosso bom *frère* se manteve discreto, certo de que Liame atacaria outra vez, mas ele nunca mais fez isso. Não houve mais nenhuma vítima. Marco imaginou que o vampiro tivesse fugido para territórios de caça mais seguros. Ele só descobriu a verdade anos depois.'

"Dior falou, em voz baixa:

"'E qual era?'

"'Bem, isso foi na época em que o sol ainda brilhava forte no céu. E para protegê-lo durante o dia, enquanto estava impotente, Liame escravizara sua noiva. Estelle cuidava dele enquanto ele dormia. Atraía vítimas das quais ele podia se alimentar. Às vezes, até se livrava dos corpos.' Sacudi a cabeça com a expressão severa. 'Um escravizado mata por seu mestre, Dior. Morre por seu mestre. Comete *qualquer* atrocidade por aquele a quem está preso. Mas Estelle amava mesmo Liame. Todo o ardor de sua vida mortal, somado à servidão ao Sangue. E a *mademoiselle* ficou tão *aterrorizada* depois que seu amado Liame quase foi morto por *frère* Marco que descobriu um jeito de protegê-lo para sempre.

"'Levou nove anos até que tudo isso viesse à luz. No fim, Estelle foi atropelada por uma carruagem em disparada. Esmagada sob os cascos dos cavalos. E enquanto estava morrendo, ela contou a verdade para seu padre. Não para confessar, veja bem, mas para lhe implorar que ele continuasse o trabalho abençoado dela.

"'O padre acompanhou a milícia até a casa dela, derrubou a parede do porão. E ali encontraram Liame. Um saco de ossos faminto, ainda comatoso enquanto o arrastavam para o sol. Estelle tinha enterrado o noivo enquanto ele dormia, sabe? Ela o emparedou, o deixou onde ninguém podia lhe fazer mal. Ela o alimentava através de um dreno, tampando os ouvidos com cera para não conseguir ouvir suas ordens para libertá-lo. Sem querer mais nada no mundo além de manter o amado em segurança.'

"Dior estremeceu e fez o sinal da roda.

"'Para sempre.'"

Jean-François de repente escarneceu. O historiador se encostou na poltrona.

– Que bobagem *absurda*, De León.

Gabriel olhou para o marquês, bebendo seu vinho.

– Como quiser.

– Imagino que essa ficção fosse para assustar a pobre garota, não?

– A vida é mais estranha do que a ficção, vampiro. Mas a história *deveria* ensinar a Dior que a servidão de sangue não é uma coisa pequena. E que, em algumas pessoas, ela dá origem a uma devoção que beira a loucura. – Gabriel apontou a cabeça na direção da sombra embaixo da porta; Meline à espreita do lado de fora. – Você devia tomar cuidado com isso. *Mestre*.

Jean-François franziu os lábios de rubi, lançando ao Santo de Prata um olhar capaz de fazer murchar.

– Mas mesmo que evite a insanidade – prosseguiu Gabriel –, depois de três gotas ao longo de três noites, você não passa de um servo. Eu já bebera uma vez de Celene, e sabia que o sangue dela estaria então trabalhando dentro de mim, amolecendo meu coração. Não importava aquilo em que ela tinha se transformado nas noites desde que eu a vira pela última vez. Quando novos, eu e minha irmãzinha éramos unidos como ladrões. Seu sangue em minhas veias só aprofundaria esse círculo de amor. Mas, na verdade, eu não podia confiar nela. Não até que pudesse cuspir o sangue que ela tinha me forçado garganta abaixo.

"Continuamos nossa descida, as correntes rangendo enquanto o vento balançava a plataforma. O Vale do Mère vestia seus trajes invernais, o rio congelado brilhava como aço escuro. Os picos das Montanhas dos Anjos assomavam no horizonte a noroeste, as Montanhas da Pedra da Noite encobertas em tempestades a sudoeste. A terra estava envolta em neve, cinza e densa.

"Dior enrolara alguns *cigarelles* de raiz-armadilha em papel preto de fazer fogo. Benedict, um dos irmãos mais velhos que trabalhava no cesto de pães do mosteiro, era um viciado incorrigível, e a garota se apropriara de seu estoque. Ela acendeu um com a pederneira roubada, fumaça pálida se erguendo de seus lábios enquanto murmurava.

"'Então o que aconteceu com ela?'

"'Com Celene?'

"'*Oui.*'

"Puxei para trás meu cabelo revolto pelo vento e olhei para as terras em que havíamos nascido.

"'Aaron e eu lutamos contra uma das filhas de Fabién enquanto éramos iniciados. O nome dela era Laure. A Aparição de Vermelho. Ateei fogo nela durante a batalha e, por vingança, ela incendiou a aldeia em que nasci. Todos morreram. Minha mãe. Padrasto. Irmã caçula. Todo mundo.'

"'Grande Redentor.' Dior apertou minha mão. 'Sinto muito, Gabe.'

"'Celene tinha pouco mais de 15 anos.' Eu suspirei. 'Ela morreu por minha causa.'

"A plataforma tocou o solo com um baque surdo e pesado, e olhei para o vale congelante, sem ver sinal de minha irmã. Enquanto me dirigia aos estábulos, dei por falta de cavalos. Deviam ter sido levados por Argyle e os outros. Celene não achou apropriado detê-los, mas talvez ela...

"'Deus seja louvado.'

"Atrás de mim, um sibilar baixo me fez girar em sua direção, a mão no punho da Bebedora de Cinzas. Por baixo de minhas peles, senti um calor esquecido, agora revivido; o fogo da fé renovada, correndo através das tatuagens de prata em meu corpo, meu aegis queimando na presença dos Mortos. Havia uma figura às nossas costas, alta, graciosa e vestida de vermelho, como uma mancha de sague na neve.

"Ela era como me lembrava, mas ainda assim meu coração se acelerou ao vê-la. Mechas de um azul da meia-noite caindo até a cintura, sobrecasaca vermelha comprida e camisa de seda aberta no peito pálido. Usava a mesma máscara; porcelana branca com uma impressão sangrenta de mão sobre a boca, cílios bordejados de vermelho. Suas íris eram pálidas como sua pele, e o que devia ser o branco de seus olhos era na verdade preto. Seu olhar era de uma coisa morta, desprovido de luz e vida.

"'Você vive', sussurrou Celene.

"Permanecemos ali, parados no frio, tanto peso e tantas palavras entre nós que o ar parecia mais difícil de respirar. Metade de minha vida se passara desde que eu considerara minha irmã assassinada, mas, ao vê-la outra vez depois de todos aqueles anos, meu coração parecia arrancado do peito de novo. E embora eu tivesse mil perguntas, não conseguia pensar em nada para dizer.

"'Dior Lachance, essa era Celene Castia', consegui articular.

"Dior assentiu, murmurando em torno de seu *cigarelle*.

"'Achei que você preferisse Liathe.'

"'Liathe é um título. Não nosso nome.' Celene se abaixou sobre um joelho, como um *chevalier* diante de uma rainha. 'Mas pode nosss chamar como quiser, criança. Estamosss simplesmente muito felizesss de ver que vocêsss estão em segurança.'

"Dior piscou, desconfiada. A voz de Celene era o mesmo sussurro estranho, ceceado e sibilante – como a ponta de uma faca sendo arrastada por uma placa de gelo.

"'Você a sssalvou, irmão', disse ela, voltando-se para mim. 'Nóss tínhamosss nossasss dúvidasss.'

"Olhei fixamente enquanto ela se levantava, ecos do sangue com o qual me alimentara resistindo em minha língua. Horas depois, ele ainda me queimava com uma potência que nunca tinha provado. O sangue de um vampiro ancien, de algum modo, brotava nas veias de uma recém-nascida com apenas dezessete anos no túmulo.

"'Seu título', falei. 'O que ele significa?'

"'Liathe. Talhóstico antigo para *cruzado*. Ou *cavaleiro*.'

"'Cavaleiro?', escarneci. 'Do quê?'

"'Da fé. Dos fiéis.'

"'Por que me seguiu?', perguntou Dior. 'O que você quer?'

"'Você deve vir conosssco, criança. Esstá em perigo. E, com você, todas asss almass deste império. É o Rei Eterno que a persegue agora, masss é só quesstão de tempo até que os outrosss priorem desejem submetê-la a seusss desejosss. Você não pode cair nasss mãosss delesss.'

"'O que são priorem?', rosnou a garota.

"'Os mais poderosos dos kith', respondi. 'Os chefes das quatro linhagens de sangue.'

"'Cinco', disse Celene, voltando-se para mim. 'Há *cinco* linhagens, Gabriel.

"Encarei minha irmã, lembrando de nosso conflito em San Guillaume, da batalha no Mère que tivemos com Danton. Ela lutara como um demônio nas duas vezes, mais forte e mais rápida que qualquer recém-nascida tinha direito de ser. Acima de tudo, brandia uma espada feita de seu próprio sangue. Ela queimava o sangue de outros kith ao tocá-los, assim como eu. Não sabia quase nada sobre o vampiro que tinha sido meu pai, mas, como todos os sangues-pálidos, eu recebera uma parte de seu poder – velocidade, força e um pouco de feitiçaria de sangue chamada sanguemancia. E parecia que Celene de algum modo tinha o mesmo dom sombrio.

"Minha irmã cravou a unha do polegar na palma da mão, e sangue vermelho brotou dela. O cheiro me atingiu como um soco, e pude sentir minhas tatuagens queimando ainda mais forte em minha pele. Enquanto os olhos de Dior se arregalavam, o sangue jorrou da mão de Celene como uma víbora, moldado por ela em um símbolo familiar; o mesmo descoberto por minha amada Astrid na biblioteca acima, meia vida atrás.

"Crânios gêmeos, encarando um ao outro em um escudo de peso.

"'Esani', murmurei.

"'Isso também é talhóstico antigo', disse Dior. '*Sem fé*. E minha ancestral, a filha do Redentor com Michon, se chamava Esan. *Fé*.'

"'O que essa droga toda significa, Celene?', perguntei. 'Você me disse que a Aparição de Vermelho a matou quando incendiou Lorson.'

"'Ela matou. Querida mãe Laure.' Um longo suspiro escapou por detrás da máscara sangrenta de minha irmã. 'Você me roubou minha vingança quando a matou, irmão.'

"'Se Laure a fez, você nasceu do sangue Voss. Como pode fazer sanguemancia? Esse é o dom de sangue dos Esani.

"'Há muita coisa que você não ssabe. Anosss passsadoss em sua pequena torre, aprendendo a matar faekin, sangues-friosss e dançarinosss da noite. E você não ssabe *nada* sobre o que é.'

"'Ensine-me, então', falei com rispidez. 'Em vez de ser toda desagradável.'

"Ela inclinou a cabeça, o vento amargo esvoaçando o casaco como fumaça.

"'Os Esana não são apenasss uma linhagem de sangue, irmão. Nósss somosss uma *crença*. Estudei aosss pésss de um dosss maiores acólitosss da Fé. Um ancien chamado Wulfric.' A forma vermelha à frente dela estremeceu e se transformou em uma espada longa e gotejante. 'É dele que fluem nossosss donsss.'

"'Então por que esse Wulfric a enviou atrás de mim?' Dior exalou fumaça, olhos fixos naquela espada ondulante. 'O que você quer?'

"'A messsma coisa que os irmãos desencaminhados de Gabriel queriam. O sangue do Redentor vai acabar com a morte dos dias, criança. Você vai trazer o sssol de volta aosss céusss. E um *fim* para esse império dosss malditosss.'

"O ar pairava pesado, carregado de antecipação. A promessa de revelação. A matança que eu cometera naquela catedral fora uma escolha *minha*, e eu teria feito tudo outra vez para salvar a vida de Dior. Mas teria de ser um covarde para dar as costas ao preço que o mundo poderia pagar por isso. Tinha impedido que a Ordem da Prata terminasse com a morte dos dias, e com todo sofrimento que a acompanhava. Então agora eu mesmo teria de acabar com a morte dos dias.

"E parecia que minha irmã podia saber a maneira de fazer isso.

"Pude sentir o peso da palavra que Dior disse em seguida. Parecia que todo o mundo tinha se imobilizado, até o vento se calando para poder ouvir o sussurro assustado da menina.

"'*Como?*'

"'Nós...' Celene abaixou a cabeça. 'Eu... ainda não sei.'

"O vento começou a uivar outra vez; o mundo, a girar, a imobilidade estilhaçada por meu riso alto de tristeza incrédula.

"'Você o *QUÊ?*'

"Celene me olhou, sibilando delicadamente por baixo de sua máscara.

"'Você está de *brincadeira*?', comentei bruscamente. 'Você nos segue por metade do império, quase me mata *duas vezes* tentando pegar Dior, e nem sabe como...'

"'Eu disse que *AINDA* não sssei!' O grito de Celene ecoou na pedra escura. 'Mestre Wulfric foi *assassinado* antesss que pudesse me ensinar! Mas há *outrosss* Esana, Gabriel! Criaturasss que caminhavam por esta terra quando este império não era nem um sssonho! O maior guerreiro dos Fiéisss vive a apenasss algumasss semanasss de viagem daqui! Vamosss procurar o covil do mestre Jènoah e, em seuss salóess, vamosss aprender a verdade sssobre tudo o que Dior deve fazer para trazer o sssol de volta!'

"'Algumas semanas? Em pleno inverno profundo? Onde fica esse lugar?'

"'Em algum lugar dasss Montanhasss da Pedra da Noite. Uma cidadela conhecida como Cairnhaem...

"'*Em algum lugar?* Você nunca esteve lá? Por acaso já conheceu esse sujeito?'

"'Isssso não importa!', retrucou ela. 'Sob seus cuidadosss, o Graal quase perdeu a vida; e o mundo, sssua ssalvação! Você não entende o que está em jogo aqui, Gabriel! Essste é o caminho que a criança deve percorrer, e ela não precisa percorrê-lo com você!'

"Celene bateu a bota no chão, maligna, mas por um momento não pareceu um monstro embebido em sangue, mas minha irmã outra vez – uma criança, uma fúria, uma peste com gênio forte que, ao mesmo tempo, eu temia e adorava. E com os olhos pálidos estreitados, ela ergueu uma mão trêmula para Dior.

"'Agora venha conossssco.'

"Olhei para a garota ao meu lado e de novo para essa coisa que tinha sido minha irmã.

"'Você está louca', falei, sacando a Bebedora de Cinzas.

"*Ohhhhh*, sussurrou minha espada. *Casaco bonito vermelhovermelhovermelho por fora e por dentro, bastante f...*

"'Isso não é nenhum jogo, irmão', disse Celene com rispidez. 'Você não pode protegê-la do que está por vir. Não faz a menor ideia sobre as respostasss de que ela precisa. A criança vem...'

"'A *criança* tem a droga de um nome', retrucou Gabriel. 'E talvez todos devêssemos parar um pouco para respirar aqui. Quero dizer, pelo menos aqueles de nós que respiram...'

"'Essstou o avisando, Gabriel', sibilou Celene, o ar entre nós agora crepitando com uma corrente escura. 'Minha vida é esssta por sssua causa. Tudo o que sssou, tudo o que eu faço, é por *sssua* causa. Nósss vamosss levar Dior para o mestre Jènoah. Não fique em nosso caminho.'

"'Quando se trata dessa garota, eu estou no caminho do *mundo*.'

"Celene ergueu sua espada sangrenta.

"A voz dela atravessou o frio entre nós.

"'Então nósss vamosss tirá-lo do caminho.'"

✦ III ✦

HOSTILIDADES

— CELENE VOOU EM minha direção, um borrão vermelho contra a neve cinza. Empurrei Dior para o lado antes que ela atacasse, aquela espada sangrenta tentando atingir meu pescoço. Meu aegis queimava, mas não havia tempo para desnudá-lo: mal tive tempo o bastante para me defender com a Bebedora. Senti a força terrível por trás do golpe de Celene, girei e a chutei nas costas quando ela o prolongou. O impulso a jogou contra o pilar de granito às minhas costas, lascando a pedra.

"Dior gritou quando Celene girou sua espada, pintando uma faixa vermelha no ar.

"'PAREM!'

"E batendo lâmina com lâmina, sangue do coração contra aço de estrela, eu e minha irmã começamos a dançar.

"Celene tinha sido um terror quando criança, como contei. Nossa querida mãe costumava arrancar os cabelos com as travessuras nada femininas de minha irmã, e *me* repreendia por encorajá-las. Minha peste sempre dizia que não tinha desejo de se casar, sempre falando, em vez disso, sobre uma vida de aventuras, e eu e ela brincávamos de lutar com espadas em torno da forja de meu padrasto depois de cumprir nossas tarefas. Mas, por mais estranho que pareça, nunca lutávamos entre nós. Em vez disso, ficávamos de costas um para o outro, com bastões na mão, encarando legiões infindáveis de inimigos imaginários.

"*Sempre em inferioridade numérica,* dizíamos. *Nunca derrotados. Sempre Leões.*

"E ali, à sombra de San Michon, no início pareceu que éramos crianças outra vez – que a qualquer momento nossa mãe podia gritar para que largássemos nossos bastões e entrássemos para jantar. Mas enquanto desviava de seu ataque seguinte, espada contra espada contra espada, percebi que Celene não estava para brincadeiras; que minhas memórias cálidas eram apenas os ecos de seu sangue em minhas veias.

"*Essa não é sua i-i-irmã, Gabriel,* disse o sussurro da Bebedora.

"Gotas vermelhas voaram quando nossas espadas se beijaram.

"Uma expressão de dor quando sua lâmina cortou meu rosto.

"'GABE!', gritou Dior.

"*MALDIÇÃO, LUTE!*

"Dior avançou pela neve na minha direção e na de Celene, gritando para nós pararmos. Alertei que ela recuasse, mas aquela garota às vezes demonstrava ter mais colhões que cérebro, eu juro. E quando tirei os olhos de minha irmã, Celene atacou com um chute que quase quebrou minhas costelas, me fazendo voar para trás como um tiro de canhão. Atingindo Dior em cheio.

"Nós colidimos com um grunhido, o barulho de minha testa no rosto dela. A respiração de Dior explodiu de seus lábios junto com seu *cigarelle* quando caímos juntos na neve, rolando até pararmos. Eu me agachei rapidamente, com a espada firme, olhando para a garota que eu tinha atingido; apenas tonta e sem fôlego, para meu alívio. Mas meu pulso bateu mais rápido e minha boca ficou seca quando vi escorrer vermelho brilhante de seu nariz.

"*Sangue.*"

Gabriel respirou fundo, o polegar delineando as cicatrizes em forma de lágrimas em seu rosto.

– Agora. Muitos disseram que eu era o maior espadachim que já viveu, sangue-frio. As canções que cantavam sobre mim diziam que eu podia cortar a noite em dois. E embora conversas de bêbados nas espeluncas de Augustin e

Beaufort não sejam nada que meça sua masculinidade, é verdade que nunca fui ruim com uma espada. Havia treinado aos pés dos mestres desde que era garoto. Era nascido de sangue nórdico; o sangue de leões. E olhando para aquela garota sangrando na neve ao meu lado, senti despertar o leão dentro de mim.

"'Você a machucou', falei.

"Saltei na direção de Celene, caindo sobre ela como uma avalanche, aegis queimando sob minha pele. Estava claro, agora, que minha irmã me queria morto, Dior em suas garras frias. E olhando para aquela garota sem fôlego, rolando sobre a neve e passando os nós dos dedos sobre o nariz sangrando, eu me lembrei do que tinha prometido, o que já tinha sacrificado para mantê-la em segurança.

"O destino do mundo inteiro.

"*LUTE!*

"Celene atacou, a ponta de sua espada tentando me atingir no peito. Recuando, com as botas triturando o chão, eu a desequilibrei. Dançando próximos, supliquei por outro golpe, e ela fez isso, cambaleante e desequilibrada, sibilando de fúria. Mas desviei o golpe para baixo, enfiando a ponta de sua espada na neve. E escorregando por trás dela com toda a graça sobre a qual aqueles menestréis de espelunca cantavam, golpeei suas costas com a Bebedora de Cinzas.

"O casaco se abriu, e um jorro de sangue atingiu a neve quando a Bebedora assoviou através de pele e osso. Minha irmã estremeceu em meio ao vento uivante. E diante de meus olhos surpresos, todo seu corpo se transformou numa massa sangrenta aos meus pés.

"Ouvi um som, delicado, um barulho de neve pisada às minhas costas, e me virei quando uma lâmina vermelha irrompeu por meu peito. O golpe perfurou bem perto de meu coração, sangue borbulhando em minha boca quando a Bebedora de Cinzas caiu de minha mão. Celene agora estava *atrás* de mim, olhos mortos apertados, a figura que eu tinha atingido e transformado em uma pilha no gelo – era alguma ilusão de ótica, percebi, algum feitiço de sangue.

"'Puta que o...'

"Dior gritou, Celene *girou*, abrindo minhas costelas ao arrancar e soltar sua espada. Caí, tossindo sangue, e rolei de costas quando a coisa que tinha sido minha irmã ergueu alto sua espada. Eu estava a uma respiração de morrer, sabia disso. Mas desesperado e arquejando, senti aquele fogo queimando sob minha pele. E tirando minha luva esquerda, ergui a mão.

"A estrela de sete pontas na minha palma brilhou, e Celene sibilou, levando uma das mãos aos olhos. Nas guerras de minha juventude, aquela tinta ardera azul-prata, iluminando o campo de batalha com o fogo de minha juventude. Mas agora queimava vermelha como o coração cheio de ódio infernal. Não restava nenhuma devoção ao Todo-poderoso em meu coração depois do que ele fizera comigo, com *ma famille*. Mas como meu amigo Aaron dissera, não importava qual era o objeto de minha fé, desde que tivesse fé em alguma coisa.

"E eu tinha fé em *Dior*.

"Mas Celene apenas ergueu a mão.

"Senti seu toque, como um punho em meu peito, cintas de ferro *espremendo* todo o meu corpo. Engasguei em seco, incapaz de me mexer e de sequer *respirar*. Os olhos de minha irmã se estreitaram quando, por alguma medida profana de sua arte sombria, ela se apossou do próprio sangue em minhas veias.

"O sangue *dela*.

"Celene curvou os dedos em garras, e arquejei em agonia quando o sangue que ela me doara começou a ferver. A mão dela se agitou, e vapor vermelho subiu de minha pele, um grito saiu de minha garganta enquanto ela sibilava por trás de sua máscara.

"'Hoje não, irmão...'

"Dedos pálidos se emaranharam em seu cabelo, puxando sua cabeça para trás. E de suas costas, um punhal de aço de prata se apertou sobre sua garganta.

"'*Nunca*, vampira', disse Dior com raiva.

"Minha irmã ficou imóvel, segurando-me mesmo assim.

"'Criança...'

"'*Pare* de me chamar assim. Solte-o.'

"Celene me olhou, sua pegada ainda de aço em minhas veias. Por um momento, eu me perguntei por que estava tão temerosa – ela tinha nascido de um coração de ferro ancião, afinal de contas. Mas, olhando com mais atenção, vi que o punhal de Dior não brilhava apenas prateado, mas *vermelho* – seu sangue não estava apenas em seu nariz e sua boca, agora, mas se espalhava sobre a lâmina. Celene e eu tínhamos visto aquele sangue transformar um Príncipe Eterno em cinzas. E sabíamos o que também podia fazer com ela.

"'Nósss não queremosss seu mal, *chérie*, você deve...'

"'Eu não devo nada, *chérie*. Agora. Solte-o.'

"O olhar morto de Celene se abateu sobre mim, fúria derretendo em medo.

"'Ele vai nosss matar.'

"'Talvez, mas acho que não.' Dior me olhou nos olhos, falando tanto com minha irmã quanto comigo. 'Ele é inteligente demais para isso. Se *sou* a chave para acabar com isso, e você sabe onde está a fechadura, parece que talvez precisemos uns dos outros. Você não vai me *levar* a lugar nenhum. Mas...' Ela fungou forte e respirou fundo. 'Nós podemos ir com você. Vamos procurar esse mestre Jènoah juntos.'

"A garota cuspiu vermelho na neve e arqueou uma sobrancelha inquisidoramente.

"'A menos que alguém tenha uma sugestão melhor.'

"Seu olhar estava fixo em mim, olhos azul-claros cintilando com indagação. Eu podia ver desconfiança nela. Temor. Raiva por Celene ter me machucado. Ainda assim, também havia curiosidade. Sobre os Esani. Sobre a verdade que ela mesma carregava. Como poderia de fato consertar aquele mundo terrível e quebrado. Embora eu tivesse pouca fé em minha irmã, Celene parecia saber *em parte* o que Dior devia fazer para acabar com tudo aquilo. O que era mais do que eu mesmo podia dizer.

"Então, lutando contra o domínio de Celene e minha própria sensatez, assenti de leve.

"'Mas se não o soltar *agora mesmo*', murmurou Dior, apertando sua pegada no cabelo de minha irmã, 'seu irmão não vai ter de matá-la, Celene, eu juro pela porra de Deus.'

"Como já contei, Dior crescera nas sarjetas de Lashaame. Só o Todo-poderoso sabia o que ela tinha feito para sobreviver na época. Tempos duros e pedra dura geram pessoas endurecidas, as crianças mais do que todos. Essa garota tinha matado inquisidores. Soldados. Doce Virgem-mãe, ela matara a própria Fera de Vellene. Quando ela jurava por Deus, eu acreditava. E Celene também acreditou.

"A pegada em minhas veias relaxou, e desabei na neve. Traços de vapor vermelho emanavam de minha pele, e pressionei o peito perfurado com uma das mãos. O ferimento gorgolejava e borbulhava cada vez que eu respirava, o gosto de sal e cobre em minha língua.

"'Gabe!'

"Celene arrumou sua echarpe de seda quando Dior deslizou pela neve até o meu lado, com os olhos sobre o sangue pulsando entre meus dedos. A garota tirou a luva, levou o punhal à palma da mão cheia de cicatrizes, pronta para cortar. O sangue do Redentor era milagroso, eu o vira curar feridas que teriam posto qualquer homem comum na cova. Mas eu não era um homem comum.

"'Não se corte', murmurei, ainda olhando furioso para minha irmã.

"'Mas você está sangrando!'

"'Não por muito tempo. Sangues-pálidos não morrem com facilidade.'

"Olhei para baixo e vi meu ferimento começando a se fechar; um testemunho sério do poder do sangue com o qual Celene me alimentara. Enquanto eu podia ferver o sangue de outra pessoa apenas tocando-a, ela fizera isso com um gesto – parecia que cada gota estava sob o comando dela. Sua demonstração de sanguemancia fora amedrontadora, aterrorizante

– sem Dior ali, minha irmã podia ter me derrotado, e me perguntei do que mais ela era capaz. Porque, naquela manhã, ajoelhado no frio sob a sombra de San Michon, olhando para minha irmã Morta e para a estrada sombria que pelo visto íamos percorrer juntos, eu tinha uma convicção.

"'Tem certeza de que você está bem?', perguntou Dior. 'Não precisa que eu…'

"Poupe seu sangue, *chérie*.' Suspirei.

"Celene assentiu, sussurrando:

"'Aonde nósss vamosss, você vai precisar dele.'"

✦ IV ✦
PERDIDOS JUNTOS

— FILHO DE UMA puta… de uma rameira fodedora de porcos!

"O grito de Dior ecoou no gelo, os dentes à mostra em uma expressão frustrada.

"'Você percebe que só está insultando minha mãe quando me chama disso?', questionei. 'Na verdade, não é nenhum insulto para mim.'

"'Vá comer merda, seu duende bocetudo que come cocô.'

"'Está vendo, esse é o espírito.' Sorri. 'Agora pegue-a.'

"Dior cuspiu na neve.

"'Eu não sou *boa* nisso, Gabriel.'

"'Você é uma merda. Mas como julga que uma pessoa *fica* boa?'

"Estávamos parados na superfície congelada do rio Mère, névoa pairando densa no breu da manhã. O hálito de Dior congelou quando voltou a xingar, afastando a mecha suada de cabelo de seus olhos. Teimosa como uma carroça cheia de mulas bêbadas, porém, ela deu um suspiro, levou a mão ao gelo e pegou sua espada de treino.

"'*Você* era assim tão ruim quando começou?'

"'Não importa.'

Tomei um gole de vodka e guardei a garrafinha no interior de meu sobretudo.

"'Não se compare com os outros, mas com o que você costumava ser.'

"Ergui minha espada, com os olhos nos dela.

"'Mais uma vez, com vontade.'

"Estávamos caminhando pelo rio havia nove dias, San Michon perdido nas neves cada vez mais profundas às nossas costas. Tínhamos partido na manhã em que Celene e eu lutamos, acompanhados por três cavalos da tundra 'tomados emprestados' dos estábulos do mosteiro. Um trio vigoroso, aquela raça dura de Talhost chamada sosyas, que foram treinados para não temer os Mortos – boa notícia, levando-se em conta aquela estranha nova companhia que tínhamos. Mas minha irmã tinha saído em exploração, e os animais estavam tranquilos no abrigo de árvores retorcidas na margem do rio, observando enquanto eu e Dior começávamos a tentar nos atacar até dizer chega mais uma vez.

"Usávamos espadas de madeira, roubadas do arsenal, com um estoque de balas de prata, chymicos, *sanctus* e uma quantidade preciosa de vodka do mosteiro para completar. Eu não tinha conseguido encontrar o sabre que Dior removera do corpo de Danton, então a armei com meu velho punhal de aço de prata e uma nova espada longa do arsenal de Argyle. Ela ainda não conseguia manejar uma espada por nada neste mundo, mas eu podia me lembrar de quando a Fera de Vellene irrompeu em chamas com o mero toque de seu sangue. E sabia que aquela garota era uma arma que os sanguessugas aprenderiam a temer.

"'Vento norte', ordenei.

"Dior ergueu a espada de treino e assumiu a postura ofensiva que eu demonstrara. Sua respiração estava acelerada; o rosto, corado com o exercício.

"'Sangue Voss', perguntei. 'O que são eles?'

"'Os *corações de ferro*. Descendentes de Fabién.'

"'Seu lema?'

"'*Todos vão se ajoelhar.*'

"Ela me atacou com a velocidade de balas de prata, executando o padrão que eu lhe mostrara; barriga, peito e pescoço, repetir. Defendi cada golpe, nossas espadas batendo uma contra a outra enquanto dançávamos.

"'Muito bom', elogiei, recuando pelo gelo. 'Quais são seus dons?'

"'Sobrevivem a ferimentos que acabariam com outros sangues-frios. Prata. Fogo. E os mais velhos conseguem ler ment...'

"Desviei de um golpe desajeitado e a atingi nas costelas quando ela passou aos tropeções.

"'Você entrega o jogo com seus olhos. Não olhe para onde quer atingir. *Sinta* os movimentos. Agora, qual o termo certo para vampiros mais velhos?'

"Ela se virou para mim, com a respiração sibilante.

"'Ancien.'

"'Bom. Posição vento sul.' Ao meu comando, Dior mudou para a defensiva, desviando um golpe que lancei contra seu rosto. 'Agora o sangue Ilon. Nome e lema.'

"'Os *encantadores*', respondeu Dior, recuando. '*Mais afiados que espadas.*'

"'Seus dons?'

"Dior se encolheu quando ataquei, desviando de meu golpe por pouco, respirando com dificuldade.

"'Eles jogam com as emoções. Deixam você mais louco ou mais alegre, e tumultuam todas as paixões alheias. Fazem você agir de um jeito que não agiria, dizer coisas que não devia sentir e coisas que não são reais.'

"'A *pressão*', assenti. 'Não é tão vistoso quanto quebrar espadas em sua pele ou derrubar paredes. Mas, sem confiar em seu próprio coração, não é possível confiar em nada.'

"Começamos outra troca de golpes, Dior arquejando enquanto tentava defender meus ataques seguintes. Seu cabelo estava molhado de suor, sua respiração arquejante e fria.

"'Excelente.' Assenti. 'Agora, sangue Dyvok. Diga qual é seu lema.'

"'*Feitos, não palavras.*'

"'Quem são eles? O que podem fazer?'

"'Os indomados. Seus anciens são tão fortes que podem esmagar aço com as mãos e derrubar muralhas de castelos com os punhos nus. Até os jovens são assim...'

"Fiz uma finta baixa, então atingi seu ombro.

"'Como chamamos vampiros novos?'

"'Recém-nascidos.' Ela respirava com dificuldade.

"Eu a atingi no peito e na cabeça.

"'E os dons dos Dyvok anciens?'

"'Eles comandam as pessoas. Moldam a vontade de uma pessoa com o poder de sua voz.'

"'Como os Ilon?'

"'Não.' Ela sacudiu a cabeça, o peito agora enchendo e esvaziando como um fole. 'Os Ilon são mais sutis. Eles sussurram, e as pessoas concordam. Os Dyvok rugem, e as pessoas *obedecem*.'

"'Chamam isso de *chicote*. Sutil como uma marreta. Mas igualmente eficaz.'

"Renovei meu ataque, mais rápido do que antes; peito, barriga e pescoço. Dior desviou cada golpe, e me peguei sorrindo quando ela leu minha finta. Mas, enquanto dançava para longe, ela escorregou numa faixa de gelo traiçoeira, e eu bati em seu pulso com tanta força que deixei um hematoma. Ela deixou a espada cair e se dobrou ao meio, girando no lugar.

"'*Droga!*'

"'Lutar é dançar. Sempre pense em seus pés, Lachance.'

"'Essa *merda* doeu, Gabriel.'

"'Se esta espada fosse de aço, você não teria mais a merda da mão. Pensou que isso faria cócegas?'

"'Eu tentei me mover!'

"'Tentar não é conseguir.'

"'Está bem, mas não é preciso ser um imbecil em relação a isso!'

"'Foi você que me pediu que lhe ensinasse', rosnei. 'Uma espada e meia ideia oferecem o dobro de perigo que nenhuma espada e nenhuma ideia. Então, se insiste em brandir uma, há todas as razões sob o céu para eu ser um imbecil na hora de ensiná-la a fazer isso. Este mundo não vai lhe dar o que quer só por que você pediu com jeitinho, garota. Nem respeito. Nem amor. Nem paz. Você recebe o que conquista. Você come o que mata.

"Tomei mais um gole de vodka que desceu queimando e apontei para a espada caída.

"'Então mate, droga.'

"Ela me olhou feio. E xingou. Cuspiu mais alguns insultos interessantes sobre minha mãe, e o fato de eu tê-los perdoado deve lhe dar alguma indicação de como eu estava gostando cada vez mais dessa garota, pois, apesar de todo seu sofrimento, Dior nunca desistia. Ela ganhou mais alguns hematomas, e a treinei até ela ficar encharcada de suor. Mas só parava de trabalhar quando eu dizia a ela para parar. E vendo o aço em seus olhos, eu entendia por quê.

"Toda a companhia do Graal tinha dado a vida para proteger essa garota – o velho *père* Rafa, Bellamy Bouchette, Saoirse á Dúnnsair e sua leoa, Phoebe. Aaron de Coste e Baptiste Sa-Ismael se dispuseram a arriscar a cidade inteira de Aveléne para protegê-la. Eu tinha encharcado a catedral de San Michon de vermelho em sua defesa.

"*Ela quer ser capaz de defender a si mesma.*

"'Está bem', grunhi. 'O desjejum já vai ficar pronto.'

"Dior baixou a espada, respirando com dificuldade. Exausta demais até para me responder, cambaleou na direção de nosso fogo para cozinhar nas margens, caindo de cara em suas peles. Eu a segui, guardando nossas espadas no cavalo extra – um ruão prateado que eu nomeara de Pepita. Meu próprio cavalo, um grande baio que chamei de Urso, estava ao lado dele, com o focinho enfiado em sua bolsa de comida.

"'Você já pensou em como vai chamá-la?', perguntei, mexendo a panela.

"A voz de Dior estava abafada por suas peles.

"'*Mnnff?*'

"Apontei com a cabeça para uma égua castanha e peluda, abrigada à sombra de um carvalho tomado por fungos.

"'Ela precisa de um nome melhor do que Cavalo.'

"'Gabriel, a última égua à qual dei nome demorou alguns dias para se jogar de um penhasco.'

"'E sua teoria é que isso aconteceu por que você lhe deu um nome?'

"'Só estou dizendo que acabei dormindo dentro dela', disse a garota, ainda parecendo desconfortável em relação a isso. 'Então me perdoe se não estou com pressa para nomear a outra.'

"Olhei para o animal de Dior, de lábios tensos.

"'Que tal Cobertor?'

"'Ah, meu Deus, PARE COM ISSO', lamentou ela, enterrando o rosto e batendo com os saltos.

"Eu ri, servindo tigelas cheias de sopa de coelho com cogumelos. Não era nenhum mestre cozinheiro, mas a comida estava quente e saborosa, e melhor do que a maioria das coisas que tínhamos comido naquela estrada. Sentado sob um álamo congelado com uma tigela fumegante no colo, folheei um dos tomos que tinha pegado na biblioteca de San Michon enquanto comia.

"'Por que você está lendo?'

"Pisquei e ergui os olhos das páginas iluminadas. Dior sentava de pernas cruzadas, tomando sua sopa ruidosamente e me observando através das chamas.

"'Acho que nunca me fizeram essa pergunta', percebi. "*O que* estou lendo, sem dúvida. Nunca *por que* estou lendo. Você não gosta de livros?'

"Ela deu de ombros e comeu mais um bocado.

"'Nunca vi muita utilidade neles.'

"'Não muita...', falei, ultrajado por cada escriba, bibliotecário e livreiro do império. 'Eles têm a porra de *mil* utilidades, garota.'

"'Diga uma. *Além* de ler', acrescentou enquanto eu abria a boca para brincar.

"'Está bem.' Comecei a contar nos dedos. 'Você pode... atear fogo neles. Jogá-los nas pessoas. Atear fogo neles, *depois jogá-los nas pessoas, especialmente se essa pessoa é* uma dentuça idiota que não gosta de livros. Dior revirou os olhos e eu ergui o tomo diante de meu rosto. 'Podem servir como um disfarce brilhante.' Equilibrei o livro na cabeça. 'Um chapéu elegante.' Eu me sentei sobre ele. 'Mobília portátil.' Rasguei o canto de uma página e o botei na boca, mastigando alto. 'Boa fonte de fibras.'

"'Está bem.' Ela deu um suspiro. 'Eles têm sua utilidade.'

"'Com certeza têm. O livro certo vale cem espadas.'

"'Só estou dizendo que um livro não vai cortar sua próxima bolsa nem roubar sua própria refeição.'

"'Mas podem ensinar você um jeito melhor de fazer as duas coisas.' Minha voz ficou séria, então, todo o gracejo desapareceu dela. 'Uma vida sem livros é uma vida não vivida, Dior. Uma mágika como nenhuma outra pode ser encontrada neles. Abrir um livro é abrir uma porta para outro lugar, para outra época e para outra mente. E geralmente, *mademoiselle*, é uma mente muito mais afiada que a sua.'

"Dior falou outra vez com a boca cheia, tocando a têmpora com a colher:

"'Eu sou afiada como três espadas.'

"'De madeira, talvez.'

"Ela escarneceu, chutando um punhado de neve em minha direção enquanto eu voltava à minha leitura. Ainda sorrindo, terminamos nosso desjejum em um silêncio companheiro, Dior limpando as coisas e as guardando em nossos alforjes enquanto eu cuidava dos cavalos.

"'Não se esqueça do hálito dos espíritos', lembrei a ela. 'Você vai eliminar tudo com o treinamento.'

"'Preciso mesmo fazer isso? É nojento.'

"'Cadáveres também. Exatamente o que você vai ser se não o usar.'

"Dior resmungou, mas pegou o preparado chymico que eu fizera. Era um vidro pequeno marcado com um espírito uivante e cheio de um líquido pálido. Ele não tinha cheiro de buquê, é verdade, mas os caçadores de San Michon usavam hálito dos espíritos para mascarar seu cheiro dos Mortos, e desde que eu viajava com ela, os Mortos pareciam atraídos por Dior como moscas por mel.

"'Isso não vai funcionar', disse um sussurro.

"Dior levou um susto, mas eu me mantive firme, com a sobrancelha arqueada enquanto olhava para trás. Minha irmã retornara da exploração, ao que parecia, e estava nos observando de um bosque de árvores mortas.

Cabelo comprido e escuro emoldurava a máscara de porcelana com aquela impressão de mão sangrenta sobre a boca.

"'Podemosss sentir o cheiro dela a quilômetrosss de dissstância se o vento favorecer', disse Celene.

"'Você é uma alto-sangue', respondi. 'E uma sanguemante. Quem sabe se os simples atrozes vão conseguir sentir o cheiro dela tão bem quanto você?'

"'Elesss vão. Elesss *conseguem*.'

"'Veremos.'

"Celene sacudiu a cabeça enquanto Dior a observava através da neve que caía.

"'Como é meu cheiro?', perguntou a garota por fim.

"Minha irmã cravou o olhar morto em Dior, vento frio sussurrando entre as duas.

"'Como o paraíso', respondeu.

"Dior baixou os olhos, lançando um olhar nervoso em minha direção. Fora ideia da garota viajarmos juntos por aquela estrada, e ela dissera a verdade ao observar que não tínhamos planos melhores que procurar esse misterioso mestre Jènoah. Mas parecia que nenhum de nós estava confortável com esse arranjo.

"Havia nove dias que minha irmã viajava conosco, embora, na verdade, ela ficasse em nossa companhia só metade do tempo; o restante era passado à procura do perigo sem nome que ela *insistia* que se aproximava. Celene se movia como uma faca, rápida e fria, mantendo distância mesmo enquanto andávamos juntos. Ela nos contou que não tinha desejo de assustar os cavalos, mas, para ser honesto, acho que ela estava tão desconfortável em minha companhia quanto eu na dela. Minha irmã era uma vampira. Eu era um homem que tinha passado a vida *matando* vampiros. E nós ainda estávamos nos acostumando com essas verdades.

"Mas, além da estranheza de sua presença, do poder enorme que ela exercia apesar de sua idade, outro desconforto me incomodava havia dias.

"*Eu nunca a vira se alimentar.*

"Dependendo da idade, um vampiro pode passar dias, talvez uma semana, sem sangue antes que sua sede se torne insuportável. Mas eu não vira Celene beber uma gota – nem uma vez em todo o tempo em que viajávamos juntos. E embora imaginasse que minha irmã caçula pudesse estar caçando nos longos períodos que permanecia longe de nós, eu tinha plena consciência de como a conhecia pouco.

"'É muito mais longe?', perguntou Dior.

"Celene olhou para a curva do Mère; o gelo cinza, as árvores escuras encrostadas com florescências dos fungos espinha-de-sombra e barriga-de--mendigo. A sudoeste, a sombra severa e congelada dos picos das Montanhas da Pedra da Noite podia ser vista se erguendo acima da floresta morta.

"'Talvez duasss sssemanasss, se andarmosss rápido.'

"'Está ficando muito frio por aqui', comentou Dior, soprando dentro das mãos em concha.

"'Vai ficar pior nas montanhas', alertei. 'Os ventos lá no alto podem congelar o sangue nas veias. *Podíamos* pensar em nos abrigar num lugar quente por algum tempo. Aveléne não é longe daqui.'

"'Não', retrucou minha irmã. 'Aveléne nos afasta de nosso caminho. Cada dia que o sol não consegue brilhar, mais vidasss são desperdiçadasss. Maisss almasss perdidasss. Nósss vamosss para as Pedrasss da Noite.'

"Uma expressão fechada sombreou meu rosto.

"'Nós temos uma dívida com Aaron de Coste e Baptiste Sa-Ismael. Sem a ajuda deles, Dior estaria nas garras de Danton.'

"'Maisss uma razão para não levarmosss sssombras à porta delesss', respondeu Celene. 'A Fera de Vellene está morta, mas Danton não era o único filho de Fabién. Se o Rei Eterno ainda não mandou maisss cãesss no encalço de Dior, ele *vai* soltá-losss agora. Você não pode protegê-la do destino, Gabriel. Ela deve ser preparada. E deve enfrentar o que...'

"'Estou de *saco cheio*', disse Dior, 'de vocês dois falarem de mim como se eu não estivesse aqui.'

"'Você precisa encarar o que é', disse Celene sem perder tempo. 'O que precisa fazer para terminar com a morte dosss diasss. Essesss segredoss estão no covil do mestre Jènoah, não em alguma cabana à margem do rio. Tenha fé em si mesma, *chérie*. No caminho que essscolheu. Ir para Aveléne é um caso perdido.'

"Escarneci.

"'E visitar alguém que se refere a sua casa como um *covil* parece a droga de uma atitude muito sensata a tomar.'

"'*É* uma essstrada perigosa', assentiu Celene, ainda observando Dior. 'Nósss não o negamosss. E *há* outros anciãosss da fé que poderíamos procurar. Masss estão muito distantesss ou muito enfiadosss no território de nossos inimigos. Não podemosss prometer que a viagem até mestre Jènoah vai transsscorrer sem perigosss, Dior. Mas *podemosss* prometer que ele vai lhe mossstrar a verdade no final.'

"Dior olhava para os dois, nitidamente dividida. Estávamos assumindo um risco horrível confiando em Celene, e uma lareira e uma refeição quentes em Aveléne eram uma perspectiva tentadora. Mas agora aquela garota carregava o destino do mundo nos ombros, e apesar de eu tranquilizá-la, sabia que parte dela ainda sentia o peso daquele amanhecer vermelho em San Michon. Questionando se eu tivera razão em salvá-la. Sentindo culpa por ter vivido enquanto tantos outros sofreram sob nosso céu escurecido.

"'Celene tem razão, Gabe', disse ela por fim com um suspiro. 'Eu *preciso* descobrir como terminar com isso tudo.'

"Franzi os lábios e assenti devagar.

"'Perdidos juntos, então.'

"Nosso estranho trio partiu, eu e Dior avançando a cavalo enquanto Celene se escondia a distância. Deixamos o rio, pegando uma longa faixa de floresta morta encrostada com colônias de fungos cintilantes. Cavalgando na direção do perigo daquele jeito, eu estava determinado a fazer tudo o que pudesse para preparar Dior e, conforme viajávamos, compartilhava minha sabedoria de uma vida inteira lutando contra as trevas – em sua maioria conversas sobre sangues-frios, embora dissesse algumas mentiras sobre faekin e dançarinos da noite só para quebrar a monotonia. Nossos ombros estavam curvados, a ventania uivava entre as árvores, nossos tricornes se enchendo aos poucos de neve. Dior fumava aqueles *cigarelles* como se estivesse sendo paga pelo privilégio, e eu bebia com regularidade, de cenho sempre franzido. Eu sabia que Celene estava certa – apesar de meus medos, não podia manter aquela garota abrigada para sempre. E *era* um alívio pensar que ainda podia haver um jeito de acabar com a morte dos dias.

"Mas, na verdade, que preço eu estava preparado a pagar por isso?

"Tornei a procurar minha irmã, mas mais uma vez ela desaparecera em meio às neves. Tomei outro gole e refleti sobre onde ela estivera durante todos aqueles anos. Eu me perguntei sobre esse Jènoah para quem estávamos nos dirigindo, como Celene se encontrara com esse sem fé depois de morrer. E nos momentos mais quietos, me perguntava se ela sabia alguma coisa sobre meu *próprio* pai; sobre o vampiro que havia engravidado nossa mãe e mandado nossa família por esta estrada rumo ao inferno.

"'Gabe.'

"A voz de Dior me arrancou de meus pensamentos. Ela agora sentava-se ereta sobre o cavalo, com um *cigarelle* pendendo dos lábios enquanto apontava para o sul.

"'Gabe, olhe!'

"Espiando através da floresta emaranhada, avistei uma figura escura a distância, cambaleando em nossa direção. Era um ossiano alto, de pele pálida como um fantasma, queixo quadrado sujo de sangue e barba por prazer. O cabelo louro-claro era penteado espetado para o alto e raspado nas laterais, e ele trajava um sobretudo escuro, a barra do casaco se ondulando atrás dele enquanto caminhava adiante. Estava nitidamente ferido, o braço direito pendendo inerte, e deixava para trás uma trilha vermelha de sangue respingado. Parando para sacar uma das pistolas que levava presa ao peito, ele atirou para trás dele com a mão boa. E, espiando com atenção através da neve que caía, avistei seus alvos.

"Um bando, andando de quatro pelos arbustos congelados, correndo depressa em meio às árvores.

"Olhos mortos, meio podres, todos famintos.

"'Vampiros', murmurou Dior."

✦ V ✦
VELHOS TEMPOS

— ELES TRAJAVAM AS roupas em que foram assassinados.

"Aventais de camponeses e casacos elegantes. Roupas de soldado e trapos sujos. Eram um bando imundo, todos atrozes, numerosos pelo menos em duas dúzias; em campo aberto, uma situação desfavorável mesmo para...

"'Um Santo de Prata', murmurou Dior, enfim vendo a estrela de sete pontas em seu peito.

"'Merda', falei.

"'Você o conhece?'

"Não respondi, observando o homem mancar pela floresta.

"'Gabe, nós precisamos ajudá-lo', declarou Dior com a mão no punho da espada.

"Fiquei surpreso com essas palavras, agora encarando a garota ao meu lado. A Ordem da Prata tinha tentado matar essa criança menos de duas semanas antes, e mesmo assim ela se mostrava pronta para defender um de seus membros com uma espada que ela mal sabia manejar. Mesmo com todos os ferimentos que sofrera na vida, por baixo de suas cicatrizes ela ainda tinha uma alma de ouro, Dior Lachance. Olhos que viam os sofrimentos do mundo, e um coração que queria consertá-los.

"Ela me lembrou tanto de minha própria filha que fez meu peito doer.

"'*Nós* não temos que fazer nada', observei. 'Eu ajudo. *Você* aplaude.'

"'Gabe...'

Apeando de Urso, tentei encontrar Celene por perto, mas não consegui ver nem sinal dela através das árvores congeladas. Derramei uma dose de *sanctus* em meu cachimbo e pressionei o pó grudento antes de acendê-lo com minha pederneira. Fumaça vermelha fervente encheu meus pulmões, a alegria do hino de sangue preenchendo até as pontas de meus dedos, com as presas se agitando em minhas gengivas.

"Olhei para Dior.

"'Espere aqui.'

"'Gabe, eles são apenas atrozes.'

"'Não existe um *apenas* em relação a isso', alertei. 'Eles ainda são vampiros, e ainda vão estripá-la como um cordeiro num açougue. Você não está nem perto de estar pronta, Dior. Espere *aqui*.'

"A garota murmurou baixo enquanto eu me afastava, gritando para chamar a atenção do Santo de Prata. Ele estreitou os olhos através das árvores mortas e da neve caindo, erguendo uma das mãos enquanto berrava a resposta. Peguei um frasco de vidro de minha bandoleira e o joguei no atroz que se aproximava dele. A bomba de prata explodiu, um estrondo ensurdecedor de chamas e prata cáustica que espalhou o bando e ateou fogo a alguns galhos baixos. Veja bem, nenhum dos monstros caiu, mas a explosão deu ao santo o fôlego de que precisava.

"Eu o estudei conforme cambaleava em minha direção, sangue escorrendo de seu braço quebrado e respingando em suas botas. Tinha mudado no intervalo dos anos desde que eu o vira pela última vez – agora tinha 20 e muitos, estava mais musculoso, embora se movimentasse com a rapidez de sempre. Ele também acrescentara mais tinta a seu aegis; rosas prateadas em chamas descendo pelos lados de seu crânio, espinhos brilhantes e botões descendo pelo rosto. Sua mão ferida estava sem luvas, as letras *WILL* escritas em prata sob os nós dos dedos. Os olhos esmeralda estavam delineados em *kohl*, mas a parte branca não tinha traços de sangue;

parecia que fora pego em campo aberto sem *sanctus* em suas veias. E olhando para sua cintura, não vi bainha nem espada.

"Desarmado. Literal e figurativamente.

"'Trabalho desleixado, sangue-jovem', sussurrei. 'Deveria ser melhor do que isso.'

"Os atrozes continuavam a persegui-lo, mortalmente silenciosos e rápidos. Aproximando-se, o santo que mancava enfim me reconheceu, e seus olhos com *kohl* se arregalaram. Um grito ecoou às minhas costas, e olhando para trás, vi Dior sacando a longa espada do cinto. Com rapidez e segurança, ela jogou a espada de suas mãos para cima, aço de prata brilhando ao fazer um arco através das neves.

"'Pegue, *monsieur*!'

"O santo pegou a espada no ar com a mão boa e virou-se com um floreio para encarar nossos inimigos. Os atrozes logo foram atrás dele, garras marcando o solo congelado. Tirando cabelo louro-claro dos olhos, meu novo camarada abriu a túnica para revelar o urso urrando dos Dyvok em prata reluzente sobre o peito. E de costas um para o outro, com as espadas erguidas, nós mantivemos nossa posição enquanto os vampiros caiam sobre nós como uma torrente.

"Eu matava esses monstros desde que tinha 16 anos de idade. Tinha nascido e sido criado para isso. E embora o horror de enfrentar atrozes tivesse diminuído com o tempo, parte de mim sempre se perguntava quem as coisas que eu matava tinham sido antes de morrer. Um homem grande me atacou com as mãos estendidas – um pedreiro, talvez – e foi decapitado com um golpe certeiro. Um rapaz podre com roupas de menestrel, a quem não restava nada para emitir um som quando arranquei suas pernas. Uma jovem com um anel de compromisso no dedo inchado; talvez com um marido em algum lugar para chorar por ela, filhos que sentiriam sua falta, mas ninguém ali para pranteá-la quando a cortei, a Bebedora de Cinzas cantando em minha cabeça o tempo inteiro.

"Havia uma velha que administrava uma bela pensão;
"Ela enforcava seus hóspedes e fazia cortinas com sua pele.
"Arrancava sua carne e a comia com paixão.
"Fazia sopa com as entranhas e caldo com os dentes.
"Ela moía seus ossos e com os olhos fazia uma refeição,
"Com o que restava deles, fazia tortas.
"Havia uma velha que administrava uma bela pensão;
"Corra depressa se ela o convidar a entrar.

"O santo ao meu lado se movimentou mais devagar, cauteloso e ensanguentado, mas mesmo com um braço quebrado e desprovido de *sanctus*, sua força era esmagadora. Seus golpes arrancavam a cabeça de pescoços e membros de troncos; todo poder profano de sua linhagem de sangue revelado. E no fim da matança, neves encharcadas de sangue e tecido e corpos fumegantes, ficamos lado a lado como tínhamos feito em anos havia muito passados, respirando com dificuldade quando nos encaramos. A Bebedora de Cinzas soltava fumaça em minha mão, sua voz clara e prata em minha cabeça.

"Ah, b-b-bonito! N-n-n-nós nos lembramos de você...

"'Bonjour, Lachlan', disse eu, erguendo minha espada quebrada entre nós.

"Ele franziu o cenho, sua voz um dialeto ossiano suave.

"'Faz muito tempo, Gabriel.

"'Você parece bem', disse eu, olhando da cabeça às botas ensanguentadas. 'Levando-se tudo em consideração.'

"'Claro que estou.' Ele ergueu o queixo, com os dentes cerrados. 'Sou *eu*.'

"Seus olhos brilharam. Meu lábio se curvou. Lachlan foi o primeiro a se mover, mas logo o segui, nós dois caindo na gargalhada e nos abraçando com tanta força que podia ter matado um homem comum. Mesmo ferido e com apenas uma das mãos, ele me levantou como se eu fosse feito de penas, seu rugido ecoando pela floresta morta.

"'GABRIEL DE *LEÓN*!

"'Cuidado, filhote, ou vai quebrar a droga das minhas costelas!', grunhi.

"'Que se danem suas costelas! Me dê esses lábios vermelhos, seu velho bastardo bonitão!'

"'Eu tenho 33 anos, seu idiotinha!'

"Ele beijou alto minhas bochechas, uma de cada vez, depois me deu um beijo estalado na boca. Rindo, eu o afastei, e depois de mais um abraço de tirar o fôlego, ele me pôs no chão com nítida relutância, apertando meus ombros com força o bastante para fazer meus ossos ranger.

"'Que o bom Deus Todo-poderoso seja louvado. Nunca pensei que fosse tornar a vê-lo, mestre.'

"'Mestre', escarneci. 'Você não é mais um iniciado, sangue-jovem.'

"'Velhos hábitos são difíceis de abandonar, ao que parece. Assim como velhos heróis.' Ele passou os nós dos dedos tatuados sobre seu sorriso sangrento, olhando para mim com olhos brilhantes. 'É a verdade de Deus, achei que você estivesse morto, Gabe. O que em nome da *Virgem-mãe* está fazendo nessa região?'

"'Gabe?', disse uma voz delicada atrás dele.

"Dior estava parada perto de mim, às minhas costas, seus olhos azul-claros viajando da matança na neve a nossa volta para a espada que ainda gotejava na pegada temível de Lachlan. Limpei a mão no sobretudo e dei um aperto breve na garota.

"'*Frère* Lachlan á Craeg', declarei. 'Este é m. Dior Lachance.'"

No alto da torre preta de Sul Adair, Jean-François limpou ruidosamente a garganta. Gabriel ergueu os olhos de seu cálice de vinho, irritado pela interrupção. O historiador estava trabalhando em uma de suas ilustrações artísticas – um belo desenho retratando o Santo de Prata, sua irmã e o Graal juntos. Mas sua sobrancelha estava arqueada, intrigada.

– O que é, vampiro? – indagou Gabriel com um suspiro.

– Estou me perguntando por que seguiu com o fingimento de Lachance ser um garoto.

O Último Santo de Prata fixou o olhar por um longo momento, então deu de ombros devagar.

— Porque ela queria que eu fizesse isso, acho. Se vestir como um garoto era um truque que a livrara de problemas por grande parte de sua vida. Como Dior tinha me dito, a sarjeta não fode com garotos do mesmo jeito que faz com as garotas. Sabia que não era um esquema que duraria para sempre — por mais magra que fosse, ela estava ficando mais velha, e dava para notar que estava ficando mais difícil esconder a verdade. Mas enquanto quisesse usar esse disfarce, eu ia fazer o jogo dela. Depois de tudo o que ela tinha visto, tudo pelo que tinha passado, queria que ela se sentisse... — Gabriel tornou a dar de ombros. — Segura.

— Hum — murmurou Jean-François, com o lábio retorcido. — Isso tudo é um tanto...

— Indulgente? Delicado? Matronal?

— Comovente — disse Jean-François, afastando um cacho dourado. — Você até que é um homem delicado quando quer, De León. Você me surpreende, só isso.

— Vá se foder, vampiro.

O historiador sorriu enquanto o Santo de Prata voltava à história:

— É um prazer conhecê-lo, *frère*. — Dior assentiu para Lachlan, a voz dela tranquila e contida quando me olhou nos olhos. — Pelo barulho, os dois são velhos camaradas.

"'Pode-se dizer isso', respondi, despenteando o cabelo ridículo de Lachlan. 'Esse filhote teve a honra duvidosa de ter sido o primeiro e único aprendiz do Leão Negro de Lorson.'

"'E esse cachorro velho me ensinou todos os seus truques.'

"Lachlan riu, o que derrubou minha mão.

"'Nem todos eles, sangue-novo.' Ergui um dedo em sinal de alerta. 'Guardei alguns para o caso de você ficar grande demais para suas botas.'

"Lachlan deu um sorriso para Dior que faria uma freira reconsiderar seu celibato.

"'Bom amanhecer, m. Lachance. Qualquer amigo de mestre Gabriel...'

Ele olhou para a espada que Dior lhe jogara, escura e suja de sangue em sua mão. 'Mas um amigo digno de portar aço de prata? Há poucos no império que podem dizer isso, meu jovem.

"'Vou pegá-la de volta agora, se não for problema', disse Dior. 'Eu conquistei essa espada.'

"Vi então uma leve trepidação nos olhos da garota, perguntas surgindo nos de Lachlan. Na verdade, eu não podia culpar nenhum deles – a Ordem da Prata *tinha* tentado matar Dior, afinal de contas, e da parte de Lachlan, devia ser muito estranho ver um menino carregando uma espada nova de aço de prata e usando coisas sem dúvida retiradas de San Michon.

"'Você veio do mosteiro?' Ele olhou para mim, lábios se retorcendo. 'Eu teria apostado em derramamento de sangue entre Gabriel de León e o homem que o expulsou da Ordo Argent. Mas pela sua expressão, o abade Mãocinza o recebeu de volta.'

"Estava muito alegre com aquele encontro inesperado, minha mente em chamas por um momento por causa das lembranças. Mas a pergunta me trouxe com força para o chão, e uma olhada para a estrela de sete pontas em seu sobretudo encheu meu coração em júbilo de tristeza. Visualizei a catedral de San Michon, depois o massacre sangrento que cometera diante daquele altar silencioso. Podia imaginar meus dedos se fechando em torno do pescoço de Mãocinza, o sangue de meu velho mentor fervendo enquanto eu sibilava as últimas palavras que ele ia ouvir nesta terra.

"*Quem disse a você que eu era um herói?*

"'Não vamos falar de mim', respondi. 'O que você está fazendo aqui com um braço machucado, sem espada e com um bando de atrozes farejando essa sua bunda desajeitada?'

"'Eu tenho uma bunda sensacional. E a inveja não lhe cai bem.'

"'Foi bom ter guardado suas respostas quando deixou a espada para trás.'

"Com uma careta, Lachlan ficou de cócoras sobre a neve ensanguentada para se recompor. Ele tinha levado surras piores na vida, é verdade, mas eu ainda podia ver que ele tinha passado por uma boa. Sem pensar, peguei meu cachimbo e o *sanctus*.

"'Eu estava em Ossway por ordens de Mãocinza.' Lachlan olhou para sudoeste, seu lindo rosto tornou-se carrancudo. 'Tipo ajudando refugiados a cruzar a fronteira.'

"'Trabalho estranho para um Santo de Prata.'

"'É um negócio sangrento, irmão. Todo o país ficou na merda nos últimos meses. Pior do que era na época.' Ele fez uma careta, segurando o braço ensanguentado enquanto sua voz ficava escura como breu. 'O Coração Sombrio tomou Dún Maergenn.'

"'Pela porra dos Sete Mártires.' Olhei para Dior, perplexo. 'Nos encontramos com alguns refugiados na estrada há alguns meses. Eles nos contaram que os Dyvok tinham arrasado Dún Cuinn. Mas agora tomaram a capital também?'

"'É. Os bastardos destruíram o lugar, seis idiotas novos, pelo que ouvi dizer.'

"Preparei meu cachimbo com uma boa dose, e o entreguei. Meu velho aprendiz assentiu em agradecimento, respirando fundo enquanto eu protegia o fornilho com as mãos em concha e o acendia com minha pederneira.

"'Bom, isso ainda não explica o que está fazendo aqui sem uma espada, Lachie.'

"O jovem santo prendeu a respiração por um longo momento. Deixando o sacramento banhá-lo e atravessá-lo, seus olhos enchendo-se de vermelho quando enfim exalou.

"'Tive notícias do abade nos ventos há umas seis semanas', disse ele. 'Convocando todos os santos de prata para o mosteiro. Todos os irmãos, independentemente da tarefa que estivessem fazendo, deviam voltar para San Michon com toda a pressa. Eu estava seguindo o Mère para o norte quando avistei a fumaça ontem.'

"'Fumaça?'

"'É.' Ele deu outro trago profundo, respirando vermelho. 'De Avelène.'

"Dior ficou tensa, então tomou a dianteira. Meu coração quase parou por um instante.

"'Por que tinha fumaça vindo de Avelène?', quis saber ela.

"Lachlan deu de ombros e cuspiu sangue na neve congelada.

"'Porque ela estava em chamas, rapaz.'

"'Doce Virgem-mãe', exalei. 'Que diabos aconteceu?'

"'Não cheguei perto o suficiente para ver muito.' Lachlan terminou o cachimbo, estremecendo enquanto o *sanctus* fazia seu trabalho em seus ferimentos. 'Dois altos-sangues me atingiram saídos das sombras. Cortaram meu sosya ao meio. Perdi minha espada e a maior parte de minhas coisas.' Nesse momento, ele tocou as cinco pistolas em seu peito. 'Dei a eles alguns buracos em que pensar, mas havia mais atrozes do que eu tinha tiros para disparar. Precisava fugir antes de poder acabar com eles da forma adequada. Mas pelo que vi, Avelène estava na pior das situações. A fortaleza na colina tinha sido destruída como vidro.'

"Meu sangue ficou frio quando Dior me olhou nos olhos.

"'Aaron', murmurou ela. 'Baptiste...'

"Meu estômago dera lugar a um emaranhado oleoso de gelo, minha respiração tão gelada que me fez perder o fôlego. Subindo com dificuldade uma pequena elevação, apontei minha luneta para o sul. A neve estava caindo densa, e não conseguia ver nenhum sinal do *château* Avelène através do véu de árvores podres. Mas agora que Lachlan tinha mencionado aquilo, jurei poder sentir no vento, leve e pungente, o cheiro de...

"'Fumaça.'

"Dior chegou ao meu lado e afastou o cabelo soprado pelo vento de seu rosto, uma pergunta silenciosa em seu olhar. Mas eu a encarei de frente, sacudindo a cabeça.

"'Não podemos.'

"'Mas Aaron. E Baptiste...'

"'Eu sei.'

"'Você estava disposto a visitá-los esta manhã! Eu teria *morrido* se não fosse por eles!'

"'Eu sei. Mas agora é perigoso demais.' Cerrei os dentes, o coração latejando. Toda palavra que falei em seguida pesava a droga de uma tonelada. 'É melhor ser um bastardo que um tolo.'

"'Gabe, nós não podemos simplesmente deixá-los...'

"'Nós não podemos nos arriscar!', respondi com rispidez, baixando minha voz a um sussurro para que Lachlan não escutasse. 'Não podemos arriscar *você*. Não depois de tudo o que já arriscamos. Isso é guerra, Dior, e Aaron e Baptiste são soldados. Acredite em mim, eles entenderiam.'

"Ela franziu os lábios, olhando rio abaixo.

"'Bom, eu não sou nenhum soldado. E eu *não* entendo.'

"Com as botas triturando a neve congelada, Dior foi até Lachlan e pegou sua espada ensanguentada. Então se dirigiu aos sosyas e montou na sela do cavalo.

"'Onde você acha que está indo?', falei com um suspiro.

"'Para a casa de seu pai', respondeu ela com raiva. 'Para comer sua mãe enquanto ele assiste.'

"'Minha mãe está morta. Assim como o homem que a comia com regularidade.' Caminhei pela neve e segurei as rédeas do cavalo. 'E você não vai a lugar nenhum, Dior.'

"Ela franziu os lábios, inflamada de raiva.

"'Você disse que esta estrada era minha e que eu deveria fazer a escolha.'

"'Isso foi antes de você resolver enfiar a cabeça no rabo.'

"Ah, *muito* engraçado. Você quer me ajudar ou zombar de mim?'

"'Na verdade, achei que fosse zombar de você', retruquei. 'Porque não é que eu seja um especialista em vampiros – ah, espere, eu *sou* –, mas você não tem ideia da merda profana para a qual está avançando. A força que Lachie está descrevendo? Cortar um cavalo ao meio? Esmagar castelos como se fossem de giz? Essa é a força dos *Dyvok*, Dior. Os indomados. Demônios fortes, todos eles, ensanguentados por duas décadas de grandes matanças nas campanhas ossianas. Se ainda estiverem em Aveléne, estão numa guerra que não podemos vencer. E se já partiram, você *não* gostaria de ver o que eles deixaram em seu rastro.'

"'Gabe fala a verdade, jovem', disse Lachlan, jogando para trás o cabelo encrostado de sangue. 'Confie em mim, há poucas pessoas sob o céu que conheçam a crueldade dos indomados melhor que eu.'

"Olhei para meu velho pupilo enquanto ele falava. Ainda podia me lembrar do dia em que o encontrara; pouco mais que uma criança, com as presas à mostra em um rosnado, lutando pela vida nas muralhas de Báih Sìde.

"Meu Deus, e pensar onde ele tinha começado.

"Que homem ele tinha se tornado...

"Dior então falou ao meu lado, sua voz delicada, ainda assim afiada como facas:

"'Sei que é perigoso, Gabe. Eu sei que isso nos afasta de nossa estrada. Mas não podemos seguir em frente sem pelo menos saber o que aconteceu com Aaron e Baptiste. Eles *amam* você. Você *os* ama. Seus amigos são a colina sobre a qual você morre, se lembra disso?'

"Olhei bem no rosto dela, respirando fundo.

"'Não é a *minha* morte que temo, Dior.'

"'Eu sei.' Ela sorriu, com os olhos brilhando enquanto apertava minha mão. 'Mas temos que nos manter fiéis àqueles de quem gostamos. Precisamos *tentar*. Ou para que diabo serve isso tudo?'

"Olhando para o sul, eu me senti dividido até os ossos. Podia ter forçado Dior a partir – amarrando-a a uma sela e a arrastado dali. Mas ela nunca ia me perdoar por isso. Eu podia ter seguido sozinho até o *château*, mas não havia como deixar Dior ali com Lachlan depois que meus camaradas tinham tentado matá-la em San Michon.

"Dei um suspiro profundo de tristeza. Os anos em que meu velho aprendiz e eu tínhamos ficado afastados agora não passavam de momentos, os anos em que tínhamos lutado lado a lado tão próximos que estavam ao alcance dos dedos.

Nunca tínhamos concordado em tudo, eu e Lachie, mas Deus, ao encontrá-lo outra vez… percebi o quanto tinha sentido sua falta. Ele estava acocorado no gelo, rosas de prata descendo por suas bochechas, olhos verdes e grandes fixados nos meus. Eu lhe ensinara tudo o que sabia; meu pupilo, meu amigo e meu irmão através de oceanos de sangue, e se estivéssemos nos dirigindo para o sul, com certeza poderia usar sua espada ao meu lado. Mas no fim, ele era o filho leal da Ordo Argent que eu o educara para ser. E, agora, isso fazia dele uma ameaça.

"Para Dior *e* para mim.

"'Você precisa de um cavalo para a viagem para o norte?', perguntei.

"'Você quer dizer para seguir em frente?' Lachlan arqueou uma sobrancelha. 'Eu sei que era próximo deles, irmão, mas a Ordo Argent considerou Aaron de Coste e Baptiste Sa-Ismael traidores.'

"'Eles também *me* chamaram de traidor, Lachie.'

"'Talvez. Mas eu *conheço* você, Gabe.'

"'Conhece mesmo? Sério?'

"*Quem disse a você que eu era um herói?*

"Sacudi a cabeça enquanto ajudava meu velho amigo a ficar em pé.

"'Parece um destino cruel, nos reunirmos depois de tantos anos e termos de nos afastar tão depressa. Mas… temo que isso seja *adieu*.'

"'Você está maluco.' Lachlan revirou o ombro e fez uma careta de dor. 'Só tem uma razão para os indomados terem atacado uma fortaleza como Aveléne, e nós dois sabemos disso. Mas se vai começar uma confusão com a linhagem do Coração Sombrio, eu não vou deixá-lo fazer isso sozinho de jeito nenhum.'

"'Achei que o Abade tinha convocado vocês a San Michon.'

"'Com todo o respeito a Mãocinza. Eu amo o velho bastardo rabugento. Mas ele pode esperar um ou dois crepúsculos.' Lachlan juntou as mãos agora curadas e apertou meu braço com carinho. "Eu não o vejo há dez anos, irmão. Isso vai ser como antigamente. O Leão Negro de Lorson sempre pôde contar com a espada de Lachlan á Craeg. Embora…' Ele olhou na direção de Dior, dando para ela um sorriso insolente. 'Eu possa ter de pegar uma emprestada.'

"Dior encarou o jovem santo, incerta e calada. Depois de tudo o que tinha acontecido no mosteiro, ter a companhia de um membro da Ordem da Prata era um enorme perigo. Além disso, embora ela não estivesse à vista em lugar nenhum, Celene sem dúvida faria uma aparição mais cedo ou mais tarde, e só Deus sabia o que meu velho aprendiz ia dizer *disso*.

"Mas abrir mão da ajuda de Lachlan quando estávamos nos dirigindo tão seguramente para o perigo...

"'Por que usa todas essas pistolas?', perguntou Dior, olhando para o conjunto de pistolas em seu peito. 'Você atira tão mal assim?'

"Lachlan riu, se recusando a cair na provocação.

"'É como meu velho mestre costumava dizer. Até os melhores atiradores têm de vez em quando um dia ruim.'

"Eu sorri e assenti para a garota.

"'Lachie é um par de mãos seguro, Dior.'

"A garota então deu um suspiro, jogando seu aço de prata.

"'Só me devolva quando terminar.'

"Lachlan pegou a espada com um floreio e tirou um chapéu imaginário.

"'Vou devolvê-la inteira, meu jovem, eu juro. Supondo que todos nós estejamos inteiros no fim dessa viagem.'

"Montei em Urso e virei o cavalo para o sul na direção de Aveléne. Se o que eu desconfiava fosse verdade, isso não era a missão sem propósito que Celene prometera. Mas como eu sempre dizia – quando Dior me lembrava – meus amigos são a colina em que eu morria. E embora isso nos tirasse de nosso caminho, abandoná-los sem ao menos olhar...

"Olhei para Dior pelo canto do olho. A garota estava certa. E também errada. E eu não sabia mais o que fazer, exceto confiar na única fé que me restava.

"'Juro que você às vezes é suficiente para me dar uma dor de cabeça no rabo', resmunguei.

"Ela baixou o tricorne para se proteger do frio, com um sorriso.

"'Essa foi boa.'

"'Tenho trabalhado nessa desde que conheci você.'

"'Bem, dizem que o cérebro de um homem fica mais lento conforme envelhece.'

"'Você podia se esforçar mais para ser escrota em relação a isso?'

"'*Oui*.' Ela deu de ombros. "Neste exato momento, não estou me esforçando nada. Isso é talento puro.'

"Abaixei a cabeça, esfregando a barba por fazer para esconder meu silêncio. Atrás de nós, Lachlan tinha montado em Pepita, os olhos delineados com *kohl* estreitos sobre a mata morta adiante. Só Deus sabia o quanto seria sangrenta a estrada à nossa frente, mas, na verdade, meu coração *estava* mais leve por ter amigos nela comigo. Por um momento, aquilo quase pareceu os velhos tempos.

"Que tolo fui em me esquecer o quanto, na verdade, aquelas noites tinham sido escuras."

✦ VI ✦
RUÍNA

— SENTI O CHEIRO da verdade muito antes que a víssemos.

"Os primeiros sinais foram delicados, como flocos de neve numa brisa fria. Mas quando Dior, Lachlan e eu descemos o Mère, comecei a captar outras notas no vento. O amargor pronunciado de metal calcinado fez o fundo de minha garganta coçar. Cabelo queimado, misturado com o cheiro rançoso de merda e couro queimados. E, no fundo, como uma faca entre minhas costelas, veio um perfume doentio, fervido escuro e encrostado sobre as pedras que ainda esfriavam. Todo meu corpo *se animou* com isso, o monstro dentro de mim ao mesmo tempo repelido e inflamado, os dentes ficando afiados como navalhas contra minha língua.

"*Grande Redentor...*

"Eu jurara para Astrid, no dia em que a enterrei, que nunca beberia de outra, e fazia mais de um ano desde aquele pior dia. Mas meu juramento agora fora quebrado por mim com minha irmã, e conforme minha sede se *agitava* com aquele cheiro terrível na brisa, pude apenas dar um grande gole de bebida para afogá-la, com os dentes tão cerrados que rangeram.

"*A sensação nunca tinha sido assim antes...*

"'O que é esse cheiro?', sussurrou Dior.

"'Sangue', respondi, engolindo em seco.

"Lachlan assentiu, olhando para mim.

"'Sangue e fogo.'

"Afastei meus pensamentos sedentos e me concentrei no perigo que cortejávamos indo até ali. Os monstros que tinham atacado Aveléne podiam ter partido havia muito tempo ou podiam estar apenas a uma distância mínima, e eu sabia que seria necessário um exército de Mortos para esmagar um forte tão bem defendido. A cada passo que nos aproximávamos, meu medo se aprofundava – não por mim, mas pelo destino de Aaron e Baptiste, pelas pessoas que eles protegiam e, principalmente, pela garota que estava ao meu lado. Dior Lachance era muitas coisas: senhora das mentiras, rainha de ladrões e futura salvadora do império. Mas enquanto a observava de soslaio, passando o polegar pelo nome de minha filha tatuado em meus dedos, estava começando a perceber o quanto aquela garota significava.

"Não para o império. Mas para *mim*.

"'Onde *diabos* está Celene?', murmurei.

"Eu não via minha irmã desde antes de encontrarmos Lachlan. Embora pudesse desaparecer por horas, ela certamente retornaria em breve, e eu ainda estava pensando em como explicar sua presença de um jeito que meu velho aprendiz pudesse compreender. Lachie tinha mais razão para odiar sangues-frios do que a maioria das pessoas, mas não ousei mencionar o Graal para ele depois de tudo o que acontecera no mosteiro. A Bebedora de Cinzas pelo menos era um peso reconfortante em minha mão, a bela dama em seu cabo sempre sorridente, sua voz balbuciando uma canção de prata em minha cabeça.

"*Eu n-n-não consigo me lembrar, Gabriel...*

"'Se lembrar de quê?', murmurei, com os olhos na linha de árvores coberta de neve.

"*Da noite em que o b-bonito o conduziu à m-matança: a Clareira Escarlate. Havia uma mulher, havia uma mulher, haviaumamulher. Uma r-r-rainha?*

"'Não há rainhas em Ossway', respondi. 'Ela era uma duquesa. Niamh Novespadas.'

"*Ahhh, Nooovespadas. Cabelo d-d-dourado, voz de trovão, m-m-mãe de muitos?*

"'Ela mesma.' Dei um suspiro, olhando para sudoeste. 'Espero que ela e suas filhas tenham escapado de Dún Maergenn antes que o Coração Sombrio o esmagasse.'

"'A Bebedora de Cinzas ainda fala com você, hein?'

"Olhei para Lachlan, que coçava a barba por fazer enquanto encarava a espada em minha mão.

"'Ela canta muito nessas noites. Mas *oui*.'

"'Ela ainda me chama de Bonito?'

"Escarneci.

"'Ela nunca o chamou de bonito.'

"*O primogênito de Mãovermelha b-b-b-bonito...*

"'É bom tornar a vê-la, mlle. Bebedora', disse Lachlan, tirando um tricorne que não existia.

"*B-b-b-bonito...*

"'Está bem, já chega', resmunguei. "Ponha a cabeça no lugar, agora, Bebedora.'

"*Era uma vez um chaveiro chamado Jobb;*

"*Nós tínhamos uma incrível...*

"'O que aconteceu com ela?' Lachlan apontou para a ponta irregular da Bebedora. 'A ponta está quebrada.'

"Olhei meu velho aprendiz nos olhos. Minha mente se agitava com visões de um farol perto do mar. Imaginei, então, ouvir pés pequenos pisando na neve às nossas costas quando um riso animado ecoou no vento. Braços quentes em torno de minha cintura. Lábios mais quentes pressionados com delicadeza em meu rosto.

"'Cabeça no trabalho agora, hein, Lachie?'

"'Sete Mártires...'

"Foi Dior que sussurrou, sentando-se ereta e erguendo a mão trêmula. Ela mal dissera uma palavra em nossa viagem para o sul, contida pela presença de Lachlan. Mas olhei para onde ela apontava e vi o que ela tinha visto

111

– uma lufada de vento abrindo as neves à frente e revelando nosso objetivo, erguendo-se como uma sombra a nossa frente.

"'*Château* Aveléne', murmurei.

"Mesmo ao longe, ele dominava a linha da margem sombria do Mère; um monte sólido de basalto de Nordlund, escuro como o cabelo de minha mulher. Sua base estava cercada por grossas muralhas, e uma estrada em espiral subia por suas encostas, pontilhada por centenas de casinhas. Coroando o pico havia um castelo da mesma pedra escura, mantendo uma vigilância estoica sobre o vale abaixo. Uma luz num mar de escuridão, cuidada por homens que eu amava mais do que qualquer coisa na terra.

"Pelo menos, era assim algumas semanas antes.

"E agora…

"'Está em ruínas', sussurrou Dior.

"As fogueiras de vigia sobre as muralhas estavam apagadas; as ameias, vazias. Subia fumaça das casas, dedos escuros quebrados se erguendo na direção de céus de ferro. Através da neve, eu podia ver que o bastião no cume fora destruído como Lachlan dissera, seus muros partidos e suas torres tombadas como árvores.

"Eu me perguntei se restara alguém para ouvi-las cair.

"'Aaron…', murmurei.

"Mas quanto mais estudava esse quadro, menos ele fazia sentido. Aaron e Baptiste foram aprendizes em San Michon, e seu lar tinha sido projetado para resistir aos Mortos. E embora o forte tivesse sido destruído, as muralhas em torno do monte estavam de pé e inteiras – como se nenhum cerco tivesse ocorrido ali.

"Ainda podia ouvir a multidão reunida naquelas muralhas no dia em que parti para salvar Dior, seus olhos brilhando esperançosos: 'O leão parte a cavalo. O LEÃO NEGRO PARTE A CAVALO!' Mas agora o único barulho era de um vento doentio e o crocitar de corvos empanturrados.

"'Olá?', gritou Dior, ficando ereta em sua sela. 'OL…'

"'Você podia fazer o favor de calar a droga de sua boca, Lachance', sibilei, segurando-lhe o braço.

"'Se alguém sobreviveu...'

"'Se alguém sobreviveu, eu e Lachie vamos encontrar. De preferência sem alertar todos os sangues-frios de Vellene a Asheve que estamos por aqui.

"'Eu vou também', declarou Dior.

"'Não é seguro. Não temos ideia do que ainda está lá dentro.'

"'Está me dizendo que esperar aqui a sós com o rabo ao vento é mais seguro do que ficar perto como mosca na merda do matador de vampiros mais famosos que já existiu?'

"Olhei para Lachlan, os lábios do jovem santo se retorcendo em um sorriso astuto.

"'Parece que seu novo aprendiz é tão afiado quanto o antigo, irmão.'

"'*Oui*', admiti. 'Isso que você disse faz sentido.'

"Dior tocou seu tricorne.

"'*Merci, messieurs.*'

"A garota levou um *cigarelle* preto até a boca e o acendeu. Eu me inclinei para perto e o derrubei de seus lábios, fazendo voar fagulhas pelo vento cortante.

"'Ei! Por que essa *droga*?'

"'Você está me comparando a merda, seu merdinha.'

"'Isso que você disse faz sentido.'

"Lachlan sacou uma das cinco pistolas da bandoleira atravessada sobre seu peito, olhos verdes aguçados examinando a neve à frente. Olhando rio abaixo para o que tinha sobrado de Aveléne, fiquei dividido em relação a que caminho tomar. Estávamos contra o vento, pelo menos, por isso os Mortos não iam sentir nosso cheiro se aproximando. Entrar lá correndo às cegas era loucura, mas faltavam algumas horas para anoitecer, e se fôssemos encarar problemas, era melhor fazer isso com a luz mortiça do dia ao nosso lado.

"'Por que queimar as casas?', murmurou Dior. 'Achava que vampiros odiassem fogo.'

"'Eles odeiam', respondi, enchendo meu cachimbo.

"'Sangues-frios não podem entrar numa casa sem serem convidados, meu jovem', explicou Lachlan. 'Então quando tomam uma cidade, mandam seus soldados escravizados atearem fogo aos telhados. Isso deixa os moradores com uma escolha a fazer, não é? Abandonar o abrigo e correr o risco de serem mortos ou ficar dentro dele e acabarem queimados.'

"Dior piscou.

"'Soldados escravizados?'

"'É como nós os chamamos na ordem', respondi. 'Soldados mortais dos kith. Por pior que possa parecer, há algumas pessoas que lutam *pelos* Mortos em vez de lutar contra eles.

"Dior pareceu consternada.

"'Pelo amor de Deus, por quê?'

"'Alguns se juntam por vontade própria. Pelo desejo de poder ou trevas no coração. Outros são apenas tolos que acham que vão viver para sempre se receberem a mordida. Mas a maioria são simples prisioneiros, a quem oferecem a escolha: se tornar um servo ou uma refeição.'

"Ela sacudiu a cabeça, perplexa.

"'Eu preferia *morrer* que servir a esses bastardos.'

"'A maioria diria a mesma coisa.' Dei um suspiro. 'Mas a verdade é que ninguém sabe do que é capaz até que lhes ofereçam essa escolha. Ajoelhe-se e engula em seco, ou entre na jaula e se ferre como o restante deles. Levou um tempo, mas os sangues-frios ficaram *muito* bons no que fazem. O medo é sua espada. O desespero, sua capa. E não há escassez de pessoas que entregariam os irmãos aos lobos se fossem poupados dos dentes.'

"Dior cerrou os dentes, sibilando vapor congelante.

"'Eu prefiro *morrer*.'

"Mas essa é a questão, meu jovem.' Lachlan olhou Dior nos olhos, uma sombra escurecendo aquele verde-esmeralda. 'Os bastardos não o matam. Eles o mantêm *vivo*.'

"Dior fez o sinal da roda, estreitando os lábios quando tornou a observar as ruínas de Aveléne. Ao olhar nos olhos de Lachlan, exalei um suspiro rubro, puxando minha gola sobre o rosto e jogando para ele algumas bombas de prata extras.

"'Está bem, nós descemos juntos. Dior, não saia de minha vista, e esteja pronto para correr se eu disser. Se vir alguma coisa se movimentando, grite. Ou berre. O que preferir.'

"'Depende do tamanho, eu acho.'

"Lachlan riu, e com ele ao meu lado e Dior atrás de mim, seguimos em frente, Aveléne assomando maior a cada passo. Os cascos de nossos sosyas trituravam a neve congelada, minha mão na espada e meu coração na garganta enquanto nos aproximávamos do que restava do santuário que nossos amigos tinham construído. A neve era um véu cinzento, uma ventania amarga batia em nosso rosto, e meu sangue congelou quando enfim observei movimento através da agitação à frente.

"'Esperem', sussurrei, erguendo a mão.

"'Pela mãe e pela droga da Virgem', disse Lachlan. 'Eu sabia.'

"Dior sacudiu a cabeça, esforçando-se para ver melhor.

"'O que *é* aquilo?'

"Ergui minha luneta e senti um nó no estômago quando todos os meus medos terríveis se concretizaram.

"'Carroça de carne', comentei com um suspiro.

"Estava no gelo próxima ao cais do *château*, puxada por duas parelhas de cavalos nervosos. Uma carroça de madeira pesada, com barras de ferro se erguendo do assoalho para formar uma jaula grande e enferrujada. Dentro dela espremia-se uma multidão de figuras, e meu coração se retorceu quando percebi que todas eram crianças, sujas e ensanguentadas, empilhadas como ração seca. Baixo sob o vento uivante, eu pude ouvir choros, xingamentos e ordens gritadas. Mais figuras estavam ocupadas em torno da carroça, forçando os pequenos a embarcar com a ponta da espada – uma dúzia de soldados de armadura escura, todos capangas enormes. Mas depois deles, circulando pelo gelo ou olhando fixamente e com fome para os cativos aterrorizados, havia pelo menos duas dúzias de atrozes, de olhos mortos e desalmados.

"Estava reunindo fôlego para alertar Dior a recuar devagar, mas como era de se esperar, o Todo-poderoso aproveitou a oportunidade para enfiar o pau em meu ouvido. Naquele momento, o vento mudou, de oeste para norte, soprando agora às nossas costas. Vi um dos atrozes ficar tenso – um velho apodrecido usando trapos, a cabeça girando na direção de Dior. Mais Mortos se viraram para nós, os lábios se afastando dos dentes pontiagudos, chiados baixos descendo por sua fileira.

"'Merda', sibilou Lachlan.

"Era como Celene dissera; pelo visto o hálito dos espíritos não fazia nada para ocultar o cheiro da garota. Quando um grito soou entre os soldados, rolei o dado em minha cabeça. Podíamos fugir, se quiséssemos. Mas se um exército tinha atacado Aveléne, aquilo parecia ser o que restara dele – alguns soldados escravizados e atrozes deixados para trás para limpar as sobras de uma cidade já perdida. Eu queria saber o que tinha acontecido com Aaron e Baptiste. Mas, principalmente, a visão das pobres crianças naquela jaula estava dando origem a fúria. Memórias sombrias de dias mais sombrios; dias de sangue e glória; de guerra santa e atrocidade terrível, e gaitas tristes cantando sobre uma clareira escarlate.

"Um soldado emitiu uma nota alta em uma trompa erguida, o som pairando no ar congelado enquanto eu olhava para Lachlan ao meu lado.

"'Gostaria de dançar, irmão?'

"Meu velho aprendiz sorriu, com a mão no cabo da espada.

"'Você está de volta. Minha espada.'

"O eco da trompa soava agora pelas margens do rio, e ouvi passos triturando o gelo em resposta. Olhando através do véu de bruma e neve, eu os vi; três altos-sangues emergindo lado a lado dos portões do *château*, e minha pele congelou com essa visão.

"'Pela porra dos Sete Mártires...'

"O primeiro era um rapaz que deveria ter uns 17 anos quando foi morto. Natural de Ossway, sua pele era marmorizada e o cabelo ferrugem emoldurava olhos duros e brilhantes. Era grande e bruto, trajando peles e uma capa esfarrapada, botas pesadas e uma cota de malha comprida e escura. Havia a impressão sangrenta de uma mão em seu rosto, e a grande espada que carregava era maior do que eu.

"O segundo sangue-frio era uma montanha barbada de músculos, com dois metros de altura e quase a mesma largura. Apesar do frio, vestia apenas um *kilt* e botas pesadas, mãos grandes como pratos de um banquete agarrando um martelo de guerra que podia transformar um muro de castelo em escombros. Sua cabeça era raspada e desprovida de orelhas – apenas duas pelotas de carne restavam de cada lado do crânio.

"Pelos buracos recentes na armadura e os olhares cheios de ódio que lançavam em nossa direção, julguei que aqueles dois eram a dupla que tinha matado o cavalo de Lachlan. Mas, por mais temíveis que fossem, eu mal dei atenção a eles, com os olhos, na verdade, voltados para o monstro que caminhava entre ambos.

"Ela era *alta*. Larga. Filha de guerreiros ossianos. A pele branca como gelo, olhos verdes como a grama em dias há muito tempo mortos. Seu comprido cabelo acobreado estava penteado em tranças de assassina, e ela trajava roupas de couro e peles, decoradas com joias de ossos humanos.

"Um enorme malho de batalha estava seguro nos dois punhos, de ferro sólido e cabeça do tamanho do caixão de uma criança, com o formato de um urso urrando. Havia em seu cinto meia dúzia de grilhões de ferro, tilintando enquanto ela caminhava em nossa direção. Seu *kilt* parecia ter sido tecido com as cores do seu clã de nascimento, mas agora estava preto, bordado com ursos e escudos quebrados: a insígnia do sangue Dyvok. Ela saiu do castelo em ruínas pisando forte, ladeada pelo rapaz brutal e pela montanha sem orelhas e, ao vê-la, minha fúria deu lugar a uma raiva fria e perfeita.

"'Achei que a havíamos matado, vadia', murmurei.

"'Você os *conhece*?', perguntou Dior.

"'Nunca vi os outros dois.' Apontei com a cabeça para a dupla ao lado dela. 'Mas a mulher é Kiara Dyvok. A Mãe-loba. Ela fazia ataques em busca de gado para as fazendas de Triúrbaile.'

"Dior piscou intrigada enquanto eu desabotoava meu sobretudo.

"'Fazendas de abate', explicou Lachlan, ficando sem camisa. 'Os indomados as construíram quando lançaram sua primeira invasão de Ossway, quinze anos atrás. Eles guardam seus prisioneiros nelas. Homens. Mulheres. Crianças.'

"'Por que eles fariam...'

"'Por *comida*, Dior.' Vi os olhos dela se arregalarem quando compreendeu o que eu dizia. 'Pessoas são mantidas como gado para saciar a sede dos exércitos Dyvok. A Ordem da Prata libertou Triúrbaile quando eu tinha 19 anos. Os sanguessugas estavam dando os cadáveres para manter seus prisioneiros vivos. Centenas de jaulas. Milhares de pessoas. Ainda posso sentir a porra do fedor quando fecho os olhos.'

"Lancei um olhar raivoso rio abaixo para Kiara, as presas se alongando em minhas gengivas.

"'E aquela vadia dos infernos ajudou a enchê-las.'

"Dior pareceu enjoada, engolindo em seco. Mais uma vez, procurei por Celene, mas não pude ver nenhum sinal através das neves sopradas pelos ventos. Desmontando de Urso, guardei minhas coisas e apertei minha bandoleira sobre meu peito nu enquanto olhava para a garota.'

"'Recue. Trezentos ou quatrocentos metros rio abaixo. Se as coisas ficarem ruins, continue correndo.'

"'Gabe, não preciso que você...'

"'Sei que pensa em provar seu valor. Mas Kiara Dyvok é um monstro com cem anos de assassinatos na manga. Você não tem nem espada. Escolha suas batalhas, Dior.'

"Conduzi e girei Cavalo apesar dos protestos da garota e dei um tapa na traseira do sosya. Cavalo saiu correndo, Dior gritando e agarrando-se para salvar a própria vida enquanto Lachlan e eu nos virávamos na direção do inimigo.

A dúzia de soldados escravizados tinha entrado em formação junto de Kiara, mas após sentir Dior, os atrozes começaram a avançar rio acima em nossa direção. O vento estava congelante em minha pele nua, mesmo assim meu aegis queimava mais brilhante com a aproximação dos Mortos. Aquele calor havia muito esquecido trouxe um conforto surpreendente, luz vermelho-forte se derretendo através do leão em meu peito, o nome de minha filha em minhas mãos, misturando-se com a chama prateada da fé intrépida de Lachlan.

"Ao ver esse brilho, Kiara ergueu a mão e rosnou para que os atrozes que avançavam parassem. Entretanto, apenas meia dúzia dos monstros obedeceu, o restante continuou avançando correndo em nossa direção. Ergui a Bebedora de Cinzas em uma saudação severa, meu aegis agora queimando com um calor sangrento enquanto Lachlan começava a atirar, disparo após disparo de seu conjunto de pistolas de confiança. E quando os Mortos chegaram sobre nós, com olhos estreitos para se protegerem de nosso brilho cegante, eu e minha espada dançamos como nos dias de glória. Membros eram arrancados de troncos apodrecidos e cabeças caíam de pescoços que jorravam enquanto a Bebedora cantarolava uma velha canção em minha cabeça, a canção agridoce – uma cantiga infantil que eu cantava para Paciência quando, ainda garotinha, era acordada por terrores na escuridão.

"*Durma, amor, durma querida,*
"*Os pesadelos vão acabar, minha vida.*
"*Não tema os monstros, não tema o escuro,*
"*O papai está aqui, e ele vai lutar duro.*
"*Feche os olhos e saiba que é verdade, querida*
"*A manhã vai chegar e seu pai a ama para a eternidade.*

"No fim da matança, havia corpos espalhados pelo gelo aos nossos pés, queimando e estraçalhados. Lachlan estava coberto de vermelho dos pés à cabeça, a espada de Dior gotejando em sua mão, corpos cortados como carne no bloco do açougueiro por toda a sua volta. A Bebedora de Cinzas fumegava em minha mão, sua lâmina cinza mergulhada em vermelho. A luz das chamas da forja queimando em minha pele, olhos sangrentos, agora, caindo sobre a Mãe-loba.

"*Nós a conhecemos, c-conhecemos.*

"'Isso é verdade.'

"*Nós a odiamos, o-odiamos.*

"'Isso é verdade.'

"Kiara estava quinze metros rio abaixo à sombra do *château*, os ossos que usava tilintando ao vento. Uma dúzia de atrozes estava postada em torno dela, tremendo com um desejo animal pela matança, os dois altos-sangues ao lado dela olhando com raiva para o leão queimando em meu peito. Uma criança na carroça gritou para mim quando um soldado escravizado bateu a porta da jaula, os cavalos relinchando de medo dos Mortos a sua volta. Lachlan recarregou as pistolas. Mas eu olhava apenas para Kiara, a mente cheia de imagens do dia em que liberamos Triúrbaile.

"Cadáveres pendiam destroçados, as sobras dos sortudos usados para manter os menos sortudos vivos. Dedos finos como gravetos tentavam me alcançar através das grades enferrujadas. Poços sepulcrais repletos de ossos.

"'O Leão Negro', rosnou ela. 'E seu filhote traidor.'

"A voz da Mãe-loba tinha um sotaque ossiano carregado, e os atrozes sibilaram em resposta. O bruto ao lado dela tirou aquela terrível e enorme espada do ombro, o sem orelhas sopesou seu martelo de batalha, mas não dei importância a eles, só olhava para Kiara quando ela pegou um pequeno frasco dourado de seu pescoço e tomou um grande gole.

"Toquei meu tricorne.

"'Faz tempo desde a Clareira Escarlate. Como você está, Kiara?'

"Mostrando dentes vermelhos, ela ergueu o martelo de duas cabeças em punhos de mármore.

"'Soube que você estava morto, De León.'

"'O céu estava lotado. E o diabo ficou com medo de abrir a porta.'

"'Então o diabo é um covarde.'

"'Por falar nisso…' Eu olhei para ela, os olhos estreitos. 'Os boatos diziam que você tinha morrido na noite em que arranquei a cabeça de Tolyev. Mas parece que você salvou sua pele.'

"A Mãe-loba olhou com raiva enquanto Lachlan fixava os olhos nos brutamontes ao seu lado.

"'Como vocês se chamam, sangues-frios?', gritou ele.

"'Kane Dyvok.' O vampiro mais jovem ergueu um frasco em volta de seu pescoço, parecido com o usado por Kiara, e tomou um gole. 'Embora a maioria das pessoas me chamem de Decapitador.'

"'Bem, você matou meu Cinder, Decapitador. Eu tinha aquele cavalo desde que era pequeno. Então acho que vou chamar você de Cretino.' Lachlan limpou uma mancha de sangue escuro de sua espada, olhando para o maior do trio. 'E você, grandão? Por que nome o chamam?'

"O barbado bebeu de seu próprio frasco e rosnou com dentes vermelho-sangue.

"'Rykard Dyvok.'

"'Não, isso não vai servir…' Lachie franziu os lábios, pensativo. 'Que tal Pau Pequeno? É infantil, eu sei, mas você tem esse aspecto, com a cabeça careca e nenhuma orelha.'

"Lachlan olhava de um vampiro para outro, sorrindo.

"'Cretino e Pau Pequeno. Uma bela dupla, não é?'

"Rykard e Kane olharam furiosos quando ergui a Bebedora de Cinzas, meus olhos ainda fixos em Kiara.

"'Nós temos contas a acertar, eu e você.'

"'É', respondeu Kiara, erguendo seu martelo. 'Isso nós temos.'

"'Você tem *dez mil* mortes pelas quais responder, vadia.'

"'E você só tem *uma*, bastardo. Mas vamos retribuir aos dois agora, eu juro.'

"Kiara olhou para os atrozes e soldados escravizados ao redor, medindo suas chances em comparação com o ódio em seu coração. O sol ainda estava alto, e, como eu supusera, aquilo parecia ser os restos da força que atacara Aveléne, fosse qual fosse. Mas ainda tinha superioridade numérica. E com lábios se afastando de suas presas, a Mãe-loba cuspiu como se tivesse a boca cheia de veneno.

"'*Matem!*'

"Seus atrozes começaram a se mover, como cães selvagens libertados de suas correntes. Kiara corria atrás do bando com seus primos e soldados escravizados ao lado. Lachlan lançou as bombas de prata para dispersar o grupo, mas, com o estrondo das explosões, os cavalos atrelados à carroça de carne se assustaram, empinando e pisoteando o chão. Animais da terra e do céu *odeiam* os Mortos, sangue-frio, e os animais já estavam aterrorizados. Quando as bombas de Lachie explodiram, elas ecoaram, e os pobres cavalos de carga empinaram em pânico e saíram correndo, arrastando a carroça de crianças gritando atrás deles para o gelo.

"Kane se movia para o lado para nos flanquear, e vendo-o como o menor do trio, Lachie e eu corremos para enfrentá-lo, dispostos a eliminá-lo rapidamente. Destemido e temerário, porém, o vampiro golpeou com a arma de empunhadura dupla em um arco sibilante, seu corpo viajando para frente com ele, movendo-o bem em nossa direção nos primeiros poucos passos girando e trovejantes de uma tempestade Dyvok."

Jean-François arqueou uma sobrancelha, em uma pergunta.

– Tempestade, De León?

O Santo de Prata assentiu.

– Os indomados portam armas muito maiores do que os mortais podem carregar: para intimidação, assim como pelo efeito. A espada de Kane pesava pelo menos 150 quilos. Só Deus sabia quanto pesavam o malho de Kiara ou o martelo de guerra de Rykard. A questão é que, mesmo que seja forte o suficiente para golpear com uma espada que tenha seu peso, o *peso* dela ainda vai arrastá-lo quando você bater. É assim que massa e força funcionam. Por isso, os melhores guerreiros Dyvok lutam no antigo estilo dos sangues-frios chamado de Anyja, A Tempestade. Eles usam o peso de suas armas para se movimentarem enquanto atacam. Movimentando-se com o impulso, girando e mudando de direção, cortando qualquer coisa pelo caminho em pedaços sangrentos. Isso torna os Dyvok quase invencíveis no campo de batalha. E aterrorizantes.

"Kane veio cortando em nossa direção, botas deslizando no gelo enquanto a espada rasgava o ar. Mas por mais assustador que fosse, Lachlan e eu tínhamos passado muitos anos enfrentando seus parentes em Ossway, e enquanto os indomados são fortes como demônios, sua carne é de manteiga em comparação com a de um coração de ferro. Caindo de joelhos, deixamos que o impulso nos fizesse deslizar pelo gelo por baixo do golpe de Kane, nós dois então nos levantando por baixo dele. A espada de Lachlan cortou a barriga do vampiro, longas tripas ressecadas jorrando pelo ar, e quando os anjos em meus braços entalharam fachos de luz na escuridão, a Bebedora decepou seu braço acima do cotovelo.

"'KANE!', berrou Kiara. 'CUIDADO!'

"O brutamontes urrou, desequilibrado por sua arma, e eu girei para acabar com ele. Mas os atrozes caíram sobre nós, cegos e se debatendo, todos numa turba em movimento. Senti um cair sobre as minhas costas, dentes rasgando minha pele quando tombamos. Eu gritei e soquei o monstro na boca, girando de pé enquanto Lachlan esquartejava outra dupla. O grande Rykard estava voando em minha direção agora, Kiara ao seu lado, agitando aquele terrível malho como se ele tivesse o peso de uma pena. Seu aço se movimentava com tamanha rapidez que o ar quase *trovejava* atrás dela, e fui forçado a uma defesa desesperada – *nunca* uma boa ideia quando a arma que o golpeia pesa mais do que um homem. Mesmo de lado, a força de seu golpe me fez voar ao longo do leito do do rio e bater de costas, estrelas sombreadas espocando em meus olhos. Ouvi alguém gritar, passos pesados e cavalos em pânico, cuspindo sangue enquanto a Bebedora de Cinzas cantava em minha cabeça.

"*G-G-Gabriel, você está bem?*

"'Eu nem precisava mesmo dessas costelas...'

"Um atroz assomou sobre mim, avançando com um sibilar silencioso. Consegui rolar para o lado, decepando suas pernas com a lâmina da Bebedora de Cinzas. Mas Rykard retornava em minha direção como um trovão, ladeado por Kiara, os olhos dela iluminados por ódio. E olhando além da Mãe-loba através das neves que caíam, senti meu coração se apertar como uma pedra em meu peito."

– Permita-me adivinhar – murmurou Jean-François. – Lachance tinha voltado?

– Como um caso de coceira – assentiu Gabriel. – Aquele coração sangrento dela começou a jorrar ao ver aqueles pequenos na carroça, e ela os perseguia agora sobre o gelo, a compaixão dando *adieu* ao bom senso. Ela também montava muito mal, quase caindo da sela, dando um grito ao fazer um salto desesperado para o lugar do cocheiro. Mas conseguiu tomar as rédeas, puxando e fazendo os animais em pânico reduzirem a velocidade e pararem no meio do rio. Dior desceu do assento num piscar de olhos, rastejando pelo teto da jaula até sua porta. Mas com um palavrão, ela a encontrou trancada, os prisioneiros chorando encerrados no interior.

"Kane tinha apanhado a espada caída, ele e Lachlan abrindo caminho pelo gelo em uma peleja brutal e espetacular. Meu velho aprendiz tinha nascido da linhagem Dyvok, e com *pedigree* mais profundo que a maioria. Mas ainda era apenas um sangue-pálido, e a força de Kane era *aterrorizante* – mesmo com uma mão só, o Decapitador de algum modo estava reagindo à altura. Kiara estava caminhando em minha direção, o malho pingando com meu sangue, com Rykard ao seu lado. Sentindo um aperto no coração, vi que seus soldados escravizados tinham se voltado para Dior. E tola e teimosa como era, a garota se voltou para encará-los, sacando seu punhal de aço de prata com uma mão pálida.

"'Não, Dior, vá!', urrei.

"Ela olhou para mim, depois na direção das crianças indefesas naquela jaula. Mesmo em inferioridade numérica, percebi que estava determinada a defendê-las. Os soldados escravizados estavam se aproximando, a Mãe-loba e Rykard entre mim e seu resgate.

"'Droga, garota, *corra*!'

"Cortei mais um atroz e recuei rápido quando a marreta de Kiara rasgou o ar. Parcialmente cega pelo meu aegis, o golpe seguinte da Mãe-loba passou longe, e o peso de sua arma a fez passar deslizando por mim. Rykard berrou quando golpeou com seu pesado machado de guerra, o rio sob nossos pés rachando quando desviei do golpe. Chutando o joelho do bastardo com meus saltos de prata, ataquei as costas de Kiara, e um corte fumegante se abriu em sua pele enquanto ela urrava e deixava seu malho cair no gelo. Eu podia queimar e secar suas veias se conseguisse botar minhas mãos em seus pescoços, mas, embora o sol estivesse no céu, a dupla estava destemida, e um golpe sólido de seus punhos estilhaçaria meus ossos como vidro.

"Atrás de meus inimigos, Dior ergueu a faca e atacou os soldados escravizados com um grito entrecortado. Seu golpe passou longe, mas eles recuaram, circundando-a cautelosos. Kiara me atacou com as mãos nuas, meu estômago se revirando quando ela encheu a mão com meu cabelo e o arrancou pela raiz. Rosnando, tentei agarrar seu pescoço, pegando apenas aquele frasco dourado em torno dele. A corrente arrebentou, e o frasco saiu voando quando um golpe do martelo de guerra de Rykard me atingiu como uma carruagem em disparada. Senti minhas costelas se quebrarem, sangue e saliva explodindo de meus lábios enquanto eu voava, sem peso e sem sentidos, girando pelo ar enquanto o mundo inteiro ficava cinza. Devo ter aterrissado uns quinze metros rio acima, atordoado demais até para sentir o impacto quando caí sobre o gelo.

"Rolando de bruços, tossi vermelho e fiz um esforço para me levantar, para *respirar*. Eu podia ouvir Dior gritando acima do zunido em meus ouvidos, enquanto tateava o gelo à procura de minha espada.

"'Estou começando a achar que o Todo-poderoso d-deve estar *mesmo* irritado comigo...'

"*Você cometeu assassinato em m-m-massa em solo sagrado há m-menos de duas semanas.*

"'Eles eram bastardos, Bebedora.'

"*Você também é, Gabriel.*

"'*Touché.*'

"Kiara e Rykard estavam me atacando, Lachlan ainda lutava com Kane – eu precisava me levantar, tinha que me *mexer*, estava com sangue nos olhos e a cabeça soando como sinos fúnebres enquanto meus dedos se fechavam em torno do punho da Bebedora. Cuspindo vermelho, eu me apoiei sobre ela e tentei ficar em pé, sem sucesso, caindo sobre um joelho, machucado demais para sequer me encontrar com minha morte sobre a droga de meus dois pés.

"Mas então ouvi passos sobre o rio congelado; botas macias sobre a neve nova. Kiara e Rykard reduziram a velocidade de seu ataque, as botas deslizando no gelo e os olhos estreitos como cortes de papel. Babando sangue, ergui os olhos e vi uma figura esguia parada ao meu lado, vestida toda de vermelho. A luz que emanava de minha pele brilhou sobre sua máscara de porcelana e projetou uma sombra comprida no gelo entre nós e os indomados. Fazendo uma profunda reverência cortês, Celene sibilou:

"'Saudaçõesssss, Dyvok.'

"E com essas palavras, ela puxou a máscara para o lado.

"Eu já tinha visto aquilo, mas ainda assim meu estômago se revirou quando o horror da face de minha irmã foi exposto. Das maçãs do rosto para cima, Celene era uma jovem graciosa, de boa ossatura e bonita, tão parecida com minha mãe que fazia meu coração doer ao vê-la. Mas a pele na parte inferior de seu rosto fora arrancada; feixes de músculos e osso pálido expostos, as presas brilhando em seu maxilar inferior, o que era o templo de sua carne agora era uma ruína irregular e destroçada.

"Rykard encarou minha irmã sob a neve que caía, com as presas à mostra.

"'Quem é você, prima?'

"'Eu não sssou prima ssua', respondeu.

"Minha irmã cruzou uma das mãos sobre a outra, arrastando unhas afiadas pelas palmas das mãos. Sangue escorreu como serpentes gêmeas, um filete se transformando numa espada curva, e o outro era um mangual do tamanho de um chicote enquanto o cheiro... meu Deus, o cheiro me atingiu como uma lança em meu estômago dolorido.

"'Eu sou Celene Castia. Esspada dos Fiéiss. Liathe do temível Wulfric.'

"Com olhos mortos brilhando, Celene ergueu sua espada na direção dos indomados.

"'E eu sou o livramento. Para vocês e toda nossa raça amaldiçoada.'"

✦ VII ✦
POR ESTE SANGUE

— FIOS DE RUBI escorriam de meus lábios, as costelas quebradas raspando por baixo de minha pele. Celene jogou o sobretudo para o lado com um floreio, tirando um floco de neve do brocado enquanto olhava para os inimigos. Kiara e Rykard compartilharam um olhar silencioso, desconfiados; a dupla não sabia em que posição Celene se encaixava, exceto que agora ela estava entre caçador e presa.

"'Eu reivindico este por sangue, prima', rosnou Kiara. 'Afaste-se.'

"Mas Celene sacudiu a cabeça e respondeu apenas:

"'Não.'

"A Mãe-loba estreitou os olhos, voltando a olhar para o vampiro ao seu lado, a carroça de carne ainda sobre o gelo. Vi Dior em pé, pálida e sozinha, com o punhal na mão. Celene tinha assassinado todos os soldados escravizados dos Dyvok em torno dela, o chão banhado em vermelho. Os olhos de Kiara voltaram para a espada de sangue na mão de minha irmã, expondo as presas ao dizer:

"'Então *morra*.'

"E com um urro, ela e Rykard avançaram sobre o gelo.

"Minha irmã caçula se moveu como o vento invernal, brutal e fria, cortante até o osso. Desviou do ataque ribombante de Kiara, um borrão vermelho, rachaduras maiores se espalhando sob nós todos quando aquele malho atingiu a crosta congelada do rio. Rápida e silenciosa, Celene atacou com sua espada, atingindo o cabo de pau-ferro do martelo de Rykard e o cortando em dois de forma limpa. Desequilibrado, o sangue-frio gigante foi presenteado com um golpe que o atingiu na espinha quando passou cambaleante, carne de mármore se abrindo como fumaça. Rápida como prata, Celene segurou o pulso da Mãe-loba. E como o meu tinha feito na sombra de San Michon, o sangue de Kiara começou a ferver.

"Minha pele formigou ao ver aquilo liberado, o cheiro denso no vento; o mesmo poder temível que meu pai profano tinha me dado.

"*Sanguemancia.*

"O sangue borbulhou primeiro nos olhos de Kiara, os brancos se inundando de vermelho. A Mãe-loba urrou quando sua pele de mármore escureceu, se espalhando a partir da pegada de minha irmã como rachaduras em um leito seco de rio. Mas Kiara não era nenhum filhote para ser dominada com tamanha facilidade, e, rangendo as presas sangrentas, deu um golpe com a mão trocada em Celene, fazendo-a voar como um saco de debulha.

"Eu me levantei no caos, a mão pressionada sobre costelas quebradas. Com a cabeça ainda zunindo, ataquei a Mãe-loba enquanto a Bebedora de Cinzas cantava em minha mente. Kiara se virou, sibilando ódio, desviando de meus golpes; barriga, peito e pescoço. Nós dois estávamos feridos, agora, desesperados, Lachie ainda lutando com Kane, Dior avançando com o punhal erguido quando gritei:

"'Não, para trás!'

"Eu me esquivei quando a marreta de Kiara passou assoviando perto de meu queixo – Deus, a força dela era suficiente para demolir a droga de uma montanha. Se fosse noite, tenho certeza de que teria me levado junto. Mas a luz mortiça do dia ainda tinha poder no céu, e meu aegis queimava brilhante, e, ferido como eu estava, lutando para defender aquela garota diante dos muros de Aveléne, minha mente ecoou outra vez a verdade que seu senhor me falara, não muito tempo atrás.

"*Não importa no que você tem fé. Mas você deve ter fé em alguma coisa.*

"O malho de Kiara bateu contra minha espada, e a força me mandou deslizando para trás sobre o gelo e então outra vez sobre os joelhos. Eu me levantei, arquejante, mas quando a Mãe-loba cuspiu sangue e se preparou para atacar, todos nós estremecemos com um grito temível às nossas costas.

"Eu me virei e vi Rykard de joelhos diante de Celene. O inimigo de minha irmã estava ensanguentado, um braço um coto fumegante na altura do cotovelo, o outro decepado no pulso. A força dela era *aterrorizante* – o fato de uma recém-nascida Voss ter se erguido tão alto contra um guerreiro veterano dos Dyvok não fazia sentido nenhum. Mas Celene segurou os ombros de Rykard, o músculo exposto se flexionando de forma obscena ao longo de sua mandíbula quando ela abriu a boca, cada vez mais. E observei horrorizado minha irmã cravar os dentes na garganta de seu inimigo."

Gabriel sacudiu a cabeça, passando um dedo delicadamente sobre os lábios.

– Chamam isso de o Beijo. O êxtase que a vítima de um vampiro sente quando aquelas presas penetram a pele, quando o sangue corre quente e denso. Nenhuma droga consegue superar. Nenhum pecado da carne consegue se comparar. Depois de prová-lo, as pessoas fazem *qualquer coisa* para experimentá-lo outra vez; sacrificam sua liberdade, suas próprias vidas só para estremecer naquele enlevo sangrento mais uma vez. E eu vi isso também tomar Rykard; seus cílios adejando, um gemido trêmulo de amante escapando de seus lábios enquanto Celene bebia mais fundo. Mas então o horror interrompeu o paraíso daquilo, os olhos do sangue-frio se arregalaram, se enchendo de medo quando cruzaram com os meus, quando nós dois percebemos a verdade horrenda.

"Celene não ia parar.

"Rykard engasgou em seco, se debatendo, mas Celene se aferrou à garganta do vampiro como um carrapato faminto, bebendo, *engolindo*. O enorme sangue-frio corcoveou uma vez, sem forças, enquanto o que restava dentro dele se agarrava aos limites de sua casca imortal. E com um último grito de estourar os tímpanos, seu corpo estremeceu dos pés à cabeça e explodiu em poeira nos braços frios de minha irmã.

"Celene se levantou, passando as costas da mão sobre a boca sangrenta. E embora pudesse ser um truque da luz que findava ou das lesões que eu sofrera, juro que o ferimento em seu rosto se reduzira. Músculo se prendendo a osso. Pele translúcida se agarrando à carne morta. A cor de suas íris tinha se aprofundado; do branco-fantasma da morte à mais leve sugestão do castanho que tinham em vida. Eles viraram para trás em sua cabeça, cílios adejando, eufórica.

"'Por essste sangue', disse ela, 'teremosss vida eterna.'

"Eu passara metade de minha vida caçando vampiros, historiador, mas não fazia ideia do que tinha acabado de ver. E, mais importante, aparentemente nem a Mãe-loba. Kiara era mediae, uma vampira com um século ou mais de aprendizado; não tão astuta quanto um ancien com centenas de anos nas costas, mas também não era nenhuma recém-nascida. E apesar do assassinato de seu parente, de sua vendeta contra mim, vi que a Mãe-loba estava perdida. Kane ainda lutava com Lachlan no meio do rio – ele não seria de nenhuma ajuda para ela. Fúria ardeu nos olhos de Kiara quando olhou para os prisioneiros e para Celene, fervendo de ódio quando seus olhos tornaram a se dirigir a mim. Mas não se vive para sempre sendo um tolo, e pude ver seus dentes se cerrando, quando a conta em sua cabeça não fechou.

"'Outra noite, Leão', disse, raivosa.

"A Mãe-loba ergueu o malho acima da cabeça. E todo o mundo pareceu girar devagar. Meu coração ficou imóvel quando o martelo desceu.

"Eu me virei e gritei um alerta para Dior.

"Kiara bateu com o malho no gelo.

"E a superfície do Mère explodiu."

✦ VIII ✦
GARRAS E DENTES

— O RIO CONGELADO se despedaçou, gelo de trinta centímetros de espessura se estilhaçando como se fosse vidro. Rachaduras irregulares avançavam em nossa direção como raios, neve fofa subiu alto no céu uivante. E com um estrondo ensurdecedor, o Mère se desfez sob nós.

"Ouvi Celene gritar um alerta quando rolei e fiquei de pé, mergulhando através do gelo que se desfazia. Gritando para que Lachlan corresse, e minha irmã seguisse, *SEGUISSE!*, eu saí correndo, o chão mergulhando e se revirando enquanto tentávamos andar, cambaleávamos e pulávamos outra vez conforme a destruição se espalhava.

"*Corra, coelho, corra-c-c-coelhocorra...*

"O som era ensurdecedor, impossível. Ouvi cavalos gritando, um murmúrio delicado por baixo do trovão, mais neve jogada para o alto conforme a falha tectônica se espalhava. Mas o hino de sangue cantava em meus ouvidos, e eu tinha nascido um sangue-pálido, afinal de contas; uma sombra ardente pulando na direção da costa, aegis em chamas, enfim caindo para descansar sobre as margens congeladas.

"Cuspindo sangue, consegui ficar de pé, as costelas quebradas raspando enquanto eu arquejava por ar.

"'Dior...'

"Olhando ao redor, vi que a devastação era aterrorizante, a força da Mãe-loba superava *qualquer coisa* que eu esperava. Não havia sinal dela, nem do Decapitador, tampouco de meu antigo aprendiz, mas o Mère estava estilhaçado de margem a margem, fissuras se estendendo por mais de trezentos metros ao longo dele. Neve caía pelo ar e fazia um frio áspero, e o ar ecoava com o barulho de gelo torturado. E, com o estômago se contorcendo, ouvi um grito em meio ao caos.

"'GAAAABE!'

"Eu me esforcei para ver através das neves uivantes, e com um aperto no coração, vi que Dior ainda estava no rio. A carroça de carne tinha mergulhado parcialmente na água, os cavalos puxando em pânico. As crianças no interior gritavam, estendendo as mãos através das grades enquanto a carroça começava a afundar. E se recusando a deixá-las morrer, Dior estava agachada em cima dela.

"'*GABRIEL!*'

"'Que merda...'

"'Você precisa sssalvá-la.'

"Eu me virei para Celene, a ponta de seus pés posicionada na borda do gelo quebrado, mãos vermelhas encaixando a máscara de volta sobre seu rosto coberto de sangue. Ela tinha passado por mim quando fugíamos do caos, passos grandes e longos levando-a em segurança para a margem. Eu ainda não tinha ideia do que acabara de testemunhar, mas nenhum vampiro pode atravessar água corrente, e para voltar até lá...

"'*Precisa* fazer isso.'

"Mas eu já tinha partido, embainhando a Bebedora de Cinzas e tossindo sangue enquanto voltava correndo para o rio partido, liso como vidro e se movimentando sob minhas botas. A carroça estava presa entre dois blocos de gelo, adernando ainda mais conforme o gelo se quebrava. Os cavalos já estavam na água, gritando e puxando seu peso.

"Cambaleando na direção deles, vi Dior erguendo o punhal que eu lhe dera, libertando os animais de seus arreios para que não puxassem a carga para seu fim. A carroça estremeceu quando o gelo tornou a rachar, as crianças dentro dela ainda gritando, e eu berrei:

"'SAIA DAÍ, GAROTA!'

"Mas me ignorando completamente, Dior embainhou o punhal e pegou seu fiel estojo de gazuas da bota. E louca como um ossiano bêbado, voltou a subir na jaula e começou a mexer no cadeado.

"Eu pulava de um bloco congelado para outro, vento gritando, neve cegando, quase caindo meia dúzia de vezes nas profundezas congelantes. Lançando um olhar desesperado à procura de Lachlan, ainda não conseguia ver nem traço dele. Mas com um salto final, eu bati contra as grades da jaula. Dior segurou minha mão para me equilibrar, os olhos azuis brilhantes e loucos.

"'Eu disse para você sair daqui!'

"'Sinceramente, está me dando um sermão agora?', gritou ela. 'Estou tentando abrir essa dr...'

"Com um rosnado, agarrei a porta da jaula e a arranquei de suas dobradiças enferrujadas, jogando-a no rio às minhas costas. Dior piscou, atônita.

"'Certo, isso também funciona.'

"A carroça estremeceu, mergulhando cinquenta centímetros, a corrente agitada enquanto eu estendia a mão para pegar a primeira criança que vi.

"'Corram! Todos vocês, *corram*!

"Com dificuldade para respirar, sangrando, eu fui arrastando as crianças, duas e três de cada vez, jogando-as sobre o gelo. Algumas eram muito pequenas, a maioria pré-adolescentes, todas aterrorizadas. O bloco de gelo se movimentou sob nós, se partindo e se inclinando, água congelante subindo pelas rodas da carroça enquanto ela continuava a afundar. Os pequenos ainda ali dentro gritavam horrorizados, agarrando uns aos outros em seu pânico para se libertarem enquanto Dior gritava da porta:

"'Gabe, você está...'

"'Eu estou bem, vá, VÁ!'

"A garota saltou, pegando um menininho louro e jogando a criança no ombro enquanto gritava:

"*'Sigam-me!'*

"As outras crianças obedeceram, as mais velhas pegando as mais novas enquanto fugiam, as rachaduras se espalhando mais largas e mais fundas. Com água gelada chegando às minhas coxas, entrei na jaula e retirei as que restavam, dedos e lábios já ficando azuis. A última criança que agarrei parecia ser de origem ossiana – uma menina mais velha com cabelo castanho avermelhado que teimosamente se recusara a sair até que o último prisioneiro fosse libertado.

"'Vá!', gritei para ela.

"'Você vai...'

"'VÁ!', berrei, jogando-a pela porta.

"Eu me dobrei ao meio, costelas quebradas perfurando meus pulmões conforme a água subia até meu peito. O frio era chocante, profundo até os ossos e entorpecente. E por um momento tudo o que conseguia fazer era respirar. Agarrando as grades, eu me lancei para fora, com baba vermelha jorrando de meus lábios quando atingi o gelo que se partia e a carroça desapareceu nas profundezas às minhas costas.

"Eu estava de pé e cambaleante, saltando de um bloco de gelo para outro bloco partido. Cada respiração era uma guerra, a superfície do rio agitada como uma tropa de cavalos trovejantes. Com sangue na boca, sabendo que um único erro me jogaria naquela corrente congelante, segui aos tropeções. A margem estava à vista, faltavam agora seis ou sete metros, mas depois de um salto longo no qual aterrissei pesadamente, senti minha sorte falhar, e o gelo se partiu sob mim.

"'Merda, de novo n...'

"Caí dentro daquele frio forjado no inferno, xingando enquanto tentava agarrar alguma coisa, *qualquer coisa*. A água se fechou sobre minha cabeça, escura e congelante, e senti meus pulmões se esvaziarem com o choque. Mas ainda tive fôlego suficiente para gritar. Bolhas sangrentas escapando através de minhas presas quando algo esmagador e afiado como uma navalha se fechou em torno de meu pulso.

"Fui arrancado de dentro d'água, urrando de agonia quando os dentes – *oui*, a porra de *dentes* – se afundaram mais em minha carne. Algo tinha me segurado pela *boca*, uma fera, um monstro, meu antebraço se partindo como gravetos em suas mandíbulas. Sua forma era um borrão vermelho-ferrugem através da neve e da dor, feita de olhos dourados reluzentes e presas brancas como pérolas, e eu berrei, batendo com meu punho em seu crânio enquanto ele me tirava de dentro do rio. Voltei a socá-lo, e ele me soltou. Mas Dior estava ao meu lado, agora, gritando meu nome. Lachlan estava junto dela, xingando em voz alta, suas roupas de couro encharcadas de água congelante e seu peito nu coberto de sangue, ajudando a garota a me arrastar para a margem, onde gelo se estendia até o leito do rio.

"Finalmente em segurança.

"'Pela droga dos Sete Mártires', disse com dificuldade o jovem santo, desabando de costas.

"'Gabe, você está bem?', gritou Dior.

"Rolei de costas, tossindo, congelando e arquejando.

"'Estou maravilhoso, porra...'

"A garota apertou meu ombro, sussurrando uma oração de agradecimento. Piscando com força, olhando ao redor, avistei um amontoado de crianças assustadas na margem do rio, olhando perplexas para Dior e com medo para mim. Cuspindo sangue de minha língua, olhei para um Lachlan ofegante.

"'Kiara?', perguntei. 'Kane?'

"O santo respondeu com uma sacudida de cabeça, um dar de ombros para o rio partido e blocos de gelo flutuantes. Erguendo-me do gelo, com o antebraço direito aberto até o osso, saquei a Bebedora de Cinzas com o esquerdo. E me esforçando para ver através da neve em movimento, com Lachlan se erguendo ao meu lado, eu me virei na direção de meu salvador misterioso.

"Um gato.

"Bem, a droga de um *leão*, para ser honesto.

"A fera estava sentada na margem, lambendo meu sangue de seu focinho com uma língua rosa achatada. Seu pelo era avermelhado e os olhos sarapintados de ouro. Uma antiga cicatriz marcava sua bochecha direita, e havia outra mais nova em seu ombro e seu peito. Era *enorme* – um da grande raça da montanha que tinha assombrado as Terras Altas antes que todos os predadores desaparecessem por falta de presas. As crianças se afastaram aterrorizadas, aquela garota ossiana botando os mais novos às suas costas para protegê-los. Mas a menininha loura que Dior tinha salvado apontou um dedo, completamente feliz.

"'Gatinho!'

"'Meu Deus', sussurrou Dior, ficando de pé. 'Gabriel...'

"A leoa nos encarava com seu olhar dourado, a cauda balançando de um lado para outro, e senti o ar sair de meus pulmões, quando enfim a reconheci. Eu não conseguia acreditar no que estava vendo e me perguntei se tinha enlouquecido. Mas ali estava ela, grande como a vida e duas vezes mais sangrenta.

"Um fantasma.

"Uma *impossibilidade*.

"Então ouvi um sussurro; uma navalha em meio ao vento. Uma figura saltou do meio das árvores mortas, uma mecha de cabelo preto comprido se agitando às suas costas, a espada sangrenta erguida.

"'Não, Celene, *não faça isso!*'

"Minha irmã caiu sobre a neve sem fazer barulho, agitando a espada na direção das costas da leoa. Mas a fera se moveu rápido como prata e vermelha como ferrugem, retorcendo-se para o lado para escapar do golpe com um rosnado furioso. Com as orelhas para trás junto ao crânio, a leoa mostrou presas compridas como facas, lançando um *URRO*: na direção de minha irmã. Lachlan virou um borrão, sibilando:

"'*Sangue-frio!*', quando sacou seu aço de prata, os olhos arregalados fixos em Celene enquanto eu inspirava fundo para..."

"'*PAREM!*'

"O grito de Dior levou um silêncio repentino para a margem do rio, a leoa, a vampira e o Santo de Prata congelados, imóveis. As crianças que tínhamos salvado observavam com um medo silencioso, e pus a mão no ombro de Lachlan, sacudindo a cabeça em alerta quando Dior deu um passo à frente. A garota lançou um olhar duro na direção de Celene, o jovem santo ao meu lado, com as mãos erguidas para aplacar a fera. Havia surpresa em sua voz suave quando disse o nome que eu achava que nunca mais fosse ouvir.

"'*Phoebe?*'

"Era ela, com a mesma certeza de que eu respirava – a leoa que viajara com Saoirse á Dúnnsair e a Companhia do Graal. Phoebe lutara ao nosso lado na Batalha de Winfael, nos acompanhara em segurança pela Floresta dos Pesares, fora nossa guia por noites sombrias e lugares ainda mais escuros. Mas Danton Voss tinha assassinado o grande felino e sua senhora, ambos em San Guillaume. Ele abrira o peito de Phoebe com o machado da própria Saoirse, depois transformara a leoa em pasta nas pedras do calçamento do mosteiro.

"Eu vira isso com meus próprios olhos.

"'Você estava *morta*.'

"As presas de Phoebe brilharam enquanto ela lambia sua cara ensanguentada. Ela rosnou um alerta para Celene, mas minha irmã não avançou, permanecendo com a espada a postos e olhos mortos estreitos. Lachlan era uma estátua de músculos tensos e tinta ardente ao meu lado, minha mão delicada em seu ombro era tudo o que o mantinha imóvel.

"O anoitecer estava silencioso como túmulos, cheio de ameaça.

"Phoebe olhou para o sol poente e fechou aqueles olhos cintilantes.

"E então... ela começou a se movimentar.

"Não a rondar, nem a se esticar, nem a se mexer de forma furtiva, nada disso. Quero dizer que seu *corpo* começou a se movimentar. A ondular. A se *dobrar*. Ela fez uma reverência com a cabeça, assustando as crianças às minhas costas quando seus membros se alongaram e seus quadris se alargaram, se retorcendo, *mudando*, enquanto um rosnado longo e baixo lhe percorreu todo o corpo. Eu nunca tinha visto nada assim, mas, após meus anos em San Michon, sabia muito bem o que estava vendo. Compreendi *enfim* o que Phoebe realmente era.

"Lachlan praguejou surpreso enquanto a transformação continuava, enquanto eu só conseguia permanecer parado, perplexo. O pelo de Phoebe retrocedeu, e na pele pálida e sardenta por baixo, vi tatuagens, as mesmas que Saoirse usava; *Naéth*, as tatuagens de guerreiros das Terras Altas de Ossway. Espirais vermelho-sangue percorriam seu braço direito, passavam sob seus seios, iam até seus lábios e desciam pela perna esquerda até o tornozelo. Ela arqueou as costas, rosnando, felina, a cicatriz indo de sua sobrancelha até a bochecha, retorcendo seus lábios em uma expressão distorcida. E onde antes estava uma leoa, agora havia uma mulher bonita com ferozes olhos esmeralda agachada na margem do rio, nua como em seu primeiro dia de santos, exceto pelo colar de nós em couro em torno do pescoço.

"Mas não, a um olhar mais atento... *não* uma mulher bonita. Não *exatamente*. A ponta dos dedos eram escurecidas, cruéis e curvas como garras. Suas orelhas eram pontudas como as de um gato, projetando-se de sua cabeleira densa de cachos ruivos. E, o mais estranho de tudo, olhando para a neve embaixo dela, vi que a sombra que Phoebe projetava sob o brilho de meu aegis ainda era a de uma leoa.

"Ela me encarava, passando as costas da mão pelo nariz ensanguentado, o cheiro dela me empolgando da cabeça dolorida aos dedos trêmulos dos pés e todos os lugares entre eles.

"'Belo gancho, garoto de prata.'

"'Que a noite nosss ssalve', sibilou Celene.

"Phoebe olhou para trás.

"'Aponte essa arma para mim outra vez, e vai precisar de mais do que orações para se salvar. Eu arranco sua mão pelo pescoço, sanguessuga.'

140

"'Phoebe...?'

"A mulher se virou com o murmúrio de Dior, os lábios curvados em um sorriso repentino e alegre.

"'Olá, Flor.'

"A garota sacudiu a cabeça, atônita.

"'Mas... você estava *morta*.'

"'Quase.' Phoebe tirou uma trança do ombro, de nariz empinado, os dentes cerrados. 'Mas *quase* não significa nada para minha espécie. Fui ferida profunda e amargamente. Cortada até os ossos. Mas comecei a segui--los desde que fiquei bem o bastante para andar outra vez, amor.'

"'Doce Virgem-mãe, Gabriel', sussurrou Lachlan. 'Você *conhece* essa coisa?'

"Pude apenas dar de ombros, a voz suave com o espanto:

"'Achei que conhecia.'

"'Como...' Dior sacudiu a cabeça. '*O que* é você?'

"Phoebe olhou para as ruínas de Aveléne e para as crianças que tínhamos salvado, os olhos esmeralda estreitados. Ela parecia ter 20 e poucos anos, ao meu ver, alta, elegante, completamente tranquila em relação a seu estado de nudez. A maioria dos pequenos parecia mistificada, horrorizada, e a garota ossiana que eu resgatara conduziu alguns dos menores para trás de sua saia, sibilando baixo:

"'Dançarina da noite.'

"As sobrancelhas de Dior se arquearam na direção da linha de seu cabelo.

"'Sou uma filha da floresta, Flor.' Phoebe assentiu, olhando para a jovem ossiana. 'O que pessoas das Terras Baixas podem chamar de dançarina da noite. Sou abençoada pela força do Pai Terra e a graça das Luas Mães. E na breve respiração entre o dia e a noite, posso dançar entre essa aparência de mulher e a forma que vocês conheciam. A pele da floresta. A fera.'

"'Por que você não...' Dior se agitou, olhando para Phoebe como se seu mundo tivesse sido totalmente virado de cabeça para baixo. 'Você viajou conosco por *meses*. E todo esse tempo...'

"'Perdoe-me', respondeu a mulher, os olhos verdes ficando suaves. 'Eu não tinha desejo de enganá-la, amor. Mas minha prima Saoirse me conhecia bem o bastante para falar por nós duas, e há um preço a pagar pela dança que faço. Mais pesado nessas noites de ruína do que nunca.' Ela apontou a cabeça para o sol baixo, a luz moribunda da morte dos dias. 'Então eu só danço o mínimo necessário.'

"'Nós achamos que Danton tinha *matado* você.'

"'Só prata pode me matar. Prata, mágika e os dentes frios da idade. O Bastardo de Vellene me feriu profundamente. Mas sob a luz da Lua Mãe, todos os ferimentos de um filho da floresta se curam com o tempo...'

"'Então...' Dior piscou, se animando de repente. 'Saoirse está...'

"'Não.' Phoebe franziu o cenho. 'Ela era uma guerreira do Trono das Luas, corajosa e justa. Filha de Auld-Sìth, uma vidente e caminhante dos sonhos. Mas não era uma filha da floresta.' A mulher cerrou os dentes. 'Minha prima está morta.'

"As palavras pairaram pesadas, e Dior pareceu arrasada. Embora tivessem se conhecido apenas alguns meses atrás, a garota gostava de Saoirse – bem, *mais do que gostava*, se o beijo em que eu as flagrei pudesse explicar alguma coisa...

"'Minhas condolências pela sua parenta', murmurei. 'Saoirse era uma mulher corajosa...'

"'Eu não tenho necessidade de condolências, Santo de Prata', disse Phoebe. 'Preciso de cinco *segundos* sozinha com Danton Voss. Juro por Fiáin que vou devorar seu coração ímpio. E vou inalar a *droga de suas cinzas*.'

"'Danton está morto.' Eu apontei com a cabeça para a garota ao meu lado. 'Dior o matou.'

"As crianças murmuravam, com ainda mais assombro nos olhos enquanto olhavam para Dior. Lachlan pareceu duvidar de minha afirmação, mas Phoebe apenas ergueu o queixo, curvando os lábios. A dançarina da noite não era tão grande quanto sua prima, nem tão forte – Saoirse tinha sido um machado, pesada e afiada, mas Phoebe era uma espada, delgada e rápida. Eu podia ver uma sombra perigosa espreitando em seus olhos quando ela ficou de pé. E então eu soube que, enquanto sua prima tinha sido uma guerreira, Phoebe era uma *predadora*.

"A dançarina da noite caminhou na direção de Dior, garras pretas curvadas. A garota se encolheu ficando ao meu lado, e minha mão foi para o cabo da Bebedora de Cinzas, Celene tensa com a ameaça, a pegada de Lachlan se apertando em sua espada com tanta força que o próprio metal gemeu. Mas Phoebe parou a poucos metros de distância, se abaixou sobre um joelho no gelo. Cortinas de cabelo vermelho caíram sobre seu rosto sardento marcado por cicatrizes quando ela curvou a cabeça.

"'Se já não estivesse ligada a você pelo augúrio de minha parenta, eu ainda estaria ligada a você agora.' A mulher ergueu os olhos para a garota estupefata. 'Dior Lachance, pelo coração da Fiáin e sob a vista do Pai e das Mães, meu destino está ligado ao seu. Se meu sangue, minha bênção ou meu hálito puderem mantê-la segura, eu juro que darei todos eles a seu serviço.'

"Phoebe passou as garras pelos seios, abrindo fitas escarlate na pele com a palidez de um fantasma, e por Deus no céu, o *cheiro* disso me atingiu como um golpe de espada, estonteante e feroz, queimando uma trilha ardente de meu cérebro até minhas partes baixas latejantes. Engolindo em seco, praguejando, eu contive minha sede, cerrando os dentes enquanto Phoebe falava:

'Mortos viverão e astros cairão;'
'Florestas feridas e floradas ao chão.'
'Leões rugirão, anjos prantearão;'
'Pecados guardados pelas mais tristes mãos.'
'Até o divino coração brilhar pelos véus,'
'Do sangue mais duro vem o mais puro dos céus.'

"Estendendo a mão, Phoebe deixou que gotas vermelhas caíssem na neve.

"'Sou suas garras e seus dentes, Flor. Pelo sangue derramado de meu coração, eu juro.'

"Dior olhou para mim, mistificada. Eu pude apenas sacudir a cabeça, igualmente perplexo. Os pequenos continuavam olhando pasmos, Celene estava com os braços cruzados e olhando com raiva, Dior estava tensa ao meu lado. O ar estava denso com o fedor de morte, perigo e desconfiança.

"E por toda a extensão de Nordlund, o entardecer deu lugar à noite."

✦ IX ✦
TANTO UM MONSTRO

— O SOL TINHA mergulhado para dormir, os céus tão escuros quanto a sombra em meus ombros. Minhas roupas de couro estavam encharcadas e meus pés congelavam. Sangue escorria dos ferimentos irregulares de mordida em meu braço. Phoebe estava reunindo as crianças que resgatamos, Celene estava longe, escondida, Lachlan explorando rio abaixo para garantir que os Dyvok não voltassem e nos ferrassem no escuro. E Dior caminhava ao meu lado, com tochas em nossas mãos e corações na garganta enquanto percorríamos as ruínas da cidade que meus irmãos tinham construído.

"O cheiro de sangue estava tão forte que fez meu estômago roncar.

"Uma história de horror e tristeza nos esperava no interior dos muros de Aveléne, mas logo descobrimos um mistério. Os guardas do portão tinham sido eliminados com tanta força que gelava o sangue; pescoços torcidos e rostos esmagados. Mas a ponte levadiça e os portões estavam intactos, abertos como se quisessem convidar o mundo a entrar. Ali não houvera cerco, nenhuma defesa sangrenta daquelas muralhas poderosas. Enquanto olhava para as ruínas, minha mente era uma tempestade de *comos* e *porquês*.

"E, meu Deus, eu estava com tanta *sede*...

"'Pobres almas', murmurou uma voz delicada. 'Deus Todo-poderoso, acolha todas elas em seus braços.'

"Ergui os olhos do estrago dos guardas do portão, olhando para a garota ao meu lado.

"'Temo que no momento ele não esteja aceitando pedidos, *mademoiselle*.'

"A garota fez o sinal da roda, sem me responder. Ela era um pouco mais velha do que Dior, magra e pequena – a última prisioneira que eu resgatara daquela carroça de carne prestes a afundar. Depois que a calamidade na margem do rio terminara, ela se apresentou com um sotaque ossiano delicado como Isla á Cuinn, residente de Aveléne, notável entre aqueles que tínhamos salvado apenas por ser a mais velha. Sua pele pálida estava coberta de sardas, o cabelo ruivo e comprido preso em tranças, duas marcas de beleza em sua face. Eu podia me lembrar dela vagamente do banquete de boas-vindas que Aaron deu para nós apenas algumas semanas antes, servindo bebidas depois do Agradecimento a Deus. Mas fora isso, eu não a conhecia.

"De cenho franzido, eu examinei a destruição.

"'O que aconteceu aqui?'

"'Eles vieram à noite, *chevalier*', respondeu Isla com delicadeza. 'Impiedosos e rápidos.'

"'Mas não entraram derrubando os portões. Será que eles vieram pelos muros? Com força suficiente para tomar a cidade, mas sem uma gota de sangue nas muralhas?'

"'Eu não vi.' A garota tremia, com os braços em torno de si mesma no frio crescente. 'Estava dormindo no *château*. Fui despertada pelo som de trovão. E gritando. Grandes pedras estavam sendo jogadas contra o forte das ruas da cidade abaixo, caindo no pátio como granizo.' Isla sacudiu a cabeça, atemorizada. 'Eram os Mortos, *chevalier*. Estavam *arremessando* aquelas pedras. Lançando pedaços grandes de casas como se fossem seixos.'

"'Então eles já estavam dentro das fortificações externas quando soou o ataque?' Cerrei os dentes, com os olhos estreitos. 'Isso não faz nenhum sentido.'

"A garota apenas sacudiu a cabeça, muda e tremendo. Nós seguimos em frente, corvos gordos escarnecendo enquanto passávamos, ratos correndo pelas sombras. Subindo a estrada de pedras até o *château* no alto do morro, vimos sinais da batalha furiosa por toda parte. Os lançadores de fogo que Baptiste tinha construído nas muralhas deixaram grandes manchas de queimado na rocha, as pedras do calçamento cobertas de carvão e cinza. O cheiro de álcool da madeira queimada misturado com sangue atingiu meu estômago dolorido. Ao contrário dos muros externos, esses portões internos tinham sido destruídos – não arrombados, veja bem, mas arrancados e jogados morro abaixo com uma força que tinha reduzido as casas que eles tinham atingido a escombros.

"Eu me ajoelhei ao lado de um soldado morto, seu crânio aberto e o cérebro encrostado no gelo. Pegando uma garrafinha de couro de seus dedos congelados, eu desatarraxei a tampa e dei uma cheirada.

"'Água benta?', perguntou Dior com delicadeza.

"Sacudi a cabeça.

"'Vodka.'

"'Ele morreu com bebida na mão?'

"'Eu gostaria de ir desse jeito.'

"Dior revirou os olhos, zombando um pouco.

"Dei um suspiro, estudando o cadáver nas pedras do calçamento à minha frente. Praticamente sem barba no rosto, o pobre coitado.

"'Um soldado consegue conforto com orações. Em pensamentos na *famille*, no amor de seus irmãos e na luz de seu Deus. Mas não há nada como uma dose de coragem para mantê-lo firme quando os gritos começam.'

"Tomei um gole longo da garrafinha antes de jogá-la para o lado, parando para estudar a carnificina. Dentro dos muros do *château*, a destruição era aterrorizante. O torreão fora demolido, o basalto sólido destroçado como cerâmica barata. A capela onde eu e Astrid nos casamos fora destruída pelo fogo, seu teto desmoronado. Eu podia imaginar seus sinos durante o ataque, cidadãos desesperados fugindo para o único santuário que lhes restava, aquele do solo sagrado.

"'Os soldados nos disseram para nos abrigarmos aí', explicou Isla.

'Mulheres e crianças. Mas a fumaça acabou nos expulsando. Nós, os mais novos, fomos a última carroça carregada.'

"'Quantas mais?', perguntou Dior com delicadeza.

"'Eu não sei', murmurou Isla, frágil como vidro. 'Mas muitas.'

"'Nósss devemossss partir, irmão.'

"A garota ossiana levou um susto com o sibilar delicado, e eu ergui os olhos, com os dentes cerrados. Celene estava agachada como um corvo nas muralhas destruídas acima, cabelo comprido e casaco soprados pelo vento cortante. Suas mãos estavam brancas como lírios, mas sua camisa estava respingada de vermelho – os restos daquele banquete profano que eu testemunhara no rio. Ela apontou para o sul com a cabeça, para onde supúnhamos que Kiara e seu primo tinham fugido.

"'A escuridão caiu sobre nós. Se os Dyvok voltarem com força, vão nos esmagar.'

"'Lachlan está de vigia', disse eu. 'Ele vai cantar caso os veja.'

"'Ah, que plano inteligente. Botar o homem que gostaria de ver metade de nós mortos montando guarda para proteger a vida de todos nós.' Minha irmã sacudiu a cabeça, olhos mortos brilhando como vidro quebrado. 'Por que ele está aqui, Gabriel? O que você estava *pensando* para deixá-lo…'

"'Eu lutei ao lado de Lachlan á Craeg durante dois anos infernais, Celene. Nesse momento, confio mais nele que em *você*. Agora deixe de tolice, não vou parar para construir uma casa aqui. Mas temos um momento para descobrir o que aconteceu com nossos amigos.'

"Celene sibilou em reprovação, e Isla fez o sinal da roda, olhando para nós com olhos arregalados. Minha irmã tinha ajudado a salvar as crianças de Aveléne dos Mortos que as haviam capturado – isso estava claro. Mas mais claro ainda era o fato de que ela também era uma Morta. Aquela pobre garota não tinha ideia do tipo de merda em que tinha se metido, só que queria sair dela.

"'O que aconteceu com Baptiste?', perguntou Dior.

"'Eu não vi', respondeu Isla, apertando as mãos. 'Mas ele deve ter tentado resistir ao lado do *capitaine* De Coste, tenho certeza. O amor dos dois brilhava mais forte do que prata, e nenhum mal podia separá-los. Mas se ele caiu em batalha ou foi levado pelos Mortos... eu não sei.'

"'E Aaron?', murmurei.

"'Eu vi o *capitaine*.' Isla estremeceu ao apontar. 'Ali, no alto dos muros. Brilhando como chama de prata na noite. Estava enfrentando um dos altos--sangues. Os dois lutando como demônios. Mas então... e-ele foi atingido. Uma p-pedra do tamanho de uma *carroça*.'

"'Ah, meu Deus', murmurou Dior.

"Cerrei os dentes, sem querer acreditar enquanto estudava a passarela elevada onde meu irmão tinha lutado. Ela foi destroçada por um impacto colossal; dezenas de toneladas, horrível de se ver. Havia um fragmento enorme de pedra no meio do pátio, um grande sulco rasgado através das pedras do calçamento em seu rastro, escuro com manchas de sangue.

"Andei como um homem indo para a forca, imagens de Aaron brilhando nos olhos de minha mente. Eu me lembrei de nossa juventude – nosso ódio transformado pelo fogo do inferno em uma amizade que eu valorizava acima de todas as outras. Eu o vi de pé ao meu lado no dia em que Astrid e eu nos casamos ali, trocando os anéis que Baptiste forjara com as próprias mãos. E me lembrei dos dois compartilhando minhas lágrimas no dia em que Paciência nasceu. Me abraçando quando parti atrás de Dior, sofrendo por não poderem cavalgar ao meu lado mais uma vez rumo à escuridão.

"Minha garganta quase se revirou quando vi uma mancha terrível, uma bota encharcada de sangue esmagada sob a pedra. E presa pela pedra partida...

"'Gabe?', sussurrou Dior.

"Eu me ajoelhei para recuperar o objeto, mas o encontrei bem preso. Senti minha fúria crescendo, as presas grandes e afiadas enquanto tentava soltá-lo. Meus músculos se tensionaram, Dior tocou meu ombro, mas a xinguei e voltei ao que estava fazendo, arquejando quando consegui soltá-lo.

"Fiquei ali parado na noite, a neve caindo, um grito brotando em meu peito. O objeto em minha mão era mais pesado que uma vida inteira sem amor. Sua guarda estava amassada, mas eu pude ver as asas de corvo, o crânio sorridente, as túnicas compridas e adejantes de prata.

"'Mahné. Anjo da morte.'

"Dior sussurrou:

"'Isso é...?'

"'A espada de Aaron.'

"'Ah, meu Deus... Ah, Gabe...'

"Abaixei a cabeça, o cabo quebrado caiu da minha mão, contendo aquele grito dentro de mim. Fechei os olhos para não ver, eu não acreditava, *não podia* acreditar, dizendo a mim mesmo repetidas vezes que podia não ser ele, podia ser outro homem, outro soldado que de algum modo pegara a espada adorada de Aaron, quem de algum modo...

"*De algum modo...*

"'Gabriel.'

"Olhei na direção daquele sussurro odioso, para olhos odiosos.

"'Nósss *devemossss* ir embora daqui', sibilou Celene. 'Cairnhaem espera.'

"'Mas... e as crianças?', perguntou Dior.

"Um sussurro, frio como gelo:

"'O que tem elasss?'

"'Nós vamos apenas *deixá-las*?'

"'Vamosss.' Celene abarcou os destroços de Aveléne com um aceno de sua mão magra. 'Isto é apenas uma *prova*, Dior. O mundo inteiro vai ficar assim se não encontrarmos mestre Jènoah. A cada momento que tarda em seu caminho, você desperdiça esperança...'

"'Você desperdiça fôlego', retruquei. 'Repetindo o que já disse.'

"'Nósss não temosss fôlego para desperdiçar, irmão. Graças a você.'

"Meu coração se apertou com sua provocação, mas me recusei a responder. Dior mordia o lábio, me observando enquanto eu olhava para o santuário que meus irmãos tinham construído. Ouvindo os chamados solitários de corvos duplamente fartos em meio às ruínas. Os ecos de outro sonho destruído.

"'O que quer que façamos', disse eu por fim com um suspiro, 'não podemos ficar aqui.'

"Descemos o morro em direção às crianças. Eram quarenta, garotos e garotas, a maioria perto da idade de Dior, mas algumas muito mais novas. Elas coletaram toda comida e roupas que puderam das ruínas, esgotadas e tristes por sua provação. Mas alguns dos mais velhos se ergueram ao ver Dior, olhando para ela com gratidão dormente e medo silencioso. Phoebe tinha encontrado roupas nas casas incendiadas – calça, um gibão grande e uma capa de inverno, tudo com manchas de fuligem. Mas um par de botas lhe havia escapado. Ela deu um sorriso cálido para Dior, um olhar frio para mim. Mas Celene, ela a olhou com raiva absoluta.

"Aquilo ia ser problema…

"Ao falar nisso, ouvi passos pesados às minhas costas, me virei e vi Lachlan atravessando os portões, os ombros beijados por neve fresca. Nossos olhos se encontraram, e eu pude ver raiva e desconfiança mal contidas. Ele era disciplinado o suficiente para não fazer as perguntas que o incomodavam por trás de suas presas. Mas eu sabia que uma conversa difícil assomava em nosso horizonte.

"'Nenhum sinal de Kiara nem de seu parente', relatou ele. 'Mas a escuridão está se aprofundando, e os Mortos correm depressa. Devemos ir embora antes que eles caiam sobre nós. Para onde é a questão.'

"'Nós permanecemosss na trilha', disse Celene. 'Para o oesste para as Pedrasss da Noite.'

"Phoebe acenou para as crianças assustadas.

"'Com *elas* a reboque? Belo plano, sanguessuga.'

"'Ninguém pediu sssua opinião, bruxa da carne.'

"'Ninguém também me pediu para salvar o couro de seu irmão. E me chame de…'

"'Chega', disse eu com rispidez. 'Antes de mais nada, precisamos dar o fora daqui. Se os indomados voltarem, estamos mais fodidos que um bispo convocado por um cardeal. Nós voltamos para o norte, para longe de seus rastros. *Todos* nós', acrescentei, olhando com raiva para minha irmã. 'Vamos botar alguns quilômetros sob nossos pés e algum sono em nossos bolsos.' Eu bati palmas. 'Vamos andando, soldados.'

"Aos meus gritos, os jovens entraram em forma, se preparando para deixar o único lar que a maioria deles conhecera. O ar estava pesado de tristeza e frio, e Dior deu um aperto em minha mão, com os lábios estreitos. Retribuí o aperto, despindo-me da capa de meu próprio pesar, voltando o pensamento para a simples sobrevivência. E com um suspiro, olhei para Phoebe enquanto dava um tapinha na sela de Urso.

"'*Mesdames* antes de *messieurs*.'

"A mulher arqueou uma sobrancelha.

"'Enfie seu cavalheirismo no rabo, homem.'

"'Meu cavalheirismo caiu sobre a própria espada muito tempo atrás, mas tenho esse direito já que vai ficar presa a essa forma pelo menos até amanhã ao entardecer. Então a menos que você tenha um desejo ardente de andar pelo resto da noite pela neve congelante com os pés descalços...'

"Phoebe olhou para mim de alto a baixo, com as mãos nos quadris. Eu revirei os olhos.

"'Não me faça implorar, *mademoiselle*.'

"'Eu gosto quando sua raça implora.'

"'Minha *raça?*'

"Jogando o cabelo, Phoebe se virou e botou uma menina na sela do cavalo. Depois de botar dois meninos mais velhos atrás da garota, ela deu um aperto nos dedos de Dior quando lhe entregou as rédeas do sosya. A garota se enrijeceu um pouco com o toque familiar da dançarina da noite, mas Phoebe não pareceu ligar, ficando de guarda ao lado de Dior como uma guardiã dos portões.

"Eu ajudei um jovem alto e magro a subir na sela de Urso, erguendo outra criança atrás dele antes de me abaixar para pegar uma terceira. Era a garota loura que Dior carregara do rio, percebi, de talvez 6 ou 7 anos de idade. Seu vestido estava imundo e respingado de sangue, e ela agarrava uma bonequinha artesanal de pano com as mãos sujas. Em torno de seu pescoço, vi um prêmio que tinha enfeitado o colo de uma Mãe-loba.

"Um frasco dourado em uma corrente partida.

"'Qual o seu nome, *chérie*?', perguntei com delicadeza, me agachando a sua frente.

"Ela olhou para os pés, assustada, respondendo com uma voz diminuta:

"'Mila, *monsieur*.'

"'E onde conseguiu isso, mlle. Mila?', perguntei, apontando para o frasco.

"'Eu achei.' Ela arriscou um olhar. 'Depois que a senhora gatinha mordeu você e você disse uma palavra feia.'

"'Eu disse uma palavra *muito* feia', assenti, solene.

"Ela arriscou um sorriso tímido, apertando a boneca junto ao peito.

"'Você *disse*!'

"'Posso ver?'

"Ela olhou para mim, pele suja de sangue, cabelo louro sujo e grandes olhos castanhos que já tinham visto demais deste mundo. E embora tivesse acabado de perder tudo, a garotinha tirou a corrente de seu pescoço e a pôs em minha mão aberta.

"'Guarde.'

"'Sério?'

"Mila assentiu.

"'Você disse uma palavra feia. Mas é um bom homem.'

"Guardei o frasco em minha bandoleira e beijei sua testa, erguendo-a e botando-a atrás dos outros. Olhando ao redor, vi Dior sorrindo para mim, despedindo-se dela com zombaria e o cenho franzido. Lachlan ergueu um menino em seus ombros, outro menino montava-o de cavalinho.

E com olhos estreitos contra os ventos amargos, a gola alta e o tricorne baixo, conduzi nossa pequena companhia pelos portões de Aveléne para a noite congelada além deles.

"As crianças andavam em sua maioria em silêncio, algumas murmurando preces, outras chorando baixo. Lachlan estava à frente, lançando olhares cautelosos para as árvores a nossa volta, para trás em busca dos Dyvok que podiam estar a nossa espreita. Celene caminhava distante em nosso flanco, como sempre, lançando olhares para Phoebe o tempo inteiro. Por mais que fosse um monstro, minha irmã estava nitidamente incomodada por ter outro monstro viajando conosco, e pela verdade de Deus, eu compartilhava de suas preocupações. Os irmãos de San Michon tinham criado a mim e a Lachie com histórias de selvageria sobre os dançarinos da noite, nos ensinaram que eram amaldiçoados por Deus e tinham sido distorcidos por mágikas heréticas. Um inimigo para ser combatido e temido.

"Phoebe caminhava ao lado de Dior como uma segunda sombra. Descalça, ela não deixava rastros na neve, e parecia não estar nada incomodada por seu frio. Mas por mais estranha que fosse, suas garras estavam em torno do ombro da garota, protetiva. Ela tinha nos ajudado em nossa viagem através de Ossway, salvado minha pele no gelo nesse dia. E não era amiga dos Mortos.

"Além de sua língua afiada, ela não *parecia* tanto um monstro.

"Depois de algumas horas de viagem rio acima, Lachlan avistou as ruínas de uma cabana de pescadores em um vale raso, as paredes e o telhado cobertos de espinha-de-sombra e trança-de-mofo. Após uma busca rápida, ele saiu e assentiu de leve, e eu conduzi nossos jovens protegidos para dentro.

"Os pequenos estavam exaustos e desabaram no chão do abrigo. A maioria estava em choque, entorpecidos demais para lágrimas. Meu coração sangrava por Aaron e Baptiste, mas já havia desgraça suficiente nesse grupo. E assim, enquanto Lachance saía para ficar de guarda e Celene para procurar os indomados, pus minhas botas perto do fogo e preparei um jantar passável com os suprimentos que resgatara de uma taverna em Aveléne; infelizmente, apenas batatas, que grande porcaria, mas o suficiente para todos. Botei a panela para ferver e piquei tudo, parando apenas para um trago de *sanctus* de meu cachimbo ou um gole de uma garrafa que surrupiei com as batatas. Com todos os meus problemas, a sede não podia ser um deles – não com toda a bebida que eu tinha e o sacramento que eu estava fumando. Mas eu ainda podia sentir seu cheiro naquele aposento maldito. Sentir seu gosto no fundo de minha garganta.

"Sangue.

"*Sangue.*

"Isla estava jogada num canto, as marcas gêmeas de beleza embaixo de olhos assombrados. Dior estava sentada perto da lareira, com Phoebe discretamente ao seu lado, suave e ágil. Mais uma vez a garota ficou tensa quando a dançarina da noite botou a cabeça em seu ombro, mas Phoebe apenas suspirou de contentamento, tão certa de ser bem recebida e tão despreocupada com o espaço pessoal quanto todo gato que eu já vi. Estava certo que se Dior coçasse suas costas, a mulher ia começar a ronronar.

"Enquanto servia o jantar, perguntei sobre o ataque; quem tinha visto o que e quando.

"'Eles vieram como fumaça, *chevalier*', garantiu um dos garotos mais velhos, acariciando a penugem em seu queixo. 'Penetraram pelos portões como névoa.'

"'Bobagem', escarneceu outro garoto. 'Não é hora para suas histórias, Abril Durán.'

"'Cale a boca, Sergio. Eu os vi. Eles eram fumaça.'

"'Eu não vi nenhuma fumaça', sussurrou uma garota. "Mas vi aquele que os estava liderando. Um demônio de preto. Encharcado de vermelho. Meu Deus, quando ele *olhou* para mim...'

"Queixo Penugento olhou para trás.

"'Esses eram os mesmos demônios que tomaram Dún Cuinn, Isla?'

"Isla ergueu os olhos das chamas, cansada e faminta.

"'Eu não sei, Abril.'

"Olhei outra vez para a garota, lembrando-me daqueles refugiados que Dior e eu tínhamos encontrado na estrada meses antes.

"'Você estava na queda de Dún Cuinn, mlle. Isla?

"O rosto da jovem estava pálido quando assentiu, murmurando em seu dialeto ossiano:

"'Estava. Já tem seis meses. Eles também chegaram à noite. Trovão sem nuvens. Rochedos caindo como chuva.' Ela sacudiu a cabeça, fazendo o sinal da roda. 'Sabem, o *capitaine* Aaron costumava nos dizer que você só aprecia a luz do sol depois de sentir a chuva caindo. M-mas às vezes parece que tem chovido por toda a minha vida.'

"A jovem escondeu o rosto entre as mãos, contendo as lágrimas. Tentando espantar uma inundação indesejada, eu enchi uma tigela com o conteúdo da panela e a ofereci a ela.

"'Você deve comer alguma coisa, mlle. Isla.'

"Ela ergueu os olhos, frágil e trêmula.

"Qual o objetivo?'

"'Das batatas?' Arrisquei um sorriso. 'Eu mesmo já me perguntei i…'

"'De comer!', retrucou ela com veemência, pegando a tigela de minha mão. "Tudo foi para o *inferno*, você não consegue ver? Acha que um grude meio cozido vai tornar as coisas melhores?'

"As crianças em torno do aposento abaixaram a cabeça, algumas das pequenas começaram a chorar. Mas Dior ergueu os olhos enquanto passava óleo em seu punhal, os olhos azul-claro brilhando.

"'Você luta melhor com o estômago cheio, Isla. Mantenha a coragem agora.' Dior olhou ao redor, levantando a voz: 'Mantenham a coragem, *todos* vocês. Sei que a estrada à frente parece sombria, mas o…'

"'Sombria?', gritou Isla. "Sombria não é nem a metade! Eu tinha alguém que me *amava*! Mesmo em meio a tudo isso, encontrei o meu final feliz, e agora…' Ela olhou para Dior e ficou de pé enquanto as lágrimas começavam a escorrer. '*Meu Deus*, eu gostaria que nunca tivessem destrancado aquela jaula. Por que vocês não puderam me deixar...'

"'Não faça isso', alertei, com meu humor se inflamando. 'Sentir melancolia é uma coisa, *mademoiselle*. Mas desejar estar morta é um insulto a todos os homens e mulheres que *morreram* defendendo aquela fortaleza.'

"'Para o inferno com eles!' Ela olhou para mim, tocando as bochechas. 'Para o inferno com todos vocês!'

"A jovem saiu furiosa do abrigo, com sussurros tristes e crianças chorando em seu rastro. Olhei fixamente para a tigela caída, a refeição espalhada por todo o chão.

"'E achava que *eu* detestava batatas...'

"'Mãe e Virgem', escarneceu Dior, sacudindo a cabeça enquanto olhava para mim. 'Você às vezes é um babaca sem coração, Gabriel de León.'

"'Eu tenho muito coração. E mais piedade.' Parei para erguer uma criança que estava chorando; cabelo ruivo sujo e vestido manchado de sangue. 'Mas um teatro de pobre de mim num momento como este não ajuda ninguém, Dior.'

"Dior guardou o punhal na bainha em seu pulso, olhando na direção de Isla. 'Ela é apenas uma menina, Gabe.'

"'Não tem nada disso de *apenas*.'

"Dior e eu olhamos na direção de Phoebe enquanto ela falava. A dançarina da noite estava com a pequena Mila aninhada em seus braços, com o rosto sujo e olhos cheios de lágrimas.'

"'Odeio admitir isso, mas seu Santo de Prata está certo, minha Flor.'

"'Estou mesmo', murmurei.

"'Não deixe que isso suba à sua cabeça, meu caro. Todo cachorro tem seu dia.'

"'Na última vez que vi, cães comiam gatos, *mademoiselle*.'

"'Luas Mães', escarneceu ela. 'Eu não deixaria que você me devorasse nem que me pagasse por isso.'

"'Felizmente, então, eu não estava oferecendo isso.'

"Phoebe ajeitou a menininha em seus braços, fixando o olhar esmeralda em Dior.

"'Há lugar e hora para lágrimas, minha Flor. E há conforto a ser encontrado na tristeza. É mais fácil cair morro abaixo que o subir. Dói socar com mãos quebradas. Mas é quando a escuridão cai ao redor que descobrimos o fogo no interior. E eu vejo isso em você, com toda a certeza.' Phoebe examinou os olhos de Dior, falando com fúria: 'Você é o fogo que vai incendiar esta escuridão, minha Flor. E *você* é uma garota. Então enfie essa merda onde o sol não brilha.'

"Ergui os olhos.

"'O sol não brilha mais em lugar nenhum, gatinha.'

"'Então enfie em qualquer lugar que quiser, seu espertinho.'

"'Lá fora está quieto como túmulosss', disse um sussurro, e Celene entrou pela porta. As crianças logo ficaram imóveis de espanto quando minha irmã limpou a neve dos ombros e do cabelo azul-meia-noite. 'E igualmente essscuro.'

"'Nenhum problema?', perguntei com delicadeza. 'Ninguém nos seguindo?'

"'Nada se mexe exceto o vento e a neve. Masss não podemosss permanecer aqui.'

"'Precisamos descansar, inclusive você.'

"'Você não sabe nada do que precisamosss, irmão.'

"'Sei que sangues-frios precisam dormir como o resto de nós. Tire uma ou duas horas.'

"Celene piscou para o mar de rostos assustados a sua volta.

"'*Aqui?*'

"'Onde mais? Eu vigio com Lachlan.' Dei de ombros, grato por qualquer desculpa para escapar daquele aposento. 'Eu não consigo mesmo dormir com um cachimbo recente em mim.'

"Minha irmã olhou para o abrigo, mirando aqueles olhares irrequietos, seus olhos enfim se voltando para mim.

"'Talvez uma hora, então.'

"Assenti, balançando a criança em meus braços. Celene se enfiou no canto, o mais longe do fogo que podia ficar. Mesmo assim, aqueles mais próximos se arrastaram para longe. Apesar do que eu tinha visto no rio naquele dia, a lembrança de suas presas grudadas na garganta de Rykard – a imagem ainda atingia um acorde triste dentro de mim. Mesmo ali em nosso refúgio, minha irmã era forçada a se manter afastada, e o ar estava denso de medo. Ela, das chamas. As crianças, dela.

"'Para onde nós vamos agora?', perguntou alguém com delicadeza.

"'Beaufort, talvez?'

"'Para o sul? Foi de lá que eles *vieram*, Sami.'

"'Eu não vou chegar perto da Floresta dos Pesares', jurou Queixo Penugento. 'Nem por toda a prata em Elidaen. A rainha Ainerión despertou, ela e seus cavaleiros das flores…'

"'E os outros?', perguntou uma garota mais velha com voz trêmula. 'Todas as p-pessoas que eles levaram? Nossos amigos? Nossas *f-familles*?'

"Fez-se então silêncio, interrompido apenas por choros assustados.

"'Nós podíamos levá-los para Promontório Rubro.' Dior olhou para mim, esperançosa. 'Não é longe.'

"'Depois da merda que você fez por lá na última vez?', escarneci. 'Eles enforcariam nós dois.'

"'Meu Deus, você mata uma inquisidora e tem que passar o resto da vida se desculpando.'

"'Acho que nisso há uma lição para todos nós.'

"'Nósss *não* vamosss para Promontório Rubro', sibilou Celene, interrompendo nossos risos. 'Não temosss tempo para uma compaixão menor, Dior. Nósss precisamosss continuar para oeste. *Precisamosss* encontrar mestre Jènoah.'

"'Você faria bem se não nos dissesse o que *devemos* fazer, sanguessuga', rosnou Phoebe, aninhando aquela menininha em suas garras. 'Na última vez que vi, você estava tão longe de nosso amigo quanto uma cobra consegue rastejar.'

"'Você não sabe de nada', respondeu minha irmã.

"'Sei que quando lutamos em San Guillaume, você tentou matar a mim *e* a seu irmão.' Phoebe olhou para mim, com os olhos faiscando. 'O que eu *não* sei é por que ele ainda não a botou em seu túmulo por isso.'

"'Porque ele não é tolo, bruxa da carne.'

"'Eu gosto de como fez isso. Implicando quem eu *sou* sem ter a coragem de dizer.'

"Celene lançou um olhar de punhais sangrentos para a garganta da dançarina da noite, e intercedi antes que surgisse um problema.

"'Você tem alguma outra sugestão mlle. Phoebe? Ou está só revirando merda por prazer? Para *onde* você sugere irmos?'

"'Não dedico um único fiapo de minha doce astúcia para onde isso leva.' Phoebe olhou com raiva para Celene, então virou-se para Dior. 'Mas *nós* devíamos seguir para as Terras Altas, minha Flor.'

"Celene escarneceu:

"'Loucura.'

"'Todo sanguessuga que encontramos nesta estrada tentou *acabar* com Dior. Loucura é seguir o conselho de uma sanguessuga sobre que estrada trilhar.' Phoebe olhou para mim. 'Na última vez que soube, pessoas como você *caçavam* os Mortos, não se grudavam a eles como um bebê numa teta.'

"'Você não me conhece, *mademoiselle*.'

"'Sei que santos de prata caçam criaturas da noite há gerações. Nossa maior rainha morreu nas mãos de um de vocês. Mas agora está contente em seguir um cadáver por aí?'

"'Eu nunca cacei um dançarino da noite em minha vida. Nunca tinha sequer *visto* um até conhecê-la. E a Ordo Argent não são dos *meus*.' Eu olhei nos olhos da mulher. 'Você não me conhece.'

"Nós dois ficamos nos encarando, sem piscar nem vacilar. Troncos crepitavam na lareira, e Dior quebrou o silêncio desconfortável:

"'O que tem nas Terras Altas?'

"Phoebe interrompeu nossa competição e olhou nos olhos da garota.

"'Santuário. Tanto quanto pode ser encontrado nesses tempos de influência do sangue. Sua vinda foi profetizada por todas as mães de minha espécie, e há muito tempo o povo do Trono das Luas esperava seu nascimento. Vai encontrar sororidade por lá, minha Flor. Santidade. Mágikas, antigas e verdadeiras.'

"'Dior.'

"A garota olhou para minha irmã quando ela sibilou.

"'Sua verdade esssstá com Jènoah', disse Celene. 'O destino de todasss asss almasss sob o céu depende de você chegar às Pedrasss da Noite.'

"Dior passou os dedos pelo cabelo, olhando para os rostos assustados ao seu redor.

"'E as almas que estão aqui dentro deste aposento?'

"'Não se lamente por isso agora', disse-lhe. 'Não há nada a fazer esta noite que não possa esperar por amanhã. E verá melhor com a luz do dia.'

"A garotinha em meus braços enfim se acalmou, e quando a botei em um cobertor perto do fogo, olhei em torno da sala comum. As crianças estavam pálidas e assustadas, ensanguentadas, chorando e entorpecidas. Eu tinha visto essa história antes; cem cidades, mil vidas, todas destruídas pela gula dos sangues-frios. Mas isso eu aprendi quando era garoto, vampiro: quando todo o seu mundo está indo para o inferno, às vezes tudo de que você precisa é alguém que pareça saber o caminho.

"'Durmam agora, todos vocês', disse para eles com a mão apoiada na espada. 'Nenhum Morto vai perturbar seus sonhos. Todas as canções terminam, pequenos. Todas as cidades caem. E a escuridão deve terminar. E vou vigiá-los até o início do amanhecer.'

"As crianças se calaram, e o último choro terminou. E pegando minha garrafa, respondendo ao pequeno sorriso de Dior com o meu, eu saí sozinho para a noite fria."

✦ X ✦
O ÓDIO POR VOCÊ

— SUBI A ELEVAÇÃO acima de nosso abrigo, respirando fundo o ar abençoadamente fresco. Por toda a volta havia frio e escuridão, os céus acima, um vazio silencioso. Mas por mais escuro que o mundo tivesse se tornado, eu tinha uma dose completa de *sanctus* em mim, e a noite estava viva.

"O uivo da canção do vento invernal profundo. As criaturas da noite correndo para fazer suas coisas, sem se preocuparem com a tristeza de qualquer homem. A promessa de sonhos tranquilos. Quando eu era garoto, a noite era uma hora de medo, o lugar onde monstros se abrigavam. Mas com todo o seu horror, todo o seu mistério, a noite às vezes pode ser radiante, vampiro. A noite pode ser…"

— Bela — murmurou Jean-François.

O Último Santo de Prata ergueu os olhos do globo chymico e olhou para a última ilustração do historiador — um retrato de Gabriel de vigia no escuro. Quando o vampiro ergueu aqueles olhos castanhos, fundos o bastante para se afogar neles, Gabriel assentiu devagar.

— Às vezes — concordou ele. — Às vezes ela pode ser bela.

Os lábios de Jean-François se curvaram enquanto o Santo de Prata sorvia outro gole de vinho.

— Mas toda a beleza estava perdida para mim na época. Sozinho com um momento para respirar, meus olhos queimaram com a lembrança do abraço final de Baptiste, do último adeus de Aaron. Tirei a rolha de minha garrafa, querendo apenas me entorpecer. Mais uma perda. Mais uma coisa *tirada*.

"E enquanto olhava fixamente para a escuridão, percebi que ela retribuía o olhar.

"Meu coração se contorceu ao ver uma figura pálida como um fantasma parada entre as árvores. Ela não estava vestindo nada, apenas o vento, com uma marca de beleza pintada ao lado de seus lábios sem sangue, seus olhos profundos como sonhos. O cabelo dela era a própria noite, escuro e aveludado, e quando sua sombra se aproximou de mim, através do muro da morte, vi a volúpia em seu olhar, um perfume de sino-de-prata e sangue pairando no ar, assim como tinha acontecido na noite em que *ele* bateu em nossa porta.

"*Meu Leão*', sussurrou ela.

"Por mais que desejasse isso, eu sabia que aquela não era minha noiva – apenas o sonho sedento de um louco. Mas embora também soubesse que era um fantasma, a visão de minha Astrid ainda enchia meus olhos de lágrimas, e meu coração de saudade de um lar para o qual eu nunca poderia voltar.

"A casa que Fabién Voss tinha *tirado* de mim.

"'Eu sinto sua falta...'

"Ela agora estava atrás de mim, um anjo sombrio me envolvendo em seus braços. As noites de paixão que tínhamos compartilhado chamejantes em minha mente, lembranças de seu sangue quente, queimando pela minha garganta, me enchendo de um desejo maravilhoso e terrível. Eu tirei as luvas, as presas agitadas em minhas gengivas quando pressionei meus lábios sobre seu pulso, os ventos amargos e frios soprando o cabelo preto dela a nossa volta.

"'*Nós sentimos sua falta...*'

"E na escuridão, eu a vi, meu coração então se apertando e as lágrimas brotando. Uma forma familiar, magra como um salgueiro, tão nova, meu Deus, jovem *demais*. Trajava roupas pretas como as penas de um corvo, a pele pálida como a morte. Os cabelos de sua mãe e os olhos de seu pai olhando para mim da escuridão.

"'Paciência', exalei.

"'*Papai...*'

"Ela estendeu a mão, meu belo bebê, convidando-me a me juntar a ela na sombra. Tremi com a dor daquilo, sabendo como seria fácil estar com elas outra vez; a paz a apenas um golpe de faca de distância. Mas eu tinha negócios inacabados. Uma vingança que eu tinha apenas começado a *provar*. E outra garota precisava de mim, agora, quase tanto quanto eu precisava dela.

"'Esperem por mim um pouco mais, meus amores', supliquei.

"'Gabriel?'

"Eu funguei forte e esfreguei os olhos.

"'Aqui em cima, Lachlan.'

"Ouvi botas com saltos de prata na neve, banindo todos os pensamentos em *ma famille* quando Lachlan à Craeg subiu pela encosta congelada em minha direção. Tirando seu chapéu imaginário em uma saudação, meu velho aprendiz enfiou a mão sem luva na axila para se esquentar, exalando uma nuvem de vapor congelado. A espada de Dior ainda estava embainhada em sua cintura, e senti um tremor de ameaça apesar da história entre nós reluzindo naquela estrela de sete pontas em seu peito.

"'Tudo bem?'

"'Nenhum sinal dos Dyvok', respondeu ele com delicadeza. 'Se é isso o que está perguntando.'

"'*Merci*, irmão', assenti. "Por ficar de olhos abertos.'

"Lachlan deu de ombros.

"'Você está de volta. Minha espada.'

"'Você devia dormir um pouco.'

"Ele, então, se aproximou de mim, a raiva que por tanto tempo mantivera contida brilhando em olhos verdes e profundos.

"'Acho que é melhor eu e você trocarmos algumas palavras primeiro. De santo para santo.'

"'Eu não estou mais na ordem, Lachie.'

"'Eu sei. Estava lá quando o expulsaram, se lembra?' Ele examinou meus olhos com o olhar em chamas. "E excomungado ou não, ainda o respeito, Gabriel. Você *sabe* que respeito. Mas gostaria de pensar que tinha conquistado o mesmo nos anos que compartilhamos. Pelo menos, o suficiente para a verdade.'

"'Verdade sobre o quê?'

"'Sobre a garota com quem você está viajando. E quem diabos ela é.'

"'Bom, para começar, ela é ele.'

"'Não minta para mim, eu imploro. Você não treinou um tolo, Gabe. Ela está sangrando.'

"'Depois daquele embate com os Dyvok, é claro que ela está…'

"'Não', interrompeu Lachlan. 'Ela está *sangrando*.'

"'Merda.'

"Esfreguei a testa e dei um suspiro profundo de cansaço. Eu tinha bebido quase uma garrafa inteira de vodka e escapado do abrigo para evitar o cheiro daquilo, mas mesmo assim…

"'Esperava que você não percebesse.'

"'Como eu podia *não* perceber?', perguntou Lachlan. 'Eu nunca senti um cheiro igual. É verdade o que contou à dançarina da noite no rio hoje? Que o toque de uma garota matou a Fera de Vellene?'

"Eu não disse nada, evitando o olhar delineado por *kohl* de Lachlan. Mas mesmo assim, ele insistiu.

"'O que ouvi pela última vez foi que você estava aposentado em Südhaem com sua amante. Por que viajar por todo o caminho até San Michon com aquela garota agora? E o que Mãocinza disse quando você chegou?'

"Eu queria dizer a verdade, confessar tudo o que tinha feito, que Deus me ajude, eu queria. Lachlan era um irmão de armas. Um amigo. Mas me lembrava de meus *outros* irmãos de armas, meus *outros* amigos, homens ao lado dos quais eu tinha lutado e sangrado por anos. Acorrentando-me na roda em San Michon. Testemunhando enquanto Mãocinza cortava meu pescoço, de orelha a orelha.

"'O abade não disse nada importante', murmurei.
"Lachlan apertou os lábios, de cenho franzido.
"'Você se lembra de Chloe Sauvage?'
"Minha cabeça estava leve; bebida e sacramento dançando de braços dados. Mas ainda sentia aquela espada em minha mão, penetrando no peito de Chloe. Ainda podia ver a descrença no rosto de minha velha amiga enquanto ela agarrava a espada, sangue escorrendo de seus lábios com seu sussurro.
"'*Toda obra de sua mão está de acordo com seu plano…*'
"'Que se foda *seu* plano.'
"'Eu me lembro', disse eu. 'O que tem ela?'
"'Ela deixou o mosteiro há quase dois anos. Segundo rumores, ela convenceu Mãocinza a deixá-la procurar um tesouro. Uma *arma* para ser usada contra a noite sem fim.'
"'Chloe sempre passou tempo demais naquela biblioteca, Lachie.'
"'Eu achava a mesma coisa. Porém, há seis semanas, recebi uma mensagem, convocando todos os santos a San Michon. Então encontro você a mais de mil quilômetros ao norte de onde deveria estar. O Leão Negro. O maior herói que a Ordem da Prata produziu, em conluio com dançarinos da noite e *sangues-frios*? Com uma garota vestida de garoto escondida sob sua asa, e as cinzas do sangue de Danton Voss ainda frescas em suas botas? Isso não faz sentido!'
"'Se quer um mundo que faça sentido, Lachie, é melhor começar a cavar.' Eu tomei mais um gole de vodka, esvaziando a garrafa. 'Três palmos de largura e sete palmos de profundidade devem ser o bastante.'
"'Quem *é* ela?'
"'Não é da sua conta.'
"As mãos de Lachlan se fecharam em punhos.
"'Mas é da conta daquela maldita ladra de pele lá embaixo? Daquela maldita *sanguessuga*? Doce Virgem-mãe, Gabe, você perdeu a…'
"'Caso não tenha percebido, aquela ladra de pele salvou minha vida hoje, Lachie. E aquela *maldita sanguessuga* é minha irmã caçula.'

"Ele, então, piscou, aquela verdade terrível penetrando em sua pele.

"'Sua...'

"'Irmã, *oui*. E *merci* por perguntar sobre o resto de *ma famille*, por falar nisso.' Joguei a garrafa fora, assumindo uma atitude de conflito com ele. 'Você tem uma dúzia de perguntas sobre Dior, mas nem uma *respiração* para perguntar sobre Astrid? Você a conhecia há quase tanto tempo quanto a mim.'

"Lachlan cerrou os dentes e respirou fundo.

"'Sua amante não é de meu interesse...'

"'Ela não era a porra de minha *amante*, Lachie. Era minha *mulher*.'

"Ele sacudiu a cabeça. A ferida antiga entre nós se abrindo.

"'Ela foi sua ruína, Gabe. A razão de você ter nos *deixado*. Eu disse isso na época e vou dizer agora; aquela Jezebel foi...'

"Meu soco o atingiu no queixo com velocidade e força suficientes para abrir seus lábios contra suas presas. Ele me socou em resposta sem pensar, a força terrível de sua herança Dyvok me atirando contra um carvalho próximo com um borrifo de sangue e saliva. Bati no tronco com força suficiente para fazer a árvore inteira gemer, com um cobertor de neve caindo sobre mim, molhada e congelante. Lachlan estava horrorizado, com uma das mãos erguidas e se aproximando para me ajudar a ficar de pé.

"'Pelos Sete Mártires, irmão, me des...'

"Com um urro, eu o atingi, batendo com os nós dos dedos em seus dentes. Sua cabeça foi jogada para trás enquanto caíamos pela neve. Ele era mais forte do que eu, meu velho aprendiz, mas eu lhe ensinara todos os seus truques, e nós dois, socamos, chutamos e nos agitamos...

"'Vocêsss rapazesss deviam brincar de um jeito mais delicado.'

"Congelei ao ouvir aquela voz, com a mão de Lachlan em meu pescoço e meu punho ensanguentado parado acima de seu rosto. Olhando para trás, vi um par de olhos mortos entre as árvores arruinadas.

"'Alguém vai começar a chorar', sussurrou Celene.

"Lachlan me empurrou, erguendo-se de pé com um xingamento sombrio. Sua mão foi para a espada, a tinta de prata nos nós de seus dedos queimando brilhante, seu olhar fixo no de minha irmã.

"'Eu devia tê-la mandado direto para o inferno, sangue-frio.'

"Eu já essstive lá, SSSanto de Prata.' A cabeça dela se inclinou, e uma mecha comprida de cabelo preto como nanquim se derramou sobre sua máscara. 'Você gostaria de saber como é ssseu gosssto?'

"Já chega, os dois', disse eu ficando de pé.

"'Eu não obedeço mais a ordens suas, Gabriel', rosnou Lachlan.

"'E se ele gritasssse? Os garotosss do mosssteiro amam um homem *forte* que...'

"'Cale a boca, Celene', disse eu com rispidez.

"Lachlan olhou para mim, com olhos duros e frios. Eu não podia culpá-lo por sua fúria e sua descrença. Ele tinha estado ao meu lado nas batalhas de Tuuve, Qadir, nossas espadas cobertas com as cinzas de dezenas, *centenas* de vampiros abatidos. E agora...

"'Como espera explicar tudo isso quando voltarmos a Mãocinza?', perguntou ele.

"Eu sacudi a cabeça.

"'Não vamos voltar para San Michon, Lachie.'

"'O mosteiro fica a apenas dez dias para o norte. Você tem três dúzias de órfãos sob suas saias, Gabe. O inverno profundo vai botá-las todas na cova antes de acharmos alguma coisa melhor.'

"'É uma pena, issso sseria...'

"'Cale a *boca*, Celene', rosnei.

"Lachie alternava o olhar entre nós com uma expressão de incredulidade no rosto. Eu observava em silêncio, desejando mais do que tudo poder contar a verdade para ele.

"*Quem disse a você que eu era um herói?*

"'Bom, posso ver que vocês têm muito mais coisas para sussurrar', disse ele por fim. 'Acho que devo me retirar.'

"'Descanse um pouco, Lachie', alertei. "E nada de furar dançarinos da noite adormecidos, *ouî*?'

"Ele, então, me olhou nos olhos, sacudindo a cabeça. Depois de juntar seu olhar ao de Celene, cuspiu sangue na neve. E sem mais uma palavra, Lachlan fez a volta e saiu andando escuridão adentro.

"Botas na altura dos joelhos trituraram o gelo às minhas costas, o frio sussurrando em minha nuca. Minha irmã estava anunciando sua aproximação em vez de apenas aparecer do meio da escuridão como gostava tanto de fazer, mas, mesmo assim, eu senti a ameaça fazendo cócegas em minha espinha quando me virei para encará-la.

"'Nósss precisamossss nos livrar dele, Gabriel.'

"'Quando diz *nós*, quer dizer eu e você ou apenas você?'

"'Ele é um membro da Ordem da Prata. É um perigo para Dior.'

"Estudei Celene na escuridão, no vento que agarrava e na neve que caía. Ela ainda tinha a aparência da garota que eu conhecia em minha juventude; enquanto eu tinha envelhecido nos anos em que estivemos afastados, ela permanecera a mesma. Mesmo assim, sabia muito bem que ela era uma coisa completamente diferente.

"*Sanguessuga.*

"*Sangue-frio.*

"*Neta do próprio Rei Eterno.*

"'Você devia estar dormindo', disse eu. 'Estou aqui fora congelando meu rabo para que vocês possam descansar.'

"'Todossss nóssss sssabemos por que esssstá aqui fora. O sangue dosss Vosss correm nessasss veiasss.'

"Meus olhos se estreitaram quando entendi o que ela estava querendo dizer.

"'Fique fora da minha cabeça, Celene.'

"'Então guarde seussss pensamentossss com mais cuidado. Nósss podemosss *sentir* a sssede em você. Talvez agora entenda por que não podemosss permanecer aqui. Aquelasss roupasss de nobre não podem esconder a verdade da mulher que Dior se tornou.'

"'Eu sei', assenti com um suspiro, com um nó no estômago com a lembrança. 'Lachlan sentiu o cheiro dela. E eu também.'

"O olhar de Celene se desviou para o cachimbo em minha bandoleira e depois para meus olhos vermelho-sangue.

"'Masss o *sanctuss* não o sacia mais quando sente o cheiro, como antesss fazia.'

"'Isso não é da sua conta.'

"Ela inspirou, e pude sentir seus pensamentos nos meus, penetrando como dedos delicados em meu crânio, até que rosnei e bati a porta.

"'Eu disse a você, fique fora de minha cabeça.'

"'Você andou… *bebendo*.' A cabeça dela se inclinou. 'De Dior?'

"'O *quê?*', retruquei com rispidez, enojado e ultrajado. 'Não, claro que não!'

"'Quem, então? Por quanto tempo?' Olhos frios percorreram meu corpo, até o anel de compromisso em minha mão esquerda. 'Uma *esposa*. Não me diga que foi tolo o bastante para beber dela?'

"'Você está sobre gelo muito *fino*, Celene. Que Deus ajude você quando ele se romper.'

"Ela me encarou por mais um momento, o golfo entre nós era largo e profundo como covas. Minhas mãos eram punhos cerrados, com o sangue de Lachlan ainda nos nós dos meus dedos, e por um momento terrível e infindável tive a vontade quase *irresistível* de lambê-lo de minha pele. Mas meu pulso desacelerou, minha vontade aliviada, e enfim, Celene ergueu as mãos em rendição.

"'Nósss não viemosss aqui para brigar, irmão.'

"Respirei fundo, empurrando a raiva e a sede até as solas prateadas de minhas botas.

"'*Oui*', assenti. 'Nós devemos conversar. Irmã.'

"'Nósss devemossss nosss livrar do Santo de Prata', começou Celene.

'Daquelasss criançasss malditass, e *daquela* bruxa de pele também. Dior essscuta seu conselho, Gabriel, e já perdemos tempo demaisss…'

"'Pare!', disse eu com rispidez.

"Celene piscou. Parada sob a neve que caía como se fosse esculpida em pedra. Eu percebi que não podia ouvir nenhum batimento cardíaco em seu peito. Sentir nenhum calor em suas veias.

"'*Nós*', disse eu, gesticulando de um lado para outro entre nós, 'precisamos *conversar*.'

"Ela deu um suspiro.

"'E sobre o que você quer que nósss conversemosss?'

"'Ah, merda, não sei, o preço de uma punheta com os pés em San Maximille? O que acha? Que tal começar pelo que vi hoje no rio? Você bebeu aquele Dyvok até ele virar cinzas! Ou talvez possa explicar onde esteve nos últimos dezessete anos? O que são os Esani? Como você tem dons de sangue deles se nasceu do sangue Voss? Talvez explicar como se meteu nessa merda?'

"'E se eu não fizer isso?'

"'Então o que acha de terminar o que você começou quando tentou me *assassinar* em San Guillaume?'

"'Imagino que você seja tolo assim. Como vai achar Jènoah?'

"'Quem diz que eu preciso fazer isso? Os habitantes das Terras Altas também contam lendas sobre a morte dos dias, e Phoebe pode…'

"'Bruxasss de carne e ladrõesss de pele', disse Celene. 'Dior é descendente do soberano do céu. É por meio de *seusss* servosss que este mundo deve encontrar sssalvação. Não por um chiqueiro de pagãos que se reproduzem entre si, abrindo caminho entre a imundície e uivando para as Luas Mães. E nenhum membro da Ordem da Prata pode pôr os pés nas Montanhas do Trono das Luas e viver, excomungado ou não.'

"Celene sacudiu a cabeça, me olhando de alto a baixo.

"'Se for para asss Terrasss Altasss, você vai *morrer*.'

"Ela falava a verdade. Eu sabia. Mas acima de tudo, isso me surpreendeu

– ouvir minha irmã falar de céu e salvação, quando todos sabiam que vampiros eram filhos dos malditos. Mesmo agora, eu podia sentir meu aegis brilhando por baixo de minha pele na presença profana dela. Mas Celene falava como uma...

"*Como uma crente*, percebi.

"'Dior o escuta, Gabriel. E embora tenha dado as costasss para o Todo-poderoso, ele não virou as costasss para você. Mestre Jènoah vai ensinar a Dior o que ela precisa fazer para sssalvar o império, e todasss asss almasss nele. Inclusive a minha. *Se* é que você dá a mínima para ela.'

"Suspirando, passei a mão pelo cabelo.

"'Claro que dou', disse eu com delicadeza. 'Você era minha irmã caçula, Celene. E uma noite preciso reunir coragem para implorar o perdão por minha participação no que lhe aconteceu. Mas se não me contar o que você é e se tornou... depois do que eu vi hoje... como em nome de Deus posso confiar em você?'

"'Eu não devo nenhuma explicação a você, irmão. Nósss salvamosss sua vida duasss vezesss agora segundo nossssa conta. Mas se ainda precisa de prova de minha fidelidade, considere isso.'

"Celene deu um passo à frente e minha mão se dirigiu instintivamente para o punho da Bebedora de Cinzas diante da fúria queimando naqueles olhos mortos.

"'Tudo o que eu sssofri, tudo o que vi, se deve a *você*. Eu o olho e sinto o sangue em minhas veias *ferver* pelo ódio que sinto. Mas você está ligado ao Graal, e ela a você. Isso esssta claro para qualquer um com olhosss para ver. Então eu engoli meu ódio. Bebo o veneno de seu nome. Suporto sua presença, como o Redentor suportou as torturas sobre a roda. Porque o destino de toda alma sssob o céu depende do equilíbrio disso.'

"Celene alisou o cabelo para longe da máscara outra vez, a calma voltando.

"'Então se não confia em minha palavra, confie em meu ódio. E entenda o quanto isso deve ser importante para que eu sssofra maisss um segundo de sua companhia.'

"Meu coração sangrou ao ouvi-la dizer isso. Eu sabia que era verdade, apenas sabia. Mas ela tinha sido minha irmã caçula no passado. Celene me olhou fixamente por um momento a mais, apenas uma sombra do que costumava ser. Então, sem mais uma palavra, ela fez a volta para ir embora.

"'Você era tia.'

"Ela congelou. Deixei que as palavras pairassem no escuro, observando a reação dela. Celene permaneceu imóvel, só o casaco e o cabelo tremulando ao vento uivante. Mas quando olhou para trás, captei um pequeno brilho no arco pálido de seus olhos.

"'Era', repetiu ela.

"Assenti, passando o polegar sobre o nome tatuado nos nós de meus dedos. Eu vasculhei a noite ao nosso redor em busca outra vez daquelas figuras pálidas como fantasmas, mas claro que não estavam ali; elas *nunca* estiveram. Palavras pesando sobre meus ombros como asas quebradas.

"'Sua sobrinha foi morta há um ano. Com a mãe dela. E fui *eu* quem convidei a morte a nossa porta. Então se não tem nada além de ódio por mim em seu coração, irmã, acredite em mim, eu sinto simpatia. Seu fogo é a chama de uma vela em comparação com o ódio que guardo de mim mesmo.'

"Dei um passo pela neve, e Celene se virou para olhar para mim enquanto eu falava.

"'Então aquela garota lá embaixo é minha vida, agora. Não estou nem aí para as almas sob o céu. Não peço nada de seu soberano, exceto a chance de cuspir em seu rosto antes que ele me mande para baixo. Eu *cago* em seu Redentor, irmã. Sobre sua roda. Sobre o fabricante de carroças que a fez e o lenhador que a derrubou e o filho da mãe que plantou sua semente. E fique à vontade para me odiar se isso faz com que se sinta melhor. Vou manter Dior nesta estrada por todo o tempo em que ela desejar percorrê-la. Agora tomei a decisão de ver aonde isso vai me levar. Mas se a estiver atraindo para o perigo, se você ou esse Jènoah fizerem mal a um fio de seu cabelo, o que quer que tenha sofrido nesses últimos dezessete anos não vai ser nada – *nada* – em comparação com o inferno que vou dar a você depois.'

"Eu encarei Celene sob a neve que caía.

"Minha irmã. E não mais minha irmã.

"'Fico feliz que tenhamosss nosss entendido. Irmão.'

"E girando sobre os calcanhares, ela saiu andando pela escuridão."

✦ XI ✦
FRÁGIL COMO ASAS DE BORBOLETA

— SE EU FOR aí em cima, vou levar um soco na cara? — gritou alguém.

"'Depende da cara', respondi, com a mão na espada. 'E de quem estiver ligado a ela.'

"'Salvador do império', foi a resposta. 'Matador do Príncipe Eterno. E, além disso, alguns diriam, de uma sagacidade e beleza estonteantes.'

"'Não parece ninguém que eu conheço.'

"Já passava muito do aprofundamento da noite, e meu turno de vigia tinha sido tranquilo. O frio estava afiado como uma lâmina, mas minha vodka me mantinha aquecido, com as faces coradas, pés e língua entorpecidos. Tinha ouvido Dior se aproximar, é claro; suas botas subindo ruidosamente a encosta coberta de neve. Eu também havia sentido seu cheiro, mas, felizmente, a garrafa que eu consumira mantinha a maior parte de minha sede afastada, e o resto dela me causava tamanha repulsa que eu a continha e batia a porta no interior de minha mente, além disso xingando a ela e a mim mesmo.

"'O que você está fazendo fora da cama?', rosnei.

"'Achei que talvez você quisesse descansar.'

"'Durma quando estiver morto.'

"'Achei, então, que talvez quisesses companhia. Imbecil resmungão.' Acendendo um de seus *cigarelles* pretos, ela se apoiou em um freixo cheio de podridão ao meu lado. 'Viu alguma coisa?'

"'Salvadora do império. Matadora do Príncipe Eterno.' Franzi a testa para ela. 'Essas fumaças são um bom jeito de destruir sua beleza estonteante, por falar nisso. E quanto a sua dita sagacidade...'

"Dior me mostrou o pai de todos.

"'Bastardo.'

"'Você entende que considero isso um elogio, não?'

"A garota deu uma risada fraca, e eu, um sorriso fraco em resposta. E se instalando em um silêncio pensativo, ela inalou um pulmão cheio de fumaça cinza. Eu podia dizer que ela estava à procura de palavras; alguma combinação mágica de consoantes e vogais que iam deixar isso certo. Ela podia muito bem estar procurando por chuva em um céu sem nuvens.

"'Eu sinto muito, Gabe', disse ela com um suspiro. 'Por Aaron e Baptiste. Sei que você os amava. Sei que daria qualquer coisa para...'

"Ela baixou a cabeça, e mais uma vez meu coração se apertou com o pensamento sobre o destino de meus irmãos. Mas não eram os ombros dela que mereciam aquele fardo.

"'Não é sua culpa, Dior.'

"'Claro que é. Por favor, não finja que é um idiota, Gabriel.'

"'Eu nunca fingi que sou um idiota. Nesses dias parece que eu falo de um jeito longo e entediante? É *então* que estou fingindo.'

"A garota se recusou a sorrir, com dentes cerrados.

"'Salvadora do império meu cu...'

"'Ah, você de pouca fé.'

"'É você quem diz isso.'

"'*Touché*. Mas não estou totalmente desamparado desde que a encontrei.'

"'Não sei ao certo por quê.' Ela franziu o cenho, respirando fumaça como um dragão de história infantil. 'Você diz que eu devo salvar este lugar, mas ele está pior do que nunca. E a cada noite, mais...'

"'Você já percebeu o jeito como olham para você?'

"Ela piscou.

"'Quem?'

"'Os pequenos que salvou daquela jaula.' Apontei com a cabeça para o abrigo abaixo. 'Aquelas crianças acabaram de perder tudo, Dior. Mas quando olham para você, aquela que arriscou tudo para salvá-las, eu vejo uma centelha em seus olhos. É uma coisa diminuta. Frágil como asas de borboleta. Mas é o alicerce de *tudo* o que está por vir. É o dom que você vai dar de volta para este império.'

"'Que dom?'

"Eu dei de ombros.

"'Esperança.'

"Ela olhou com olhos estreitos para mim de forma dura e prolongada.

"'Quanto você teve que beber?'

"'Enchi a barriga.' Eu sorri. 'Mas ainda não é o suficiente para mentir para você.'

"Virando-se para o negrume uivante, a garota deu um trago em seu *cigarelle*. Eu podia ver a tensão em seu corpo, o peso da escuridão ao seu redor, a estrada a sua frente e o sangue em seu interior.

"'Para onde diabos nós vamos, Gabe? Não podemos apenas abandonar essas crianças.'

"'Pelo que vejo, temos duas opções.'

"'Você pode me considerar toda ouvidos.'

"Respirei fundo, olhando para a noite lamuriante. Para o norte, sentia as sombras das Montanhas dos Deuses; para o sul, as terras devastadas de Ossway. Para leste, as tundras amargas e desoladas de Nordlund esperavam. Mas para noroeste, eu podia senti-la. Uma chama diminuta naquela escuridão.

"'Primeira opção', disse eu com um suspiro. 'Todos buscamos santuário no baronato de León.'

"Dior arqueou uma sobrancelha, assoviando fumaça.

"'Ainda não consigo acreditar que seu avô é um barão. Algumas pessoas nascem com os lábios do anjo Fortuna em seu pau, não é?'

"'A qualquer hora que quiser trocar de lugar, Lachance, é só dizer.'

"'Ele ainda é vivo?'

"'Até onde sei.' Franzi o cenho, com ombros curvados para me proteger do frio. 'Nunca falei com o velho babaca. Ele expulsou minha mãe quando ela engravidou de mim. Mas nossos jovens protegidos estarão em segurança na Casa de Leões. É uma cidade fortificada na costa. Boas paredes de calcário. Guarnição de mil homens. Mais difícil de entrar do que em um cinto de castidade de uma princesa ossiana.'

"'Preciso conhecer uma princesa ossiana.' Dior deu um sorriso malicioso. 'Eu sempre estou disposta a encarar um desafio.'

"'Não restam muitas nessas noites, pelo som das coisas.'

"Ela, então, assentiu, com o sorriso desaparecendo.

"'E nossa segunda opção?'

"'Lachlan fica com as crianças e continuamos para as Pedras da Noite com Celene.'

"'Você acha que ele está no clima de fazer favores para você? Depois da conversa que tiveram?' O olhar de Dior azedou. 'Era um rosto muito bonito que você acabou de tentar quebrar, você sabe.'

"Franzi o cenho, tocando no sangue em meio a minha barba por fazer.

"'Ele já passou por coisas piores.'

"'Acho que você feriu seus sentimentos.'

"'Os sentimentos de Lachlan não estão no alto de minha lista de prioridades no momento, Dior. A espada dele na sua garganta está.'

"'Não sei ao certo se ele faria isso. Quero dizer... ele não parece o tipo.'

"'E Chloe parecia?'

"Sua expressão se fechou com isso, olhando para os pés enquanto respirava cinza.

"'Sei que você quer ver o melhor nas pessoas', disse eu com delicadeza. 'Mas não há ninguém mais temível em sua fé que pecadores redimidos. Lachlan à Craeg era um menino criado num inferno, Dior. Foi minha mão que salvou sua vida, mas a Ordem da Prata deu *propósito* a ela. E embora o ame como a um irmão, quando ele souber o que eu fiz em San Michon...'

"'Você quer dizer o que você fez por *mim*.'

"'E faria de novo.' Eu apertei a mão dela. 'Mil vezes.'

"Dior tragou seu *cigarelle* e respirou cinza no frio terrível e crescente.

"'Phoebe está me pressionando muito para seguir para as Terras Altas. Seu povo vai se reunir em breve para um grande festival chamado Debate de Inverno. Os líderes... Riggan não sei das quantas? Aul Sit?' Dior sacudiu a cabeça e deu um suspiro cinzento. 'Enfim, ela diz que eu preciso me encontrar com eles.'

"'Rígan-Mor. Auld-Sìth. Aquele que faz a guerra e aquele que traz a paz. Todo clã das Terras Altas tem dois deles. Todo poder lá em cima é compartilhado, sabe?'

"'Eles não têm reis ou imperadores?'

"'No passado.' Eu dei de ombros. 'Uma guerreira chamada Ailidh, a Audaz, foi a última. Eles a chamavam de Traztempestades. Ela foi uma dançarina da noite que uniu os habitantes das Terras Altas há cerca de um século. Liderou um exército para Ossway no Sul, conquistou quase metade do país.'

"'Por que só metade?'

"Eu fiz uma careta, esfregando a barba por fazer.

"'Um Santo de Prata a assassinou por ordem do imperador. Esse é um dos problemas com reis e rainhas, Dior. A melhor das armaduras é tão forte apenas quanto a fivela que a segura no lugar. Os habitantes das Terras Altas estão lutando uns contra os outros desde então. Há três linhagens lá em cima. Dezenas de clãs. A raça de Phoebe é conhecida como leófuil. *Parentes dos gatos*. Há também os velfuil – *parentes dos lobos* – e os úrfuil – *parentes dos ursos*. E eles se dão tão bem quanto você esperaria de um bando de carnívoros famintos.'

"'Linhagens?' Dior arqueou a sobrancelha. 'Todas as histórias que ouvi sobre dançarinos diziam que é preciso ser mordido por um deles para se transformar em um.'

"'Bobagens.' Eu arregacei a manga, revelando as marcas de mordida ainda sangrando em meu antebraço. 'As garras e os dentes de um dançarino da noite podem acabar com um vampiro com a rapidez da prata. Isso vai deixar uma cicatriz que permanecerá pelo resto de meus dias. Mas sua maldição é passada de pai para filho.'

"'Phoebe chamou isso de o *Tempo do Sangue Arruinado*. Você sabe o que isso significa?'

"'Não tenho ideia. Mas deixando a ruína e as bobagens de lado, o caminho daqui até as Terras Altas é sete tons mais selvagem. E dançarinos da noite *odeiam* santos de prata. Vou segui-la até o fim, Dior. Você sabe disso. Mas se tem algum desejo de evitar a droga de meu assassinato brutal, podemos deixar passar as montanhas cheias de pagãos sedentos de sangue que me odeiam.'

"'Nós pelo menos vamos levar Phoebe conosco?'

"Arqueei uma sobrancelha, percebendo a mudança de tom.

"'Ela causou uma impressão e tanto, não foi?'

"Dior deu de ombros, toda inocente.

"'É mais inteligente tê-la ao nosso lado do que em nosso caminho.'

"'Ela é velha demais para você.'

"A garota enrubesceu, jogando o cabelo sobre os olhos.

"'Não há nenhum mal em olhar. O que ela quis dizer com aquilo, afinal de contas? Quando falou que há um preço a pagar pela dança que ela faz?'

"'Suas garras. Suas orelhas. Sua sombra. Quanto mais um dançarino assume a forma de seu animal, mais o animal deixa sua marca sobre ele. Com o tempo, eles se perdem nisso. Presos para sempre na pele de animais.'

"'Como sabe de tudo isso se dançarinos da noite são tão raros que você nunca tinha visto um?'

"'Você se lembra de quando lhe disse para dar uma chance à leitura? O soldado se arma na ferraria, mlle. Lachance. A imperatriz, na biblioteca.'

"Dior revirou os olhos.

"'O livro certo vale cem espadas.'

"'Disse-o bem, minha jovem aprendiz.'

"Eu olhei para ela de lado. Obstinada. Impulsiva. De coração mole demais para seu próprio bem.

"'Por falar em conselhos que você não escuta... não consegui evitar perceber que arriscou sua bunda magra sobre aquele gelo hoje quando eu lhe disse que não fizesse isso.'

"'Você tem olhos muito bons para um homem de sua idade.'

"'Estou falando sério, Dior. Sei que está ávida para provar seu valor, mas você é...'

"'Gabe, eu não tenho medo daqueles bastardos.' Ela se virou para me encarar, com chamas nos olhos. 'E não sou um bebê de olhos grandes com o polegar na boca e merda nas calças. Depois de dezessete anos neste buraco, aprendi a cuidar de mim mesma.'

"'Achei que você tinha 16 anos.'

"'Foi meu dia de santos há cinco semanas.'

"'Por que não me contou?'

"'No dia eu estava dentro de um cavalo.'

"'Ah. Bem.' Eu dei de ombros. 'Feliz dia de santos, mlle. Lachance.'

"Ela escarneceu, sorrindo para mim através de seu cabelo:

"'*Merci, chevalier.*'

"Tateei meus bolsos e saí com as mãos vazias.

"'Eu não tenho um presente. Mas, afinal, o que poderia comprar para a salvadora do império?'

"Minha voz se suavizou, então se calou por completo. Erguendo-me mais alto, olhei para dentro da escuridão, com o corpo tenso. Dior respirou diante da pergunta, mas eu ergui a mão e, sabiamente, ela conteve a língua. Ficando rapidamente sóbrio, saquei a Bebedora de Cinzas no escuro.

"*Eu estava sonhando com... f-f-flores. Rosas vermelhas e sinos-de-prata. Você lembra por que eles chamavam violetas de violetas, Gabriel? Elas não eram a-a-azuis?*

"'Acorde, Bebedora', sussurrei. 'Nós temos companhia.'

"*Convidada?*

"'Do outro tipo.'

"*Ah, que adoadoadorável.*

"Embora não soubesse o que me incomodava, Dior estava muito séria, apagando seu *cigarelle* e sacando o punhal de aço de prata da manga. Eu apontei com a cabeça para a mata, com o dedo nos lábios, e, nos agachando bem, saímos andando silenciosamente pela escuridão.

"Dior estava silenciosa como um caixão vazio – uma habilidade que aprendera como batedora de carteiras em Lashaame. Eu mesmo também não relaxava e andava sem fazer barulho, e tinha prática demais para cambalear depois de uma única garrafa de vodka. Então avançamos, espectros andando na escuridão na direção do som que eu tinha escutado. Ele estava abafado sob o vento uivante, mas ainda inconfundível.

"Passos lentos e arrastados.

"Entramos pelo meio de árvores mortas e retorcidas, florescências de fungos brilhando como esculturas de gelo a nossa volta. Eu, agora, podia ouvir com nitidez, e Dior também, a pegada da garota se remexendo em seu punhal. E seguindo para oeste, passando por carvalhos e álamos apodrecidos, os cadáveres de reis que tinham governado aquela pequena floresta em dias mais luminosos, nós enfim escutamos a fonte dos passos.

"'Atrozes', disse eu em voz baixa.

"Só um dessa vez. Parado em uma pequena clareira, envolto pela neve que caía. Eu não sabia se era um retardatário do ataque dos Dyvok ou apenas um errante, perambulando sozinho pela floresta. Mas, de qualquer forma, era mais um problema de que não precisávamos.

"Ele era jovem quando foi assassinado, com 20 e tantos anos, talvez. Cabelo liso grudado em sua pele, texturizada com uma teia de veias escuras. Estava nu como em seu primeiro dia de santos, o braço direito arrancado no cotovelo – provavelmente um soldado em vida. Havia centenas desses entre as fileiras dos sangues-ruins, rapazes feridos no campo de batalha, sugados até a morte pelos sangues-frios que combatiam, e se não tivessem sorte, erguendo-se depois disso para o inferno na terra.

"Nós estávamos contra o vento, lado a lado, seguros como castelos. Dior me lançou um olhar esperançoso, apontando para si mesma e fazendo um movimento de apunhalar. Mas eu não ia deixar que o Graal de San Michon enfrentasse um sangue-frio depois de apenas duas semanas de treino com espadas.

"Eu sacudi a cabeça. *Não*.

"Dior ergueu um único dedo, sem acreditar. *Tem só um!*

"Olhei com raiva e com mais dureza, botando em prática minha expressão fechada e meus três anos como comandante das legiões do imperador Alexandre III – sem falar em minha década como pai.

"*Não, mocinha*.

"Dior franziu o cenho em resposta. *Você não é meu pai, velho*.

"Eu podia ver a agudeza de seu olhar, afiado nas bordas das sarjetas e pedras de becos. Era verdade o que me contara – ela tinha cuidado de si mesma por metade de sua vida antes que eu entrasse em cena. E me perguntei para que a estava treinando se não para aquilo.

"Respirei fundo e dei um longo suspiro. E finalmente, joguei a Bebedora de Cinzas pelo ar. Com um sorriso feroz, Dior pegou a lâmina com a mão, olhando para a figura com olhos admirados. Testando o peso, seus olhos adejaram quando ouviu a canção da prata em sua cabeça. Eu sabia que ela estava em mãos seguras; afinal de contas, Dior e a Bebedora acabaram com Danton Voss, e agora havia um elo entre ambas, profundo como oceanos.

"O sangue-frio ainda estava farejando o ar, de costas para nós, o cabelo imundo se agitando com o vento. Circundando a borda da clareira, eu verifiquei minha pistola e estalei o pescoço. E com um olhar para me assegurar que minha jovem aprendiz estava pronta, saí para distrair seu inimigo. O que aconteceu em seguida durou talvez três ou quatro segundos.

"Mas na verdade, isso mudaria o resto de nossas vidas.

"'Oi, seu merda!'

185

"O atroz girou quando gritei, rápido como o frio invernal. Dior já estava correndo na direção do flanco do sangue-frio, com a Bebedora em posição alta. Mas quando uma lufada de vento soprou o cabelo das bochechas encovadas do monstro, meu estômago congelou em um nó de gelo oleoso.

"Seu rosto era o de uma coisa morta há muito tempo. Pálido, podre e destruído. Mas abaixo de sua testa, sobre seus olhos fundos, vi uma marca de polegar impressa em sangue fresco. E ao olhar para Dior avançando em sua direção através da noite seus lábios se entreabriram em um sorriso irregular.

"'*Aí estás tu.*'

"A Bebedora de Cinzas caiu como a mão de Deus. O atroz nem mesmo tentou se defender, carne Morta se abrindo como água sob o golpe da garota – um rápido ataque de vento norte do arsenal que ensinara a ela. Quando ele caiu em dois pedaços, fumegando e calcinado, Dior parou sobre a neve ensanguentada, olhando perplexa para a espada em sua mão quase sem acreditar. E, erguendo os olhos em minha direção, sorriu triunfante, gritando o mais alto que ousou:

"'Pela doce Virgem-mãe, você *VIU ISSO?*'

"A garota dançava onde estava, girando a Bebedora em sua mão enquanto se agachava para exultar diante do cadáver partido em dois.

"'Beije cada *centímetro* de meu belo rabo, seu, monstro fei...'

"'Pelos Sete Mártires', sibilei.

"Dior interrompeu sua celebração da vitória e olhou para mim.

"'Hein?'

"Meu coração se afundou até minhas botas, com o estômago querendo sair pela minha garganta. Soube que estávamos entrando no covil dos lobos assim que deixamos os limites de San Michon, mesmo assim uma parte tola de mim esperava que não conseguissem nos rastrear tão depressa. Mas, olhando para a floresta morta ao nosso redor, depois outra vez para os olhos curiosos de Dior, respirei com um tremor e falei com a fúria e o futuro de um homem que tinha o destino do mundo em suas mãos trêmulas:

"'Fodam…'
"Eu olhei com raiva para a escuridão.
"'Minha…'
"Olhei para o cadáver.
"'*Cara!*'"

✦ XII ✦
NADA DURA PRA SEMPRE

– "PRECISAMOS IR ANDANDO", rosnei.

"'Ir andando em que d...'

"Dior reclamou quando comecei a arrastá-la encosta abaixo, para longe do sangue-ruim que ela tinha matado.

"'Nós precisamos ir andando, *agora*.'

"'Gabe, eu o matei, por que está berrando como um carneiro no cio?'

"Mas eu não dei atenção a ela, chutando a porta do abrigo de pescadores com um estrondo.

"'Atenção! De pé, agora, todos vocês!'

"Celene se levantou depressa, Lachlan pulou de pé, com a mão na espada emprestada. As crianças eram um grupo variado; algumas choravam alarmadas, outras esfregavam o sono dos olhos. Mas eu vi que Isla tinha voltado depois de sua pequena explosão, e a jovem ossiana olhou para meu rosto e começou a botar as mais novas de pé. Confusa, mas ao que parece ainda pragmática, Phoebe já estava pegando braçadas de coisas.

"'Gabe?', gritou Lachlan. 'Está tudo bem?'

"'Não', retruquei ríspido, erguendo o equipamento e a mochila. 'Mexam-se, soldados!'

"'Gabe, o que deu em você?', perguntou Dior da porta.

"'Eles nos viram. Eles viram *você*.'

"'Eles? Quem diabos são eles?'

"'Quaisss asss notíciasss, Gabriel?', perguntou Celene.

"Mas não dei atenção a minha irmã, pegando nossas coisas e conduzindo nossos protegidos de volta para o vento que gritava. Nossos sosyas dormiam, e Cavalo bufou de contrariedade quando joguei a sela sobre ela e me voltei para Dior com a mão estendida.

"'Suba aqui. Agora!'

"A garota obedeceu, sua frustração crescente quando subi na égua e disse:

"'Era *um* atroz, Gabriel! E eu o matei! Um saco atordoado de ossos sem mente...'

"'*Não* sem mente', retruquei. 'Mortos que estão tão apodrecidos não conseguem pensar por si mesmos, muito menos *falar*. Alguma outra coisa estava em sua cabeça, Dior.'

"Ela parou ao ouvir isso e engoliu em seco.

"'Falando por ele.'

"'Vosss', sibilou Celene, vasculhando a escuridão ao nosso redor.

"Assenti.

"'Corações de ferro podem alterar a mente dos atrozes. Conduzi-los com um pensamento no campo de batalha. Mas seus anciens não se limitam a comandar os Mortos menores. Eles podem *cavalgá-los*, Dior. Mente na mente. De forma tão simples quanto você monta aquela droga de égua.'

"Phoebe franziu o cenho.

"'Por que eles iriam...'

"'Batedores', respondi. 'Os Voss não entram às cegas no perigo quando podem enviar outros para identificá-lo. Não há ninguém com mais medo de morrer que aqueles que vivem para sempre.'

"'É', murmurou Lachlan, os olhos com *kohl* em Dior. 'Especialmente se um de nós já tem as cinzas do menino ossudo de Fabién em suas botas.'

"Dior olhou nos meus olhos, o medo finalmente suplantando a raiva.

"'É... *ele*?'

"'Não tenho intenção de descobrir. Mas precisamos andar. Eles estão perto.'

"Phoebe semicerrou os olhos.

"'Perto? Se esses Voss podem comandar atrozes através do império…'

"'Não do império, bruxa de carne', disse Celene. "Messsmo os maisss fortesss dos Coraçõesss de Ferro sssó podem comandar um fantoche por setenta, talvez oitenta quilômetrosss.'

"'Setenta quilômetros', disse Isla em voz baixa, olhando para trás. 'Ah, meu *Deus*…'

"Lachlan chegou ao meu lado, nossas desavenças esquecidas, murmurando para que as crianças não ouvissem.

"'Nós não podíamos voltar para Aveléne? Nos defender lá? Os muros, pelo menos, estão intactos.'

"'Ainda há os Dyvok a temer. E não tem nenhum *nós* aqui, Lachie.'

"Meu velho aprendiz me olhou nos olhos, com os dele se estreitando em cortes de faca.

"'Você não quer dizer…'

"'É isso mesmo o que eu quero dizer. Vai levar essas crianças com você para San Michon.'

"'Você perdeu a cabeça, Gabe. Eu não vou abandon…'

"'O que quer que esteja em nosso encalço chegará com força, irmão. Não temos cavalos suficientes para os pequenos, e com toda a certeza eles não conseguem fazer a viagem sozinhos. Deixe que nós façamos isso.'

"'Até onde sabemos, pode haver a merda de um exército vindo aí. Você vai precisar de mi…'

"'Exércitos mortos viajam a pé, Lachie. Se alguma coisa nos pegar, vão ser altos-sangues em cavalos escravizados.' Eu me esforcei para sorrir em benefício de meu velho amigo. 'Este não é meu primeiro grande baile, irmão. Ensinei a você todos os passos. Confie em mim, qual a pior coisa que pode acontecer?'

"'Eles o ignorarem e simplesmente seguirem atrás de nós.'

"'Está bem, qual a segunda pior coisa que pode acontecer?'

"'Eles matam vocês como porcos de Primal e depois nos perseguem mesmo assim?'

"Cocei o queixo.

"'Isso provavelmente é pior que a primeira coisa.'

"'Isso não é a droga de uma *piada*, Gabe!'

"Eu peguei seu braço e o conduzi para longe do raio de alcance auditivo, gesticulando para nosso pequeno grupo.

"'*Olhe* para eles, Lachie. Não vão durar um segundo contra um bando de Corações de Ferro. Mas podem correr para a segurança enquanto eu conduzo os Mortos para longe. Os Voss estão atrás de *nós*, não de um grupo de crianças.'

"'É?' Seu olhar se dirigiu para Dior, depois outra vez para mim. 'E por que *isso*?'

"'Pelo amor de Deus, o porquê não *importa*! O que importa é que elas têm uma chance melhor de fugir para San Michon com você. É a verdade de Deus, eu gostaria que não fosse assim. Sabe muito bem que não há ninguém sob os céus que eu preferia ter ao meu lado durante uma luta.' Nesse momento olhei para Celene, para Phoebe, baixando a voz ainda mais: 'Mas você é o único aqui em que confio para levar essas crianças para um lugar seguro.'

"Lachlan cerrou os dentes, olhando ao redor da margem do rio para as crianças agora aterrorizadas. Eu, então, estudei os olhos dele e ofereci a mão; a mesma que o arrancara do abismo onde eu o havia encontrado, tantos anos antes.

"'Tenha fé em mim agora, Lachlan. Como você tinha antes.'

"Meu velho aprendiz deu um suspiro pesado. Ele olhou mais uma vez para Dior, os olhos verdes aguçados queimando com perguntas, suspeitas e incerteza. Mas, relutante, ele assentiu.

"'Está bem. Por você, irmão.'

"E enquanto eu suspirava de alívio, ele enfim apertou minha mão."

– Bravo, Santo de Prata.

Gabriel ergueu os olhos quando o historiador falou, sua fronte ficando sombria. O arranhar da pena de Jean-François tinha cessado por um momento, o vampiro oferecendo palmas superficiais.

— Por quê, exatamente?

O historiador ergueu as mãos, como se quisesse acalmar um convidado de um insulto ainda não cometido.

— Entenda que não tenho desejo de lhe ofender...

— Ah, que os céus não permitam.

— Mas mesmo você tem de admitir que está longe de ser o protagonista mais sutil, De León. Mesmo assim, de vez em quando, tem a destreza de toque que até os Ilon poderiam invejar.

— De que merda você está falando?

Jean-François abaixou a voz, fazendo uma imitação passável da voz de Gabriel:

— *Você sabe muito bem que não há ninguém sob os céus que eu preferia ter ao meu lado durante uma luta. Mas você é o único aqui em que confio para levar essas crianças para um lugar seguro* — escarneceu, com os lábios de rubi curvados. — Uma *performance* digna do *Théâtre D'Or* em Augustin. Não era que você confiasse em seu velho aprendiz para proteger aquelas crianças de perigos. Simplesmente não confiava *nele* perto de Dior. E para desemaranhar as patinhas ávidas de seu filhote de prata de seu belo cabelo, você mentiu na cara dele. Um homem a que chamava de *irmão*. Um homem que ainda o considerava um herói, apesar de tudo.

O Último Santo de Prata cruzou as pernas e tamborilou os dedos na bota.

— É melhor ser um bastardo que um tolo.

Jean-François sorriu.

— Você não é um bastardo, De León, você é um *escroto*.

— Bem, você é o que você é, vampiro.

— Que charme.

— Minha mulher com certeza achava isso.

O vampiro riu e mergulhou sua pena, virando uma nova página.

– Lideradas pelas crianças mais velhas – prosseguiu Gabriel –, as pequenas começaram a caminhar rio acima, em silêncio e tristes, mas nitidamente gratas por terem partido. Queixo Penugento apertou minha mão ao partir, Isla assentiu para mim e murmurou desculpas, outros deram sorrisos tristes ou fizeram reverências solenes para Dior. A pequena Mila abraçou minha perna com força, erguendo a mão de sua boneca para acenar para Phoebe.

"'Adeus, Gatinha.'

"'*Au revoir*, mlle. Mila', disse eu, beijando sua testa. 'Cuide de Lachlan para mim, hein?'

"O referido botou a garota em cima de Pepita, com nuvens de tempestade acima de sua cabeça. Eu sabia que mandá-lo embora era uma decisão sensata, mas, mesmo assim, essa despedida era uma ferida, piorada pelo conhecimento do que o esperava em San Michon.

"'*Au revoir*, Lachie', disse eu, abraçando-o com força. 'Caminhe com segurança pela luz.'

"'E você.' Ele me deu tapinhas nas costas, limpando a garganta quando terminou o abraço. 'Gabe, o que eu disse antes… sobre Astrid. Ela era uma boa mulher. Foi errado…'

"'Sem problema, irmão. Isso são águas passadas para amigos como você e eu.'

"Ele deu um sorriso fraco, olhando para o norte.

"'Alguma mensagem para Mãocinza ou para os outros?'

"Senti um aperto no estômago ao ouvir isso, o vento soprando um tipo diferente de frio.

"'Lachie, quando voltar para o mosteiro…'

"Ele arqueou a sobrancelha quando minha voz se calou.

"'Sim?'

"Olhei para Dior. Para minha espada. Mais uma vez senti vontade de confessar tudo o que eu havia feito, para lavar um pouco desse sangue de minhas mãos. Mas sabia muito bem o que ia resultar disso.

"'Faça um brinde por mim com os irmãos, hein?'

"Ele sorriu e deu um tapinha carinhoso em meu ombro.

"'Está bem. Ainda há muitos de nós que falam de você com carinho, apesar de tudo o que aconteceu. O Leão Negro sempre vai sangrar prata.'

"Voltando-se para Dior, meu aprendiz sacou a longa espada do cinto.

"'Eu disse a você que ia devolvê-la inteira, minha jovem. Obrigado por poder ficar com ela.'

"A garota olhou do aço de prata brilhante para as crianças assustadas a nossa volta, de volta para os olhos do Santo de Prata.

"'Fique com ela, *frère*. Mantenha-as em segurança com ela.'

"O olhar de Lachlan estava anuviado quando olhou para a garota, dos pés à cabeça. Mas com um sorriso que podia fazer anjos desmaiar, ele enfim embainhou a espada dela.

"'Eu juro.'

"O grupo partiu, tornando a subir o rio em meio à escuridão crescente. Eu estava pesado de culpa, e ergui a mão para Lachlan em despedida. Não sabia que perigos eles encontrariam em sua estrada congelada, mas como eu dissera – aquelas crianças tinham uma chance melhor com ele do que conosco. O amanhecer esquálido estava se aproximando, e com ele, os monstros que perseguiam Dior. Se Príncipes da Eternidade ou um Rei Eterno, eu não sabia. De qualquer forma, eu devia vingança a eles.

"Eu podia vê-los agora no olho de minha mente, reunidos como abutres em torno de minha casa no dia em que seu temido pai chegou batendo. Kestrel. Morgane. Alba. Alene. Ettiene. Danton. Demônios, todos eles, todos envoltos em ameaça e maldade, vindos para testemunhar a vingança do Rei Eterno pelo assassinato de sua irmã caçula, Laure.

"Todos ficaram parados e assistiram enquanto ele fez aquilo. *Riram* enquanto meus anjos morriam. E eu jurara que ia ver cada um deles mortos por isso. Mas eu me concentrei na tinta em meus dedos, escrita pela mulher que eu amava em honra da beleza que tínhamos criado.

E seu nome era a oração que eu murmurava para afogar o ronco por vingança em minha cabeça.

"'*Paciência...*'

"Montei em Urso, e Phoebe pegou Cavalo atrás de Dior, os olhos de Celene fixos em mim. Erguendo a gola em torno de meu rosto, eu falei:

"'Vamos partir. O crepúsculo não espera por nenhum santo, e os Mortos correm depressa.'

"'A questão é para que direção', disse Phoebe.

"Dior respirou fundo, e seu olhar ia de Celene para Phoebe, depois para mim. Eu podia ver as escolhas à frente dela, todos os caminhos que poderia escolher. Para o sul e para as terras desoladas e devastadas pela guerra de Ossway, e a proteção que Phoebe prometia nas Terras Altas. Noroeste para León, uma fortaleza que oferecia segurança, mas nenhuma das respostas de que precisava. Ou para o oeste na direção de mestre Jènoah e de qualquer verdade e perigo que confiar em minha irmã poderia trazer.

"Arriscar a vida dela. Ou arriscar o mundo.

"Para uma garota como Dior Lachance, uma escolha como essa não era escolha nenhuma.

"Ela puxou o lenço sobre o rosto, me encarou e disse a palavra que condenaria todos nós.

"'Oeste.'"

O Último Santo de Prata ficou em silêncio, com os olhos no cálice em seus dedos tatuados. Estudou a tinta abaixo dos nós dos dedos, o nome da filha há muito desaparecido. Jean-François estava desenhando em seu livro – terminando o retrato de Gabriel enquanto seu prisioneiro se recolhia em seus pensamentos. Mas depois de algum tempo, o vampiro franziu o cenho no silêncio que avançava aos poucos.

– De León?

– É uma coisa infernal – murmurou o Santo de Prata. – Ser pai. Todo pai quer proteger os filhos do pior do mundo, embora saiba que isso vai deixá-los despreparados para o que vão encontrar. Mas quanto antes permite que eles vejam o horror disso tudo...

– *Oui?*

O Santo de Prata olhou para o fundo de seu cálice, com a voz suave:

– Você se lembra de seu pai, sangue-frio?

– Como assim?

– Seu pai. Você não nasceu formado da bolsa de sua mãe por mágika.

Jean-François ergueu os olhos, escurecidos de irritação. Sentir isso – sentir *qualquer coisa* em relação a seu pai – aborreceu o vampiro ainda mais. Meia dúzia de respostas logo surgiram em sua língua antes que lembrasse o conselho da mãe.

Ele sente afinidade por ti, jovem marquês.

Uma afinidade da qual um lobo inteligente poderia tirar proveito...

– Eu me lembro dele – respondeu o historiador. – Embora não com muita afeição.

– Você me parece um filhinho da mamãe, vampiro.

– Se um dia tiver a sorte de conhecer minha mãe sombria, De León, você vai ficar sem qualquer mal-entendido sobre o motivo.

Gabriel sorriu, cruzando uma perna comprida sobre a outra.

– Quem era o papai, então? Algum barão gordo ou um lorde abobado? Você parece ser de origem endinheirada.

– Olhe, então, com mais atenção – respondeu Jean-François, colocando a pena de lado. – Meu pai era um fazendeiro dos arredores esquálidos de San Maximille. Não tinha um royale de latão em seu nome.

– Mentira. Você nunca teve um dia de trabalho honesto na vida.

– Admito que demonstrei ser um tanto alheio aos encantos rústicos das províncias muito cedo. – O marquês sorriu. – Meu pai era... empolgado com suas repreensões.

– Ele batia em você?

– Alguns diriam *bater*. Alguns, *torturar*. É uma coisa complicada, não é? O conflito entre pais e filhos.

– Tente pais e filhas – escarneceu Gabriel.

– Pelo que me contou de sua vida, De León, eu prefiro não fazer isso.

O sorriso morreu rápido nos olhos do Santo de Prata e desapareceu mais lentamente de seus lábios. Sentando-se ereto, ele bebeu o resto de seu vinho, franzindo o cenho como se a bebida estivesse com gosto amargo. O quarto de repente pareceu frio, aquela mariposa branco-fantasma voando em torno do globo chymico outra vez, e Gabriel a pegou na mão, rápido como uma faca no escuro.

O marquês repreendeu a si mesmo. Ele sabia que devia pisar mais devagar ali.

– Desculpe, Gabriel. Isso foi uma brincadeira ruim.

O Santo de Prata abriu a gaiola de seus dedos, e a mariposa adejou livre outra vez.

– A verdade é a faca mais afiada – respondeu ele.

A mariposa voltou a seu comportamento fútil, batendo asas frágeis em vão sobre a falsa luz de estrelas do globo. Jean-François olhou na direção da porta da cela.

– Meline?

– Qual o seu desejo, mestre?

– Mais vinho para nosso convidado, minha pombinha.

– Sua vontade será feita. – Ela arriscou um olhar para cima, os lábios de rubi entreabertos. – E para o senhor?

A boca do vampiro se retorceu em um sorriso sombrio.

– Mais tarde, minha querida.

Meline fez outra mesura e se retirou da cela. O vampiro e seu prisioneiro foram deixados sozinhos mais uma vez, o ar pairando frio, escurecido pela sombra de um farol vazio e o murmúrio de fantasmas ainda lembrados.

– Eu fugi.

O Último Santo de Prata ergueu os olhos de seu cálice.

– O quê?

— De meu pai. Eu fugi. — Jean-François estudou suas unhas compridas, coçando uma sujeira imaginária. — Eu era jovem. Tolo. Achei que conseguiria ser aprendiz de um artista de reputação. Por isso, parti para as famosas ruas de Augustin em busca de minha fortuna.

— Você a encontrou?

— Ela me encontrou, Gabriel.

Uma batida soou na porta da cela.

— Entre, amor — disse Jean-François.

Sua mordoma tornou a entrar na cela com uma garrafa nova. Jean-François observou Meline enquanto ela se curvava para encher o cálice. Os olhos cinza-tempestade do Santo de Prata percorreram os tesouros que exalavam abundância acima de seu corpete, a curva de sua clavícula e a artéria pulsando em seu pescoço. Jean-François percebeu que seu prisioneiro estava inflamado pela visão; remexendo-se na cadeira, agora, o pulso batendo ainda mais forte. Os olhos do vampiro foram dos botões tensionados da virilha do Santo de Prata para aquelas mãos fortes e calejadas, a lembrança delas em torno de seu pescoço surgindo em sua mente sem ser solicitada.

"Grite por mim."

— Vai querer mais alguma coisa, mestre? — perguntou a mordoma.

— Ainda não, amor. — Ele sorriu. — Ainda não.

Meline fez uma mesura e foi embora em silêncio. Gabriel virou seu copo e olhou nos olhos do marquês acima das bordas do cálice, os batimentos cardíacos densos no ar com os sussurros do que poderia ser.

— Por que você fugiu?

O vampiro piscou.

— Desculpe?

— Por que você fugiu de seu pai, Chastain?

— Acho que não, De León. — Jean-François sorriu, dando tapinhas no tomo em seu colo. — Minha imperatriz já conhece minha história, afinal de contas. Pode dizer que é o desejo do Todo-poderoso, ou as fantasias da sorte cruel; o destino deste império imortal não estava nos ombros de um humilde filho de fazendeiro, mas do bastardo de uma baronesa das espiras de San Michon e da filha de uma prostituta das sarjetas de Lashaame.

— Junte a isso uma sonhadora das neves das Terras Altas. — Gabriel tamborilou os dedos nas roupas de couro e se encostou em sua poltrona. — Uma princesa que nunca ocuparia um trono. Uma conspiração de tolos santificados. E um rei que queria um império que durasse para sempre.

Gabriel sorriu.

— Exceto que nada dura para sempre.

— Seu grupo esfarrapado conseguiu chegar em segurança à Pedra da Noite, então? Uma dançarina da noite e uma vampira, um *chevalier* caído e o Santo Graal?

— Ah, nós chegamos a nosso destino. Mas em segurança? Mesmo sem os Voss em nossos calcanhares, estávamos entrando no mundo dos Esani, agora, vampiro. As mentiras no coração de tudo. A Heresia Aavsenct. As Cruzadas Vermelhas. As Guerras do Sangue.

O Último Santo de Prata sacudiu a cabeça.

— Nenhum de nós jamais estaria em segurança outra vez.

Livro Dois

A SOMBRA DO FILHO

Uma linhagem interrompida de feiticeiros e canibais, malditos mesmo entre os malditos. Cospe seu nome de tua língua como tu farias com o sangue de porcos, e guarda teu próprio sangue a menos que o arranquem de tuas veias: Esani. Os Sem Fé.

– Lûzil, o Sem Língua
Anoitecer em Elidaen, um bestiário

✦ I ✦

CAIRNHAEM

– AH, OLHEM! – gritei. – Outro abismo intransponível, que beleza!

"Estávamos no alto de uma subida congelada, olhando para a queda abaixo, escura como nanquim. Vento frio soprava e mordia nossa pele, uivando pelo passo traiçoeiro nas montanhas às nossas costas. De seu lugar na sela atrás de mim, Celene rosnou no vento uivante.

"'Pare com suasss lamúriasss terríveisss, irmão!'

"'Não estou me lamuriando, estou reclamando. É diferente!' Apertei ainda mais meu casaco à minha volta e franzi o cenho. 'Se quiser me ver lamuriando, só espere até minha vodka acabar!'

"'Nósss esperamosss prendendo a respiração!'

"'Os Voss devem estar em nossos calcanhares, a esta altura. Onde *diabos* fica esse lugar?'

"'Nósss procuramosss uma criatura velha como os séculosss! Um ser cujo nome é um *sussurro* em meio a um grupo que chamam as sombrasss de lar! E você reclama que ele é difícil de encontrar?'

"'Reclamo, sim, estou congelando minha alegria aqui!'

"'Quem dera que sua língua tivesse o messsmo destino!'

"Dior gemeu, a cabeça baixa para se proteger da neve cegante.

"'Não consigo sentir a droga dos meus pés.'

"Sacudi a cabeça, com os dentes batendo quando fizemos a curva.

"'Não consigo sentir *nada* meu!'

"Por duas semanas, essa foi a nossa situação. Depois de nos despedirmos de Lachlan, partimos a galope, seguindo para oeste, desesperados para ficar à frente dos Corações de Ferro em nosso encalço. O frio era calcinante, mas nossos animais eram de raça talhóstica, e mais, durante três noites, Celene os alimentara com seu sangue. Fiquei temeroso por permitir que minha irmã escravizasse os animais, mas é a verdade de Deus, nós precisávamos do ritmo, e estimulados pela força dela, Urso e Cavalo nos levaram pela tundra fria de Nordlund, através das Charnecas das Cicatrizes e para as Montanhas da Pedra da Noite.

"A trilha por aqueles picos sombrios era difícil desde o começo – quilômetros de pedras cobertas por neve e um frio cortante e mortal. Desde a morte dos dias, as neves de Elidaen tinham caído cinzentas, não brancas como nos invernos de minha juventude. Os céus de meio-dia eram escuros como o anoitecer, e toda a cordilheira parecia envolta em cinza congelante, fedendo a enxofre.

"Eu tentava manter o estado de espírito leve, agarrando-me a Dior enquanto subíamos cada vez mais alto, cavalos abrindo caminho com o cinza congelante na altura dos ombros. Mas o temor de não saber o que nos esperava, junto com a ameaça dos altos-sangues em nosso encalço, me deixara tenso. Nós tínhamos despistado os Voss até agora, mas sabia que não demoraria muito para que nos derrubassem no chão. E enquanto fugíamos cada vez mais alto nos ventos cortantes e neve cada vez mais profunda, nossos suprimentos estavam se reduzindo, assim como nosso estado de ânimo. Estávamos ficando sem tempo."

– E bebida? – Jean-François sorriu

– *Oui*. – Gabriel deu um suspiro, virando seu cálice. – A porra de um pesadelo.

"'Por que esse bastardo está escondido aqui em cima, afinal de contas?', gritou Dior.

"Celene respondeu de trás de mim, seu cabelo escuro comprido açoitando meu rosto:

"'Os fiéis sempre foram criaturasss das sombrasss, *chérie*. Mas não tenha medo. Nosso mestre Wulfric nosss contou asss marcas atravésss dasss quaisss mestre Jènoah pode ser encontrado.'

"'Achei que ele fosse a droga de um vampiro.'

"'Segundo osss relatosss de mestre Wulfric, Jènoah era *o* vampiro. Inferior apenasss à Mãe Maryn entre osss guerreirosss dos Esana.' Celene sacudiu a cabeça, olhando para as encostas escuras partidas. 'Dizem que em sua juventude era um horror coberto de sangue. Um espadachim sem igual e o terror da noite, nunca derrotado em mil batalhasss. Seu nome era sussurrado com terror por seus inimigosss, e com respeito pelosss fiéisss.'

"'Bom, mas ele não precisa de sangue para sobreviver?', perguntou Dior. 'Nós não vemos nada vivo há dias! O que ele come tão longe aqui em cima?'

"'Pois é, o quê', rosnei.

"Celene me encarou quando olhei para trás. Eu ainda podia me lembrar da visão dela bebendo Rykard até ele virar pó no Mère. O êxtase em seu rosto quando o ferimento horrendo deixado por Laure diminuiu. As palavras que ela pronunciou enquanto a luxúria se esvaía de seus olhos.

"'*Por este sangue, vamos ter vida eterna.*'

"Era uma frase do Livro das Lamentações. O acordo que o Redentor fez com seus seguidores – que através de seu sacrifício, suas almas seriam salvas. Eu ainda não sabia o que tinha testemunhado naquele dia, mas me lembrava de minha juventude em San Michon; momentos roubados na biblioteca com Astrid e Chloe. Minha amada tinha sido a primeira a descobrir o nome da linhagem de sangue Esani, escondido nas páginas de um bestiário há muito esquecido. Mas aquele tomo tinha descrito meus antecessores com uma palavra muito mais sombria.

"*Canibais.*

"'Tudo vai ser esclarecido, *chérie*', prometeu Celene. 'Nósss sabemosss que você tem perguntasss. Mas nos salõesss de mestre Jènoah, vamosss ter santuário, e você, asss respostasss que busca.'

"Dior estremeceu, olhando ao redor.

"'Só espero que ele não f-f-fique muito aborrecido quando chegarmos. Ele parece t-t-ter se dado a muito trabalho para evitar convidados.'

"Os olhos de minha irmã cintilaram.

"'Sua visita vai ser como a de um anjo do céu. Se ao menos você entendesse o que sua vinda realmente significa.'

"Assenti, tamborilando no punho da Bebedora.

"'Desde que *nós* entendamos uns aos outros, irmã.'

"'Perfeitamente', respondeu ela. 'Irmão.'

"O ar crepitou entre todos nós; tensão, desconfiança e augúrios sombrios. Se essa viagem se revelasse ser a aposta de um tolo, eu logo estaria enchendo uma sepultura. Mas Dior piscou, sentando-se ereta, um sorriso banindo a nuvem sobre sua cabeça quando ela gritou de alegria:

"'Phoebe voltou!'

"Estreitei os olhos para ver através das neves cegantes, e *oui*, lá vinha a dançarina da noite, voltando mais uma vez de suas explorações. Phoebe estava na forma de seu animal, como tinha feito por uma semana, agora, vermelho-ferrugem e cortando o cinza como uma espada. Por algum efeito de suas mágikas sombrias, a leoa parecia menos afetada pelos elementos; apesar de seu peso, vinha andando *sobre* a neve em vez de afundada nela, sem deixar marcas em seu rastro. Dior gritou, acenando e sorrindo ao vê-la.

"A dupla tinha cavalgado junta na primeira perna de nossa viagem, o que eu temo não fez muito para aliviar a paixão não correspondida. Mas a dançarina da noite se movia mais rápido, enxergava melhor em sua forma selvagem. E embora não parecesse ter ficado nada satisfeita, quando chegamos à Pedra da Noite, Phoebe se despira junto ao fogo e com a promessa 'Vejo vocês quando estiver olhando para vocês', saiu correndo nua pela escuridão. Ouvi passos se afastando, uma mudança no ritmo, como se antes pisassem dois pés, agora pisassem quatro. E depois disso, víamos apenas a leoa; uma sombra vermelho-sangue sobre as neves cinza.

"Eu achei isso estranho, verdade seja dita – pelo resto de nossa viagem,

Phoebe não mudou nem uma vez de volta para trocar uma palavra ou momento humano. Seus modos eram os de um grande felino enquanto estava em sua forma selvagem; um minuto quente e brincalhona, no seguinte distante, e olhando para seus olhos dourados em torno do fogo a cada noite, eu achava difícil acreditar que havia uma mulher ali dentro. Depois que o sol nascia, ela desaparecia por horas, às vezes um dia, mas sempre voltava ao anoitecer, dormindo ao lado da garota que ela jurara morrer defendendo.

"Dior desceu do cavalo quando Phoebe veio andando em nossa direção, a garota rindo enquanto a dançarina da noite saltava sobre ela e a derrubava na neve.

"'Quaisss asss notíciasss, bruxa da carne?', perguntou Celene.

"Phoebe ergueu os olhos da brincadeira com Dior, balançando a cauda de um lado para outro enquanto encarava minha irmã como se fosse um camundongo irritante. Mas, por fim, ela se sacudiu do focinho à cauda e olhou para o sul.

"'Ela encontrou alguma coisa', percebi.

"A dançarina da noite rosnou e me olhou nos olhos. E lambendo o gelo de suas mandíbulas, ela saiu andando outra vez pela noite, leve como pena, virando-se à espera de que nós a seguíssemos.

"E nós a seguimos, através do cinza cegante. Os ventos nos empurravam para trás, como se os próprios céus aconselhassem contra nossa ida até ali, e pela milésima vez eu me perguntei se era um tolo. Parte de mim também queria as respostas que Celene prometera a Dior; meu pai era da linhagem Esani, no fim das contas. Mas sempre em minha cabeça surgia a máxima que eu aprendera quando garoto, as palavras que me conduziram por noites de guerra e sangue e fogo.

"*Línguas mortas ouvidas são línguas dos Mortos provadas.*

"Seguimos arduamente atrás de Phoebe, o sol da manhã desaparecendo por trás da parede da tempestade que se formava. Os Voss sem dúvida estavam perto de nossos calcanhares, agora, e ainda havia os Dyvok com quem nos preocupar. Mas ali estávamos nós, andando atrapalhados como...

"'Ali!', gritou Celene. 'Olhem!'

"Estreitei os olhos na escuridão, uma das mãos protegendo-os das garras do vento.

"'Pelos Sete Mártires', sussurrou Dior. 'Aqueles são... gigantes?'

"'*Oui*', respondi em voz baixa, perplexo. 'Mas não o tipo de gigante que vai moer seus ossos para fazer pão.'

"Eles se erguiam da neve a nossa frente enquanto desmontávamos de nossas selas, em silhueta contra os céus trovejantes. Mesmo enterrados até as coxas, ainda pairavam muito acima de nossa cabeça. Deus sabia quanto tempo atrás eles tinham sido esculpidos, entalhados por mãos impossíveis a partir dos ossos da própria Pedra da Noite. Sem idade e belos, cobertos de gelo; estátuas de granito frio e escuro.

"O primeiro era um homem velho, sua barba comprida e seu cabelo flutuando livre. Usava uma túnica entalhada com tamanha habilidade que quase parecia se agitar nos ventos uivantes. Sua mão direita estava sobre o coração, e a esquerda estava estendida, espalmada para cima e vazia.

"'O pai', sussurrou Celene, com a cabeça baixa em sinal de respeito.

"O segundo era um jovem, com traços semelhantes aos de seu ancião, mas com expressão mais cruel. Sua barba estava aparada; seus olhos, ferozes e destemidos. Trajava uma armadura arcaica e segurava uma espada e um elmo circundado por uma coroa. Era estranho vê-lo assim – com mais frequência, era retratado sobre a roda no momento de sua morte. Mas essa estátua não mostrava como ele morreu, e sim como *vivera*. Um guerreiro. Um líder. Um futuro conquistador.

"'O filho', disse Dior em voz baixa, com gelo nos lábios.

"Todo-poderoso e Redentor. Pai e filho. O Deus que fez este mundo, e o salvador que fundou sua igreja sobre ele. As estátuas eram belas, terríveis, e me perguntei que tipo de coisa as havia esculpido. Dior estava olhando fixamente para o mais jovem, com perguntas em seus olhos. Ela era de sua linhagem, afinal de contas. A portadora de seu sangue sagrado. Mas também era uma rata de sarjeta, uma ladra e uma embusteira, tão longe de um rei guerreiro quanto era possível ser e ainda respirar.

"E mesmo assim...

"O rosnado de Phoebe captou minha atenção, arrastando meus olhos para outro lado. A leoa estava no alto de um cume às nossas costas, agora, olhando para baixo, na direção do passo congelado às nossas costas, com os pelos de trás de seu pescoço eriçados. Levei a mão ao interior de meu sobretudo e peguei a luneta. E ali, na distância cinzenta...

"'Ora, ora', falei em voz baixa. 'Deus enfim mijou no nosso mingau.'

"'Gabe?', perguntou Dior. 'O que é?'

"Eu me virei para ela, aquela criança que tinha matado a Fera de Vellene com o próprio par de mãos, parada à sombra de seu ancestral. Joguei minha luneta e ela a pegou no ar, levando-a até o olho. E um xingamento frio escapou de seus lábios quando viu o que Fabién tinha mandado no rastro de seu filho mais novo.

"'Pela droga dos Sete Mártires...'

"Elas eram jovens, duas delas, montadas em cavalos escuros na serra muito abaixo. Altas como salgueiros, queixos pronunciados e bochechas ainda mais proeminentes. Seu cabelo era comprido e liso como espadas, cortado em franjas severas acima dos cílios, e embora os ventos tempestuosos uivassem em torno delas, nem um fio dele se mexia naquela ventania crescente. Trajavam calças de montaria, botas até os joelhos e carregavam chicotes na mão. Casacos elegantes cortados em estilo feminino, e cada uma delas tinha uma marca de tinta vermelha nos lábios, como ferimentos de faca naqueles rostos belos e terríveis.

"Ergueram as mãos em uníssono em nossa direção, embora onde uma apontava com a mão direita, a outra apontava com a esquerda. Era como se cada uma fosse o reflexo da outra, não apenas em movimento, mas na aparência. Pois a primeira tinha cabelo preto e pele de ébano – uma filha das planícies sūdhaemis. O cabelo da segunda era louro-claro, sua pele, de

mármore – uma filha das montanhas elidaenis. A roupa era usada para fazer contraste, claro sobre escuro, escuro sobre claro. Mas os olhos das duas eram poços sem fundo, cheios de escuridão pelos incontáveis séculos que tinham caminhado nesta terra com pés imortais.

"'Deusss nos ajude', sussurrou Celene às minhas costas.

"Uma fúria branca calcinante correu pelas minhas veias enquanto eu sacudia a cabeça.

"'Ele não está escutando, irmã.'

"Alba e Alene Voss. As Terrores. As filhas mais velhas do Rei Eterno. Criaturas tão antigas que ninguém sabia dizer quantos anos tinham. Alguns rumores diziam que elas foram as primeiras vítimas de Voss, sacerdotisas colhidas nas primeiras noites depois que o próprio Fabién se Transformou. Outros sussurravam que eram caçadoras das trevas; feiticeiras enviadas para matá-lo, em vez disso derrotadas e corrompidas por seu sangue. Qualquer que fosse a verdade ontem, elas hoje eram criaturas de um poder impossível, quase igual ao de seu temido pai que as tinha enviado no encalço de Dior. E agora...

"'Elas me encontraram', sussurrou a garota.

"As Terrores esporearam seus cavalos, os casacos adejando atrás enquanto corriam como flechas pela neve em nossa direção. Com uma praga, observei Dior se mover para tornar a subir no cavalo, meu coração batendo como um tambor de guerra.

"'Nósss estamosss perto!', gritou Celene. 'Estaremosss em segurança quando chegarmosss a Cairnhaem! Nenhum filho de Voss ousa pôr osss pésss sobre o solo sagrado de Esana.'

"'Corram', gritei.

"E nós fizemos isso. Como se todo o inferno estivesse em nosso encalço, trovões ribombando enquanto as nuvens de tempestade se agitavam acima. Cavalguei duro, olhos de sangue-pálido lacrimejando com o frio, Dior e seu cavalo galopando ao meu lado. Phoebe ia correndo na frente, lisa e vermelho-sangue, Celene agarrada às minhas costas, sussurrando em voz baixa em uma cadência que enfim reconheci como uma oração; a velha Benção da Batalha que Mãocinza tinha me ensinado em San Michon:

"*'O Senhor é meu essscudo inquebrantável.'*

"Adiante através do dia amargo e desolado.

"*'Ele é o fogo que queima toda a escuridão.'*

"Adiante através das neves cada vez mais profundas.

"*'Ele é a tempestade que vai se erguer e me levar para o paraíso.'*

"Adiante, através do vento, do frio e do medo, nós cavalgamos. Nossos animais estavam aterrorizados, e eu também podia sentir isso – um peso pairando no próprio ar. Parecia que a tempestade sobre nós estava viva, ainda assim uma imobilidade agarrou meu coração, a sensação de que havia algo errado enquanto galopávamos adiante, *adiante*, com trovões estrondando sobre nós e o vento escuro soprando à frente como as vozes dos malditos.
"*Voltem*, gritava. *Voltem enquanto podem.*
"*Os vivos não são bem-vindos aqui.*
"'Gabe?', chamou Dior.
"'Também estou sentindo', falei.
"Estendi a mão para ela e toquei a ponta de seus dedos.
"'Eu cuido de você', prometi.
"Dior deu um sorriso fraco e frágil.
"'Eu cuido de *você*.'
"Um raio brilhou no céu, uma espada de luz cegante cortando a escuridão em tiras. E naquele breve clarão de luz, minha irmã ergueu uma mão sem sangue e gritou:

"'Ali!'

"Sem fôlego, descemos de nossos cavalos cansados até os ossos. A borda de um precipício esperava a nossa frente, suplicando por uma queda na escuridão uivante. Uma torre se erguia no vazio, uma enorme espira de granito, unida à borda do penhasco por uma ponte de pedra estreita. Abaixo do vão do arco pendiam jaulas, suspensas por compridas correntes sobre o abismo uivante. Havia estátuas alinhadas aos gradis; santos e anjos tão realistas que imaginei que não tivessem sido esculpidos, mas *amaldiçoados* – enfeitiçados por algum truque de fae, transformados de carne quente em pedra fria. E do outro lado daquela ponte...

"'Cairnhaem!', gritou Celene, pulando para a neve.

"Na verdade, parecia menos um covil e mais uma catedral. Torres góticas perfuravam o céu, vitrais tão belos que os ver quase fazia doer o coração. O desenho de Cairnhaem me atingiu com força – sangues-frios eram monstros cuspidos direto da barriga do inferno, e mesmo assim, esse lugar tinha a aparência de solo sagrado. Sua escala inspirava assombro; não parecia uma igreja construída para homens, mas deuses, e fiquei perplexo com a genialidade, a força de vontade e a porra do *tempo* que devia ter levado para esculpir tudo aquilo do nada.

"'Como isso chegou aqui?', perguntou Dior em voz baixa. 'Como isso pode *existir*?'

"'É possível realizar grandes coisas, *chérie*', respondeu Celene. 'Quando se tem fé.'

"'Grandes coisas', murmurei. 'Ou coisas terríveis.'

"Lancei um olhar cauteloso para trás, e embora não pudesse ver nenhum traço das Terrores, eu podia *senti-las*, se aproximando através das neves ruidosas. Mesmo assim, atravessando aquela ponte na direção da segurança que Celene prometera, uma sensação de ser indesejado, aquele peso do medo, se intensificou. Minha mão estava no punho da Bebedora de Cinzas o tempo inteiro; meio esperando que os santos de pedra ganhassem vida, para nos fazer em pedaços e nos jogar da ponte no vazio abaixo.

"Sem fôlego, congelados, chegamos ao final do vão. Escadarias amplas conduziam a um par de portas enormes, feitas de bronze, corroídas de verde pelos incontáveis anos. Acima delas, dois discos enormes estavam engastados na pedra, bordejados de gelo, ornamentados e belos – *relógios*, percebi. Mesmo assim, quando saltei de Urso, vi que não marcavam horas nem minutos, mas o movimento das luas e das estrelas, e a passagem lenta dos *séculos*.

"As portas estavam entreabertas. Como se fôssemos esperados. Havia uma inscrição visível através do gelo acima delas; um trecho das escrituras do Livro dos Juramentos.

"*Entrem e sejam bem-vindos aqueles que buscam perdão à luz do senhor.*

"Dior desmontou, tremendo de frio e medo.

"'N-nós batemos, ou…'

"'Sigam-me', ordenou Celene. 'Não digam nada e não façam nada, a menos que nósss peçamosss a vocêsss. Só os céusss sabem há quanto tempo o mestre desta casa não tem convidadosss.' Celene olhou para mim com raiva, olhos brilhando. 'E Deus ajude qualquer um que saque aço nestesss salõesss.'

"'E Deus ajude qualquer um que me forçar a fazer isso', respondi, com o braço em torno de Dior.

"'Estou falando sério, irmão. Esstamos dançando no fio da navalha. A criatura atrásss dessasss portasss viu a ascensão e queda de impériosss. Provou o céu na Cruzada Vermelha e bebeu cinzasss nas Guerrasss do Sangue. Ancien. Esana. Tenente da própria temida Maryn.' Olhos mortos caíram sobre Dior, brilhando com fervor. 'Mas ele vai lhe ensinar a verdade, *chérie*. E este mundo vai encontrar sssalvação da noite eterna. Nósss *sabemosss* disso.'

"Phoebe rosnou, olhos dourados fixos atrás de nós.

"'Eu concordo', disse, olhando de volta para a ponte. 'Vá em frente com isso, Celene.'

"Com um último olhar ardente, minha irmã se virou e se espremeu para passar pelas portas. Phoebe a seguiu, com os ombros juntos, espreitando

como se estivesse caçando. De mãos dadas com Dior, com o coração batendo forte e a boca seca, eu atravessei o umbral e entrei na igreja de Jènoah.

"A neve fazia uma pilha alta no vão entre as portas, derramando-se sobre o chão frio de pedra. Um salão de entrada grandioso aguardava, vasto, circular e congelante, e a luz fraca de minha lanterna iluminava apenas alguns metros no escuro. Avistamos uma enorme lareira de pedra escura, grande o suficiente para caber uma carruagem em seu interior, ladeada por uma cortina vermelho-sangue. Escadarias iguais formavam um arco como dois braços abertos, levando ao andar de cima. Centenas de candelabros, pilares grossos como árvores, e em todas as paredes, o que era o mais estranho de tudo, nós vimos... páginas.

"'Pelos Sete Mártires', sussurrei, erguendo alto a minha lanterna.

"Páginas iluminadas dos Testamentos – milhares e milhares delas. Línguas, letras e pergaminhos diferentes, mas na essência, tudo o mesmo. Todo o salão, cada centímetro de pedra estava coberto com as palavras sagradas de Deus.

"'Mestre Jènoah!' Celene estava caída sobre um joelho, a cabeça baixa enquanto chamava. 'Eu sou Celene, Liathe de Wulfric! Nósss viemosss com notíciasss sombriasss e uma revelação feliz!'

"A voz de minha irmã ecoou na pedra fria, para os recantos ocultos acima.

"'Mestre Wulfric foi para seu descanso final! Masss não ficamosss paradasss desde que ele tombou!' Minha irmã gritou mais alto no escuro. 'Nósss *a encontramosss*, mestre! A prometida nas estrelasss! A descendente do céu! Nósss a trouxemosss para o senhor, para que ela possa aprender a verdade sobre si mesma! Para afastar o véu. Para acabar com essa escuridão e salvar nossasss almasss amaldiçoadasss!'

"Nenhuma resposta, exceto pelo vento e o barulho de trovões vazios.

"Celene ergueu a cabeça.

"'Mestre?'

"Dior apertou minha mão, e apesar do aviso de Celene para não fazer isso, eu me vi sacando a Bebedora de Cinzas da bainha. Um raio fendeu o céu; uma breve iluminação se derramando através dos vitrais. E quando ela se apagou, o mesmo aconteceu com a esperança.

"'Ah, meu Deus...', murmurou Dior.

"*A morte d-d-dançou aqui...*

"Apertei a Bebedora de Cinzas com mais força quando caminhei à frente, acendendo um candelabro próximo com minha pederneira. A luz aumentou, somando-se à iluminação de nossas lanternas, e meu coração despencou até as pedras do chão quando ficou claro onde estávamos.

"Não um santuário.

"Um *cemitério*.

"Cicatrizes de queimaduras marcavam o chão, as paredes, carbonizando as páginas dos Testamentos e deixando a pedra nua por baixo. Havia velhas manchas de sangue respingadas nas paredes. A poeira de décadas cobria tudo, mas pior, eu então vi vestidos de noite e casacas, até uma antiga armadura espalhados pelo *foyer*; todos vazios exceto por punhados de poeira cinza e fria.

"Celene ergueu as mãos, esfregando isso de suas palmas.

"Não poeira.

"'Cinzasss.'

"'O que aconteceu aqui?', perguntou Dior.

"Minha irmã baixou a cabeça. Seus dedos se fecharam, todo seu corpo tremendo. Ela bateu com o punho no chão, quebrando o mármore do piso em mil pedaços, e meu coração congelou quando entendi a profundeza de nosso fracasso. Dior espiava ao redor, decepcionada, e, olhando em seus olhos, enxerguei a verdade se abatendo sobre ela. Depois de tantos riscos, depois de tantas promessas...

"'Ele está morto, não está?'"

✦ II ✦
O FOGO QUEIMA

– OLÁ?

"*'Olá? Olá?'*

"Dior gritou outra vez, com as mãos junto da boca:

"'Oi!'

"'*Oi! Oi!*', veio a resposta do escuro.

"Permanecemos parados no silêncio de Cairnhaem, nada para romper aquela imobilidade temível além dos trovões do lado de fora e nossos próprios ecos no interior. Celene tinha saído para andar sozinha, sem humor para companhia. Phoebe e eu ainda estávamos bem conscientes das Corações de Ferro que nos perseguiam, e com um aceno de cabeça para mim, a leoa voltou para a tempestade, silenciosa como fumaça. Por isso, Dior e eu percorremos o *château* juntos, à procura de respostas naquela escuridão silenciosa.

"A Bebedora de Cinzas brilhava à luz do candelabro de Dior enquanto vasculhávamos aqueles salões amplos, mas em meu aegis, nenhuma luz brilhava. Nós encontramos um arsenal – antigas armaduras e belas armas arrumadas nas estantes, todas manchadas de ferrugem. Um par de portas entalhadas revelou um grande salão com piso quadriculado e estátuas esculpidas à semelhança de peças de xadrez. Toda superfície estava coberta por poeira e cinzas. Cada parede cingida com a palavra de Deus.

"Entretanto, sobre as verdades que tínhamos ido até ali buscar, não encontramos nenhuma palavra.

"Estávamos agora no mezanino de uma grande biblioteca, olhando para um mar de belas estantes e tomos, intocados por incontáveis anos.

"'Olá?', chamou Dior outra vez.

"'*Olá?*', disse o eco no escuro. '*Olá?*'

"A garota estava na ponta dos pés e tomou fôlego para gritar outra vez:

"'Tem alguém…'

"'Abaixe a voz, pelo amor de Deus', rosnei, segurando o braço dela.

"Dior piscou.

"'Como vão me ouvir se eu abaixar a voz?'

"'Doce Virgem-mãe, garota, olhe a nossa volta.' Eu apontei para os livros empoeirados, os salões vazios. 'Ninguém vem aqui há anos.'

"'Bem, se não tem ninguém aqui para me ouvir, por que eu baixaria minha voz?'

"'Se não tem ninguém para ouvi-la, por que você grita?'

"Ela deu de ombros.

"'Porque é divertido?'

"'Divertido?', franzi o cenho.

"Ela deu um sorriso maroto e gritou outra vez:

"'ECO!'

"'*ECO! ECO!*'

"'Pelos Sete Mártires.' Apertei o nariz, suspirando. 'O mestre deste lugar deveria *protegê-la*, Dior. *Deveria* lhe ensinar o significado de tudo isso, mas agora ele não serve para nada exceto cobrir o caminho do jardim. As Terrores provavelmente só estão esperando anoitecer para nos atacar. Tem ideia do que está atrás de você? Entende até que ponto estamos completamente *FODIDOS*?'

"'*FODIDOS? FODIDOS?*'

"A garota se encolheu quando gritei, o sorriso desaparecendo de seus lábios. Agachando-se sobre as pedras e jogando o cabelo sobre os olhos, eu vi morrer a pequena centelha que ainda havia neles.

"*Deixe q-q-que ela se divirta, Gabriel,* disse um sussurro em minha mente.

"Olhei para a dama prateada em minhas mãos, brilhando à luz da lanterna.

"*Ela usa o sorriso para encobrir o s-s-sangramento por dentro. Essa é a força dela. Não roube a a-a-alegria que ela encontrar, mas regozije-se por isso. Ela o tem em alta estima. Você vai ser aquele que a f-f-f az brilhar mais forte ou o que lança uma sombra sobre sua chama suachama?*

"Abaixei a cabeça, envergonhado. Estava frustrado, dolorido de sede, pasmo com o erro que cometera ao levar Dior até ali. Mas, como sempre, minha espada falava a verdade. E embora essa garota pudesse me ter em alta estima, ela significava o mesmo para mim também.

"'Desculpe!'

"'*Desculpe! Desculpe!*'

"Dior ergueu os olhos, franzindo o cenho enquanto ficava na ponta dos pés e gritava outra vez:

"'Às vezes eu sou meio imbecil!'

"'*Imbecil! Imbecil!*'

"A garota estreitou os olhos, os lábios se retorcendo um pouco quando berrou:

"'Escroto!'

"'*Escroto! Escroto!*'

"Sorri.

"'Punheteiro!'

"'*Punheteiro! Punheteiro!*'

"Dior sorriu, erguendo-se de pé e gritando:

"'Chupa-rola!'

"'*Chupa-rola! Chupa-rola!*'

"'Doninha suja!', retruquei.

"'*Suja! Suja!*'

"'Boceta de goblin!'

"'*Goblin! Goblin!*'

"'Ei.' Olhei feio para ela, cutucando seu peito. 'Essa aí é minha.'

"'Eu sei.' Ela sorriu, fogo ardendo outra vez em seus olhos. 'Aprendi com o melhor.'

"'Vamos', ri, jogando a cabeça. 'Mesmo que o mestre da maldita casa esteja morto, deve haver aqui alguma *pista* sobre toda essa história de Esani. Estou fodido se percorri todo o caminho até as Pedras da Lua para nada.'

"Dior ergueu a luz outra vez, e saímos andando pelo covil de Jènoah à procura de alguma dica, alguma migalha ou algum fragmento de sabedoria. Encontramos aposentos de criados. Uma sala de música. Quartos frios e arsenais envoltos em poeira. As paredes de Cairnhaem roncavam com o barulho dos trovões, uma tempestade se formando bloqueava os céus da morte dos dias. Mas se aquela velha fortaleza tinha respostas sobre trazer o sol de volta para os céus, elas estavam bem escondidas.

"'Por que elas são chamadas de Terrores?'

"Olhei para Dior enquanto ela perguntava, seu rosto destacado por luz de velas dançante. Sua voz estava firme, seus olhos à frente, nem de perto com tanto medo quanto deveria estar.

"'Tem certeza de que quer saber?', perguntei.

"Ela assentiu, só uma vez. Eu peguei minha garrafinha e tomei um gole que desceu queimando.

"A primeira cidade que o Rei Eterno conquistou depois de atravessar a Baía das Lágrimas se chamava Lucía. Quando a legião de Fabién derrubou os portões, ele soltou seus filhos para que se divertissem, como costumava fazer. Os soldados foram massacrados; o barão, morto – parecia não haver nenhum lugar para onde fugir. E assim, as pessoas fugiram para o santuário da grande catedral de Lucía. Era um lugar magnífico. Projetado pelo mestre Albrecht. Estava no coração da cidade havia seis séculos, e três mil dos cidadãos se espremeram em suas naves amplas. Desesperados. Chorando. Rezando. E foi lá que Alba e Alene os encontraram.

"'Enquanto a carnificina se desenrolava na cidade em torno deles, as Terrores fizeram uma proposta para as pessoas da catedral. As gêmeas podiam atear fogo ao telhado, disseram, e matar todos ali dentro queimados. Mas que não tinham nenhum desejo de destruir uma construção de tamanha beleza. Por isso, elas prometeram que metade das pessoas lá dentro seria poupada. Se a outra metade se entregasse para ser abatida.'

"Dior parou de andar e se virou para me olhar nos olhos.

"'O que aconteceu?'

"Eu dei de ombros.

"'As pessoas se voltaram umas contra as outras, é claro, como ratos num navio afundando. Por medo da morte, daqueles dentes, os pobres se voltaram contra os ricos, os fortes contra os fracos, os normais contra os estranhos. Assassinato e caos irromperam no coração da catedral, e sangue inocente lavou o chão da casa de Deus. Corrompendo-a. *Profanando-a*. Não mais solo sagrado.'

"'E, sem nada mais para contê-las, Alba e Alene Voss arrombaram as portas da catedral e assassinaram todo mundo lá dentro. Homem, mulher e criança.'

"Sacudi a cabeça e dei um suspiro.

"'Terror é o que elas são, Dior. Terror é o que *causam*.'

"Ela assentiu devagar, e embora o fogo ainda queimasse em seus olhos, torci para que a história lhe desse uma ideia da escuridão que estava vindo atrás dela. Nós seguimos em frente através de galerias havia muito abandonadas, móveis e tapeçarias todos empalidecidos pelo tempo. Havia uma sala de jantar arrumada com um banquete empoeirado, os corpos ressecados de dezenas de criados sentados ao redor – todos envenenados, pelo que parecia. Subindo mais alto, encontramos um *boudoir* palaciano, com o vento uivando através dos cumes frios no exterior. Olhei para a grande cama de dossel, sonhando com apenas uma noite de sono decente enquanto Dior empurrava e entrava por grandes portas duplas às nossas costas.

"'Ah, meu *DEUS!*', gritou ela.

"'O quê? O que é?'

"Eu a afastei para o lado e passei por ela, pronto para um banho de sangue. Figuras nos esperavam além; dezenas em silhueta no escuro. Ergui a Bebedora de Cinzas com as presas à mostra, mas meus inimigos permaneceram imóveis. E me esforçando mais para ver, percebi que não eram feitos de carne, mas de ferro e madeira.

"'Mais estátuas', percebi, com o pulso ainda trovejando.

"'Estátuas, não', corrigiu Dior, chegando ao meu lado. 'Manequins.'

"'Você quase me causou um ataque cardíaco, garota.'

"Dior murmurou uma resposta, incoerente, olhos arregalados enquanto olhava a nossa volta. Então, vi que estávamos nas fileiras de veludo e cetim de um enorme guarda-roupa real; camisas, jaquetas, vestidos e sobrecasacas do melhor corte e tecido mais fino.

"'Pela *porra* do Redentor', sussurrou ela. 'Diga-me que estou sonhando.'

"Eu sacudi a cabeça e gesticulei de volta para o corredor.

"'Venha. Vamos seguir em frente.'

"A garota pareceu confusa.

"'Você *com certeza* está brincando, *chevalier*.'

"'Eu pareço estar brincando? Faltam apenas algumas horas para o sol se pôr, precisamos encontrar…

"'Gabriel de León.' Dior cruzou os braços e olhou para mim. 'Você está vestindo um sobretudo mais velho do que eu, envolto no que parece ser os restos de um cachorro morto.

"'É pele de lobo. E quem dá a mínima para o que eu estou vestindo?'

"'Ei. *Eu* dou a mínima. Você pode ter nascido o neto de um barão, mas escute alguém que usou trapos e dormiu nas sarjetas por toda a vida.' Dior plantou o candelabro no chão como uma bandeira numa praia conquistada. 'Sempre se deve dar a mínima para a moda.'

"E me dando as costas, ela mergulhou entre os cabides com um alegre abandono.

"Dior logo surgiu com braçadas de tecido, jogando isso para mim antes de voltar para onde estava. Suspirei, tirando o que, eu precisava admitir, eram roupas de couro que tinham visto dias *muito* melhores. A luz de velas brilhava sobre a tinta de prata em minha pele enquanto eu tentava vestir uma camisa preta de veludo e um belo sobretudo vermelho-sangue do mesmo material, com detalhes escuros como a meia-noite. Era uma peça elegante, na altura dos tornozelos e forrada com boa pele – na moda ou não, ele me manteria muito mais quente do que minhas velhas roupas. Não havia espelhos no *château* de um sangue-frio para examinar o resultado, é claro, Mas Dior logo emergiu dos cabides e pôs as mãos nos quadris, declarando com orgulho:

"'Você está fabuloso.'

"'Cale a boca.'

"'*Você*, cale a boca.'

"'*Touché.*'

"A garota tinha abandonado as roupas que eu dera a ela – esfarrapadas e desgastadas pela viagem depois de longos quilômetros e meses sangrentos. Agora, ela estava resplandecente em um colete com bordados em ouro, uma sobrecasaca e um tricorne de rico damasco azul-cinzento. Com uma pirueta, ela fez uma mesura e olhou para mim, querendo uma opinião.'

"'Nada mal', admiti. 'O colete é um pouco exagerado.'

"'Este é o colete mais bonito que eu já usei na vida.'

"'Isso diz mais sobre sua vida ou sobre o colete?'

"'Silêncio!' Ela ergueu uma das mãos, imperiosa. 'Você não vai estragar este momento.'

"'Quer apostar?'

"Eu sorri, e ela riu, e o calor entre nós serviu para expulsar o frio de Cairnhaem melhor do que qualquer sobretudo sob o céu. Estávamos a centenas de quilômetros de algum outro lugar, no castelo de um monstro há muito morto. As respostas que buscávamos nos tinham sido negadas, e as Terrores estavam a apenas um crepúsculo de distância. Minha sede crescia, contida apenas por uma dieta constante de *sanctus* e bebida, e meus estoques dos dois estavam ficando baixos. A esperança parecia uma estrela distante, perdida na escuridão que cobria os céus desde que eu era menino. Mas olhando para os olhos de Dior enquanto ela sorria, não era difícil se lembrar de como o sol era quente.

"Eu mexi no interior do forro de sua velha casaca e peguei o frasco com meu sangue que tinha dado a ela. Pelos pequenos truques de sanguemancia que eu tinha aprendido ao longo dos anos, ainda podia *sentir* esse sangue, e tinha usado isso para localizar Dior no passado. A garota deu um suspiro, mas não fez objeção quando arrebentei a costura de sua nova bainha e coloquei o sangue ali dentro.

"'Só por garantia', disse a ela.

"Dior revirou os olhos e deu um suspiro longo e sofrido.

"'*Oui*, pai.'

"Nós dois paramos quando ela pronunciou essa palavra. Olhando nos olhos um do outro. O peso disso era chumbo, árduo demais para carregar, e o afastei para o lado quando apontei com a cabeça para o corredor, com brusquidão.

"'Venha. Suas respostas não vão ser encontradas sozinhas.'

"A garota assentiu, aprumando os ombros e jogando um alforje muito cheio para mim. Olhando em seu interior, vi seda esmeralda e pele branca de raposa, e arqueei uma sobrancelha, intrigado.

"'Uma coisinha para Phoebe', explicou Dior.

"'Mlle. Á Dúnnsair não me parece esse tipo, Dior.'

"'Porque você não tem *visão*, *chevalier*.' A garota sorriu.

"Seu sorriso se transformou em uma expressão pensativa, os olhos voltando para os tecidos a nossa volta.

"'Acho que devíamos pegar alguma coisa para Celene também.'

"Olhei para o teto sobre nós, com o cenho franzido.

"'Que Celene vá para o inferno.'

"Continuamos andando, através dos corredores escuros e frios daquela cripta silenciosa, sem nenhuma revelação de sabedorias antigas para ser descoberta em nenhum deles. Mas, no fim, subimos até o andar mais alto de Cairnhaem, e encontramos um fiapo de esperança.

"Outro par de portas de bronze assomava a nossa frente, entalhado com crânios gêmeos num escudo estreito e comprido. Abaixo desse brasão estavam inscritas duas palavras em elidaeni antigo, gravadas em um pergaminho com letra ornamentada. Recordando o que sabia dessa língua há muito tempo morta, percebi com um medo gelado que de algum modo eu já *conhecia* aquelas palavras; que uma parte de mim sempre as conhecera. Uma voz em minha cabeça sussurrou sobre anos há muito passados, sobre criaturas há muito mortas e sobre um legado há muito esquecido.

"'Você se lembra do lema do sangue Voss?'

"Dior piscou diante de minha estranha pergunta, respondendo por hábito:

"'*Todos vão se ajoelhar.*'

"Eu dei um sorriso delicado.

"'E dos Dyvok, minha jovem aprendiz?'

"'*Feitos, não palavras.*' Ela olhou para o desenho na porta, arregalando os olhos azuis. 'É isso o que é? O brasão do sangue Esani?'

"Assenti, e meus dedos delinearam a forma daqueles crânios em relevo.

"'Vi isso pela primeira vez anos atrás, nas páginas de um livro que Astrid descobriu em San Michon. Mas nunca tinha percebido isso antes.'

"'Percebido o quê?'

"'Olhe com atenção. O que você vê?'

"Dior se aproximou, franzindo o cenho. Mas seus olhos estavam afiados, e sua mente, ainda mais. Por fim, ela viu, assim como eu. Claro como água cristalina quando descoberto, para nunca ser desvisto; uma forma, gravada no espaço negativo entre os crânios.

"'Uma taça', murmurou ela. 'Um cálice.'

"'Isso não é nenhum cálice', disse eu, encarando-a. 'É o Graal.'

"'Pelos Sete Mártires.' Ela respirou fundo, e os lábios se entreabriram com assombro. 'O que são as palavras?'

"Eu passei meus dedos pelas letras, seu peso agora pulsando em minhas veias.

"'*O julgamento vem.*'

"Empurramos e entramos pelas portas, os crânios mortos parecendo olhar para nós enquanto passávamos, a imagem do Santo Graal ardendo entre eles. E depois do umbral aguardava a sala mais estranha que tínhamos descoberto naquela tumba silenciosa. Era enorme. Congelante. A última coisa que um homem são podia esperar encontrar no covil de um dos malditos.

"'Uma capela...', disse eu em voz baixa.

"Mas era uma capela como eu nunca vira. Um grande ambiente circular, ecoando com a canção da tempestade crescente. Em seu coração, havia um altar redondo de granito, cercado por bancos de pedra. Acima dele, pendia uma estátua do Redentor, amarrado em sua roda, e diante dele, como um penitente, estava ajoelhada minha irmã, com mãos espalmadas sobre a pedra fria.

"Ao contrário do resto de Cairnhaem, as paredes da capela não estavam decoradas com escrituras, mas um grande baixo-relevo circundava toda a nave. Olhando à nossa volta, vi centenas de figuras, vestidas de armadura arcaica e carregando os estandartes da Fé Única. Estavam envolvidas em uma enorme batalha, lutando, matando e morrendo.

"'Gabriel', sussurrou Dior. 'Os dentes deles...'

"Olhando com mais atenção, senti um frio percorrer meu corpo. Pois enquanto pareciam homens e mulheres ao primeiro olhar, eu agora via que os caninos daqueles guerreiros eram compridos e afiados como facas.

"*Não eram dentes*, percebi. *Presas.*

"Diante do altar, vi uma mancha no chão, gravada em preto. Uma queimadura, percebi. Uma queimadura na forma de um homem. Estava esparramado como uma águia, imitando a pose do redentor acima, nada além de cinzas. Minha irmã estava ajoelhada diante desses restos, com a cabeça curvada como se estivesse rezando, cortinas de cabelo azul-meia-noite caindo sobre o rosto para o ocultar.

"Em cima do altar havia um livro aberto; ou, pelo menos, a estátua de um, esculpida na mesma pedra escura. Aproximando-me, com Dior ao meu lado, vi que a página esquerda tinha inscrita uma estrofe familiar; aquele trecho de profecia que Chloe me ensinara quando tudo isso começou:

"*Do cálice sagrado nasce a sagrada seara;*
"*A mão do fiel o mundo repara.*
"*E sob dos Sete Mártires o olhar,*
"*Um mero homem esta noite sem fim vai encerrar.*

"A página direita se parecia com a esquerda; outro verso gravado no passado sobre a pedra. Ele tinha sido destruído por um golpe terrível; seus pedaços espalhados na poeira muito tempo atrás. E mesmo assim... na borda daquela página partida, letras ainda eram levemente legíveis em meio às rachaduras.

"'Este...' Estreitei os olhos, tentando identificar as palavras. 'Isso aí é *céu*?'
"'*Véu*', sussurrou Dior.
"Passando os dedos sobre as letras, ela tremia enquanto falava:

"'*Este véu de escuridão será desfeito.*'

"A garota me encarou, os olhos arregalados e brilhando."
"'O livro certo vale cem espadas.'
"Era aquilo, então. A pista que tínhamos ido buscar. Parecia que havia outra metade da profecia, talvez a resposta ao enigma do que Dior devia fazer. Mas quem sabia tudo isso estava em cinzas no chão, e o verso em si estava estilhaçado; as respostas logo além de nosso alcance. Dior se ajoelhou, tentando juntar os pequenos fragmentos, para dar algum sentido a tudo aquilo. Examinei o baixo-relevo, aqueles kith em guerra, exércitos de vampiros matando uns aos outros. Olhei para a estátua do Redentor, tão parecida com aquela de San Michon; tudo o que eu fizera; tudo o que arriscara indo até ali soando em minha cabeça.

"'Que diabo é isso, Celene?', perguntei.

230

"Minha irmã ainda estava ajoelhada diante daquelas cinzas, sua voz sibilando, cheia de ódio.

"'Um pecado monsssstruoso demais para perdoar.'

"Dior ergueu os olhos dos pedaços quebrados da página, com os dentes cerrados.

"'Olhe aqui, sei que isso é o que você faz. Mas essa merda de garota morta misteriosa está começando a perder a graça, Celene.'

"Minha irmã murmurou, abaixando a cabeça ainda mais diante da estátua do filho do Todo-poderoso, fazendo o sinal da roda. E, quando se levantou e se virou em nossa direção, vi com surpresa que ela estava *chorando* – lágrimas de sangue escorrendo por sua máscara de porcelana, deixando sua face pálida vermelha como assassinato.

"'Ele os matou, Dior.'

"O sussurro de Celene estremeceu com fúria impossível enquanto gesticulava para o chão. E ali, ao lado das cinzas onde ela tinha se ajoelhado, notei as palavras pintadas em sangue velho e escuro:

"*Esta espera, longa demais.*
"*Este fardo, pesado demais.*
"*Pai, perdoai-me.*

"'Mestre Jènoah', sibilou Celene. 'Ele tirou a vida de seus criados e liathe, e então, tirou a própria vida. Cometendo o maior dos pecados, entregando-se ao fogo do inferno, com mil almas condenadas junto com ele.'

"Dior sacudiu a cabeça.

"'Eu não entendo...'

"'Ele não conseguiu aguentar. Os anos. O fardo.'

"Celene empinou o nariz, resoluta. Começou, então, a andar de um lado para outro, retorcendo as mãos enquanto falava alto os pensamentos que lhe escapavam, a voz vacilando nas bordas.

"'Mas não tema, *chérie*. Jènoah não era o único Esana que restava, como eu disse. A própria Mãe Maryn mora embaixo de Dún Maergenn, a apenasss um mêsss de marcha daqui. A Viagem certamente vai ser perigosa, mas nósss p…'

"'Quero dizer, eu não estou entendendo *nada* disso', gritou Dior, ficando de pé e apontando para os entalhes a nossa volta. 'O que *é* tudo isso? O que isso *significa*?'

"Celene parou de andar e ergueu os olhos para Dior.

"'Nósss não temosss todasss asss respostasss, *chérie*.'

"'A essa altura, eu me contento com uma!'

"'Eu sou apenas liathe. Não me mostraram o caminho de seu destino, eu não…'

"'Ah, chega de bobagens!', gritou a garota, seu mau humor enfim liberado. 'Você nos arrastou para o cu de lugar nenhum, e tudo o que encontramos aqui foram poeira e cinzas! As Voss vão cair sobre nós como vermes num cadáver assim que o sol se puser! Para o inferno com o meu destino, esta é minha *vida*! A vida de Gabe! A vida de Phoebe!' Dior deu um passo à frente, os olhos azul-claros agora brilhando de fúria. 'Não estou nem aí para as peças que estão faltando, eu quero as peças que você tem! Agora mesmo! Ou nós terminamos aqui, Celene, está me ouvindo?'

"Minha irmã olhou furiosamente ao ouvir isso, olhos pálidos duros como pedra. Dior encarou aquele olhar Morto, com dentes cerrados, endurecida pelas sarjetas e nascida nos becos. Eu me surpreendi com sua explosão, sua frustração e fúria. Ela só tinha 17 anos, essa garota, com alguns meses de guerra nas costas, algumas centenas de quilômetros, encarando um monstro com o poder de séculos na ponta dos dedos.

"Mas no fim, mesmo com toda essa força, foi Celene quem baixou os olhos.

"Minha irmã olhou para as mãos vazias.

"'Nósss vamosss contar a você o que sabemosss.'"

✦ III ✦
FIÉIS

O ÚLTIMO SANTO DE Prata se encostou na poltrona, cruzando uma perna comprida sobre a outra enquanto afastava uma mecha de cabelo preto dos olhos. Jean-François podia sentir o homem observando enquanto ele desenhava linhas suaves em uma página em branco; um retrato da sombria Cairnhaem, suas torres poderosas envoltas em neve e mistério.

– Você está pronto para isso, vampiro?

– Pronto para que, De León? – perguntou o marquês sem erguer os olhos.

– Verdades difíceis.

O vampiro escarneceu:

– Eu não sabia que havia outro tipo.

– Uma vez conheci um homem. *Père* Douglas á Maergenn. – O Último Santo de Prata ergueu a garrafa de Monét e encheu seu cálice enquanto falava. – Era um irmão da Ordem de Nossa Senhora dos Milagres. Acompanhou os exércitos das Nove Espadas nas campanhas ossianas. Um sujeito novo, mais ou menos da minha idade – eu era pouco mais do que um garoto na época. E enquanto me julgava um verdadeiro crente, *père* Douglas deixou minha devoção envergonhada. Ele nem lutava com uma espada, o maluco; a única coisa que levava para batalha contra os Mortos e seus asseclas era a roda de prata em torno do pescoço, e, vou lhe dizer, aquela coisa brilhava mais que o aegis da maioria dos santos de prata que conheci. Ele era um farol. Uma *chama* de fé. Eu lhe perguntei uma vez como ele conseguia fazer aquilo.

Como podia correr de encontro a uma parede de soldados escravizados sem nada nas mãos e sem medo.

"'Por que temer a morte?', ele me disse. 'Quando depois dela está o reino de Deus?'

"Douglas lutou conosco por um ano. Nunca pegou uma arma, nenhuma vez. Ele atacou a muralha do mar em Báih Sìde, ajudou a romper as fileiras em Saethtunn, passou pelo ataque a Dún Craeg sem a droga de um arranhão. Por todo o caminho até Triúrbaile.

"Então avistou aquelas fazendas de abate. Aquelas jaulas. O que os Dyvok tinham feito com seus prisioneiros. O que Deus tinha *permitido* que fizessem. Eu o encontrei atrás de uma das casas de trituração – os abatedouros para onde os sangues-frios levam os corpos dos mortos e os transformavam em comida para os vivos."

Gabriel enxugou seu cálice em um gole, e fez uma careta.

– Havia um... poço. Dez metros quadrados, não sei de que profundidade. *Cheio* de ossos. Homens. Mulheres. Crianças. Milhares. *Dezenas* de milhares. Limpos de todo resto de carne, depois fervidos para fazer sopa. Simplesmente...

O Último Santo de Prata baixou a cabeça.

Houve um grande silêncio antes que reencontrasse a voz para falar.

– *Père* Douglas estava ajoelhado no meio daquilo. Hábito preto naquele mar de branco. Eu o vi levar a mão àquela roda que tinha brilhado como chama de prata e arrancá-la do pescoço. Jogá-la entre aqueles ossos. Eu chamei seu nome enquanto ele se afastava. Nossos olhares se cruzaram, e a expressão no dele... doce Virgem-mãe, eu nunca vou me esquecer dela. Não fúria. Não tristeza. *Decepção*.

"Nós o encontramos no dia seguinte, nas florestas mortas. Ele tinha pegado a espada de algum soldado. A única arma que havia carregado. Ele cegou os próprios olhos, e depois caiu sobre ela."

– Imagino que haja uma moral nessa história desventurada, não? – indagou Jean-François. – Além de demonstrar a selvageria dos indomados? Kith não são todos iguais, De León. Nós não so...

— A moral é – interrompeu Gabriel – que é uma coisa difícil ver sua fé destruída.

— E você acha que vai destruir a minha? – O marquês riu, sem sangue e frio. – Parafraseando sua jovem mlle. Lachance em relação a seus... – Jean-François acenou para o peito – ... acessórios femininos, é preciso ter algo para que possa ser perdido, Gabriel.

O Último Santo de Prata se serviu de mais um cálice com mãos firmes. Ele respirou fundo, como se estivesse prestes a mergulhar.

— Então Dior e eu estávamos na capela de Jènoah, a tempestade em fúria lá fora, a sombra das Terrores ficando mais comprida o tempo todo. Raios iluminavam os vitrais, pintando tudo em vermelho-sangue e tons de azul há muito perdidos. Então pude ver hesitação nos olhos de minha irmã. Medo. Mas Dior encarou aquele olhar frio, sentando em meio aos bancos da capela e cruzando os braços, em expectativa.

"'Tudo isso me foi contado por meu mestre Wulfric', começou Celene. 'Conquistado depoisss de uma década de serviço, masss apenasss um fragmento do conhecimento que eu podia ter obtido se ele tivesse vivido. Ao compartilhar essas verdades, estou quebrando uma promessa. Uma verdade sssagrada de mestre para lia...'

"'Continue, Celene', disse Dior com rispidez.

"Minha irmã respirou fundo. Os trovões soavam acima.

"'Os primeirosss kith que andaram sobre esta terra não eram em número de quatro, masss cinco.' Celene olhou fixamente para as palmas das mãos, a voz suave como veludo. 'O primeiro se abrigou nosss picosss do Norte de Elidaen, erguendo uma dinastia sombria chamada Vosss. Um chamou as florestasss de lar, comungando com animaisss da terra e do céu e dando origem à linhagem Chastain. Outro se apossou das vastidõesss congeladasss de Talhost, gerando o nome embebido de sangue dos Dyvok em meio à população aterrorizada. O quarto se abrigou nas cidadesss portuáriasss de Sūdhaem, ali tecendo as teiasss infinitasss do sangue Ilon. Mas a última dosss

Priorem não reclamou nenhum domínio, circulando pela terra e mergulhando na escuridão com seu rebento primogênito, e amor de sua vida.

"'O nome dela era Illia, e o dele, Tanith.'

"Celene cravou as garras na pele, e o sangue brotou, inebriante e denso, escorrendo da palma de suas mãos viradas para cima em um par de figuras, homem e mulher.

"'Illia tinha sido uma mulher muito perversa em sua vida. Algunsss rumoresss dizem até que era uma acólita dos caídosss, suasss noitesss dedicadasss a pecadosss sangrentosss e idolatria ainda mais sangrenta. Depoisss que elesss se Transformaram, ela e Tanith viveram como um casal, andando pelo reino e se alimentando do sangue dos vivosss. Sua devoção um ao outro era a única centelha de humanidade numa vida de cada vez mais brutalidade e decadência.'

"As figuras nas mãos de Celene se entrelaçaram em um abraço de amantes.

"'Masss depoisss de séculosss de escuridão, Illia passou a ver sua não vida como uma abominação, e a si mesma como prisioneira, trancada num purgatório sem fim. Em vez de depravação, ela procurou *significado* na eternidade.' Ela apontou com a cabeça para a estátua acima do altar, o filho de Deus sobre sua roda. 'E encontrou isso entre os ensinamentos da Fé Única, agora se espalhando pelo império no rastro do martírio do Redentor. Illia chegou à conclusão de que a vida eterna podia não ser uma maldição, mas um *dom*, para ser usado na busca da salvação de sua alma amaldiçoada.'

"A figura feminina saiu do abraço de seu amante e caiu de joelhos na palma da mão de Celene, rezando.

"'Ela consultou profetasss, padresss e asss páginasss dosss testamentosss, na busca de um remédio para o vazio em seu coração. E enfim, decidindo que sua sede era um teste de Deusss, ela declarou que não ia mais saciá-la com o sangue de inocentesss. Seus filhos imploraram que ela se alimentasse; até seu amado Tanith a procurou, suplicando que ela visse a razão. E assombrada por visõesss, atormentada pela lembrança de seusss delitosss passadosss e levada a um frenesi cego por sua sede crescente, Illia assassinou seu amado, e o bebeu, até virar cinzas.'

"A figura se levantou e atacou seu amante como uma víbora, prendendo-se a seu pescoço. E enquanto Dior e eu observávamos, a forma masculina foi atraída para o interior da feminina até não restar mais nada.

"Celene encarou meus olhos com os seus, frios e sem vida.

"'A Priori foi tomada de tristeza, masss logo depoisss do assassinato, Illia percebeu que, se prestasse atenção, podia ouvir a voz de Tanith em sua cabeça. E embora os kith não sonhem, seu amado visitava Illia em seu sono, sussurrando que ela não o havia destruído, mas salvado.

"'Illia achou que agora levava a alma de Tanith dentro de seu corpo, e que ao consumi-lo, ela o poupara dos fogos da danação que esperavam todos os kith após a morte. Chamando seu feito de *comunhão*, Illia acreditou que Deusss tinha lhe mostrado o propósito de sua existência, pelo que ela tinha rezado, e declarou ser o dever de toda a sua linhagem libertar as pobresss almasss perdidasss para a maldição dos vampirosss – consumindo seusss corposss e guardando seusss espíritosss em segurança até o Dia do Julgamento prometido nosss Testamentosss.

"'Algunsss de seusss filhosss concordaram com as ideiasss de Illia, dedicadosss à salvação de suas almasss eternasss. Aqueles que se recusaram? Illya os matou e consumiu.

"'Pelosss doisss séculosss seguintesss, enquanto a guerra assolava os cinco reinos, e sete mártiresss morreram para levar a Fé Única para osss cantosss do mundo mortal, os Illiae caçaram e mataram inúmeros vampiros das outras linhagens, no que ficou conhecido como a Cruzada Vermelha.'

"Sangue foi reabsorvido pelas palmas das mãos de Celene quando ela gesticulou ao nosso redor. Meus olhos percorreram os baixos-relevos; vampiros lutando, matando e morrendo. Vi figuras nas batalhas, grudadas ao pescoço umas das outras como sanguessugas, e me lembrei de Celene mordendo o pescoço de Rykard no Mère do mesmo jeito. O êxtase nos olhos dela enquanto o bebia até ele virar pó.

"Insanidade.

"Insanidade e uma depravação sangrenta.

"Dior pegou um *cigarelle* do estojo e o acendeu. Respirando fundo e exalando cinza, ela focou olhos azuis como diamantes em minha irmã.

"'Então o que eu tenho a ver com isso?'

"'Tudo', respondeu Celene.

"Ela gesticulou outra vez na direção dos entalhes, os sangues-frios em guerra, os dentes e cinzas.

"'A cruzada de Illia teve um sucesso assustador. O sangue do coração de um vampiro fica mais denso ao consumir o de outro, e aquelesss que beberam asss almasss de outrosss kith foram abençoadosss com os donsss de sangue de suasss vítimasss. Vampirosss das outrasss linhagensss foram atraídosss pelos ensinamentosss da Priori, e Illia os proclamou seus liathe. Seusss cavaleirosss. Seus cruzadosss. Os Illiae se tornaram menos uma linhagem de sangue, e mais uma... religião.'

"'Um culto', murmurei. 'Uma *loucura*.'

"'Como você quiser', respondeu Celene.

"'Gabe, isso é tudo verdade?', sussurrou Dior.

"Eu dei um suspiro, olhando para as paredes a nossa volta.

"'Ela fala de uma época anterior ao império. Os séculos depois da morte do Redentor, oitocentos anos atrás. A biblioteca em San Michon não fazia nenhuma menção a nada disso, mas também quase não mencionava os Esani.'

"'Isso é verdade, *chérie*', prometeu Celene. 'Revelada a mim não pelasss páginasss de algum tomo empoeirado escrito por homensss mortaisss. Masss contada por aqueles que *viveram* isso.'

"'Você quer dizer *sobreviveram* a isso', rosnei. 'Alguma coisa aconteceu. Com essa Illia *e* seu culto bastardo. Ou eu teria ouvido algum sussurro sobre tudo isso antes.'

"'Meu ancestral', compreendeu Dior, olhando na direção do relevo nas portas. 'Esan.'

"Celene assentiu.

"'Você tem sabedoria, *chérie*.'

"'Conte-me', exigiu Dior. 'Conte-me o resto.'

"Minha irmã deu um suspiro e curvou a cabeça.

"'As Guerrasss da Fé foram vencidasss. O senhor da guerra Maximille de Augustin tinha transformado cinco feudosss em conflito num único império com uma única religião, e seusss descendentesss governaram com punhosss de ferro do alto de seu trono das cinco partesss. Mas nas profundezasss de Talhost, estava surgindo uma rebelião contra a dinastia Augustin.

"Eu franzi o cenho, me lembrando das lições de *père* Rafa em Winfael.

"'A Heresia Aavsenct.'

"Celene assentiu.

"'Descendentes mortais da filha do Redentor, Esan, escondidosss por muitosss séculosss, e àquela altura, elesss mesmosss uma dinastia. Seu ancestral era o próprio príncipe do céu, e elesss acreditavam em seu direito de governar os reinosss da terra. Diante dessa ameaça, a igreja mortal e os Augustinsss declararam osss descendentesss de Esan heregesss. Por todo o império, exércitosss de soldadosss fiéisss foram mobilizadosss para eliminar a influência maligna. E Illia se convenceu de que *ali*, enfim, estava sua chance de redenção.

"'Mudando o nome de seusss filhosss para Esana – os fiéisss – Illia e seusss liathe lutaram nas fileirasss do Redentor, lutando para protegê-losss e, finalmente, libertarem a *si mesmosss*.

"'Masss nas sombrasss, oposição à linhagem de Illia estava crescendo havia séculosss. Não há amor entre as Cortesss de Sangue, mas no rastro das Cruzadas Vermelhas, até o mais paranoico dos anciãosss passou a ver os fiéisss como ameaça. Foi forjada uma aliança – uma união de ancien e mediae reunidosss dentre asss outrasss quatro linhagensss. Chamando a si mesmosss de Cavaleirosss do Sangue, eles caíram sobre Talhost para eliminar o sangue de Illia desta terra. Eram liderados por um *capitaine* temível, lendário entre osss kith mesmo na época. De mão fria e coração de ferro.'

"Celene apontou para os relevos outra vez, e entre as figuras em combate, vi um jovem, belo e terrível, carregando uma espada em uma das mãos e um corvo na outra. Olhos ferozes. Presas à mostra. Só o trabalho de um artista, mas com habilidade suficiente para que eu o reconhecesse.

"'Fabién', sibilei.

"'O Rei Eterno', assentiu Celene. 'Temeroso do poder crescente dos Esana. Com ódio pela luz e o amor de Deusss. Arrastando um bando de *tolosss* cegosss e invejososss para a ruína de toda nossa espécie. E esse conflito, mortal contra mortal, vampiro contra vampiro, ficaria conhecido nas páginas de nossa história dos kith como asss Guerrasss do Sangue.'

"'Guerras que Illia deve ter perdido', disse eu. 'Porque as mesmas histórias chamam sua linhagem de Esan*i*, não Esan*a*. Sem fé, não fiéis.'

"'É por isso que Voss me quer?' Dior olhou ao redor, perplexa. 'Um resquício de uma heresia que terminou *séculos* atrás?'

"'Nósss não sabemosss por que o Rei Eterno está caçando você. E mestre Jènoah levou qualquer conhecimento que tivesse sobre isso para o túmulo.' Celene olhou para aquelas cinzas, os fragmentos daquele verso estilhaçados sobre o chão, e suspirou. 'Não há respostasss para terminar com a morte dosss diaass aqui. Não resta nada de verdade nestesss salôesss.'

"Ajoelhando-se diante de Dior, Celene apertou sua mão.

"'Mas tenha fé, *chérie*. Essas provaçõesss são enviadasss por Deusss para nosss testar, e não vamosss *falhar* com ele. Há outra Esana a nosso alcance. A maisss velha de nósss. Priori dos Fiéisss. Mãe de Monstrosss e filha da própria Illia. Se alguém nesta terra sabe a verdade sobre o que você deve fazer para trazer de volta o sol, é ela. Nósss precisamosss encontrá-la, Dior. Nósss não temosss mais escolha. Precisamosss procurar a Senhora Maryn em Dún Maergenn.'

"Eu franzi o cenho, irritado com a visão da mão de Celene na de Dior.

"'Dún Maergenn caiu, Celene. O Coração Sombrio e seus filhos a tomaram meses atrás. E por que nós devíamos confi…'

"Minha irmã ficou tensa, pulando de pé quando meus próprios ouvidos ficaram alertas. E, então, ouvi também; pés macios e com garras pisando delicadamente no chão. Eu me virei e vi Phoebe entrar correndo pelas portas da capela a toda velocidade, garras arranhando a pedra lisa quando ela parou aos pés de Dior. A leoa estava molhada de neve, os flancos emanando vapor da corrida de sabe Deus quantos quilômetros.

"Dior apagou seu *cigarelle* e se ajoelhou ao lado da dançarina da noite.

"'Phoebe?'

"O pôr do sol ainda estava a algumas horas de distância – a dançarina da noite estaria presa em sua forma selvagem até lá, incapaz de falar. Em vez disso, a leoa desembainhou suas garras e riscou ranhuras no chão de pedra; duas linhas longas se encontrado em um ponto, a letra V.

"'As Voss', murmurou Dior, olhando para mim. 'Elas nos encontraram.'

"'Era só questão de tempo.' Respirei fundo e me ergui mais ereto, tentando elevar seu ânimo. 'Mas não tenha medo. Nós temos uma boa posição defensiva aqui. Espadas antigas, mágikas de sangue-frio e garras de dançarina. E por mais velhas que Alba e Alene sejam, pelo menos há apenas duas delas.'

"Phoebe então me olhou nos olhos que brilhavam dourados. E quando a leoa rosnou, de forma tão profunda e baixa, pude sentir isso em meu estômago, um nó que também apertava meu coração.

"'Quantos?', perguntei com um suspiro.

"Em resposta, Phoebe riscou o chão mais uma vez com suas garras, dezenas de sulcos fundos como nós dos dedos marcados na pedra antiga. Repetidas vezes.

"Um trovão abalou as paredes.

"Dior me olhou nos olhos.

"'Demais.'"

✦ IV ✦
O QUE MAIS IMPORTA

— COMO VOCÊ FAZ isso? — questionou o vampiro.

O Último Santo de Prata estava encarando o globo chymico, aquela mariposa pálida se debatendo sem parar contra o vidro. A sede era uma presença constante, abrindo asas escuras sobre seus ombros e passando mãos ardentes por sua garganta, peito e estômago. O vento uivava lá fora em torno da fortaleza, e Gabriel pôde sentir o frio, verdadeiro e memorável, ecoando nas câmaras abandonadas de Cairnhaem, os salões vazios de seu coração, mas ergueu os olhos quando o vampiro falou, irritado.

— Como eu faço o quê?

Jean-François acenou com sua pena.

— Essa coisa que você faz com suas sobrancelhas.

— De que merda você está falando?

— Você está fazendo de novo — disse o historiador. — Não é bem um cenho franzido... é mais como se um cenho franzido tivesse tido um *ménage à trois* bêbado com um olhar raivoso e um bico. É muito bom, você deve ter praticado bastante no espelho.

— São os benefícios de ter um reflexo, seu imbecil desalmado.

O historiador riu enquanto o Santo de Prata o olhou nos olhos.

— Então é isso? — perguntou Gabriel. — Eu lhe conto a história secreta de sua espécie e você fica falando coisas sem sentido sobre sobrancelhas? Não importa a você que...

— Você pressupõe muitas coisas, Santo de Prata. — Jean-François tinha recomeçado a desenhar, seus lábios de rubi franzidos. — Imagino que não seja sua culpa. Você foi criado por um grande grupo de mestiços ignorantes, afinal de contas. Trapacearam seu pão e enganaram seu vinho. Mas os Esani não foram os únicos kith a lutar nas Guerras do Sangue. E enquanto mortais podem ter expurgado todas as menções aos sem fé dos anais da antiguidade, os Cavaleiros do Sangue se lembram.

Os olhos de Gabriel se estreitaram, um sorriso lento se espalhando por seus lábios.

— Margot contou a você. Interessante.

— Não especialmente. — O marquês bocejou. — Eu *sou* seu favorito, afinal de contas.

— Ela teve outros favoritos em seu tempo, pelo que soube. Sua Imperatriz de Lobos e Homens. Aqueles Cavaleiros do Sangue compartilharam mais que um campo de batalha, se os rumores são verdade. — Gabriel se inclinou para a frente, tentando captar o olhar de Jean-François. — Gostaria de saber se ela pranteou Fabién quando ele morreu. Eu soube que eles se odiavam no fim, mas ninguém se esquece de seu primeiro amor verdadeiro.

— Por favor — disse o marquês com um suspiro. — Você envergonha a si mesmo, De León. Não estamos aqui para discutir as aventuras da juventude de minha senhora, nem os amantes aos quais ela sobreviveu. Sua mente mortal não pode conter a menor gota do oceano que ela é. — O bico dourado da pena afundou no tinteiro, e Jean-François olhou o Santo de Prata nos olhos. — Então os perdigueiros dos Voss os encurralaram em seu covil. Quatro de vocês para defender um castelo contra um exército. Você sobreviveu, isso é óbvio. — Olhos achocolatados examinaram Gabriel, das botas à testa. — A pergunta é... como?

— Não. — O Último Santo de Prata juntou os dedos tatuados no queixo, arrastando seus pensamentos de volta para a noite em que tudo começou a desmoronar. — A pergunta é: qual preço eu paguei por isso?

Gabriel sacudiu a cabeça e respirou fundo.

— O melhor ponto de defesa de Cairnhaem era sua ponte, uma passagem estreita onde quaisquer números que as Terrores tivessem contariam menos. Se Jènoah, em vez disso, tivesse construído para si mesmo uma maldita *ponte levadiça* sobre aquele abismo, seu lar podia ter sido inexpugnável. Mas imagino que um ancien tão poderoso em um covil tão remoto tinha pouco medo de convidados indesejados.

— Idade gerando arrogância — murmurou Jean-François.

Gabriel olhou para a fortaleza a sua volta.

— Eu me pergunto quem *isso* me lembra.

— Ah, sarcasmo, a desculpa dos jovens insolentes para a perspicácia.

O Último Santo de Prata deu um sorriso fraco, brincando com a haste de seu cálice.

— Ainda assim, mesmo sem ponte levadiça, Celene, Phoebe e eu podíamos defender uma passagem tão estreita. Então enquanto o sol se aproximava cada vez mais do horizonte, e Dior tirava um sono muito necessário, minha irmã e eu derrubamos as estátuas ao longo da ponte, empilhamos móveis do *château* em torno delas, criando cinco gargalos. Envolvi as barricadas com tapeçarias dos salões, lençóis dos *boudoirs* e, felizmente Dior não estava perto para ver, cada peça de roupa dos guarda-roupas de Jènoah. As jaulas penduradas sob a ponte estavam enferrujadas e inúteis, mas usamos cada lança e espada do arsenal, enfiadas em meio aos móveis e estátuas; um espinheiro eriçado de lâminas apontadas para nossos inimigos. Alba e Alene iam destruí-los como vidro, mas talvez pudessem retardar soldados escravizados ou atrozes. E como toque final, embebemos tudo na aguardente que encontramos na adega do *château*.

"Era em sua maioria vodka talhóstica. Essa merda arranca o verniz de tábuas do piso se deixada por muito tempo, por isso sabia que ela queimaria intensamente, e se há uma coisa que todos os vampiros temem é fogo. As garrafas eram azuis — um toque de cobalto no vidro, imaginei —, mas quando terminei de encharcar a quarta barricada, vi Celene virando uma garrafa verde empoeirada em nossa última linha de defesa.

"'Que merda você está fazendo?', gritei.

"'Preparando nossasss...

"'Você está *louca*?' Eu peguei a garrafa, olhando para o cordeiro e o lobo no rótulo. 'Isso é um Château Monfort! Uma garrafa vale o resgate de um imperador nessas noites!'

"'Nósss conhecemosss algum imperador prisioneiro? É bebida, Gabriel. O que importa...'

"'Isso não é bebida, é *ouro*.' Olhei para a garrafa, aliviado por vê-la quase cheia. 'Na verdade, não tem álcool suficiente em vinho tinto para queimar. Você está apenas desperdiçando.'

"'E bebê-lo como um porco no cocho é um uso aceitável?'

"'Agora, isso é uma ideia.' Ergui a garrafa num brinde e tomei um longo gole. '*Santé*, irmã. Seu sangue é digno de ser fumado.'

"Nós paramos no alto das escadas quando terminamos, aquelas grandes portas de bronze assomando às nossas costas. Celene tinha atacado o guarda-roupa de Jènoah antes de botarmos o resto nas barricadas, e seu novo sobretudo era do vermelho forte de sangue do coração, veludo brocado roçando as pedras aos nossos pés. Examinei nossas defesas improvisadas, bebendo devagar o Montfort, saboreando o gosto elegante e paradisíaco do primeiro vinho que eu bebia em *anos*. A ponte para Cairnhaem se estendia a nossa frente; uma passagem estreita fedendo a aguardente e reluzente com lanças. Nós com certeza faríamos cada centímetro de nossos inimigos sangrar. Mas só Deus sabia a força que ia nos atacar, exceto que duas dentre elas eram Princesas da Eternidade.

"'Não é muito', disse Celene com um suspiro. 'Masss se Fortuna assim quiser, vai ssser suficiente.'

"'Vamos precisar de mais que a bênção de um anjo para passarmos por essa tempestade, irmã.'

"Celene afastou o cabelo da máscara, sua manga bordada expondo seu pulso.

"'Que outra força você pediria, irmão?'

"O ar ficou imóvel entre nós, meus olhos estreitos. Eu podia ver finas veias azuis sob o mármore da pele dela, lembrando do gosto de seu sangue explodindo em minha língua quando ela me forçou a bebê-lo em San Michon. Aquele sangue me dera uma força que eu nunca tinha conhecido, e Deus sabia que eu *precisava* de força se Dior fosse sobreviver àquilo. Mas outras duas gotas durante mais um par de noites, e eu seria escravizado por Celene, e eu tinha tanto desejo de aprofundar o elo entre mim e minha irmã quanto de cortar a droga de meu próprio pescoço.

"Mas um medo mais profundo sussurrava em mim, agora não mais silenciado. Uma brasa diminuta queimando em meu peito, explodindo aos poucos em uma chama perversa nos últimos meses. Eu não tinha contado para ninguém, mas sentir o cheiro do sangue de Lachlan, o sangue de Dior e o sangue de Phoebe... Eu precisava admitir que a sede em mim *estava* piorando. Ficando mais difícil de amortecer, não importava o quanto eu fumava ou bebia. Uma palavra estava ecoando em minha lembrança; um medo ensinado a todo acólito em San Michon. O nome da loucura que acabava por consumir todo sangue-pálido vivo.

"'*Sangirè*', murmurou Celene. 'A sede vermelha.'

"'Eu a avisei para ficar fora da minha cabeça', reclamei.

"'Não há nada de que gostaríamosss maisss.' Celene puxou o punho sobre o pulso. 'Masss seus pensamentosss sangram, Gabriel. Do mesmo jeito que sua amada Astrid sangrava toda noite sobre sua língua de tolo. Podemosss *sentir* o preço que você paga por isso.'

"A raiva cresceu com a menção ao nome de minha noiva, amarga e afiada como uma garrafa quebrada.

"'Poupe-me de seu sermão, Celene. E cuide de seus próprios assuntos.'

"'Isso é nosso assunto. O Graal é nossa única esperança de salvação. Nósss temosss de fazer todo o possível para protegê-la. De seusss inimigosss fora e *dentro*.'

"Meus olhos se estreitaram com isso.

"'O que quer dizer com dentro?'

"'Deusss Todo-poderoso', disse ela com um suspiro, fazendo a volta em mim. 'Você não vê? Você é um *perigo* para Dior, Gabriel. Todosss sabemosss disso. Tirando a bebedeira cambaleante, é apenas questão de tempo antes que a loucura sangrenta brotando em você floresça. Nósss sabemosss que gosta da garota. Sabemosss por quê. Mas quando terminar a carnificina desta noite, você faria bem em deixá-la. Com a única pessoa que pode realmente protegê-la.'

"Eu, então, encarei Celene. Sibilando entre dentes cerrados.

"'Escute-me agora. Se as legiões do céu estivessem entre mim e aquela garota, eu mataria todos os anjos da Hoste para voltar para o lado dela. Ela e eu passamos juntos pelo inferno. *Nunca* vou deixá-la, está me ouvindo? E *nunca* faria mal a ela.'

"'Não esta noite. Talvez não amanhã. Masss nósss vemosss sua sede crescendo todo dia. Quanto tempo até ela consumi-lo por completo? E as pessoasss de quem você diz gostar?' Celene inclinou a cabeça, sibilando por trás daquela máscara odiosa. 'Elesss não o alertaram? Sua preciosa Ordem da Prata? O que ia acontecer se cedesse aos seusss desejosss noite após noite? Ou estava embriagado demaisss com a luxúria da carne para ligar para sua alma imortal?'

"'Você ousa *me* dar um sermão sobre almas? Quando faz parte de um culto que as consome?'

"'Você não tem *ideia* do que fazemosss parte. Comunhão é uma tarefa sagrada, dada a...'

"'*Sagrada*?', gritei, incrédulo. 'Eu vi a expressão em seus olhos quando bebeu Rykard Dyvok até ele virar cinzas, e não havia nada *sagrado* naquilo! Trata-se de fome, Celene. E *poder*. E feitos tão sombrios que um monstro como Fabién Voss convenceu uma legião de sanguessugas cheios de ódio a trabalharem juntos para eliminá-los da face da terra.'

"'Você. Não sabe. *Nada!* Nada do que eu vi! Nada de...'

"'Eu sei que, depois desta noite, eu e você estamos terminados! Que se danem suas fábulas, *que se danem* seus mestres! Você prometeu respostas e entregou cinzas, e não vou bancar o tolo para você duas vezes! Se derrotarmos o inferno que vai cair sobre nós esta noite, vou levar Dior para as Terras Altas amanhã!'

"'Não há *respostasss* para você nas Terrasss Altasss! Apenas *morte*! Dior deve ir para Dún Maergenn! A Mãe Maryn a espera lá ao escurecer, e nósss podemosss…'

"'O que quer dizer com escurecer?' Ergui a mão quando ela começou a responder. 'Pensando melhor, me poupe. Não vou conseguir ouvi-la com o urro de todas as merdas que sinto por você.'

"'Você não pode fazer isso, irmão.'

"'Você não pode me impedir, irmã. Dior escuta *meu* conselho, não o seu, lembra?'

"Os olhos de Celene se estreitaram enquanto os ventos de nossa terra natal gadanhavam o vazio entre nós. Eu me ergui uma cabeça mais alto, olhando com raiva para ela, tão inflexível quanto minha irmã. Nós dois éramos filhos de nossa mãe naquele momento, teimosos e orgulhosos, o sangue de leões rugindo em nossas veias. Eu me lembrei de Celene como ela tinha sido – minha peste, minha irmã caçula. Mas, agora, ela era apenas uma sombra de si mesma. E embora parte da culpa disso fosse minha, eu sabia que tinha sido um idiota por confiar nela. Talvez a culpa tenha me levado até as espiras de Cairnhaem. Talvez fosse o sangue dela resistindo em minhas veias, ou a esperança desesperada de que minhas ações em San Michon não tivessem condenado o mundo. Mas naquele momento, eu vi aquilo tudo como a besteira que tinha sido.

"'Você tem razão, Celene. Eu não sei quanto viu nem o que fez. Mas passei a vida inteira caçando monstros, e reconheço um quando o vejo. E vejo um em você.'

"E girando sobre meus calcanhares de prata, fui andando para o interior da fortaleza.

"Eu xinguei quando bati as portas às minhas costas – eu sabia muito bem que era tolice pressionar minha irmã, que precisaria de sua força naquela noite se qualquer um de nós fosse sair dela com vida. Mas a sede em mim estava incomodando, *batendo* como a droga de um martelo em meu crânio quando visualizei aquele traço suave e azul sobre seu pulso. Aquele medo estava crescendo, aquela *palavra*, ecoando agora em minha mente enquanto tomava outro gole grande de vinho para afogá-la. Eu me lembrei dos Ritos Vermelhos que tinha visto em San Michon quando garoto. Aqueles santos de prata que desistiam de suas vidas antes de sucumbirem à loucura em nosso sangue. '*Melhor morrer como um homem que viver como um monstro*', era o que costumavam me dizer. E embora tivesse lançado a acusação sobre Celene, eu podia sentir o mesmo monstro em mim."

– Por que você fez isso? – perguntou Jean-François.

– Fiz o quê? – retrucou Gabriel.

– Você foi alertado pela ordem. *Sabia* sobre a insanidade à qual todos os sangues-pálidos sucumbem, e que ceder a sua sede apenas apressaria seu início. – Os olhos escuros do historiador se fixaram nos lábios sujos de vinho do Santo de Prata. – Então por que beber de sua esposa noite após noite, De León? O sangue de sua *famille* corre quente, *oui*. Mas seria você tão escravizado pela paixão?

Gabriel bebeu o resto de seu cálice, encarando o monstro a sua frente. Toda a luz na cela pareceu se amalgamar nos poços escuros de seus olhos, brilhando como estrelas. Sua pele formigou quando pensou naquelas noites longas e lentas de sangue, fogo e pecado. Curvas macias sob suas mãos em movimento. O pulso batendo forte embaixo de sua língua vibrante.

Ele chegou para a frente, com os cotovelos sobre os joelhos. Chamando Jean-François com um dedo. O vampiro ficou olhando por um momento longo e sem fôlego, o silêncio denso no ar, e enfim ele se inclinou para perto. Gabriel alisou um cacho dourado da orelha do monstro enquanto sussurrava:

– Por que ela sempre dizia *por favor*.

O vampiro virou a cabeça, olhando nos olhos do Santo de Prata.

— Eu vou me lembrar disso.

— Então — continuou Gabriel, se encostando. — Nós tínhamos umas quatro horas até o anoitecer. Eu sabia que deveria descansar, mas uma tempestade soava em meu crânio enquanto eu permanecia no *foyer* de Jènoah. Dior tinha recolhido as cortinas desbotadas da enorme lareira e acendeu um fogo pequeno em seu grande vão. Urso e Cavalo estavam amarrados e dormindo perto da escada, em segurança, protegidos do clima. A própria Dior estava deitada numa *chaise longue* perto das chamas, Phoebe enroscada ao seu lado, as duas dormindo. Satisfeito porque a dançarina da noite a manteria em segurança, fui andando até o arco da escada leste com meu vinho na mão, à procura de alguma salvação.

"É uma coisa estranha, o silêncio antes da tempestade. Estive à beira de cem batalhas, sangue-frio. Eu vi todas as formas como uma pessoa lida com esse medo. Alguns bebem e farreiam, desesperados para extrair uma última gota de vida antes de dançarem com a morte. Alguns buscam consolo nos braços de outra pessoa, um momento de vida naqueles lugares quentes e macios onde mais nada importa. Quase todo mundo reza. As pessoas dizem que o teste do fervor de um homem é no campo de batalha, mas isso não é verdade. Se quiser conhecer um homem, olhe em seus olhos na noite da *véspera*. Antes que os gritos e urros abafem a voz dentro de sua cabeça. Antes que fique bêbado o bastante para se achar corajoso. Quando há apenas ele, e as coisas que fez e as que ele pode nunca fazer.

"É aí que nos verá como somos de verdade.

"Eu deixei que meus pés me conduzissem, e em vez de me levarem para a capela, eu me vi na sala de xadrez de Jènoah. Era um espaço amplo, iluminado pela fraca luz da morte dos dias. Vitrais e chão quadriculado. Como todas as outras estátuas em Cairnhaem, as peças foram esculpidas pela mão de um mestre: as claras eram opalina; as escuras, opala negra, as mais altas eram de minha altura. Um jogo devia estar em andamento quando Jènoah resolveu dar fim a si mesmo; e ele nunca seria terminado. Andando em meio às figuras, pensando na batalha que estava por vir, senti meus lábios se retorcerem quando percebi que o lado claro estava fazendo um gambito Rousseau."

– Rousseau? – perguntou Jean-François.

Gabriel piscou.

– Você não joga xadrez?

– Ainda não. – O vampiro sorriu. – Eu estava planejando aprender em um século, mais ou menos.

– É uma técnica famosa. Fingir fraqueza para atrair o adversário, usar sua pressa por lhe aniquilar para tirá-lo de sua posição. Então você ataca. Alto risco. Grande recompensa. Olhando ao redor, pude ver que o jogador das claras a estava usando para retomar o controle de um jogo que estava perdendo.

"Circundei o imperador escuro, observando veios arco-íris brilharem na pedra. A tempestade lá fora me botou no clima das tempestades que costumávamos ter na costa em casa, um farol ardendo em minha mente confusa pelo vinho e pelo que eu tinha fumado. Pressionando os nós dos dedos sobre os olhos, imaginei ouvir pequenos passos às minhas costas, pés correndo e risos, virando-me para ver uma criança, uma garotinha, de cabelo preto e comprido e uma pele exangue, correndo entre as peças. Eu a ouvi me chamando – *Papai! Papai!* –, a canção de minha mulher na cozinha superando o uivo do vento, e aquelas três batidas que acabaram com tudo aquilo.

"*Toc, toc, toc.*

"'Aí está você', disse uma voz.

"Ergui os olhos e vi Dior parada na entrada, e ao vê-la, meu coração se aqueceu outra vez, aqueles fantasmas às minhas costas ficando abençoadamente em silêncio. Mas olhando com mais atenção, piscando forte, meu sorriso desapareceu como suas vozes na tempestade.

"Ela ainda estava vestindo a sobrecasaca roubada de Jènoah, mas agora trajava uma camisa comprida de cota de malha. Ela tinha dado a espada de aço de prata para Lachlan quando nos despedimos, mas a havia substituído por uma espada do arsenal. A espada era grande demais para ela, pendurada em sua cintura em uma bainha ornamentada que arrastava pelo chão quando ela entrou na sala. Ela carregava um elmo embaixo do braço, manoplas envolvendo suas mãos, grevas pesadas em suas canelas. Um pouco de sono lhe fizera muito bem, mas ainda parecia pálida. Pálida e assustada e muito, muito jovem.

"'Por que você está toda equipada?'

"'O que você acha?', disse ela, parando com um clangor a minha frente.

"'Acho que seu outro colete lhe caía melhor. O que aconteceu com toda importância que você dava para a moda?'

"'A moda pode esperar, Gabriel. As Terrores estão chegando.'

"'*Oui*', assenti. 'Mas uma camisa de malha não vai ajudar muito contra monstros que podem atravessar uma armadura de metal. Uma armadura é pesada. Barulhenta. Lenta. Mesmo quando é feita no seu tamanho. E essa aí veste em você tão bem quanto um hábito de freira vestiria em mim.'

"'Com o que mais eu devo lutar, então?'

"'Quem disse que vai lutar?'

"'Eu. *Eu* disse.'

"Dei um suspiro exausto, cansado até os ossos.

"'Dior, você mal consegue segurar essa espada, muito menos usá-la. Não está mais disputando com filhotes, você está correndo com os lobos. Matar um atroz solitário é uma coisa, mas lutar frente a frente com um ancien é outra batalha completamente diferente. Quando o inferno começar a cair sobre aquela ponte esta noite, você não vai estar em nenhum lugar por perto. E se o inferno conseguir passar pela porta, você não resiste. Você *corre*. Concorda?'

"Ela respirou fundo, franzindo o cenho.

"'Sabe, odeio quando você faz isso.'

"'Faço o quê?'

"'Diz o que devo fazer e depois bota um ponto de interrogação no fim como se estivesse me perguntando.'

"'Talvez eu devesse eliminar o ponto de interrogação no futuro, para ver se você realmente faz o que mandam.'

"'Não há a menor chance.'

"'Eu achava que não.'

"A garota cerrou os punhos com armadura, olhando para as peças de pedra a nossa volta.

"'Celene me contou sobre a discussão que vocês tiveram.'

"Arrepios percorreram minha espinha, a lembrança das palavras de minha irmã na ponte pairando no ar. Eu quase podia ouvir o sibilar daquela víbora às minhas costas.

"*Você é um perigo para Dior.*

"'Não é sábio falar com ela sozinha, Dior. Celene é uma fanática. Uma mulher louca.'

"'Essa Mãe Maryn de quem ela fala supostamente é a filha da própria Illia. A Esani mais velha ainda na terra. As respostas de que precisamos devem estar em Dún Maergenn, mas Celene disse que você quer me levar para as Terras Altas em vez disso.'

"Eu dei um grande gole em meu vinho.

"'Isso mesmo.'

"Dior me olhou com raiva.

"'Você alguma vez pensou em perguntar o que *eu* queria?'

"'Dior, o que importa agora não é o que você *quer*. É do que *precisa*. Ninguém duvida de sua disposição, mas você não faz ideia do mal monstruoso que está respirando a um centímetro de seu pescoço. E o fato de você querer *arriscar* esse pescoço em batalha esta noite apenas comprova isso.'

"Eu dei um suspiro, sacudindo a cabeça enquanto olhava para os vitrais acima.

"'E como *pode* saber? Você nunca o viu. Você é uma criança, pelo amor de Deus.'

"'Ah, *merci*', disse ela com rispidez. 'Papai.'

"Ficamos parados em silêncio, de cenho franzido e teimosos, e me ocorreu como eu não era adequado para tudo aquilo. Paciência tinha apenas 11 anos quando foi tirada de mim. Dior tinha crescido sozinha desde que era da idade de minha filha, e só Deus sabia as coisas que fizera e, da mesma forma, que tinham feito com ela. Odiava que lhe dissessem o que fazer, e mesmo assim *precisava* disso com desespero. Mas quem era eu para lhe dizer qualquer coisa? Às vezes eu mal conseguia ser seu amigo.

"Dior tinha me dado as costas, de cenho franzido, andando entre as peças de xadrez tentando se acalmar. Tomei um gole de vinho e apontei para o tabuleiro com minha garrafa.

"'Quer jogar?'

"Ela olhou para trás, os olhos azul-gelo escuros de raiva.

"'Eu não sei jogar.'

"'Quer jogar a dinheiro, então?'

"Ela não se conteve e riu, baixando a cabeça para esconder seu sorriso sob o cabelo. Eu ri alto ao vê-lo, e ao ouvir esse som, Dior riu também, com olhos brilhando. A tensão entre nós derreteu um pouco, como orvalho numa manhã de primavera.

"'Você está bêbado', disse ela, apenas meio me repreendendo.

"'Estou alegre.' Apontei para o outro lado do tabuleiro. 'Lá. Eu vou ensinar a você.'

"'Eu prefiro que me ensine outra vez a posição do vento norte, para dizer a verdade.'

"'Este jogo é mais antigo que o império. Há lições nele que merecem ser aprendidas.'

"Dior fez um bico, cética, mas mesmo assim concordou, dirigindo-se ruidosamente até ficar por trás do exército claro. Ela sacou um *cigarelle* preto do estojo enquanto eu apontava na direção de seu novo traje.

"'Você vai se cansar só de andar por aí com todo esse metal.'

"Ela franziu o cenho e acendeu seu *cigarelle*, me ignorando. Sacudindo a cabeça, tomei o último gole de meu Montfort e dei um tapinha no ombro da peça escura a minha frente. Ela era alta como eu, de armadura, com uma espada longa nas mãos e um elmo coroado na cabeça.

"'Este é o imperador', declarei. 'A peça mais importante no tabuleiro. Ele pode atacar na direção que quiser, mas não pode se mover para longe. Por isso, costuma ficar na retaguarda, comandando o resto das peças para fazerem sua vontade.'

"'Parece um garoto que eu conhecia em Lashaame.' A garota soprou fumaça no ar, franzindo o cenho. 'Um da quadrilha do Homem Estreito. Nós costumávamos chamá-lo de *Bolha*.'

"'Bolha?' Arqueei a sobrancelha. 'Por quê?'

"'Ele só aparecia depois que o trabalho duro era feito.'

"'Há privilégios em usar a coroa.'

"Dior escarneceu:

"'Como se eu não soubesse.'

"'Talvez esses pequenos bastardos estejam mais familiarizados com sua adorável criação, então.' Empurrei uma peça menor com minha bota; uma fileira delas, na altura da cintura, vestidas como a infantaria em armadura arcaica. 'O peão. Eles são a linha de frente de seu exército. Baratos. Dispensáveis. Abrem o tabuleiro para o jogo das demais peças. Esta aqui é o *château*. Esta é o *chevalier*. E essa é o pontífice. Igreja e Estado. Eles se movimentam de maneira diferente, mas sua tarefa é a mesma: entrar no campo de batalha e fazer carnificina em nome de seu imperador. Elas são suas peças especialistas. Proteja-as se puder. Mas, no fim, ainda pode ganhar o jogo mesmo perdendo todas elas.'

"Eu demonstrei o método de mover cada peça, erguendo-as com facilidade com a força sombria em minhas veias. E me ocorreu que aquele era um tabuleiro feito apenas para sangues-frios jogarem; que Dior teria dificuldade para movê-las sozinha. Mesmo assim, ela observava, os olhos azuis brilhando enquanto tragava sua fumaça, sua curiosidade natural florescendo.

"'E aquela?', perguntou, respirando cinza.

"'Esta é a imperatriz.' Eu dei um tapinha na peça que ela tinha apontado com a cabeça. 'O poder por trás do trono. Ela se move tão longe quanto quiser, em qualquer direção que tiver vontade. Ela é seu carrasco. Sua mão direita vermelha. Rápida. Versátil. Mortal.'

"Dior sorriu.

"'Eu *gosto* dela.'

"'Não se apegue muito. No fim, é tão descartável quanto o resto.'

"A garota franziu o cenho.

"'Por quê? Ela parece ser a peça mais forte no tabuleiro.'

"'Ela não é.' Eu dei outro tapinha no ombro do imperador. '*Ele é*. O objetivo do jogo é capturar o imperador de seu adversário. No fim, nada mais importa.'

"'Isso é tolice. Ele não pode fazer metade do que fazem essas outras peças.'

"'Ele faz o que *nenhuma* delas pode fazer. Ele ganha o jogo para você.'

"'Isso não é justo.'

"'Justiça é para homens mortos e perdedores, Dior.'

"'Mas isso não faz sentido.' Ela franziu o cenho, exalando cinza por suas narinas. 'Como o covarde que não luta pode ser a diferença entre ganhar e perder?'

"'O imperador luta. Ele é forçado a lutar. E, como qualquer bom líder, pode mudar a maré da batalha ao lutar. Mas você não arrisca sua peça mais valiosa na linha de frente. Não quando todas essas outras peças estão dispostas a lutar por ele. Não quando perdê-lo significa perder o *jogo*. Isso não é apenas tolice. É suicídio.'

"Dior cruzou os braços e olhou para o tabuleiro.

"'Estou começando a ver por que você queria me ensinar este jogo.'

"'*Oui?*'

"'Sua metáfora é clara, *chevalier* De León.'

"'Por quê, imperador Lachance, o que você quer dizer com isso?'

"'Eu não sou uma peça no tabuleiro. E minha vida não é um jogo.'

"'Você tem razão. Não é. E mesmo assim, continua a tratá-la dessa forma.'

"Ela tragou seu *cigarelle*, respirando fogo.

"'Outro sermão. Exatamente do que eu precisava.'

"'Você precisa.' Eu franzi o cenho. 'Você é uma garota de 17 anos.'

"'E é o fato de eu ter 17 ou de ser uma garota que provoca o pior em você?'

"'Não me venha com essa merda. Eu nunca a tratei mal pelo que há entre v...'

"'Eu não preciso que lute minhas guerras por mim!', retrucou ela. 'Você era mais novo que eu sou quando venceu a Batalha dos Gêmeos! Quando acabou com Laure Voss. E *eu* também matei um príncipe da eternidade, caso você não se lembre! E salvei sua pobre pele no processo!'

"'Dior, me escute! Você é a pessoa mais importante deste império! A descendente de San Michon, para acabar com a morte dos dias, a esperança do império! Sem você, *tudo* está perdido!' Baixei a voz, sabendo que estava pisando em gelo fino. 'Sei que ainda se sente culpada pelo ritual de Chloe. Eu *sei* que uma parte de você se questiona se talvez tudo isso tivesse terminado se ela tivesse apenas acabado com *você*. Por isso se coloca em risco, repetidas vezes. Me ignorando no Mère. E me ignorando em Aveléne. Me ignorando agora.'

"'Pessoas demais já morreram por minha causa!', gritou ela. 'Aaron! Baptiste! Rafa! Saoirse! Bell! Eu não vou ficar aqui sentada enquanto você também dá sua vida por mim, Gabriel.'

"'Sei que você não vai, e é isso o que estou dizendo! Ele! Não! Importa!' Com força profana, arremessei o *chevalier* do outro lado da sala, e Dior se encolheu quando ele se estilhaçou contra a parede. 'Essas! Elas! Não! Importam!' Uma a uma, ergui as belas peças, escuras e brilhantes, peão, *château* e imperatriz, destruindo-as e jogando-as para o lado – 'Nenhuma, nenhuma, NENHUMA delas' – até que restaram apenas duas peças. E com o peito arquejante, ergui o imperador escuro sobre minha cabeça, e com um grito joguei-o aos pés do imperador claro com toda a minha força.

"As pedras do piso se estilhaçaram como vidro, um estrondo vazio ecoou entre as empenas. O imperador escuro se partiu em uma dúzia de pedaços, poeira e fragmentos se derramando sobre as lajotas quebradas. A sala estava em um silêncio mortal quando me virei para Dior, com o peito arquejante e as presas à mostra.

"E mais uma vez, naquele silêncio, escutei o som de pés pequenos e risos.

"A bela canção de minha esposa nos ventos do oceano.

"'Vitória', sibilei. 'Sobre a escuridão. Sobre *ele*. É isso o que importa, Dior.'

"Ela me encarou por um momento, então olhou para o chão. As peças que eram bonitas estavam espalhadas, caídas de lado, lascadas e quebradas. A garota sacudiu a cabeça, o olhar azul-pálido se dirigindo para o imperador claro, de pé sozinho sobre o campo arruinado e quebrado.

"'Gabriel, se isso é vitória… como, então, é a derrota?'

"'Maldita você, garota…'

"Depois de dar um último trago em seu *cigarelle*, ela o jogou no chão e o esmagou sob sua bota. 'Você está bebendo demais. Estou muito preocupada com você.'

"E, girando bruscamente, Dior saiu fazendo barulho pela porta."

✦ V ✦
O BASTARDO E O TOLO

— O SOL TINHA mergulhado para dormir atrás das montanhas. A igreja de Jènoah foi pega no olho silencioso da tempestade. E na pausa breve e sem estrelas entre uma tempestade e outra, os Mortos chegaram a Cairnhaem.

"'Aquela sua expressão adorável', murmurou Celene. 'Como era ela?'

"Passei a mão pelo cabelo e dei um suspiro.

"'Não fode.'

"Estávamos parados atrás da primeira das cinco barricadas sobre a ponte do *château*. Eu tinha guardado minha camisa e meu sobretudo em meus alforjes, minha velha pele de lobo envolta ao meu redor como uma capa, a Bebedora de Cinzas brilhando em minha mão. Um relâmpago pulsou a distância, iluminando as encostas congeladas acima. Aquelas coisas nos observando. Eu me perguntara por que as Terrores tinham demorado tanto para nos achar depois de nos seguirem até Avelène. Mas nas semanas que desperdiçamos à procura da tumba de Jènoah, parecia que Alba e Alene tinham reunido todo o inferno ao seu lado.

"'Diga-me o que você vê', ordenei.

"Ao meu lado, Dior olhou por minha luneta, seu hálito se condensando no frio cada vez mais profundo. Uma sombra pairava entre nós, agora; raiva e apreensão, ressentimento e medo. Apesar disso, a garota ainda saíra para ver o que estava chegando atrás dela; trajando sua armadura roubada, com um capuz de malha forrado e um elmo de ferro enfiados por cima de seu cabelo.

Todo aquele maldito metal devia pesar quase tanto quanto ela, mas mesmo assim Dior o usava, teimosa como uma criança na hora de dormir.

"'Uma hoste de soldados escravizados', respondeu ela. 'E um *monte* de atrozes.'

"Ela dizia a verdade. A vanguarda da força dos Voss era toda formada por sangues-ruins, com talvez uma centena de profundidade. Eles olhavam fixamente além da extensão congelada entre nós – mendigos e lordes, soldados e camponeses, pais e filhos. Seus cérebros podres e destruídos, seus corpos meras conchas para a sede que os movia, cada um forte e rápido como uma dúzia de mortais.

"Havia soldados ao lado deles, equipados para a batalha, um bando de pelo menos cem. Pela aparência, eram veteranos, o corvo branco dos Voss pintado sobre seus escudos ou tabardos. Os elmos tinham o formato de crânios; suas ombreiras, como mãos esqueléticas. Os espadachins estavam na frente; os fuzileiros, atrás, com fuzis no ombro e morte nos olhos.

"'E o que você não vê?', perguntei.

"Dior limpou a neve da luneta, estreitando os olhos mais uma vez para a escuridão.

"'As Terrores.'

"'Compreende agora?' Apontei para os Mortos disformes. 'Peões. Baratos e dispensáveis. Eles são lançados primeiro para nos testar.' Apontei com a cabeça para os escravizados. 'As peças especialistas vêm em seguida. Elas caem sobre nós. Minam nossa força. Mas você não vê os imperadores no campo, vê? Quando têm escolha, até *imortais* não se arriscam na linha de frente. Então você precisa ficar bem atrás da nossa. Porque aqui estamos num pântano de merda, garota, e você não tem as botas para isso.'

"'Eles me querem *viva*, Gabriel', insistiu Dior. 'Aqueles fuzileiros não vão ousar atirar comigo aqui ao lado de vocês. E os atrozes não vão atacar sem consciência caso...'

"'Caso o quê?', perguntei.

"Ela aprumou os ombros, desafiadora.

"'Caso me machuquem.'

"'Isso mesmo!', retruquei, todos os meus medos esclarecidos. 'Caso a machuquem!'

"Então pude ouvir aquilo outra vez, acima do vento uivante e do trovão de meu próprio coração. Pequenos passos e risos, movendo-se devagar em meio às barricadas às minhas costas. O eco da voz de minha esposa, flutuando no escuro por trás de meus olhos junto com a canção quebrada da Bebedora de Cinzas.

"*Durma agora, adorada, durma agora, querida,*
"*Sonhos sombrios vão desaparecer agora que seu pai está perto...*

"'Volte lá para dentro, Dior.'

"'Talvez você devesse respirar um pouco, irmão', sussurrou Celene. '*Você esssstá com raiva.*'

"Rosnei para a sombra sangrenta às minhas costas.

"'Você acha sábio arriscá-la assim?'

"Celene se erguia alta no vento uivante, o cabelo escuro tremulando em torno de sua máscara horrenda. Seu olhar sem vida se dirigiu para mim e depois para Dior, cintilando com a astúcia de uma raposa.

"'Nósss concordamosss com o Graal. Ela não pode maisss se esconder nas sombrasss.'

"'Finalmente!', gritou Dior. '*Merci, mademoiselle.*'

"'Maldita mulher traiçoeira!' Minha irmã estreitou os olhos pálidos como a morte enquanto eu olhava com raiva para ela. 'Arriscaria a vida de Dior só para vencer uma disputa comigo?'

"'Você lisonjeia a si mesmo', respondeu Celene com um suspiro. 'Nósss sempre dissemosss que Dior deve abraçar o que ela é. O que nasceu para ser. Ela mostra valor resistindo contra o inimigo, e deve ser louvada por isso.

Com toda sua arrogância e fúria, isso não se trata de você.' Ela sacudiu a cabeça, os olhos brilhando por trás de sua máscara terrível. 'Masss essesss sempre foram osss pecadosss favoritosss do Leão Negro, não é? Você é amaldiçoado pelo orgulho, Gabriel. *Você é governado pela ira.*'

"A fúria assombreou meu coração ainda mais, e rangi os dentes. Minha frustração estava crescendo, meu humor, meu medo e os ecos daquela canção amaldiçoada em minha cabeça.

"Não tema os m-monstros, não tema a noite.
"Papai está aqui agora, e tudo vai ficar bem.

"Coloquei a Bebedora de Cinzas com força de volta na bainha, virando-me para Dior com um ronco.

"'Está bem, chega de bobagem. Volte lá para dentro. Agora!'

"'Gabriel, sou uma *vantagem* aqui', insistiu ela. 'Eu matei Danton, eu posso lutar!'

"'Um golpe de sorte, e você acha que está pronta para uma guerra? Qual foi a primeira lição que lhe ensinei?' Eu a segurei pelo cinto, e o metal cantou quando arranquei sua espada da bainha. E com as presas à mostra, joguei a espada de Dior por cima do gradil no abismo abaixo. 'Uma espada e meia ideia são duas vezes mais perigosas do que nenhuma espada nem ideia!'

"'Acalme-se, irmão', murmurou Celene. '*Sua raiva se aprofunda...*'

"'Está mesmo! E se soubesse do que esses monstros são capazes, você nunca colocaria uma *criança* contra...'

"'Eu não sou uma *criança*!'

"O grito de Dior me interrompeu, mas foi a expressão em seu rosto que me imobilizou. Tanta pena. Tanta tristeza. Tanto amor em seu olhar que quase partiu em pedaços meu coração furioso.

"'Mas é disso que se trata, não é?', disse ela.

"Sua voz, então, abaixou. Apenas um sussurro.

"'Meu Deus, isso *sempre* se tratou de...'

"Lágrimas brilharam nos olhos de Dior quando pegou minha mão, apertando-a com força.

"'Sei que está apenas com medo por mim', disse. 'Que você não suporta a ideia de *perder* mais alguém. Sei que está pensando em Paciência e Ast...'

"Então, eu a estapeei. Rápido. Bem no rosto. Sua cabeça foi jogada de lado, e ela ficou boquiaberta enquanto um trovão soava, ecoando o nome de minha filha. O som que Dior fez foi estrangulado, algo entre um arquejo e um soluço. E enquanto cambaleava para trás, com a mão no rosto, ela olhou para mim como se não conseguisse acreditar no que eu tinha feito.

"Ninguém podia culpá-la por isso."

Gabriel sacudiu a cabeça.

— Eu mesmo não consegui acreditar.

O Último Santo de Prata olhou nos olhos de seu carcereiro, brilhando no escuro de sua cela. Silêncio pairava pesado entre ambos, escancarando-se como o abismo embaixo da ponte de Cairnhaem, até...

— Digo que foi uma boa jogada. — Jean-François deu de ombros, voltando para seu tomo. — Lachance estava sendo uma tola. Só o Todo-poderoso sabia o que ia acontecer se ela caísse nas garras do Rei Eterno. Você era o mestre; ela, a aluna. Fez bem em lembrá-la de seu lugar.

— Não — retrucou Gabriel, olhando para a palma aberta da mão. — É o tipo mais baixo de homem aquele que levanta a mão para seu filho e chama isso de amor.

— Ela não era sua filha.

— *Famille* nem sempre é sangue.

— E o amor nem sempre é simples. Mas você a *amava*. Sabia o que isso podia lhe custar. Mesmo assim correu o risco de magoar o coração da garota em vez de vê-lo arrancado de seu peito. Você não é um homem mau, Gabriel de León. Apenas faz coisas ruins de vez em quando.

O Último Santo de Prata deu um gole profundo em seu cálice e esfregou os olhos.

– Vindo de você, vampiro? Isso não significa absolutamente nada.

O historiador estreitou os lábios enquanto Gabriel tornava a mergulhar na escuridão.

– O eco daquele tapa foi como um disparo de pistola. Dior lambeu o canto de sua boca, e meu coração se apertou, meu estômago se *retorcendo* com a visão do sangue dela. Senti a hoste dos Mortos se agitando às minhas costas; uma ondulação percorrendo os atrozes quando aquele cheiro vermelho beijou o ar. E conforme a sede crescia dentro de mim, odiosa, desolada e furiosa, Deus me ajude, eu ergui a mão para dar outro.

"'Entre!'

"'Seu *imbecil*, sibilou Dior. 'Seu *bastardo* de merda.'

"'Melhor ser um bastardo que um tolo', rosnei. 'Porque Deus Todo--poderoso sabe que você está sendo tola o bastante por nós dois, Lachance. Entre. *Agora.*'

"O lábio inferior dela estremeceu. Seus olhos se encheram de lágrimas. Eu conseguia ver uma mágoa tão *profunda* neles que podia ter perfurado meu coração, se ele já não estivesse transbordando de fúria. Mas Dior não deixou que se abaixassem. Em vez disso, ela rosnou com uma fúria capaz de igualar a minha. E com um último olhar flamejante para Celene, ela fez a volta e saiu correndo, passou pelos espinheiros de lanças, atravessou a ponte e se esgueirou pela fresta nas portas enormes de Cairnhaem.

"Meu pulso estava martelando; a mente, uma tempestade, sem acreditar no que eu fizera. Procurei meu cachimbo com mãos trêmulas, os olhos borrados com a ardência. Preparando uma dose para um dia inteiro, eu o acendi com rapidez, tragando o fornilho inteiro de uma só vez com uma respiração que queimava. Celene me olhava de soslaio, olhos pálidos brilhando conforme o olho da tempestade se fechava, os ventos uivando entre nós.

"'Você está chorando', sussurrou ela.

"*'DE LEÓN!*', disse um grito.

"Funguei forte, cuspi por cima do gradil ao meu lado e voltei os olhos para o inimigo. Gravadas em preto nas encostas acima, vi duas silhuetas, agora; ambas jovens, antes belas e agradáveis, retorcidas em horrores pelas mãos temíveis do tempo. Suas vozes entrelaçadas soavam tanto em minha mente quanto sobre os ventos, um dueto de séculos sangrentos e majestade desolada.

"*Boa noite, Leão! Tu estás em melhor forma que da última vez em que pusemos os olhos sobre ti! Nosso temido pai mandou saudações, a garantia dele de que ainda espera no Leste, e condolências pelo banquete que fez com tua filha e tua esposa!*

"Celene olhou para mim, com uma compreensão sombria nos olhos. Meus dentes doeram quando cerrei os maxilares, a mão se fechou em torno do punho da Bebedora de Cinzas, e o couro rangeu quando eu *apertei*.

"'*Vamos conversar?*', gritaram as Terrores. '*Vamos oferecer um acordo? Ou vamos presumir que nosso pobre irmão Danton já tinha tocado essa canção para ouvidos surdos e tolos? Nós vamos permitir passagem segura se tu implorares, De León! Entrega a garota, e nós vamos dar a ti tua vida!*

"Senti, então, um golpe de martelo em meus pensamentos; dedos com garras tentando se enfiar em meus olhos e penetrar nos segredos por trás deles. Mas o aegis agora queimava em minha pele, e por mais que a força da mente daquelas ancien fosse forte, eu as expulsei, para longe, para *fora*. E ao levar minha pederneira à barricada a nossa frente, vi Celene se encolher quando as tapeçarias irromperam em chamas famintas. E sacando a Bebedora de Cinzas no punho cerrado, gritei acima do vento crescente:

"'Vão em frente, seus malditos vermes! Vamos ver quantos cães são necessários para matar um leão!'

"'*Onde e-e-estamos, Gabriel?*, sussurrou a Bebedora, atônita.

"Observei os atrozes começarem a se movimentar, descendo a montanha em ondas sombrias, silenciosos e sem respirar, e ah, com tanta fome.

"'Estamos com problemas, Bebedora.'

"*Ah, querido, ah, queridoquerido. Onde estão Astrid e P-P-Paciência?*

"Olhei para as gêmeas na montanha, em silhueta no escuro assim como estavam na noite em que seu pai chegou batendo. Inalando fumaça e exalando ódio.

"'Elas estão em casa, Bebedora.'

"*Ah, bom b-b-boooom.*

"Celene ergueu os braços e arrastou as unhas pela pele. Suas garras rasgaram o branco de porcelana, vermelho brilhante molhando as pontas de seus dedos. O cheiro apunhalou meus pulmões, tamborilando nas pedras do piso enquanto ela olhava para mim.

"'Boa sorte, irmão.'

"'Vá para o inferno, irmã.'

"'Eu já estive lá, Gabriel. Eles acharam minha companhia tão desagradável quanto você.'

"O sangue dela ondulou e, por meio da arte sombria e de um desejo ainda mais funesto, tomou a forma de sua longa espada e de seu mangual do tamanho de um chicote. Tirei o cobertor dos ombros, e Celene sibilou quando meu aegis foi revelado, queimando mais brilhante do que a barricada atrás da qual estávamos. Pegando uma tocha com a mão livre, eu a encostei nas chamas e vi o tecido de cânhamo começar a queimar. Através do brilho lavado, vi os atrozes se aproximando, dezenas e dezenas, silenciosos como túmulos e famintos como lobos.

"*Olhe, dentes p-pretos brilhantes sniksnaksnikSNAK!*

"Fechei os olhos enquanto a horda descia, e cabelo caiu em torno de meu rosto quando baixei a cabeça. Esperei o tempo de três respirações, ouvindo aqueles pés que corriam, e, em todas, resisti à tentação de rezar. Agora, éramos tudo o que havia entre Dior e o Rei Eterno. A única luz em sua noite. Mas o Todo-poderoso a havia colocado ali, afinal de contas, comigo, entre todas as pessoas. Eu só esperava que ele soubesse a *droga* que estava fazendo…

"'Você se lembra de quando éramos novos?', murmurei 'Brincando perto da forja?'

"Celene assentiu.

"'Sempre em inferioridade numérica, nunca derrotadosss. Sempre leõesss.'

"'Como nos velhos tempos, hein?'

"E então eles nos atingiram.

"Formas saídas do breu, olhos fundos e sorrisos de dentes escuros, correndo com a velocidade de víboras em torno das barricadas em chamas e na direção de nosso gargalo. Eu estava esperando, com minha irmã ao meu lado, espadas sibilando enquanto cortavam carne Morta em fatias. A Bebedora de Cinzas cantava outra vez; não uma canção de ninar, mas uma ária, erguendo-se com o brilho da prata dentro de minha cabeça. E eu dancei seguindo sua canção, as veias inundadas pelo hino de sangue e o ar queimando com a luz das chamas em minha pele. Os atrozes cambalearam quando nos atacaram, cheios de ódio, cegos, aos tropeções. Nós os cortamos, a neve cinza a nossos pés suja de vermelho, cedendo aos poucos diante da pura força de seus números. Eu decepei a mão de um horror que tentava me agarrar, enfiei minha tocha no ninho emaranhado do cabelo de outro. A espada de sangue de Celene era um sussurro enquanto matava; uma faca através de manteiga em um dia de verão, as pedras do calçamento respingadas com os restos borbulhantes.

"Mas como eu já alertara Dior, isso era apenas uma sondagem, algo para nos testar. E com o coração se acelerando, percebi de onde o movimento de abertura das Terrores *realmente* viria.

"Mais atrozes tinham saído da escuridão, usando sua força maldita para evitar nossas barricadas. Estavam chegando, agora, correndo como aranhas pelas laterais da ponte, ou saltando de jaula em jaula e fervendo sobre o gradil às nossas costas.

"'Estão nos flanqueando!', gritei. 'Recue!'

"Separei a cabeça dos ombros de um menino-coisa e enfiei minha tocha no rosto de um inimigo que me olhava com maldade. Garras rasgaram minhas costas enquanto eu corria na direção da segunda barricada, um monte de estátuas e móveis quebrados cheio de um espinheiro de lanças enferrujadas. Ouvi uma série de estrondos fortes e metálicos, e o ar a minha volta assoviou quando saltei a barricada. A primeira saraivada de rifles atingiu a madeira em minha mão, outro disparo abriu uma linha de fogo através de meu ombro, outro meu quadril, e eu mal conseguia segurar minha espada. Quando atingi as pedras do piso, sangrando e arquejando, ouvi uma voz gritando para recarregar, e o barulho de botas através da neve me disse que os espadachins estavam avançando pela ponte.

"As Terrores estavam movimentando suas próximas peças no jogo.

"Celene saltou a barricada ao meu lado, e eu a acendi com minha tocha assim que o primeiro atroz chegou cambaleante atrás dela. Era um homem de idade, magro e pálido, seu ataque detido por duas lanças quebradas em seu peito e barriga. Havia o bastante nele para gritar com uma dor surpreendente quando o fogo se espalhou pela barricada e por sua pele, mais formas correndo por cima dele, uma confusão com garras e flamejante. Celene recuou, com medo do fogo, os inimigos à frente e no flanco. E mais uma vez, lado a lado, eu e minha irmã dançamos."

O Último Santo de Prata se inclinou para a frente, com os dedos juntos no queixo. O historiador escrevia depressa, preso no calor da batalha como se também a estivesse vivendo. Mas o silêncio se prolongou, como um fio vermelho e grudento entre o pescoço fendido e o lábio em bico.

— De León?

— Algumas pessoas dizem que a guerra é o inferno, sangue-frio — comentou Gabriel. — Outros a chamam de paraíso. Há milhares de canções e sagas que tentam capturar sua essência. Aquele caos. Aquela *destruição* louca e embriagada de sangue. Os menestréis cantam sobre heroísmo e covardia. Historiadores escrevem sobre mudanças de estratégia, o benefício da tecnologia e o toque do destino. Destino sombrio, vontade pura e a merda da sorte. Todos têm uma mão a jogar. Mas quer saber qual carta vence todas elas, vampiro? O ponto simples e inegável que faz virar a maioria das batalhas?

– Conte-me, Santo de Prata.

Gabriel deu um suspiro.

– É a *matemática*. Não há canções dedicadas a ela. Nenhum santuário construído em seu nome. Mas é assim que reis reivindicam tronos e usurpadores forjam impérios. – O Santo de Prata deu de ombros. – Matemática pura. Um homem só consegue golpear com a espada um certo número de vezes antes de se cansar. Um fuzileiro só consegue disparar um certo número de tiros antes que seu bolso esvazie. E duas pessoas só conseguem defender uma faixa de pedra com trinta metros de comprimento e seis de largura por um determinado número de minutos antes que a meia-noite comece a soar, não importa quem sejam esses dois. Um santo de espada solitário. Uma maga de sangue imortal. Pinte as pedras do calçamento de vermelho tanto quanto quiser, cubra-as com cinzas e ossos, movimente-se como uma canção, sangre como um mártir e corte como todos os ventos de inverno. Se cada inimigo que tomba lhe custar trinta centímetros de chão, seus inimigos só precisam mandar cem corpos para a abertura antes que você não tenha mais nenhum lugar para onde fugir. E as Terrores trouxeram *centenas*.

Gabriel passou a mão pelo rosto marcado por cicatrizes e deu um suspiro.

– A matemática é uma bastarda.

"Nós os cortamos em fatias, Celene e eu. Meus braços pesavam como chumbo, e minha respiração queimava como fogo, a carne rasgada por garras e cortada por espadas, partida por punhos e despedaçada por tiros, mas mesmo assim continuei lutando, babando vermelho, com cortinas de cabelo ensopado de sangue sobre meu rosto. Celene pairava ao meu lado, no limite da luz vermelha como forja de meu aegis, a carne de porcelana rasgada, o sobretudo em farrapos, tão desgastada quanto eu. E quando havíamos entregado tudo o que tínhamos, quando não nos restava forças para nada além de ficar de pé, pressionados contra nossa última barricada com as portas de bronze de Cairnhaem assomando às nossas costas, aquelas imperatrizes sombrias entraram em campo.

"Alba e Alene vieram através das chamas moribundas, em preto e branco, de mãos dadas. Estavam cercadas por uma companhia descansada de homens com espadas – todos brutamontes escravizados, vestidos com a *libré* dos Voss e armados até os dentes tortos. A tempestade uivava, agitando os sobretudos compridos das Terrores através da fumaça que se erguia, mas seu cabelo não se mexia – como se fosse feito de ferro como sua carne, como o coração delas enquanto pisavam com botas ensopadas sobre a carnificina que tínhamos feito de seus homens e monstros, sem ignorar nenhum deles.

"Elas pararam a seis metros de distância, atrás da parede de carne e espadas de escravizados. Nenhuma delas tinha sofrido ainda nenhum arranhão, mas meus músculos estavam queimando, a respiração entrecortada. O punho da Bebedora estava escorregadio com sangue em minhas mãos trêmulas.

"'Nós podemos estar na merda, aqui, peste...'

"Tanto Alba como Alene passaram os olhos pelos relógios sobra a porta – o movimento das estrelas e o registro dos séculos. Elas piscaram simultaneamente, e vi que cada uma delas tinha olhos sangrentos pintados sobre as pálpebras, dando a estranha impressão de que podiam ver com aqueles olhos fechados. Estendi a mão e acendi nossa última barricada, na esperança de vê-las recuar diante das chamas. Mas as Terrores não recuaram. Carne de sanguessugas queima como isca de fazer fogo, e até sangues-frios ancien o temem. Mas, em uma demonstração de desprezo, as duas retiraram suas luvas de montaria, um dedo de cada vez, e avançaram para estender as mãos nas chamas entre nós como se quisessem *aquecê-las*.

"Olharam fixo para mim ao fazerem isso, olhos escuros e sem piscar, destemidas. Depois de um momento, elas se afastaram, parando com dedos entrelaçados em meio a seus asseclas mais uma vez, e embora a carne de qualquer outro sanguessuga tivesse queimado até virar cinzas, vi que o mármore da pele de Alba mal ficara chamuscado, de branco osso para cinza pálido.

"Assenti, engolindo em seco.

"'*Oui*, estamos na merda.'

"'*Ajoelhai-vos*', disseram elas.

"A ordem soou em minha cabeça, em meu coração, e exausto como eu estava, sangrando e sem fôlego, quase sucumbi. Mas visualizei minha esposa e minha filha, enchi meus pensamentos com o calor de seu amor e meu coração com a fúria por seus destinos.

"'Primeiro as d-damas', respondi, tocando meu bolso de moedas. 'V-vou fazer com que seu tempo compense.'

"'*Como tua canção é pueril, De León.*' Sacudiram a cabeça simultaneamente. '*A insinuação de um menino mascarando o medo de um menino. Não conheces outra canção?*'

"'Por que vocêsss buscam o Graal?'

"As Terrores piscaram, voltando o olhar para Celene. Minha irmã chegou ao meu lado, a máscara realçada pela luz do fogo, sua espada longa e sangrenta desvelada em suas mãos. E, ao sinal de suas mágikas sombrias, as Terrores sibilaram, vozes densas de ódio.

"'*Esani…*'

"'O que Fabién quer com Dior?', indagou Celene.

"Alba e Alene estreitaram aqueles olhos escuros como nanquim, se enfurecendo. Indignidade. E, *oui*, talvez um toque de medo agora.

"'*Quem és tu para nos questionar, filhote ladrão? Nós somos filhas do sangue de ferro. O sangue real. Somos tuas anciãs e melhores do que tu.*'

"'Não sou nenhum *filhote*', minha irmã respondeu bruscamente. 'Sou a última filha gerada por Laure, sua irmã, a Aparição de Vermelho. O sangue do Rei Eterno corre nestas veias.'

"Ao ouvirem isso, as Terrores pararam, trocando um olhar breve e sombrio.

"'*Traz a garota então, petite nièce. Destrói o cão de prata ao teu lado, e o Rei Eterno vai te dar recompensas inimagináveis.*'

"'Mas ele já fez isso, *mes chères tantes*.'

"Alba e Alene inclinaram a cabeça.

"'*É mesmo?*'

"'Ah, *oui*.' Celene assentiu, erguendo as mãos até o rosto. 'Ele as trouxe aqui para mim.'

"Um trovão ribombou quando minha irmã retirou a máscara, expondo a ruína horrível de seu rosto. Mandíbula sem pele e presas sem lábios, e por baixo de seu lenço, a pele de sua garganta rasgada como uma luva problemática – aberta por Laure Voss no dia em que ela a assassinou.

"'Esta noite nósss bebemosss o sangue de seusss coraçõesss, *mesdamesss*', prometeu Celene. 'Esta noite eu tomo tudo o que era seu, e reivindico um pouco maisss do que era meu.'

"Os soldados escravizados sacaram seu aço em resposta, a luz do fogo reluzindo em elmos esqueléticos. Do outro lado da ponte, os fuzileiros ergueram seus fuzis, apontando para nossos peitos ensanguentados.

"Mas as Terrores ainda estavam imóveis como pedra.

"'*Nosso temido pai ainda te espera no Leste, Leão*', disseram-me elas. '*Nós oferecemos uma última chance, para buscar a vingança devida para tua esposa e tua filha amadas.*'

"Sibilei, sangrando, arquejando e erguendo a Bebedora de Cinzas com minhas mãos trêmulas.

"'Vocês vão dizer ao papai que irei vê-lo em breve.'

"E, olhando por cima de seus ombros, gritei em meio a um trovão:

"'*Agora*, Phoebe!'

"Uma silhueta borrada surgiu das sombras do outro lado da ponte, atacando por trás da linha de fuzis. A leoa se moveu através dos fuzileiros com a rapidez de mentiras, rasgando barrigas e pescoços em frangalhos. Ela atacou tão rápido que quatro estavam mortos antes que começassem os gritos. Os restantes tentaram se recuperar, mas é difícil apontar uma arma longa a curta distância, mais ainda recarregar quando aqueles olhos dourados caem sobre você, o rugido abala seus ossos e ela ataca sobre a neve encharcada de sangue com a rapidez do tiro que você errou nela.

"Mas *ela* não errou.

"Phoebe nunca errava.

"Com os fuzis silenciados, Celene e eu recuamos pela escada, abrimos bem as portas poderosas entre nós e fugimos para dentro. Furiosas, as Terrores enviaram seus escravizados atrás de nós, se derramando no vasto vazio do *foyer* de Cairnhaem. Meu aegis queimava no escuro, sombras compridas se estendendo dos pés daqueles pilares poderosos, caindo sobre a grande lareira, suas cortinas vermelho-sangue tremulando ao vento. Celene e eu subimos um degrau de cada vez, eu defendendo o leste, e ela o oeste, nós dois atacando os soldados que vinham por trás, furiosos e destemidos, encharcando de vermelho as páginas dos Testamentos nas paredes. E devagar e inexoravelmente, as Terrores se aproximaram por trás de seus comandados, satisfeitas em descartar cada um deles, tombando sobre nós até que caíssemos.

"Nós lutamos como os caídos, a espada e o mangual de sangue de Celene sussurrando enquanto ela cortava o ar, a ária da Bebedora de Cinzas atingindo um crescendo brilhante como prata em minha cabeça. Mas, como eu disse, a matemática é uma bastarda, sangue-frio. E no fim, tudo o que eu sabia era que nós dois íamos vacilar.

"Eu e Celene agora estávamos de costas um para o outro, no alto do mezanino, os escravizados ainda nos pressionando, as Terrores ainda se aproximando, a morte a apenas algumas respirações de distância. E enfim, quando aqueles pés ancien tocaram o balcão, quando aqueles lábios vermelhos se curvaram em sorrisos triunfantes, eu gritei com todas as minhas forças:

"'VÁ, DIOR!'

"Um raio fendeu o céu quando ela atacou, cortinas se afastaram quando Dior chegou correndo do enorme vazio do interior da lareira, os nós dos dedos brancos nas rédeas de Cavalo. Uma espada cortou meu ombro quando me joguei por cima da balaustrada do balcão, atingindo o chão do *foyer* e subindo nas costas de Urso. Celene foi mais ágil que eu e caiu sentada na sela bem atrás de mim, envolvendo minha cintura com os braços. E com Dior à frente e eu e minha irmã atrás, nós três avançamos e saímos pelas portas abertas na direção da ponte vazia e das encostas agora limpas depois dela."

— Finja fraqueza — murmurou Jean-François. — Atraia seus inimigos para fora de posição em sua pressa para acabar com você. Então ataque.

Gabriel sorriu.

— Rousseau.

O vampiro assentiu para demonstrar seu apreço.

— Talvez eu deva aprender xadrez, afinal de contas.

— Nós descemos a escada a galope, as Terrores gritando atrás de nós enquanto os trovões respondiam do céu. Dior captou meu olhar enquanto saltávamos a primeira barricada, meu estômago se revirando quando vi o hematoma em seu rosto, o corte em seu lábio, e Deus, meu coração quase se partiu ao ver isso. Eu não podia acreditar que tinha batido nela, isso não era meu estilo, isso não era... *eu*. Mas haveria tempo o suficiente para implorar perdão quando estivéssemos em segurança e longe dali.

"Desde sempre, só quis o melhor para aquela garota.

"Desde sempre, eu só quis mantê-la em segurança.

"Seguimos em frente, através dos cadáveres, da fumaça e da chuva de cinzas, nossos cavalos rápidos como prata. Dior ia na frente, o casaco com detalhes dourados se agitando atrás dela. Eu ia em seguida, com Celene segurando minha cintura, desviando das barricadas e através da fumaça que subia.

"Eu não vi o golpe até ele nos atingir.

"Ele veio como um raio, cortando tão rápido que o ar *trovejou* atrás dele. Um malho de guerra, da minha altura, sua cabeça do tamanho de um caixão de criança e com a forma de um urso rugindo. Ele atingiu o cavalo de Dior com a força de um tiro de canhão, nem tanto arrancando a cabeça de Cavalo de seus ombros, mas reduzindo-a a uma explosão de névoa fina e vermelha.

"Dior gritou quando foi jogada da sela.

"Eu estendi a mão em sua direção e gritei seu nome.

"E Kiara, a Mãe-loba, ergueu o martelo para mais um golpe."

✦ VI ✦
QUEIMANDO PONTES

— DESESPERADO, PUXEI AS rédeas. Dior voou pelo ar, gritando. E o golpe de Kiara desceu como o próprio trovão de Deus.

"Urso estava morto antes que soubesse o que o atingiu, o impacto um terremoto. A força de Kiara era aterrorizante, e seu malho desceu sobre o que restava de meu corajoso sosya com tanta força que se estilhaçou. Voei pelo ar, agitando os braços quando atingi uma barricada ainda em chamas, sentindo minhas costelas quebrarem e meu rosto se cortar. Dior tinha sido arremessada de sua sela quando Cavalo morreu, desabando sobre pedra e agora esparramada sobre o calçamento encharcado de sangue. Quando o malho de Kiara transformou Urso em pasta, o impacto abalou toda a ponte, e as jaulas se agitaram abaixo em suas correntes e bateram como sinos de vento enferrujados.

"Celene saltou da sela às minhas costas, a espada de sangue brilhando e os olhos estreitos enquanto cortava através do escuro como uma faca. Mas embora Kiara tivesse se surpreendido com a chegada de minha irmã naquele dia em Aveléne, nesta noite ela estava pronta, desviando do arco do golpe de Celene e contra-atacando com um golpe trovejante dela mesma.

"Seu malho atingiu Celene bem no peito, e meu coração se apertou quando o corpo de minha irmã explodiu, sem restar nada além de um borrifo vermelho pelo céu. Mas, nesse instante, captei um vislumbre de vermelho *atrás* da Mãe-loba, e então percebi que Celene tinha usado o mesmo estratagema que utilizara comigo em San Michon, uma ilusão de ótica, um feitiço do sangue. Quando seu sósia fantasmagórico evaporou, Celene atacou por trás, cortando as costas de Kiara uma, duas vezes, abrindo carne e ossos Mortos. A Mãe-loba cambaleou, mas manteve-se de pé e girou com um urro sangrento.

"Celene era uma das melhores espadachins que eu já vira. Kiara era uma torre, uma tempestade. Não sei quem sairia vitoriosa se tivessem se enfrentado em solo parelho. Mas minha irmã já estava ensanguentada de nossa batalha contra os Voss, e Kiara estava descansada, rápida e mortalmente forte. Elas atacaram uma à outra, espada de sangue e malho de guerra, mangual e punho. Mesmo assim, no fim, os dados com os quais jogavam estavam adulterados. Celene enrolou o mangual em torno do pulso de Kiara, tentando desarmá-la e terminar com a refrega. Mas a Mãe-loba se mostrou mais forte, desequilibrando minha irmã, e as tranças de assassina se agitaram pelo ar atrás dela como serpentes quando girou o malho em um ataque com ambas as mãos. O golpe atingiu Celene no meio da espinha, e eu ouvi todas as costelas em seu peito se estilhaçarem. Minha irmã voou, com a cabeça jogada para trás – simplesmente *voou* como a droga de uma bola chutada através do escuro e subiu as encostas cobertas de neve atrás de nós, sua espada e mangual reduzidos a um borrifo vermelho às suas costas.

"Kiara se voltou para mim, seu queixo escorrendo sangue e tecidos de cavalo.

"'Olá outra vez, Leão.'

"Em minha queda, eu tinha perdido a Bebedora de Cinzas e estava de mãos vazias e arquejante enquanto me arrastava para longe da pedra ensanguentada. Com um grito, eu me joguei para me desviar do golpe de Kiara, sentindo aquela cabeça de urso de ferro passar rente a minha espinha. O golpe foi tão forte que as pedras do calçamento se partiram, e rachaduras se espalharam pela superfície da ponte na direção das pedras resistentes.

"Avistei mais figuras onde a ponte se encontrava com o penhasco. Kane – o brutamontes que lutara com Lachie em Aveléne, montado em um cavalo preto da tundra. Estava flanqueado por dois cães da neve e outra figura que eu nunca tinha visto; um mortal, bonito e afiado como uma faca. Ainda faltava parte do braço do Decapitador – um membro inútil de osso exposto e carne fresca crescendo do coto com o qual a Bebedora de Cinzas o deixara. Mas ele ainda carregava aquela espada enorme, o tipo de arma que apenas o sangue Dyvok podia usar com alguma habilidade. Eu não fazia ideia de onde estava Phoebe; Deus sabe que eu poderia tê-la usado com aquelas chances. Mas Kane, pelo menos, não fez nenhum movimento em minha direção.

"A Mãe-loba, ao que parece, tinha me reservado para si mesma.

"Estava exausto, sangrando e desarmado – foi só a luz de meu aegis que me salvou, eu juro. Atingindo com força os olhos da Mãe-loba, fazendo com que ela errasse seus golpes aterrorizantes, cada um abalando a ponte até os ossos com um barulho de trovão.

"'Você deve sangue aos Dyvok, Leão.'

"*WHOOSH*.

"'E sangue agora exijo.'

"*BUM*.

"Se conseguisse botar as mãos nela, poderia ferver suas veias até secarem com o dom de meu pai. Mas eu estava sangrando, quebrado e arquejante. Rolei para o lado para escapar de um golpe vindo do alto, me levantei de pé e tentei alcançar sua garganta, mas Kiara me atingiu com um tapa de revés; um toque ainda forte o bastante para quebrar todos os ossos de meu braço, para me mandar voando como um brinquedo contra o gradil, a respiração explodindo de meus pulmões. Eu vi estrelas, pretas e cegantes, enquanto tentava em vão ficar de pé. Aquele não era o lugar onde eu sucumbiria, sabia disso – pois ainda tinha negócios a tratar com o Rei Eterno, não ia cair para um lacaio indomado. Mas a Mãe-loba assomou sobre mim, com o malho erguido alto, e olhando para cima, vi Mahné, anjo da morte, estender sua mão.

"'Quando se encontrar com o grande Tolyev no inferno', disse Kiara, 'diga a ele que fui eu quem o mandou.'

"O barulho de botas.

"O sussurro de uma cota de malha.

"O brilho de sangue fresco sobre aço de estrela.

"Dior se ergueu por trás da Mãe-loba, com a Bebedora de Cinzas na mão, banhada no sangue da própria garota. Com os dentes em fúria à mostra, ela mergulhou a espada na direção das costas de Kiara. E por um instante, meu coração de tolo achou que aquilo terminaria do mesmo jeito que tinha acontecido no Mère, quando ela matou Danton.

"Mas agora, ao contrário da vez anterior, ela trajava uma armadura de metal – pesada, barulhenta e lenta.

"Agora, ao contrário da vez anterior, Kane gritou um alerta quando ela atacou.

"E agora, ao contrário da vez anterior, Dior foi pega com a mão na massa.

"Kiara se virou, ergueu o malho e defendeu o golpe da garota com o cabo. A Bebedora de Cinzas atingiu o ferro, fagulhas voaram quando desceu raspando até o punho. Mas mesmo com toda sua fúria, e apesar de toda sua coragem, Dior tinha apenas quatro semanas de treinamento nas costas. Sua inimiga tinha a força de uma deusa e a experiência de décadas banhadas em sangue.

"'Ah, *merda*...', disse a garota.

"Kiara jogou a Bebedora de Cinzas para o lado, a espada brilhante como a estrela da qual havia sido forjada, voando por cima do gradil para o vazio abaixo. Gritei um alerta quando a Mãe-loba segurou o pescoço de Dior, erguendo-a em uma pegada que podia triturar ferro em poeira. Os olhos da garota se arregalaram, os pés se debatendo e os dedos tentando arranhar, meu coração congelado de terror enquanto aguardava aquele barulho de quebra horrendo...

"'*ESPERE!*'

"Kiara piscou e se virou na direção de Cairnhaem. Com os ouvidos apitando, o peito borbulhando, eu vi duas figuras se aproximando através da chuva de brasas atrás de nós. Um grupo de soldados escravizados marchava atrás delas enquanto desviavam dos destroços e dos cavalos mortos, envoltos em fumaça.

"'Esperar?' Kiara olhou com raiva. 'Com que direito vocês *me* dão ordens? Tudo a oeste do Mère e a norte de Ūmdir é província do sangue Dyvok. Estão invadindo o domínio de meu senhor sombrio.' A Mãe-loba se ergueu em toda sua altura impressionante. 'Eu quero seus nomes, primas. E não confundam ordem com pedido.'

"Um vento frio atingiu a ponte e a fumaça se dissipou, revelando as Terrores em toda sua glória pálida. O branco e preto de seu brocado estava respingado de vermelho. Seus olhos escuros queimavam com fogo, e *oui*, talvez um toque de medo ao ver a garota naquelas mãos monstruosas. Elas observaram Kiara por um longo momento, com as cabeças inclinadas no mesmo ângulo.

"'*Somos filhas do rei deste reino eterno. De coração de ferro e sangue real. Se tu tens uma gota de mérito em tuas veias, nosso nome deves saber.*'

"Kiara pareceu se encolher um pouco quando o reconhecimento assentou.

"'Lady Alba. Lady Alene.'

"As Terrores inclinaram a cabeça.

"'Eu sou…'

"'*Kiara Dyvok.*' Olhos pretos como nanquim examinaram a colega, prolongando-se nos grilhões pendurados em seu cinto. '*Nós te conhecemos, Mãe-loba.*'

"'Então sabem que sou filha do Priori de minha linhagem, soberano temido e invicto de toda Ossway.' Kiara gesticulou em minha direção com seu malho sujo de sangue, Dior ainda se debatendo em sua pegada. 'A dívida entre essa…'

"'*Tuas dívidas não nos interessam. A garota é apenas nossa.*'

"'Garota? Eu…'

"'*Nossa*', repetiram as Terrores. '*E não venha falar de soberania com os Voss, filhote. Tua linhagem empobrecida não tem conhecimento do mundo, muito menos de como mantê-lo.*'

"'Filhote?', retrucou Kiara. 'Eu sou a terceira geração de Nikita Coração Sombrio! Filha do próprio Tolyev, o Açougueiro! Ando por esta terra há mais de cem...'

"'*Batimentos cardíacos. Piscadelas. Entrega-la. Então leva a ti e a tua falação daqui.*'

"A Mãe-loba ficou muda, olhando enraivecida. Seu orgulho estava sangrando por se dirigirem a ela daquela maneira, mas tive certeza de que obedeceria. Olhando para o Decapitador e para o menino atrás de si, ela jogou Dior no chão, e a garota gritou quando atingiu o calçamento com um barulho surdo. Kiara estalou os dedos e estendeu a mão. O Decapitador olhou raivoso, mesmo assim levou a mão ao pescoço, e ali vi um frasco dourado – do mesmo tipo que eu arrancara do pescoço de Kiara em Aveléne. Com o cenho franzido, o Decapitador jogou o frasco para a Mãe-loba, que o pegou no ar com uma mão pesada. Tomando um profundo gole, ela estremeceu até a ponta dos pés. E quando tornou a falar... bem, na verdade, meu queixo quase atingiu a droga do chão.

"'Estas terras são domínio do sangue Dyvok. Todas as presas em seu interior são *nossas*.'

"As Terrores olharam uma para a outra, incrédulas. Mas quando..."

– *Ah-hum*.

Gabriel parou quando Jean-François limpou a garganta de forma dramática.

– Sério? – Ele franziu o cenho. – Você está interrompendo agora?

– Por que o desafio de Kiara o surpreendeu, De León? – questionou o historiador.

– *Agora*? Para lhe contar o que já sabe? Esse é um dos confrontos clássicos. Corações de ferro contra indomados? Isso é como vinho contra uísque, ou loura contra mulher de cabelo castanho, você não pode apenas...

O historiador começou a tamborilar com a pena na página, com a sobrancelha arqueada.

Tap Tap Tap Tap Tap Tap Tap.

Gabriel abaixou a cabeça, passando uma mão no rosto, da testa até o queixo.

— Olhe — disse ele com um suspiro. — Sangues-frios odeiam uns aos outros como veneno. Jogue dois leões numa jaula e um acaba cagando nos ossos do outro. Há apenas três correntes mantendo sua dita sociedade inteira, e sem pelo menos duas, todo o espetáculo de merda teria se incendiado séculos atrás.

Gabriel ergueu a mão, contando nos dedos.

— *Servage. Famille. Soumission.*

— Explique — ordenou Jean-François.

Gabriel revirou os olhos.

— *Servage* é a escravidão pelo sangue. Sanguessugas forçando outros sanguessugas a beber de seus pulsos. Uma vez. Duas, até três vezes. *Famille* é autoexplicativo — desde que não mexam com a comida alheia, sanguessugas da mesma linhagem tendem a tolerar a presença uns dos outros. Por último, e mais importante, está a *soumission*. Quanto mais um vampiro vive, mais poderoso ele se torna. Então se você é um filhote de cara limpa que deseja tornar-se um leão uma noite, é melhor prestar respeito aos leões a sua volta. Ou, como eu digo, merda e ossos.

O Último Santo de Prata bebeu seu vinho, sacudindo a cabeça.

— Não foi uma verdadeira surpresa Kiara ter sido dispensada pelas Terrores — mesmo com cem anos nas costas, ela teria parecido uma criança para criaturas tão antigas quanto Alba e Alene. Mas ouvir uma mediae enfrentando uma dupla de monstros que antecediam o império... bem, digamos apenas que é mais provável me ouvir recusando outra garrafa desse ótimo Monét.

Gabriel lançou um olhar cheio de significado para o vinho quase vazio sobre a mesa.

— Isso foi uma sugestão, Chastain.

– E uma dotada de sua habitual sutileza, leve como pena – murmurou o historiador, ainda escrevendo em seu tomo. – Mas, por favor, continue.

Gabriel girou seu cálice e tomou um grande gole.

– Então. Apesar de *todo* o bom senso, Kiara resistiu erguida. Dior continuava jogada na pedra aos seus pés. Eu estava esparramado sobre uma poça de meu próprio sangue, meu braço esquerdo estilhaçado e com o rosto quebrado, tentando respirar através de pulmões perfurados. Kane Dyvok e aquele garoto dos cães esperavam na beira da ponte, seus animais observando com olhos vermelho-sangue. Os escravizados dos Voss estavam com as armas erguidas e maxilares cerrados. E as filhas mais velhas do Rei Eterno encararam a Mãe-loba, como se percebessem sua presença pela primeira vez.

"'*Tu perdeste a razão, verdade?*', perguntaram. '*Nós éramos rainhas quando teus ancestrais atrozes não passavam de mendigos no lodo. Éramos antigas quando teus ancestrais saíam do meio das coxas de suas mães. E mesmo que não fôssemos tuas anciãs, somos melhores que tu. Nós somos corações de ferro. Nossa linhagem governava as trevas desde que a tua se encolhia em suas tumbas com medo da luz da lua, Dyvok. E quando nosso temido pai se sentar no trono das cinco partes deste império, tu vais te curvar outra vez.*'

"Kiara franziu o cenho.

"'Todos vão se ajoelhar?'

"As Terrores sorriram.

"'*Todos vão se ajoelhar.*'

"'Vocês sabem o que nós, os Dyvok, dizemos em relação a isso?'

"A Mãe-loba ergueu o malho de guerra acima da cabeça. Seus olhos se encheram de vermelho com o sangue que bebera, e queimando com fúria assassina ela se lançou ao ar; o primeiro passo mortal na fúria de uma Tempestade Dyvok.

"'FEITOS, NÃO PALAVRAS!'

"O fato é que as Terrores nem se deram ao trabalho de chegar para o lado. A força dos indomados é terrível, mas os Voss não são chamados de *corações de ferro* por nada. E enquanto a Mãe-loba voava pelo ar, gritando de fúria e golpeando com seu malho com toda a força profana de suas veias, as Terrores ergueram os braços para se defender de seu golpe.

"Não com as mãos, veja bem.

"Com o menor de seus *dedos*.

"Verdade seja dita, eu não fiquei surpreso. A Bebedora de Cinzas tinha se quebrado na pele de Fabién, afinal de contas, e ela era feita de aço de estrela encantado. Uma arma comum teria se despedaçado sobre a pele de um Voss ancien como vidro. Então acho que foi um choque para *todos* quando o golpe de Kiara atingiu o alvo – não as próprias corações de ferro, veja bem, mas seu verdadeiro alvo:

"As pedras do chão aos seus pés.

"Aquele malho atingiu a ponte de Cairnhaem como a mão de Deus. Eu senti o impacto nos *ossos*. E por mais impossível que parecesse, a rocha que atravessava o vazio entre aquelas espiras por Deus sabe quantos milênios... bom... ela apenas se *desintegrou*.

"O impacto se espalhou para fora, poeira de pedra cegante, granito partido em pedaços. As Terrores tiveram tempo suficiente para piscar antes de caírem com escombros, corpos de cavalos e escravizados gritando, sem um fio de cabelo fora do lugar enquanto mergulhavam no abismo abaixo. Rachaduras se espalharam, pedra gemeu, e toda a estrutura se agitou como o oceano em uma tempestade. E meu estômago se embrulhou de medo quando vi o gradil no qual Dior estava apoiada se desfazer, e com um grito sangrento, a garota ferida caiu para trás no vazio.

"'NÃO!'

"Com um rugido, eu me joguei para o buraco, sabendo que já era tarde demais. Mas, deslizando de bruços pela pedra ensanguentada, quase chorei de alívio quando vi Dior pendurada em uma das jaulas enferrujadas abaixo, metal se desfazendo sob suas mãos.

"'GAAABE!'

"Um torno segurou meu pescoço, triturando ossos quando Kiara me arrancou do chão. Seu sorriso era grudento e pronunciado, olhos iluminados com vingança, minha espinha a apenas um *aperto* de se partir...

"Uma sombra saiu voando do escuro, rápida como um raio. Ouvi Kane gritar um alerta e captei um vislumbre de vermelho-ferrugem quando Phoebe atacou, garras se afundando nos ombros da Mãe-loba. A leoa foi rasgada, sangrada – imagino que a indomada a tenha confundido com uma fera comum, e encheu-a de porrada e a deixou achando que estivesse morta. Mas só prata pode matar um dançarino da noite, sangue-frio. Prata, mágika ou os dentes cruéis do tempo. E apesar de seus ferimentos, Phoebe continuou lutando, cumprindo seu juramento de sangue do coração para Dior.

"*Se por meu sangue, meu obséquio ou respiração você puder ser mantida em segurança...*

"Kiara urrou e me largou, e com um grito, atingi o gradil e me joguei no vazio. Quando me segurei na beirada, desesperado, o impacto quebrou o suporte enferrujado que segurava a jaula de Dior no lugar. Ouvi a garota gritar quando o metal se partiu, e com um susto e um xingamento, eu segurei a corrente que caía em minha mão direita, agarrado à ponte com minha esquerda estilhaçada. Gritei de agonia, impotente, Dior pendurada na jaula e eu segurando sua corrente, apenas alguns elos de ferro corroído entre ela e o vazio abaixo.

"'Dior!'

"'Gaaaaabe!'

"'S-suba!'

"'Não c-consigo...!'

"'Não c-consigo segurar, droga, suba!'

"Quebrada e ensanguentada, os dentes sujos de vermelho, a garota começou a subir. A jaula se soltou da corrente, e ela saltou, agarrando os elos congelados com um xingamento, o impacto enviando uma onda de fogo branco por meu braço quebrado. Fechei os olhos, a dor se lançando através de meu corpo enquanto ela subia cada vez mais alto. Phoebe ainda dançava com Kiara acima, mas pude ouvir que Kane tinha se juntado à refrega, apesar de seu braço mutilado. A dançarina da noite agora lutava contra dois, e eu sabia que tínhamos apenas alguns segundos antes que Phoebe caísse.

"'*Suba!*'

"A ponte tremia.

"Rachaduras se espalhavam.

"Dedos escorregavam.

"'Dior... p-pelo amor de Deus, *SUBA!*'

"Senti minha pegada fraquejar quando ela segurou meus dedos ensanguentados. Senti o coração se apertar em meu peito. Olhei para baixo para os olhos dela quando a corrente caiu pela beira do precipício abaixo; um breve segundo, amor desesperado preenchendo meu peito apesar da dor entre nós, sussurrando a mesma mentira que minha esposa tinha sussurrado para minha filha na noite em que ele bateu na nossa porta.

"'Tudo vai ficar bem, querida...'

"Minha pegada na ponte cedeu. Nossa queda começou. Para baixo no escuro. Para baixo, para o sono. Mas da escuridão acima, uma figura estendeu a mão, e gritei de agonia quando ela pegou minha mão quebrada na dela. Detido de repente, ergui os olhos e vi. Minha irmã pendurada de cabeça para baixo, com as pernas em torno do gradil, olhos semicerrados contra minha luz ardente, sua pele soltando fumaça e fervilhando ao toque da prata na minha.

"'SUBA, *CHÉRIE!*'

"Dior subiu pelo meu corpo como uma aranha sangrando e arquejante. Dando um beijo no meu rosto, ela se projetou, segurando a mão livre de Celene. Minha irmã puxou a garota para cima com esforço, erguendo-a, em segurança da queda. Mas não da destruição acima.

"Phoebe ainda estava lutando com os indomados, rápida como o vento. O Decapitador tinha recebido o pior de sua fúria, e de joelhos se agarrava ao rosto ensanguentado com a mão boa. Mas enfim, o anjo Fortuna nos deu as costas, como sempre. Quando a dançarina da noite saltou sobre o sangue-frio caído, Kiara encheu a mão ensanguentada com vermelho-ferrugem. E com uma força além de qualquer mediae que eu tinha visto, ela girou a dançarina da noite pelo rabo, jogando-a de um lado para outro com força suficiente para estilhaçar as pedras do piso.

"'Maldita!'

"CRUNCH.

"'Puta!'

"CRUNCH.

"'*Imunda!*'

"Com um grito final, Kiara jogou Phoebe para fora da ponte destruída, o corpo da leoa girando inerte e quebrado através da escuridão. Dior gritou o nome de Phoebe, trovão abalando o céu acima. Com a respiração queimando e o braço gritando, eu olhei nos olhos de Celene. Minha irmã ainda estava pendurada de cabeça para baixo, uma das mãos segurando os restos despedaçados da minha, meu sangue escorrendo através de seus dedos. Éramos tudo o que restava agora; as últimas duas peças no tabuleiro, inimigos se fechando em torno de nosso imperador acima. Igual a quando éramos crianças, lutando de costas um para o outro em torno da forja de nosso pai. Sempre em inferioridade numérica. Nunca derrotados.

"Sorri com dentes ensanguentados.

"'Como nos velhos tempos…'

"'Não.'

"Celene me olhou nos olhos, brilhando de ódio.

"'Nada como nosss velhosss temposss.'

"E ela me soltou.

"Vi ela se erguer, com o braço estendido enquanto invocava sua espada de sangue outra vez. Senti um trovão fender o céu enquanto ela voava por cima daquele gradil na direção das costas de Kiara. Ouvi Dior gritando a plenos pulmões. E então a queda era tudo o que restava.

"Vento soprando em meus ouvidos.

"O coração se partindo em meu peito.

"E para baixo no escuro eu caí."

✦ VII ✦
O ESTÔMAGO DA FERA

O ÚLTIMO SANTO DE Prata inclinou a cabeça para trás e deu um grande gole. O historiador observava da poltrona em frente, com uma sobrancelha loura arqueada. Gabriel terminou seu vinho, dando um suspiro quando foi pegar a garrafa de Monét e, apesar de todas as esperanças em contrário, a encontrou terminada.

— Não há canção tão triste quanto uma garrafa vazia — murmurou.

— Ela o deixou cair — refletiu Jean-François. — Sua irmã.

— Bem, em nome da precisão histórica, provavelmente é mais seguro dizer que ela me largou.

— Isso foi um tanto perverso da parte dela.

Gabriel assentiu, pesaroso.

— Celene era uma escrota de proporções *monstruosas*.

Jean-François riu.

— Mesmo assim, parece o gambito de um tolo descartá-lo antes que a batalha fosse vencida. Por mais que ela fosse uma temível sanguemante, estava ferida. Desgastada. Aquela peste tinha poucas chances sozinha contra dois Dyvok altos-sangues.

— Phoebe já os havia fatiado. Ferido e desarmado, eu não seria mesmo de muita ajuda na luta, e Celene sabia que se eu, de algum modo, saísse daquela ponte com vida, cumpriria minha promessa de levar o Graal para as Terras Altas. Se ela acabasse comigo frente a frente, Dior nunca mais voltaria a confiar nela. Mas eu simplesmente escorreguei de sua pegada no calor da batalha... – Gabriel deu de ombros. – Minha irmã jogou com as cartas que tinha recebido.

– E que cartas a Mãe-loba jogou em resposta?

– Bem, esse é o problema, sangue-frio. – O Santo de Prata acariciou o queixo liso. – Não faço ideia. Eu estava um tanto preocupado, sendo a gravidade o que é.

– Você sobreviveu à queda, isso é óbvio.

Gabriel assentiu.

– Sangues-pálidos não morrem fácil. Mas as estradas em que me vi depois me levaram a lugares que eu nunca imaginara. Levou meses até que eu tivesse notícias de Dior outra vez.

– Então. – O historiador deu um suspiro, olhando para a janela estreita. – Nós enfim chegamos lá.

– Chegamos aonde, Chastain?

– Minha pombinha? – chamou o marquês.

A porta da cela se abriu rapidamente, as dobradiças rangendo. Meline esperava do outro lado, de cabeça baixa e obediente, com adoração nos olhos.

– Mestre?

– Traga outra garrafa para o bom *chevalier*, meu amor. Precisamos manter nosso hóspede entretido durante nossa ausência. – Jean-François olhou para o Santo de Prata. – A menos que eu possa tentá-lo com algo mais forte. Meline pode entretê-lo, se quiser.

Gabriel olhou para a mulher, e, por um momento, Jean-François viu que ela o olhou nos olhos. O marquês sabia que sua mordoma odiava o Santo de Prata – ela nunca perdoaria o ataque dele contra seu amado mestre, afinal de contas. Mas o vampiro também conhecia a expressão de desejo, e viu a pele de Meline se arrepiar quando o olhar dela se dirigiu à boca do Santo de Prata, ao arco de seus lábios. No fim, nenhuma droga podia se comparar ao Beijo. Nenhum pecado da carne mortal podia se comparar.

E por mais que ela o desprezasse, Gabriel podia lhe dar *isso*. Arranhando e xingando, nu, suplicante e mordendo, a promessa disso pulsando na linha do queixo dela, crescendo em sua respiração acelerada...

Jean-François sorriu quando Gabriel tirou os olhos do pescoço de Meline.

– Vinho está bom.

– Eu podia pedir a meu garoto que traga comida, se desejar um sabor diferente. – O marquês franziu o cenho, confuso. – Qual era o nome dele, minha pombinha?

– Dario, mestre – respondeu Meline.

– Ah, *oui*, Dario. – O vampiro suspirou o nome, seu sorriso, navalhas. – Ele não me serve há muito tempo, mas é *excelente*, De León. Posso arrumar com facilidade uma amostra. Ou, se você quiser, ele e Meline podem juntos...

– Vinho – rosnou Gabriel – está *bom*.

Jean-François riu.

– Cuide disso, amor.

Com um último olhar para o Santo de Prata, Meline fez uma mesura e deixou a cela, trancando a porta às suas costas. Jean-François pegou um lenço em sua sobrecasaca, e Gabriel observou de cenho franzido o vampiro limpar a ponta dourada de sua pena. Depois de guardá-la em um estojo de madeira, o historiador fechou a crônica encadernada em couro em seu colo, e com outro longo suspiro ele se levantou da poltrona, alisando os vincos de seu casaco com uma mão esguia.

– Aonde você vai? – indagou o Santo de Prata. – A noite é uma criança.

– E eu vou voltar antes de seu fim, *mon ami*. – O vampiro sorriu.

– Achei que sua imperatriz quisesse minha história na íntegra.

Jean-François ajustou o lenço em torno do pescoço machucado.

– Acho que podemos perdoar as chamas, Gabriel. Minha imperatriz deseja a história do Graal. E, na verdade, a história de Dior Lachance é, em grande parte, a sua. Mas pelo menos por enquanto, os fios de sua tapeçaria parecem ter escapado de seus dedos astutos, e cabe a outro tecer por algum tempo.

– De que diabos você está falando? – Gabriel franziu o cenho. – Que *outro*?

– Você não é o único prisioneiro neste *château*, Santo de Prata.

– Ah, disso eu não tenho dúvida. Mas o cálice está quebrado, Chastain. O Graal desapareceu. E não há ninguém vivo que conheça sua história melhor do que eu.

– Não – concordou o vampiro. – Ninguém vivo.

Os olhos do Último Santo de Prata se estreitaram. Os braços de sua poltrona rangeram perigosamente quando ele apertou.

– Você não pode estar dizendo que...

– Não posso?

– Não – respondeu Gabriel, incrédulo. – Margot não é *tão* estúpida.

Jean-François ergueu a mão quando o Santo de Prata se levantou da poltrona.

– Eu não aconselharia uma explosão de raiva, Gabriel. Tenho certeza de que prefere esperar aqui na companhia de um bom vinho e com carne à disposição do que ir comigo de volta para o inferno, porque é *exatamente* para lá que estou indo. – O vampiro olhou nos olhos do Santo de Prata, com o ar crepitando entre ambos. – Você pode, pelo menos, obter disso um conforto frio.

– Você não pode acreditar numa só palavra do que ela diz – alertou Gabriel com rispidez. – Aquela vadia é feita de mentiras.

– Enquanto eu tenho certeza de que todas as notas que você cantou para mim até agora são a própria verdade de Deus. – Jean-François sorriu, quase carinhosamente. – Toda moeda tem duas faces, *mon ami*. Toda história, duas versões. Na hora certa, voltaremos para a sua, não tema. Mas até lá...

A porta se abriu silenciosamente. Meline tornou a entrar na cela. Carregava uma garrafa nova de Monét e um sino de ouro moldado com lobos uivantes. Sua pele se arrepiou quando pôs os dois sobre a mesa, olhando para Gabriel por trás do halo longo e escuro de seus cílios.

— O senhor deseja que eu... fique, mestre?

Jean-François arqueou uma sobrancelha preguiçosa na direção de Gabriel. O Santo de Prata estava fervendo em silêncio, suas mãos cerradas com os nós dos dedos brancos. E pela primeira vez desde que tinham se encontrado, o vampiro achou captar um traço de medo verdadeiro naqueles olhos cinza-tempestade.

— Acho que nosso hóspede por enquanto vai preferir a solidão, amor. — O historiador olhou para o sino na bandeja. — Toque caso sinta uma coceira, De León. Alguém virá para coçar.

— Você não tem ideia do demônio com quem está dançando, Chastain.

— Talvez não. — O vampiro inclinou a cabeça. — Mas eu *amo* dançar.

O historiador deixou a cela, com o casaco de veludo sussurrando em seu rastro. Ele podia sentir o olhar do Santo de Prata queimando um buraco na parte de trás de sua cabeça quando Meline fechou a porta atrás deles, trancando-a com firmeza. Os seis soldados escravizados que estavam do lado de fora da cela fizeram uma grande reverência, seus olhos baixos quando o marquês levou a mão ao bolso e pegou um pequeno camundongo preto na palma da mão. Olhando para os olhos escuros da criatura, ele murmurou:

— Fique de olho em nosso hóspede, Armand.

Botando seu familiar nas pedras do piso, o vampiro desceu a escada até o *château*, com Meline caminhando com rapidez atrás. A cada passo, o sorriso que dera em benefício do Santo de Prata esmaecia, a diversão sombria que ele sentira com o medo de De León ficava mais distante. Os familiares vigilantes e os cortesãos imortais por quem passou eram meras sombras, uma sombra mais escura agora crescendo em sua mente. Sabia que não estava em nenhum perigo real, que sua mãe não arriscaria machucar seu filho favorito. Mas pensar nessa... *abominação*, na repetição de seus crimes, na noção que ele devia de algum modo conquistar sua confiança...

Portas reforçadas com ferro se destrancaram ao seu comando, e ele desceu para as entranhas do *château*, além do limite de toda luz e esperança. Se as partes altas de Sul Adair eram um hino ao céu e à terra, as masmorras abaixo eram uma ode ao abismo; silenciosas, escuras e completamente esquecidas. Soldados escravizados marchavam ao seu lado, Meline sua serva sempre dedicada, botas batendo forte na pedra escura enquanto seguiam por passagens ocultas, cada vez mais longe da luz. E por fim, no poço mais profundo e escuro nas entranhas de Sul Adair, o marquês Chastain e seu grupo pararam diante de portas de pedra duplas e pesadas.

Elas eram decoradas em prata, trancadas com um cadeado e corrente do mesmo material. Jean-François pegou a chave que sua *dame* havia lhe dado e a entregou a sua mordoma. Com uma careta de desconforto, Meline abriu o cadeado de prata, e Jean-François se afastou enquanto os escravizados desenrolavam as correntes. E com um aceno de cabeça, com esforço, os homens abriram as portas pesadas.

Uma cela aguardava por trás, escura como breu e com um leve odor de sangue e carvão. Suas paredes eram entalhadas de rocha bruta de forma grosseira e apressada, ecoando com o barulho de água corrente. Quinze metros de largura, quinze metros de profundidade, ela terminava em uma queda até uma corrente de água agitada e turva, ainda fluindo apesar do inverno de sempre estar agarrando o mundo acima.

Um rio subterrâneo.

Três soldados escravizados entraram na cela, cautelosos, e puseram uma poltrona de couro na beira da água com uma mesa de mogno ao seu lado. Um globo chymico, dois cálices de cristal e uma garrafa de vidro verde foram postos sobre ela. Depois de terminarem o trabalho, os homens se retiraram com tochas erguidas alto, sem voltar nenhuma vez as costas para o rio, a margem escura do outro lado.

Meline entrelaçou as mãos, suplicando:

— Mestre, eu...

Jean-François beijou as pontas dos dedos e os pressionou sobre os lábios da mulher.

— Cuide de De León. Eu a chamo se precisar.

Os olhos dela brilharam de medo enquanto curvava a cabeça. Jean-François olhou para o homem que assomava ao seu lado, dois metros de altura de músculos escravizados e uma tocha flamejante na mão. Seu cabelo escuro era penteado para trás deixando um bico de viúva, a barba aparada tão afiada que podia cortar os lábios.

— Se eu *tiver* necessidade de gritar, *capitaine* Delphine, *venha* depressa.

O *capitaine* pôs a mão direita sobre a libré dos Chastain em seu peito.

— Marquês.

Jean-François entrou na cela, sua história encadernada em couro apertada entre as palmas das mãos. As portas se fecharam com um ruído surdo às suas costas, todo o mundo emudecido pela pedra, sob a corrente balbuciante do rio. Ele ouviu as correntes serem presas no lugar, o cadeado se fechando, respiração delicada, tochas crepitantes e a batida do pulso temeroso de Meline. Ele olhou ao redor da cela; sem nenhum detalhe específico, fria e, exceto pelo globo chymico na beira do rio, sem luz. Uma prisão tão profunda e escura quanto sua imperatriz podia produzir.

Então, olhou para a coisa que chamava aquela prisão de lar.

Ela era alta, magra e pálida como gelo. Oculta nos limites da luz na outra margem do rio. Impotente para atravessá-lo. Sua cabeça estava curvada, cabelo azul-meia-noite caindo sobre bochechas de porcelana. Trajava calça de couro e sedas rasgadas, e um belo casaco ornamentado, apropriado para o próprio imperador. O tecido era vermelho, entremeado com filigranas douradas, manchado com sangue velho e cinzas novas, e as ruínas de uma ambição cheia de ódio. A parte inferior de seu rosto — sua mandíbula, seu queixo, seus *dentes* temíveis e assassinos — estava trancada por trás de uma focinheira com barras de prata. E ela o observava, em silêncio, o ódio queimando como uma espada de anjo, o olhar sombrio como a alma de um demônio.

— Eu sou o marquês Jean-François do sangue Chastain. Historiador de sua graça Margot Chastain, primeira e última de seu nome, imperatriz imortal de lobos e homens.

O monstro não disse nada.

— Você é Celene Castia, a Última Liathe.

Ainda assim, o monstro chamado Celene não fez nenhum som. Seus olhos queimavam como luz de velas no escuro, o ar parecia sombrio, grudento e sumarento. Pareceu por um momento que o marquês não estava na beira de um rio, mas do próprio abismo, e que apenas a pressão daqueles *dentes* em sua garganta podia salvá-lo. Mas se virou de lado e pôs sua história sobre a mesa, coçando o ferimento embaixo de seu lenço. E alisando sua sobrecasaca, Jean-François se sentou na poltrona de couro, olhando mais uma vez para o outro lado da água.

— Você não vai dizer nada, *mademoiselle*?

A liathe permaneceu muda, tremendo como um potro recém-nascido, com os olhos fixos no pescoço dele.

— Posso esperar a noite inteira – disse o historiador. – E por quantas noites forem necessárias depois dela. Há quantas já está sofrendo aqui embaixo? Sete? Oito? A dor deve ser indescritível. Mas tudo pode acabar, *mademoiselle*, se em vez disso você falar comigo.

O monstro permaneceu calado. Destroçado e tremendo.

— É uma pena, então. – O marquês deu um suspiro. – Você não se importa se eu me sentar e ler um pouco? Seu irmão foi muito acessível, e há muita coisa a revisar.

Jean-François cruzou as pernas e abriu o tomo em seu colo. Sugando de leve o lábio inferior, ele deixou que seus olhos percorressem as páginas, as letras grossas e escuras fluindo como a água entre eles, atraindo-o de volta para a batalha em Cairnhaem, o...

— Gabriel.

Jean-François sentiu uma leve excitação no estômago e virou outra página com mão firme.

– Hein? – murmurou ele, erguendo os olhos. – O que disse, mlle. Castia?

A coisa olhava enraivecida da borda da luz, seu olhar escuro e duro como pedra. Através da gaiola de prata trancada sobre a boca dela, Jean-François pensou ter captado um vislumbre de presas.

– Meu irmão está... *falando* com você?

O historiador deu tapinhas no tomo em seu colo.

– Com muitos detalhes.

O monstro, então, sibilou, uma única palavra, escorrendo tanto veneno que podia queimar um buraco na pedra aos seus pés.

– *Covarde*.

O marquês afastou um cacho louro do rosto.

– Alguns chamariam isso de sabedoria, se curvar em vez de se quebrar. Pois todos vamos ceder, prima, eu e você sabemos disso melhor do que a maioria. A sede *sempre* vence. Mas minha imperatriz pálida deseja ouvir sua história, *mademoiselle*. Em vez de deixá-la aqui apodrecendo no escuro, em sua infinita generosidade, Margot lhe ofereceu a oportunidade de falar. Sobre seu passado. Sobre suas aventuras.

– Sobre o Graal.

– *Oui*. – O historiador sorriu, os olhos brilhando. – E sobre o Graal.

O monstro abaixou a cabeça, sua voz macia como veludo.

– O que Gabriel contou a você?

– Tanto quanto pôde, por enquanto. Estou esperando muito que possa preencher algumas lacunas que ele deixou. Nós falamos por último sobre a batalha em Cairnhaem, eu e ele. As Terrores. A Mãe-loba. – O vampiro tamborilou com as pontas dos dedos sobre a página. – Sua traição.

– *Minha* traição?

– Foi como ele chamou.

– E você acreditou nele? – O monstro sacudiu a cabeça, a voz tremendo com fúria fria. – Meu irmão é um bêbado. Um arrogante vaidoso. Mas acima de tudo, um *mentiroso*.

— Bom... — Jean-François deu um sorriso, tímido. — Todos os homens têm suas fragilidades. Mas tenho total confiança que você vai corrigir a história.

— Não, pecador — sibilou ela, baixo e de forma perigosa. — Sou discípula do temível Wulfric. Uma liathe dos Esana, jurada a uma aliança que já era antiga quando este império não passava de um bebê, chorando em seu berço de cinco pontas. Eu sou a portadora de uma centena de almas encolhidas e de *mil* anos roubados. Neta do Rei Eterno. E serva do próprio Rei do Céu.

O monstro sacudiu a cabeça.

— Não sou covarde. Nem uma traidora.

— Uma pena. — O marquês passou uma garra afiada pelo lábio, e assentiu de forma contrariada. — Mesmo assim é impossível negar a coragem que você demonstra com a recusa, levando-se em conta os tormentos que está sofrendo. Valorizo sua integridade, mlle. Castia. Na verdade... — O historiador se voltou para a mesa, erguendo a garrafa em cima dela. — Eu vou beber a isso.

E com um sorriso, ele rompeu o lacre de cera preto com uma unha comprida.

O perfume o atingiu; inebriante, denso e brilhante como ferro. Jean-François ouviu o monstro do outro lado da água sibilar entre dentes cerrados enquanto ele se servia, enchendo um cálice e depois o outro. O sangue ainda estava quente devido ao calor corporal do escravizado que o carregara, tomando o cristal; uma superfície tão lisa que podia ter produzido um reflexo se o marquês tivesse um para projetar. E inspirando fundo aquele *bouquet* brilhante, o historiador ergueu seu copo para a coisa do outro lado do rio.

Embora Jean-François não a tivesse visto nem a ouvido se movimentar, a abominação agora estava muito mais perto. Os pés plantados na beira da água. Seus olhos estavam fixos no sangue, e as garras perfuraram até os ossos as palmas de suas mãos. Entretanto, as veias sob sua pele estavam tão ressecadas e sua fome tão profunda que os ferimentos não sangraram nem uma gota.

— *Santé*. — O historiador sorriu.

Jean-François bebeu o sangue, estremecendo quando aquele fogo líquido beijou sua língua, brilhante como vidro de ouro, profundo como oceanos. Ele fechou os olhos, deixou que descesse por sua garganta e se espalhasse de seu estômago até a ponta de todos os seus dedos. Quando tornou a abrir os olhos, o monstro ainda o encarava, *tremendo*, postada bem na beira daquela corrente e lutando com cada partícula de sua alma perversa para não se jogar na água em uma tentativa inútil de atravessar.

Para beber.

Ah, meu Deus, para se *afogar*...

Ele ergueu o segundo cálice e o encheu até a borda. Ficando lentamente de pé, ele estendeu o copo para a coisa do outro lado do rio.

– Você ainda não vai falar, *mademoiselle*?

A Última Liathe sibilou, ódio, desgraça e fome borbulhando em sua garganta. Jean-François ergueu o copo que ofereceu, estudando o jogo da luz no vermelho.

– Como você quiser.

E com um suspiro, ele jogou o cálice na água.

O copo atingiu a borda ao cair, se estilhaçando, gotas de sangue brilhando como rubis escuros sobre a pedra. O monstro caiu de joelhos, lançando-se com um grito na direção da água, com a mão esticada e se retorcendo, gadanhando. Mas o rio podia muito bem ser uma parede de chamas, e quando o cálice desapareceu na corrente, a liathe baixou a cabeça e emitiu entre os dentes um gemido trêmulo e sofrido.

– Ah, *Deus*...

– Minha senhora tem tempo, *mademoiselle* – mentiu o historiador. – Tempo em abundância. Vou voltar amanhã, talvez na noite em seguida, e enquanto isso você pode comparar sua agonia com sua integridade. Grite alto como a primeira exige e a segunda permite. Nós a enterramos fundo demais para que nem mesmo o Todo-poderoso a escute.

O historiador pegou seu tomo. E deixando a garrafa aberta para emanar seu perfume no escuro, ele se dirigiu às portas.

— Espere...

Ele parou. Os lábios de rubi se curvaram.

— Grande Redentor, *e-espere*...

Jean-François se virou. O monstro ainda estava ajoelhado na beira da água, a cabeça baixa e as unhas arranhando a pedra. Com todo o poder roubado em suas veias, com todos os horrores que cometera, Celene Castia pareceu por um momento ser apenas aquela feiticeira que *havia sido*. Uma jovem das províncias de Nodlund. Uma irmã. Uma filha.

Uma garota.

— Dê-nos a garrafa — implorou ela, — e nós vamos dar a você o que quer.

Jean-François ergueu o queixo, olhando com irritação.

— Se isso for algum truque...

— Nenhum truque. Deus nos ajude. — Algo entre um rosnado e um soluço borbulhou na garganta dela, e o historiador percebeu que o monstro estava chorando, mas não tinha sangue suficiente dentro dele para lágrimas. — Dê-nos a g-garrafa, pecador. E nós conversamos.

Jean-François voltou devagarinho até a mesa, pisando leve, e quando chegou na beira da água, Celene estava tremendo tanto que parecia a ponto de desmontar. O historiador uma vez ficara quatro noites sem saciar sua sede, e mal podia imaginar a agonia com a qual ela queimava agora. Mas mesmo assim, vê-la — aquele horror, aquela *lenda* — tão degradada o encheu de algo perto do desprezo.

Essa era a coisa que eu temia?

Ele jogou a garrafa para o outro lado da água, quinze metros, o vidro brilhando na luz. Em sua pressa para pegá-la, ela quase a deixou cair, sangue se derramando da boca aberta e respingando em suas mãos. Desesperado, o monstro levou a boca da garrafa a sua focinheira de prata e a virou, derramando o butim em sua boca que esperava. Ela bebeu sem pausa, faminta e destroçada, chegando ao fundo e gemendo enquanto as sobras pingavam em sua língua. E embora sua boca estivesse engaiolada por trás de barras da prata mais pura, mesmo assim ela lambeu o sangue nelas, de suas mãos, língua e dedos fervilhando no metal, colinas de fumaça preta se erguendo no ar.

Jean-François se sentou, olhando para seu próprio cálice na mesa ao seu lado.

De seu casaco, o historiador sacou um estojo de madeira entalhado com dois lobos e duas luas. Pegou uma pena comprida em seu interior, preta como o olhar da coisa que o observava, botando um vidro pequeno sobre o braço da poltrona. Depois de mergulhar a pena na tinta, Jean-François ergueu os olhos escuros e cheios de expectativa.

Celene respirou fundo, inalando o cheiro de sangue e prata.

– Comece – ordenou o vampiro.

Livro Três

OS INDOMADOS

A Clareira Escarlate. Ah, só dizer seu nome acende o fogo na lareira de meu coração. Santos prateados e inimigos imortais, guerreiros abençoados e cadáveres sem mente, tanto sangue que dizem que, treze anos depois, a neve ainda está manchada de vermelho. E em meio a tudo, com tinta queimando tão brilhante que parecia que todos os fogos do céu ardiam sobre sua pele, ele se ergueu triunfante, a espada do rei da montanha nua e encharcada em sua mão.

Eu estava lá, meu amigo. E, até hoje, sonho com isso. Dancei por lugares intermediários, bebi néctar do meio das coxas de jovens fae de Baanr Aóbd, percorri a estrada eterna no Fim de Todas as Coisas, e digo a você agora, nenhum horror nem maravilha tão profundos conheci como o dia em que Gabriel de León ganhou a guerra em Ossway. O dia em que o temível Tolyev morreu.

— Dannael á Riágan, menestrel vidente
A última canção, uma memória, ano 674 DE

✦ I ✦
PEQUENA MONTANHA

— POR ONDE COMEÇAMOS? — perguntou Celene, arrastando uma unha afiada sobre a pedra. — Vamos falar sobre minha infância em Lorson? Daqueles anos ensolarados antes que a morte dos dias nos encontrasse, e meu irmão e eu aprendêssemos a odiar um ao outro? Vamos fingir que isso importa?

— Para discernir o padrão dos fios, é necessário estudar a tapeçaria inteira. — Jean-François ofereceu o sorriso mais charmoso de seu arsenal. — E como eu disse a seu irmão, em minha experiência considerável, o melhor começo para as histórias é o início.

— Para criaturas como você e ele. Mas há um oceano entre mim e você, pecador.

— Você usa a palavra como se pretendesse insultar — refletiu o historiador. — Entretanto, em seu curto punhado de anos, você foi a arquiteta de mais atrocidades do que a maioria dos ancien que conheço. Há um ditado sobre atirar pedras em telhados de vidro.

— *Não há espaço para pecado num coração cheio do fogo de Deus.*

Jean-François franziu o cenho diante da citação desconhecida.

— O Livro dos Juramentos?

— Não.

O historiador bateu com a pena contra os lábios.

— Ainda tem a ilusão, acredito, que a causa dos sem fé era virtuosa? Como racionalizar isso, levando-se em conta a enormidade de seu fracasso? Se *fossem* os escolhidos de Deus, como diziam as palavras insanas de seu Priori, por qual razão Illia e todos os seus seguidores agora apodrecem no inferno muito merecido?

— Nem todos — respondeu Celene.

— Verdade. Você, em vez disso, apodrece no porão de minha imperatriz.

— Estou onde Deus deseja que eu esteja.

O marquês riu.

— Eu tinha a impressão, *mademoiselle*, que todos estamos.

— Você se apresenta como *historiador*. Mesmo assim nos chama de sem fé. Esse nome é uma mentira. Se você fosse digno do título que reivindica, saberia disso.

— Eu sei que a história é escrita pelos vitoriosos. E os Esani estavam longe disso.

— A guerra ainda não acabou.

— Perdoe-me. — Jean-François sorriu, apontando para a rocha nua em torno deles. — O mundo deve parecer muito diferente de joelhos.

— Parece. É por isso que rezamos assim, pequeno.

Jean-François se irritou.

— *Pequeno?* Você é mais nova que eu, garota.

— Garota?

A prisioneira inclinou a cabeça.

— *Venha até aqui e nos chame disso.*

O historiador encarou a vampira do outro lado da água. Ela ainda estava no limite da margem, como se desejasse estar o mais perto possível dele. O olhar fixo no dele, cabelo azul meia-noite emoldurando a gaiola de prata de sua mandíbula, os olhos escuros como os da *dame* dele, inundados até as bordas, sombrios e sem fundo. Se ele olhasse por tempo demais, sentia que poderia se afogar neles, afundando até as profundezas escuras do esquecimento como fizera na noite em que sua mãe o assassinou, de joelhos à frente dele, lábios de rubi roçando sua pele e dentes perfurando fundo, a dor entrelaçada com um prazer terrível enquanto o calor era extraído de seu...

Não.
Pare.

— Pare — sibilou ele.

Jean-François piscou. E percebeu que estava de pé onde antes estivera sentado. Suas botas estavam paradas na beira do rio, agora, a corrente escura fluindo logo além da ponta de seus pés. Nenhum kith podia cruzar água corrente exceto em pontes ou voando alto sobre ela, mas se ele tivesse dado mais um passo, poderia ter caído, levado por aquela torrente enquanto a carne era lavada de seus ossos.

E o pior de tudo era que o historiador *quisera* fazer isso, porque aquela criatura *desejara* que ele fizesse isso.

Ele olhou outra vez para aqueles olhos sem fundo, uma onda de medo perfeito por toda a sua espinha. Seus dentes ficaram compridos e afiados em suas gengivas.

— Impressionante — sussurrou Celene.

— *Não* faça isso outra vez — retrucou ele com rispidez. — Ou juro pela Noite que vou deixá-la aqui para definhar até que seus gritos possam ser escutados em Augustin.

Celene estendeu as mãos espalmadas para cima em súplica, seus olhos duros como pérolas negras.

— *Perdoe-nos.*

O historiador voltou para sua poltrona, abriu o tomo e levou o espaço de três respirações para encontrar a compostura. O desprezo que sentira poucos momentos antes foi substituído por fúria e medo, com uma pequena compreensão do que era aquela coisa à espreita na margem oposta. Havia uma razão para sua imperatriz não querer fazer aquele interrogatório pessoalmente. Uma *razão* porque Celene Castia tinha sido enterrada no poço mais profundo que sua *dame* pôde conjurar. Ela podia ter a aparência de uma jovem de um rincão distante de Nordlund. Podia ter apenas um punhado de anos em seu nome. E mesmo que ele tivesse caído naquelas águas turvas, ainda assim ela teria permanecido aprisionada ali, impotente naquela margem escura; mas isso seria pouco conforto para seu cadáver. Olhando outra vez para aqueles olhos escuros como azeviche, Jean-François enfim compreendeu. Ainda que estivesse presa e encurralada...

Essa coisa é perigosa.

– O que meu irmão contou a você sobre nossa infância? – quis saber ela.

O historiador passou a língua pelos lábios secos, bebendo do cálice de sangue ao seu lado.

– Você cresceu nas províncias nórdicas – respondeu ele. – A filha caçula de Raphael Castia e Auriél de León. Ele, um ferreiro detestável, que gostava de putas, de bebida e de espancar os filhos. Ela, a nobre filha de um barão, uma leoa que fez o possível para criar seus rebentos sob a luz da Fé Única.

Um riso soou por trás daquela focinheira de prata.

– Foi isso o que Gabriel contou a você?

Jean-François piscou.

– Você canta uma canção diferente?

– Minha mãe não era nenhuma leoa, pecador. Auriél de León era uma jovem orgulhosa e *mimada*. Meu pai fez o que poucos teriam feito, casando-se com uma mulher que carregava o filho de um monstro. E ela lhe retribuiu com nada além de desprezo. Era em Gabriel que minha mãe depositava a integridade de sua fé, seu tempo e seu amor. Para o resto de nós? Deixava migalhas que chamava de banquete.

O monstro sacudiu a cabeça, arrastando as unhas pela pedra.

– Meu pai também não era uma pessoa detestável – disse ela. – Ele tinha um bom coração, Raphael Castia. Mesmo quando criança, eu percebia o que aquilo estava fazendo com ele; não ser bem recebido na cama que tinha construído com as próprias mãos. Ele era um homem grande, forte como um boi, mesmo assim sempre andava como se carregasse um peso nas costas. Ele bebia demais. Se desgarrava demais. Não era nenhum santo, meu pai, mas, mesmo assim, tentava. E ele nunca encostou a mão na minha mãe, na minha irmã nem em mim.

— Mas ele batia em Gabriel como...

— Como um enteado desobediente? — Celene assentiu, olhos brilhando no escuro. — Porque era isso o que ele *era*, Chastain. Minha mãe enchia a cabeça do meu irmão com tanta bobagem que ele não conseguia evitar. Alimentando o fogo de seu orgulho até queimar forte o bastante para cegá-lo.

O historiador franziu os lábios.

— Seu irmão contou uma história muito diferente.

— Claro que contou. Não importa o quanto ele as mencione, o maior amor de Gabriel nunca foi a bebida nem a libertinagem. É a *mentira*.

Jean-François franziu o cenho, olhando na direção da torre muito acima.

— Vamos falar a verdade aqui, pequeno marquês — disse Celene, entrelaçando os dedos no colo. — Sua imperatriz nos mataria se ousasse. Ela não liga para de onde eu vim, nem para aquilo em que nos tornamos. Margot Chastain deseja a história de Celene Castia só porque também é *mais uma*. *La demoiselle du Graal*. A Mão Vermelha de Deus. Nós estávamos presentes no dia em que o nome *San Dior* foi cantado pela primeira vez para os céus, e ouvimos o que o céu disse em resposta. Então enquanto as histórias começam melhor pelo começo, e enquanto meu irmão querido gosta de pouco mais que falar de si mesmo, vamos supor que você está aqui com um propósito diferente de satisfazer meu ego, e vai nos permitir contar a história que sua senhora deseja ouvir.

Celene chegou o corpo para trás, as pernas estendidas a sua frente e as mãos espalmadas sobre a pedra.

— Nós garantimos: você vai aprender tudo o que precisa saber tendo a *nós* para contá-lo.

O historiador inclinou a cabeça e ergueu a pena.

— Como for de seu agrado, mlle. Castia.

— Então. — O monstro baixou o queixo, observando o historiador de trás do halo sombrio de seus cílios. — Onde meu amado Gabriel o deixou?

— Na ponte em Cairnhaem — respondeu Jean-François. — Vocês tinham buscado um ancien dos Esani em meio aos picos da Pedra da Noite, mas o encontraram morto pelas próprias mãos, e por sua vez, foram encontrados por perseguidores de duas Cortes de Sangue diferentes. Numa impressionante demonstração de força para uma vampira de sua idade, a Mãe-loba tinha acabado com as Terrores, e restavam apenas você e Gabriel para defender Dior contra os Dyvok. E você o traiu.

– Eu o traí. – O monstro deu um suspiro. – Irmão querido. Adorado mentiroso.

– Você nega que o deixou cair?

– Digamos apenas que um traidor não tem o direito de reclamar quando sente a faca em suas próprias costas. E que meu irmão me deixou cair *muito* antes de nos permitirmos devolver o favor.

– Você achou inteligente lutar sozinha?

– Estive sozinha pela maior parte de minha vida, pecador. Por que aquela noite seria diferente? O inferno que eu vi, os lugares onde estive... Eu sabia do que Celene Castia era feita.

– E isso era?

O monstro olhou fixamente para as águas correntes, e aqueles olhos sombrios de repente ficaram muito distantes.

– Eu e minha mãe brigamos uma vez. Isso foi anos depois que o sol faltou. Na época, eu era um fiapo de garota rebelde. Com joelhos ralados e nós dos dedos esfolados. Um tolo podia ter me chamado de moleque, se não desse importância aos dentes.

"Meu décimo primeiro dia de santos estava chegando, e eu pedira uma faca para usar no cinto como carregavam meu pai e os outros homens de Lorson. Minha mãe me disse que eu ganharia um vestido novo. Brigamos por causa disso por semanas, mas ela não cedeu um centímetro, insistindo que eu precisava deixar de lado ideias infantis e aprender o que significava ser uma mulher. '*Cresça*', dizia ela. '*Pelo amor de Deus, Celene, cresça.*'"

O monstro olhou para o próprio corpo, congelado para sempre no limite da infância.

— Chorando, eu procurei meu pai. E o encontrei em sua forja como de costume, curvado sobre o refúgio de sua bigorna, e perguntei como ele aguentava aquilo. Viver daquele jeito. Viver com *ela*. Ele limpou com o polegar o suor da testa e sorriu.

"'Qual o nome de nossa *famille*, filha?'

"'Castia', respondi.

"'Em nórdico antigo, isso significa castelo. E castelos são feitos de aço?'

"'Castelos são de pedra, pai.'

"'Bom. E para que servem castelos?'

"'Princesas vivem neles.' Eu franzi o cenho. 'Elas vão a bailes estúpidos, jantam com príncipes estúpidos e usam vestidos *estúpidos*.'

"Ele riu, largou o martelo e me ergueu em seus braços grandes e largos. Ele era um gigante, meu pai. Uma rocha. Forte como as raízes da terra.'

"'Castelos *resistem*, meu amor. Aguentam tempestade, fogo e enchente. Ferro enferruja. Gelo derrete. Mas pedra resiste. E é isso o que *nós* fazemos. Aguentamos o peso para poupar outras pessoas do fardo. Nós suportamos o insuportável.' Ele afastou o cabelo de meu rosto, fogo nórdico queimando em seus olhos. 'Castelos são feitos de pedra, Pequena Montanha. E você também.'"

Celene olhou em silêncio para aquela água, perfeitamente imóvel.

— Por isso — disse ela por fim, suspirando —, quando surgiu a oportunidade em Cairnhaem de nos livrarmos de meu irmão tolo e botar a culpa disso na maré da batalha, aproveitamos a chance. O braço dele estava estilhaçado. Ele tinha perdido a espada. Aquela luz maldita em sua pele dificultava que víssemos nossos inimigos, e mesmo que ele vivesse, a sede em Gabriel estava crescendo a cada dia. Era apenas questão de tempo antes que sucumbisse a ela. Avaliando tudo, nós estávamos melhor sem ele.

Jean-François ergueu a pena, franzindo o cenho.

— Perdoe-me, mlle. Castia, mas estou um pouco confuso. Quando você diz *nós*, você quer dizer você e Dior ou...

– Quero dizer *nós*, pecador.

A Última Liathe apontou para o corpo com um aceno da mão esguia.

– *Inteiramente* nós.

O historiador a encarou, seus olhos desprovidos de luz e profundos como o inferno. Ele se lembrou da história de Gabriel sobre a batalha em Aveléne; de Rykard Dyvok ser bebido até virar cinzas. Ele se lembrou das atrocidades atribuídas aos Esani durante a Cruzada Vermelha. E, olhando para o escuro dos olhos daquele monstro, se perguntou apenas quantos monstros o olhavam.

– A ponte foi quebrada ao meio – continuou Celene. – O mal restante se agarrava ao penhasco às nossas costas. Dior correu na direção da segurança de uma barricada em chamas, Gabriel mergulhou no abismo abaixo enquanto saltávamos de volta sobre o gradil e retornávamos à refrega. E ao pôr os olhos sobre a Mãe-loba e o Decapitador, coberto de sangue animal, giramos o pulso e desejamos que nossa espada de sangue voltasse a se formar.

– Sanguemancia – murmurou o historiador.

Ao ouvir isso, o monstro ergueu o rosto, com um brilho astuto nos olhos.

– O dom dos fiéis. O domínio do próprio sangue. Você tem curiosidade sobre seu funcionamento, pecador? – Ela apontou com a cabeça para a garrafa ao seu lado. – Nós daríamos uma demonstração, se você fosse gentil o suficiente para buscar mais um gole.

O marquês ignorou aqueles olhos escuros fixos em seu pescoço.

– A espada, então, era feita de seu sangue. Cansada como estava, não devia restar muito mais dentro de você.

– Não – respondeu o monstro. – Mas enquanto a força da Mãe-loba era temível, a bruxa de carne já a havia ferido profundamente, e enquanto estávamos feridas também, o fogo de Deus ainda ardia em nosso coração. Então decidimos saciar nossa sede.

– Você e seu irmão *têm* em comum algum tipo de semelhança, então – refletiu o historiador.

– O que você quer dizer com isso?

– Arrogância parece correr em sua família.

– Devia ter funcionado – retrucou bruscamente Celene, impetuosa, com a voz cortando a escuridão. – O sangue de Kiara era mais ralo do que o nosso. O poder de ancien corre por estas veias. Tinha eliminado dezenas de kiths iguais a ela durante meus estudos com mestre Wulfric, e outros *muito* mais profundos no sangue desde então. – Celene sacudiu a cabeça, silenciosamente furiosa. – Ela *devia* ter caído.

"Mas por mais fundo que estivéssemos, Kiara ainda estava de algum modo mais forte – muito, *muito* mais forte do que deveria estar. Nosso primeiro golpe abriu sua barriga até o peito, mas sua resposta quase nos derrubou da ponte. A vantagem em velocidade era nossa, mas Deus, a força nela era *profana*. O primeiro golpe que desviamos estilhaçou nosso braço, então fomos forçados a nos esquivar em vez de defender, afastando-nos para o lado quando Kiara se lançou nos arcos trovejantes e amplos da Tempestade. Cada vez que seu malho errava por pouco, cortava o ar com tamanha rapidez que provocava um trovão em seu rastro. Seu camarada Kane agora também estava de pé, mais uma espada da qual desviar, e a Mãe-loba nem parecia sentir os golpes que aplicamos em sua carne.

"Nós não podíamos continuar daquele jeito por muito mais tempo.

"Então, captamos movimento de esguelha; Dior ficando de pé. A garota estava arquejando, coberta de pó de pedra, sangue e cinzas. Mas sempre corajosa, ela sacou o punhal de aço de prata da manga e se preparou para entrar na luta. Fomos obrigadas a admirar sua coragem, mesmo enquanto amaldiçoávamos sua tolice. Há uma linha fina traçada entre as duas, afinal de contas, e nos perguntamos se aquela criança ia viver o bastante para aprender a diferença.

"'Não!', gritamos, erguendo a mão. 'Para trás, *chérie, para trás!*'

"O piscar de um olho é suficiente para alterar o curso da história. A distração de um momento pode significar a diferença entre a vida e a morte.

Nós somos criaturas que caminham entre a chuva, despertas nas eternidades entre os segundos. E ao sentir a pegada de Kiara se fechar em torno de nosso braço estendido, soubemos naquele segundo o erro terrível que tínhamos cometido.'"

Celene Castia sacudiu a cabeça, e sua voz ficou suave e distante.

— Há uma raça de cachorro em Ossway chamada cùildamh. Um cão para caçar veados. Eles são raros nessas noites. Caros de manter, antes de mais nada, e não restam veados para caçar, afinal de contas. Mas os mais valiosos eram as fêmeas sem unhas. Sabe por que, historiador?

Jean-François assentiu.

— Os cùildamh eram famosos por sua ferocidade. Criadores faziam fêmeas jovens atacarem uma carcaça de veado, depois as puxavam para o alto e começava a arrancar suas unhas. Quanto mais unhas uma fêmea perdia antes de largar a presa, mais feroz seria sua prole, e ela seria considerada mais valiosa para procriar.

Celene assentiu.

— Um bom cão de caça ossiano vai morrer antes de largar sua presa. E enquanto nunca vimos Kiara Dyvok sem suas botas, não seria surpresa se as removesse e descobrisse que ela não tinha unhas nos pés. Ela nos sacudiu como um saco de pedras, batendo de um lado para outro nas pedras rachadas do calçamento, sem relaxar nenhuma vez sua pegada terrível. Nosso braço quebrou em meia dúzia de lugares, nossa espada perfurou seu peito e seu pescoço, mas mesmo assim ela não nos soltou. Ela nos segurava pelo braço esquerdo, e nós lutamos com toda a força possível, mas atordoadas, com o crânio rachado e tomadas de dor, engasgamos em seco quando seus dedos enfim também se fecharam em torno de nossa mão da espada. Nossa máscara se estilhaçou quando nos jogou sobre pedra, mas por mais que lutássemos e xingássemos, sua força era terrível. *Impossível.* Kiara nos encarou, sangue escorrendo de seus dentes quando ela rosnou:

"'Essa é pelo primo Rykard, bonitinha.'

"E recuando como uma serpente, ela bateu a testa em nosso rosto.

"O golpe foi tão terrível que arrancou nossos braços do lugar, esmagou nosso crânio e nos jogou para trás pelo ar como um disparo de canhão. Batemos em algo duro e afiado, sentimos o cheiro de algo queimando, ouvimos alguém gritando, tão atordoadas que mal reconhecemos nosso nome. E foi então que percebemos que a dureza e o gume daquilo em que tínhamos batido era a última de nossas barricadas em chamas, que a voz que ouvimos gritar era de Dior, e que a coisa que exalava queimado éramos nós.

"Éramos *nós*."

Celene olhou para baixo para a mão, perfeita e pálida.

– Já atearam fogo a você, historiador? – perguntou ela com delicadeza.

Jean-François não tirou os olhos de seu tomo, sua pena correndo suavemente pela página.

– Tirando algumas desventuras com velas no *boudoir*, não.

– É... *horrível*. – respondeu o monstro, sua voz de repente diminuta e frágil. – É como se o próprio Todo-poderoso saísse do céu para mostrar a você como nossa espécie realmente é... *pequena*. *Tudo o que dei a você*, ele parece dizer, *tudo em que transformei você – forte como cem homens, rápida como mil lanças, sem idade, sem morte e sem medo – tudo isso pode ser desfeito pelo mais simples de meus dons. O primeiro que dei a meus verdadeiros filhos. O dom que os manteve quentes no escuro no alvorecer do tempo e seguros de males como você.*

"*Nunca se esqueça*, diz a você o fogo. *Nunca se esqueça a quem Ele ama mais.*

"Nós mal raciocinávamos o suficiente, mal tínhamos força suficiente, mas quando aquelas chamas terríveis pegaram em nosso casaco, em nosso cabelo e em nossa carne, invocamos toda a força que nos restava. E sentimos nosso corpo tremer, e nossas peças se desmontarem; mil pequenas gotas explodindo e voando, mil asas diminutas subindo em espiral para os céus tempestuosos. O fogo nos seguia como se tivesse vontade de acabar conosco, saltando de mariposa em mariposa, mais de nós consumido, cinzas caindo na direção da terra como neve. Mas alguns pequenos pedaços de nós escaparam, se retorcendo pela noite, um borrão de consciência acima da ponte em chamas, da Mãe-loba triunfante e do cemitério que era Cairnhaem.

"Leváramos Dior para aquele lugar na esperança de que ela encontrasse a sabedoria ancien dos fiéis, o abrigo da proteção de Jènoah. Em vez disso, ela havia encontrado apenas morte. Suas esperanças despedaçadas e seus protetores eliminados um a um até ela quase acabar sozinha."

A Última Liathe se reclinou sobre a pedra fria, como se fosse uma rainha em um divã de veludo. Botando as mãos embaixo da cabeça, com um joelho dobrado, ela olhou fixamente para a pedra escura acima. Mais uma vez Jean-François se impressionou com a breve noção de que ela era uma jovem; uma inocente esparramada em meio aos botões em algum campo florido e falando de coisas infantis para amigos infantis. Mas ele entendeu algo mais perto da verdade agora.

— Perdoe-me, mlle. Castia – disse ele. – Mas se você se separou do Graal em Cairnhaem, então não vejo que luz pode lançar sobre a história dela. Talvez eu esteja melhor se voltar à companhia do Leão Negro.

— Temos certeza de que você ia *odiar* isso, pecador.

O historiador deu um suspiro.

— Parece que você e seu irmão têm o mesmo gosto pelo sarcasmo e pela arrogância. Mas quando minha imperatriz descobrir a sua pouca utilidade, você pode se ver desejando ter dado melhor uso a sua língua de bisturi.

— E se você parar de nos interromper, pequeno marquês, nós faremos isso.

— Como? Kiara Dyvok a transformou numa pasta sangrenta, arrancou seus braços e então ateou fogo em você, que mal escapou com sua existência. Eu não tenho utilidade para rumores ou conversa tola de segunda mão, e depois da surra que levou, você não tem como saber o que aconteceu em seguida.

— Não temos?

— Você disse que Dior estava sozinha.

— Dissemos que ela estava *quase* sozinha. Ela era muitas coisas, Dior Lachance. Uma garota às vezes corajosa. Outras, teimosa e terrivelmente tola.

Ela podia ser engenhosa, ou astuta, ou impiedosa. Uma garota odiosa. Uma garota vingativa. Mas acima de tudo, pecador, Dior Lachance sempre foi uma garota de *sorte*. E enquanto aquela parecia ser sua hora mais sombria, enquanto parecia que fora deixada completamente sozinha, o Todo-poderoso não a havia abandonado.

Pela primeira vez desde que Jean-François a conhecera, a Última Liathe riu; um riso vazio, frio e enervante.

– Mesmo que não soubesse na hora, a garota tinha um último truque na manga.

✦ II ✦
MAXILARES DO URSO

— UMA FIGURA SOLITÁRIA estava de pé sobre a ponte partida. Coração vazio e mãos vazias.

"Estava envolta em fumaça. Suja de sangue seco e encrostada com cinzas. Brasas loucas subiam em espiral na direção dos raios acima. Seus cavaleiros tinham caído por toda a sua volta, e ensanguentados e destroçados como estavam, Kiara e Kane Dyvok ainda resistiam. Dior recuou, para mais perto da barricada em chamas, os olhos azuis arregalados, o cabelo cor de cinza sujo de sangue e fuligem. Ela olhou para os vampiros a sua frente, seu destino à espera, e então, por cima do gradil ao seu lado. Aquela queda escura, sussurrou.

"*Escape.*

"*Durma.*

"*Paz.*

"'Eu não sou essa garota', disse ela com um suspiro.

"Kane tinha sido um jovem cruel e brutal antes de morrer, e a morte nada fizera para suavizar seus gumes. Já aguçado e com expressão violenta, seu rosto tinha sido rasgado até o osso pelo beijo das garras de Phoebe á Dúnnsair durante a batalha. Ele se retorceu, agora, furioso e ensanguentado, e o Decapitador ergueu a enorme espada, grande o bastante para cortar um touro ao meio na linha da espinha. Erguendo-a acima da cabeça, ele se preparou para tratar Dior da mesma forma.

"'Espere, primo', disse a Mãe-loba.

"Kane hesitou, olhando para trás.

"'Esperar?', rosnou ele, seu dialeto de Ossway forte e sombrio. 'Vou cortar sua garganta e lamber seus restos de minhas mãos. Eu mereço um banquete depois da tolice desta noite, por Deus.'

"'É', respondeu Kiara, olhando para Dior como um lobo para um cordeiro. 'Mas não esse banquete.'

"'Quem é esse camundongo para nós?', perguntou Kane. 'Viemos em busca de vingança. Nós viemos pelo Leão.'

"'É, mas os Voss vieram por *ela*.' Kiara encarou Dior, olhos duros como pedra. 'Por quê?'

"A garota permaneceu em silêncio, os punhos cerrados em sua armadura mal combinada.

"'*RESPONDA*', ordenou a Mãe-loba.

"O Açoite, é como chamam isso, aqueles filhos dos Dyvok. A força em suas veias se manifestando em suas palavras. Essa não é uma arte sutil, como o Empurrão exercitado pelos Ilon. Não há poesia nele, nenhum *glamour*. É uma martelada, um aríete nos portões da vontade, botando a maioria das pessoas de joelhos. E enquanto Kane não passava de um filhote, incapaz de executá-la, Kiara era uma mediae, sua voz reverberando com o poder de um século, ecoando na pedra aos pés de Dior.

"'Eu não sei por que os Voss me querem', respondeu o Graal.

"Kiara olhou por cima do gradil para o vazio onde as Princesas da Eternidade tinham caído. Ela não era nenhuma anciã, a Mãe-loba, mas também não era nenhuma tola. Terceira filha de Nikita, astuta o bastante para ter ascendido no favor de seu Priori depois da matança da luz vermelha, e cruel o bastante para ter permanecido nessa posição desde então.

"Ela avançou, rápida como o vento invernal, apesar de seu tamanho. Dior ergueu seu aço de prata até sua pele, mas, antes que pudesse molhar a lâmina, a Mãe-loba a pegou, uma mão enluvada em torno de seu pulso; a outra, em sua garganta. Dior sibilou. Kiara a levantou do chão sem esforço, balançando-a sobre o abismo aberto. Dior se debatia, xingamentos presos entre seus dentes, mas sua força era a de um punho de criança contra uma montanha.

"Durma agora, ratinha', disse Kiara.

"A vampira *apertou*, só o suficiente para interromper o fluxo sanguíneo enquanto poupava o osso. O rosto de Dior ficou roxo enquanto sua consciência se esvaía. Ela teve fúria o suficiente para encher a boca de saliva, mas não teve fôlego para cuspir, seu desafio respingando na braçadeira da Mãe-loba. Mas enquanto ela lutava – uma última explosão de fúria – aquela saliva ensanguentava *tremeu*, estremeceu, serpenteando mais alguns centímetros sobre o couro no antebraço de Kiara antes de enfim congelar e ficar imóvel. E inerte como um peixe desossado, o Santo Graal de San Michon mergulhou na escuridão.

"Kiara já estava pegando os grilhões de ferro em seu cinto, e fechou um par em torno dos pulsos de Dior, outro em seus tornozelos.

"'Se os corações de ferro têm desejo por ela', explicou, 'o conde também vai desejá-la. A carnificina simples não é o único caminho para sua estima, primo. Se soubesse disso, talvez estivesse em posição mais elevada em seu favor.'

"'Estar em seu favor', escarneceu delicadamente o Decapitador. 'Você quer dizer se ajoelhar em seu *boudoir*.'

"Jogando a garota sobre os ombros, Kiara atirou de volta o frasco dourado que Kane lhe emprestara, olhando para os olhos de pederneira do jovem Dyvok.

"'Eu, então, não o estou ouvindo bem com esse vento, primo. Isso *pareceu* um insulto a meu criador, seu próprio tio de sangue e Priori de sua linhagem. Mas seguramente não. Você se importa de repetir?'

"Kane não respondeu, prendendo o frasco em torno do pescoço com uma expressão fechada e mal-humorada, e a Mãe-loba se voltou para o garoto mortal que estava esperando nos sustentáculos da ponte. Ele era bonito, nórdico de nascimento, maçãs do rosto afiadas como facas, e cabelo comprido, farto e escuro como nanquim. Ele olhou para Kiara com adulação escancarada, ladeado por seus dois grandes cães das neves.

"'A tempestade está piorando', gritou ela. 'Consegue nos levar de volta até os outros no meio disso?'

"'Se quiser', respondeu ele, 'levo e trago vocês através das chamas do inferno.'

"'Nada de poesia esta noite, garoto. Eu não perguntei se faria isso, eu perguntei se *conseguia*.'

"O jovem se ajoelhou na neve ao lado de seus cães. Eram uma bela dupla; um macho peludo cinza-escuro e uma fêmea mais clara, ambos daquela rápida raça nórdica conhecida como lanceiros.

"'Matteo e Elaina nos trouxeram aqui, senhora. Eles podem nos levar de volta.'

"'Então faça isso, poeta. E depressa. O tempo não espera, nem mesmo para aqueles que não sentem sua passagem.'

"O garoto meneou a cabeça e conduziu seus cães morro acima. O Decapitador subiu a bordo de seu sosya escravizado, impaciente para ir embora. Mas a Mãe-loba se virou outra vez para Cairnhaem, estudando com os olhos estreitos as espiras com formato de espada. Pegando seu poderoso malho de guerra da pedra, ela passou as pontas dos dedos por aquela cabeça de urso rugindo, olhando para o vazio onde meu irmão caíra. Os olhos dela ainda estavam vermelhos do sangue que ela bebera, os lábios afastados de seu sorriso quando ela cuspiu no abismo.

"'Durma bem no inferno, Leão.'

"E com o destino de todas as almas sob o céu jogado, sem conhecimento disso, sobre seus ombros, Kiara Dyvok fez a volta e saiu andando na direção de seu cavalo assustado."

– Como você sabe?

A Última Liathe desviou o olhar do teto irregular para o historiador, do outro lado do rio. Jean-François estava sentado na poltrona de couro, ainda escrevendo em seu tomo sob a luz fraca do globo chymico. Mas sua pergunta pairava no ar com os ecos da água turva corrente.

— Sei o quê, pecador?

— O que Lachance estava fazendo – respondeu o marquês. – O que ela estava pensando.

— A mente do Graal sempre foi uma porta trancada para os mortos – respondeu Celene. – Nós *não* conhecíamos seus pensamentos. Nem dissemos fazer isso. Só contamos a você o que observamos.

— Mas como? Você não estava presente durante essa provação, mlle. Castia. Mesmo assim conta a história como uma pessoa que a viu. Ouviu. Viveu.

A luz do globo chymico brilhou nos olhos sombrios como azeviche. E embora seus lábios estivessem piedosamente escondidos por trás de sua focinheira de prata, Jean-François teve certeza de que Celene sorriu.

— Paciência, sangue-frio.

A Última Liathe voltou o olhar para o teto e continuou:

— Os indomados levariam três noites para alcançar seu objetivo, mas Dior acordou perto do amanhecer na primeira. Erguendo a cabeça no escuro, ela se viu presa, amordaçada e vendada, enroscada em volta de algo quente e peludo, enquanto uma tempestade emudecida assolava tudo a sua volta. Ela tentou falar, debatendo-se antes de um par de mãos imobilizá-la. Uma voz delicada ordenou a ela:

"'Quieta, agora, *mademoiselle*. Você vai machucar os cães.'

"Sua venda foi removida, e a garota descobriu que estava em um pequeno abrigo de caçadores; pouco mais de algumas faixas de lona encerada fornecendo guarida da tempestade. O espaço estaria cheio apenas com ela, mas Dior estava espremida contra um garoto mortal afiado como faca e seus dois cães. Desconfortável como estava, o espaço pelo menos era quente.

"'Está com sede?', perguntou ele. 'A senhora disse que você pode beber se quiser.'

"Dior ainda estava amordaçada e algemada e pôde fazer pouco mais que assentir. O garoto desamarrou a mordaça de couro de sua boca e levou um odre de água até seus lábios. Quando tinha bebido o suficiente,

Dior recuperou o fôlego e afastou o cabelo dos olhos. Sua voz estava baixa, cautelosa, não totalmente assustada:

"'*Merci, monsieur.*'

"O garoto assentiu, bebendo o que cheirava como algo forte e fedorento de uma garrafa de bolso.

"'Onde estou?', perguntou Dior.

"'Quente.' O garoto gesticulou para o abrigo ao seu redor. 'Em segurança.'

"Ela escarneceu, amarga e dura:

"'Onde estão os vampiros?'

"O garoto apontou com a cabeça para a tempestade.

"'Dormindo.'

"Dior olhou em torno do abrigo outra vez, prestando mais atenção ao ambiente. Ela tinha sido despida de sua armadura descombinada, e agora trajava seu colete dourado e sobrecasaca pesada, o damasco chumbo sujo de sangue e cinzas. Eles pelo menos a haviam deixado de botas, as gazuas ainda escondidas em seu interior, mas suas mãos estavam algemadas às costas. Ela fez força contra seus grilhões, e um dos cães lambeu seu rosto com uma língua grande e rosa. Dior se encolheu diante do fedor de sangue em seu hálito.

"O garoto sorriu.

"'Elaina gosta de você.'

"Limpando o rosto melado na lapela, Dior observou o rapaz com mais atenção.

"'Eu *conheço* você', murmurou ela. 'Quero dizer… eu já o vi antes.'

"O sorriso do garoto era sombriamente bonito, e não havia dúvidas de que ele sabia disso.

"'Nós dançamos uma vez juntos. Depois que você dançou com o *capitaine* Baptiste. Você é uma dançarina horrível.'

"Ela sentiu a pele se arrepiar.

"'Você é de Aveléne…'

"'*Oui.*' O garoto fez uma careta quando bebeu de sua garrafinha outra vez. 'Lá eu era o garoto que cuidava dos canis. Meu nome é Joaquin. Joaquin Marenn.'

"'Nós libertamos algumas pessoas de seu povo!' Dior arquejou, tentando se sentar mais ereta. 'Um bando de crianças de uma carroça no rio! Uma menina chamada Mila e outra chamada Isla…'

"'Você viu Isla á Cuinn?' Os olhos do garoto se arregalaram, e ele apontou para a bochecha. 'Duas marcas de beleza aqui e…'

"'*Oui!*', gritou Dior. 'Há apenas duas semanas.'

"Olhando com mais atenção, Dior viu que a garrafinha de bolso do garoto estava gravada com as letras *J&I*.

"'Você é o amado de quem Isla falou!', disse ela. '*Você* é seu para sempre!'

"O garoto então sorriu, os olhos escuros brilhando.

"'Ela… ela me chamou disso?'

"'Chamou! Eu sei para onde ela está indo, eu posso levá-lo até ela!' Dior tentou rolar, oferecendo os pulsos algemados. 'Tire-me dessas malditas coisas, eu posso…'

"'Não', respondeu o garoto.

"'Não?'

"O sorriso dele tinha desaparecido, seu rosto se tornado frio.

"'Minha senhora proibiu isso.'

"'Sua *senhora*?' Dior piscou. 'Você está falando daquela sanguessuga profana?'

"Uma mudança, então, se abateu sobre ele, rápida como uma tempestade, fúria vermelha e repentina em seus olhos.

"'Não fale dela desse jeito', retrucou ele com rispidez, erguendo um dedo de alerta. 'Ela me mandou mantê-la em segurança, e eu vou fazer isso, mas não vou ouvir nenhuma palavra contra ela, *juro*.'

"Os olhos de Dior se estreitaram, seu maxilar se cerrou, pois ao erguer o dedo, Joaquin tinha revelado uma cicatriz estranha no alto de sua mão esquerda. Ela era fresca, com casca escura sobre a pele. Uma marca estranha, geométrica, recortada em sua carne e esfregada com cinzas para preservar o desenho. A voz de Gabriel quase pareceu ecoar no ar, então: as palavras que ele tinha falado em Aveléne.

"*Alguns se juntam espontaneamente. Por desejo de poder ou escuridão no coração. Outros são apenas tolos que acham que vão viver para sempre se receberem a mordida. Mas a maioria são simples prisioneiros, a quem oferecem a escolha de se tornar um escravizado ou uma refeição.*

"'Isso não é nenhuma cicatriz', sussurrou ela, olhando fixamente para a mão dele. 'É uma marca.'

"O garoto a encarou. Dior sentia a pele formigando de horror.

"'Você é um escravizado.'

"'Eles nos chamam de queimados.' Ele sorriu, passando um polegar pela marca. 'Aqueles que são escolhidos para servir. Um presente, entende? Para mostrar seu amor por nós.'

"'Isso não é amor, Joaquin', sibilou Dior. 'Eles destruíram seu lar, mataram seus amigos e assassinaram Aaron! Aquela maldita vadia é...'

"A garota não continuou. Seu rosto foi empurrado contra o chão por Joaquin. Seus modos delicados tinham desaparecido, e enquanto Dior gritava um protesto, Joaquin colocou a faixa de couro de volta em sua boca com uma força terrível. A respiração de Dior estava sibilante quando ele saiu de suas costas.

"Rolando de lado, ela olhou com raiva para ele, dentes cerrados em sua mordaça. Mas os olhos de Joaquin estavam na aba do abrigo quando estendeu a mão para coçar o queixo do cachorro macho, distraído.

"'Você vai ver', disse ele. 'Ela vai acordar em breve. Você vai ver como ela é *maravilhosa*.'

"Dior permanecia imóvel e em silêncio, os batimentos cardíacos martelando rápidos. Joaquin não disse mais nada, e pelas horas seguintes, ela conseguiu ter um sono agitado, gemendo enquanto sonhava. Depois de algum tempo, ela foi acordada quando o garoto saiu do abrigo, apoiando-se sobre os cotovelos para espiar atrás dele. A noite tinha acabado de cair lá fora, e, sob o som dos ventos do inverno profundo, um barulho de trituração podia ser ouvido, como de uma pá em neve fresca.

"O escravizado estava escavando seus mestres de suas camas.

"Dior logo foi arrastada de seu abrigo por duas mãos, uma pálida e inteira e outra esquelética, envolta em tiras de carne recém-crescida. Erguida pelas lapelas, ela se viu cara a cara com o que se chamava Kane, o olhar dele tão duro e frio quanto a terra em que tinha dormido. Seus traços ainda estavam marcados pelas garras de Phoebe, quatro talhos rasgados da testa ao queixo exangue. Ele a encarou, a fome indo e voltando entre aqueles olhos cruéis de pederneira. Dior estremeceu, tentando se afastar conforme ele se aproximava, lábios gelados roçando em seu pescoço.

"'Você tem um cheiro bom para comer...'

"Ela não podia dizer nada por trás da mordaça, mas seus olhos ainda imploravam para ele.

"*Eu desafio você a fazer isso.*

"'Chega', disse um rosnado. 'Deixe-a em paz.'

"Kane se virou para Kiara, que encilhava os cavalos com um reverente Joaquin.

"'Ela cheira como...'

"'Eu sinto o cheiro dela tão bem quanto você. Mas os Voss acham que ela é um prêmio, e nós temos um longo caminho à frente. Se tiver sede, pode saciá-la naquele idiota do Shae no final.'

"'Shae está bem', murmurou Kane.

"'Ele é grosso como merda de porco', escarneceu Kiara. 'Você desperdiçou bom sangue escravizando aquele idiota.'

"'Eu o marquei por seu braço da espada, não por sua inteligência. Ele matou uma dúzia de homens em Aveléne.'

"'E, além disso, mais mulheres.' A Mãe-loba franziu o cenho. 'É melhor botar uma guia naquele cão, primo. Nós não arrastamos o rabo por centenas de quilômetros desde Ossway por estupro e morte. Viemos até Nordlund em busca de *comida*, e um cadáver não alimenta ninguém além de vermes. Estou com vontade de jogar aquele bastardo nas carroças para substituir a reserva que ele destruiu.'

"Dior ainda estava na pegada de Kane, o braço imóvel como uma barra de ferro quando ele respondeu:

"'Ainda vai haver mais arruinados por este atraso. A Pedra da Noite nos desviou *semanas* de nosso caminho. Se não voltarmos para casa com o gado logo, eles vão ficar congelados como pedra.'

"Kiara escarneceu, seu sorriso como navalhas:

"'Eu acabei de matar o Leão Negro de Lorson, primo. O comandante da Clareira Escarlate. Matador do próprio Tolyev, derrubado por minha própria mão. Isso vale algumas vacas mortas, e não é nenhuma droga de erro.

"'Nós o vimos cair', observou o Decapitador. '*Não* morrer. Aposto que a condessa não vai ficar nada satisfeita ao saber que nossa chegada foi atrasada por um *talvez*, prima. Nem que você perdeu seu frasco lutando contra o Leão no Mère e teve que implorar pelo meu para substituí-lo.'

"A Mãe-loba parou de trabalhar e se virou para olhar para o vampiro mais jovem. Com botas triturando a neve, ela foi até o Decapitador, alta o bastante para olhá-lo nos olhos.

"'Seria uma pena', assentiu ela, 'se alguém contasse isso para ela.'

"A dupla se encarou, o Graal pendurado entre eles como um pedaço de carne entre dois ursos rosnando. Os vampiros estavam imóveis como estátuas, olhos nos olhos, tensos com ameaça monstruosa. Mas depois de uma eternidade sem respiração, o kith mais jovem desviou o olhar.

"'É', murmurou ele. 'Uma pena.'

"A Mãe-loba sorriu com a boca cheia de facas, e o Decapitador afastou o olhar. Dior não podia dizer nada, com dentes cerrados em torno da mordaça, as mãos em punhos. Ela foi jogada sobre o cavalo de Kiara, destroçada e com dores quando os vampiros cavalgaram para a noite uivante. O clima estava frio o bastante para congelar seu sangue, seus olhos bem fechados enquanto desciam a montanha, cada vez mais longe do lugar onde Gabriel tinha caído.

"Mas se pranteou meu irmão, Dior fez isso em silêncio.

"Estava quase amanhecendo, três noites depois que Gabriel caíra da ponte em Cairnhaem, quando o cheiro de fumaça de madeira beijou o ar. O lanceiro macho, Matteo, latiu, e um grito soou em resposta no escuro. Dior levantou a cabeça, olhando através das mechas de cabelo congelado enquanto figuras emergiam das sombras; homens com cota de malha, espadas longas na cintura, barbados e fortes. Atrás deles, avistou a silhueta de uma cabana de caçador, encrostada com espinha-de-sombra. Os homens caíram de joelhos quando puseram os olhos na Mãe-loba e no Decapitador, um demônio alto e de olhos azuis à sua frente. Ele tinha cabelo ruivo avermelhado e uma barba farta, sangue seco embaixo de suas unhas e o urso urrando do sangue Dyvok costurado em seu tabardo com manchas de batalha.

"'Mestre Kane', disse ele, curvando a cabeça. 'Minha senhora Kiara.'

"'Shae', respondeu o Decapitador. 'Quais as notícias?'

"'Nós seguimos aquelas crianças, como o senhor ordenou, mestre.' O homem mantinha os olhos baixos, embora tenha lançado um breve olhar azul-gelo para Dior. 'Nós as pegamos na estrada do Oeste. Lars e Quinn já as levaram para o sul para se encontrarem com lady Soraya.'

"'Esplêndido', retrucou Kiara antes que Kane pudesse responder, descendo de sua sela. 'Talley, cuide dos cavalos. Jean, alimente o garoto e essa aqui.' Pegando uma pá em sua sela, ela a jogou ao lado do homem de cabelos vermelhos. 'Você pode ter a honra de cavar nossas camas, Shae. Nós partimos assim que escurecer. Mas lorde Kane precisa primeiro de seu sono de beleza.'

"'Certo, milady', respondeu o ruivo, sem ousar erguer os olhos.

"O Decapitador esfregou as cicatrizes em seu rosto enquanto Kiara se dirigia para a cabana. Suas botas se arrastaram quando ela parou, pensativa.

"'Ah, e Shae?'

"'Milady?'

"'Nada desagradável deve acontecer com a garota enquanto lorde Kane e eu dormimos. Vocês não a tocam nem não falam com ela, vocês nem olham para ela, entendido?'

"'Perfeitamente, milady.'

"'Esplêndido. Cave depressa. O Decapitador não é mais tão bonito quanto costumava ser.'

"Três dos homens riram com a piada, mas o ruivo apenas olhou, zangado. O jovem Joaquin tirou Dior da sela com facilidade, como se erguesse um travesseiro de plumas de ganso, e ela foi carregada para dentro da cabana – uma choupana de galhos com paredes de barro, agora cobertas com fungos. Dentro dela fedia; suor, podridão e pés. Mas pelo menos era quente, com um fogo aceso na pequena lareira. Dior foi colocada em um canto, ainda acorrentada e amordaçada, as mãos trêmulas fechadas em punhos com os nós dos dedos brancos. Seus captores não tinham dado nenhuma pista de para onde estavam se dirigindo, nem qual seria o destino no final da estrada. Mas certamente, devia ser um destino sombrio.

Joaquin estava parado perto do fogo, seus cães estendidos ao lado das chamas. Os outros homens entraram conforme terminavam suas tarefas, cinco no total. Enquanto tiravam as luvas para se aquecerem, Dior olhou para as marcas em cima da mão esquerda deles, gravadas com faca e cinzas. Havia dois símbolos diferentes entre elas – um compartilhado por Joaquin, o cozinheiro, Jean, e um homem mais velho inexplicavelmente chamado de Canela de Cachorro, e uma segunda marca usada por Talley, o vesgo que cuidara dos cavalos. Quando ele entrou abaixado e limpou a neve de seu cabelo ruivo e gorduroso, Dior notou que o que se chamava Shae também tinha essa segunda marca.

"Duas marcas diferentes, dois mestres diferentes.

"'Quem é a magrela, Carnefresca?', perguntou Talley, olhando na direção de Dior.

"'Uma garota que encontramos na Pedra da Noite.' Joaquin falava com delicadeza, com os olhos baixos. Ele era mais jovem, e obviamente novo em meio àquele bando escabroso – o mais baixo na pirâmide social. 'Estava com o homem que a senhora caçou. O Leão Negro. Eles chegaram a Aveléne juntos, mais ou menos há um mês. O *capitaine* Aaron os conhecia, eu acho.'

"Talley fungou.

"'Por que ela está vestida como um garoto?'

"'Podíamos tirar a roupa dela.' Shae sorriu com dentes sujos. 'Para descobrir?'

"'A senhora disse que ela não deve ser tocada', rosnou Jean, tirando os olhos do fogo.

"'Guarde-o dentro das calças, Shae', disse rispidamente Canela de Cachorro. 'Ou a senhora vai arrancá-lo fora.'

"O ruivo deu uma risada cruel, dividindo um olhar sombrio com Talley. Mas ele não disse mais nada. Depois de algum tempo, Joaquin trouxe uma tigela cheia de sopa rala, removendo a mordaça de Dior por tempo o suficiente para deixá-la comer. Ele ofereceu um gole daquela bebida fedorenta de sua garrafinha, mas ela fez uma careta e recusou. Joaquin foi delicado ao alimentá-la, mas cauteloso também, tornando a amarrar com firmeza a mordaça e verificando seus grilhões antes de voltar para seus camaradas imundos.

"Do lado de fora, na tempestade enfurecida, embaixo de terra congelada, Kiara e Kane dormiram o dia inteiro. Com as pernas encolhidas embaixo do corpo, Dior começou a mover devagarinho seus dedos na direção das gazuas em sua bota, com olhos fechados como se estivesse dormindo, lábios azuis se movimentando rápido o tempo inteiro.

"Sabe, ela agora estava com medo o bastante para rezar.

"Eles estavam alertas, os cinco escravizados – um ficava sempre de vigia e acordava um camarada depois de algumas horas para assumir o próximo turno de guarda ao lado das chamas. Mas o tempo inteiro, o Graal se ocupou; tirando a carteira de couro da bota e começando a trabalhar com as gazuas. Tinha conseguido abrir milhares de fechaduras em seu tempo, mas nenhuma da qual sua vida dependesse. Suor cobria sua testa, agora, seus dedos tremiam, mas perto do anoitecer, as algemas se abriram, e suas mãos ficaram livres.

"Dior entreabriu os olhos. Aquele chamado de Canela de Cachorro estava de vigia, mas estava dando cabeçadas ao lado do fogo quase se apagando. Tudo estava em silêncio agora, exceto pela tempestade que urrava fora do abrigo e os roncos que ribombavam em seu interior. Ela tirou as mãos das costas e começou a trabalhar nos grilhões dos tornozelos. E depois de vinte minutos torturantes, suas pernas também estavam livres.

"Se esticando e fazendo uma careta, a garota tirou aquela mordaça horrível da boca. Depois de tirar as botas, ela se levantou silenciosa como sombras, andando com pés apenas com meias. Quando pegou uma mochila e um odre de água, as tábuas do chão rangeram embaixo dela, e Dior congelou, imóvel como pedra. Mas a única que se mexeu foi Elaina, a cachorra das neves abrindo os olhos e abanando uma cauda esperançosa. A garota pressionou o dedo sobre os lábios, e a lanceira ergueu uma orelha. E rápida como o vento de inverno, o Santo Graal de San Michon saiu pela porta.

"Arrastando suas botas, ela montou no sosya da Mãe-loba. O cavalo acordou assustado, relinchando irritado, mas com as mãos apertadas na crina do castrado, Dior deu um chute rápido, e ele começou a correr, os cascos trovejando sobre a neve fresca.

"Um grito de alarme soou, mas ela já estava longe, galopando através do anoitecer crescente. Não fazia ideia de para onde estava se dirigindo, é claro; só que devia correr, avançando a favor do vento onde os indomados talvez não pudessem farejá-la e rezando como um santo.

"Essa garota era nascida e criada na cidade – não era uma verdadeira cavaleira – e se agarrava com unhas e dentes e grande força de vontade às costas do sosya. Mas também tinha sido afiada nas sarjetas; uma filha de fechaduras arrombadas e bolsas furtadas, e mentiras demais para conseguir contar. Galopando por uma faixa de mata morta, Dior escoiceou o cavalo com mais força, *mais força*. E se erguendo, ela saltou das costas do castrado para os braços de um velho carvalho retorcido. O ar escapou de seus pulmões, e ela e a árvore colidiram, saliva, gelo e partículas de sangue. Mas o velho carvalho a pegou com firmeza, e a garota se agarrou como a morte sombria enquanto seu sosya roubado continuava a avançar através das árvores, com pegadas nitidamente marcadas em seu rastro.

"Cerrando os dentes, ela saltou para os galhos retorcidos de outra árvore próxima. Então saltou de novo e de novo, avançando pela mata até estar a boa distância do rastro do castrado. E descendo para a neve, o Graal começou a correr, aos tropeções, com respiração difícil, parando apenas para recuperar o fôlego e tentar ouvir se havia perseguidores.

"Isso chegou logo – o tamborilar de cascos se aproximando. Sussurrando orações para Deus, a Virgem-mãe e os Sete Mártires, Dior se afastou da trilha do castrado, enveredando pelo emaranhado de árvores mortas. Seus olhos estavam arregalados, o coração trovejava, o odre de água batia forte contra o lado de seu corpo enquanto ela corria. Mas a garota sorriu ao ouvir os cascos se aproximarem apressados e depois tornarem a se calar às suas costas, seguindo o cavalo, não ela. Sorrindo como uma ladra, ela correu em meio à neblina e às árvores tortas, sussurrando baixo:

"'*Bonsoir*, vermes.'

"Ela estava livre."

✦ III ✦
CÃES E GUIAS

— DIOR CONSEGUIU PERCORRER quase vinte quilômetros antes que a alcançassem – um esforço louvável, é bom dizer. Àquela altura, ela estava exausta, arranhada por espinhos e sem fôlego. Foi Elaina quem primeiro a encontrou; o cão das neves latiu na noite, mas Matteo veio em seguida, saindo correndo das árvores como uma flecha. A garota gritou quando o grande lanceiro saltou sobre ela, derrubando-a no gelo. E xingou, se debatendo, se encolhendo quando seu punho encontrou o focinho do pobre coitado. Elaina então caiu sobre ela, arrastando-a pelo chão quando ela tentou se levantar. O cão rasgou seu casaco, não sua pele – bem treinado pelo garoto dos canis de Aveléne, seguramente. Mas seu irmão era menos delicado, mordendo sua bota enquanto Dior urrava.

"'Não, Matteo', veio um grito distante. 'Devagar!'

"O Graal tentou se soltar, rolando e chutando. Então passos se aproximaram, correndo tão rápido quando um homem já correu, e mãos terríveis e fortes a ergueram pela gola. Ela captou um vislumbre de cabelo ruivo e olhos azul-gelo quando aquele chamado Shae a jogou contra o tronco de um salgueiro choroso, com força o bastante para fazê-la perder o fôlego.

"'Coisinha inteligente...'

"Um hálito malcheiroso foi borrifado quando o joelho dela encontrou suas partes baixas, fazendo Shae se dobrar ao meio com um xingamento agoniado. Ela lhe deu uma joelhada na cabeça quando ele se abaixou e fez a volta para fugir quando mais mãos a agarraram, os cães latindo e Joaquin suplicando:

"'Esperem, esperem, eu não quero machucá...'

"O cotovelo dela encontrou seu maxilar, seus lábios se cortaram contra os dentes – não a dança graciosa que meu irmão a havia ensinado, mas a luta das sarjetas dos becos de Lashaame. Socando e chutando, cuspindo e mordendo, sangue nos nós dos dedos e na boca. Mas não dela.

"*Não dela.*

"Algo a atingiu, com força, pesado; um salto de bota na parte de trás de seu crânio. Ela grunhiu quando rolou para longe de Joaquin, os cães latindo quando um peso a pressionou com força sobre o peito.

"'Maldita *vadia*', sibilou Shae, o xingamento molhado e denso com sangue. Ele a socou no rosto, a noite desolada explodindo em dia cegante, trovão em seu pulso e sóis em seus olhos.

"A forma borrada de Joaquin se ergueu atrás de Shae.

"'A senhora disse que ela não devia ser...'

"'Machucada?', retrucou rispidamente o grandalhão. 'Ela quebrou meu nariz, eu vou *estripar* essa porca.'

"O soldado escravizado pressionou uma faca comprida e cruel embaixo do queixo de Dior.

"'Você me ouviu, sua boceta de rato? Eu vou abrir um buraco novo em você e depois pensar qual deles foder.'

"Uma placa de saliva ensanguentada o atingiu no rosto. Dior sibilando através de dentes vermelhos.

"'Vá comer merda, seu *covarde* de pau mole.'

"Shae limpou o cuspe de seus lábios, furioso.

"'Agora já chega...'

"Ele ergueu a espada enquanto Dior se contorcia para se libertar, dominada, mas mesmo assim desafiadora até o fim. Contudo, foi o garoto dos canis que a salvou, Joaquin deu um chute bem no meio das omoplatas de Shae derrubando-o no gelo, saliva em seus lábios quando berrou:

"'*A senhora disse que ela não deve ser machucada!*'

"'Sua senhora, não minha', sibilou o homem, rolando e ficando de pé.

"'Lorde Kane obedece a milady, e você deve fazer o mesmo!'

"'Quem você pensa que é?', perguntou Shae, esfregando o nariz quebrado. 'Queimado há apenas duas semanas e já quer *me* dar sermão? Kiara não teria desperdiçado uma gota em você, exceto porque precisava da droga de seus cães para sua maldita caçada. Aquela vadia tola insulta e envergonha meu mestre com cada respiração, mas *maldito* seja eu se vou aturar o mesmo de você.'

"Shae atacou, Joaquin tentou agarrar o braço que segurava a faca, e Matteo se atirou nas pernas do homem. Dior rastejou para trás pela neve, sangue escorrendo em seus lábios enquanto o queimado e os cães caíam amontoados. Um ganido soou na noite, e Matteo saiu voando, caindo pelo gelo. O som molhado de metal se afundando em carne cortou o ar, um arquejo e um gemido. E tirando o cabelo ensopado de sangue do rosto, Shae se ergueu da neve fumegante.

"Joaquin estava deitado de costas, a respiração vermelha borbulhando em seus lábios. Dior se afastou de Shae, dedos remexendo a neve em busca de um galho, uma pedra, *qualquer coisa*.

"Shae ergueu a faca, olhos azuis frios e cruéis.

"'Agora, sobre aquele buraco novo…'

"Um som horrendo ecoou no anoitecer; uma dúzia de gravetos quebrando e o estalo molhado de pulmões estourando. Shae encarou estupidamente o punho que explodira de seu peito, encharcado de vermelho e agarrando um pedaço de carne fumegante. O homem teve tempo o bastante para reconhecer seu coração ainda pulsante antes que o punho se fechasse, esmagando o órgão em uma pasta. E então, a mão foi arrancada do buraco aberto em sua caixa torácica, e o próprio Shae foi despedaçado.

"Seus pedaços voaram como fogos de artifício em um dia de festa, arrastando não luz e chamas, mas sangue e tecidos, e Dior se encolheu quando foi molhada com um grande jato vermelho. E onde seu agressor estava, agora erguia-se Kiara Dyvok, molhada dos pés à cabeça com seu melhor, as botas cobertas com seu pior.

"Limpando gosma vermelha dos olhos, a mão direita do Priori Dyvok se ajoelhou diante da garota arquejante, com a voz suave como cascalho:

"'Você corre depressa para uma ratinha.'

"'O que em nome do grande Tolyev...'

"A Mãe-loba olhou para trás quando um Decapitador furioso chegou à clareira, olhando para a carnificina. Joaquin estava deitado de costas, esfaqueado três vezes no peito, a neve encharcada de vermelho. Elaina estava ao lado do garoto dos canis, gemendo e lambendo o sangue dos dedos de seu mestre. Matteo estava deitado sobre a barriga, o cão sangrando de um ferimento no pescoço.

"'O que aconteceu aqui?', perguntou Kane. 'Você matou meu homem?'

"'Eu avisei para botar uma guia nesse cão, primo.'

"'Ele era propriedade minha!', disse Kane com rispidez, erguendo-se alto. 'Queimado pela minha própria mão! Ele me serviu bem, por muitos anos, e agora está morto *por quê*? Machucar um pêssego que você insiste que nenhum de nós podemos dar uma mordida? Você perdeu a porra do juízo, Kiara.'

"'Cuidado com a língua, primo.' A Mãe-loba se levantou devagar, virando-se para encarar o Decapitador. 'Ou vai perder muito mais.'

"O vampiro mais novo rosnou, mas manteve sua reprovação detrás de presas cerradas. Com um olhar de alerta para Dior, Kiara foi até o lado de Joaquin, assomando sobre o garoto que sangrava. Ele ergueu uma mão encharcada de sangue, sem conseguir falar, ainda assim suplicando com os olhos. Seu peito estava esguichando, o gelo ensopado de vermelho. Ela podia alimentá-lo de seu pulso, curar o ferimento dele com seu sangue, mas a Mãe-loba não se moveu um centímetro para ajudá-lo.

"'A caçada terminou, poeta', murmurou Kiara. 'Não tenho mais muita utilidade para um cuidador de cachorros.'

"Joaquin choramingou, os olhos brilhantes e arregalados. O anjo da morte ergueu suas foices, e a bexiga do garoto se soltou com o terror daquilo. Ele olhou para sua amada senhora, talvez para uma última dose de conforto, os dedos trêmulos enquanto se esforçava para apenas tocá-la antes de morrer. Mas Kiara Dyvok permaneceu imóvel enquanto Joaquin estendia a mão.

"E então, Dior Lachance a pegou."

A pena de Jean-François parou de arranhar, e ele arqueou uma sobrancelha loura.

A Última Liathe deu um suspiro, estudando seus dedos esticados.

– Vai querer saber por que ela fez isso, é claro. Por que rasgou a túnica dele, esfregou o sangue do nariz que sangrava na palma da mão e a pressionou sobre o peito de Joaquin. Por que escolheu salvar a vida dele, quando, na verdade, ela não lhe devia nada, e mostrar àqueles monstros o que podia fazer a colocava ainda mais em perigo. Alguns diriam que era tola por isso, sem dúvida. Alguns diriam que era nobre. Alguns diriam que era jovem ou de coração mole, obstinada ou imprudente. Mas todos teriam uma opinião a dar. Esse é o jeito das coisas nessas noites, não é? Pessoas que não sabem nada ainda insistem em dizer *alguma coisa*.

– E você, mlle. Castia? – indagou Jean-François. – Do que você a chamaria?

– Do que eu sempre a chamei, pequeno marquês.

Os olhos do monstro cintilaram no escuro.

– O Santo Graal de San Michon.

"Kiara e Kane Dyvok observaram com uma perplexidade emudecida quando os ferimentos de Joaquin se fecharam, o toque do sangue sagrado do Graal trazendo-o de volta dos próprios limites da morte. A respiração do garoto parou de borbulhar, e a dor em seus olhos deu lugar a um assombro confuso. Dior olhou para ele e o ajudou a sentar, com uma mão ensanguentada ainda pressionada sobre seu peito.

"'Você está bem?', sussurrou ela.

"'Eu...' A boca do garoto estava aberta como uma porta quebrada, seu rosto com uma palidez mortal. 'Eu...'

"'Como você fez isso?'

"Dior ergueu os olhos enquanto Kane falava, os olhos cruéis do Decapitador arregalados.

"'*Responda!*', ordenou o vampiro, segurando-a pela gola.

"Dior se encolheu, a mão vermelha e grudenta segurando o pulso do Decapitador. E quando seu sangue tocou a carne morta, chamas brancas explodiram, ateando fogo à mão recentemente crescida de Kane. O Decapitador berrou em agonia, caindo para trás e se debatendo, chutando, enfim enfiando seu punho em chamas na neve e apagando o fogo sagrado em sua pele com um longo e pronunciado chiado. Rosnando, Kane ergueu a garra agora enegrecida da neve derretida e fumegante, olhos fervilhantes com ódio e medo fixos em Dior.

"'Ainda acha que vale a pena amassar esse pêssego, primo?', murmurou a Mãe-loba.

"Kiara pegou Dior pela nuca e ergueu a garota que reclamava no ar. O Graal tentou agarrar sua pegada, mas ao contrário de seu primo, Kiara usava manoplas pesadas de caçador, e a mão ensanguentada da garota não fez nada além de sujar o couro endurecido. A Mãe-loba olhou para Dior, que proferia todos os belos insultos que meu irmão lhe ensinara enquanto ela lutava para se soltar. Mas seus xingamentos se transformaram em uma pegada dolorosa quando Kiara apertou com força o suficiente para fazer sua espinha ranger.

"'Fique parada agora, ratinha'.

"'M-me s-sol...'

"Kiara *apertou* outra vez, sua força suficiente para triturar pedra em pó. Dior gritou com a dor daquilo, se forçando a ficar imóvel, músculos tensos em seus maxilares cerrados.

"'Eu não ligo para os comos', murmurou a vampira. 'Nem para os porquês. Mas se tentar fugir outra vez, vou mandar meus homens arrancarem seus olhos. Queimar seus dedos dos pés. Gravar seus nomes enquanto você grita. Ah, eu vou deixá-la viver, não tema. Nossos inimigos a desejam, por isso, nós devemos fazer o mesmo. Mas quando eu terminar com você, vai invejar o pobre jovem Shae aqui.'

"A garota choramingou naquela pegada titânica, o rosto vermelho e os dentes cerrados.

"'Pelo menos me d-diga… para onde v-você está me levando?'

"A Mãe-loba piscou, como se a resposta fosse óbvia.

"'Nós levamos você para a corte de Nikita Coração Sombrio. Meu próprio temível criador, Priori do sangue Dyvok.'

"Os olhos de Dior se arregalaram com isso, arrepios formigando em sua pele. Estava nas garras de horrores; indefesa, pequena e aterrorizada. Mas não por acaso, nem por capricho, mas através da própria providência de Deus Todo-poderoso, parecia que também estava indo para o lugar exato no império onde ela mais precisava estar. A cidade onde a verdade sobre tudo o que precisava fazer esperava no escurecer. O lugar de descanso da própria Mãe Maryn.

"'Dún Maergenn', murmurou ela."

Nas sombras abaixo de Sul Adair, o historiador molhou sua pena, murmurando as escrituras consigo mesmo:

– *Tudo na terra abaixo e no céu acima é obra de minha mão.*

E do outro lado de um rio turvo, um monstro sorriu por trás da gaiola sobre seus dentes.

– *E toda obra de minha mão está de acordo com meu plano.*

Jean-François olhou Celene nos olhos, um frio repentino sobre a pele.

– Isso assusta você, pecador? – questionou ela. – Ver sua vontade agindo no mundo? Testemunhar seus desígnios divinos se desenrolarem *exatamente* como ele pretendia? Porque se eu fosse você – sem coração, sem fé e sem propósito – isso ia me *aterrorizar*.

O historiador arqueou uma sobrancelha, na expectativa.

– Você está correndo o risco de me entediar, mlle. Castia. Continue.

Celene inclinou a cabeça, bom humor brilhando naqueles olhos sombrios.

– Dior ainda estava pendurada na pegada da Mãe-loba. Mas depois da revelação de Kiara, seus esforços cessaram. Satisfeita, a vampira a soltou e deixou que a pobre garota atingisse a neve.

"'Vamos partir, então', grunhiu a Mãe-loba. 'O tempo não espera pelos imortais.'

"A Mãe-loba voltou andando pela clareira vermelha, lambendo o sangue de Shae dos lábios. Ela parou no limite das árvores, olhando para trás para Dior e batendo na coxa como se estivesse chamando um cachorro. E com todo o desejo de fugir agora desaparecido, a garota machucada e surrada limpou o rosto ensanguentado com neve e ficou de pé.

"'Joaquin?', chamou a Mãe-loba. 'De pé, poeta.'

"Dior olhou para o rapaz ao seu lado. Joaquin ainda estava sentado no vermelho congelado, peito e mãos encharcados da mesma forma. Elaina farejou o rosto dele, abanando o rabo. O pobre Matteo estava morto, com o pescoço perfurado pela faca de Shae, e os olhos do garoto estavam fixos no cão, cheios de lágrimas. Mas mais do que triste, Joaquin parecia... desnorteado.

"'É só um cachorro, garoto', Kiara insistiu. 'Venha. Agora.'

"'Joaquin?', chamou Dior com delicadeza.

"O garoto dos canis olhou para ela, como um homem despertado de um sonho com uma lareira só para se ver nas profundezas frias da noite. Mas quando Kane rosnou de impaciência, o garoto voltou a si, lançando um olhar assustado na direção do Decapitador.

"'Estou indo, senhora', murmurou ele.

"Joaquin pressionou os lábios sobre a fronte de Matteo, se levantou e saiu correndo atrás da Mãe-loba. Elaina farejava em torno do corpo de Matteo, mas com um chamado de Joaquin, a cachorra saiu correndo através da neve em seu encalço. Dior percebeu que restava apenas o Decapitador, observando-a com olhos sombrios e famintos, sua mão queimada transformada em uma garra escura pelo seu sangue. E com a ameaça de Kiara pairando no ar acima da mancha gordurosa que tinha sido Shae, Dior foi correndo atrás dela, e Kane a seguiu com um xingamento baixo.

"Vermelho encharcava a neve atrás deles; o sangue de Shae misturado com o sangue de Joaquin e do Graal. E enquanto o vento frio soprava através daquelas árvores mortas, este último começou a tremer.

"A se movimentar.

"Gotas de seu sangue sagrado se agitando como se a terra estivesse tremendo, correndo em filetes sobre o gelo como se quisessem voltar às veias de sua senhora. Mas o vento soprou mais forte, o vermelho ficou frio, e aquelas gotas solitárias congelaram e viraram gelo.

"E tudo ficou imóvel mais uma vez."

✦ IV ✦
CÍRCULO DO INFERNO

— DUAS SEMANAS SE passaram, congeladas e desoladas, caminhando para o sul, sempre para o sul. O grupo sombrio seguiu pelas bordas da floresta do Norte, atravessando o congelado rio Ròdaerr e fazendo a volta na austera cidade fortificada de Promontório Rubro. Se Dior pensava em Gabriel — na viagem que tinham feito juntos por aquela mesma terra inculta congelada, gostando mais um do outro a cada passo — ela não deu nenhuma pista disso para seus captores. O hematoma que a mão dele deixara em seu rosto agora estava esmaecido.

"Quem podia falar com o ferimento em seu coração?

"Os Dyvok se alimentavam de seus marcados — apenas um gole a cada noite para não os enfraquecer, mas os dois vampiros estavam famintos, e seus homens se esforçando demais. Eles tinham encontrado as gazuas de Dior depois de sua recaptura, nunca mais deixando-a sem ser vigiada; mas depois de descobrir seu destino, o Graal não fez mais nenhuma tentativa de fuga. Em vez disso, permaneceu amarrada como um porco de Primal atrás da Mãe-loba, viajando sempre para o sul na direção de Dún Maergenn, rezando ao longo de cada quilômetro daquele inferno congelado.

"Foi às margens do Volta que ela enfim encontrou alívio. Eles trotaram abaixo da concha de San Guillaume, e os olhos de Dior brilharam ao olhar para o mosteiro onde a Companhia do Graal tinha sido massacrada pela Fera de Vellene, apenas um mês e cem vidas atrás. Mas ao passar sob aqueles penhascos solitários, seu ritmo desacelerou, e depois de inúmeras léguas e noites do inverno profundo, à luz fria do sol nascente, a garota viu com horror o que estavam perseguindo aquele tempo todo.

"Um comboio. Três dúzias de carroças reunidas em torno de uma grande fogueira, guardadas por cinquenta soldados escravizados e o dobro de sangues-ruins, acorrentados em uma multidão apodrecida. As carroças eram as mesmas que tínhamos visto em Aveléne – jaulas de ferro enferrujadas sobre bases de madeira. E como em Aveléne, cada jaula estava lotada quase a ponto de explodir.

"Homens. Mulheres. Crianças. Os remanescentes andrajosos do sonho de Aaron de Coste e Baptiste Sa-Ismael, agora reduzidos a nada mais que gado.

"Mais de *mil* deles.

"Kiara esporeou o cavalo, a cabeça de Dior batendo no flanco do animal até pararem no anel interno de carroças. Gritos de 'A senhora! A senhora Kiara voltou!' soaram entre as árvores mortas, soldados na *libré* dos Dyvok se ajoelhando em torno das chamas. Dior estremeceu, engasgando em seco com as imagens terríveis ao redor – dedos carcomidos pelo frio fechados em torno de barras enferrujadas, e olhos desprovidos de esperança espiando através delas.

"'Ah, querida Mãe-loba', disse uma voz baixa e doce. 'Achei que tínhamos perdido você.'

"Dior afastou os olhos das pobres almas ao seu redor, procurando a pessoa que tinha falado. Era uma mulher baixa com uma bela calça de couro escura, uma sobrecasaca fulva e um tricorne, com uma espada grande e poderosa às suas costas. Seu cabelo preto estava penteado em tranças, tão compridas que quase roçavam o gelo aos seus pés. Aparentava ter, talvez, 30 anos, detentora de olhos escuros e aguçados e uma graça perigosa, dois círculos do que devia ter sido sangue marcados em suas bochechas. De origem sūdhaemi, a pele da mulher era escura como a de todos os seus conterrâneos, mas acinzentada pela palidez repugnante da morte.

"Outra vampira.

"'Tenho certeza, doce Soraya', disse Kiara, 'que seu coração *sangrou* com a ideia de minha queda.'

"Os lábios da vampira menor se curvaram em um sorriso melancólico. A Mãe-loba apontou com a cabeça para uma caixa de ferro em cima de uma das carroças, envolta em uma corrente pesada.

"'Como está a criança?'

"Soraya se mostrou indiferente, afastando as tranças dos ombros e jogando-as para trás.

"'Ainda não está bebendo espontaneamente. Mas logo acabará bebendo.'

"Kiara sorriu, sombria como veneno.

"'Não bebemos todos?'

"Soraya empurrou o tricorne para trás e examinou a mulher maior.

"'Você parece estar com um humor agradável. Achava que você estaria cagando sangue ao pensar em seu atraso. Boa caçada, não foi?'

"'Foi sim, irmãzinha. Foi sim.'

"A vampira menor se irritou com o diminutivo, lançando um olhar para o recém-chegado Kane.

"'Boa o suficiente para justificar o que quer que tenha acontecido com seu rosto, primo? A bruxa de sangue que pegou Rykard também tirou uma fatia de você?'

"O Decapitador franziu o cenho ao desmontar, as cicatrizes de garra em seus traços apenas se aprofundando. Mas Kiara deu tapinhas em Dior, amarrada em sua sela, e o olhar da terceira vampira se aguçou ao notar a garota pela primeira vez. Respirando fundo, agora, Soraya pressionou a ponta de sua língua vermelha contra um canino que se aguçava enquanto olhava para Dior como fruta madura.

"'Agora *o quê*', disse ela, 'em nome do grande Tolyev é isso?'

"'Um *prêmio*, irmãzinha.' Kiara sorriu 'Um prêmio pelo qual o Coração Sombrio vai agradecer a seus portadores. Voltamos com sangue do Leão em nossas mãos, doce Soraya. E ouro de corvos em nossos bolsos.'

"Soraya franziu o cenho, confusa. Kiara apenas abriu um sorriso mais largo.

"'Guarde nossa ratinha, poeta.' A Mãe-loba olhou para o garoto dos canis, chegando agora com os outros queimados. 'Jogue-a com os outros valores, em segurança e aquecida. Lady Soraya e eu temos *muito* o que conversar.'

"Joaquin fez uma reverência e ergueu Dior sem esforço, aninhando-a em seus braços enquanto se dirigia a uma das carroças mais fortes próxima ao fogo. Outro soldado escravizado destrancou a porta pesada, e as pessoas em seu interior recuaram, de olhos arregalados e temerosas. A expressão de Joaquin ficou sombria, olhando ao redor para as outras carroças que circundavam as chamas.

"'Elas estão todas cheias?'

"'Nós pegamos mais alguns refugiados pelo caminho', respondeu o homem, coçando a barba áspera. 'E Lars e Quinn trouxeram mais um monte há seis noites. Aqueles pirralhos de Aveléne que o Leão libertou. Estavam fugindo para León.'

"Dior empalideceu ao ouvir essas palavras – estava claro que o homem falava sobre a pequena Mila e sobre as outras crianças que tinham sido deixadas aos cuidados do velho aprendiz de Gabriel. Ela olhou ao redor para aquelas jaulas, depois para o garoto que a segurava, melancólica e sofrida. Joaquin Marenn tinha chamado Aveléne de lar, afinal de contas; queimado por simples conveniência para que Kiara pudesse rastrear Gabriel melhor através da Pedra da Noite, e deixado para morrer depois que sua utilidade tinha terminado. Mas se restava nele alguma afeição pelas pessoas com as quais tinha crescido, não havia nada disso em seus olhos quando apontou com a cabeça para a carroça.

"'Não tem espaço', observou ele.

"'Permita-me', disse um grunhido.

"Kane deu um passo à frente, enfiou as mãos no interior da jaula e pegou o primeiro mortal que viu – um rapaz não muito mais velho do que Dior. O jovem gritou quando a mão do vampiro se fechou em torno de seu pulso, e as outras pessoas gritaram enquanto ele era arrastado porta afora. Ele emitiu um lamento, lutando com todas as suas forças, mas seu captor o segurava em uma pegada de ferro. E enquanto Dior observava, de olhos arregalados, Kane exibiu presas compridas e brilhantes e as cravou fundo no pescoço do pobre coitado.

"Ela nunca tinha visto um vampiro se *alimentar* de um mortal antes – os poucos goles que testemunhara na estrada não tinham lançado luz sobre todo o horror daquilo. Porque não era medo que se acumulava nos olhos do jovem enquanto aqueles dentes perfuravam seu pescoço. Era *júbilo*. Ele gemeu quando Kane bebeu mais fundo, os olhos virando para trás, os lábios curvados em um sorriso eufórico. E se não estivessem presos aos seus lados, com certeza teria jogado os braços em torno da coisa que o estava matando.

"Porque Kane o *matava...*

"'Pare', disse o Graal.

"Ela se debateu na pegada implacável de Joaquin, horrorizada e furiosa.

"'Faça-o... Não, pare! *PARE!*'

"O Decapitador não lhe deu atenção. O jovem em seus braços se enrijeceu, a respiração rateando, o sorriso então azul. Mas mesmo assim, o vampiro bebia, gemendo e rosnando. Com um arquejo final, sua vítima estremeceu, como um amante chegando a seu fim, todos os músculos tensos. Então Kane soltou sua pegada assassina, deixando o corpo sem vida cair com um baque surdo na neve.

"O Decapitador escarneceu, fios de rubi de uma vida roubada se estendendo entre seus lábios:

"'Agora tem lugar para você, garota.'

"Então ele fez a volta e saiu andando atrás de Soraya e da Mãe-loba.

"Dior olhou para o jovem morto, esforçando-se para não vomitar. Joaquin trocou um olhar com o outro escravizado, mas, respirando fundo, ergueu Dior e a enfiou no fedor e no aperto dos outros 'valores' na jaula, trancando a porta atrás dela. Seu camarada pegou o cadáver fresco como se fosse palha, e sem olhar para trás, a dupla saiu andando na direção da fogueira, Elaina seguindo atrás de seu mestre com a cauda abanando.

"'Joaquin?', gritou uma voz.

"O garoto dos cães parou e se virou para trás para a carroça de Dior, piscando para a figura que estava agora estendendo os braços através da grade. Era Isla, é claro; a jovem ossiana que dissera palavras ríspidas para Gabriel por causa de batatas, que tinha dito a Dior que deviam tê-la deixado para os Dyvok.

"'Isla?', sussurrou ele.

"'É, sou eu!' A jovem pressionou o rosto contra a grade, duas marcas de beleza em um rosto molhado por lágrimas. 'Meu Deus, Joaquin, pensei que estivesse morto! Achei que tinham *pegado* você!'

"O garoto dos cães olhou para o soldado escravizado ao seu lado, os Mortos em torno dele, o vento frio do amanhecer soprando colunas de neve entre eles. Pelo jeito como Isla tinha falado de seu para sempre, aqueles dois tinham se amado verdadeiramente antes da queda de Aveléne. Mas agora, reunidos, Joaquin olhou para sua amada como se ela fosse uma estranha. Frio. Duro. Olhos como pedra.

"'Eles me *pegaram*', respondeu.

"E sem outra palavra, o garoto saiu andando na direção de seus companheiros.

"Dior mordeu os lábios quando Isla chamou o nome de seu amado. Outro marcado berrou pedindo silêncio, bateu com seu porrete na mão dela, e a garota gemeu quando a puxou novamente para dentro da grade. Ferro frio pressionava o rosto de Dior, seu coração batendo com uma cadência temível; o horror de onde ela estava agora revelado. Quilômetros dentro de uma região erma e desolada, seguindo na direção de uma terra que ela nunca vira, prisioneira de monstros que nunca imaginara.

"Dior olhou nos olhos de Isla, e a garota deu um leve meneio de cabeça para ela em reconhecimento, de lábios franzidos enquanto cuidava da mão machucada. A voz do Graal saiu suave no escuro:

"'Onde eles capturaram vocês?'

"Há alguns dias ao norte de Aveléne', respondeu a garota. 'Não chegamos longe sozinhos.'

"Dior deu um suspiro.

"'O que aconteceu com *frère* Lachlan? Ele tombou?'

"Isla sacudiu a cabeça.

"'Ele nos *deixou*.'

"'Deixou? Ele devia cuidar de vocês, por que ele...'

"'Encontramos outros santos de prata no rio', murmurou Isla. ' Seguindo para o sul. *Frère* Lachlan falou com um homem grande com uma mão feita de ferro. Não ouvi o que diziam, mas o *frère* ficou aborrecido. Até mesmo furioso. E, quase sem dizer palavra, nos enviou na direção de San Michon sozinhos e seguiu de volta para o sul com seus irmãos.'

"'Merda.' Dior abaixou a cabeça, respirando fundo. 'Sinto muito, Isla.'

"'A culpa não é sua, mlle. Lachance. Essa é a vontade...'

"'Mlle. Lachance?'

"Os olhos azul-pálido de Dior se arregalaram e ela se voltou na direção daquela voz, com a respiração presa em seus pulmões. E então o viu, espremido em meio aos prisioneiros, mas alto o bastante para assomar acima deles, seu sorriso descrente brilhante como o sol já tinha sido.

"'*Baptiste?*'

"Ela sussurrou o nome do grande sūdhaemi enquanto ele abria caminho em sua direção, esforçando-se para passar pelos corpos espremidos. Dior mergulhou na aglomeração, menor do que ele, passando por cotovelos e costelas, e em algum lugar em meio àquilo, os dois se encontraram, o dedo preto se esforçando para jogar seus grandes braços em torno dela.

"'Grande Redentor, Dior, *é* você!'

"'Baptiste!', soluçou ela, abraçando-o como uma garota se afogando se agarra a madeira boiando. 'Ah, graças aos Mártires e à Virgem-mãe! Achávamos que você estivesse morto!'

"'Eu estou bem, doce criança', disse ele, os olhos escuros brilhando com lágrimas. 'É a verdade de Deus, eu achei que nunca mais ia vê-la! Os batedores que enviamos nunca voltaram, então os Dyvok...'

"O dedo preto sacudiu a cabeça e a empurrou para trás para olhar nos seus olhos. Era um homem bonito, o ferreiro de Aveléne; queixo forte e pele escura, cabelo raspado curto, grisalho nas têmporas e na barba em seu queixo. Ele usava roupa de couro escura ornamentada com pele clara e suja de sangue, as mãos grandes calejadas pela forja apertando as dela delicadamente.

"'Como você está aqui? Pelo amor de Deus, onde está Gabriel?'

"Isso deve tê-la atingido, enfim ouvir o nome de meu irmão. Por semanas, Dior estivera atolada num mundo de inimigos, sem ousar demonstrar fraqueza, revelar como estava sangrando. Mas ali, nos braços do dedo preto, algo pareceu se romper dentro dela; uma represa de dor e tristeza, reduzindo-a a escombros em seu abraço.

"'Ele c-caiu', sussurrou ela, com lágrimas escorrendo pelo rosto. 'Eu não sei se...'

"O rosto de Baptiste se encheu de tristeza, dor, pesar e desespero quando mais uma perda foi acrescentada a sua conta. O dedo preto envolveu a garota e a abraçou enquanto ela chorava, todo o seu corpo tremendo de angústia. Alisando seu cabelo cor de cinza e sujo de sangue com uma mão delicada, ele murmurou confortos, seus próprios olhos reluzindo de tristeza.

"'Tenha calma, *chérie*', disse para ela, entre dentes cerrados. 'Não são necessárias lágrimas para os fiéis caídos. Eles se abrigam no reino do céu, do lado direito do Santo Pai.'

"'Desculpe-me. Sei que tem sua própria tristeza para suportar.' Dior pressionou a testa contra seu peito como se quisesse se equilibrar, e respirando fundo, ela ergueu os olhos para encontrar os dele.

"'Eu sei sobre Aaron, Baptiste. Sinto muito.'

"Uma sombra então pareceu cair sobre o dedo preto, seus ombros se curvaram, um murmúrio de horror frio movendo-se através de Isla e dos outros espremidos naquela jaula horrível. A voz de Baptiste estava pesada e áspera, e ele franziu o cenho enquanto examinava o rosto de Dior.

"'Como você sabe sobre Aaron, *chérie?*'

"'Gabe encontrou a espada dele em Aveléne. Partida ao meio. Meu Deus, eu sinto muito mesmo, *mon ami*. Sei que você o amava de verdade. Ele podia não ter morrido se...'

"'*Chérie...*'

"Baptiste agora tremia, angústia ardendo no carvão de seus olhos. Ele olhou na direção daquela caixa de ferro em cima da carroça enrolada em uma corrente pesada, com lágrimas escorrendo por seu rosto. Tentou falar, mas parecia ter se esquecido de como formar palavras. Isla, então, contou por ele; o rosto da garota cansado e pálido, sua boca curvada para baixo de tristeza.

"'Eu estava errada em Aveléne, mlle. Lachance. O *capitaine* Aaron não está morto.'

"Dior ficou surpresa enquanto a garota sacudia a cabeça.

"'Ele está Morto.'"

✦ V ✦
DÚN MAERGENN

— OS OLHOS DE Dior se abriram para uma canção de gritos.

"Fora assim durante todas as noites nas últimas três semanas. Espremida com os outros prisioneiros, fustigada para o sul e para o oeste através de infinitos quilômetros pelas regiões ermas de Ossway, passando por dúns destruídos, fazendas dizimadas e velhos banquetes de corvos gordos. A viagem era uma tortura, apesar das respostas que podiam aguardá-la ao final. Embora os 'valores' na carroça de Dior fossem mais bem alimentados do que os outros prisioneiros, ainda estavam tão apertados que não havia lugar para se enroscar e dormir – de qualquer forma, o chão da carroça estava tão imundo que apenas uma louca se deitaria nele. Dior, em vez disso, cochilava de pé, esmagada ao lado de Baptiste e da jovem Isla á Cuinn, agarrando qualquer descanso que pudesse conseguir durante a parada de cada dia.

"E a cada anoitecer, os gritos a acordavam.

"Era como um lúgubre crocitar de corvo, anunciando a queda do sol. Os queimados se erguiam com sua canção e começavam a trabalhar com as pás e as picaretas para desenterrar seus mestres dos ninhos frios de suas camas. Eles se levantavam, aquelas coisas Mortas, e depois de limparem a terra preta das mãos frias, os vampiros faziam os gritos pararem.

"'Ah, meu pobre e doce Aaron...', sussurrou Baptiste.

"Dior segurou a mão do dedo preto, sussurrando que tudo aquilo acabaria em breve. Foi muito mais horrível no começo – Aaron gritou por *horas* naquelas primeiras noites em que o Graal esteve aprisionado, batendo com tanta força na caixa em que o haviam trancado que suas paredes de ferro se amassaram como pergaminho. Foi Kane que descobriu a solução – o cruel e frio Kane, erguendo os olhos do cadáver que tinha acabado de fazer, vermelho gotejando de seu queixo quando perguntou:

"'Por que não cortamos aquilo dele?'

"E a Mãe-loba retirou os dentes da *dame* ofegante que ela e Soraya estavam dividindo, lábios grudentos retorcidos em diversão terrível.

"'Não é sua pior ideia, primo.'

"Os olhos de Dior se encheram de lágrimas quando arrancaram Aaron daquela caixa. O corajoso *capitaine* de Aveléne era um gigante na última vez em que ela o havia visto, de pé nas muralhas de seu poderoso *château*. O bonito cabelo louro se agitando ao vento, o rosto marcado por cicatriz se retorcendo enquanto dizia palavras de desafio para a Fera de Vellene e arriscava toda a sua cidade por uma garota que ele acabara de conhecer.

"*Meu nome é Aaron de Coste*, gritou ele para Danton, *filho da casa Coste e do sangue Ilon. Tenho matado sua espécie desde quando ainda era um menino, e eu não sou mais um menino.*

"Mas não era nenhum gigante que os Dyvok tiraram daquele caixão. Agora, Aaron de Coste era uma figura digna de pena, as roupas elegantes imundas, o cabelo louro e a barba encrostados com sangue seco. Seus olhos estavam vermelhos, selvagens, sua voz variando de agonia, e Dior chorou quando olhou para sua boca que gritava e viu seus caninos compridos e afiados.

"'Ah, Deus misericordioso', disse ela.

"Eles o seguraram, Kane e Soraya, rasgando a túnica de suas costas e revelando a fonte de sua agonia – o aegis que as irmãs de San Michon tinham tatuado na carne de Aaron quando garoto. Antes, servira como seu escudo contra os horrores da noite, mas agora, era apenas prata; uma perdição amaldiçoada e venenosa queimando por baixo de sua pele Morta. E pegando uma faca pequena e afiada da bota, a Mãe-loba se ajoelhou junto do corpo de Aaron, que não parava de se retorcer, e começou a aliviá-lo daquilo.

"Naél, anjo da bem-aventurança, cobrindo seu antebraço esquerdo; Sarai, anjo das pragas, em seu bíceps; um belo retrato do redentor cobrindo todas as suas costas – todas elas a Mãe-loba esfolou com sua lâmina. Era hábil como um açougueiro com um quarto fresco de veado, a carne pálida de Aaron recortada e vermelha enquanto ele urrava e corcoveava. Baptiste apertou a grade de sua jaula com tanta força que o ferro cortou sua pele, o rosto retorcido de angústia e fúria enquanto observava aquilo.

"'Não olhe', disse-lhe Dior. 'Não deixe que o torturem também.'

"O olhar do homem estava fixo em seu amado, seus olhos se enchendo e brilhantes de dor.

"'Baptiste, não escute', suplicou Dior. 'Fale comigo. Conte-me alguma coisa boa.'

"Ele sacudiu a cabeça, sussurrando:

"'Não resta mais nenhum bem no mundo agora, *chérie*.'

"'Conte-me como vocês se conheceram.' Ela beijou a mão grande e calejada do homem, agora tão pequena e frágil na dela. 'Conte-me como vocês se apaixonaram.'

"Baptiste então olhou para a garota ao seu lado, e uma centelha de luz brilhou através da sombra que caíra sobre ele. Seus lábios se curvaram em um quase sorriso.

"'Aaron e eu não nos apaixonamos. Foi um *furacão*.'

"Os gritos, então, pareceram silenciar em torno deles, os olhos de Baptiste cintilando quando deixou aquela jaula congelante e, em vez disso, andou pelos calorosos salões veranis de sua memória.

"'Nos conhecemos na Manopla de San Michon', disse ele com um suspiro. 'Se eu fechar os olhos, ainda posso vê-lo naquela manhã. Eu era um novo aprendiz do mestre da forja, Argyle, e ele, de *frère* Mãocinza. Ele estava treinando com a espada, e como o brasão de sua linhagem de sangue acabara de ser tatuado sobre seu peito, então ele lutava sem camisa. E quando o vi...' Baptiste, então, deu um sorriso de verdade, impressionado. 'Ele parecia uma estátua de algum mito que tinha ganhado vida. O bravo Thaddeus ou o poderoso Ramases, esculpido em mármore pelas mãos de mestres, então abençoado com vida pelos lábios do próprio Deus.'

"'Nossos olhos se cruzaram através do círculo. Nós nos apresentamos, formal e tranquilamente. Mas quando apertamos as mãos, seu toque permaneceu um átimo de tempo a mais, e nesse tempo, eu soube que havia encontrado aquilo que tinha procurado minha vida inteira. Um lugar ao qual pertencer. Uma pessoa a quem pertencer. Não importava o perigo e o custo. Ele seria meu, e eu, dele. Para sempre.'

"O homem grande abaixou a cabeça, olhando mais uma vez para Kiara.

"'Eu não sabia na época que expressão horrenda *para sempre* poderia ser.'

"Dior passou os braços em torno do dedo preto e apertou, lágrimas brilhando nos olhos dela enquanto se via de volta naquela jaula, naquele frio. A carnificina, porém, estava perto do fim; Kiara tinha quase terminado seu trabalho terrível. Parecia ter um prazer especial no fim daquilo, o brasão intricado da linhagem Ilon tatuado no peito de Aaron. Sem pressa, a vampira cortou fundo e com força, e enfim jogou aquelas belas serpentes e rosas no fogo.

"'Nenhum sussurro, agora.' Ela sorriu. 'Você é um indomável, totalmente.'

"'Maldita', conseguiu dizer bruscamente Aaron. 'Maldita v-você e toda a sua espécie amaldiçoada.'

"'Não minha espécie, feliz recém-nascido.' Ela se inclinou para perto, dando um beijo frio em seu rosto marcado por cicatriz. '*Nossa* espécie. Você renasceu na linhagem do grande Tolyev, neto de Nikita, o Coração Sombrio, rei e conquistador desta terra. Todo império agora treme diante do nome de meu pai sombrio, garoto. Toda Ossway se ajoelha aos seus pés. E logo, você também vai.'

"Lágrimas escorreram pelo rosto de Baptiste quando seu amado foi jogado de volta em seu caixão com os restos do banquete de Kane – mais uma tortura que os parentes de Aaron pensaram para ele, ficar trancado em uma caixa com sua sede e o cadáver que esfriava de alguém que ele jurara proteger.

Mas, pelo menos, a prata tinha sido removida da pele de Aaron, e por pior que tivesse sido, Dior achava que o *capitaine* agora seria poupado daquela dor pelo resto de sua eternidade."

Jean-François riu. O historiador fez uma pausa para tomar um gole de seu cálice de sangue.

– Só que nós kiths despertamos a cada anoitecer no mesmo estado em que morremos. Apenas fogo, prata ou as mágikas mais sombrias podem nos provocar um ferimento que perdure mais que um crepúsculo. Nenhum aço simples seria o suficiente para poupar De Coste de seus tormentos.

– Não – murmurou a Última Liathe. – E seus captores sabiam disso muito bem. Então todo dia, sua carne tatuada se curava. Toda noite os olhos de Dior se abriam para a temível canção de seus gritos. E Kiara mandava arrastar seu filho sombrio de sua caixa e o esfolava inteiro outra vez.

– Que selvageria – disse o marquês com um suspiro – A prole de Nikita merecia seu destino.

– Não finja estar ultrajado, Chastain – respondeu Celene. – Pode ter alfaiates mais elegantes, mas você e sua espécie são feitos do mesmo tecido.

– Você nos julga mal, mlle. Castia – respondeu Jean-François. – O sangue Chastain não tem propensão à crueldade desnecessária, nem nossa imperatriz quer governar uma terra devastada.

– Mas Margot ainda tem o desejo de *governar*. E enquanto sua espécie pode não se deleitar na brutalidade como faziam os indomados, vocês ainda chamam a si mesmos de *pastores*, e os verdadeiros filhos de Deus de cordeiros. – A liathe sacudiu a cabeça. – São uma abominação aos olhos dele, pecador. Sem se arrependerem, sem vergonha e sem medo, mesmo diante do inferno que os espera. E seu soberano vai fazer um *banquete* com suas almas apodrecidas.

O historiador sorriu, lambendo o dedo e virando uma página nova.

– É uma coisa estranha ser chamado de monstro por alguém ainda mais monstruoso.

Celene Castia deu de ombros, tornando a olhar para o teto.

— Eu sempre fui filha de minha mãe.

"E então, depois de mais de um mês após a queda de Gabriel, Dior estava no ducado da lendária Niamh Novespadas; as vastidões frias e estéreis de Ossway. Para o norte distante, o espinhaço sombrio das Mìchaich na Baloch – as Montanhas do Trono das Luas, onde deusas gêmeas do antigo folclore ossiano descansavam a cabeça em cada amanhecer. Para o oeste, as margens irregulares das Elea Brinn – as Ilhas Lascadas, onde Daegann Mão de Ferro foi jogado na terra na Era das Lendas. E do outro lado da faixa congelada do rio Òrd, acima de um grande promontório na Costa do Dente do Lobo, erguia-se a antiga poderosa capital do reino de Niamh, e local do descanso final da Mãe Maryn, a grande cidade fortificada de Maergenn.

"'Esse lugar era a joia da coroa de Niamh', disse uma voz delicada.

"Dior olhou para Isla ao seu lado, viu o olhar distante nos olhos verdes da garota. Ela era estranha, a amada de Joaquin. Parecera traumatizada depois de seu resgate em Aveléne, mas no cativeiro, nas semanas que se sucederam, se mostrou sólida como pedra. Ela, afinal de contas, tinha visto a queda de Dún Cuinn, sobrevivido a mais traumas do que a maioria e, agora, desde que o choque tinha passado, uma força brilhava nela. Isla ajudava os outros 'valores' a manter o ânimo, até abrindo mão de parte de suas rações para que as crianças trancadas ali pudessem comer um pouco mais. E embora ele sempre a ignorasse, parecia que um fogo se acendia nos olhos de Isla sempre que Joaquin estava por perto.

"'Você já esteve aqui antes, Isla?', perguntou Dior.

"A jovem assentiu.

"'Minha mãe me trouxe aqui quando eu era pequena. Viemos numa peregrinação para ver o sepulcro da Virgem-mãe. Eu nunca pus os olhos em nada como ele.'

"'Esta cidade costumava ser uma das fortalezas mais poderosas do império', murmurou Baptiste. 'Eles a chamavam de Anaen dú Malaedh. A Bigorna do Lobo. Os exércitos de quatro clãs unidos caíram sobre esses muros. Dizia-se que nem o próprio Deus podia rompê-los.'

"O dedo preto fez o sinal da roda e deu um suspiro.

"'Doce Virgem-mãe, olhe para ela agora…'

"Os olhos de Dior se arregalaram enquanto ela observava a grande cidade fortificada pela grade. A capital ossiana era enorme; uma cidade construída por fora de outra, circundada por meia dúzia de muros. A mais interna, conhecida como Velhatunn, era composta por prédios grandiosos de pedra bem trabalhada, torres góticas altas e uma arquitetura maravilhosa, com belas docas chamadas de Portotunn em seu flanco sul. A cidade externa, Novatunn, era uma extensão urbana que crescia como fungo na pele da primeira. Tanto Velhatunn quanto Novatunn estavam circundadas por fortificações poderosas, e sobre a extremidade do promontório erguia-se um grande forte de pedra escura – o *château* que tinha o mesmo nome que a cidade e o nome do clã que o havia construído.

"Dún Maergenn.

"'Meu Deus, o que aconteceu aqui?', sussurrou Dior.

"'A mesma coisa que aconteceu em Aveléne, *chérie*', murmurou Baptiste ao seu lado.

"Uma batalha. E, ao que parecia, uma batalha terrível. Os muros externos da cidade estavam reduzidos a escombros, muitos de seus prédios desmoronados, queimados ou simplesmente explodidos – parecia que a própria pedra de Maergenn tinha sido destroçada pelas mãos de gigantes malignos.

"O sol encoberto estava se pondo. Dior olhava para as pessoas armadas nas ameias acima. Os portões de Novatunn tinham quinze metros de altura, feitos de madeira pesada e reforçada com ferro. Um grande lobo tinha sido pintado na madeira, enfrentando nove espadas rampantes. Mas haviam pintado por cima da fera com sangue, o brasão do clã Maergenn apagado por um urso rugindo e um escudo quebrado, com um lema escrito embaixo dele por mãos pesadas e vermelhas.

"'*Feitos, não palavras…*', sussurrou ela.

"Um grito soou acima, e as portas foram escancaradas. O grande portão de ferro gradeado se ergueu com o som de ferro lubrificado, e com um comando de Kiara, o comboio entrou, carroças e altos-sangues primeiro, soldados escravizados em seguida, os sangues-ruins, como sempre, vindo atrás.

"Novatunn era uma ruína; casas destruídas e torres derrubadas. Neve se acumulando na beirada dos telhados, enchiam conchas esvaziadas, e as rodas das carroças faziam um barulho surdo enquanto o comboio subia por uma rua destroçada. Os prisioneiros olhavam horrorizados para a destruição a sua volta. Os altos-sangues estavam tensos, observando os prédios ao seu redor com olhos estreitos enquanto corvos cantavam na escuridão que se aprofundava.

"Baptiste apontou, sussurrando:

"'Doce Virgem-mãe, vejam...'

"A pegada de Dior na grade se apertou quando avistou figuras emergindo das ruínas de Novatunn, caminhando pelas sombras do sol que se punha. Sangues-ruins. *Milhares* deles. Soldados de *libré* suja, bordadas com o lobo e as espadas. Mulheres de olhos vazios, crianças esfarrapadas andando em meio aos destroços como espectros. Dior se encolheu quando seus olhos caíram sobre elas; dentes afiados e sorrisos desalmados. Dezenas avançaram, magros e famintos, mas a Mãe-loba exibiu as presas, e os sangues-ruins se encolheram, recuando como vira-latas açoitados.

"Kiara olhou na direção do Decapitador.

"'Kane, cuide dos cães, está bem?'

"O vampiro mais jovem franziu o cenho, mas mesmo assim obedeceu, abrindo a última carroça. As pessoas gritaram quando Kane enfiou a mão lá dentro e retirou um corpo aleatoriamente; um dos garotos que Dior tinha salvado no rio em Aveléne, seu queixo com barba delicada, o rosto distorcido enquanto ele gritava e se debatia. Segurando-o no ar, o Decapitador ofereceu o rapaz aos sangues-ruins que os haviam seguido desde Aveléne, como se estivesse acenando com um petisco para um bando de filhotes famintos.

"'Dior', murmurou Baptiste. 'Não olhe, *chérie*.'

"Mas o Graal ignorou o dedo preto, com os maxilares cerrados e lágrimas brilhando em seus olhos quando o Decapitador girou o garoto como se fosse uma saca de palha, então o jogou para a multidão.

"Os sangues-ruins caíram sobre o pobre rapaz, tubarões em água vermelha. O vento uivava, mas não o suficiente para abafar os gritos do garoto. Kane arrancou outra pessoa da carroça; uma mulher mais velha que lutava com toda a força desesperada dos condenados. Mas o Decapitador apenas riu, jogando a pobre alma como uma boneca de pano, para o oceano de garras e dentes.

"As mãos de Dior estavam cerradas em punhos exangues. Seus lábios estavam se movendo, palavras não ouvidas. Ao lado dela, Baptiste ergueu os olhos para o céu e fez o sinal da roda.

"'*Merci*, Pai Todo-poderoso', sussurrou ele. '*Merci*.'

"Dior então sibilou, incrédula.

"'Por que afinal você está agradecendo a ele?'

"Baptiste a encarou com os olhos encharcados de lágrimas.

"'Por não me fazer como eles, *chérie*.'

"A garota cerrou os dentes. Os sangues-ruins destroçaram seu banquete. E sem olhar para trás e para nada daquilo, Kiara ordenou que seu comboio seguisse em frente.

"Uma trompa soou no anoitecer, e, um segundo conjunto de portões se abriu para o círculo interno da cidade; prédios residenciais altos, casas bem equipadas, ruas calçadas com pedras. Os prédios em Velhatunn estavam em sua maioria intactos, e, caminhando pela rua, Dior sussurrou maravilhada ao ver figuras – não sangues-frios, agora, mas *pessoas*. Havia soldados vestidos com a *libré* dos Dyvok parados em cima de uma carroça de açougueiro, distribuindo pedaços de carne crua para uma multidão desgrenhada que gritava.

"Encarando do alto Portotunn e o Golfo dos Lobos, circundado por uma terceira camada de muros, um dún poderoso se erguia na noite que se aprofundava à frente. Quando o comboio entrou em seu vasto pátio, um toque de trompa perfurou o céu, e grandes bandos de corvos alçaram voo e navegaram para as neves.

"O castelo era enorme – ao seu lado, até Aveléne parecia um abrigo de barro. Mas quando a carroça parou, os olhos de Dior permaneceram nas muralhas destruídas, espiras tombadas e paredes partidas. Pedreiros trabalhavam com carrinhos de mão e argamassa, mas as cicatrizes do ataque ainda eram profundas. O ar estava denso com o fedor de morte fresca. O hino de moscas gordas.

"Para onde quer que Dior olhasse, o estandarte dos Dyvok tremulava – aquele urso rugindo e triunfante com seu escudo partido, branco sobre azul-profundo. No lado norte do pátio, grandes barracas se erguiam ao lado uma fundição fumegante, uma destilaria que fedia como uma latrina aberta e um estábulo grande o suficiente para abrigar um exército com quase nenhum animal em seu interior. No lado sul do pátio, havia uma grande catedral, que se erguia para os céus lavados por tempestades. Suas espiras eram altas e graciosas, uma maravilha gótica feita de pedra escura. Mas agora estava parcialmente destruída, o telhado desmoronado, paredes poderosas estripadas pelas chamas.

"'Amath du Miagh'dair', murmurou Isla. 'O sepulcro da Virgem-mãe. Construído sobre a terra onde os Testamentos dizem que ela foi enviada para o céu.' A garota fez o sinal da roda com a cabeça baixa. 'Obrigada, sagrada senhora, por nos salvar das terras selvagens.'

"O pátio estava um tumulto, carroças sendo destrancadas e prisioneiros arrancados delas por queimados diligentes. Dior cambaleou quando suas botas atingiram as pedras do calçamento, salva apenas por Baptiste. Ela não teve tempo de lhe agradecer; um porrete a atingiu nas costas e a garota foi empurrada para uma fila de prisioneiros, atônita e balbuciando. Ela olhou ao redor em seu torpor, homens e mulheres nas cores dos Dyvok observando dos muros, empurrando os prisioneiros, dividindo-os em grupos.

"'O que você faz, garoto', disse uma voz brusca.

"Dior piscou e se voltou para o homem que tinha falado. Era um sujeito feio, com sangue em seu tabardo e olhos de ferro fundido. Dior viu uma placa de pedra escura em sua mão, com uma marca intricada de escravizados sobre ela – um coração preto circundado por espinhos.

"'O que você faz?', perguntou ele outra vez

"'Faço...?', perguntou ela.

"Ele a algemou, com força o suficiente para fazer seus ouvidos zunirem. Baptiste impediu que ela caísse, olhando feio para o homenzinho, seus punhos cerrados com fúria impotente.

"'Você está com os valores, então deve ter um ofício', disse o homenzinho. 'Então, o que você faz? Ferrador? Fazendeiro? Fabricante de flechas? O quê?'

"Dior sacudiu a cabeça.

"'Eu não faço nada.'

"'Certo.' O homem anotou em seu registro, olhou para o capanga ao seu lado. 'Banquete.'

"'Espere aí', disse Baptiste. 'Eu sou ferreiro, e o garoto é m...'

"Um porrete bateu nas pernas de Baptiste, e ele caiu nas pedras do calçamento com os joelhos sangrando. Dior gritou, e mãos ásperas a agarraram pela nuca e apertaram com uma força terrível.

"'Dedo preto, hein?', assentiu o homenzinho. 'Maravilhoso. Um dos nossos acabou de ser devorado pela sub-raça que estava tentando escapar. Nós pedimos outro.' Ele fez uma marca em sua placa de pedra e acenou com a cabeça para um brutamontes enorme ao seu lado. 'Leve o bonitão aqui para a forja e mande Knacker dobrá-lo. Jogue esse merdinha no estoque. Não acho que vão precisar de mais esta noite, mas se precisarem...'

"'Solte-me!', exclamou Dior. 'Tire a porra de suas mãos de...'

"O braço dela foi torcido às suas costas, e a garota engasgou em seco, seus ossos a muito pouco de se partirem. Ela proferiu um xingamento terrível, se debatendo, quando uma voz afiada cortou através do alvoroço:

"'Espere, Petrik. Esse camundongo é meu.'

"O queimado congelou, imóvel como pedra, e o pequeno contador se virou e viu a Mãe-loba às suas costas, a pele dela de mármore sob a luz tremeluzente das tochas. Um vento frio agitou suas tranças de assassina, e ela olhou para o contador como se fosse algo em que não gostaria de sujar as botas, mas mesmo assim pisaria nele.

"'Minha temível lady Kiara', disse ele com uma reverência. 'É claro.'

"'Venha, ratinha', chamou a Mãe-loba. 'Seu senhor a espera.' Ela olhou para o caos controlado à sua volta.

"'Traga o resultado para mim quando terminar, Petrik. Os senhores de sangue vão querer sua parte amanhã, mas eu vou reivindicar a minha antes do amanhecer.'

"'Como for de seu agrado, milady.'

"Kiara estendeu a mão. Dior olhou para Baptiste, mas, de joelhos, o homem só conseguiu assentir, dizendo para obedecer. Por todos os lados, ela podia ver uma luta de vida ou morte, tão sombria e cruel quanto qualquer batalha que havia testemunhado, desenrolando-se não com espadas e aço, mas bastões de giz e placas de pedra. Pessoas aterrorizadas eram avaliadas em uma escala horrenda, seu valor não medido por feitos nem palavras, nem nada tão simples quanto a compaixão humana, mas por sua utilidade para os monstros que os haviam capturado. Crianças eram arrancadas do abraço das mães, mulheres dos braços dos maridos. A imagem era horrível demais para testemunhar, muito repugnante para acreditar.

"'Ratinha', rosnou Kiara. 'Venha. Agora.'

"Dior baixou a cabeça. As palavras que Gabriel tinha dito pareciam soar no ar.

"*É uma coisa diminuta. Frágil como asas de borboleta. Mas é a fundação de tudo o que está por vir. É o dom que você vai devolver para este império.*

"Mas a esperança agora parecia muito distante.

"Sem outra escolha, Dior segurou a mão da vampira."

✦ VI ✦
O BANQUETE DOS CORAÇÕES SOMBRIOS

—*NÃO SE CONSEGUE tirar leite de pedra*, diz o velho ditado. Mas enquanto Dior seguia a Mãe-loba por um corredor longo e frio, a pedra sob seus pés estava surpreendentemente livre de manchas. Aquilo pairava no ar, velho, mas aguçado – traços delicados da terrível carnificina que devia ter se desenrolado quando a cidade foi conquistada. As torres estavam tombadas; as defesas, destruídas. Mas, pelo menos, não havia manchas no chão.

"A verdade é que se consegue tirar qualquer coisa de pedra se os criados esfregarem com força o suficiente."

Jean-François franziu o cenho, erguendo os olhos para a sombra sobre o rio.

– Acho que você não entendeu bem o significado desse ditado, mlle. Castia.

– Felizmente, então – respondeu a sombra. – Não nos importamos com o que você pensa.

Celene se deitou de costas, os olhos fixos no teto acima, perdida nas brumas do tempo. O historiador escarneceu, molhando sua pena enquanto ela continuava:

– Kane e Soraya seguiam atrás de Dior, carregando no meio o caixão de ferro de Aaron de Coste. A pressa fora tanta que não tinham tido tempo de esfolar a pele do recém-nascido naquela noite, e ele podia ser ouvido lá dentro, murmurando preces para o Deus que o havia abandonado. Mas os olhos da Mãe-loba estavam fixos à frente, sua voz um rosnado baixo quando se dirigiu a Dior:

"'Se tem apreço por sua língua, fale só quando falarem contigo. Não se levante de seus joelhos se quiser suas pernas. Meu pai não vai sofrer nenhum desprezo diante de seus senhores de sangue, e o único uso para os tolos é alimentar seus convidados. O desrespeito aqui significa morte. Você está me ouvindo, ratinha?'

"Dior respondeu em voz baixa, com os dentes cerrados:

"'Eu entendi.'

"'Não.' Kiara parou de repente. "Você não tem como entender. Meu senhor Nikita caminhava por esta terra antes que o primeiro Augustin respirasse. Sobreviveu à Inquisição Cinérea, à Praga dos Sessenta Anos e às Guerras do Wyrm. Quando seu amado Gabriel destruiu o grande Tolyev na Clareira Escarlate, sua linhagem de sangue quase se fez em *pedaços*. E o Coração Sombrio a reconstruiu com suas próprias duas mãos sangrentas e forjou o reino sobre o qual estamos. Você nunca esteve tão perto da morte quanto agora, ratinha. Então não finja entender.' A Mãe-loba erguia-se sobre Dior, décadas de assassinato em seus olhos. 'Apenas *obedeça*.'

"Eles caminharam até portas duplas, ladeadas por homens em aço escuro e as cores dos indomados. Apesar do ambiente sombrio, o som de festa soava do interior; conversa alta, risos e metal batendo em metal como um gongo trovejante. Kiara moveu os ombros, erguendo a mão para bater, mas sem deixar os nós dos dedos tocarem.

"'Você parece nervosa', murmurou Dior.

"Kiara franziu o cenho, mas o Graal dizia a verdade; no umbral de sua volta triunfante para casa, a Mãe-loba parecia desconfortável.

"'Você retorna em glória, irmã', disse Soraya. 'O sangue de um Leão em seus dentes. Nosso pai vai sem dúvida sorrir para você. Até *ela* deve estar de bom humor com a queda de De León.'

"A Mãe-loba sacudiu a cabeça e murmurou:

"'Ela *nunca* está na droga de bom humor.'

"Kiara bateu três vezes, os nós dos dedos deixando mossas profundas no pau-ferro. E ao empurrar e abrir as portas, a Mãe-loba conduziu Dior para um festival de horrores. Um salão amplo de pedra escura, iluminado por globos chymicos e a luz tremeluzente de velas. A canção de um menestrel passou em ondas pelo Graal, e ela quase vomitou com o fedor, cobre forte e ferro pesado em sua língua.

"Tanto sangue.

"O Salão da Fartura, ele se chamava – um salão muito maior que o salão de festas de Aveléne. Havia um vasto mapa pintado em uma parede retratando o Império de Elidaen em detalhes sofisticados; das Ilhas Lascadas no Oeste à Costa da Lança no Leste. Não havia nenhum fogo aceso nas três grandes lareiras, mas o ar ainda estava cálido com a pressão de corpos e o fedor de assassinato recente. O rosto de Dior ficou pálido quando ela ergueu os olhos e viu pessoas penduradas das vigas; acorrentadas de cabeça para baixo às dúzias, as mãos presas e as bocas amordaçadas, nuas como bebês. Jovens criadas mortais em roupas requintadas estavam abaixo delas; vestidos bonitos, penteados suntuosos e pele empoada. Cada jovem segurava uma faca afiada e uma bandeja de cálices nas mãos, e seus sapatos estavam lambuzados de vermelho.

"Grandes mesas emolduravam o salão, arrumadas em um quadrado sem cabeceira, comprido e largo o bastante para se sentarem trinta de cada lado. E aqueles lugares estavam todos cheios de vampiros.

"Eles vestiam roupas nobres ou trajes de assassino, couro e aço ou sedas e renda. Uma vestia o hábito de uma irmã santa, com uma roda quebrada pendurada no pescoço. Outro trajava a roupa de um bufão, exceto que suas cores estavam todas esmaecidas e cinzentas. Soldados, nobres e brutamontes em couro e peles – eles tinham a aparência de pessoas de todo o império, de todas as origens. Mas eram desprovidos de qualquer vida, malignos e frios e com uma palidez grave; todos altos-sangues. E Dior Lachance ficou muda diante daquela visão terrível.

"Uma corte de sangue.

"Estava acontecendo uma competição no centro do Salão da Fartura; uma paródia sombria de um torneio de cavaleiros diante de um rei mortal. O primeiro combatente era um alto-sangue alto e magro, seu cabelo comprido e cinza como a neve, sua barba alcançando a barriga. Ele estava só de calça, e seus braços compridos e suas costas tinham belas tatuagens – donzelas com rabos de peixe, monstros terríveis das profundezas –, e quando sorriu, as duas presas de seu maxilar superior brilharam como ouro. Sua adversária era uma mulher esguia de roupa de couro preta, o cabelo escuro preso atrás em um coque torto, como uma herege amarrada para a pira da inquisidora. Era mais baixa do que seu adversário, mas suas espadas eram tão compridas quanto a altura de Dior, e ela usava uma em cada mão, as lâminas trovejando pelo ar em uma dança rodopiante e cortante. Os altos-sangues em torno da mesa escarneceram quando ela sangrou seu adversário; um golpe que quase arrancou seu braço fora e o jogou deslizando pelas pedras do piso, rosnando e xingando.

"O grande alto-sangue atacou, tirando uma das espadas da mão da mulher com um golpe tão feroz que rachou algumas das janelas em torno do salão. A mulher atacou com a outra espada, cortou o ombro do oponente até a caixa torácica. Mas com uma mão ensanguentada, o homem a agarrou e a jogou no chão com força o suficiente para lascar a pedra. A mulher deu um soco em resposta, quebrando o queixo barbado dele, fazendo o sangue jorrar brilhante. Mas o brutamontes tatuado não a soltou, golpeando a cabeça da mulher mais uma vez contra o chão estilhaçado, repetidas vezes, até ela bater na pedra três vezes.

"'Desisto!', gemeu ela. 'Eu desisto.'

"Um ronco rarefeito se propagou, alguns altos-sangues erguendo cálices, outros revirando os olhos e apenas arqueando as sobrancelhas. O brutamontes tatuado ficou de pé, babando vermelho, oferecendo a mão para a adversária derrotada. Os lábios sangrando dela se afastaram em um sorriso selvagem quando ela a pegou.

"'Quase.'

"'Você quebrou a droga do meu queixo, Alix', disse o companheiro com voz indistinta, esfregando a barba encharcada.

"A mulher ficou na ponta dos pés e lambeu o sangue dos lábios dele.

"'Vou beijá-los melhor mais tarde.'

"O homem riu quando a mulher magra deu um tapa em sua bunda, e a dupla foi cambaleante até uma mesa próxima. A mulher captou o olhar de uma criada parada ao lado de um daqueles lustres horrendos, com dois dedos erguidos. Dior empalideceu horrorizada quando a jovem fez uma mesura, ergueu a faca e cortou o pescoço de um rapaz – com tanta naturalidade quanto se estivesse colhendo flores para o arranjo de mesa. Sangue fumegante jorrou do corte, mas o homem nem se debateu enquanto o líquido escorria rumo ao chão. Nenhuma das pessoas penduradas ao lado dele emitiu um ruído quando a jovem criada encheu dois cálices até as bordas trêmulas.

"'Pela porra da doce Virgem-mãe', sussurrou Dior, dando um passo à frente.

"Uma pegada fria se fechou em torno de seu braço, com força o suficiente para fazer seus ossos rangerem.

"'Desrespeito significa morte', murmurou Kiara.

"Tremendo, reluzindo de suor fresco, Dior observou enquanto a criada enchia outros cálices de sua bandeja. Deixando o homem para gotejar até o fim sobre as pedras, a mulher levou os cálices para os combatentes feridos, dando um gole a cada um, depois foi levar bebidas para os outros convidados. Dior fechou os olhos diante do horror daquilo tudo, levou as mãos ao rosto e sussurrou uma prece fervorosa.

"'Venha', rosnou a Mãe-loba.

"Aquela pegada de ferro se fechou mais uma vez em torno de seu braço, e o Graal foi arrastado para o meio daquela reunião de demônios, com Kane e Soraya atrás. Os menestréis continuavam tocando – uma canção alegre que nada tinha a ver com o ambiente macabro, soando perto dos limites da loucura. Mas as conversas se calaram quando o quarteto passou, Dior quase escorregando na pedra suja de sangue. Aquilo agora estava palpável. Adensando o ar. As atenções de monstros indo da crueldade natural em torno deles para a criança pálida e assustada em meio a eles.

"Na extremidade do Salão da Fartura havia uma plataforma, tão comprida quanto as mesas em torno do quadrado. Uma janela magnífica de vitral arco-íris assomava atrás – um tríptico tão grande que ocupava a parede inteira. A Virgem-mãe era a figura central, beatífica e serena, ladeada pelo Pai Todo-poderoso e seu filho, o Redentor, sangrando de suas provações sobre a roda.

"Olhando nos olhos de seus ancestrais, Dior cerrou os dentes para que parassem de bater.

"Dois tronos aguardavam abaixo da janela, feitos de ferro escuro ornamentado, um posicionado pouco abaixo do outro. Criados se reuniam nas sombras em torno deles, e duas figuras estavam reclinadas sobre eles, imóveis como estátuas de mármore. Toda conversa agora cessara, até a canção do menestrel tinha se calado, os olhos de todos os vampiros no salão fixos no quarteto da Mãe-loba enquanto se aproximavam daqueles tronos soturnos.

"'Ajoelhe-se', murmurou a Mãe-loba. 'Agora.'

"Pálida e cambaleante, Dior obedeceu, caindo murcha de joelhos. Kane e Soraya botaram a caixa de Aaron sobre o chão melado enquanto Kiara fazia uma reverência, com uma das mãos sobre o coração havia muito tempo morto.

"'Meu senhor e conde Nikita', disse ela, dirigindo-se à cadeira mais alta. 'Primogênito de Tolyev, o Açougueiro, conquistador de Ossway, e Priori do sangue Dyvok.' A Mãe-loba voltou-se para a segunda: 'Minha condessa Lilidh, irmã de sangue amada de meu senhor, filha mais velha de Tolyev e esposa do inverno. Eu os saúdo humildemente, anciãos, e peço à noite para que estejam bem.'

"Kane e Soraya caíram sobre um joelho, as cabeças baixas, os punhos sobre o coração. Então, a figura no primeiro trono falou, sua voz tão profunda e fria quanto o céu invernal:

"'Bem-vinda de volta, meu sangue.'

"Dior olhou para aquele que falou, os lábios se entreabrindo de assombro. Nikita Dyvok tinha a aparência jovem, mal passava dos 20 anos quando fora levado, embora desafiasse uma noção como o "tempo" igual um gavião desafia a gravidade. Era um ídolo feito em ônix e pérola, um íncubo esculpido de sombras de fogo e sonhos de donzelas saudosas. Seu cabelo comprido caía em madeixas escuras sobre um lado de seu rosto, e uma coroa de ferro em forma de guirlanda de espinhos beijava sua testa principesca. Trajava sedas escuras e uma sobrecasaca ornamentada azul-oceano, e um colar de presas de vampiros enfeitava seu pescoço, assim como outro dos frascos dourados que Kiara e todos os seus parentes usavam. Havia uma espada grande nua, mais comprida e larga que um homem, apoiada nas costas de seu trono. Seu punho tinha a forma de ursos rugindo, seu gume marcado por mil batalhas.

"O primeiro beijo de Lachance tinha sido com uma garota – ela contou a meu irmão que nunca tinha tido paixão por homens. Olhando para Nikita, seu corpo estava corado pelo calor, seu pulso batendo forte. Mas, por mais que aquele que chamavam de Coração Sombrio fosse impressionante, ela olhou apenas por um momento para o Dyvok, seu olhar atraído para a figura do lado esquerdo dele.

"Ela tinha forma de donzela, Lilidh Dyvok. Um suntuoso vestido preto com detalhes em azul pendia sobre suas curvas de ampulheta, cascateando até seus pés em ondas aveludadas. Seu cabelo comprido e vermelho-sangue chegava quase até o chão, suas orelhas e dedos estavam enfeitados com ouro, e sua testa era circundada por uma coroa com chifres de carneiro espiralados. Estava sentada com uma das mãos apoiadas na cabeça de um grande lobo, que se deitara ao lado de seu trono. A fera de pelo branco era grande e magra, embora uma cicatriz marcasse o lado esquerdo de sua face e não tivesse um dos olhos. O outro – azul-pálido e tomado de vermelho – estava fixo em Dior.

"Os olhos de Lilidh estavam delineados com *kohl*; seus lábios, com sangue fresco. A Sem Coração, alguns a chamavam. A Mulher do Inverno.

Estava vestida como uma nobre ousada na corte, mas tinha a aparência de alguma deusa inominada de um tempo há muito esquecido; uma estátua esculpida em mármore que resistira até muito depois que os homens que a cultuavam tinham ido para o túmulo. Até que a estátua se mexeu, ou seja, falou com Kiara com uma voz assombrosa que soou por toda a extensão daquele salão manchado de sangue.

"'Querida sobrinha. Nossos corações ficam felizes por ver-te novamente. Parece que uma era desta terra se passou desde a última vez em que pusemos os olhos sobre tua beleza.' A estátua ergueu a mão de alabastro da cabeça do lobo. "Vem, deixa que nós te beijemos, e compartilhemos de uma alegria sincera pelo teu retorno.'

"'Milady. A senhora nos honra.'

"Kiara fez uma mesura mais profunda, mesmo assim lançou um breve olhar para seu pai sombrio. Dior ficou tensa quando uma corrente crepitou pelo salão; como se os pelos de cem lobos tivessem se eriçado. Nikita permaneceu mudo, sem se mover quando Lilidh chamou com dedos pintados.

"'Alvíssaras, sobrinha. Aproxima-te.'

"Kiara obedeceu, subindo na plataforma sob o olhar de todos os demônios no salão. O grande lobo branco rosnou quando ela se aproximou, mas Lilidh silenciou a fera com um murmúrio. E quando a Mãe-loba se inclinou para perto, a Sem Coração a pegou pela nuca. Dior se encolheu quando ouviu cartilagem estourando, osso sendo triturado, Kiara caindo de joelhos enquanto Lilidh *apertava*. Parecia uma impossibilidade – que uma assassina tão poderosa quanto a Mãe-loba pudesse ser superada por alguém tão magra, tão bonita. Mas Lilidh Dyvok não era nenhuma donzela; não era uma estátua sobre aquele trono, mas um monstro, antigo e forte o bastante para reivindicá-lo para si.

"'A hora de tua chegada é tardia, minha sobrinha Kiara', disse ela. 'Imortais somos nós, mas o gado na cidade não tem a mesma bênção. E as crianças estão *sempre* famintas.'

"Kiara só conseguiu gorgolejar uma resposta, o pescoço esmagado demais para conseguir inspirar.

"'Duas luas se passaram desde que a enviamos para encher nossa despensa.' Lilidh se retorceu, os olhos escuros passando pelas pessoas em volta. 'Nossos senhores de sangue estavam correndo o risco de ficarem secos. E o Draigann só pode surrar certa quantidade de suas amantes antes que todos nos cansemos do espetáculo.'

"Risos baixos ecoaram pelo salão. O homem tatuado ergueu o cálice e sorriu, presas douradas brilhando por trás da barba encharcada de sangue. A donzela monstruosa riu com simpatia.

"'Irmã', disse Nikita.

"Mas os risos se calaram, um bebê sufocado no berço. Os olhos de Lilidh deixaram o grupo e se dirigiram para os do irmão, a voz do conde fria como a brisa de outono:

"'Paz.'

"Os lábios de Lilidh se curvaram em um sorriso de garota ingênua, embora nenhum calor chegasse a seus olhos. E depois de dar um beijo no rosto de Kiara, ela soltou sua pegada. A Mãe-loba cambaleou para trás, a marca vermelha dos lábios de Lilidh em sua pele. O lobo pálido lambeu a mandíbula, com os olhos ainda fixos em Dior.

"'Tua chegada está muito atrasada, filha.' Nikita franziu o cenho, as pontas dos dedos pálidos unidas. 'O estoque nos currais de Velhatunn está ficando escasso. Por que atrasaste tanto?'

"'Senhor e pai, eu peço perdão', disse Kiara. 'Mas o frio do inverno e as fomes dos sangues-ruins secaram suas terras do pouco gado que restava. Como o senhor nos alertou, fomos forçados a viajar além de suas fronteiras para encontrar mais que refúgio para sua taça.'

"'Mas a encheste?'

"'Enchi e mais.' A Mãe-loba empinou o nariz, os olhos brilhavam enquanto olhava para seu senhor. 'Eu venho de Aveléne com sua poeira em meu rastro, seu butim em meus braços, e o sangue de Gabriel de León sobre minhas mãos.'

"À menção do nome de meu irmão, o estado de ânimo no salão caiu abaixo do chão. O tatuado chamado de o Draigann ficou de pé, com uma expressão enraivecida.

"'O Leão Negro...'

"'Salvador de Báih Sìde.' Lilidh sorriu, melancólica. 'Libertador de Triúrbaile.'

"'E *assassino* de nosso nobre pai', rosnou Nikita.

"'Um inimigo que achávamos estar morto e bem enterrado.' O Draigann jogou seu cálice na parede, vermelho se espalhando na pedra. 'Está dizendo que aquele filho três vezes maldito de uma rameira vive?'

"'*Vivia*', corrigiu Kiara, olhando em torno do salão com um sorriso animal. 'Mas não vive mais. E foram as *minhas* mãos que provocaram seu fim, primo.'

"O salão estava todo alvoroçado, agora, e Dior ajoelhada em seu centro, de cabeça baixa. Ela sempre tinha acreditado em meu irmão, seu juramento de que nunca a deixaria. Mas com certeza até *ela* duvidava que ele pudesse ter sobrevivido à queda naquele abismo congelado. O caos ecoava no ar em torno dela, vampiros se levantando, gritando perguntas, erguendo cálices e cuspindo o nome de Gabriel como se fosse água benta em suas línguas.

"'*SILÊNCIO!*'

"A ordem soou como um disparo de canhão, seu eco crepitando sobre a pedra. Lilidh olhou para os kiths, seu olhar não acalentando nenhuma divergência.

"'Meu filho.' Então ela olhou para o Decapitador, os olhos pretos brilhando. 'A Mãe-loba disse a verdade? O cão de prata que matou o grande Tolyev agora está morto?'

"Kane olhou para Kiara, a vampira mais velha tensa com uma ameaça silenciosa.

"'O preço foi alto, condessa', murmurou Kane. 'O primo Rykard foi morto às margens do Mère. Mas o Leão Negro caiu. Pela própria mão de minha prima.'

"Um grande urro soou pelo salão, e a Mãe-loba se ergueu mais alta, com o nariz empinado. Enquanto as paredes ecoavam com adulação sangrenta, Kiara olhou para Nikita.

"'Essa maré de alegria não é tudo o que eu trouxe para ti, grande pai.' Ela sorriu. 'Ofereço outro presente, para adoçar ainda mais esse triunfo.' Com um floreio, Kiara chegou para o lado, apontando para a caixa de ferro na pedra ao seu lado. 'Um feliz bisneto de tua linhagem.'

"Um murmúrio atravessou o salão quando ouviram isso, e Nikita chegou para a frente em seu trono.

"'Um recém-nascido criado por ti? Alto-sangue?'

"'O senhor de Aveléne.' Os olhos de Kiara brilharam com um orgulho sombrio quando ela olhou para os monstros à sua volta. 'Aaron de Coste. Um *capitaine*, guerreiro filho da nobreza e de San Michon. Combatemos frente a frente sobre suas muralhas, sem piedade pedida nem concedida. Estilhacei sua espada, mas dou ao senhor o punhal dele, junto com sua fortaleza. Que o senhor o considere digno de seu sangue.' Os olhos de Kiara se dirigiram mais uma vez para seu criador sombrio, com a voz mais grossa. 'E aquela que o fez, que matou seu grande inimigo, digna de sua bênção.'

"Kiara levou a mão ao interior da capa e pegou uma lâmina curta em uma bainha surrada. Um anjo brilhava no punho – o mesmo da espada de aço de prata que Gabriel tinha encontrado em Aveléne. Ao ver aquilo, os lábios de Nikita se curvaram em um pequeno sorriso perfeito.

"'Muito bom trabalho, meu amor.' O ancien inclinou a cabeça. 'Estou orgulhoso de ti.'

"Olhando nos olhos sem fundo de Nikita, a Mãe-loba tirou as tranças dos ombros, as presas brilhando enquanto se envaidecia – se ela tivesse um pulso em suas veias, com certeza teria corado como uma donzela na primavera. Ao mesmo tempo, Kane e Soraya destrancaram a corrente pesada, desenrolaram-na da caixa de ferro e abriram a tampa.

"E com um urro cheio de ódio, Aaron de Coste voou na garganta da Mãe-loba."

✦ VII ✦
SUBMISSÃO ESCRITA EM VERMELHO

— ERA O GAMBITO de um tolo. De Coste estava faminto, em inferioridade numérica e em termos de forças no estômago da fera. Mas como dizem em Ossway, pecador, não é o tamanho do cachorro na luta que importa, mas o tamanho da luta no cachorro. E De Coste tinha isso em abundância.

"Estava sujo e desgrenhado, a barba encrostada de sangue, mas, mesmo assim, *magnífico*. Músculos de alabastro e cabelo dourado, tinta de prata brilhando em seu peito nu. Ele atingiu o queixo da Mãe-loba, quebrando dentes e cortando lábios. Quando Kiara cambaleou, Aaron pegou o punhal de aço de prata que ela segurava e o girou com tanta força que o pulso dela se estilhaçou como gelo. Com a mão na dela, De Coste enfiou o punhal fundo em seu peito.

"'Queime no inferno, sanguessuga', sibilou ele.

"A mão boa de Kiara se fechou em torno do pescoço de Aaron.

"'*Esse* é o meu garoto.'

"A Mãe-loba ergueu o recém-nascido no ar e o atirou com força sobre as pedras do chão. Um estrondo soou quando os monstros da corte gritaram em aprovação. Dior estava ficando empolgada quando sentiu uma mão no ombro, forte como uma dúzia de homens.

"'Nada de bobagens, garota', alertou Kane.

"Kiara ergueu Aaron como um saco de penas e o jogou como um carrinho de mão de tijolos. Seu crânio se estilhaçou, sangue escorreu de seu nariz e de seus ouvidos. Ele girou a faca no peito quando a vampira o jogou no chão outra vez e mais uma vez, as paredes estremecendo como se a terra tremesse. E já fraco e faminto, e agora ferido o suficiente para matar qualquer homem mortal, a mão de Aaron escapou do cabo de seu velho punhal. Kiara soltou sua pegada temível, e as tranças caíram em torno de seu sorriso vermelho enquanto cerrava os punhos para esmagar o rosto dele.

"'Filha.'

"A Mãe-loba olhou para Nikita, congelada. Mas os olhos do ancien estavam fixos em Aaron, brilhando de fascinação.

"'Contém tua mão', murmurou ele. 'Esse vinho que tu nos trouxeste é bom demais para ser derramado.'

"O tumulto morreu quando Nikita ficou de pé, ajeitou a casaca e desceu da plataforma. Dior parecia impotente, infeliz e em ebulição. Aquela pegada horrível em seu ombro se apertou; ela não conseguia se levantar por mais que quisesse. Mas desconfiamos que ela podia ter tentado, se o próprio Aaron não a tivesse visto. O recém-nascido piscou confuso, perplexo por vê-la ali, e implorou que ela se contivesse com uma sacudida da cabeça.

"Nikita então assomou sobre Aaron, o olhar sombrio percorrendo a tinta de prata e a carne musculosa.

"'Tu lutas com o coração, Dourado. Mas não és mais Santo de Prata.' O ancien apontou para as tatuagens na carne de Aaron, desprovidas da luz da fé e do amor de Deus. 'Teu Todo-poderoso deu as costas para ti. Tu foste mal usado e agora é descartado pelo rei bisonho do céu. Vem, deixa de lado o orgulho mortal e empenha tua espada a um soberano digno dela. Tu foste *refeito*, filho. Forjado de novo no sangue Dyvok, o sangue do poderoso Nikita, que triturou toda Ossway sob seus pés. Nem mesmo o grande Tolyev conseguiu tal feito. Mesmo assim, em dois anos curtos o Coração Sombrio pôs esta nação de joelhos, e agora se senta como rei e conquistador sobre o trono da Novespadas.'

"Nikita apontou para a cadeira de pau-ferro ao seu lado, com um anel de ferro gravado com o brasão de sua linhagem brilhando sobre um dedo de mármore.

"'Ajoelha-te diante de nós. Aperta teus lábios de rubi em nosso brasão e jura submissão vermelha para teu Priori.' Nikita sorriu, um sorriso sombrio e desolado. 'Se tu achares ser digno desta bênção.'

"Todos os olhos estavam no recém-nascido, o rosto de Aaron se retorcendo quando rolou de bruços. Ele olhou ao redor do salão, viu a impotência de sua situação, Dior suplicando em silêncio que ele obedecesse. Com o cabelo louro molhado de sangue, o rosto retorcido com a agonia de ossos quebrados e prata queimando, Aaron rastejou pelos escombros. Centímetro a centímetro. Gota a gota.

"Ele chegou às botas do Coração de Ferro, o urso de ferro no anel de sinete reluzindo quando Nikita ofereceu a mão. O recém-nascido a pegou, olhou para olhos antigos e sorridentes, e com um grito, cuspiu sangue sobre o brasão dos Dyvok.

"Murmúrios sombrios ecoaram em meio à congregação enquanto Aaron cerrou os punhos e, apesar de seus ferimentos, se ergueu para resistir sobre pés trêmulos.

"'Sou Aaron de Coste', declarou. 'Senhor de Aveléne e filho de San Michon. Já matei mais de sua espécie do que posso contar, sanguessuga. E embora diga que meu Deus deu as costas para mim, eu não vou dar as costas para ele.' Seus olhos se encheram com lágrimas sangrentas, a voz trêmula de ódio: 'Pois eu estaria mesmo amaldiçoado se *um dia* me ajoelhasse diante de alguém como você.'

"O sorriso de Nikita então se abriu, até mostrar suas presas brilhantes. Ele ergueu as mãos espalmadas e olhou para a aglomeração, como se pedisse àquele bando de demônios para ser testemunha.

"'Ele não se ajoelha para ninguém. Seu valor está provado. Seu sangue, indomado.'

"'Indomado!', exclamou Soraya, erguendo um cálice. '*Santé!*'

"'*Santé*', gritaram em resposta, ecoando por aquele salão manchado de sangue.

"Nikita se movimentou, tão rápido que era difícil de ver. Sua mão estava no pescoço de Aaron, erguendo-o como se ele não pesasse mais do que fumaça e sonhos. Aaron tentou escapar daquela pegada terrível, mas o ancien apenas levou seu pulso aos dentes e mordeu fundo. E pressionando a veia sangrando sobre a boca de Aaron, a língua do senhor dos Dyvok se tornou um Açoite.

"'*BEBA.*'

"Aaron parou de lutar. Como se comandado pela própria voz de Deus, ele agarrou o pulso de Nikita. E enquanto Dior olhava horrorizada, Kiara com uma expressão fechada cada vez mais sombria, Aaron bebeu como um homem morrendo de sede. Nikita sorriu, um suspiro de prazer sombrio escapando de lábios sem sangue, olhando para o recém-nascido com olhos escuros e vazios.

"'Todo o meu poder', sussurrou ele, 'todo o meu ódio, toda a minha fúria agora são teus, filho. E daqui a duas noites, tu também vais ser.'

"Nikita engasgou em seco, com os lábios entreabertos, suas próprias presas longas e duras enquanto Aaron bebia. O Coração Sombrio permitiu que o belo *capitaine* de Aveléne engolisse mais um bocado, gemendo, passando uma língua vermelha sobre os lábios antes de soltar o pulso.

"'Basta por enquanto, Dourado.'

"E com um movimento do pulso, Nikita quebrou o pescoço de Aaron.'

"O corpo do recém-nascido caiu sobre a pedra, e Dior gritou seu nome antes que um aperto torturante em seu ombro a imobilizasse. Nikita se voltou para Kiara, o sorriso como uma lâmina.

"'Eu agradeço a ti, filha. Um presente digno. Gosto da ideia de brincar com ele.'

"Kiara fez uma reverência baixa, mas uma sombra de sua expressão fechada permanecia, seus olhos se dirigindo para Aaron, esparramado sobre o chão ensanguentado. Uma dupla de soldados escravizados arrastou o corpo do *capitaine* do salão. Nikita voltou para seu trono, admirando o novo punhal. O aço de prata fervilhou quando o belo monstro o pressionou sobre o dedo mindinho, uma nuvem de fumaça se erguendo da pele de mármore. Sussurros passaram através da reunião – a corte nitidamente intrigada com a notícia de que Nikita tinha um novo neto nascido da linhagem de caçadores, e que o Coração Sombrio tinha a intenção de ficar com ele.

"Mas Lilidh apenas conteve um bocejo.

"'Uma demonstração vulgar.' Aqueles olhos sombrios caíram mais uma vez sobre a sobrinha, unhas douradas tamborilando em sua cadeira. '*Semanas* atrasada, nossos sangues-ruins famintos, o primo Rykard morto, e tu queres compensar nosso desagrado com gatinhos mortos e mais uma boca para alimentar?'

"'Minhas carroças estão cheias até o limite, milady.' Kiara fez uma reverência com a mão sobre o coração havia muito tempo morto. 'A semente que nosso Priori plantou vai desabrochar. Mais de mil cabeças aguardam por seu prazer no pátio. Mas um último prêmio eu trouxe para vós. Um tesouro que vale qualquer atraso, e o peso de minhas colheitas nas noites por vir, aposto.'

"'Tesouro?' Lilidh ergueu a mão pálida, alisando um dos longos chifres de sua coroa. 'Mais um filhote com o qual estragar nossos pisos?'

"Enfim Kiara gesticulou para a garota ajoelhada muito atrás dela, e o olhar antigo de Lilidh caiu sobre Dior como uma bigorna do céu. O lobo de um olho estava observando o Graal atentamente desde que ela tinha entrado no salão, mas, agora, todos no aposento se focaram nela. O coração de Dior trovejava, as palmas de suas mãos estavam úmidas e grudentas. Ela tinha conhecido anciões antes, resistira diante do filho mais jovem do Rei Eterno e vencera. Mas o orgulho que sentira com aquele feito agora devia parecer o tipo mais sombrio de vaidade, e as palavras acaloradas que ela jogara sobre Gabriel quando ele tentara lhe dizer o perigo que corria, as lamúrias de uma criança tola.

"Nikita franziu o cenho.

"'Qual o valor desse garoto mirrado?'

"'Não é um garoto, irmão', respondeu Lilidh, olhando para Dior com um fascínio crescente. 'É uma moça, e das mais belas. Anjos castos tremeriam com seu perfume.'

"Nikita farejou o ar, sua atenção aguçada – o ancien apenas respirava quando precisava falar. Mas agora tornou a se levantar de seu trono, ondulando como seda preta, e Dior se encolheu diante da fome terrível nos olhos dele. Como ela deve ter se sentido pequena, então. Como deve ter se sentido fraca ao olhar ao redor do salão e ver o pouco que significava, apenas mais um gole em seus cálices transbordantes. Os lábios de Nikita se entreabriram, e o Graal tremeu com o brilho das presas por trás.

"'Pai', disse Kiara.

"Nikita olhou para a filha, com irritação nos olhos escuros como poços.

"'Perdoe-me.' A Mãe-loba baixou os olhos. 'Mas não é uma mera jovem que eu trouxe para o senhor brincar. A garota viajava na companhia de Gabriel de León. E no campo onde eu o derrubei, Kane e eu também cruzamos espadas com duas princesas do sangue Voss.'

"Lilidh olhou para seu filho, e Kane assentiu mais uma vez.

"'Lady Alba e Lady Alene, condessa.'

"Nikita deu de ombros.

"'A rixa do Leão com os corações de ferro é bem conhecida.'

"'É, pai', assentiu Kiara. 'Mesmo assim, as Terrores não buscavam a morte do Leão, mas a vida desta criança aqui. Capturada. Não morta.'

"A reunião agora estava nervosa, a tensão crescendo quando mais dos monstros captavam traços do cheiro de Dior sob o fedor de sangue. Mas Lilidh olhava fixo para o Graal, com os olhos escuros e insondáveis, com mais fome do que o lobo ao seu lado.

"'Verme?' A Sem Coração estalou os dedos. 'Onde estás?'

"Uma jovem surgiu das sombras, como se tivesse sido conjurada por mágika. Seu cabelo era de um louro brilhante e amorangado, e estava vestida com linho artesanal – roupa comum de criados. Ela caminhou à frente e caiu de bruços diante do trono de Lilidh. Depois de arrumar seu vestido esplêndido, a Sem Coração usou a jovem como banquinho para os pés, pisando em suas costas e depois no chão. O lobo ficou de pé, à espreita ao lado dela, as damas de companhia se reuniram às suas costas. Havia três delas, mortais e belezas raras, todas elas. Duas jovens ruivas, semelhantes o bastante para parecerem irmás, e uma mulher mais velha à sua frente; uma mulher com olhos azuis penetrantes e uma cicatriz no queixo, parando para erguer a cauda comprida do vestido de Lilidh.

"Lilidh se movimentou, sinuosa, parecendo quase flutuar na imobilidade repentina. Kane fez uma reverência e desapareceu, deixando Dior sozinha de joelhos. A garota mantinha os olhos baixos, o perigo tão denso ao redor que a pele dela formigava com o frio. A sombra que Lilidh projetava no chão era toda chifres curvos e mãos em garras, não tanto uma jovem quanto um demônio.

"'Quem és tu, mortal?', perguntou a Sem Coração.

"'Dior Lachance', murmurou ela.

"O lobo branco rosnou, as orelhas apertadas sobre o crânio.

"'Silêncio, Príncipe', murmurou Lilidh.

"'Como tu foste parar na companhia do assassino de nosso senhor e pai?' Era Nikita falando agora, os olhos penetrantes nos dela. 'Como conheceste Gabriel de León?'

"Dior olhou ao redor; um oceano de lobos, e ela, o cordeiro sangrando.

"'Uma irmã de San Michon me salvou da Sagrada Inquisição', respondeu, a voz frágil e pequena. 'Ela pediu que Gabriel ajudasse a me proteger... M-mas então ela morreu. E Gabriel é um homem que mantém suas promessas.'

"Ela, então, vacilou, passando a língua nos lábios secos.

"'Quero dizer... e-ele era.'

"'E por que as filhas de nosso odiado inimigo procuravam por ti?' A voz de Lilidh era a fumaça de um *cigarelle*, pairando suavemente sobre a pele de Dior. 'O que Fabién Voss quer contigo?'

"'Eu não sei...'

"O Graal estremeceu quando a mão de Lilidh alisou seu maxilar. A Sem Coração pôs um dedo sob seu queixo e ergueu o rosto de Dior para que seus olhos enfim cruzassem com o olhar sombrio da ancien.

"'*DIGA A VERDADE*', ordenou Lilidh,

"Dior se encolheu quando o Açoite nessas palavras estalou no ar, ecoando nas paredes a sua volta. Ela respondeu, aterrorizada e estridente:

"'Eu não *sei*!'

"'Ela tem dons, milady', disse Kiara. 'Um dos marcados que obtive em Aveléne foi ferido em luta. Esfaqueado três vezes no peito, quase um cadáver. Mesmo assim essa garota, ela…' A Mãe-loba sacudiu a cabeça, ainda perplexa. 'Ela pôs as mãos sobre os ferimentos, e sob seu comando, o coração ferido ficou bom.'

"'Mas tenha cuidado, mãe', alertou o Decapitador, erguendo a mão ainda com cicatrizes. 'Seu sangue é veneno para nossa espécie. Ela me queimou até virar cinzas no lugar em que me tocou.'

"A Sem Coração alisou para trás o cabelo acinzentado de Dior, olhando fundo em seus olhos.

"'Tu és uma feiticeira? Um cordeiro fae, serva do Poço, ou concubina de deuses antigos? Com que magia tu queimas carne imortal e arranca corações da mão fria da morte?'

"O reflexo de Dior brilhou naqueles olhos tão escuros, pequena e pálida e completamente sozinha. Mas apesar de seu horror, ou talvez *por causa* dele, sua astúcia resistia.

"'Não sei como consigo fazer isso', mentiu. 'Eu não sei o que sou.' Ela sacudiu a cabeça. 'E não sei por que o Rei Eterno está me caçando.'

"'*DIGA A VERDADE*', ordenou Lilidh, o comando reverberando no crânio de Dior.

"'Eu não *sei*! Juro pelo túmulo do meu pai!'

"Lilidh se encostou e trocou um olhar sombrio com o irmão.

"'Verme?' A Sem Coração deu tapinhas na coxa, como se chamasse um animal de estimação. 'Venha.'

"A criada deitada de bruços diante do trono de Lilidh se levantou de imediato, andou depressa como um rato para um cano de esgoto, então voltou a se ajoelhar.

"'Sua ordem, senhora?'

"Os olhos da garota se encheram de ardor quando olhou para a vampira. Os dela eram diferentes, um verde-claro e o outro azul-profundo. Sua pele era levemente sardenta; seu cabelo, como fogo veranil. Havia uma marca de escravizado queimada em cima de sua mão – uma coroa ornamentada com chifres retorcidos, iguais àquelas das criadas agora reunidas atrás de Lilidh.

"Dior empalideceu quando a Sem Coração sacou um punhal do corpete bordado. A arma era ornamental, mesmo assim mortal, sua lâmina afiada e fina, com um urso rugindo moldado no punho. Enquanto os monstros daquela corte observavam, Lilidh entregou o punhal à criada e olhou para sua sobrinha Kiara.

"'Três vezes no peito, tu disseste?'

"A Mãe-loba assentiu.

"'Foram três vezes, milady.'

"Os olhos de Dior se arregalaram.

"'O que você vai...'

"'*APUNHALA A TI MESMA*', ordenou Lilidh.

"Não se passou uma respiração, nem batimento cardíaco ou piscar de olhos antes que a criada obedecesse, enfiando o punhal em seu peito. Dior gritou, estendendo a mão para detê-la quando a Sem Coração falou:

"'*DE NOVO.*'

"A jovem criada obedeceu, os olhos brilhando de dor, a respiração já rateando quando extraiu o punhal e o cravou fundo. As damas de companhia olharam horrorizadas, mas nenhuma moveu um músculo para impedir a loucura. Dior se lançou para pegar a faca, mas com uma mão, sem esforço, a condessa Dyvok a segurou. E, com olhos sombrios ainda fixos na criada, ela falou:

"'*DE NOVO.*'

"'NÃO!'

"A garota obedeceu, arrancando o punhal de seu coração que sangrava e enfiando-o outra vez até o cabo. Suas mãos estavam ensopadas de sangue, agora, seu rosto tinha ficado branco, e seu espartilho, encharcado de vermelho. Mesmo assim, ela olhava para Lilidh com os olhos distintos cheios de amor, girando e soltando a faca e segurando-a como se antecipasse a próxima ordem de sua senhora.

"A Sem Coração sorriu.

"'Nossos agradecimentos, Verme.'

"A garota sorriu em resposta, com um filete de sangue escorrendo dos lábios. E pálida, respirando com dificuldade, ela desmoronou como uma boneca quebrada no chão.

"'Você está *louca*?', gritou Dior, tentando se soltar.

"Lilidh soltou sua pegada e dirigiu seu olhar para a garota.

"'Demonstre.'

"Dior olhou para a criada, deitada de costas em uma poça de seu próprio sangue. A jovem ainda encarava sua senhora, os lábios se mexendo talvez em oração, a respiração borbulhando em sua garganta. Estava a apenas alguns batimentos cardíacos da morte — não fazer nada era condenar aquela pobre garota ao túmulo. Mas se alguém escutasse, a voz de meu irmão quase podia ser ouvida no ar.

"*Você não está mais brincando com os filhotes, está correndo com os lobos.*"

Em uma caverna escura abaixo dos porões de Sul Adair, o marquês Jean-François do sangue Chastain revirou os olhos, sacudindo a cabeça enquanto mergulhava sua pena. Água turva murmurava no espaço entre o cronista e a narradora, Celene olhando para o outro lado do rio escuro.

— Você suspira, historiador? Nossa história o entedia?

— Não, apenas temo outra barragem efusiva sobre a santidade de Dior Lachance. — O vampiro acenou com a pena de um jeito teatral, fazendo uma imitação passável do rosnado de Gabriel. — *Olhos que viram as feridas do mundo, e um coração que queria repará-las.*

Celene escarneceu:

— Foi isso o que meu irmão contou a você?

Jean-François folheou seu tomo para poder citar diretamente.

– *Ela me lembrava tanto minha filha que fazia meu coração doer.*

– Todo-poderoso Redentor. Aquele homem nunca viu uma exaltação em que não enfiasse o pau, eu juro. – A Última Liathe se apoiou sobre um cotovelo, olhando para o historiador através de cortinas compridas e escuras de cabelo. – Deixe-nos contar a verdade sobre Dior Lachance, Chastain. Pois enquanto alguns nesta história vão chamá-la de santa, o Graal de San Michon estava tão longe disso quanto o céu é vasto. Ela não era nenhum anjo piedoso, nenhum mártir abnegado. Era uma rata de sarjeta. A filha de uma prostituta. Uma garota criada em ruas frias e duras com escolhas duras e frias. Roubar ou passar fome. Mentir ou morrer. Dior Lachance era uma vigarista. Uma ladra. Mas, acima de tudo, uma *oportunista*.

"Teria sido óbvio desde o momento em que entrou naquela cidade, no segundo em que ela testemunhou a mortandade naquele pátio, como a vida importava pouco para aqueles monstros. E embora sua mente sempre estivesse fechada para nós, embora não conhecêssemos seus pensamentos, era claro que Dior não tinha intenção de ser apenas mais uma tola pendurada em seus tetos.

"Dior pegou o punhal dos dedos da criada e cortou a base de sua mão. Quando o perfume de seu sangue beijou o ar, todo vampiro naquele salão se eriçou e suspirou. Lilidh umedeceu os lábios com uma língua vermelha e comprida quando Dior cortou os cadarços do corpete da jovem e afrouxou sua *chemise* encharcada de sangue por trás. E enquanto Lilidh e seu belo irmão observavam, cativados, o Graal passou uma mão vermelha sobre os ferimentos da jovem criada.

"E diante dos olhos Mortos deles, aqueles ferimentos se fecharam.

"Um murmúrio percorreu a assembleia; o conde e a condessa trocaram olhares que não morriam. Dior envolveu um lenço sujo apertado em torno de sua mão cortada, então ajudou a criada a se sentar, ainda pálida e encharcada de vermelho. A garota parecia surpresa, olhando para seu peito sem perfurações, então para os olhos azul-gelo do Graal.

"'Doce Virgem-mãe...'

"'Um milagre de sangue, com toda a certeza.' Lilidh fixou Dior com um olhar tão faminto e profundo que durou uma eternidade. 'E tu não tens ideia de como essa operação é tua?'

"O Graal se levantou, com lábios pálidos e língua de mentirosa.

"'Eu sempre fui capaz de fazer isso.'

"'Lilidh assentiu. Seus olhos de meia-noite se estreitaram em pensamento, e ela sugou lentamente o inchaço de seu lábio inferior, olhando para Dior dos pés à cabeça. E enfim, erguendo uma mão com garras, ela as arrastou pelo próprio pescoço, cortando fundo a carne de porcelana. Os olhos de Dior se arregalaram quando a vampira passou um braço de ferro em torno de sua cintura e a puxou para perto...

"'Irmã', disse Nikita.

"Lilidh olhou com expectativa para o irmão.

"Espere', ordenou ele.

"'Por quê?', perguntou ela, olhando-o nos olhos. 'Nikita já reivindicou um prêmio esta noite. Um banquete deles, pelas nossas contas. Um neto para reforçar as fileiras de seus lordes, um reforço de gado para sua despensa, um punhal para seu arsenal. Será que ele reivindicaria este prêmio também? O que, então, resta para Lilidh? Pensa do ponto de vista de sua criada, ela vai se satisfazer com uma porção? Tu és seu Priori, irmão, mas *não* mais velho.'

"Os ancien se encararam, a reunião olhava fixamente para ambos. Parecia que a política na corte de Nikita era uma complicação espinhosa – poder dividido entre esse príncipe que usava a coroa e a irmã mais velha, que de algum modo o autorizava. Mas enquanto os olhos dos cortesãos estavam fixos sobre o conde e a condessa, Dior olhava apenas para o corte no pescoço de Lilidh; o sangue escorrendo grosso pelo decote da vampira.

"*Um escravo mata por seu mestre. Morre por seu mestre. Comete qualquer atrocidade por aquele a quem está ligado.*

"'Não vamos fazê-la quebrar, irmão', prometeu Lilidh. 'Apenas trazê-la para *nós*.'

"Nikita refletiu por um momento eterno. Mas enfim…

"'Como for de teu agrado, irmã.'

"Lilidh sorriu, e, dessa vez, ele chegou aos seus olhos. E sem dizer mais nada, ela puxou Dior para perto de seu corpo e pressionou os lábios da garota sobre o pescoço ferido. Dior engasgou em seco, seu rosto se contorceu de repulsa, vermelho espalhado molhado e grudento sobre sua boca. Mas por mais que tentasse, ela não podia resistir àquela pegada infernal, nem se soltar daquele abraço odioso.

"'Beba', sussurrou Lilidh.

"Ela podia ter lutado. Seria infrutífero, sem dúvida, mas, às vezes resistir sem esperança de vitória é a única vitória a ser obtida. Mesmo assim, Dior Lachance era uma apostadora, e com tanta coisa em jogo, pareceu que tinha resolvido manter as poucas cartas que lhe restavam perto do peito. E assim, sob os olhares famintos daquela corte de monstros, envolta nos braços pálidos daquela ancien, o Graal de San Michon respirou fundo.

"Ela fechou os olhos.

"E *oui*, ela bebeu."

✦ VIII ✦
O TRUQUE NA MANGA

— *ANTES DE QUEIMAR suas pontes, um homem deve aprender a nadar.*

"Dior se ajoelhou no chão de sua cela fria, olhando fixamente para aquelas palavras na parede. Tinham sido gravadas ali Deus sabe quantos anos antes, provavelmente por mãos de uma pessoa morta havia muito tempo.

"'Eu queria saber se ele se afogou', sussurrou ela.

"As masmorras de Dún Maergenn eram um poço úmido e frio, escavadas muito abaixo das fundações do *château*. A cela de Dior era um quadrado de um metro e meio de lado, com um cobertor mofado para servir de cama, e um balde, de banheiro, e apenas uma fenda na porta de pau-ferro reforçado para deixar a luz entrar. Fora arrastada até ali por ordem de Lilidh, xingando quando os soldados escravizados a largaram sobre a pedra, com o sangue da ancien ainda sujando seus lábios.

"Eles a trancafiaram ali, a escuridão perfurada por um único globo chymico na escada. Depois que seus passos se afastaram, ela rastejou até o balde no canto e enfiou o dedo na garganta, vomitando tudo o que tinha no estômago. Vermelho e grosso. Arquejando e cuspindo. Dior devia saber que seus esforços eram inúteis, mas mesmo assim ela tentou. Quando terminou de vomitar, recuperou o fôlego e afastou o cabelo dos olhos. Ela se levantou e parou no centro da cela. E ali, começou a dançar.

"Não uma jiga, uma quadrilha ou uma valsa, não, mas os passos que meu irmão lhe ensinara. A postura do vento norte. O pé dianteiro avançado.

Barriga, peito e pescoço, repetir. Praticava com uma espada invisível na mão e fogo nos olhos. Derrubando inimigos imaginários, até sua respiração estar queimando e sua pele brilhar de suor, e ela ter, talvez, recuperado uma fração diminuta do controle que haviam tirado dela.

"Só depois que parou para respirar foi que Dior sentiu aquilo; um tremor delicado em sua pele. Deteve-se, desconfiada, mas descartou a sensação como imaginada, assumiu a postura do vento sul e se preparou para começar de novo. Então sentiu aquilo novamente. Dessa vez, inconfundível.

"Havia alguma coisa dentro de sua camisa.

"Era grande demais para ser uma pulga, mas Dior sempre teve medo de ratos, e só a Virgem-mãe sabia que outros pequenos horrores podiam chamar aquelas masmorras de casa. Ela xingou ao sentir o tremor outra vez e tirou a sobrecasaca cinza e suja dos ombros. Estapeando a sensação, gritando enquanto lutava para tirar a sobrecasaca, a garota tirou pela cabeça a camisa desgastada pela viagem. E se retorcendo na direção da luz mortiça, ela a viu, aninhada na parte interna de seu braço.

"Uma mariposa feita de sangue.

"Estava pousada sobre sua pele pálida, do tamanho de uma unha do polegar. Batia as asas diminutas, delicadas como flocos de neve, bonitas como pétalas de rosa, e vermelhas como o fim de toda a vida.

"Os olhos de Dior se arregalaram, e um sussurro incrédulo escapou de seus lábios.

"'*Celene?*'"

– Ah! – Jean-François sorriu. – Então enfim chegamos à explicação. Aqui estava eu, perguntando-me como você sabia tudo o que ocorrera com o Graal desde que se separaram. Mas vocês nunca se separaram. – O historiador ergueu seu cálice em um brinde. – *Santé*, mlle. Castia. Muito engenhoso.

A Última Liathe ainda estava apoiada sobre o cotovelo, observando o outro lado da água com olhos famintos.

— Guarde suas lisonjas para meu irmão, pecador. Isso pouco significa para nós.

— Pouco é mais que nada. — O historiador sorriu, brincando com o nó de seu lenço no pescoço. — E não está muito longe de muito. E é impossível deixar de notar que você tem a mesma queda de Gabriel por um drama, *mademoiselle*, guardando essa parte deliciosa até agora, em vez de revelá-la logo a mim. Você e seu irmão são mais parecidos do que imagina.

— Cuidado, historiador. Você vai nos magoar.

Jean-François riu.

— Você estava com ela desde Cairnhaem?

A Última Liathe assentiu.

— Aquela pequena parte de nós, *oui*. Mas as chamas tinham deixado pouco mais, por isso, na época, podíamos apenas ouvir. *Sentir*. Tinha levado semanas para reconstruir o resto de nós o bastante para seguir a trilha de Dior, para impor nossa vontade sobre aquele pequeno fragmento que tínhamos deixado com ela. Mas, agora, atravessamos a escuridão na direção daquela lasca, daquela gotícula e daquela pequena *partícula* nossa, e fizemos com que batesse as asas sangrentas com a delicadeza de um hálito de bebê sobre a pele dela.

"*Tap*.

"'Ah, doce Virgem-mãe, é *você*.'

"*Tap*.

"Dior olhou ao redor da cela, furtiva, com um sorriso vertiginoso retorcendo os lábios. Pudemos sentir seu pulso acelerando sob a pele, a carne se arrepiando sobre nossos pés minúsculos. É estranho o quanto pode ser aprendido quando se está tão perto. Quanta verdade existe na carne. Parada na ponta dos pés para espiar pela fenda gradeada, Dior só conseguiu ver a cela em frente — ela não tinha ideia de quem poderia ouvi-la falar. Por isso, se agachou bem em um canto, o mais baixo e pequena que pôde, sussurrando como se sua própria alma dependesse disso:

"'O que aconteceu? Você está bem?'

"Nós não respondemos, apenas batemos aquelas asas diminutas.

"*Tap.*

"*Tap Tap.*

"'Você não pode falar, certo, tudo bem.' Ela levou a mão aos lábios, assentindo. 'Mas consegue ouvir?'

"*Tap.*

"'Uma para *oui*, duas para *non*?'

"*Tap.*

"'Meu Deus, isso é bom', disse ela, o pulso galopante. Um momento atrás, ela devia estar se achando perdida e sozinha, mas agora tinha a respiração acelerada, passando uma mão trêmula pelo cabelo. 'Tem… mais de você? Eu a vi queimando na ponte, mas…' Ela olhou para nossa pequena partícula, sussurrando: 'Isso é tudo o que resta?'.

"*Tap Tap.*

"'Está certo, bom, bom. O resto de você está com Gabe?'

"*Tap Tap.*

"Sua voz baixou, então, tomada de medo:

"'Você sabe… sabe se ele está vivo?'

"*Tap Tap.*

"'Merda.' Mordendo o lábio, o Graal baixou a cabeça. '*Merda*.'

"Dior, então, ficou sentada no escuro por um momento longo e silencioso. Com os punhos cerrados. Os olhos bem fechados. Não sabíamos o que ela estava pensando, mas tínhamos uma boa ideia.

"'Está bem', murmurou ela por fim. 'O resto de você, então. Está perto?'

"*Tap.*

"'Consegue me tirar daqui?'

"A duração de cinco respirações se passou naquele escuro, mas Dior não respirou nenhuma vez.

"*Tap.*

"*Tap Tap.*

"*Oui* e *non*?' Ela sacudiu a cabeça, com olhos loucos. 'O que isso quer dizer?'

"Batemos nossas asas minúsculas. Dior sibilava em frustração óbvia. Nós não conseguíamos sentir sua mente nem falar com seus pensamentos; tão impotentes quanto qualquer Voss para penetrar em seu véu. Mas enquanto ela observava, aquele nosso fragmento rastejou, atravessando seu braço nu de cima a baixo, deliberada e diligentemente. Levou um momento para a garota ver nosso jogo, mas como dissemos, aquela menina de rua não era nenhuma tola. E enfim percebeu que o padrão que percorríamos formava letras. Um método rústico, agonizantemente lento – ele não servia para mais que uma ou duas palavras. Mas foi isso o que demos a ela, escrito em sua pele em ritmo glacial por pés pequenos e vermelhos.

"'*Ferida*', sussurrou ela por fim. 'Você ainda está ferida.'

"*Tap*.

"Puta merda...'

"*Tap Tap*.

"Ela se curvou mais, a frustração surgindo em sua voz junto com o medo:

"'Essas coisas estão *enlouquecidas*, Celene. Tratam as pessoas como... como animais. Como *gado*. E estão me alimentando com sangue. Eles querem saber o que eu sou, o que posso fazer. Se me transformarem em escravizada, vou precisar contar tudo a eles. Os Esana. A Mãe Maryn. Você. Preciso *sair* daqui.'

"Nós traçamos um círculo pequenino em seu braço, com as asas tremendo.

"Ela deu um suspiro, o cabelo acinzentado nos olhos quando baixou a cabeça.

"'Mas você não pode me ajudar.'

"*Tap Tap Tap Tap Tap Tap*.

"O corpo de Dior ficou tenso quando passos desceram as escadas, vozes severas e familiares ecoando nas paredes úmidas. Rastejamos por seu ombro, subimos por seu pescoço e paramos para observar por trás de seu cabelo. Ela vestiu a camisa suja, seu colete, e ficou na ponta dos pés para espiar pela fenda gradeada assim que um par de olhos esmeralda assomou do outro lado.

"'Está gostando de seu alojamento, ratinha?', perguntou Kiara.

"Dior recuou, mas não respondeu, o pulso martelando sob nossos pés minúsculos.

"'Lady Lilidh vai lhe dar acomodações melhores em breve, não tema', disse a Mãe-loba. 'Lençóis macios. Uma boa almofadinha para seus joelhos delicados. Devia estar honrada por ter sido escolhida para lhe servir.'

"'Eu não *sirvo* a ninguém', sibilou a garota.

"'Daqui a duas noites, você vai cantar outra música.' Kiara a encarou, os lábios se curvando em um sorriso cruel. 'Cuidado quando o demônio a tomar sob suas asas, garota. É mais quente do que pensa.'

"Dior escarneceu:

"'Você está...'

"*Tap Tap Tap Tap Tap Tap.*

"'Aonde devemos colocá-lo, milady?', perguntou uma voz rouca.

"'Ali', disse Kiara, apontando com a cabeça para a cela em frente. 'Deixe que sofra com o cheiro dela.'

"Dior observou pela fenda enquanto Joaquin e Canela de Cachorro arrastavam um Aaron ainda destruído escada abaixo. Vestia apenas a calça de couro, mas tinha sido banhado e escovado, pulsos e tornozelos presos em correntes tão finas que achamos que ele poderia rompê-las ao acordar – até vermos que elas brilhavam em prata. Soraya esperava por perto, com as tranças caindo pelas costas e a pele com o cinza liso da morte. O rosto de Joaquin era uma máscara, e embora Dior procurasse seus olhos, o garoto dos cães os manteve o tempo todo abaixados.

"Os dois queimados ergueram Aaron até sua cela e o largaram no chão de pedra. A expressão de Kiara estava sombria, sua voz um murmúrio quando olhou para o filho:

"'Você chamou a atenção dele, meu bom menino. Parece que Fortuna está sorrindo para você.'

"'E para nós, irmã', disse Soraya. 'Que trouxemos este prêmio para o grande Nikita. Seus currais cheios outra vez. Um neto de alto-sangue. De León morto. O Coração Sombrio sem dúvida vai nos recompensar.'

"As luvas pesadas de Kiara rangeram, um polegar esfregando a parte de cima de sua mão.

"'Não como ele costumava fazer.'

"Soraya revirou os olhos, os lábios cheios franzidos. Quando a vampira mais jovem tocou a garganta, vimos o brilho familiar do frasco dourado pendurado em seu pescoço.

"'Eu preciso de mais um gole, irmã. Bebi tudo o que tínhamos quando tomamos Aveléne.'

"Kiara pareceu voltar a si, então, assentiu devagar.

"'Vou falar com a condessa. Ver o que nossa majestade tem para nós.' A Mãe-loba se virou para seus escravizados. 'Tem carne que precisa ser selecionada no pátio. Vão ajudar Petrik, aquela casa de piolhos. Em breve vamos para lá.'

"Joaquin encarou Dior, pena nos olhos dele. Mas então o garoto dos cães subiu para o pátio com seus companheiros para ajudar a separar o gado que antes tinham sido seus amigos. Kiara ainda olhava fixamente para Aaron, olhos estreitos enquanto observava o *capitaine* caído em sua cela. Mas com uma olhada final para Dior, a alto-sangue se virou e subiu a escada. Soraya lançou um beijo para o Graal, e então também se foi, seguindo no rastro de sua irmã mais velha.

"Dior se afundou em seu cobertor mofado, o queixo apoiado nos joelhos. Fazendo o sinal da roda, ela murmurou uma prece por Isla e pela pequena Mila, e principalmente por Baptiste, as mãos unidas e apertadas quando voltou os olhos para o céu.

"Mas se o Todo-poderoso a ouviu, ele não deu sinal.

"As masmorras dos Dyvok agora estavam em silêncio. Dior se encontrava exausta depois de tantos quilômetros e tribulações. Ela ainda estava no mais profundo perigo; mesmo nossos olhos minúsculos podiam ver isso com clareza. Distraída, passou a língua pelo canto da boca, o sangue da condessa ainda sobre seus lábios, doce como cobre. Quase imediatamente, Dior percebeu o que estava fazendo, cuspindo outra vez e esfregando a boca na manga.

Mas mesmo assim, quando sua língua tocou aquela mancha, sentimos sua pele se arrepiar, seu pulso ficar uma sombra mais rápido.

"Desespero.

"Medo.

"Prazer.

"'Estou fodida', sussurrou ela.

"Um adejar em sua pele, então, suave como o luar. Um simples toque no escuro. E ela respirou fundo, assentindo, porque mesmo que nunca tivesse passado tão perto do inferno quanto isso, até o fogo infernal é mais fácil de suportar com um amigo ao lado. Então, o Graal se encolheu sobre aquela pedra fria e fechou os olhos, procurando a força que encontraria no sono.

"Mas não havia sono para nós.

"Em vez disso, quando Dior adormeceu, saímos do abrigo do casaco dela e alçamos voo. Voamos através da escuridão, rápidas e silenciosas, com a intenção de vasculhar cada canto daquela fortaleza, daquela maldita *cidade* se precisássemos. Apesar do perigo em que Dior estava, não podíamos evitar ver a providência naquilo, e a vontade do próprio Deus em ação ali. Tudo tinha sido negado a nós em Cairnhaem pelo pecado final e terrível de Jènoah. Mas como dissera ao tolo de meu irmão, outros ancien dos Esana dormiam no escurecer através do império.

"O sábio Oleander abaixo de Augustin.

"E a mais velha e mais poderosa de nós, aqui, bem abaixo de Dún Maergenn.

"E com a atração de ferro para ímã, como dos predestinados para o destino, o Todo-poderoso nos levara *direto para ela*. Tudo na terra é obra de sua mão. E toda obra de sua mão está de acordo com seu plano. E assim, com asas silenciosas e olhos ágeis, partimos para encontrar aquela que podia nos ajudar.

"Para descobrir o lugar de descanso da poderosa Maryn, Priori dos Fiéis.

"Acordar a Mãe de Monstros."

✦ IX ✦
SANGUE NA ESTRELA

— TUDO ERA ESCURIDÃO quando ela abriu os olhos.

"Escura como o breu. Fria, profunda e completa. Por um momento, o coração de Dior começou a galopar de medo, e ela sentou-se ereta, arranhando o chão embaixo dela. Mas percebeu a pedra dura sob suas mãos, então sentiu o cheiro de mofo, de podridão e de ferrugem a sua volta, e suas mãos se fecharam em punhos desalentados.

"E então, gritos.

"'Aaron', sussurrou ela.

"Dior ficou de pé e agarrou a grade na fenda da porta. Luz mortiça brilhava da escada, e os gritos ecoavam na pedra escura e fria, descendo até sua espinha.

"'Aaron!' Ela ficou na ponta dos pés, berrando para ser ouvida acima dos gritos dele. '*AARON!*'

"Os gritos pararam — um arquejo abafado, um gemido melancólico. Então veio um pequeno sussurro, tão tomado de desgraça e dor que as lágrimas encheram os olhos dela:

"'D-Dior?'

"'Sou eu!', assentiu ela, apertando a grade. 'Estou aqui, Aaron. Você não está sozinho.'

"Ele não tinha necessidade de respirar, pois para sempre as portas da vida tinham se fechado para ele. Mesmo assim, ouvimos o corajoso senhor de Aveléne inspirar, como se quisesse recuperar forças.

"'Onde é a-aqui?'

"'As masmorras embaixo de Dún Maergenn. Eles nos trancaram ontem à noite. Lilidh e...'

"'Nikita', exalou Aaron.

"'*Oui*.'

"Nós então o ouvimos gemer, o som de algo embotado e pesado batendo contra pedra, repetidas vezes. O crânio dele, percebemos.

"'Ah, Aaron...', disse Dior com um suspiro.

"'Isso d-dói, Dior. Deus Todo-poderoso no céu, isso *q-queima*.'

"'Sinto muito', sussurrou ela, angustiada. 'Sinto muito. O que posso fazer?'

"'Fale c-comigo', implorou ele. 'Conte-me como veio parar a-aqui.'

"'Kiara e Kane me pegaram nas montanhas. Trouxeram-me para cá no comboio de Aveléne com os outros. Baptiste estava na jaula comigo.

"'E-ele está...'

"'Ele está vivo. E em segurança. Pelo menos tão seguro quanto pode estar nesta cidade amaldiçoada. Eles perderam seu último ferreiro, disseram. E precisam dele para trabalhar.'

"Ouvimos Aaron murmurar graças a Deus, e quando descemos do braço de Dior para pousar em sua mão, ficamos maravilhadas por alguém que tinha sofrido tanto ainda poder agradecer a seu mestre por uma bênção tão pequena. Ele era muito diferente de nosso irmão sem fé. Tão próximo, mesmo assim tão distante. Então, sentimos uma afinidade minúscula com aquele filho caído de Aveléne. Aquele mártir que ainda caminhava. Era novo no Sangue; os restos destroçados de sua humanidade ainda não tinham sido derramados, seus laços mortais ainda não tinham sido cortados. E pousadas sobre os nós dos dedos de Dior, com as asas batendo no ar da masmorra, podíamos sentir o travo suave de carne queimando, ouvir o fervilhar delicado de correntes de prata em sua pele. Nós nos lembramos da visão dele bebendo do pulso daquele príncipe das trevas na noite anterior. E sabíamos que estava tão condenado quanto nós.

"'E Gabriel?', sussurrou ele. 'Onde ele e-está?'

"'Eu não sei.'

"Dior sacudiu a cabeça, olhando em nossa direção. E talvez tenha sido imaginação, ou um simples truque da luz, mas juro que vimos um brilho de suspeita em seus olhos. Os lábios que ela lambeu ainda estavam manchados com o sangue de Lilidh.

"'Eu nem sei se ele está vivo', disse ela.

"'Se estiver, ele vem a-atrás de você.'

"O Graal respirou fundo, olhou em torno da cela úmida; a pedra fria, o ferro duro e a luz mortiça e tremeluzente.

"'Não tenho certeza se podemos contar com Gabe, Aaron.'

"'Você pode. Você d-deve. Eu c-conheço Gabriel de León desde que era um garoto, Dior. Ele não é nenhum santo, acredite em mim.' O *capitaine* de Aveléne riu e inspirou de um jeito trêmulo. 'Mas e-ele não abandona aqueles que a-ama. E ele a ama, n-não duvide disso.'

"'Talvez. Mas não vou esperar por Gabriel. Eu já fugi de lugares mais sombrios que este, e vou descobrir um jeito de livrar a nós dois. Eu p...'

"'Não', sibilou ele. 'Não me conte n-nada, *chérie*. Se descobrir um caminho para a liberdade, rezo a Deus para que você consiga levar meu Baptiste para a segurança. Mas não diga nada sobre isso para mim. Pois quando o Coração Sombrio me prender com seu sangue, ele pode me mandar contar tudo o que eu sei sobre você.'

"O pulso dela bateu mais forte, o cheiro de suor azedo umedecendo sua pele.

"'Eles também estão me prendendo', disse ela. 'Me forçaram a lhes mostrar o que meu sangue pode fazer. Então Lilidh, ela... me forçou a beber.'

"Nós, então, ouvimos um suspiro, cheio de pesar.

"'Que Deus a ajude, criança...'

"'Talvez consigamos lutar contra isso', sibilou ela, desafiadora. 'Gabe disse que era como amor. Eu já amei antes, mas ainda era *eu*. E nunca iria...'

"'Não é nenhum amor mortal, *chérie*. A corrupção em suas veias é uma falsificação sombria, desprovida de verdade, mas não menos potente por essa falta. É um amor *cruel* que lhe entregam, Dior. Um amor invejoso e possessivo, arrastando toda doçura e honestidade abaixo de sua contracorrente. Eu já o vi fazer mulheres matarem seus maridos com um sorriso. Pais chacinarem seus filhos em desafio a todo Deus e lei da natureza. É um amor nascido no inferno.'

"'Deve haver um jeito de romper com isso.'

"'Se aquele a quem está ligado for morto, isso acaba com o feitiço. E mesmo que vivam, a ligação enfraquece depois de um tempo passado sem beber – não anos, veja bem, mas décadas. Mas fora isso...'

"A voz de Aaron saía agora com mais facilidade, como se tivesse algum controle de sua agonia. Mesmo assim, entre cada respiração trêmula, nós ainda podíamos sentir o cheiro de queimado em sua pele.

"'Abri mão de tudo o que eu tinha para ficar com meu Baptiste. Tudo pelo que eu trabalhara. Meu futuro. Meu lugar na Ordem da Prata. *Ma famille*. Dei as costas a isso tudo, e não senti uma gota de arrependimento. Assim é o amor que eu sinto por ele, que *sempre* senti. Meu homem bonito.'

"Ele suspirou como um garotinho perdido no escuro.

"'Mas daqui a duas n-noites, quando o sangue daquele demônio tocar minha língua pela terceira vez, eu vou ser *dele*. E, a uma ordem, eu cortaria o pescoço de meu amado num piscar de olhos, e tentaria que não ficasse nada em minhas botas. Essa é a profundidade disso, Dior. Esse é o h-horror. Bastam três noites para criar um inferno infinito.'

"'Você não faria isso.' Dior sacudiu a cabeça. 'Eu não acredito. Já *vi* o jeito como olham um para o outro. Ouvi o jeito como ele fala de você, e você dele. Você o *ama*.'

"'Amo', disse ele. 'Mas o amor é mortal. O sangue é eterno.'

"Ela abriu a boca para protestar, para desafiar. Mas passos na escada imobilizaram sua língua, e enquanto eu subia rastejando e rápido pela sua manga, Dior se afastou da porta com os dentes bem cerrados. Seu coração a galope, o calor crescendo em seu corpo quando pés pararam do lado de fora, e a fechadura emitiu um estalido. Ela cerrou os punhos, pronta para lutar, mas quando a porta rangeu e se abriu, havia uma jovem à espera do outro lado.

"'A condessa Dyvok ordena que venha comigo.'

"Dior piscou, relaxando o estômago e as mãos. Ela reconheceu a criada, é claro – apesar da falta de ferimentos de faca no peito dela. Seu cabelo ainda era da cor de fogo no verão, seus olhos severos e distintos fixos nos de Dior.

"'A condessa não aceita esperar', disse Verme com rispidez. 'Venha. Agora.'

"A criada andou depressa na direção da escada, com Dior atrás com nítida relutância.

"Aaron murmurou uma oração:

"'Que o T-Todo-poderoso vá com você, criança.'

"Ela foi levada pela escada das masmorras, passou por uma mesa onde havia um homem corpulento sentado com o cabelo raspado curto e olhos de falcão, envolto em fumaça de raiz-armadilha. O carcereiro retribuiu a saudação de Verme, e com um olhar cobiçoso para seu *cigarelle*, Dior seguiu para um corredor que havia depois. A noite tinha caído lá fora, a poderosa fortaleza iluminada por luzes chymicas – sanguessugas permitiam algumas chamas em seus refúgios, afinal de contas. O dún estava movimentado; soldados e criados apressados, o som de aço e botas pesadas ecoando no pátio externo, centenas de corvos chamando dos céus escuros acima de tudo.

"Dior seguiu atrás da criada para o dún propriamente dito, pedra escura a seu redor, compridos tapetes tecidos sob seus pés. Estávamos pousadas na linha de seu queixo, agora, pressionadas sobre o martelar de seu pulso, observando de baixo de seu emaranhado de cabelo pálido. Nós estávamos com medo de tudo aquilo, e nitidamente ela também. Mas nossa busca pela Mãe Maryn até então tinha sido infrutífera, e ainda estávamos impotentes; forçadas a ser testemunhas silenciosas e bater nossas asas pequeninas contra a pele de Dior de vez em quando, apenas para lembrá-la que não estava sozinha.

"Apesar de os ataques dos Dyvok terem deixado rachaduras nas paredes, a opulência daquele lugar era de tirar o fôlego; tetos altos, vitrais e decoração apropriados para a realeza. Nós entramos num grande salão com vigas extensas cobertas de nós-eternos, e junto das paredes enfileiravam-se armaduras de metal e armas. Grandiosas tapeçarias verdes com lobos bordados pendiam ao lado de retratos de mulheres orgulhosas, suas frontes enfeitadas com coroas de ouro. Estavam vestidas como damas de alto nascimento, exceto que usavam placas peitorais de aço com frequência e carregavam espadas, e havia homens vestidos com roupas de nobres do seu lado direito.

"'O Salão das Coroas', murmurou Verme como explicação.

"Aquelas eram senhoras poderosas, percebemos – as mulheres que tinham governado esse dún e esse clã em anos passados. Séculos depois de ter sido trazida para a igreja da Fé Única, Ossway ainda era em essência uma nação matriarcal, venerando o feminino, a doadora de vida e a fonte. A interpretação ossiana da Fé Única era centrada na Virgem-mãe, não no Todo-poderoso; um resquício bastardo de tempos pagãos quando aquelas pessoas derramavam o sangue dos inimigos em altares dedicados às Luas Mães. E embora esse país tivesse jurado obediência à dinastia Augustin, na verdade, não era governado pelo imperador, mas por uma rainha conquistadora.

"Pelo menos, nas noites antes da chegada dos Dyvok.

"Dior olhou para a estátua dela, agora, assomando à frente dos arcos duplos de uma escada que subia do Salão das Coroas. Uma mulher jovem, feroz como leões, trajando armadura de metal e tecido de clã, com uma espada longa erguida em seu punho. A estátua era de granito, mas a espada era real – a verdadeira arma que forjara das armas derretidas de seus inimigos vencidos.

"'Niamh á Maergenn', leu Dior na placa. 'A Novespadas.'

"'Não se demore', disse rispidamente a criada, olhando para trás. 'Há apenas uma senhora deste reino, e o nome dela não é Á Maergenn. E se deixá-la esperando, sua vida vai pagar pelo abuso de sua paciência.'

"Dior olhou para a criada com atenção, com os lábios franzidos. Ela parecia ter 19 anos, e julgamos que era ossiana por sua pele sardenta e cabelo em brasa. Mas falava com um sotaque tão diferente quanto seus olhos – meio elidaeni pelo som, com apenas um toque de Ossway nas vogais.

"'Qual o seu nome?', perguntou Dior.

"'A condessa Dyvok me chama de Verme.'

"'Mas qual é o seu *nome?*'

"A garota piscou para Dior e respondeu como se ela fosse uma imbecil:

"'*Verme.*'

"Virando-se bruscamente, ela começou a subir a escada e seguiu por um corredor comprido ladeado por mais armaduras e soldados escravizados de guarda. Então chegaram a portas duplas, gravadas com o lobo e as espadas do clã Maergenn, com um rio correndo por baixo. E quando a garota chamada Verme as empurrou e abriu, Dior pareceu atordoada por um perfume quase esquecido.

"Uma casa de banhos, percebemos, repleta de vapor. Havia uma grande banheira de cobre em seu centro, a água já derramada. Não havia mais muitas flores no império, mas o que podia ser feito para adoçar o ar nitidamente *tinha* sido feito; havia guirlandas de mel-dos-tolos penduradas nas paredes, e galhos de pau-cinza ardiam em tigelas douradas.

"'Tire a roupa', ordenou Verme.

"Dior piscou.

"'A maioria das pessoas oferece uma bebida prim...'

"'Devo deixá-la apresentável para sua audiência', a criada respondeu com rispidez. 'Se eu não fizer isso, a condessa não vai ficar satisfeita. E você pode não estar lá para curar as punhaladas na próxima vez.'

"Dior engoliu em seco.

"'Desculpe. Se eu soubesse como ela era...'

"'Não preciso de suas desculpas, bruxa de sangue', disse Verme, com raiva.

"'Bom, estou me desculpando mesmo assim', respondeu Dior, com o queixo projetado. 'Você se machucou por minha causa, e peço desculpas por isso. Eu também não sou nenhuma feiticeira, por falar nisso. Não sou como elas.'

"'Eu conheço feitiçaria quando vejo', respondeu Verme, olhando para Dior de alto a baixo. 'E mentiras quando as escuto. Mas se quer mesmo consertar as coisas, faça o que eu digo e *tire a roupa.*'

"Verme foi se ocupar em um armário, enquanto Dior estava no centro da casa de banho, imóvel e calada. Depois da declaração de Lilidh na noite anterior, as criadas obviamente sabiam que Dior era uma garota. Mas o pulso do Graal ainda estava batendo forte com incerteza; e sua pele, grudenta e fria – depois de tanto tempo fingindo ser outra coisa, estava nitidamente assustada por se revelar como realmente *era*.

"Com Verme virada de costas, saímos voando do cabelo de Dior, nos escondendo em meio às vigas acima. Dando as costas para a outra garota, Dior descartou suas roupas desgastadas pelas viagens com nítida relutância, olhando para trás para se assegurar de que Verme não estava olhando. Seus dedos trêmulos passaram por um pequeno volume escondido na bainha; o frasco de Gabriel ainda estava escondido sob a costura, e abandonar sua sobrecasaca era abandonar o último elo com ele. Mas além de engoli-lo – ou soluções menos salubres – ela não tinha mais nenhum outro lugar onde escondê-lo, e na verdade, nenhuma de nós fazia a menor ideia se ele sequer estava vivo. Por isso, largando o casaco e tirando as últimas peças de roupa de baixo, Dior entrou na água sem demora.

"Apesar de seu desconforto, um sorriso curvou seus lábios enquanto mergulhava naquela tepidez, um suspiro contente escapando de seus pulmões.

"'Pelos Sete Mártires, não consigo me lembrar da última...'

"Suas palavras foram silenciadas por um balde cheio de água, derramado sobre sua cabeça sem cerimônia. Enquanto Dior cuspia água, Verme jogou uma concha cheia de uma gosma viscosa em seu cabelo – sabão, aparentemente, o cheiro de cinza e cal adocicado por mais mel-dos-tolos. A criada não era delicada, esfregando com força o suficiente para provocar lágrimas nos olhos de Dior, mas o Graal tentou permanecer imóvel, com os braços cruzados para proteger sua modéstia, os olhos fechados para não arderem.

"Só quando Verme pegou uma escova de crina de cavalo Dior enfim se opôs, tentando se soltar da pegada fechada em torno de seu pulso. Mas como Joaquin, a criada era abençoada com a força terrível de um escravizado, e o braço de Dior foi puxado para cima, e Verme esfregou suas axilas e seu peito sem dar a atenção para a timidez da garota mais nova.

"'Qual é *seu* nome?', perguntou Verme.

"Dior deu um gritinho quando a criada puxou uma perna da água e começou a esfregar. De relance, Verme ergueu os olhos, que brilhavam. Sem dúvida, eram peculiares – um azul-claro como os céus em pinturas antigas, o outro verde como folhas há muito mortas. O velho folclore em Lorson dizia que pessoas assim eram amaldiçoadas com má sorte; que essa marca revelava um ancestral que negociara com os fae. Mas percebemos que o Graal os olhava fixamente.

"'Dior', respondeu ela, se contorcendo de desconforto conforme o esfregão subia mais alto.

"'De onde você é?'

"'Sūdhaem. De uma cidade chamada La…'

"'Não perguntei onde você nasceu', respondeu com rispidez a jovem fae, largando seu pé. 'Eu perguntei de onde você *é*. Quem era sua família? De que origem eram seus parentes?'

"'Eu nunca conheci meu pai.' O Graal deu de ombros, de um jeito trivial. 'Ele era um andarilho, pelo que minha mãe me contou. Nem sei o nome dele. Minha mãe era de Elidaen, originalmente. Era uma… bom, a expressão educada é *cortesã*. Embora ela nunca tenha visitado a corte em sua vida.'

"'Bem, você está numa corte agora, por Deus', respondeu a criada, pegando seu outro pé. 'Uma corte de *sangue*. E se não se comportar com a devida digni…'

"As portas se abriram bruscamente, e Dior se assustou, derramando água pela borda da banheira. Nós vimos um anjo sombrio parado no umbral da casa de banhos. Era esculpido pela mão de um demônio, nossas asas frágeis tremendo de fome apenas por vê-lo.

"'Conde Nikita', murmurou Verme, caindo de joelhos.

"O Priori do sangue Dyvok assomou na entrada, olhando para a casa de banho com os vazios que passavam por seus olhos. Estava nu, exceto por seu colar decorado com presas e aquele frasco dourado e brilhante. Todos os seus músculos eram esculpidos em alabastro, o cabelo comprido se derramando sobre os ombros e o peito entalhados como uma cascata de escuridão. Ele estava tão imóvel e silencioso que podia ter passado por uma escultura na temível ponte de Jènoah, exceto que estava *coberto* – mãos, peito, rosto e partes privadas – por sangue fresco.

"'As bênçãos da noite, doçuras.' Ele sorriu, sua voz profunda como túmulos.

"Dior desviou o olhar, olhando para qualquer lugar menos para aquele príncipe sombrio e ensanguentado. Enquanto observávamos do alto, ela cruzou os braços para cobrir sua nudez outra vez, afundando o máximo possível na banheira. Seus batimentos cardíacos estavam tão altos que podíamos ouvi-los, aquele ritmo temível que dobrou quando o conde Dyvok caminhou pelas tábuas diante da criada prostrada e, sem fazer barulho, entrou na banheira em frente a Dior.

"A banheira era uma coisa opulenta, grande o bastante para quatro. Mas o Graal se encolheu quando Nikita se reclinou, manchando aquelas águas de vermelho viscoso, seus dedos dos pés roçando de leve na coxa dela. O vampiro não disse nada, apenas olhou fixamente, sua presença sombria e o silêncio pesado adensando o ar até Dior enfim ser forçada a erguer seus olhos temerosos até os dele.

"'Não ligues para mim.' Ele sorriu, acenando com uma mão preguiçosa. "Podes continuar a fazer o que estavas fazendo.'

"Dior já estava saindo do banho quando a voz dele a imobilizou:

"'Espera, doçura.'

"Tirando as marteladas de seu coração, a garota congelou. Devagar, virou-se na direção daquele que chamavam de Coração Sombrio, mergulhado na água até o peito cinzelado. Seu rosto ainda respingava sangue, brilhante e reluzente. Perguntamo-nos brevemente a quem ele pertencia.

"'Teu cabelo.' Ele apontou unhas longas e afiadas. 'Ele ainda não está limpo.'

"'Perdoe-me, senhor', começou a dizer Verme, levantando-se com uma concha na mão. 'Eu estava prestes a...'

"'Não, não.' O olhar sombrio do monstro sorveu Dior, dos pés à cabeça. 'Tu me permites?'

"Dior cerrou os dentes para que parassem de bater. 'É muita generosidade, senhor, mas o...'

"Riso interrompeu seu protesto, deixou-a muda e tremendo. Do alto, observamos Nikita estremecer divertido; a cabeça jogada para trás, navalhas brilhando em suas gengivas. Havia beleza nele, inegável, sem importar o perigo irrefletido dela. Um jovem no auge da vida, pálido, caprichoso e nascido das sombras, preservado para sempre no momento de uma perfeição sombria.

"'Quando Nikita pergunta', disse ele, o sorriso morrendo em seus lábios, 'ele raramente está *pedindo*.'

"Dior não respondeu, nua e vulnerável, baixando os olhos mais uma vez. Nós vimos horror cair sobre seu rosto quando percebeu que não havia reflexo dele na água que compartilhavam.

"'Vira-te', sussurrou Nikita, girando um dedo no ar.

"Dior olhou para nós; aquela maldita partícula impotente, que só podia observar e ferver de raiva. E olhou para Verme, que parecia quase tão aterrorizada quanto ela. Mas a criada a olhou nos olhos e assentiu, de forma quase imperceptível, com os lábios estreitos e apertados. E assim, Dior deu as costas para aquela fera na banheira com os braços ainda envoltos apertados em torno do corpo, tornando a afundar no vapor. Nikita se mexeu atrás dela, levantando-se, as elevações e vales de sua barriga dura como pedra agora pressionados contra as costas dela. Dior estremeceu quando ele enganchou uma unha afiada sob seu queixo, inclinando a cabeça dela para trás. E erguendo a concha, o vampiro derramou delicadamente água em seu cabelo cor acinzentado.

"'Tu eres uma moça, como disse minha irmã', murmurou. 'Um broto encantador, por falar nisso.' Seus olhos percorreram o corpo dela, pousando nas roupas que ela tinha descartado. 'Por que esconder o esplendor de seu traseiro por baixo dessa roupa tosca, e acorrentar esse prêmio por baixo de trapos apertados?'

"Dior permaneceu em silêncio, encolhendo-se enquanto ele derramava mais água, suas garras passando delicadamente pelo cabelo dela. Sabíamos que uma força terrível se escondia por trás do toque de Nikita, mas apenas seu sorriso traía a perversidade em sua alma, suas mãos delicadas como as mãos de um amante.

"'Minha doce irmã quer reivindicar-te para ela. E dei minha bênção. Nikita é Priori, mas Lilidh é mais velha, e para manter a paz desta corte, ele deve manter a Sem Coração e seus filhos satisfeitos. Entretanto, teu *cheiro*...'

"Ele, então, abaixou a cabeça, voraz, inalando profundamente e suspirando baixo.

"'Meu Decapitador diz que teu sangue é um veneno. Entretanto, teu perfume promete êxtase. Fogo pode ser encontrado em apenas uma gota tua? Eu me pergunto, veneno pálido, se devia arriscar uma prova.'

"Enquanto sussurrava, seus lábios roçavam o pescoço dela, e, ao seu toque, Dior tremeu como a chama de uma vela. As pontas dos dedos de Nikita dançaram lentamente pelos ombros dela, agora mais baixos, unhas duras como diamante alisando sua pele arrepiada. A atração sombria dele cresceu às costas de Dior, arrastando-a para dentro, sem fundo e escura. Os dedos desceram dançando pelos braços que ela envolvera em torno dos seios, e a garota sentiu a espetada mais leve de suas presas pressionadas sobre seu pescoço enquanto as mãos dele se fechavam em torno de seus pulsos, afastando-os muito devagar e deixando-a completamente nua.

"Isso com certeza era o pesadelo dela, fúria e pena nos enchendo até a tampa enquanto observávamos seu desenrolar. A ironia amarga daquilo tudo – Dior ter escondido o que era por todos aqueles anos, e ser atacada no mesmo *segundo* em que deixou que isso fosse sabido –, meu Deus, como amaldiçoamos nossa impotência nessa hora. Olhei para os olhos dela, rogando a Deus que resistisse àquilo, que pudesse se tornar a montanha que eu tinha aprendido a ser. Mas isso era rezar por um sol que já nascera.

"Se não passasse de uma jovem, ela por certo teria derretido; suspirando submissão como inúmeras outras ao longo de anos incontáveis deviam ter feito. Entretanto, Dior Lachance não era uma mera criança. Ela era filha do Redentor. E longe de afundar na promessa desolada dos braços daquele príncipe sombrio, nós vimos suas mãos se fecharem com fúria por seu toque não solicitado, pela ideia daquele sanguessuga mordendo seu pescoço. Sabíamos o que seu sangue sagrado faria com ele, e rezamos para que ela implorasse para que ele a mordesse. Que ele *queimasse*. Mas todos nós sabíamos que a canção terminaria mal, por mais que tivesse um começo doce. Portanto, com vontade de ferro, a garota em vez disso cerrou os dentes.

"'Tire a *merda* de suas mãos de m…'

"'Conde Nikita, eu peço perdão', disse Verme, retorcendo as mãos. 'Mas minha amada senhora me mandou levar a garota o mais rápido possível. Ela não vai ficar satisfeita se eu demorar.'

"O vampiro olhou na direção da criada, presas afiadas como agulhas ainda grudadas no pescoço de Dior. Uma eternidade se passou, vazia e sem respiração, o próprio ar crepitando de raiva e desejo. Mas, no fim, os lábios manchados de sangue do vampiro se curvaram em um pequeno sorriso.

"'Longe de nós, pequena, manter nossa anciã esperando.'

"Nikita manteve Dior presa por mais um momento, inalando-a como um viciado em seu cachimbo ordinário. Então o senhor Dyvok afrouxou a pegada e afundou outra vez, devagar, na água vermelha. Dior quase saiu voando do banho, e Verme a envolveu em uma toalha de linho com olhos voltados para baixo. Enquanto conduzia a garota para fora da casa de banho, a criada foi parada no último instante pela voz de Nikita:

"'Verme.'

"A criada estacou, o peito arquejante.

"'Sim, senhor.'

"'Roupas de criada caem melhor em ti que teus trajes anteriores. Tu serves tua nova senhora bem.' O vampiro cobriu o rosto com um pano quente sobre o rosto. 'Mas não te esqueças de quem é o mestre aqui.'

"'Sim, senhor', respondeu ela.

"Com uma mesura rápida, e de braços dados com Dior, a criada deixou a casa de banho."

✦ X ✦
UM PUNHAL DE VERDADE

— VISTA ISSO. E não me irrite, seja rápida.

"Dior estava dentro de um grandioso guarda-roupa, casacos e vestidos magníficos pendurados por toda a sua volta. Estava envolta apenas em uma toalha úmida, e achamos que o frio daquele monstro antigo permanecia às suas costas. Entretanto ela era jovem, um pássaro com uma queda por coisas brilhantes, depois de ter crescido com uma extrema falta delas, imaginamos. Por isso, ficou boquiaberta quando olhou para as roupas elegantes em exibição ao seu redor, a sombra de Nikita Dyvok desaparecendo naquele arco-íris de *chiffon* ousado, cetim suntuoso e sarja entremeada com ouro.

"'Cacete...'

"Uma *chemise* de seda a atingiu no rosto, seguida por um monte de acessórios – meias e ligas, luvas até o cotovelo, belos sapatos de saltos pontiagudos aveludados e de damasco bordado. Dior fez o possível para pegar as peças e segurar a toalha, enfim perdendo a esperança de fazer o primeiro em detrimento do segundo enquanto a saraivada continuava. Verme ressurgiu das profundezas do guarda-roupa carregando um maravilhoso vestido branco de crepe e renda.

"'Isso vai ser...' Ela parou de repente, ficando irritada. 'Por que você não está se vestindo?'

"Dior olhou para as roupas espalhadas, e, em seguida, de volta para os olhos da criada.

"'Violetta Tremaine', respondeu ela.

"'Quem em nome da Virgem-mãe é Violetta Tremaine?'

"'Uma garota com quem dividi um imóvel desocupado depois que minha mãe morreu. Ela foi o segundo cadáver que eu vi. E o estado em que a deixaram depois de terminarem com ela é a razão pela qual cortei o cabelo e passei a me vestir de garoto.' O Graal deu de ombros, sua voz dura como as pedras do calçamento de um beco. 'Esqueça tudo de que você gosta. Não faço ideia do que fazer com nenhuma dessas merdas.'

"Diante disso, Verme parou, estudando Dior dos pés à cabeça, e tudo o que havia no meio. Parecia ver a garota sob uma nova luz depois que ela desafiou Nikita na casa de banho, seu ultraje pelo toque indesejado. Mas franzindo o cenho, ela tirou a *chemise* dos ombros da garota mais nova.

"'Levante os braços,'

"'Minha toalha vai cair.'

"'Assim como minha cabeça se a condessa perder a paciência.'

"Dior deu um gritinho quando Verme puxou seus braços para cima, e a toalha caiu ao chão sem resistir. A criada vestiu a *chemise* e se ajoelhou para calçar as meias de seda e prendê-las com ligas nas coxas de Dior. Os dedos de Verme estavam passando muito perto de lugares perigosos, e, enquanto a criada sem dúvida estava acostumada com aquele tipo de coisa, vimos que Dior corou ao ser despida e manipulada. Verme enfim se levantou e pôs o vestido pesado pela cabeça de Dior, seguindo com um espartilho de osso, veludo e renda.

"'Eu nunca usei um…'

"Ela engasgou em seco quando Verme puxou os cadarços, apertando bem o tecido. Com uma careta enquanto suas entranhas se ajustavam, Dior olhou para as elegantes sobrecasacas ao seu redor com uma inveja indisfarçada.

"'A quem tudo isso pertencia?', conseguiu perguntar.

"'A Niamh á Maergenn, antes senhora deste dún e duquesa de toda Ossway.'

"Olhamos para uma pintura na parede, assomando acima das sedas e veludos. Ela mostrava a mesma mulher que aquela estátua no Salão das Coroas – a lendária Novespadas. Mas em vez da escultura de uma conquistadora, essa

pintura retratava a duquesa com sua *famille*. Estava sentada em seu trono de pau-
-ferro ao lado de um homem lindo com uma barba ruiva e um sorriso vistoso.
Ele estava atrás da duquesa, a sua direita, um parceiro, com certeza, mas não um
igual. O casal estava cercado por crianças – quatro filhas, todas bonitas e fortes.

"'Ela parece tão jovem', murmurou Dior.

"'Isso foi pintado muito tempo atrás', disse Verme, amarrando os cadarços
do espartilho. 'Em noites mais felizes.'

"'O q-que aconteceu com eles?'

"'Lorde Aidan morreu muitos anos atrás. Durante as Guerras dos Clãs.'
A criada apontou com a cabeça para as filhas, uma de cada vez. 'Lady Aisling
foi morta liderando a defesa de Dún Cuinn. Lady Uma era comandante das
legiões da Novespadas, e Lady Caitlyn era capitã de sua frota. As duas foram
assassinadas quando os indomados conquistaram esta cidade.' Verme olhou
para a última das garotas – uma criança bonita com cabelo ruivo escuro e olhos
verdes e aguçados. 'Lady Yvaine está no Leste. Casada com um lorde elidaeni.'

"'E o que aconteceu com a Novespadas?'

"'Nikita Dyvok.' Verme terminou de amarrar, com lábios franzidos.
"Agora vire-se. E sente-se.'

"'Doce Virgem-mãe, você não ia morrer se dissesse *por f...*'

"Dior foi girada onde estava pela força da escravizada, empurrada para
um banco, chiando quando a criada jogou um punhado de pó pálido em
seu rosto e em seu decote sufocante. Verme ergueu um bastão de *kohl*. Dior
fechou os olhos com rapidez o suficiente para evitar acabar cega.

"'Pare de se remexer, droga.'

"'Eu não uso esta merda, eu disse...'

"'Olhos fechados. Lábios também!'

"A criada começou a trabalhar, estreitando os olhos na luz mortiça. O
Graal tentou permanecer sentado em obediência, os lábios franzidos e o corpo
imóvel. Mas obediência nunca havia sido o forte de Dior Lachance, e ela logo
voltou a resmungar, remexendo os dedos em seu colo.

"'Isso faz cócegas.'

"'Fique quieta.'

"'Cuidado, você vai arrancar a droga do meu olho.'

"'Se mexa outra vez e verá a profecia ser cumprida.'

"O Graal sossegou outra vez, mal-humorado e emburrado.

"'Sabe, sempre desconfiei que o negócio de ficar bonita era uma idiotice *completa*, sibilou ela por fim. 'Agora tenho certeza. Então imagino que lhe deva um agradecimento, *mademoiselle*.'

"'Eu vivo para servir.' Verme deu um suspiro, com meia dúzia de grampos de cabelo apertados entre seus lábios enquanto examinava seu trabalho. 'Honestamente, você nunca usou um vestido antes?'

"Dior sacudiu a cabeça, olhos ainda fechados. 'Não desde que eu tinha 11 anos. Graças a Deus. A melhor coisa de se vestir como garoto é evitar a perda de tempo ridícula que vem com ser uma garota.' O Graal deu de ombros, com os lábios enviesados. 'Não que tenha aversão pelo resultado final, veja bem. Mas não há muito uso para um espartilho quando se está roubando a bolsa de algum otário, e eu duvido que correr dos vigias seria melhor com sete camadas adicionais de roupas í...'

"Alguma coisa se apertou firme em volta de seu pescoço, quase a sufocando. E então...

"'Abra os olhos.'

"Havia uma estranha sentada à frente de Dior quando ela obedeceu. Apenas quando ela ergueu a mão e a jovem dama à sua frente fez um movimento igual foi que ela se deu conta de que estava olhando para um espelho. Seus lábios – não mais pálidos, mas vermelho-brilhante com pintura – se entreabriram devagar, e ela tocou o rosto como se quisesse se assegurar que seus olhos diziam a verdade. Sua carne estava empoada, branca como a morte, cílios e a marca de beleza em seu rosto destacados em relevo escuro e pronunciado. Havia uma gargantilha de rubis vermelho-sangue presa em torno de seu pescoço, uma cascata branco--pérola de saias caía abaixo de seu espartilho creme ornamentado, descendo até um par de belos sapatos de salto alto pontudos. Verme estava parada ao seu lado, arrumando seu cabelo com grampos de ferro antes de botar a *pièce de résistance* no lugar – uma peruca branca e ornamentada penteada com o estilo pomposo que costumava ser reservado à mais refinada nobreza.

"Dior Lachance era uma garota que passara a maior parte da vida se disfarçando de garoto. Esse era o primeiro momento em que se revelava como uma mulher, e enquanto essa mulher era impressionante – na verdade, estonteante –, ainda assim, sua expressão permanecia nublada enquanto olhava para seu reflexo, a sombra daquela fera na casa de banho se erguendo às suas costas mais uma vez.

"'Qual é o problema?', indagou Verme. 'Você parece passável.'

"Dior sacudiu a cabeça.

"'Eu me sinto... *nua*.'

"Verme, então, a olhou nos olhos, um toque de pena enfim suavizando aquela esmeralda e aquela safira.

"'Aqui não há bolsas para roubar nem vigias dos quais fugir, mlle. Lachance. Mas embora seja uma verdade estranha, toda essa *perda de tempo ridícula* pode servir a um propósito. Seda se mostra mais forte do que aço no campo de batalha certo. A beleza pode ser uma espécie de arma, e confere um raro poder. De qualquer forma, o único tipo de poder que vão lhe conceder. Mas exerça-o bem, e ela vai marcá-la.' A voz da criada ficou baixa: 'E *ela* pode protegê-la *dele*.'

"Verme se afastou e apontou para a porta.

"'Agora se apresse. A condessa está à espera.'

"A criada deixou o aposento e, mais quieta, Dior a seguiu, erguendo as saias e bamboleando com os sapatos desconfortáveis. Nós seguimos, voando de viga para viga com diminutas asas vermelhas enquanto Dior era conduzida aos tropeções e praguejando por um longo corredor de pedra.

"O ar estava pesado e frio, ecoando com a canção dos corvos. Uma trilha de pegadas sangrentas manchava as tábuas do piso à sua frente, levando a um par de grandes portas, flanqueadas por dois jovens garbosos com peitorais de aço e as cores dos Dyvok. Eram ossianos de cabelo ruivo, de rosto bonito e olhos verdes, e queixos empoeirados com as barbas ralas de garotos que desejam ser homens. O fedor de assassinato sempre pairava sobre Dún Maergenn como uma mortalha, mas nós o sentíamos mais forte ali, se aprofundando com cada passo cambaleante de Dior.

"Os dois assentiram para Verme, observando a aproximação desequilibrada de Dior com expressões confusas – obviamente tão inseguros quanto ela. Mas com olhos nos rapazes, e as mãos cheias de saias, o Graal pisou em uma daquelas pegadas, escorregando, quase caindo, e num piscar de olhos, os dois jovens quase deixaram cair suas espadas em seu salto para segurá-la.

"'Você está bem, milady?', perguntou um dos jovens garbosos, segurando-a em pé.

"'*Oui*', respondeu ela, encontrando o equilíbrio. '*Merci, messieurs.*'

"'É melhor tomar cuidado.' O outro deu um sorriso reluzente. 'Não que segurá-la não fosse um prazer, mas é uma queda e tanto do alto desses saltos bonitos.'

"Dior sorriu em resposta, baixando os olhos. Pareceu um momento leve, um flerte inofensivo, algo comum em qualquer taverna ou corte no reino. Mas olhando para suas mãos, Dior viu que cada rapaz estava queimado com uma marca – um coração preto circundado por espinhos.

"'A marca de Nikita', sussurrou ela.

"'É', respondeu o mais alto, com os olhos brilhando. 'Louvado seja nosso senhor e mestre.'

"O sorriso dela morreu, o momento com ele, e o flerte não pareceu mais tão inofensivo. Estudando-os do alto, era difícil não nos perguntarmos quem aqueles garotos tinham sido antes. Soldados, obviamente; comprometidos com o serviço da Novespadas antes da queda de sua cidade. Mas haviam lutado antes de se dobrarem? Ou tinham se curvado para salvar a própria pele? Incomodava a eles servir àquele mal? Ou o amor que agora sentiam engolia toda a sua vergonha?

"Verme assentiu em agradecimento, olhou para Dior a fim de se assegurar de que ela estava firme. Satisfeita, a criada bateu uma vez, rápido, então abriu as portas. E Dior se encolheu, com a mão sobre o rosto quando o fedor se derramou sobre todos nós em uma onda vermelha e nauseabunda.

"*Tanto* sangue.

"Uma sala de visitas aguardava; mogno lustrado, veludo e cetim, lustres de vidro de ouro cintilante. Duas portas se abriam à esquerda e à direita para *boudoirs* tão palacianos que podiam abrigar dezenas – obviamente os aposentos da antiga senhora daquela fortaleza. O rosto de Dior ainda estava pálido quando Verme a puxou para dentro, e entramos batendo asas atrás delas, cada vez mais alto, nos aninhando nas sombras das vigas acima, toda parte de nós agora com medo.

"Fechando as portas atrás delas, a criada mandou o Graal se ajoelhar diante da figura à espera no centro da sala. Fria como tumbas, imóvel como montanhas, tão bela quanto as primeiras neves de início de inverno.

"A fera chamada Lilidh Dyvok.

"Ela estava reclinada em uma *chaise longue* ornamentada, com o grande lobo branco ao seu lado, seu único olho azul tomado de vermelho e fixo em Dior. A vampira estava ladeada por três damas de companhia, todas imaculadamente vestidas; belos trajes de baile, rostos empoados e enfeites ornamentados de cabeça. Entretanto, Lilidh Dyvok não estava vestida de forma nobre como seu *entourage* – na verdade, a Sem Coração quase não estava vestida. Um robe preto sem mangas estava jogado sobre seus ombros, com duas tiras da seda mais diáfana mal protegendo sua modéstia. Um meio espartilho prendia suas costelas por baixo e apertava sua cintura; veludo preto e barbatana de baleia. Suas pernas nuas estavam cruzadas, decorosamente, mas seus olhos ardiam com promessas sombrias enquanto olhava para o Graal.

"Havia um diadema de ouro sobre sua testa, e seu cabelo se derramava sobre os ombros até o chão em rios vermelhos. Sua pele era pálida como porcelana, entretanto, como desvelado agora, vimos que era decorada com belas tatuagens – espirais fae subindo pelo braço direito e descendo pela perna esquerda. Não tão intricadas, mas com certeza parecidas com aquelas que enfeitavam a pele de Phoebe á Dúnnsair.

"*Naéth*, percebemos. As tatuagens dos povos das Terras Altas ossianas.

"Outra criada com um belo vestido estava ajoelhada, esfregando as pegadas sangrentas da pedra. Reconhecemos de imediato as duas marcas de beleza em seu rosto; a jovem Isla. A amada para sempre de Joaquin. Ter sobrevivido à queda de duas cidades só para ser forçada a servir como criada daqueles monstros era um destino cruel. Mas pelo menos estava viva.

"A jovem olhou Dior nos olhos e arriscou um pequeno aceno com a cabeça.

"O olhar de Dior seguiu as pegadas até o interior de um dos *boudoirs*, e ali avistou pessoas nuas espalhadas; no chão ou em lençóis de seda, um até pendurado no lustre. Muitos deles eram os 'valores' com quem fora levada até Dún Maergenn; jovens bonitos de ambos os sexos que ela conhecera e ao lado de quem sofrera. Agora estavam mortos. Todos eles. Gargantas ou cabeças decepadas, barrigas abertas e partes privadas arrancadas. Dior sem dúvida tinha visto crueldade antes – nas ruas de sua infância, em suas viagens com Gabriel –, mas ainda assim empalideceu diante de uma carnificina devassa como aquela. Então nos lembramos de Nikita na casa de banho, encharcado dos pés à cabeça de sangue. Entendendo, enfim, de onde ele viera.

"'Senhora', declarou ela. 'A prisioneira foi preparada, como ordenado.'

"'Nós te agradecemos, Verme. Um belo trabalho, como sempre.' Lilidh levou um dedo aos lábios vermelhos, pensativa. 'Entretanto… tua chegada está um pouco tardia.'

"Nós, então, vimos Verme ficar tensa, ouvimos seus batimentos cardíacos se acelerarem quando pressionou a testa sobre as tábuas.

"'Perdoe-me, senhora. O conde Nikita nos encontrou na casa de banho. Ele es…'

"'Culpas meu irmão por tua própria incompetência?' Lilidh franziu o cenho. 'Um senhor da noite, um rei de esplendores dos céus sombrios, ser responsabilizado pelas falhas de uma criada?'

"'Não, senhora. É claro que a culpa foi minha. Por favor… eu imploro perdão.'

"Lilidh sorriu, indulgente, gesticulando com a mão pálida.

"'É claro, amor.'

"Verme respirou aliviada, como um homem que recebe o perdão à caminho da forca.

"'Beije meus pés', ordenou Lilidh. 'E todos os pecados serão perdoados.'

"Era de se esperar que a jovem recuasse, hesitasse – que Deus a ajudasse –, se recusasse. Mas sem hesitação, Verme foi depressa, tão baixa quanto seu nome. Uma expressão de repulsa passou pelo rosto de Dior quando a escravizada se prostrou. E quando Lilidh esticou uma perna comprida, a criada pressionou os lábios sobre os dedos dos pés com anéis da deusa morta, um de cada vez.

"Dior não parecia saber bem para onde olhar – para a garota sendo humilhada por causa de uma espera de alguns minutos, ou para aqueles inocentes mortos em nome da refeição de um louco. Mas optou por este último, no fim; o primeiro, afinal, era em parte sua culpa.

"A Sem Coração seguiu a linha de visão de Dior, o sorriso sombrio se esvaindo.

"'Tu deves perdoar meu irmão por seus *pecadillos*', disse ela com um suspiro. 'Muitas noites se passaram desde que nossas despensas estavam repletas com tamanho butim. Um rei deve ter sua catarse.'

"Os olhos de Lilidh se dirigiram para Verme, que tirava os lábios do último de seus dedos.

"'Faça com que sejam servidos com a refeição da noite', ordenou ela, apontando para as sobras do banquete de seu irmão. 'Ainda vai haver restos neles, e as crianças estão sempre famintas.'

"'Eu vivo para servir, senhora', disse a garota, a voz carregada de devoção.

"Verme correu para o *boudoir* e ergueu o primeiro cadáver que viu; um jovem, sem a garganta e as partes íntimas. Dior olhou fixamente quando a criada jogou o corpo no ombro como um saco de penas, e pegando uma jovem igualmente mutilada, Verme saiu apressada da sala, enquanto Isla esfregava com fervor os respingos em seu rastro.

"'Tu tens a aparência de sangue impuro.'

"Dior se encolheu – parecia não ter ouvido Lilidh se mexer, mas a vampira agora estava a apenas centímetros de distância. Lilidh a analisou com olhos escuros como azeviche, a tinta em sua pele visível através das sedas diáfanas. Estendendo a mão, acariciou o rosto de Dior, com a delicadeza de uma chuva primaveril.

"'Esses olhos', refletiu Lilidh. 'Esses cílios, esses *lábios*. Com certeza de origem elidaeni. Mas a compleição é ossiana, totalmente. De onde tu vens?'

"Dior engoliu em seco e desviou o olhar. Do alto, ela de algum modo parecia mais exposta que a condessa, apesar das roupas elegantes que usava. Para nós, não parecia uma bela jovem em um vestido estonteante, mas um soldado sem seu escudo. Uma cavaleira sem armadura.

"'Eu cresci numa cidade chamada Lashaame.'

"'Nós a conhecemos', assentiu Lilidh. 'Nós a visitamos com nossos irmãos doze décadas atrás. Achamos que é um poço de leprosos e víboras, empobrecida de beleza e cheirando a excremento.'

"Dior deu um leve sorriso.

"'Temo que ela não tenha mudado muito desde então.'

"A carícia em seu rosto desceu, e a deusa sombria ergueu o queixo do Graal para que ela fosse forçada a encará-la.

"'Tu deves se referir a nós sempre como senhora.'

"O leve sorriso de Dior morreu sob o olhar daquele monstro. Ele era desprovido de qualquer coisa que se aproximasse de vida. Calor. Compaixão. Era o olhar de um tubarão se fechando em um nadador se afogando, a boca se escancarando para revelar infinitas fileiras de dentes serrilhados.

"'Senhora', murmurou Dior.

"Os lábios de Lilidh se curvaram.

"'Tu és uma beleza. Mágika e atraente. Diga, por favor, por que tu escondeste isso?'

"'As ruas onde cresci eram cruéis com garotas, senhora.'

"'Não há rua sob o céu que não seja. Mas aprendemos muito tempo atrás que a solução para esse dilema não é ter medo, querida. É ser *temida*.'

"Ao ouvir isso, Dior olhou nos olhos de Lilidh, os lábios se entreabrindo. Sabíamos que o sangue da condessa estava em ação no Graal, amolecendo sua vontade, aquecendo os salões de seu coração. E embora talvez fossem meus próprios medos falando, pareceu que um momento de compreensão passou entre a dupla; a garota de joelhos e aquela deusa para quem se ajoelhava. Era duro. Afiado. Um *punhal* de verdade. A Sem Coração mexeu na roupa de Dior por um momento; dedos envoltos em ouro arrumando o espartilho, ajustando a gargantilha de rubis em torno do pescoço do Graal. E recuando para admirar seu trabalho, a ancien enfim assentiu.

"'Ande comigo.'

"Lilidh saiu da sala, com seda flutuando ao seu redor, o lobo caminhando ao lado. Pelos olhares que as damas de companhia lançaram em sua direção, Dior percebeu que era esperado que a seguisse primeiro, e ela cambaleou de pé, apressando-se para alcançá-la enquanto as mulheres seguiam ao redor.

"Havia cisnes no lago perto de Lorson quando eu era criança, e voando acima delas agora, achamos que as damas de Lilidh se movimentavam como essas aves tinham se movimentado, com porte régio e graciosas. Todas as três eram queimadas com a marca de Lilidh – a mesma coroa com chifres que Verme usava –, entretanto ela notou que suas marcas eram recentes, que todas estavam de algum modo mais marcadas; cicatrizes nas mãos, rostos cortados ou dedos faltando. Havia lobos bordados no tecido de seus vestidos, e todas usavam algum tom de verde. Cores nobres para os nobres de nascimento.

"Aquelas deviam ser as damas de companhia da duquesa Á Maergenn, percebemos. Agora forçadas a servir à assassina de sua senhora pelo poder de seu sangue.

"E Dior estava a apenas duas gotas de distância daquele mesmo inferno.

"Lilidh nos levou por um corredor ladeado por belas armaduras e enfeitado com o tecido do clã de Maergenn – dois tons de verde entremeados com preto e azul. Ao chegarem a portas duplas, dois soldados escravizados que fizeram reverência as abriram. Um vento congelante atingiu nossas asas, mas embora estivesse quase despida, Lilidh saiu para o balcão como se fosse um dia de verão, com o lobo branco ao seu lado. Quando Dior a seguiu, nós vimos um oceano escuro além das muralhas; ondas encapeladas quebrando no Golfo dos Lobos. O grande pátio coberto de neve abaixo estava movimentado, uma multidão de pessoas iluminada pela luz tremeluzente de tochas, gritos soando mais alto do que a canção das ondas.

"Levou um momento para que nós compreendêssemos o que estávamos vendo.

"As pessoas com quem Dior tinha viajado desde Aveléne estavam aglomeradas em frente ao sepulcro em ruínas da Virgem-mãe; mais de mil, vigiadas por soldados escravizados com a *libré* dos Dyvok. Sobre as escadas em ruínas da catedral estava Soraya, tirando seu tricorne para o bando de vampiros à sua frente. O tatuado chamado Draigann e sua amante, Alix, a irmã com a roda quebrada em torno do pescoço, o bufão cinzento, Kane, Kiara; todos os membros da corte dos indomados reunidos. E apontando para um grupo sujo de homens nos degraus ao seu lado, Soraya gritou:

"'Meia dúzia de cabeças, sem talentos especiais, mas fortes e saudáveis. Qual o lance?'

"Um jovem vampiro usando uma capa do que parecia ser pele de criança gritou acima dos ventos cortantes.

"'Três noites, cinquenta espadas.'

"'Três e cinquenta para o senhor de sangue Rémille!', gritou Soraya. 'Eu escutei quatro?'

"O bufão ergueu a mão, sua voz parecendo fumaça oleosa:

"'Quatro e cinquenta.'

"'Quatro para o senhor de sangue Cinza! Nós ouvimos cinco?' Soraya olhou em torno da multidão reunida, os olhos escuros brilhando. 'É recém-chegado de Nordlund, este lote! Estão bem alimentados e intactos!'

"Dior continuou observando, seu rosto empalidecendo com o horror.

"'Eles oferecem noites de serviço para meu irmão', murmurou Lilidh ao seu lado. 'Uma gota d'água vale uma fortuna no deserto. E enquanto coroas são com frequência conquistadas com aço, elas são sempre mantidas com dinheiro.'

"Dior não disse nada, olhando fixamente para o escuro. Uma carroça esperava perto das portas do dún, com cadáveres em seu interior, nus e mutilados. Enquanto o Graal observava, Verme jogou mais dois corpos na pilha. Pessoas estavam sendo retiradas de currais de madeira perto dos estábulos – todos velhos – e empurradas em uma carroça por mais queimados. Então nos lembramos daquela horda de sangues-ruins dentro dos muros de Novatunn, entendendo a profundeza da depravação em funcionamento ali.

"Os frágeis e os velhos seriam dados como alimento para os atrozes lá fora, os jovens e fortes leiloados para comprar a lealdade da corte de Nikita; uma brutalidade e uma desumanidade dos pesadelos mais sombrios. Gabriel tinha alertado Dior sobre a maldade daquelas coisas, mas testemunhá-la em primeira mão era outra provação e completamente diferente. Seus olhos caíram sobre um grupo de crianças, esfarrapadas e com marcas de choro, nenhuma delas com mais de 10 anos. Entre elas havia uma garotinha de cabelo louro sujo com uma boneca de pano tecida à mão agarrada em uma das mãos.

"'Mila...', sussurrou Dior.

"'Te incomoda ver isso?'

"A voz de Lilidh nos arrastou de volta para aquele balcão, para o próprio perigo de Dior. A garota passou a língua sobre lábios ressecados como cinzas e engoliu em seco.

"'*Oui*. Senhora.'

"'Por quê? Isso é tão diferente de um fazendeiro e seus carneiros?'

"'*Claro* que é diferente', sibilou Dior, perplexa. 'Eles são *pessoas*.'

"'Pessoas eles são. Mas animais também. E embora possa parecer cruel para ti, da mesma forma o abate de primavera é para os carneiros.' Lilidh apontou para a fera ao seu lado. 'Ou os dentes do lobo para a corça. Na natureza, não há coelho nem veado que morram pacificamente em seu sono, criança. Jovens ou velhos, no fim, eles morrem em *angústia*.

Despedaçados por predadores. Tem sido assim desde o alvorecer do tempo, o forte devorar o fraco. E até apenas algumas décadas atrás, tu e tua espécie estavam satisfeitos com aquela verdade sagrada.' Lilidh observou os prisioneiros abaixo, lábios de rubi se curvando. 'Vós... *pessoas*... só acreditais que nosso mundo é cruel porque nele, pela primeira vez, *vós* sois a presa.'

"O bufão tinha ganhado aquele leilão e tomava posse de seu gado agora, enquanto outro grupo estava sendo conduzido para a escada. Lilidh se virou para olhar bem para Dior, envolvendo-a no azeviche lustroso de seus olhos.

"'O que o Rei Eterno deseja contigo?'

"'Não sei, senhora. Eu juro.'

"'A feiticeira de sangue que matou Rykard no Mère. Quem era ela?'

"'O nome dela é Celene. Ela é irmã de Gabriel.'

"'Quem era ela para *ti*?'

"'Ninguém, eu só a conhecia havia algumas semanas... senhora.'

"'Esani.'

"A ancient sibilou essa palavra como veneno, prendendo o Graal em seu olhar sem fundo. Dior permaneceu imóvel, calada, vento frio enchendo o silêncio entre ambas.

"'Conheces este nome, doce criança?', perguntou por fim Lilidh.

"Dior encarou aqueles olhos de meia-noite, e fez o que fazia melhor:

"'Não, senhora', mentiu.

"Fomos tomadas de alívio com isso – uma única prova do sangue ancient de Lilidh não tinha sido suficiente para fazer com que Dior nos traísse. Mas logo veio o medo; o pensamento sobre o que deveria vir em seguida. E a Sem Coração sorriu, ventos oceânicos agitando suas longas madeixas de seda.

"'*AJOELHE-SE.*'

"O Açoite soou como um disparo de pistola na noite. E embora achássemos que ela pudesse resistir – que os dons dos Dyvok pudessem se revelar inúteis como aqueles dos Voss contra ela –, o Graal obedeceu de imediato, caindo de joelhos sob o olhar morto e frio daquela deusa. Lilidh sacou a lâmina dourada de dentro de seu espartilho, e o lobo ao seu lado rosnou, com as orelhas apertadas para trás sobre o crânio.

"'Silêncio agora, Príncipe.'

"A fera baixou a cabeça, obediente, mantendo seu único olho bom fixo em Dior enquanto Lilidh sorria.

"'Perdoa-o. Ele é um bruto ciumento.'

"E abaixando a mão, ela cortou a pele de porcelana na parte interna de sua coxa, cortando fundo através da tatuagem até a artéria por baixo.

"'*BEBA.*'

"Então, todos os nossos pensamentos se enfureceram – aversão, desafio, mas, acima de tudo, medo. Uma segunda prova deixaria Dior a uma gota da servidão. Lilidh conhecia o nome *Esani*. Era antiga o suficiente para se lembrar das Guerras do Sangue, da Cruzada Vermelha, da queda da prole de Ilia em uma quase catástrofe. E perder o Graal para as garras desse monstro sem dúvida nos empurraria para mais perto de nossa ruína final. Nós rezamos para que o Graal pudesse resistir, pudesse se recusar, pudesse revelar algum plano que tinha pensado para escapar desse destino. Mas, em vez disso, Dior fechou os olhos, e como se estivesse sendo comandada pelo próprio céu, pressionou a boca sobre a carne macia da coxa daquele demônio.

"Seu aroma era de ferrugem outonal e do fim do ferro, aquele sangue; inebriante e impossivelmente denso. A mão de Lilidh deslizou para trás da cabeça de Dior, puxando-a para mais perto, com mais força e mais fundo. Fomos tomadas por terror enquanto observávamos, impotentes. Dior agora gemia, sua mão subindo pela bunda da vampira enquanto bebia, apertando mais forte. Lilidh sorriu, mas mais uma vez, nenhuma sugestão disso chegou àqueles olhos, profundos e solitários como um céu sem estrelas. A boca de Dior moveu-se pelo corte naquela carne pálida, beijando agora mais alto, beijando cada vez mais para cima na direção daquela sombra escura entre as coxas de Lilidh. Mas satisfeita, a ancien afastou o Graal e a ergueu de pé sem esforço.

"Os olhos de Dior estavam vidrados, sangue grosso e vermelho espalhado sobre seus lábios, e ela piscou como um bêbado, como se não soubesse ao certo onde estava. Lilidh se inclinou para a frente, sinuosa, a língua esticada para alcançar o longo fio vermelho-rubi que escorria do queixo de Dior. Puxando-a para si, Lilidh pegou o volume do lábio inferior em sua boca e o chupou até ficar limpo enquanto ouvíamos o coração da garota trovejar contra seu peito.

"'Kiths não sonham, você sabia disso?', sussurrou Lilidh, lábios melados roçando delicadamente os de Dior. 'Nosso sono é como a morte. Mas esta noite tu vais sonhar com Lilidh, boneca, isso é certo. E amanhã à noite, *Lilidh* vai ter tua verdade.'

"O monstro olhou para uma das damas ao seu lado; a mais velha e graciosa com uma profunda cicatriz de um corte sob o pó em seu queixo. Lilidh inspirou para falar, mas nesse momento, Verme voltou lá de baixo, e com as mãos ainda ensopadas de sangue, ela caiu de joelhos ao lado das damas de companhia, tentando recuperar o fôlego.

"'Eu voltei, senhora', disse arquejante a jovem.

"Lilidh deu um sorriso vermelho.

"'Pelo menos desta vez chegaste no momento certo, Verme. Leva nosso prêmio para baixo.

"A criada pressionou a testa sobre a pedra.

"'Imediatamente, senhora.'

"O olhar de Lilidh permaneceu em Dior por um instante a mais, faminto, infinito, frio como o inverno profundo. Então ela virou o rosto e olhou para o leilão dos condenados. Dior ainda parecia atônita, mal percebendo quando foi levada de volta para o quarto de vestir. Nós fomos atrás, observando enquanto era despida de suas roupas e de sua peruca pela dedicada Verme. E usando roupas simples de criada, o Graal foi escoltado para as masmorras mais uma vez. Ela parecia estar emergindo do feitiço do sangue de Lilidh, agora, e logo procurou por Aaron. Mas a cela do *capitaine* estava vazia quando ela passou.

"Verme trancou Dior em sua própria cela, espiando agora pela fenda.

433

"'Um conselho.'

"Dior piscou e olhou para aqueles olhos diferentes.

"'Se o conde Nikita procurá-la à noite, não lute.' A criada deu um suspiro, azul e verde se aprofundando em cinza. 'Ele machuca mais se há luta.'

"E então ela se foi.

"Dior abaixou a cabeça no escuro enquanto os passos da criada sumiam na escada. Entramos batendo asas pequeninas e pousamos na pele lisa de sua mão esquerda, nos perguntando quando ela poderia ter a marca da condessa. Acima, podíamos ouvir aquele leilão terrível ainda em andamento, os lamentos de prisioneiros, o coro de mil corvos.

"'Meu Deus, eu queria que Gabriel estivesse aqui', murmurou Dior.

"Nós ficamos tristes com isso, temerosas e enjoadas. Batemos nossas asas, delicadamente, apenas para lembrá-la outra vez que não estava sozinha naquele inferno. Mas então ela nos olhou, olhos azuis brilhando levemente mais frios, agora, o cheiro do sangue de Lilidh ainda denso em seu hálito enquanto ela falava.

"'Celene... Quando lutamos com Kiara em Cairnhaem... quando Gabe caiu.' Ela passou a língua pelos lábios manchados de vermelho, engolindo intensamente. 'Ele *caiu*? Ou você...'

"*Tap Tap*.

"Nossas asas bateram em seu pulso. Furiosas. Desafiadoras.

"*Tap Tap*.

"Nós soletramos a palavra para dar ênfase, pernas diminutas rastejando sobre sua pele.

"*Não*."

– Tsc, tsc, tsc.

A Última Liathe ergueu os olhos enquanto Jean-François estalava a língua. Erguendo um dedo, o historiador o agitou, como se estivesse diante de uma criança mentirosa.

– *Quando um homem mente, ele mata parte deste mundo, e também parte de sua alma.*

— O Livro do Redentor — respondeu Celene. — Treze, 27.

— Capítulo e versículo. — Jean-François assentiu. — Você não está agindo muito como uma serva do reino dos céus, está, mlle. Castia? Mentir para a última descendente da linhagem do Redentor?

O monstro empinou o nariz, sibilando por trás da gaiola em sua boca.

— Todo mundo mente, pecador. Mas nós só fizemos isso para o bem.

— Ah, *oui*. — O marquês sorriu. — A maior das perversidades é *sempre* feita para o bem, não é? Mas é um alívio descobrir que os soldados do Todo-poderoso são tão hipócritas quanto o resto de nós.

A monstra fixou o olhar sombrio em Jean-François, brilhando com fúria fria. O historiador apenas inclinou a cabeça e ergueu a pena. E olhando com raiva, Celene continuou:

— Dior mordeu o lábio quando demos a resposta, nos observando com aqueles olhos de vigarista, sempre mais velha do que seus anos de vida. Não sabíamos se ela acreditava em nós, mas ainda assim parecia estar voltando a si, aquele torpor vermelho sob o qual caíra se desfazendo. E, passando a mão pelo cabelo, ela enfim cuspiu vermelho de sua língua.

"'Eu preciso sair daqui', declarou ela. 'Preciso sair daqui *esta noite*.'

"Nós fizemos um círculo sobre sua mão, batendo nossas asas sobre sua pele.

"*Tap*.

"'Você pode ser meus olhos? Para me encontrar um caminho seguro através do dún? Para passar pelos muros?' O Graal sacudiu a cabeça, com os dentes cerrados. 'Eu não quero abandonar essas pobres pessoas. Mas não vou ter utilidade para *ninguém* se aquele demônio me fizer sua escravizada.'

"Aquela partícula minha fez um círculo outra vez, tentando transmitir confusão e agitação. Tínhamos explorado o *château* enquanto ela dormia durante o dia, e enquanto não encontramos sinal da Mãe Maryn, nós *descobrimos* um caminho pelo qual ela podia tentar fugir. Rastejando sobre sua mão, nós escrevemos seis letras, bem devagar.

"'*Esgoto*', sussurrou ela. 'Bom. Isso é bom.'

"Era um mínimo lampejo de esperança, mas enquanto sempre quisemos ajudar o Graal, na verdade, não tínhamos certeza de nada daquilo. Deus levara Dior para aquele lugar por um motivo, e abandonar o dún antes de descobrir o lugar de descanso da Mãe Maryn parecia uma espécie de pecado. Mas o que era ainda mais premente, enquanto podíamos guiá-la até a liberdade, pouco podíamos fazer para *ajudá-la* a fugir; nossa partícula era incapaz de roubar uma chave ou mesmo de abrir uma fechadura. Dior ainda parecia um pouco confusa com o sabor do sangue do monstro. Como escaparia da cela naquele estado?

"Andamos sobre a mão dela, soletrando uma pergunta simples, mas muito importante.

"*FECHADURA?*

"'Não precisa ter medo', murmurou ela.

"Os lábios da garota se curvaram na escuridão, e levando a mão a seu cabelo que crescia, ela pegou um tesouro fino de suas madeixas pálidas. Ele brilhou quando ela o girou pelos dedos espertos, duro como ferro e fino como um punhal. A chave para todos os nossos problemas."

Jean-François ergueu os olhos de seu tomo. E apesar de não esperar, o vampiro sorriu.

– Um grampo de cabelo.

✦ XI ✦
SEM RESPOSTA

— HÁ UMA ARTE para abrir fechaduras, pecador – disse Celene. – E uma arte maior para a mentira disso.

"Histórias falam de mestres do furto, que podiam sussurrar com uma fechadura que ela abria, como a bolsa de um bêbado na última rodada. Mas, na verdade, abrir fechaduras é uma transação mais complicada do que isso. Dior levou vinte minutos agoniantes para se situar, com a ameaça de uma visita de Nikita Dyvok pairando sobre sua cabeça enquanto o suor ardia em seus olhos.

"Mas enfim, a nota musical mais bela que um ladrão pode ouvir beijou o ar:

"*CLIQUE.*

"Nossa partícula levantou voo e subiu pela escada das masmorras. O carcereiro ainda estava sentado à sua mesa, e embora sua tarefa devesse matá-lo de tédio, o homem estava acordado, alerta, com um porrete de pau-ferro perto de sua mão marcada. Esse homem com certeza tinha testemunhado o custo do fracasso na corte de Nikita, e não tinha o desejo de encher a barriga de um sangue-ruim.

"Nós saímos da escuridão como um dardo e o atingimos no meio do rosto, e o carcereiro se encolheu e deu um tapa na bochecha. Girando para o lado, voltamos e o atingimos bem no olho. O homem xingou, meio levantando de seu banco e dando um tapa mais perverso.

"'Saia daqui. Filha da mãe.'

"Afastamo-nos, dando a ele um momento para se ajeitar antes de sairmos do escuro e atingirmos seu ouvido. O carcereiro se levantou, estapeando o ar e deixando sua caneca desequilibrada.

"'Maldita...'

"Ele estendeu a mão para pegar seu porrete, franzindo o cenho quando percebeu que ele não estava onde o havia deixado. E, virando-se, viu-se cara a cara com uma jovem de cabelo acinzentado e com fúria fria ardendo em seus olhos azul-gelo.

"'O quê...'

"Seu grito se estilhaçou com seus dentes, quando Dior acertou seu queixo com um ataque vento norte que teria deixado seu velho professor de esgrima orgulhoso. Mas cuspindo vermelho, com o queixo pendurado, o homem segurou o pescoço de Dior e a jogou contra a parede com tanta força que ela quase apagou. O Graal gritou, ele *apertou* – de posse de toda a velocidade e a força terríveis de um escravizado. E no fim, não foi uma manobra ensinada pelo grande Leão Negro que salvou Dior Lachance, mas a primeira que ela tinha aprendido nas ruas duras de Lashaame.

"O joelho acertou suas partes baixas com um som úmido de trituração; os olhos do carcereiro saltaram. E erguendo o porrete do homem com as duas mãos, Dior golpeou com força a parte de trás da cabeça dele.

"Ela continuou a bater nele, golpes caindo como martelos sobre seu crânio até que o homem parou de se mexer. Passando uma mão grudenta pela boca, o Graal arrastou-o para trás da mesa, tirando sua túnica para limpar a maior parte de seu sangue."

Jean-François arqueou uma sobrancelha, com a pena suspensa sobre a página.

– Ela o matou?

– Quase. Mas isso foi só por sorte dele. Ela sem dúvida bateu nele com ferocidade o suficiente. – Celene olhou para o outro lado do rio. – Esse retrato não se parece com o que Gabriel pintou?

– Pouco – respondeu Jean-François.

— Irmão querido — escarneceu Celene. — Sempre enxergou apenas o que queria ver.

O historiador olhou na direção da torre no alto acima deles, girando a pena em seus dedos rápidos.

— Por favor, continue, mlle. Castia.

— Dior limpou o porrete, lavou as mãos na caneca do carcereiro e pegou a capa dele de um gancho. Foi uma dança, então, nós duas, nossa partícula à frente, ela atrás, movendo-se em silêncio pela penumbra iluminada por velas do dún como linha pelo buraco de uma agulha. Mas quanto mais alto subíamos, mais perigoso ficava; a noite era dia num covil vampiresco, e enquanto aquele leilão horrendo havia terminado, a fortaleza ainda tinha grande movimento de criados, mensageiros e soldados.

"No fim, Dior resolveu se esconder em plena vista — estava trajando roupas de criada, afinal de contas. Ela pegou uma bandeja com canecas de uma mesa num corredor e marchou através do alvoroço como se devesse estar ali, o capuz puxado sobre a cabeça e nossa partícula escondida por baixo.

"Ela reduziu a velocidade quando passou pelo Salão das Coroas — uma figura familiar saiu correndo pelas portas da frente e seguiu direto na direção dela, olhos de pederneira brilhando. Nós batemos as asas freneticamente sobre sua pele para avisá-la, e Dior recuou para as sombras sob a balaustrada. Mas Kane nem a viu, subindo a grande escadaria seis degraus por vez e cuspindo bile em outro recém-nascido ao seu lado sobre 'aquela vadia gananciosa Kiara'.

"O Graal recuou ainda mais, esperando que Kane passasse acima dela. Mas com o coração a galope e os olhos ainda no Decapitador em vez de olhar por onde andava, ela bateu em outra figura escondida nas sombras embaixo da escada, deixando cair a bandeja com um estrondo.

"'Virgem-mãe, me perdoe', disse ela, inclinando-se para pegar as canecas. 'Eu não...'

"O coração de Dior parou quando olhou nos olhos da figura, com os seus arregalados.

"'Joaquin', murmurou ela.

"Tudo estava acabado, e eu me *xinguei* de tola, sabendo que agora ela tinha sido pega. O garoto dos cães de Aveléne estava parado à sua frente, encarando seu rosto, nada confuso. Dior cerrou os dentes enquanto esperava pelo grito inevitável de alarme, a descida dos guardas e a volta para a cela. Mas o belo rapaz apenas se ajoelhou e se ocupou com as canecas derramadas, ajudando a botá-las na bandeja de Dior antes de voltar a ficar de pé.

"'Que Deus vá com você, *mademoiselle*', sussurrou.

"O Graal piscou ao ouvir isso, olhando para a marca de Kiara sobre a mão dele. Mas o garoto dos cães apenas lançou um olhar furtivo em torno deles e, com um meneio de cabeça, foi embora pelas sombras.

"Coberta por um suor repentino, Dior só conseguiu seguir quando nós levantamos voo e a conduzimos através do movimento do dún. Ela andava como se pertencesse àquele lugar, passando pelo cheiro escuro como cobre do Salão da Fartura, a agitação e o fedor das cozinhas do *château*, enfim saindo no frio amargo e cortante. E ali, ela parou de repente, com o ar roubado de seus pulmões.

"Havia um poço à frente dela, com quinze metros de diâmetro e só o diabo sabia que profundidade. Estava repleto de ossos humanos. Homens, mulheres e crianças, todos misturados e mal cobertos pela neve. Havia grandes pilhas de roupas descartadas ao seu lado; vastas e altas demais, era muito para se olhar. Os restos de incontáveis vidas roubadas; pais e filhos, amantes e amigos, antes vivos com luz e esperança e agora, *aquilo*...

"'Meu Deus', murmurou Dior. 'Minha doce Virgem-mãe.'

"Nós nos debatemos sobre seu rosto, frenéticas para que ela se movesse. Ser descoberta ali lhe custaria tudo, e haveria tempo o suficiente para tristeza ao amanhecer. Dior fez o sinal da roda, sussurrando uma prece delicada. Então esfregou os olhos, cerrou os dentes e deu as costas para aquele poço, aquele abismo e aquela boca aberta do inferno.

"E adiante ela caminhou.

"A fundição era perto, e a noite estava iluminada pela luz das forjas dos Dyvok. Havia um poço de pedra à sombra das muralhas à frente que descia para os esgotos; acesso fácil para criados jogarem os excrementos do dún. O poço era fechado por uma grade de ferro, trancada com um cadeado pesado, mas sabíamos que Dior podia resolver aquilo. Agachando-se nas sombras, tentando ignorar o fedor terrível que vinha de baixo e a visão daquela montanha de roupas descartadas, Dior pegou seu grampo de cabelo de confiança.

"Um grito soou na noite; o som de alguma criada na cidade que havia além, sofrendo só Deus sabia que destino. O Graal olhou através da torre do portão para as sombras de Velhatunn, todas aquelas pobres almas aprisionadas entre os altos-sangues nesse dún e os sangues-ruins do lado de fora. Nenhuma esperança de fuga. Nenhum destino além daquele poço horrendo.

"'Eu vou voltar', sussurrou ela. 'Voltarei por *todos* vocês. Eu prometo.'

"Nós sabíamos que não havia nada que ela pudesse fazer por nenhum deles – Isla, Aaron, a pequena Mila –, que nos demorarmos ali era botar tudo em risco. E seu pragmatismo nascido nos becos podia ter feito com que ela fosse em frente, se não tivesse olhado pela última vez na direção da fundição. Porque ali, em silhueta contra o fogo da forja, ela viu um homem de ombros largos e pele cor de mogno, com o corpo brilhando com suor enquanto martelava em uma bigorna. Um homem que a havia defendido quando poucos nesse mundo fariam isso. Um homem que tinha posto sua cidade em risco para salvá-la, depois a perdeu mesmo assim.

"'Baptiste...'

"*Tap Tap. Tap Tap.*

"Dior olhou para o cadeado, depois para o dedo preto circundado por chamas. 'Eu podia...'

"*Tap Tap. Tap Tap.*

"'Ele não pode ter sido escravizado depois de apenas duas noites. Eu *não posso* simplesmente deixá-lo assim, Celene.'

"*Tap Tap Tap Tap Tap Tap Tap Tap.*

"Ela nos tirou do caminho, descuidada, e, descendo pela lateral do *château*, dirigiu-se cuidadosamente na direção da ferraria. A construção era de boa pedra, coberta de telhas, e o ar à sua volta alegremente quente. Com o capuz sobre o rosto, sem fazer barulho, Dior entrou pela porta dos fundos nas sombras em torno da luz da forja. A ferraria estava movimentada; homens em primeiro plano guardando armaduras e espadas em suportes compridos. Mas Baptiste era a única alma trabalhando na forja, seu rosto vincado pela exaustão, sombras escavadas embaixo de seus olhos. Estava usando um avental de couro e luvas pesadas, sem camisa, o suor brilhante reluzindo sobre a pele escura. Dior se aproximou escondida, afastando-nos para o lado enquanto nós batíamos asas sobre seu rosto, furiosas e impotentes.

"'Baptiste', sussurrou ela.

"O dedo preto não deu atenção, batendo com o martelo na bigorna e limpando o suor da testa com o polegar. Nós percebemos que ele estava forjando grilhões novos.

"'*Baptiste*', sibilou Dior, mais alto.

"O grandalhão ergueu os olhos e a viu na penumbra – choque, perplexidade e medo passando por seus traços no espaço de um batimento cardíaco. Ele abriu a boca para falar, mas ela apertou o dedo contra os lábios, os olhos arregalados em alerta. Baptiste olhou ao redor, aproximando-se e fingindo se ocupar com os carvões.

"'Doce Virgem-mãe, criança, o que está fazendo aqui?', disse ele em voz baixa.

"'Indo embora. E você vem comigo.'

"Ele parou ao ouvir isso, a bonita fronte ficando sombria. Ele lançou um olhar cauteloso para os homens empilhando as armas, o pátio depois, o dún assomando no escuro.

"'E onde...'

"'Eu não sei onde Aaron está', disse ela com olhos suplicantes. 'Mas a irmã de Gabe está por perto. Está ferida, mas quando estiver bem vai ser mais forte do que todos esses bastardos. Nós podemos voltar para buscar Aaron. Voltar para buscar todos eles, prometo. Mas precisamos ir. Agora.'

"Ele a olhou, atormentado.

"'Mas… como vamos sair?'

"'Tem um poço perto do *château* que dá para os esgotos, e dali para o oceano. Nós podemos ir pelas falésias até a praia.

"O dedo preto olhou para a fortaleza, dividido até a alma.

"'*Por favor*, Baptiste', implorou Dior. 'Aaron me disse para tirar você daqui se eu pudesse. Não posso salvar todos eles esta noite, mas se puder pelo menos salvar *você*…'

"O homem baixou a cabeça, com uma nuvem tempestuosa formada diante de sua expressão. Ele passou uma mão enluvada pelo couro cabeludo, o rosto retorcido pela angústia, e pude sentir o pulso de Dior martelando por baixo de sua pele enquanto ela o observava lutar aquela guerra interna; seu sangue contra seu coração e seu amor contra sua vida. Mas enfim, o ferreiro de Aveléne obteve uma vitória amarga dentro de si, deu um suspiro e olhou para a garota nas sombras.

"'Deixe eu me vestir. Encontro você ao lado do poço, *chérie*.'

"Ela deu um sorriso animado, rapidamente sufocado por seu perigo.

"'Eu vou destrancá-lo. Seja *rápido*.'

"Sem fazer barulho, ela fez a volta e saiu para a noite. Nós voamos à frente dela, girando em espirais desesperadas para fazer com que se movesse mais depressa. Através da escuridão tremeluzente, Dior voltou pela lateral do *château* e se abaixou nas sombras quando dois soldados passaram pela muralha acima. Se agachando em meio ao fedor maligno dos excrementos, olhando mais uma vez para aquele poço horrendo de ossos, ela pegou o grampo de cabelo e começou. Mais uma vez, abrir o cadeado não era nenhum truque de mágika, nada de girar e abrir rápido, mas uma dança da tranqueta da fechadura com ferro e dedos trêmulos.

"*Tap Tap*.

"Ela mexia no grampo, com mãos trêmulas e seu hálito se condensando.

"*Tap Tap Tap Tap*.

"'Estou me apressando!', sibilou Dior. 'Se não tem nada de útil para fazer, reze por mim.'

"*Tap Tap Tap Tap Tap Tap Tap Ta...*

"'Belo conselho, ratinha.'

"Dior girou para olhar para trás, e o sangue se esvaiu de seu rosto. Ali, em silhueta contra o fogo da forja, assomava uma dúzia de figuras, com Kiara à frente. A Mãe-loba olhava furiosamente, de punhos cerrados e olhos brilhantes.

"'Mas aposto que é melhor rezar por si mesma.'

"O Graal olhou de cenho franzido para a Mãe-loba, para os queimados reunidos em torno dela. Apesar de inferiorizada, Dior sacou o porrete do carcereiro de sua capa e assumiu a posição vento norte. Mas mais soldados escravizados chegaram pela porta dos criados, outros se reuniam nas muralhas acima, e ela perdeu o fôlego quando suas lanternas iluminaram uma figura atrás de Kiara. Um homem. Um homem que a havia defendido quando poucos no mundo fariam isso. Um homem que pusera sua cidade em risco por causa dela e acabou perdendo-a mesmo assim.

"E que agora, também tinha se perdido.

"'Baptiste', disse ela. 'Ah, *n*...'

"'Desculpe', disse ele. 'Eu... perdoe-me, *chérie*.'

"A voz dele era um sussurro ardente, lágrimas brilhando enquanto cobria o rosto com mãos trêmulas. Ele tinha tirado as luvas pesadas de ferreiro que estava usando na fundição, e os ombros de Dior se curvaram quando ela viu a marca de Kiara sobre a pele dele.

"'Mas estamos aqui há apenas duas noites...', sussurrou ela.

"'Meu sangue tocou os lábios dele muito antes disso.' Kiara sorriu. 'Eu quase o matei quando matei seu homem em Aveléne, sabe? Ele ficou furioso ao ver Aaron cair. Quase arrancou minha cabeça com as mãos nuas. Tive que alimentá-lo depois para curá-lo da surra que lhe dei, ou todo esse músculo seria perdido. Mas tiramos bom proveito das últimas duas noites, ele e eu. Ele não sente mais falta de seu Aaron.' A Mãe-loba passou a mão pela cabeça de Baptiste e tamborilou os dedos sobre os pelos curtos em seu couro cabeludo. 'Isso não é verdade, meu belo?'

"'Isso é verdade.' Baptiste abaixou a cabeça, com lágrimas escorrendo pelo rosto. 'Senhora.'

"O porrete escapou das mãos de Dior, e a luta derreteu de seus ossos. A mão de Kiara caiu sobre seu ombro. Pesada como chumbo. Dura como ferro. E o Graal caiu de joelhos, com lágrimas congeladas em seu rosto enquanto olhava para os céus vazios acima.

"'Ah, Gabe', murmurou ela. 'Onde *está* você?'"

✦ XII ✦
A LIÇÃO

— NÓS A DEIXAMOS dormindo outra vez no buraco onde a jogaram. Os dentes bem cerrados. O rosto molhado com lágrimas de ódio. Uma mulher sábia uma vez disse que não há inferno tão cruel quanto a impotência, pecador, mas mesmo a fúria tem que acabar se rendendo ao sono, e enroscada em posição fetal, silenciosa e desgastada, enfim, os olhos injetados do Graal se fecharam.

"Mas como dizem, não há descanso para os maus. E quando Dior caía na imobilidade pacífica do sono, nós rastejamos de baixo de seu cabelo acinzentado e saímos voando mais uma vez, adejando pelas masmorras e pelo dún acima.

"Meu coração estava pesado com culpa e fervor. Embora tivesse tido prazer em ver o Graal livre, não consegui deixar de ver a mão do Todo-poderoso novamente ali, em ação mesmo diante do fracasso de Dior. Não tínhamos sido levadas para a cidade onde a Mãe Maryn dormia só para abandoná-la. Nós *devíamos* estar ali. E eu *devia* encontrá-la."

O historiador limpou a garganta exageradamente, virando uma nova página. A Última dos Liathe estreitou os olhos, mirando com raiva do outro lado da água.

— Você tem uma pergunta, pecador?

— Tenho muitas – respondeu Jean-François com um suspiro. — Mas vou ficar apenas com uma, pelo menos por enquanto. Por que sua Priori estava dormindo em Dún Maergenn?

O monstro deu de ombros.

— Quem pode saber? Diziam que tinha nascido em Ossway, séculos atrás. Talvez ela se sentisse mais segura ali. É uma coisa perigosa entrar no anoitecer; aquele sono mais profundo que a morte. Mestre Wulfric me contou que Maryn tinha dormido por mais de um século, e até os escravizados morrem de velhice nesse tempo. Leva…

— Você não me entendeu bem, mlle. Castia. Não perguntei por que ela escolheu Dún Maergenn especificamente. Perguntei, antes disso, por que sua mãe de monstros estava dormindo.

A Última Liathe deu um suspiro, com lábios franzidos por trás de sua gaiola de prata.

— Quanto você sabe sobre as Guerras do Sangue, pecador? Quanto sua senhora lhe contou sobre aquela cruzada virtuosa?

— O suficiente para saber que sua dita *cruzada virtuosa* foi um fracasso completo.

— Não completo. Embora historiadores mentirosos digam isso. — Celene sacudiu a cabeça, olhos escuros brilhando. — A igreja mortal tentou erradicar a linhagem do Redentor, e Fabién e seus cavaleiros do sangue tentaram destruir a nós que a defendíamos. E eles *conseguiram* um tipo de vitória. Quando as legiões sagradas do imperador saquearam a capital Aavsenct em Charbourg, quando a própria Illia foi transformada em pó, a esperança parecia perdida. Histórias mortais eliminaram todo registro da heresia, cronistas kith falavam dos Esana em sussurros cheios de ódio. Mas os Fiéis resistiram. Apenas quatro deles. Quatro de Deus sabe quantos. Mas mesmo assim, o suficiente para levar adiante o sonho de sair daquele cataclismo. O sonho de salvar este mundo.

— Ratos *fogem* de um navio naufragando, suponho. Até os imortais.

— Você zomba — disse ela com um suspiro. — De novo. Mas não faz ideia do que foi perdido naquela noite. Illia sozinha carregou incontáveis almas de kiths em seu corpo. *Todas* condenadas ao inferno com sua morte. Quantos outros foram condenados ao abismo enquanto Charbourg queimava?

— Depende de quantos seu culto depravado tinha canibalizado, eu acho. —

O historiador afastou um cacho dourado dos olhos. – No fim, todos teremos o inferno que merecemos.

– É o que dizem – assentiu a liathe. – E era isso que pensavam. A prole de Illia tinha voado para perto demais do céu, e em sua arrogância, pareceu que tinham causado a extinção da dinastia do Redentor. Mas ainda se sussurrava, se esperava, se rezava para que algum remanescente da linhagem Esan tivesse sobrevivido. Assim, aqueles quatro Fiéis que tinham sobrevivido às Guerras do Sangue fizeram um pacto. Eles se espalhariam para os cantos do reino e nunca mais se reuniriam num único lugar, para não correrem o risco de serem pegos e o sonho de Illia desaparecer para sempre. E sozinhos, eles iam manter uma vigilância fiel no escuro, procurando por sinais da linhagem do Redentor, pois ainda restava esperança para este mundo, e seu sonho não estava morto.

A Última Liathe olhou para as mãos, e o marquês se surpreendeu ao vê-las tremendo. Com um suspiro, a monstra entrelaçou os dedos para deter os tremores.

– Mas o tempo é uma coisa terrível, pecador. E carregar o fardo de centenas de almas por centenas de anos é um peso que poucos conseguem aguentar. As vozes dos malditos chamam você em seu sono. As lembranças deles se misturam com as suas, até que não saiba mais o que é seu e o que é deles. Os Quatro sabiam que a loucura ia acabar chegando para eles. Por isso, para aliviar seu fardo, foi decidido que apenas dois estariam acordados ao mesmo tempo – os outros dormiriam ao anoitecer, para serem despertos por sua vez depois de um século de vigilância. E assim foi feito. Wulfric em San Yves. Jènoah em Cairnhaem. Oleander em Augustin. E Maryn, a mais velha dos Quatro, abaixo de Maergenn.

Celene sacudiu a cabeça com admiração.

– Quatro deles para carregar o peso de *dez mil* almas malditas. O destino do mundo em seus ombros. Mas agora Jènoah estava perdido. Wulfric, morto. Oleander podia estar a um milhão de quilômetros de distância. Mesmo assim, estava certa de que Deus nos levara a Maergenn por causa de Maryn. E por isso, enquanto Dior dormia em sua cela, nós partimos para procurar a mais velha de nossos anciãos mais uma vez.

"Não havia esconderijo ou buraco na cidade que nossas asas não pudessem alcançar, exceto aqueles do Santo Sepulcro, mas não temíamos por isso – uma vampira ancien nunca poderia dormir em solo sagrado. Então começamos pelos esgotos; aqueles túneis escuros e sinuosos que passavam por baixo de Portotunn e saíam no mar. De mãos vazias, nós nos voltamos em seguida para os porões de Velhatunn, os mais antigos da capital onde haveria mais chances de abrigar a Mãe. A necrópole da cidade foi a seguinte, uma mariposa solitária e vermelha voando em meio às casas dos mortos. E ali, enfim, nós encontramos um fragmento de promessa gravado sobre a tumba de um pedreiro morto havia muito tempo.

"O brasão dos Esana.

"Meu coração se animou ao ver aqueles crânios gêmeos com o cálice entre eles. Eram pequenos e sutis, gravados em pedra antiga pela mão de alguém que tinha sido havia muito tempo transformado em pó, mas mesmo assim, isso era prova – a Mãe estava em *algum lugar* naquelas ruínas. Ainda havia esperança, nem tudo estava perdido. Mas o amanhecer odioso agora chegava, e eu também precisava dormir, caçar e me curar. As respostas ainda estavam fora de nosso alcance.

"Frustradas, voltamos para o dún, voando acima das muralhas marcadas. Os muros onde pessoas com marcas se reuniam em torno de um braseiro ardente e passavam ao redor uma garrafinha de bolso. Era uma beberagem de cheiro horrível que sorviam, conjurada de cascas de batatas e raízes em decomposição na destilaria do dún; uma bebida ordinária conhecida como *o Betume*. Seu fedor é semelhante a repolho misturado com urina de gato, e nos disseram que seu gosto é pouco melhor.

"Nós voamos sobre aquelas jaulas terríveis no pátio, passamos pela fundição, onde o pobre Baptiste Sa-Ismael estava curvado sobre sua forja. Adejamos por corredores movimentados e passamos pela estátua da Novespadas, com a arma lendária erguida em seu punho de granito. Mas reduzimos a velocidade de nosso voo, pressionando as asas às vigas enquanto quatro figuras subiam a grande escadaria abaixo. A primeira era Kiara, parecendo obstinada, com nuvens de tempestade sobre sua fronte. Atrás dela caminhavam os dois ossianos garbosos que estavam de guarda diante dos aposentos de Nikita, que resgataram Dior de seus saltos traiçoeiros. Seus queixos eram quadrados, as mãos estavam sobre as espadas, e os olhos verdes fixos na figura entre eles.

"Aaron de Coste.

"Vestia apenas uma calça de couro e uma coleira de couro presa em seu pescoço. O belo rosto emoldurado por seu cabelo dourado, a cicatriz dada a ele por minha criadora sombria, a própria Laure Voss, um corte em formato de gancho que descia por sua testa e sua bochecha. Mas em suas costas e seus braços, vimos cicatrizes novas, linhas escuras traçando o caminho antes adornado pelo aegis de San Michon.

"Eles tinham coberto suas tatuagens, percebemos, enchendo os ferimentos com cinzas para que não se curassem mais quando ele despertasse em cada crepúsculo; um alívio para sua dor interminável. Quem quer que tivesse feito o trabalho era um artista – o Draigann ou sua noiva, Alix, talvez –, as tatuagens de Aaron não tinham perdido nada de seu esplendor. Mas onde antes brilhavam em prata, elas agora eram escuras como a noite.

"A cabeça de Aaron estava baixa, as mãos entrelaçadas à sua frente.

"*Rezando*, percebemos.

"Mais uma vez, sentimos afinidade com esse filho caído de Aveléne ao ver que ele não abandonara a sua fé. Embora não o conhecêssemos, temíamos por ele. E então, ainda que o alvorecer estivesse próximo, nós nos vimos seguindo enquanto ele era conduzido pelo patamar da escada até os *boudoirs* do conde e da condessa Dyvok. Ao entrarem no *foyer*, eles foram recebidos pela visão da jovem Isla em seu belo vestido, saindo dos aposentos de Nikita. A boca curvada num pequeno sorriso, os braços carregados com lençóis ensanguentados. Ela ergueu os olhos quando entraram, de olho no antigo senhor de sua cidade com os lábios manchados de vermelho.

"'*Capitaine*', sussurrou ela, seu sorriso desaparecendo. 'Ah, *não*, você também não...'

"Aaron a olhou nos olhos, a tristeza nítida em seu rosto. Mais uma alma que ele falhara em proteger. Mais uma criança posta de joelhos diante daqueles monstros.

"'Coragem, amor', sussurrou ele. 'Deus não a abandonou.'

"Kiara olhou feio para a garota, e Isla baixou os olhos, recuando com seu fardo ensanguentado. Passando voando pelos aposentos de Lilidh, vimos a condessa sentada a uma mesa, lendo um tomo empoeirado com a mais fraca luz da lua. Ainda estava vestida com aquelas duas faixas de seda preta transparentes, os lábios escuros franzidos enquanto virava uma página. Seu grande lobo, Príncipe, estava dormindo aos seus pés, e havia um homem bonito esparramado nu sobre seus lençóis, o pescoço perfurado, o peito subindo e descendo. Nós nos lembramos de suas palavras com Dior, sua pergunta sobre os Esana. Lilidh era antiga o bastante para se lembrar da queda de Charbourg, da cruzada contra minha espécie. E embora Nikita fosse o rei temido desse reino, agora sabíamos que nela estava a ameaça mais verdadeira ali.

"'Ande', rosnou um dos queimados, empurrando o ombro de Aaron.

"Com expressão decidida, Aaron obedeceu. Ele estava com sede, nós conseguíamos perceber – sua palidez mais perto da morte, sombras sob seus olhos. E embora fosse apenas um recém-nascido, já podíamos ver como a Transformação o afetara. Ele podia ter sido bonito em vida; agora, porém, era terrível e *horrendamente* bonito – pálido, enfeitiçado e imortal. Sua pele estava lisa, cachos dourados caindo por suas costas nuas, a barba rala bem aparada e os olhos em chamas com o cheiro do ar. Quando Kiara fechou as portas do *boudoir* de Nikita, tudo aquilo se derramou sobre nós como uma inundação, os cílios de Aaron adejando em seu rosto, as presas expostas em uma expressão de fome animal perfeita.

"*Sangue.*

"O conde Dyvok esperava no interior. Estava sentado em uma cadeira de madeira estofada com veludo vermelho e de pau-ferro escuro, à frente de uma janela que dava para o Golfo dos Lobos. A cama de dossel grandiosa estava forrada com lençóis limpos, os corpos de seu banquete de mais cedo tinham sido retirados pela diligente Verme. Mas o perfume de assassinato ainda manchava o aposento.

"Havia um cavalete com uma tela num canto, mais telas espalhadas por ali – retiradas das paredes e pintadas em seu lado em branco. Eram retratos; belezas anônimas, homens e mulheres, embora vários estudos de Lilidh e Kiara e até da jovem Isla pudessem ser vistos entre eles. Não havia dúvida de que o conde Dyvok se considerava um artista em sua privacidade, e embora seu talento fosse inegável, havia alguma coisa estranha e totalmente brutal nas obras; não apenas as obras de Maergenn tinham sido destruídas para servir como suas bases, mas todas tinham sido inteira e exclusivamente pintadas em sangue.

"Nikita trajava um robe preto de seda amarrado frouxamente na cintura, deixando pouco para a imaginação. Cabelo comprido e preto como nanquim caía sobre seus ombros largos; as planícies e vales de seu peito nu, as colinas de músculos que desciam pela barriga. Sua cabeça coroada com espinhos de ferro, os olhos sem fundo fixos em Aaron, frios e escuros como as águas da baía.

"'Boa noite, Dourado.'

"Aaron não respondeu nada, os punhos cerrados aos lados do corpo. Nikita olhou para a filha, o jovem queimado parado ao seu lado com a cabeça inclinada. Os homens garbosos se curvaram diante de seu mestre e partiram apressados com sua ordem não dita. Mas Kiara ficou.

"'Filha?', perguntou Nikita com uma sobrancelha arqueada.

"'Priori', respondeu ela, sua voz estranhamente delicada. 'Eu gostaria de saber... Nós podíamos conversar a sós?'

"O Coração Sombrio deu um sorriso suave.

"'Em breve, criança. Quando eu terminar.'

"A Mãe-loba curvou a cabeça com os lábios estreitos. Ela era uma assassina das florestas ossianas. Assassina de inúmeros homens, mulheres e crianças. A fera que enchera aquelas jaulas no pátio até o limite. Mesmo assim, por um momento, ela pareceu uma jovem ainda verde.

"'Sua despensa está cheia; sua linhagem, reforçada; o Leão Negro, *morto*.' Kiara retorceu as mãos, olhando-o nos olhos. 'Meus presentes não lhe agradaram?'

"'Agradaram.' O olhar de Nikita desviou para Aaron, e seu sorriso se abriu. 'E vão agradar.'

"'Então nós não podemos...'

"'Não te esqueças de teu lugar, Mãe-loba.'

"Havia, agora, ferro na voz de Nikita, e sua filha se encolheu quando ele falou. Enquanto Kiara examinava aquele olhar escuro e sem piscar, não vimos nenhuma luz nem calor nele.

"'Tu és minha mão direita', disse Nikita. 'Em toda a minha corte, tu és a mais alta. Fica satisfeita, meu sangue, com as bênçãos que tens. Pois o que é dado pode ser retirado.'

"A Mãe-loba baixou os olhos outra vez ao ouvir isso e fez uma grande reverência.

"'Meu senhor', sussurrou ela.

"E com um olhar enviesado para Aaron, Kiara foi embora, fechando as portas atrás dela.

"Silêncio caiu sobre o *boudoir*, exceto pelo barulho do mar. O olhar sombrio de Nikita se dirigiu mais uma vez para Aaron, com aquele sorriso temível se demorando em seus lábios.

"'Solidão, finalmente', disse ele.

"Aaron não respondeu. Sabíamos que o sangue ancien estava em ação no jovem *capitaine* – ele tinha bebido apenas uma vez do pulso de Nikita, mas mesmo isso é o suficiente para criar uma ligação, a mesma que tínhamos visto crescer entre Dior e Lilidh. Nikita estava agora *dentro* de Aaron, e enquanto observávamos de cima, podíamos ver quanto esforço era necessário para o jovem lorde ignorar aquele íncubo pálido; enquanto baixava as mãos e lentamente desamarrava seu robe.

"'Estás com sede?', perguntou Nikita, com a voz baixa e profunda.

"Mas mesmo assim o *capitaine* de Aveléne não emitiu nenhum som.

"'É impressionante a velocidade com a qual a sede cresce', refletiu Nikita. 'Tu podes se encher até o limite, e vais ter apenas uma única noite de paz antes que o tormento comece de novo. Conheço muito bem a dor que te atormenta, Dourado. Eu conheço bem demais tua necessidade.'

"Nikita pegou um cálice de cristal cintilante na mesa ao seu lado. Com os olhos ainda fixos em Aaron, o conde levou o pulso à boca, com um sibilar baixo escapando de seus lábios quando mordeu fundo. Segurando o cálice embaixo de sua veia aberta, ele forçou seu sangue ancien a se derramar na taça, e embora estivéssemos bem no alto, nossas asas tremeram com o cheiro; aquela potência e aquele *poder*, banhando todo o mundo trêmulo de vermelho.

"'Venha.' Nikita ofereceu o cálice. 'Beba.'

"Aaron ficou parado; com os punhos cerrados, desafiador.

"'*Merci*, mas não estou com sede.'

"O Coração Sombrio apenas sorriu. Afastando o cálice para o lado, ele olhou nos olhos de Aaron, movimentou os ombros e deixou cair o robe, desvelando cada centímetro esculpido de seu corpo perfeito.

"'É outro tipo de banquete que desejas? Tu, afinal de contas, és de sangue jovem. Ainda te lembras do homem mortal que costumavas ser. Tuas fomes. Tuas *necessidades*. Todas elas Nikita pode saciar para ti.

"Aaron permanecia parado naquele *boudoir*, uma gota pálida nas margens do oceano escuro. Seus olhos percorreram o perigo do corpo de Nikita, seus lábios exangues se curvando quando ele sibilou:

"'Você me enoja.'

"'Tua boca protesta. Mas vejo o vazio em tua alma.' Nikita se reclinou sobre o veludo, nu e perfeito. 'E vou cuidar de preenchê-lo, Dourado. Noites maravilhosas te esperam. Noites de alegria e sangue, de dor, poder e prazer, tudo entrelaçado. Nikita vai ser teu mentor. Teu monarca. Teu mestre.'

"'Nunca', respondeu Aaron. '*Nunca.*'

"'*Nunca* é um tempo longo para contar. Tu sabes o que eu sou? O que faço?'

"'Sei que você é tudo o que fui criado para desprezar', retrucou com rispidez o jovem nobre. 'Eu sei que é um demônio disfarçado de anjo. Mas embora possa vergar minha mente, com todo o seu poder você não pode *tocar* meu coração. Por isso me escute agora, monstro, então faça o que quiser. Tudo o que vai ter de mim vai ser roubado. *Nunca* entregue. Vou morrer antes de chamá-lo de mestre por livre e espontânea vontade.

"Nikita deu um riso baixo e demorado.

"'Tu és de origem nobre, *oui?*' Ele acenou com a mão, como se quisesse banir a pergunta. 'Não respondas. Eu sinto teu cheiro sobre ti. Conheci muitos que se achavam de nascimento elevado em meus anos, Aaron de Coste. E no fim, vi todos eles de joelhos.'

"O Coração Sombrio brincou com a borda do cálice, e seu sorriso desapareceu.

"'Eu mesmo não era. Quero dizer, de nascimento nobre. Nasci filho de um pastor, no chão de terra de um abrigo esquálido em Talhost. A aldeia em que vivia nem existe mais. Meu pai era um homem cruel – homens criados em climas cruéis frequentemente são. Mas em sua crueldade havia uma espécie de sabedoria, e *seiscentos e quarenta e um* anos depois, eu ainda me lembro da maior lição que ele me ensinou. Gostarias de saber, Dourado, o que era?'

"Aaron permaneceu calado, olhando para a janela, a lareira, à procura de alguma fuga desesperada. Mas Nikita continuou a falar, com os olhos fixos em sua presa:

"'Numa noite de inverno em meu oitavo ano, uma de nossas ovelhas foi despedaçada por lobos. Havia tanto sangue que eu podia sentir o gosto de ferro no ar. Ela tinha um cordeiro, que estava na neve, balindo de medo, e meu pai me disse para matá-lo – carne para a panela era sempre bem-vinda. Embora tivesse dito a ele que a tarefa estava cumprida, em vez disso, escondi o cordeiro no celeiro. Eu o alimentei com as mãos. Dormia com ele à noite para mantê-lo aquecido. Foi a primeira coisa neste mundo que realmente amei.' Nikita sorriu, os olhos de meia-noite cintilando. 'Eu o chamei de *Tesouro*.

"'Um *prièdi*, meu pai nos chamou para jantar. E embora estivéssemos sempre com fome, naquela noite tivemos um banquete à mesa – um guisado de boa carne fresca. Mas depois que meu pai me estimulou a comer tudo o que eu podia, ele me levou ao celeiro. E lá me mostrou a pele recém-esfolada estendida sobre a parede, e o lugar vazio onde meu Tesouro tinha ficado escondido, e então compreendi quem tinha enchido minha barriga gorgolejante. Ele quase me matou de tanto me bater, meu querido pai. Bateu-me com tanta força que tudo o que eu tinha comido voltou para me cumprimentar, os restos de meu primeiro amor jorrando sobre as mesmas mãos com as quais eu o havia criado.'

"'Essa história tem a intenção de me fazer ter pena de você?', rosnou Aaron com os olhos brilhando. 'Você que destruiu minha cidade? Que assassinou uma *nação*?'

"'Ela tem a intenção de ensinar uma lição, como eu disse. A mais importante da vida.' O ancien se inclinou para a frente, com os olhos prendendo o jovem nobre no chão. 'O que tu amas te torna fraco. A vontade cruel usa as coisas de que tu gostas para atacar teu próprio coração.'

"Nikita se encostou, entreabrindo levemente os lábios.

"'E o Coração Sombrio não é nada se não cruel, Dourado.'

"'… Baptiste', murmurou Aaron, enfim reconhecendo a mensagem.

"Nikita tornou a pegar o cálice cheio até a borda, com a voz delicada e sombria como fumaça:

"'Tu morrerias por ele?'

"'Eu o amo.' O *capitaine* cerrou as mãos, agora tremendo. 'É claro que morreria.'

"O conde Dyvok sorriu, e quando aqueles olhos sem fundo penetraram nos do jovem nobre, o ancien forçou seu sangue a descer, a descer, seu membro se agitando sobre sua coxa, entumecendo com o calor e a vida que ele tinha roubado daquelas pobres almas assassinadas em sua cama.

"'Como o grande Nikita, então, é benevolente. Pois não ordena que tu morras, Aaron de Coste.' O Coração Sombrio levou uma das mãos a suas partes íntimas e passou lentamente a ponta do dedo sobre toda sua extensão lisa e pulsante. 'Só que te ajoelhes.'

"Nikita ergueu o cálice contra a luz, estudando o sangue dentro dele, escuro, quente e brilhante. Com os lábios curvos, ele virou o cristal e deixou que algumas gotas caíssem sobre seu peito nu, sobre um mamilo endurecido, um jorro rubi sobre mármore polido. Os dentes de Aaron estavam cerrados, mas embora tentasse olhar para o outro lado, o recém-nascido se viu olhando fixamente, com os lábios entreabertos. E com olhos ainda fixos no jovem *capitaine*, Nikita virou mais a taça, o cheiro de sangue beijando o ar quando virou todo o cálice sobre si mesmo, com filetes descendo pelo seu torso liso, passando pelo músculo duro de sua barriga, descendo até seu membro, agora erguido alto e teso entre os dois. Ali ele dispensou atenções especiais, virando totalmente o cálice, pintando sua extensão e o saco macio por baixo, deixando que o final dele gotejasse sobre a extremidade de sua cabeça entumecida.

"'Diz-me, belo', disse ele. 'Tu ainda não estás com sede?'

"Aaron cerrou os dentes, atormentado pelo desespero. Lutar, sangrar e morrer, isso ele faria com prazer. Mas condenar seu amado ao fogo? Em nome do orgulho? Nós nos perguntamos se ele se romperia antes de se dobrar. Será que abriria mão de seu amado em vez de sua liberdade?

"E então vimos por que Nikita Dyvok se chamava de *Coração Sombrio*. Olhando para o inferno abaixo, captamos um vislumbre do abismo que se abria dentro de seu peito. Um toque do mal perfeito que se preparava para saltar por baixo da pele daquele príncipe pálido da noite.

"'Você não vai machucá-lo?', murmurou o nobre jovem.

"'Eu juro. Desde que tu te entregues por completo e *espontaneamente* a mim.'

"O Coração Sombrio deu um sorriso, feito de trevas como a morte de todas as luzes.

"'Ajoelha-te a minha frente, Aaron de Coste.'

"Aaron permaneceu imóvel, com as mãos cerradas em punhos impotentes. Nós podíamos sentir os pensamentos ecoando em seu crânio, nada nele além de fúria e ódio, e dos tons mais desolados de desespero. E com a cabeça baixa, sem lhe restar escolha. O jovem nobre enfim obedeceu. Saiu andando como um homem na direção da forca e caiu de joelhos diante daquele trono sombrio. Nikita mergulhou o polegar no sangue que estava se acumulando em seu umbigo e estendeu a mão na direção de sua presa. Aaron se encolheu, reforçando sua força de vontade, fechando os olhos quando aquele polegar foi pressionado contra seus lábios, sujando-os de vermelho, passando entre seus dentes até sua boca.

"'Qual é meu nome, Dourado?', disse em voz baixa o príncipe das trevas, retirando a mão.

"'Nikita', sussurrou Aaron.

"'Não.' Olhos escuros brilharam, sem fundo e furiosos. 'Qual é meu *nome?*'

"'... Mestre', sibilou ele.

"'Bom', murmurou aquele demônio. 'Muito bom.'

"Ele estendeu uma das mãos, e dedos de mármore se emaranharam em cabelo louro.

"'Agora beba-me.

"'Beba.

"'*Ah.*'"

✦ XIII ✦
QUANDO OS CORVOS CHAMAM

— OS OLHOS DE Dior se abriram bem depois do pôr do sol, grandes e azuis no céu que escurecia.

"Ela tinha sonhado durante o dia; os lábios se curvando em um sorriso delicado como a primeira neve do inverno. Mas sabíamos que ela estava sonhando com Lilidh — o sangue ancien em ação dentro dela, agora, sufocando a determinação e enfraquecendo a vontade. E quando ela ergueu a cabeça da pedra dura, seu sorriso morreu, a fria realidade sufocando qualquer doçura que encontrara além dos muros do sonho.

"As mãos dela estavam algemadas, e um colar de ferro a acorrentava a um anel enferrujado na parede. A Mãe-loba não tinha sido delicada ao levá-la de volta para sua jaula após a fuga, e a pele de Dior estava cheia de hematomas, sombras pintadas embaixo dos olhos, a marca de beleza em seu rosto tão escura quanto o sangue encrostado no chão. A cela fedia àquilo, e ela olhou para o presente que lhe deixaram — a cabeça do carcereiro que ela não tinha terminado de matar a pauladas, mas condenado do mesmo jeito. O resto do homem tinha ido para os sangues-ruins, é claro.

"Os Dyvok estavam longe de desperdiçar uma refeição.

"Sua garganta estava ressecada, o estômago roncava — eles não tinham dado a ela nada para comer ou beber o dia inteiro. E agora, o sol temível tinha caído mais uma vez, a capa da noite se estendia, e quando aquelas cortinas caíssem, todos sabíamos muito bem como o último ato ia se desenrolar.

"'Eu estou muito fodida', disse ela em voz baixa.

"*Tap Tap Tap Tap.*

"Pousamos sobre seu rosto, quase com tanto medo quanto ela. Depois de tudo o que tínhamos visto explorando o dún, agora não víamos saída, e a ideia dela presa aos indomados era aterrorizante. Dior seria forçada a contar tudo o que tínhamos revelado sobre os Fiéis, e se os Dyvok descobrissem o lugar de repouso de nossa mais velha anciã… todo aquele conhecimento, todo aquele poder e todas aquelas almas esvaziadas…

"'Você ainda está ferida?', sussurrou Dior delicadamente no escuro.

"*Tap.*

"'Ferida demais para me ajudar?

"Nós só conseguimos bater as asas, frustradas e atemorizadas. Nossas feridas estavam sarando, mas ainda não o bastante – não podíamos entrar em um covil daqueles sozinhas e viver.

"'Está tudo bem.' Dior rolou e ficou de joelhos, com a testa contra a pedra. 'Não faz sentido gastar boa moeda em coisas ruins. Eu já estive em lugares piores do que este. Vou pensar em *alguma coisa…*'

"Era bravata, nós sabíamos – mas mesmo assim ela se levantou, assumindo uma postura familiar. E desarmada, desesperançada, mas tentando se sentir um pouco menos impotente, Dior fez as formas de espada que Gabriel lhe ensinara. *Barriga, peito, pescoço, repetir.* Ela não tinha chance de sair dali lutando; como sua fanfarronice, essa prática era um bastião contra o medo. Mas quando passos soaram na escada, e a garota se encolheu com o som, vimos como ela precisava disso desesperadamente.

"'Está ficando com sede, ratinha?'

"A porta se abriu inteira para revelar Kiara assomando na soleira.

"'A Sem Coração vai saciá-la.' Ela sorriu, enquanto destrancava a corrente de Dior. 'Prepare-a.'

"A ordem foi dirigida para trás, e nós vimos Verme parada do lado de fora no corredor, com os braços cheios de roupas finas de seda. Após a ordem da

Mãe-loba, a criada entrou apressada na cela e, sem dizer nada, tirou as roupas ensanguentadas de Dior.

"O Graal permaneceu em silêncio, Dior permitindo-se ser vestida, pois o medo que sentia por estar nua diante daquele monstro era menor do que todo o seu ódio. Verme não tinha os pés e a tinta da noite anterior, mas, mesmo mal equipada, fez um belo trabalho, vestindo Dior naquele mesmo vestido de baile bonito, enfeitando seus dedos com joias e, enfim, apertando bem sua cintura nas amarrações de um corpete creme ornamentado.

"Quando a criada terminou, a Mãe-loba olhou para Dior e escarneceu. E pegando a corrente que a prendera na parede, Kiara conduziu Dior para fora daquela masmorra e para o dún, com Verme em seus calcanhares.

"Caminhando através do fedor de morte e infortúnio, Dior tinha o olhar baixo e suava frio. Mas ergueu os olhos quando foi conduzida pelo Salão das Coroas, e seu rosto perdeu o sangue ao ver os cadáveres sendo arrastados para dentro. Nós reconhecemos os cadáveres – os velhos e frágeis que tinham alimentado os sangues-ruins na noite da véspera em Novatunn. Seus corpos vazios estavam sendo levados para a cozinha do *château*, carregados por queimados usando aventais ensanguentados, com facas de açougueiro no cinto.

"Verme abaixou a cabeça e fez o sinal da roda. Dior olhou então para a criada, os olhos azuis se arregalando ao compreender.

"'Aquele poço de ossos lá fora...', sussurrou. 'Aqueles soldados distribuindo carne para as pessoas em Velhatunn quando nós chegamos...'

"E, então, ela sussurrou; as palavras de Gabriel sobre as fazendas de abate em Triúrbaile:

"'*Ainda posso sentir a porra do fedor quando fecho os olhos...*'

"Kiara olhou para trás e deu de ombros.

"'Quem não desperdiça sempre tem, ratinha.'

"Dior cerrou os punhos, e seus maxilares estavam tão apertados que seus dentes rangeram.

"'Por que você é *assim*?', sibilou ela.

"Kiara parou ao ouvir isso e se virou para encarar o Graal. Dior parecia assustada, furiosa, gesticulando ao seu redor diante daquela sinfonia de desgraças. Verme segurou a mão da garota para acalmá-la, mas o Graal se soltou dela e se dirigiu à Mãe-loba, trêmula de fúria:

"'Por que vocês são *todos* assim?'

"'Você se acha melhor?', rosnou Kiara. 'Julga-se pia? Sua espécie caçou a minha por *séculos*, garota, e não derramaram uma lágrima por nenhum de nós. Eu não pedi esta vida a ninguém, nem que meu senhor Nikita tirasse a minha velha de mim. Mas ele a tirou, para ficar com o dún que eu possuía, e passei as *cinco décadas* seguintes escondida, morrendo de medo de ser queimada em minha cama ou ser arrastada dela aos gritos para o sol.'

"'Então por que o servir?', perguntou Dior. 'Você foi vítima dele, assim como o resto.'

"'Eu não fui nenhuma *vítima*.' Kiara removeu sua manopla, erguendo a mão diante do rosto de Dior. E ali, queimada em sua pele estava a marca de Nikita. 'Eu era sua amada. Juntos vivemos, como homem e noiva. Cinquenta anos caçados. Enxotados como abominações. Como monstros.'

"'Mas vocês *são* monstros!'

"A Mãe-loba sacudiu a cabeça, então, com olhos duros e frios.

"'Se isso é verdade, ratinha, somos os monstros que sua espécie nos tornou.'

"Dior deu um gemido quando Kiara puxou sua corrente, cambaleando à frente mais uma vez. Com o coração batendo forte, roendo as unhas, ela e nós, as duas juntas, olhávamos ao redor em uma busca desesperada por algum jeito de sair daquela situação. Deus as havia levado até ali por uma razão, não? Com certeza não era ser submetida à escravidão nas mãos da Sem Coração. Mas não conseguíamos ver saída, e nossas preces ainda estavam sem resposta quando Dior foi arrastada para o Salão da Fartura diante da corte horrenda de Nikita.

"Estavam reunidos outra vez, demônios com as feições de anjos mortos: o tatuado chamado Draigann, sua noiva terrível, Alix, em seu colo, derramando um cálice de sangue em sua boca virada para cima; a irmã profana sussurrando com um Kane sorridente; o bufão cinzento, discutindo com um homem velho e aparentemente cego; Rémille, com seu casaco costurado das peles arrancadas de crianças mortas. As vigas do teto estavam cheias de pessoas penduradas, e criadas com facas e cálices esperavam obedientemente embaixo. E na extremidade do salão esperavam o rei e a rainha daquela corte do sangue; Coração Sombrio e Sem Coração, observando todos do alto de seus tronos roubados.

"Lilidh trajava um vestido ousado de seda e rendas cor da meia-noite, seu cabelo comprido e ruivo circundado por uma coroa de chifres de veado. Uma mão ornamentada com ouro estava parada sobre a cabeça de Príncipe, o lobo como sempre descansando ao lado de sua senhora, com seu olho bom brilhando. As damas de companhia ao seu redor. Verme assumiu seu lugar de bruços diante do trono de Lilidh. Nikita resplandecia de preto e azul-oceano, o cabelo escuro como a meia-noite, sua grande e poderosa espada apoiada nas costas de seu trono. E diante de Nikita, de joelhos, estava o pobre Aaron de Coste.

"Ele mais uma vez estava vestindo apenas calça, músculos esculpidos em pedra pálida e uma coleira de couro apertada em torno de seu pescoço. Quando Dior se ajoelhou ao lado dele, o corajoso *capitaine* de Aveléne olhou para ela, e nós vimos verdadeira pena em seu rosto. Mas quando Nikita se mexeu, o olhar de Aaron foi arrancado do de Dior e, depois disso, o jovem nobre olhou apenas para *ele*. Parecia que Aaron já tinha sido alimentado por seu mestre naquela noite, ou talvez tivesse compartilhado da cama sangrenta de Nikita durante o dia e se banqueteado quando o sol mergulhou para descansar. Qualquer que fosse o caso, vimos nos olhos do recém-nascido, agora, seu sorriso e seu suspiro; aquela adoração infernal contra a qual ele alertara Dior desde sua cela.

"*O amor é mortal. O sangue é eterno.*

"'Ah, Aaron...', sussurrou ela.

"'Atenção', disse Nikita.

"O salão ficou imóvel, todos os olhos agora naquele rei de ébano. Com os espinhos em sua testa brilhando, Nikita se levantou para se dirigir a seus lordes e ladies, uma voz de ferro reverberando nas paredes.

"Meus lordes, meus familiares e meu sangue, essas são as maiores noites conhecidas pelos filhos dos Dyvok. Depois do assassinato do grande Tolyev pelas mãos do três vezes amaldiçoado Leão, mergulhamos em pequenas desavenças, sangrando uns aos outros tanto quanto ao gado que nascemos para governar. Mas agora, pela mão de minha própria filha amada, esse assassinato foi vingado.'

"Nesse momento, Nikita apontou para Kiara, com olhos cintilantes. A Mãe-loba ergueu a cabeça e sorriu quando os monstros em torno do salão ergueram um brinde sangrento.

"'As disputas do passado foram postas de lado', continuou o Coração Sombrio. 'Unido sob Nikita, o sangue Dyvok botou toda Ossway de joelhos em apenas dois curtos anos. E todo este *império* vai seguir o mesmo caminho.'

"Ele apontou para aquele vasto mapa sobre a parede, todo o domínio de Elidaen circundado por um movimento de sua mão. Havia brasões marcados sobre ele, destacando os pontos de conflito entre os kiths, suas linhas de frente. Havia um bando de corvos reunido ao longo de um rio no extremo leste, posicionado sobre a capital elidaeni, toda Nordlund por trás banhada em ouro. Havia lobos espalhados pelo sul do continente, pontos vermelhos indicando suas fortalezas de poder. Mas no Oeste, havia uma grande multidão de ursos reunida, todo o país colorido de azul.

"'Os Chastain se atrapalham em Sūdhaem', disse Nikita. 'Os Ilon se escondem em algumas cidades portuárias espalhadas. Os Voss ainda lutam contra o imperador no Leste. E, enquanto isso, nós governamos Ossway como *reis*.' Nikita ergueu o queixo, olhando nos olhos de sua corte monstruosa. 'Sabemos, meus lordes, que essas terras foram sangradas até quase secar. Sabemos que vós passastes fome nessas últimas noites. Mas também sabemos que todo Elidaen pode ser nosso, basta que tenhamos a força de vontade para tomá-lo!'

"Um murmúrio faminto percorreu os kiths, com presas à mostra, olhos estreitos.

"'Entretanto, nenhuma nova dinastia pode sobreviver sem sangue novo. Um desses agora está ajoelhado em sinal de respeito à nossa frente, com desejo de entrar em serviço ao nosso lado. E nós o achamos *digno*.'

"Com um estalo dos dedos de Nikita, a jovem Isla entrou no salão, vestida com roupas elegantes e carregando um pote de ouro e uma haste de ferro. Com os olhos verdes fixos em Aaron, a jovem ofereceu a haste de ferro a Nikita, com uma extremidade brilhando forte e fumegando. Os ombros de Dior se curvaram diante da visão do ferro de marcar, tremulando de calor.

"Nikita se virou para Aaron, ainda de joelhos, com o ferro em brasa entre eles.

"A quem tu serves?', perguntou.

"'Nikita', disse Aaron, como se fosse o nome de Deus.

"'Quem tu amas?'

"'*Nikita.*'

"Os lábios do Coração Sombrio se curvaram, os olhos profundos e frios como o céu sem estrelas acima.

"'Vou sentir muita falta de vê-lo de joelhos, Dourado.'

"Aaron olhou para o rosto de Nikita com um sorriso tão sombrio quanto o dele.

"'É só pedir, mestre, que me ajoelho com prazer outra vez.'

"Kiara estava parada perto, o sorriso que curvara seus lábios poucos momentos antes desapareceu completamente. Podíamos sentir um choro borbulhando na garganta de Dior, e ela desviou os olhos quando o *capitaine* de Aveléne ofereceu a mão para seu senhor. Lilidh, então, captou seu olhar, com o sorriso pesado por uma promessa terrível. Dior virou o rosto, um engasgar em seco de Aaron cortou o ar, um suspiro de algo horrivelmente próximo de paixão escapando de suas presas quando o som de carne fervilhando beijou o ar.

"Nikita segurou a mão de Aaron, esfregou tinta e cinzas do pote de Isla na queimadura. E com um sorriso triunfante, o ancien soltou a coleira que estava em torno do pescoço do recém-nascido.

"'Levanta-te, Aaron de Coste, jurado pelo sangue a Nikita, e…'

"As portas se abriram com um estrondo, e todos os olhos se voltaram para a extremidade sul do salão. Soraya estava ali, emoldurada pela luz, a expressão sombria como a morte. A vampira atravessou a reunião, com ombros e tranças enfeitados por neve fresca, sua poderosa espada em uma das mãos. Ela parou a uma distância respeitosa dos tronos e caiu sobre um joelho.

"'Filha?', perguntou Nikita.

"'Perdoe-me, Priori. Há uma mensagem vinda dos portões. Dos corações de ferro.'

"Os Dyvok ancien trocaram um olhar, e sentimos o clima no salão ficar mais pesado. Lilidh franziu o cenho e acenou com uma mão preguiçosa.

"'Diga aos Voss para irem embora. Somos Dyvok, não Chastain. Nós não falamos com cães.'

"Um riso triste percorreu o salão. Mas Soraya olhava apenas para Nikita.

"'Elas são… insistentes, pai.'

"Nikita voltou a se sentar.

"'Elas?'

"Soraya assentiu, olhando para sua irmã, Kiara.

"'As Terrores. Alba e Alene Voss. Vieram sob um estandarte de paz e solicitam cortesia sob as formas antigas.'

"O estado de ânimo piorou ainda mais, os vampiros espalhados pelo salão sussurrando. Para Fabién ter enviado suas duas filhas mais velhas para falar com o Coração Sombrio em pessoa…

"Lilidh se virou para o irmão.

"'Elas não vão oferecer nada que queremos.'

"'Deixa que ofereçam mesmo assim.' O olhar de Nikita caiu sobre Dior, vazio e amedrontador. 'Há sabedoria em ouvir quando os corvos chamam, irmã.'

"Lilidh estreitou os olhos ao ouvir isso, mas Nikita olhou para Soraya.

"'Traz as princesas, minha boa filha.' Ele ergueu um dedo como alerta. 'Com educação.'

"Soraya fez uma reverência e saiu do salão. Dior foi erguida de pé por Kiara e colocada junto das damas da condessa. Nikita mandou seu novo soldado se erguer, e, com um sorriso sombrio e sábio, Aaron fez uma reverência e se afastou. Dior o observou se sentar ao lado de feras que passara a vida inteira combatendo, e se encheu de lágrimas por vê-lo tão deformado por uma coisa tão pequena como três gotas de sangue. Seus olhos se dirigiram para Verme, de bruços diante do trono de Lilidh e, em seguida, para o monstro em seu próprio trono. Podíamos sentir o coração do Graal batendo ainda mais depressa quando aqueles lábios vermelhos em forma de arco se curvaram delicadamente em um sorriso.

"*Logo*, eles pareciam prometer.

"'Alba e Alene Voss', disse o chamado, a voz de Soraya ecoando no salão. 'Primogênitas de Fabién Voss dos corações de ferro e princesas da eternidade.'

"Agora suando, com a respiração acelerada, Dior ergueu os olhos para ver as Terrores entrarem no salão. Elas caminhavam à frente sob os olhos de cem indomados cheios de energia, sem lançar sequer um olhar para nenhum deles. Entrar espontaneamente num covil de dragão como aquele podia parecer uma aposta de tolo para mortais, mas cortesia é um costume sacrossanto entre ancien, e além disso, as primeiras filhas do Rei Eterno talvez fossem mais poderosas do que qualquer um naquela fortaleza.

"As gêmeas caminhavam em um uníssono espelhado, os saltos estalando sobre a pedra. Estavam luminosas em suas roupas elegantes, sobrecasacas compridas e calças de seda em preto e branco, os olhos tão sombrios quanto os dos irmãos que observavam sua aproximação. Atrás delas, vinha um grupo de sangues-ruins, mas não um bando apodrecido como na cidade abaixo – aqueles Mortos caminhavam com a voz dos Voss soando em sua mente, pé esquerdo, pé direito, numa paródia repulsiva de soldados em desfile.

"Alba e Alene pararam a cerca de vinte metros dos tronos, limparam seus tricornes beijados pela neve e fizeram uma mesura como as damas nobres da corte. Lançaram um olhar para Dior, e nós pudemos senti-las examinando, falhando, o ar trovejando com um poder insondável.

"'*Priori Nikita*', disseram elas. '*Nós oferecemos saudações e um humilde agradecimento por tua cortesia.*'

"'Princesa Alba. Princesa Alene. Um prazer singular, como sempre em dobro.' Os lábios de Nikita se curvaram em um sorriso, aguçado e maligno. 'Quanto tempo faz desde que dançamos? Acho que faz oitenta anos desde o baile de máscaras de Ilhan.'

"'*Noventa e dois*', responderam elas.

"'Tantos assim? Ah. O coração sangra por nos ter sido negada tal majestade por tanto tempo.'

"'Majestade', escarneceu Lilidh. 'Falou a noite para o dia.'

"Olhos sombrios se voltaram simultaneamente para a condessa.

"'*Lady Lilidh. Nós a saudamos.*'

"'Ah, elas enfim se dignaram a se dirigir àquela que se senta sobre o trono mais antigo.'

"'*Perdoa-nos, milady.*' As Terrores fizeram uma reverência. '*É uma novidade estar no meio de um salão onde a mais velha e o maior se sentam lado ao lado. Para os corações de ferro, eles são um só.*'

"'Nós vos perdoamos, princesas, é claro.' Lilidh acariciou o lobo pálido atrás das orelhas, seu tom de voz suave como brisa veranil. 'Contar até dois é uma proposição difícil, afinal de contas.'

"Nikita acariciou o queixo, ainda sorrindo.

"'Vós viajastes de longe para trocarem gentilezas com farpas, primas. As forças de vosso pai estão no Leste, ouvimos dizer, sua cruzada virtuosa pronta para transformar as muralhas de Monftort em pó. Por que vós estais tão longe de seu lado?'

"'*Nosso temido pai, Fabién, o Rei Eterno, Priori dos Voss, mais velho dos kiths e governante soberano deste império, deseja que devolvam sua propriedade.*'

"'Propriedade?'

"Os olhos das Terrores caíram sobre Dior.

"'*Essa criança pertence a ele.*'

"'É mesmo?' Nikita arqueou uma sobrancelha. 'Entretanto, pelo pacto há muito tempo honrado entre nossas grandes linhagens, não há nada a oeste do Mère e ao norte do Ūmdir que não seja domínio dos indomados. E enquanto um rei Fabién *também* pode ser, nenhum louro imperial beijou sua fronte com o nosso reconhecimento. Vós exagereis, primas. *E* estais passando dos limites.'

"'Por que direito Fabién reivindica este prêmio?', perguntou Lilidh.

"As Terrores olharam para a Sem Coração.

"'*Esta criança é dele.*'

"'Não. Ela é *nossa*. Até o fim desta noite, terá bebido sangue três vezes e estará ligada a mim.'

"Um rubor tomou o rosto de Dior com essa promessa, e o medo nos tomou quando vimos os olhos dela percorrerem o pescoço de Lilidh, passando a língua distraidamente no canto da boca.

"Os olhos das Terrores voltaram-se para Nikita.

"'*Nosso pai oferece recompensa pela devolução de sua propriedade, Priori. Duas mil cabeças de gado mortal de suas terras no Norte. Para serem entregues a ti antes do fim do doce inverno.*'

"'Gado eu já tenho em abundância', disse Nikita.

"'*É mesmo?*' As Terrores inclinaram a cabeça. '*Tuas terras pareceram bem estéreis durante nossa viagem até aqui. Nós chegamos até a ouvir um rumor perverso de que para reabastecer sua despensa, teus capitães foram forçados a atacar a* leste *do Mère, em violação do pacto há muito tempo honrado que mencionaste recentemente.*'

"As ancien olharam para uma Kiara raivosa, depois fizeram uma reverência sincronizada para Nikita.

"'*Mas, é claro, estávamos mal-informadas. Sem dúvida o destino de Aveléne foi obra de salteadores inferiores, e o sábio Nikita tem alguma cornucópia escondida que vai alimentar seus senhores de sangue e sangues-ruins bem depois do degelo do verão, quando o gelo se transforma em rios, e os banquetes, em fome.*'

"Os olhos do Coração Sombrio se estreitaram, e ele se recostou no trono, tamborilando com garras afiadas sobre sua calça de couro.

"'Duas mil, vós dissestes.'

"'Fabién tem tanto gado', refletiu Lilidh, 'que pode poupá-los para nos alimentar?'

"Mas as Terrores ignoraram a Sem Coração, com os olhos em Nikita.

"'*O que tu dizes, Priori?*'"

Nas entranhas de Sul Adair, Celene Castia ficou em silêncio, parando então para pensar. Com os olhos escuros fixos no rio entre ela e o historiador, a vampira se inclinou para a frente, com as pernas cruzadas, as pontas dos dedos juntas pairando perto da gaiola sobre seus dentes.

– Não há nada de que o coração de um vampiro goste mais do que um rancor, pecador. Os Voss tinham atormentado os Dyvok desde antes que a maioria daqueles reunidos em Dún Maergenn tivesse caído para a escuridão. Poucos sabiam como a animosidade entre aquelas grandes casas tinha começado. Alguns sussurravam sobre uma traição antiga, ou uma guerra do coração, de amizade azedada no ódio mais amargo. Mas qualquer que fosse a origem, o ódio entre aquelas linhagens antigas tinha envelhecido como o melhor conhaque. Voss contra Dyvok. Corações de ferro contra indomados. É como...

– Vinho contra uísque? – murmurou Jean-François. – Uma mulher loura contra uma de cabelos castanhos?

Celene piscou e franziu o cenho no outro lado do rio.

– Não entendi.

– Não importa. – O historiador sorriu consigo mesmo e olhou para cima. – Perdoe-me.

A Última Liathe ficou com o cenho franzido por um momento a mais antes de continuar.

– Apesar do golpe que meu irmão tinha aplicado na Clareira Escarlate doze anos antes, os Dyvok tinham conquistado toda Ossway. Um feito impressionante que tornou Nikita o primeiro verdadeiro rei dos Mortos nessa nova noite. Mas em sua pressa para assumir o trono, o Coração Sombrio transformara seu reino em terra arrasada. O verão se aproximava e, com ele, o degelo. Os rios correriam mais uma vez, acabando com as esperanças de novas conquistas até que o inverno começasse outra vez. O gado mortal oferecido pelas Terrores seria uma bênção nos meses vindouros de privação, isso era claro. Mas para negociar com os Voss, para Nikita ter de admitir que precisava deles...

"'Eu vos digo sim', declarou ele.

"Sussurros soaram entre os indomados, presas à mostra e olhos duros como pederneiras.

"'*Sim?*', perguntaram as Terrores.

"'Sim.' Nikita levantou a mão, o sinete de ferro reluzindo nela. 'Assim que vós cairdes sobre um joelho diante de minha corte, princesas, e beijardes este anel. E por vossa afronta a minha irmã e anciã, vós podeis cair sobre *os dois* joelhos e pressionar os lábios sobre os meus.

"Uma aprovação terrível atravessou a corte, as presas do Draigann brilhando douradas quando ele sorriu, e Soraya chegou a ponto de rir. Mas se as Terrores ficaram enfurecidas, não deram sinal. Em vez disso, com as sobrancelhas arqueadas, elas se viraram para os sangues-ruins às suas costas.

"'*Ah, doce Nikita*', disse uma voz, delicada e agitada. '*Como sempre tu és governado não por tua cabeça, mas pelo coração sombrio pelo qual ganhaste teu nome.*'

"O conde ergueu os olhos, procurando quem tinha falado. Com algum comando silencioso, os sangues-ruins se afastaram, e parado em meio a eles, revelou-se um garoto, sorridente e sem sangue.

"Ele era sangue-ruim, isso era certo; olhos brancos descoloridos, traços escuros de raízes pútridas em seus lábios e unhas. Tinha uns 10 ou 11 anos quando morreu, cabelo louro-acinzentado na altura do ombro, as roupas ensanguentadas. Mas falava impecavelmente, a voz dura e fria, e passando por seus olhos pálidos e descendo pelo seu rosto, vimos uma mancha de sangue fresco.

"Um fantoche, percebemos. Uma marionete, sendo comandada por outra vontade mais sombria.

"Nikita ficou de pé, sussurrando uma palavra.

"Uma maldição.

"Um nome.

"'*Fabién*.'"

✦ XIV ✦

O FIM DA ESPERANÇA

— O ROSTO DE Dior empalideceu, e sua pele se arrepiou quando o olhar daquele garoto morto se encontrou com o dela. Embora o cadáver falasse com voz de criança, era *ele*, ela sabia disso. O Rei Eterno. Todos os quilômetros, todo o sangue e todos os assassinatos – tudo por causa *dele*. Um monstro que tinha assombrado seus sonhos, a havia caçado pelo mundo desperto, observando-a agora através dos olhos pálidos de uma pobre criança assassinada, os lábios se curvando em um sorriso de dez toneladas.

"O ar pareceu mais frio, como se o inverno tivesse caído dentro daquele salão horrendo, a respiração de Dior saindo como vapor branco de seus lábios. Nós, então, o sentimos, o criador de nossa criadora, martelando sobre as muralhas da mente do Graal. O ar quase ondulou com isso, e Dior estremeceu quando ele tentou atravessar o véu de seus pensamentos. Mesmo com seu poder temível, os esforços do Rei Eterno foram em vão, mas de qualquer jeito, ele sussurrou através da boca daquela criança morta:

"'Nós enfim nos conhecemos, pequena…'

"Dior estremeceu ao ouvir essas palavras, diante da fome naqueles olhos, e não conseguimos deixar de nos perguntar sobre tudo aquilo. A morte dos dias não tinha sido nada além de uma bênção para monstros como Fabién Voss. E se Dior era o segredo para *terminar* com toda a escuridão, por quê, pelos céus, ele a queria viva em vez de morta? O que Dior podia fazer que não tínhamos percebido?

"O que ele sabia sobre ela que nós não sabíamos?

"O fantoche de Fabién se virou de Dior para Nikita, e seu sorriso se abriu.

"'*Como vais tu, meu velho querido? Faz uma eternidade.*'

"Lilidh olhou com raiva e apontou para a marionete morta.

"'Essa é a medida do valor de um Priori aos olhos de um Rei Eterno? Vir diante de seu trono vestido com uma roupa tão podre?'

"'*Minha querida condessa.*' O menino morto fez uma reverência. '*Sempre tive teu irmão na mais profunda estima, tu sabes muito bem disso. Mas os quilômetros entre nós, como os anos, doce Lilidh, são traiçoeiros e profundos. E eu tenho de me sentar em meu próprio trono.*'

"'Tu não estás sentado em nenhum trono. Tu deves estar perto para montar em carne morta para vir a nossos salões.'

"A marionete de Fabién riu, afastando o cabelo pálido dos dentes afiados.

"'*Foram longos anos, como eu disse. Até aqueles que não mudam o fazem o tempo. Tu não tens ideia do que sou capaz agora.*'

"Nikita se irritou.

"'Nós sabemos *exatamente* do que tu és capaz.'

"'*Ah, pobre Coração Sombrio. Ainda magoado? O tempo cura todas as feridas, meu velho querido.*' O fantoche de Fabién inclinou a cabeça e sorriu. '*Mesmo aquelas que eu causo.*'

"Nikita rosnou e pegou a grande e poderosa espada de trás de seu trono e empunhou-a em posição.

"'Sai daqui e leva tua turba, Fabién. Antes que empregue mal minha cortesia.'

"'*Tu sempre cedeste rápido à paixão, Nikita. Mas, no fim, não és nenhum tolo. Transformaste Ossway num ossuário em tua pressa para conquistá-la. Há bocas famintas diante de ti. E como nós dois sabemos, tu sempre estiveste possuído de uma... sede sem fundo.*'

"O sorriso no rosto da coisa morta desapareceu, seu olhar perfurando os olhos de Nikita.

"'*Com duas mil cabeças para encher mais sua despensa, tu poderias passar um verão confortável aqui, então atravessar para o Golfo dos Lobos quando congelasse. Nossa querida prima Margot está fraca, Nikita; seus senhores de sangue, espalhados e brigando. Tu tens força o suficiente para reivindicar todas as terras dos Chastain, assim como as dos Dyvok, para ti mesmo.*'

"Olhos pálidos se encontraram com os de Dior, os cílios grudados com sangue.

"'*Uma garota não é um prêmio tão pesado quando comparada com dois tronos.*'

"'Mas se ela vale tão pouco, por que tu a cobiças?', perguntou Lilidh.

"O fantoche continuava a encarar o Graal, com olhos frios.

"'*Porque ela pertence a mim.*'

"'Isso, então, não tem nada a ver com o poder de seu sangue?', perguntou a condessa. 'O Leão que a protegia? A sanguemante que a acompanhava?'

"'*Sanguemante?*' O fantoche sacudiu a cabeça. '*Os sem fé estão extintos, Lilidh. Eu cuidei disso séculos atrás.*'

"A Sem Coração escarneceu:

"'E se recusarmos tua generosidade?'

"O fantoche sorriu.

"'*Não tenho desejo que ocorra nada desagradável entre nós, cara condessa. E, tenho certeza, nem vós. Mesmo com a nova safra que tu e os teus estão bebendo ultimamente.*'

"O olhar do fantoche se dirigiu para o frasco dourado em torno do pescoço de Nikita, depois para os olhos de Lilidh, o ar quase crepitando entre eles. Príncipe rosnou ao lado dela, a cara marcada por cicatriz do lobo se contorcendo quando se levantou, com as presas à mostra. E embora ela mantivesse sua expressão dura como rocha, os olhos de Lilidh brilharam com malícia, acariciando o animal de estimação com uma das mãos para acalmá-lo.

"A marionete voltou o olhar para Nikita.

"'*Considere minha oferta, amado. Meus presentes já estão a caminho de Dún Maergenn. Eu te asseguro que as legiões viajando com eles são apenas para protegê-los no caminho. Minhas filhas mais queridas vão esperar tua chegada e tua resposta às margens do Òrd. Enquanto isso...'* A coisa morta sorriu. *'Pensa em mim.'*

"O fantoche de Fabién olhou para Dior, o peso de centenas de anos em seu olhar.

"*'Em breve, criança.'*

"A marionete estremeceu, piscando com cílios ensanguentados. O frio amargo no salão diminuiu. Então o Rei Eterno foi embora, apenas aquele garoto morto vazio em seu rastro.

"*'Priori Dyvok. Lady Lilidh.'* As Terrores fizeram uma mesura, rápida e formal. *'Até breve.'*

"Com um último olhar para Dior, Alba e Alene saíram do salão, levando seu bando com elas, cem altos-sangues observando Nikita, que apoiou a poderosa espada sobre um ombro e encarou o olhar em chamas de sua irmã.

"'Nós não temos necessidade deles, irmão', alertou ela.

"'Necessidade?', retrucou Nikita. 'Não. Mas finalidade? *Isso* nós podemos aproveitar.'

"'Não podemos confiar neles de jeito nenhum, Priori', alertou Kane.

"'Todos bastardos de sangue aguado', disse o Draigann. 'Covardes e ovelhas.'

"'Eles fizeram um trabalho rápido em Nordlund', observou a Mãe-loba. 'E seus exércitos estão prontos para atravessar o rio Ranger e tomar todo Elidaen.' Os olhos de Kiara então caíram sobre Dior, frios e duros. 'Duas mil cabeças de gado por um camundongo parece um bom preço para mim.'

"'Talvez não precisássemos de tantas', murmurou Alix enquanto olhava para Nikita, 'se não estivéssemos tão ansiosos para pintar as paredes com aquelas que temos.'

"Os olhos de Nikita se estreitaram ao ouvir isso, e Alix afastou rapidamente o olhar. O Draigann tirou a amante do seu colo, ficou de pé e olhou feio para Kiara.

"'Você roubou essa filhota daqueles cães só para devolvê-la quando eles latem? Você está assim tão disposta a mostrar a barriga, prima?'

"'Eu não *roubei* nada', rosnou Kiara, olhando com raiva para o primo. 'Eu a *tomei* no campo de batalha, quando diante de mim caiu o Leão Negro de Lorson e aquelas mesmas duas princesas da eternidade. E se tem fome de saber como, se aproxime que eu ficarei feliz em dar uma demonstração.'

"Alix escarneceu:

"'Tente isso, filhote. Eu arranco seus olhos pela sua bu…'

"'*CHEGA.*'

"Dior se encolheu, e todos os olhos se voltaram para Lilidh quando ela falou. A condessa estava sentada com a mão estendida, estudando suas garras pintadas.

"'Tu falas de negociar propriedade que não te pertence. Este prêmio pertence a Lilidh, e com Lilidh ele vai permanecer.'

"'Com todo o respeito, grande senhora', disse Kiara, 'mas Nikita, não Lilidh, é o Priori aqui.'

"'E Lilidh é a mais velha', rosnou o Draigann. 'Respeito é devido por isso, prima.'

"'Respeito, sim', disse Soraya. 'Mas obediência não é devida à mais velha, mas ao *maior*. E Nikita é o maior. Quem aqui nesta corte ousa dizer o contrário?'

"Ninguém falou em voz alta, mas muitos murmuraram por toda a dimensão daquele salão sangrento. Lilidh encarou as sobrinhas com raiva, e olhando ao redor para aqueles demônios murmurantes, com seus olhares de punhal e seus sorrisos de assassino, Dior pode apenas estremecer diante da ameaça repentina no ar.

"Nikita se voltou para a irmã:

"'Nós mantivemos esta criança porque ela tinha valor para os Voss. Se esse valor agora é tamanha riqueza em sangue, não devíamos negociar?'

"O rosto de Lilidh estava como pedra, mas em seu olhar ardia uma fúria tremenda.

"'Nós não devíamos *parar* primeiro, irmão, e pensar em por que motivo teu Fabién a valoriza tanto?'

"Os olhos de Nikita se estreitaram um pouco.

"'Ele não é *meu* Fabién, Lilidh.'

"'Mas antes era. E tu não gostarias que fosse assim outra vez? Ou estás tão acostumado a se ajoelhar diante dele que não vais querer se erguer como igual ao teu lado?'

"'Todas as damas em torno de Dior deram um passo para trás, tremendo. E embora mantivesse a voz firme, quando Nikita se voltou para sua corte, nós vimos a fúria em seus olhos.

"'*FORA.*'

"A equipe de criadas deixou o salão, abandonando aqueles pobres coitados ainda pendurados nos lustres. Os vampiros foram atrás, primeiro aqueles leais a Nikita, Aaron e Kiara entre eles. Outros saíram mais devagar, o Draigann e Alix olhando para Lilidh em busca de aprovação antes de se retirarem. Mesmo assim, os escravizados mortais da condessa permaneceram – um bom número de soldados, suas damas trêmulas, mas leais, Verme de bruços diante de seu trono, Príncipe sentado ao seu lado.

"Dior estava imóvel no meio daquilo tudo, de cabeça baixa, o coração batendo como um martelo.

"Quando estavam sozinhos, exceto pelos criados de Lilidh, o Priori se virou para a irmã. Sua voz estava perturbada pela raiva. Um punho de mármore se apoiava sobre sua espada.

"'Tu passaste dos limites, Lilidh.'

"'Estás andando às cegas, Nikita.'

"'Eu vejo tudo, talvez o que tu não vejas. Não eres guerreira, e nunca foste. Mesmo com nossa arma, se Fabién nos atacar, a vitória vai cobrar um preço caro.'

"'Lilidh não é guerreira, verdade', assentiu a condessa. 'Mas quem foi que deu a ti tua arma, irmão? Por meio dos desígnios de Lilidh, tu conquistaste esta pocilga terrível em apenas dois anos, onde antes permanecemos *quinze* atolados.'

"'Tu dizes a verdade', disse Nikita. ' E *sabes* que sou grato. Mas por que cortejar o conflito quando Fabién oferece vantagem? Nós podemos *usá-los*, Lilidh.'

"'*Usá-los?*', gritou ela. 'Ele usa a *ti*! Por que achas que os Voss nos oferecem esse banquete?' Verme gemeu quando a condessa desceu do trono e apontou uma garra para Dior. 'Porque *ela* vale *mais* que duas mil gargantas cortadas, Nikita!'

"'Então me diga *como*.'

"Dior se encolheu quando o Coração Sombrio tirou sua enorme espada do ombro e a cravou no chão, despedaçando pedra quando gritou:

"'Qual a utilidade dessa jovem idiota para nós? Para vesti-la como outra boneca? Para enfeitar seu cabelo e vestir sua carne e servi-la como a quinta, quando *quatro* não são suficientes? Seu sangue pode curar todas as doenças, e daí? Um *gole* de qualquer de nós pode fazer a mesma coisa!'

"'Eu não sei *como*!', retrucou Lilidh com rispidez. 'Mas uma gota mais em seus lábios e todos os seus segredos serão meus para saquear! A bruxa de sangue Esani que a seguia não fazia isso por caridade! O Leão Negro não *morreu* defendendo-a por um capricho! Vou descobrir o valor dela. *Paciência*, irmão!'

"'E se nossos senhores do sangue não acharem isso? Eles já estão se desentendendo! Estão *sempre* tramando! Se Fabién trouxer sua hoste contra nós, quanto tempo vai levar para nossa corte achar que a vida dessa pirralha vale menos que suas vidas eternas? E quem vai lutar contra as Terrores se elas ameaçarem, tu?', escarneceu Nikita, cruel e frio. 'Em sete séculos tu não passaste uma única *noite* no campo de batalha. Enquanto uso elas sem dúvida têm, nem tua língua nem tua vulva vão conseguir acalmar o Rei Eterno.'

"Lilidh se encolheu ao ouvir isso, como se Nikita tivesse batido nela. Com uma expressão de raiva, ela arrancou a espada dele da pedra lascada; ela tinha quase uma vez e meia sua altura e Deus sabia quantas vezes seu peso. Mesmo assim Lilidh arremessou a arma como se fosse um graveto. Ela voou pelo salão, e Dior engasgou em seco quando ela atravessou um grupo daqueles pobres prisioneiros pendurados, abrindo-os como odres de água cheios demais. Sangue e tecido se espalharam, brilhantes e grossos, mas a espada de Nikita continuou voando e transformou um dos grandes pilares em lascas antes de arrebentar a parede.

"'Eu não vou ser nenhum guerreiro', sibilou Lilidh. 'Mas um reino eu já trouxe para ti com esses dons tão facilmente descartados. E embora meu braço da espada possa não ser tão poderoso, meu coração tem duas vezes o tamanho do teu, Nikita. Trezentos anos depois, e tu esquecerias tudo se Fabién *acenasse* para ti. Tu ficas assim tão satisfeito de quatro? Tu pegarias emprestado os vestidos de minhas damas quando em seguida ele pedisse para tu abrir as...'

"Ela não foi adiante, e seu irmão segurou seu pescoço. Como se fossem apenas uma, as criadas gritaram quando a condessa foi erguida no ar e jogada com tanta violência sobre o chão que todo o salão trepidou. Um *estrondo* ensurdecedor rachou as janelas em torno do salão, e Príncipe se levantou, as presas à mostra, os pelos do pescoço eriçados. Mas quando o grande lobo se preparou para saltar, a voz de Nikita açoitou o ar e ecoou em paredes trêmulas:

"'*PARE.*'

"A fera ficou imóvel, com as orelhas para trás, seu olho azul-claro brilhando como safira. Através da poeira que assentava, vimos Nikita assomar sobre Lilidh, com a mão no pescoço dela.

"'Tu és minha irmã e minha anciã', rosnou ele. 'Mas se *alguma vez* falares assim comigo de novo, vais provar um ajuste de contas não sonhado.'

"Lilidh pegou o pulso dele enquanto olhava com raiva para o irmão.

"'Põe a mão sobre mim outra vez e tu vais provar esse ajuste de contas em dobro. Achas que vais defender esta cidade sem a frota do Draigann? Sem os sangues-ruins de Cinzento ou de Alix? Sem aquele prêmio pendurado em torno de meu pescoço? *Tudo* isso eu dei a ti.'

"Através da poeira que baixava, a Sem Coração olhava com raiva para o irmão, que apertava a mão sobre seu pescoço. Ela era *forte*, Deus, forte como os ossos da terra e, além disso, mais velha do que ele. Nas noites anteriores à morte dos dias, noites em que subterfúgios e embustes valiam mil vezes o peso de espadas, ela teria sido páreo para ele. Não, sua *rainha*. Mas eram noites de guerra.

Noites de caos e conquista, onde a espada cortava mais afiada do que línguas, e os feitos falavam mais alto do que palavras."

No fundo das entranhas de Sul Adair, a Última Liathe deu um suspiro.

– Que coisa, ter pena de um monstro daqueles. Mas mesmo assim eu senti.

– E Dior? – perguntou Jean-François. – Ela também olhou com pena para sua senhora?

– Ela olhou com medo – respondeu Celene. – Ela devia saber que haveria um preço a pagar por essa humilhação. Nikita afrouxou a pegada, e as damas de Lilidh correram para ajudar sua senhora. Mas a Sem Coração rosnou quando a tocaram, e as cisnes recuaram, angustiadas – loucas para ajudar aquela que adoravam, porém morrendo de medo de sua ira.

"Nikita apontou uma garra para Dior.

"'Descobre o valor dela, irmã. E reza para que seja maior do que arriscamos para mantê-la. Se não for, que a Noite ajude a vós duas.'

"E sem dizer mais palavra, ele saiu do salão.

"Lilidh se ergueu dos escombros, com o vestido sujo de pó de pedra. Príncipe se dirigiu furtivamente à frente, o olho do lobo fixo na porta por onde Nikita tinha saído, lambendo a mão de Lilidh e ganindo. A condessa tirou lascas de pedra do cabelo e retirou a coroa quebrada. Um vampiro menor podia ter feito *qualquer coisa* naquele momento – tido um acesso de fúria, pintado as paredes e despedaçado *tudo* naquele salão. Mas Lilidh Dyvok não perdia o controle.

"Ela o *impunha*.

"'Venha aqui, criança.'

"Ela não usou o Açoite, confiando no medo e no sangue que já estava agindo nas veias da garota. Mas sabíamos que ela era forte, Dior Lachance, cheia de fogo, e ainda havia uma parte tola de nós que esperava que lutasse. Que dissesse algo. Que desafiasse como antes teria feito.

"Em vez disso, não houve mais que um segundo de hesitação.

"E então, Dior obedeceu.

"Lilidh sacou o punhal familiar de seu espartilho. E com suas damas observando como falcões, a condessa passou o braço em torno da cintura de Dior, ergueu a faca entre ambas e passou a língua na lâmina, cortando-a.

"Lilidh lambeu os lábios, devagar, com luxo, deixando-os melados de vermelho.

"'Beba', disse ela.

"Mais uma vez, sem Açoite e sem ordem, exceto pelo sangue duas vezes ligado entre as duas. E mais uma vez, com asas batendo freneticamente sobre sua pele, nós ardemos com a esperança de que a garota pudesse resistir. As mentes de incontáveis mortais tinham sido derrotadas por aquele sangue, mas Dior Lachance era o Santo Graal de San Michon, herdeira do Príncipe do Céu.

"*Com certeza ela não ia obedecer.*

"Mas passando os braços em torno dos ombros de Lilidh, Dior pressionou os lábios sobre os da vampira, como se fossem um cálice do melhor vinho. A Sem Coração abriu a boca, Dior suspirou, línguas movimentando-se como a chama de velas. Lilidh passou uma das mãos pelo pescoço de Dior, dedos com garras entrando pelo seu cabelo, e o Graal arquejou quando ela se aproximou, e uma gota do sangue de Lilidh escorreu por seu punhal e respingou no chão, estilhaçado como meu próprio coração ao testemunhar aquele beijo temível.

"Tudo agora estava perdido. Toda esperança, desaparecida. O destino de todas as almas sob o céu escravizado pela mais velha Dyvok fora do inferno. Tudo o que nós tínhamos contado a ela sobre a Mãe Maryn ia se tornar conhecido, qualquer chance de encontrá-la estava perdida. E mais, Dior com certeza contaria a Lilidh sobre *nós* – que estávamos à espreita fora da cidade, uma liathe dos odiados Esani, ferida e frágil. Nos perguntamos se devíamos fugir naquele momento. Abandonar Dior como perdida? Ou devíamos nos atirar ao fogo, apenas para que eu pudesse suplicar, '*Pelo menos eu tentei*', quando encarasse meu Criador no Dia do Julgamento?

"'Maldita seja, Celene Castia', sibilamos.

"'Que você seja condenada ao inferno.'

"Lilidh se soltou devagar do abraço de Dior, o Graal gemendo de decepção, atirando-se para a frente para sugar a língua da condessa um último momento. Os olhos de Dior estavam vidrados de paixão enquanto ela observava sua senhora, lambendo o sangue dos lábios.

"'… Eu *amo* você', disse.

"A condessa *sorriu*, triunfante.

"'Não me ame, mortal. Adore-me.'

"As cisnes foram juntas para o lado de Dior, animadas, como madrinhas num banquete de casamento. As irmãs ruivas a abraçaram, sussurrando felicitações, e, com um sorriso sujo de sangue, Dior retribuiu os abraços, os olhos brilhando ao conhecer um amor tão perfeito e tão horrível. Príncipe continuava observando, suas orelhas apertadas sobre seu crânio, o rabo entre as pernas. Verme continuava de bruços, em silêncio, os olhos brilhando na esteira daquela comunhão terrível.

"'Tu agora pertences a Lilidh, Dior Lachance', declarou a *dame* com cicatriz no queixo.

"'Não a Fabién', sussurrou a jovem ruiva.

"'Nem a Alba nem a Alene', disse sua irmã com um sorriso.

"'Eu sou sua', jurou Dior.

"'Minha.' Lilidh examinou o Graal, com lábios franzidos. 'Mas quase não foi. Tu escapaste de tua jaula ontem à noite, bela criança. Com a fechadura aberta como se fosse fumaça.'

"Dior ajoelhou-se imediatamente, com as mãos entrelaçadas à sua frente.

"'Perdoe-me, eu…'

"Lilidh acenou com a mão, irritada.

"'A culpa não é tua.'

"Quando Dior baixou a cabeça e sussurrou *obrigada*, Lilidh pegou um pedaço de metal familiar de seu espartilho. Ele brilhou em seus dedos, duro como ferro e fino como um punhal.

"Verme empalideceu quando a condessa jogou o grampo de cabelo sobre a pedra à sua frente.

"'Mais uma vez tu falhas comigo.'

"A respiração da jovem criada se acelerou, os olhos distintos se enchendo com um medo horrível.

"'Perdoe-me, senhora, eu estava com pressa depois que o senhor Nikita...'

"'*NÃO MENCIONE O NOME DELE!*'

"O grito de Lilidh foi uma coisa horrível, as paredes tremeram com sua fúria.

"'Desculpe-me, senhora', murmurou Verme, com a testa sobre a pedra. '*Por favor...*'

"Lilidh saiu andando na direção da garota prostrada, e Verme começou a implorar, com a voz aumentando a cada passo mais perto:

"'Ah, por favor, não, por favor por favor *por favor...*'

"A condessa pegou uma mão cheia de cabelo louro-amorangado, e Verme deu um grito estridente quando foi erguida de joelhos. Lilidh olhou nos olhos da garota, verde-esmeralda e azul-oceano. A pena que sentimos por Lilidh desapareceu, e, se um momento antes ela estava à mercê de seu irmão, agora aquela pobre garota estava à mercê dela. As coisas são assim, imagino. Aqueles que são feridos vão ferir também. A crueldade é uma infecção, que se espalha de uma vítima para outra; uma avalanche morro abaixo caindo da pior maneira sobre pessoas na base da pilha.

"'De novo não', chorou Verme. 'Eu a *amo*. Por favor, não me machuque de no...'

"'Silêncio', sussurrou Lilidh.

"A vampira acariciou a face da garota, macia como seda, limpando as lágrimas.

"'Silêncio agora, minha pequena fae. Eu não vou castigá-la.'

"'Obrigada, ah, Deus, obri...'

"'Elas vão.'

"Verme engoliu uma respiração trêmula, olhando para as damas de Lilidh. As três mulheres estavam em um semicírculo, os rostos pálidos quando sua senhora falou.

"'*Vós* ides', ordenou. 'E se o nome daqueles usurpadores Voss escapar de teus lábios em minha presença, vou te aplicar a lição em dobro, não me testes.'

"A condessa deixou Verme desmoronar no chão.

"'Agora castigai-a.'

"Sem hesitação ou pena, as damas obedeceram. Com saltos de veludo maravilhosos e mãos pesadas com joias, aqueles belos cisnes caíram sobre a criada como abutres sobre um cadáver, chutando, socando e cuspindo. Verme só conseguiu se encolher em posição fetal, agitando os braços para proteger a cabeça enquanto lhe batiam, repetidas vezes. Dior observava, seu rosto com a palidez da morte, mas muda como pedra. E olhando em seus olhos, Lilidh falou:

"'Tu também, Dior Lachance. *Castiga-a*.'

"Isso foi o fim. A última chama de esperança dentro de nós. Ela se ergueu brevemente – um momento em que achamos vê-la tremer. Mas num átimo, terminou, e Dior assumiu seu lugar entre as cisnes. E ela chutou aquela pobre criada. De novo. E de novo. Os sons eram molhados, de rasgos, os lamentos de Verme abafados por eles. E embora assistir fosse tudo o que pudéssemos fazer, nós não conseguíamos mais ver *aquilo*, então levantamos voo e saímos pela escuridão. Para longe daquela criada chorosa, daquela garota com quem eu falhara tão terrivelmente. Achei que pudesse protegê-la, eu queria o melhor para ela, mas então me perguntei se Deus estava me castigando pelo que eu tinha feito.

"Ele já tinha escolhido um guardião para seu Graal, afinal de contas.

"E, em minha arrogância e meu ódio, eu o havia deixado.

"Fora do dún na tempestade amarga, escondido em um grupo de árvores havia muito mortas, algo se mexeu. Magro como um espantalho. Maltrapilho como uma criança de rua. Antes se vestia com um belo sobretudo vermelho, uma máscara de porcelana no rosto. Mas agora usava as roupas de um homem morto, roubadas de um cemitério em uma aldeia congelada, o rosto envolto por retalhos de pano sujo. Sua pele estava rachada e empoeirada, como um rio seco pelo sol há muito perdido, e sua voz era uma coisa rouca, um sussurro, dirigido ao céu revolto sem nenhuma esperança de resposta.

"'Gabriel', sussurrei. 'Ah, Deus, onde está você?'"

✦ XV ✦
OU ENTÃO POR NINGUÉM

— AH, VAIDADE, QUE tolos você faz de seus favoritos.

O marquês Jean-François do sangue Chastain molhou sua pena, rindo consigo mesmo. Estava terminando uma ilustração de Dior caindo na ruína dos braços de Lilidh, mas então olhou para a Última Liathe, que estava com as mãos magras entrelaçadas no colo, com a cabeça baixa.

— Você e seu irmão formam uma dupla e tanto, mlle. Castia. Começo a ver por que você o odeia. Para uma criatura que não tem reflexo, você com certeza odeia olhar para si mesma.

— Importo-me tanto com suas críticas quanto com suas lisonjas, pecador.

— Perdoe-me. Mas mesmo assim sua conduta às vezes pede as primeiras.

Celene deu um suspiro, olhou para o teto e piscou com força.

— Só caindo nós nos ensinamos a voar. Medimos isso não pelo número de vezes que tombamos, mas a frequência com que nos erguemos. Aprendemos pelo fracasso.

— Então você deve ter aprendido muito em Dún Maergenn, *mademoiselle*.

— Vá para o inferno.

Jean-François então riu.

— Eu tinha a impressão de que já estava lá. Não é nisso que vocês Esani acreditam? Que todos estamos no purgatório, e só você e seu culto alegre de canibais podem nos salvar de nós mesmos? — O historiador escarneceu, erguendo seu cálice de cristal e bebendo o que restava de sangue em seu interior. — Deus

Todo-poderoso, eu achava o ego de seu irmão insuportável. Mas ao menos ele o combina com um senso de humor, por mais pueril que seja.

– Talvez, então, você deva fazer companhia a ele – sussurrou a liathe. – Nós estamos ficando cansadas de sua presença, Chastain. E de seu julgamento.

– É uma pena, então, que não seja você a tomar essa decisão. Minha imperatriz vai ter sua história, e *você* vai ter o prazer de minha presença *e* meu julgamento por tanto tempo quanto eu desejar.

Jean-François lhe deu um olhar raivoso antes de voltar a seu desenho.

– Não se esqueça de quem está segurando o chicote aqui, filhote.

Celene, então, ergueu o olhar para Jean-François, do outro lado do rio corrente que a mantinha presa. Devia estar quase perdida nas sombras para olhos mortais, a escuridão evitada apenas pelo globo na mesinha do historiador. Aquele brilho dançava sobre a superfície do rio, um milhão de pontos diminutos de luz refratando na água, sobre seu cálice de sangue agora vazio, sobre os olhos daquela coisa que o observava. Ela estava inclinada para a frente outra vez, olhando para ele de trás do véu de seus cílios.

– Você se lembra de como foi morrer, Chastain?

– Ameaças? – disse o historiador com desprezo. – Achei que já tínhamos passado por isso, minha querida.

– Nenhuma ameaça. Curiosidade. – Ela inclinou a cabeça com um sorriso nos olhos. – Faça nossa vontade.

Jean-François olhou para aqueles olhos sorridentes.

– Eu me lembro. De forma muito vívida.

– Você suspirou quando Margot o matou? Ou gritou?

– Perdoe-me, mlle. Castia. Mas como estou sempre lembrando seu irmão, nós não estamos aqui para eu contar minha história. Minha mãe conhece bem os detalhes de minha criação, afinal de contas.

– Nós achamos que você morreu entre os lençóis. – Celene esticou uma das mãos à sua frente, agitando dedos pálidos no ar. – Achamos que Margot foi delicada com você.

— É mesmo? — O historiador arqueou uma sobrancelha. — E o que faz você dizer isso?

— Você a chama de *mãe*. Isso entrega a história. Que é um tanto vil.

A voz do monstro estava fria, e seus dedos se estenderam na direção do cálice ao lado dele. O historiador o ouviu chacoalhar, viu os restos endurecidos estremecerem violentamente, como se a terra estivesse tremendo. Ele teve tempo para inspirar antes que o vidro se estilhaçasse, fragmentos cintilantes de cristal borrifando o ar. Gotículas de sangue respingaram em sua casaca, na ilustração que ele finalizava, e os estilhaços racharam o globo chymico que estava na mesa, mergulhando a cela na escuridão.

Jean-François se levantou, com as garras estendidas, movendo-se tão depressa que era quase um borrão. Ele não conseguia ver nada; a cela escura como breu à sua volta, a canção de água corrente em seus ouvidos. Mas ouviu um som baixo sob aquilo, suave como uma pena sobre a pedra bem ao seu lado, a mente de repente tomada pela imagem daquela *coisa* saltando do escuro, sem gaiola de prata em sua boca, mas dentes, fome e o inferno à espera.

— *Capitaine!*

A porta atrás dele fez um barulho surdo e se abriu depressa. O *capitaine* Delphine e seus soldados escravizados entraram na cela, tochas e espadas erguidas, os olhos arregalados. Só depois que sua luz tremeluzente se derramou pela pedra aos seus pés o historiador percebeu a origem daquele som suave como pena.

Sua pena caída das páginas de seu tomo ensanguentado.

— Você tem motivo para nos temer, marquês.

O sussurro da Última Liathe ecoou pelo escuro, e o coração morto de Jean-François se encheu de alívio quando percebeu que a voz dela ainda vinha do outro lado do rio.

— Mas é um tolo por zombar de nós.

Ele a viu agachada na margem oposta, observando como um falcão observa um rato-do-campo.

— Suas histórias nos chamavam de sem fé – sibilou ela. – Mas estávamos longe disso. E vocês são indignos de nos julgar. Nossa causa era virtuosa. Nossa convicção, tão profunda que abalou o mundo dos homens até suas fundações e botou o mundo dos kiths de joelhos. Esan*a*, não Esan*i*. Fiéis. Não sem fé. Nós éramos a razão para anciãos se esconderem em seus covis, com medo das sombras. Éramos a *razão* para aqueles monstros temerem o escuro.

— Eu a avisei – disse o historiador com rispidez. – Eu lhe *disse* o que ia acontecer se você tes...

— E nós o avisamos, pecador. O tempo todo. E mesmo assim você não *escuta*.

Os soldados escravizados estavam reunidos atrás de Jean-François, as tochas em chamas erguidas no alto. A Última Liathe olhou com raiva para aquelas chamas, e os olhos mortos brilharam quando ela falou:

— *Do cálice sagrado nasce a sagrada seara;*
a mão do fiel o mundo repara.
E sob dos Sete Mártires o olhar,
Um mero homem esta noite sem fim vai encerrar.

— Eu conheço as palavras de sua dita profecia, *madem*...

— *Antes que os cinco virem um,*
Com uma espada santa sob o sol refeito,
Pelo sangue sagrado ou por nenhum,
Este véu de escuridão será desfeito.

Jean-François piscou, o silêncio com mil anos de extensão.
— O que você disse? – murmurou.
— O suficiente por enquanto – respondeu Celene
— Você se esquece de seu lugar, *mademoiselle* – retrucou o historiador, ajeitando as lapelas. – Ele é aqui embaixo, no escuro, completamente à

minha mercê. Eu digo quando você come. Eu digo quando sofre. E *eu* digo quando é o *suficiente*.

Celene ficou de pé, ágil e silenciosa, dirigindo-se para o canto mais distante da cela. Ela parou nos limites da luz das tochas para olhar para trás, para ele; uma silhueta contra a escuridão mais profunda. Uma sombra de volta para casa.

– Você deve conversar com meu irmão, marquês – disse ela. – Embora não tenhamos dúvidas do quanto vai sentir falta de nossa companhia, nós dois podíamos nos beneficiar de algum tempo afastados, *oui*? Dizem que a ausência faz com que o coração fique mais afetuoso. E, além disso, a próxima parte de nossa história vai fazer pouco sentido sem a dele.

O historiador olhou fixamente para as costas do monstro, com o tomo pesado na mão. Seu medo tinha desaparecido, substituído por uma fúria fria, sua necessidade de ver aquela coisa sofrer lutando contra seu desejo de ir embora daquele poço por algum tempo. No fim, o último impulso venceu, e o historiador gesticulou de leve com a cabeça para o *capitaine* Delphine e seus homens. Os soldados escravizados saíram lentamente da cela, sem nunca tirarem os olhos da coisa do outro lado do rio. Mas em uma sombra do que ele esperava que parecesse desdém, Jean-François deu as costas para ela e saiu do aposento.

– Marquês?

Ele parou ao ouvir a voz dela, mas não se dignou a se virar.

– *Oui*?

A Última Liathe deu um suspiro, olhando para as mãos vazias.

– Mande meu amor para Gabriel.

Livro Quatro

ESSE SANGUE ESTRAGADO

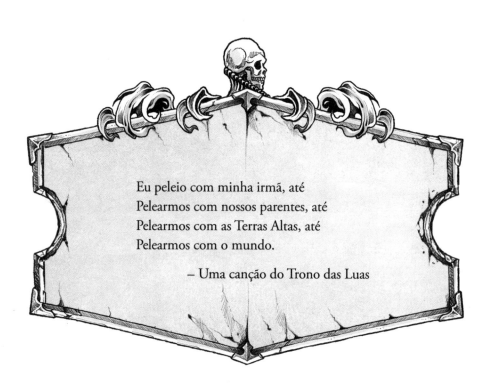

Eu peleio com minha irmã, até
Pelearmos com nossos parentes, até
Pelearmos com as Terras Altas, até
Pelearmos com o mundo.

– Uma canção do Trono das Luas

✦ I ✦

INFERNO DIVINO

MIL TONELADAS REPOUSAVAM NA palma de sua mão tatuada.

Ao menos, era assim que Gabriel sentia. O sino era pequeno, gravado com lobos e feito de ouro sólido, embora pesasse muito mais do que seu peso. Já fazia uma hora que o segurava, e o observou por pelo menos mais duas antes de ousar pegá-lo. Ele andou pela extensão da cela mil vezes, parando para olhar pela janela na direção de montanhas e dias distantes, aquele sino dourado emudecido na palma de sua mão e a certeza do que aconteceria se o deixasse cantar pesando em sua mente.

"*Toque caso sinta uma coceira, De León. Alguém virá para coçar.*"

Agora, a dor estava em seus ossos. Gelo calcinante em suas veias, fogo frio sob sua pele. Incapaz de ficar parado sentado. Incapaz de pensar com clareza. Enjoado, machucado e vazio. Eles permitiriam que Gabriel fumasse se pedisse, mas ele sabia que podia não ter mais forças para ficar com um mero cachimbo. Fazia tempo demais, Virgem-mãe, *quanto* tempo… Ele fechou os olhos contra a lembrança; o gosto e a *sensação* dela descendo por sua garganta como chama derretida e queimando tudo. Aquela voz em sua cabeça aumentando de volume a cada ano, a cada noite, a cada gole, vermelha, ah, Deus, *vermelha*.

Você paga ao animal o que é devido, ou ele cobra esse preço de você.

— Não posso — sussurrou ele, afundando em sua poltrona.

Você *deve*, respondeu ela.

— Não vou — retrucou ele em voz baixa.

Risos, ecoando nas paredes e em sua cabeça.

Você vai. No fim, eu sempre venço, Gabriel.

O som do sino foi límpido e breve, e levou poucos instantes antes que ouvisse a fechadura emitir um estalido na porta, as trancas pesadas se soltarem. Ele ergueu os olhos e a viu observando-o, a gargantilha de renda apertada e mechas de cabelo vermelho-sangue emoldurando a promessa pálida de seu pescoço. Meline lançou um olhar cauteloso em torno da cela antes de entrar, fechando a porta às suas costas, ódio gravado no azul pálido de seus olhos quando arqueou uma sobrancelha.

— Seu desejo, *chevalier*?

— Estou com sede – murmurou ele.

— Como quiser. – Aproximando-se, a serva curvou-se para pegar a garrafa e o cálice, os dois secos. – Mais Monét?

Ele estendeu a mão até a dela, imobilizando-a com seu toque mais leve.

— Temo... que não esteja com sede de vinho, madame.

Ele observou a pele dela arrepiar-se com essas palavras, com a carícia que Gabriel fez sobre o arco liso e pulsante do pulso dela. Meline o encarou, os lábios entreabertos e a respiração acelerada. Ela recuou quando ele se levantou, a calça de couro rangeu e sua sombra engoliu-a por inteiro.

— Um cachimbo, então? – Ela engoliu em seco. – Eu poderia...

Sua voz se calou quando Gabriel sacudiu a cabeça e deu um passo à frente. Meline não recuou, olhando nos olhos dele ao empinar o nariz e umedecendo os lábios secos com a língua. Embora suas mãos tremessem enquanto afrouxava a gargantilha de renda escura e pedrarias, ela movimentou-se com velocidade, como se não conseguisse tirar aquilo de seu pescoço rápido o bastante.

— Se você precisa – disse ela em voz baixa. – Tome o que quiser.

O coração dele enfureceu-se com aquelas palavras, cada centímetro seu em chamas. A mulher o odiava, isso era claro. Gabriel tinha ferido seu amado mestre, afinal de contas. Mas o Último Santo de Prata odiava o que precisava fazer; o que não ajudava em nada a reduzir sua *necessidade* daquilo. E quando passou uma unha afiada pela linha suave da jugular dela, ele viu a velocidade com que a respiração de Meline subia e descia acima das amarras de seu corpete, como suas pupilas se dilataram tanto que suas íris quase desapareceram. Embora ela o desprezasse, ainda assim ele viu aquilo gravado em cada linha e curva dela.

A mesma vontade odiosa que ele sentia por ela.

– Peça por favor, madame.

Meline olhou em seus olhos, mordendo o lábio para que sua língua não a traísse. Sua mão desceu até a calça de couro dele, acariciando a rigidez que encontrou ali, brincando com a fivela do cinto.

Mas ela não disse uma palavra.

Gabriel entrelaçou a mão nas tranças do cabelo dela, os dedos se fechando em punho, e Meline virou a cabeça, expondo o pescoço comprido e esguio. Ele levou a boca na direção da submissão dela, os lábios roçando sua pele enquanto ele rosnava baixo e fundo em seu peito.

– Peça...

A língua dele adejou sobre sua veia, os dentes roçando muito leves sobre a pele.

– *... por favor.*

– Pelo amor de Deus, Meline, dê o osso para o cachorro, está bem?

O par se afastou bruscamente; Meline com um arquejo, Gabriel com um rosnado. Jean-François estava sentado em sua poltrona de couro com um sorriso astuto no rosto, os olhos cor de chocolate brilhando de prazer. Gabriel não tinha ouvido o marquês entrar na cela, mas ali estava ele, desenhando em seu maldito livro. Meline curvou a cabeça, gaguejando.

– Perdoe-m-me, mestre, eu...

– Não, não. – O historiador riu, dando um aceno magnânimo. – Com toda a certeza, continuem. Eu gosto de um bom espetáculo após o jantar.

Gabriel olhou com raiva, furioso e envergonhado. Passando os nós dos dedos pelos lábios, ele desejou que seu coração parasse, e pressionou sua sede e sua raiva para baixo, até suas botas, dando um olhar faminto para Meline antes de afundar em sua poltrona com as presas cerradas.

— Não? — Jean-François olhou de um para o outro. — Não me importo, garanto a vocês. Eu, na verdade, apreciaria. Um pouco de devassidão seria uma mudança agradável das horas de puritanismo santarrão que tive que suportar, acredite em mim.

Gabriel encarou Jean-François.

— Celene.

— A Última Liathe. — O marquês agitou as sobrancelhas. — Ela, por falar nisso, manda-lhe beijos.

— Ela falou mesmo com você?

— *Pregou* para mim seria um resumo mais preciso. Mas *oui*, nós conversamos.

Gabriel respirou para se firmar, tentando ignorar o perfume desejoso de Meline.

— Você não pode acreditar numa só palavra do que ela diz. Aquela *coisa* respira mentiras como eu respiro fumaça.

— Por falar nisso, quer um pouco? Se não quiser deixar seu infortúnio com Meline, pelo menos fume um cachimbo, De León. A hora é tardia, e temos muito a discutir.

O marquês estalou os dedos, e a porta se escancarou. Gabriel viu o jovem nórdico que o banhara antes naquela mesma noite parado no umbral com uma bandeja dourada; uma garrafa de Monét, um cachimbo de osso e uma lanterna acesa com uma manga de vidro alta. O rapaz entrou na cela, e seu cabelo preto e comprido caiu para a frente quando fez uma grande reverência, lançando um olhar aterrorizado na direção de Meline antes que seus olhos adoradores caíssem sobre seu mestre.

— Sobre a mesa, Mario, que amor.

— Pelo amor de Deus — rosnou Gabriel. — O nome dele é *Dario*, vampiro. Até eu sei isso.

— Ah, *oui*, Dario. — Jean-François beijou as pontas dos dedos e tocou os lábios do rapaz enquanto ele deixava a bandeja. — Perdoe-me, amado.

— É claro, mestre — disse Dario em voz baixa, um brilho nos olhos escuros.

Meline agora tinha recuperado a compostura, olhando com raiva para o outro escravizado enquanto ele botava a lanterna sobre a mesa. Jean-François pegou um frasco de *sanctus* de sua sobrecasaca e, com os olhos estreitos contra a chama da lanterna, jogou-o para Gabriel. O Santo de Prata o pegou com uma das mãos, enquanto já segurava o cachimbo com a outra. Sua sede urrava enquanto ele enchia o fornilho, gritava quando o levou à manga da lanterna; aquela alquimia divina, aquela chymica sombria derretendo sangue em êxtase. Ainda podia sentir o cheiro desejoso de Meline acima daquele rastro de fumaça, sabendo como seria fácil tomar o que queria – Deus, o que *todos* queriam –, deixar o fingimento de lado e enterrar-se fundo, erguendo-se em um céu ardente e descendo até o inferno chamejante.

Deus, ele sentia tanta falta daquilo que podia sentir o *gosto*...

Em vez disso, inalou o sacramento, um calor inundando cada ponta de dedo formigante. Ele o prendeu dentro dos pulmões, olhos fechados, e fumaça saiu de suas narinas quando enfim expirou, vermelha e inebriante no ar frio. A sede recuou para o escuro onde se abrigava, mas mesmo o êxtase que ele sentiu naquele momento foi azedado pelo conhecimento de que ela devia voltar, com a intenção de controlá-lo. Sempre paciente. Sempre vigilante. Aquele buraco em seu interior nunca preenchido.

Odiar a coisa que o está completando.

Amar a coisa que o está destruindo.

Que sofrimento perfeito.

Que inferno divino.

– Melhor?

Gabriel abriu os olhos, vermelho-sangue, com pontos de brilho, fixos no monstro à sua frente.

– Muito – rosnou ele – *Merci*.

– Tem certeza de que quer que Meline e Dario se retirem? – O historiador acenou com a pena para os botões tesos na calça do Santo de Prata. – Isso parece desconfortável, De León. E, sendo sincero, isso me distrai muito. Posso esperar lá fora e fingir não escutar se estiver tímido com a plateia.

— Vá se foder, vampiro.

— Então saiam, amores — pediu Jean-François com um suspiro. — Nós os chamamos se tivermos alguma necessidade.

O historiador passou a pena por seu sorriso malicioso e enlouquecedor.

— Ou duas.

O jovem Dario pegou a lanterna e o cachimbo e pôs a garrafa nova de Monét sobre a mesa. Meline pegou as vazias e, com uma grande mesura, saiu da cela atrás do rapaz. Quando a mulher se virou para trancá-los, seus olhos cruzaram com os de Gabriel, sombrios e fervilhantes. Então a porta se fechou e a fechadura emitiu um estalido, o caçador e a presa sozinhos mais uma vez.

— Ela é deliciosa, De León. E *bem* louca. — Jean-François molhou sua pena e abriu uma página nova. — Devia mesmo experimentá-la, uma eventual trepada por ódio é boa para a alma.

— E o que você sabe sobre almas, Chastain?

— Só que, nos melhores momentos, elas parecem ser uma inconveniência. E que muitos de nós parecem se sair muito bem sem elas.

Gabriel riu disso, mesmo contrariado, e encheu seu cálice com vinho da nova garrafa. Ao erguer o cálice para o sangue-frio, ele viu o vampiro sorrindo calorosamente para ele.

— *Santé*, Santo de Prata.

— *Morté*, sangue-frio.

Gabriel pôde sentir o vampiro observando-o enquanto ele jogava a cabeça para trás e engolia em seco. Mais uma vez, Jean-François passou a pena pelos lábios de rubi, devagar e com suavidade.

— Então — disse Gabriel com um suspiro, tornando a encher sua taça. — Que mentiras minha irmã contou a você?

— Estou bem mais interessado nas mentiras que *você* tem para me contar.

— Ela falou sobre o Coração Sombrio? — indagou ele. — O jovem fae? Ela contou sobre o pântano de merda colossal em que sua idiotia botou Dior, e o que Dior teve que...

— Isso não importa — disse Jean-François com um sorriso, erguendo uma das mãos para interromper o discurso. — A ignorância é um abismo, e o conhecimento é a ponte. Você contou que depois que caiu na batalha de Cairnh...

— Depois que Celene me *largou*.

— Depois que você e a gravidade... tiveram uma pequena conversa, que levou um tempo antes que voltasse a ver o Graal. Eu gostaria de saber o que aconteceu nesse ínterim.

— Que diferença isso faz? Margot quer a história de Dior, não a minha.

— Não há verdade sem contexto, De León. Nós temos tempo. E enquanto isso, sua irmã amada está tão desconfortável quanto eu posso deixá-la.

O historiador olhou nos olhos do Santo de Prata, com a pena posicionada.

— Então. Você lutou para defender o Graal em Cairnhaem. Mas acabou fazendo um voo um tanto longo de uma ponte um tanto curta. O que aconteceu depois?

Gabriel passou uma das mãos sobre o queixo e encostou-se em sua poltrona com um rangido.

— Eu caí. — Ele deu de ombros — Uma queda muito *longa*. O vento estava gritando, e eu também, os trovões acima enquanto, abaixo deles, eu caía. Não faço ideia da distância que mergulhei. Mais que antes ou desde então, isso eu sei. No fim, atingi algo que quebrou sob mim, desabei sobre a neve fresca e rolei num salto sangrento e quebrado. E então, escuridão.

— Você estava ferido?

— Eu *devia* ter morrido.

— Sozinho no telhado do mundo. Sem cavalo. Sem espada. Sem suprimentos. Sei que sangues-pálidos morrem com relutância, mas sua sobrevivência parece um milagre divino, De León.

— Divino?

Gabriel escarneceu, tomando um longo gole de vinho.

— Acredite em mim, sangue-frio. Deus não teve *nada* a ver com isso.

✦ II ✦

UMA CANÇÃO DE CICATRIZES

— "RESPIRE."

"Essa foi a primeira palavra que ouvi, em algum lugar escuro e distante. Nadando através da escuridão manchada de sangue na direção de um ponto de luz, mil braçadas acima. Tudo o que sentia era dor, sem saber onde ela terminava e eu começava, munido de pouco mais que o suficiente para…

"'Respire.'

"Fumaça vermelha. Em meus lábios e em meus pulmões. Era desagradável, queimando meio amarga, e embora precisasse mais daquilo do que as palavras podiam dizer, eu não conseguia prendê-la, arquejando em agonia enquanto rolava de bruços e tossia sangue nas mãos.

"'*Respire.*'

"'Pare de falar e-essa merda', consegui dizer. 'N-não está ajudando.'

"'Então vá se foder', disse alguém com rispidez. 'Acenda seu próprio fumo, seu merda rabugento.'

"Meu cachimbo foi jogado na pedra à minha frente. Tossi, abrindo um olho inchado, encarando com olhos estreitos a figura borrada agachada acima de mim. Pele sardenta e tatuada. Um colar de nós eternos em torno do pescoço. Cachos vermelho-fogo caindo sobre seu rosto marcado por cicatrizes, e pelo aspecto, talvez quarenta metros de seda, tule e renda elidaeni cobrindo seu corpo.

"'O que em nome de Deus você está v-vestindo?', murmurei.

"'A única outra opção que havia em seus alforjes', respondeu Phoebe, franzindo o cenho. 'E posso acrescentar que é uma escolha de traje muito *sensata*, seu chupa-rola de merda.'

"Olhei ao redor e vi que estávamos nas profundezas de uma caverna na montanha. Pedra escura e gelo antigo, o cheiro acre de almíscar de lobo. Lá fora, havia uma tempestade feroz, mas um fogo abençoadamente quente queimava ali perto, com um par de alforjes encharcados de sangue ao seu lado. Meu corpo estava encrostado de sangue, quebrado numa dúzia de lugares. Mas eu estava vestido com minha túnica, o sobretudo do covil de Jènoah; veludo vermelho-sangue com detalhes escuros como a meia-noite. E Phoebe á Dúnnsair trajava um vestido.

"Mas não apenas um vestido. Um *vestido de baile*; tomara que caia e de cintura fina, ornamentado com pele de raposa. O tecido era de um esmeralda brilhante para compensar a chama do cabelo da dançarina da noite, abraçando seu corpo nos quadris, em seguida caindo numa cascata de saias. Nos salões de Augustin, ele não teria feito cabeças virarem, teria partido pescoços, mas nas regiões selvagens e congeladas da Pedra da Noite...

"'Você está r-ridícula', disse eu com aspereza.

"'E isso é culpa de quem?', questionou ela com as mãos nos quadris. 'Estava em *sua* bolsa, imbecil!'

"'Eu não o c-coloquei lá, gatinha. Dior foi quem arrumou iss...'

"Meu coração imobilizou-se. Kiara. As Terrores. A batalha na ponte...

"'*Dior*.'

"Eu me ergui e consegui alcançar meus joelhos. Sangue escorria de meus lábios, minha perna esquerda estava dobrada na direção errada, mas me agarrei à parede e tentei me levantar.

"Phoebe empurrou meus ombros.

"'Sente-se, seu maldito tolo.'

"'Tire a droga das suas mãos de m-mim.'

"'Cuidado com sua... AAAAAAAHHH!' A dançarina da noite afastou-

-se bruscamente, um redemoinho de seda esmeralda e cachos em chamas. 'Cuidado com a prata, seu merda dentuço.'

"Vi uma marca vermelho-sangue no formato de uma estrela de sete pontas na parte superior do braço dela. Olhando para a palma da minha mão, percebi que a havia queimado onde nos tocáramos; a prata em mim como um ferro de marcar em brasa sobre ela. Tossindo mais sangue, escorreguei pela parede, me esforçando apenas para respirar.

"'Desculpe', disse com dificuldade. 'V-você está bem?'

"'Eu devia tê-lo deixado na droga da neve, seu lunático de merda...'

"Phoebe deu a volta na fogueira segurando o braço, murmurando uma série de blasfêmias tão terríveis que você podia tê-la vestido numa batina vermelha e a chamado de cardeal.

"'Por que você não fez isso?', perguntei.

"'Hein?'

"'Por que não m-me deixou na droga da neve?'

"'Doce Virgem-mãe, você tem topete', respondeu ela com rispidez. 'Acho que as palavras que está procurando são: Merci, *milady, por salvar a droga da minha pele.*'

"'O que aconteceu com Dior?'

"Phoebe suspirou, os cachos caindo sobre seu rosto quando baixou a cabeça.

"'Não faço ideia.'

"'Então vou perguntar outra vez', rosnei, ficando irritado. 'Por que perdeu tempo me salvando quando devia estar atrás *dela*? No melhor dos casos, minha irmã traidora está com Dior em suas garras. No pior dos casos, ela está nas mãos da merda dos Dyvok!'

"'Acha que eu não sei disso? Jurei pelo sangue de meu coração mantê-la em segurança!' A dançarina da noite avançou em minha direção, afastando o cabelo do rosto. 'Mas, caso não estivesse prestando atenção, aquela sanguessuga me chutou com tanta força com suas botas que ainda posso sentir o gosto do couro, então me perdoe se pensei em arranjar ajuda para a próxima vez que agir.'

"'Phoebe', sussurrei boquiaberto. 'Pelos sete mártires, seus *olhos*…'

"Ela piscou, acalmando-se.

"'O que têm eles?'

"Quando olhei para a bainha em meu cinto, fiquei arrasado ao me lembrar que a Bebedora de Cinzas tinha desaparecido – arrancada das mãos de Dior por Kiara na ponte. Mas levando a mão a minha bota, saquei minha navalha e abri a lâmina para que Phoebe pudesse ver seu reflexo no aço.

"'Ah, Luas Mães…', sussurrou ela, levando a mão ao rosto.

"Os olhos da dançarina da noite estavam… mudados. Onde antes eram verde-esmeralda, agora brilhavam dourados, e o branco havia desaparecido. Não eram mais olhos de mulher, percebi, mas de uma leoa. Como as garras na ponta de seus dedos, como a sombra a seus pés.

"'Merda', sibilou Phoebe, olhando para seu reflexo. 'O verde me caía bem.'

"Franzi o cenho, sem entender bem sua expressão.

"'Ensinaram-me que quanto mais uma dançarina da noite usa a forma de seu animal, mais profundamente o animal a marca. Isso não é… meio que normal para você?'

"Phoebe deu um suspiro, ainda olhando para a lâmina.

"'Antes da morte dos dias? Levaria *mil* danças para que eu ficasse tão diferente quanto estou. Mas nessas noites?'

"A dançarina da noite devolveu minha navalha e se ajoelhou em silêncio ao lado da fogueira. Com uma careta, eu me afundei ao lado dela, observando as chamas dançando naquele ouro estranho e novo.

"'O que tem essas noites?', insisti.

"Phoebe me olhou de soslaio, debatendo se devia ou não responder. Nós dois tínhamos lutado e sangrado ao lado um do outro para defender Dior, e as batalhas criam as mais estranhas amizades. Mesmo assim, eu era um Santo de Prata; ela, uma dançarina da noite. Não éramos os mais íntimos dos confidentes.

"Por fim, após um suspiro ela disse 'Nós, filhos da floresta, nascemos de Luas e Montanhas. Antes, éramos abençoados pelos dois. Mas desde a morte dos dias, nossas Luas Mães estão escondidas pelo véu sobre o céu. Nosso Pai Terra apodrece nas garras do Estrago, e sua corrupção afeta nossas veias. A fera queima mais forte dentro de nós nessas noites. Toda mudança nos distorce mais e mais rápido. E toda vez que danço para a forma de animal, não sei no que vou me transformar depois.'

"'Você mencionou isso para Dior', murmurei. '*A hora do sangue estragado.*'

"Ela assentiu.

"'Agora sabe por que viajei com a Flor por seis meses e não dancei nem uma vez. Agora vê o que a Filha de Deus significa para minha espécie. Um fim para a escuridão sem fim. Para restaurar a harmonia entre a Terra e o Céu, e nosso sangue estragado entre eles.'

"Dei um suspiro, sem saber ao certo o que dizer diante dessa revelação. Mas meu humor pelo menos tinha melhorado, e gastei um momento para avaliar onde estávamos. A última coisa de que me lembrava era de cair da ponte de Cairnhaem – eu não tinha ideia de como tinha chegado até ali. A dor em meu corpo começara a diminuir graças ao sacramento, mas minha bota estava destroçada e rasgada, e o tornozelo dentro dela, também.

"*Marcas de dentes*, percebi.

"Eu enfim entendi a história; Phoebe devia ter me encontrado em sua forma de animal e me arrastado para a segurança em suas mandíbulas. Ao anoitecer, ela dançou para sua forma humana e saiu pela neve vestindo apenas aquele maldito vestido de baile, juntando lenha para uma fogueira, recolhendo as coisas de meu cavalo morto, roupas para me vestir. Sangue-pálido ou não, eu teria morrido congelado sem aquela mulher. Seus esforços foram duplamente corajosos, considerando o preço que ela pagava para mudar de forma.

"E ali estava eu, perturbando-a por causa disso.

"'Sabe, você tem razão', murmurei, jogando para trás uma mecha encrostada de gelo de cabelo ensanguentado. 'Eu tenho colhões em mim. *Merci*, mlle. Phoebe. Por salvar minha pobre pele.'

"A dançarina da noite afastou um cacho ruivo do rosto e respirou fundo.

"'Tudo bem.'

"'Seus olhos...' Eu tossi, fazendo uma careta de dor. 'O dourado fica melhor em você do que o verde.'

"'Enfie seu cavalheirismo onde o sol não brilha.'

"'O sol não brilha mais em lugar nenhum.'

"'Então enfie em qualquer lugar que quiser.'

"Nós dois rimos, e as sombras recuaram um pouco sob a luz crepitante da fogueira.

"'Tirando a luz solar, *estou* agradecido', disse eu para ela. 'Sério, eu devo minha vida a você.'

"'Esqueça isso.' Phoebe deu de ombros, como se retirasse uma capa fria e úmida. 'Só as Luas sabem por quê, mas a Flor gosta de você. Ela ficaria aborrecida se eu o deixasse perecer.'

"'Não tenho mais tanta certeza disso.'

"'Hein?'

"Olhei de cenho franzido para minha mão, lembrando-me do som horrível daquele tapa.

"'Eu fui... duro com Dior antes da batalha. Fiz coisas que nunca devia ter feito. Coisas imperdoáveis.'

"A dançarina da noite apenas me olhou. Sacudi a cabeça, quase envergonhado demais para dizer meu pecado.

"'Ergui a mão para ela. Por raiva, eu *bati* nela, Phoebe.'

"Ela deu de ombros.

"'Minha mãe me deu uma ou duas surras quando eu era...'

"'Você não entende. Meu padrasto me espancava quando eu era menino. Ele me batia com tanta força que em algumas noites eu não conseguia andar. Jurei que *nunca* faria o mesmo.'

"Phoebe observava do outro lado do fogo com olhos novos e cintilantes.

"'Então por que você fez isso?'

"'Não *sei*', sibilei. 'Eu estava... com raiva. Com mais raiva do que já estive na vida, mas Deus, isso *não* sou eu. *Nunca* ergui a mão para minha Paciência. Nem uma vez em onze anos.' Olhei de cenho franzido para a mão outra vez, com os dedos tremendo. 'Eu preferia cortá-la fora.'

"'Bem, pare de dizer essas coisas. Você pode cortar qualquer parte do corpo que quiser depois.'

"Olhei com raiva para o outro lado da fogueira, e Phoebe me encarou.

"'Um tolo pode ver que você ama aquela garota como um dos seus, Santo de Prata', disse ela. ' Então guarde sua autoflagelação para a igreja no *prièdi*. Pode se acertar com Dior depois que nós a resgatarmos.'

"Ruminei aquilo, e o gosto era muito parecido com o de sabedoria. Phoebe tinha um jeito direto que ofendia, mas tinha razão. Não adiantava lamentar pelo que estava feito. Tudo o que importava era o que íamos *fazer*. Era melhor parar de sentir pena de mim mesmo e seguir em frente.

"Então eu fechei os olhos, com as mãos estendidas para as chamas.

"'O que você está...'

"'*Pssst.*'

"'Não venha mandar que eu me cale, seu filho da...'

"'Eu dei a Dior um frasco com meu sangue', murmurei. 'Posso senti-lo se tentar. Mas não é fácil.'

"Contei a verdade; isso era mais parecido com encontrar uma palha em uma pilha de agulhas do que o contrário. Mas mesmo assim, eu me projetei através do vazio congelante, tateando em meio à tempestade, da noite, dos espaços vastos e sem vida. Não tenho ideia de quanto tempo levei vasculhando naquele escuro vazio, mas, finalmente, senti uma pequenina gota de vermelho em meio à escuridão. Distante. Em movimento. Rápida.

"'Pelos Sete Mártires... eu acho que ela está com os Dyvok.'

"Os olhos de Phoebe se estreitaram.

"'Você tem certeza?'

"'Não. Mas ela está se movimentando depressa, e nossos cavalos estão mortos. Ou ela roubou um cavalo e saiu a galope na direção de Ossway sem nós, ou está sendo *carregada* até lá num cavalo. De qualquer jeito, duvido que Celene esteja com ela. Ela não teve tempo de escravizar um animal para transportá-la.'

'"Se aqueles sanguessugas estão com Dior..."

'"Eles não vão matá-la. A Mãe-loba é muitas coisas, mas tola não é uma delas. Ela agora sabe que Dior tem valor para os Voss.' Fiquei de pé, testando cuidadosamente minha perna quebrada. 'Você precisa localizá-la antes que ela perceba quanto.'

'"Eu preciso?' Phoebe piscou para mim. 'Você tem planos mais urgentes? Lavar o cabelo, ou...'

'"Eles estão a cavalo.' Apontei para minha bainha vazia. 'E mesmo que pudesse alcançá-los, estou desarmado. Então amanhã ao anoitecer, você dança para sua forma da floresta e vai atrás dela.'

'"E deixar você aqui sozinho? Você vai morrer de fome ou congelado em menos de uma semana.'

'"Essa porra não parece ser problema seu, gatinha.'

'"Se me chamar de gatinha mais uma vez, garoto de prata, eu mesma o enterro aqui. Sei que o heroísmo insensato é a cerveja e o mel de sua espécie...'

'"Lá vem você de novo com essa merda de *minha espécie*, eu juro...'

'"Mas você nasceu burro ou recebeu muitos Dyvok na cabeça?' Phoebe me enquadrou com o olhar, de cenho franzido. 'Você pulou o capítulo em que aquela vadia e seu garoto me deram uma surra e me empurraram de uma montanha? E agora quer que eu os siga sozinha, e o quê? Peça com educação? Peça por favor com minha jugular em jogo?'

'"Nós não podemos abandonar Dior!'

'"Ninguém está dizendo que devemos fazer isso! Mas eles ganharam a batalha, Santo de Prata! Vá lamber suas feridas e comece a pensar em vencer a *guerra*! Pelo amor das Luas, eu sei que você gosta daquela garota...'

'"Eu não apenas *gosto dela*! Ela é...'

"Caí outra vez na pedra, o corpo ainda ferido e doendo, mas sem sangrar nem de perto como meu coração. A ideia de Dior nas mãos dos

Dyvok, do que podia estar acontecendo com ela, o medo de que a última vez que conversamos pudesse ser a última vez que nós íamos...

"'Ela é...'

"'Ela é tudo o que lhe resta.'

"Phoebe se abaixou à minha frente, os olhos dourados nos meus. Suas bochechas estavam coradas de raiva e as garras cerradas em punhos. Mas, na verdade, nenhum de nós estava mesmo furioso com o outro.

"'Sei o que ela significa para você. Além dos augúrios e destinos. O que ela *realmente* significa.' A voz de Phoebe estava delicada, como se soubesse que agora estava pisando sobre o gelo mais fino. 'Dior me contou o que aconteceu com elas. Sua esposa. Sua filhinha. Eu sei como você se...'

"'*Não*', rosnei. 'Você não ouse...'

"Meu protesto se calou quando a dançarina da noite ergueu a mão entre nós. Suas unhas eram garras, afiadas e cruéis o suficiente para arrancar um coração do peito. Mas em torno de seu dedo anular, havia arabescos tatuados em sua pele, o mesmo vermelho-sangue das espirais fae que adornavam o corpo dela. Um anel de compromisso, percebi, não forjado em prata, mas gravado em tinta e sangue.

"'Você não é o único que tem cicatrizes, Santo de Prata', murmurou ela.

"Olhei para a velha ferida gravada na face da dançarina da noite, a mordida do machado de seu primo morto em seu ombro. Havia outras gravadas em seus antebraços, em seu pescoço. Ela era coberta por elas, percebi, assim como eu. Uma canção de cicatrizes, cantando a história de seus machucados.

"E parecia que Phoebe á Dúnnsair tinha sido muito machucada.

"'Eu *entendi*', disse ela. 'Por que você tem tanto medo. E esse medo não é pecado, a menos que você permita que ele governe sua sanidade. Ela não se foi. Só está perdida. E *nós* podemos resgatá-la.'

"Dei um suspiro pesado, passando uma das mãos sobre o rosto sujo de sangue. Aquela mulher era de enfurecer. Beligerante. Dura como pedra. Havia séculos de sangue entre sua espécie e a minha: a própria tinta em minha pele era uma desgraça para ela, e quem sabia que mágikas sombrias corriam em suas veias. Mas ela estava certa, droga. Praticamente a única coisa em que Phoebe era melhor do que em me enaltecer era me derrubar depois."

— Ela parece *exaustiva*. — Jean-François bocejou e virou a página.

— Ela era — disse Gabriel com delicadeza. — Uma das coisas de que eu mais gostava.

— Sua tendência masoquista quando se trata de mulheres é *muito* reveladora, De León.

— Isso não tem nada a ver com mulheres. — O Santo de Prata franziu o cenho. — As pessoas que eu mais gostava eram sempre aquelas com quem mais discutia. Pessoas que não tinham medo de me fazer parar de falar bobagens ou me dizer que eu estava sendo um idiota. Não há amigo sob o céu como um amigo honesto.

O Último Santo de Prata inclinou-se para a frente, com os cotovelos sobre os joelhos.

— Esse é o caminho da sabedoria, vampiro. O homem sábio aprende mais com seus inimigos do que o tolo com seus amigos, mas mesmo o tolo pode aprender se seus amigos estiverem dispostos a chamá-lo assim. Cerque-se de pessoas que o confrontem. Se não está sendo desafiado, você não está aprendendo nada. Se for o homem mais inteligente na sala, você está na *merda da sala errada*.

"Phoebe á Dúnnsair e eu não éramos nada perto de amigos. Desde o dia em que entrei em San Michon, me ensinaram que sua espécie eram animais. Pagãos sedentos que bebiam o sangue de inocentes e roubavam a pele de homens. E embora eu não seja a pessoa mais sábia, sou sábio o bastante para dar atenção a sabedoria quando a escuto.

"'Está bem', disse eu com um suspiro. 'Nós trabalhamos juntos.'

"Phoebe assentiu, e se acocorou.

"'Então se estão se dirigindo para Ossway, aonde estariam indo? Dún Cuinn é o mais próximo. Os Dyvok o esmagaram no ano passado.'

"'Dún Sadhbh também. E Dún Ariss. Até Dún Maergenn caiu se o que Lachlan disse é verdade.' Sacudi a cabeça, atônito. 'Por quinze anos eles estiveram num impasse, e agora os Dyvok esmagaram toda Ossway num piscar de olhos? Como ficaram tão *fortes*?'

"'Não sei. Mas foi para lá que a levaram, não foi? A capital da Novespadas.'

"Refleti sobre o enigma e assenti devagar.

"'Faz sentido.'

"'Então você precisa de um cavalo, se vamos alcançá-los. Suprimentos, se vamos persegui-los. E se eu puder ser bem ousada... – Ela fez uma careta. – Um banho também não faria mal.

"Abri a boca para responder, mas, olhando para a dançarina da noite de alto a baixo, vi que, enquanto estava coberto dos pés à cabeça de ferimentos, cinzas e sangue seco, ela estava imaculada. Sabia que felinos eram exigentes com limpeza, mas isso estava simplesmente me irritando...

"'Um cavalo não é a única coisa de que vou precisar', falei com um suspiro. 'Perdi a Bebedora de Cinzas em Cairnhaem. Depois de tudo pelo que passamos, de tudo o que vimos juntos... Ela pode estar em qualquer lugar...'

"'*Hum.*'

"Ergui os olhos ao ouvir um tom estranho na voz de Phoebe. Depois de um momento longo de tortura, ela sorriu, com um toque travesso brilhando naqueles olhos estranhos e animalescos. Ela se levantou depressa, afastou os alforjes sujos de sangue e ali, envolta em um cobertor...

"'*Bebedora!*', exclamei.

"Peguei minha espada, com os olhos ardendo quando aquela bela voz prateada soou mais uma vez em minha cabeça. Ela estava falando consigo mesma, percebi; uma receita de pão de batata, entre todas as coisas. Mas sua voz estava maravilhosa e límpida, aquecendo meus ossos frios como nenhum fogo jamais faria.

"*Uma b-batata nova, grande e bobobonita...*

"'Bebedora?', sussurrei.

"*Duas xícaras de leite de cabra fresco e saboroso...*

"'Bebedora!', chamei, mais alto.

"Sua voz, então, se calou, aquela dama quebrada e prateada sobre o punho sempre sorrindo.

"*Gabriel! Aonde você f-f-foi? Estava p-preocupada estavapreocupada!*

"'Está tudo bem', sussurrei. 'Não tema.'

"*Temo por eles, não por nós, temo e o snikSNAK, é. Não foi p-pela paz que fui jogada aqui, nem para conversas eu f-fui forjada. Mas...o-o-onde está Dior?*

"'No Sul. Não longe. Nós vamos buscá-la.'

"*Ah bombom b-bom. Eu estava... estava... estava falando sozinha há p-pouco? O que eu estava dizdizidizendo, não c-consigo me lembrar. Eu nunca* consigo *me lembrar...*

"'Durma agora, *amie*', murmurei. 'Eu chamo quando precisar de você, está bem?'

"*V-você ainda precisa?*, perguntou ela com delicadeza. *Ainda precisa de mim? Mesmo que eu não s-seja... o que era?*

"'Sempre', sussurrei, apertando-a com força. '*Pssst. Sempre.*'

"*B-bom. Ahbombom. Dormir agora. O silêncio e aaa imobilidade. A calma na t-tempestade. Você é um homem de sorte, meu amigo. Dê um b-beijo de boa noite em Astrid e em Paciência por mim...*

"A voz da espada calou-se quando eu a botei outra vez na bainha e acariciei a bela dama no punho. Olhei para a dançarina da noite, que observava do outro lado do fogo.

"'Essa é a segunda que devo a você, *mademoiselle*.'

"'Eu a encontrei onde ela caiu', murmurou Phoebe. 'Ela partiu ao meio o rochedo sobre o qual caiu. Devia ter ouvido as merdas que dizia. Anjos, demônios e todo tipo de loucura. Ela é tão caótica como um chão de taverna na hora de fechar.'

"'Ela nem sempre foi assim', protestei. 'Tem noites boas e ruins.'

"'O que aconteceu com ela?'

"'Dizem que nenhum homem nascido de mulher pode matar o Rei Eterno.' Suspirei, ódio antigo queimando em meu peito. 'Mas, mesmo assim, eu tentei. E a Bebedora pagou o preço, junto com *ma famille*.'

"Os olhos dourados de Phoebe percorreram o nome prateado em meus dedos.

"'Você não pode consertá-la?'

"'Consertá-la?'

"'Tornar a forjá-la ou algo assim. Como nas histórias antigas. Daegann renovando o martelo do Tein'Abha. Ou a maldita Novespadas derretendo as espadas de seus inimigos para fazer a dela.'

"'Isso não funciona assim. Não se pode apenas derreter uma espada e fazer outra com ela. Ao liquefazer, o metal sofre alterações na chymica. Aço derretido endurece em ferro forjado. Quebradiço. Fraco. Todas as velhas histórias sobre forjar mais de uma vez espadas partidas são apenas isso, mlle. Phoebe. *Histórias*.

"Suspirei e esfreguei os olhos machucados.

"'Uma espada é como um coração. Uma vez partido, para sempre partido.'

"Phoebe deu um suspiro, me observando.

"'Você está parecendo merda em que pisaram duas vezes.'

"'Estranho.' Eu olhei para as montanhas fora de nossa caverna. 'Eu me sinto no topo do mundo.'

"Ela riu, um sorriso enviesado marcado pelas cicatrizes.

"'Vamos começar a remediar isso amanhã. Onde conseguiremos uma montaria para você é a questão.'

"Franzi o rosto, a testa vincada em pensamento enquanto considerava as opções.

"'Sei que é uma estrada escura para chegar lá', disse eu por fim. 'Mas se procurarmos ajuda no Trono das Luas, há alguma versão dessa história em que não termino morto?'

"'Sua espécie matou a Traztempestades, Santo de Prata. Se for para as Terras Altas, você morre.'

"Eu assenti, mordendo o lábio.

"'Acho que podíamos ir para Promontório Rubro.'

"'Achei que você tinha dito a Flor que esse lugar era perigoso.'

"'Dior e eu ferramos com uns magos do mercado da noite na última vez em que estivemos na cidade. Para piorar, assassinamos uma inquisidora sobre solo sagrado. Se eu for apanhado lá, a única dúvida vai ser se me enforcam ou esquartejam. Talvez os dois.' Franzi o cenho, esfregando a barba por fazer. 'Mas não temos tempo a perder. E eu ainda tenho alguns amigos atrás daqueles muros.'

"Phoebe assentiu, resoluta.

"'A cidade escarlate, então. O mais depressa que conseguirmos caminhar. Aí conseguimos uma montaria, vamos atrás de Dior e fazemos os Dyvok em pedaços antes que cheguem a Dún Maergenn.'

"'Eu não quero alarmá-la, mas... acabamos de *concordar* numa coisa?'

"Ela escarneceu:

"'Quanto antes chegarmos lá, antes chegaremos à Flor. É melhor dormir, hein?'

"Eu assenti, cansado até os ossos. Os alforjes ensanguentado que Phoebe tinha resgatado pelo menos continham cobertores, então joguei algumas peles sobre a pedra e me aninhei entre elas, não desejando nada além de um escuro sem sonhos. Ouvi Phoebe arrastar outro tronco para o fogo e mexer nas bolsas. E todo o meu corpo tensionou-se dos pés à cabeça quando a senti puxar as peles em que eu estava envolto e, com um farfalhar ruidoso de seda e tule esmeralda, juntar-se a mim embaixo delas.

"'Que merda você está fazendo?'

"'Ah, uma rodada rápida de cerveja e putas antes da igreja. O que acha que eu estou fazendo?'

"'Eu *acho* que você acha que vai dormir comigo, gatinha.'

"'E quem já disse que você é mais bonito que perceptivo?'

"'Há só um cobertor, ou...?'

"'Três', respondeu ela, puxando todos por cima de nós dois. 'O negócio com cobertores é que quanto mais deles você tem, mais quentes eles ficam. O mesmo é verdade para corpos. Cresça.'

"Eu sabia que esse era o jeito de Phoebe; tão descuidada com seu espaço pessoal quanto qualquer felino. Também sabia que era prudente aquecermos um ao outro naquele frio. Mas nunca tinha compartilhado uma cama com qualquer mulher que não fosse minha esposa. Por isso, removi os cobertores para rastejar livre.

"'Aonde você vai?', perguntou Phoebe, erguendo a cabeça.

"'Um de nós deve ficar de vigia. As Terrores também caíram daquela ponte. Não se dança sobre o túmulo de um Voss a menos que você mesmo o tenha cavado.'

"'Encontrei o rastro delas esta manhã. Seguindo para o Sul. Elas não estão em nenhum lugar por perto.'

"'Nós não podemos correr esse risco.'

"'Pelo amor das Luas, você se *tem* mesmo em alta conta.' Phoebe apoiou-se sobre um cotovelo com um olhar que podia ser descrito como desmoralizante. 'Cuide de seus bagos, putinha. Sua virtude está segura comigo. Eu não mordo.'

"Apontei para minha perna ensanguentada, para as cicatrizes de dentes que ela tinha deixado em meu braço.

"'É mesmo?'

"'Bom, não quando estou dormindo.' Ela sorriu. 'Confie em mim, eu não estou com fome, homem. Só com frio.'

"Olhei de cenho franzido por um momento a mais, mas, no fim, como um prisioneiro a caminho do bloco do carrasco, rastejei de volta para o meio das peles. Phoebe deu um suspiro e se aninhou contra as minhas costas sem nenhuma preocupação sob o céu. Ela sibilou quando nossas mãos se tocaram brevemente, a prata queimando sua pele, mas depois de desculpas murmuradas, eu me instalei ao lado das chamas com a dançarina da noite aninhada contra mim.

"Phoebe logo dormiu, mas eu fiquei acordado, olhando para a coisa que me olhava de volta. Ela agora estava sentada no limite entre a sombra e a chama, observando em silêncio. Estava vestindo apenas a luz do fogo, seu rosto de coração partido emoldurado pelos rios de cabelo escuro, lágrimas de sangue escorrendo pelo rosto. Eu não conseguia me mexer, não conseguia falar, suplicando com os olhos.

"'*Eu amo você...*'

"Astrid baixou a cabeça, lágrimas vermelhas caindo como chuva. Ela ergueu a mão devagar, espalhando o sangue pela pele, e quando pisquei, percebi que seu rosto era uma máscara, com uma impressão de mão sangrenta pintada sobre ela. Havia círculos vermelhos desenhados em torno de seus olhos, o cabelo azul-meia-noite açoitando seu rosto enquanto os raios pulsavam. E Celene olhou para mim da ponte de Cairnhaem, chuva âmbar remoinhando, a máscara se distorcendo em um sorriso desalmado quando ela largou minha mão.

"'*Eu* odeio *você...*'

"E mergulhei no escuro, naquele frio solitário, naquela perda e naquele desejo. E enquanto caía, ouvi gritos acima; a garota que eu jurara proteger, mas tinha falhado como todos os outros.

"'*Gabriel, onde está você?*'

"Mas a tempestade roubou minha resposta."

✦ III ✦
O COELHO BRANCO

— "ALTO. DIGAM SEU nome e o que vêm fazer aqui!"

"O grito ecoou na escuridão congelante, acompanhado do ranger de uma dúzia de cordas de arco. As ameias acima eram feitas de pedra vermelha, com quinze metros de altura e dezenas de braseiros tremeluzindo por toda sua extensão na noite recém-nascida. Os portões a nossa frente eram feitos de carvalho reforçado com ferro, gravados com a chave e o escudo do poderoso San Cleyland. Com a respiração condensando entre nós, Phoebe e eu trocamos um olhar enfadado.

"'Doce Virgem-mãe, chegamos', falei com um suspiro.

"Tínhamos viajado por duas semanas desde a Pedra da Noite. Duas semanas de tempestades uivantes, neve cortante e árvores mortas cobertas por fungos. Phoebe recusara a se transformar durante a viagem, e embora agora eu entendesse sua relutância, Dior só tinha guardado uma manta de pele de raposa e luvas até os cotovelos para acompanhar aquele vestido nada prático – não bem um traje de inverno. Mas mesmo na forma humana, Phoebe parecia imune aos elementos, caminhando descalça e sem deixar rastros sobre as mesmas neves pelas quais eu avançava com dificuldade. Só depois de escurecer o frio parecia incomodá-la, e por mais estranho que fosse, apesar de nossa história sangrenta, uma dançarina da noite e um Santo de Prata dormiram lado a lado por algumas semanas naquele inverno profundo, sob as luas ocultas de Elidaen.

"Toda noite eu sonhava com o rosto de Celene, a imagem penetrando como uma sombra em meus momentos de silêncio e pensamentos não vigiados. Mas durante todo o dia eu me preocupava com Dior, contatando em intervalos de poucas horas o sangue que ela carregava. Aliviado por ver que ainda estava se movimentando.

"Ainda viva.

"Nós tínhamos seguido o Volta desde as montanhas, através de vales congelados e florestas arrasadas, todos deixados para apodrecer e se arruinar. Os únicos sinais de vida eram algumas poucas raposas velozes e apenas um gavião-rateiro, observando com olhos fulvos. Estávamos exaustos quando a vimos a distância: uma grande coroa de muralhas circundando uma ilha no rio congelado. Havia um grande priorado em seu lado norte, que dava vista para as ruas emaranhadas abaixo. Um *château* erguia-se em seu centro, construído da mesma pedra vermelha de rio que dava nome à cidade. O Berço do Mártir, como alguns a chamavam. Casa dos Santos. Cidade natal de San Cleyland, o famoso quarto Mártir.

"A grande cidade fortificada de Promontório Rubro.

"Dior e eu a havíamos visitado antes do inverno profundo, mas, agora, parecia que os portões tinham sido fechados para forasteiros. Um mar de barracas e carroças tinha surgido em torno dos muros: uma favela mais semelhante a uma cidade. Milhares de homens, mulheres e crianças encolhidos no frio, sujos e desgrenhados, de olhos arregalados e feridos. Vi diferentes padrões em seus tecidos de clã; Cuinn e Sadhbh, Fas e Ariss, pessoas de todas as terras devastadas por Novespadas.

"Uma dúzia de flechas em chamas foi disparada das ameias acima, chiando quando afundaram na neve ao meu redor.

"'Nem mais um passo, por Deus!'

"'Esperem, irmãos, viemos em paz!', gritei.

"Um homem grisalho com um elmo de ferro olhou por cima das ameias, e sua barba congelada estremeceu quando ele gritou:

"'Não vou pedir de novo! Digam seus nomes e o que vieram fazer aqui, ou vão embora!'

"Estudei os soldados acima de nós; dezenas de homens de vigia nos muros altos. Fogos acesos, cotas de malha pesadas e bestas apontadas direto para nós.

"'Estão levando a segurança um pouco mais a sério nessas noites', murmurei.

"'O *château* mais próximo daqui acabou de ser lubrificado, posto de quatro e fodido pelos Dyvok', sussurrou Phoebe em resposta. 'Está surpreso por estarem nervosos?'

"'O que é surpreendente é você ter concordado com isso. Agora lembre--se, se nós dermos um passo em falso aqui, vou direto para a forca ou pior.' Puxei a guia de couro em torno de seu pescoço. 'Por isso faça o que eu disser.'

"'Ah, *muito* divertido.'

"Eu tirei a luva e ergui a mão para mostrar minha estrela de sete pontas.

"'Bom amanhecer, *sergente*! Meu nome é *frère* Philippe Montfort, irmão da sagrada ordem de San Michon!'

"'Um Santo de Prata?' O *sergente* estreitou os olhos na direção de minha tatuagem, seu comportamento ficando um pouco mais perto de caloroso. 'O que o traz ao Berço do Mártir, bom *frère*?'

"'A Caçada, senhor! Meu abade me mandou para Beaufort para capturar esta fera profana!' Fingi dar um chute na parte de trás das pernas de Phoebe, e ela desabou na neve com um xingamento. 'Busco santuário para a noite, antes da longa marcha de volta a San Michon!'

"Refugiados no acampamento agora olhavam para nós; homens com olhos de pederneira, crianças famintas e idosos tremendo em seus andrajos ensanguentados. O pequeno *sergente* olhou para Phoebe ajoelhada na neve, resplandecente em seu impecável vestido esmeralda.

"'Você disse uma fera? Ela me parece bem bonita.'

"'E esse é o mal nela, bom *sergente*! Não deixe que seus olhos se enganem; esta feiticeira é uma dançarina da noite e uma ladra de pele, cujas tentações na terra podem escravizar os piedosos com uma palavra! Um *olhar*!

Nenhum bispo, padre nem homem temente a Deus está seguro, e se ela conseguisse o que quer, senhor, *você* seria o próximo a ser esfolado vivo em seu *boudoir* de sangue!'

"'Boudoir *de sangue?*', sussurrou Phoebe.

"'Calma, gatinha', murmurei entre dentes cerrados.

"'Quem vai acreditar nessa merda?'

"Esses homens são camponeses recrutados a força', sussurrei. 'Estão sobre uma maldita muralha para ganhar a vida. Então acalme seus peitos antes que os perfurem.'

"'Por que você apenas não lhes conta a verdade?'

"'Eu quero que eles fiquem morrendo de medo de você. Assim não vão perder tempo me fazendo perguntas idiotas, como por que você está presa com algumas tiras de alforje ou usando a droga de um vestido de baile. Eu sou um assassino procurado nessa cidade, Phoebe. Se apenas um desses bastardos me reconhecer, eles vão me enforcar duas vezes e queimar o que restar numa estaca.'

"Eu dei de ombros, fechando mais minha gola em torno do rosto.

"'Além disso, assim é mais divertido.'

"'*Divertido?*'

"'Divertido', assenti. 'Dior me falou sobre isso. Achei que devia tentar por um tempo.'

"'Não é você que está de joelhos na neve.'

"'Não tenha medo, *mademoiselle*. Nenhum porteiro recusa a entrada a um membro da Ordo Argent. Esses portões vão se abrir mais rápido do que consegue dizer *que me fodam a cara.*'

"'Que me fodam…'

"Houve ruídos metálicos, e com o gemido de dobradiças congeladas e uma chuva de gelo quebrado, os portões começaram a se abrir. Phoebe me olhou, zombando quando pisquei.

"'Você às vezes é mais esperto do que parece.'

"'Segundo algumas pessoas, isso não é difícil.'

"Os portões de Promontório Rubro escancararam-se, revelando um túnel arqueado que passava através da guarita do portão. Centenas de refugiados ficaram de pé quando a grade de ferro interna se ergueu, olhando com olhos famintos e assustados para a cidade além dela. Mas um pequeno exército de soldados barrou seu caminho, com rostos frios e duros. Levavam lanças e bestas, e todos estavam vestindo o tabardo cor de carvão dos *gendarmes* de San Cleyland. Liderando-os estava um pequeno *sergente* barbado, com o elmo de ferro na cabeça e a mão na espada. Ele lançou um olhar de alerta para os ossianos para se assegurar de que estivessem todos imóveis, então voltou os olhos temerosos para mim e para Phoebe.

"'Vocês dois, aproximem-se', ordenou. '*Só* vocês dois. E se você se mexer de modo brusco, tentadora vil, juro que não vai se mexer de novo.'

"Eu apontei os portões com a cabeça.

"'Depois de você, tentadora vil.'

"'Eu devia tê-lo deixado naquela maldita montanha...'

"Nós marchamos adiante sob os olhares da soldadesca, Phoebe com os pulsos amarrados a sua frente, e eu segurando a guia em torno de seu pescoço. Uma dúzia de bestas carregadas estava apontada para nós quando entramos abaixo do arco da guarita do portão, e fiquei nervoso por estar num espaço restrito – sem lugar para onde fugir se os soldados identificassem quem eu era. Mas após uma inspeção mais atenta, a maioria parecia apenas pouco mais do que meninos – jovens camponeses criados em aldeias, onde o maior comércio eram rumores e superstição. Alguns estavam vigiando a multidão maltrapilha do lado de fora quando os portões rangeram e se fecharam às nossas costas, só para o caso de que algum deles fizesse uma tentativa de entrar no abrigo no interior.

"'Imagino que conheça o costume, Santo de Prata', disse o *sergente*.

"Ele apontou para a fonte de pedra à direita dos portões. Ela era esculpida com a imagem de Sanael; as mãos do anjo de sangue segurando uma cuba grande encrostada de gelo. Bati na superfície para quebrá-la e mergulhei a mão no líquido congelante por baixo.

"'O que é isso?', perguntou Phoebe com delicadeza.

"'Silêncio, vilã!', respondi com rispidez.

"Virando-me, joguei o líquido de meus dedos sobre a pele nua de Phoebe. E embora água benta não fosse nenhum problema de verdade para dançarinos da noite, ela fez uma boa cena de sibilar em agonia, com dentes à mostra enquanto cambaleava para trás e cobria o rosto.

"'Doce Virgem-mãe', murmurou alguém. 'Vejam os olhos dela...'

"'Vocês aumentaram a vigilância desde a última vez em que estive aqui, *sergente*', disse eu.

"O homenzinho assentiu.

"'Os portões estão fechados para todos, menos cidadãos de Promontório Rubro ou aqueles a serviço de Deus ou do imperador. Por ordem de lorde Cédric Beaufort.'

"'Aquelas pessoas lá fora estão congelando, meu caro. Lorde Cédric não é caridoso com os pobres?'

"'Ele é muito caridoso, Santo de Prata. Só não tem *espaço*. Há pessoas demais cruzando as fronteiras. As ruas estão cheias da turba ossiana, e a comida já está escassa.'

"Mordi o lábio, desconfortável com a ideia daquelas pessoas lá fora, mas com problemas demais para me preocupar.

"'Bom, nós só vamos ficar aqui por uma noite. Mas é melhor eu botar esse monstro em correntes apropriadas antes da hora das bruxas.'

"O homem assentiu, com olhos assustados sobre Phoebe.

"'Para onde planeja levá-la? Vou ter de chamar o *capitaine* se quiser trancá-la abaixo da fortaleza.'

"'Solo santificado é o único lugar onde essa fera pode ser enjaulada com segurança. Vou levar meu descanso para o priorado esta noite, com as irmãs sagradas de San Cleyland.'

"'Como quiser', assentiu ele. 'Vou mandar meus homens escoltá...

"'Não é necessário, *sergente*.' Dei um tapa no ombro do homem e acenei com a cabeça para os rapazes a nossa volta. 'Você e seus homens fiquem em seus postos. Os Mortos estão aí fora, e toda Casa dos Santos com certeza dorme melhor sabendo que homens corajosos como vocês estão em seus muros.' Eu olhei feio para Phoebe. 'Conheço o caminho para o priorado, e vou levar essa sereia pagã para a casa de Deus sem demora.'

"'Por que ela está usando esse vestido?', perguntaram.

"'Filho da puta imundo', disse Phoebe com rispidez, olhando raivosa para o homem. 'Vou esfolar seus filhos para fazer minhas cobertas, e foder suas mulheres em cima de seus…'

"'Silêncio, demônio!', gritei, jogando mais água benta em sua direção. 'Não ameace esses homens fiéis a Deus! Por favor, me dê sua capa, senhor, e abram caminho, todos vocês. Vou fazer com que não escutem mais veneno desse acólito do abismo.'

"Os jovens soldados afastaram-se para o lado, intimidados e temerosos, alguns se encolhendo quando o olhar dourado caía sobre eles. Peguei a capa do *sergente*, joguei-a em torno dos ombros dela. Depois de puxar o capuz sobre seus olhos, agitei a guia em torno de seu pescoço como um chicote.

"'Venha, bruxa da carne', rosnei. 'E não diga nenhuma palavra pecaminosa, a menos que queira provar minha espada.'

"O *sergente* retribuiu minha continência austera, e levando Phoebe na coleira, saí andando pela rua iluminada por tochas. Os prédios da Casa dos Santos eram apertados, assomando altos sobre nós, suas ruas um labirinto emaranhado e com gente demais. Fiquei perplexo com a inundação de refugiados; as coisas deviam estar indo muito mal no Oeste para que tantos tivessem fugido de Ossway. Mas caminhando depressa na direção do priorado, Phoebe e eu logos estávamos afundados no meio das casas e, pelo menos, fora de vista das muralhas. Entrando na proteção de uma oficina de sapateiro, eu me virei e desamarrei as mãos dela.

"'Não foi tão desastroso, levando-se tudo em consideração', murmurei.

"'Não foi a vez em que mais me diverti estando amarrada.' Ela deu de ombros, esfregando os pulsos. 'Nem a menos divertida. Mas é melhor sairmos das ruas. Onde estão esses seus amigos?'

"Apontei com a cabeça para o beco.

"'Siga-me, tentadora vil.'

"'Você está abusando da sorte agora, garoto de prata.'

"Ergui a gola em torno de meu sorriso, Phoebe puxou o capuz sobre os olhos, e eu nos conduzi pelo emaranhado de ruelas estreitas e becos, seguindo na direção das docas de Promontório Rubro. Desviamos de duas patrulhas, nos encolhemos em uma soleira para evitar uma terceira, com o laço do carrasco sempre sobre minha cabeça. E enfim chegamos a uma fileira de prédios tortos que ladeavam uma passagem calçada com pedras, a rua cheia de marginais e ossianos sem teto pedindo dinheiro. Em uma esquina suja, alojado entre um bordel e um antro de fumo, nós encontramos nosso destino.

"'*O Coelho Branco*', murmurou Phoebe, olhando para o letreiro da taverna.

"'O ragu é excelente. Você pode pedir o que quiser, só não peça a surpresa de batata.'

"'Algum motivo em particular?'

"'A surpresa é disenteria.'

"Havia uma montanha de carne em uma capa de inverno parada na porta, protegida do vento. Ele olhou para mim, dos pés à cabeça, soprando mãos do tamanho de pratos para esquentá-las.

"'Não aceitamos mendigos por aqui', grunhiu ele.

"'Mendigos?', escarneci. 'Calma aí, *monsieur*.'

"'Eu o avisei', murmurou Phoebe. 'Você está precisando de um banho faz *muito* tempo.'

"Revirando os olhos, eu agitei minha bolsa na direção do homem, e ele afastou-se para o lado respeitosamente. Com uma última olhada para a rua, Phoebe e eu entramos pela porta.

"O Coelho Branco era movimentado, o salão estava repleto de pessoas de todas as formas e tamanhos, todos os tipos de gente suspeita. As mesas estavam lotadas, com criadas da cozinha andando em meio à aglomeração com bandejas carregadas. Um trio de menestréis trabalhava duro no canto, tocando uma dança animada com violino, alaúde e tambor. Depois de tanto tempo andando pelas regiões selvagens e geladas, a taverna era uma onda repentina de sensações: o calor da lareira e de corpos, o perfume de fumaça de madeira e bebida, e por baixo de tudo, doce, quente e vermelho, ah, *Deus*...

"'Você está bem?', murmurou Phoebe.

"Sacudi a cabeça, engolindo cinzas.

"'Preciso de uma bebida.'

"Abrimos caminho através da multidão na direção de um canto reservado e enfumaçado. Empurrando um bêbado adormecido de sua cadeira, nós nos instalamos, eu com as costas para a parede e os olhos na porta. Meu estômago sentiu um nó de caco de vidro, mergulhado em bebida barata e incendiado. Phoebe cutucou uma moça da cozinha que passava, com o capuz baixo para esconder seus olhos.

"'Bebidas, por favor, meu amor. E comida, hein? Ragu para mim. E surpresa de batata para ele.'

"Abri a boca para protestar, mas a criada já tinha assentido e se enfiado pela multidão. Phoebe sorriu com malícia em minha direção, lançando um olhar em torno do salão.

"'Belo lugar. Mas não tem cavalos.'

"'Comida e sono esta noite. Amanhã vamos conseguir montarias e partir.'

"'Você não quer passar um dia descansando? Sem ofensa, mas parece...

"'Cada dia que perdemos aqui é um dia em que Dior se aproxima de Dún Maergenn. Sem falar em provocar o carrasco.' Baixei a voz quando a atendente colocou duas canecas de madeira e um jarro de bebida barata sobre a mesa. "Quanto antes fomos embora, melhor.'

"Phoebe assentiu, encolhendo-se e esperando que a criada fosse embora antes de voltar a falar:

"'Então esse seu amigo. Como você o conheceu?'

"'Eu a conheci nas campanhas ossianas.' Servi uma caneca para mim e outra para Phoebe. 'Fazia parte do destacamento da Ordo sob o comando de Niamh á Maergenn durante a guerra dos Dyvok.'

"'O quê?', escarneceu a dançarina da noite. 'Você conhece a Novespadas?'

"*Conhecê-la?*' Virei minha bebida em um só gole. 'Niamh me sagrou *cavaleiro*.'

"'Sagrado cavaleiro pela espada de uma embusteira? Você fica mais impressionante a cada dia, não é?'

"'Niamh á Maergenn não era nenhuma embusteira', disse eu, servindo mais uma. 'Ela conquistou Ossway desde as Ilhas Lascadas ao Trono das Luas antes de fazer 25 anos. O próprio imperador Alexandre a nomeou duquesa da corte imperial.'

"'Viaje até as Terras Altas, e veja quantos se ajoelham para ela.' Phoebe franziu o cenho. 'A Novespadas tentou invadir o Trono das Luas, sabia disso? Depois que todas as pessoas das Terras Baixas tinham se ajoelhado, a vadia gananciosa fixou os olhos no Norte e tentou tomar o que era nosso. Havia sete guerras de clãs diferentes em andamento pelas Terras Altas na época, e nós ainda encontramos tempo para chutá-la com tanta força que seu nariz ainda está sangrando.'

"'*Merci* pela aula de história. Mas sou conhecido por ler de vez em quando.'

"'Você sabe ler?'

"Os menestréis mudaram de música; a multidão vibrou quando o violinista subiu em uma mesa. Fiz uma careta, pensando na noção de enfiar seu instrumento em um orifício com acústica melhor. Minha cabeça estava rachando; meu estômago, queimando, aquela bebida não fazendo quase nada.

"Levei a mão a minha bandoleira para pegar uma dose de *sanctus*, mas em vez de vidro, meus dedos tocaram algo pesado. Metal. Pegando-o com o cenho franzido, reconheci o frasco dourado que a pequena Mila tinha me dado depois da batalha no Mère.

"*Você disse uma palavra feia, mas é um bom homem.*

"'O que foi?', perguntou Phoebe, estreitando os olhos.

"'A Mãe-loba o usava', respondi. 'Bebeu dele quando lutamos em Aveléne. E de outro igual a esse antes de fazer a ponte de Cairnhaem em pedaços.'

"'O que tem dentro dele?'

"Desatarraxei a tampa e inalei. Minha boca se encheu de saliva, o estômago se enrolando em um emaranhado ardente. Mesmo azedo, o perfume era inebriante, delicioso. Fiquei muito tentado a virá-lo em minha boca, deixar aqueles restos coagulados caíssem em minha língua e me banhassem em chamas.

"*Eles não o alertaram? Sua preciosa Ordem da Prata? O que aconteceria se você cedesse aos seus desejos noite após noite? Ou estava apenas embriagado demais com a luxúria da carne para ligar para sua alma imortal?*

"'Garoto de prata?', perguntou Phoebe. 'O que tem nele?'

"*Fogo vermelho.*

"*Sede vermelha.*

"'Sangue', murmurei, fechando a tampa. 'Só sangue.'

"Os novos e estranhos olhos de Phoebe examinaram meu corpo: os maxilares cerrados, a pele molhada de suor e os punhos com os nós dos dedos brancos. Enchi meu cachimbo e acionei a pederneira com mãos trêmulas.

"'Você está faminto.'

"Ergui os olhos bruscamente ao ouvir isso. Minhas pupilas se dilataram quando traguei um pulmão cheio de vermelho. Phoebe olhou do frasco para meus olhos, os dela brilhando, ferozes e dourados.

"'Por que não apenas bebe?'

"'Porque não sou a porra de um animal', rosnei.

"'Algumas de minhas pessoas favoritas são animais', retrucou ela, retorcendo os lábios.

"Ri disso, apesar de minha língua ressecada, da minha garganta seca e arranhando, mas a dor em meu estômago melhorou quando o sacramento fluiu vermelho e quente pelas minhas veias.

"'Sangues-pálidos que cedem a suas fomes podem se perder nelas', contei, brincando com meu cachimbo. 'Caindo numa loucura que chamamos de *sede vermelha*. Ela nos transforma em feras. Nada melhores do que os monstros que nos fizeram. É por isso que a ordem fuma sangue em vez de bebê-lo.'

"'Garotos de mosteiro sempre encontram um jeito de retirar toda a diversão da vida.' Phoebe me observou tragar mais um pulmão cheio de vermelho, com os lábios franzidos. 'É verdade o que contam nas histórias antigas? Sobre o Beijo do vampiro? Eles dizem que é um êxtase incomensurável.'

"'Não tenho como saber. Eu não sou um vampiro.'

"'Mas você costumava beber. Estou falando sobre a sua esposa. Eu ouvi você e sua irmã conversando.'

"Fui, então, atravessado pela raiva, sombria e sensível.

"'Talvez no passado. Mas nunca desde então. E a agradeço, mlle. Phoebe, por não falar sobre minha…'

"Uma espada embainhada bateu na mesa entre nós, gravada com os brasões da Virgem-mãe e do Redentor. Phoebe rosnou, quase se levantando quando franzi o cenho para sua dona.

"Uma mulher, forte e alta, olhos azul-água. Ela usava um gibão, com as mangas cortadas para mostrar dois tons de verde decorados com preto e azul: as cores do clã Maergenn. O rosto marcado por cicatrizes, pés de corvo nos olhos e o cabelo trançado grisalho.

"'Ouvi dizer que estava morto.'

"Ela levou a mão às costas, com olhos brilhando.

"'E, por Deus, quando nós terminarmos, você vai desejar estar.'"

✦ IV ✦
ESMERALDA E CHAMAS

— "PELOS SETE MALDITOS mártires", disse eu em voz baixa.

"Eu me levantei devagar, levando a mão ao cinto e tocando o punho da minha espada. Os olhos da mulher envelhecida brilharam quando a mão dela fechou-se às suas costas. E simultaneamente, nós sacamos – ela uma garrafa de cerveja artesanal ossiana e eu meu frasco de bolso de confiança.

"'Doce Gabbie.' Ela riu, abrindo os braços. 'Seu pequeno tratante.'

"Eu ri também, abraçando a mulher e erguendo-a do chão. Phoebe arqueou uma sobrancelha enquanto eu girava aquela senhora; minha sede, a raiva e o perigo que pairavam sobre minha cabeça por trás daqueles muros, todos esquecidos. Clientes lançaram olhares curiosos em nossa direção, a mulher mais velha gritando e batendo em meu ombro.

"'Ponha-me no chão, seu gordão!'

"Obedeci relutante, beijando-a nas bochechas. A mulher me deu um tapinha nas costas, como num pirralho desobediente.

"'Pare com isso! Estou velha demais para um homem me carregar desse jeito!'

"'Nunca houve um homem que pudesse lidar com você, irmã', disse eu com um sorriso.

"'A audácia dele, falar desse jeito com uma antiga mulher do hábito!'

"Phoebe nos observava com a sobrancelha arqueada.

"'Pelo que entendi, essa é uma amiga sua.'

"'Phoebe á Dúnnsair', declarei, tão alegre que até perdi o fôlego, 'essa é *soeur* Fionna, a Coelho Branco. Heroína de Báih Sìde e assassina de mais sangues-frios do que banhos quentes que eu tenha tomado.'

"'*Três* vampiros? Impressionante.'

"Escarneci, mas estava tão feliz por rever Fionna que nem respondi. A velha senhora botou três outros copos sobre a mesa, rompeu a cera em sua garrafa e nos serviu uma boa dose de um líquido escuro e malcheiroso. Erguendo a caneca, ela me encarou nos olhos.

"'*Àqueles que lutaram*', declarou ela. '*E àqueles que caíram.*'

"'E àqueles que sobreviveram ao inferno vivo', respondi.

"Batemos nossas canecas, e embora Fionna devesse ter quase 50 anos, ela acompanhou meu ritmo, batendo com a caneca vazia sobre a mesa quando terminou.

"'Pelos Sete Mártires', falei, tossindo. 'O gosto do Betume não melhorou com o tempo.'

"'Eu mesma o preparei. Um pouco do sabor de casa. Ele me leva de volta a tempos melhores.' Fionna sorriu, sentando-se ao meu lado. 'Nós todos já vimos dias melhores, *chevalier*.'

"'Isso é idiotice. Você está tão bonita quanto na noite em que nos conhecemos.'

"'E você mente como sempre.' Ela riu. 'O tempo nos devora a todos vivos.'

"'A Coelho Branco não vai morrer nunca', declarei, enchendo sua caneca com a beberagem fedorenta. 'Vai viver o suficiente para ver seus peitos tocarem seus quadris, *mon amie*.'

"'*Ha!* Convença-me a tirar este gibão, e ainda consigo tocar os *pés*.'

"Phoebe quase engasgou com a bebida.

"'Você disse que é *freira*?'

"A velha senhora examinou a dançarina da noite, notando o brilho dourado de seus olhos.

"'Eu era uma Irmã da Espada, mulher das Terras Altas. Em minha juventude tola. Devotada a Deus, à Virgem-mãe e aos Mártires. Mas quando rezava...', nesse momento, ela tocou sua velha espada. 'Eu rezava com *isso*.'

"'*Dame* Fionna é uma das melhores espadas do império', disse eu. 'Ela me ensinou uma ou três coisas nas campanhas ossianas. Salvou minha vida quando eu ainda estava me situando.'

"'Você, no fim, chegou lá, doce Gabbie', disse ela, dando tapinhas em meu joelho.

"'Doce *Gabbie*?', escarneceu Phoebe.

"Fiona sorriu.

"'Era assim que eu o chamava. Antes que começassem com essa adulação de Leão Negro. O pequeno Gabbie de León. Cheio de energia, ele era. De cara fechada como se alguém o chutasse nos bagos toda manhã. E *gritos*! Virgem-mãe, eram *tantos* gritos...'

"'Isso foi quando você serviu à Novespadas?', perguntou Phoebe.

"'Meu primeiro comando', assenti. 'O imperador Alexandre organizou uma força para retomar o Norte de Ossway depois que Tolyev e seu irmão tomaram a costa. A boa *soeur* e eu lutamos lado a lado pelo ano seguinte.' Sorri, com o coração cheio de doce nostalgia. 'Nós retomamos Báih Sìde. Avançamos sobre Dún Craeg. Saethtunn. Por todo o caminho até Triúrbaile.'

"Os menestréis aceleraram o ritmo, as pessoas vibraram, mas o rosto de Fionna tornou-se rígido de repente. Uma sombra caiu sobre nós dois apesar da música, da dança e dos risos ao nosso redor. Os olhos daquela senhora ficaram nublados, sem dúvida caminhando em sua mente pelas mesmas ruas que eu; aquelas jaulas horrendas e aquelas pessoas infelizes. Enchi seu copo até a borda.

"'E isso foi o fim de tudo', disse ela com um suspiro.

"Phoebe olhou de mim para ela.

"'Você foi ferida ou...'

"'Não na carne, filha das Terras Altas', respondeu Fionna, tornando a encher meu copo. 'Mas depois das coisas que vi em Triúrbaile, o Deus em mim apenas... evaporou. O jovem Gabbie e seus companheiros da Ordem marcharam rumo à glória, e eu me retirei em silêncio. Pendurei minha espada. Conheci um doce homem nórdico que preferia servir bebidas a quebrar crânios, e transar nas manhãs de *prièdi* em vez de ir à missa. Nunca olhei para trás. Isso também foi uma coisa boa.'

"Fionna baixou os olhos, sua voz um murmúrio:

"'Você ouviu falar de Dún Maergenn?'

"'Só que ele caiu', respondi.

"'Os Dyvok o tomaram meses atrás. O Coração Sombrio e sua irmã.'

"'*Como?* Maergenn era a fortaleza mais poderosa a oeste de Augustin.'

"'Nós só ouvimos rumores.' Fionna deu de ombros. 'Histórias de refugiados. Os Dyvok derrubaram as muralhas de longe, fora do alcance dos canhões de Niamh. Alguns dizem que foi artilharia; outros, feitiçaria. Afundaram a frota de Lady Caitlyn no Golfo dos Lobos. Assassinaram Lady Una nas muralhas. Lady Reyne foi morta defendendo o sepulcro. Três filhas da Novespadas mortas.'

"Dei um suspiro, lembrando-me das garotas que conhecera na corte de Niamh. A pequena Cat com seu sorriso feroz e Una com sua língua afiada. Deus, Reyne era pouco mais do que um bebê...

"'E Niamh?', perguntei com delicadeza.

"'Dizem que lutou com bravura. Mesmo depois que as meninas tombaram. Mas quando a cidade pareceu condenada, ela mandou emissários aos Dyvok, para que seu povo fosse poupado. O Coração Sombrio aceitou sua rendição, então a jogou para seus atrozes. Bebeu-a até secar, o bastardo, e depois deu os restos para seus cães.'

"'Doce Virgem-mãe', sussurrei.

"Fiona fez o sinal da roda.

"'Receba-a em seus braços.'

"Fiquei deprimido e temeroso com essas notícias. Niamh á Maergenn era uma general brilhante, veterana de uma dúzia de campanhas tanto contra os vivos quanto contra os Mortos. Para Nikita ter esmagado sua capital, para Kiara ter enfrentado as Terrores e sobrevivido... devia haver alguma nova escuridão em ação com os indomados. Alguma mágika maligna que eu não compreendia. E Dior estava nas garras da Mãe-loba, seguindo direto para os braços do Coração Sombrio.

"'O que o traz aqui, Gabbie?', indagou Fionna com delicadeza. 'Do que você precisa?'

"Eu me arrastei de volta para o momento, terminando meu copo.

"'Comida. Uma cama. Um cavalo.'

"'Um banho', reclamou Phoebe.

"'*Oui*', disse eu com um suspiro. 'Um banho também seria bem-vindo, eu acho.'

"'Bem, isso nós podemos conseguir.' Fionna me olhou de alto a baixo. 'Vou mandar uma de minhas garotas lavar essas roupas, também. Elas parecem prestes a andar sozinhas.'

"'Partiremos amanhã, eu juro. Se tivéssemos alguma escolha, não estaríamos aqui esta noite. Sei que os *gendarmes* de Promontório Rubro devem estar à minha procura, eu sei que v...'

"'Chega disso', disse ela, franzindo o cenho. 'É uma bênção vê-lo outra vez, meu amor.'

"A música mudou; cresceu em uma jiga ossiana chamada 'O hino do violino'. Era uma melodia alegre, como se os menestréis também quisessem expulsar meus receios e iluminar minha noite congelante. A multidão vibrou, Fionna bateu palmas e várias pessoas afastaram mesas para abrir espaço enquanto outras começavam a acompanhar o ritmo com os pés. Eu, agora, estava meio bêbado, mas nem perto do suficiente, e me servi mais uma vez, tentando esconder o fato de que minhas mãos ainda tremiam.

"'Dance comigo', exigiu uma voz.

"Pisquei para os dedos estendidos que tinham aparecido diante dos meus olhos. De cenho franzido, subi pela luva esmeralda, por um ombro tatuado com espirais fae vermelho-sangue e, enfim, até um par de olhos sombreados e brilhantes.

"'Hein?'

"'Você sabe dançar, não sabe?', questionou Phoebe.

"'Não', respondi bruscamente, virando meu Betume.

"'Ele sabe, sim', declarou Fionna. 'E é excelente, eu já o vi.'

"Olhei feio para a velha irmã enquanto Phoebe agitava seus dedos estendidos.

"'Eu amo essa música. Então dance comigo. Ou pretende ficar aí sentado se lamentando a noite inteira?'

"'Eu não estou me lamentando. Estou pensando.'

"'Bebendo.'

"'É a mesma coisa.'

"'Dance comigo, droga.'

"'Qual é a palavra mágika?'

"A dançarina da noite arqueou uma sobrancelha, com a mão no quadril.

"'*Agora?*'

"'*Tsc tsc.*' Enchendo meu copo até a borda, tomei mais um longo gole. 'Você vai achar a vida muito mais fácil quando aprender a dizer *por favor*, gatinha.'

"Phoebe escarneceu, sacudindo a cabeça:

"'As deusas estragaram um cu perfeitamente bom quando botaram dentes na sua boca, não foi?'

"Jogando os cachos no rosto, a dançarina da noite saiu girando por aquele mar de corpos, marcando o ritmo com os pés. Movimentava-se como uma lâmina, o fogo de seu cabelo queimando como as chamas da lareira. Algumas pessoas em torno do salão a olharam com inveja e assombro, com desejo, mas ela não percebeu nada disso. Eu me perguntei se a mudança em seus olhos podia estar incomodando-a, mas percebi que ela os mantinha ocultos para evitar problemas, não porque tivesse vergonha do que era. Na verdade, Phoebe á Dúnnsair não dava nem meio-royale de latão para a opinião das pessoas e ainda recebia troco.

"Eu bebi o resto de meu copo.

"'O Gabriel de León que *eu* conhecia não teria recusado uma dança com uma mulher bonita', murmurou Fionna. 'E isso foi *antes* de ele ser excomungado.'

"Tornei a encher meu copo com o Betume, suspirando.

"'Você soube disso, não é?'

"A velha Irmã da Espada escarneceu:

"'Eu tenho uma taverna. Ouvi as *canções*. Não há uma donzela viva que não desmaie um pouco com os acordes de abertura de "A amante do Leão", Gabe.'

"Olhei de cenho franzido para os homens no canto, com os lábios apertados.

"'Malditos menestréis.'

"'Não se pode culpá-los. Essas são as coisas das quais as lendas são feitas. Um rapaz e uma moça tão apaixonados que desafiaram a própria vontade do céu?'

"'Veja aonde isso os levou.'

"Meus olhos se ergueram do copo. Meu silêncio contou a história sem que eu precisasse dizer uma palavra. O rosto de Fionna ficou um tom de pálido mais claro, e por um momento, pude ver minha dor refletida em seu olhar, esfolada e sangrando. A voz dela vacilou quando sussurrou:

"'Ah, Gabbie...'

"'Eu fiz o que um herói deve fazer, Fio. Matei o monstro. Mas o monstro tinha um pai que o amava.' Sacudi a cabeça e rosnei: 'Malditos menestréis'.

"'Este não é um mundo para canções felizes', disse Fionna. 'Mas é por isso mesmo que nós as cantamos. Há alegria a ser encontrada em algo tão simples como se movimentar no ritmo.'

"Eu olhei de soslaio para ela.

"'*Você* está me chamando para dançar?'

"Ela riu alto, jogando a cabeça para trás.

"'Com este quadril? Meus dias de dança passaram há *muito* tempo, velho amigo. Mas é isso o que estou querendo dizer.' Ela apontou com a cabeça para aquele brilho de esmeralda e chamas na multidão. 'Aproveite a música enquanto pode, Gabbie. Do jeito que as coisas estão caminhando, amanhã o mundo inteiro pode estar silencioso como um túmulo.'

"Eu suspirei e a olhei nos olhos.

"'Precisamos voltar para a estrada o mais depressa possível. Se conhecer algum lugar onde possamos conseguir cavalos, vou ficar em dívida com você.'

"'Qualquer coisa para o Leão Negro de Lorson', disse Fionna com um sorriso. 'Agora, vá em frente.'

"Peguei meu copo e bebi até o final. Trocando um abraço que só aqueles que lutaram juntos no inferno podem dar, beijei o rosto da velha Irmã da Espada. E respirando fundo, entrei pelo meio dos corpos rodopiantes e fui para a pista.

"'Posso?'

"Phoebe parou de dançar e virou-se para mim com o cenho franzido.

"'Qual a palavra mágika?'

"Eu fiz uma reverência, com a mão no coração.

"'Posso, por favor, ter a honra desta dança?'

"Os olhos dela estavam em grande parte ocultos por trás da cortina de seus cachos, mas pensei ter visto um brilho de alegria naquele dourado.

"'Acho que sim.'

"Com outra reverência, peguei a mão enluvada de Phoebe e, juntos, navegamos por aquele oceano de corpos em movimento. Os pés dela ainda estavam descalços, e eu não gostaria de pisar neles, mas me surpreendi com a velocidade com que entramos no ritmo, nos movimentando como um só através da fumaça, dos risos e dos gritos de alegria, todos nós marcando o ritmo.

"Através do véu em chamas de seu cabelo, vi seus lábios curvarem-se quando minha outra mão pressionou a parte baixa de suas costas, puxando-a um pouco mais para perto. Pareceu, então, que a música ficou mais alta; os risos a nossa volta, abafados, até que, mesmo no meio daquele mar de gente, nós dois estávamos completamente sozinhos. A história brutal entre nossas espécies esmaeceu por um momento, os murmúrios de mágikas profanas e histórias de matança engolidos por aquela bela canção.

"A música se acelerou, e nos apertamos mais, abraçados com força. Parte de mim ainda sentia alguma espécie de traição, o anel de compromisso em meu dedo frio e pesado. Mas a mulher em meus braços era quente e ardente, rindo enquanto saía rodopiando de meu abraço. O crescendo aumentou, o salão a nossa volta esmaeceu mais, e por um momento breve e abençoado, eu me esqueci de tudo – de quem eu era e onde havia estado, o que fizera e devia fazer, arrebatado pelo feitiço. Phoebe girava para longe de mim, e eu a puxava de volta, deitando-a em um mergulho arquejante quando a canção chegou ao fim. A multidão aplaudiu, os menestréis fizeram uma reverência, e a dançarina da noite riu nos meus braços, os cachos caindo de seu rosto. Foi uma coisa estranha, mas de tão perto, percebi que os novos olhos de Phoebe não eram apenas de ouro, mas uma liga de metais preciosos – platina brilhante, bronze ardente e prata afiada, derretidos e grandes e fixos em mim. Meu olhar viajou de seu sorriso animalesco, passou por seu queixo e desceu pelo plano longo e liso de seu pescoço.

"E ali eu a vi, batendo, pulsando por baixo de sua pele tatuada.

"Uma veia.

"Senti minha cabeça descendo antes de perceber isso, o coração de Phoebe batendo mais depressa quando meu hálito fez cócegas em seu pescoço. A sede dentro de mim *se jogava* contra as barras, rugindo, o fim extático daquilo tudo a apenas uma respiração, uma mordida de distância. Eu queria aquilo, Deus, *queria* aquilo mais do que qualquer outra coisa antes na vida, as presas crescidas e duras, arrepios percorrendo a pele de Phoebe.

"Outra canção começou. O feitiço entre nós se desfez. Phoebe e eu nos ajeitamos, nos afastamos aos poucos, cada um observando o outro. Suas bochechas estavam coradas; os olhos, brilhantes como o coração de uma forja. Meu coração era uma coisa selvagem, batendo forte contra minhas costelas.

"'A velha senhora tinha razão', disse ela. 'Você *sabe* dançar.'

"'Talvez.' Engoli em seco. 'Mas temo que essa tenha sido a última. Eu devo ir dormir.'

"O olhar dela se aguçou ao ouvir isso, e seus olhos percorreram a taverna a nossa volta.

"'Talvez seja melhor assim. Temos uma estrada longa pela frente.' Ela fez uma mesura, suave e graciosa, os cachos caindo para a frente quando ela baixou a cabeça. 'A bênção das Luas, *chevalier*.'

"Eu tirei os olhos da veia pulsante em seu pescoço molhado de suor. "Boa noite, *mademoiselle*.'

"E com a sede dentro de mim gritando, eu quase saí voando do salão."

✦ V ✦
UM FRAGMENTO DE ALEGRIA

— ACORDEI QUANDO A escuridão estava mais profunda, e a esperança parecia mais distante do que o céu.

"Abrindo os olhos no negrume aveludado, ainda podia sentir o gosto de bebida na língua, um toque de fumaça de madeira, outro cheiro entrelaçado por baixo como uma velha promessa. Eu me perguntei onde estava e o que tinha me acordado. E o captei outra vez, o perfume que fez meu coração bater acelerado contra minhas costelas e me arrastou através do muro em frangalhos do sono.

"Sino-de-prata.

"*Astrid...*

"Ela flutuou até mim pela escuridão, a luz do luar beijando sua pele como se também a adorasse. Estava nua, pálida e perfeita, meus olhos sorvendo cada centímetro dela; o mistério de seus olhos e a promessa vermelha de seus lábios, a curva estonteante de seus seios e os arcos suaves de seus quadris, e mais baixo, o paraíso de sombras entre suas coxas. E embora em meu coração eu soubesse que isso era apenas um sonho, mesmo assim suspirei apenas de vê-la.

"'*Sinto sua falta*', disse ela.

"Parada ao pé da cama, minha esposa levantou as cobertas, os olhos brilhando ao descobrirem que já estava nu e rijo por baixo. Deslizando para baixo dos lençóis, ela avançou, subindo de quatro, o cabelo comprido fazendo cócegas em minha pele nua; uma leoa de alabastro e sombra. Ela assomou sobre mim, envolta no perfume de sino-de-prata, o lençol enrolado nela como uma mortalha fúnebre.

"'*Sinto falta do jeito como você beija.*'

"O rosto dela estava emoldurado por rios escuros, os lábios vermelhos entreabertos. Ela se aproximou mais, uma serpente se desenrolando, e eu me levantei da cama para encontrá-la, morrendo para sentir sua boca na minha. Mas Astrid me permitiu apenas o mais leve toque de seus lábios, botando uma unha afiada como faca sobre meu peito; eu inteiro a sua mercê com a pressão do menor de seus dedos.

"'*Sinto falta de tocar você.*'

"Ela montou de joelhos sobre minhas coxas, as unhas afiadas roçando em meu peito e descendo pelo vale tatuado da minha barriga arquejante até chegarem ao calor liso de meu pau. Gemi com seu toque, seus dedos como chamas, minha respiração se acelerando quando sua mão me envolveu, de forma lenta e enlouquecedora. Ela se inclinou para perto, e mais uma vez me lancei sobre sua boca, mas outra vez ela me permitiu apenas o beijo mais breve antes de me empurrar para trás. E com um sorriso tão escuro quanto chocolate com mel, ela mergulhou na direção de seu prêmio.

"'*Sinto falta do seu gosto.*'

"Gemi quando senti aquele primeiro toque, quente e macio, lambendo-me da raiz até a cabeça latejante. Ela me provocava, a mão se apertando ao meu redor enquanto seus lábios adejavam sobre mim, a respiração fresca sobre minha pele chamejante. Ela brincou comigo, acariciando, beijando, massageando e suplicando, e eu suspirei e movi os quadris para cima, implorando por mais. Ela riu, a língua desenhando borboletas sobre mim por um último momento agoniante antes de enfim me tomar em sua boca.

"Eu, então, era dela. Inteiro e exclusivamente. Minha cabeça foi jogada para trás e minha coluna arqueou enquanto o tempo perdia todo o significado. Tudo o que eu conhecia era o ritmo de seus lábios, a agilidade de sua língua e a pressão de sua garganta quando ela me forçava mais fundo, tão fundo quanto conseguia me tomar. Agarrei um punhado de seu cabelo para conduzi-la, e ela gemeu concordando, mas, na verdade, era ela quem tocava aquela melodia. E então fez isso – ela, a maestrina; eu, agora, indefeso em sua canção. Sugando mais forte, mais fundo e mais rápido, aquele ritmo extático se acelerando com seus gemidos enquanto eu fechava os olhos, segurava a cabeceira da cama e me agarrava à droga de minha vida.

"'Não pare', implorei a ela. 'Deus, *por favor*, não pare.'

"A mágika de suas mãos, de sua boca e de seus lábios me arrastou cada vez mais alto para os céus furiosos. Sem restar mais nada além da queda, arquejei quando senti meu término jorrando de meu coração trovejante, e enquanto caía, gritei alto, olhos arregalados e todo o meu céu em chamas, e a cabeceira de carvalho se estilhaçou em lascas em minhas mãos com um estrondo de trovão.

"Ela gemeu quando o fogo branco inundou sua língua, bebendo como se eu fosse água em seu deserto, e quando não tinha mais nada para dar, ainda assim ela tentou, sugando, engolindo e sussurrando, 'Mais', até que a dor do prazer tornou-se demais para que eu suportasse. Entrelacei os dedos em seus cachos outra vez, afastando-a, e ela me deixou sair de sua boca apenas com relutância, dando a meu pau ainda latejante um punhado de beijos quentes, por toda sua extensão, antes que sua cabeça se afundasse e descansasse em minha coxa.

"'Doces Luas Mães, você estava economizando isso por um bom tempo', ronronou ela.

"Meu coração pulou em meu peito, e me levantei bruscamente, voltando-me para a cabeceira quebrada. Eu mal conseguia falar pelo choque, a boca aberta e os olhos arregalados.

"'*Phoebe?*'

"A dançarina da noite ergueu-se sobre um braço, cachos caindo sobre sua pele pálida. Ela estava nua, a luz fraca da lua derramando-se sobre tatuagens e cicatrizes, o lençol amarrotado em torno de seus quadris

"'Tem alguma coisa para se beber aqui?' Os olhos dela percorreram meu corpo, e seu sorriso ficou aguçado e malicioso. 'Quero dizer, além do óbvio.'

"'Que merda você está fazendo aqui?', perguntei.

"Ela piscou, olhando para mim como se eu fosse um idiota.

"'Você?'

"Saí da cama, levando o cobertor comigo. Estávamos em meu quarto no andar de cima do Coelho Branco, as lembranças da noite anterior assentando-se em minha cabeça confusa. Percebi que Phoebe devia ter entrado ali escondida enquanto eu estava dormindo, que a havia confundido com aquele mesmo sonho. Eu ainda podia ver o eco de minha Astrid gravado em minha mente; cabelo preto e comprido, olhos escuros e profundos, e uma sombra que pesava uma tonelada. Meus pensamentos eram uma tempestade: raiva, vergonha, culpa e confusão, tudo isso ainda mais complicado com a bela mulher nua que agora estava sentada em minha cama e olhando para mim com total espanto.

"'Você está bem?'

"'Não, eu não estou bem, merda!' Andei de um lado para outro, sem saber como me sentir além de com frio e nu. Mas, como prometido, uma das filhas de Fionna tinha levado minhas roupas para lavar depois que tomei banho, então fui forçado a enrolar o cobertor em torno da cintura em seu lugar. 'Eu nunca pedi... Droga, não queria que você fizesse isso, *mademoiselle*.'

"A sobrancelha de Phoebe arqueou-se quando ela olhou para a cabeceira que eu tinha acabado de destruir com as mãos nuas.

"'Desculpe, mas você parecia muito animado um momento atrás.'

"'Isso foi...' Agitei os braços, perdido. 'Achei que estava sonhando!'

"'Imagino que uma mulher possa considerar isso um elogio.'

"'Achei que estava sonhando com minha esposa!'

"Phoebe, então, ficou imóvel, e seu sorriso divertido desapareceu.

"'Ah.'

"Ela olhou em torno do quarto, e devagar puxou a coberta para se cobrir.

"'*Ah*', disse ela outra vez.

"'Saia daqui.' Eu me apoiei na parede e fiquei de cócoras. O anel de compromisso em meu dedo então pareceu feito de chumbo. 'Puta que o pariu, vá embora daqui.'

"'Desculpe.'

"Olhei para aqueles olhos dourados no outro lado do quarto, esperando o mesmo gume que sempre via ali. Mas, em vez disso, Phoebe olhava para mim com compaixão sincera.

"'O jeito como dançou comigo... Achei que você quisesse... e o que você acabou de dizer, ah, *merda*, eu achei...' Phoebe baixou a cabeça, respirando fundo. 'Você tem razão, eu devo ir.'

"Eu a observei vestir sua *chemise* para a longa e fria caminhada de volta para seu quarto. E embora meus pensamentos ainda fossem um turbilhão flamejante de culpa, ressentimento e confusão, vi que as bochechas dela estavam coradas de vergonha, e por um momento – talvez o primeiro na minha triste vida – tentei me colocar no lugar dela.

"Ela não tinha como saber que eu sonhava com Astrid, nem a forma que esses sonhos tomavam. Tudo o que Phoebe sabia era que havia dançado perigosamente perto com um homem com quem tinha dividido uma estrada longa e sangrenta, e quando o procurara no escuro, ele a puxara para perto em vez de afastá-la. E agora, embora o imbecil a estivesse expulsando de sua cama, ela ainda teve coração suficiente para pedir desculpas para *ele*.

"'Não é sua culpa', falei quando ela se levantou.

"Phoebe olhou para mim, os olhos duros, os lábios finos.

"'Por favor', disse. 'Você não precisa ir embora.'

"'Bom, eu não posso ficar agora. Você me fez de tola, Gabriel de León.'

"'Você não é tola.' Eu me levantei devagar, olhando-a nos olhos. 'Me perdoe. Fique.'

"'Doces Luas Mães', disse ela com um suspiro. '*Vá. Fique. Gatinha. Mademoiselle.* Você é como verão e inverno num dia só, eu juro. Seu problema é que não tem ideia do que quer.'

"Dei de ombros, sem saber o que responder. Ainda quase podia ver minha esposa se tentasse. O peito doía enquanto as sombras perdiam a forma dela, enquanto o cheiro com o qual eu sonhara desaparecia no escuro.

"'Eu a quero de volta, Phoebe.'

"Ela, então, relaxou um pouco, pena prateada brilhando no dourado de seus olhos.

"'Eu sei', disse ela com um suspiro. 'Sei que você a quer. E eu também perdi uma pessoa amada. Entendo esse desejo. Esse *sangramento*. Mas também entendo que esta vida é curta, e este mundo é *frio*, e o calor que sinto entre nós agora pode ser a última vez que eu sinta alguma coisa.' A dançarina da noite sacudiu a cabeça, a raiva lutando com a tristeza. 'Pelo amor das Luas, Gabriel, ela *morreu*. Não é traição encontrar outro fragmento de alegria sem ela. Não estou pedindo que se case comigo.'

"'Eu sei.'

"Suspirei e passei uma mão trêmula pelo cabelo.

"'Sabe, na maioria dos dias eu consigo controlar. Às vezes até me lembro delas duas e sorrio. Mas ainda sonho com ela, Phoebe. Não tanto quanto antes, mas... quando ela vem a mim, ela vem com *tanta* doçura, tão bonita e tão pura... Eu não devia ter confundido você com ela.'

"Phoebe, então, franziu o cenho e afastou uma trança flamejante dos olhos.

"'Agora *isso* nenhuma mulher pode considerar um elogio.'

"'Não é o que estou...'

"Ela saiu andando na direção da porta, então atravessei o quarto em um átimo e tentei segurar a mão dela. Mas fui estouvado em minha pressa, e quando a prata na palma da minha mão tocou sua pele outra vez, ela gemeu de agonia e se soltou com um xingamento.

"'Cuidado com suas *MALDITAS*...'

"'Desculpe', disse, com as palmas das mãos para cima enquanto recuava. 'Me perdoe, Phoebe.'

"Ela olhou com raiva para a marca que meu aegis tinha deixado em sua carne, dentes afiados expostos. Um lembrete da inimizade entre nossas espécies, do ódio; o simples toque de minha mão um veneno para ela.

"'Sabe, você está errado', disse ela com rispidez e com os olhos brilhando. 'Eu sou a droga de uma tola. Uma tola que se esqueceu de onde veio. O que ela é e o que você é. Você falou a verdade nas montanhas. Eu devia tê-lo deixado na maldita neve e procurado ajuda com meu povo. Não tenho nada o que fazer aqui, e tenho toda a certeza de que não tenho nada para fazer com gente como você.'

"Ela cuspiu no chão, como se quisesse se livrar de meu gosto.

"'Vejo você por aí, *Santo de Prata*.'

"'Phoebe...'

"A porta bateu, e fiz uma careta diante do estrondo de sua partida.

"Então, fui deixado na escuridão.

"Com frio. Arrasado.

"E mais uma vez, sozinho.

"'Que ótimo trabalho, De León', comentei com um suspiro. 'Uma merda. Simplesmente. Brilhante.'"

✦ VI ✦
MELHOR SERVIDO FRIO

NO ALTO DE UMA torre solitária de Sul Adair, Gabriel de León inclinou-se para a frente devagar, virando seu cálice de vinho. Jean-François estudou os traços do Santo de Prata, os olhos cinza-aço e o queixo afiado como uma espada, as tatuagens reveladoras gravadas sobre a pele ornamentada.

– Você com certeza levava jeito com as mulheres, De León.

– Eu acho que, em vez disso, elas é que tinham jeito comigo.

– Talvez. – O vampiro riu. – Mesmo assim, temo que sua história com elas seja do tipo que eu não desejaria nem para meu pior inimigo.

Gabriel franziu o cenho, brincando com seu vinho.

– Essa frase sempre me pareceu estranha, sabe? *Eu não desejaria nem para meu pior inimigo.* Supostamente ela descreve uma dor indescritível, *oui*? Como se ao não desejar isso para a pessoa que mais se despreza, você colocasse isso numa prateleira acima de todas as outras. Mas a pior dor que eu já sofri? Talvez eu seja um escroto, sangue-frio, mas a ideia de meus inimigos sofrendo-a também torna a noção com a qual tive que conviver mais fácil de suportar.

O Santo de Prata terminou seu cálice em um único gole.

– Me parece que se você está descrevendo sua dor como algo que não infligiria nem a seu pior inimigo, precisa de um vocabulário maior ou de um tipo melhor de inimigo.

— E agora você tinha uma em mlle. Dúnnsair? — Jean-François passou lentamente a língua sobre o polegar e virou uma página nova. — Ou vocês se beijaram e fizeram as pazes quando os ânimos se acalmaram?

— Não exatamente. — Gabriel pegou a garrafa com mãos tatuadas e tornou a encher seu cálice. — Quando eu bati na sua porta na manhã seguinte, Phoebe tinha partido.

O vampiro piscou.

— Ela o abandonou?

— Depende de como se encara isso. — Gabriel deu de ombros. — Eu conhecia uma velha livreira em Augustin. Proprietária de uma lojinha perto da Rue des Méchants. Chamava-se mme. Tatiana. Para lhe fazer companhia na velhice, ela tinha dois animais de estimação, um cachorro chamado M. Boots e um gato chamado Spatula. Tatiana cuidava deles como se fossem seus próprios filhos, e eles tinham o mesmo amor por ela. Mas na época do inverno terrível de 63, a velha senhora morreu.

"Levou duas semanas para alguém perceber. Seus vizinhos arrombaram a loja e descobriram o corpo de Tatiana no depósito. M. Boots estava frio e imóvel ao lado de sua dona, e ao lado dele, quente e bem, estava Spatula limpando as patas. O cachorro tinha morrido de fome. O gato estava comendo sua velha dona para permanecer vivo. Essa é a diferença entre caninos e felinos, sangue-frio. Os primeiros vão amá-lo incondicionalmente. Os segundos vão tolerá-lo até quando desejarem."

Gabriel se recostou e tomou mais um longo gole de vinho.

— Eu a *fizera* de tola. Nenhuma mulher que conheci aceitava isso com um sorriso.

"Minhas roupas pelo menos tinham sido trazidas para mim, limpas do sangue e da sujeira da estrada. Um amanhecer turvo estava surgindo quando desci correndo para o salão comum do Coelho Branco onde Fionna me beijou, desejou-me um bom amanhecer e me serviu um desjejum rápido. Minha velha camarada me deu uma capa pesada de inverno e alguns pacotes, cheios de suprimentos para minha viagem. Tentando afivelar seu velho cinto da espada, ela me lançou um sorriso distorcido quando percebeu que ele não cabia mais em sua cintura.

"'O tempo nos devora vivos', disse ela com um suspiro.

"Eu dei um sorriso e cocei a cabeça de um jeito triste.

"'Eu... ah, posso ter quebrado sua cama.'

"'Foi esse tipo de noite?' A velha senhora olhou para trás de mim e franziu o cenho ao perceber que Phoebe não estava em nenhum lugar à vista. 'E onde está sua companheira vândala?'

"'Ela tinha partido quando eu acordei.'

"'Ahhhh. *Esse* tipo de noite. Pelo jeito com que vocês dois brigavam, eu devia ter sabido.'

"Eu franzi o cenho.

"'Phoebe e eu não brigamos.'

"'Pelos Sete Mártires', escarneceu ela. 'Tudo que vocês dois precisam são apelidos carinhosos e um pouco de trepadas sem alegria, e seriam um casal casado.'

"'Vá se foder, Fi.'

"A mulher riu e sacudiu a cabeça. Vestindo a capa que ela tinha me dado, olhei para a lareira aconchegante de sua pequena taverna uma última vez. A diversão da noite da véspera tinha sido um calor bem-vindo em uma estrada longa e fria. Mas Dior ainda estava nas garras dos Dyvok, e agora só eu podia salvá-la. Fionna e eu seguimos pelas ruas do amanhecer repletas de famintos e desprovidos até a oficina de um ferrador no lado do forte da cidade. Eu não soube com que mágika ela conseguiu aquilo – cavalos valiam uma fortuna naquelas noites –, mas minha amiga logo me levou para os fundos e me presenteou com um belo castrado já encilhado. Ele era um cavalo de batalha alto com a crina trançada e um padrão característico no cinza-prata de sua pelagem grossa – patas dianteiras brancas e uma mancha em sua cara que quase parecia um crânio. Ele era daquela raça ossiana conhecida como tarreun, famosa por sua coragem e resistência.

"'Esse é seu velho Titã?', murmurei surpreso, acariciando a crina do animal.
"Fionna sacudiu a cabeça.
"'Mandei Titã para a reprodução há alguns anos. Este é o melhor de seus filhos. O nome dele é Argent.' Ela me deu um sorriso carinhoso e me entregou as rédeas. 'Pareceu apropriado.'
"Sacudi a cabeça, sem palavras. Aquela era mais uma despedida apressada, assim como com Lachlan: um amigo ressurgido de noites passadas, desaparecendo na inundação em que eu estava me afogando hoje. Como o mundo era o que era, eu sabia que aquela podia ser a última vez que nos encontrávamos.
"'Bom amanhecer, irmã', falei, com os olhos ardendo. 'E *merci*. Por tudo.'
"'Você se cuide', alertou Fionna. 'Se está indo para onde acho que está… Aqueles bastardos nunca vão perdoar o que você fez com Tolyev, Gabbie.'
"Eu a tomei nos braços e a apertei forte.
"'Foi bom revê-la, *mon amie*.'
"'Você também. Lembre-se do que eu disse. Sobre aproveitar a música enquanto pode. E cuide desse seu rabo rabugento, hein?' Ela me apertou com mais força, então me deu um tapinha nas costas para nos despedirmos. 'Ainda há alguns de nós que iam sentir falta se ele desaparecesse.'
"Então, ali estava eu. Cavalgando pelos portões repletos das docas para uma sopa de névoa polvilhada com neve fina. Segui através daquela favela em torno dos muros; tantas vidas, tantos futuros perdidos para as fomes de sangues-frios. Mas mesmo assim meu coração estava aquecido por estar outra vez no rastro de Dior, e Argent era um companheiro de passos firmes, atravessando destemido o Volta a trote.
"'Acho justo avisá-lo', falei quando chegamos na margem oposta. 'Não tenho tido muita sorte com cavalos ultimamente. Ou melhor, eles não tiveram muita sorte ao meu lado.'
"O tarreun relinchou em resposta, parecendo despreocupado, e, assim, eu o fiz acelerar o passo. A floresta estava silenciosa exceto pelo vento uivante e pelas batidas dos cascos de Argent sobre o gelo. Enquanto meu novo

cavalo fervilhava embaixo de mim, músculos em ação e respiração ofegante, eu mantive a cabeça abaixada, o tricorne puxado para baixo, me perguntando se Phoebe tinha seguido por esse caminho. Minha mente ficava tempestuosa quando eu pensava nela – o sangue se animando com a lembrança dela em minha cama, temperada com o peso do anel em meu dedo, o frio daquele espectro que ainda assombrava meus sonhos. Mas a dançarina da noite nunca deixava rastros, e se tinha pegado aquele caminho, não encontrei traços dela. Os únicos sinais de vida na floresta morta foram uma trilha de coelho e, de vez em quando, um esquilo, e a sombra de asas passando rapidamente acima.

"Virando para o sul, tentei mais uma vez localizar Dior. Percebi que, agora, ela se movimentava mais devagar, e senti meu pulso se acelerar com a esperança de conseguir alcançá-la antes que os Dyvok chegassem a seu destino.

"Eu devia saber que não ia ser assim."

Gabriel deu um suspiro, observando aquela mariposa pálida batendo as asas em torno do globo.

– Eles caíram sobre mim na terceira noite.

"Àquela altura, eu sabia que eles estavam vindo. Tinha visto aquelas asas com demasiada frequência, captado um vislumbre de um gavião-rateiro através dos galhos mortos – o mesmo que eu e Phoebe avistáramos na Pedra da Noite. Ao que parece, estavam me seguindo havia algum tempo, aproximando-se conforme eu seguia para o sul, margeando os limites da temível Fa'daena, a Floresta dos Pesares. Mas foram espertos quando enfim chegaram, esperando até a madrugada para me atacar. O bravo Argent estava dormindo ao lado de um álamo morto, a figura solitária do novo mestre do tarreun encolhida entre as raízes das árvores, minha capa puxada para cima, as botas aparecendo por baixo da barra esfiapada.

"A seta da besta saiu assoviando da escuridão, arrastando atrás um pedaço de corrente de prata. Ela atingiu a capa onde devia estar meu peito, atravessando os alforjes por baixo. O atirador praguejou, meu estratagema descoberto em um instante, mas esse instante era tudo de que eu precisava, e ataquei desde as sombras e enterrei a Bebedora fundo nas tripas do homem.

"*Vermelho lindo vermelho gostoso sniksnak snikSNAK!*

"O homem grunhiu, eu *torci*, e sangue jorrou na noite. A besta caiu das mãos dele, e captei um vislumbre de prata; uma estrela de sete pontas bordada em seu sobretudo. Mas não tive tempo para amaldiçoar meu azar, pois outra figura saiu correndo do escuro como um disparo de canhão, quatro patas pisando ruidosamente o gelo. Um cão, percebi, grande e com olhos pequenos e feios, as presas brilhantes à mostra. Desviei de seu ataque e ergui a Bebedora, mas então ouvi disparos, um dois, *bum BUM*, e engasguei em seco quando duas balas de prata abriram dois buracos indesejados em meu peito favorito.

"*Ah, b-b-bela! N-n-n-nós nos lembramoslembramos de você...*

"Consegui continuar segurando a Bebedora e me virei quando outra forma voou sobre mim do meio das árvores mortas – sobretudo preto e espada longa de aço de prata, o brilho de outra estrela de sete pontas. A gola do santo estava amarrada em torno de seu rosto, o tricorne puxado para baixo, apenas um vislumbre de duros olhos verdes quando ele voou direto sobre mim. Eu me defendi, desesperado, com sangue escorrendo sobre meu peito e caindo sobre meus pés descalços. Nossas espadas se cruzaram, a canção do aço soando brilhante nos salões da memória. Ele estava sob efeito de *sanctus*, e eu estava seco, mas mesmo assim dançamos como havíamos feito antes, enfrentando golpe com golpe. Se duelássemos apenas os dois, não tenho ideia de quem sairia vencedor – ele lutava como o demônio que eu o treinara para ser. Mas um contra um não era o jogo que estávamos jogando.

"O cão voou sobre mim outra vez, mordendo um bocado de canela quando outra seta de besta cantou das sombras. A ponta serrilhada atravessou minha omoplata, a garra tensionada logo se abrindo dentro de mim. Eu fui arrancado de meus pés e urrei quando atingi a neve, o cachorro ainda mordendo minha perna. Ele ganiu quando o chutei, e minha mão agarrou-se ao gelo quando rolei e me levantei, tossindo sangue. Mas arquejei em agonia quando senti algo duro e pontiagudo raspar minha coluna e irromper de meu peito em um jorro vermelho.

"'Você está de volta', sibilou uma voz. 'Minha espada.'

"O primeiro santo então saltou sobre mim, segurando as tripas com uma das mãos enquanto tentava arrancar a Bebedora de minha mão. Algo bateu em meu crânio, deixando-me esparramado. Eu, então, ouvi muitos passos; pelo menos uma dúzia de pares, atacando por toda a volta quando um grito ecoou na noite:

"'Não o matem. Mas *não* o tratem bem!'

"Botas choveram sobre minhas costelas, o som do badalar de sinos e ossos quebrando soando no ritmo de seus chutes. Eu me enrosquei em posição fetal sobre o gelo, com os antebraços erguidos para proteger o rosto, a noite ardendo brilhante como o dia que havia muito tempo estava perdido.

"Arquejando, sangrando, fui rolado de costas. Uma figura familiar desamarrou sua gola quando olhou para mim, o queixo quadrado polvilhado por barba por fazer e rosas de prata.

"'L-Lachlan', murmurei. 'Não...'

"Meu antigo aprendiz cerrou as presas e ergueu uma mão tatuada.

"'Traidor de merda', disse ele com rispidez.

"E como uma marreta, seu punho me atingiu."

✦ VII ✦
ALGO PELO QUAL MORRER

"— ACORDEI DEVAGAR, PISCANDO com força, com sangue na boca. Fazia algum tempo desde que outro santo tinha me feito cócegas, e os sinos em minha torre ainda soavam, vermelho escorrendo dos buracos em meu peito. Meus pulsos e tornozelos estavam algemados com aço de prata, meus pés congelando descalços. Olhando para a mancha cinza encardida que se movia embaixo de mim, percebi que estava jogado de bruços sobre a sela de Argent, e ergui a cabeça para ver a profundidade da merda em que eu estava nadando.

"Até meus globos oculares, percebi.

"Eu era parte de um comboio, duas dúzias de soldados de infantaria caminhando penosamente ao meu redor. Trajavam cota de malha e botas pesadas, olhos frios e cicatrizes nas costas das mãos; um bando de bastardos de coração sombrio como eu nunca tinha visto. Seus tabardos eram vermelhos, bordados com a flor e o mangual de Naél, anjo da felicidade. E meu estômago se retorceu quando olhei para a mulher que cavalgava ao meu lado.

"'Ah, merda', gemi.

"Eu a reconheci de imediato, é claro; cabelo escuro e comprido com franja pontuda por baixo do véu de seu tricorne, tabardo vermelho e uma manopla de ferro na mão direita. A última vez que eu a vira tinha sido no priorado de Promontório Rubro, recém-saída de uma sessão de tortura com Dior.

"Valya d'Nael, irmã da Sagrada Inquisição.

"'Bom amanhecer, herege', disse ela, com o lábio se curvando.

"'Bom dia, *soeur*', respondi com um suspiro. 'Eu tinha a sensação de que voltaríamos a nos encontrar.'

"Ela sorriu, sem sangue.

"'*Nenhum chamado cantado para os céus por corações fiéis é ignorado.*'

"Ter caído nas garras da Inquisição já seria bem preocupante, mas isso não era a metade de meus problemas. Nós estávamos seguindo por uma trilha estreita por florestas apodrecidas; árvores chorosas, gelo cinza e emaranhados de fungos nos galhos acima. E logo atrás de mim, enfileirados, vinham a cavalo três irmãos vestidos de preto da Ordo Argent.

"O primeiro eu não reconheci: jovem demais para fazer parte da ordem quando eu servia. Era de origem sūdhaemi, o cabelo escuro cortado rente, pele fulva. Tinha um aguçado olhar cor de avelã, e sua orelha esquerda estava cortada pela metade, com uma cicatriz na sobrancelha esquerda. Sua barriga ainda estava enfaixada onde eu o perfurara na noite anterior, e sua expressão flutuava um pouco ao norte do hostil.

"O homem no meio do trio era uma montanha em sua sela, seu sobretudo mal se fechando em torno de seu peito largo. Era nórdico, olhos azul-escuros, o cavanhaque ficando grisalho. Seu braço direito era amputado no cotovelo, e três cicatrizes marcavam seu rosto, da testa ao queixo irregular. Havia um gavião-rateiro empoleirado em seu ombro, observando-me com olhos fulvos, e a cachorra que tinha me atacado na noite anterior andava ao lado de seu cavalo. Ela era grande e cinza, com as patas e o focinho brancos, com o crânio achatado, olhos pequenos e mandíbulas de aço de um cão veadeiro ossiano.

"'Xavier Pérez', disse eu e tossi, sentindo gosto de sangue. 'Há quanto tempo, *frère*.'

"'Ele me fez um aceno severo com a cabeça, a voz áspera como lixa:

"'*Chevalier.*'

"'Ela é uma beleza', disse eu, olhando para a cachorra. 'Qual o nome dela?'

"'Sabre', respondeu o grandalhão. Gesticulando para a ave em seu ombro, ele acrescentou: 'Este é Aço'.

"'Muito bonito. Por falar nisso…' Apontei a cabeça na direção da bainha na sela dele: '… é generoso de sua parte cuidar da Bebedora de Cinzas por mim. Mas eu posso tê-la de volta agora, por favor?'

"'Temo que não.' Os lábios marcados por cicatrizes de Xavier se retorceram em um sorriso melancólico. 'Mas se for algum conforto, ela teve opiniões muito fortes para compartilhar quando ousei pôr as mãos sobre ela. A virtude de minha mãe foi mencionada. Repetidas vezes, na verdade.'

"Eu ri, apesar de minha situação.

"'Bom, ela é minha espada, afinal de contas.'

"'Os mortos não possuem nada, traidor.'

"Ergui os olhos quando o último santo falou, e meu coração doeu ao vê-lo. Meu antigo aprendiz tirou o tricorne e afastou aquela mecha de cabelo louro-areia da testa. Seus olhos verdes estavam delineados com *kohl*, uma guirlanda de rosas e espinhos de prata descia por seu rosto, presas brilhando na borda de seu esgar. Lembrei-me da primeira vez que tinha visto aqueles dentes; mostrados para mim quando nos enfrentamos sobre as muralhas partidas de Báih Sìde, aço contra aço, borboletas esvoaçando em meu estômago quando percebi o que o garoto era.

"O que ele poderia *se tornar*.

"'Lachlan', falei com um suspiro. 'É bom revê-lo, irmão.'

"'Você não *ouse* me chamar de *irmão*.'

"'Eu não tenho nenhum outro nome preparado, infelizmente.' Cuspi vermelho, pressionando um dente solto com a língua. 'Que tal Narciso? Você parece uma flor com a porra desse corte de cabelo. E também bate como uma.'

"'Você brinca?' Ele agarrou o punho da bela e grande espada recém-forjada com as escrituras gravadas na lâmina. 'Ousa *brincar* depois do que fez, assassino filho de uma rameira?'

"'Calma, Á Craeg', murmurou Xavier. 'Esse traidor vai para a forca, não para o bloco.'

"'A forca?' Espichei o pescoço para olhar para o dossel acima, procurando pelo sol estrangulado. 'Pelo que percebo, estamos indo para o oeste. Eles estão sem cordas em San Michon?'

"'Você deve ser transportado para Augustin, herege.'

"Eu me retorci para olhar para a irmã que cavalgava ao meu lado. Valya d'Naél não se dignou a me olhar quando falou, com os olhos congelados na floresta à frente:

"'A própria imperatriz Isabella foi informada de seus crimes', disse. 'Você vai enfrentar um julgamento na Torre das Lágrimas pela acusação de heresia e do assassinato de tropas da inquisição e de membros da Ordo Argent sobre solo sagrado.'

"'Não é solo sagrado se você está tentando assassinar crianças sobre ele', rosnei.

"'E assassinar freiras sobre ele é melhor?'

"Olhei para Lachlan quando ele falou, seu rosto sombrio de fúria.

"'Lachie, você não enten...'

"'Eu entendo o suficiente! O abade Mãocinza! *Soeur* Chloe, Fincher e os outros! Você assassinou todos eles! O mestre da forja Argyle me *contou* que foi você!'

"'Argyle contou a você por que eu fiz isso? Ele contou o que...'

"'Onde estão elas, bastardo?' Lachlan cuspiu no chão, com os lábios retorcidos. 'Sua irmã sangue-frio? Sua puta ladra de peles? E aquela bruxa de cabelo acinzentado a quem todos vocês servem?'

"'Pelos Sete Mártires, Lachlan, Dior não é nenhuma bruxa! E tudo o que fiz em San Michon foi para salvar a vida dela! Chloe e Mãocinza estavam determinados a cortar o pescoço dela! A assassinar uma criança inocente que...'

"'Inocente? Isso é uma *piada*?' Lachlan sacudiu a cabeça, os olhos verdes brilhando como vidro quebrado. 'Eu devia ter desconfiado. Depois que caiu nos braços daquela Jezebel mentirosa, eu devia saber que não podia mais confiar em você. Mas eu tinha me esquecido do quanto você era *fraco*, Gabriel.'

"Eu respirei fundo, ignorando o insulto a Astrid, olhando para o santo ao lado de Lachlan.

"'Nós lutamos lado a lado em Qadir, Xavier. De novo em Tuuve. Você me *conhece*. Sabe que eu nunca...'

"'Eu sei que você sangrou por San Michon em seus dias', respondeu o grandalhão, com a voz dura como pedra. 'E *também* sei que envergonhou nossa ordem sagrada, quebrou seus votos e voltou do exílio não para implorar perdão, mas para assassinar servos fiéis na própria casa de Deus.' Ele sacudiu a cabeça. 'Mas não. Eu não conheço você, De León. E me pergunto se algum dia o conheci.'

"Eu olhei para o homem ao meu lado com olhos suplicantes.

"'Lachlan...'

"'Chega', sibilou ele, erguendo a mão. 'Virgem-mãe, eu não suporto olhar para você.'

"Lachlan esporeou seu sosya, e ele avançou com os cascos emitindo um baque surdo na neve fresca enquanto se afastava. Procurei os olhos de Xavier, mas ele levantou e amarrou sua gola e olhou fixamente adiante, ignorando-me por completo. O sangue-jovem foi o único que encarou meu olhar, olhos de avelã frios e equilibrados. Devia ter por volta de 18 anos, cabelo escuro cortado rente e queixo liso. Pela grandeza da espada presa a sua sela, imaginei que fosse de origem Dyvok como Lachlan.

"'Como você se chama, irmão?', perguntei.

"'Arash Sa-Pashin. Embora a maioria me chame de Tordo.'

"Abri um sorriso.

"'Ágil como um pássaro canoro, não é?'

"'Meu mestre me disse que eu canto como um. Tive de aceitar sua palavra. Não restam muitos nessas noites, afinal de contas.' Ele me olhou de alto a baixo, com os lábios franzidos. 'Sabe, ele costumava me contar histórias sobre você, herói. Na época em que eu era um iniciado. Todas as coisas que fez quando tinha a minha idade.'

"'E quem era seu mestre, ágil Tordo?'

"Ele fez o sinal da roda e seu olhar ficou frio.

"'O abade Mãocinza.'

"'Bom', disse eu com um suspiro. 'Isso é simplesmente maravilhoso, não é?'

"Seguimos através de uma tempestade de neve, meu corpo doendo, as mãos algemadas, os pés descalços congelando. Eu tinha sido baleado com prata – a dor agravada por minha sede constante e ardente, mas depois que reclamei, Valya apenas mandou me amordaçarem. E assim segui em frente, dias seguidos como seu prisioneiro, desgraça e dor aumentadas sempre que eu tentava localizar Dior.

"Eu jurara nunca a abandonar. Mas toda vez que tateava o escuro e o frio na direção daquele sangue que ela carregava, eu a encontrava cada vez mais longe.

"Todo dia. Toda hora. Todo minuto.

"Eu a estava *perdendo*.

"E esse não era nem o mais sombrio de meus problemas.

"Me puseram sentado na neve quando paramos para acampar na terceira noite, todo o meu corpo entorpecido pelo frio. Os homens acenderam uma fogueira, e *soeur* Valya ficou me olhando raivosa do outro lado dela – juro que aquela mulher se tocava à noite pensando em me ver enforcado. Os santos só estavam me dando meio cachimbo por dia, e para piorar as coisas, Valya estava em sua lua. Eu podia sentir o cheiro de seu sangue a cada respiração, e vou atribuir à sede que ardia em meu interior ter levado três dias para enfim me dar conta de onde estávamos.

"O jovem Tordo estava fazendo jus ao nome como ocorria toda noite, pegando uma harpa de pau-sangue de seus alforjes e cantando uma canção assombrosa. Acomodar um grupo de trinta levava tempo, mas depois de nos instalarmos, o capanga enorme que cuidava de minha alimentação e pausas para urinar – um feioso filho de troll chamado Thibault – soltou minha mordaça para me dar um gole de água salobra.

"'O que nós estamos fazendo aqui?', perguntei.

"'Cale esse buraco profano, bastardo', respondeu o capanga.

"Eu ignorei sua ordem e olhei nos olhos de Xavier.

"'Por que estamos seguindo por este ca…'

"Um punho me atingiu no rosto, me jogando esparramado na neve com uma fresta de luz branca. Cuspi sangue e olhei com raiva para o babaca que tinha me batido. O rosto barbado de Thibault foi cortado por um esgar feio, com o punho erguido para dar outro.

"'Eu disse a você para calar a porra de seu buraco.'

"'Calma, irmão.'

"Tinha sido Lachlan quem havia falado. Ele estava sentado encostado em uma árvore com Sabre, coçando a orelha da cachorra enquanto as patas dela faziam um barulho surdo na neve. Tinha pendurado o coldre de cinco pistolas e também tirado as luvas, as palavras VONTADE DE DEUS tatuadas nas costas de suas mãos. No alto de sua mão esquerda, uma queimadura antiga e horrível; a pele cicatrizara sarapintada de vermelho, nunca tocada pela tinta de seu aegis. A luz do fogo brilhava em seu olhar quando encarou Thibault.

"'Nós não pegamos leve com hereges por aqui, santo', rosnou o bastardo grandalhão.

"'Esse homem matou Sada Ilon', disse Lachlan. 'Laure Voss. Danika, Aneké e o temível Tolyev Dyvok em combate individual. Ele não merece ser socado como um cão quando está preso a ferros.'

"'O que ele merece o espera em Augustin', retrucou com rispidez a irmã Valya. 'Esse homem é um apóstata. Escravizado de uma serva triplamente maldita do inferno, com as mãos escorrendo o sangue de fiéis.'

"'Ele caiu fundo, *soeur*', assentiu Lachlan. 'E *vou* sorrir quando ele for enforcado. Mas antes de perder o rumo, Gabriel de León me ensinou uma ou duas lições. Sobre decência. Sobre piedade. E não vou ficar sentado em silêncio enquanto seus homens espancam um prisioneiro indefeso.'

"Lachlan voltou o olhar para Thibault, sua voz suave como brisa de verão:

"'A menos que você tenha coragem de remover seus grilhões.'

"O capanga ficou olhando por um momento a mais, então murmurou algo e deu as costas. Agradeci com um aceno de cabeça, mas Lachlan me ignorou e voltou a acariciar a cachorra. Sabia que não pulara em minha defesa, apenas defendera o princípio que eu tinha instilado nele. Era um bom homem, meu antigo aprendiz, apesar da ira entre nós. Apesar do poço de lama e sangue em que ele tinha florescido.

"Eu sabia que não teria muito tempo antes que me amordaçassem outra vez, por isso me voltei para Xavier. A Bebedora de Cinzas estava embainhada ao lado do velho santo, minha dama de prata salpicada de neve. Xavier estava lubrificando a própria espada – incrivelmente bem, considerando que agora só tinha um braço. Aço estava empoleirado em seu ombro, o gavião-rateiro arrumando as penas com um bico preto e afiado.

"'Este caminho nos leva pela Floresta dos Pesares, Xavier.'

"Ele olhou para mim, o rosto marcado por cicatrizes vincado fundo com sombra.

"'E daí?'

"'Você caminhou por Fa'daena nos últimos tempos?' Eu olhei para Lachlan, então para Tordo. 'Há trevas em ação nos lugares selvagens deste império, não viu isso?'

"'Eu já ouvi histórias', respondeu Xavier. 'Mas Beaufort, onde seu navio espera, é para o leste.'

"'Eu lhe digo que as coisas estão feias nessa floresta. Nós lutamos com um veado por lá que parecia ter nascido num poço do inferno. E as coisas que vi nas florestas do norte foram de arrepiar os pelos do saco.'

"'Histórias de crianças', escarneceu Valya, olhando com fúria através do fogo. 'Somos servos fiéis do Deus mais elevado. Nós não tememos escuridão, herege. Ela *nos* teme.'

"Eu ignorei a mulher, com as presas cerradas, o *cheiro* dela me fazendo tremer como uma folha de outono.

"'Acredite em mim, Xavier. Trilharemos um caminho de tolo por Fa'daena.'

"'Se eu fosse você, herói', murmurou Tordo, afinando sua harpa 'Eu calaria minha boca antes que alguém a calasse por mim.'

"'Mas você não sou eu, garoto', rosnei, tomado de sede e mau humor. 'Eu sou o Leão Negro de Lorson. Vencedor da Batalha dos Gêmeos. Espada da porra do império. Quantos bebês ganharam seus nomes por *sua* causa?'

"'Gabriel', rosnou Lachlan. 'Dê um tempo.'

"'Eu o ensinei melhor do que isso, Lachie. Eu o ensinei a usar a *cabeça*.'

"'Você também me ensinou a lutar com honra', retrucou ele com rispidez. 'Que era melhor morrer como um homem do que viver como um monstro. Bom, não foi um homem honrado que assassinou aqueles inocentes na catedral.' Ele sacudiu a cabeça e enfim se dignou a olhar para mim. 'Grande Redentor, Gabriel, você era o *melhor* de nós. Já foi ruim ter quebrado seus votos pela vontade daquela rameira. Mas como em nome de Deus pôde deixar que isso terminasse *desse jeito*?'

"'Se falar mal da minha esposa mais uma vez, Lachlan, eu vou quebrar a porra do seu...'

"'Olhe para si mesmo!', gritou ele. 'A *sede* o domina, Gabe! A *sangirè*! Um homem cego pode ver isso! Você não consegue nem olhar para a irmã por medo do cheiro dela no ar! Foi assim que sua bruxa o escravizou? Moldando você a seu desejo com a promessa de seu sangue escuro?'

"'Dior não é nenhuma bruxa, seu bastardo burro!' Eu me debati contra meus grilhões, rosnando. 'Aquela garota é um milagre que anda! Ela pode acabar com a morte dos dias, Lachlan! Ela tem o sangue do...'

"'*Basta!*'

"O grito da *soeur* Valya ecoou em torno da fogueira enquanto ela apontava um dedo envolto em ferro.

"'Não vou deixar que nenhuma heresia se espalhe por este grupo sagrado! Silenciem-no imediatamente!'

"Os capangas dela caíram sobre mim, socando meus dentes e me dando um chute certeiro por causa do problema que eu estava criando. Com uma expressão fechada e pensativa, Xavier voltou a lubrificar sua espada. Lachlan ficou sentado de cenho franzido para as chamas, recusando-se a me encarar. Tordo lançou um olhar raivoso para meu pescoço, então tornou a pegar sua harpa, tocando hinos delicados na escuridão cada vez mais profunda. E eu me vi olhando na direção do céu, mais uma vez torcendo para que aquele bastardo lá em cima soubesse o que estava fazendo.

"Eu queria falar com meus irmãos, contar a verdade sobre tudo o que eu tinha feito e por quê. Mas Valya me manteve em silêncio depois disso, amordaçado exceto pelos poucos momentos em que aquele idiota do Thibault me dava permissão para comer ou fumar. Assim seguimos viagem, dois dias mais através de Fa'daena, dormindo em cada anoitecer com aquela mordaça maldita na boca e minhas palavras fervilhando por trás de meus dentes enquanto aquele fio vermelho entre mim e Dior se esticava e se tornava cada vez mais fino.

"O primeiro homem desapareceu na noite seguinte.

"Era um rapaz nórdico chamado Leandro que estava no turno de vigia durante a noite. Nós estávamos, então, no coração de Fa'daena, o dossel tão denso com fungos que encobria a escassa luz do dia. Fomos acordados no breu anterior ao amanhecer; a rendição de Leandro – um sujeito chamado Emilio – despertou e descobriu que o rapaz tinha desaparecido. Era como se ele tivesse se perdido na escuridão quando foi se aliviar. Mas uma busca nos arredores não encontrou nenhum sinal.

"'Pelos Sete Mártires, olhem para isso…'

"Foi Carlos, o mais estúpido de dois irmãos brutais, quem falou. Ele estava examinando os pertences de Leandro como se o garoto estivesse escondido na porra de sua mochila ou algo assim, exibindo sua descoberta para seu parente, Luis.

"Era uma figura feita de gravetos, grosseiramente na forma humana. Ela vestia um pedaço de pano vermelho como o tabardo de uma inquisidora, com uma mecha de cabelo escuro amarrada em seu pescoço.

"Luis murmurou, com o cenho franzido:

"'Isso é...'

"'Feitiçaria', disse Thibault com rispidez, olhando para a floresta a nossa volta.

"Carlos jogou a figura feita de gravetos no fogo, fazendo o sinal da roda. Valya ordenou uma busca, mas mesmo com Xavier e Sabre no rastro, eles não encontraram nenhum traço de Leandro, e depois de uma hora, a inquisidora ordenou que seguíssemos em frente. O grupo botou suas mochilas nos ombros, deixando as coisas do rapaz para trás como se temessem tocá-las. Amordaçado como estava, eu não consegui dizer nenhum alerta, exceto com meus olhos, olhando entre os santos e sacudindo a cabeça. Mas seria preciso mais do que um boneco de gravetos para assustar homens que passaram a vida lutando contra habitantes das trevas, e mais que um alerta de um assassino traidor para chamar sua atenção.

"Os próximos homens desapareceram dois dias depois.

"Aconteceu durante o jantar, quando o fogo ardia e o jovem Arash Sa-Pashin cantava com a mesma doçura que o pássaro pelo qual fora apelidado. Só quando servia a refeição que o cozinheiro – um naco musculoso de carne dentuça chamado Philippe – percebeu que haviam sobrado duas tigelas.

"'Onde está Jean-Luc? E Luis?'

"Carlos ficou de pé, olhando em torno da fogueira.

"'Irmão?'

"Os outros homens se levantaram, contando cabeças e examinando os números. Mas assim como ocorrera com Leandro antes deles, os homens tinham desaparecido como fantasmas.

"Tochas foram acesas; uma busca, realizada entre o arvoredo. Tordo e Valya ficaram me vigiando, Xavier seguiu para a mata com Sabre, Aço voando através dos galhos retorcidos acima. Eu ouvi um grito, passos pesados, e Thibault e Carlos voltaram correndo até a inquisidora, sem fôlego e pálidos.

"'Achamos marcas de mijo a uns quarenta metros daqui, irmã', disse Carlos, arquejante. 'E isso.'

"Thibault estendeu duas pequenas imagens, ambas feitas de gravetos. Mais uma vez, elas vestiam pedaços de pano vermelho como tabardos de inquisidora, com mechas de cabelo amarradas em torno do pescoço.

"'Que *merda* está acontecendo aqui?', murmurou Philippe, erguendo sua frigideira.

"Meu coração pulou para o lado quando um grito soou na floresta. Baixo. Aterrorizado. Agoniado.

"Lachlan olhou atentamente para a escuridão.

"'Isso é... Leandro?'

"'É você que tem cinco pistolas, parceiro', rosnou Thibault. 'Vá *você* descobrir.'

"'Acalmem-se, irmãos', alertou Valya. "Deus Todo-poderoso vai nos proteger.'

"'O bando da inquisidora circundou a fogueira, aço e tochas erguidos enquanto os gritos se calavam. Eu me sentei na neve, ainda acorrentado, olhando de Lachlan para Tordo. Todos ali tínhamos visto o inferno, de uma forma ou de outra. Mas até Xavier pareceu um pouco fora de si quando voltou com as mãos vazias.

"Apenas sacudi a cabeça, ainda amordaçado, falando só com os olhos.

"*Eu lhes avisei.*

"Levantamos acampamento no amanhecer seguinte, apesar dos protestos de Carlos por seu irmão desaparecido, e foi decidido que seguíssemos para o sul na direção da borda mais próxima da floresta. Trilhar esse caminho faria com que levássemos mais tempo para chegar a Beaufort, e pior, não havia trilha a seguir; nossas bússolas não funcionavam mais, oscilando como um bêbado em uma briga de bar. Agora, porém, todos menos Carlos concordavam que seria melhor sair daquela floresta o mais depressa que os pés pudessem nos levar.

"Aço foi a vítima seguinte de Fa'daena.

"O gavião-rateiro dormia no ombro de seu mestre, voando a cada hora para conferir nosso caminho. Mas, depois do meio-dia, foi mandado para explorar e nunca retornou. Xavier, no início, não pareceu se importar, mas quando os minutos se estenderam em horas, os homens começaram a questionar; e o santo, a temer. Ele e Valya conversaram em voz baixa enquanto os soldados sussurravam. Todos, agora, pareciam assustados, os olhos inchados após noites sem dormir. Encarei Lachlan, sacudindo a cabeça outra vez.

"*Eu lhes avisei.*

"Nós, agora, estávamos perdidos, calculando a direção pelo pouco que podíamos ver do sol. Os que ficaram de vigia à noite juraram ter visto formas se movendo além do limite do fogo. Olhos observando. Rosnados baixos. Homens se aliviavam juntos, três ou quatro de cada vez, sem ousar deixar a luz. Os dias eram arrastados através de galhos e espinheiros, árvores com troncos retorcidos que pareciam semelhantes a rostos humanos, pássaros estragados com penas que se agitavam como línguas pequeninas. Os cavalos estavam nervosos; os homens, sem dormir; o estado de ânimo, em frangalhos.

"'*Por que diabos nós viemos por esse caminho?*'

"'*Grande Redentor, vocês viram isso?*'

"'*Eu sonhei com sua morte ontem à noite.*'

"'*Por que diabos está me dizendo isso?*'

"No oitavo dia, quando levantamos acampamento, descobrimos uma fileira de homens de gravetos circundando a ravina onde tínhamos dormido. Havia um boneco para cada um de nós.

"No nono encontramos mais deles em uma pequena clareira. Estavam dispostos em círculo, um caído de costas no centro, a espada de Leandro enfiada em seu peito. Valya os espalhou com alguns chutes selvagens, rosnando escrituras para a floresta vazia. Seus homens murmuravam, com olhares escuros dirigidos para as costas da inquisidora, para aquelas árvores intermináveis e silenciosas.

"Foi na décima noite que tudo virou um inferno.

"Estávamos vigilantes como nunca, quatro homens postados em cada turno, agora. Eu sonhava com Celene outra vez, sorrindo quando ela me deixou cair da ponte de Cairnhaem. Mas fui arrancado do sono raso pelo grito mais horrível que já ouvi na vida.

"Sentei-me rapidamente, o coração tentando explodir de meu peito. Sabre estava enlouquecida, homens arrancavam troncos do fogo, rostos exangues e olhos selvagens. Valya ergueu a roda em torno de seu pescoço, gritando citações dos Testamentos enquanto aquela gritaria desalmada continuava.

"'*Entregai-vos agora, oh reis infiéis de homens! E olhai para vossa rainha!*'

"'Pelos mártires, que *inferno* é esse?'

"'CALEM A BOCA DESSE *MALDITO CACHORRO*!'

"Os gritos pararam, como se alguém os tivesse sufocado. O silêncio adensou a escuridão congelante, Xavier silenciou sua cachorra com os poderes de seu sangue. Lachie e Tordo abriram os botões do sobretudo, peitos adornados com o urso dos Dyvok. Mas não havia brilho em suas tatuagens – o que quer que estivesse a nos espreita através daquelas árvores famintas não era sangue-frio.

"Os gritos se transformaram em canto, agora mais perto; assombrosos e sem forma. E por baixo daquela canção sobrenatural, ouvimos um lamento de agonia, de terror, em algum lugar nas profundezas da escuridão.

"'Que merda', gemeu Thibault, apertando o punho de sua espada. 'Ah, Virgem-mãe, que merda.'

"Houve mais gritos, vindos de uma direção diferente, baixos e aterrorizados.

"'Irmão Luis?', gritou Valya, com a roda erguida no ar. 'Irmão Luis, é você?'

"'Nós temos que ir ajudá-lo', declarou Carlos.

"'Que se *foda*', disse Philippe com rispidez.

"'É meu irmão que está lá, seu *cão* covarde!'

"'Então vá *você* buscá-lo!'

"Forcei meus grilhões em vão, gritando por trás do couro entre meus dentes. Sabre estava latindo outra vez, o caos à solta em torno do acampamento, meus olhos indo dos de Lachlan para os de Xavier. O santo mais velho franziu o cenho, soltando a mordaça de trás de minha cabeça.

"'Devolva a minha espada, Xavier', sibilei.

"'Que feitiçaria é essa, De León?', perguntou ele. 'Sua bruxa veio salvá-lo?'

"'Eu já disse a vocês que Dior não é nenhuma bruxa. Agora me dê a *merda da minha espada.*'

"'Cale a boca dele', rosnou Valya.

"'Irmãos?', murmurou Tordo com os olhos sobre seus companheiros. 'O que nós fazemos?'

"Lachlan pegou um ferro de marcar em brasa no fogo e o ergueu. Seu grito imobilizou os homens, uma calmaria em meio à tempestade.

"'Escutem-me agora! São homens de Deus aí fora, e não vamos abandonar os fiéis em tal destino! Tordo, Thibault, fiquem aqui e vigiem o traidor. O restante, marche comigo. À distância de três metros, todos com tochas.'

"Os soldados obedeceram, arrancados de seu medo pelo comando de ferro de Lachlan. Xavier me olhou feio, mas seguiu Lachie para a escuridão. Tordo sacou a pistola de sua bandoleira, com a enorme e poderosa espada na outra mão. Thibault encolheu-se mais perto do santo mais novo, a espada tremendo em sua pegada. Meu pulso estava batendo forte, medo entrelaçado com fumaça de madeira e podridão enquanto a floresta morta ecoava com chamados pelos camaradas perdidos.

"'Tire-me dessas correntes, Sa-Pashin', alertei.

"'Cale a porra da boca, herói.'

"Apontei com a cabeça para as chaves no cinto de Thibault. 'Se as coisas lá fora forem parecidas com o que vi nas florestas do Norte, vocês vão precisar de um par extra de mãos, homem.'

"'Ele falou para *calar a porra da boca*', disse Thibault com rispidez, me chutando.

"Fez-se silêncio, interrompido apenas pelos soldados berrando e gritos cada vez mais baixos. Thibault estreitou os olhos para a escuridão, Robin examinou as sombras; pontos de luz tremeluziam em meio às árvores como fantasmas, um brilho de fogo sobre metal, logo apagado. Eu, então, me debati contra meus grilhões, dizendo bruscamente:

"'Se eu vou morrer, deixe que eu morra de pé, maldito.'

"'Maldito, eu?', escarneceu Tordo. 'Maldito *você*, De León.'

"A voz do sangue-jovem foi um ronco baixo, com olhos naquela escuridão temível.

"'Meu Deus, você devia ter ouvido o jeito como Mãocinza costumava falar de você. As histórias que contava.' Ele sacudiu a cabeça, escarnecendo. 'Os iniciados costumavam ir dormir no alojamento à noite sussurrando sobre as coisas que você fez. O Leão Negro de Lorson. O assassino da Clareira Escarlate. Sagrado cavaleiro pela espada da imperatriz aos 16 anos. Você era uma lenda para nós. Para *mim*.'

"Ele riu, amargo, lançando um olhar cheio de ódio em minha direção. Eu estava de joelhos na neve suja, atormentado pela sede, o pescoço destinado ao laço do traidor.

"'Acho que você nunca deve conhecer seus heróis.'

"'Eu nunca pedi para ser a porra de seu herói', retruquei com rispidez. 'E tudo o que você sabe sobre mim foi o que lhe venderam. Os exércitos do imperador estavam cheios de sangues-novos como você, Tordo. Garotos que achavam que iam crescer e se tornar heróis como eu. O fato é que a maioria deles terminou em covas não identificadas, ou aumentando as fileiras de nossos inimigos. Isso é uma verdade que nenhuma canção de menestrel ou lenda em torno da fogueira conta. Mas essa é a porra do objetivo delas.'

"'Sua história nos dava esperança. Ela nos dava coragem para...'

"'Ela pôs uma corda em seu pescoço! Mãocinza me *desprezava*! Ele não lhes contou essas histórias para dar coragem; o bastardo estava dando a vocês algo pelo qual *morrer*! E não foi porque eu mereci que Isabella me sagrou cavaleiro com sua própria espada. Foi porque aquela vadia sabia que isso daria a mil *idiotas* como você uma razão para pegar uma!'

"'Cale a boca', sibilou ele.

"'Você me chama de traidor? Acha que eu sou um monstro?', escarneci, sacudindo a cabeça. 'Não sou metade do monstro que seu mestre de merda era, garoto. Nem metade do covarde.'

"'Cale. A. *Boca*.'

"'A verdade é a faca mais afiada, hein? Você tem razão em me odiar, garoto. Eu não sou nada perto das canções que cantam sobre mim. Não sou nada como o mito que fizeram de mim. Eu sou apenas um homem. Com muitas falhas, frágil e ferrado como o resto de vocês. Mas com todas as minhas falhas, *todos* os meus pecados, eu nunca achei certo derramar o sangue de uma criança inocente.' Eu olhei em seus olhos, sorrindo 'Estou feliz por ter abatido Mãocinza. Ele era a merda de um cão, Sa-Pashin.'

"Tordo rosnou, presas afiadas brilhando, erguendo sua pistola e apontando para minha cabeça. E assim que o sangue-jovem deu as costas, a forma emergiu do meio das árvores retorcidas.

"'O que em nome de *Deus*...', disse Thibault em voz baixa.

"Ela movimentou-se como água. Como raio. Dentes afiados à mostra e garras malignas expostas. Eu não tinha ideia da forma do mal que aqueles homens tinham imaginado nos espreitando nos últimos dias. Eu sabia a forma que meus *próprios* medos tinham assumido até vê-la nas sombras alguns momentos antes. Mas não era o mesmo horror fae nem filhos do estrago nos atacando através das árvores agora, nem algum horror de uma história de beira de fogueira. Era algo mais bem-vindo.

"Cabelo chamejante.

"Olhos dourados.

"Bela como o amanhecer há muito perdido.

"'*Bonsoir*, gatinha.'"

✦ VIII ✦
LEOA

— NÃO SEI AO certo o que Dior estava pensando quando pegou aquele vestido do guarda-roupa de Jènoah. Talvez imaginasse que pudéssemos encontrar um momento de tranquilidade no *château* de algum nobre, ou esbarrar com uma situação em que a posse de um vestido de baile se revelasse essencial para o sucesso. Talvez achasse que Phoebe ficaria bem nele, ou talvez apenas pensasse como ela ficaria *despindo-se* dele. Mas o que quer que estivesse acontecendo na mente da garota quando escolheu aquela roupa, tenho quase certeza de que nunca imaginou que a dançarina da noite ia se ver lutando pela minha vida com ela.

Gabriel deu um grande gole de vinho e deu de ombros consigo mesmo.

— Mas ali estávamos nós.

"Ela abrira as saias até os quadris, permitindo que se movesse com mais agilidade. E ela se moveu, silenciosa como um fantasma, diretamente sobre Tordo. O sangue-jovem não era lento — ele tinha sido treinado pelo homem que me treinou, afinal de contas. Mas quando fez um disparo apressado, eu chutei seus joelhos e o abalei, então Phoebe caiu sobre ele, rasgando suas entranhas com um golpe de suas garras. Thibault gritou quando Tordo desmoronou, seu grito interrompido quando recuei e enrolei meus grilhões em torno de seu pescoço. Ele cambaleou, nós caímos, e o grandalhão grunhiu quando bati com sua cabeça repetidas vezes nas pedras em torno da fogueira.

"Gritos de alarme soaram no escuro, Tordo tentou erguer a espada, uma das mãos segurando suas entranhas rompidas. E Phoebe saltou e montou sobre ele, os joelhos prendendo seus ombros, pressionando polegares afiados em seus olhos.

"'Não!', gritei.

"A dançarina da noite me olhou, as mãos pingando vermelho. Eu já tinha rolado Thibault de costas, e ele gemia enquanto eu pegava as chaves de seu cinto.

"'Não o mate, Phoebe!'

"'Você está louco? Ele tentou...'

"'Deixe-o para lá, pegue os cavalos.'

"Ela rosnou quando um tiro soou no escuro, com passos se aproximando.

"'Sei que gosta quando minha espécie suplica, *mademoiselle*', implorei. 'Mas nós não temos tempo de fazer as coisas direito. Só confie em mim, está bem? Esse garoto não merece morrer.'

"Mais gritos soaram na floresta, tochas tremeluzentes voltando em nossa direção. Meus pulsos agora estavam destrancados, e eu trabalhava nos grilhões em meus tornozelos quando Phoebe rasgou a bandoleira de Tordo, jogou-a no escuro e ergueu-se rapidamente.

"'Amigo d-de dançarinos da noite e sangues-frios.' Tordo tossiu, suas entranhas fumegando no frio amargo. 'Você é mesmo o traidor que nos disseram q-que era, De León.

"Se isso fosse verdade, sangue-novo', falei, 'eu estaria lhe dando adeus, não desejando boa-noite.'

"Bati com minhas correntes na cabeça de Tordo, deixando-o inconsciente. Após dar outro golpe no garoto por garantia, tirei suas botas e peguei minha bandoleira e suprimentos. Olhando em torno das chamas, percebi, com um aperto no coração, que Xavier tinha levado a Bebedora de Cinzas com ele: não havia como recuperá-la sem enfrentá-lo. Mas, agora, Phoebe tinha os cavalos, montada na égua de Valya e sibilando através de dentes ensanguentados.

"'Mexa-se!'

"Agarrei, em vez disso, a grande espada de Tordo e fui cambaleante pela clareira na direção de Argent. Se tivesse menos coração e mais cérebro, teria matado os outros cavalos para atrasar sua perseguição. Mas é preciso ser um tipo especial de babaca para matar animais indefesos, historiador, e ainda que, seguramente, eu seja um babaca, aparentemente não sou tão especial. Em vez disso, gritei para espantá-los, batendo em seus traseiros. Montando em Argent, olhei para a dançarina da noite – vestida de esmeralda e encharcada de vermelho, olhos de ouro derretido.

"'*Você* demorou.'

"Ela olhou com raiva para mim, incrédula.

"'Acho que as palavras que você está pro…'

"'*Merci, mademoiselle.*' Eu tirei um chapéu imaginário. 'Por salvar minha pele. De novo.'

"Ela escarneceu, passou as garras pela crina de seu cavalo, e então partimos, trovejando através da floresta morta com meus captores gritando às nossas costas. A noite estava escura como breu, fria como o coração do inverno, mas os olhos de sangue-pálido e dançarina da noite ainda viam bem naquela escuridão, conduzindo nossas montarias a galope através de galhos salientes e espinheiros, mas rápido do que meros homens podiam correr.

"A inquisidora e seu bando não seriam capazes de nos perseguir a pé, mas eu sabia até onde um Santo de Prata iria para pegar sua presa, e agora tínhamos três deles em nosso encalço. Por isso, viajamos até o anoitecer seguinte, enfim parando sem fôlego ao lado de um carvalho alto e retorcido. Seu tronco tinha sido fendido por um raio décadas atrás, um buraco escavado em seu coração. Acendi uma pequena fogueira dentro dela, e nós dois nos encolhemos em seu interior quando a noite caiu suave e profunda ao nosso redor.

"Tentando ouvir perseguidores, ouvi apenas o gemido do vento.

"'Não me importo de confessar, isso foi uma merda artística de foder a mente, *mademoiselle*.' Eu ri, sacudindo a cabeça. 'Até *eu* fiquei com medo de mijar sozinho.'

"'Nós fazemos o mesmo no alto do Trono das Luas.' Phoebe sorriu. 'Para nos livrarmos de estranhos que se aproximam demais de nossas terras. Fizemos disso uma brincadeira quando éramos crianças.'

"'Uma brincadeira?'

"'É', assentiu ela, a luz do fogo dançando em seus olhos selvagens. 'Descobrimos um povoado no sopé de Bann Fiageal quando eu tinha 8 anos. Missionários tentando levar sua Fé Única para os pagãos, sabe? Quando cansávamos da brincadeira, eles pensavam que saía sangue ao ordenhar suas cabras e que um demônio vivia em seu celeiro, sussurrando pecados para suas mulheres à noite.' Phoebe riu, feroz e afiada. 'Eles voltaram correndo para Dún Fas com nada além da roupa do corpo.'

"'E isso era brincadeira?', escarneci. 'Que tipo de infância você teve?'

"O sorriso dela, então, desapareceu, e sua voz ficou baixa e delicada:

"'Há um costume entre o meu povo. Quando uma criança faz 12 anos, ela ganha uma semente de sua parenta mais velha. Carvalho ou álamo. Pinho ou bétula.'

"Phoebe apontou para aquele colar de couro trabalhado em torno de seu pescoço, e eu percebi uma pequena semente de pinheiro marrom, bem amarrada em meio aos nós eternos.

"'Para que ela serve?', perguntei. 'Boa sorte?'

"'Usamos em batalha. Para que algo possa viver no solo onde você morrer. Você quer saber que tipo de infância eu tive?' Phoebe deu de ombros e me olhou nos olhos 'Uma infância curta, Santo de Prata.'

"Pensei sobre isso por um momento, estudando a cicatriz que descia pelo rosto dela.

"'Como você me achou? E por que...' Eu suspirei. 'Por que voltou?'

"'Cinco cavalos e duas dúzias de homens são fáceis de rastrear. Quanto ao segundo...'

"Ela inclinou a cabeça, olhando para o fogo, e percebi que o silêncio era a única resposta. Não fazia diferença, pensei – o fato de ela ter voltado era o que importava. Era estranho pensar que uma mulher que eu havia sido criado para ver como inimiga tinha me resgatado de homens que eu sempre considerara amigos. Que aquele monstro se tornara a minha salvadora.

"Ficamos quietos, lutando com pensamentos silenciosos. A noite estava congelante, mas nosso abrigo de carvalho estava quente, nossa fogueira queimando quase tão forte quanto a lembrança dela em minha cama.

"'Sobre a outra noite...', comecei a dizer.

"'Não crie mais problemas para si', disse ela com um suspiro. 'E me poupe da porra da tortura. Eu fui tola, você foi um idiota. Vamos deixar as coisas assim, está bem?'

"Havia apenas trinta centímetros entre nós, mas que pareciam mil quilômetros. Mesmo assim eu tirei a luva, com cuidado com a prata em minha pele, e pus a mão sobre a dela.

"'Você não é uma tola, Phoebe á Dúnnsair. Você é uma leoa.'

"Ela olhou para mim de soslaio, ali em nosso pequeno círculo de dois. Mas embora seus olhos estivessem duros como ferro, seus lábios se curvaram em um sorriso. Apontei a cabeça na direção da tinta onde devia estar seu anel de compromisso.

"'Quem era seu leão?'

"Phoebe piscou ao ouvir isso, como se fosse a última pergunta que esperasse que eu fizesse. Ela segurou a respiração por dez batidas longas de meu coração antes de enfim responder:

"'O nome dele era Connor.'

"'Como você o conheceu?'

"Mais uma vez, ela levou algum tempo para responder. Eu reconheci a relutância; via isso sempre em mim mesmo. Quando alguém que ama lhe é tirado, as lembranças são tudo o que resta, e compartilhá-las pode fazer com que, de algum modo, elas pareçam menos... *suas*. Como se estivesse dando um pedaço delas, e também um pedaço da pessoa que você amou.

"'Eu no início não o conhecia', disse ela com um suspiro. 'Nos conhecemos na noite de nosso casamento.'

"Arqueei a sobrancelha ao ouvir isso, mas não disse nada.

"'Sei que vocês das Terras Baixas contam histórias de que nós roubamos as peles de homens e animais no alto do Trono das Luas. Sei que acham que somos feiticeiros e bruxas da carne. Mas a bênção da Fiáin – o dom de dançar ao anoitecer – viaja pela linhagem. O fato é que o dom nunca se enraíza numa criança até seu pai morrer. As Luas Mães e o Pai Terra mantêm o equilíbrio desse jeito.

"'Minha mãe tinha o dom. Ela era Rígan-Mor dos Dúnnsair. Guerreira, hein? Dura como prego de caixão, aquela mulher. *Deusa*, ela sabia lutar. "Queimem forte", ela costumava dizer para minha irmã e para mim. "*Queimem brevemente. Mas* queimem." Ela liderou nosso clã até a vitória em seis guerras.' A dançarina da noite suspirou. 'Mas ela perdeu a sétima. Foi morta na batalha de Loch Shior quando eu tinha 19 anos. Angiss á Barenn, o lobo que a matou, ainda usa a pele dela como troféu.'

"Phoebe sacudiu a cabeça, traçando as linhas de suas cicatrizes com uma garra.

"'Depois que minha mãe foi morta, eu e minha irmã caçula, Torrii, fomos ambas abençoadas com o dom. Mas os Barenn ainda estavam nos pressionando duramente. Coisas sombrias estavam se erguendo na floresta. E os sanguessugas tinham começado a atacar as Terras Altas. A tempestade de merda que você causou ao matar Tolyev Dyvok chegou tão longe quanto ao Trono das Luas, garoto de prata. Você fez uma lambança impressionante.'

"'Eu achava que se enredar com dançarinos seria a última coisa a passar por suas cabeças.'

"Phoebe deu de ombros.

"'Os indomados se espalharam depois de sua derrota na Clareira Escarlate. Buscando sombras onde se esconderem. E sua filha mais velha voltou para casa.'

"'... Lilidh?'

"Phoebe assentiu.

"Ela era filha do Trono das Luas. Séculos atrás. Embora agora nenhum clã diga que ela é um deles. A Sem Coração foi como todas as mães a chamaram. A mulher do inverno. Era uma história assustadora que pais contavam para seus filhos à noite. *Faça suas tarefas*, diziam eles, *ou a Sem Coração vai vir pegá-los*. Mas depois que você matou Tolyev, Lilidh voltou para lamber as feridas. Comendo pelas bordas da floresta com os filhos. Kane. O Draigann. Nos atacando para obter carne. Mais um problema que nosso clã não podia se dar ao luxo de ter depois da morte de minha mãe.'

"Phoebe olhou para as chamas, a voz delicada:

"'A mãe de Saoirse, minha tia Cinna, é a Auld-Sìth de minha família. Aquela que traz a paz. Ela é vidente. Uma caminhante dos sonhos. A maior curandeira de todas as Terras Altas, sempre procurando consertar o que está quebrado. Para garantir o futuro de nosso clã, ela fez um acordo com os outros que tinham combatido os Barenn. Eu me casaria com o filho mais velho e abençoado do clã Lachlainn; Torrii, com o filho abençoado dos Treúnn. E, com a força deles, nós, os Dúnnsair sobreviveríamos.'

"Franzi o cenho, olhando para a mão que eu segurava, a tatuagem em seu dedo.

"'Você foi forçada a fazer isso?'

"'Não somos assim. No Trono das Luas, são as mulheres que escolhem. Os homens são escolhidos.'

"Phoebe sacudiu a cabeça, suspirando:

"'Eu peleio com minha irmã, até'
"'Pelearmos com nossos parentes, até'
"'Pelearmos com as Terras Altas, até'
"'Pelearmos com o mundo.'

"Sacudi a cabeça, sem compreender.

"'É uma canção antiga nossa. Não há nada que una as pessoas do Trono das Luas como um inimigo em comum. E enquanto eu odiava a ideia de me casar com um homem que nem conhecia, os abençoados pela Fiáin são raros. Minha irmã e eu tínhamos valor, e esse valor podia comprar um futuro para nossa família. Então engolimos o orgulho e fomos para o banquete nupcial.'

"Phoebe escarneceu, os olhos nublados e distantes:

"'Eu, no início, o *odiava*. Meu Connor. Ele era mais velho. Arrogante. Tinha passado anos viajando além do Trono das Luas. Chegou até a visitar Augustin uma vez. Ele conhecia poesia. Filosofia. Teologia. Fazia com que eu me sentisse uma caipira do mato. Aquele homem era um maldito sabe-tudo.'

"'Ele viajou além das montanhas? Isso é raro para sua espécie.'

"'Connor tinha grandeza no sangue. Era um descendente de Ailidh Traztempestades. O Rígan-Mor mais poderoso que nossa espécie já conheceu. Connor, uma noite, teve o sonho de unir todos os clãs, como ela tinha feito. Mas queria conhecer o mundo antes de tentar governá-lo.'

"Arqueei a sobrancelha.

"'Você era casada com a realeza? Eu devia chamá-la de *alteza* ou...'

"'Não há realeza no Trono das Luas. Pelo menos não desde que sua espécie matou a Traztempestades. Mas deixe que eu lhe diga: o *pedigree* dele não ajudava com sua insolência.' Phoebe riu, com os olhos brilhando. 'Ele se achava uma dádiva das deusas, aquele homem. E embora fosse tentador como os nove pecados, eu não deixei que ele me tocasse por quase um ano.'

"Ela sorriu, mordendo delicadamente o lábio.

"'Mas é verdade o que dizem; a guerra cria os mais estranhos companheiros. E lutando lado a lado com ele, passei a ver um aspecto diferente dele. Ele era corajoso. Nobre. Piedoso com os inimigos e generoso com os amigos. Quando Torrii foi morta pelos indomados, pareceu que todo o meu mundo tinha desmoronado. Minha irmã caçula tinha apenas 18 anos, e Lilidh e seus filhos fizeram ela e seu marido em *pedaços*. Mas Connor me manteve inteira. Ele me manteve forte. E eu me vi apaixonada. Completamente, como uma jovem donzela na primavera. Pelas Luas, eu o *adorava*.'

"'O que aconteceu com ele?', murmurei.

"Phoebe respirou fundo, com os olhos brilhando.

"'Ele morreu emboscado pelos Lobos. Os velfuil… eles o esfolaram vivo, os bastardos. Ele e toda sua guarda, esfolados e enforcados nos pinheiros.' Os lábios dela se retorceram em uma expressão feia, lágrimas escorriam por seu rosto marcado por cicatrizes. 'Eu devia estar com ele. Mas estava pesada com nossa filha na época, e ele insistiu para que eu não viajasse temendo o perigo.'

"'Você tem uma filha?', sussurrei.

"Eu…' Phoebe baixou a cabeça e levou as mãos aos olhos. 'Eu… eu a perdi. Não havia em mim espaço para ela e toda aquela tristeza. Uma mulher só consegue aguentar até seu limite.'

"Apertei a mão dela, sentindo-me um tolo completo.

"'Você não é a única que têm cicatrizes…'

"'É por isso que as Luas Mães fazem com que neve tanto nas Terras Altas, dizem. Para cobrir todo o sangue. Eu cheguei em casa na fortaleza dos Dúnnsair para chorar. Para ver se tia Cinna podia curar meu coração partido. E nas minhas horas mais sombrias, eu tive um sonho. Uma estrela, caída no Leste. Vozes, antigas e doces, cantando uma canção que queimou em minha mente como fogo:

"'Mortos viverão e astros cairão;'
"'Florestas feridas e floradas ao chão.'
"'Leões rugirão, anjos prantearão;'
"'Pecados guardados pelas mais tristes mãos.'
"'Até o divino coração brilhar pelos véus,'
"'Do sangue mais duro vem o mais puro dos céus.'

"Dei um suspiro.

"'Sempre um poema, não é?'

"'Achei que tinha enlouquecido. Mas quando contei isso a minha prima

Saoirse, ela disse que tivera o *mesmo sonho*. E na *mesma noite*. Por muito tempo meus parentes tinham esperado o nascimento da Filha de Deus. Fora profetizado que ela ia nascer nos clãs – mas nunca passou pela nossa cabeça que pudesse ser encontrada entre os habitantes das Terras Baixas. Eu ainda estava enlutada. Ainda sangrava. Mas Saoirse se convenceu de que a Filha de Deus mudaria *tudo*. Tia Cinna me disse que, ao curar o mundo, eu podia curar a mim mesma. Por isso, concordei em viajar com minha prima. Mantendo a forma de animal para não ter que lidar com a merda das pessoas. Era bom estar com alguém que achava que esse lugar pudesse ser salvo. Que podia imaginar aquelas neves sem sangue.'

"Phoebe suspirou, com os olhos perdidos nas chamas.

"'E agora Saoirse está morta. Ela deixou o chão vermelho de sangue como minha irmã. Como meu Connor.'

"Sacudi a cabeça, desnorteado.

"'Como você pode ainda estar por aqui? Se suas deusas botaram as duas nessa trilha e agora sua prima está morta… como pode ainda acreditar?'

"Phoebe olhou longamente para o fogo, como se procurasse a verdade nas chamas.

"'Eu passei meu tempo com raiva do céu. Quando Torrii foi morta. Quando os Lobos assassinaram meu Connor. Quando foi negada a primeira respiração a minha Catir. Eu sei o que é cuspir seu ódio para os céus. Mas também sei que não há nada em fazer isso que não torne sua raiva pior. Não há alegria a ser encontrada ao abraçar a fúria que não seja fugidia. No fim, isso só aprofunda a escuridão em seu interior. Portanto, isso deve, só pode, estar errado.'

"Ela deu de ombros e me olhou nos olhos.

"'O ódio é o veneno. A esperança é a salvação. E ainda há coisas neste mundo que merecem ser salvas.'

"Franzi o cenho, olhando para o nome tatuado em meus dedos. Então, ouvi movimento na noite além da luz de nossa fogueira. O riso de uma garotinha pairando leve sobre o vento. O cheiro de sino-de-prata beijando o ar e ardendo nos cantos dos meus olhos.

"'Você sente falta dele?'

"Phoebe deu um suspiro.

"'Um pouco menos a cada dia.'

"Meus olhos estavam fixos em duas sombras pálidas agora, observando do limite da luz.

"'Isso é o que me assusta mais, sabe?', murmurei. 'A ideia de que a tristeza é a única coisa que me resta delas. E quando isso desvanecer, elas também vão partir. O mundo parece meio vazio sem elas. Sinto falta delas como se uma parte de mim estivesse faltando. Mas, sendo sincero, eu não sei o que machuca mais, Phoebe. Me agarrar a elas ou me livrar delas.'

"'Você não precisa de se livrar delas. Você só precisa de mais alguma coisa a que se agarrar.'

"Suspirei, movendo os olhos daqueles fantasmas que me observavam para os céus acima.

"'Não importa no que você tenha fé. Mas é preciso ter fé em alguma coisa.'

"Phoebe assentiu.

"'Isso, para mim, parece sabedoria.'

"'Meu amigo Aaron me disse isso.' Eu sacudi a cabeça. 'Ele agora está morto.'

"Ela me encarou, pena brilhando naquela liga de platina e ouro. Eu olhei para nossas mãos, a prata em minha pele brilhando à luz da fogueira entre nós. Mas embora os dedos dela fossem navalhas para mim, e a tinta em minha pele um veneno para ela, mesmo assim ela os entrelaçou. Seu toque era como chuva primaveril: delicado, lento e perigoso de tão quente.

"Eu me perguntei se ela estava certa. Se eu *precisava* de algo mais pelo qual viver. Desde a noite em que enterrara *ma famille*, eu não pensava no futuro. Primeiro, me perdendo na ideia de vingança contra Fabién, e depois, em cuidar de Dior. Mesmo assim, o que poderia acontecer se, de algum modo, eu conseguisse tudo o que quisesse? O Rei Eterno em cinzas? O Graal redimindo o mundo?

"*O que aconteceria no dia seguinte?*

"Mas por baixo da pele cantante de Phoebe, eu a senti, então, silenciando aquela pergunta tola em minha cabeça. Se espalhando em teias azul-pálido sobre seu pulso, sobre seu braço tatuado até a linha longa e comprida de seu pescoço, trovejando ali como todo o céu e o inferno à espera.

"Pulsando. Implorando. *Precisando*.

"Afastei os olhos dali. O cheiro de sino-de-prata pairava no vento, o som da voz de uma garotinha me chamando misturado com as batidas do pulso acelerado de Phoebe. Mas dei as costas para esses fantasmas de meu passado, para aquele olhar dourado, e tentei atravessar o vazio congelante e localizar Dior; aquele fio tênue de esperança que na verdade era tudo o que me restava para me agarrar.

"'Pela porra da Virgem-mãe...'

"Phoebe ergueu os olhos quando soltei minha mão da dela e me levantei apressado.

"'Gabe? O que foi?'

"'Dior', sibilei.

"Medo encheu seus olhos. Desespero inundou os meus.

"'Eu não consigo mais senti-la.'"

✦ IX ✦
NENHUMA PROMESSA, NENHUM JURAMENTO

— NÓS CAVALGAMOS COMO uma tempestade, saindo de Fa'daena e encarando os ventos crescentes. Eu perdera dez noites na Floresta dos Pesares – o fio vermelho e delgado entre Dior em mim tão estirado que enfim se partiu. Mas, mesmo assim, saímos em perseguição desesperada na direção em que a sentira pela última vez, eu montado no bravo Argent e Phoebe sobre o animal de Valya: uma irritadiça égua chocolate que ela chamou de Espinho. Nossos dias eram passados na sela, cascos trovejando, tentando compensar o terreno perdido. Nossas noites eram congelantes e longas demais, a esperança afastando-se mais a cada amanhecer quando eu tentava fazer contato com a garota a quem eu tinha jurado dar toda a proteção, sem sentir nada.

"No passado, o Leste de Ossway fora uma região vinícola, mas agora fazendas vazias pontilhavam os vales nevados pelos quais galopávamos. Vinhedos mortos projetavam garras da terra como mãos esqueléticas, estéreis como as planícies do inferno. A neve era cegante e um muro vasto de nuvens escuras se reunia ao norte. Ao chegar a uma colina desolada no sexto dia, procurei às nossas costas por sinais de perseguição por Lachlan e os outros. Mas Phoebe apontou através das neves uivantes, e o golpe de martelo nos atingiu – o primeiro de dois que acabariam por nos custar *tudo*.

"'Gabriel!', gritou ela. 'Olhe!'

"A princípio, não vi nada, o tempo estava ruim demais. Mas o vento mudou e aumentou, e através de um intervalo nos redemoinhos de neve, eu as vi; uma coluna de figuras escuras, arrastando-se para o sul através de um frio em que nenhum exército mortal ousaria marchar.

"A esperança aumentou; a ideia louca de que tínhamos de algum modo conseguido alcançar Dior. Mas isso morreu com a mesma rapidez com que as neves se abriram mais, e vi o tamanho de seus números.

"Eram *milhares* de Mortos, marchando como uma coorte de homens mortais, todos no mesmo passo, esquerda direita, esquerda direita. Uma grande carroça vinha atrás, cheia com os condenados e os malditos. E pelo passo ritmado daquela procissão horrenda, enfim eu soube o que eles eram.

"O que os *conduzia*.

"'Isso é uma legião de atrozes', disse eu em voz baixa. 'Sob o comando de altos-sangues corações de ferro.'

"Phoebe franziu o cenho.

"'Mas marcham como soldados? Os apodrecidos são um bando sem cérebro.'

"'O cérebro dos atrozes se decompõe com seus corpos. Mas os Voss ainda podem comandar o que resta de suas mentes. Há uma razão para o Rei Eterno ter sido tão bem-sucedido, mlle. Phoebe. Uma *razão* pela qual suas legiões ameaçam a própria capital do império.'

"'Mas estão marchando *para* Ossway. Como você disse, o Rei Eterno está no leste.'

"Baixei minha luneta, sussurrando por entre presas cerradas.

"'Dior está no sul.'

"'Doces Luas Mães. Ele está atrás dela.'

"Um pensamento aterrorizante, horrendo demais para saborear por muito tempo. Já seria uma tarefa e tanto salvar Dior do Coração Sombrio, mas agora parecia que podia haver *dois* exércitos entre nós e ela. Com a esperança diminuindo a cada quilômetro, seguimos em frente, perdendo ainda mais tempo dando a volta na coluna dos Voss em meio aos ventos uivantes. E, então, veio o segundo golpe, o que partiu nossos corações, roubando o que nos restava de esperança. Pois enquanto eu jurara sair do abismo lutando para voltar para o lado de Dior, parecia que o abismo tinha me escutado. E agora ele dava uma maldita resposta.

"Uma tempestade. Descendo do Trono das Luas, vasta, sombria e fervilhante. Era um monstro, disposto a devorar tudo em seu caminho, trovejando por aqueles picos poderosos quando desabou sobre nós como a fúria do próprio Deus. E embora eu e Phoebe lutássemos através daquela tempestade por horas longas e congelantes, no final...

"No amargo final...

"'Gabriel, nós não podemos ficar aqui fora!', gritou Phoebe, as tranças congeladas se agitando em torno de seu rosto. 'Essa tempestade vai ser a sua morte!'

"Minhas mãos estavam quase congeladas nas rédeas de Argent, os dentes batendo quando retruquei com rispidez:

"'Já tomei b-banhos mais f-frios do que isso! Preocupe-se consigo mesma, *mademoiselle*.'

"'Maldito seja, homem, eu sei que você ama a garota, mas não vai lhe servir de nada se estiver *morto*!' Phoebe segurou meu braço, as garras perfurando minha manga. 'Tem um *château* a oeste daqui chamado Espira do Corvo. Ele fica perto do rio Lùdaebh. Conseguimos chegar lá se cavalgarmos depressa!'

"'Se pararmos, Lachlan e os outros vão cair sobre nós como coceira numa meretriz da beira do cais.'

"Phoebe sacudiu a cabeça, gritando mais alto que aqueles ventos temíveis. 'Eles também vão ter que se abrigar dessa merda! Podemos dormir no *château*, e sair assim que a tempestade amainar!'

"Eu queria gritar, recusar, mas olhei aqueles olhos dourados, as garras de Phoebe cravando-se apenas o suficiente para penetrar a névoa de medo impotente e raiva obstinada em que eu tinha me envolvido.

"'Eu também jurei protegê-la, Gabriel! Nós *não* a estamos abandonando!'

"Eu vi a mentira com a mesma clareza que ela; nós dois sabíamos o que mais atraso ia nos custar. Mas com passo pesado e corações ainda mais, viramos para oeste, para fora do caminho daquela tempestade temível. Tudo eram trovões famintos e frio que mordia os ossos. As neves vinham de lado, agarrando-se a nossa pele, nossos bravos cavalos quase mortos de pé. Mas, através da tempestade, enfim vimos uma torre ao longe, em silhueta contra o pulso de raios distantes.

"A Espira do Corvo era um castelo isolado no alto de um morro ainda mais solitário, guardando um trecho sem vida de rio. Os muros tinham sido destruídos como barro velho; a guarita do portão, transformada em escombros por rochedos do tamanho de carroças. Abençoadamente, o castelo em si estava quase intacto, e descobrimos um espaço seguro o bastante para nos abrigarmos do tempo; uma pequena biblioteca no andar de cima, com uma mesa comprida e roupa de cama roubada dos quartos acima. Vento martelava os postigos, e tudo estava de um frio mortal, mas acendemos um fogo na lareira com pilhas de livros velhos, quente o bastante para expulsar a mão fria da morte.

"Eu montei armadilhas nas escadas, com potes e panelas. No corredor que levava ao nosso quarto, espalhei cacos de vidro, frascos vazios de *sanctus* de minha bandoleira, esmagados em um punho enluvado. Se atacados, podíamos lutar naquele gargalo, recuar por outra escada até a torre às nossas costas quando pressionados. Mas eu esperava que não chegasse a isso.

"Por três noites nos abrigamos na Espira do Corvo, a tempestade se aprofundando a cada uma delas. Eu ficava de guarda na janela, olhando através dos vidros trêmulos à procura de qualquer sinal de meus irmãos, preocupado com a Bebedora, tentando contatar Dior no escuro repetidas vezes, esperança sobre esperança.

"'Nada', falei com um suspiro.

"Phoebe ergueu os olhos de sua cadeira junto da lareira, com a sobrancelha arqueada quando soquei a parede. Pedra fria cortou os nós dos meus dedos, a dor doce engolindo minha frustração e minha raiva por um momento. A dançarina da noite apenas sacudia a cabeça, com a luz do fogo brilhando em seus olhos.

"'Não sei ao certo como socar paredes vá ajudar. Não é culpa dos tijolos, Gabriel.'

"'É de Lachlan', sibilei. 'Nós perdemos tempo demais andando por aquela maldita floresta. E agora essa *desgraça* de tempestade.'

"'Ela vai amainar em breve. Vamos voltar ao rastro da Flor rápidos como prata.'

"Mas eu, então, sacudi a cabeça, com temor gelado em meu estômago quando falei do medo que crescia em mim havia noites:

"'Não tenho certeza se podemos mais alcançá-la, Phoebe.'

"'Bom, precisamos tentar. Se eles chegarem a Dún Maergenn, estamos *acabados*. A Bigorna do Lobo é a maior fortaleza em Ossway. Seria necessária a droga de um exército para entrar nela.'

"Eu dei um suspiro e passei a mão pelo cabelo.

"'Então é melhor começarmos a pensar em como encontrar a porra de um exército para nós.'

"Phoebe olhou em torno da sala com aqueles olhos de caçadora, enfim enfiando uma garra no decote e olhando dentro dele.

"'Não tem nenhum aqui. Você tem um dentro da sua calça ou...'

"'Você não contou para Dior que todas as Terras Altas estão se reunindo em breve para o Debate de Inverno?'

"Phoebe, então, ficou sóbria, franzindo o cenho.

"'Contei. Mas você não pode estar pensando em ir até *lá*. Só filhos da Fiáin e de Todas as Mães podem pisar em Ma'dair Craeth e viver.'

"'Dior está indo para as garras do Coração Sombrio. E os Voss enviaram uma legião dos Mortos em seu encalço. Eu vou assumir esse risco, Phoebe.'

"'Então, *morrerá* por isso. O povo do Trono das Luas se agarra a um ressentimento como um mendigo à cerveja. A Ordo Argent matou a Traztempestades, Gabriel. Se você aparecer num debate sagrado com nada além de prata em sua pele e um sorriso no rosto, eles vão vesti-lo como a droga de uma capa.'

"'Nesse caso, é melhor fazer um trabalho muito bom em me afiançar.'

"Phoebe franziu o cenho, os olhos dourados brilhando enquanto me encarava.

"'Você jurou dar seu último suspiro para manter aquela garota em segurança', falei. 'Não me peça para arriscar menos, não depois do que eu já dei. Não sinto nenhum traço de Dior há dias. Não temos chance de alcançá-la antes que chegue a Dún Maergenn, e ela vai precisar de um exército para resgatá-la de lá. Então quando essa tempestade passar, eu vou levantar um para ela. Com ou sem você.'

"'Você é a droga de um maluco.' A dançarina da noite franziu os lábios, pensativa, lançando outro livro nas chamas. 'Eu podia fazer a viagem até lá sozinha, acho, e apresentar nosso caso.'

"'Idiotice. Eu devo ficar aqui rezando de braços cruzados?'

"'Tenho certeza de que aqueles seus irmãos da prata vão mantê-lo ocupado.'

"'Talvez na ponta de uma corda.' Eu franzi o cenho, murmurando através de dentes cerrados. 'Malditos *tolos*. Eles nos custaram dez dias. Xavier, eu entendo. Ele sempre foi idiota como merda de porco. Provavelmente perdeu aquele braço tentando encontrar o pênis para dar uma mijada. Mas Lachlan devia ter pensado melhor.

"'Vocês dois pareciam unidos como ladrões quando nos encontramos pela primeira vez em Aveléne. Mas agora ele quer vê-lo enforcado?'

"'Não sei se você percebeu, mas tenho o dom de fazer as pessoas me detestarem, gatinha.'

"Ela riu, os dentes afiados brilhando.

"'*Isso* eu posso confirmar. Mas agora diga, quem ele é para você? Eu sei que todos os santos de prata se chamam de *irmãos*, mas esse parecia especial.'

"'Ele era', respondi, enchendo meu cachimbo. 'Ele é.'

"'Conte-me, então, uma história, *chevalier*.' Phoebe olhou em torno de nossa saleta, enfiando uma trança atrás da orelha pontuda. 'A menos que consiga pensar em um jeito melhor de passar o tempo.'

"Eu suspirei, olhando para as chamas crepitantes.

"Brasas erguendo-se nos salões da memória.

"Sangue, prata e aço.

"'A primeira cidade que tomamos nas campanhas ossianas foi um porto chamado Báih Sìdè', falei delicadamente. "Ela era apenas uma cabeça de praia para a invasão principal de Tolyev; apenas dois altos-sangues e uma centena de soldados escravizados tinham sido deixados guardando sua retaguarda enquanto ele avançava por Ossway.'

"'Por decreto da imperatriz, liderei o ataque. Eu tinha 19 anos de idade. O Leão Negro favorito de Isabella. Nós os atingimos desde o mar, atacando ao amanhecer. E embora as tropas dos Dyvok fossem do tipo médio de escravizado, havia um entre eles que lutava como um demônio. Forte como um alto-sangue, mesmo com o sol escurecido no céu. Eu o encontrei nas muralhas, pronto para derrotá-lo, mas, quando nos enfrentamos, percebi pela marca em sua mão e as presas em sua boca o que ele de fato era. Um sangue-pálido como eu. Escravizado a serviço dos indomados.'

"'Eu perguntei quem ele era. Ele respondeu que era filho de Tolyev. Filho mortal do próprio Priori dos Dyvok. Então fez o possível para cortar minha cabeça dos ombros.'

"'Mas o Leão Negro era o melhor espadachim que já viveu', murmurou Phoebe.

"Eu dei de ombros.

"'É o que os menestréis cantam. Tudo o que eu digo é que recebi seu melhor, mas entreguei um pouco mais, e no fim ele acabou deitado sobre a pedra na ponta de minha espada. Ele era o inimigo, eu sabia disso. Filho do monstro que eu fora enviado para matar em Ossway, mas... era apenas um *menino*. De no máximo 15 anos. Eu nunca conhecera pessoas como eu que serviam ao inimigo. Senti pena dele. Então poupei sua vida.

"Phoebe fez um leve gesto com a cabeça em aprovação.

"'Piedade é nobreza.'

"'Lachlan não compartilhou do sentimento. Ele jurou que me mataria quando tivesse a chance. Tolyev o criara em meio aos indomados, onde apenas os selvagens sobrevivem. Compaixão era para os fracos. Piedade, para os covardes. Ao que parece, Nikita tinha começado a jogar Lachie em poços com atrozes famintos quando ele tinha apenas 10 anos de idade, só para ver quem se sairia melhor. Quando eu disse a ele que isso era tortura, Lachlan me chamou de tolo. Ele me informou que seu irmão mais velho o estava ensinando a ser forte. Que seu nobre pai o amava de verdade. Que os Dyvok tinham nascido para governar a noite sem fim, Tolyev seu imperador eterno.'

"'Mas ele era apenas uma criança. Criada na escuridão e sem conhecer nada melhor. Os pecados do pai não são do filho – eu sabia disso melhor do que a maioria. E me recusei a condená-lo por eles. Em vez disso, me sentei com ele toda noite na jaula. Lendo as escrituras. Demonstrando bondade. Tentando provar que não éramos o inimigo que ele tinha sido criado para ver. Ele não acreditou em nada disso, é claro.'

"Eu sacudi a cabeça, olhando para o fogo e para trás através da névoa vermelha do tempo.

"'Então libertamos as fazendas de abate em Triúrbaile. Lachlan não tinha ideia do que seus parentes estavam fazendo ali. E quando mostrei a ele as atrocidades cometidas pela *famille* que ele tinha sido forçado a amar, o mais breve fragmento de horror e ódio cortou através daquela imitação sombria de amor. Foi Lachlan que nos contou onde seu pai poderia ser encontrado. Foi ele que nos mostrou o caminho para a Clareira Escarlate onde Tolyev estava acampado. E embora tenha sido minha espada que cortou o Priori naquele dia, a vitória foi tanto de Lachie quanto minha.'

"'Quando Tolyev morreu, a ligação de sangue foi rompida, e Lachlan viu o que sua vida tinha sido. Ele se dirigiu à fogueira mais próxima e mergulhou a mão nas chamas, com a intenção de queimá-la fora, junto com a marca de seu pai. Mas eu o arrastei dali. Disse a ele que não era sua culpa. Ofereci a ele um caminho das trevas para a luz.'

"'Por dois anos lutamos lado a lado, através do fogo do inverno e sangue. Lachie era mais que um aprendiz. Era meu irmão caçula. O santo que eu mais amava e em que mais confiava no mundo.'

"Eu baixei a cabeça e passei o polegar sobre o nome em meus dedos.

"'Então ele soube sobre Astrid e mim.'

"'Ah, Luas.' Os olhos de Phoebe se estreitaram. 'Ele contou a seus irmãos sobre o caso?'

"Sacudi a cabeça.

"'Se ele tivesse feito isso, seria mais fácil odiá-lo. Mas, para Lachie, a honra era mais importante do que a vida, e ele não disse uma palavra para ninguém. Depois disso, porém, eu podia ver a decepção em seus olhos quando olhava para mim. Sabendo que eu havia quebrado os votos que lhe ensinara tanto respeitar. Ele culpou Astrid por quase tudo, eu acho. Ele ainda me mantinha sobre o pedestal que construíra em sua mente. Mas ele me avisou que ela seria meu fim, que Deus devia nos castigar por nosso pecado. Eu não escutei. Tamanha era minha tolice. Minha vaidade.'

"Olhei para a noite trovejante, suspirando do fundo do coração.

"'Eu ainda me pergunto, sabia? O que poderia ter acontecido se tivesse dado ouvidos quando Lachlan me alertou. Nós não teríamos ficado juntos, mas pelo menos Astrid estaria viva.'

"'Você não pode pensar assim', disse Phoebe, erguendo a cabeça. 'Sangue derramado é sangue perdido. Console-se com a alegria que vocês deram um para o outro, e queime todo o resto em nome do Pai Terra.'

"Apenas franzi o cenho ao ouvir aquilo, encarando a escuridão. Com um suspiro, Phoebe se levantou e caminhou pela pedra fria em minha direção. Eu podia ouvir seus batimentos cardíacos, sentir o cheiro da fumaça em seu cabelo e o fogo em suas veias. Ela procurou meu olhar, mas eu não a olhei nos olhos.

"'Pelas Luas Mães, há uma sombra tão grande sobre você que poderia engolir o sol.'

"'A maioria diria que é uma sombra bem merecida, *mademoiselle*.'

"Phoebe sacudiu a cabeça.

"'Eu disse isso para a Flor e vou repetir: há um consolo a ser encontrado na tristeza. E compreendo por que você acha que merecemos essa escuridão. É mais fácil encontrar refúgio na bebida e na fúria, em mandar tudo para o inferno e afastar todo mundo. Porque você acha mais fácil viver com o frio do que com a dor que pode vir se deixar o calor entrar outra vez, correndo o risco de se queimar de novo. Mas esse é o fogo que nos faz saber que estamos *vivos*, Gabriel.'

"Sacudi a cabeça, duas sombras pálidas agora se erguendo às minhas costas.

"'Você não pode consertar uma espada quebrada, Phoebe.'

"'Mas você não percebe? Nós não nos quebramos. Somos *feitos* assim. Nós não somos inteiros sozinhos. Mas se formos abençoados e bravos, podemos encontrar esses poucos com bordas que se encaixam nas nossas. Como peças do mesmo quebra-cabeça, ou pedaços da mesma espada estilhaçada. Aquelas pessoas que, de seu próprio jeito quebrado, tornam completas nossas bordas quebradas.'

"Eu podia sentir o perfume de sino-de-prata no ar agora, as sombras ficando mais fundas às minhas costas, o eco de minha promessa para o chão ecoando em minha mente quando baixei a cabeça. Mas Phoebe segurou meu rosto com as garras de suas mãos e me forçou a olhar para ela.

"'Não sou eu quem vai deixá-lo inteiro, Gabriel de León. Eu não sou uma donzela indefesa para jurar paixão por um homem que mal conheço. Eu sou selvagem. Eu sou o vento. Sou espinho e espinheiro, sangue e cicatrizes, e eu *não* o amo você. Mas não peço que você faça nenhuma promessa, nenhum juramento, exceto este: eu estou aqui. Eu sou *quente*. E, amanhã, o mundo todo pode ser engolido pelo inverno.'

"Phoebe inclinou-se para perto, os lábios roçando nos meus, mas, com o coração trovejando, eu me afastei.

"'Não', sussurrei. 'Não me toque.'

"Ela me encarou, com a luz do fogo queimando sobre ouro derretido.

"'Está bem. Eu não vou tocá-lo.'

"Recuando, ela levou as mãos às costas e afrouxou o corpete de seu vestido. Parte de mim queria afastar os olhos; outra, alertá-la, mas a maior parte de mim estava impotente, apenas observando quando, com um movimento dos ombros, ela livrou-se daquela pele de seda. Seu vestido caiu em ondas esmeralda sobre as pedras do piso aos seus pés, deixando-me perdido com um só golpe. Phoebe jogou as mãos para trás, os pulsos cruzados sobre a parte baixa de suas costas, fixando-me com olhos dourados.

"'Mas você pode me tocar, se quiser.'

"Meus olhos a sorveram; a canção de suas curvas, as sardas esparsas, as tatuagens e cicatrizes. Senti meu pulso correr, minha respiração se acelerar. E embora aquelas sombras ao meu redor me pressionassem para baixo como algo tênue e de chumbo, mesmo assim me vi dando um passo hesitante na direção dela.

"Mas ela deu um passo para trás.

"'Você quer?', sussurrou a leoa.

"Eu me aproximei, com as pernas trêmulas como as de um potro recém-nascido, mas, mais uma vez, ela se afastou.

"'*Diga.*'

"Eu não tinha desejo de me queimar outra vez. Mesmo assim, parte de mim queria sentir aquela chama, mesmo que só por um momento. O alerta de Fionna sobre prestar atenção à música, sobre me aferrar ao que era possível *enquanto* eu podia, soou então em minha mente. E embora as sombras pressionassem como toneladas sobre minhas costas, mesmo assim senti desejo. Em meio ao cheiro de sino-de-prata e àquela dor de perda na alma, ouvi meu amor sussurrar para mim, como ela fazia em dias belos e distantes dali.

"*Corações só se machucam. Eles nunca se partem.*

"Olhei para Phoebe, nua, corajosa e bela, aquela canção de cicatrizes sobre sua pele. Meus lábios se afastaram, secos como cinzas e famintos. E enfim falei a verdade que nunca achei que fosse dizer:

"'... Eu quero.'

"Então ela estava em meus braços, caindo sobre mim com toda a fúria e a fome da tempestade lá fora. Seu beijo era ardente, queimava, mas respeitando sua palavra, ela manteve as mãos às costas, como se estivessem amarradas ali, recusando-se a me tocar. Deixando que eu a tocasse.

"Eu tateava. Sem saber ao certo o que fazer. A primeira mulher que eu conhecia em uma eternidade apertou-se contra mim. Seu corpo era uma região indomada, selvagem e belo, e eu estava em chamas com a necessidade de conhecer cada centímetro; de deixar meus lábios acenderem fogos em meio àquelas colinas e vales, para enfrentar os perigos de seus lugares mais sombrios. Mas sabia que deveria ter cuidado com meu toque de prata, então me obriguei a delinear sua forma; uma dança lenta e torturante apenas com a ponta dos dedos, desenhando espirais compridas e cuidadosas sobre sua pele arrepiada enquanto nossos beijos se aprofundavam. Acariciei o caminho longo e pálido como leite de seu pescoço, aquela pulsação chamando meu nome, descendo dos arcos de suas clavículas até seus seios. Seu coração trovejava sob minhas mãos, seus suspiros despertando borboletas há muito tempo adormecidas em meu estômago. Sua respiração vacilou quando eu a acariciei, arquejante quando a belisquei, sentindo-a tremer enquanto gemia em minha boca.

"Phoebe afastou-se outra vez, e eu a segui; ferro sobre pedra de estrela. Ela bateu na mesa, pulsos ainda cruzados às costas, erguendo-se e envolvendo as pernas apertadas em torno de minha cintura. Minha calça estava tensa enquanto nos esfregávamos um no outro, minha boca deslizou para a linha de seu queixo. Seu cheiro era a mais pura loucura, e os cabelos em chamas caíram sobre suas costas quando ela jogou a cabeça para trás. Minhas mãos acariciaram sua bunda, e meus beijos percorreram o pescoço dela, aquele hino proibido zunindo sob sua pele. Minhas presas tinham crescido das gengivas, compridas e duras, e não ousei permanecer ali por medo do que poderia fazer em seguida, e minha boca seguiu suas tatuagens cada vez mais baixo, tomando um mamilo duro como seixo em minha boca, lambendo e provocando. Meus dedos traçaram linhas de fogo na parte interna de suas coxas, e ela sibilou com o toque da prata na palma da minha mão, estremecendo quando sentiu o toque de agulhas de marfim em sua pele.

"'Deus, preciso provar você', sussurrei.

"'Eu *quero* que você faça isso', disse ela em voz baixa.

"Ela me apertou mais forte contra o peito, e compreendi então do que ela estava falando. *O Beijo*. Ela queria senti-lo, percebi; se afogar no êxtase que ele prometia, erguer-se e queimar em meio àqueles céus vermelho-escuros. Mas embora minha sede urrasse e corcoveasse como uma coisa selvagem diante da ideia, eu não ousei sucumbir, e me abaixei mais. Phoebe relaxou com um suspiro, suas pernas afastaram-se conforme meus beijos desciam, espirais vermelho-sangue me conduziram para cada vez mais perto, sentindo arrepios quando caí de joelhos e me afundei no paraíso sedoso que me esperava.

"'Ah, Luas...'

"Ela derreteu ao sentir minha língua se mover contra ela, deitando-se sobre a mesa, a coluna arqueando e a boca aberta. Seu gosto era fogo e ferrugem de outono, mel e sal, meus dedos ainda percorrendo sua pele enquanto minha língua escrevia poesia em suas pétalas, adejando sobre seu botão inchado enquanto ela gemia e suplicava por mais, pelas deusas, *mais*.

"Eu cantei uma canção sobre ela tão velha quanto o tempo, querendo apenas ouvi-la cantar em resposta. Tensão estava escrita em todos os seus músculos, em cada mínimo arquejo, suas pernas agora se erguendo, os dedos dos pés se curvando enquanto suas garras cravavam fundo na madeira. Ela começou a corcovear, a suplicar, desfeita por meu toque, minha língua, e, enquanto ela se estilhaçava, descumpriu sua palavra e passou as garras pelo meu cabelo, com ferocidade suficiente para tirar sangue, e um grito emergiu dela quando ficou tensa como uma corda de arco, e seu grito disforme em vez disso se transformou em meu nome.

"Sorri, deleitado com aquela canção. Mas tive apenas um momento para saborear seu pequeno terremoto antes que aquelas garras se cravassem em meus ombros e ela sibilasse com toda a fome do inferno:

"'Pelas Luas, suba aqui...' E quando Phoebe me arrastou para cima de si, atirando-se em minha direção, nossas bocas colidiram com tanta força que seu lábio se cortou em minhas presas.

"*Sangue.*

"Eu me afastei. Engasgando em seco quando aquilo *desabou* sobre mim. Uma única gota de fogo de suas veias, misturada com o mel de sua boceta sobre minha língua que formigava.

"*SANGUE.*

"Deus, era êxtase. Era *agonia*. Salvação e danação entrelaçadas, correndo em linhas de fogo quente e branco direto até minhas partes íntimas. A sede em mim urrava, e precisei me segurar para não agarrar seus cachos e puxar sua cabeça para trás enquanto ela abria meu cinto, me libertava de minha calça e cravava as garras em meus quadris.

"'Me foda', ordenou. '*Agora.*'

"Tudo era fogo, tudo era desejo. As pernas de Phoebe me envolveram quando ela pressionou meu pau latejante contra seus lábios, o paraíso a uma entrega, a um movimento, a uma mordida de distância. O desejo era mais profundo que qualquer oceano, mais forte que qualquer juramento, mergulhar, beber e devorar. Mas acima de sua respiração entrecortada, ouvi o *grito* primitivo daquele animal dentro de mim; baixo diante da tempestade, mas ainda suficiente para enfiar um punhal de gelo através de minha barriga.

"Eu me afastei da boca de Phoebe, e ela gemeu e procurou meu beijo outra vez, garras se afundando mais em minha pele.

"'Pelas Luas, Gabriel, me foda...'

"'Pare', arquejei. '*Escute.*'

"E então eu ouvi mais uma vez: inconfundível e inacreditável.

"O som de vidro sendo triturado."

No alto de uma torre preta em Sul Adair, Jean-François do sangue Chastain, historiador de sua graça Margot Chastain, bateu com as mãos no tomo em seu colo.

– Você está de brincadeira?

O Último Santo de Prata tomou um gole de seu cálice de vinho, com a sobrancelha arqueada.

– Hein?

– Nesse *exato* momento? – perguntou o historiador. – Você está brincando comigo para sua própria diversão sádica? Seus inimigos escolheram *esse* exato momento para causar problema?

– Seria melhor em outro momento. – Gabriel deu de ombros. – Mas podia ter sido *muito* pior.

– Grande Redentor! – exclamou o vampiro, relaxando em sua poltrona e olhando para o teto à procura de paciência. O monstro enfim encontrou sua calma e tamborilou com os dedos sobre a página enquanto olhava o Santo de Prata nos olhos. – Diga-me que você pelo menos os fez sofrer pela interrupção.

– Não tema por isso, sangue-frio.

Gabriel sacudiu a cabeça e olhou para as mãos tatuadas.

– Vai haver sofrimento o suficiente.

✦ X ✦
A FERA DESPERTADA

— EU MAL TIVERA tempo de afivelar o cinto antes que Tordo entrasse pela porta; ele tinha abandonado a discrição ao ouvir o vidro ser triturado sob seus saltos de prata. Empurrei Phoebe para o lado, a dançarina da noite xingando ao cair nua da mesa. E, erguendo sua pistola, o jovem pássaro canoro apontou para seu herói.

"*BUM!*", gritou Gabriel, pulando em sua poltrona e batendo palmas.

Jean-François parou de escrever e arqueou uma sobrancelha.

— *Precisa* fazer isso, Santo de Prata?

— Preciso o quê?

— Continuar como um trovador bêbado numa pantomima de bordel?

Gabriel deu de ombros e tornou a encher o cálice.

— Na vida, sempre faça o que ama.

— Percebo que já tomou três garrafas na embriaguez de hoje, mas eu sei o barulho que faz uma pistola. *Não* há necessidade de gritar.

— Sua imperatriz exigiu toda a minha história, não foi?

Um suspiro.

— Foi.

— E você fica satisfeito em ouvir todos os detalhes sórdidos quando estou tirando a roupa. Tenho certeza de que podia cantar sobre botões inchados e cabeças latejantes a noite inteira que não ia ouvir uma palavra de reclamação.

O Último Santo de Prata arqueou uma sobrancelha, mas o vampiro permaneceu mudo.

— Então, onde nós estávamos?

O historiador revirou os olhos.

— Bum?

— *BUM!* – gritou Gabriel, pulando na poltrona e batendo palmas outra vez.

— Que a noite me salve – disse o marquês com um suspiro.

— O tiro me acertou de raspão no pescoço – continuou Gabriel, pegando seu vinho. – A apenas um centímetro da jugular, e então vi que aquele jogo era de vida ou morte. Eu não tinha fumado aquele cachimbo após o jantar, perdido demais entre as coxas de Phoebe, e então me xinguei de tolo por isso, mergulhando pelo chão até minhas coisas. Tordo avançava em minha direção, com Sabre em seu encalço, o grande Xavier Pérez assomando atrás de seu cão de caçar veados. Caí no chão, peguei minha pistola e atirei. Foi o lance de dados mais desesperado, com a intenção apenas de me fazer ganhar um momento, mas, às vezes, a Fortuna até sorri para mim, vampiro; a bala de prata atingiu Tordo no ombro, fazendo o sangue-jovem girar em um borrifo vermelho.

"Phoebe voou das sombras, nua e bela, as garras brilhando à luz do fogo. Rolei e fiquei de pé, sacando a longa espada de Tordo quando a dançarina da noite riscou quatro linhas de fogo nas costas do sangue-jovem. Sabre saltou em minha direção, seus pequenos olhos estreitos e a boca aberta, e embora sempre seja crueldade machucar um animal, é mais fácil suportar isso se ele está tentando arrancar suas bolas. Eu me afastei para o lado e dei um chute em suas costelas.

"A cachorra *voou* pelo quarto, atravessou os postigos e caiu no escuro vazio enquanto Xavier gritava seu nome. A espada de Tordo cortou o ar muito perto da cabeça de Phoebe, a dançarina da noite e o santo caindo em um balé temível. As garras de Phoebe podiam rasgar um homem até os ossos, mas Tordo estava usando a nova e grande espada de Lachlan, e a lâmina era do mais puro aço de prata, feita pela mão do velho mestre da forja, Argyle. Um erro de qualquer um deles…

"Eu não tinha ideia de onde estava Lachie, mas Xavier já era um grande problema. Fazendo pontaria com sua besta de mão, ele fez um disparo que passou perto o bastante para me barbear, arrastando uma corrente de prata, atingindo os tijolos às minhas costas. Ao menos, parecia que ele me queria respirando. Erguendo a espada roubada de Tordo, avancei na direção de meu velho irmão de batalhas."

Gabriel juntou a ponta de dedos tatuados no queixo, com os olhos no historiador a sua frente.

– A coisa é a seguinte, sangue-frio. Espadas grandes não são tão boas assim quando usadas num ambiente apertado. E pior, Tordo era nascido de sangue Dyvok, possuidor de uma força que deixaria a maioria dos sangues-pálidos envergonhados. A espada era a droga de um *animal*, maior do que qualquer espada grande deveria ser, e mais larga e mais pesada do que qualquer coisa que eu brandira na vida. E eu estava *lutando* por aquela vida agora, pela de Phoebe também, e você ficaria surpreso com o que um homem consegue fazer quando olha no rosto da morte.

"Xavier e eu lutáramos lado a lado ao longo das campanhas sūdhaemis; conhecíamos muito bem o estilo um do outro. Mas ele tinha perdido um braço desde então, e mesmo depois de ter tomado uma dose de *sanctus*, eu de algum modo ainda consegui enfrentá-lo de igual para igual, aço soando contra aço.

"'*Vadia* pagã!'

"Ouvi o xingamento de Tordo, arrisquei um olhar e vi um longo fio de sangue escorrendo por seu peito. É verdade que o jovem estava lutando duro, mas Phoebe era uma tempestade feroz, rápida como o vento. Uma filha de montanhas antigas e rainhas guerreiras, seu sangue fervia e seu coração trovejava quando ela cortou o braço da espada de Tordo até o osso. O sangue-jovem cambaleou, gritando quando Phoebe pulou em suas costas e enfiou as garras em seu pescoço.

"'Não o mate!', gritei.

"Ela rosnou, os olhos brilhando, mas mesmo assim obedeceu, batendo a cabeça dele na parede em vez de abrir seu pescoço. Puxando-o por um braço, ela jogou Tordo de cara através dos postigos quebrados, e deu um grito de triunfo quando o sangue-jovem mergulhou atrás da pobre Sabre.

"'*Me* chame de vadia, seu filho da...'

"O tiro a acertou no ombro, jogando-a para o lado, seu sangue fervilhando como gordura em um espeto de desjejum ao atingir a parede. Olhei para trás e vi Lachlan às minhas costas, sentindo um aperto no estômago ao perceber minha tolice: ele tinha subido pela parede da torre com sua força sombria e descido pela escada para nos atacar pelas costas. Gritei ao vê-lo erguer uma segunda pistola e apontá-la para Phoebe.

"'Lachie, *NÃO!*'

"A bala de prata a atingiu bem no peito, abrindo suas costelas como uma carta de amor. A cabeça de Phoebe foi jogada para trás, a boca aberta em um grito mudo quando ela cambaleou, apertando o buraco fervilhante sobre seu coração. Gritei seu nome, e nossos olhos se cruzaram; os dela brilhando dourados, os meus queimando de fúria. Uma faixa de sangue escorria por seu queixo, os lábios entreabertos como se desejasse dizer alguma coisa. Dizer *qualquer coisa*. Mas sem uma palavra, sem um gemido, Phoebe á Dúnnsair desabou no chão em um estado de ruína sangrenta quando Lachlan sibilou:

"'Morra, bruxa de pele.'"

Jean-François estava sentado consternado, uma das mãos pressionadas sobre o lugar onde seu coração antes devia estar. Olhos chocolate estavam fixos no homem a sua frente, lábios de rubi entreabertos com o choque.

– Deus todo-poderoso. Depois que você e ela tinham acabado de...

– *Oui* – assentiu Gabriel.

O vampiro inclinou-se para a frente, sua voz um sussurro:

– O que você *fez*, De León?

O Último Santo de Prata virou seu vinho em um só gole, limpando o queixo nos nós dos dedos tatuados.

— Tem uma coisa dentro de todos os homens que até os demônios temem, sangue-frio. É um monstro que a maioria de nós mantém trancafiado em seu interior, sabendo o que vai acontecer se deixarmos que ele faça o que quer. Sentimos uma palpitação quando um estranho põe os pés em nossos domínios sem ser convidado. Sentimos isso agitando-se à noite com o som do rangido de uma tábua do piso de casa. Mas nós *realmente* sentimos isso quando as pessoas de quem mais gostamos estão em perigo; nossas amantes ou nossos bebês. E se o liberamos, Deus ajude o tolo que o provocou. Senti isso se liberar dentro de mim uma única vez antes daquela na minha vida inteira: na noite em que *ele* chegou batendo em minha porta.

O Santo de Prata serviu-se de mais um copo e recostou-se na poltrona.

— O que eu fiz, sangue-frio? — O Último Santo de Prata deu de ombros. — Eu abri a jaula.

"Meu primeiro golpe atingiu Xavier no ombro, cortando até o osso. Quando Lachlan sacou a terceira e a quarta pistolas de sua bandoleira, meu punho da espada atingiu o queixo de Xavier, aliviando-o da maioria de seus dentes. E quando meu velho aprendiz ergueu suas pistolas atrás de mim, enfiei minha espada na barriga de Xavier, e a lâmina saiu pelas costas em um jorro de sangue.

"Lachlan atirou, *BUM, BUM*, mas eu girei Xavier, mais forte em minha fúria do que julgaria possível. Os disparos o atingiram bem nas costas, meu velho irmão de batalhas arquejou, meu rosto pintado com o sangue dele. Chutando-o com força, eu o joguei para o outro lado do quarto, direto sobre meu antigo aprendiz. Lachie desviou e sacou a Bebedora de Cinzas, mas eu já estava em cima dele, gritando, batendo-o contra a parede com tanta força que atravessamos a pedra que desmoronava e voamos pela noite que gritava enquanto eu fodia seu rosto com meu punho.

"Nós caímos três andares, e batemos sobre as pedras do piso, ossos se quebrando e sangue jorrando.

"'Traidor', disse ele bruscamente.

"'Bastardo', sibilei.

"'Covarde!', gritou ele.

"'Tolo!', rosnei.

"Viramos animais, apesar dos anos e dos laços entre nós: dois cães brigando, perdidos em fúria. Eu, o traidor, o assassino, o herege com mãos encharcadas do sangue de fiéis. E ele, o homem que tinha despertado aquela fera dentro de mim pela segunda vez em toda a minha vida. Embora fosse nascido Dyvok, eu de algum modo estava igualmente forte em minha fúria, cada um de nós disposto a se fazer em pedaços desde que pudesse arrancar o coração de seu inimigo com os cacos.

"Lachlan me virou de costas e me socou no rosto. Montando em cima de mim, ele bateu minha cabeça sobre as pedras do piso, com força o suficiente para rachar meu crânio. Meu velho aprendiz apertou os polegares em minha laringe, os olhos tomados de vermelho ao me estrangular. Eu agarrei seu pulso com uma das mãos, agora desesperado, a outra tateando sua bandoleira. O mundo ficou vermelho, com trovão em meus ouvidos, estrelas pretas em meus olhos. Mas enfim, Lachlan congelou, imóvel exceto pelo movimento de seu peito quando eu botei sua última pistola embaixo de seu queixo.

"'Até os melhores a-atiradores têm um dia ruim de vez em quando', sibilei. 'Mas cinco pistolas é um pouco d-demais, Lachie.'

"Meu inimigo cerrou suas presas, com um assovio na respiração.

"'Maldito cão traiçoeiro...'

"'Você diz isso como se fosse uma c-coisa ruim. Mas eu o *alertei* que tinha escondido alguns de m-meus truques.'

"'*Vá* em frente', disse ele com rispidez, preparando-se para o tiro. 'Vejo você no inferno, traidor.'

"Minha pegada se apertou. Meus olhos estavam fixos nos dele. Visualizando a expressão de surpresa e dor no rosto de Phoebe quando ele atirou nela, a fera em mim estava urrando, toda frustração e medo

– por Dior, por Phoebe, por mim mesmo – erguendo-se em meu peito quando empurrei a pistola com força embaixo de seu queixo. E sussurrei, com lábios e mãos ensanguentados:

"'Se eu fosse o traidor que você acha que eu sou, Lachie, eu o *m-mataria*.'

"Joguei a pistola para longe, o aço de prata deslizando pela pedra.

"'Mas em seu coração, irmãozinho, você ainda me conhece melhor do que isso.'

"As mãos dele ainda estavam em minha garganta.

"Os olhos endurecidos para a pistola que eu tinha jogado para longe.

"'Você os m-matou', sussurrou ele. 'Mãocinza. A irmã Chloe.'

"'Matei. E gostaria que não tivesse sido assim. Mas eu faria tudo de novo, Lachlan. Outras *mil* vezes. Porque não apenas o mundo, mas o destino de toda alma sob o céu dependia do equilíbrio disso.' Olhando-o nos olhos, lambi o sangue de meus lábios cortados e cuspi a verdade que ansiava contar desde que nos reencontramos. 'Dior Lachance não é nenhuma bruxa, irmãozinho. Nenhuma feiticeira nem herege. Ela é o Santo Graal de San Michon.'

"Os olhos de Lachlan se estreitaram, surpresa e suspeita em igual medida.

"'Ela era o tesouro, a *arma* que Chloe foi enviada para encontrar', revelei para ele. "*Ela* foi a razão para Mãocinza convocar todos os santos para o mosteiro. O sangue do Redentor corre nas veias daquela garota, Lachlan. É por isso que os sangues-frios a caçam, o motivo por que uma dançarina da noite, uma vampira e um Santo de Prata se juntaram para defendê-la, por que Chloe e Mãocinza tentaram *sacrificá-la*. Tudo o que fiz naquela catedral foi para salvar a vida daquela garota. Ela é a única coisa neste mundo esquecido por Deus que ainda vale a pena proteger.' Cerrei os dentes, com dor no coração que levava no peito. 'A única coisa que importa desde que Fabién Voss tirou minha esposa e minha filha de mim.'

"Seus olhos se arregalaram ao ouvir isso, os lábios entreabertos em choque.

"'Ah, Gabe. Irmão, eu...'

"Ergui as mãos lentamente, afastando as mãos dele de meu pescoço.

613

"'Eu não acredito mais em muita coisa, Lachlan. Mas acredito em Dior Lachance. E, neste momento, ela definha nas mãos dos Dyvok, e o *mundo* todo está em risco por causa disso. Jurei protegê-la. Assim como aquela mulher lá em cima em quem você atirou. Então me mate ou me deixe. Porque por acaso eu devo minha vida àquela bruxa de pele pagã.'

"Empurrei Lachlan para longe, e ele deixou que eu me levantasse, com perplexidade e pesar em seus olhos. Segurando minhas costelas quebradas, babando sangue, peguei a Bebedora de Cinzas e me ergui sobre pernas trêmulas. A voz da Bebedora era uma canção de prata em minha cabeça, cheia de medo, sofrimento e tristeza.

"*Ah, Gabriel, a cabelo de fogo...*

"Meu estômago já estava se revirando quando voltei cambaleante para a sala com lareira destruída, o piso encharcado de sangue. Xavier estava encolhido junto da parede quebrada, tentando erguer-se de joelhos com o braço bom. Mas meus olhos viram apenas...

"*Ah nãonãonãonão...*

"Corri até o lado de Phoebe, com o coração na garganta e o estômago revirado. Ela estava enroscada em uma poça vermelha, a pele nua respingada de sangue, um buraco horrível e chamuscado em suas costas. Eu a virei com cuidado, aninhando-a delicadamente em meus braços. Mas embora estivesse ferida por prata mortal, dois tiros quase à queima-roupa, mesmo assim eu me surpreendi ao ver...

"'Pelos Sete Mártires', falei em voz baixa. 'Você está *viva...*'

"Ela sussurrou, quase inaudível por causa da tempestade uivante:

"'Q- quem disse... que v-você é mais bonito... do que p-perceptivo?'

"Uma bolha de sangue estourou em seus lábios, e ela deu um grito quando a botei sobre a mesa para inspecionar melhor seus ferimentos. O primeiro tiro havia rasgado muito o ombro dela, mas fora o segundo que causara verdadeiro dano; estilhaçando suas costelas bem perto do coração. Para meu horror, vi que o ferimento estava queimado e escuro, bem como o traçado das veias sob sua pele. E com um aperto no estômago, percebi que não havia ferimento de saída, que a bala ainda estava dentro dela.

"'Phoebe, você consegue me ouvir?', sussurrei enquanto a sacudia. '*Phoebe?*'

"Ela gemeu. Peguei minha garrafinha de bolso e joguei vodka em seu ferimento. Phoebe gritou como um gato escaldado, proferindo um arco-íris de profanidades através dos lábios ensanguentados.

"'Tem alguma coisa errada... P-posso *sentir*...'

"'Você ainda tem uma bala de prata dentro de você.'

"'Ahhh, aqueles b-bastardos.' Ela riu, cuspindo sangue quando bateu a cabeça sobre a madeira. 'Eles me m-m-mataram, não foi?'

"'*Besteira*. Você sobreviveu a Danton Voss, vai sobreviver a isso.'

"'Não vai cicatrizar.' Ela engoliu em seco, os lábios molhados e vermelhos. 'N-não prata...'

"'Só fique quieta', supliquei. 'Não fale.'

"Eu tinha um conjunto de boticário em meus alforjes, guardado dos estoques do mosteiro. Xavier ainda tentava se levantar, e atravessei a sala, apaguei-o com um soco de quebrar o queixo, peguei os itens e os pus sobre a mesa. O sangramento estava ruim, a luz era uma merda, e eu podia ver uma mancha escura se espalhando lentamente pelas veias de Phoebe: o veneno da prata em seu sangue. De dentes cerrados, comecei a trabalhar, os dedos trêmulos enquanto remexia no interior da ferida com fórceps. Sangue queimado escorreu pelos meus dedos, Phoebe gemeu, enfim gritando de agonia, e eu xinguei mil vezes. Mas por mais que tentasse, por mais que eu desejasse...

"'Não consigo sentir...'

"Afastei meu cabelo dos olhos com uma mão ensanguentada.

"'*Maldição*...'

"'P-pare', implorou Phoebe, segurando meu pulso. 'P-por favor.'

"'O cacete que eu vou fazer isso.'

"'Pelo amor das Luas. Eu n-não quero que a última coisa que eu s-sinta nesta terra seja você abrindo meu peito.'

"'Cale a boca, gatinha. Pelo menos uma vez na vida faça o que...'

"Eu me calei quando ela pressionou uma mão vermelha sobre meu rosto, os dentes sujos de sangue.

"'Eu lhe disse, nada de p-promessas. N-nada de juramentos. M-mas jure... me jure que v-você vai salvar a Flor.'

"'Eu não vou jurar nada. E você não vai a lugar ne...'

"'Dior precisa de você, Gabe. Diga adeus a ela por mim. E diga...' Ela emitiu uma expressão de dor, a cabeça jogada para trás enquanto suas veias queimavam com veneno prateado. 'Ahhh, d-desculpe, tia Cinna... Eu *tentei*...'

"Phoebe enroscou-se, choramingando enquanto eu arregalava os olhos.

"'Tia Cinna...', sussurrei.

"*Uma vidente, uma caminhante dos sonhos. A maior curandeira das Terras Altas...*

"'Ela pode consertar isso? Sua tia?'

"A dançarina da noite fez apenas uma careta de dor, tomada pela agonia do veneno.

"'Phoebe?', gritei. 'Sua tia Cinna pode resolver isso?'

"'Eu lhe d-disse, seu tolo', gemeu ela. 'Se f-for para as Terras Altas, você morre.'

"Isso era tudo o que eu precisava ouvir. Enquanto Phoebe gemia em protesto, eu cobri seus ferimentos, colocando nela seu vestido e a envolvendo em nossas peles. Joguei todo o equipamento que pude sobre os ombros e ergui a dançarina ferida em meus braços. Meu sangue ainda estava em chamas, alguma força sombria e desesperada em ação em minhas veias enquanto eu descia correndo para o pátio do castelo seis, sete degraus de cada vez. Lachlan estava ajoelhado no pátio quebrado, com um Tordo ensanguentado ajudando-o a se levantar das pedras do calçamento, observando-me enquanto eu corria para os estábulos.

"Saí trotando sobre Argent, com Espinho vindo atrás e Phoebe ensanguentada em meus braços. Os olhos de meu aprendiz estavam fixos nos meus quando parei, com a respiração condensando no frio entre nós.

"'Não venha atrás de mim outra vez, Lachie', alertei. 'E se fizer isso, traga a droga de um exército de prata com você. Por que é *disso* que vai precisar para me impedir de voltar para o lado daquela garota.'

"Com isso, girei Argent e o toquei adiante. Os olhos de Phoebe estavam fechados; os cílios, grudados sobre bochechas sangrentas enquanto avançávamos na tempestade que arrefecia, correndo como se todo o inferno estivesse em nosso encalço.

"'Aguente, Phoebe', disse para ela e beijei sua testa. 'Apenas respire.'

"Eu sabia que isso era a artimanha de um tolo. Que essa história acabaria comigo morto e esfolado como um animal, mas a mulher em meus braços tinha salvado minha vida, talvez de mais maneiras do que eu estava disposto a admitir, e o veneno em suas veias era minha culpa. Então, enquanto aquilo me afastava cada vez mais do lado de Dior, enquanto me levava para uma morte quase certa, mesmo assim eu virei o rosto pintado com a caveira de Argent na direção do vento e corri com ele tão depressa quanto ousei em nossa estrada nova.

"Na direção das espiras encharcadas de sangue do Trono das Luas.

"Na direção de sombras que dançavam ao anoitecer na Floresta dos Fazeres.

"Na direção das Terras Altas."

✦ XI ✦
NÃO ERA UM DIA PARA MORRER

– CAVALGUEI POR SEIS noites, todas elas borradas. Quase sem comer. Sempre fumando. Enroscando-me ao lado de Phoebe para conseguir alguns minutos de sono a cada noite, morrendo de medo de acordar e encontrá-la fria e imóvel ao meu lado. A prata queimava escura em suas veias, sua respiração cada vez mais fraca e sua pele ficando acinzentada. Mas eu tinha desacelerado seu pulso com um chá de sombra-indolente e timão-do-nunca colhidos nos espaços vazios da Floresta dos Fazeres cada vez mais densa. Eu nunca fui tão grato por fungos na droga da minha vida.

"Entretanto, enquanto subíamos na direção dos rochedos do poderoso Bann Fìageal, minha gratidão desapareceu por completo. As árvores assomavam escuras e retorcidas à minha volta, carregadas com espinhas-de-sombra e asphyxia, contorcidas em formas de pesadelo. O fedor de decomposição manchava cada respiração, e sombras estranhas penetravam através de galhos em forma de garras. Aves escuras cantavam com línguas assombradas, havia teias grandes demais para qualquer aranha sob o céu penduradas entre os galhos. Os poucos animais que vi estavam estragados e decaídos; peles cobertas de mofo pálido e treliças de podridão escura. Podia ver por que os clãs das Terras Altas eram tão isolados; nenhum homem são ou vivo enfrentaria aquelas florestas para encontrá-los. Mas se eu não a atravessasse logo, Phoebe seria enterrada nelas.

"Por isso, segui em frente, dia e noite confundindo-se, uma escuridão congelante e sem fim.

"Havia um rapaz na velha Lilhas,
"Que brincava com ignis preta.
"Ele explodiu seu saco
"Para todos os lados,
"E seu pau foi parar nas ilhas.

"'Horrível.' Olhei para a espada em minha mão. '*Saco* não rima com *lados*.
"*Nada rima bem com s-s-saco, Gabriel. Uma das grandes decepções da vida.*
"Franzi o cenho ao ouvir isso, tentando pensar em uma palavra para provar que a Bebedora estava errada. Meu medo era tanto que estava cavalgando com ela na mão fazia três dias, e enquanto seu peso era um conforto naquela floresta morta e estragada, sua tagarelice estava perdendo a graça.
"*Achei que pudesse f-fazer você rir você nunca mais sorrisorri, Gabriel...*
"'Vou sorrir quando Phoebe e Dior estiverem em segurança.'
"*Você g-g-gosta dela.*
"'Claro que gosto. Aquela garota é a única razão...'
"*Nãonãonão de Dior. Da de c-cabelo de fogo.*
"A bela dama no punho da espada olhou para mim; aqueles olhos prateados, cegos, ainda assim vendo tudo. Olhei para ela, seu peso quase tão grande quanto o do anel de compromisso que eu usava. A Bebedora de Cinzas estava presente no dia em que Astrid botou aquela aliança no meu dedo. E mesmo depois que fui expulso da ordem, minha espada permanecera fiel a mim. Apesar da grandiosidade de seu começo, da glória que conquistara ao longo dos tempos, ela ficou satisfeita por fazer parte de minha vida. Pendurada acima da lareira em nosso pequeno farol enquanto *ma famille* vicejava por toda a sua volta. Ela estava na minha mão no dia em que o Rei Eterno foi nos visitar. E ouviu aquela promessa que eu fiz para o chão depois.
"*Eu d-digo que é uma vergonha.*
"Abaixei a cabeça, xingando a mim mesmo e a minha fraqueza enquanto olhava para Phoebe.

"'Eu sei. Eu nunca devia ter deixado que isso chegasse tão longe.'

"*Nãonãonão. Você nãonão entende o que estou dizendo. Eu não a-acho nenhuma vergonha ter quebrado seu juramento, meu amigo. A v-v-vergonha foi você ter feito o juramento.*

"'O que eu deveria ter feito?', rosnei. 'Enterrá-la? E junto com ela todas as lembranças?'

"*Você faz o que todos d-devem fazer quando as asas de Mahné bloqueiam seu sol. Canta c-canções doces para os mortos amados. Mas então pega sua p-p-pena e escreve o verso seguinte de sua vida.*

"'Eu odeio menestréis, Bebedora. E não sei cantar nada.'

"*Qual, então, é o seu plano? Permanecer contemplativo, em celibato triste por todos os seus dias?*

"'Eu não sou contemplativo. E não estou em celi…'

"*Raspar a cabeça e c-crescer a barba, e trocar as roupas de couro de assassino pelo hábito de monge? Talvez se castrar, também, hein? Não tem nenhuma boa rima para s-s-saco afinal de contas. Nem bom uso, tampouco, para viúvaviúvo para sempre.*

"'Bebedora…'

"*Mais uso tem o touro para suas tetas que o eternamente enlutado para sua masculinidade. Eu tenho o g-g-gume mais aguçado para encarar sua tarefa problemática. Então vamos,* chevalier, *saque sua espada e deixe-me enfrentá-la, sniksnaksnikSNAK!*

"Franzi o cenho, recusando-me a encorajar o pequeno discurso da Bebedora com uma resposta. Ela continuou um pouco mais, sua voz soando em minha cabeça enquanto eu seguia em frente por aquela escuridão. E depois que tinha feito a última de suas piadas com castração, eu falei com uma voz afiada como seu gume partido:

"'Eu a amava, Bebedora. Não consigo evitar. Eu amava Astrid então e ainda a amo.'

"A voz dela suavizou-se, musical e doce em minha mente:

"*Eu sei. Você teve a-a-algo que a maioria dos homens nunca possui. Entretanto eu também conhecia sua e-esposa, Gabriel. E Astrid não ia querer que você a pranteassepranteasse para s-sempre. Afastar-se de toda vida e amor. Sufocar no passado em vez de r-r-respirar aqui e agora.*

"Olhei fixamente para aquela dama de prata, suas palavras ecoando nos salões de meu coração ferido.

"*Felicidade, acima de tudo, ela ia lhe d-desejar. E eu além dela. Meu q-querido amigo.*

"Senti uma ardência nos olhos, logo afastada com as costas da mão.

"*Como está a cabelocabelodefogo?*

"Olhei para a mulher nos meus braços, mechas lisas de suor grudadas em seu rosto. Eu estava de luvas, é claro, tanto para poupar minhas mãos do frio quanto a pele de Phoebe do toque de mais prata. Mas sua respiração estava fraca como a de um filhote de passarinho, e veias escuras se espalhavam sob sua pele.

"'Pior.' Eu olhei a nossa volta com o cenho franzido. 'E a merda dessa maldita floresta parece não ter fim.'

"*Está e-e-escuro aqui. Assustador. Eu gostogosto...*

"'Isso me lembra da Clareira Escarlate.' Olhei por entre galhos em movimento, as folhas sussurrantes e as sombras adejando pelo escuro. 'Você se lembra daquele dia?'

"*... Não.*

"Sua resposta foi um suspiro, fraco e melancólico.

"*A-a-algusns dias... eu não consigo me lembrar de nada, Gabriel...*

"'Uh-hum?'

"A voz soou acima de mim, garras afiadas acima dos ventos que gemiam. Olhando para um par de olhos brilhantes, avistei apenas uma coruja; de penas fulvas e olhar dourado, estudando-me com a cabeça inclinada.

"'Uh-hum?', perguntou ela outra vez, batendo as asas.

"'Gabriel de León, *monsieur*', murmurei, abaixando a espada. 'A seu serviço.'

"Ouvi asas atrás de mim, rápidas no escuro. Outra coruja juntou-se à primeira, cinza e magra, me encarando com olhos chamejantes. Um vento frio soprava em minhas costas, um calafrio percorreu minha pele. A noite caía na floresta; eu deveria parar para descansar em breve. Mas embora não soubesse por quê, impeli a montaria, trotando mais depressa. Estava montado em Espinho para dar um descanso para Argent, e meu tarreun trotando atrás de nós, e ao andarmos entre as árvores retorcidas, ouvi a canção de asas e percebi mais figuras nos galhos acima. Algumas, então uma dúzia.

"Corujas.

"Elas me observaram passar, sem piscar, olhos grandes como pires ou pequenos como dedais. Algumas eram tão pequeninas que apenas um camundongo teria medo delas, outras, grandes o suficiente para levar uma criança pequena para o jantar. Na escuridão depois da morte dos dias, a maioria das aves em Elidaen tinha morrido. Não havia frutas para comer. Nenhuma flor para beber. Corujas eram das poucas espécies que sobreviviam nessas noites, caçando presas pequenas o bastante para terem prosperado em um mundo sem luz solar. Mas ver tantas delas em um lugar, unidas ao me observar...

"'Uh-hum?', chamou uma delas.

"'*Uh-huuum?*', respondeu o restante, ecoando nas árvores.

"*Como se c-c-chama um grupo de corujas*', perguntou-se a Bebedora.

"'Uma preocupação', murmurei, observando os galhos ao redor.

"*Nãonão, isso não está certo. É... um c-c-cardume?*

"Chutei Espinho, e ela e Argent avançaram rapidamente através das árvores de pesadelo. Phoebe mexeu-se em meus braços, e eu a apertei com mais força, beijando sua testa fria. Por toda a nossa volta, aquelas sombras aladas estavam se reunindo, olhos brilhantes e garras afiadas, sempre chamando:

"'Uh-huum?', perguntavam elas. 'HUUM!'

"*Uma vara?*

"'Isso são porcos', sibilei.

"'Uh-huum?'

"*Pa-pa-panapaná, então?*

"'Borboletas.'

"*Um molho? Um enxame? Uma nuvem uma horda um grupo uma ninhada uma…*

"'*UH-HUUM!*'

"Olhei para trás, as árvores agora soando com seus gritos, olhos brilhando na escuridão congelante. Sombras batiam asas ao meu redor, Espinho trovejava embaixo de mim, e a lanterna em meu cinto projetava padrões loucos e tremeluzentes na escuridão enquanto avançávamos…

"*Um urso!*

"'Um bando de corujas não é chamado de ur…'

"*Não, OLHE!*

"Ele saiu da escuridão mais profunda à frente, triturando neve sob suas patas enormes, e meus olhos se arregalaram quando eu o vi, tal como a Bebedora dissera:

"A merda de um *urso*.

"Mas não um ladrão de mel ou um urso-cinzento da montanha, não, esse era um monstro cuspido pela mente daquela floresta de pesadelo, ou talvez pelo coração sombrio e azedo do inferno. Ele se ergueu a nossa frente, uma torre de mais de três metros, e sua boca se abriu em um URRO de gelar o sangue. Sua pele era da cor da meia-noite, seus dentes eram como espadas, afiados o bastante para despedaçar aço. Espinho desviou para o lado, e gritei alto e me joguei de sua sela quando garras passaram cortantes perto de minha cabeça. Girando para proteger o corpo de Phoebe com o meu, senti algo se quebrar quando caímos na neve, abraçando-a junto ao peito enquanto rolávamos até parar. Mas eu não tinha tempo para sangrar.

"Nem tempo para fumar, infelizmente.

"Espinho entrou em pânico e fugiu a galope, e esperei ouvir o barulho de cavalo se quebrando atrás de mim, o pobre Argent juntando-se à longa lista de cavalos azarados que eu tinha enterrado naquela estrada. Mas o que ouvi foi um urro feroz e, ao olhar para trás, vi o tarreun de pé nas patas traseiras diante daquela fera enorme. Não recuando aterrorizado, mas desafiador, e o monstro recuou quando o cavalo de batalha golpeou o ar com seus cascos dianteiros.

"'Quantos colhões para um castrado', murmurei.

"Saquei minha pistola e atirei, e o urso berrou quando o tiro passou raspando por seu crânio, estourando, em vez disso, sua orelha. Xingando-me pelo erro, fiquei de pé, com a Bebedora na mão quando o monstro me atacou. Rolei pelas raízes emaranhadas com outro xingamento, afastando-o tanto de Argent quanto de Phoebe. Depois de passar por eles trovejando, abalando a terra, o urso girou para me encarar, rápido como prata, a voz da Bebedora perdida sob outro *URRO* trovejante. A fera atacou outra vez, um borrão de velocidade e força aterrorizantes, patas assoviando na direção de meu rosto, as mandíbulas se fechando e me forçando a recuar e recuar. Saltei para trás de um álamo retorcido para ganhar um momento para respirar, e desviando de outra série de golpes, rolei baixo e ataquei com força, olhos vermelhos, presas à mostra, gritando em triunfo quando enterrei a Bebedora fundo no flanco do monstro.

"Foi um golpe mortal, eu podia jurar isso, mas o urso apenas berrou e atacou, arrancando a espada de minhas mãos. Urrei quando ele me atingiu, todo o mundo queimando branco enquanto eu voava para trás, caindo através dos galhos de um carvalho apodrecido, e as corujas gritaram quando se espalharam. Ao atingir a neve, levantei minha cabeça, que zunia, com estrelas nos olhos e sangue na boca quando aquele urso infernal me atacou e me pegou em suas mandíbulas.

"O monstro me pegou pelo ombro, sacudiu a cabeça e me balançou como se eu fosse um boneco de pano. Senti dentes perfurarem a pele, ossos se quebrando, e então gritei, alto e forte; um grito de agonia, de medo, mas, acima de tudo, de *fúria*. Eu era Gabriel de León, afinal de contas. Salvador de Nordlund, espada do império, a *porra do Leão Negro*, e aquele não seria o dia em que eu morreria. Soquei a fera com tanta força quanto pude, cara, focinho, a orelha ensanguentada, e, enfim, sem mais nada a fazer, mordi aquele bastardo, cravando fundo as presas em seu pescoço. A fera jogou a cabeça para trás, urrou em agonia, então me soltou, e eu caí sobre a neve como um saco de varetas quebradas, com sangue jorrando de meu peito e meu ombro perfurados.

"A dor era... de tirar o fôlego. Eu estava quebrado em uma dúzia de lugares, carne rasgada, o peito borbulhando. À minha volta, a neve se encharcara de vermelho. Mas mesmo assim, com meu mundo se inundando de vermelho, as botas enchendo-se de sangue, de algum modo consegui me erguer. O urso trovejou em minha direção; duas toneladas de músculos, presas e garras. A Bebedora ainda estava enfiada nas costas do monstro; eu não tinha nada com o que lutar exceto minhas próprias mãos. Mas mãos nuas já mataram reis, sangue-frio. Mãos nuas construíram impérios. Um homem e sua espada podem criar uma lenda. Um homem e seu exército podem conquistar uma nação. Um homem e seu Deus podem refazer o mundo. Mas espadas se quebram. Exércitos vacilam. Deuses traem.

"As mãos de um homem são sempre suas.

"O monstro avançou sobre mim, fazendo-me cair sentado. Mas quando sua boca ensanguentada se abriu bem para rasgar meu pescoço, eu a segurei, uma mão fechada em torno de seu queixo; a outra, em seu focinho. A fera apertou com toda a sua força, toneladas de pressão sobre meu peito, saliva e sangue pingando em meu rosto de sua língua que pendia da boca aberta. E embora eu não soubesse como, mantive aquelas mandíbulas abertas, com presas se afundando na palma das minhas mãos, mãos nuas rasgadas e ensanguentadas. O monstro atacou, tentando em vão morder, mas com fúria e medo fervilhando em meu peito, eu abri mais sua boca. A fera se debateu, as garras me rasgaram, o som de tendões estourando e ossos se quebrando ergueu-se acima de seu berro agonizante quando fiz força e abri tanto sua boca que ela se partiu em minhas mãos.

"Sangue jorrou, o urso uivou de dor e fúria. Plantei os dois pés em seu peito, chutei com força, e o monstro saiu voando apesar de seu peso colossal. Ele atingiu uma árvore a poucos metros de onde Phoebe estava, o carvalho inclinando-se de lado com uma nevasca, e a terra tremeu quando a fera bateu no gelo e ficou imóvel, com vapor subindo de sua boca destruída.

"Eu me levantei com dificuldade, cambaleei e desabei, rastejando, então, pelo cinza encharcado de vermelho. Minha língua estava formigando quando cuspi dela o sangue do urso, todos os meus sentidos acesos, borrados, mas eu tinha um único pensamento, um medo, não por mim, mas por...

"'Phoebe...'

Ela estava deitada onde tinha caído, envolta em peles, agora coberta por neve. Espinho tinha fugido, mas consegui dar um sorriso ensanguentado quando vi que Argent ainda se dobrava sobre o corpo de Phoebe, como um soldado leal em seu posto, sua respiração condensando quando relinchou ao me ver. Rastejando de joelhos até seu lado, apertei uma mão ensanguentada sobre seu flanco.

"'Você a-acabou de fazer um a-amigo para a v-vida inteira, garoto.'

"O cavalo de batalha relinchou baixo, e me deitei ao lado de Phoebe, tossindo vermelho. Puxei os cobertores, com a sede ardendo forte enquanto tentava ouvir a respiração dela. Meu coração se contorceu enquanto eu esperava em silêncio, e tirei seu braço de baixo das cobertas, tentando sentir um pulso. Meu estômago encheu-se lentamente de gelo, mas então, uma batida leve por baixo de sua pele, um pequeno gemido de seus lábios pálidos.

"'Graças aos Mártires.'

"Um gemido borbulhou na imobilidade, e, erguendo a cabeça, percebi que aquele urso monstruoso de algum modo ainda estava vivo. Ele estava tentando se levantar, com sangue escorrendo de suas mandíbulas quebradas e os olhos ainda fixos em mim. Respirando fundo, fiquei de pé, fui cambaleante até seu lado e arranquei a Bebedora de seu flanco ensanguentado. A canção da espada soou em minha cabeça, quase perdida sob os tambores de guerra de meu pulso quando a ergui alto, acima do corpo daquele monstro...

"*Pare, Gabriel, não PAREPARE!*

"... e congelei. Piscando, com o peito arquejante, pela primeira vez eu me dei conta do colar de nós eternos ao redor do pescoço do animal. O padrão de espirais e luas brancas gravado em seu pelo.

"*Uma dançarina vejo uma dançarina como cabelodefogodefogo, n-n-não a machuque, seu cabeça de merda!*"

"'Daen stiir', disse uma voz.

"Olhei para trás e avistei uma mulher com um arco longo de chifre e freixo apontado direto para meu coração. Sua roupa de couro e de peles estava enfeitada com espinheiros e gravetos, pintada em um padrão listrado de preto e cinza. Ela seria invisível entre as sombras se não fosse por meus olhos de sangue-pálido. Seu rosto estava coberto por um capuz e um cachecol, e ela usava um manto de penas sobre os ombros: uma dúzia de tipos diferentes. Penas de coruja.

"'Grande Redentor', falei com um assovio na voz, aprumando-me. 'Você...'

"'DAEN STIIR!', gritou ela. 'Ahlfunn drae'a ken!'

"Ouvi o rangido de mais arcos, e ao olhar para meus flancos e minhas costas, vi então novas figuras; meia dúzia de mulheres em meio às árvores sombrias. Estavam vestidas igual à caçadora, com os arcos erguidos e as flechas apontadas direto para mim.

"*Olhos brilhantes olheolhe veja verdadeiras filhas da floresta tão b-b-bonitas.*

"Agora eu estava fodido, sangue-frio. Meu braço esquerdo estava rasgado, com sangue escorrendo na neve. Pelo borbulhar de minha respiração, um dos meus pulmões devia estar perfurado; as costelas, estilhaçadas; o ombro, deslocado; o crânio, rachado. Eu não tinha ideia de como consegui, mesmo assim me aprumei, parado sobre o corpo de Phoebe, e ergui a Bebedora em uma mão encharcada de sangue.

"'Então está bem.' Suspirei e cuspi sangue. 'Qual de vocês, damas, quer a primeira d-dança?'

"'Maoic', disse uma das mulheres pintadas. 'Dyasae'err skaenn'a?'

"O olhar da líder foi de mim para a mulher que eu guardava. Seus olhos estreitaram-se quando viram o braço de Phoebe, pele pálida atravessada por veias escuras e finas e tatuada com espirais fae.

627

"'Fiáin dahtr', disse ela, tornando a olhar para mim com olhos furiosos.
"'Esta mulher está sob m-minha proteção', declarei, balançando em pé. 'Se tocarem nela, mato todas vocês.'
"*Você N-NÃO v-vai fazer isso.*
"'Cale a boca, Bebedora', sibilei, baixo e com fúria. 'Estou tentando ser intimidador.'
"*Elas são s-s-seis você é apenas um elas têm arcos você tem uma espada elas estão fortes você está s-s-s-sangrando por* vários *buracos novos. O quanto acha que parece intimidador?*
"Suspirei. Ouvi aquelas cordas de arco rangerem mais tensas. Que aquelas eram mulheres de clã não havia dúvida, mas se eram amigas ou inimigas dos parentes de Phoebe, eu ainda não fazia ideia. Todos os avisos que tinham me dado sobre os perigos de ir até ali soavam agora em minha mente. Mas, pegando a ponta da Bebedora, olhei feio para a dama de prata e a enfiei na neve aos meus pés.
"A caçadora olhou para mim por uma eternidade, sangue escorrendo de minhas mãos vazias. Por fim, ela baixou o arco, saiu de seu esconderijo e veio em minha direção. Quando a mulher se aproximou, tirou o capuz e baixou o cachecol, e eu vi por baixo da pintura oleosa e da sujeira que sua testa estava marcada com uma lua crescente e um círculo completo, lado a lado, e um padrão de nós eternos e luas descia pelo lado direito de seu rosto: Naéth, as tatuagens de guerreiros das Terras Altas ossianas. Seu cabelo era louro-pálido, preso em uma dúzia de tranças de assassina e entremeado com mais penas, amarradas com cordões de couro.
"Caí de joelhos ao lado de Phoebe, puxei os cobertores para mostrar a mancha preta nas veias da dançarina da noite e olhei para a mulher com olhos desesperados.
"'Esta é Phoebe, filha abençoada do clã Dúnnsair.' Tossi, cuspindo sangue. 'Ela l-levou um tiro de prata. E ainda está dentro dela.'
"À menção da palavra *prata*, a mulher estreitou os olhos. Olhando com mais atenção, ela notou a tinta em meus braços e dedos através de meu casaco e luvas em frangalhos.

"'*Sandeprá*', sibilou ela, levando a mão à espada em seu cinto.

"'Paz, *mademoiselle*.' Ergui as mãos ensanguentadas. 'Não estou mais com a ordem. Eu procuro o Debate de Inverno e Cinna á Dúnnsair, na esperança de que os ferimentos de sua sobrinha possam ser curados.'

"Ainda cautelosa e tensa, a caçadora agachou-se ao lado de Phoebe e pressionou a palma da mão sobre sua testa. Uma das outras a chamou, a mulher deu uma resposta ríspida, com um medo novo em sua voz. Voltei a tossir, sangue espirrando em minha mão enluvada, a respiração espumando através de pulmões perfurados. A neve ao meu redor agora estava ensopada, meu anoitecer nadando na direção da meia-noite. Eu devia ter caído como uma pedra. Mas embora não soubesse como, lutei contra aquela escuridão. A caçadora olhou para mim, sua expressão nublada. Que eu era de algum modo aliado de Phoebe devia estar claro, mas que era um forasteiro das Terras Baixas, um *Santo de Prata*, estava ainda mais claro.

"'Ela vai sobreviver?'

"Eu me virei ao ouvir a voz profunda e rouca. E ali, na noite recém-caída, estava uma das maiores mulheres que eu já tinha visto. Era larga, alta e musculosa e, além de seu colar de nós eternos, estava desavergonhadamente nua. Cabelo preto na altura da cintura e preso em dúzias de tranças de assassina que cascateavam sobre a pele encharcada de sangue, enfeitadas com espirais e luas, pintadas de branco. Pelo ferimento sangrento de espada na lateral do corpo e a sombra que ela projetava na neve, eu a reconheci: ela era aquela montanha de dentes e garras que eu acabara de enfrentar até um impasse.

"Uma dançarina da noite dos úrfuil.

"'Parentes dos ursos', sussurrei.

"Uma das caçadoras jogou uma capa de tecido de clã, e a corpulenta mulher a prendeu em torno da cintura como um *kilt*. Ela se aproximou mancando, os olhos fixos em mim, e vi que eram inteiramente castanhos, sem nenhuma parte branca. Orelhas cobertas por pelos escuros ficavam um pouco alto demais em seu crânio, uma delas um coto irregular e ensanguentado. A mão que ela apertava sobre o ferimento em suas costelas parecia mais uma pata;

com garras e coberta por pelos escuros e fartos que subiam por seus antebraços até os cotovelos. Seu nariz e seu maxilar estavam quebrados; a boca, ensanguentada e machucada, mas mesmo assim ela conseguiu falar, as palavras arrastadas, seu sotaque extremamente carregado:

"'Eu quero seu nome, maebh'lair. E uma boa r-razão para não acabar com você agora.'

"'Vou lhe dar três, *mademoiselle*, já que pediu com tanta educação.' Ergui a mão e contei em dedos encharcados de sangue. 'Primeiro, não sou um vampiro. Apenas filho de um vampiro.'

"A úrfuil escarneceu, tocando os ferimentos de mordida que eu tinha deixado em seu pescoço.

"'Segunda', falei, ficando de pé, 'e, por favor, entenda que não lanço dúvidas sobre seu valor aqui, mas Phoebe á Dúnnsair provavelmente a alimentaria com seu próprio coração quando descobrisse que acabou comigo.'

"A enorme dançarina estreitou os olhos, cruzando os braços maciços.

"'E a terceira?'

"'Terceira...', cocei a barba por fazer, 'e talvez, pensando bem, por onde eu devia ter começado: a Filha de Deus foi encontrada.'

"Fiz uma pausa, ouvindo os sussurros que percorriam o grupo.

"'E *eu* sei onde ela está', acrescentei.

"Empertigando-me, esperei que suas vozes se calassem.

"'Quanto ao meu nome, *mademoiselle*? Eu sou conhecido por muitos deles. Salvador de Nordlund. Espada do império. O Leão Negro de Lorson. Mas o primeiro foi o que minha querida mãe me deu, e o que eu acho que vão conhecer com mais facilidade.'

"Voltei o olhar para a dançarina da noite, olhando-a nos olhos.

"'Gabriel de León é meu nome, *mademoiselle*. E tenho quase certeza de que ele me precede.'"

Jean-François escarneceu delicadamente, arranhando seu tomo.

– Você *disse* mesmo isso?

Gabriel riu.

– Eu disse mesmo isso.

– Bem... – O vampiro deu de ombros. – Entradas dramáticas *são* o melhor tipo.

– Nem sempre. – Gabriel tomou um gole de vinho. – Mas quando alguém insiste em medir o tamanho dos paus e o seu é maior, às vezes é melhor botá-lo logo para fora e encerrar o assunto.

"'Sei que temos uma história de sangue entre nossas espécies', disse eu. 'Mas não somos inimigos, *mademoiselle*. Se fôssemos, um dos meus estaria arriscando a vida para salvar uma das suas?'

"Os olhos da úrfuil se estreitaram. As sombras sussurraram, nova tensão agora densa no ar. A caçadora ainda ajoelhada ao lado de Phoebe olhou para baixo quando ela gemeu, apertando a mão sobre sua testa.

"'Ela está queimando, Brynne. Precisamos cuidar dela. Ou enterrá-la aqui.'

"A grandalhona não disse nada, lançando facas com o olhar na direção de meu pescoço.

"'Confie em mim, mlle. Brynne', disse eu. 'O destino do mundo depende do equilíbrio aqui.'

"Phoebe tornou a gemer, coberta de suor. A caçadora olhou com olhos arregalados e preocupados para a enorme mulher. E a úrfuil enfim deu um suspiro e aprumou os largos ombros.

"'Se botar um pé fora do caminho, sandepra, vou fazer uma capa com seu couro, entendeu?'

"'Temo que pele humana dê um péssimo couro.' Eu consegui dar um sorriso ensanguentado. 'Mas suponho que seja mais quente do que isso que está vestindo agora.'

"A ursa franziu o cenho, olhando para suas irmãs.

"'O espertinho vem conosco.'"

✦ XII ✦

O BERÇO DA MÃE

— É UM BANDO.

Nos cantos gelados de Sul Adair, Gabriel de León ergueu os olhos do globo chymico, aquela mariposa pálida batendo asas em vão sobre o vidro liso.

— O que você disse?

Jean-François botou para trás um cacho de cabelo louro com sua pena e mergulhou-a brevemente no tinteiro.

— Um grupo de corujas, De León. Se chama *bando*.

— *Hum*. — O Último Santo de Prata assentiu. — Aprende-se algo novo toda noite.

— Várias coisas. — O vampiro sorriu. — Se passar suas noites na companhia certa. Pelo que vejo, você chegou a seu destino vivo. Tirando uma quantidade de cicatrizes, seu couro ainda está intacto, pelo pouco que fez a gentileza de me mostrar.

Gabriel assentiu e serviu o que restava do Monét em seu copo.

— Nós chegamos ao Debate de Inverno. Mas aqui as coisas ficam um pouco complicadas, sangue-frio. Eu posso precisar de mais uma bebida.

— Acho que três garrafas são o suficiente por enquanto, *oui*?

Gabriel escarneceu, erguendo seu cálice.

— Você não é nada divertido.

— Nós podíamos chamar Meline e Mario de volta? Eu posso mostrar a você o quanto posso ser divertido.

– O nome dele é Dario, Chastain.

Gabriel deu um suspiro e recostou-se em sua poltrona, com as pontas dos dedos unidas em seu queixo. Ele respirou fundo, com um franzido sombrio entre as sobrancelhas, organizando os pensamentos.

– Levamos duas noites para chegar lá, correndo por trilhas secretas e com nuvens tempestuosas nos empurrando para a frente. A Floresta dos Fazeres era uma mancha escura em toda a sua volta, como mofo crescendo em pão velho, mas as Terras Altas ainda eram uma região espetacular, sangue-frio; montanhas selvagens e céus eternos, cachoeiras de gelo, com dezenas de metros de altura. Eu teria apreciado mais a beleza se não estivesse com tanto medo por Phoebe, mas enquanto não havia curandeiras entre as caçadoras, a que se chamava Maoic tinha alguma mágika consigo; era a ela que aquele bando de corujas pertencia, e conseguia falar com elas em uma língua selvagem. Com os amuletos que pendurou no pescoço de Phoebe e os chás que preparei, nós a mantivemos respirando.

"Eram guardiãs, eu soube, aquelas mulheres. *Donzelas das Luas*, elas chamavam a si mesmas: guerreiras escolhidas entre os clãs das Terras Altas, dedicadas a vigiar as terras sagradas em torno do Debate de Inverno. Moviam-se como espectros, e passavam a maior parte do tempo nas sombras enquanto viajávamos; mesmo com sentidos de sangue-pálido, eu tinha que me esforçar para acompanhá-las. Mas Maoic conduziu Espinho e Argent através da floresta a minha frente, e a mulher úrfuil vinha sempre me seguindo por trás, os olhos escuros em minhas costas, Phoebe em uma maca entre nós. O nome completo dela era Brynne á Killaech, e ela não tinha voltado a sua forma de animal após nossa batalha na floresta. Estava vestindo roupas de couro ornamentadas e um *kilt* de tecido escuro, agora, com amuletos pendurados na forma de luas crescentes. A grandalhona não era muito de falar, mesmo depois que sua mandíbula se curou, mas era claro que tinha a mais profunda apreensão em relação a minha companhia.

"'Dahtr á Dúnnsair contou a você o que é o Debate de Inverno?', perguntou ela um dia. 'Tem *alguma* ideia sob as Luas Mães para onde está se dirigindo?'

"'Só que é para o perigo', respondi. 'E minha provável morte.'

"'E mesmo assim você veio? Está cansado de viver, maebh'lair?'

"'Não sou um vampiro', lembrei a ela. 'E há muito poucas pessoas neste mundo que considero amigas, mlle. Brynne. Mas a Filha de Deus é uma delas. Por mais estranho que isso possa lhe parecer, esta mulher entre nós é outra.' Eu dei de ombros. 'E meus amigos são a colina sobre a qual eu morro.'

"'Você tem sorte por já não estar morto', rosnou ela. 'O seu Deus pagão lhe sorriu na última vez que lutamos. Se nos enfrentarmos novamente, vou rasgar uma nova bunda em você.'

"'Não duvido. Mas considerando que vou carregar as cicatrizes de seus dentes pelo resto de meus dias e que gosto muito de minha bunda como ela é, vamos evitar novos enfrentamentos, está bem?'

"Brynne franziu o cenho e apontou a cabeça na direção de Phoebe entre nós.

"'Por que ela está usando um vestido de baile?'

"Apesar de minha situação perigosa, de meus medos, mesmo assim eu ri, pensando naquela garota corajosa nas sombras de Cairnhaem, seu sorriso me iluminando.

"'Por que sempre se deve dar importância à moda.'

"Nós continuamos a caminhar, com corujas voando entre as árvores mortas e pensamentos em Dior tremeluzindo em minha mente. Eu ainda não sentia nada a cada vez que tentava localizá-la. Nada além de medo e arrependimento.

"'É um festival', disse Brynne por fim. 'O Debate de Inverno. Para celebrar a virada do gelo de volta para a primavera. Todas as Mães e chefes de clãs de todas as Terras Altas se reúnem sob o estandarte da paz. Disputas são ouvidas; tréguas, negociadas; casamentos, arranjados.'

"'Infelizmente, temo que já tenham me dito isso, *mademoiselle*.'

"A mulher úrfuil sacudiu a cabeça.

"'Você *está* cansado de viver, não está?'

"Eu pisquei.

"'Talvez eu só goste de viver perigosamente.'

"Avançamos com dificuldade, seguindo por passos sinuosos nas montanhas na direção do telhado do mundo. O frio era mortal, e em todo quilômetro eu podia sentir olhos sobre mim, ouvir sussurros entre os galhos – como eu tinha sido tolo em achar que podia passar por aquelas florestas despercebido. Figuras movimentavam-se em meio às árvores, olhos aguçados e sombras rápidas, as corujas de Maoic levando informação de um lado para outro, na esperança de que as estivessem alertando para não me encherem de flechas. E, enfim, chegamos a um vale, aninhado entre duas espiras encimadas de neve, e arregalei os olhos quando vi o que me aguardava ali.

"'Ma'dair Craeth', murmurou Maoic ao meu lado, pressionando dois dedos sobre a testa, os lábios e o coração. 'O Berço das Mães. O coração das Terras Altas.'

"'Foi aqui que as Luas foram amamentadas pela noite', disse Brynne. 'Foi aqui que nasceram os primeiros filhos da floresta, quando as Mães fizeram amor com as Montanhas.'

"'Grande Redentor', sussurrei.

"Era um vale coberto por uma floresta, congelado na pegada do inverno, mas ao contrário do domínio abaixo, as árvores ali estavam vigorosas e inteiras. Não havia sinal de podridão, nenhum fungo ou decomposição, e me lembrei das matas de minha juventude; caçando em meio às árvores antes da morte dos dias.

"Havia um grande lago congelado no coração do vale, e duas estátuas enormes de basalto puro erguiam-se às suas margens, quinze metros de altura; duas nobres e belas mulheres, cada uma segurando no alto uma lua crescente de pedra. Essas eram imagens das luas, Lánis e Lánae, embora tenha chamado minha atenção o quanto eram parecidas com anjos, com largas asas nas costas e cabelo comprido enfeitado com estrelas. Entre elas, estava esculpido um homem barbado com pernas de bode e uma coroa de chifre, com uma mão estendida para cada uma delas: Malath, o Pai Terra, guardião e noivo das duas.

"Na beira do lago, havia um enorme salão com duas torres altas, uma para o oeste, a outra para o leste. A arquitetura inspirava assombro, madeiras e pedras antigas esculpidas com nós eternos. Havia árvores colossais ao lado do salão, grandes trepadeiras cobriam as paredes, e meu coração animou-se um pouco com a visão: aquele lugar parecia uma *flor*, um único botão ainda crescendo, talvez o último bastião de esplendor não corrompido em todo esse império.

"'É *bonito*', sussurrei.

"Ao lado da trilha através da mata havia uma fileira de figuras; todas mulheres, vestidas com capas de pele compridas, pintadas de vermelho como a luz da lua. Havia estranhos elmos sobre a cabeça delas, cobrindo seus olhos, como coroas feitas de velas vermelhas acesas. Espadas prateadas, curvas como luas crescentes, estavam plantadas na neve diante delas, com suas mãos pousadas nos punhos. Cada centímetro de sua pele estava coberto por pintura vermelha; espirais fae e trechos de mágikas antigas.

"'Nossas irmãs', murmurou Brynne. 'Sacerdotisas do Berço. Elas mantêm este lugar puro para as Mães e o Pai, e asseguram que nenhuma violência seja cometida durante o debate.'

"A primeira mulher fez uma reverência e falou com uma voz profunda e musical:

"'As bênçãos das Mães, queridas irmãs. O Pai sorri para vocês. Mas...' Nesse momento, aqueles olhos mascarados voltaram-se em minha direção. '... não para esse, infelizmente.'

"'Eu não trago conflito, *soeur*', comecei a dizer. 'Eu vim apenas para ajudar minha...'

"'Sabemos por que está aqui, sandepra', disse a sacerdotisa. 'Fomos informadas sobre sua chegada pelos ventos, e as florestas falaram seu nome para nós nessas muitas noites. Você deve ceder suas armas e se entregar a nossos delicados cuidados.'

"O pensamento não me caiu bem; ficar desarmado em meio a uma reunião que me veria apenas como um inimigo. Mas, se eu desejava entrar, parecia que não tinha escolha além de obedecer. Brynne ficou tensa às minhas costas quando tirei minha pistola e a pólvora e soltei a bainha da Bebedora do cinto. Eu beijei a donzela prateada no punho e a entreguei para a sacerdotisa. Embora seus olhos estivessem mascarados por aquela coroa estranha e de velas acesas, a mulher mesmo assim pegou a espada sem se perturbar.

"'Por favor, cuide dela, *soeur*', murmurei. 'Nós passamos pelo inferno juntos, ela e eu. E eu não podia ter pedido melhor companhia.'

"'Aquela Que Bebe Cinzas', disse a mulher em voz baixa. 'A Alma do Céu. A enviada dos céus.'

"Erguendo a espada com delicadeza, ela examinou a Bebedora de Cinzas com olhos intrigados.

"'Não são tão lendárias como já foram as mãos que agora a seguram. Mas a lenda *dela* permanece íntegra.' A mulher assentiu. 'Vamos tratá-la com toda a devida reverência, sandepra.'

"Eu me perguntei como aquela mulher sabia o nome da Bebedora de Cinzas, seu passado, mas mais irmãs se aproximaram antes que eu pudesse perguntar, ergueram a maca de Phoebe e a levaram depressa pela trilha da floresta. Eu fui atrás, com Brynne assomando às minhas costas enquanto passávamos por aquelas mulheres sobrenaturais a caminho do vale abaixo. Chegando perto, vi belos alojamentos de madeira e pedra construídos em torno daquele poderoso salão, uma pequena cidade aninhada no coração daquele berço. E essa cidade era habitada pelas pessoas mais estranhas que eu já vira.

"Eu tinha sido criado com histórias de dançarinos da noite no mosteiro, mas, na verdade, não tinha ideia do que encontraria em Ma'dair Craeth. Homens enormes e mulheres com corpos cobertos de pele. Pessoas com rabos e garras; meio humanas, meio animais. Alguns usavam tecido de clã e armadura, mas outros estavam tão transformados que tinham pouco uso para os dois, apenas andando na forma de seus animais. Percebi que esse era o único lugar no império onde eu podia ver tais coisas: os leões-da-montanha, ursos e lobos normais tinham todos sido extintos desde a morte dos dias.

"Havia espirais fae pintadas em suas peles, inteligência humana brilhava por trás de olhos animais. Todos olhavam para mim no escuro, alguns com curiosidade, a maioria com hostilidade, e embora eu nunca tivesse derramado sangue de dançarinos na vida, eu me senti um peixinho em um oceano de tubarões famintos.

"Phoebe foi levada com toda a pressa para aquele grande salão, mas eu fui levado para uma das torres ao lado. A sacerdotisa que pegara minhas armas me conduziu por uma escada em caracol, a luz das velas de sua coroa tremeluzindo sobre as pedras. Brynne seguia atrás, tensa com ameaça silenciosa. Fui conduzido a uma sala no alto da torre, com janelas estreitas que davam para aquelas poderosas estátuas de basalto e o lago congelado depois. Eu podia ver fogueiras acesas na margem, sombras dançando em torno das chamas, a canção de gaitas animadas e o cheiro de banquete pairando no vento frio.

"'Você vai ficar aqui', ordenou a sacerdotisa. 'A jovem Brynne vai ficar de guarda abaixo. Se precisar de alguma coisa, chame seu nome.'

"'Por quanto tempo devo esperar?', indaguei, com os punhos cerrados.

"'Enquanto as Mães e o Pai desejarem.'

"'Eu tenho negócios no sul, madame. Uma amiga querida em profunda necessidade. Viemos pedir ajuda aos clãs, mas se não vão dar nenhuma, nós *precisamos* buscar quem nos ajude. E depressa.'

"'Vamos falar com a dahtr da Fiáin.' Ela inclinou a cabeça, e cera pingou no chão. 'Tudo depende dela. Se seu Deus pagão lhe dá ouvidos, pode querer rezar para que ela viva.'

"'Ou, caso ela não sobreviva', rosnou Brynne, 'pelo menos para que nós o matemos depressa, vampiro.'

"Suspirei e olhei nos olhos da úrfuil.

"'Nada de proposta de casamento, então?'

"A corpulenta mulher murmurou e fez a volta para ir embora, mas minha voz a fez parar.

"'*Merci*, mlle. Brynne.'

"Ela franziu o cenho e olhou para trás.

"'Por depositar fé em mim', falei. 'Não é pouco ser a pessoa que dá esse primeiro passo. Pessoas que não confiam umas nas outras estão fadadas a se destruírem. E as Luas e a Terra sabem: essas noites estão cheias de inimigos o bastante.'

"Eu ofereci a mão, calçada com minha luva em frangalhos.

"'Há uma dívida com você. Minha, e esperançosamente do mundo também.'

"A guerreira olhou para a minha mão. Com um grunhido, ela a apertou, a palma de sua mão engolfando; seu aperto, de triturar ossos. Eu fiz uma careta de dor, tentando igualar sua força quando seus olhos brilharam divertidos. E sem despedidas, as duas deixaram minha cela.

"Não era uma prisão de verdade, pois, imaginei, não precisavam de uma naquele lugar sagrado. Podia ter saído pela janela e tentado minha sorte, mas isso não me serviria de nada. Meu futuro, o de Dior e o do mundo, tudo agora estava nas mãos do destino, e, se eu fosse do tipo que rezava, estaria de joelhos. Do jeito que estavam as coisas, eu esperei, sugando meu cachimbo como um sanguessuga em uma veia, queimando com minha sede cada vez maior e deixando um sulco na pedra de tanto andar de um lado para outro.

"Foi tarde na noite seguinte que ouvi passos na escada. Virando-me na direção da porta com punhos e dentes cerrados, percebi a canção de tristes gaitas agora enfeitando o ar da montanha, e me perguntei se estava ouvindo uma canção fúnebre. Mas a porta se abriu, e ali estava ela; uma visão mais bem-vinda do que eu teria acreditado quando nos conhecemos.

"Dava para notar que ela não estava totalmente recuperada, com sombras fundas sob os olhos. Mas a leoa olhou para mim; minhas roupas rasgadas e enlameadas, a barba por fazer e o sangue seco em meu rosto, uma de suas mãos com garras descansando em seu quadril quando sorriu.

"'Parece que você está precisando de outro banho, garoto de prata.'

"'Phoebe', disse eu em voz baixa. 'Graças à Virgem-mãe.'

"Ela riu, e eu a tomei em meus braços, respirando o cheiro de fumaça de madeira e mel-dos-tolos em seu cabelo trançado, apertando-a com tanta força junto ao meu peito que ela engasgou em seco. Eu a afastei para olhar aqueles olhos dourados e selvagens, sem saber se a beijava ou a repreendia. Mas ela limpou a garganta e apontou com a cabeça para as duas figuras atrás dela.

"'Gabriel de León, essa é minha tia Cinna, Auld-Sìth dos Dúnnsair, e meu primo Breandan, irmão de Saoirse e Rígan-Mor de meu clã.'

"A dupla assentiu, a mulher cálida, o sangue-jovem frio como gelo, e eu soltei Phoebe e cheguei para o lado para que eles pudessem entrar.

"Tia Cinna devia ser quinze anos mais velha do que eu, olhos esmeralda marcados por pés de corvo, linhas vincadas nos cantos de sua boca. Seu cabelo era de um louro-avermelhado que se tornava grisalho, com tranças intricadas entremeadas com ouro caindo até a cintura. As roupas de couro que vestia eram trabalhadas com padrões primorosos de nós eternos e flores havia muito mortas, o tecido de clã em torno de sua cintura feito de boa lã de carneiro. E abaixo de seu rosto, em torno de cada dedo de suas mãos, belas tatuagens de Naéth sussurravam mágikas, antigas e sombrias.

"O primo Breandan era um homem forte como uma parede de tijolos. Seu queixo barbado era quadrado; seus olhos, dourados como os de um leão, e suas orelhas eram pontudas de forma semelhante: outro dançarino da noite, percebi. Seu cabelo cor de areia mais parecia uma juba, penteado em tranças de assassino e enfeitado com ouro e ossos. Dedos peludos terminavam em garras pretas e afiadas, e por baixo de seu *kilt* de bom tecido de clã, vi o que só podia ser uma *cauda*, com um tufo de pelo escuro na ponta. Ele vestia uma bela couraça de aço, roupas de couro escuro, e movimentava-se como um guerreiro. Um caçador. Um assassino.

"Minha cela quase não tinha mobília: cama e mesa, peles no chão. Cinna e Phoebe se sentaram perto da pequena lareira com pouca cerimônia, e Breandan permaneceu junto das janelas. Phoebe enfim se livrara do vestido de baile de Dior e, em vez disso, estava vestida como seus parentes: roupas de couro trabalhado e peles grossas, e um belo *kilt* no preto e três verdes de seu clã. Seu cabelo estava entrelaçado com ouro, caindo em tranças em torno de seus ombros, e ela parecia uma rainha guerreira. Mas quando me olhou nos olhos, pude ver a mulher que eu conhecia, tirando aquele vestido dos ombros sem deixar nada nem ninguém entre nós.

"Desviei os olhos dela e olhei para Cinna, que me observava de um jeito pensativo, sua voz delicada e nebulosa, como se tivesse acabado de acordar de um sono profundo.

"'Eu sonhei com você', disse ela. 'Um Leão Negro em neves vermelhas. Um corvo branco em seu ombro, um urso morto aos seus pés, uma cobra em torno de seu pescoço e uma estrela, caindo de sua boca ensanguentada.'

"O metal nas tranças de Cinna cantou delicadamente quando ela inclinou a cabeça.

"'Você é o arauto de boas ou más notícias, Gabriel de León?'

"'Eu nunca fui do tipo que acreditava em sonhos, mme. Cinna', respondi.

"'Você devia fazer isso. Há verdades abrigadas neles.' A mulher olhou para o ar vazio às minhas costas, com olhos vidrados. 'Eu vejo aquelas que o assombram, e os salões de seu coração atormentado além disso. Elas o perdoam, Leão. Você carrega um fardo que elas nunca pediram que suportasse.'

"Eu olhei para Phoebe, ficando um pouco tenso, ávido para transformar conversa em ação.

"'Sua sobrinha lhe contou sobre Dior Lachance, pelo que eu entendo. O perigo que ela enfrenta?'

"'Minha sobrinha me contou que a Filha de Deus foi encontrada.' Cinna respirou fundo, os dedos tatuados entrelaçados em seu colo. 'E que minha doce Saoirse está morta.'

"Phoebe estendeu o braço e tocou a mão de Cinna, e Breandan apertou o ombro da mãe, pesado com tristeza. Mas Cinna olhava fixamente para mim, olhos brilhando com tristeza e raiva que eu conhecia muito bem. Não há maior tragédia sob o céu que um pai sobreviver a seu bebê, sangue-frio. Nenhum crime que pareça tão... injusto."

O Último Santo de Prata olhou para a luz suave do globo, com os cotovelos apoiados nos joelhos. O historiador continuava a escrever, a pena arranhando a página quando Gabriel abaixou a cabeça, e seus cachos escuros como nanquim caíram em torno de seu rosto. Sua voz estava delicada como fumaça de cachimbo.

– Sabe... Paciência uma vez me perguntou o que acontece quando morremos.

Jean-François então parou de escrever, erguendo os olhos chocolate até os do Santo de Prata.

– Ela teve uma ave de estimação – continuou Gabriel. – Um bebê gaivota que encontrou em meio às pedras. Era uma coisinha doente, mas a minha menina tinha o coração muito delicado. Ela a manteve numa caixinha que fiz. A alimentava com as mãos. E a chamou de Estrela, já que tinha caído do céu. Mas a ave era muito frágil, e, numa manhã, Paciência chegou para Astrid e para mim com a pequena Estrela nas mãos, chorando porque a gaivota não acordava.

"É uma coisa estranha explicar a morte para uma criança. A pergunta que inevitavelmente fazem é *por quê*, e na verdade não há uma boa resposta. Nós nos conformamos em contar a eles sobre o Deus que os ama. O lugar bom para onde vamos depois, onde não há sofrimento. Não há morte. Criamos nossos filhos para acreditar nessa mentira; que tudo vai ser maravilhoso quando morrerem. Mas minha Paciência não se contentou com isso. Ela me olhou com olhos cheios de lágrimas e exigiu saber por quê, se Deus nos amava tanto, ele nos botava em um lugar como este? Por que não *começava* conosco no lugar bom, onde, para começo de conversa, não havia morte?"

O historiador deu um sorriso triste.

– Ela era inteligente.

– Como a mãe dela.

– O que você disse a ela, Gabriel?

– A verdade. Eu disse a ela que não sabia. – O Último Santo de Prata olhou na direção do céu, aquele cinza-tempestade escurecido pela fúria. – Mas agora eu sei, bastardo.

Um silêncio pairou pesado na cela, o historiador observando o homem à sua frente. O globo chymico projetava sombras compridas sobre o chão, aquela mariposa pálida como um fantasma batendo as asas sobre o vidro, sempre em vão. E, enfim, Gabriel deu um suspiro, esfregando a barba por fazer em seu queixo.

– Cinna esfregou os olhos, mas seus dedos saíram secos. O coração da mulher estava pesado de tristeza, mas ela tinha uma força dentro de si que até um cego poderia enxergar.

"'Falei com os Auld-Sìths dos outros clãs. Você terá o direito de falar com todas as Mães amanhã, Leão, e apresentar seu caso diante do Debate para ser julgado.'

"'Eu?' Franzi o cenho. 'Santos de prata têm caçado dançarinos da noite há séculos. Assassinamos sua maior rainha. Eu não tenho lugar naquele salão. Deve ser Phoebe quem…'

"'Minha sobrinha vai contar a história. Mas você vai acrescentar sua voz à dela. Um sandepra arriscar a vida para salvar uma dahtr da Fiáin é um feito que vai ter seu peso levado em conta. O tempo do Sangue Estragado tem sido cruel, e há muito procuramos aquele que pode trazer seu fim. Mas foi profetizado que a Filha de Deus seria uma filha das Terras Altas. Você precisa convencer Todas as Mães que nossa salvadora não nasceu em meio aos escolhidos da Fiáin, mas é uma filha de pagãos das Terras Baixas, e protegida de um homem que serviu à ordem que assassinou Ailidh Traztempestades.'

"Dei um suspiro.

"'É simples assim, hein?'

"'Eu temo que não.'

"Olhei para Breandan quando ele falou, braços peludos cruzados sobre o peito. Eu podia sentir o cheiro de terra e um almíscar selvagem em sua pele, ver anos duros e horríveis assassinatos naqueles olhos de leão.

"'Há outra… complicação, sandepra.'

"Eu olhei para Phoebe, com a sobrancelha arqueada.

"'Isso já não era difícil o bastante?'

"O humor de Phoebe tinha ficado sombrio, uma fúria delicada em sua voz quando ela falou:

"'Problemas sangraram completamente as Terras Altas desde que eu estive aqui pela última vez, Gabe. O ishaedh fica pior, as florestas apodrecem e as coisas que supuram por dentro matam a caça. Todas as Terras Altas estão em guerra pelo território que se mantém intacto, e entre esses conflitos e as batalhas contra os filhos do Estrago...' Ela sacudiu a cabeça, fervilhando. 'Os clãs não podem se dar ao luxo de ter mais problemas.'

"'O que você está dizendo?'

"'Foi estabelecida uma trégua, Leão', contou Cinna. 'No Debate de Inverno dois anos atrás. Os Auld-Sìths de todos os clãs amarraram seus nós em torno dela, nosso compromisso gravado em pedra.'

"'Trégua?' Eu sacudi a cabeça. 'Trégua com quem?'

"'A Sem Coração', disse Breandan. 'A mulher invernal.'

"Eu pisquei ao ouvir isso, vacilante.

"'Vocês fizeram uma *trégua* com a merda da Lilidh Dyvok?'

"'Para dar fim a outro problema que não podíamos nos dar ao luxo de enfrentar', rosnou o dançarino. 'Os Mortos estavam nos atacando do sul, os clãs estavam combatendo uns aos outros, o Estrago transformando tudo em ruína. Fizemos paz com a Sem Coração para podermos resolver nossos próprios problemas. Ela deixaria nossas terras em paz, se jurássemos nunca pôr os pés nas terras fora delas.'

"'Isso é loucura! Não se pode confiar num vampiro, eles são assassinos...'

"'Essa *é* a verdade das coisas, Gabriel de León', retrucou Cinna com rispidez, interrompendo meu ataque. 'Nos dois anos desde que a paz foi estabelecida, não vimos nenhum maebh'lair ao norte de Dún Fas. Os indomados mantiveram a palavra, e quebrar a nossa significaria guerra com os Mortos quando a maioria das pessoas naquele salão abaixo passou os últimos dois anos enterrando filhas, filhos, esposas e maridos esfolados nas mãos de seus *vizinhos*. Então, se quer que

645

eles se unam e lutem contra um inimigo com o qual não têm nenhum problema, você precisa surgir com um argumento mais atraente do que *não se pode confiar num sanguessuga*. Porque a Filha de Deus não pode permanecer nas mãos dos indomados, e eu não quero que minha única filha tenha morrido em *vão*.'

"Cinna disse essas últimas palavras com rispidez, furiosa, e, quando piscou, uma única lágrima escorreu por seu rosto tatuado. Fungando forte, ela a esfregou e ficou de pé.

"'Eu vou embora. Preciso ter palavras mais calmas com as outras Todas as Mães. Pode depender de mim obter apoio pelo menos em meio aos leófuil. Mas os Ursos e Lobos...'

"Ela sacudiu a cabeça, observando-me com seus aguçados olhos esmeralda. Para as letras prateadas em meus dedos, as rosas e crânios em minhas mãos, a estrela de sete pontas na palma da mão.

"'Você reza para seu Deus Único, sandepra?'

"'Não rezo mais. Ele nunca escuta, madame.'

"Ela, então, me olhou nos olhos, sua voz dura e fria como pedra:

"'Se você não reza para ele, rapaz, o que exatamente ele devia escutar?'"

✦ XIII ✦
NEVES FICANDO VERMELHAS

— NA NOITE SEGUINTE, eu quase desejei ter ouvido o conselho de Cinna.

"O Debate de Inverno recomeçou ao amanhecer. Quando o sol frágil ensanguentava o horizonte, eu estava parado junto de uma das janelas de minha torre, observando cada clã ser conduzido para o grande salão por uma procissão solene de Donzelas das Luas. Phoebe me contou que o prédio era conhecido como Tael'Líed na língua ossiana: o Forte dos Anciãos. Ela partira com a tia na noite anterior, ainda precisando descansar depois de sua provação, e – desconfio – sob escrutínio de seus parentes em relação a manter sozinha a companhia de um sangue-pálido. Mas ela agora estava ao meu lado, perigosamente perto, e eu fiz o possível para ignorar a vibração de seu pulso, o vidro quebrado em minhas entranhas, as cinzas em minha língua.

"'Os Whelan', murmurou ela, cumprimentando com a cabeça um grupo que estava entrando no Forte. 'Anos atrás, eles eram o clã mais poderoso entre os úrfuil. Mas o clã Slaene esfolou sua Rígan-Mor viva três invernos atrás, junto com suas duas irmãs e todos os seus três filhos.'

"'Para quê?', perguntei.

"'Ninguém sabe. Os Slaene negam terem sido os responsáveis. Mas a velha Deirdre á Slaene odiava os Whelan desde que seu marido fugiu com uma deles dez anos atrás.' Phoebe deu de ombros. 'Velhas rixas. Novas preocupações. E sempre, neves ficando vermelhas.'

"Eu vi uma alcateia de velfuil entrar em seguida, vestindo roupas requintadas de couro e aço elegante. O líder era um ancião, com as marcas pesadas de seu animal: coberto da testa às botas de pelo cinzento. Embora ainda caminhasse ereto como um homem, sua cabeça era de lobo, e ele usava uma coroa de espinhos na testa e uma capa de pele fulva em seus ombros. Três sangues-jovens que eu supus serem seus filhos andavam ao seu lado, todos vestidos como guerreiros, ferozes e orgulhosos.

"'Clã Barenn', sussurrou Phocbc. 'Angiss e seus filhos. Eles mataram minha mãe.' Ela respirou fundo, trêmula. 'E talvez meu Connor.'

"'Bastardos', murmurei, olhando para eles.

"'Foi guerra. E guerra é complicada. Mas é o couro de minha mãe que Angiss está usando como capa.' Ela me encarou enquanto eu a olhava horrorizado. 'Então sim, eles são bastardos.'

"'Grande Redentor.' Eu apontei com a cabeça um homem em meio à reunião. 'Quem diabos é *aquele*?'

"'Keylan á Meyrick. *De'Faene* é como o chamam. A *Ira Vermelha*. Impressionante, não é?'

"'Impressionante?' Sacudi a cabeça, perplexo. 'Está mais para aterrorizante.'

"'É. Ele é meu primo em terceiro grau. Nós nos conhecemos desde crianças. Ele é um gatinho.'

"O dito gatinho era o maior homem que eu já vira. Era difícil dizer com o cabelo, mas acho que ele devia ter mais de dois metros. Era uma casa de alvenaria de tão grande – quero dizer, *enorme* –, músculos sobrepostos sobre músculos. Mas embora ele e Phoebe tivessem mais ou menos a mesma idade, parecia que o tempo do Sangue Estragado tinha deixado uma marca mais pesada sobre ele do que sobre a prima. Suas mãos eram patas, e as garras nas pontas de seus dedos, compridas como facas. Ele estava coberto por um casaco de pele vermelho--ferrugem, e sua cabeça não era a de um homem, mas a de um leão, completa com suíças, focinho e uma juba farta, penteada em dezenas de tranças de assassino. Ele estava sem camisa, apesar do frio, vestindo ombreiras e braçadeiras trabalhadas com um belo padrão de nós eternos, um *kilt* comprido e um cinto de ferro grosso; com o que pareciam ser crânios humanos pendurados.

"'Lembre-me de não o irritar', murmurei.

"'Mas você é tão bom nisso. Seria uma vergonha desperdiçar os talentos que as Luas lhe concederam.'

"Apreciei a tentativa de frivolidade, mas não consegui encontrar um sorriso. Olhando para o povo dos clãs – os abraços amigáveis ou reverências formais, sorrisos astutos ao se cumprimentarem, cusparadas no chão ao se despedirem –, eu senti um mar de alianças e inimizades intricado e antigo demais para ver seu fundo. Embora as paredes não fossem de ouro, aquela era uma corte, percebi, tão perigosa e pervertida quanto os salões de poder do imperador em Augustin.

"'Como você vai conseguir fazer isso, Phoebe?'

"'Falando a verdade. Com você ao meu lado.'

"'Não tenho certeza se minha presença aqui não vai passar de um fardo, gatinha.'

"'Agora lutamos por Dior. Tenha alguma fé, garoto de prata.'

"Phoebe apertou minha mão enluvada. Eu a olhei nos olhos e senti palpitações no estômago quando vi a lembrança da Espira do Corvo ardendo naquele ouro. Mas nossas mãos se separaram quando a porta se abriu às nossas costas, e Brynne entrou no salão.

"A Úrfuil trajava couro, com uma capa de pele de lobo, a sombra escura de um urso projetada na pedra atrás dela. Embora sempre fosse severa e taciturna, acho que meu agradecimento tinha colaborado um pouco na direção do derretimento do gelo entre nós. Mas Brynne estava obviamente apaixonada por Phoebe, falando com o outro dançarino enquanto evitava os olhos dela.

"'O debate espera por você lá embaixo', murmurou ela.

"'Muito obrigada, querida *dahtr*.' Phoebe fez uma reverência. 'E duas vezes obrigada pelo serviço que você e suas irmãs prestaram ao me trazerem aqui. Gabriel me disse que eu devo minha vida a vocês.'

"A imponente mulher sacudiu a cabeça, com aspereza.

"'Meu coração se alegra ao vê-la bem.'

"'Tenho uma dívida com você, brava donzela da Fiáin.' Phoebe ficou na ponta dos pés para abraçar a mulher mais alta, beijando seu rosto. 'E é uma dívida da qual nunca vou me esquecer.'

"A úrfuil grunhiu e chegou para o lado. Quando Phoebe desceu a escada, fiquei com as mãos entrelaçadas observando o calor subir nas bochechas de Brynne.

"'O que você está olhando, maebh'lair?', quis saber ela.

"'Não sou um vampiro', lembrei a ela. 'E estava apenas me perguntando se podíamos ser presenteados com uma proposta de casamento, afinal de contas.'

"A grande dançarina franziu o cenho, com as mãos com garras retorcendo-se, e fui atrás de Phoebe antes que ela pudesse fazer uso delas. No pé da escada, fomos recebidos por uma procissão de Donzelas das Luas, que nos cumprimentaram em silêncio, meneando a cabeça. E com espadas nas mãos a sua frente, velas queimando em suas coroas, elas nos conduziram, Phoebe e eu, para o grande Forte dos Anciãos e o Debate em seu interior.

"O povo das Terras Altas fora alertado sobre minha presença, obviamente, mas, ainda assim, senti uma mudança na corrente quando entrei – se os punhais nos olhos daqueles que me observavam fossem feitos de aço de verdade, eu teria sido esfolado mil vezes. O Tael'Líed era tão espetacular dentro quanto fora; um amplo salão circular, com um grande buraco e uma fogueira ardente em seu centro, expulsando todo o frio do inverno. O teto era sustentado por três poderosos pilares, cada um esculpido à semelhança de uma das linhagens de dançarinos da noite; um lobo, um leão e um urso, de frente uns para os outros em torno das chamas, os pés sobre a terra, cada um fazendo a sua parte para segurar o teto e o céu acima. As paredes estavam gravadas com antigas mágikas e espirais fae, as vigas entalhadas com padrões de nós eternos. Havia incenso pairando no ar, e bancos de madeira compridos circundavam o fogo, cobertos de peles e cheios até o limite com uma multidão de pessoas.

"Mais uma vez, fiquei pasmo com o povo estranho reunido ali, eu todo nervoso. Alguns mal pareciam humanos, e outros tinham abandonado a humanidade por completo. Mas havia pessoas comuns entre eles; anciãos, em sua maioria, e mulheres, quase todas com cabelos grisalhos trançados chegando até o chão. Essas eram Todas as Mães, as mais veneráveis e sábias dos clãs. Mulheres que haviam sobrevivido tempo o bastante para se lembrarem das loucuras do passado e, esperava-se, terem visão o suficiente para evitá-las no futuro.

"Nós fomos acompanhados até um lugar ao lado de tia Cinna, e embora Phoebe ainda parecesse pálida, ela encarou todos os olhares dirigidos a ela, sem piscar. O primo Keylan, aquele chamado de enorme gatinho, olhou-a nos olhos e retribuiu o aceno de cabeça. O clã Barenn a observava com uma hostilidade sutil, sussurrando entre si. Seu mais velho, Angiss, ainda estava usando a capa que tinha feito com o couro da mãe dela, mas vi que não estava sozinho nessa prática – a maioria dos dançarinos no salão estava vestindo troféus de batalha, ursos vestindo leões e leões vestindo lobos. Por todo o salão senti sussurros sutis, as contracorrentes de velhos ressentimentos e história sangrenta.

"Três Donzelas das Luas estavam ao redor do fogo com espadas em forma de crescente nas mãos, aquelas estranhas coroas de velas queimando em torno de suas cabeças. Elas falavam em um antigo dialeto ossiano, algo entre uma canção e uma oração, e todos no salão curvaram a cabeça. A primeira das três bateu com a espada no chão três vezes, a voz alta e clara:

"'Irmãos e irmãs dos clãs, sans e dahtrs e Todas as Mães, nós estamos aqui reunidos em resposta ao chamado de uma filha Á Fiáin e Dúnnsair. Que sua voz seja ouvida com clareza; sua sabedoria, julgada verdadeira; e que o desejo das Terras Altas seja conhecido.'

"Phoebe levantou-se devagar. Todos os olhos naquele salão – dourados e raiados, azuis e queimando, verdes e com *kohl* – caíram sobre ela. E enquanto a felina encarava aqueles olhares, todos eles, fiquei surpreso com o quanto seu porte era nobre, como sua voz era destemida. Era apenas uma entre muitos guerreiros ali, a viúva de um futuro rei, mas, para mim, ela parecia uma rainha.

"'Mortos viverão e astros cairão;'
"'Florestas feridas e floradas ao chão.'
"'Leões rugirão, anjos prantearão;'
"'Pecados guardados pelas mais tristes mãos.'
"'Até o divino coração brilhar pelos véus,'
"'Do sangue mais duro vem o mais puro dos céus.'

"Phoebe olhou em torno do salão, a luz do fogo ardendo em seu olhar.

"'Assim foi dito há anos pelos profetas dos úrfuil, pelos videntes dos velfuil, pelos sonhos dos leófuil. Há muito tempo os filhos das Luas e da Terra profetizaram que essa escuridão viria. Eu vejo suas marcas sobre suas peles quando olho em torno desse salão. Vejo no espelho com novos olhos. Mas agora cabe a nós, irmãs e irmãos: vamos resistir unidos contra a escuridão? Ou vamos brigar entre nós como fazemos há gerações, enquanto as terras a nossa volta apodrecem e viram ruínas, e o mundo além de nossas fronteiras congela?'

"'O que nos importam as terras além de nossas fronteiras, Phoebe á Dúnnsair?'

"Foi uma mulher que tinha falado, uma velha guerreira com uma faixa de Naéth sobre os olhos, uma cicatriz no queixo, e o cabelo grisalho ainda preso em tranças de assassina.

"'O que nos importam os problemas dos povos das Terras Baixas? Quando minha terra natal está manchada de sangue com o sangue de meus netos, assassinados por aqueles aqui reunidos sob a mentira da paz?'

"Outra mulher falou, seus ombros coroados por um manto de pele de lobo:

"'Se quer falar sobre mentiras, Deirdre á Slaene, talvez possamos falar outra vez dos embustes de seus parentes, que *todos os dias* penetram mais fundo nas terras dos Tiagh.'

"Murmúrios severos circundaram a luz do fogo, com cabeças assentindo e olhos se estreitando.

"'O que você quer que nós façamos, Nia?', perguntou a mulher mais velha. "Filhos do Estrago circulam por nossos domínios, e nossas plantações morrem no nascedouro. Os Tiagh querem nos ver passar fome?'

"Um homem grisalho com a barba parecida com arbusto cinzento falou:

"'Alguns diriam que isso é justiça, Slaene. Por mais de um inverno seus invasores de mãos ensanguentadas assolaram as áreas de caça dos Whelan e dos Tiagh.'

"'É!', disse com rispidez a mulher de olhos verdes, assentindo. 'Assassinos e ladrões de pele, todos eles.'

"Gritos de ultraje e concordância encheram o ar até que as Donzelas das Luas bateram com suas espadas três vezes no chão. Phoebe ergueu a voz depois disso:

"'Eu não digo que vocês têm disputas injustas! Mas digo que fomos levados a essas disputas pela mão de *uma* ruína!' Ela olhou ao redor, encarando os olhos daqueles que estavam gritando. 'Este é o Estrago que apodrece as florestas e corrompe os animais que caçávamos para alimentar nossas famílias! Este é o Estrago que devora nossas lavouras antes que frutifiquem! E cada vez fica pior!'

"'E daí?'

"Foi Angiss á Barenn quem falou, sua voz um rosnado molhado. Era estranho ver uma boca de lobo falar com língua de homem, com as orelhas pressionadas para trás sobre o crânio e longas presas brilhando.

"'O Ishaedh piora. O Tempo do Sangue Estragado chegou. Todos os filhos e filhas da Fiáin sabem disso. Todos os abençoados sentem a fera cantar mais alto em suas veias. Você partiu destas terras há duas dúzias de luas, filhote. E só agora voltou para nos repreender pelo estado delas?'

"Mais rosnados em concordância. Phoebe ergueu a voz para ser ouvida:

"'Eu voltei para dizer a vocês que a Filha de Deus foi *encontrada*!'

"Silêncio, então, se abateu, como neblina em uma manhã de inverno. Olhos brilhando. Dentes à mostra.

"'É, encontrada!', gritou Phoebe. 'Aquela de quem se falou nos augúrios caminha por esta terra, e *eu* a vi! Dior Lachance é o nome dela. Abençoada pelos céus! Filha do divino! Seu sangue é um milagre sagrado, que pode queimar os maebh'lair em cinzas com apenas um toque, e curar qualquer doença mortal com apenas uma *gota*! E ele também vai curar nossas terras e nosso céu!'

"Keylan á Meyrick inclinou-se para a frente, com os cotovelos sobre os joelhos, as patas enormes entrelaçadas.

"'A Anabh'Dhai', disse a Ira Vermelha, sua voz um rosnado rouco, 'é das *Terras Baixas*?'

"'Eu juro, Keylan. Pelo sangue da minha mãe. Sob a vista das Luas e da Terra.'

"Expressões de descrença e murmúrios furiosos encheram o Forte dos Anciãos. Uma velha estava sentada ao lado de Keylan, imponente e vestida com roupas de couro requintadas e ouro. Ela olhou para Cinna, depois para os olhos de Phoebe.

"'Que prova você tem disso, criança?'

"Phoebe, então, olhou para mim, e eu dei um suspiro pesado. Eu não tinha certeza de que nada do que eu dissesse faria alguma diferença, mas me levantei devagar, olhando ao redor do salão. Tirei a luva da mão esquerda e ergui a estrela de sete pontas diante da multidão murmurante.

"'Alguns de vocês vão me conhecer por meus feitos. Mais pelo nome. Eu sou Gabriel de León.'

"Expressões de raiva percorreram a aglomeração, pessoas arrancaram cabelos da cabeça para me amaldiçoar e cuspiram duas vezes no chão.

"'Por anos, eu lutei contra os Mortos. Em Nordlund, em Sūdhaem, em sua própria Ossway. Em meu tempo, vi milagres incalculáveis, horrores inacreditáveis, mas agora lhes digo: eu *nunca* vi uma garota como Dior Lachance. Com o poder de seu sangue, ela trouxe homens de volta da morte diante de meus olhos. Danton, a Fera de Vellene e filho de Fabién Voss, foi queimado até virar cinzas pela mão dela. As profecias de seu povo, do meu, dos próprios Mortos, previram o nascimento dela. E ela nasceu. Ela é *real*. Pela minha vida, pelo meu nome, eu juro.'

"Um dos Barenn se levantou, rosnando:

"'E que peso tem a palavra de um sandepra?'

655

"'Você traz um pagão para jurar diante das Luas?', disse rispidamente outra velha dama para Phoebe. 'Traz o maebh'lair para pôr os pés sobre esta Terra sagrada?'

"Palavras raivosas então soaram pelo salão, e Angiss á Barenn levantou-se outra vez, olhando com raiva para Phoebe.

"'Você perdeu a cabeça? Escapou de seu dever e fugiu de sua família para perseguir uma loucura em meio aos pagãos, e agora traz um *verme* pintado de prata para atestar sua sanidade?'

"As Donzelas das Luas bateram com as espadas no chão mais uma vez, exigindo que a ordem fosse restaurada. Quando se fez um silêncio frágil, Phoebe apontou para mim.

"'Esse homem salvou minha vida, Angiss á Barenn. Ele me trouxe em segurança através de sangue e Estrago por nenhuma razão além de ser o *certo*. Ele arrisca sua vida para testemunhar essas verdades para vocês agora. Ele é um matador de ishaedh'ai e de antigos maebh'lair. Ele não é nenhum *verme*.'

"'Você diz então que isso é verdade.'

"Todos os olhos voltaram-se para Keylan quando ele falou. O poderoso leófuil tinha olhos dourados fixos em Phoebe, seu rosnado ecoando em meu peito. Eu podia ver o poder que ele detinha, medo e respeito em medidas iguais. Mas também podia ver como aquela situação era complicada, com a profundidade que corriam as inimizades, suspeitas e receios entre aquelas pessoas. Não há amor tão profundo quanto o da família. Mas também nenhum ódio tão amargo. Quem pode feri-lo mais fundo que seus parentes? E com todo o inferno, eu não podia nem os culpar. Minha própria irmã tinha tentado acabar comigo, afinal de contas.

"'Você diz que a Filha de Deus nasceu entre pagãos apesar dos augúrios', disse Keylan. 'E pela graça de Todas as Mães, você a encontrou. Eu posso acreditar nessa história. Você é dahtr da Fiáin, Phoebe á Dúnnsair, e sei que não é uma mentirosa.' Keylan deu de ombros, com os braços abertos e olhando ao redor do salão. 'Então, onde está essa criança milagrosa?'

"Phoebe estreitou os lábios e olhou na minha direção. Eu pude apenas assentir.

"'Ela está detida contra sua vontade', respondeu Phoebe. 'E não há ninguém para ajudá-la, exceto nós. As Terras Altas devem ficar unidas para libertar a Filha de Deus de sua prisão.'

"'E onde é essa prisão?', perguntou a Mãe ao lado de Keylan.

"'Ela está a caminho de Dún Maergenn.' Phoebe respirou fundo. 'Na direção das garras da Sem Coração e do conde Dyvok.'

"Houve tumulto outra vez, logo silenciado pelas batidas de espadas prateadas.

"'Sei que tenho pouca voz aqui', falei. 'Mas se posso falar com autoridade sobre um assunto é sobre os Mortos. E lhes digo agora, boas pessoas, que os Dyvok são uma ameaça maior que qualquer horror da floresta ou inimigo aqui entre vocês. Eles foram sangrados quando Tolyev morreu pelas minhas mãos, mas *não* foram derrotados. Eles descobriram um novo poder, alguma feitiçaria temível que dá a eles uma força que *nunca* vi. Dún Fas, Dún Ariss, Dún Cuinn, Dún Sadhbh, todos estilhaçados como vidro. Eles tomaram Dún Maergenn e o trono da Novespadas num átimo, quando quatro clãs unidos não conseguiam *arranhar* seus muros.' Então olhei furiosamente para o salão, levantando a voz: 'Sei que fizeram a paz com eles. Eu sei que têm seus próprios problemas. Mas línguas dos Mortos ouvidas são línguas dos Mortos provadas, e depois que esses sanguessugas secarem as Terras Baixas, para onde acham que eles vão se voltar? Não se pode ser amigo deles. Não se pode confiar neles. Doce Virgem-mãe, eles são *vampiros*!'

"'E você é *filho* de um vampiro!', gritou alguém.

"Mais concordância, mais cuspadas, mais cabelos arrancados e pragas. Eu cerrei os dentes, e fechei bem os lábios para esconder minhas presas. Minha frustração agora estava fervendo, medo por Dior e preocupação com Phoebe, e Deus, eu estava com tanta sede...

"A velha ao lado de Keylan sacudiu a cabeça.

"'Phoebe, nós temos paz com os indomados há anos. Juramos não botar os pés abaixo das Terras altas, e os Dyvok mantiveram sua palavra de não botar os pés aqui. Mas embora a Sem Coração possa ser nossa aliada, ela não é nossa amiga. Se ela tem esse prêmio em seu poder, como diz, que prêmio você ofereceria em troca dele?'

"'Você não me entendeu, sábia Terin. A Sem Coração e seu irmão vão saber o valor de Dior. Eles não vão entregá-la espontaneamente. E não proponho que *troquemos* a Filha de Deus com os Dyvok.' Phoebe olhou em torno do salão. 'Nós vamos ter que tomá-la deles.'

"Cem pessoas se levantaram imediatamente.

"Cem bocas inspiraram para rugir.

"E a droga de um grande tumulto irrompeu no salão."

✦ XIV ✦
RIOS E CHUVA

— O VALE CONGELADO estendia-se a minha frente, enfim num silêncio abençoado.

"O debate durara horas, o fogo queimara até virar brasa, e quando os gritos terminaram, eu teria matado cada bastardo no Forte dos Anciãos por um único copo de vodka. Pela lei do Debate de Inverno, nenhuma discussão era permitida depois do anoitecer, e, sem solução à vista, os clãs se separaram para a noite. Phoebe me garantiu que era *fora* do Tael'Líed que a verdadeira política ocorria, e com seu primo e sua tia a reboque, ela foi defender a guerra contra os Mortos. Eu não tinha nada com o que contribuir com os acordos ocultos entre Todas as Mães, por isso desejei boa-noite para Brynne na base da escada e subi de volta para meu quarto com a intenção de afogar a sede e os pesares.

"Eu tinha pegado uma garrafa do que cheirava a porra podre fervida em pés velhos da mesa de banquete, mas, na verdade, era algum tipo de Betume das Terras Altas. Fazendo uma careta com seu gosto, parei junto da janela e observei sombras moverem-se entre os alojamentos abaixo, os sussurros na escuridão e a canção de gaitas lentas. Tentei localizar Dior, sabendo que ela estava além de meu alcance, mesmo assim tentando acreditar que estava bem. Que, de alguma forma, ainda havia esperança.

"'Nós não temos esperança.'

"O rosnado veio de trás de mim, arrancando-me dos pensamentos sombrios. Franzi o cenho para a garrafa vazia em minha mão — do que quer que aquele mijo de gato fosse feito, ele me entorpeceu tanto que nem ouvi os pés de Phoebe na escada. Mas ali estava ela, entrando no quarto e batendo a porta com tanta força que as dobradiças quase se quebraram.

"Eu pude ver a história em seu rosto antes que ela falasse.

"'Nenhuma alegria, então.'

"'Nem perto', respondeu ela. 'Os Cleod e os Barenn não vão ser convencidos a entrar em guerra com os Mortos. Nem os Hearn nem os Killaech. Nem uma única de Todas as Mães dos úrfuil ou dos velfuil se convenceu, e algumas nem acreditam que a Filha de Deus nasceu nas Terras Baixas. Eles só acham que estou lunática, ou talvez sob o domínio de suas mágikas.'

"Eu sacudi a cabeça, aturdido.

"'*Ninguém* está conosco?'

"Ela deu de ombros.

"'Keylan conquistou os Meyrick para a causa.'

"'Isso é bom. Keylan tem influência entre os leófuil, *oui*?'

"'Tem, mas não vai marchar conosco a menos que *todos* façam isso. Comprometer suas forças contra os Dyvok deixa os domínios de seu clã vulneráveis, e Keylan não tem fé que os Slaene ou os Killaech ou uma dúzia de outros não vão reivindicar suas terras enquanto ele estiver de costas.'

"'Então vão ficar aqui e lutar pelos restos da terra moribunda, em vez do mundo inteiro? O futuro do império está em jogo! Não tem *nada* que possa movê-los?'

"'Um milagre, talvez.' Phoebe sacudiu a cabeça. 'E mesmo assim… só talvez.'

"'Que me fodam a cara', disse eu mal-humorado.

"'Não estou no clima', disse ela com um suspiro.

"Eu peguei a garrafa vazia e a joguei na parede.

"'Debate de Inverno é o cacete!', rosnei. 'Sabe, é por *isso* que imperadores são necessários, Phoebe! É por *isso* que tronos são construídos! Dê voz a todo idiota e termine se afogando na merda deles! E eles *ainda* vão encontrar um jeito de debater a cor dela enquanto afundam!'

"'Bem, deixando de lado os benefícios da monarquia benevolente, o que faremos?'

"Eu me virei para a janela, vasculhando a escuridão com olhos de sangue-pálido, olhando para aquelas estátuas das luas abaixo; crescentes de granito e asas de anjo. Ter despendido tanto tempo e esforço para chegar até ali em cima, ter falhado tanto com Dior, Deus, parecia uma espada na barriga. Eu não conseguia ver saída, nenhum caminho, mas...

"'A primeira coisa é a última. Eu preciso encontrar Dior. Ela deve chegar a Maergenn em breve.'

"'Certo, e o que faremos quando *chegarmos* lá?'

"Olhei para Phoebe enquanto ela falava. Uma pequena e tola parte de mim ainda ardia um pouco mais quente, apesar de toda a escuridão e o frio lá fora. É estranho como uma única palavra pode mudar um mundo. É estranho quanto poder há nas menores coisas.

"'Nós', repeti.

"'É.' Ela andou até o meu lado e me olhou nos olhos. 'Eu não me importo se cem exércitos dos Mortos estiverem em nosso caminho. Fiz um juramento de sangue para aquela criança. Eu fiz.'

"Ela pôs a mão em meu peito, jogando o cabelo para trás, selvagem e destemida.

"'*Nós*.'

"'Eu não tenho nenhum plano, Phoebe. Nenhuma oração. Provavelmente estamos seguindo direto para nossa morte.'

"'Nós só morremos se somos esquecidos, Gabriel de León. Queime forte. Queime brevemente. Mas *queime*.'

"Sacudi a cabeça, perplexo. Olhando para aquela liga de ouro e platina, prata e aço. A bebida estava quente em minhas veias, mas apesar da escuridão que estava à frente, ou talvez *por causa* dela, a visão daquela mulher me aqueceu ainda mais. A luz do fogo dançava em seus olhos, o vento uivava na noite lá fora, e eu me lembrei de suas palavras na Espira do Corvo. Sobre encontrar bordas quebradas para se encaixarem nas suas. Sobre ser corajoso o suficiente para procurá-las. E mesmo que ainda estivesse sangrando, vulnerável como isso me deixaria, eu estendi a mão devagar, afastando uma trança errante de seu rosto e ouvindo a canção de seu pulso se acelerando.

"'Você é uma mulher e tanto, Phoebe á Dúnnsair.'

"'Eu não sou uma mulher. Eu sou a Natureza. Eu sou o vento.'

"'Espinho e espinheiro', disse eu com um sorriso.

"Então a beijei, com ímpeto e delicadeza, lentamente, deslizando a mão para a parte baixa de suas costas e puxando-a para perto. Phoebe suspirou e jogou os braços em torno do meu pescoço com um rosnado faminto, apertando os lábios e o corpo contra os meus, e nos jogamos contra a mesa, quase caindo. A escuridão estava reunida por toda a nossa volta, não havia saída, nenhuma esperança verdadeira para o amanhã. Os dois desesperados para afastar o frio nem que fosse apenas por aquela noite.

"Meus dedos encontraram os laços de sua túnica, mãos deslizaram para o meu cinto. Nossas línguas tremulavam uma contra a outra, seus dentes arranhando meu lábio quando ela me livrou de minha calça de couro. Gemi quando ela me acariciou, com mais força, por mais tempo, garras arranhando minha pele ardente. Ela suspirou quando me soltei de sua boca, tirando a túnica pela cabeça, abaixando a calça de couro e chutando-a para longe. E, antes que percebesse, estava ajoelhado diante daquele anjo, levantando-a sobre a borda da mesa e sentindo-a estremecer quando marquei uma trilha lenta de beijos ardentes na parte interna de suas coxas.

"'Ah, Luas', sussurrou ela.

"Ela se jogou para trás, gemendo, com uma das mãos em minha nuca para me conduzir pelo caminho certo. Deus, o desejo e a *necessidade* dela derramaram-se sobre mim como o próprio sacramento. Estávamos no alto da torre, onde ninguém nos ouviria, mas mesmo assim Phoebe levou a mão à boca e mordeu os dedos para conter os gemidos. Ela afastou mais as pernas, puxando-me para dentro, com a cabeça jogada para trás e os quadris se movendo enquanto minha língua cantava hinos sobre sua pele.

"Suspirei ao sentir seu gosto, desejando permanecer, afogar-me, mas ela estava impaciente, renegada por tempo demais, e logo me ergueu de meus joelhos. Eu dava beijos enquanto subia pelo seu corpo, a barriga rígida e as curvas macias, até o perigo inebriante de seu pescoço. Seu pulso sussurrava meu nome, minha sede *se jogando* contra as barras de sua jaula. Eu queria conhecê-la, possuí-la, *devorá-la*, e, enquanto a beijava no pescoço e mordiscava sua pele, eu não sabia onde aquilo acabaria. Mas Phoebe levou as mãos ao meu rosto e me puxou mais para cima, pressionando os lábios nos meus, com fome, com força, seu mel misturando-se em nossas línguas enquanto nossos corpos se apertavam. Ela enfiou a mão por baixo de minha túnica e a puxou por cima de minha cabeça, apesar de meu murmúrio de protesto. Arquejei quando deslizou as garras pela minha barriga, e ela sibilou com prazer e dor quando se inclinou para me beijar de novo, seus mamilos rijos como seixos roçando na prata em meu peito.

"'Você vai machucar os...'

"'Não importa', disse ela em voz baixa em torno de nossas línguas. 'Me *tome*, Gabriel.'

"Meu estômago palpitou com essa ordem. Eu tremia por inteiro. Não desejava queimá-la, tampouco ser queimado, mas, mesmo que só por aquela noite, eu queria, *precisava* fazer com que aquela mulher fosse minha. Ela arquejou quando a virei de costas e a curvei sobre a mesa à minha frente. Meus olhos percorreram as espirais tatuadas em suas costas, as covinhas deliciosas na base de sua coluna e, embaixo, as curvas perfeitas de sua bunda. Ela gemeu quando segurei suas mãos e as entrelacei na parte de baixo de suas costas, meus dedos circundando seus pulsos para prendê-los, toda ela agora à minha mercê.

"'Ah, Luas Mães...', sussurrou, afastando as pernas.

"Esfreguei-me em sua boceta, e Phoebe apertou o corpo contra o meu, suplicando e suspirando, tão quente e macia que eu nada podia fazer para parar. Ela gemeu quando penetrei um pouco dentro dela, dois centímetros lentos e *agoniantes*. Estava queimando inteiro de desejo por ela. Mas parei, desejando saborear aquele momento, passando dedos leves como plumas sobre suas tatuagens e observando-a estremecer. Um longo suspiro de protesto escapou de seus lábios quando recuei, e ela gemeu quando me esfreguei contra ela outra vez, acariciando seu botão inchado com minha cabeça latejante.

"'Pela deusa, não me provoque', suplicou ela. 'Me *foda*.'

"'Eu me lembro de uma conversa numa taverna sobre uma certa palavra mágika...'

"'*Agora*', sibilou ela, erguendo-se e procurando minha boca.

"Mas me afastei desse beijo, prolongando nossa agonia, desenhando círculos lentos e duros sobre suas pétalas e apertando minha pegada em seus pulsos enquanto eu rosnava.

"'Não é essa, *mademoiselle*...'

"Phoebe gemeu enquanto eu me detive em posição, apenas a um sussurro, apenas a uma palavra de distância do que nós dois desejávamos. Suas costas estavam eretas, as omoplatas roçando em meu peito, prata chiando. Seu rosto estava corado; os lábios, em movimento; seu sussurro, baixo demais para ser ouvido acima do trovão de sua respiração arquejante.

"'O que era?', comentei em voz baixa, afundando-me só um pouco dentro dela.

"'Ah, seu *bastardo*...', disse ela com um suspiro quando tirei mais uma vez.

"'Também não é essa', falei com um sorriso, os lábios deslizando por seu ombro.

"Phoebe rosnou, os pulsos ainda presos pela minha mão, garras tirando sangue em minha barriga. Ela virou a cabeça outra vez, os lábios entreabertos, e então eu a beijei, inspirando-a, trêmulo de desejo. E quando tornei a entrar nela, um centímetro lento depois do outro, ela deixou a cabeça cair, e cachos flamejantes derramaram-se sobre sua coluna enquanto suspirava em rendição.

"'Ah, *por favor*...'

"Seu suspiro, minha ordem. Eu era ao mesmo tempo seu mestre e seu servo. E ela gemeu quando enfim me enterrei dentro dela, devagar, com força e fundo, o mais fundo que eu conseguia ir. Todo seu corpo tremia, e ela curvou-se outra vez, os cachos caindo em torno de seu rosto, esfregando-se contra mim. E assim nós dançamos, nos movimentando no ritmo, e por fim nos soltamos um sobre o outro.

"'Ahhhh, Luas, isso é...'

"Minha mão desceu em sua bunda, e um estalo alto soou no ar. Phoebe gemeu com a cabeça jogada para trás quando enfiei a mão entre as pernas dela, cuidadoso com a prata em minha pele. Seus suspiros perderam-se nos meus quando a acariciei, desenhando círculos longos e lentos enquanto ela tremia como uma folha de outono. Eu estava à deriva em um calor sedoso, ainda segurando seus pulsos, afundando até o limite a cada estocada, tentando não me perder por completo.

"'Mais forte', implorou ela.

"Obedeci, rosnando, agora pouco mais que um animal, puxando-a para cima de mim repetidas vezes. O som de nossa carne se chocando era quase tão alto quanto seus gritos, estalos altos ecoando nas paredes enquanto eu batia no ritmo em sua bunda cada vez mais rosada. Phoebe estava tremendo dos pés à cabeça, suor brilhava nos vales de sua coluna, seu cheiro me deixando enlouquecido. Ela começou a gemer mais alto, com dentes cerrados e os dedos dos pés se curvando, vergando-se como uma árvore jovem em uma tempestade furiosa.

"'Ahhhh, por favor...'

"Soltei seus pulsos e subi beijando sua coluna arqueada, mais fundo, *mais forte*, nos aproximando rápido do fim. E Phoebe deu um suspiro, afastando os cachos compridos e molhados de suor do pescoço, um convite que me fez tremer, o animal crescendo dentro de mim, agora, fome, loucura e sede.

"'Vá em frente', disse ela em voz baixa. 'Torne-me sua.'

"Seus cílios adejaram em seu rosto, uma mão emaranhada em meu cabelo e a outra apoiada sobre a mesa enquanto nos jogávamos um contra o outro. Ela gemeu quando meus beijos chegaram a seu pescoço, seu pulso tão alto que era tudo o que eu conseguia ouvir, e embora soubesse que aquele era o caminho da danação – *nós dois* soubéssemos –, isso só nos fez arder mais forte.

"'Eu não deveria', sussurrei. 'Se eu...'

"'Me tome', implorou ela. 'Me *prove*.'

"Fechei uma das mãos em seus cachos, puxando sua cabeça mais para trás, com um rosnado trovejando em meu peito. Minhas presas roçaram sua pele, um arranhar leve como pena que a fez estremecer e arquejar, nossos corpos entrelaçados e queimando, a sede fervendo vermelha e *gritando* dentro de mim.

"*Só um gole...*

"'Por favor, Gabriel', sussurrou ela.

"*Só uma gota...*

"'Por favor...'

"Gemi, tremendo, meu fim se aproximando em meio à escuridão dentro de mim. Sua súplica era uma oração, e minha determinação se foi, o animal que eu levava dentro rasgando-a em tiras. Havia apenas uma última hesitação – aquela promessa para o chão – já queimada por nosso beijo na torre, agora consumida pelas chamas entre nós. A sede é eterna, sangue-frio; a fome, para sempre. E embora pranteasse todas as coisas perdidas, no fim das contas, eu sou apenas um homem. Então recuei como uma víbora, como um monstro, e Deus me ajude, eu a mordi. De forma irrefletida. Com força. Minhas presas se afundaram em sua pele, e meu pau em sua boceta, e todo o meu mundo era sangue e fogo.

"Uma inundação; derretida e densa com toda sua paixão, *todo* o seu desejo, encharcou-me inteiro e me encheu até a borda. Eu nem consegui gritar quando terminei, tão perdido na onda de seu pulso e na tempestade de seu coração, Phoebe gritando por nós dois, uma mão atrás da minha cabeça, a outra entre suas pernas, totalmente perdida no êxtase do Beijo.

"Eu a bebi, nossos corpos ainda se movendo no ritmo, afundando até a raiz a cada gole. Ela era um oceano; eu, o deserto. Eu era o rio, ela era a chuva. Fazia mais de um ano desde que eu sucumbira tão completamente, e a sede tinha aumentado desde então; envolvendo-me em braços vermelhos e me enchendo como nenhum fumo, bebida ou carne poderiam saciar. Os olhos de Phoebe viraram para trás, sussurrando apelos sem forma enquanto eu engolia tudo o que ela me dava, e então, mais um pouco. Aquele fogo nunca era saciado. Aquela *necessidade*, tão odiosa e dissimulada, não satisfeita mesmo quando saciada, *nunca* querendo que acabasse.

"'G-Gabe', sussurrou Phoebe.

"*Só um pouco mais, Gabriel…*

"'G-Gabriel, chega…'

"*Só mais um gole, só mais uma gota, não pare não pare n…*

"'P-pare!', gritou ela.

"E então voltei a mim, o medo na voz dela um tapa em minha cara, o homem em mim dominando aquele monstro, sufocando-o e imobilizando-o. Fiquei horrorizado, minha boca cheia de calor escorregadio quando com um rosnado, um arquejo, soltei os lábios do pescoço de Phoebe. Cambaleei para trás, consternado, sangue escorrendo de meus lábios enquanto Phoebe murchava sobre as peles, arquejando e segurando o pescoço ferido. E aquele, exatamente aquele, foi o momento."

Gabriel encostou-se em sua poltrona, terminando o resto de seu vinho.

– Naquele *exato* momento, acredite se quiser.

Jean-François ergueu os olhos de seu tomo, piscando.

– O exato momento *do quê*, De León?

Gabriel pôs o cálice de lado, sacudindo a cabeça.

– O exato momento em que Brynne entrou pela porta.

✦ XV ✦
ESCARLATE E DOURADO

O ÚLTIMO SANTO DE Prata franziu o cenho, as pontas dos dedos tatuados unidas em seu queixo.

— Veja bem, sou o primeiro a admitir que aquilo parecia ruim.

"Phoebe estava desabada sobre as peles, nua e sangrando, uma das mãos no pescoço. Meu queixo estava vermelho e melado, seu sangue escorrendo de minhas presas, e sabia que meus olhos também deviam estar cheios dele. Eu era o filho de um vampiro para aquela gente, ninguém confiava em mim. Eu era odiado pela maioria, e o grito de Phoebe, embora um grito de paixão, podia facilmente ter sido confundido com outra coisa. A linha entre prazer e dor é tênue, sangue-frio."

O historiador deu um sorriso sombrio e pervertido.

— E com nossa espécie, não há linha nenhuma.

O Último Santo de Prata deu de ombros.

— Tudo isso para dizer que não estou surpreso por Brynne ter tentado me matar.

"Uma pata enorme fechou-se em torno de meu pescoço. Phoebe sussurrava em voz baixa enquanto a grande úrfuil me erguia da pedra como se eu fosse um saco de algodão, seus olhos ardendo de fúria. Fumaça subiu de sua pele quando começou a queimar com a prata em meu pescoço, e com um xingamento virulento, ela recuou um punho enorme e o lançou direto em meu rosto.

"Voei para trás como um tiro de canhão, atingindo a parede da torre. Phoebe gritou meu nome, tijolos foram explodidos em escombros à minha volta, luz branca em meu crânio. E nu, inconsciente, fui lançado para a noite e despenquei girando através da escuridão abaixo.

"Caí por sete metros sobre o telhado do Forte dos Anciãos. Pedras quebradas choveram ao meu redor, telhas quebraram embaixo de mim. Eu tive tempo para rolar de costas, sacudir minha cabeça que zunia antes de ver Brynne voando da parede destruída atrás de mim com um urro sangrento. Rolei para o lado, mas a dançarina atingiu o telhado com tanta força que o atravessou, destruindo madeira e telhas a fragmentos e poeira. E quando o teto antigo cedeu sob mim, eu mergulhei mais uns quinze metros no Forte dos Anciãos abaixo.

"Brynne atingiu o chão com força, e fraturas se espalharam em espirais pelas pedras do piso. Mas quando mergulhei depois dela, tive força o bastante para me agarrar a uma das vigas quebradas e fui balançando pelo salão enquanto ele desabava. Eu caí agachado, ainda nu, e joguei uma mecha de cabelo preto do rosto, sangue escorrendo de marcas de garra em minha pele.

"'Paz, *mademoiselle*...'

"A dançarina da noite urrou e me atacou, com as presas à mostra e os punhos erguidos. Eu não fumava desde o início da noite, mas, quando Brynne caiu sobre mim, vi meu corpo ser tomado por um novo calor; uma fúria ardente e selvagem que me percorria em ondas até a ponta dos dedos, diferente de *tudo* o que eu conhecia. O ar cantava enquanto as garras da dançarina tentavam atingir minha cabeça, mas rápido como prata, agarrei o pulso dela e a joguei voando sobre a grande escultura de leão que segurava o telhado.

"Mas não apenas voando sobre ela. Voando *através* dela; a força tão imensa que Brynne destruiu a madeira em lascas e arrancou o pilar de onde ele estava fincado. Pisquei para minhas mãos nuas, atônito; havia arremessado a mulher como se ela fosse feita de…

"'Gabe!'

"Ergui os olhos e vi Phoebe olhando pelo buraco no teto. Ela tinha vestido sua capa. Estava pálida e ensanguentada, mas se movendo, e suspirei aliviado.

"'Você está b...'

"A madeira assoviou quando voou em minha direção – um dos bancos maciços de madeira que circundavam o fogo. Rolei para o lado e gritei quando outro seguiu o primeiro, Brynne arremessando-os como se fossem lanças. Eu fiquei de pé e saí correndo na direção dela. Phoebe berrava para Brynne parar enquanto ela arrancava mais um. Mas com aquele mesmo fogo indomado nas veias, eu desviei para o lado, rolei por baixo, e soquei com os dois punhos o queixo da grande úrfuil.

"A dançarina voou como uma saca de palha moída e atravessou a parede. Saltei atrás dela, agora com o coração batendo forte, o corpo se tensionando. Meu coração era um dragão dentro do peito, respirando fogo impiedoso em minhas veias. Fazia um ano desde que eu tinha bebido tanto sangue, mas não me sentia tão vivo desde... bem... desde sempre.

"Gritos soaram pelo Berço, agora; tochas foram acesas, o povo dos clãs gritou quando viu um Santo de Prata nu e uma dançarina enfurecida lutando como raio e trovão. Donzelas das Luas voaram sobre mim de todos os lados, com espadas de prata brilhando. Mais uma vez, eu não podia culpá-las – até onde sabiam, um mestiço de sangue-frio tinha acabado de dar uma surra em uma filha de Fiáin, profanando seu lugar sagrado no processo. Mesmo assim, achei um pouco injusto quando vinte caíram sobre mim ao mesmo tempo.

"'Paz, droga! Eu não tenho intenção de...'

"Uma espada de prata fez um arco na direção de minha cabeça, mas em um piscar de olhos eu a segurei – *SLAP* – bem entre as palmas das minhas mãos. Com um giro, quebrei a espada como se fosse um graveto, e um tapa com as costas da mão arremessou a Donzela das Luas quinze metros pelo gelo. Mais dançarinos estavam entrando na refrega, agora – grandes criaturas urso, meios lobos e mulheres leoas –, mas Deus, parecia que cada partícula de meu sangue era ferro derretido. Com um movimento dos ombros, espalhei uma dúzia de assassinos como se fossem palha; em um piscar de olhos, defendi o golpe com as garras de um úrfuil enorme pelo pulso, soquei-o no peito com tanta força que suas costelas se quebraram. Eu me movimentava como uma onda, queimando e batendo, segurando mais espadas e estilhaçando-as com minhas mãos nuas, quebrando ossos e esmagando crânios com apenas as pontas de meus dedos.

"E então Keylan me atacou.

"Phoebe tinha descrito seu primo em terceiro grau como um gatinho grande, mas quando todos os dois metros e duzentos quilos da Ira Vermelha voaram em minha direção, ele parecia tão distante de um gatinho quanto eu de um santo. Suas garras riscaram meu peito quando meu soco quebrou seu queixo. Os nós de meus dedos destruíram seu rosto quando um tapa com as costas da mão acertou minha cabeça. A chama que ardia dentro de mim não era *nada* que eu conhecia, todo o meu mundo lavado em vermelho, agora, *vermelho*, VERMELHO. Mas quando ouvi Phoebe gritando meu nome, quando a conscientização de que eu estava enfrentando todo o Berço *e ganhando* se abateu sobre mim, outra conscientização desabou, mais pesada, mais inebriante e muito, *muito* mais sombria"

Jean-François inclinou-se para a frente, os olhos chocolate brilhando.

– E qual foi?

– Diga-me você, sangue-frio.

– Você tinha bebido uma dose, é verdade. Mas ainda assim é apenas um sangue-pálido, De León, e lutou com aquele monte de híbridos até chegar a um impasse. E tudo isso desarmado. – O historiador deu um sorriso astuto e perverso. – Você estava *mais forte* do que deveria estar.

– *Muito* mais forte. Mas por quê?

— Porque tinha bebido Phoebe á Dúnnsair quase até secar, assim como você tinha arranhado seu lábio quando se beijaram na Espira do Corvo. Assim como mordera a jovem Brynne quando lutou *com ela* na floresta. Algumas gotas, então, para superar três santos de prata ou uma úrfuil enfurecida desarmada. Daquela vez, *de barriga cheia*, para superar toda uma aldeia de assassinos das Terras Altas sozinho. – O sorriso do historiador se abriu enquanto girava a pena entre os dedos. – Porque você é sempre um escravizado da paixão, De León, e parece que o pecado da luxúria lhe serve tão bem quanto o pecado do orgulho.

— Bem... – Gabriel recostou-se na poltrona, sorrindo. – Ele *era* o meu favorito.

"'Phoebe!', gritei, olhando para o alto da torre. 'Traga minha bandolei...'

"Keylan me atacou como se tivesse saído do inferno, correndo pelo gelo sobre quatro patas e voando sobre mim como um raio com trovão. Mas com um grito, eu agarrei a Ira Vermelha em pleno ar e o joguei sobre a imagem de Lánis; aquele grande anjo de pedra segurando sua lua crescente na direção dos céus

"Keylan a atingiu como um barril de ignis preta, estilhaçando a rocha. A figura da deusa da lua estremeceu e se partiu nas asas. Sangue jorrou, e ossos se quebraram, e quando Keylan desmoronou em uma pilha abaixo da estátua, os portões do inferno se abriram.

"O impacto tinha rachado o granito, e a base se partiu como se fosse de barro. Enquanto alguém gritava, as rachaduras se espalharam mais, e a grande deusa de pedra cambaleou como um bêbado com três cervejas na hora do bar fechar. A estátua começou a cair com o hino horrendo de pedra quebrada. As pessoas ao seu redor espalharam-se; Donzelas das Luas, dançarinos e Todas as Mães fugindo de sua queda. Mas embaixo dela, bem em seu caminho, estava a pobre Brynne, ainda esgotada e ensanguentada, só agora erguendo-se da neve onde eu a derrubara com um soco.

"Dei um grito e avancei em sua direção. A sombra caiu sobre as minhas costas quando voei. Com um urro ensurdecedor, a deusa caiu, estilhaçando o chão e as paredes do Forte dos Anciãos, pedra, neve, escombros e ruína. E quando tudo se acalmou, ali estava eu ao lado daquilo sobre o piso rachado, arquejando, coberto de neve e sangue, com uma Brynne ensanguentada e abalada em meus braços.

"Figuras reuniram-se ao meu redor, centenas, agora, todos dispostos a me fazer em pedaços. Eu fiquei de pé, o sangue ainda em chamas quando Angiss á Barenn se posicionou para a luta e soltou um grito de fazer a terra tremer.

"'ESPEREM!'

"Foi Phoebe quem berrou, a voz soando nítida na noite. Estava no alto da deusa da lua caída, vestindo apenas sua capa. O sangue escorria de seu pescoço perfurado. Ela tinha visto com a mesma clareza que eu enquanto me observava demolir sua espécie, e a revelação lhe deu asas apesar do fato de eu tê-la bebido quase até matá-la. E em sua mão ela tinha agarrada minha bandoleira, segurando-a erguida para que a multidão ultrajada visse.

"'*Mortos viverão e astros cairão!*', gritou, apontando para o céu.

"'*Florestas feridas e floradas ao chão!*', chamou ela, apontando para a floresta escura a nossa volta.

"'*Leões rugirão, anjos prantearão!*', gritou ela, apontando para mim e para a estátua quebrada.

"Ela levou a mão ao interior da bandoleira.

"'*Pecados guardados pelas mais tristes mãos!*'

"E então ela sacou a resposta do enigma: como os Dyvok tinham destruído Ossway em dois anos quando antes ficaram presos por mais de uma década num atoleiro?"

— Um frasco dourado — disse Jean-François. — Como o que a Mãe-loba usava.

Gabriel assentiu.

— Eu sabia que havia sangue dentro dele; azedo, verdade, mas eu sentira seu cheiro no Coelho Branco. O mesmo aroma enlouquecedor que agora escorria pelas minhas mãos, sobre a minha língua, imbuindo-me de uma força muito além de qualquer coisa que eu conhecia.

Jean-François passou a língua pelos lábios.

– Sangue de dançarino da noite.

– Ele tinha aprofundado a potência do meu. No início, eu não conseguia entender: se o sangue dos filhos da floresta era tão especial, como isso não tinha sido descoberto por San Michon, pelos magos protetores e chymicos, pelos próprios Mortos? Então eu compreendi; nem sempre tinha sido assim. Seu sangue *mudou* quando se abateu a morte dos dias, historiador. Seu Pai Terra predominante e corrupto, suas Luas Mães cobertas, o animal dentro deles mais forte do que deveria estar, e tornando aqueles que bebem deles ainda mais fortes.

– O Tempo do Sangue Estragado – murmurou o historiador.

O Último Santo de Prata assentiu, sorrindo.

– Todos os olhos agora estavam sobre Phoebe, no alto da pedra quebrada com aquele frasco dourado na mão. E quando ela me olhou nos olhos, eu vi fogo nos dela: uma fúria virtuosa e um triunfo sombrio. Os clãs do Trono das Luas estavam completamente divididos, tomados por rivalidades, mas a canção que cantaram para mim agora soava em minha mente, a verdade no coração furioso daquelas pessoas.

"*Eu peleio com minha irmã, até*
"*Pelearmos com nossos parentes, até*
"*Pelearmos com as Terras Altas, até*
"*Pelearmos com o mundo.*

"'Irmãos e irmãs do Trono das Luas!', gritou Phoebe. 'Uma trégua estabelecida com traidores não é trégua nenhuma! Um juramento para um mentiroso vale menos do que nada! E eu lhes digo agora, pelas Luas acima e a Terra abaixo, todos nós fomos traídos!'

"'O que em nome de Malath está dizendo, mulher?', perguntou Keylan.

"Phoebe jogou o frasco para o grande dançarino, e afastou as tranças para trás.

"'Eu falo dos Mortos, primo. Falo do Coração Sombrio e da Sem Coração. De Dún Maergenn caído, juramentos quebrados e filhos de Deus encontrados.'

"Ela olhou em torno da multidão com fogo nos olhos dourados.

"'Eu falo de *guerra*.'"

✦ XVI ✦
FOGO NA LÍNGUA DE UM DRAGÃO

– COMO VOCÊ SABIA disso?

Na torre mais alta de Sul Adair, o historiador de Margot Chastain olhava para o homem sentado à sua frente. O Santo de Prata já estava meio bêbado, após esvaziar três garrafas de vinho, seus lábios avermelhados em um delicioso tom de vermelho. Gabriel ergueu os olhos do globo, a mariposa voando ao seu redor, e afastou uma mecha de cabelo dos pensativos olhos cinza-tempestade.

– Você mesmo falou, Chastain. Eu bebi Phoebe quase até matá-la…

– Não o segredo sobre o sangue dos dançarinos – disse o vampiro. – Estou falando sobre como você sabia que todo aquele esforço não era em vão? Todos aqueles quilômetros e aquelas tribulações. Você nem podia mais sentir o sangue que dera a Dior. Este é um mundo sem piedade, De León. Ele se banqueteia dos poderosos e dos impotentes. O Santo Graal de San Michon ia ser aprisionado na sede do poder dos Dyvok, na pegada fria do Coração Sombrio e nas garras da Sem Coração. Mesmo que a alcançasse, como você podia saber que ela estaria viva?

O Último Santo de Prata deu um sorriso triste, olhando para aquela mariposa batendo asas.

– Você não conheceu Dior Lachance como eu conhecia.

O vampiro apenas escarneceu:

– Isso não é nenhum tipo de prova, *chevalier*. Até onde você sabia, a garota ia estar enchendo uma cova rasa quando você chegasse à costa. E ali estava você disposto a atravessar toda uma nação para guerrear com uma esperança vã…

— Esperança é para os tolos, historiador. — Gabriel olhou o vampiro nos olhos. — Esperança faz com que você seja morto. A esperança entra pelo fogo. A fé salta *por cima* dele. Eu não esperava que Dior estivesse viva, eu *acreditava* nisso.

— E você estava disposto a arriscar a vida por essa crença?

Gabriel deu de ombros.

— Pelo que mais vale a pena morrer?

— Vocês mortais me *fascinam* — disse o vampiro em voz baixa, sacudindo a cabeça. — Suas vidas queimam como velas em meio a uma tempestade, num momento em chamas e, no outro… — Jean-François soprou, como se quisesse apagar uma chama. — Se eu tivesse apenas um punhado de anos pela frente, iria guardá-los como um dragão guarda seu ouro. E, mesmo assim, a maioria de vocês, tolos, age como se estivesse casada com seu túmulo.

O Último Santo de Prata olhou para a estrela de sete pontas na palma de sua mão, o nome em seus dedos.

— Eu prefiro morrer por algo que importe do que viver por nada. E o fato de um homem sobreviver por tempo o bastante para ter uma barba grisalha e rugas não significa que ele realmente *viveu*. Viver é correr riscos. Temer e falhar. Um homem deve dançar sobre os dentes do dragão para roubar o fogo de sua língua. A maioria é queimada viva ao tentar. Mas é melhor dançar e cair do que nunca ter dançado. Não tenha pena do homem que morre muito cedo, mas sim do que vive por tempo demais. Aqueles homens que morrem pacificamente na cama, que vão dormir uma noite e nunca mais acordam… é possível dizer que estiveram acordados?

O vampiro examinou o Santo de Prata dos pés à cabeça. Seus olhos acinzentados estavam em chamas, pontos de luz brilhando como estrelas há muito perdidas.

— Você vira algo semelhante a um poeta quando está bêbado, De León.

— Melhor um poeta que a porra de um menestrel.

Jean-François passou a pena por seus lábios de rubi, curvando-os no mais leve sorriso.

— Eu me pergunto no que mais você pode se tornar com estímulo o suficiente.

— Consiga outra garrafa e descubra.

Com um sorriso mais largo, o historiador de Margot Chastain fechou o tomo em seu colo com um baque surdo e pesado. Ao levar a mão à sobrecasaca para pegar um lenço de seda, Jean-François tampou o tinteiro e limpou o bico de sua pena com a meticulosidade habitual. Gabriel arqueou a sobrancelha, ainda brincando com a haste de seu cálice.

— Vai a algum lugar?

Jean-François deu um suspiro.

— De volta para o inferno.

Gabriel franziu o cenho.

— Eu ainda não tinha acabado, Chastain. Nós estamos quase na melhor parte.

— Seja como for, De León, temo que esteja perto de alcançar a narrativa de sua irmã. E enquanto a margem com que prefiro sua companhia à dela não possa ser medida em gotas, mas em oceanos, se nadarmos longe demais, temo que possamos afogar o drama. — O vampiro sorriu. — E a menos que esteja prestes a botar Phoebe á Dúnnsair curvada sobre a mesa mais próxima e fazê-la dizer *por favor* outra vez, sua definição de *melhor parte* é diferente da minha.

— Você é estranho, sangue-frio.

— Isso é tão estranho? — perguntou o historiador, os olhos chocolate brilhando. — Viver através de outra pessoa? Ter alegria com sua alegria e me apressar quando você se apressa? Invejá-lo?

— Invejar a mim?

O Último Santo de Prata deu uma gargalhada. Rouquenha. Triste. Tremendo tanto que quase perdeu o fôlego. Ele abaixou a cabeça, os ombros arquejantes, o riso silenciado enquanto tentava se controlar. E, enfim, recostou-se, tossindo e enxugando lágrimas dos olhos.

— Minha vida é uma merda e uma desgraça, historiador. Meu país está em ruínas. Minha esposa morreu, minha filha se foi com ela. E agora fico nesta cela, dançando para você se divertir, à mercê dos próprios monstros que levaram todas as pessoas que *já* amei. – Ele sacudiu a cabeça, perplexo. – O que em nome de Deus Todo-poderoso você tem para invejar?

– O fato de você poder amar tudo isso, De León. – Jean-François inclinou a cabeça, franzindo os lábios ao pensar. – Talvez seja *por isso* que vocês mortais queimam de maneira tão feroz. Para nós imortais há *apenas* perda. Toda afeição desaparece. Tudo morre. Só o sangue traz a paz verdadeira. E você também conhece essa alegria; aquele momento perfeito em que a escuridão fica fendida de vermelho e nos sentimos vivos. – O historiador examinou o Último Santo de Prata, sorrindo. – Mas você também é um homem. Sente como um homem, Gabriel. Vive, ama e perde como um homem. Um pé em dois mundos, o sofrimento e a alegria dos dois ao seu comando.

O historiador terminou de limpar a pena e a guardou no estojo de madeira gravado com o brasão de sua casa. Erguendo-se de pé, ele foi até o lado do Santo de Prata. Estendeu uma mão pálida, macia como pena e dura como ferro, e acariciou o rosto liso de Gabriel.

– Você é *bonito, mon ami.* Como eu gostaria que tivéssemos nos conhecido em uma situação diferente.

Gabriel não disse nada, mudo e imóvel, embora o historiador tenha pensado ouvir o pulso do Santo de Prata se acelerar com seu toque delicado. Jean-François então suspirou e afastou os cachos dourados do rosto enquanto empinava o nariz.

– Mas… O dever chama. E o inferno espera.

O vampiro saiu andando na direção da porta com o tomo embaixo do braço.

– Jean-François.

O monstro parou, com um pequeno sorriso gravado sobre os lábios pálidos. Ele se voltou para o homem ainda sentado em sua poltrona; olhos e cálice vazios, prata brilhando sobre os dedos tatuados. O Santo de Prata parecia lutar contra um inimigo silencioso e passou uma mão trêmula pelo cabelo. E quando falou, foi a voz de um homem olhando fixamente para o machado do carrasco:

— Estou com sede.

O sorriso do monstro se abriu.

— Vou mandar Meline cuidar de suas necessidades, Santo de Prata.

Jean-François saiu da cela para o corredor, onde sua mordoma esperava vestida em seu brocado preto. Ela estava com seis soldados escravizados e seu *capitaine*, a mão do grandalhão em sua espada, olhos aguçados na porta da cela quando o marquês a fechou às suas costas. Ajeitando a lapela, Jean-François voltou-se para sua serva.

— Traga mais uma garrafa para nosso hóspede, Meline.

A mulher baixou o olhar, com a pele formigando.

— O senhor não quer que eu o acompanhe até lá embaixo, mestre?

— Infelizmente devo abrir mão do prazer de sua companhia em nome da cortesia, amada. Não tema, o bom *capitaine* Delphine vai cuidar de minha segurança, e, se eu tiver outras necessidades, vou saciá-las com Dario e… Ah, Deus, como é o nome dela? Yasmir?

— Jasmine, mestre.

— Ah, é claro, Jasmine. — O vampiro tomou a mão de sua mordoma e beijou seus nós dos dedos, um de cada vez. — O que eu *faria* sem você, meu amor?

A mulher enrubesceu, fazendo uma mesura bem baixa. Jean-François levou a mão ao bolso e pôs um pequeno camundongo preto no chão. Com um olhar para o *capitaine*, o marquês se virou e desceu a escada, acompanhado pela escolta escravizada. Dario e Jasmine esperavam por ele na base da torre e acompanharam seu passo, um carregando uma lanterna apagada, o outro com uma nova garrafa, cheia até a borda com vermelho quente e delicioso.

O grupo desceu por seu caminho no escuro, o marquês passando a língua vermelha sobre os lábios. O amanhecer aproximava-se, o cheiro da pele de Dario e do cabelo de Jasmine misturavam-se com a escuridão em torno deles, e a ideia de uma refeição rápida e suspirante fazia a pele de Jean-François formigar. Mas o desejo foi abafado quando pensou em sua mãe esperando no alto, no monstro à espreita abaixo. E enfim, no fundo das entranhas do castelo, abaixo do alcance de toda luz e todo riso, ele parou diante de portas revestidas de prata, pegou a chave que sua *dame* lhe confiara em sua sobrecasaca e a entregou ao jovem Dario.

— Faça as honras, amor.

O belo jovem curvou-se e fez uma careta quando suas mãos tocaram o cadeado e as correntes de prata, soltando os dois. Os soldados empurraram e escancararam a porta da cela, e ela emitiu o hino da água corrente e o perfume de sangue antigo, com um tremor repentino de medo na pele de mármore do historiador.

— Venham depressa se eu chamar, *capitaine* — murmurou Jean-François.

Delphine fez uma reverência e, com um olhar para Jasmine, Jean-François entrou na cela. A lanterna na bandeja da serva era a única iluminação, mil estrelas refratando nas águas correntes e escuras. Jean-François sentou-se em sua poltrona de couro na beira do rio, enquanto a jovem botava a lanterna sobre a mesa, a garrafa e o cálice ao seu lado.

— Vai querer mais alguma coisa, mestre?

Os olhos de Jean-François estavam fixos no outro lado da água quando ele murmurou uma resposta.

— *Merci*, não. Cuide de Meline, amada. Ela pode necessitar de ajuda, dependendo da sede que o *chevalier* decidir que está sentindo.

Jasmine fez uma mesura, com cachos escuros caindo em torno de seu rosto. E sem dar as costas — aquela sempre tinha sido espertinha — ela se retirou, fechou a porta e a trancou atrás de si.

O olhar de Jean-François nunca hesitou, sem piscar os olhos chocolate. Ele podia vê-la agora; uma sombra pairando no limite da luz da lanterna. Um sussurro delicado de pés descalços sobre a pedra por baixo do murmúrio da água, o sibilar suave de fome quando o marquês rompeu o lacre de cera da nova garrafa, liberando uma fragrância sangrenta no ar frio.

— Você é um homem corajoso, marquês — disse um sussurro.

Jean-François sorriu, enchendo seu cálice.

— Eu não sou um homem, mlle. Castia. E se acredita que é preciso coragem para me sentar na mesma cela que você, está tão confusa sobre a relação entre encarcerado e carcereiro quanto está sobre o céu e o inferno.

— Você nos entende mal. Não estamos falando de sua presença na cela conosco.

Celene entrou na luz trêmula, e Jean-François sentiu um formigamento ao vê-la – cabelo comprido e azul meia-noite, olhos pretos como azeviche e a gaiola de prata aprisionando aqueles dentes temíveis.

— Estou falando de deixar meu irmão sozinho na *dele* com um dos seus.

— Sua preocupação é tocante. Mas desnecessária. O amanhecer se aproxima com pés de traidor, e eu queria ouvir este capítulo antes que o sol erga a cabeça.

— Por que a pressa? – O monstro deu um passo para mais perto, com a cabeça inclinada. – Você disse que sua senhora tinha tempo em abundância. Nós, imortais, não podemos levar uma eternidade para cantar nossas canções?

— Perdoe-me, *mademoiselle*. – Ele ergueu o cálice em um terrível brinde, com um sorriso frio nos lábios. – Mas eu não acho sua companhia tão agradável.

— Se conseguíssemos atravessar essa água, pequeno marquês, isso poderia se mostrar muito prazeroso. – O monstro deu mais um passo à frente, com o olhar sombrio no dele. – Pelo menos, para alguns de nós.

Jean-François revirou os olhos de forma exagerada enquanto tomava um gole de seu cálice, com a mão mais firme do que ele sentia. O sangue estava delicioso e quente, pesado sobre sua língua, expulsando o frio que sentiu subir pela sua coluna quando os olhos da abominação se dirigiram ao seu pescoço.

— Seu irmão tem sido muito afável, mlle. Castia. Mas temo que se nós avançássemos muito, seus caminhos se misturariam um sobre o outro. – Ele pôs o cálice de lado e abriu seu tomo. – Você vai continuar sua história espontaneamente? Ou vai tergiversar até eu ser forçado a ameaçá-la outra vez?

— Parece não fazer muito sentido ficar em silêncio quando Gabriel berra como um cordeiro preso. – Os olhos do monstro se dirigiram para a mesa ao lado dele. – Mas falar é um trabalho que dá sede.

O historiador inclinou a cabeça e jogou a garrafa para o outro lado do rio. Ela viajou por dez metros através daquele escuro, o vidro verde brilhando sob a luz da lanterna, e uma mão a pegou no ar. A Última Liathe ergueu seu presente, virando-o por tempo suficiente para tomar um e depois dois goles. Mas se conteve para não terminar a garrafa, a língua fervilhando quando lambia e limpava as barras de sua focinheira de prata. E, ao colocar a garrafa meio vazia ao seu lado, sentou-se na beira do rio, com as pernas cruzadas, olhando para ele do outro lado das águas.

– Então, onde estávamos? – sussurrou ela. – Um garoto dos cachorros e sua para sempre. Um *capitaine* e um dedo preto. Um Graal e um verme. É estranho como as peças se encaixam. Mais estranho ainda é o jeito como se desmontam. Pensar que o destino do mundo estava sobre tão poucos ombros. Tão pequenos. Tão jovens.

Ela olhou na direção do céu e deu um suspiro delicado.

– O Todo-poderoso age de maneiras misteriosas.

Jean-François pegou a pena no interior de sua sobrecasaca e abriu um tinteiro novo.

– Vamos começar, mlle. Castia.

Ela ficou sentada em silêncio por muito tempo, olhando para o teto como se estivesse olhando para o rosto de seu Deus desprezível. Mas enfim, Celene voltou os olhos pretos e famintos para ele.

– Não, vampiro – sussurrou ela. – Vamos terminar.

Livro Cinco

DESFAZENDO-SE EM CINZAS

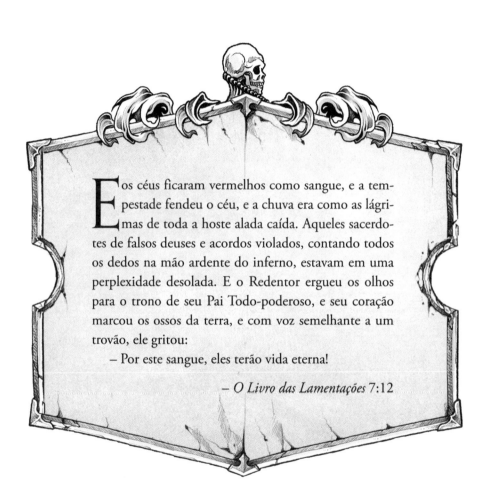

E os céus ficaram vermelhos como sangue, e a tempestade fendeu o céu, e a chuva era como as lágrimas de toda a hoste alada caída. Aqueles sacerdotes de falsos deuses e acordos violados, contando todos os dedos na mão ardente do inferno, estavam em uma perplexidade desolada. E o Redentor ergueu os olhos para o trono de seu Pai Todo-poderoso, e seu coração marcou os ossos da terra, e com voz semelhante a um trovão, ele gritou:

– Por este sangue, eles terão vida eterna!

– *O Livro das Lamentações* 7:12

✦ I ✦

AMOR E GUERRA

— VOLTAMOS PARA DÚN Maergenn um dia depois, esvoaçando pelo amanhecer congelado.

"Não tínhamos forças para testemunhar Lilidh Dyvok dobrar a vontade de Dior, prendendo a garota com seu sangue e forçando-a a bater naquela pobre criada até sangrar. Mas também não tínhamos força para ficar longe por muito tempo. Nossas feridas curavam-se devagar, alimentando-nos como estávamos apenas de atrozes extraviados, mas *estávamos* curando. E por mais perdido que parecesse o destino de Dior, nós não podíamos abandoná-la agora. Deus *nunca* me perdoaria por isso.

"Voltamos para o dún em asas pequenas e vermelhas – apenas um fragmento de nós, lutando contra uma tempestade que se agitava fora da baía. Mas ao descer para as masmorras do castelo, percebemos que Dior não estava mais lá. Assim, subimos voando em espirais, passando pelos monstros embriagados de sangue que dormiam no Salão da Fartura, os queimados arrastando cadáveres para as cozinhas, e as criadas lavando sangue do chão, até que enfim encontramos Dior nos andares superiores, estirada em uma cama de cetim vermelho.

"Nua nos braços de Lilidh Dyvok.

"Ela era uma pintura, sem dúvida; cachos acinzentados caíam sobre a marca de beleza em seu rosto, marcas de sangue deixando seus lábios rosados. Suspirando em seu sono, o Graal passou um braço ao redor do monstro ao seu lado, esfregando o nariz no pescoço de Lilidh. Mas a vampira estava acordada, olhos de meia-noite fixos no teto enquanto trovões ribombavam. Estava vestindo apenas seu meio espartilho de barbatana de baleia, veludo preto com detalhes em vermelho – na verdade, ela nunca parecia tirá-lo. E quando o sol estrangulado se arrastou acima do horizonte, a Sem Coração afastou a mão de Dior e levantou-se da cama.

"'Aonde você vai?' Foi o murmúrio turvo pelo sono que Dior soltou.

"A condessa Dyvok vestiu uma *chemise* preta, com o cabelo caindo em torno de seu rosto como rios de sangue. Todos os seus movimentos eram sobrenaturalmente precisos, nada desperdiçado e nada poupado. Poesia de alabastro em movimento, séculos escritos.

"'A estrela do dia se levanta. Tenho que cuidar de alguns assuntos antes de dormir.'

"'Não', disse a garota com um suspiro.

"Dior levantou-se da cama, passou braços delicados em torno da cintura da vampira. Apertando-se mais perto, Dior espalhou beijos quentes sobre o pescoço frio de Lilidh, as pontas dos dedos percorrendo as curvas de mármore do monstro. E nosso coração se apertou quando vimos uma marca feia sobre sua mão esquerda: uma coroa ornamentada com chifres retorcidos, recentemente queimada em sua carne.

"'Fique comigo.' Os lábios de Dior se retorceram quando falou. 'Senhora.'

"Lilidh deu um suspiro, o hálito frio fazendo cócegas no pescoço de Dior. Nós sabíamos que havia poucos prazeres que podiam mover uma criatura tão velha, que um monstro tão antigo quanto a Sem Coração teria se entregado a todos os seus desejos mais sombrios ao longo de seus séculos. Mesmo assim, apesar da poeira em seus ossos, nós podíamos ver como Lilidh se acelerava com o toque da garota.

"'Pelas Luas Mães, esse *aroma*', disse ela em voz baixa. 'Eu queria poder prová-la.'

"Dior estremeceu quando aqueles lábios de rubi roçaram seu pescoço, quando aquelas mãos acariciaram seu corpo. Ela deixou a cabeça cair para trás, suspirando quando agulhas de marfim tocaram sua pele formigante.

"'Quero que você faça isso', disse ela em voz baixa. 'Mas... eu não quero queimá-la.'

"Ela se afastou e olhou direto nos olhos sem fundo da vampira.

"'Eu amo você.'

"'Não me ames, mortal.' Lilidh deu um sorriso sombrio e vazio. 'Adora-me.'

"'Eu a *adoro*.' Dior beijou sua senhora outra vez, suplicando: '*Fique* comigo'.

"A ancien tocou o rosto do Graal, a garra na ponta de um dedo delineando o arco de sua boca suja de sangue.

"'Lilidh dorme sozinha, boneca. E no conhecimento que tu compartilhaste, há muita coisa sobre o que pensar. Sou velha o bastante para me lembrar do nome Esani com todo o ódio venenoso que ele merece. E devo pensar na melhor maneira de transformar a revelação em vantagem sobre os corações de ferro.' Ela sorriu com delicadeza. 'Sem a doce distração de tua companhia.'

"Nosso coração perdeu coragem ao ouvir essas palavras, ao saber que Dior devia ter confessado tudo para a condessa: sobre os Fiéis, sobre a Mãe Maryn no escurecer em algum lugar daquela cidade, até mesmo sobre *nós*. Nossas asas congelaram e ficaram imóveis com medo de que aqueles olhos escuros nos encontrassem no teto acima, a ideia de que nosso subterfúgio tivesse sido revelado, que Lilidh agora *soubesse* onde procurar por nós.

"*Grande Redentor, o que eu devia fazer?*

"Lilidh passou as garras pelo cabelo de Dior e puxou-a para mais perto, lábios a uma respiração de distância.

"'Nós banqueteamos ao pôr do sol. Deves te ajoelhar à direita de sua senhora. Veste-te de forma apropriada.'

"E com isso, a ancien virou e abriu as portas do *boudoir*. Príncipe ergueu a cabeça através do batente, do lado de fora, o lobo de um olho só agitando a cauda como um filhote novo diante da visão de sua amada senhora. Lilidh acariciou suas costas ao passar por ele, e a fera virou-se para olhar para Dior com seu olho bom. Ele era pálido e frio, azul-safira brilhando com uma astúcia selvagem. Mas Lilidh chamou seu nome, e Príncipe virou-se e seguiu pelo salão atrás dela.

"Dior fechou as portas com um suspiro. O quarto parecia menos frio, agora que o monstro tinha partido, e ela ficou parada de pé na escuridão por um longo momento, as pontas dos dedos apertadas sobre lábios sujos de sangue. Então ela foi até a lareira fria e pegou o atiçador ao seu lado.

"Enquanto observávamos, ela começou a se exercitar, fazendo rotinas de espada que o querido Gabriel lhe ensinara, fazendo o atiçador de espada. *Barriga, peito, pescoço, repetir.* Seu corpo agora estava em forma após quilômetros e provações, agora mais magra e mais dura, a respiração mais suave; ela estava ficando muito boa com uma espada. Mesmo assim, nos perguntamos por que ela estaria treinando…

"Seu quarto era um de muitos nas profundezas do dún, opulento e suntuosamente decorado. Grandes janelas davam para o pátio abaixo e a área coberta depois, feitas de mogno e latão. As portas duplas tinham entalhes do lobo e das nove espadas do clã Maergenn, mas como em muitos *châteaux* da época, o quarto tinha portas que estavam além do óbvio. E enquanto Dior praticava, vimos a estante atrás dela abrir-se com um sussurro sobre dobradiças silenciosas, e uma figura entrou no quarto às costas do Graal.

"Era Verme.

"A criada ainda estava machucada pela surra que levara, roxo e azul espalhando-se suavemente por seu rosto. Mas ela se movia em silêncio e rápida, os olhos diferentes, verde-esmeralda e azul-safira, agora fixos na coluna de Dior. E sentimos uma pontada de puro medo perfurar nosso coração há muito morto ao vermos um punhal na mão da garota.

"Ela passou por peles com os dentes cerrados, e embora soubéssemos que isso só nos colocaria em mais perigo, não podíamos evitar alertar Dior; descendo adejantes das vigas e batendo contra seu rosto. Mas a garota apenas nos afastou, falando com a figura que se aproximava por trás:

"'Eu estava esperando uma visita sua.'

"Verme congelou, com a faca parada no ar.

"Dior virou o rosto para a garota mais velha, apontando para a cama.

"'Pode me jogar aquela combinação? Eu teria me vestido se soubesse que você ia aparecer tão cedo.'

"Verme olhou para Dior, os olhos roxos estreitos e os lábios machucados franzidos.

"'Qual exatamente é seu jogo, garota?'

"Dior inclinou a cabeça, dura, nua e brilhando de suor.

"'Eu pareço estar jogando, *chérie*?'

"Verme estreitou os lábios, sem nunca tirar os olhos dos de Dior enquanto jogava uma combinação de seda clara no rosto da garota. Dior recuou, esperando algum estratagema – a esperteza das sarjetas brilhando por trás de seus olhos azuis. Mas Verme não avançou, e pegando a roupa com o atiçador, Dior a vestiu pela cabeça e afastou os cachos cinzentos do rosto.

"'Você desobedeceu Lilidh', murmurou Verme. 'Quando ela mandou que você batesse em mim. Fez um espetáculo, mas só *fingiu* me chutar. Você já bebeu dela três vezes; foi marcada pela mão dela. O desejo dela devia ser uma ordem. Mas você a desobedeceu.'

"Verme tamborilou os dedos no cabo da faca.

"'Você não foi escravizada por ela.'

"'Nem você', respondeu Dior. 'Pelo menos, não mais.'

"'Como pode saber disso?'

"'Você estava se comportando de maneira estranha enquanto me vestia. Você me protegeu de Nikita. Preocupou-se em me dar conselhos, embora isso significasse provocar o mau humor de Lilidh. E nunca a chama de *senhora* quando ela não está no mesmo aposento. Mas eu não sabia disso, até esbarrar com Joaquin.'

"Verme sacudiu a cabeça.

"'Aquele novo garoto dos cães?'

"'Ele me viu escapando das masmorras algumas noites atrás, mas não me entregou. Mas quando fugi a caminho daqui, ele foi o primeiro a me rastrear. Quase *morreu* por causa disso. Foi esfaqueado três vezes no peito tentando agradar a sua querida Mãe-loba. Então comecei a me perguntar por que ele me deixaria fugir. O que tinha mudado?'

"'Você o curou quando ele estava morrendo', compreendeu Verme. 'Assim como me curou.'

"Dior assentiu, falando um punhado de palavras que pesaram tanto quanto o mundo.

"'Meu sangue rompe os elos entre mestre e servo. Ele *liberta* escravizados.'

"Nós pudemos ver uma animação no rosto da criada ao ouvir essas palavras, a mesma que sentimos em nosso próprio peito morto. Nunca havíamos *escutado* algo do tipo, tampouco imaginado tamanho milagre…

"'Mas por que *você* não está escravizada?', perguntou Verme.

"Dior apenas sacudiu a cabeça.

"'Não tenho a menor ideia. Mas os Voss não podem ler minha mente. Eu só finjo obedecer quando os Dyvok usam seu Açoite. Acho que faz sentido o sangue de vampiros não me escravizar, considerando que o meu os queima até virarem cinzas.'

"'Como isso é possível?' Verme olhou para as mãos, perplexa. 'Meus elos com Lilidh estão rompidos, mas a força que ela me deu permanece. Meus machucados ainda se curam mais depressa do que se eu fosse apenas mortal. Você é uma feiticeira? Alguma serva do poço ou filha dos caídos?'

"'Eu sou…' Dior sacudiu a cabeça, respirando fundo antes do mergulho. 'Eu sou descendente do Redentor. Sei que isso *parece* blasfêmia e loucura, confie em mim, ainda sinto dificuldade para acreditar em alguns dias. Mas o filho do Todo-poderoso era um homem mortal, e antes que fosse posto na roda, ele teve um bebê com Michon, sua primeira discípula. Uma filha chamada Esan.'

"'Esse nome parece…' A criada franziu o cenho, intrigada. 'Talhóstico antigo?'

"Os olhos do Graal estreitaram-se ao ouvir isso, e também me surpreendi pelo fato de uma mera criada conseguir reconhecer aquela língua antiga.

"'Ele significa *Fé*', disse Dior. 'Esan era a filha de Michon com o céu, e seu sangue sagrado corre em minhas veias. Ele queima sangues-frios até virarem cinzas. Cura qualquer ferimento. E se o que meus amigos me contaram é verdade, eu posso acabar com a morte dos dias de uma vez por todas.'

"Verme baixou o punhal, sussurrando:

"'Grande Redentor.'

"Dior fez uma careta, desculpando-se.

"'Infelizmente, apenas uma parente distante.'

"A criada foi até as portas e verificou se estavam trancadas. Seu rosto estava vermelho, o pulso martelando enquanto andava de um lado para outro no quarto. Apesar da alegação bizarra de Dior, parecia que aquela mulher era sensata o bastante para acreditar na prova de seus próprios olhos.

"'Virgem-mãe, você sabe o que isso *significa*?', sibilou Verme. 'Nós podemos retomar a cidade. Libertar toda mente conquistada de seu poder! Todo soldado e toda mulher espadachim! Romper os grilhões com que esses monstros nos prenderam, e queimar os bastardos em suas camas!'

"Dior sorriu, fria como um rio congelado.

"'Agora você está entendendo.'

"Ela olhou para o ombro quando pousamos sobre ele, nossas asas sussurrantes em sua pele. Estávamos contentes com tudo aquilo; saber que nossos segredos estavam bem seguros, mas ainda mais: que Dior também estava segura. Nós não conseguimos evitar nos maravilhar com sua coragem, seu embuste: ela até *nos* enganou com aquele beijo. Dançando destemida tão perto desse perigo. Caminhando através daquele fogo sem se queimar. E naquele momento, eu soube que o Todo-poderoso tinha escolhido bem sua Escolhida.

"'Eu não contei a Lilidh nada de importante', murmurou ela para nós. 'Falei sobre a irmã Chloe e *père* Rafa. Disse que o livro com o ritual para acabar com a morte dos dias ainda estava escondido na biblioteca de San Michon. Dei a ela um segredo em que acreditar, uma tarefa para a qual dirigir sua mente. Mas não disse *nada* sobre os Esana. Nem sobre a Mãe Maryn. Nem sobre você.'

"'O que é *isso*?', sussurrou Verme, olhando para a partícula que eu era.

"'Uma de meus amigos que mencionei', respondeu Dior. 'Celene pode nos ajudar.'

"'Uma amiga?' A criada sacudiu a cabeça. "Eu viajei por todos os lados deste império, Dior Lachance. E nunca conheci uma garota nem metade tão estranha quanto você.'

"'Eu não vi muito deste império. Mas passei a vida roubando em Lashaame desde que tinha 11 anos. E uma das primeiras coisas que aprendi foi como identificar as pessoas que faziam a mesma coisa.' Dior estudou a moça mais velha, enfim sacudindo a cabeça. 'Você não é nenhuma criada. Você é quase tão comum quanto eu sou nobre. Quem *diabos* é você?'

"Verme respirou fundo, os olhos distintos nos de Dior.

"'Meu nome é Reyne. Quinta filha de Niamh Novespadas, que foi declarada duquesa e governante desta nação pelo imperador Alexandre III. Sou a herdeira de sangue da casa real de Maergenn, depois de minha irmã Yvaine, legítima senhora destas terras.'

"Dior e eu estudamos a jovem dos pés à cabeça. Apesar da roupa de tecido rústico, dos hematomas e das marcas de sangue, agora víamos um porte real revelado, um orgulho feroz nos olhos distintos da garota. Lady Reyne estava de pé com o nariz empinado, o cabelo louro-amorangado brilhando no amanhecer mortiço, e não conseguimos evitar pensar na estátua no forte abaixo; a própria poderosa Novespadas. Uma mulher que tinha conquistado essa nação aos 25 anos, e fundido as espadas de seus inimigos derrotados para forjar a sua.

"'Uma princesa ossiana', murmurou Dior. 'Eu disse a Gabe que gostaria de conhecer uma. Você não está usando um cinto de castidade por baixo dessa roupa, está?'

"'*O quê?*'

"'... Nada.' Dior piscou e sacudiu a cabeça. 'Precisamos começar a agir.'

"'Como funciona o seu sangue? É preciso que ele toque um ferimento mortal, ou...'

"'Não faço ideia.' Dior esfregou a mão pelo cabelo. 'Se tivermos que esfaquear todo mundo no peito antes de libertá-los, isso logo ficaria feio. Mas beber sangue é o suficiente para escravizar pessoas. E talvez também seja o suficiente para libertá-las.'

"Reyne começou a andar de um lado para outro do *boudoir* outra vez, com as mãos entrelaçadas às costas.

"'Devemos, então, testar a verdade disso. Minhas damas costumam jantar juntas, e eu frequentemente sirvo a mesa. Se puder me dar um pouco, vou ficar atenta a uma possibilidade de libertá-las todas ao mesmo tempo.

"'*Suas* damas…' Dior piscou. 'Lilidh tomou suas criadas de você. Queimou-as. Fez com que a surrassem.' O Graal suspirou. '*Vaca* sádica.'

"'Elas não são meras criadas, Dior Lachance', respondeu Reyne. 'Filhas reais de Ossway são servidas por filhas da espada, não criadas. Lady Arlynn e suas irmãs são guerreiras desde o nascimento.' Ela fez uma careta, tocando seus hematomas. 'Pior para minhas costelas.'

"'Está bem.' Dior pegou um pequeno vaso, com a mão estendida. 'Dê-me a faca.'

"A princesa olhou para o Graal em silêncio. Ela estava empolgada, e poucos podiam culpá-la, mas em seus olhos de jovem fae, vimos o pragmatismo de estradas longas e horizontes vastos. Essa não era uma princesa que tinha passado a vida em torres altas e vestidos de seda. Essa era a filha de uma conquistadora que tinha gravado seu nome nas páginas da História.

"'Eu confio em você o suficiente para lhe entregar uma faca? Essa é a pergunta', murmurou ela.

"'É verdade, eu também não confio em você, lady Á Maergenn. Nunca tive tempo para desperdiçar com a nobreza. Nunca vi *privilegiados* fazerem nada além de tirarem dos que não têm. Mas amor e guerra criam aliados estranhos, e caso não tenha percebido…', Dior olhou em torno delas e deu de ombros, 'somos eu e você contra a merda do mundo neste momento'.

"Reyne a encarou por um minuto a mais, então girou a arma e a entregou, com o cabo para a frente. Dior sentou-se na cama e apertou a faca sobre o arco macio de seu pé.

"Reyne franziu o cenho.

"'Por que você está…'

"'Meu sangue cura outras pessoas, não a mim mesma.' Dior fez uma expressão de dor, recolhendo com cuidado o vermelho gotejante no vaso. 'Se Lilidh vir o corte esta noite, vou dizer que pisei em vidro. E se isso funcionar, da próxima vez traga uma lanterna. Vou queimar e cauterizar o corte para que ela tenha menos chance de sentir seu cheiro.' O Graal entregou o pequeno vaso, agora preenchido com vermelho brilhante e sagrado. 'Cuidado com isso. Seja *rápida*. Os Mortos podem sentir o cheiro de meu sangue como cães de caça.'

"'Não tema. Conheço as passagens secretas deste castelo. E logo *eles* vão ser caçados aqui dentro.' Reyne pegou o vaso, sua voz fria como o amanhecer invernal. 'Esses monstros mataram minhas irmãs. Assassinaram minha mãe. Sangraram meu país até secar. E por meu sangue e minha respiração, juro que vão *pagar* por cada gota.'

"Dior apertou o corte para estancar o sangue e estendeu a mão para Reyne.

"'Boa fortuna, lady Á Maergenn.'

"'Nós, ossianos, não botamos nossos destinos nas mãos do anjo Fortuna, mlle. Lachance. Minha mãe não uniu esta nação confiando na esperança.' Lady Reyne cerrou os dentes, os olhos de fae brilhando. 'Nós, Maergenn, iluminamos nosso próprio caminho e fazemos nossa própria sorte.'

"'Que a Virgem-mãe, então, olhe por você.'

"Reyne apertou a mão de Dior, sua pegada calejada fazendo o Graal se encolher.

"'E por você.'

"Dior viu aquela princesa sair pela porta dos criados com sangue na mão. E muito tempo depois, o Graal ainda permanecia sentado, com o olhar fixo, passando as pontas dos dedos macios sobre os lábios enquanto respirava.

"'Princesa ossiana…'"

✦ II ✦

ALGO EM QUE ACREDITAR

— O INVERNO GOVERNAVA os salões de Dún Maergenn, e os dias de Dior pareciam frios como a noite.

"Ambos se passaram, vários dias e várias noite sem nenhuma notícia de Reyne. Os dias eram passados no *boudoir*, dormindo e praticando exercícios de espada enquanto nós vasculhávamos de forma infrutífera a cidade à procura da Mãe Maryn. As noites eram passadas naquele horrendo Salão da Fartura, presa no fedor de brutalidade e, depois, no abraço frio de Lilidh. Mas Dior Lachance sempre tinha sido uma trapaceira, e embora interpretasse com perfeição o papel da escravizada obediente, nós sentíamos que sua frustração crescia. E, nunca satisfeita em ficar parada no lugar por muito tempo, ela logo decidiu agir.

"A pedra estava congelante; sua pele, arrepiada; a respiração, saindo de seus lábios em nuvens brancas. Mas não havia possibilidade de se aquecer, nem mesmo por um instante — os únicos lugares em que fogo queimava naquele maldito castelo eram nas ameias ou naquelas cozinhas horríveis. Por isso, Dior se enrolou ainda mais em suas peles e saiu de seu *boudoir*.

"Ela estava vestindo as roupas elegantes que sua senhora lhe dera; o vestido branco-pérola de seda refinada e uma grossa manta de pele de lobo. Uma gargantilha de rubis circundava seu pescoço, e nós tínhamos pressionado nossas asas sobre aquelas joias, a melhor maneira de permanecer sem sermos vistas. Ela estava ficando mais habilidosa com seus saltos elegantes, mal cambaleando enquanto andava. Havia queimados postados por todo o patamar, aqueles dois jovens ruivos e galantes sempre parados diante dos aposentos de Nikita e Lilidh. Mas todos deram uma olhada para a marca sobre a mão de Dior e desviaram o olhar.

"Havia mérito em ser criada de um horror, afinal das contas.

"Ao passar pelo Salão das Coroas, ela saiu para o pátio congelado. Embora agora parecesse haver uma luz mortiça na escuridão, as legiões dos Voss ainda estavam a caminho, e logo Nikita seria forçado a decidir: entregar Dior para o Rei Eterno ou entrar em batalha com os corações de ferro para mantê-la. No fim, a decisão podia nem ser dele – se os senhores de sangue de Nikita decidissem que não valia a pena morrer pela vida de Dior, o conde podia ser forçado a ceder à vontade de Fabién para mantê-los satisfeitos. Mesmo supondo que Dior rompesse toda ligação naquele castelo, os altos-sangues eram quase cem; os atrozes, *milhares*. E mesmo que tomassem a cidade dos indomados, ainda havia os corações de ferro a temer.

"O que uma vela pode fazer contra uma inundação?

"Enfrentando o vento ao atravessar o pátio, ela passou cambaleante pelos alojamentos, pelo fedor da destilaria e pelo brilho quente da ferraria. Nós vimos uma silhueta ali dentro – o amigo dela, Baptiste, a pele brilhando à luz da forja. Dior engasgou em seco ao vê-lo e levou a mão ao coração ao murmurar seu nome. Mas nós duas sabíamos que ele agora pertencia à Mãe-loba, e até que Reyne entrasse em contato, Dior não estava segura do método pelo qual essa escravidão podia ser rompida – beber, ou sangrar. Então o Graal passou por ele, entrando nos estábulos.

"Os currais estavam quase vazios – apenas algumas dúzias de animais restavam no prédio que podia ter abrigado cavalos para um exército em dias mais felizes. Havia uma dúzia de homens reunidos em torno de uma fogueira para cozinhar; tratadores, cavalariços e catadores de esterco, bebendo canecas de Betume recém-produzido na destilaria para afastar o frio. Os queimados não eram forçados a comer algo tão horrendo como o gado dos Dyvok, compartilhando em vez disso um guisado de cogumelos e brotos com sua bebida. Canela de Cachorro estava sentado entre eles – um dos brutamontes que trouxera Dior desde a Pedra da Noite, com sangue embaixo de suas unhas e facas de açougueiro no cinto. E ao lado do homem, bonito demais para a companhia que mantinha, estava o jovem garoto dos cães de Aveléne. Joaquin Marenn.

"Elaina ergueu os olhos quando Dior entrou, o rabo da cachorra se agitando.

"'Mlle. Lachance', murmurou Joaquin. 'O que você...'

"'Minha amada senhora Lilidh me mandou conversar com você. Sozinha.'

"Os trabalhadores dos estábulos olharam para a marca em sua mão, e sem uma palavra de discordância, todos saíram para a tempestade. Joaquin olhou fixamente nos olhos de Dior quando ela se sentou ao seu lado, a cachorra farejando o pé esquerdo dela. O garoto não parecia muito bem por causa da bebida – muitos dos soldados dos Dyvok se entorpeciam diante dos horrores da vida naquele castelo com doses regulares de bebida artesanal. Mas sua mão estava firme enquanto acariciava as orelhas de Elaina, dando um de seus sorrisos sombrios e enviesados para o Graal quando tomou sua caneca de bebida.

"'Por que você ainda não fugiu?', sussurrou Dior.

"Ele piscou, fingindo estar confuso.

"'Por que eu fugiria? Minha grande senhora...'

"'Você não está preso a Kiara, Joaquin', sibilou ela. 'Não está desde aquele dia em que o curei na floresta. Por isso você não me deteve quando tentei fugir.' Ela sacudiu a cabeça. 'Mas por que diabos *você* não fugiu?'

"Ele inspirou para protestar, e Dior segurou seu pulso quando ele tentou se levantar.

"'Eu também não estou presa a eles. Meu sangue me protege disso. O mesmo sangue que rompeu com sua servidão *e* salvou sua vida.' Ela apertou a mão dele, suplicando. 'Confie em mim, Joaquin. Estou falando sobre a vida de toda pobre alma nesta cidade. As pessoas sendo dadas como alimento para os atrozes em Novatunn. Aquelas pessoas comendo a carne dos *mortos* em Velhatunn. Cada escravizado neste maldito castelo.'

"O garoto permaneceu em silêncio, estudando Dior. Ele olhou para a marca recém-queimada sobre a mão dela, o queixo quadrado bem cerrado. Seus dedos roçaram seu peito, sem cicatrizes apesar dos ferimentos mortais que sofrera. A morte da qual ela o salvara.

"'Isla', sussurrou ele por fim. 'Eu não fugi por causa de Isla.'

"'Sua para sempre', compreendeu Dior. 'Você não vai abandoná-la.'

"'É *claro* que não', sibilou ele. 'Tentei entrar para vê-la, mas... ela serve o Coração Sombrio, e não temos acesso aos andares superiores. Nem sei se ela está...'

"'Ela está viva. E está bem. Eu a vejo o tempo inteiro nos aposentos de Nikita.'

"O garoto engoliu em seco, pálido como a morte.

"'Ela está... *Ele* está...'

"'Ela faz a limpeza para ele. Mais nada. Ele a veste bem e a mantém alimentada. Isla está melhor do que a maioria das pessoas do castelo.' Dior baixou os olhos, olhando de relance na direção da ferraria. 'Nikita tem se ocupado com Aaron nos últimos tempos.'

"Joaquin mantinha sua expressão firme, mas, por trás da névoa da bebida, vimos um fragmento de raiva e esperança romper sua máscara. Nos perguntamos sobre a força daquele garoto – o que devia ter sido necessário para manter a cabeça em meio àquelas atrocidades, ajoelhar-se com a esperança vã de que pudesse de algum modo ver sua amada outra vez. E então nós o reconhecemos pelo que ele era."

Jean-François mergulhou a pena, murmurando em voz baixa:

– Um tolo confuso e de mente atrapalhada?

– Um *crente* – respondeu a Última Liathe, olhando para o outro lado do rio.

– Alguns diriam que eles são a mesma coisa, mlle. Castia.

– Alguns diriam – assentiu ela. – Mas eles não sabem o que *nós* sabemos.

"Dior olhou no fundo dos olhos do tratador de cachorros e sussurrou:

"'Há outra pessoa no castelo que foi libertada, Joaquin. E estamos determinadas a libertar mais. Nós podemos precisar de sua ajuda aqui fora, em meio aos soldados. Podemos contar com você?'

"O garoto olhou para o dún nas sombras, para sua amada aprisionada ali dentro.

"'Eu só conheço Isla há oito meses', murmurou. 'Ela foi para Aveléne depois que os Dyvok destruíram Dún Cuinn. Isla não tinha nenhuma família. Nenhum amigo. Ela parecia *muito* triste. Mas os cachorros gostaram dela. Elaina é uma boa juíza de caráter.' Ele esfregou o queixo de sua cachorra enquanto ela abanava o rabo. 'Isla costumava vir comigo quando eu andava com os filhotes. Dizia que gostava do silêncio. Um dia, eu falei que ela era bonita. Dei um beijo sem pedir.' Ele sacudiu a cabeça, mortificado. 'Quem cresce bonito como eu, acostuma-se com garotas que não se importam com esse tipo de coisa. Mas Isla me deu um chute. Direto no saco.' O garoto riu, esfregando o queixo. 'Eu soube na hora que me casaria com ela.'

"Dior sorriu, com um brilho nos olhos de um azul pálido.

"'Essa parece não ser para largar.'

"'Eu nunca agradeci a você', disse ele, encarando-a. 'Por ter me salvado. Você não precisava fazer isso. Mas se puder *salvá-la*, mlle. Lachance, pode contar comigo. Até a morte.'

"'Não vamos deixar chegar a isso. Não tenho a intenção de que ninguém morra.'

"'Um brinde, então.' O garoto ergueu a caneca fedorenta. 'A viver para sempre.'

"Dior apertou o joelho dele e levantou-se depressa.

"'Eu entro em contato com você assim que puder para dizer como planejamos agir. Até lá, tome cuidado, hein? Prometo que vamos passar por essa. *Todos* nós.'

"Ele assentiu. E em seus olhos, vimos uma luz que viríamos a reconhecer muito bem em meio às pessoas que conheciam aquela garota. A reverência do crente, enfim encontrando alguma coisa em que acreditar.

"'Que Deus vá com você, mlle. Lachance.'

"'Com nós dois, Marenn.'

"Dior foi embora dos estábulos, caminhando apressada pelo pátio como se estivesse cuidando de algum assunto de sua senhora. Passou por aquelas jaulas horrendas, se forçando a respirar o fedor, olhando para as pessoas dentro delas. A maioria dos prisioneiros abaixou os olhos, virou o rosto, cada um vivendo com medo de ser o próximo escolhido para alimentar os atrozes na hora do jantar. Mas uma figura olhou o Graal nos olhos quando ela passou, olhando através das grades com olhos roxos.

"'Mila…', sussurrou Dior.

"A criança que dera a Gabriel aquele frasco dourado em Aveléne. Cabelo louro sujo e rosto marcado por lágrimas. Ao vê-la, Dior respirou fundo para falar, e batemos asas em alerta sobre sua pele – *Tap Tap Tap Tap Tap*. Ela não podia dizer nada para aquela menina, prometer nada, ou tudo podia desandar. Por isso, ela levou a mão ao peito dela com lágrimas nos olhos.

"'Que a Virgem-mãe cuide de você, *chérie*…'

"Então virou-se, esfregando os cílios congelados ao passar por queimados vigilantes de volta ao castelo. Parando na base da escada no Salão das Coroas, Dior ergueu os olhos para aquela estátua poderosa – Niamh Novespadas, vestindo armadura, a espada segura em um punho erguido. E em sua sombra, trajando tecido rústico artesanal e carregando apenas uma lanterna, estava a filha mais nova da Novespadas.

"Reyne á Maergenn lançou um olhar afiado para Dior ao passar e desapareceu por uma porta de criados. Devagar, Dior foi atrás, apenas o trovão de seu pulso e uma nova camada de suor para entregar a tempestade em seu interior. Ela seguiu o feixe de luz por um corredor, passou por uma criada carregada de roupas sujas de sangue e desceu para uma passagem congelante de pedra escura.

"Aquela parte do castelo era erma, a destruição do ataque permanecia evidente pela argamassa rachada e pelos vidros quebrados. À frente de Dior, Reyne gesticulou com sua lanterna e entrou por uma porta entalhada com o lobo e as nove espadas de sua casa. Dior juntou-se à princesa ali dentro; uma sala simples de leitura, com estantes e livros velhos e amarelados nas paredes.

"'Você está bem?', sibilou Dior. 'Faz *dias* desde que nos falamos, eu…'

"Reyne levou um dedo aos lábios e girou um candelabro na parede. Dior ouviu pedra raspando em pedra, e uma brisa suave beijou seu rosto quando a estante atrás dela se abriu.

"As duas entraram por um túnel estreito. Reyne fechou a entrada atrás delas, girando outro candelabro. Depois que a estante se fechou com um baque surdo, tudo mergulhou em escuridão, perfurada apenas pela pequena lanterna na mão de Reyne.

"'Bem, nesse lugar não faltam surpresas', murmurou o Graal.

"'Eu lhe disse, Dior Lachance', sussurrou Reyne. 'Conheço o castelo de minha própria mãe. Agora ande sem fazer barulho e mantenha a voz baixa. Esses malditos sanguessugas têm os ouvidos mais aguçados.'

"Reyne ergueu a lanterna, iluminando uma longa extensão do túnel frio de pedra à frente.

"'Você não tem medo do escuro, tem?'

"Dior sacudiu a cabeça.

"'Só de ratos. E você?'

"Reyne escarneceu:

"'Eu não tenho medo de nada.'

"A princesa seguiu pelo corredor, com Dior mais devagar atrás, enfim xingando e livrando-se de seus saltos elegantes para poder acompanhar o ritmo. As duas seguiram por passagens secretas, delicadas e silenciosas, Dior com pés descalços exceto pelas meias de seda, os sapatos ridículos agora em uma das mãos. O túnel estava danificado pelo ataque dos indomados, e quando as *demoiselles* se abaixaram para passar por baixo de uma viga de pedra quebrada, nós tivemos uma sensação estranha, crescente a cada passo. Não tão dolorosa, mas desconfortável; uma sensação de que alguma coisa estava errada, de que não éramos bem-vindas, esmagando nossas asas contra a joia sobre a qual estávamos.

"'Olhe, não é que eu não confie em você, alteza', sussurrou por fim o Graal. 'Mas você quase me esfaqueou há alguns dias, e não escuto a droga de uma palavra sua desde que lhe dei aquele sangue. Então você poderia me fazer a gentileza de me dizer aonde estamos indo?'

"'Minha trisavó ia à missa quatro vezes por dia', murmurou Reyne. 'Ela mandou construir esta passagem para que pudesse ir e voltar sem ser incomodada pelas pessoas comuns.'

"'Pessoas comuns', escarneceu Dior, olhando para Reyne de alto a baixo. 'Você pode usar um vestido de criada, mas com certeza fala como a droga de uma rainha.'

"'Se todo mundo fosse excepcional, *mademoiselle*, então ninguém o seria.'

"'Então está dizendo que nós vamos...'

"'Para a igreja, *oui*.' Reyne parou, apertou a parede e abriu mais uma porta oculta. 'Estamos bem embaixo de Amath du Miagh'dair.'

"'O sepulcro da Virgem-mãe', sussurrou Dior, olhando para cima.

"Isso explicava por que o mundo parecia tão errado para nós; não estávamos sobre solo sagrado, mas *embaixo* dele. Ainda assim, sentimos um desconforto permanente, e quando Dior entrou no túnel à frente, esse peso apenas aprofundou-se, ficou mais sombrio. O corredor era curto, terminando em uma porta grandiosa entalhada em pau-ferro, decorada com um belo relevo da Virgem-mãe. Tinha detalhes em estilo arcaico, mais similar a uma guerreira ossiana que à Noiva do Céu. Estava usando roupas de clã e um peitoral, com o cabelo trançado no estilo local e um trecho das escrituras em ossiano antigo circundando sua cabeça como um halo.

"Reyne empurrou e abriu a porta pesada e entrou em uma câmara. Mas quando Dior a seguiu, nós nos vimos sendo jogadas para trás, como se pela mão de Deus. Saímos voando de sua gargantilha, atordoadas, voando em espiral na direção do chão do lado de fora. Dior nos viu cair e abaixou-se para nos pegar, mas nós recuamos, com asas trêmulas. E olhando ao redor, o Graal enfim entendeu.

"'Solo sagrado', sussurrou ela.

"Nós recuamos, observando, e com um pequeno aceno de cabeça para mim, Dior entrou atrás de Reyne. A câmara era uma cripta, ampla e escura, iluminada apenas por alguns pontos tremeluzentes de luz. Pelo aspecto, tinha sido grandiosa, túmulos antigos de mármore alinhados em longas fileiras. Sobre eles, havia estátuas de ladies e lordes enterrados ali, vestidos como assassinos em repouso. Mas a destruição do sepulcro acima tinha também causado danos abaixo; o teto estava parcialmente desmoronado; túmulos, estilhaçados por pedras caídas; ossos, derramados sobre as pedras do piso.

"Havia sulcos estranhos entalhados no chão – alguma geometria arcana que não compreendíamos. Grandes retratos em mosaico dos Sete Mártires enfeitavam as paredes, mas apenas um havia sobrevivido à carnificina quase intacto; a bela Michon, de cabelo louro e vestindo armadura, a espada erguida alta enquanto liderava seu exército de fiéis em sua guerra santa.

"Abaixo desse mosaico havia um grande mausoléu, grande o bastante para meia dúzia de corpos. Era feito do mármore mais bonito, rachado e quebrado no ataque, encimado por uma grande escultura no que percebemos ser prata pura, escurecida pela poeira. Havia a escultura de uma mulher em repouso sobre uma cama de crânios, o cabelo comprido de donzela trançado em um halo em torno de sua cabeça. Vestia cota de malha e armadura, com uma espada longa junto do peito. Querubins ao lado carregavam trombetas e guirlandas de flores, um serafim grande e feroz estava de pé com espadas de prata nas mãos, guardando o caixão vazio no interior, pois aquele era *Tà-laigh du Miagh'dair*, o túmulo da Virgem-mãe, construído em sua honra depois que seu corpo foi levado para o céu, onde está sentada à direita do Pai.

"E diante daquele monumento para a ancestral de Dior, quatro mulheres esperavam.

"A primeira era Reyne, as roupas de criada escondendo a guerreira de sangue real por baixo. Mas em torno dela, havia três outras pessoas; aqueles cisnes elegantes que tinham servido à Sem Coração de todas as maneiras. Elas estavam usando belos vestidos verdes, bordados com o lobo do clã Maergenn, enfeitadas por ornamentos e joias. Mas se portavam de um jeito diferente agora, e não conseguimos evitar reparar que ficavam não com os ombros curvados e os olhos baixos, mas com os pés afastados para se equilibrarem, as mãos posicionadas como se quisessem segurar espadas. Olhando nos olhos delas, Dior viu a verdade com a mesma clareza que nós.

"'Funcionou', disse com um suspiro.

"*Oui.*' Reyne deu um sorriso tão feroz quanto o lobo de sua casa. 'Levei tempo para conseguir fazer isso em segurança, mas enfim consegui misturar a dose de seu sangue em sua refeição matinal. Todas estavam livres no fim do desjejum. Foi como ver pessoas que dormiam despertando de um sonho sombrio.'

"'Para um pesadelo ainda mais sombrio', murmurou uma das mulheres.

"Ela era a mais velha delas; o cisne com a cicatriz no queixo e mãos duras. Uma mulher alta e magra no fim da casa dos 40 anos, o cabelo grisalho comprido e olhos azuis e ferozes.

"'Dior Lachance, esta é Arlynn, primeira de meus aposentos e senhora de Faenwatch.' Reyne apontou com a cabeça para as outras duas mulheres do grupo, talvez um ano mais velhas do que ela mesma. 'Essa é Lady Gillian á Maergenn e sua irmã, Lady Morgana. Filhas da espada, todas elas, primas e amigas e, mais uma vez, espadas leais de minha casa. E, por isso, você tem nossa *mais profunda* gratidão.'

"Cada mulher fez uma mesura, e enquanto se aprumavam, todas fizeram o sinal da roda. Havia um toque de desconfiança nos olhos da filha da espada mais velha, mas as duas irmãs ruivas mais jovens olhavam para Dior com nada menos que assombro.

"'Nossa senhora Reyne nos disse quem você era quando o feitiço sombrio do sangue de Lilidh foi desfeito.' A jovem Morgana olhou para o mosaico acima. "Uma filha de San Michon em pessoa. A Primeira Mártir renascida.'

"'Eu não sou uma mártir', disse Dior. 'E não tenho *nenhum* desejo de ser. Apenas quero pôr um fim nisso, ajudar aquelas pessoas lá em cima. Deus...' Ela olhou na direção do pátio, os trovões ribombando no céu. 'Já são tão poucos. E menos a cada noite. Precisamos *fazer* alguma coisa.'

"'Não temam.' Reyne assentiu. 'Agora que sabemos como funciona, podemos fazer isso.'

"Gillian então falou; uma jovem rápida e feroz com uma cicatriz sobre a testa sardenta:

"'Se uma prova de seu sangue sagrado pode quebrar o feitiço, podemos servi-lo na refeição desta noite. Libertar todas as almas no dún de uma vez.'

"'E como botamos o sangue na comida, jovem Gillian?' Agora era Arlynn quem estava falando, os duros olhos azuis prendendo a mais jovem delas no lugar. 'Lady Reyne levou dias para encontrar uma oportunidade de libertar apenas três de nós. Devemos entrar dançando pela cozinha com um balde de sangue e torcer para que Kailiegh e seus ajudantes não percebam?'

"'E como ela vai poder fazer isso?, perguntou Morgana, apontando a cabeça na direção de Dior. 'Mal tem carne nos ossos, você acha que ela tem um balde extra de clarete dentro dela?'

"'De qualquer jeito, acredito que sentiriam meu cheiro', murmurou Dior. 'O fedor daquelas cozinhas emana por todo o castelo, e meu sangue é como perfume para esses bastardos.'

"Gillian fez um bico, e Morgana revirou os olhos, murmurando:
"'Idiota.'
"A jovem deu uma cotovelada na irmã caçula, sibilando:
"'Vá se ferrar, sua vadiazinha.'
"Morgana deu um soco no braço da irmã.
"'Não me chame de vadia, sua vadia.'
"'Chamo você do que eu quiser e ainda bato em você enquanto…'
"'Senhoras.' Reyne arqueou a sobrancelha para as irmãs. 'Não é hora nem lugar, *merci*.'

"Arlynn começou a andar de um lado para outro, com o cenho franzido em pensamento.

"'Nós temos uma vantagem aqui. Escondidas como estamos nas sombras, e mesmo assim sem sermos vistas. Caminhamos entre eles livremente, todas nós criadas de confiança. Mas se os Mortos captarem qualquer sinal desta conspiração, estamos acabadas com uma palavra.'

"'Devemos ir devagar', assentiu Reyne. 'Libertar primeiro aqueles em quem mais confiamos. Seu marido, Brann, lady Arlynn.' Ela olhou para Morgana e Gillian. 'Seus pretendidos, Declan e Maeron, senhoras. Começar com uns poucos, depois espalhar como uma praga. Seis hoje, doze amanhã.'

"'Mas e depois, milady?'

"Todos os olhos se voltaram para Morgana, seu olhar brilhante e arregalado.

"'Digamos que libertemos todo este castelo, sem que nenhum homem ou mulher perca a calma.' A jovem olhou para o teto acima, baixando mais a voz. 'Os altos-sangues tomaram este castelo com um *exército* para defendê-lo. Como os que restaram vão tomá-lo de volta?'

"'Tenho refletido sobre esse enigma', murmurou Dior, mordendo o lábio. 'E não acho que precisamos de um exército para acabar com isso. Nós só usamos a espada que já está pendurada acima da cabeça de Nikita.'

"Morgana apenas piscou.

"'Que espada, donzela sagrada?'

"'Eu já a vi antes', disse Dior em voz baixa, com os olhos na luz tremeluzente. 'Entre Kiara e Kane na viagem para cá. No Salão da Fartura logo que cheguei. Mas só quando vi Nikita e Lilidh atacando a garganta um do outro eu realmente *entendi*.'

"Ela ergueu os olhos, encarando aqueles rostos inexpressivos.

"'Essas coisas *odeiam* umas às outras', sussurrou. 'Nikita não governa pelo amor, exceto o que ele *inflige*. Ele compra a lealdade de sua corte com sangue. Esses bastardos não trabalham juntos através de laços de irmandade, nação nem mesmo *famille*. Apenas odeiam uns aos outros um pouco menos do que odeiam o resto do mundo, e neste momento estão satisfeitos em ficar na companhia dos monstros que desprezam para botar o mundo de joelhos.'

"Ela deu um sorriso delicado, falando a verdade que meu irmão tinha dado a ela:

"'A melhor armadura só é tão forte quanto a fivela que a segura no lugar.'

"Reyne e suas damas olharam umas para as outras com compreensão entre elas. O sorriso de Dior desapareceu, como se estivesse voltando a si, ao escuro e ao frio a sua volta.

"'Mas não podemos esperar muito para atacar. Não vou ficar sentada até que aquelas jaulas lá em cima estejam vazias.'

"'*Oui*. Mas passos pequenos primeiro.' A Princesa Á Maergenn sacou uma lâmina curta de seu espartilho. 'Você pode doar mais um pouco? O suficiente para os amados de minhas damas?'

"'Você também precisa libertar Isla', disse Dior, sentando-se em um dos túmulos. 'A garota que limpa os aposentos de Nikita. Ela é a namorada de Joaquin, ele não vai nos ajudar sem ela.'

"Reyne assentiu.

"'Nós dormimos juntas no alojamento das criadas. Vou encontrar um jeito, não tenha medo.'

"Dior deu um suspiro, tirando sua meia de seda. Cada uma das filhas da espada tinha trazido um recipiente – um frasco com rolha, um velho vidro de perfume e uma garrafinha de bolso. E enquanto observavam, Dior desenrolou o tecido rústico em torno de seu pé e o cortou mais uma vez, com uma careta de dor. A jovem Morgana sussurrou uma oração, e Arlynn fez o sinal da roda quando o Graal encheu um frasco até a borda.

"'Cuidado com isso', disse ela a Gillian. 'Se sentirem o cheiro disso em você, estamos acabadas.'

"A jovem assentiu e pegou o frasco com a devida reverência a uma relíquia sagrada. As filhas da espada observaram Dior encher cada recipiente, sangue escorrendo brilhante e denso. Mesmo fora da cripta, nossa partícula podia sentir o cheiro dela; e tremíamos inteira com o perfume celestial, com o medo da proximidade que aquela garota estava do desastre.

"'Deem isso apenas para aqueles em quem confiam', alertou Reyne. 'Só em segredo. E sem arriscar *nada* depois do pôr do sol. Estamos no gume de uma faca, aqui, miladies. E se uma de nós cair, vai ser a ruína de *todas*.' Ela olhou em torno do grupo e encarou cada uma delas até ficar satisfeita. Sua voz era férrea. 'Andem com cuidado. E vão com Deus.'

"A jovem Gillian hesitou um momento, então pegou a mão de Dior e a beijou, fazendo uma grande mesura.

"'Nossa gratidão, sagrada donzela. Que a Máe a abençoe e ore por você.'

"'Sim.' Morgana se ajoelhou e beijou as costas da mão de Dior. 'Que a Mãe a abençoe, milady.'

"As filhas da espada assentiram. A mais velha, Arlynn, tocou o rosto de Dior e murmurou uma prece. E uma a uma, as três saíram pelas sombras com o sangue de Deus Redentor escondido em seus vestidos, e uma centelha de esperança queimando pela primeira vez que tinham lembrança no coração delas.

"Reyne pegou sua faca com Dior e a segurou acima da manga da lanterna.

"'Isso não parece certo', murmurou Dior. 'Não parece que estamos fazendo o suficiente.'

"'Devemos agir com cautela', disse Reyne. 'Não vai ajudar ninguém se formos descobertas.'

"'Diga isso para as pessoas que vão ser arrancadas daquelas jaulas esta noite.'

"'É uma coisa horrível', assentiu Reyne. 'Condenar pessoas à morte. Sejam soldados ou inocentes, com cada perda, uma parte de você também é perdida. Mas é disso que se trata ser uma líder.'

"'Eu *não* sou uma líder. Sou a filha de uma prostituta. Eu dormia nas sarjetas. A merda das minhas *pulgas* tinham pulgas.'

"Reyne apontou para o mosaico acima.

"'Michon era uma caçadora. Do tipo mais comum. E mesmo assim destruiu um exército e fez nascer a salvação do mundo. Você não é o lugar onde nasceu, mlle. Lachance. Nem de quem nasceu.'

"'Para você é fácil dizer. Você nasceu de uma lenda.'

"Reyne escarneceu:

"'Não é uma honra para ser invejada, acredite em mim.'

"Dior sugou uma mecha de cabelo pálido enquanto assentia.

"'Minha mãe também não gostava muito de mim.'

"Com isso, os olhos distintos de Reyne ficaram sombrios.

"'Eu nunca disse que minha mãe não gostava de mim. Niamh á Maergenn foi a maior líder que Ossway conheceu. Minha mãe conquistou nove clãs em guerra para unir esta nação. Tudo o que tenho, tudo o que sou, eu devo a ela. E sou *grata*.'

"'É só que...' Dior deu de ombros, mordendo o lábio. 'Há retratos de Niamh e sua *famille* por todo este castelo. Mas... nenhum deles inclui você.'

"Reyne ficou tensa, com os dentes cerrados.

"'Você tem olhos muito argutos, mlle. Lachance.'

"Dior assentiu, mas não falou nada. O rosto de Reyne estava rosado; seu olhar, endurecido; sem dúvida era uma questão delicada para lady Á Maergenn, e Dior decidiu não insistir. Em vez disso, franziu o cenho e ergueu uma das mãos até a gargantilha em seu pescoço.

"'Acabei de me dar conta... se você era a caçula, devo estar vestindo as *suas* coisas. Seus vestidos. Suas joias. Desculpe-me.'

"Reyne respirou fundo, dando de ombros como se quisesse tirar algum frio úmido das costas.

"'Elas lhe caem bem', murmurou com um sorriso delicado. 'Com exceção dos saltos, talvez.'

"'Honestamente, por que alguém usaria uma coisa dessas está além de minha compreensão.'

"'Esse é o preço da vaidade, *mademoiselle*', disse Reyne. 'A beleza pode ser uma espécie de armadura, como eu disse. Mas tenho outra armadura que se encaixaria melhor em você. Uma armadura de escamas com cota de malha tripla e uma espada longa de aço ossiano para combinar.' Elas se encararam, esmeralda e safira observando o velho azul do céu. 'Vou vesti-la assim uma noite logo em breve, sagrada donzela, eu juro.'

"Dior limpou a garganta, corando, e nos lembramos daquele momento no guarda-roupa em que Reyne tinha amarrado sua roupa de baixo, as mãos deslizando devagar sobre a pele arrepiada.

"'Eu não sou uma donzela', murmurou Dior. 'Quero dizer, tecnicamente talvez, mas...'

"Reyne arqueou uma sobrancelha, com um sorriso malicioso.

"'Ou você é ou você não é.'

"'Bem.' Dior jogou o cabelo sobre os olhos. Suas bochechas queimavam. 'Eu não estive com nenhum homem, foi isso o que quis dizer.'

"'... Ah.' As bochechas da própria princesa ficaram um tom mais rosadas. 'Entendi.'

"Dior tossiu novamente, endurecendo a voz enquanto apontava para a faca. 'Preciso ir embora. Se Lilidh ou um desses outros bastardos sentir o cheiro do sangue, nós estamos mais fodidas que um filho das docas com meio-royale depois da última chamada.'

"Reyne sorriu diante da língua de berço comum de Dior, olhando para seu pé.

"'Você precisa que eu…?'

"'*Merci*, mas posso me cuidar.'

"'Eu não deixei de notar isso, mlle. Lachance.'

"'… Você pode me chamar de Dior.'

"Reyne girou a faca e a entregou, fazendo uma mesura como se fosse para um cavaleiro de histórias antigas.

"'Mlle. Dior.'

"A garota mais nova escarneceu, pegou a faca quente das mãos de Reyne e a olhou nos olhos quando a ponta de seus dedos se tocaram. E cerrando os dentes, Dior apertou a lâmina sobre o arco de seu pé para cauterizar o ferimento. O cheiro de carne queimada se juntou ao fedor de morte, o borbulhar e os estalidos de sangue queimando acompanhando seu suave chiado de dor. Mas em vez de fazer uma careta, os olhos de Dior se arregalaram, Reyne sussurrando perplexa diante do sangue já derramado sobre a pele do Graal.

"'O que em nome de…'

"O sangue de Dior estava se *mexendo*.

"Trêmulo, acumulando-se em gotas como mercúrio, ele rolou para longe do metal quente, como se reagisse à dor do Graal. Atônita, Dior afastou a faca, e o sangue parou, pingando agora sobre pedra como se nada estivesse errado. Trovões ribombaram acima, e nossa partícula estava congelada, imóvel, tomada de assombro e descrença.

"'Seu sangue sempre se comporta assim?', sussurrou Reyne.

"'Não que eu saiba', disse Dior em voz baixa.

"'... O que mais ele pode fazer?'

"'Eu não fazia ideia de que ele podia fazer *isso*!'

"Nós saímos voando, rodopiando, girando pelo ar no umbral da tumba.

"'Devíamos ir embora daqui', sussurrou Dior, olhando em nossa direção. 'Eu preciso falar com minha amiga.' Ela calçou o sapato, testou o peso cuidadosamente, mordendo o lábio. 'Quando suas filhas da espada tiverem notícias, venha me procurar.'

"Reyne assentiu, ajudando a jovem que mancava a ficar de pé.

"'Que Deus esteja com você, mlle. Dior.'

"'E com você, milady Á Maergenn.'

"'... Você pode me chamar de Reyne.'

"Dior girou a faca e a devolveu, fazendo uma reverência como se fosse para uma rainha de histórias antigas.

"'Milady Reyne.'

"A mais velha riu, a mais jovem sorriu, e, como sombras, as duas deixaram a tumba antiga e entraram no escuro opressor. Mas quando seus passos se afastaram, nós permanecemos naquele umbral terrível, nossa partícula fazendo círculos no ar, inteiramente pasmas.

"Nós no início não tínhamos visto, talvez não estivéssemos realmente olhando – *com certeza* não podia haver traço da Mãe Maryn em solo sagrado. Mas quando lady Reyne pegou sua lanterna, aquilo surgiu desenhado em conchas brancas peroladas no mosaico na parede. Um brasão tão familiar quanto meu próprio nome. O sonho pelo qual eu tinha sacrificado minha alma.

"Os crânios gêmeos dos Esana, gravados nas nuvens por trás da espada erguida de Michon.

"E entre eles, o símbolo do Graal."

✦ III ✦

O JURAMENTO

— DIOR ESTAVA DO lado direito de Lilidh, envolta no sombrio fedor acobreado e escuro de sangue.

"O Salão da Fartura ecoava com gritos e vivas, com o hino de metal contra metal. A Sem Coração e o Coração Sombrio estavam sentados em seus tronos, ambos se ignorando desde sua altercação semanas antes. Queimados montavam guarda em torno do salão, prisioneiros sem sorte estavam pendurados nos lustres. Os cortesãos de Nikita reuniam-se em torno de mesas, com taças cheias até a borda, e a Mãe-loba e o Draigann tentavam assassinar um ao outro.

"As armas cortavam o ar mais alto que a tormenta no céu enquanto os vampiros movimentavam-se pelo salão naquele estilo que os Dyvok chamam de Anyja, a Tempestade. O Draigann lutava sem camisa, monstros marinhos e mulheres tatuados na carne pálida, presas douradas brilhando através de uma barba respingada de sangue. Ele usava uma espada mais alta e mais larga do que Dior, brandindo-a com uma mão enquanto ceifava o ar, pulando, saltando e girando. A Mãe-loba estava apenas de calça de couro e túnica, as tranças enlameadas de Kiara agitando-se às suas costas quando rolou para o lado, e a espada do Draigann estilhaçou as pedras do piso onde ela tinha estado.

"'Levante-se e lute, covarde!', gritou Alix.

"A amante do Draigann cuspiu no chão e passou a mão pelo couro cabeludo aparado. Ao lado dela, Kane, o Decapitador, gesticulou para uma das criadas, que obedeceu e trouxe cálices frescos de sangue para ele e para o bufão cinzento. A multidão vibrou quando Kiara quebrou o braço do Draigann com seu poderoso malho de batalha, e Nikita ergueu uma taça para sua filha quando os sangues-frios duelistas se afastaram e começaram a circundar um ao outro. A cena era tingida de vermelho, carnificina e crueldade; uma corte de abominações sempre gritando por mais sangue.

"E, encabeçando-os, estava Dior, seu pulso fervilhando em silêncio.

"Ele fervilhara a semana inteira, verdade seja dita. Ela e nós tínhamos conversado depois de seu encontro com Reyne e suas filhas da espada – mensagens escritas laboriosamente letra por letra sobre sua mão. Não tínhamos explicação pelo jeito como seu sangue tinha reagido àquela faca escaldante, e isso tinha sido frustração o suficiente. Tínhamos contado a ela sobre o brasão dos Esana no sepulcro da Virgem-mãe, mas ainda sabíamos que Maryn podia não estar dentro daquela tumba – *nenhum* vampiro, fosse ancien, mediae ou recém-nascido, podia dormir em solo sagrado. Mas, pior de tudo, tínhamos contado a ela que embora estivéssemos nos curando, ainda não estávamos prontas para lutar. Logo. Mas *ainda* não. E essa palavra queimou em seus olhos, ferveu por trás de seus dentes, e Dior cerrou os punhos com tanta força que os nós dos dedos ficaram brancos.

"*Logo.*

"É uma coisa terrível ficar sentada em silêncio enquanto outros sofrem. Mas aqueles que correm mais rápido tropeçam mais depressa. Falar ali era morrer. Lutar ali era cair. Às vezes, a coisa mais difícil de todas é não fazer nada, e podíamos ver que, embora estivesse deprimida por isso, Dior entendia as regras daquele jogo horrível. Mas pelo menos agora não estava mais jogando sozinha.

"As damas de Reyne estavam reunidas atrás de Lilidh; a princesa, prostrada diante do trono da condessa. E nos momentos em que a determinação de Dior vacilava, ela olhava para lady Reyne á Maergenn, a filha de uma duquesa de bruços aos pés de Lilidh para ser usada como banquinho. E a máscara do Graal voltava para o lugar, sua força de vontade férrea outra vez.

"Aaron estava ao lado de Nikita, resplandecente em sedas escuras e sobretudo de brocado de veludo azul. Cabelo comprido derramava-se sobre seus ombros como ouro líquido, seu belo rosto uma máscara enquanto via sua criadora lutar contra o Draigann. Aaron estava passando todos os dias no *boudoir* de Nikita – tínhamos visto corpos sendo retirados do quarto pela pobre Isla, esmagados, rasgados e abertos. E embora ainda sentíssemos uma afinidade com esse assassino recém-nascido, nós nos perguntamos o que Aaron tinha sido forçado a fazer e o que ele mesmo escolhera. O amor é loucura – pelo menos é isso o que dizem os poetas –, e um amante faz quase tudo para agradar a seu amado. Que escuridão fora liberada sobre o nobre *capitaine* de Aveléne?

"Dior via o sofrimento de Aaron muito bem, mas ela sabia, assim como nós, que só havia um jeito para que ele fosse libertado. Ele era um kith, afinal de contas; ele não podia beber o sangue sagrado dela. A única esperança do Graal para resgatar o senhor caído de Aveléne era destruir o mestre dele.

"Mas *como*? Como conseguiria superar inimigos tão temíveis?

"Os Dyvok urraram quando Kiara tirou sangue do Draigann outra vez, e a Mãe-loba esquivou-se do golpe de seu primo e quebrou metade de suas costelas com seu malho, usando o peso da arma para desviar de seu contra-ataque temível. Nikita riu enquanto os dois circundavam um ao outro mais uma vez, os olhos brilhando com ódio recíproco. Lilidh olhou para seu filho mais velho, agora mancando, os olhos duros fixos em sua adversária.

"'Pare de brincar com ela, Draigann', gritou a Sem Coração.

"O vampiro olhou para a mãe e cuspiu sangue quando rosnou. Com a multidão gritando, ele avançou sobre a prima como um trovão, forçando Kiara a recuar, feroz demais para ser defendido, pouco tempo para esquivar-se. Mas Kiara era mais rápida, e rolou para trás pelo chão partido. Com um grito furioso, o Draigann foi atrás dela, o peso de sua espada grande erguendo-o no ar. Mas Kiara desviou de seu ataque quando ele aterrissou, batendo com seu poderoso malho no peito do adversário mais velho em resposta. O Draigann caiu sobre as pedras do piso com tanta força que elas se desfizeram em pó, e a Mãe-loba pôs uma bota sobre as costelas ensanguentadas dele.

"'Assim o Leão Negro também caiu', rosnou ela. 'Demonstração, como prometido, querido primo.'

"Eu d-desisto', disse o Draigann com raiva, com sangue brilhando em suas presas douradas.

"'Indomados!' foi o grito que ecoou pelo salão, com taças erguidas em um brinde. '*Santé*!'

"Kiara ergueu seu malho ensanguentado em resposta, lançando um olhar de triunfo na direção do pai. Mas seu sorriso enfraqueceu um pouco quando viu Aaron de pé ao lado daquele trono sombrio, bebendo da taça que um Nikita sorridente lhe entregara.

"Lilidh levou aos lábios seu próprio cálice cheio até a borda. A Sem Coração estava vestida de seda vermelho-sangue naquela noite, com uma coroa de chifres de bode espiralando sobre a testa.

"'Tua filha luta bem apesar da juventude, irmão.'

"Nikita tomou um gole de sua taça em resposta.

"'Ela é *minha* filha, afinal de contas. Teu Draigann talvez tenha subestimado o valor da habilidade e superestimado o valor da idade.'

"'Um erro simples de se cometer.'

"'Os tolos cometem os mais simples.'

"Lilidh fez um bico, pensativa, tocando os lábios enquanto estudava a sobrinha.

"'Ela, porém, parece um tanto taciturna essas noites, não achas? Apesar dos louros que a vitória sobre o Leão Negro lhe trouxe? Talvez a tua Kiara esteja com raiva por ver sua posição usurpada?'

"'Usurpada?', escarneceu Nikita. 'Ela está ao lado direito do meu trono, como sempre.'

"A Sem Coração olhou para Aaron com os lábios se retorcendo quando seu olhar sem fundo desceu abaixo de seu cinto.

"'Eu não falo de sua posição na sala do trono, irmão.'

"Aaron não respondeu para sua tia-avó, os olhos fixos à frente. O olhar de

Kiara demorou-se sobre o pai, o Coração Sombrio com expressão raivosa por trás de sua taça. Mas se Nikita pretendia refutá-la, ela foi silenciada quando as portas se abriram e um *bum* ecoou por toda a extensão do salão. Soraya entrou no banquete, com a pele escura brilhando e as tranças decoradas com neve fresca.

"Nikita arqueou a sobrancelha.

"'Filha', rosnou o Coração Sombrio. '*Fala.*'

"'Perdoe-me, pai.' Soraya fez uma reverência. 'Um mensageiro chegou aos portões.'

"Lilidh acariciava Príncipe atrás das orelhas, o grande lobo branco batendo as patas na pedra como um filhote muito grande.

"'Mais princesas Voss para implorar por seu rei empobrecido?'

"Soraya sacudiu a cabeça e olhou para Nikita, o desejo de agradar seu soberano e pai em conflito com o medo de ser a portadora de más notícias.

"'Eu... acho melhor o senhor vir e ver com seus próprios olhos, milorde.'

"Os olhos insondáveis de Nikita se estreitaram, dedos pálidos acariciando os braços do trono roubado da Novespadas. O fardo de longos anos repousava pesado sobre a fronte do príncipe, e ele não era dado a jogos de adivinhação. Mas se levantou devagar, ajeitando a linha de seu sobretudo magnífico antes de descer da plataforma.

"'É melhor o senhor trazer Epitáfio, pai', sussurrou Soraya.

"Murmúrios percorreram toda a extensão daquele salão sangrento, os senhores de sangue de Nikita olhando uns para os outros. O Coração Sombrio franziu o cenho e pegou a arma que estava apoiada no trono. A espada era aterrorizante; mais longa e mais larga que um homem. Havia um urso em relevo sobre o punho, com a boca aberta em um rugido, a lâmina do aço mais escuro gravada com runas em talhóstico antigo e marcada por incontáveis batalhas. Epitáfio, Nikita a chamara, e o apelido era merecido – só Deus sabia quantos seu gume tinha escrito.

"Com a espada apoiada no ombro, Nikita atravessou o salão. Quando passou, seus senhores de sangue se levantaram, a suspeita em seus olhos quando fitaram Soraya. Mas a recém-nascida já tinha ido atrás do pai, lançando mais um olhar sombrio para Kiara, que estava ao seu lado, e os outros então os seguiram, até todo o salão esvaziar-se na neve.

"Todos menos Lilidh.

"A Sem Coração ficou, com os lábios estreitados, delineando um chifre de sua coroa com um dedo mergulhado em ouro. Suas filhas da espada olharam umas para as outras, para Reyne, a questão da oportunidade repentina tão inebriante que a princesa quase não viu Lilidh ficar de pé com um suspiro aborrecido. Reyne gemeu quando Lilidh pisou em suas costas e desceu para as pedras quebradas do chão. Estalando os dedos, a vampira saiu andando atrás do irmão, damas e lobo seguindo atrás, e Dior correndo para acompanhá-los em seus saltos ridículos.

"Eles saíram pelas portas principais, com trovões cantando sobre a baía. Passaram por curiosos soldados escravizados, por Joaquin perto do estábulo, por Baptiste na ferraria, pela pequena Mila tremendo em sua jaula. A procissão de Nikita passou pelas ruínas do sepulcro da Virgem-mãe e foi para Velhatunn, e o gado mortal que vivia ali recuou de pavor.

"Um toque de trompa soou dos muros de Novatunn quando se aproximaram, os portões poderosos foram escancarados e abertos para a segunda cidade destruída além deles. Os milhares de atrozes nas ruínas se viraram com o som, aqueles com intelecto suficiente para vocalizar gemendo ou sibilando de fome. Saíam de casas em destroços, valas rançosas e terras destruídas, com as presas à mostra, sempre famintos. Mas quando puseram os olhos sobre o Coração Sombrio, tremeram como vira-latas diante de um senhor dos lobos e recuaram para as sombras.

"Dior andava o tempo todo ao lado de Lilidh, com as mãos à frente como uma irmã sagrada. Mas seus olhos estavam de um azul tormentoso, uma ruga leve em sua testa traindo seu espanto com o que podia ter tirado o conde Dyvok de seu banquete. Quando um trovão tornou a soar, Nikita subiu a escada da passarela elevada que acompanhava os muros externos em ruínas.

Seus senhores de sangue se afastaram quando Lilidh assumiu seu lugar de seu lado direito, olhando para a escuridão.

 Eles ficaram lado a lado nas ameias quebradas, centenas de anos e milhares de vidas em sua conta. Kane e Alix; o Draigann e Cinzento, o bufão; Soraya e Kiara e o resto. Dior ouviu a canção suave de gaitas no escuro, rosnados baixos entre os kiths. E embora Lilidh mantivesse o rosto como uma máscara, ela emitiu um chiado baixo quando um trovão tornou a soar.

 "A noite estava muito profunda para ser penetrada por qualquer olho mortal, e o Graal estreitou os olhos para aquela escuridão. Mas um raio cortou o céu, um relâmpago brilhante que iluminou os escombros diante dos muros de Dún Maergenn. Dior levou um susto ao ver a *legião* ali postada. Formas enormes e presas brilhantes, espadas com o formato de uma crescente e olhos dourados, pelos pintados com sangue e pele marcada por tinta. O mundo ficou escuro outra vez, e Dior piscou em seguida, gaitas distantes cantando sobre a morte e a guerra. Mas veio outro raio, uma lâmina fazendo um arco nos céus, ecoando com o trovão e a lembrança do juramento que ele fizera a ela muito tempo atrás.

 "*Não sei aonde a estrada vai nos levar, garota. Mas vou percorrê-la ao seu lado, seja lá qual destino nos espere. E se o próprio Deus por acaso nos separar, se toda a legião sem fim entrar no meu caminho, eu encontrarei o caminho de volta das margens do abismo para lutar ao seu lado.*

 "Os olhos dela se encheram de lágrimas.

 "*Eu não vou deixá-la, Dior.*

 "O sussurro do Graal perdido na tempestade.

 "*Eu* nunca *vou deixar você.*

 "'Gabriel.'"

✦ IV ✦
NOITE ESCURA, AMANHECER VERMELHO

— EU NÃO SABIA o que sentir ao vê-lo.

"Alegria e fúria. Inveja e orgulho. Mas as vozes em minha cabeça cantavam principalmente sobre medo. Ele estava à frente da tempestade, aquele exército do Trono das Luas aninhado nas palmas das mãos dos trovões ribombantes, com a Bebedora de Cinzas nua em suas mãos. Ele caminhou adiante, com Phoebe á Dúnnsair a seu lado, os cachos vermelho-fogo da bruxa de carne presos em grossas tranças de assassina, entremeadas com ouro. O sobretudo vermelho-sangue de Gabriel e o cabelo preto como nanquim agitavam-se ao seu redor nos ventos invernais, e seus olhos eram cinza como as nuvens acima das quais ele gritou:

"'DYVOK!'

"O Priori dos indomados estava de pé no alto das muralhas em ruínas de sua cidade. Seus dentes estavam cerrados; a temida Epitáfio em seu ombro. Os senhores de sangue o rodeavam como anjos sombrios. Olhares furiosos foram lançados na direção de Kiara, a Mãe-loba de pé com a cabeça baixa, os punhos cerrados diante da visão da lenda que ela dissera ter matado, aparentemente ainda viva. Mas Nikita nem olhou para sua filha nem para sua vergonha, e em vez disso olhou para o inimigo.

"'O Leão Negro! Um convidado muito honrado! Nikita te deseja boas-vindas!'

"Meu irmão sacudiu a cabeça e respondeu:

"'Escute, eu sei que nenhum de seus cães tem coragem de lhe dizer isso, mas faz ideia do *imbecil* que você fica parecendo quando se refere a si mesmo na terceira pessoa?'

"Nikita riu.

"'É um prazer saber que os rumores de tua morte eram infundados, De León. Rezei aos deuses e demônios para que pudéssemos nos reencontrar alguma noite.'

"'Desculpe! Não me lembro de tê-lo encontrado uma primeira vez! Você estava na Clareira Escarlate? Eu estava ocupado demais limpando seu pai de minha espada para apresentações adequadas!'

"'Vamos fazê-las, então!' O Coração Sombrio abriu os braços para abarcar a cidade que seu pai nem chegara perto de tomar. 'Eu sou o conquistador de Dún Fas! Destruidor de Dún Sadhbh! Espoliador de Dún Cuinn! Profanador de Dún Ariss! Agora, toda Ossway ajoelha-se aos meus pés, ou está enterrada pela minha mão! Bem-vindo ao reino dos Dyvok, De León! Nikita é seu soberano, e todos nele lhe prestam homenagem.'

"Os olhos de Gabriel percorreram as muralhas destruídas, a ruína que Nikita fizera daquele reino em sua luta para tomá-lo.

"'Eu *adorei* o que você fez com o lugar.'

"Nikita riu, e suas presas reluziram quando um raio brilhou.

"Fizeste uma longa jornada, pelo teu aspecto. Tu tens desejo de hospitalidade?' O conde Dyvok gesticulou para os portões poderosos. 'Entra e sê bem-vindo, De León. Mas eu te peço, vem sozinho. Podemos te acomodar em ambientes mais íntimos.'

"A mão de Gabriel apertou-se na espada quando ele murmurou:

"'Em breve, bastardo.'

"'Não?' Nikita sorriu. 'É uma pena. Nós então seremos forçados a nos saciarmos com outro dos belos filhos de San Michon. Mas não tema, Leão. Ele nos manteve *bem* satisfeitos.'

"O conde Dyvok olhou para trás e chamou:

"'Não é verdade, Dourado?'

"Uma figura se moveu através do bando de demônios, tomando seu lugar ao lado de Nikita. E quando Gabriel olhou em seu rosto, vi o coração já partido de meu irmão se fender ainda mais.

"'É isso mesmo', disse Aaron de Coste. 'Mestre.'

"'Ah, meu Deus', sussurrou Gabriel. 'Ah, *n...*'

"Aaron e Gabriel se encararam através da neve que caía e de um oceano de tempo. Eles eram garotos quando se conheceram, inimigos odiados que tinham forjado uma amizade improvável que queimava forte como chama de prata. Uma luz nos tempos mais sombrios tinha sido sua irmandade – se não fosse pelo senhor de Aveléne, Gabriel e o Graal teriam caído nas garras da Fera de Vellene. Mas agora, Aaron estava nas garras de alguém ainda mais sombrio.

"Os maxilares de Gabriel eram um nó cerrado, os olhos em chamas com ódio mesmo enquanto se enchiam de lágrimas. Mais uma perda. Mais uma coisa tomada. E parte de mim perguntou-se quanto ainda restava dentro de meu irmão para dar.

"Ele olhou para Dior; o Graal ao lado de sua senhora, lágrimas congeladas em seus cílios. Seus olhos percorreram as muralhas destruídas, aquela corte de sangue, os descendentes do grande Tolyev. Indomados, todos eles, fortes como montanhas e frios como invernos, que tinham em dois curtos anos transformado em desolação o país que em sua juventude ele tinha arriscado a vida e a alma para defender.

"'Vou transformar a merda de cada um de vocês em cinzas', sibilou ele.

"'Como tu vieste parar aqui?'

"Foi Lilidh que gritou, então, o cabelo vermelho-sangue agitando-se com o vento ao seu redor como uma capa, os olhos escuros fixos em Phoebe.

"'Tu estás muito longe das terras de teu clã, dahtr de Fiáin', gritou ela. 'O sangue Dyvok não pôs os pés sobre o solo sagrado das terras altas desde que se fez a paz. Mesmo assim agora vós estais prontos para a guerra à nossa porta? Em desafio aos juramentos e compromissos, gravados em palavra e pedra?' A Dyvok mais velha olhou para a legião atrás de Gabriel, erguendo a voz acima do trovão. 'Não há honra entre os filhos de Malath? As filhas de Lánis e Lánae? Eu digo que é uma vergonha para vós quebrar o juramento feito sobre solo sagrado!'

"Phoebe deu um passo à frente, olhando com raiva para os muros. Seus olhos estavam pintados com uma faixa de sangue-das-luas, dentes afiados expostos em um rosnado. Ela enfiou a mão por baixo do peitoral de aço gravado que usava, tirou um cordão de couro que estava em volta de seu pescoço e ergueu no alto um frasco pequeno para que todos vissem. E com um xingamento, a assassina o jogou na direção daqueles muros, o metal brilhando do mesmo dourado que os olhos dela quando um arco de luz branca e perfeita cortou os céus.

"'Aí está a merda da sua *honra*, esposa do inverno!'

"Nikita olhou com raiva para a irmã, mas Lilidh ainda encarava a bruxa de carne, com os lábios estreitos.

"'Vocês roubaram a força da Fiáin', gritou Phoebe. 'E pelas Luas Mães e pelo Pai Terra, por nosso sangue e por nossa respiração, estamos aqui para resgatá-la!' Ela apontou para as muralhas destruídas e gritou para as legiões às suas costas. 'Morte aos traidores! Morte aos Dyvok!'

"'MORTE!' foi o grito que ecoou atrás dela. Centenas e centenas de assassinos, batendo com as espadas nos escudos, raios brilhando sobre dentes e garras, lobos, ursos e leões uivando para suas mães ocultas acima. '*MORTE!*'

"Uma pedra voou da escuridão, grande como um cavalo, silenciosa como fumaça. Gabriel agarrou a bruxa de carne, puxando-a para o lado bem quando a pedra atingiu o lugar onde ela estivera, aterrissando na neve com a força de mil martelos. A terra congelada foi estilhaçada, e lascas voaram enquanto a pedra quicava na direção das legiões de dançarinos da noite. As figuras se espalharam, o rochedo continuou adiante em meio a elas, espalhando neve, um trovão soando. Outro pedaço quebrado de balaustrada seguiu o primeiro, jogado pelo Coração Sombrio – o ancien arremessando pedras enormes como um deus vingativo. Gabriel e Phoebe voltaram a dançar, o bloco de granito batendo na terra e partindo-se em uma dúzia de pedaços menores que se espalharam entre as tropas. O caos reinava em suas fileiras, e a formação dos dançarinos se rompeu quando outro pedaço enorme de muralha caiu entre eles, pedra se estilhaçando como se fosse vidro.

"Nikita estava no alto dos muros de sua cidade, com outro bloco de pedra em uma mão. Era enorme, toneladas de peso, ainda assim ele o manuseava com a mesma facilidade que uma criança manuseia um graveto. Com as presas à mostra, o vampiro o jogou, a força de um deus fazendo o bloco voar pelo escuro, mais longe que qualquer trabuco ou catapulta, caindo em meio aos dançarinos em retirada.

"'Isso, correi!', urrou ele. '*CORREI*! Levai vossas carcaças covardes de volta para o lodo que vos pariu, antes que eu faça *cobertores* com vossos couros picados por pulgas!'

"Os Dyvok escarneceram, mas nenhum deles ousou descer das muralhas para perseguir o inimigo. E embora desprezassem os habitantes das Terras Altas em debandada, todos sabiam que seus inimigos voltariam quando o sol frágil estivesse brilhando no céu, e, por causa disso, os vampiros estivessem mais fracos. As garras e dentes de dançarinos da lua podiam terminar com kiths com a velocidade da prata, e o número que Gabriel e sua bruxa de carne reuniram devia ser aterrorizante para qualquer um que quisesse viver para sempre.

"Ainda mais governar.

"Nikita desceu das muralhas, com a corte em seu encalço, todos murmurando. Ao chegar às pedras do piso, o Priori Dyvok voltou-se para seus senhores de sangue, com os olhos escuros em chamas:

"'Vós deveis botar seus queimados aqui sobre a muralha externa. Deixai que o gado seja o primeiro a sangrar. Nós de alto nascimento devemos guardar as muralhas de Velhatunn e Portotunn, detê-los se passarem por nossos sangues-ruins.' Virando-se para Kane, ele falou com voz de ferro: 'Nada de comida para os híbridos esta noite. Que eles estejam com fome quando os dançarinos vierem. Soraya', ele virou-se para sua caçula, 'leve seis cavaleiros até o Órd, e lá procure as ladies Voss. Informe as Terrores que teremos o prêmio de seu pai preparado quando chegarem. Mas se elas têm vontade de verem-na escapar ilesa, devem se apressar a vir em sua def...'

"'Que loucura é essa?'

"Nikita se virou, olhando com raiva quando Lilidh desceu pela escada de pedra estilhaçada.

"'Preparativos para a batalha, irmã. Não é surpresa que tu não os reconheça.'

"'Tu trocarias minha propriedade sem meu...'

"'MINHA propriedade!', rosnou Nikita, avançando para assomar diante do rosto da irmã. 'Nikita é Priori, e tudo o que tu tens, é porque *ele* permite! E ficou satisfeito em te permitir *isso*', ele apontou para Dior, 'enquanto era útil para ele! Como tu falhaste, porém...'

"'Qual foi a minha falha?', perguntou Lilidh. 'Sangue estragado por tua conquista: eu te dei! As legiões dos lordes para teu exército: eu te dei! Trégua com os dançarinos, eu...'

"'Tu ousas falar de *trégua* com inimigos que se agrupam lá fora, esperando apenas pela luz do amanhecer?'

"'Eu me *gabo* disso! Com minha própria mão ela foi gravada em pedra! E ao procurar com teus dedos atrapalhados a culpa por esse rompimento, não olha para tua irmã, Nikita, mas para tua *filha*.'

"A Sem Coração virou-se e olhou enfurecida para Kiara.

"'Milady, me perdoe.' A Mãe-loba franziu o cenho. 'Mas eu não...'

"'Não junte mais mentiras a seu fracasso! Sabemos muito bem que teu frasco foi perdido na perseguição do Leão! Nossos segredos foram entregues ao inimigo, e por quê? Justiça pedida, mas ainda não concedida? De León parece muito animado para um homem *morto*.'

"Kiara olhou raivosa para Kane, que estava de pé sobre a neve ao lado do Draigann e de Alix. E embora manteiga não derreta na boca de *nenhum* vampiro, historiador, o Decapitador fez uma bela demonstração de parecer mais tranquilo que a maioria. Por toda a volta do pátio, os senhores Dyvok murmuravam, os louros roubados de Kiara agora desfazendo-se em pó. Dior mantinha o rosto como pedra, mas olhou de relance para as filhas da espada, e seu pulso se acelerou quando Arlynn a encarou, quando Gillian arriscou um pequeno sorriso. As fissuras estavam visíveis. A aliança de Nikita estava começando a desmoronar.

"Com que velocidade poderia desabar se elas a empurrassem?

"'Vá até os Voss, filha', retrucou bruscamente Nikita, olhando de expressão fechada para Soraya. 'Não poupe o chicote. Diga a Alba e Alene que terão o prêmio de seu pai se trouxerem tropas para a defesa dela. Se não', ele olhou enfurecido para Dior, 'elas podem ficar com o que os corvos deixarem.'

"Soraya fez uma reverência, e com um olhar carrancudo para Kane, um olhar triste na direção da irmã, seguiu para os estábulos. Por toda a volta, os altos-sangues estavam agitados, dando ordens para suas tropas mortais defenderem as muralhas externas. Era um tipo brutal de plano, e podíamos ver que o conde Dyvok era um general a ser respeitado; fazer com que o povo das Terras Altas enfrentasse os mortais soldados escravizados primeiro, gastando suas forças, depois passasse pelo ataque de sangues-ruins em Novatunn antes mesmo de chegarem aos altos-sangues nos muros de Velhatunn. A frota do Draigann controlava Portotunn e o Golfo dos Lobos, e, além disso, o povo das Terras Altas não tinha navios – um ataque frontal seria a única escolha. Seria um massacre, e os primeiros a cair seriam homens e mulheres que estavam na defesa porque o sangue em suas veias exigia que fizessem isso.

"Em meio ao clamor, Kiara foi até seu sombrio pai, seu antigo amante, parado como pedra sob a neve que caía. O alabastro da testa de Nikita estava enrugado em pensamento, olhos de meia-noite nas muralhas acima. Mas quando Kiara falou, os olhos dele caíram sobre a filha.

"'Perdoe-me.'

"'Então é verdade?', perguntou. 'Você botou minha trégua a perder na perseguição do Leão?'

"'Eu queria apenas agradá-lo', sussurrou Kiara, dirigindo os olhos para os dele. 'Matar o assassino de seu nobre pai. Fazer com que você me olhasse como um dia já olhou. Nikita, eu...'

"A mão dele moveu-se como um raio e segurou o pescoço da Mãe-loba. Kiara gorgolejou quando foi erguida do chão como se não pesasse nada, a carne lentamente virando polpa na pegada terrível de Nikita.

"'Eu te dei esta vida, filha. Da mesma forma que posso simplesmente tirá-la.'

"'Se esse for o desejo de m-meu senhor', sussurrou ela. 'Eu *sempre* v-vou me curvar a ele.'

"Nikita olhou para a filha com olhos escuros e sem fundo. Nós vimos que não havia sinal da velha afeição dele por ela. Nem uma gota de amor. Kiara fora presa de Nikita; um cordeiro transformado em lobo depois de ser abatido. Um corpo para ser usado e depois descartado.

"Nós nos perguntamos por que ela ainda se ajoelhava à sombra dele – muitos anos se passaram desde que ela bebera do pulso dele, e qualquer falsa afeição teria terminado com as décadas. Talvez o melhor demônio seja o que se conhece. Talvez fosse apenas uma questão de companhia que amava a infelicidade, pois sem dúvida não há ninguém mais infeliz que um filho dos malditos. Mas, então, ela falou, uma verdade simples que *nunca* tínhamos levado em conta.'

"'Eu amo v-você.'

"Mas Nikita apenas sacudiu a cabeça.

"'Você me dá tédio.'

"Ele a empurrou para trás, com um movimento do pulso, jogando-a contra a parede. Kiara bateu com barulho de trovão e ossos quebrados, carne esmagada pela força do ancien. Quando a Mãe-loba desabou nas pedras do calçamento, os outros membros da corte de Nikita continuaram a olhar sem piedade, Kane sorrindo consigo mesmo por sua prima mais velha ter caído em desgraça. Seu pai assomava acima dela, os olhos sombrios como o céu. E enquanto todos na corte observavam, a Mãe-loba ergueu-se sobre os joelhos e, sangrando, ficou ajoelhada na sombra de seu pai.

"'Mentirosa', murmurou o Draigann, sacudindo a cabeça.

"'Covarde', escarneceu Alix. 'Os indomados não se ajoelham para ninguém.'

"Murmúrios circularam entre a corte de sangue, xingamentos ditos em voz baixa, cusparadas sangrentas atingindo a pedra. E o Coração Sombrio olhou para sua antiga amante sem piedade, com os lábios pálidos curvados.

"'Manda teus queimados para as muralhas. E agradece a teu Deus por eu não te colocar entre eles.'

"Nikita virou-se e voltou andando pelas ruínas, os olhos da horda de atrozes abaixados quando ele passou por ela. Com um olhar na direção das ameias, Aaron seguiu no rastro de seu mestre. Lilidh caminhava atrás, flanqueada pelo Draigann, que falou rapidamente com a mãe. Por toda a volta, a corte dos Dyvok se preparava para a batalha.

"Um raio fendeu o céu, e um trovão faminto ribombou.

"E em seu rastro, Kiara ficou de pé.

"De volta ao castelo, Nikita foi para o Salão da Fartura, para ali se aconselhar com seus senhores de sangue. Lilidh mandou as criadas para seus aposentos e ordenou trancar Dior em seu *boudoir* com soldados escravizados de guarda do lado de fora. Enquanto planos eram elaborados por trás de portas fechadas, o Graal foi deixado em pé junto à janela, olhando fixamente para a noite. Nós sentimos seu pulso palpitar, seu coração bater mais rápido quando ela pressionou uma das mãos contra o vidro e suspirou.

"'Maldito inferno...'

"A estante de livros se abriu atrás dela, e lady Reyne entrou no quarto. A princesa Á Maergenn caminhou até o lado do Graal e apertou o ombro de Dior, com um sorriso selvagem.

"'Que Deus e a Virgem-mãe sejam louvados.'

"'Por que *diabos* nós os estamos louvando?', resmungou Dior.

"'Salvação!', sibilou Reyne, apontando para o escuro do lado de fora. 'O Leão Negro de Lorson veio em sua defesa! Com uma legião de habitantes das Terras Altas ao seu lado! Eu me lembro de conhecê-lo quando era apenas uma menina, quando ele foi sagrado cavaleiro nesta mesma cidade pelas mãos de minha mãe. Ela sempre contava histórias das proezas dele. Seu brilho em batalha. Esse é o milagre pelo qual rezamos!'

"'Milagre o meu rabo. Vai ser a merda de uma *carnificina*.'

"'Para os Dyvok, *oui*.' Reyne tomou a mão de Dior e a apertou firme. 'Coragem agora, mlle. Dior. Nós não ficamos paradas. O marido de lady Arlynn foi libertado de seu grilhão de sangue, assim como os pretendentes de Gillian e Morgana, que servem como guardas nos aposentos de Lilidh. Com mais algumas doses e a graça de Deus, vamos ter força suficiente para atacar...'

"'E o que acontece ao amanhecer? Quando Gabe e seus amigos atacarem esses muros?'

"'Não vê que esta é nossa *chance*?! Lilidh não é nenhuma guerreira para ficar nas ameias com Nikita e seus lordes. Ela vai estar sozinha. *Vulnerável*. E se a atacarmos, com armas ungidas com seu sangue, toda sua casa pode ser libertada de um só golpe! Centenas de pessoas, dezenas de...'

"'Eu quero dizer o que acontece com *eles*?'

"Dior apontou pela janela para o pátio abaixo. Preparativos para a batalha estavam em andamento; qualquer um capaz de usar uma espada estava recebendo uma, e, embora mortal, a força ali reunida não era pequena. Atrás de suas muralhas partidas e com a força de seus mestres sombrios nas veias, os queimados dos Dyvok pintariam aqueles muros com sangue das Terras Altas antes de tombarem.

"A noite escura acima prometia uma alvorada vermelha no dia seguinte.

"'Gabriel me disse que lutaria contra as legiões do inferno para voltar para o meu lado', disse Dior. 'Ele com toda a certeza não vai pensar duas vezes sobre cortar aqueles pobres bastardos em pedaços. Mas aquelas pessoas ali fora não escolheram servir. Elas lutam porque são *forçadas* a lutar.'

"'Isso é guerra.' Reyne sacudiu a cabeça. 'Eu lhe disse. Não é uma coisa pequena mandar pessoas para a morte, mas isso é que *é* ser uma líder. Se...'

"'Eu *não* sou uma líder! Não tenho a *menor ideia* do que estou fazendo!'

"'Esse é o melhor jeito de fazer uma coisa que nunca foi feita.'

"Dior piscou ao ouvir isso, sem saber ao certo se aquilo tinha sabor de sabedoria ou de loucura.

"'Você tem um coração de ouro, Dior Lachance.' Reyne sacudiu a cabeça, com o olhar delicado. 'Talvez tenha sido por isso que o Todo-poderoso a escolheu como portadora de seu sangue. Mas enquanto todos rezamos para que noites como essa nunca cheguem, é o que fazemos *no dia seguinte* que vai realmente importar.'

"Dior fechou a cara e passou uma mão trêmula pelo cabelo.

"'Nós precisamos parar. *Pensar*.'

"'Não podemos nos dar a esse luxo.' A voz de Reyne estava cheia de fogo; os olhos, em chamas. 'A batalha por esta cidade começa ao amanhecer, e eu estou disposta a *morrer* por isso.'

"Dior então olhou para a princesa, seus olhos absorvendo a outra jovem. Ela era mais alta, mais dura; filha de sua mãe. O cabelo era uma chama de verão; seus olhos, joias distintas, e embora não houvesse nenhum retrato dela naquele castelo, era fácil imaginar seus traços enfeitando as paredes do Salão das Coroas abaixo. Vestida não com roupa de criada, mas com aço reluzente, uma espada erguida para o céu e o fogo de Deus nos olhos.

"'Não posso dizer que gosto muito de pensar em você morrendo', murmurou Dior.

"'Não tenha medo do que está por vir, Dior. Ele virá de qualquer maneira.'

"'Eu sei, eu só…'

"A princesa ainda segurava a mão do Graal e, enquanto falava, Dior passou um polegar com muita delicadeza na pele de Reyne. O Graal arriscou erguer os olhos, cada vez mais, até mirar nos olhos da princesa, procurando naquelas pedras preciosas distintas alguma sugestão de calor. Mas a pegada de Reyne, então, relaxou, e soltou a de Dior, sua expressão então nublada e fria.

"O Graal deu um suspiro, repreendendo a si mesma em voz baixa, e virou-se para a janela. Examinou a escuridão do lado de fora, com os lábios apertados e os dentes cerrados.

"'Desculpe', sussurrou. 'Isso foi tolice. E muito infantil, não é hora para…'

"A voz dela vacilou, e sua pele arrepiou-se quando sentiu um toque em sua mão, suave como pluma. Quando ela se virou, viu a princesa olhando em sua direção, aqueles olhos de jovem fae brilhando quando um raio cortou o céu do lado de fora. Sua expressão não estava mais nublada, mas atormentada; por estarem à beira de uma costa nova e vasta, que nunca seria percorrida.

"'Não há tempo para coisas mais doces, mlle. Dior.' Reyne deu um sorriso triste. 'Não há tempo nenhum.'

"O Graal mordeu o lábio, o coração subitamente em chamas.

"'Então precisamos ganhar algum. Quero dizer, não para…' Dior engoliu em seco e apontou para a janela com a cabeça, as tropas se preparando para uma guerra cujo fim elas nunca veriam. 'Por eles.'

"Reyne sacudiu a cabeça.

"'Mesmo que fosse sábio fazer isso, como poderia ser feito? O amanhecer não espera ninguém, e o Leão Negro vem com ele.'

"Dior passou a mão pelo cabelo outra vez, com os olhos na tempestade lá fora. E embora nós soubéssemos com certeza o que viria em seguida, mesmo assim nosso sangue ficou gelado quando ela falou:

"'Celene.'

"Com asas pesadas, nossa partícula voou das pedras vermelhas em seu pescoço e pousou na ponta estendida de seu dedo. Ela nos aproximou do rosto, como se quisesse nos estudar; uma gota de sangue com vontade, olhos azul-pálido e vermelho-brilhante fixos uns nos outros.

"'Eu preciso que você fale com Gabriel.'

"*Tap Tap.*

"'Sei que ele não vai gostar de ver você.' Dior sacudiu a cabeça. 'Sei que vocês têm assuntos negócios inacabados, que você teve alguma coisa a ver com a queda dele em Cairnhaem, mas o…'

"*Tap Tap.*

"'Isso é importante demais! São milhares de vidas, do povo das Terras

Altas e dos queimados! Você precisa convencê-los a deter o ataque. Gabe sempre disse que não há *ninguém* com mais medo de morrer do que coisas que vivem para sempre, e *nenhum* desses bastardos vai querer estar naquela muralha quando o inferno a atingir. Se acabarmos com Nikita e Lilidh, todo esse castelo de cartas apodrecido vai desabar!'

"Nossas asas estavam imóveis, exceto pelo menor dos tremores.

"'*Por favor*, Celene', sussurrou ela. 'Eu sei que há um mundo de diferença entre nós, e parte de mim ainda não confia nada em você. Mas se, como você diz, realmente serve ao Todo-poderoso, não vai condenar aqueles inocentes lá fora à morte. Não se há uma chance de salvá-los.'

"A filha da Novespadas continuou a observar, mas o Graal só olhava em nossos olhos. Isso era tolice – arriscar tanto pela piedade de uma criança. Mas nós tínhamos deixado que o medo e a fúria nos governassem antes quando deixamos meu irmão cair, e desde então houvera apenas fogo e desgraça.

"As vozes dentro de mim eram um clamor, uma tempestade, ultraje, desprezo e descrença, ameaçando por um momento me tomar. Pensei então no túmulo de Jènoah, as palavras que havia escrito com seu próprio sangue sobre ele. *Esta espera, longa demais. Este fardo, pesado demais.* Eu invejei o silêncio que ele devia conhecer agora. Mas além de seus gritos, os ecos de todas aquelas almas roubadas que dividiam essa concha imortal, havia uma pergunta que apenas Celene Castia fez a si mesma.

"*Se eu não posso confiar meu destino às mãos do Todo-poderoso, será que posso dizer que tenho fé nele?*

"*E se eu não tinha fé nele, por que ele teria em mim?*

"Então, apesar dos gritos de protesto dentro de minha mente, dos ecos e do tumulto dentro de mim berrando sua discordância sombria, eu me entreguei em suas mãos.

"Nós erguemos nossas asas.

"*Tap.*"

✦ V ✦
ENTRE OS LOBOS

— A MORTE PASSAVA tão perto de nós naquela noite que podíamos sentir sua sombra na nossa.

"Sabíamos o quanto eu estava arriscando, como aquelas águas corriam fundo. A legião de almas dentro de mim era um coro de alerta, sobrepondo-se, nada além de uma cacofonia em minha cabeça. Andávamos vestindo as roupas de um homem morto, o rosto envolto em trapos, um cobertor puído como capa. Nossa pele estava fina e rachando; tinta de menos e tela demais, um toque de cinza ainda perdurando do beijo temido do fogo. Havíamos caminhado perto das margens do inferno antes, mas nunca conhecera tanto medo – tanta coisa em jogo ali, e tanta hostilidade entre nós.

"*Irmão.*

"Suas fogueiras ardiam baixo na tempestade, centenas de pontos salpicando um monte acima de uma floresta de árvores mortas, bem além do alcance do braço do Coração Sombrio. Captamos o cheiro de sangue e carne, pelo e couro, vimos sombras de monstros agachados ao lado daquelas chamas. Ouvimos trechos da canção de gaitas por baixo do gemido do vento, forte sotaque ossiano e o barulho de passos leves na neve distante a nossa esquerda. Direita. Atrás.

"'Eu venho em paz!', sibilamos, com um trapo nem de perto branco adejando em nossa mão.

"Arcos rangeram. O vento uivou. Ninguém falou.

"'Quero falar com Gabriel, o Leão Negro de Lorson!'

"Os passos então se espalharam a nossa volta, e, através da neve que caía, captamos o vislumbre de mulheres vestidas de galhos e espinheiros, com arcos de freixo nas mãos. À frente, assomando desde a escuridão, veio outra mulher, com quase dois metros de altura. Era uma brutamontes feia; de ombro largo e braço grosso, o cabelo preto como a noite preso em tranças de assassina. Sua pele estava pintada com espirais do sangue de sua lua, seu rosto quase o de um animal – olhos castanhos sem parte branca, orelhas peludas e pontudas, uma com parte faltando, posicionadas alto demais em seu crânio. Seus antebraços eram cobertos de pelos escuros; seus dedos, terminados em garras como punhais curvos.

"'Dê-nos seu nome, maebh'lair', exigiu a dançarina da noite. 'E uma única razão para não a transformarmos em cinzas aqui e agora.'

"'Meu nome é Celene Castia, bruxa de sangue', respondi. 'Irmã de Gabriel de León. E se essa não é razão o suficiente para me deixar passar...' Nós cortamos a palma da mão e com um movimento do pulso invocamos nossa espada de sangue. 'Eu posso matar vocês todos onde estão e passar de qualquer jeito.'

"Cordas de arco rangeram mais tensas, nossos olhos fixos na líder, a discórdia erguendo-se em minha mente. Era um blefe, é claro – se tivessem tentado acabar conosco, teríamos apenas voado ao vento antes que suas flechas pudessem nos atingir. Mas sabíamos que guerreiros como aqueles admiravam valor, não afetação, e em silêncio rezei para que o nome de Gabriel nos levasse pelo restante do caminho.

"A mulher-urso franziu a testa, exibindo os dentes tortos. Depois de uma demorada disputa de encaradas, porém, ela grunhiu e gesticulou para que a seguíssemos. Uma das arqueiras sibilou baixo, com a flecha apontada para nosso coração morto:

"'Você confia numa maebh'lair, Brynne? Como sabemos que ela é quem diz ser?'

"A assassina escarneceu e olhou para mim:

"'Com um ego desses? Ela certamente é a droga da irmã dele...'

"Fomos conduzidas encosta acima, os guardas incrédulos tranquilizados por aquela chamada Brynne que estávamos ali para ver o Leão. Eu só tinha lido sobre dançarinos da noite na biblioteca de mestre Wulfric, nunca tinha visto um pessoalmente além de Phoebe á Dúnnsair, e embora houvesse pessoas comuns em sua legião, fiquei chocada com a forma terrível com que sua mágika profana distorcera os restantes. Formas horrendas observavam do entorno daquelas fogueiras; montanhas de dentes e garras, meio humanas meio feras. Olhos animais brilhando à luz do fogo, orelhas pontudas, caudas e dentes afiados, rostos pintados com espirais de sangue-das-luas que imbuíam seus portadores com a força da terra e de deusas pagãs.

"Caminhando através daquele bestiário, nós fizemos o sinal da roda.

"Fomos conduzidas até uma tenda no coração do acampamento, cheia de estandartes pendurados de uma dúzia de clãs pagãos. Com um rosnado para nós esperarmos, aquela chamada Brynne entrou, deixando-nos cercadas. Parecia que toda a hoste das Terras Altas estava reunida às nossas costas, com espadas brilhando, presas reluzindo e a respiração condensando no frio.

"Nós ouvimos um rosnado, alguém chamar o nome de meu irmão. E, em um piscar de olhos, ali estava ele, afastando para o lado a aba que fechava a tenda, sua espada maldita nua em suas mãos. Seus olhos tomados de vermelho, as presas à mostra enquanto caminhava em minha direção, com nada além de assassinato em sua mente.

"'Dior me enviou, irmão, fique *calmo*!', gritamos.

"Sua fúria arrefeceu, mas apenas uma gota — um testamento da profundidade de sua raiva. Se não fosse nosso sangue ainda em funcionamento dentro dele, quem sabe o que poderia ter feito? Não importava nada a ele que eu *nunca* teria entrado em tamanho perigo sem razão."

A Última Liathe sacudiu a cabeça e deu um suspiro.

— Meu irmão sempre foi governado pelo coração, não pela cabeça.

— Não por uma delas, de qualquer forma. — Jean-François deu um sorriso malicioso, desenhando em seu tomo.

Celene voltou seu olhar paralisante para o historiador, escuro como as águas entre eles.

— Seu desejo por ele é digno de pena, pecador. Sabe que ele o mataria num *instante* se tivesse a chance, não sabe? Como as pessoas olham para meu irmão e veem só o que desejam? Como ele vive uma vida com tanto charme, enquanto eu fiquei com *isto*?

— Você fala como se o odiasse — refletiu Jean-François enquanto trabalhava em sua ilustração, um retrato de Celene parada em meio a um mar de dançarinos da noite. — Entretanto, no coração de seu ódio está um crime pelo qual ele não pode ser responsabilizado. Lamentar a má sorte é compreensível, mlle. Castia, mas pôr a culpa por um capricho dos céus aos pés de um mortal…

O historiador sorriu, com os olhos escuros brilhando.

— Bem… isso parece um tanto impiedoso de sua parte, *mademoiselle*.

— Você não vê — sussurrou ela. — Você não *sabe*. O que ele me custou.

— *Me* — retrucou o historiador. — Não *nos*. Seu uso do plural parece variar muito. Em um momento, fala de si mesma como muitas; em outro, fala apenas de Celene. Perdoe-me, mas isso a faz parecer um tanto… desequilibrada. E pior, uma narradora pouco confiável.

— Muito mais confiável do que o outro, pecador.

— O que é então? *Eu* ou *nós*?

— São os dois. Não é nenhum. É exatamente como dizemos.

O historiador revirou os olhos e ergueu sua pena quando Celene continuou:

— Nós ficamos ali parados na neve, encarando um ao outro. A força de vontade de Gabriel contra a minha. Atrás dele, vimos a bruxa de carne Á Dúnnsair, agora ainda mais distorcida por suas mágikas sombrias; os olhos iguais aos do animal que usava sua pele. Mas embora ainda me olhasse com raiva, mesmo assim ela tocou o pulso dele e sussurrou delicadamente em seu ouvido; *muito* mais familiares em toque e tom de voz do que eram antes.

"Olhamos da mão dela que repousava no braço de Gabriel para os olhos dele.

"'Você passou noites *sem dormir* em seus próprios esforços para voltar para o lado de Dior, nós vemos. Você não perdeu tempo.'

"A bruxa de carne virou-se para mim, os olhos amaldiçoados cintilando:

"'Você está a poucos instantes de ser morta aqui, sanguessuga. Eu os gastaria com mais sabedoria se fosse você.'

"'Mas não é. E nunca vai ser. Agradeça a seus deuses pagãos por isso.'

"'O que quer, Celene?', rosnou Gabriel.

"'Dior me pediu que eu falasse com você, irmão.'

"'Você falou com ela?', perguntou Phoebe de olhos arregalados. 'Como ela está?'

"Nós olhamos para a legião de sombras às nossas costas, as pessoas na tenda atrás de meu irmão, suas peles inscritas com feitiços de sangue e corpos distorcidos por idolatria cega.

"'Bastante bem, considerando sua situação. Os Dyvok tentaram escravizá-la, mas embora ela represente seu papel, seu sangue a torna imune ao domínio deles.' Olhamos nos olhos de meu irmão, que se arregalavam. 'Ela pode romper os laços de escravidão com ele, Gabriel. Agora mesmo, ela fomenta uma rebelião dentro do castelo. Ela pede para que você retarde o ataque, para que ela possa libertar mais daqueles queimados pelos indomados.'

"'Que diferença isso faz?', questionou ele. 'Se incendiarmos todo sangue-frio em Dún Maergenn até virar cinzas, seus escravizados vão ser libertados de qualquer forma.'

"'Nikita ordenou que todos os soldados mortais ficassem nas muralhas externas. Você e seus... novos amigos... vão precisar *passar por eles* antes de chegarem ao Coração Sombrio.'

"'E?' Foi um homem lobo que falou, sua cabeça como a de seu animal, a voz como cascalho molhado. 'Eles servem aos sanguessugas. Que morram com seus mestres.'

"'Eles não escolhem o serviço por vontade própria', respondeu Gabriel com delicadeza.

"Nós assentimos.

"'Dior pede que você lhe dê tempo. A Sem Coração é a correia que mantém juntos os indomados, o Coração Sombrio é a fivela. Sem eles...'

"'Nikita é ancien', sibilou Gabriel. 'Mais velho do que a porra do império. E Lilidh é a Dyvok mais velha que anda por esta terra. Dior *não pode* estar pensando que...'

"Um grito soou no acampamento, e todos os olhos voltaram-se para trás. Nós vimos figuras marchando pela neve, uma dúzia de guerreiros das Terras Altas, com roupas de couro trabalhadas e rosto pintado de sangue. À sua frente vinha o maior homem que eu já vira; um gigante, mais leão que homem, com uma juba de tranças de assassino arrumada em torno de seus traços distorcidos, o corpo coberto de pelos avermelhados. E sobre um ombro estava apoiada uma figura: rasgada, ensanguentada, debatendo-se sem forças na pegada do monstro.

"Ele parou assim quando nos viu, exibindo as presas afiadas.

"'Paz, Keylan', murmurou Phoebe. 'Essa é a irmã de Gabriel.'

"'Quem diabos é essa?', perguntou meu irmão, apontando com a cabeça para o ombro da fera.

"Com um olhar assassino em nossa direção, o bruxo de carne largou o corpo na neve. Nós vimos tranças compridas e pretas, pele escura com um tom cinza de morte, pequenos círculos de sangue pintados em suas bochechas. Seu rosto estava rasgado até os ossos por garras de dançarino; seus braços, arrancados de suas raízes. Nossos olhos se estreitaram quando o cheiro do sangue dela me alcançou pelo ar.

"'Soraya', sussurramos. 'A filha mais nova de Nikita.'

"Murmúrios percorreram a aglomeração, espadas e garras brilhando com a luz do fogo. Soraya tentou se levantar, mas aquele chamado Keylan pôs uma bota em seu peito, apertando-a para dentro da neve. Sem braços para enfrentá-lo, a vampira foi deixada se contorcendo, sibilando de dor e ódio.

"'Meu p-pai vai *esfolar* vocês por i-isso!'

"'Nós a pegamos cavalgando para o norte, com meia dúzia de outros', disse Keylan. 'Jerrick a derrubou.'

"'Ratos', rosnou o homem lobo. 'Fugindo de um navio afundando.'

"'Não', respondeu o grande leão. 'Acho que eram mensageiros.'

"'Para quem?', perguntou meu irmão.

"Keylan deu de ombros.

"'Não sei. Mas havia apenas três de nós, e seis deles. Alguns passaram. Cavalos escravizados, rápidos demais para perseguir.'

"'Aonde estavam indo?', perguntou Gabriel com os olhos em Soraya.

"A alto-sangue riu, o rosto ensanguentado distorcido. 'Vocês vão ver. N-não tenha medo, Leão.'

"'Eu não tenho.' Ele se agachou ao lado dela, com o rosto frio e duro. 'Mas eu acho que *você* tem.'

"Observamos meu irmão posicionar a Bebedora de Cinzas sobre o coração da alto-sangue. E quando a ponta quebrada daquela espada temível tocou o peito dela, vimos que Soraya estremeceu de verdade, seu queixo sangrando bem cerrado. Ela tinha décadas de idade. Assassina de centenas, provavelmente; talvez milhares. Mas embora tentasse esconder, quando aquele aço de estrela se afundou dois centímetros através de suas roupas de couro e da pele por baixo, ela era pouco mais do que uma criança assustada.

"'Conte-me', murmurou meu irmão. 'E eu deixo você ir.'

"'Você *mente*. N-nunca me soltaria.'

"'Você não me conhece, madame. Eu não sou um assassino.'

"'Você matou Tolyev', retrucou Soraya com rispidez. 'Matou as grandes Danika e Aneké. Uma quantidade tão grande de minha espécie que as neves ainda estão manchadas de vermelho. Você *é* um assassino.'

"'Aquilo foi batalha. Você é uma prisioneira. Não sou do tipo que mata uma mulher indefesa.'

"Nós então falamos, com a voz suave ao vento:

"'Gabriel…'

"'Cale a porra da boca, Celene.'

"Nós sabíamos a resposta da pergunta que ele fez, é claro. As mãos para quem Soraya devia entregar a mensagem do pai. Mas o gelo em que pisávamos era fino ali, e mais, eu acho que parte de mim queria ver do que meu irmão era realmente feito. Assim como até onde ele poderia ir. O homem lobo se inflamou, rosnando enquanto olhava com raiva para Soraya.

"'Ela é uma sanguessuga, Leão. Não podemos apenas deixá-la ir, ela...'

"'Ela está sem a porra dos braços, Angiss. Acho que é seguro supor que não vai virar a maré da batalha.' Os olhos de Gabriel tornaram a se encontrar com os de Soraya, a vampira tensa de medo. 'Não, essa aqui quer fugir. Ela quer *sobreviver*. E vai viver para sempre se ninguém matá-la, você pode imaginar isso? Sem velhice. Sem doenças. As únicas coisas que podem acabar com ela são o fogo ou a espada. Imagine do que abriria mão para se agarrar a algo tão precioso.'

"Sua pegada moveu-se no punho da Bebedora de Cinzas, o aço de estrela brilhando à luz do fogo.

"'Conte-me o que eu quero saber, sangue-frio. E vou dar a você sua chance de eternidade.'

"Soraya o encarou com os olhos injetados de vermelho. E embora nós realmente nos perguntássemos se ela acreditava mesmo nele, no fim, uma mulher que se afoga vai se agarrar até a palha.

"'As Terrores', sibilou ela. 'Elas vieram para Ossway com uma legião de atrozes ao seu comando e uma missiva do Rei Eterno em seus lábios. Voss deseja a jovem Lachance. Meu pai envia a resposta que vai lhes dar a criança se elas vierem em seu auxílio.'

"'E onde está essa dita legião?'

"'Estão acampados do outro lado do Rio Órd. Esperando notícias de meu Priori.'

"'Você está mentindo para mim, sangue-frio.'

"'Eu não minto!' Ela fez uma careta, a carne rasgada melada de sangue, os olhos se enchendo de lágrimas temerosas. 'As Terrores vieram, estão a apenas algumas noites de distância. Eu juro pela minha *alma*.'

"Gabriel assentiu, esfregando a barba por fazer em seu queixo.

"'Você sabe que ainda sonho com as jaulas em Triúrbaile. Ainda sinto o fedor quando fecho os olhos.' Ele sacudiu a cabeça e deu um suspiro. 'Eu não mato mulheres indefesas. Mas você não é *nada* perto disso. E não pode jurar por uma alma que não é sua, vampira.'

"'Não!', exclamou Soraya. "*Não, n...*'

"Pressionando com força, Gabriel enfiou a Bebedora de Cinzas através do coração da sangue-frio. Aço de estrela abriu sua carne, e a boca dela se escancarou em um grito. E num piscar de olhos, Gabriel retirou a espada e cortou a cabeça de Soraya do corpo. O cadáver dela corcoveou, debatendo-se, as mãos do tempo chegando para reclamar tudo o que tinha sido negado. Carne cinza derreteu dos ossos, sangue coagulado preto, então ela sibilou e virou pó, nada além de um esqueleto arruinado deixado na neve.

"Phoebe cuspiu na carcaça fumegante e rosnou:

"'Aproveite a eternidade, sanguessuga.'

"Todos os olhos estavam agora voltados para nós, cinza-tempestade, ouro e verde-esmeralda reluzentes. Nós ficamos paradas, envoltas na fumaça da ruína de Soraya, olhando meu irmão nos olhos.

"'Pelo que entendi, você sabia dessa legião dos Voss. Estava planejando me contar?'

"'Eu conto a você apenas o que Dior pediu. Irmão.'

"Gabriel escarneceu, limpando o sangue de sua espada fumegante:

"'Bem, aí está a resposta dela, então. Nós vimos uma legião de Voss algumas semanas atrás, marchando para o sul, milhares deles. Achei que estivessem se preparando para atacar Maergenn, mas se Nikita agora está barganhando por sua ajuda, nós não temos escolha além de atacar antes que eles cheguem.'

"'Vai levar tempo até as Terrores marcharem até aqui, Gabriel. Estão acampadas a *dias* de distância. Dior só pede *um* para aplicar seu golpe. Para poupar você e seus companheiros de horas de matança, poupar as pobres almas naquele muro que só estão ali porque são forçadas a fazer isso.'

"Ele sacudiu a cabeça, com os lábios estreitos.

"'Nós não podemos...'

"'Ela me pediu para lembrá-lo do tabuleiro de xadrez em Cairnhaem, irmão.'

"Gabriel piscou diante daquilo, o vento uivando no abismo entre nós.

"'Ela pediu que eu lhe perguntasse como a vitória deveria ser.'

"Ele olhou na direção do dún, depois para a figura em sua espada, os braços dela estendidos sobre a guarda. Nós nos perguntamos o que aquela demônia lhe sussurrava com sua língua prateada.

"'Tenha fé, Gabriel.' Nós olhamos nos olhos dele, implorando. '*Acredite* nela como eu acredito.'

"Meu irmão olhou para sua bruxa de carne, que por sua vez olhou para os assassinos em torno deles. Podíamos ver fúria em meio ao povo das Terras Altas, a raiva virtuosa por seu sangue ter sido usado para abastecer o ataque de Nikita contra Ossway, deixando uma carcaça em seu rastro. Devia haver vingança por isso, todos nós sabíamos. Mesmo assim, nós vimos nos olhos de Gabriel – o mesmo de quando enfrentamos a Fera de Vellene no Mère. Com todos os seus fracassos, todas as suas fragilidades, uma coisa eu vou dizer em favor de meu irmão: sua fé em Dior nunca vacilou."

A Última Liathe deu um suspiro.

– Nem mesmo no fim.

"'Vi Aaron ao lado do Coração Sombrio', disse ele em voz baixa. 'Baptiste também está lá?'

"Nós assentimos.

"'Escravizado pela Mãe-loba. Ele com certeza vai estar na vanguarda.'

"Gabriel passou a mão pelo rosto e deu um suspiro profundo. Podíamos ver o medo em seus olhos. O temor que todo pai sente de deixar o filho voar sozinho do ninho. O medo por seus amigos dentro daqueles muros destruídos; aquela colina sobre a qual ele morreria.

"'Nós podemos dar um dia para a Filha de Deus', declarou ele.
"'Gabe...', murmurou a bruxa de carne.
"'Um dia', insistiu, apertando a mão dela. 'Se isso pode poupar aquelas pessoas nos muros, nós podemos dar a ela amanhã, Phoebe. Nós devemos isso a ela.'
"A bruxa de carne olhou para seu povo, em busca de consenso – Gabriel era uma espécie de líder ali, mas apenas um entre muitos. Ninguém das Terras Altas pareceu confortável com aquela perspectiva, exibindo os dentes e estreitando os olhos. Mas Dior era a Filha do Deus deles, afinal de contas. Favorecida pela Terra e abençoada pelas Luas, citada em augúrios antigos e nas vísceras dos mortos.

"Quem eram eles para lhe negar um único anoitecer?
"'Você tem olhos dentro do castelo?', perguntou-nos Gabriel. 'Algum jeito de falar com Dior?'
"'Uma gota de nosso sangue permanece junto dela. Uma mariposa. O que ela vê, nós vemos. O que ela sabe, nós sabemos. Não pode falar, mas ainda assim pode transmitir mensagens.'
"'Bem, a mariposa pode dizer a Dior que ela tem até o amanhecer do *prièdi*. O resto de você vai ficar aqui.'
"'Nós preferíamos...'
"'Eu não estou nem aí para o que você *prefere* fazer', rosnou. 'Esse é o acordo. Dior quer um dia, e seu rabo traiçoeiro fica *bem* onde eu possa vê-lo.'
"Nós olhamos em seus olhos, vimos que não aceitaria nenhuma discordância. E com um olhar paralisante, fizemos uma mesura, puxando as barras de nossa capa esfarrapada como o vestido mais elegante na corte.

"Phoebe falou com seu povo, pedindo para que espalhassem a informação. Trovões ribombavam no céu quando o grupo se separou, com milhares de olhares como punhais em nossas costas. Os olhos de Gabriel estavam cheios de fúria, apreensão e medo. Mas enfim, segurando a aba de lado, ele apontou com a cabeça para o interior da tenda.

"'Parece, então, que temos a noite inteira. Talvez devêssemos conversar. Irmã.'

"Nosso olhar se estreitou quando ouvi isso, perfurando o dele. Os olhos de nossa mãe eram pretos como carvão – Gabriel tinha mesmo os olhos do pai. E ali parada naquela escuridão e naquele frio, eu me perguntei o que mais ele tinha herdado daquele monstro.

"Era hora de descobrir, presumi.

"'Como você quiser. Irmão.'

"E tirando a neve dos ombros, nós entramos."

✦ VI ✦
SUBTERRÂNEOS SOMBRIOS

– DIOR ESTAVA PARADA abaixo da terra do Santo Sepulcro, olhando fixamente para a mãe de suas mães.

Um grupo de conspiradores se reunia em torno dela, discutindo sobre as escolhas que teriam pela frente. Ali estavam lady Reyne, é claro, realeza em roupas rústicas, os olhos em chamas. A primeira de sua casa, a nobre lady Arlynn, debatia com dois jovens de cabelos vermelhos e olhos azuis, parecidos o suficiente para serem irmãos. Esses eram os pretendentes das filhas da espada Gillian e Morgana – a mesma dupla que tinha salvado Dior de seus saltos traiçoeiros em frente aos aposentos de Nikita. Um homem mais velho com barba grisalha aparada estava ao lado de Arlynn – seu marido, lorde Brann. Por último estava a jovem Isla á Cuinn, a criada do *boudoir* de Nikita, com as marcas de beleza gêmeas no rosto e sangue encrostado embaixo das unhas.

"Nossa partícula assistia a tudo do umbral, ainda incapaz de entrar no solo sagrado do sepulcro. As figuras discutiam umas com as outras, vozes contidas ecoando nas paredes da tumba vazia da Virgem-mãe. E, durante todo o tempo, Dior encarava o mosaico de San Michon na parede, o brasão dos Esana gravado acima da Primeira Mártir em pedra branca e brilhante.

"'Por que não libertar os trabalhadores das cozinhas?', perguntou um dos jovens garbosos. 'Aí teríamos acesso ao desjejum de todos os escravizados do castelo.'

"'Você acha que vale o risco, Declan?', perguntou Arlynn. 'Se libertarmos aquelas garotas de seus grilhões, julga que alguma delas teria estômago para continuar a retalhar os *mortos* para o jantar? Se apenas *uma* delas vacilar, estamos todos perdidos.'

"'O bufão cinzento nos observa comer, de qualquer forma', disse o outro rapaz. 'Fica no alojamento apenas nos *olhando*. Se você diz que os Mortos podem sentir o cheiro do sangue de lady Lachance…'

"'Eles podem', assentiu Reyne. 'É como perfume para eles.'

"'Então o bufão pode sentir o cheiro.' Morgana apertou a mão de Declan, sacudindo a cabeça. 'Não podemos correr esse risco, amor. Um passo em falso e estamos enterrados.'

"O irmão dele, um jovem guerreiro de traços cinzelados chamado Maeron, com as mãos calejadas por treinar com a espada e olhos velhos demais para sua idade, falou outra vez:

"'Bem, precisamos fazer *alguma coisa*. Se não, quando aqueles pagãos atacarem as muralhas, nós morremos. Você diz que ganhamos um dia até o ataque das Terras Altas. Isso não dá tempo para salvar todas as almas deste castelo, uma por uma.'

"'Corte a cabeça da víbora, e o corpo morre, Maeron', disse Reyne. 'E este lugar é um *ninho* delas. Se acabarmos com Nikita e Lilidh, a aliança vai desmoronar. Tenho certeza disso.'

"Isla então falou com voz delicada:

"'Mas… como vocês *fariam* isso?'

"'É, como?', perguntou Declan, olhando para o grupo reunido. 'Eles são monstros com a força de *séculos* neles. A noite em que tomaram o dún, o Coração Sombrio estava jogando rochedos do tamanho de *carroças* nas muralhas. Eu o vi. Nós não podemos *esperar* feri-lo.'

"'Ele é forte', assentiu Arlynn. 'Mas a árvore mais alta da floresta também queima.'

"'E até monstros precisam dormir…'

"Todos os olhos se voltaram para Dior quando ela falou, e um silêncio abateu-se sobre a tumba. Maeron e lorde Brann curvaram as cabeças, Gillian e

Declan fizeram o sinal da roda, como se fosse um milagre toda vez que o Graal abria a boca. Eles olharam para ela, todos eles, e pudemos ver as chamas da fé absoluta em seus olhos. A jovem que os libertara da escuridão eterna, das garras de um pesadelo vivo, a mão direita do próprio Deus sobre essa terra.

"'Milady Lachance...'

"'Pode me chamar de *Dior*, lorde Brann.' Ela sorriu. 'Eu não conquistei nenhum título.'

"'Em minha opinião, você conquistou toda a honra neste império, moça.' O homem mais velho sorriu. Era um tipo simples, cálido e parecendo um avô, mas seu braço da espada era vigoroso, as mãos endurecidas pela espada. 'Mas nem a fera Lilidh nem Nikita dormem sem guardas.'

"'Não', assentiu ela. 'Mas os indomados têm confiança absoluta nos laços de seu sangue. Eles nunca pensaram no que poderia acontecer se eles se rompessem. E metade das pessoas nesta tumba são os que ficam de guarda junto da porta de Nikita quando ele dorme. Isla limpa seus aposentos. Reyne conhece uma passagem secreta para o *boudoir*. Celene pode ficar de guarda para ver o momento em que sua cabeça deitar no travesseiro. Aí nós o atacamos.'

"'*Os* atacamos', disse o jovem Declan com rispidez. "Aquele louro com quem ele tem ensanguentado seus lençóis é um demônio completo. Ele merece o mesmo inferno que seu mestre.'

"'Não', disse Dior, aguçando-se. 'Ninguém toca em Aaron. Nada disso é culpa dele.'

"O jovem cavaleiro fez uma reverência profunda, com a mão no coração. "'Milady Graal...'

"'Pelo amor de Deus, me chame de *Dior*.'

"'Milady Graal Dior, você não testemunhou o que eles testemunharam. Eu vi o estado dos corpos que Isla estava limpando na noite passada. Diga a ela, garota.'

"A jovem engoliu em seco quando Declan olhou em sua direção, as mãos entrelaçadas juntas.

"'Os dois estiveram… ocupados juntos. Mas mestre Nikita…'

"'*Não*', disse Dior de forma mais dura. 'Aaron salvou minha vida, ele não é assim. Foi forçado a fazer tudo o que fez pelo Coração Sombrio. Aaron de Coste está fora dos limites, entendido?'

"O jovem Declan franziu o cenho, mas mesmo assim, fez uma reverência profunda.

"'Como quiser, milady Graal.'

"Dior massageou as têmporas, suspirando.

"'E se não dormirem amanhã?', disse Gillian. 'Tem um exército de dançarinos da noite à sua porta, eles podem não ter vontade de cair no travesseiro.'

"'Então pedimos a Gabriel para esperar mais um dia', disse Dior. '*Uma hora* eles têm que dormir.'

"'E a fera Lilidh?', perguntou Arlynn, com olhos brilhando de ódio. 'Mesmo sem guardas à sua porta, ela nunca está sozinha. Aquele lobo maldito está sempre amuado aos seus pés.'

"'*Oui*.' Dior deu um suspiro, com olhos distantes. 'Mas quando ela me visita em meu *boudoir*, Príncipe espera do lado de fora. Desde que ataquemos Lilidh e Nikita ao mesmo tempo, uma faca afiada e alguns momentos com ela distraída são tudo de que preciso.'

"'…E como vai distraí-la, lady Graal?', perguntou Brann.

"Dior arqueou uma sobrancelha, com os lábios retorcidos.

"'Eu lhe conto quando você ficar mais velho, milorde.'

"O velho enfim segurou o punho de sua espada, corando e olhando fixamente para suas botas. Os olhos de fae de Reyne brilharam, e ela e Dior encararam-se e riram, apesar de tudo. Gillian e Morgana se entreolharam, e lady Arlynn limpou a garganta no silêncio.

"'Arriscamos muito atacando desse jeito. E embora sua chegada seja um milagre, lady Graal, esses monstros destruíram nosso *país*. Será que apenas seu sangue vai ser o suficiente para acabar com eles?'

"'Não sei', murmurou Dior. 'Ele os queima, eu tenho certeza disso. Mas o único ancien que *matei* com meu sangue foi atingido no coração com uma espada encantada banhada nele.'

"'Imagino que não tenha nenhuma espada assim em seu vestido, tem?', perguntou Reyne.

"'Este espartilho mal *me* comporta dentro dele.' Dior fez uma careta, ajustando o vestido extravagante. 'Eu não entendo por que vocês usam essas coisas...'

"'Será que uma lâmina de *prata* serviria no coração deles?', perguntou-se Morgana em voz alta.

"Dior refletiu sobre isso, sugando o lábio enquanto pensava.

"'A prata os fere, isso é certo. Se eu fosse do tipo que joga... *oui*, eu apostaria nisso.'

"'Que diferença isso faz?', sibilou Gillian. 'Nós também não temos uma arma de prata.'

"Morgana olhou de cara fechada para a irmã mais velha, afastou uma mecha vermelho-fogo do rosto e apontou para trás de Dior.

"'Tem armas de prata bem aqui, sua estúpida idiota.'

"'Não me chame de estúpida idiota, sua estú...'

"'Senhoritas, *por favor*', interveio Arlynn.

"Dior se virou, com os lábios entreabertos.

"'Pelos Sete Mártires, ela está certa.'

"Abaixo do mosaico, estava aquele poderoso mausoléu; Tà-laigh du Miagh'dair, o túmulo da Virgem-mãe. Seu mármore estava rachado e quebrado, mas o mausoléu era encimado por uma grande escultura de prata pura. A imagem da Virgem-mãe estava vestida de cota de malha sobre seu leito de crânios, a espada longa abraçada junto ao peito. Em torno dela estavam reunidos querubins nas laterais e ferozes serafins de guarda, com espadas de prata erguidas alto para guardar o local de descanso vazio abaixo.

"Reyne examinou a escultura, seus olhos de fae brilhando.

"'Nós podemos...'

"'Vamos tentar', disse Gillian.

"Dior observou enquanto Reyne e seus camaradas subiam no túmulo da Virgem-mãe, tentando soltar as espadas com a força profana de seus mestres, que ainda perdurava em suas veias. Parada ao lado do Graal, Isla fez o sinal da roda, murmurando uma prece em voz baixa diante daquela blasfêmia.

"Dior sacudiu a cabeça.

"'Nós estamos *muito* longe da capela em Aveléne, mlle. Á Cuinn.'

"Isla assentiu, com expressão austera.

"'Nós estamos mesmo, mlle. Lachance.'

"Dior observou Reyne se esforçar para soltar uma espada, seu olhar dirigindo-se para sua ancestral enquanto ela murmurava para a garota ao lado:

"'Sabe, eu não paro de pensar sobre o que você disse naquela noite em que nos abrigamos perto do rio. Como era sentir que estava chovendo durante toda a nossa vida.'

"'Eu estava errada em me desesperar', disse a jovem, tocando o braço de Dior. 'E você estava certa em me dar esperança. Eu temia nunca poder ver o fim desta estrada. Mas acredito mesmo que Deus nos mandou para o lugar onde deveríamos estar. Aqui, com aqueles que amamos.'

"'Eu vi Joaquin outro dia.' Dior sorriu de soslaio para Isla. 'No estábulo.'

"A jovem abaixou a cabeça, com voz delicada:

"'Ele... ele está bem?'

"'Ele está bem. E perguntou por você. A frieza que demonstrou por você na caravana foi apenas um artifício, *ma amie*. Ele não a esqueceu.' Dior apertou a mão da jovem e a olhou nos olhos. 'Não tenha medo, Isla. Vocês dois vão ter seu para sempre, prometo.'

"Os outros ainda estavam lutando contra a escultura, sem sucesso. Maeron praguejou em voz baixa, puxando uma das espadas na mão de um anjo. O rosto de Morgana tinha ficado vermelho pelo esforço, Declan botava todo o seu peso sobre outra espada, tentando arrancá-la daquela mão prateada. Mas mesmo com a força dos queimados...

"'Eu n-não consigo fazer isso...'

"'A maldita coisa está bem presa...'

"'Gilly, isso é meu *pé*, droga...'

"'Não adianta', praguejou Reyne, afastando os cachos de verão da pele suada. 'Isso é tudo uma única peça esculpida de metal. Ela vai dobrar antes de quebrar.'

"'Nós podíamos cortá-la?'

"Seu pretendente, Declan, esfregou o queixo.

"'Com o quê?'

"'Uma serra da ferraria? Eles devem ter uma.'

"A irmã dela sugou o lábio e assentiu a contragosto.

"'Não é uma má ideia, Morgie.'

"Morgana sorriu, satisfeita.

"'Ah, obrigada, Gilly.'

"'Você pensou nisso sozinha, ou tirou de sua b...'

"Morgana socou o braço da irmã, e as duas se xingaram enquanto discutiam.

"'Não temos ninguém na ferraria.' Com o rosto vermelho e de cenho franzido, Reyne puxou a espada longa na mão da Virgem-mãe, olhando para Isla.

"'Talvez seu homem, Joaquin, p...'

"A espada moveu-se nas mãos da princesa, a escultura estremeceu e poeira caiu da prata. Isla deu um grito, os outros se afastaram quando a tumba inteira estremeceu e pedaços de mármore caíram da fachada. O som de pedra raspando em pedra ecoou pela tumba, enquanto observávamos do umbral aquele poderoso mausoléu de mármore e metal recuar, movido por algum mecanismo antigo ao longo daqueles sulcos estranhos no chão. E por baixo, vimos uma abertura na pedra, uma escada escondida que levava mais fundo na terra.

"'Doce Virgem-mãe', sussurrou Reyne, fazendo o sinal da roda.

"'O que é essa feitiçaria?', sussurrou Arlynn.

"Dior olhou para o mosaico acima – o brasão dos Esana nas nuvens acima da cabeça de Michon. O Graal olhou para nós, que rodopiávamos e esvoaçávamos pelo ar, nunca mais frustradas por não podermos cruzar aquele umbral para ver o que havia por baixo. Sabíamos que aquele nunca podia ser o lugar de repouso de Maryn – não em solo sagrado. E mesmo assim, raspando a pedra aos seus pés com a ponta de seus sapatos de salto elegantes, Dior apontou para um desenho entalhado na pedra.

"'Outro brasão dos Esana', disse ela em voz baixa.

"'O que são os malditos Esana?', sussurrou Gillian.

"'Bom Deus Todo-poderoso, isso fede', disse lorde Brann, cobrindo o rosto com a manga.

"Sua esposa tomou-lhe o braço, o olhar azul aguçado de lady Arlynn sobre Dior. Morgana se aproximou da entrada e chutou uma pedrinha pela escada. Sua irmã chegou ao seu lado e lhe deu um empurrão na direção do buraco, a irmã mais nova xingando e empurrando a mais velha para trás. Por todo o grupo, os olhos estavam voltados para Dior. Mas o Graal apenas sacudiu a cabeça.

"'Eu não tenho ideia do que há lá embaixo.'

"Reyne parou na beira da escada, fazendo uma careta diante do fedor maligno.

"'Nós devemos...'

"'Devemos voltar', disse Isla, esfregando as mãos. 'Se o conselho no Salão da Fartura terminar e eles deram por nossa falta...'

"Dior assentiu para Reyne.

"'Isla tem razão. Eu posso descer sozinha.'

"'De jeito nenhum', disse a princesa. 'Descemos juntos ou não descemos.'

"O Graal olhou para o grupo reunido, mordendo o lábio. Nossas asas batiam no ar, furiosas, rezando a Deus Todo-poderoso para que conseguíssemos chamar a atenção dela. Mas Dior olhou para mim, e ainda pudemos ver sua desconfiança, seu temor – pelo que eu era, por tudo o que aquilo significava. E com os lábios apertados e finos, ela pegou a lanterna de Reyne e acenou com a cabeça para o resto.

"'Está bem, vamos ser rápidos.'

"'Nós gritamos em silêncio, tomadas de medo. Declan e Maeron insistiram em ir primeiro, Morgana e Gillian depois, seguidos pelos outros. Eles desceram para aqueles subterrâneos sombrios, e nós não podíamos fazer nada, impedidas por aquele solo sagrado como por uma barreira de fogo. Capazes apenas de observar.

"Rezar.

"Eles desapareceram pelo que pareceu uma era da terra. Minha carne estava sentada com Gabriel em sua tenda, falando de tempos passados e sangue derramado. Mas aquela pequenina partícula minha ficou o tempo todo observando, ouvindo, esforçando-se para escutar um som, uma pista. Achamos difícil manter os pensamentos concentrados em dois lugares ao mesmo tempo, indo de um lado para outro entre a tenda e a tumba, divididas entre dois mundos. Olhamos fixamente para a imagem da Virgem-mãe entalhada na porta de pau-ferro que havia no portal. Seu rosto esculpido era frio, as mãos entrelaçadas em oração e uma auréola de runas antigas em torno da cabeça. O tempo se estendeu por uma eternidade, o medo meu único criado, as vozes em minha cabeça uivando seu temor, sua fúria. Mas depois de uma escuridão interminável, ouvimos passos delicados, vimos luz de lanterna iluminando a pedra, e, enfim, Dior emergiu daquele buraco.

"De olhos arregalados. Lábios estreitos. A expressão em seu rosto não tanto de terror, mas de *horror*. A princesa Á Maergenn veio em seguida, seu rosto tão branco que parecia um cadáver. Os outros emergiram, Isla em silêncio e de olhos arregalados. Lady Arlynn apoiada no ombro do marido, Morgana de braços dados com a irmã, seus pretendentes ao lado delas. Suas botas estavam molhadas de água que fedia a um mar salobro, e toda aquela companhia secreta parecia mudada; não em suas feições, mas em seu coração. Como se tivessem captado um vislumbre de algo que não pudesse ser desvisto.

"'Eu não entendo', sussurrou Gillian.

"Ela olhou para o teto acima como se buscasse respostas, com lágrimas brilhando nos olhos.

"'Eu não *entendo*...'

"Eles estavam parados no escuro, pálidos e assustados, o mundo de algum modo para sempre mudado abaixo de seus pés. Mas o Graal não ficou parado e saiu andando com a lanterna na mão para a entrada da tumba. Havia fúria em seus olhos junto com horror, agora, as saias molhadas agitando-se em torno dela quando passou apressada pela porta entalhada da Virgem-mãe e tornou a atravessar o umbral.

"'Milady Dior?', chamou Reyne. 'Aonde você está *indo*?'

"Nós voamos na direção de seu pescoço, mas ela nos afastou com a mão, sibilando.

"'Arranjar a porra de uma serra.'"

✦ VII ✦

ALGUMAS PALAVRAS EM VOZ BAIXA

– VOCÊ QUER UMA bebida?

"Gabriel e eu estávamos sentados na tenda de comando, com ventos uivando na escuridão lá fora. As paredes eram de couro velho, havia peles sobre o chão, e o ar estava sufocante e quente. Uma fogueira queimava em um buraco revestido de pedra no coração da tenda, e estávamos sentadas o mais longe possível dela. Erguemos os olhos quando Gabriel ofereceu uma caneca de madeira do que cheirava a fruta podre borrifada por gatos machos bêbados.

"'Você está brincando?', sibilamos.

"'Na verdade, estou. Por mim, você pode morrer de sede.'

"Depois de virar a caneca, ele serviu outra. Pegando a caneca e a garrafa, ele foi se sentar sobre as peles perto do fogo. Com a Bebedora de Cinzas em seu colo, ele olhava fixamente para mim com os olhos de seu pai.

"'Eu devia matá-la agora, Celene.'

"'Se nos trouxe aqui para nos ameaçar, poupe seu fôlego. Você sobreviveu muito bem à queda que demos a você em Cairnhaem, então pare com seu...'

"'Não venha com essa história, não estou falando da ponte! Estou falando do vinho!'

Nós piscamos ao ouvir isso. Um pouco impressionadas, devo admitir.

"'Aquela garrafa de Montfort que por acaso *descobriu* na adega de Jènoah?', insistiu ele. 'Eu tenho *sonhado* com você, Celene. Toda hora tranquila, todo momento desprevenido, ali está você. Seu sangue estava misturado com aquele vinho, *oui*? Eu estou duas partes ligado a você.'

"Não dissemos nada, e Gabriel debruçou-se para a frente e rosnou:

"'Você me contou que os Esani que roubam as almas de outros vampiros também roubam seus dons de sangue. Você bebeu a alma de um Ilon, não bebeu?'

"Olhamos para minhas mãos, tremendo enquanto um grito ecoava baixo dentro de minha cabeça.

"'Minha primeira comunhão. A primeira kith que meu professor me fez consumir. Era pouco mais que uma recém-nascida. Seu nome era Victorine. Ainda posso ouvir sua voz em minha c...'

"'Na ponte de Cairnhaem', sibilou meu irmão. 'Todas aquelas coisas que você sussurrou enquanto eu discutia com Dior. *Você é governado pela ira. Sua raiva se aprofunda.* Você não estava me acalmando, estava me forçando com o poder que roubou. Tentando criar uma divisão entre mim e Dior. Eu levantei a mão para a garota por sua causa.'

"'Não me culpe por...'

"'Eu culpo a *nós dois*', disse ele com rispidez. 'Eu não sou covarde para negar minha parte no que fiz. O lapso foi meu, *oui*. Mas você me empurrou direto para o precipício, não negue isso.'

"'... Nós não negamos.' Baixei nossos olhos, retorcendo os lábios por trás dos trapos. 'Você disse que ia levar o Graal para as Terras Altas. Eu... *nós* não podíamos permitir isso, Gabriel.'

"Ele sacudiu a cabeça, incrédulo.

"'Maldita *vadia* venenosa.'

"'EU *DISSE* A VOCÊ!', gritei, ficando de pé. 'Eu *disse* a você o que estava em jogo! A salvação deste império, de *todas* as almas dentro dele, incluindo a minha!' Eu arranquei os trapos do rosto, para que ele pudesse ver o horror daquilo. 'Estou *AMALDIÇOADA*, Gabriel, você entende isso? Presa neste mundo e neste corpo, para sempre! Uma parasita, invejando os mortos, mas mesmo assim aterrorizada de morrer. Porque quando eu morrer, a menos que o Graal cumpra seu destino, minha alma vai queimar por toda a eternidade! É *isso* o que eu vejo quando fecho os olhos! O abismo que me espera!'

"'E você me culpa por isso?', retrucou ele com rispidez, levantando-se também. 'Não a merda de seu Deus precioso? Não aquele sádico inferior lá em cima que criou esse inferno para você e o chamou de vida? Pelos Sete Mártires, eu era um *menino*, Celene! Laure Voss estava orquestrando uma invasão de toda Nordlund quando a queimei em Coste. Mas você pôs a culpa por seu sofrimento nos *meus* ombros, em vez de no criador da merda do universo.'

"Ele sacudiu a cabeça, perplexo.

"'Grande Redentor, irmã. O que aconteceu com você?'

"'... Essa é uma *longa* história, irmão.'

"'Bem, nós temos até a alvorada de depois de amanhã. E você não vai deixar minha vista.' Ele se sentou e virou a caneca de Betume. 'Mas, se preferir, podemos apenas ficar aqui sentados olhando feio um para o outro até o sol nascer. Você contou a Dior o que eu disse, não é?'

"'Estamos contando a ela agora. Ela está... expressando insatisfação com você.'

"'Isso não parece do feitio dela.' Sua expressão de escárnio desapareceu, e ele cerrou os maxilares. 'Você tem certeza de que ela tem as coisas sob controle? Porque eu amo Baptiste e Aaron, mas se for uma escolha entre eles ou ela...'

"'Ela está tentando. Dior está dançando sobre o gelo mais fino. E Lilidh está à espreita embaixo dele.'

"'Como Lilidh fez isso?', perguntou ele com o cenho franzido. 'Ela e Nikita? Nós sabemos que estão usando sangue de dançarinos, mas não sabemos onde eles o conseguiram. Eu acho que talvez, como Lilidh nasceu no Trono das Luas... que talvez haja alguma coisa nas veias *dela*.'

"'Nós não sabemos', falei com um suspiro. 'Estivemos ocupadas demais procurando a tumba de Maryn fora do dún para observar muita coisa dentro dele. Mas a Sem Coração está no centro disso, nós temos certeza.'

"Gabriel sacudiu a cabeça e então resignou-se a esperar, e eu me acocorei.

Havia uma mecha de cabelo grudada na carne de meu pescoço, e nós a soltamos, grudenta com vermelho escuro. Examinando o chão a nossa volta, encontramos o trapo que eu tinha tirado e o envolvi em torno do rosto.

"'Você não tem que se esconder de mim, Celene.'

"Eu ergui o rosto ao ouvir isso e olhei nos olhos de Gabriel.

"'Você é minha irmã caçula', disse ele. 'Não me importa sua aparência nem as merdas odiosas que faz. Você é a única *famille* que me resta.'

"Nós baixamos o olhar, com o trapo enrolado em nossa mão rachada. Gabriel ofereceu a caneca outra vez.

"'Tem certeza de que não quer uma bebida?'

"'Isso tem gosto de cinzas.'

"'O Betume não é nenhum licor de morango, é verdade. Mas não é *tão* ruim.'

"'Tudo tem.' Nós olhamos em seus olhos outra vez. 'Você sabia disso? Comida. Vinho. Água. Tudo para mim tem gosto de cinzas. Desde aquela noite. Desde que ela…' Dei um suspiro e olhei para nosso punho. '*Deus*, eu queria matá-la. Olhá-la nos olhos enquanto ela morria. Toda a noite a serviço de Wulfric eu sonhei em retomar o que Laure Voss tinha tirado de mim. Mais uma coisa que você me roubou, irmão. *Vingança*.'

"'Eu não sabia, Celene. Eu não sabia o que ela tinha feito.'

"'Você *ainda* não sabe. O que ela me custou.' Abaixei a cabeça, e o cabelo se grudou mais uma vez a nossa carne rasgada. 'Você se lembra de quando Amélie morreu? Quando éramos crianças?'

"Gabriel assentiu, e a sombra de nossa irmã recaiu sobre seus olhos.

"'É claro que me lembro.'

"'Eu me lembro do dia em que ela desapareceu. Colhendo cogumelos… Deus, que coisa pela qual morrer.' Nós mordemos os retalhos de nosso lábio e suspiramos. 'Eu me lembro de quando ela voltou para casa. O jeito como você lutou com ela. O jeito como a queimaram. Mas, acima de tudo, eu me lembro do funeral. Depois que espalharam as cinzas dela nas encruzilhadas, nós conversamos, você e eu. Lembra?'

"Ele sacudiu a cabeça, e meu rosto se contorceu no que passou por um sorriso.

"'São estranhas as lembranças que valorizamos, as outras que deixamos de lado. Estávamos sentados no banco da capela juntos, com o fedor das cinzas de Amélie nos cabelos. Eu perguntei a você se ela ia para o inferno. Você me disse que não sabia, e tentei ficar satisfeita com isso. Mas, na verdade, pensava que a morte de Ami era minha culpa. Eu tinha um segredo, Gabriel. Um pecado. Achei que Deus estava me punindo por isso.'

"'Você tinha 11 anos, peste. Que pecado justificaria isso?'

"Sacudi nossa cabeça, evitando a pergunta.

"'Você me garantiu que tudo estava bem naquele dia. *Isso é obra do caído*, você disse. *E não precisa temê-lo enquanto eu viver*. Então você se ajoelhou, pegou minhas mãos e disse: *Eu sou seu irmão, Celene. Se algum dia se encontrar sozinha na escuridão, é só chamar meu nome, que estarei ao seu lado. Você é minha única irmã agora. Meu sangue. Minha família. Somos eu e você contra este mundo, peste. Sempre em inferioridade numérica. Nunca derrotados.*'

"Gabriel deu um sorriso triste, os olhos brilhando enquanto sussurrava:

"'Sempre Leões.'

"'Sempre Leões', assenti. 'Deus, eu *adorava* você. Como podia não adorar? Mamãe o enchia com tanto fogo que você preenchia a sala, e eu me sentia mais quente só de me sentar perto de você. E então você foi embora. Partiu para sua grande aventura. Deixando-me na lama de Lorson.'

"'O que eu podia fazer, Celene?', perguntou ele. 'O que eu deveria ter feito?'

"'Você podia ter respondido às minhas cartas? Tirado apenas um momento para fingir que se importava? Mas não, você estava ocupado, eu entendo. Exceto que teve tempo para escrever à mamãe e perguntar sobre o seu pai. Você tinha tempo para coisas que importavam para *você*.'

"Ele, então, baixou a cabeça. Nós demos um suspiro, olhando para aquele fogo odioso.

"'Você se lembra do que papai costumava me chamar quando eu era menina?'

"'Pequena montanha.'

"'*Aço enferruja. Gelo derrete. Mas pedra resiste. E é isso o que fazemos*, ele me dizia. *Nós suportamos o insuportável.* Uma coisa e tanto de se dizer para uma criança. Bem menos inspirador do que *Um dia como leão vale dez mil como cordeiro.* Mas mesmo assim, eu dava atenção a ele. Não reclamava de minha sorte, nem lamentava meu destino. Não, resolvi ter uma vida de aventura, como meu irmão mais velho que eu tanto adorava.'

"'Mas conforme fui ficando mais velha, mamãe insistiu para que eu deixasse de lado as inclinações infantis. Até papai sugeriu que eu logo teria de deixar de lado a menina que era. *Cresça, Celene*, era o refrão constante à nossa mesa de jantar. *Pelo amor de Deus, cresça.* Eu sabia o que tinham em mente para mim. Uma casa pequena. Uma pequena *famille*. Uma vida pequena. Você se lembra de Philippe?'

"Gabriel assentiu enquanto pegava o cachimbo.

"'O filho do pedreiro.'

"'Nós costumávamos colher cogumelos juntos – ninguém ia sozinho depois do que aconteceu com Amélie. Um dia, ele gravou nossos nomes numa árvore que estava morrendo e os circundou com um coração. Eu o chamei de tolo. E então ele me beijou. Philippe não era a chama mais brilhante da fogueira, abençoado seja. Mas era uma bela distração, e caminhávamos sempre pela mata depois daquilo, voltando com menos cogumelos do que poderíamos ter colhido, seus lábios machucados e folhas presas em meu cabelo.'

"Meu irmão acendeu o cachimbo, a fumaça vermelha beijando o ar enquanto eu continuava a falar:

"'León era o meu plano – uma corrida direto para a costa. Se eu não fosse bem recebida na casa de nosso avô, pensava em pegar um barco para Dún Maergenn ou Asheve. Aquelas cidades distantes com as quais eu sonhava quando menina. A aventura que eu sabia estar me esperando na borda do céu.

"'Sabia que Philippe iria comigo se eu pedisse. Mas a verdade era que eu não queria isso. Você tinha voado do ninho, e eu ia fazer o mesmo – trocando de pele e voando tão longe quanto pudesse, para a escuridão e na direção de sabe-se lá que final, exceto que seria mais do que *aquilo*.'

"Baixei a cabeça. Gabriel me observava, em silêncio e imóvel.

"'Naquele dia, eu estava nos braços de Philippe e pude sentir seu coração batendo mais rápido que o normal. Nós estávamos embaixo de nossa árvore, o inverno profundo chegava, e eu decidira deixar Lorson antes que ficasse frio demais para viajar. Sabia que sentiria falta dele quando partisse, mas ia partir mesmo assim. Estava com os braços abertos para abraçar meu futuro quando Philippe murmurou:

"'*Celene, eu preciso lhe perguntar uma coisa...*

"'E então remexeu na calça, onde pegou uma faixa de pano, bordada com flores. Um laço de compromisso, percebi. Para ser usado no pulso até ser substituído pelo anel. E então avistei aquilo, como eu *sempre* tinha visto, correndo em minha direção desde o pequeno horizonte de Lorson.

"'Cresça, Celene. Pelo amor de Deus, *cresça*.

"'Ele começou a fazer o pedido, mas implorei para que parasse. Ele era um bom garoto, Philippe. Teria dado um bom marido, mas tudo aquilo – a casa, a *famille*, a vida – me parecia uma espécie de inferno na época. Em retrospecto, eu me pergunto se teria preferido isso ao inferno que me esperava.

"'O inferno que observava.

"'*Bonsoir, docinhos*, sussurrou ela.

"'Nós dois nos assustamos com a voz, e nos sentamos apavorados. E então a vi no escuro, olhando para mim, minha pele se arrepiando com seu frio. Ela parecia uma mulher com uma capa vermelha comprida e uma cabeleira vermelha caindo pelo corpo. Mas quando saiu das sombras para a luz, por baixo das sombras de seu capuz, eu vi olhos, escuros e perigosos como oceanos.'

"'Laure Voss', murmurou Gabriel.

"'Philippe lhe perguntou se estava perdida, mas ela me encarou. Eu então fiquei de pé, levei a mão à faca que meu pai tinha me dado em meu dia de santos e perguntei quem ela era.

"'*Apenas uma viajante cansada, coisinha doce. Recém-chegada de Coste, procurando amigos queridos em Lorson. Você conhece a família De León?*

"'Eu abri a boca para responder, e então senti em minha cabeça, como um sussurro, como um beijo; aquela mulher vasculhando meus pensamentos, meus segredos, as imagens de minha mãe e do garoto que ela tanto amara, o garoto que não tinha respondido nenhuma das minhas cartas, mas prometera estar ao meu lado se algum dia eu chamasse, se *algum dia* eu me encontrasse sozinha na escuridão...

"'Gritei para Philippe fugir. Mas ela estava em nossa mente; grilhões de sua vontade, e embora eu não quisesse mais nada além de sair voando daquele lugar, ela ordenou que ajoelhássemos, e nós obedecemos, ajoelhando sobre folhas mortas e neve fresca. E, então, ela nos mostrou seu rosto.

"'Ah, ela era uma *beleza*. Cabelo de fogo e lábios manchados em cor de vinho. Mas seus olhos eram escuros e duros como pedra, e sua pele estava marcada – rachada e acinzentada de quando você a queimara, como couro que ficou por tempo demais no sol. Sua mão se estendeu e segurou meu queixo, e então tremi. Porque soube que não eram manchas de vinho em seus lábios.

"'*A irmã dele. Ah, isso é poesia, com toda a certeza.*

"'Philippe ordenou que ela me soltasse, e os olhos dela caíram sobre o laço de compromisso que ele tinha me oferecido. Ela o pegou na neve, e ele gritou que aquilo não lhe pertencia.

"'*Para quem, então, eu devo dar isso? Para a leoa ao teu lado? Tu não sabes que ela planeja escapar desta lama fedorenta onde nasceu e das mãos tolas do pirralho do pedreiro que achou que podia domá-la? Celene Castia não te ama, Philippe Ramos.*

"'Eu gritei para que parasse, mas ela apenas olhou para Philippe e sorriu.

"'*Olha nos olhos dela e vê, garoto. Olha para a verdade que ela te negou. Que teu último sentimento sob esse sol desditoso seja de teu coração partido...*

"'Eu implorei para que não escutasse. Não olhasse. Mas ele fez isso. Com lágrimas nos olhos enquanto sussurrava meu nome. E ela esmagou o pescoço dele. Apenas fechou a mão e *apertou*. O sangue dele jorrou sobre mim, e eu gritei, *gritei* por ele. E ela abaixou-se à minha frente, passando o sangue dele nos meus lábios enquanto me silenciava com um dedo.

"'*Ah, anjo. Nada de lágrimas agora, amor, mas alegria. Liberdade é teu desejo, não? Deixar a cela sufocante de ruas lamacentas e procurar noites brilhantes em lugares distantes?*'

"'*Por favor...* implorei a ela, apertando a mão em torno de minha faca. *Por favor...*

"'*Beija-me, então. Beija-me e eu te concedo todos os teus desejos.*'

"'E meu estômago embrulhou-se quando ela apertou os lábios frios sobre os meus. Mas eu era uma filha dos De León e dos Castia. Pequena montanha. Leoa de pedra. E quando nossos lábios se afastaram, enfiei minha faca em seu pescoço. Todo o meu medo, todo o meu ódio estava por trás daquele golpe, mas a lâmina que meu pai fizera para mim apenas se estilhaçou sobre a pele dela. E quando a mão dela se fechou em torno de meu pescoço, eu gritei de novo. Não por meu pai. Nem por meu Deus. Gritei pelo garoto que tinha prometido me salvar.

"'Eu gritei por *você*, Gabriel.

"'Ela arrancou minha garganta. Como uma folha de diário indesejada. Senti o osso se rasgar como papel, ouvi o som de tecido rasgando, entendi que era minha pele. E a Aparição então cravou-se em mim para se banquetear, e tudo teria sido dor e medo, não fosse pelo Beijo; aquele êxtase gélido tomando conta quando suas presas atingiram seu alvo. Horror e euforia. Terror e felicidade.'

"Olhei por cima das chamas para o cachimbo na mão de meu irmão.

"'Terrível, não é? Amar a coisa que a está destruindo? Mas ela pelo menos estava com fome, Gabriel. Laure naquele dia levou seu apetite para Lorson. Então, no fim, foi bem rápido.'

"Meu irmão me encarava sob a luz do fogo, tragando seu cachimbo com mãos trêmulas. Eu podia ver o brilho de lágrimas em seus olhos, a voz embargada e rouca quando ele sussurrou:

"'Sinto muito. Sinto muito que isso tenha acontecido com você. Eu não sabia, Celene. Eu não entendia como eles eram. Nem até onde iriam por vingança.'

"'Mas agora você sabe.'

"Ele assentiu, olhando para o anel de compromisso em seu dedo.

"'Agora eu sei.'

"Ele respirou fumaça vermelha e passou uma das mãos pelo rosto. Podia ver que estava cansado e ferido, o coração rasgado ao meio por tudo aquilo; Baptiste e Aaron, Dior e eu. Mas como uma criança olhando para um eclipse que a está cegando, ele não conseguia desviar os olhos.

"'Mas como você encontrou os Esani? Como você se tornou...'

"'Isto?'

"Ele assentiu, engolindo em seco.

"'Isso.'

"'O pecado do qual falei.' Dei um suspiro, olhando fixamente para aquelas chamas e para anos distantes no passado. 'Aquele pelo qual achei que Deus estava me castigando. Meu acordo com um demônio.'

"'Eu não entendo. Que demônio, Celene?'

"'O primeiro vampiro que conheci.'

"Gabriel franziu o cenho.

"'Amélie? Ela...'

"'Não, não nossa irmã, Gabriel', disse eu com um suspiro. 'Eu tinha 11 anos de idade quando a coitada da Ami foi assassinada. Mas tinha 10 quando o conheci.'

"A expressão de meu irmão fechou-se, a suspeita adentrando sobre pés escorregadios. E embora achasse que ele já soubesse da resposta, ele mesmo assim perguntou, ainda olhando para aquele eclipse:

"'Conheceu quem, Celene?'

"'Seu pai, é claro.'"

✦ VIII ✦
TERRIVELMENTE PERTO DE LUGARES PERIGOSOS

– DIOR LACHANCE ERA muitas coisas na vida, pecador. Ladra. Mentirosa. Messias. E teve muitas faces no tempo em que convivemos com ela, criança de rua desesperada, salvadora dos jovens e a Mão Vermelha do próprio Deus. Mas, além de tudo isso, é preciso dizer que ela sempre se preocupou muito com o que vestia.

"Não estava acostumada a usar os trajes de uma *mademoiselle*, depois de passar a maior parte de sua vida escondida como um *monsieur*. Entretanto, após notar o jeito com que os olhos de lady Á Maergenn a seguiram quando Reyne achou que ela não estava olhando, desconfiamos que o Graal estava começando a gostar do vestido que Lilidh lhe dera, apesar dos receios iniciais.

"Mas, como discutido anteriormente, espartilhos ajudam pouco quando se trata de furtar a bolsa de algum pobre tolo. E camadas adicionais de roupa de baixo não ajudam quando se está envolvido em questões delituosas. Por isso ela abandonara o vestido em seu *boudoir*. Trajava agora o tecido rústico das criadas enquanto seguia pela passagem secreta atrás de sua estante, descia por uma escada estreita, passava por uma entrada de criados e saía no pátio banhado pela tempestade.

"O ataque iminente tinha deixado tudo confuso, e o pátio de Dún Maergenn era um cenário de caos. Queimados eram mandados para os muros externos em bandos, mensageiros e criados corriam de um lado para outro, intendentes gritavam por ordem. Aparentemente, tinham-se espalhado notícias entre os prisioneiros em Velhatunn de que um ataque estava prestes a ocorrer, e centenas de prisioneiros mortais sem sorte agora estavam na guarita do portão do dún, pressionando para que lhes deixassem entrar. Brigas surgiam entre os soldados – as rixas de mestres-vampiros derramando-se sobre seus queimados. E, para terminar, a tempestade estava mais forte, a neve tão densa que era quase cegante.

"Em meio a tudo isso, o Santo Graal de San Michon passava despercebido, trajando roupas simples de criada. Embora tudo estivesse tumultuado ao seu redor, ela era uma garota criada nas sombras, roubando para comer e mentindo para viver. Por baixo dos gritos e dos trovões, Dior passou pelos alojamentos e pela destilaria, enfim chegando à ferraria, onde se escondeu no escuro aquecido pela forja nos fundos da construção. Tudo estava movimentado em seu interior, Baptiste e os outros dedos pretos ocupados com a bigorna e o fogo, fazendo trabalho de última hora antes do ataque. Nós conseguimos ver uma serra pendurada na parede com outras ferramentas, afiada e denteada. Mas mesmo uma garota nascida nas sombras não é *feita* delas, e não havia como pegar a serra sem ser descoberta.

"Ela recuou, sugando o lábio, nos afastando outra vez quando tentamos pousar em sua pele. Não sabíamos o que ela vira naquela câmara secreta embaixo da tumba da Virgem-mãe, só que parecia *furiosa* conosco, olhos de um azul pálido brilhando quando nos espantou. E, olhando ao redor dela, para o tumulto e a correria, ela viu o jovem Joaquin Marenn perto dos estábulos, de joelhos e abraçando sua cachorra, Elaina.

"'Adeus, menina', murmurou ele. 'Você agora precisa cuidar de si mesma. Temo que eu esteja...'

"'Você não precisa dizer adeus a ela ainda, *monsieur*.'

"O rapaz levou um grande susto quando Dior sussurrou, agachada nas sombras das laterais do estábulo. Com um suspiro de alívio ao vê-la, Joaquin respirou fundo para se aprumar. Elaina farejou Dior, agitando o rabo enquanto babava no rosto dela. Seu mestre pegou sua garrafinha de bolso da bota e deu um grande gole.

"Olhando para ele com mais atenção, vimos que o jovem Joaquin estava armado para a batalha; uma camisa de malha grande demais vestia mal sobre seus ombros por baixo de um tabardo puído e de uma capa verde, com uma espada no cinto. O garoto destacava-se em meio à soldadesca como um cavalo de pau em um ataque, e ao botar a rolha novamente em sua garrafinha, suas mãos estavam tremendo.

"'Vão mandar você para as muralhas', disse Dior em voz baixa.

"'Vão mandar *todo mundo* para a maldita muralha', retrucou ele com rispidez. 'Eu nunca usei uma espada na *vida*, e há um exército das Terras Altas aí fora, gritando por sangue.'

"Dior apertou a mão dele.

"'Não tema. Eles são meus amigos.'

"'Seus *amigos*?', sibilou ele, olhando ao redor para se assegurar de que ninguém os havia ouvido. 'Toda pessoa capaz está sendo enviada para as muralhas de Novatunn. E quando chegar o amanhecer, seus malditos *amigos* vão cair bem sobre nós!'

"'Calma.' Dior se agachou mais, a voz um sussurro.

"'Vamos atacar Nikita e Lilidh *hoje*. Corte a cabeça, e a serpente morre.'

"Joaquin engoliu em seco, com o rosto pálido.

"'Isla está...'

"'Ela está bem. Está conosco.' Dior sorriu. 'Eu prometi a ela e vou lhe prometer a mesma coisa: vocês dois vão ter o seu para sempre mesmo que isso me mate. Mas preciso de uma serra de metal, e a ferraria está cheia delas. Você acha que consegue distraí-los? Meio momento é tudo de que preciso.'

"O garoto estava com a respiração acelerada, nitidamente ainda com medo da ideia do ataque no dia seguinte e do que poderia acontecer com sua amada naquela noite. Mas aprumou-se e encarou o Graal, e, nos olhos dele, nós vimos de novo. Aquele fogo ardente da crença absoluta.'

"'*Oui*, posso fazer isso para você, mlle. Dior.'

"O Graal apertou-lhe a mão, e ele tornou a abrir sua garrafinha de bolso e tomou outro gole para lhe dar coragem. Parecendo precisar da mesma coisa,

Dior pegou a garrafinha e virou o resto de um só gole. Com uma careta, ela passou as costas da mão sobre os lábios.

"'Pelos Sete Mártires, o gosto dessa merda é pior que o cheiro.'

"'Isso nos mantém aquecidos.' Joaquin deu um sorriso torto e sem graça para ela. 'Pelo menos, até a matança começar.'

"Ela olhou para o pátio, aqueles homens e mulheres preparados para morrer ao amanhecer. A maioria estava aterrorizada, pouco mais da metade eram soldados de verdade, o restante era composto de pessoas recrutadas à força como o pobre Joaquin. Estavam de pé em pequenos grupos, ou olhando fixamente para aquele horrendo poço de ossos, ou marchando severos e silenciosos na direção dos muros de Novatunn. Dior passou o polegar pela garrafinha em sua mão, as iniciais de Joaquin e de sua amada Isla gravadas no metal. Ela olhou na direção da destilaria depois da forja, com a silhueta de Baptiste gravada contra a luz.

"'Celene, vá ficar de vigia para mim na ferraria', ordenou ela.

"Nossas asas bateram quando ouvimos isso, inseguras. Nós estávamos pousadas nos estábulos acima de sua cabeça, um ponto vermelho na neve cinza. Tentamos entrar em seu pensamento para ver qual era seu jogo, mas como sempre, eram um quarto trancado. Ela então olhou para nós, o reflexo do que quer que tivesse visto naquela câmara abaixo da tumba da Virgem-mãe gravado sobre seus olhos quando ela disse com rispidez:

"'*Agora*, Celene.'

"Nós obedecemos com relutância, voando pelo pátio, sopradas por ventos uivantes. Atravessamos o ar cheio de neve até a luz da forja e pousamos sobre a parede da ferraria, nossas asas tremendo no calor daquelas chamas. Nós contamos quatorze homens no total, dedos pretos e criados, martelando, erguendo e segurando. Mas ao nos voltarmos para Dior, vimos que ela já tinha saído de seu esconderijo e ido para trás da fundição. Ouvimos um tumulto; Elaina latindo, uma pancada metálica dentro da forja. E rápida como o vento, Dior entrou, em meio ao murmúrio de vozes, e Joaquim estava se desculpando enquanto o Graal tornava a sair pelos fundos com um volume chamativo embaixo de suas saias. Pousamos em seu ombro, e ela parecia contente em nos deixar ali por enquanto, seguindo junto das paredes na direção do dún, passando por aquele poço horrendo de ossos congelados, de volta pela entrada dos criados.

"Ela estava subindo às escondidas a escada secreta quando Reyne percebeu sua chegada do outro lado. O olhar da mais velha tinha um traço daquela sombra debaixo da tumba, mas os olhos de Dior brilhavam de empolgação quando sussurrou:

"'Eu estou com a serra. Nós precisamos…'

"'Precisamos levar você lá para cima, agora', sibilou Reyne.

"Dior piscou e abaixou a voz ainda mais:

"'Por quê?'

"Reyne falou enquanto andava, arrastando Dior na direção dos quartos:

"'Nikita vai fazer um discurso no Salão da Fartura antes do amanhecer. Todos os seus *capitaine* e lordes estarão reunidos. Ele exigiu sua presença, vestida de forma adequada.'

"'Para quê?'

"Reyne chegou ao alto da escada, arrastando Dior pela passagem estreita.

"'Há boatos de motim em meio à corte. Ele quer detê-la como prova de que os Voss virão em sua ajuda. Para aumentar a coragem de seus senhores de sangue antes que o povo das Terras Altas ataque.'

"'Dior olhou para suas roupas sujas de criada.

"'Merda, eu não estou…'

"'Eu vou ajudá-la, não tema. Mas precisamos correr.'

"A estante rangeu e se abriu, e a dupla voltou para o *boudoir* de Dior, fechando as portas secretas às suas costas. Dior tirou a serra de ferro de baixo de suas saias e a jogou em cima da cama.

"'Não sei se ela vai cortar prata, mas parecia ser a mais afiada que eles tinham.'

"Reyne assentiu e escondeu a ferramenta embaixo das cobertas.

"'Vou levá-la para Gilly e Morgana depois que terminarmos. Venha, vamos ser rápidas.'

"Dior tirou os sapatos, as meias, e eu vi que ela estava sangrando outra vez; o corte no arco de seu pé tinha tornado a se abrir. Enquanto tirava seu vestido de tecido rústico e o jogava de lado, ela ficou quase nua – vestida apenas com uma combinação de seda, pálida, magra e trêmula.

"'Isso não parece certo.'

"'Nada que eu não tenha visto antes', provocou Reyne, vestindo uma túnica pela cabeça dela.

"Dior olhou para a jovem e escarneceu, mas seu sorriso morreu rapidamente.

"'Não é isso o que eu quero dizer. Quero dizer pedir a Gilly e a Morgana para se meterem em perigo.'

"'Você não vai precisar pedir. Elas vão se oferecer.' Reyne a encarou. 'É isso o que são amor e lealdade, e as duas sentem isso por você, agora, não duvide disso.'

"'Elas nem me *conhecem*. Como podem…'

"'Elas sabem que você arrisca tudo em nome de pessoas que nunca conheceu. Sabem que libertou a elas e aos rapazes que elas amam do serviço a uma dupla dos males mais perversos que este mundo já conheceu. E sabem que você derramaria sua última gota de sangue para isso se necessário.'

"Reyne se ajoelhou e amarrou o pé que sangrava de Dior com uma nova tira de pano.

"'Elas conhecem você tão bem quanto eu, Dior Lachance. Sabem que é corajosa como mártires, brilhante como os céus e feroz como lobos. Que você é alguém por quem vale a pena lutar.'

"O Graal franziu o cenho e ergueu a mão para puxar seu cabelo acinzentado sobre o rosto. Mas suas bochechas estavam coradas com o elogio da princesa, o coração se acelerando com o sorriso da mais velha, seu toque delicado quando Reyne calçou um novo par de meias de seda sobre suas pernas nuas. Mais uma vez, as mãos da princesa estavam passando terrivelmente perto de lugares perigosos, e talvez para tirar a cabeça de como aquelas pontas de dedos estavam se movendo, Dior falou:

"'Por que você não tem sotaque?'

"Reyne piscou diante da estranha pergunta, amarrando uma fita de seda em torno da coxa de Dior.

"'Eu *tenho* sotaque.'

"'Não ossiano. Gilly e Morgan têm sotaques pesados o suficiente para ancorar um navio na baía. Mas você fala... diferente.'

"Reyne respirou fundo e terminou de amarrar a meia de Dior. Seus dedos passaram pela parte interna da coxa, e o coração da garota trovejou como um cavalo de batalha a galope. Mas Reyne levantou-se, pediu que Dior levantasse os braços e ergueu o vestido de veludo pálido sobre a cabeça do Graal. A dupla lutou com o vestido por um instante, xingando, e enfim o encaixou no lugar. Afastando o cabelo do rosto, Dior viu que a princesa agora estava olhando fixamente para ela; seus distintos olhos pesados.

"'Você perguntou por que eu não estava em nenhum dos retratos no castelo.'

"'Eu nunca perguntei por quê', respondeu Dior. 'O motivo não é da minha conta.'

"'Minha mãe... ou seja, a...'

"Reyne ficou em silêncio, com a testa lisa agora franzida. Dior estendeu a mão na direção dela, as pontas dos dedos inseguros pairando perto da pele da outra.

"'Você não precisa me contar, Reyne. Está tudo bem.'

"Mas a princesa sacudiu a cabeça, resoluta.

"'Eu contei a você que o marido de minha mãe morreu durante as Guerras dos Clãs. Ela, então, governava das Ilhas Lascadas até o Trono das Luas. Tudo pelo que lutara havia acontecido. Mas... ela estava solitária com a morte do marido.'

"Reyne afastou uma mecha de cabelo perdida do rosto e deu um suspiro.

"'Ela encontrou um homem em suas campanhas. Um andarilho. Um guerreiro do Norte que conhecia poesia e filosofia, que seduziu uma viúva cansada de batalhas com suas histórias e sorriso. Acho que ela o amou... mas apenas brevemente. E então ele partiu.'

"'Ele era seu pai', murmurou Dior.

"'Eu não sei nem o nome dele.' Reyne deu um suspiro. 'Mas sei que partiu o coração de minha mãe quando foi embora. E acho que sempre via aquele homem que a havia feito de boba quando olhava para mim. Acho que eu a deixava com vergonha. Então ela me mandou para longe. Fui criada em Elidaen por primos em segundo grau.'

"'Aquele merda,' sussurrou Dior. 'Não foi sua culpa seu pai ser um cão.'

"'Não.' Reyne deu um suspiro. 'Agora feche os olhos e vire de costas. Eu vou tentar ser delicada.'

"'Você o quê?'

"A princesa ergueu o temível espartilho entre elas. E com um gemido de compreensão, o Graal obedeceu, prendendo a respiração enquanto Reyne começava a amarrar.

"'Minha mãe pelo menos não poupou despesas em minha educação', disse ela, prendendo os cordões. 'Uma questão de princípios, acho. Eu fui treinada na arte da espada pelos Chante-Lames de Montfort. Fui educada pelas sagradas irmãs de Evangeline na Académie Grande em Augustin.'

"'Algumas pessoas têm sorte', disse Dior com uma careta, suas entranhas se ajustando enquanto Reyne apertava sua prisão de barbatana de baleia. 'Minha mãe nem se dava ao trabalho de me *alimentar* na maior parte dos dias perto do fim.'

"'Eu me pergunto o que é pior', disse Reyne com um sorriso frio e melancólico. 'A mãe que não se importa ou a que apenas finge se importar.'

"'Aposto que uma pessoa se veste e come melhor com a segunda, alteza.'

"Reyne riu ao ouvir isso.'

"'*Touché.*'

"Dior estava sentada diante do espelho, fechando os olhos enquanto a garota mais velha começava a empoar seu rosto.

"'O que, então, fez você voltar para Ossway?'

"'Voltei quando a guerra contra os Dyvok piorou. Esta era minha terra natal, e eu queria ajudar. Mas ninguém, nem minha mãe, nem sua corte nem minhas irmãs, me recebeu bem. Elas me tratavam como a bastarda. A meio-sangue. Eu ficava em silêncio nos conselhos de guerra, passava por aqueles retratos todos os dias, sem nenhuma imagem minha em lugar nenhum, e soube o que todos pensavam de mim. Quando o Coração Sombrio atacou a cidade, Una foi declarada comandante das legiões de minha mãe. Cait era capitã em sua frota. Eu fui encarregada de guardar a droga dos depósitos de comida', disse Reyne com um desprezo amargo e profundo. 'Treze anos estudando com as Cantoras da Espada de Montfort para *isso*. Os soldados que me seguiam só faziam isso porque tinham ordens. Nós nunca nem chegamos a lutar.'

"Os olhos de Dior estavam fechados enquanto Reyne os delineava com *kohl*, mas ela ouviu a jovem suspirar.

"'Eu nasci filha da maior guerreira que este país já conheceu. E ninguém em toda a minha vida esperou um a gota de grandeza de minha parte. Nem ela.'

"'Então ela era uma idiota.'

"Dior abriu os olhos bordejados de preto e viu Reyne olhando para ela com expressão fechada.

"'Não fale assim de minha mãe', disse a princesa com rispidez. 'Niamh á Maergenn uniu nove clãs que sempre estavam em guerra para se sentar em seu trono. Ela conquistou toda Ossway quando tinha...'

"'Vinte e cinco anos, eu sei, eu *sei*.' Dior revirou os olhos. 'Ela forjou uma espada com as espadas de seus inimigos, disparava tiros pela bunda e tinha peitos perfeitos e nenhuma estria depois de ter cinco filhotes, tenho certeza disso. Isso não significa que não era uma idiota.'

"'Como *ousa*!', retrucou Reyne com rispidez, afastando-se. 'Quem é você para falar assim? Uma garota comum...'

"'Eu sei o que é crescer com uma mãe que não se importa. Sei que uma mulher que tem uma estátua de si mesma erguida em seu maldito *foyer* deveria ter alguns demônios, e crescer à sombra daquela estátua provavelmente também a deixou com alguns.'

"Dior ficou de pé, os olhos na princesa.

"'Mas você mesmo me contou isso, alteza. Nós não somos onde nascemos nem de quem nascemos. Isso é *duplamente* verdade para você. As pessoas que a seguem esta noite não fazem isso porque você nasceu filha de Niamh. Fazem isso porque o fogo em você aquece todos a sua volta. Por que nada parece tão impossível quando você está por perto.'

"Dior deu um beijo delicado no rosto da princesa.

"'Você não está à sombra da Novespadas, Reyne á Maergenn. Você queima brilhante *demais* para isso.' O Graal respirou fundo e deu um suspiro. 'Agora é melhor eu ir...'

"Dior ficou em silêncio quando Reyne tocou seu rosto, passando as pontas macias dos dedos sobre sua pele empoada. A mão da princesa estava trêmula, seus olhos arregalados e escuros como os céus acima. E respirando fundo uma vez, com pontos rosa em suas bochechas sardentas, aproximou-se devagar como se estivesse entorpecida e pressionou os lábios sobre os de Dior. O toque foi hesitante, delicado; um beijo e uma pergunta ao mesmo tempo. E se afastando por um momento interminável para examinar seus olhos, Dior retribuiu, apertando os lábios sobre os de Reyne. Elas, então, se derreteram contra si mesmas, todas chamas brilhantes e suspiros delicados. Reyne envolveu a cintura de Dior em seu abraço, e Dior jogou os braços em torno do pescoço da jovem mais alta. E ali, na penumbra, elas se beijaram, como se naquele momento todo o mundo deixasse de importar – não o frio crescente nem a tempestade vindoura, não a batalha que se aproximava nem o chamado do fim, mas apenas aquelas duas, pele contra pele, ambas trêmulas.

"Durou apenas alguns batimentos cardíacos, aquele beijo, mas pareceu prometer muito mais, se tivessem a chance. E quando elas se afastaram, Dior foi atrás de sua presa enquanto ela recuava, cobrindo o rosto e os lábios da princesa com um punhado de beijinhos, cada um parecendo um juramento de voltar; não um adeus, mas um até logo, não um fim, mas um começo.

"'Primeira vez?', perguntou Dior em voz baixa, os lábios tocando os de Reyne.

"A princesa estremeceu.

"'Espero que não seja a última.'

"'Isso é algo pelo que rezar.' Dior tornou a beijá-la, rápida e ardente. 'Agora arrume meu cabelo, alteza, antes que eles arranquem a droga da minha bela cabeça.'

"Aquela única palavra – aquele *eles* – matou todo o calor que restava no momento, convidando o frio amargo e desolado a entrar no quarto. Trabalhando depressa, Reyne arrumou a torre de cachos empoados no alto da cabeça de Dior, aplicando um brilho fino de batom vermelho àqueles lábios inchados, um toque de tinta mais escura na marca de beleza no rosto de Dior. Mas quando o Graal ficou de pé, os dedos delas se tocaram, apenas um breve toque, apenas um átimo, e nesse diminuto fragmento de tempo roubado, todo o calor voltou, um fogo agora queimando entre elas, a promessa de algo mais quente ainda depois do amanhecer, e uma razão a mais para viver para vê-lo.

"Com os dedos afastados, mas não mais separadas, as jovens desceram para o banquete."

✦ IX ✦

FAMILLE É PARA SEMPRE

– "MEU PAI."

"Gabriel nos encarava do outro lado das chamas crepitantes, fumaça vermelha saindo por suas narinas como se estivesse prestes a respirar fogo. Isso era difícil para mim, prestar atenção a dois lugares, a duas conversas ao mesmo tempo. A maior parte de minha mente estava na tenda com meu irmão, mas havia um fragmento com Dior, observando enquanto ela seguia a princesa Reyne na direção do Salão da Fartura.

"'Seu pai', respondemos.

"'Você o conheceu.'

"'Nós nos *encontramos*. Eu não sei se alguém poderia dizer que realmente o conheceu.'

"Meu irmão sacudiu a cabeça, incrédulo.

"'Por que *caralhos* você não me contou?'

"'Eu era uma criança, Gabriel. E estava *assustada*.'

"'E depois?', perguntou ele. 'Todo o tempo que passamos juntos na estrada?'

"Fixei nossos olhos mortos sobre ele, o ódio que brilhava neles minha única resposta.

"'Vinte e um. *Vinte e um anos*, e você sempre soube.' Ele me olhou com raiva, o cinza-tempestade ficando quase preto. 'Conte-me agora. Quem era ele? Como você o conheceu?'

"Nós unimos as pontas dos dedos e as pressionamos em nosso queixo. Anos e sombras tão vastos e profundos que sentia medo de voltar a eles. Os sussurros daquelas almas que eu carregava estavam batendo perto de minha superfície, agitando-se na contracorrente de meus pensamentos. Em algumas noites, eles ficavam tão altos que eram tudo o que eu conseguia ouvir – nunca tanto como quando olhava para os anos passados. Eu podia entender por que mestre Jènoah tirara a própria vida – eu não podia perdoar sua fraqueza, historiador, mas podia *entendê-la*. Como deve ter sido para aqueles fiéis que viveram por *séculos* com esse peso? Como uma pessoa podia não se afogar na torrente dessas memórias, daquelas vidas e pensamentos que não eram seus?

"Que preço nos pagamos para sermos fiéis...

"'Você ficou muito doente', dissemos a meu irmão. 'Quando tinha 12 anos, você se lembra?'

"'O fluxo?' Gabriel franziu o cenho, sacudindo a cabeça. 'Eu me lembro um pouco...'

"'Você ficou delirante a maior parte do tempo. Ele o pegou com tanta força e tão rápido que o *père* Louis deu a você os últimos sacramentos. As anciãs não conseguiam encontrar uma cura. Mamãe não conseguia dormir, ficava sentada ao seu lado – seu único filho, seu predileto – sussurrando orações desesperadas e vendo você desvanecer a cada dia que se passava. Até que ela não conseguiu mais ver.

"'Você desprezou meu pai pelo jeito como ele o tratava, Gabriel, mas por mais que vocês brigassem, ele ainda correu mais de cem quilômetros até Brinnleaf para buscar o boticário. Ele era verdadeiramente um Castia. Amélie foi com ele, mas me recusei a deixar seu lado e, em vez disso, fiquei sentada com mamãe, rezando e o vendo enfraquecer. Nós nunca fomos próximas, ela e eu. Éramos muito parecidas, talvez. Mas nunca mais próximas que em nosso amor por você.'

"Baixei a cabeça, olhando para a pele rachada em nossas mãos.

"Acordei na sexta noite de sua doença. Respirei fundo e percebi que tudo estava em silêncio, e por um momento horrível, temi que as preces de mamãe tivessem cessado porque *você* também tinha cessado. Mas olhando do alto, vi que ela não estava sentada com você, mas parada junto da lareira. Na palma de sua mão, vi um brilho à luz do fogo – um rubi, pensei, grande como um polegar. Mas enquanto observava, ela jogou a joia nas chamas, e ouvi um fervilhar, senti um cheiro que não entendia na época, mas viria a conhecer tão bem quanto meu próprio nome.'

"'Sangue', sussurrou Gabriel.

"No dia seguinte, ela fez a mesma coisa. Achei que tinha sonhado com aquela estranheza. Mas três noites depois, nas profundezas da hora das bruxas, ouvi um arranhar em nossa porta da frente.

"Mamãe olhou para mim, mas mantive os olhos fechados, observando através dos cílios quando se levantou da cabeceira de sua cama. E pegando um tronco de lenha em chamas do fogo, ela abriu a porta com mãos trêmulas. Um calafrio desceu pela minha espinha quando não vi nenhum homem nem mulher esperando à nossa porta, mas um gato. Olhos vermelhos como sangue. Pelo preto como a meia-noite.

"'Bonsoir*, sua graça*, murmurou mamãe. *Leve-me ao seu mestre.*

"'A porta emitiu um estalido quando ela saiu, e fiquei deitada no escuro sem saber o que estava acontecendo. Não tinha ideia do que pensar daquilo, mas tudo me cheirava a diabrura. Portanto, depois de conferir que você estava bem, e pegando a faca que meu pai me dera em meu dia de santos, saí para a noite. Mamãe era fácil de seguir, caminhando pelas ruas lamacentas de Lorson na direção da floresta à frente. Eu estava muito assustada e com *muito* frio, mas, se houvesse alguma maldade em curso, eu iria até o fim. Eu amava mamãe de meu próprio jeito, mas, na verdade, nunca *gostei* dela, e a noção de que pudesse ser algum tipo de bruxa não me pareceu distante de ser uma possibilidade.'

"Olhei meu irmão nos olhos, sorrindo com nosso rosto arruinado.

"'Deus sabe por que papai a chamava disso quando bebia.'

"Gabriel riu, baixou a cabeça, e eu continuei a história:

"'Mamãe seguiu o gato, e eu a segui para a escuridão. O animal chegou a uma clareira em meio às árvores mortas e sentou-se, limpando as patas. Mamãe esperou, com a tocha acesa erguida, pálida e fria. Encontrei um esconderijo no interior de um carvalho fendido, espiando através de arbustos mortos e me perguntando se eu devia ter saído da cama.

"'E então eu o vi, Gabriel. Não tanto saindo do escuro, mas *entrando* em foco como uma miragem. Como se talvez sempre tivesse estado ali, e só por uma dose de sua vontade eu tive permissão de pôr os olhos sobre ele.

"'Era alto como você. Pele pálida e cabelo escuro comprido, ondulando no vento noturno como rolos da seda mais preta. Os olhos dele eram cinza como os seus, e penetrantes. Deus, eram como *facas* próprias para cortar um coração de seu peito. Eu era apenas uma menina, mas sabia o quanto ele era bonito, e entendi que aquele homem superava essa noção de maneiras pelas quais as pessoas morreriam. Pelas quais matariam.

"'Estava todo vestido de preto, como a própria noite. Um senhor dela. Um *príncipe* dela. Quando se movimentava, *ela* parecia se movimentar também. Ele se ajoelhou para acariciar o gato, que arqueou as costas, adorando-o. E, com olhos em mamãe, ele se levantou e fez uma reverência profunda, como para uma dama de berço nobre na corte. Falava com uma voz tão cálida e profunda que me fez estremecer. E embora ele fosse mais agradável aos olhos que qualquer criatura que eu já tinha visto, aquele príncipe pálido me deixou aterrorizada.

"'*Minha querida*, disse ele, como se falasse com um anjo.

"'*Meu mais querido*, respondeu mamãe, como se doesse dizer a palavra.

"'*Você parece... diferente.*

"'*Você está exatamente o mesmo.*

"'Os dois pareceram entristecidos com isso, e por um momento ele afastou os olhos. Eu cheguei mais perto, em silêncio, segurando a faca na mão. Não sabia quem era aquele homem, mas pelo jeito como ele e mamãe se olhavam, senti algo mais profundo entre ambos; um segredo, escuro como vinho e doce como chocolate.

"'Merci, disse mamãe. *Por vir quando chamei.*

"'*Eu teria chegado antes. Mas a estrada de San Yves está mais traiçoeira que nunca. A morte dos dias deixou tudo desordenado. A promessa de sangue paira pesado no ar, Auriél. Sangue e o Fim de Todas as Coisas.*

"'*Eu não me importo com todas as coisas. Eu me importo com uma.*

"'Ele, então, baixou os olhos. E cortinas pretas caíram em torno do retrato de seu rosto.

"'*Você era apenas uma menina, Auriél. Você me deu uma coisa que pensei estar perdida para sempre, e fui definitivamente transformado por isso. Mas eu nunca devia ter tomado o que você ofereceu. Era errado fazer isso na época. Seria duas vezes mais errado se eu fizesse isso agora.*

"'E ela riu então, cruel e fria. *Seu tolo convencido. Eu não estou falando de você.*

"'O estado de ânimo dele ficou abalado ao ouvir isso; seu orgulho, ferido. Mamãe se aprumou, com os punhos cerrados.

"'*Nosso filho está morrendo.*

"'Essa palavra me atingiu como uma martelada. Senti um aperto no coração. Mas olhando com mais atenção para as linhas de seu maxilar e o cinza de seus olhos, enfim entendi por que papai batia tanto em você quando amava tanto a mim e a Amélie, irmão. Eu soube, do mesmo jeito que sei meu nome...

"'*Você ficou com a criança por sua escolha. Ele é seu filho. Não nosso.*

"'Ela cerrou os dentes e empinou o nariz. *Meu filho, então, está morrendo.*

"'Então mande chamar um padre.

"'Mamãe estendeu um copo de nossa despensa. *Você pode curar as doenças dele. Assim como uma vez curou a minha.*

"'Eu, então, vi o rosto dele se enternecer; alguma lembrança doce entre ambos. Mas a sombra voltou, escurecendo aqueles olhos perigosos. Quando cruzou os braços, vi o gato preto outra vez sentado ali perto, observando mamãe enquanto o príncipe pálido falava com uma voz pesada e fria:

"'*Se for o desejo do Todo-poderoso que ele morra, então ele vai morrer.*

"'*Seu bastardo*, disse minha mãe, furiosa. *Você sabe o que eu perdi por amor àquele garoto? E você, que não perdeu* nada, *me diz que devo esperar docilmente e em silêncio enquanto também o perco? Eu não vou aceitar isso!* Ela ergueu aquela tocha em chamas, com o rosto retorcido de fúria. *Você nos deve! Você* me *deve!*

"'Ele, então, ergueu-se mais alto. Todo seu poder supremo sombrio desvelado. A chama na mão de minha mãe brilhou nos olhos dele, e as sombras ao seu redor aprofundaram-se. Os pássaros nas árvores moribundas sussurraram, as sombras ficaram mais densas em torno dele, e sua voz era ferro e pedra:

"'*Não nos diga o que devemos. Nós demos mais do que você jamais vai saber.*

"'*Se você não vai dá-lo, eu vou tomá-lo, maldito*, rosnou mamãe, e ela avançou, agitando a tocha como se fosse um porrete. Mas rápido como asas de pardal, ele derrubou a chama para o lado e a segurou pelos pulsos. Mamãe podia muito bem estar lutando contra uma estátua, e o cabelo se soltou de sua trança enquanto se debatia e chutava com fúria, aquele príncipe pálido imóvel e inamovível.

"'*Pare*, disse-lhe.

"'Mamãe lutou com ele por mais um instante, com o rosto corado; então cedeu, a raiva se transformando em desespero quando ela caiu de joelhos. Era uma mulher orgulhosa, a mamãe. Não era serva de nenhum homem. Mas, mesmo assim, quando abriu a boca, eu soube que tomaria fôlego apenas para suplicar.

"'*Dê isso para ela*, ordenei.

"'Eles se viraram, os olhos do príncipe brilhando de fúria e os de mamãe de medo. Eu me levantei na borda da clareira, com uma das mãos segurando a faca e, com a outra, a nuca do belo gato preto. Eu não sabia se o príncipe realmente se importava com o animal, mas se ele tinha o segredo de sua salvação, irmão, eu estava disposta a arriscar sua ira. Tamanho era meu amor por você.

"'*Eu não sei que ajuda você pode dar*, falei. *Mas dê...*

"'Eu não o vi se mexer. Tudo o que eu soube foi que em um momento eu estava com aquele gato a minha mercê, e no seguinte estava à mercê dele. Erguida contra uma árvore morta, seu rosto a centímetros do meu, e, daquela distância, pude ver que sua carne era porcelana, seus dentes afiados como os de um lobo. Fiquei *muito* assustada. Mas só quando somos jogados nas chamas do inferno sabemos o brilho com que queimamos. *Pequena Montanha*, me chamava meu pai, e naquela noite eu aprendi que, como ele dizia, eu era feita de *pedra*.

"'Esfaqueei a mão que estava me segurando, mas a carne dele era dura, e a lâmina conseguiu pouco mais que arranhá-lo. Mamãe estava gritando para que me soltasse, mas ele não lhe deu ouvidos, olhando em vez disso para a gota de sangue que estava brotando no corte que eu fizera nele. Então vi fome nele; uma fera tão sem idade e terrível que senti minha bexiga afrouxar. E sussurrei, assustada, ah, meu Deus, *muito* assustada. Mas de algum modo, ainda mais furiosa:

"'*M-me solte, monstro.*

"'E eu vi que aquela palavra o atingiu, da mesma forma que se eu tivesse jogado uma pedra entre aqueles olhos famintos. Pareceu, então, que ele se viu como nós o víamos – não um príncipe que vestia a noite, por quem mulheres mortais matariam, mas um horror de alguma história de beira de fogueira. Um demônio, segurando uma menina aterrorizada e encharcada de xixi enquanto a mãe dela suplicava por sua vida.

"'*Deus Todo-poderoso...* sussurrou ele.

"'Ele me pôs no chão, olhando para suas mãos como se não fossem dele. Mamãe me abraçou apertado, mas meus olhos estavam fixos nele, e meu coração congelou quando vi que ele chorava, só que as lágrimas em seus cílios eram feitas de sangue.

"'*Perdoe-me, mlle. De León.*

"'*Meu nome é Castia*', retruquei com raiva.

"'Ele me olhou fixamente, a voz como a de um menininho perdido: *Tu tens o nome de teu pai. Mas tens o coração de tua mãe. Eu tinha me esquecido da ferocidade dessa canção.*

"'Ele se abaixou e pegou o copo de mamãe, que me abraçou forte, chorando enquanto ele mordia o pulso e enchia o cálice até a borda. Quando ele pôs a taça de volta no chão, aquele menininho perdido que eu tinha visto havia desaparecido.

"'*Não me chames mais, Auriél. Para teu próprio bem. E de teus filhos.*

"'Os olhos cinza-tempestade caíram sobre mim, a fera ainda à espreita em suas profundezas.

"'*Dizem que todos os gatos têm nove vidas, pequena. Leoas também.* Ele inclinou a cabeça. *Cuidado como vais gastar as oito que te restam.*

"'O gato rosnou.

"'As sombras ondularam.

"'E como um sonho ao amanhecer, ele desapareceu.'

"Nós ficamos sentados na tenda ao fim de minha história, Gabriel e eu, a canção da tempestade lá fora sendo o único som entre nós. Ele tragou fundo seu maldito cachimbo, os olhos tomados de vermelho pelo sacramento maldito do Santo de Prata quando enfim ergueram-se para olhar nos meus.

"'Mamãe me alimentou com o sangue dele?'

"Assenti.

"'E, ao amanhecer, você estava inteiro e saudável. Eu sabia que aquilo era coisa do diabo, mas mamãe me mandou não contar a ninguém. Perguntei, então, se você era filho daquela coisa, e pude ver a tristeza em seus olhos quando ela respondeu: *Ele é seu irmão. Isso é tudo o que importa, Celene. O aço enferruja. O gelo derrete. Até a pedra amada de seu pai se torna areia com o tempo. Mas* famille...

"'Ela, então, apertou minha mão, com tanta força que doeu.

"'Famille *é para sempre.*

"Gabriel me encarava do outro lado das chamas. Fumaça saía de seus lábios

"'Você salvou minha vida.'

"Eu então dei de ombros, o rosto rasgado retorcendo-se em meu quase sorriso.

"'Sempre Leões.'

"Ele abaixou a cabeça e esfregou os olhos. E tocando os nossos, descobri que estavam molhados de sangue. Às vezes é uma coisa estranha, pecador, ser irmão. Tanto rancor e amor, ódio e história, as tormentas do presente nunca o bastante para perturbar o reservatório de água do passado. É uma coisa e tanto, crescer desde crianças juntos, de semente a árvore, lado a lado. É um elo forjado em ferro, esse laço, e dá muito trabalho para parti-lo completamente.

"'Por toda a minha vida eu me perguntei quem ele era', disse Gabriel com um sussurro. 'Por que nunca o conheci. Às vezes, imaginava que a única razão para ele nunca ter tido nada comigo era que não sabia que eu existia. Mas ele *sabia*. Só não dava a mínima.'

"Ele, então, assentiu, como se consigo mesmo.

"'Está bem. Posso viver com isso.'

"'Ele se importava, eu acho. Uma parte dele. Mas seu pai tinha muitas partes.'

"Gabriel ergueu os olhos ao ouvir isso.

"'Achei que você tinha dito que não o conhecia.'

"'Eu não conhecia. Não posso imaginar que ninguém conhecesse. Era o portador de inúmeras almas, Gabriel. Acho que nem seu pai sabia onde elas acabavam e ele começava. Seu pai, na maioria das noites, era cruel e frio, mas, em outras, era a chama mais forte na sala, e eu ia dormir entendendo por que mamãe o havia amado, mesmo que só para acordar com ele furioso outra vez. Ele tinha mil faces, mil estados de ânimo, lançando-se em mil direções diferentes. Fé era a única coisa que o mantinha ancorado. Sua crença inabalável nos ensinamentos de Illia, a cruzada dos Esana, a certeza de que um dia o Graal seria encontrado; os portões do reino dos céus, abertos, e ele e todas as almas amaldiçoadas que levava dentro de si, salvos.

"Os olhos de meu irmão se cravaram nos meus, e vimos a compreensão enfim se abatendo sobre aquele cinza-tempestade.

"'Ele contou a mamãe de onde estava chegando naquela noite. *San Yves*. E depois que Laure a matou... você foi à procura dele.'

"'E eu o encontrei. O nome dele era Wulfric, Gabriel.'

"'Meu pai…', sussurrou ele.
"Assenti.
"'Seu pai foi meu professor.'"

✦ X ✦
PARA SEMPRE

— O SOL ESTAVA prestes a nascer, a corte do Coração Sombrio estava reunida, e o coração de Dior batia tão forte que parecia pronto para sair pela boca.

"Os monstros a observaram quando ela passou pelo Salão da Fartura, trajando seda e veludo, branca como as neves antigas, com Reyne em silêncio ao seu lado. Os lordes de Nikita devoravam um último banquete antes da batalha vindoura, o ferro e o cobre de sangue fresco manchavam o ar. Os menestréis tocavam uma melodia animada, e dois queimados estavam lutando para a diversão da corte — prisioneiros famintos despidos até ficarem apenas com uma tanga atacando um ao outro com facas sem gume. Outras pessoas estavam penduradas do teto, gargantas abertas como presentes de dia de santos, e derramavam-se em cálices enchidos pelas criadas abaixo.

"Kiara estava sozinha encostada em uma parede; a Mãe-loba evitada por seus companheiros que antes lhe demonstravam louvores roucos e sangrentos. Nuvens tempestuosas acumularam-se em sua fronte quando ela olhou na direção do pai, mas Nikita a ignorou, toda a atenção voltada para Dior. Kane estava sentado com o Draigann e Alix, os filhos de Lilidh cochichando entre si, saboreando a humilhação da prima. A própria Lilidh estava reclinada em seu trono acima daquilo tudo, usando seu vestido de seda vermelho-sangue, com chifres de bode espiralados em sua testa. Príncipe estava ao lado de sua senhora, os olhos azul-gelo do lobo fixos na princesa e no Graal quando elas se aproximaram.

"De sua parte, Dior nunca tirou os olhos da Sem Coração, os lábios curvando-se em um sorriso tímido ao se aproximar. Ela interpretava o papel da amante apaixonada com todo seu embuste de vigarista, mas pelo martelar de seu pulso sob nossas asas, sabíamos que estava pensando apenas no plano; o golpe mortal que, com sorte, aconteceria naquele mesmo dia. Gillian e Morgana só precisavam serrar as espadas de prata da cripta da Virgem-mãe abaixo, e então, era apenas uma simples questão de esperar pelo momento de atacar. Gabriel tinha fé nela, Phoebe também, e todo um exército ao lado deles. E embriagados de sangue como estavam, aqueles demônios *precisavam* dormir alguma hora.

"Gilly, Morgana e lady Arlynn estavam paradas atrás de Lilidh como sempre, resplandecentes em vestidos de brocado de veludo verde. Declan e Maeron esperavam em meio aos queimados de Nikita, reunidos atrás do trono do Coração Sombrio. Todos a ignoravam com cautela, interpretando seus papéis com perfeição – tropeçar ali era morrer, e todos sabiam disso. Aaron assomava à direita de Nikita, vestido de seda preta e majestade pálida. Quando Dior olhou para ele, captamos um brilho vermelho em seus cílios, como se estivesse à beira das lágrimas. Mas o *capitaine* manteve sua expressão dura como pedra quando Dior e Reyne se aproximaram daqueles tronos e fizeram mesuras.

"'Senhora', murmuraram de cabeça baixa. Em seguida, viraram-se para Nikita. 'Conde Dyvok.'

"Lilidh olhou com raiva para Reyne.

"'Atrasada como sempre, Verme.'

"'Desculpe, senhora', disse Reyne, curvando-se ainda mais. 'Eu humildemente imploro por seu perdão.'

"'Implora o quanto quiseres. Estou pensando em te dar de alimento aos selvagens lá fora.'

"'A culpa foi minha, senhora.' Dior caiu de joelhos, olhando para Lilidh como um poeta para sua musa. 'Eu só queria ficar mais bonita para você. *Só quero* agradá-la.'

"A fúria de Lilidh arrefeceu, embora só um pouco, os olhos escuros percorrendo o vestido de Dior. Um pequeno aplauso irrompeu ao fundo quando um queimado tirou sangue do outro com sua arma, vermelho jorrando sobre pedra preta. A Sem Coração olhou para Reyne, mexendo no braço entalhado de seu trono com uma garra comprida.

"'Concedo-te o perdão', rosnou ela. 'Agradece a teu Deus por termos assuntos mais urgentes esta noite que te fazer em pedaços.'

"'*Merci*, minha senhora.' Reyne engoliu em seco, o pulso batendo mais forte. '*Merci*.'

"A princesa foi para seu lugar nas sombras. Dior ajoelhou-se à direita de Lilidh, olhando para o mar de kiths e para os escravizados que lutavam. Faltava apenas uma hora para o nascer do sol, e até onde os senhores de sangue de Nikita sabiam, o Leão Negro e o povo das Terras Altas chegariam com ele. Apesar do banquete oferecido a eles por seu Priori, nós podíamos ver tensão gravada em todos os rostos, inquietude em todos os olhares. Ou seja, todos, menos nos de Nikita, que retorceu o lábio quando olhou para a irmã.

"'Tu estás muito clemente com a inépcia de teus bichos de estimação, irmã', murmurou ele. 'Tu estás ficando ligada demais, eu acho. O que vais fazer quando fores forçada a abrir mão dela?'

"'Eu vou obedecer a vontade de meu Priori', respondeu a Sem Coração, evitando o olhar do irmão com todo o cuidado. 'E amaldiçoar o mesmo tolo, que deixou o prêmio escapar entre seus dedos.'

"Nikita riu, então, e tomou um gole de seu cálice de sangue.

"'Tu ainda me desafias.'

"'Eu não te desafio', murmurou Lilidh, com voz baixa e a expressão tranquila. 'Apenas digo que podemos sair vencedores neste dia sem entregar nossos tesouros para os Voss.'

"'Teus anos de experiência militar te levaram a essa conclusão?'

"'O bom *senso* me leva a essa conclusão', sibilou ela. 'Pelo menos, controlamos o Golfo dos Lobos. A frota do Draigann espera abaixo.' Ela apontou com a cabeça para seu filho, ainda na companhia de Alix e Kane. 'Se estiveres com tanto medo, irmão, podemos desistir dess…'

"'Com medo?'

"Um murmúrio baixo percorreu a corte quando o Coração Sombrio ficou de pé.

"'*COM MEDO?*'

"Os menestréis calaram-se, os escravizados que lutavam pararam, um silêncio temível se abateu sobre o salão enquanto os ecos do grito de Nikita soavam pelas paredes.

"'Tu me dizes que *eu* tenho medo?', disse ele com rispidez, olhando enfurecido para a irmã. 'Quando tu propões que botemos o rabo entre as pernas e deixemos a cidade que *sangramos* para conquistar? Nós somos Dyvok! Nós não recuamos diante de um punhado de cães cheios de pulgas das Terras Altas latindo!'

"'Tu estás correto, é claro, Priori', disse Lilidh, ainda sem olhar nos olhos dele. 'Então devemos entregar o Santo Graal de San Michon para Fabién Voss e as víboras de suas filhas, e todos os três vão cravar as presas em teu pescoço no *segundo* em que tiverem a oportunidade.'

"'Ah, você vê *muito* longe, Lilidh', rosnou Nikita, fazendo uma reverência zombeteira. 'Muito mais longe que o estúpido Nikita. Como somos abençoados por ter uma irmã tão culta, *tão* sábia.'

"E voltando-se para os soldados escravizados, Nikita apontou o dedo para sua fileira.

"Você. Venha aqui.'

"Ele apontou para Maeron. O pretendente da jovem Gillian. O jovem cavaleiro teve o mérito de não piscar nem se encolher, e se aproximou com olhos adoradores fixos em seu mestre e bateu com o punho no peitoral de aço escuro.

"'Meu mestre', disse ele.

"'Desembainha tua espada.'

"O rapaz obedeceu, e o aço ecoou límpido nas vigas. Todos no salão observavam aquele drama se desenrolar. O coração de Dior estava batendo mais rápido quando arriscou uma olhada para Reyne. E voltando-se para as filhas da espada reunidas atrás do trono de Lilidh, Nikita chamou Gillian.

"'Venha aqui, criança', disse ele com um sorriso.

"Agora, lady Gillian estava presa a Lilidh, historiador, não a seu irmão. E apesar do perigo de desobediência, a jovem lançou um olhar interrogador para sua senhora. Lilidh beliscou a ponte do nariz, como se estivesse exausta com aquela palhaçada, a ameaça de outro ataque.

"'Qual é teu jogo, Nikita?'

"'É, é, pode chamar de jogo', respondeu ele com um sorriso, gesticulando para Dior. 'Se Nikita vai pagar tanto por esses truques de salão, o mínimo que pode fazer é diverti-lo com eles.' Ele olhou furiosamente para Gillian outra vez. '*VENHA AQUI.*'

"O Açoite do Coração Sombrio ecoou na pedra, e a filha da espada obedeceu, descendo da plataforma para ficar de pé diante de Nikita e do prometido dela. Morgana observava a irmã mais velha, empalidecendo por baixo das sardas. A respiração de Gillian estava mais acelerada, as pupilas dilatadas quando encontrou os olhos de seu pretendente. E como se pedisse um cálice de vinho depois do jantar, Nikita deu uma ordem simples:

"'Ataca-a.'

"Uma eternidade, aquele momento. O coração de Dior congelou, todas no séquito de Lilidh prenderam a respiração. Só Deus sabe o que passava pela cabeça do rapaz. Olhar nos olhos da jovem que ele amava e saber que, se desobedecesse, tudo estaria perdido – não apenas ela, mas toda a conspiração, e também os conspiradores. Mas o sangue do Graal tinha o poder de curar os feridos, e Nikita *tinha* dito que aquilo era apenas um jogo...

"Com olhos suplicantes, Gillian assentiu de leve, pedindo que seu amor golpeasse. Pelo amor de Deus, *ataque*. E com o rosto exangue, Maeron obedeceu como qualquer escravizado obedeceria a seu mestre, e enfiou a espada no corpo de sua prometida enquanto a irmã gritava:

"'Gilly!'

"'*SILÊNCIO*', retrucou Lilidh com rispidez, olhando enfurecida para trás. "Morgana assistiu a sua irmã fenecer, caindo de joelhos. Seu pretendente não tinha golpeado para matar – ele não fora ordenado a fazer isso, afinal de contas, enfiando, em vez disso, a espada na barriga dela, onde a dor podia ser pior; mas o perigo, menor. Engasgando em agonia, Gillian apertou as mãos sobre a barriga enquanto seu pretendente retirava a espada.

"Dior já estava movimentando-se para curá-la quando os olhos de Nikita caíram sobre ela.

"'Eu não mandei que te movesses, garota.'

"O Graal olhou para Gillian, o pulso batendo forte sob a pele.

"'Perdoe-me, senhor, eu achei que...'

"'Não tema, não tema', disse Nikita com um sorriso, acenando para que ela se afastasse. 'Na hora certa, criança. Você', disse ele, virando-se para seus soldados escravizados e apontando agora para Declan. 'Venha aqui.'

"O jovem cavaleiro saiu andando e foi parar ao lado de seu irmão trêmulo, batendo com o punho sobre sua placa peitoral. Maeron estava pálido como fantasmas, olhos fixos na namorada que ele tinha acabado de perfurar, a poça do sangue dela aproximando-se aos poucos de suas botas.

"O Coração Sombrio olhou de Declan para Maeron.

"'Este é teu irmão, não é?'

"'Sim, meu mestre.'

"'Bom, bom', disse Nikita sorrindo, acenando entre a dupla. 'Ataca-o.'

"Os rapazes se entreolharam, os olhos arregalados e frios, mais por um momento longo como a eternidade. Ali havia conflito, historiador, com toda a certeza, pois toda a guarda de Nikita usava peitorais pesados e camisas com três camadas de malha. Mesmo um escravizado teria dificuldade para enfiar uma espada longa através da placa de aço, e enquanto o jovem Declan podia perfurar a malha do irmão embaixo do braço ou no pescoço, isso significaria uma morte *muito* mais rápida do que uma espada na barriga.

"Declan olhou para seu mestre.

"'A armadura dele, mestre...'

"'Aqui, aqui, deixa-me ajudar-te', disse Nikita e, olhando para Maeron, deu um sorriso delicado. 'De joelhos, garoto.'

"'Sim, m-mestre.'

"Com os olhos ainda nos do irmão, Maeron ajoelhou-se sobre a pedra. Toda a corte do Coração Sombrio ficara imóvel, e juro que podíamos ouvir o som de gaitas distantes no vento uivante. Ignorando as batidas frenéticas de nossas asas em sua pele, Dior deu um passo à frente, com os dedos cerrando-se em punhos impotentes. Mas a cabeça de Nikita ergueu-se bruscamente, predatória, sua voz Açoitando o ar:

"'*PARE.*'

"Ele ergueu um dedo de alerta, como se a desafiasse a desobedecer.'

"'Pare', repetiu ele, agora com mais delicadeza.

"Foi a intervenção de Dior que poupou o pobre Declan da agonia da decisão; seu irmão pegou a espada e pressionou sua ponta na junção do ombro com o pescoço. Com os olhos fixos nos do outro, Maeron assentiu, olhando para Dior em uma súplica silenciosa. Então cerrou os dentes, e enfiou a espada na própria carne, ajudando o irmão a cravar a ponta no alvo.

"Declan estava respirando com dificuldade, quase vomitando quando retirou a espada. O sangue de seu irmão empoçou-se no chão, jorrando ritmicamente sobre a pele de Maeron quando o jovem galante caiu aos pés de Nikita. Gillian gemeu, tentando tocar seu pretendente com uma mão ensanguentada, pressionando-a sobre o jato da ferida e olhando primeiro para Dior, depois para Lilidh.

"'S-senhora?'

"'Que tolice é essa, Nikita?, perguntou Lilidh. 'Temos tantas espadas assim que podemos desperdiçá-las logo antes da batalha?'

"'Não temas, não temas', respondeu ele com um sorriso. 'Um jogo, como tu dizes, que logo vai terminar.'

"Ele, então, olhou para Dior, olhos escuros brilhando, como se a desafiasse a se mexer. Mas o Graal permaneceu imóvel como se estivesse presa pelo poder dele, falando apenas entre dentes cerrados.

"'Milorde...'

"'*SILÊNCIO*', retrucou Nikita com rispidez, olhando agora para Morgana. 'Você. Venha aqui.'

"Não havia ligação de sangue entre a dama da espada e o ancien; apenas o medo que agora gotejava das próprias paredes. Mas olhando para Reyne, a jovem Morgana obedeceu, tremendo ao chegar na frente do lorde Dyvok e fazer uma mesura. Dior estava coberta de suor, o pulso descontrolado. Ela olhou para Aaron, mas o *capitaine* evitou seus olhos, com os dentes cerrados e os cabelos brilhando dourados sob aquela luz moribunda.

"Nikita pegou a espada de Declan das mãos entorpecidas do rapaz e a entregou a sua amada.

"'Ataca-o.'

"Morgana empalideceu e olhou para Lilidh.

"'Senhora...'

"'Não olha para ela!', berrou Nikita. '*Olha para mim!*'

"Morgana obedeceu, os nós dos dedos brancos no cabo daquela espada ensanguentada. Nós, então, vimos um brilho de possibilidade louca em seus olhos, a pergunta *E se?* emergindo brevemente na mente da filha da espada antes que sua sanidade voltasse; medo por sua princesa, sua irmã, por tudo o que seria desfeito se atacasse aquela fera encharcada no sangue de séculos e falhasse.

"'Irmão', disse Lilidh com um suspiro, desesperada. 'Há alguma razão para essa loucura?'

"'Há uma *lição*.'

"'Que lição, por favor, diga? Ensanguentar o chão?'

"'Faz minha vontade.' O Coração Sombrio fez uma reverência, com a mão no coração. 'Que presentes, que ideias, *que* conselhos tu me deste, doce irmã. O que é um presente a mais para teu frágil irmão, que deve, ah, *tanto* a ti?' Ele apontou para Morgana, com presas brilhando nos cantos de

801

seu sorriso. 'Por favor, ordena a tua serva de sangue que me obedeça. É um jogo, irmã, tudo um jogo.'

"Lilidh estreitou os lábios e passou uma garra pelo queixo. Morgana estava paralisada, o olhar aterrorizado indo de seu amado para sua princesa e sua senhora. O rosto de Reyne estava branco como fantasmas, agonia acumulando-se em seus olhos de fae. Dior estava como um espelho quebrado, toda parte dela trêmula, nossas asas mesmo assim sobre sua pele. Nós não tínhamos ideia da diversão que Nikita buscava ali, mas escolhera quatro membros da conspiração por acaso...

"'Faz como ele ordena, criança', disse Lilidh.

"Nikita sorriu para Morgana, astuto, e gesticulou para Declan.

"'Ataca-o.'

"Morgana obedeceu, enfiando a espada em seu amado. Declan tinha virado de lado, expondo a abertura entre a parte da frente e a parte de trás de seu peitoral, e a espada atravessou a cota de malha e penetrou em suas entranhas. O rosto de Morgana retorceu-se, e Declan arquejou ao cair sobre a pedra ao lado do irmão, vermelho jorrando sobre as pedras do piso, acumulando-se nas rachaduras. Nikita pôs uma mão pálida sobre o ombro de Morgana e tirou a espada ensanguentada da mão dela.

"'Boa criança', arrulhou ele. 'Muito bom.'

"E com um rosnado, ele jogou a jovem do outro lado do salão.

"Morgana atingiu a parede com um grito e um baque, e sangue respingou sobre a pedra. Reyne gritou seu nome, lady Arlynn segurou a mão de sua princesa, os olhos azuis fixos nos de Nikita. Em um piscar de olhos, o Coração Sombrio se aproximou de Dior, seu rosto agora a centímetros do dela, todo olhos de meia-noite, lábios vermelho-sangue e presas brancas como pérolas.

"'Você tem palavras para nos dizer, tem?'

"Dior cerrou os dentes e engoliu em seco. Falar, até mesmo se *mexer*, seria demonstrar que os dons de Nikita não tinham poder sobre ela. Mas ficar ali mansa e em silêncio...

"'Não? Você não diz nada?'

"Dior olhou nos olhos de Nikita, com dentes rangendo quando ela os cerrou para imobilizar a língua. Podíamos ver a escuridão no olhar dele, os assassinatos incontáveis e as planícies intermináveis de covas não identificadas. Um monstro que tinha destruído um reino onde agora se sentava como rei. Nikita pôs a espada ensanguentada nas mãos de Dior, chegando tão perto que seus lábios roçaram nos dela.

"'Então vamos continuar jogando, criança.'

"Ele se voltou para a plataforma, dando tapinhas na coxa e assoviando.

"'Verme. Venha aqui.'

"Lilidh deu um suspiro.

"'Nikita...'

"'Não temas, não temas. Este jogo está perto do fim.'

"Os olhos de Reyne estavam fixos nos de Dior, os músculos tensos em sua mandíbula. Ela atravessou a pedra ensanguentada, com toda a corte de Nikita observando, olhos famintos brilhando como as brasas de um fogo moribundo. Gillian, Declan e Maeron estavam jogados em uma poça vermelha cada vez maior, o cheiro de sangue e tripas abertas pairava denso no ar. Morgana estava encolhida em ruínas onde tinha sido jogada, impossível dizer se a jovem estava viva ou morta. Nikita, então, pôs uma garra embaixo do queixo da princesa, olhando para aqueles olhos frios de fae.

"'Olhe para ela.'

"Reyne obedeceu e dirigiu o olhar para Dior, sem uma lágrima ou tremor à vista. A princesa Á Maergenn fez o que lhe mandaram – não obedecer, veja bem, mas proteger os outros que dependiam daquela mentira, por mais fino que estivesse o puído fio de esperança. O Graal olhou outra vez para Aaron, angústia acumulando-se nos olhos dele junto com lágrimas de sangue. O olhar dela suplicou para ele, em silêncio, implorando, mas de forma muito leve, o *capitaine* sacudiu a cabeça.

"'*Olha para mim, garota.*'

"Dior virou-se para Nikita, à espera agora às costas de Reyne. A face do Coração Sombrio estava pressionada contra a da princesa, com olhos profundos como a escuridão entre as estrelas.

"'Eu fiz a mãe dela gritar antes de seu fim.' Nikita passou uma garra afiada pelo rosto de Reyne, com tanta delicadeza que nem arranhou a pele. 'Mas pelo menos a poderosa Novespadas morreu lutando. Nós encontramos esta aqui escondida num silo de grãos como um verme. Por isso demos esse nome a ela.'

"Nikita fez uma pressão delicada, mas inexorável nos ombros de Reyne, forçando-a a ajoelhar-se diante do Graal. O Vampiro ajoelhou-se ao lado da jovem, erguendo a espada ensanguentada na mão de Dior e colocando sua ponta sobre o peito de Reyne. Dior ainda estava interpretando o papel, obedecendo como se ainda estivesse sob o poder de Nikita, sem falar, sem se mexer.

"'E agora esse verme morre de joelhos.'

"Olhos escuros dirigiram-se aos do Graal.'

"'A menos que você tenha algum protesto a fazer.'

"Príncipe tinha se erguido, os pelos se eriçando quando a condessa gritou:

"'Nikita, basta! Ela não consegue falar se você a Açoitou para ficar em silêncio!'

"O Coração Sombrio arqueou a sobrancelha, ainda observando Dior.

"'Nada?'

'O Graal permaneceu duro como pedra, de arma em mãos.

"'*Ataca-a.*'

"Dior recuou a espada, a lâmina firme em sua palma da mão livre para atacar, os olhos fixos nos de Reyne. Lilidh gritou mais uma vez:

"'*Nikita!*'

"Príncipe rosnou, com as presas à mostra, mas o Coração Sombrio apenas olhou na direção da irmã e sorriu.

"E naquele momento, Dior golpeou.

"Nós sabíamos, então, que aquilo *era* um jogo para ele, e, certamente, ela também – outro tormento sonhado pela mente de um monstro. A conspiração estava de algum modo acabada. Toda a esperança desfeita em cinzas, todas as preces não respondidas, exceto, talvez, pela última e desesperada. E assim, passando a palma da mão pelo gume cortante da espada, o Graal banhou a espada com seu sangue sagrado, e atacou na direção do coração pervertido de Nikita.

"Rápido como moscas, Nikita arrancou a espada de suas mãos, e Dior gritou de fúria e dor enquanto segurava o pulso. A espada ensanguentada cantou ao atingir o chão, e Nikita levantou-se como uma serpente, segurando o pescoço de Dior e a erguendo da pedra. Enquanto a corte ficava de pé, gritando, Reyne mergulhou na direção da espada caída, mas, sem esforço, Nikita chutou a princesa para o lado. Voando como se fosse trapos e recheio, Reyne atingiu a plataforma, e seu crânio se partiu quando ela bateu na pedra. Dior gritou de ódio, debatendo-se na pegada do Coração Sombrio, Príncipe rosnando de fúria quando Lilidh ficou de pé e gritou:

"'Nikita, *ESPERE!*'

"Dior segurou o pulso do ancien com a mão ensanguentada, e com um grito de dor, Nikita a soltou, sua própria mão se acendendo em chamas brilhantes. O Graal caiu no chão com um baque surdo, o Coração Sombrio gritou, e, agachando-se, Arlynn, lady de Faenwatch, primeira da casa de lady Reyne, pegou a espada ungida com o sangue de Dior. Aquela velha filha da espada tinha sofrido por muito tempo a indignidade de render-se àqueles demônios, forçada a humilhar a princesa a quem fizera o juramento sagrado de servir. E cada gota de sua fúria soou em seu grito quando ela enfiou a espada na direção do coração de Nikita. Mas embora a forma da velha dama pudesse deixar muitos homens envergonhados, infelizmente, seu inimigo não era um simples homem.

"Os ossos de seu pulso foram triturados como os de um filhote de passarinho quando ele o agarrou. Sangue fervilhou e carne sibilou quando Nikita enfiou a mão em chamas através das costelas de Arlynn, apagando o fogo em sua pele dentro do peito dela. Lorde Brann gritou com fúria terrível, o velho soldado atacando em defesa da mulher, com aço nu na mão. Mas Aaron então atacou, entrando entre Brann e seu amado mestre, e a espada grande cortou o velho lorde em dois. Sangue jorrou quando Nikita arrancou o coração de Arlynn de seu abrigo, quase cortando a filha da espada ao meio. E, com uma mão preta gotejando vermelho, o ancien voltou-se para Dior.

"O Graal tinha rastejado para o lado de Reyne e pressionava mãos ensanguentadas sobre o crânio quebrado da princesa, passando seu sangue sagrado sobre a pele cerosa. Com olhos fixos nos dela, Nikita pisou na cabeça de Declan, estourando-a como se fosse um odre de água, espalhando cérebro pelas pedras do piso. Dior gritou quando ele fez o mesmo com Maeron, com Gillian, sua garganta rouca quando ela o chamou de *porco, animal, bastardo, monstro*. Com botas pingando vermelho, Nikita andou até ela, com a mão queimada retorcida em uma garra quando tentou pegar o pescoço dela.

"Com um brilho branco e um rosnado baixo, Príncipe saiu em defesa do Graal, parou entre os dois e tentou morder a mão estendida de Nikita. O Coração Sombrio recuou por um segundo, atacou no seguinte. Pegando o animal pelo cangote, ele o levantou, com as garras paradas na frente da cara do lobo que rosnava.

"'Mando a ti para tuas Luas Mães, pequeno príncipe? Ou apenas arranco teu outro olho?'

"NIKITA, *PARA COM ISSO!*', urrou Lilidh.

"O conde Dyvok então voltou os olhos para a irmã. Todos no salão estavam em silêncio. Ele jogou Príncipe para o lado, e o lobo ganiu quando bateu na pedra e deslizou pelo sangue escorregadio. O Coração Sombrio e a Sem Coração encararam-se. A expressão de escárnio de Nikita estava suja de vermelho.

"'Tu me chamas de tolo, irmã? Achas que não tenho visão? Falar comigo como se estivesse falando com uma *criança*? Entretanto és tão cega que não podes ver o ninho de vespas escondido em teu peito.'

"'Que ninho? De que loucura estás falando?'

"'Traição', disse ele com rispidez. 'Traição. Todos esses aqui estão libertos, seus grilhões vermelhos rompidos pelo sangue maldito dessa pirralha.'

"Os olhos pretos de Lilidh estreitaram-se, dirigindo-se então para Dior.

"'Ela queria te matar, Lilidh', disse Nikita. 'E a mim também. Nós dois queimados em nossas camas. Deus, destruídos por *insetos*.'

807

"'Como v-você soube?' Dior olhou para o vampiro, sibilando. 'Como conseguiu...'

"'Tesouro?'

"O chamado de Nikita ecoou nas vigas do teto, os lábios curvando-se de leve quando ele olhou nos olhos de Dior.

"'Venha aqui, amada.'

"Uma figura entrou no salão silencioso através de uma porta de criados, usando um vestido longo e bonito. Ela passou pelo meio dos monstros e pela poça crescente de sangue, com sangue encrostado sob as unhas e chapinhando com seus sapatos, o olhar de adoração fixo em seu senhor. E os olhos de Dior se encheram de lágrimas quando sussurrou:

"'Isla...'

"A garota foi para o lado de Nikita, o vampiro acariciou a pele dela, que sorriu quando ele levou a mão em concha a seu rosto. Uma trouxa de roupa estava embolada nos braços de Isla, e o coração de Dior martelava quando reconhecemos as peles de sua cama. E, desembrulhando-as, a jovem jogou a serra no chão. O som de metal atingindo pedra cortou o ar com um repicar de trovão do lado de fora, Isla olhando para Dior com olhos frios e selvagens como a tempestade acima.

"'Mas nós l-libertamos v-você', sussurrou Dior. 'Eu *libertei* você.'

"'Do quê?', perguntou a jovem, espantada. 'Do amor?'

"Nikita sorriu, de pé às costas de Isla e envolvendo-a em seu abraço sombrio, a garota estremecendo quando ele espalhou beijos frios em seu pescoço.

"'Como tu achas que Aveléne foi comprada tão barato, mlle. Lachance? Quem tu achas que matou aqueles guardas e abriu os portões na calada da noite? Sempre fiel e verdadeira, meu Tesouro aqui. Sempre leal, desde a noite em que nos conhecemos na queda de Dún Cuinn, e ela implorou para servir em vez de morrer como o resto deles.'

"Dior olhou nos olhos de Isla. O arrepio na pele da garota quando Nikita beijou seu pescoço, o tremor em sua respiração quando ele aprofundou seu abraço. E enfim, nós entendemos.

"*Alguns se juntam por vontade própria. Pelo desejo de poder ou trevas no coração.*
"*Outros são apenas tolos que acham que vão viver para sempre.*
"'Eu sou dele', disse Isla. 'Eu *sempre* fui dele.'
"'Seu para sempre.' Dior sacudiu a cabeça, com lágrimas escorrendo pelo rosto. 'É ele.'
"Isla sorriu, passando os dedos pelo cabelo do Coração Sombrio.
"'Nós vamos ficar juntos. Para sempre. Ele agora vai me recompensar, como fez com o *capitaine*.'
"'Sua *tola*', sibilou Dior. 'Não funciona assim. Ele não pode simplesmente...'
"Isla atacou, desapiedada e rápida, atingindo um chute brutal no rosto de Dior. Ela estava levantando o salto ensanguentado para outro golpe quando Nikita riu, tomando a jovem outra vez em seus braços, beijando seu rosto enquanto murmurava:
"'*Calma*, Tesouro, calma. Nós devemos manter o prêmio do Rei Eterno saudável e...'

"Uma trompa rompeu a noite, distante, fraca, quase perdida sob o ronco da tempestade. Mas, quando Nikita inclinou a cabeça para ouvir, outra juntou-se a ela, mais alta, então outra. O dún soou com a canção do alarme, ecoando sobre pedra ensanguentada e quebrada. A corte Dyvok entreolhou-se, murmurando e resmungando, todos sabendo o que significava aquela canção.

"O Leão Negro estava a caminho, junto com seu exército das Terras Altas, e o inferno estava prestes a chover sobre suas cabeças. Embriagados de sangue como estavam, com frascos dourados em torno do pescoço, mesmo assim o medo pairou denso naquele grande salão. Prata, fogo e garras de dançarinos da noite – todo tipo de fim logo ia cair sobre aqueles muros na direção dos kiths da corte do Coração Sombrio. E no fim da noite, a eternidade é um prêmio e tanto para arriscar lealdade.

"'Escutem-me agora!'
"O grito de Nikita soou nas vigas do teto, trazendo imobilidade ao salão.
"'Meus filhos! Meus lordes!' O Coração Sombrio ergueu um dedo ensanguentado para os céus. 'O anjo da morte paira nos céus como um alento acima

de nossas cabeças! E à direita de Mahné, o anjo do medo, abre suas asas sombrias! Assim como vós, eu ouço as batidas das asas de Phaedra sobre o vento e, surpresa, eu vos digo que sorrio! Pois é como *deve* ser, que esses irmãos temíveis venham ser testemunhas hoje! O cordeiro não teme o dente do lobo? A vaca não deve tremer diante das facas do açougueiro? E o que são eles que agora se reúnem na lama diante de nossa porta além de *animais*? *Gado*? Porcos e mestiços, ovelhas e cães, que ousam latir com línguas mortais para nós que somos eternos?'

"Grunhidos concordando percorreram a corte, algumas cabeças assentindo.

"'Este reino é nosso!', urrou Nikita. 'Feito de sangue e conquista! Nós governamos esta terra, esta noite, como nascemos para fazer! Não recuem diante do latido daqueles cães lá fora, pois somos os poderosos! E aqueles que ousam aparecer diante de nossas muralhas neste dia? Eles são os *fracos*!'

"Nikita pegou Epitáfio atrás de seu trono e a ergueu para o céu.

"'Nós somos os caçadores! E eles são as presas!'

"Um murmúrio faminto percorreu os kiths, de presas expostas e olhos estreitados.

"'Nós somos os descendentes do poderoso Tolyev! Nossos triunfos não são medidos em palavras, mas em *feitos*, e eu vos juro, pela última gota de sangue dentro destas veias, vossos feitos neste dia vão soar nos lamentos dos conquistados por toda a eternidade.

"Ele arrancou o frasco dourado de seu colar de presas e o ergueu em um brinde.

"'*Santé*! Indomados!'

"'*Santé*', foi o urro, centenas de frascos erguidos em resposta. '*Dyvok!*'

"Os gritos ecoaram nas vigas do teto, o encontro de espadas, a fúria da eternidade liberada. Nikita bebeu o conteúdo de seu frasco de um só gole e passou uma mão vermelha pelos lábios, olhando mais uma vez para Príncipe. O lobo se levantava do chão ensanguentado onde havia sido jogado, o olho azul brilhando.

"'Vou dar neles um beijo de boa-noite por ti, pequeno mestiço.'

"Nikita apertou os lábios frios sobre os de Isla, a jovem sorrindo para o seu para sempre. Gesticulando para os corpos quebrados ainda respirando de Dior e Reyne, ele murmurou:

"'Levai essas duas lá para baixo e trancai-as bem. O Rei Eterno vai ter seu prêmio, e a princesa ainda pode ter alguma utilidade. Kiara', chamou ele, virando-se para a filha. 'Meu dourado', disse ele com um sorriso, olhando para Aaron. 'Meus lordes e ladies!', gritou, voltando-se agora para sua corte. 'Saquem seu aço e endureçam seus corações! Neste dia, nós bebemos o sangue da vida do Trono das Luas!'

"Ele ergueu Epitáfio, o grito ecoando nas paredes.

"'Feitos, não palavras!'

"Os vampiros gritaram e, como uma só, a corte saiu na direção dos muros, para a matança que estava por vir. Aaron fez uma reverência para seu soberano, Kiara escarneceu e deu um sorriso enfadado quando ele lhe mandou um beijo. Enquanto todo o Salão da Fartura saía para a tempestade, Lilidh permaneceu em meio à carnificina junto dos tronos, apunhalando as costas do irmão com os olhos enquanto sibilava:

"'E o que o conde Dyvok tem a dizer para sua mais velha?'

"Nikita, então, virou-se, eterno, alto, e foi andando devagar pela plataforma para assomar acima de sua irmã. Seus olhares se cruzaram, sombrios, com profundidade e idade infinitos, mais de um milênio se somados. Quem sabe o que eles tinham visto e feito juntos em todo aquele tempo; os dois Dyvok mais velhos que ainda caminhavam por esta terra moribunda. E enquanto Príncipe observava rosnando baixo, Nikita ergueu a mão para limpar com o polegar uma mancha vermelha no rosto pálido de Lilidh.

"'Tua bênção para a batalha vindoura?'

"Lilidh piscou ao ouvir isso, permanecendo muda. Nikita ergueu a mão da irmã, pressionou lábios de rubi nos nós de seus dedos, um sorriso provocante curvando as extremidades de seus lábios.

"'Teu perdão? Para teu irmão impetuoso e rude que ainda te ama?'

"Ela, então, amoleceu; o primeiro alento veranil sobre o gelo invernal.

"'É claro que eu te p...'

"'E tua compreensão', interrompeu ele, e sua voz ficou delicada e mortífera, 'de por que motivo Nikita é o Priori aqui, e por que Lilidh vai *sempre* residir em sua sombra.'

"Os olhos de Lilidh ficaram duros outra vez, o inverno voltando mais uma vez. O sorriso de Nikita se abriu.

"'Eu agora vou defender teu trono, irmã. Mantém o meu quente pra mim enquanto eu não estiver aqui.'

"E depois de largar a mão de Lilidh, o Coração Sombrio saiu na direção da matança."

A Última Liathe fez uma pausa em sua história, de cabeça baixa, os dedos entrelaçados no colo. Em sua cabeça, além das vozes que sempre sussurravam ali, ela podia ouvir o tinido de aço, o trovejar de pedra desmoronando e os gritos aterrorizados de imortais morrendo. A batalha parecia tão próxima, as imagens brilhando em sua cabeça – tão raras nessas noites, com tantas lembranças, vidas e passados vociferando dentro de si. Ela mal conseguia lembrar-se de como era estar sozinha com seus pensamentos. Ter um momento de silêncio. Conhecer um segundo de paz.

– *Capitaine?*

Celene ergueu os olhos quando o marquês chamou, sua voz ecoando no escuro. Os olhos de Jean-François se cruzaram com os dela por um momento, o ar entre eles pesado com a promessa do ataque que estava por vir. Ela ainda podia sentir o gosto de sangue na boca se tentasse. Ver a mão vermelha e os olhos azuis de Dior erguidos para o céu antes de tudo mergulhar no inferno.

– Está chamando seus cães, pecador? – perguntou ela. – Eu o assustei de novo?

O historiador deu um sorriso baço para Celene quando a porta pesada se abriu às suas costas, e seus soldados escravizados derramaram-se na cela. As tochas em chamas que carregavam estavam brilhantes como o sol depois de uma eternidade no escuro, despertando mais lembranças desagradáveis. A silhueta de San Yves em chamas. O gosto de incontáveis eternidades banhando sua língua enquanto seu mestre gritava.

Celene desviou o olhar.

– Marquês? – O *capitaine* olhou em torno da cela, com a mão na espada. – O senhor chamou?

– Fique tranquilo, Delphine. – Jean-François chamou: – Venha cá, Dario.

O jovem escravizado se aproximou, com sua palidez nórdica, bonito como um covil cheio de demônios. Ele mantinha os olhos baixos e caiu de joelhos ao lado de seu mestre. Jean-François afastou para trás as mechas compridas de seu cabelo, e ele estremeceu quando o vampiro se inclinou para perto e sussurrou, lábios sem sangue fazendo cócegas no lóbulo de seu ouvido. Dario olhou para Celene, com pupilas grandes, e meneou a cabeça uma vez. Jean-François pegou sua mão, espalhando beijos pelos nós de seus dedos até seu pulso. O rapaz então estremeceu, os lábios entreabriram-se e sua calça se retesou. E com um sorriso sombrio e um tapa de leve em suas costas, o vampiro o mandou embora.

Dario se foi, e, com um meneio de cabeça para tranquilizar o *capitaine*, o historiador voltou-se para seu tomo. Os soldados escravizados olharam em torno da cela outra vez, tensos e cautelosos, mas sem ver nada errado, fizeram uma reverência para seu mestre e partiram. A porta se fechou com um baque surdo, as correntes foram recolocadas no lugar, e a escuridão na cela ficou mais profunda.

– Por favor, continue, mlle. Castia – disse Jean-François, agitando sua pena.

Celene estreitou os olhos.

– Está tudo bem?

Jean-François riu.

– Você está mesmo me fazendo essa pergunta?

O historiador mergulhou sua pena e olhou para ela com expectativa.

– O amanhecer está chegando, *mademoiselle*. Eu gostaria de ver minha cama antes do nascer do sol. O plano do Graal foi frustrado, o exército das Terras Altas estava a caminho, tudo equilibrado no gume de uma faca. Mas e você e seu irmão?

– Nós também estávamos nesta ponta, pecador.

Celene curvou a cabeça, olhando para águas escuras.

– Nós também estávamos lá.

✦ XI ✦

NENHUMA ORAÇÃO

— "MEU PAI FOI o seu professor."

"Eu estava sentada à frente de meu irmão na tenda do comandante, com chamas dançando e estalando ao lado dele, ainda assim sem nada fazer para expulsar o frio entre nós. Podíamos ouvir gaitas flutuando no vento uivante, o ribombar de trovões acima do dún. Gabriel olhava fixamente para mim, nossos olhos estreitados contra a luz das chamas e da tinta queimando sobre suas mãos.

"'*Oui*', murmurei. 'Mestre Wulfric.'

"'Você disse que o seu professor estava morto.'

"Engolimos em seco com nossa garganta arruinada.

"'Ele está.'

"Pudemos perceber que ele ficou com raiva com essa notícia, e isso não conseguimos entender bem. Gabriel nunca conhecera o monstro que o semeara, e Wulfric nunca deu a mínima para a vida de meu irmão. Por que se importaria com o término de seu pai? Mas mesmo assim ele falou, a voz crepitando como as chamas odiosas daquela fogueira ao seu lado.

"'Como?', perguntou. 'Por quê?'

"'Essa é uma história ainda mais longa, Gabriel. Eu não acho…'

"E nossa voz então se calou, nós ficamos rapidamente de pé, e o frio na tenda aprofundou-se ainda mais. Gabriel tentou falar, mas o silenciamos com uma mão, voltando a íntegra de nosso olhar para aquela partícula de sangue no Salão da Fartura, observando Nikita chamar Maeron para seu lado. Testemunhamos aquele drama vermelho se desenrolar naquele palco horrendo, vimos o Coração Sombrio torturar aquelas crianças, derramando o sangue umas das outras em vez de revelar seu segredo e terminar com a pouca esperança que ainda tinham.

"Gabriel nos olhou, levando a mão à sua maldita espada quebrada, e quando nossos olhos se encontraram, de lados opostos das chamas crepitantes, ele soube o que estava errado.

"'Dior', disse ele em voz baixa.

"'Ela foi descoberta. Tudo acabou, Gabriel, nós devemos...'

"Mas meu irmão já tinha saído, ele se levantara e deixara a tenda com a velocidade dos aterrorizados. Gritou a plenos pulmões por sua bruxa de carne, por seus camaradas pagãos, e nós ficamos na tenda, observando aquele jogo horrendo se desenrolar no Salão da Fartura. Nós vimos Dior cuspir desafio ao tentar atacar o coração de Nikita. Observamos a traidora revelar-se, xingando a mim mesma de tola; pois devia ter prestado mais atenção, eu podia ter *visto* se não estivéssemos procurando tão desesperadamente a tumba de Maryn. E quando a traidora Isla á Cuinn derrubou Dior com aquele chute perverso em seu crânio, nós ouvimos o som no vento. O som de uma trompa nítida, à qual se juntou outra, a canção de gaitas agitando-se na tempestade. O urro do Trono das Luas erguendo-se, o chamado por vingança, o berro por sangue, o grito e o alarido por g..."

Uma batida pesada soou na porta, interrompendo a história de Celene. A Última Liathe ergueu os olhos, e sua fronte ficou sombria quando o marquês disse:

– Entre.

O som de correntes e fechaduras se soltando foi ouvido outra vez por baixo da corrente do rio, a mordida de pedra sobre pedra. A porta se abriu por completo atrás de Jean-François, tochas em chamas cortaram a escuridão e o calor aumentou às suas costas. O *capitaine* Delphine e seus homens entraram outra vez, com o jovem escravizado Dario a sua frente, com os olhos baixos quando falou:

– O prisioneiro, como o senhor pediu, mestre.

Os olhos de Celene estreitaram-se com isso, um sibilar baixo escapou de seus lábios enquanto observava a figura parada ao lado de uma Meline tensa. Noites longas e sangrentas tinham se passado desde que pusera os olhos nele pela última vez, e ela ficou surpresa com o efeito que teve a visão dele. A gravidade que exalava, o peso de sua sombra, o jeito como sua própria presença parecia preencher a cela de fogo.

Deus, como ela *odiava* fogo.

— *Gabriel* — sussurrou.

Sob o olhar vigilante do *capitaine* dos soldados escravizados, o Último Santo de Prata foi até a beira da água, os saltos de prata raspando a pedra fria. Ela podia ver a marca de noites sem dormir sob os olhos dele, a exaustão na posição de seus ombros, aquelas cicatrizes duplas de lágrima descendo pelo seu rosto. Mas suas roupas estavam imaculadas; seu queixo, bem barbeado; seus olhos, vermelhos do cachimbo. Ele parecia bem confortável para um prisioneiro, levando-se em conta todos os problemas que tinha causado para seus carcereiros.

Gabriel olhou para as águas correntes e deu um sorriso delicado.

— Rio subterrâneo. Muito inteligente.

— Vou me assegurar de informar a minha imperatriz de sua aprovação — respondeu Jean-François.

Olhos cinza-tempestade caíram sobre ela como martelos, e as mãos dele cerraram-se em punhos.

— Oi, traidora — rosnou ele.

— Oi, covarde — retrucou ela, enraivecida.

— Vejo que a estão mantendo muito fundo — disse ele, com olhos examinando a cela. — Um pouco mais perto do lugar onde você vai queimar no fim.

Celene pulou de pé, com olhos brilhando.

— Nós vamos ver você lá, bastardo.

— Crianças, por favor. — O marquês revirou os olhos. — Eu não trouxe o bom *chevalier* aqui embaixo para que pudessem trocar insultos.

— Então por que o trouxe? — questionou Celene.

Jean-François girou a pena entre seus dedos pálidos.

— Como eu lhe disse, *mademoiselle*, eu gostaria de ver minha cama antes do sol nascer neste dia. Nós estamos nos aproximando da extremidade pontiaguda dessa espada. E como os dois estavam presentes na Batalha de Maergenn, achei prudente que ambos falassem sobre ela. Isso vai me poupar o trabalho de determinar depois quais de suas contradições são mentira e quais são verdade.

— Verdade? — escarneceu o Último Santo de Prata. — Dessa cobra?

— Pensei que tinha dito que o sangue Chastain não tem apreço pela crueldade – disse Celene. — Cada palavra dele é equivalente a tortura. Dê-me a roda e a chama...

— *Chega* – disse o marquês, olhando de um para o outro. — Isso não é um pedido. E estou ficando cansado de ameaçar vocês dois. Então vamos apenas dizer que cada minuto que passarem discutindo agora vai lhes custar uma noite de fome no futuro e acabar com isso.

O marquês estalou os dedos, e um dos soldados escravizados trouxe outra poltrona de couro e a pôs em frente à do historiador. Dario colocou uma nova garrafa de Monét sobre a mesa e um cálice novo gravado com lobos dourados ao lado dela. O globo chymico projetava sombras compridas sobre a pedra, e uma mariposa pálida como fantasma emergiu do escuro e começou a bater as asas sobre o vidro. Jean-François olhou enfurecido, os olhos sombrios com ira.

— Agora *sentem-se*, vocês dois.

Os irmãos permaneceram congelados, olhando um para o outro de lados opostos daquele rio corrente. O ar entre ambos se agitava com ódio, as presas de Gabriel expostas, os olhos de Celene estreitados como cortes de faca. Mas enfim, como se fossem um só, os dois cederam e recuaram um ou dois passos, Gabriel sentando-se na poltrona colocada para ele, Celene voltando para a pedra nua, as pernas cruzadas embaixo dela. E com um suspiro, Jean-François ajustou o lenço em seu pescoço e acenou com a cabeça para o *capitaine*.

— Acho que é melhor que você e seus homens fiquem aqui para isso, Delphine.

O grandalhão assentiu. Seus olhos nunca deixavam Gabriel.

— Concordo, marquês.

O historiador olhou para os soldados.

— Nas sombras, há alguns bons camaradas. Acredito que seu cheiro pode estar excitando nossos hóspedes.

Gabriel olhou para o grande *capitaine* e lhe mandou um beijo. Delphine fechou a cara e gesticulou com a cabeça para seus homens, e os soldados escravizados recuaram para os recessos escuros da cela. Dario foi ficar junto dos soldados, embora Meline permanecesse às costas do historiador, os olhos dirigindo-se com frequência para Gabriel. Mas os irmãos estavam se encarando, como se não houvesse outra alma naquela cela.

— Então. — Jean-François olhou para Gabriel. — Sua irmã e eu chegamos a um ponto sem retorno, *chevalier*. O plano de Lachance para liberar os escravizados de Nikita e Lilidh fora malogrado. Um exército de escravizados os enfrentava nos muros de Maergenn. Você tinha apenas três alternativas: recuar e entregar o Graal à guarda do Rei Eterno, esperar e ser esmagado entre a bigorna dos Dyvok e o martelo dos Voss em alguns dias, ou atacar aqueles muros no mesmo dia. Seu amigo Baptiste estava naquelas muralhas, De León. Centenas de inocentes capturados em Aveléne, Cuinn, Sadhbh, Fas. Soldados cujo único crime foi ser capturado em vez de morto. Se seus mestres fossem destruídos, eles seriam libertados. Mas você não podia *atingir* seus mestres sem atravessar o corpo deles. Que caminho você escolheu?

— Eles estavam entre mim e Dior — respondeu Gabriel com delicadeza.

O historiador abriu uma nova página em seu tomo e alisou o pergaminho enquanto ria.

— Eles nunca fizeram uma oração, fizeram?

Gabriel inclinou-se para a frente, com os olhos nublados. Sua voz estava delicada como fumaça.

— Há um ditado entre cavaleiros em Elidaen. *Todo mundo é um padre quando as flechas começam a voar.* Quando tudo o que há entre você e a morte são alguns elos de cota de malha ou alguns metros de pedra, é difícil não se entregar a Deus. *Todo mundo* em batalha tem uma oração, Chastain. O problema é que para quem eles rezam raramente escuta.

– Todo mundo tem uma oração menos você, é claro.

– Não. – Gabriel deu um suspiro profundo, olhando para o céu. – Não naquele dia. Nós nos reunimos ali no início do amanhecer, diante daquelas muralhas poderosas. Phoebe estava ao meu lado, sua tia Cinna a sua frente, pintando mágicas de proteção em sua pele com sangue sagrado. Por todas as fileiras, o ritmo cantado estava aumentando, como o pulso sob a minha pele, a adrenalina em minhas veias. Quando o sol baço surgiu no horizonte, pude sentir a batalha que aguardava abaixo daquele céu escuro. Tudo o que eu tinha feito, tudo o que sofrera, tudo resultara nisso: um ataque frontal contra uma muralha de dentes e espadas para resgatar uma garota que já estava com uma lâmina no pescoço. Nós tínhamos um oceano de matança à frente, mas mesmo que sobrevivêssemos a isso, Nikita *sabia* que tudo se tratava de Dior. Se a batalha corresse mal, só os mártires sabiam o que ele poderia fazer com ela em retaliação. E não havia nada que pudéssemos fazer para detê-lo. Sabia que seria preciso um milagre para que ela sobrevivesse àquilo.

O Último Santo de Prata sacudiu a cabeça.

– Então eu rezei por um.

– *Você?* – escarneceu o historiador. – Rezando?

– Nós dois rezamos, pecador.

Jean-François e Gabriel olharam para Celene quando ela falou, com olhos no teto acima.

– Nós estávamos entre eles, eu e meu querido irmão, lado a lado. O exército do Trono das Luas estava se formando diante dos muros de Maergenn, gritando para seus deuses pagãos enquanto os trovões ribombavam. Os mais animais deles estavam na vanguarda: figuras enormes mais feras do que humanas, lobos, ursos e leões, pelos e presas, *kilts* e garras. Velhas enrugadas andavam de um lado para outro de suas linhas, pintando blasfêmias vermelhas sobre suas peles sob a música de gaitas e cantos ritmados. Eles batiam os pés no ritmo, rosnando e arquejando, um mar de rostos ferozes e olhos brilhantes. A bruxa de carne de Gabriel...

— Não a chame disso — interrompeu o Santo de Prata.

— A *feiticeira* de Gabriel estava de seu outro lado com o rosto pintado de vermelho. O desejo de sangue aumentava entre o povo das Terras Altas, seus espíritos capturados em frenesi, idolatria e loucura. E, no meio disso tudo, eu me ajoelhei, me virei para o céu e, fechando nossos olhos, eu rezei. A prece nos lábios de todo soldado; fiel ao olhar para seu inimigo, e talvez sua morte. A Bênção da Batalha:

"'O Senhor é meu escudo, inquebrável.
"'Ele é o fogo que queima toda a escuridão.
"'Ele é a tempestade que se ergue e vai me alçar até o paraíso.'

"E então abri os olhos, porque ali ao meu lado, ajoelhado na neve, estava meu próprio irmão infiel, com a voz entrelaçada à minha:

"'Sua luz é minha salvação, seu amor é minha redenção.
"'Sua espada vai fazer meus inimigos descansarem.
"'E se eu encarar meu fim, até o Dia do Julgamento,
"'Entrego a ele a guarda de minha alma.'

"'Véris', sussurrei, fazendo o sinal da roda.
"'Véris', respondeu Gabriel, com as mãos entrelaçadas à sua frente.

"Eu, então, olhei para ele, a tempestade enfurecida acima de nós, o oceano furioso entre ambos.

"'Nós achávamos que você tinha jurado não pedir nada ao soberano dos céus, irmão', dissemos. 'Exceto a chance de cuspir na cara dele antes que ele o mande para baixo.' E meu irmão respondeu..."

– "Não estou rezando por mim." – disse Gabriel.

Celene assentiu, olhando para o outro lado daquele rio turvo com olhos escuros como a noite.

– Ele estava rezando por *ela*.

Jean-François, marquês do sangue Chastain, olhou para Gabriel.

– Pensei que você devia saber mais do que isso.

O Último Santo de Prata deu um suspiro.

A Última Liathe abaixou a cabeça.

– Ele devia saber mais que isso.

Livro Seis

A MÃO VERMELHA DE DEUS

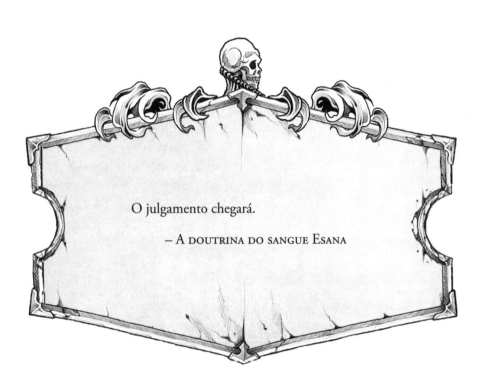

O julgamento chegará.

— A doutrina do sangue Esana

✦ I ✦
TRAZTEMPESTADES

– NÓS NOS ERGUEMOS de nossos joelhos – prosseguiu Celene. – O amanhecer coroava as bordas do mundo, céus escuros tornando-se vermelhos. A pequena partícula de nós ainda estava com Dior, agora nas masmorras de Dún Maergenn, trancada com ela em sua cela diminuta. Batíamos asas frágeis sobre seu rosto quebrado, tentado animá-la e assegurá-la de que estávamos chegando para salvá-la. Mas Dior ainda estava inconsciente pela surra brutal de Isla, sua pele fria ao toque. Então o resto de mim fora daqueles muros cortou as palmas de nossas mãos, produzindo nossa espada, esguia e afiada como osso quebrado, nosso mangual comprido e brilhando vermelho. O cheiro de sangue marcava o ar quando cerrei os dentes e pus os olhos nos atrozes que íamos matar."

Gabriel ergueu o Monét e encheu seu cálice até a borda. Embora fosse sua quinta garrafa da noite, o Santo de Prata parecia afiado e perspicaz, os olhos iluminados pelas lembranças.

– Eu já tinha lutado em ataques a castelos, sangue-frio – continuou ele. – Dezenas deles. Sabia o inferno que estava diante de nós. Chapinhar afundado até os joelhos no sangue de inocentes, abrir caminho através de uma torrente de atrozes, sempre sob o fogo dos altos-sangues de Nikita nos muros internos. Para qualquer lado que fosse a balança, aquilo seria um massacre.

"Eu não sabia como pedir, nem se tinha o direito de fazer isso depois de machucá-la no Berço, sabendo apenas que precisaria de toda vantagem que pudesse conseguir na batalha que estava por vir. Mas quando me voltei para

Phoebe, com a boca seca como cinzas, ela já tinha desafivelado a braçadeira em torno do antebraço, com os olhos dourados fixos nos meus.

"'Phoebe, eu não ia pedir se...'

"'Não precisa pedir. Ele é meu para dar a quem eu quiser.' Ela, então, tocou meu rosto, e embora falasse de sangue, eu sabia que estava querendo dizer mais que isso. 'Eu escolho você.'

"Peguei a mão dela, consciente dos olhos sobre nós, os rugidos baixos e xingamentos murmurados. Brynne assomava às nossas costas, de cenho franzido enquanto observava, as grandes patas se remexendo. Embora estivéssemos em um oceano de dentes e garras, espadas e sangue, pareceu por um momento que estávamos completamente sozinhos, como naquela noite em que dançamos no Coelho Branco. Com os olhos nos de Phoebe, ergui seu pulso até meus lábios, e ela sorriu quando beijei sua pele, leve como uma pluma. Mas o sorriso desapareceu, e seus lábios entreabriram-se quando os meus se moveram, e cravei minhas presas na veia dela.

"Seu sangue derramou-se sobre mim, *por* mim, aquela torrente de calor, terra e chama que eu sentira no Berço das Mães mais uma vez saindo do estômago e indo para todas as partes do meu eu. Todos os músculos estavam tensos, todos os nervos em chamas, a força de montanhas e a corrente de rios e o poder nos ossos desta terra corrupta tudo dentro de mim. Engoli profundamente, cada vez mais fundo, aquela sede em meu âmago roncando, necessitando e suplicando. *Só mais um gole, só mais uma gota.* Mas a contive, sem ser ainda seu escravizado, rugindo, *BASTA*. E tremendo dos pés à cabeça, eu a soltei, me retirei do pulso de Phoebe, beijando as perfurações em sua pele.

"Ela estava me encarando; sua respiração, acelerada; sua mão, tremendo na minha. E então me beijou, sob aqueles céus trovejantes, em meio àquela canção de gaitas e o cheiro da matança que estava por vir. O sangue dela ainda estava em minha boca, suas garras percorreram meu cabelo enquanto me puxava mais para perto, mais fundo, e a envolvi com os braços e espremi seu corpo no meu.

"Phoebe um dia me dissera que nós não nos quebramos, mas somos *feitos* assim. E estávamos feridos, nós dois, com toda a certeza; ambos ainda sangrando dos ferimentos que a vida tinha nos infligido, as pessoas amadas arrancadas de nós. Honestamente, ainda temia que minhas feridas nunca sarassem por completo. Mas enquanto eu tomava aquela mulher em meus braços, sabia que ela tinha falado a verdade – que, se formos abençoados, podemos encontrar alguém cujas bordas encaixam-se nas nossas, como peças do mesmo quebra-cabeça, ou lascas da mesma espada quebrada. Alguém que, de seu próprio jeito defeituoso, torna inteiro o que está roto em nós, e completa nossas bordas estilhaçadas.

"Eu sabia muito bem que essa podia ser a última vez que seus lábios tocavam os meus. Um beijo para se lembrar e pelo qual ser lembrado. Nós tínhamos tido muito pouco tempo, e agora podíamos estar no fim dele. E, quando nos afastamos, cedo demais, ela falou, com os lábios de rubi se retorcendo:

"'Eu não o amo, Gabriel de León.'

"Beijei os nós de seus dedos, um de cada vez.

"'Eu também não a amo.'

"Ela, então, riu, os olhos animalescos brilhando com a avidez pela batalha.

"'Vejo você no dún.'

"Phoebe virou-se e saiu andando, erguendo a voz acima dos trovões:

"'Irmãos e irmãs do Trono das Luas! Nós dos clãs estamos aqui unidos, uma mente e uma vontade, como não é visto desde as noites de Ailidh, a Traztempestades! Do outro lado desses muros esperam os ladrões que roubaram nosso solo sagrado e pilharam nossa venerada terra natal! Patifes e mentirosos, perjuros e traidores!'

"'Morte aos Dyvok!', gritou alguém.

"'Morte!', foi o grito vindo das fileiras. '*MORTE!*'

"'Não!', rosnou Phoebe acima do clamor. 'Não, agora me escutem!'

"O tumulto então se aquietou, borbulhando perto do ponto de fervura.

"'Nós temos o direito de buscar nossa vingança!', disse Phoebe. 'Mas atrás desses muros está a salvação deste mundo! O fim da morte dos dias!

A verdadeira Filha de Deus! Nós não lutamos hoje pelos crimes do passado, mas pela esperança no futuro! Então se tivermos que cair, que seja pelas crianças não nascidas e dias que não amanheceram que a Filha de Deus vai fazer com que passem em breve! E se tiverem que gritar, que seja *pelo que* lutamos! Que os inimigos tremam ao som de seu nome!'

"Phoebe mostrou os dentes e apontou para aquelas muralhas quebradas.

"'Dior!'

"'DIOR!', foi o grito que percorreu as fileiras. 'DIOR!'

"Mil vozes gritando unidas, mais alto que os trovões acima. Celene segurava sua espada erguida, gritando o nome do Graal, e eu também me vi capturado pelo feitiço de Phoebe, sacando a Bebedora de Cinzas da bainha e erguendo-a na direção da tempestade. O povo do Trono das Luas sempre falara sobre o dia em que ia renascer Ailidh, a Audaz, a rainha que tinha unido os clãs das Terras Altas e feito todos os céus tremerem. E, olhando para Phoebe enquanto ela gritava para os céus, com olhos dourados, cabelo de fogo e garras afiadas como facas, eu me perguntei se podia haver alguma verdade nas profecias.

"*Ela é b-b-bonita, Gabriel*, disse um sussurro de prata em minha cabeça.

"'Ela é.'

"*Qual o n-n-n-nome dela?*

"'Traztempestades', falei com um sorriso.

"Phoebe dirigiu os olhos para as muralhas, os lábios revelando seus dentes.

"'PELA FILHA DE DEUS!'

"O ronco que ecoou pelas fileiras foi suficiente para abalar os céus acima, e nosso ataque começou, fazendo tremer a terra abaixo. Milhares de nós, soldados das Terras Altas, Donzelas das Luas do Berço, úrfuils, leófuils e velfuils, gaitas cantando, espadas brilhando e garras se curvando quando chegamos naquela primeira vala maldita."

Jean-François arqueou uma sobrancelha quando ergueu os olhos.

– Vala?

O Último Santo de Prata assentiu, engolindo um grande gole de vinho.

– Vala – repetiu ele.

– Você quer dizer um fosso em torno dos muros, ou...

– Eu quero dizer uma vala, sangue-frio. Um simples buraco no chão. Dún Maergenn era a fortaleza mais poderosa a oeste de Augustin, mas seus muros não chegavam a trinta metros de altura nem eram feitos com os ossos de um deus morto ou alguma outra bobagem de histórias infantis. A maioria das fortalezas não são nada demais. São apenas uma vala em torno de uma paliçada. E quanto maior a fortaleza, mais esse padrão se repete. Vala. Primeiro muro. Uma vala mais funda. Um muro mais alto. Não é nada demais, mas funciona. Valas detêm a força do ataque, fazem os soldados dentro dela tropeçarem. Valas impossibilitam levar armas de cerco perto o bastante das paredes sem entrar sob fogo durante sua montagem. Eu li em algum lugar que Dún Maergenn tinha apenas em torno de sete quilômetros quadrados, mas mais de cinquenta quilômetros de muros protegendo-a.

"A razão para os Dyvok terem sido tão bem-sucedidos na guerra de cerco era que quando estavam selvagens com o sangue de dançarinos, os bastardos podiam arremessar rochedos nos defensores de fora do alcance das defesas. Era por isso que os muros de Novatunn estavam em frangalhos – Nikita e seus senhores de sangue tinham destruído os muros externos e os jogado sobre as ameias até que os soldados que as controlavam fossem esmagados. Depois, quando tomaram a cidade, eles os repararam da melhor maneira possível.

"Mas nós não tínhamos armas de cerco, sangue-frio. Não tínhamos torres de assalto. Nós tínhamos força bruta, rapidez selvagem, mágikas pintadas em sangue-das-luas, ventos de tempestade às nossas costas e cerca de quinhentos metros de pedras quebradas, valas e fogo de artilharia antes de chegarmos às muralhas de Novatunn propriamente ditas. E para o inferno nós avançamos.

"O fogo de canhão veio primeiro – a maior parte da artilharia de Niamh tinha sido destruída quando Nikita tomou a cidade, mas algumas das maiores peças ainda faziam barulho, trovejando e cuspindo fogo ao longo da muralha. Eles tinham sido carregados com metralha, você sabe o que é isso?"

Jean-François abriu a boca para responder, mas Gabriel continuou assim que tomou mais um gole de vinho:

– Anti-infantaria. Projetada para infligir carnificina em meio a tropas terrestres. Phoebe tinha me contado que apenas prata ou idade avançada matavam um dançarino da noite, mas imaginei que serem desmembrados ou decapitados funcionaria muito bem, e quando os disparos começaram a nos atingir, vi o dano que estavam causando. Braços arrancados de troncos, pernas de quadris, barrigas abertas e espalhadas sobre a neve. Eu continuava correndo, da vala até o muro até a vala, em chamas com o fogo do sangue de Phoebe. Agachado atrás de um bastião destruído, eu gritei mais alto que o trovão dos canhões:

"'Protejam-se quando atirarem, avancem enquanto eles recarregam!'

"Phoebe estava ao meu lado, seu rosto cortado e sangrando. Vi o grande Keylan agachando-se à frente; Brynne, logo atrás, o úrfuil arrancando estilhaços do ombro com suas garras. Os canhões rugiram outra vez, neve voou e terra tremeu, o som de metal destruindo pedra quase ensurdecedor. Mas quem quer que estivesse comandando os canhões era verde; disparando outra saraivada quando a maioria de nós tinha se jogado no chão. Esse é o problema de alimentar suas tropas com seus *capitaines*, vampiro. Se Nikita tivesse mantido vivos mais alguns dos comandantes de Niamh, alguém naqueles muros podia saber que merda estavam fazendo.

"Os canhões se calaram para recarregar, e tornamos a avançar em meio à neve cegante e à fumaça que subia. Phoebe corria depressa ao meu lado, mas eu tinha perdido Celene de vista, mergulhando para o chão quando os canhões abriram fogo outra vez. Nós saímos e estávamos nos movimentando rápido logo em seguida, chegando cada vez mais perto da muralha, as figuras escuras gritando no alto delas. Mas assim que chegamos perto o bastante, eles acionaram seus trabucos, suas balestras, pedras e dardos caindo por toda a nossa volta, coordenados o bastante para não haver mais janela segura para avançar. Eu vi Keylan quase ser esmagado – o grande leófuil mergulhou para o lado um segundo antes que uma tonelada de pedra caísse onde ele estava abrigado. Angiss á Barenn tinha sido atingido por algo maligno – o lobo estava coberto de sangue da cintura para baixo. Eu podia sentir o gosto de ignis preta no ar, e trovões abalavam o chão enquanto canhões e trabucos cuspiam morte sobre nossas fileiras.

"*Bum*

"*BUM.*

"Continuamos correndo. Não tínhamos escolha. Inferno e sangue à frente, mas era pior voltar do que avançar. Levantávamos e corríamos, fumaça e fedor, trovões e neve. O sangue de Phoebe me impulsionava à frente, me erguendo, me fazendo correr, sempre adiante através daquele moedor de carne na direção dos homens que eu devia matar. Eu tentava ver Baptiste em meio àquelas silhuetas no alto dos muros, na esperança de que, se eu o alcançasse primeiro, pudesse de algum modo poupá-lo do destino que todos os outros pobres bastardos ali em cima sofreriam assim que chegássemos no alto. Porque apesar de tudo o que estavam lançando contra nós, estávamos chegando."

Gabriel sacudiu a cabeça e bebeu de seu cálice.

– Que Deus os ajudasse, nós estávamos chegando *rápido*.

– Posso falar agora?

O Último Santo de Prata ergueu o olhar, seu rosto frio como gelo enquanto encarava a irmã. Celene retribuiu o olhar do irmão, dentes aguçados trancados por trás daquela gaiola de prata em sua mandíbula.

– Você precisa fazer isso?

– Nós temos certeza de que preferiria que ficássemos sentadas em assombro silencioso enquanto o poderoso Leão Negro...

– Nós – escarneceu Gabriel, olhando para o historiador. – Ela contou a você o que isso significa, Chastain? Essa maldita cobra contou a você quem ela...

– Mas *eu* também estava presente naquele dia – disse Celene com rispidez. – E não fico em silêncio por ninguém.

– Deixe que ela fale, Gabriel – murmurou Jean-François. – Por mais divertido que seja, eu não o trouxe aqui para cuspir veneno.

– A cada respiração uma mentira. – Gabriel voltou a encher a taça com um suspiro. – Mas que seja como você quiser.

Celene estreitou os olhos escuros, olhando no fundo das águas da memória.

– Nós nos movíamos mais rápido que meu irmão e seus pagãos, correndo de vala até muro até outra vala; com roupas de um homem morto sobre o corpo e homens mortos à frente tentando nos matar. Estávamos perto o bastante quando os disparos de bestas começaram, setas em chamas que sussurravam perto de nosso rosto. Uma pedra caiu a apenas alguns centímetros à esquerda, fogo de metralha atingiu nosso corpo, mas, então, chegamos – atingindo os escombros na base do muro de Novatunn e saltando para cima, de rachadura em rachadura, uma flecha correndo na direção do céu. Nosso mangual enroscou-se nas ameias no alto, nossas botas chutaram forte, até estarmos correndo na vertical muro acima. Nós ouvimos gritos de alarme, desviamos de setas em chamas das bestas, os homens acima gritando. Mas então nós o vimos, e se o coração em nosso peito morto ainda batesse, ele teria sido tomado de terror quando o arrastaram e o fizeram virar – uma canaleta cheia até a borda com carvões em chamas.

"O medo me congelou; a lembrança daquelas chamas horríveis em Cairnhaem. Gritei e protegi o rosto com a mão, tentando desviar daquela ducha ardente. Nós sentimos o calor. Sentimos o cheiro da fumaça. Imaginamos a agonia. Mas então ouvimos um grito, carne atingindo pedra. E as figuras que derramavam aqueles carvões caíram, e a canaleta tombou para trás com elas.

"Nós chegamos às ameias, saltando por cima delas para um tumulto de homens, tão perto que podíamos sentir o cheiro de bebida recente em seus hálitos. Mas quando erguemos nossa espada, prontas para cortar ao meio todos a nossa volta, ouvimos uma voz que reconhecemos, tomada de medo.

"'Em nome de Dior, não!'

"'Joaquin', sussurramos.

"O garoto dos cães estava com uma dúzia de outros, pálido, assustado e coberto de sangue. Eles tinham atacado os homens com os carvões, segurando-os, forçando-os a beber de uma garrafinha de bolso do que percebemos que era Betume ossiano. A bebida fedia a repolho podre e mijo de gato, o suficiente para fazer nossos olhos lacrimejarem se ainda houvesse uma gota de água dentro de nós. Mas enquanto olhávamos para as muralhas de alto a baixo, vimos o mesmo refrão; queimados sendo derrubados por seus camaradas, forçados a beber, xingando e cuspindo.

"'Que loucura é essa?', sussurramos.

"Joaquin ergueu sua própria garrafinha destampada. Ela agora estava vazia, mas nossa pele ainda formigou com o aroma maravilhoso que perdurava em seu interior.

"'Sangue de Dior', percebemos, nos lembrando de seu pé sangrando. 'Ela encheu isso para você no estábulo esta manhã. Depois que me mandou embora...'

"O garoto assentiu, pálido e rígido.

"'Eu derramei tudo na ração matinal de bebida antes que me mandassem para a muralha. Do jeito que ela me disse para fazer.'

"'O fedor do Betume encobriu o cheiro do sangue dela.'

"Ele tornou a assentir, ajudando a reerguer o homem que tinha derrubado. Os canhões estavam em silêncio; os trabucos, imóveis. Por toda a muralha, aqueles poucos que não tinham aquietado seus medos com uma dose antes da batalha estavam sendo forçados a fazer isso agora – obrigados por seus camaradas a engolir o sangue de Dior na bebida. E nós, então, agradecemos a Deus pela fragilidade e a coragem de homens mortais.

"Os dançarinos chegaram ao muro, com Gabriel e sua bruxa de sangue entre eles. Mas nós subimos no alto da muralha, gritando e rezando a Deus para que obedecessem:

"Parem! *PAREM!*'"

Gabriel assentiu, com olhos brilhando enquanto assumia a história mais uma vez:

— Fui um dos primeiros a chegar no alto, escalando o muro com minhas mãos nuas. Mas quando cheguei às ameias, ouvi Celene gritando, e quando ergui a Bebedora de Cinzas, ela também rugiu, *Pare, seu cabeça de merda, PARE!* Então eu vi, por toda a passarela elevada: homens e mulheres livres rompendo os últimos laços de servidão entre os queimados. O Sangue Sagrado do Redentor, jogado num barril de mijo artesanal ossiano por uma garota que roubava nas sarjetas muito antes de assumir o manto de salvadora do mundo.

Gabriel sacudiu a cabeça e sorriu.

– Vadiazinha astuta.

– Como ela sabia? – perguntou Jean-François, erguendo os olhos. – Como podia saber que escravizados suficientes iam beber antes de lutar?

O Último Santo de Prata então riu.

– Você falou como alguém que nunca viu uma batalha.

– Mas os homens não gostariam de estar em sua plenitude quando a batalha ficasse mais dura? – indagou Jean-François. – Quando eles mais têm a perder?

– É exatamente por isso que bebem, vampiro – respondeu Gabriel. – Um soldado encontra conforto em orações. Em pensamentos em sua *famille*. No amor de seus irmãos...

– Mas não há nada como uma dose de coragem para mantê-lo firme quando os gritos começam. – A vampira sorriu, sacudindo a cabeça. – Como você disse para Dior em Aveléne.

O Último Santo de Prata ergueu o cálice.

– Aquela garota sempre aprendeu rápido.

– Os pagãos subiram as muralhas – contou Celene –, prontos para fazer todos em pedaços. Mas a voz de Gabriel somou-se à minha, e Phoebe agora também gritava, e por todas as muralhas quebradas de Novatunn, nenhum soldado escravizado ergueu uma espada para lutar. Keylan ordenou: "*Detenham suas mãos!*", e a palavra se espalhou, os animais que um momento antes estava prontos para fazer uma carnificina sangrenta então confrontados não por inimigos, mas por boas-vindas, por bênçãos, por rostos sorridentes e súplicas por perdão. Uma legião de homens e mulheres arrastados para a escuridão, agora despertados pelo dom de uma garota solitária. Um dom pelo qual nem souberam rezar.

"O dom da *liberdade*."

Gabriel sorriu, e eles trocaram um olhar, aqueles irmãos que odiavam tanto um ao outro. E embora seus dentes estivessem ocultos, pareceu que Celene também sorriu, os olhos brilhando com a lembrança daquela pequena vitória sobre aquelas muralhas em pedaços.

– Eu ouvi um grito – disse o Santo de Prata. – Chamando meu nome. A Bebedora então cantou em minha cabeça, *Dedo preto, ah doce dedo preto!* E ali estava ele, avançando através da multidão de queimados, dos dançarinos da noite perplexos, o sorriso tão brilhante quanto o sol tinha sido no passado.

"'*Baptiste!*', gritei.

"'PEQUENO LEÃO!', gritou ele de volta, caindo em meus braços, e embora eu não ousasse abraçá-lo com força por medo de matá-lo, Deus, ele quase espremeu o ar de meus pulmões quando me ergueu do chão. Lágrimas arderam em meus olhos quando envolvi meu velho amigo nos braços, seus ombros largos tremendo com choro. Só me bastava imaginar os horrores que ele suportara nas noites anteriores, mas pelo menos tínhamos sido poupados do horror de lutar um contra o outro. E quando meu velho irmão me pôs sobre pedra, eu olhei para o céu acima e agradeci em silêncio a Deus pela primeira vez desde que podia me lembrar.

"'Pensei que nunca mais tornaria a vê-lo, Gabe', sussurrou ele, esfregando os olhos.

"'Infelizmente você não teve essa sorte", respondi com um sorriso.

Baptiste olhou para as muralhas a nossa volta, Phoebe ao meu lado, a legião de dançarinos disposta sobre os muros.

"'Tudo isso por mim? Você não devia ter feito isso, *mon ami*.'

"Nós rimos, mas foi breve, e nossos olhos então se voltaram para Novatunn. Formas saíam das ruínas abaixo, podres e destroçadas, famintas e sibilantes: um exército de carne Morta privado de sangue, milhares de olhos vazios agora fixos sobre nós.

"'Gabe', murmurou Baptiste. 'Aaron, ele foi...'

"'Eu sei, irmão.' Apertei o ombro dele. 'Vou trazê-lo de volta, eu juro.'

"'Não.' Baptiste ergueu um malho pesado nas mãos, com olhos no mar de dentes abaixo, os muros de Velhatunn atrás dos quais seu amado esperava. '*Eu* vou trazê-lo de volta.'

"Sacudi a cabeça.

"'Aaron agora pertence a Nikita. O único jeito de salvá-lo...'

"'Ele era meu *muito* antes de ser do Coração Sombrio.' O grandalhão aprumou os ombros e bateu com o malho na palma da mão. 'O amor conquista tudo, Gabriel.'

"Cerrei os dentes, querendo desviá-lo disso, mas sabendo que ele nunca me ouviria. Baptiste e Aaron tinham desistido de tudo para ficarem juntos. Eu testemunhara o amor que um sentia pelo outro, resistindo lado a lado na Batalha dos Gêmeos. Nem a legião sem fim do Rei Eterno foi o suficiente para separá-los. Eu fora um tolo por achar que o exército de Nikita teria mais sucesso.

"'Está bem', murmurei. 'Você fique perto de mim, ouviu?'

"Meu velho amigo sorriu, sopesando seu malho.

"'Você que tente acompanhar.'

"'Sandepra!', disse o brado.

"Olhei para a muralha e vi Brynne ensanguentada em meio a um grupo de Donzelas das Luas. O grande úrfuil estava no alto da pedra quebrada, as escuras tranças de assassina agitando-se no vento da tempestade quando ela apontou para as sombras que estavam se reunindo nas muralhas de Velhatunn.

"'O que nós estamos esperando? Um convite dourado?'

"Virei-me para o jovem ao lado de Celene, de cabelo e olhos escuros. Suas mãos estavam trêmulas quando sacou a espada, e vi por sua empunhadura que era verde como grama. Olhando em torno dos muros, em meio aos soldados endurecidos, vi outros igualmente inexperientes, igualmente assustados.

"'Qual é o seu nome, *monsieur*?', perguntei a ele.

"'Joaquin. Joaquin Marenn.'

"'Bem, Joaquin Joaquin Marenn, este mundo tem uma dívida com você.

Mas acho que já fez o suficiente para equilibrar o jogo hoje.' Olhei para os atrozes agitando-se abaixo, os homens e mulheres recém-libertados sobre os muros a nossa volta, gritando acima dos trovões. 'Essas pessoas caminharam pelo inferno e pela escuridão, mas nenhum comando ordena que lutem aqui, nem nenhuma promessa os obriga a ficar! Não há vergonha em viver para lutar em outro dia!'

"Mas Joaquin então sacudiu a cabeça, chamando seus companheiros:

"'Eu não vou ficar de fora quando a garota que me libertou ainda é prisioneira! Derramarei meu sangue por ela, que me deu o mesmo! Dior Lachance arriscou tudo para nos salvar, e acho vergonhoso que *qualquer um* arrisque menos do que isso!'

"Manifestações de apoio soaram pelas muralhas, enquanto Joaquin segurava sua espada no alto.

"'Pela donzela do Graal! *La demoiselle du* Graal!'

"'O Graal!', foi o burburinho que se espalhou, tanto entre os habitantes das Terras Altas quanto entre os queimados. 'O Graal!'

"*Belo d-d-discurso*, sussurrou a Bebedora.

"'Nada mal', concordei.

"*Melhor que osseusqueosseus…*

"'Eu não faço discursos', reclamei.

"Phoebe estava de pé ao meu lado. Sangue escorria de um corte em seu rosto, e os olhos estavam nos muros à frente. Os vampiros estavam reunidos, atrozes e altos-sangues, e não haveria nenhum milagre de última hora ali. Cada centímetro de solo seria conquistado com sangue. Cada passo, uma guerra.

"'Como você está se sentindo?', perguntei com delicadeza.

"'Pronta', respondeu ela.

"Eu me virei para Brynne e acenei com a cabeça para ela.

"Então ergui minha espada para o céu.

"'POR DIOR!'

"E como um só, nós avançamos para o inferno."

✦ II ✦

A CANÇÃO DA MATANÇA

– HAVIA TRÊS CAMINHOS à nossa frente – disse Gabriel com um suspiro. – Três estradas vermelhas.

"As duas primeiras corriam para leste e para oeste ao longo dos muros que davam para o mar. As fortificações que circundavam Novatunn conectadas às muralhas em torno de Velhatunn – um homem podia caminhar da guarita do portão do dún até a entrada da cidade sem que seus pés tocassem as pedras do calçamento. O problema era que as muralhas eram estreitas, e qualquer força atacando por elas seria pega num gargalo quando chegasse aos muros internos; alvos fáceis para as pedras que os Dyvok distribuiriam como bebida barata num casamento ossiano.

"Mas o terceiro caminho não era melhor: uma linha reta através das entranhas de Novatunn, lutando de casa em casa contra os atrozes de Nikita e sendo usados como alvo para a prática de tiro o tempo todo."

– Os proverbiais martelo e bigorna – refletiu o historiador.

Gabriel franziu o cenho.

– Não havia nada proverbial naquilo, vampiro. Os altos-sangues iam literalmente atirar pedras em nossa direção.

Jean-François revirou os olhos.

– Então que caminho você escolheu?

O Santo de Prata encostou-se na poltrona, com as pernas cruzadas e tamborilando com os dedos sobre a bota.

– Bem, nenhum deles tinha nenhum apelo especial. Mas se eu ia cair, preferia cair lutando que enfileirado como os marinheiros na porta da casa de sua mãe quando a frota está na cidade.

— Ah, uma piada sobre a promiscuidade de minha mãe. — O historiador bocejou. — Eu estava achando que estávamos atrasados. Fazia um minuto desde a última.

Gabriel estalou os dedos.

— Isso é exatamente o que ela...

— Grande Redentor, vocês dois podiam por favor *se beijar* — disse Celene com rispidez — e acabar com os infortúnios de todos nós?

— Nós pegamos o caminho do meio — disse Gabriel, franzindo o cenho para a irmã. — Direto para Novatunn. Melhor que obstruir as muralhas do mar, julguei. Keylan liderou uma companhia de leófuis para o leste, Angiss levou uma alcateia de velfuils para o oeste...

— Não — disse Celene.

Gabriel piscou.

— O que você quer dizer...

— Não — repetiu a liathe. — Keylan foi para o oeste, Gabriel, Angiss para o leste.

— *Bobagem*. Eu os vi. Eu estava *lá*.

— Assim como nós.

— E eu não sei? - rosnou ele. — Você é a porra da razão para tudo ter terminado como terminou.

— Crianças. — Jean-François respirou lentamente para se acalmar. — Por favor.

Os irmãos se encararam, com facas nos olhos. O marquês estava certo de que se não houvesse um rio entre eles, ambos estariam na garganta um do outro, que se danassem as consequências. Ele se perguntou sobre o rancor entre os dois. O coração de seu ódio.

A garota, sem dúvida.

A taça estava quebrada. O Graal se foi.

— Tanto faz — disse Gabriel, dando um suspiro e estalando o pescoço. — Os lobos e os leões foram pelas muralhas. E o restante de nós desceu para Novatunn e mergulhou no meio dos Mortos.

"Eu tinha visitado Dún Maergenn em dias mais felizes; Lachie e eu tínhamos viajado até ali depois da vitória na Clareira Escarlate. As ruas estavam repletas de cidadãos dando vivas no dia em que a Novespadas me sagrou cavaleiro, e agora estavam repletas de Mortos. Era difícil saber seu número em meio à neve que caía, aos prédios em destroços e ao caos sangrento da batalha. Milhares, eu diria. Velhos e jovens. Homens, mulheres e crianças. Olhos vazios e respiração sombria, com nada em comum exceto pelo giro cruel do destino que os fez se levantarem de seus túmulos.

"Rua por rua, casa por casa, nós lutamos. Phoebe estava à minha direita, Baptiste à esquerda. Minhas bombas e balas de prata foram gastas nos primeiros minutos. E embora meu aegis queimasse em minha pele, eu ainda estava de sobretudo, por medo de que o brilho me tornasse um alvo desde os muros, confiando, em vez disso, no fogo do sangue de Phoebe em minhas veias.

"A verdade de Deus é que *nunca* tinha me sentido tão forte. Tão vivo. Trovões soavam a nossa volta: não a tempestade acima, mas um lamento de granito quebrado, esmagando igualmente atroz, dançarino e soldado. A neve do entorno se transformou em lama congelada e vermelha, o ar tão sufocante que eu não conseguia diferenciar cinza de neve. Acima do fedor de carne queimando e barrigas rasgadas, eu podia sentir o cheiro do Golfo dos Lobos além dos muros, fazendo com que eu me lembrasse de nosso pequeno farol à beira-mar. Tentei não pensar no fato de que aquelas coisas já tinham sido pessoas, lembrando-me apenas de meu juramento para Dior. E durante todo o tempo, a Bebedora cantava em minha cabeça, e naquela noite não era uma canção de ninar, nem uma ária, mas uma canção de marinheiro, dentre todas as coisas, ecoando em minha mente acima do hino das ondas distantes e dos gritos de gaivotas assustadas.

"*Deixei você, amor, na cidade de Maergenn para viajar pelos mares,*
"*E com um último beijo, você jurou esperar por mim.*
"*Viajei pelo Mar dos Anciãos em busca de fortuna,*
"*E quando o céu acima escurece, penso apenas em você.*

"Ainda posso vê-la agora, querida, tão bela sobre o cais,
"E à medida que a tempestade se aproxima, sei que você espera por mim.
"As ondas quebram, as madeiras se partem e agora me deixam sem nada,
"Exceto o amor por você e medos de que eu nunca devia ter partido.
"E quando afundo para meu túmulo, meu último suspiro, esta súplica,
"Minha noiva agora é o oceano profundo, amor."

Jean-François deu um suspiro quando terminou:

"Não espere por mim."

— Nós seguimos o caminho pelas muralhas — disse Celene, sua voz se acelerando com a lembrança da batalha. — Eu não tinha estômago para retalhar mulheres e crianças mortas, nem condenar ao inferno almas já amaldiçoadas. E nós não tínhamos tempo para beber nenhum deles.

— Quanta generosidade — escarneceu Gabriel. — Deixar que, em vez disso, outros sujassem as mãos de sangue.

— Como se a sua já não estivesse pingando com ele — sibilou Celene.

— *Chevalier* — interveio com rispidez o historiador com olhos brilhantes —, *não* interrompa.

Gabriel franziu o cenho, brincando com seu cálice enquanto Celene continuava:

— Em vez disso, corremos para oeste ao longo da muralha do mar, com Keylan á Meyrick ao nosso lado, mais de dois metros e duzentos e vinte quilos de dançarino da noite furioso, dezenas de assassinos pagãos uivando no encalço da Ira Vermelha. Os Dyvok arremessavam rochas do tamanho de cavalos, destruindo a pedra a nossa volta, esmagando pagãos em lama gelada. Os cortesãos de Nikita tinham a força roubada do Trono das Luas em suas veias, assim como Gabriel. E embora meu irmão e seus camaradas estivessem abrindo uma faixa sangrenta através de Novatunn, Nikita tinha guardado o melhor para nós.

"Nós o vimos à frente, um sussurro de seda preto como meia-noite e azul como oceano, olhos tão perigosos quanto o mar. Estavam fixos sobre nós, na espada e no mangual de sangue em nossas mãos, e soube que ele compreendia o que eu era. O Coração Sombrio estava com dois de seus mais leais ao lado; sua ex-amante Kiara e seu novo amante, De Coste. Ele ergueu Epitáfio, aquela espada poderosa cantando enquanto cortava o ar. E sem dizer palavra, os três se *lançaram* sobre nós.

"Eu nunca tinha enfrentado membros do Dyvok antes de nossa contenda em Aveléne. Pelo menos não fortes como esses. E não entendia bem o que estava por chegar, ou teríamos gritado um alerta como fez Gabriel, a voz ecoando sob o trovão, baixa demais, tarde demais."

– Anyja – murmurou Jean-François.

– A tempestade Dyvok – assentiu Celene. – Eu não sei quanto pesava Epitáfio. Meia tonelada, talvez? Mas quando Nikita agitou aquela espada poderosa em nossa direção, ela o arrastou para a frente com um tufão de carne e ferro. E quando ele atingiu Keylan á Meyrick, a Ira Vermelha simplesmente... *explodiu*, espalhando uma chuva de membros e entranhas. Nikita continuou voando, cortando através dos soldados das Terras Altas como uma foice em tempo de colheita, com De Coste e a Mãe-loba no encalço. E quando o trio parou na extremidade mais distante da passarela elevada por onde tinham passado havia apenas cadáveres e pagãos de bruços, perplexos e banhados em sangue.

"Nós desviamos dos Dyvok, nosso corpo caindo sobre as pedras do calçamento quando passamos por suas espadas; meu truque dos olhos, meu feitiço de sangue. Mas ao olhar para trás, vimos Nikita erguer o pé, e gritamos para as pessoas que ainda estavam de bruços em meio à carnificina:

"'Levantem-se, LEVAN...'

"A bota dele atingiu a passarela elevada como cem barris de ignis preta, e as muralhas a sua frente gritaram e estouraram. *Deus* Todo-poderoso, eu nunca tinha visto tamanha força. O muro se rachou até as raízes, pedras antigas destroçadas como se fossem palha e barro. E aqueles que tinham conseguido desviar desse primeiro ataque foram consumidos no segundo, gritando quando toda a muralha do mar desmoronou com o som de trovões nascidos no inferno."

— Eu nunca vou me esquecer da visão – disse Gabriel com um suspiro, bebendo seu Monét. – Uma muralha que resistira por séculos, centenas de dançarinos, assassinos e soldados destruídos com um golpe. O sangue do Trono das Luas nas veias de um *ancien* dos indomados.

— Nós estávamos nos muros de Velhatunn – disse Celene. – Saindo do meio das pedras e enfrentando altos-sangues Dyvok sozinhos enquanto a poeira assentava às nossas costas. Na aproximação pelo leste, os dançarinos da noite combatiam com dentes e garras, mas estavam num gargalo como Gabriel alertara. Meu irmão tinha feito um trabalho sangrento em Novatunn, e as ruas estavam vermelhas com ele. Mas Nikita então pôs os olhos em Gabriel, falando acima da canção da matança:

"'De León! *Agora* tu vais lembrar o nome de Nikita!'

"O Coração Sombrio saltou para o alto, navegando pela tempestade. As pedras do piso se racharam quando ele caiu na rua atrás de meu irmão e de seus camaradas, levantando pó de rocha e neve no ar agitado. E quando essa nuvem foi levada pelo vento, ali estava ele sobre as pedras estilhaçadas do calçamento. Aquele príncipe sombrio, esculpido em mármore e banhado de vermelho, cabelo escuro e sobretudo agitando-se aos ventos que gemiam."

A Última Liathe, então, olhou para o irmão com expectativa. Gabriel arqueou a sobrancelha.

— Ah, posso contar minha própria história agora? Quanta gentileza sua.

— Meu Deus, você é uma criança – disse ela com um suspiro.

Gabriel pegou a garrafa e encheu seu cálice.

— Eu tinha me virado com o grito de Nikita – disse o Santo de Prata. – As ondas de choque quando ele aterrissou abalaram as pedras do piso, esmagando em pedaços nossas Donzelas das Luas. E por mais que isso me transformasse num alvo, é melhor acreditar que eu então arranquei o sobretudo. A tinta em minha pele brilhava como fogo naquela tempestade, os atrozes a nossa volta se desfaziam como fumaça.

"Nikita tinha seus mais leais às costas. A Mãe-loba, com olhos brilhantes de ódio, o enorme malho de batalha na mão e tranças de assassina agitando-se com o vento uivante. Ela pensava que tinha me matado em Cairnhaem, e eu não tinha dúvida de que agora ela daria qualquer coisa para me enterrar de verdade.

"Meu velho amigo Aaron estava ao lado dela, vestido de preto e azul da meia-noite, o branco de seus olhos banhado de vermelho. Sua espada tinha se quebrado quando morreu em Aveléne, e vi que agora ele brandia outra – tão comprida quanto minha altura. Ele sempre teve uma aparência principesca, frio como o inverno a não ser quando sorria. Mas agora ele era outra coisa, alguma coisa mais e menos, e meu coração se partiu quando eu o vi. Baptiste estava ao meu lado, com o martelo molhado de sangue, os nós dos dedos banhados de vermelho. Ouvi sua respiração se embargar quando ele olhou para seu amado, sussurrando:

"'Ah, meu belo homem. O que fizeram com você?'

"Aaron olhou Baptiste nos olhos e sorriu.

"'Nada que eu não quisesse que fizessem.'

"'Sinto muito, irmão', gritei. 'Sinto muito por não ter estado lá para ajudá-los como vocês me ajudaram.'

"'Ah, Gabriel', disse Aaron com um suspiro 'Você falha com *todo mundo* que ama. Por que comigo seria diferente?'

"Sacudi a cabeça.

"'Vou ver seus grilhões se partirem hoje, Aaron, eu juro.'

"'E o que isso vale? A promessa de um mentiroso?'

"'Diga-me uma coisa, De León.'

"Foi Nikita quem falou, então, limpando pó de pedra de suas lapelas. O caos da batalha se enfurecia a nossa volta, dançarinos matando altos-sangues sobre os muros, queimados enfrentando os Mortos nas ruas. Mas o sangue de Phoebe estava queimando em mim, agora, todo o *mundo* brilhava, cada floco de neve caindo em câmera lenta e todo o cheiro cristalino no ar: sangue, fumaça, cinzas, suor e merda. E, por um momento, parecia que em todo o mundo havia apenas nós seis; Phoebe olhando com raiva para Kiara, Baptiste observando Aaron, e meus olhos sobre o Coração Sombrio.

"'Disseram-me que você atingiu meu pai pelas costas quando o matou na Clareira Escarlate.' Nikita sorriu, os olhos de azeviche estreitos contra minha luz ardente. 'Que o grande Tolyev já estava ferido, a neve em torno dele com uma pilha de mortos de prata. Disseram-me que você se aproximou dele como um ladrão na noite. Como um covarde. Como um cão.'

"'Eles disseram que eu fodi com seu pai por trás, em outras palavras?'

"Kiara rosnou e ergueu o malho.

"'Meu senhor, me permita que eu abata esse mestiço.'

"Nikita sacudiu a cabeça.

"'Você teve sua chance, filha. E falhou.'

"'Pai, deixe-me...'

"'*SILÊNCIO*', retrucou Nikita, a voz Açoitando através das ruínas.

"'Ele implorou antes de morrer, sabia? Seu poderoso Tolyev.' Ergui a Bebedora de Cinzas entre nós, minha fúria com o destino de Aaron fervendo em minhas veias. 'Vocês todos imploram, Nikita. É isso que *eles* não dizem. Quando vocês veem o fim chegando, além de todo blefe e gritaria, dos *tus* e dos *vós*, no momento final todos imploram como a porra de crianças. E morrem como a porra de cães.'

"Ergui uma mão ensanguentada, chamando.

"'Venha morrer, Coração Sombrio.'

"Nikita gritou, lançando a espada e a si mesmo, cortando em minha direção como uma foice. Com um grito, eu desviei para o lado, levando Baptiste comigo quando Epitáfio partiu o ar em dois. A onda de choque quando Nikita passou foi trovão, as casas quebradas a nossa volta desmoronando. Ele parou a quinze metros de distância na rua, arrancando as pedras do calçamento. Com um palavrão, eu me aprumei e o ataquei pelas costas, a pele queimando com a fúria de minha fé na garota por trás daqueles muros; a garota que eu jurara proteger. Kiara ergueu seu malho, as garras de Phoebe cintilaram quando um raio brilhou, e, ali naquele matadouro, nossas batalhas se uniram.

"Kiara queria apenas reparar seu fracasso aos olhos de Nikita, correndo diretamente para as minhas costas. Mas em um clarão vermelho-fogo e preto afiado, Phoebe atacou através da neve e do flanco de Kiara, abrindo carne morta até o osso. A dançarina da noite não se importava com a honra manchada de Kiara, nem com sua rixa comigo. A Mãe-loba devia a Phoebe por sua surra em Cairnhaem, e ali, sob o céu furioso, Phoebe estava disposta a cobrar aquela dívida.

"Aaron ergueu sua espada, também disposto a ir em defesa de seu mestre e atacar as costas de seu velho irmão. Mas quando avançou, uma figura entrou em seu caminho, a pele escura suja de poeira e sangue, os olhos cheios de dor.

"Dor e amor sem limites, *desesperançado.*

"'Não faça isso, Aaron', sussurrou Baptiste. 'Por favor.'

"'Saia da frente, Baptiste', rosnou Aaron, erguendo sua espada grande. 'Estou avisando.'

"'Eu não quero lutar com você, amor. Mas não vou deixar que machuque mais ninguém.'"

Gabriel fez uma pausa, e o cenho franzido projetou uma sombra em seu rosto enquanto encarava o vinho. Ele, agora, podia ouvir a batalha em sua cabeça, sentir o cheiro de sangue e metal, com o coração trovejando.

— Então eu estava na merda ali, sangue-frio — disse com um suspiro. — Meu objetivo fora afastar Nikita de Phoebe e Baptiste, mas agora eu tinha sua atenção, e não fazia ideia do que fazer com ela. O sol estava alto, e isso era alguma coisa. Mas, apesar de tudo o que eu falava, Nikita não era um cão. Era um guerreiro havia seiscentos *anos* e, pior, estava então em frenesi com o sangue de dançarino da noite. E enquanto os menestréis de puteiro podiam cantar que eu era o melhor espadachim vivo, o Coração Sombrio não estava entre os vivos.

"Não fosse pelo meu aegis, eu estaria morto. Mas, por mais forte que Nikita fosse, não é possível matar o que não se consegue ver. Lutando nesse dia por Dior, com o juramento que lhe fizera, a luz de minha tinta *ofuscava*, e isso era o suficiente para me manter vivo – na defensiva, sem dúvida –, mas escapando do alcance de sua espada por um triz enquanto Nikita dançava a Tempestade, retalhando tudo a sua volta.

"Baptiste e Aaron eram vento e trovão, dançando em meio às ruínas. O dedo preto mantinha distância, e Aaron xingava enquanto Baptiste recuava, desviando sem atacar, nunca reagindo. Sempre que Aaron voltava os olhos para mim, porém, Baptiste atacava, atirando uma pedra ou saltando sobre o flanco de seu homem, mantendo-o longe de minhas costas. Rosnando, Aaron provocava Baptiste, usando o dom dos Ilon que seu pai imortal lhe dera, tentando forçar o dedo preto a lutar.

"'*Lute comigo!*', gritava.

"'Não', respondia Baptiste.

"'Mate-me! *Odeie-me!*'

"'Nunca. Eu o amo, Aaron. Eu *amo* você.'

"Então erguiam-se e quebravam como as marés, um jogo de gato e rato no meio dos escombros, dos corpos e do sangue. O pobre mercado da cidade de Maergenn respingava sangue, eu juro, dançarinos e assassinos, altos-sangues e atrozes, um abatedouro encharcado tão denso e fundo que me perguntei se ali também as pedras do calçamento podiam ficar manchadas para sempre. Do que chamariam aquele lugar quando o dia terminasse? A Cidade Afogada? O Túmulo Vermelho?

"O Túmulo do Graal?

"Eu estava ficando desesperado. Tinha tirado sangue de Nikita duas vezes, mas ele podia se dar ao luxo de cometer erros, enquanto eu não podia arriscar nada. Se me aproximasse, eu me colocava dentro do arco mortal de Epitáfio. Mas se recuasse, o Coração Sombrio pisoteava as pedras do calçamento e enviava uma onda de choque em minha direção através da terra, ou apenas lançava sua espada e seguia com ela, cortando o ar em fitas. Mas se eu pudesse botar a mão em torno do pescoço de Nikita, poderia ferver o sangue de dançarino em suas veias até secar, e o dele junto. Por isso, fui me aproximando daquela espada terrível, desviando e rolando por baixo de seus golpes, esperando a minha chance.

"Phoebe recebera um golpe do malho de Kiara, e seu braço esquerdo pendia inerte, mas a Mãe-loba também tinha sido sangrada: quatro rasgos irregulares no pescoço. Aaron avançava na direção do antigo amante, o rosto retorcido de raiva. Mas Baptiste sempre recuava, e agachava-se dos movimentos trovejantes da espada de Aaron.

"'Pare de fugir, covarde!', vociferou Aaron.

"'Eu não vou lutar com você, amor', disse Baptiste, desviando do golpe de Aaron.

"'Não me chame disso! Eu *nunca* o amei.'

"O grandalhão sorriu.

"'Agora eu *sei* que está mentindo.

"'Estou?'

"Aaron então desacelerou o ataque, olhando para seu velho amante, com voz delicada e triste:

"'Ninguém pode culpá-lo por acreditar nisso, acho. Eu também pensava que o que tínhamos era amor.' Aaron olhou para Nikita, então, e seus lábios se curvaram. 'Até que *ele* me provou o contrário.'

"'Isso não é verdade, Aaron. Nós éramos felizes juntos!'

"'Felizes?', riu o jovem nobre, cruel e frio. 'Com *você*? Brincando de casinha naquele chiqueiro horrível? Vivendo de restos e trepando entre migalhas? Eu não tinha ideia do que era felicidade.'

"'Aaron, é o sangue dele que está falando. Ele o distorceu.'

"'Ah, ele me distorceu, sim.' Aaron passou a mão pelo pescoço e mordeu o lábio. 'Torceu-me. Curvou-me e me amarrou com nós. Ele me deixou molhado, machucado e *implorando* por mais.'

"'Não', sibilou Baptiste com olhos brilhando. 'Eu não vou dar ouvi…'

"'Meu *Deus*, as coisas que ele fez comigo. Coisas que você *nunca* fez. Coisas que nunca *poderia* fazer.'

853

"'Aaron, *pare* com isso.'

"'Eu nunca soube o que podia ser o amor. Até conhecê-lo.'

"'PARE com isso, droga!'

"Foi uma breve loucura; uma raiva nascida de amargura e fúria, não por Aaron, mas por aquele que o havia dobrado. Mas mesmo assim, Baptiste gritou com o martelo erguido e avançou sobre seu amado. E desviando lateralmente do golpe, enfim ao alcance, Aaron lançou sua armadilha.

"'Você sempre foi um tolo por amor, Baptiste.'

"Sua pegada se fechou em torno da mão do imenso homem com o barulho de ossos quebrando.

"'E agora, apenas um tolo.'

"A outra mão de Aaron se lançou em torno do pescoço de Baptiste, fazendo o homem ofegar e segurar o pulso do amante. Aaron ergueu Baptiste das pedras do piso, o dedo preto balançando em sua pegada temível, a um movimento de seu fim. Enquanto eu lutava com Nikita, mesmo assim ouvi o chamado engasgado de Baptiste, bramindo:

"'Pelo amor dos deuses, Aaron, *NÃO!*'

"A Bebedora de Cinzas gritou comigo quando a arremessei pelo ar. A espada assoviou ao voar, uma foice de prata cortando através da neve e atingindo Aaron no peito. Baptiste caiu de sua pegada, arquejando e respirando com dificuldade. Aaron voou para trás e caiu sobre a neve ensanguentada em um arco vermelho e brilhante.

"Mas ao salvar Baptiste das mãos de Aaron, eu tinha me deixado aberto às de Nikita.

"Até hoje, não sei o que me atingiu. Tudo o que sei é que fui atacado pelas costas e arremessado como se fosse palhiço e trapos. Ouvi trovões ribombando a minha volta, percebendo que era o som de meu próprio corpo atravessando casa após casa após casa, *bum, BUM, BUUUUUM*, pedra se estilhaçando, telhados desabando, luz branca, dor vermelha e escuridão.

"O grito de Phoebe me ergueu do escuro, minha boca cheia de neve e sangue, o chão tremendo quando Nikita bateu nas pedras do calçamento ao

meu lado. Quando me viu cair, Phoebe foi pega de guarda-baixa, e a Mãe-
-loba lhe presenteou com um golpe que a mandou voando pelas ruínas de
uma velha tabacaria. Nikita ergueu Epitáfio acima de mim, e quando olhei
para ele, com sangue nos olhos e na boca, ouvi Astrid me chamando para
jantar, Paciência rindo ali perto, cálida e brilhante. E eu sorri, porque sabia
que as veria em breve.

"O sorriso do vampiro se abriu.

"'Durma bem no inferno, De León.'

"E pareceu, então, por trás de sua cabeça, que o sol surgira por entre as
nuvens. Não a estrela fraca pairando por trás do sudário da morte dos dias,
mas o sol que eu conhecera quando criança, que beijava minha pele quando
Celene, Amélie e eu ficávamos deitados na margem do rio, em dias tão turvos e distantes que tinha me esquecido de seu calor. Sua luz era cegante, fogo
vermelho brilhando prateado, e, acima do ronco de trovões muito próximos,
ouvi um hino familiar, erguendo-se acima do apito em meus ouvidos.

"O som de uma trompa de prata.

"Nikita xingou, prata cáustica e ignis preta estourando no ar, sua pele e
casaco queimando com as explosões que irrompiam às suas costas. E ele se
virou, queimado e rosnando, olhando para a figura que agora atacava através dos
portões da cidade. Um homem, com olhos verdes delineados com *kohl*, rosas de
prata tatuadas no rosto, o urso em seu peito em chamas quando ele gritou:

"'GABRIEL!'

"Ainda me lembrava do dia em que o encontrara; pouco mais do que
um menino, as presas à mostra numa expressão de ódio, lutando pela vida
nos muros de Báih Sìde.

"Meu Deus, e pensar de onde ele tinha começado.

"Que homem ele tinha se tornado...

"'Lachlan.'"

✦ III ✦

O CAOS AUMENTA

– "LACHLAN...", SIBILOU NIKITA.

"O Coração Sombrio assomou sobre mim quando meu antigo aprendiz se lançou em nossa direção, a prata brilhante reluzindo em meio à tempestade de neve e cinzas. Eu estava deitado de costas aos pés de Nikita, atordoado e ensanguentado, e Lachie atacou os atrozes a sua volta com suas cinco pistolas, uma depois da outra depois da outra. Nikita observava, com Epitáfio na mão, os lábios curvados em um sorriso vazio.

"'Faz muitos anos, irmãozinho!', disse ele.

"Seus olhares se cruzaram, aqueles dois filhos de Tolyev, mortal e imortal em meio à carnificina e ao caos. Entre os corpos que banhavam Maergenn de vermelho, aquelas crianças de camisolas e as mães barrigudas com bebês nunca nascidos. O restante de mil vidas, de loucura e ambição infernal que tinham deixado aquela cidade em ruínas e aquele país em cinzas.

"Lachlan ergueu uma pistola, com olhos em chamas.

"'Você não é meu irmão.'

"O disparo atingiu Nikita no rosto, abrindo a bochecha dele e saindo por trás de seu crânio. O vampiro cambaleou, caiu de joelhos e levou a mão à ferida escancarada enquanto gritava de fúria. Lachlan ergueu sua trompa em resposta, tocando outra nota nela, aquele hino de prata soando pelo campo de batalha outra vez. E, através daquela mortalha rodopiante de neve e cinzas, atordoado e sangrando, mesmo assim eu os vi, atacando através dos portões atrás de Lachlan – talvez apenas cinquenta, mas comparáveis a uma *legião*, anjos e santos sobre suas peles, brilhando com a luz da fúria do céu.

"'O Senhor é meu escudo, inquebrável!', gritou um deles.

"'Por San Michon!', foi o chamado. 'POR SAN MICHON!'

"'Santos de prata', sussurrei.

"Eu vi Tordo em meio ao grupo, a espada grande do sangue-novo erguida para defender seu herói caído. O grande Xavier Pérez e sua cachorra fiel, Sabre, correndo nos calcanhares da ave canora, lançando bombas de prata na refrega. E mais, vi feições que reconhecia de meus anos no serviço da ordem. Homens ao lado de quem lutara e sangrara na Clareira Escarlate, em Saethtunn, Tuuve e Qadir. Maxim Sa-Shaipr e Tomas Tailleur, Kurtis 'a Torre' e até o velho mestre da forja, Argyle, gritando escrituras enquanto atacava, um machado de guerra de aço de prata preso em sua mão de ferro. Atrás deles vinham irmãs da Sororidade da Prata, com fuzis disparando balas de prata nos Mortos, escrevendo uma virada no roteiro para a qual o Coração Sombrio *não* estava preparado.

"Lachlan avançou na direção de Nikita, sacando a espada grande enquanto gritava. O ancien ainda de joelhos, sangue escorrendo do disparo de bala de prata em seu rosto, os olhos de Lachie estavam em chamas com o fervor sagrado enquanto atacava o monstro que tinha ajudado a criá-lo, toda a força da linhagem de Tolyev agora sobre ele quando atacou com a espada na direção do crânio de Nikita.

"Metal soou sobre metal quando o malho de Kiara desviou o golpe de Lachlan, e a Mãe-loba atirou meu antigo aprendiz de costas sobre as pedras do calçamento com o cabo. Ela assomava alta no sangue e na neve enquanto Lachlan levantava-se depressa, o ar em torno dela em chamas com bombas e tiros de prata. Ela foi rasgada por garras de dançarinos, sangrada, em inferioridade numérica de cinquenta para um, mesmo assim ainda estava preparada para defender seu amado senhor caído.

"'Há uma lição que deveria ter aprendido, filhote', rosnou ela. '*Lealdade.*'

"Lachlan sorriu e esfregou o sangue de seu queixo.

"'Ensine isso a *ele*, sanguessuga.'

"Kiara virou-se ao ouvir o barulho de botas às suas costas, ficando repentinamente desapontada. Pois em vez de se erguer dos escombros para lutar lado a lado com a filha, Nikita levantou Epitáfio e se arremessou ao céu. O casaco do vampiro estava fumegando com prata cáustica, um rastro fraco de fumaça gravado em seu encalço enquanto ele voava pelo ar, de volta na direção do dún, deixando sua antiga amante abandonada naquelas ruas sangrentas às suas costas."

O historiador riu consigo mesmo, virando uma nova página.

– Não há ninguém com mais medo de morrer...

– Que aqueles que vivem para sempre – assentiu Gabriel, tomando um gole de vinho. – Aaron estava de joelhos, as mãos escuras de queimaduras enquanto arrancava a Bebedora de Cinzas do peito, Baptiste arquejando nas pedras ensanguentadas do calçamento ao seu lado. Uma bomba de prata estourou sobre a pele de Aaron, ateando chamas a seu casaco, e meu velho irmão o arrancou dos ombros para não entrar em chamas também. Kiara permanecia entorpecida, observando o pai fugir, encolhendo-se quando as bombas explodiam, e cambaleou quando um disparo de bala de prata a atingiu no ombro, outro no peito. Aaron então lançou a si mesmo e a sua espada através da fumaça e da tempestade atrás de seu mestre, e *isso* pareceu enfim assustar Kiara, e a Mãe-loba foi atrás dele pelas pedras quebradas, erguendo seu malho e se lançando por cima da muralha quebrada.

"Os indomados tinham fugido do campo de batalha.

"Novatunn era *nossa*.

"Senti uma mão segurar a minha, e gemi quando Lachlan me levantou da neve ensanguentada. Minhas costelas estavam quebradas, os pulmões sangrando, e eu mal conseguia ofegar. Mas tudo o que senti foi uma alegria louca quando olhei para o rosto dele.

"'É bom tornar a vê-lo, irmão', disse ele com um sorriso.

"Eu só pude menear a cabeça, respirando com dificuldade.

"'Que d-diabo e-está fazendo aqui?'

"'Você me disse para trazer um exército de prata da próxima vez que eu viesse atrás de você.' Lachlan deu de ombros, os olhos verdes brilhando quando ele olhou para o milagre a nossa volta. 'Foi o que eu fiz.'

"Olhei para Baptiste, que se levantava, pálido e sangrando, mas ainda se mexendo. Phoebe emergiu dos escombros, coberta de pó de pedra, escorrendo sangue. Ficou tensa ao ver o homem que tinha atirado nela, mas meu velho aprendiz ergueu a mão em um gesto de paz.

"'Bom amanhecer, *mademoiselle*. É a verdade de Deus: meu coração fica feliz ao vê-la bem.'

"'Está tudo bem, Phoebe', falei para ela, olhando nos olhos de Lachie. 'Ele é *famille*.'

"Meu antigo aprendiz me olhou dos pés à cabeça.

"'Você está parecendo merda.'

"'Claro que pareço.' Eu puxei o cabelo para trás com uma mão ensanguentada. 'Sou *eu*.'

"Os olhos dele brilharam. Meu lábio se curvou. Lachlan foi o primeiro a ceder, mas eu fui em seguida, e nós dois nos abraçamos com tanta força que podia ter matado um homem comum. Eu o abracei apesar de todos os meus ferimentos, apertei-o com força e disse a plenos pulmões:

"'Dê-me esses lábios de cereja, seu *bastardinho* bonito!'"

O Último Santo de Prata encostou-se na poltrona, com os olhos brilhando com a lembrança. A pena de Jean-François estava riscando a página, seus lábios curvos em um sorriso. Celene pegou a garrafa meio vazia que o historiador tinha lhe dado, levou os lábios à gaiola sobre sua boca e derramou um pouco daquele vermelho coagulante sobre a língua.

– Parecia que o anjo Fortuna estava enfim sorrindo para nós. Estávamos lutando contra os altos-sangues sobre os muros de Velhatunn, mas quando os santos de prata abriram caminho através de Novatunn, sentimos um tremor de medo percorrer a linha dos Dyvok. E quando Nikita surgiu, saltando de volta para as muralhas de Velhatunn, aquele tremor virou um terremoto, através de todos os seus números.

"'VOLTEM! VOLTEM PARA O DÚN!'

"Esse foi o grito do Coração Sombrio, e todos os altos-sangues procuraram abrigo enquanto ele rugia. A retaguarda dos Dyvok foi abandonada por seus camaradas, reduzida por Angiss á Barenn e seus lobos, Breandan á Dúnnsair e seus leões. Mas os dançarinos não atacaram, a feiticeira de Gabriel mandou seus companheiros se reagruparem nas muralhas de Velhatunn, e o grito de que San Michon tinha chegado e que a salvação estava próxima ecoou pelas fileiras.

"Bem abaixados, com a barriga roçando o chão, nós seguimos pelo muro oeste, passando pelos portões do mar até Portotunn, cada vez mais próximos do dún. Em meio à fumaça e à neve rodopiantes, olhamos por cima da muralha, com olhos em nossos inimigos. A corte de Nikita tinha sofrido um talho fundo, talvez cerca de vinte deles perdidos, sua determinação pendendo por um fio. Depois de recuar para as muralhas de sua fortaleza roubada, o conde Dyvok olhava enfurecido para as figuras que subiam as muralhas de Velhatunn, tudo pelo que ele tinha trabalhado desmoronando diante da canção brilhante de trompas de prata.

"Sua filha estava ao seu lado, com os olhos enchendo-se de fúria.

"'Você me *deixou*', sibilou Kiara com a mão sobre o peito ensanguentado.

"'Tu sobreviveste muito bem', murmurou Nikita através de seu queixo ensanguentado. 'Poupe seus berros para os cordeiros, Kiara. Hoje é um dia para lobos.'

"'*Todos* esses anos. Tudo o que eu fiz por você...'

"'E o que *exatamente* tu fizeste?' Nikita voltou-se para a filha com restos de sangue nos lábios. 'O leão que disseste ter matado em vez disso trouxe *dois* exércitos para lançar contra nós! Reunidos pela mesma arma que tu mesma deixaste escapar por teus dedos de tola!'

"'Tudo o que eu queria era agradá-lo! Tudo o que eu fiz, foi por amor a v...'

"'*Amor?*', vociferou ele. 'Tu não aprendeste *nada*? Amor é fragilidade disfarçada de ferro, Mãe-loba! Uma mentira que o carneiro conta à ovelha para poder semear mais *cordeiros* em seu ventre! Aquilo que foi dado pode ser tirado, e aquilo que você ama o deixa *fraco*! Agora não me perturbe com ninharias mortais enquanto nossos inimigos se reúnem como uma legião à nossa porta!'

"Kiara mordeu o lábio, com os olhos se enchendo de lágrimas sangrentas. Aaron estava ao lado de seu mestre, a pele queimada, o peito sangrando – se não de seu confronto com seu amado Baptiste, então ao menos do beijo da lâmina da Bebedora de Cinzas. A corte de Nikita se reuniu em torno dele, suja com as cinzas de seus companheiros, olhos escuros como pederneiras sobre as muralhas de Velhatunn. Os dançarinos estavam abrindo os grandes portões para a cidade do interior, erguendo a grade poderosa, e aquelas figuras prateadas entraram. Os dentes de Aaron estavam cerrados, os vampiros ao seu redor severos e resmungando.

"'O que fazemos, mestre?', perguntou o *capitaine*.

"'Nossa frota espera no golfo abaixo', murmurou Alix, olhando para as águas atrás deles. 'Os oceanos ainda são seus, Priori. Nós podemos ir para os barcos, viver para l…'

"Epitáfio cantou ao descer, decepando a cabeça de Alix de seu tronco; um golpe tão pesado e rápido que levou um momento para o corpo da vampira perceber que estava morto. Enquanto caía do muro, o cadáver dela se desfez em cinzas, anos roubados reclamados pela mão faminta da morte, e seu crânio virou pó antes mesmo de atingir as pedras do calçamento. O Draigann gritou quando sua amante foi decapitada, os olhos arregalados pelo ultraje quando se dirigiram a Nikita. Mas o Priori Dyvok permaneceu de pé vestindo preto-fumaça, sua espada ensanguentada estendida na direção do pescoço do sobrinho, a meia-noite vazia de seus olhos ainda fixa no inimigo enquanto ele falava:

"'O próximo covarde que propuser uma retirada vai sofrer o mesmo.'

"O Draigann tremia de fúria. Suas presas douradas brilharam quando ele rosnou, a pele tatuada suja com o sangue e os chamuscados da batalha, mas mesmo assim não ousou dizer uma palavra de protesto. Há poucas questões mais profundas quanto as do coração, verdade. Mas nenhum coração bate no corpo dos malditos, historiador. E para sempre é *muito* tempo para se abrir mão dele por amor.

"'O que, então, você quer que façamos, Priori?', disse ele com raiva.

"Nikita olhou para suas defesas, acariciando o disparo de bala de prata em seu rosto. As muralhas ali eram mais fortes, mas ainda assim estavam rachadas após seu ataque meses antes; muitos apoios para um sangue-pálido ou dançarino da noite tirar proveito na subida. Ali não havia trabuco nem canhão, apenas as canaletas de ferro para derramar pedras e água fervendo sobre as tropas que subiam. Mas essas canaletas agora estavam vazias – as pedras tinham sido usadas para reforçar as fortificações, e não havia água escaldante em um dún onde as chamas quase chegavam a ser proibidas. Mas ao olhar para os vasos redondos e largos, o Coração Sombrio ainda sorriu e se voltou para Aaron.

"'Traz o gado.'

"Aaron olhou para aquelas jaulas horrendas no pátio abaixo e os restos congelados do butim de Aveléne.

"'Quais, mestre?'

"'Todos eles.'

"Aaron beijou a mão de seu senhor, a marca de seus lábios ensanguentados pintada sobre a pele do Coração Sombrio. Nikita voltara-se outra vez para o inimigo; os santos de prata adentravam Velhatunn, o Leão mancando à frente deles, sua bruxa de carne, o dedo preto e aquela maldita traidora ao lado dele, todos sangrando, mas inteiros. Uma legião de antigos queimados dos Dyvok vinha cambaleante atrás deles, liberada pela obra daquela maldita garota. O olhar do Coração Sombrio brilhou quando o jovem Joaquin ergueu sua espada ensanguentada e puxou os gritos daqueles soldados, que agora soavam ao vento:

"'*La demoiselle du* Graal!'
"Ele se voltou para Kiara, rosnando:
"'Traz aquela garota maldita.'
"O olhar da Mãe-loba ainda era como punhais no pescoço do pai, e seus olhos desviaram para a marca dos lábios de Aaron sobre sua mão. Seus próprios lábios estavam entreabertos, seu olhar...
"'*Agora!*', disse Nikita com rispidez, a voz quase rachando a pedra.
"E com os punhos cerrados, a Mãe-loba fez a volta para obedecer."

– Por que você já não a tinha libertado?

Celene ergueu os olhos para a interrupção do historiador. Jean-François ainda escrevia em seu tomo, sobrenaturalmente rápido, lançando um breve olhar para ela enquanto mergulhava a pena na tinta.

– Se podia assumir a forma de sua pequena legião alada quando quisesse, por que não apenas passar pelo inimigo, entrar nas masmorras dos Dyvok e, lá, soltar Lachance?

Gabriel estava se servindo de mais uma taça de vinho, olhando para Celene com a sobrancelha arqueada.

– Excelente pergunta. Por que não a *libertou*, irmã?

– Nós sabíamos que podíamos ser mais úteis nas muralhas – respondeu Celene. – Dior estava trancada em sua cela, ferida, *oui*, mas por enquanto em segurança. Até a chegada dos santos de prata, nosso ataque contra os indomados estava fracassando, e todas as espadas eram necessárias na luta.

– Muito solícita. – Gabriel inclinou a cabeça. – Ou talvez achasse que podia conseguir arranjar mais um banquete impudente em meio ao caos? Salvar mais uma alma maldita da perdição, como tinha feito com Rykard em Avaléne? Talvez um mediae dessa vez? Ou um belo ancien suculento para molhar a garganta? Você ganha mais elogios de seu mestre quanto mais velhas são suas vítimas? Ou apenas rouba mais poder para si mesma?

– Você não sabe de nada – disse ela com raiva. – E *mesmo assim* gane como um cachorro chutado. Nunca se cansa do som de sua própria voz, irmão?

— Você podia ter impedido aquilo — rosnou Gabriel. — O que aconteceu em seguida, você podia...

— *Parem* — disse Jean-François com rispidez, dando um tapa em sua página. — O que estava dizendo, mlle. Castia?

— Eu estava dizendo... — sibilou ela, ainda olhando com raiva para Gabriel — ... que lutamos sobre os muros até a chegada dos santos. E logo depois, estávamos todos lutando por nossa vida. Então enquanto meu querido irmão não teria desejado mais nada além de pôr a culpa de tudo o que aconteceu aos meus pés, eu fiz o melhor possível. — Ela deu um suspiro e abaixou a cabeça. — Eu gostaria que pudesse ter sido mais.

Gabriel escarneceu, mas com um olhar afiado de Jean-François, o Santo de Prata segurou a língua, em vez disso tomando um gole de seu cálice. E com uma última olhada raivosa, sua irmã continuou a falar:

— Kiara entrou no dún após a ordem de Nikita, seu humor tão colérico quanto a tempestade no céu. Os talhos que Phoebe rasgara em sua pele, os buracos de balas de prata disparados por Lachlan e seus irmãos, os ferimentos que Nikita deixara em seu coração... quem sabia o que doía mais? Nós a perdemos de vista quando ela entrou no castelo, mas aquela partícula nossa que estava com Dior nas profundezas das masmorras ouviu quando Kiara se aproximou da cela do Graal.

"O brinquedo de Nikita, a garota Isla, estava de guarda junto à cela do Graal por ordem do seu para sempre, com um punhado de soldados escravizados de serviço com ela. Reyne á Maergenn observava pela fresta gradeada na porta da cela em frente. A princesa estava machucada, mas tinha sido curada pelo sangue sagrado do Graal e olhou enfurecida para a aproximação da Mãe-loba.

"'Lady Kiara.' Isla fez uma mesura. 'Como vai meu senhor e meu amor?'

"A Mãe-loba ignorou a jovem e girou a chave na fechadura de Dior.

"'Lady Kiara?', tornou a perguntar Isla. 'Como está o senhor...'

"Kiara estendeu as mãos devagar, segurou o rosto bonito de Isla e, sem uma palavra de alerta, enfiou-o na parede mais próxima. A cabeça da garota estourou como um odre de vinho cheio, seu crânio esmagado em uma polpa. Os soldados escravizados levaram um momento para reagir quando cérebro e sangue sujaram suas botas, mas, quando levaram a mão às espadas, Kiara estava entre eles, quebrando pescoços como gravetos secos, dando um soco tão brutal no estômago de um homem que suas entranhas saíram pela boca. Com o chão banhado de vermelho e as mãos igualmente pintadas, Kiara abriu a porta do Graal.

"'O que está fazendo?', questionou Reyne.

"Dior estava deitada no chão, com ouvidos e nariz ensanguentados. Nossa partícula que estava com ela estremeceu, diminuta e indefesa, o resto de mim agora nos muros externos, furioso. Kiara virou a garota de costas, os olhos cheios de fúria vermelha. Levando a mão à bota, sacou a faca curta e afiada que usara para esfolar De Coste na longa estrada até a cidade de Maergenn.

"'Não, pare!', protestou a princesa. 'Pare com isso, não toque nela!'

"A Mãe-loba olhou para a jovem com uma expressão selvagem.

"'Cale a porra da boca, garota.'

"Reyne socou a porta.

"'Vou *matar* você se a machucar!'

"'Eu não vou machucá-la', disse Kiara com raiva, voltando-se para a garota comatosa. 'Eu vou machucá-*lo*.'

"A Mãe-loba olhou para a marca em sua mão, aquele coração sombrio circundado por espinhos, aquela marca de afeição que devia ter desaparecido muito tempo atrás. E, enfiando a faca em sua pele de mármore, cortou fora a cicatriz de feiura, pressionando a ferida ensanguentada sobre os lábios de Dior. O Graal gemeu, vermelho lavando sua língua – o sangue de uma mediae, verdade, mas o suficiente para despertá-la depois daquele chute brutal em seu crânio. Aos poucos, a garota abriu os olhos grudados de sangue, arregalando-os ao ver a Mãe-loba assomando sobre ela. Dior então despertou por completo e rastejou para trás sobre a pedra. Ela passou os dedos pelo nariz sangrando, dedos ensanguentados estendidos à sua frente como punhais. Mas a Mãe-loba apenas escarneceu e ficou de pé.

"'Você ainda corre depressa, ratinha?'

"Dior piscou.

"'O quê?'

"'Levante-se. Vou tirar você daqui.'

"A Mãe-loba virou-se e saiu andando pelo corredor na direção da cela de Reyne, a garota observando perplexa enquanto Kiara abria a porta e gesticulava com a cabeça para Dior.

"'Ela vai precisar de sua ajuda. Alteza.'

"A princesa ficou imóvel por um instante, incerta e desconfiada. Reyne olhou para o ferimento ensanguentado no alto da mão de Kiara, a marca esfolada daquele que ela estava traindo.

"'O que a faz amar', disse a Mãe-loba, 'não precisa deixá-la fraca.'

"Passando pela vampira, lady Reyne correu para a cela do Graal e passou um braço em torno da jovem, que gemia. Ajudando Dior a se sentar, Reyne apertou os lábios sobre a testa dela, as bochechas, sua boca ensanguentada, sussurrando com ferocidade:

"'Você está bem?'

"'Melhor agora', murmurou Dior. 'Você es...'

"'Mexam-se, vocês duas', disse Kiara com rispidez. 'Antes que eu mude de ideia.'

"Reyne pegou nas mãos de Dior e ajudou o Graal a ficar de pé. Kiara estava no corredor, olhando com raiva para a dupla antes de fazer a volta e começar a subir a escada. As jovens a seguiram mais devagar, Dior mancando ao lado de Reyne, o braço da princesa em torno da cintura do Graal. Dior franziu o cenho ao ver Isla e os queimados espalhados pelas paredes.

"'O que está acontecendo?', murmurou ela.

"A Mãe-loba lambeu sangue e tecidos dos dedos enquanto subia a escada das masmorras, falando para trás para as duas garotas que a seguiam.

"'Seu Gabriel está nos portões. Mas um oceano de sangue será derramado antes que ele chegue até você. Encontre um lugar para se esconder do Coração Sombrio até que a batalha termine.'"

Jean-François ergueu a mão e interrompeu a história de Celene.

– Por favor, não se apresse demais, mlle. Castia. – Mergulhando a pena na tinta, o historiador olhou para seu outro prisioneiro. – Onde você estava durante essa traição deliciosa, Santo de Prata?

Gabriel bebeu de seu cálice e passou as costas da mão na boca.

– Eu não fazia nem ideia de que isso estava acontecendo. Ainda estávamos limpando bandos de atrozes e nos reunindo nos muros de Velhatunn. Tínhamos feito bem em forçar a recuada de Nikita e seus altos-sangues de volta para o dún, mas eu havia passado a maior parte da minha vida lutando contra os mortos, historiador, e sabia que bastardos como vocês nunca são mais perigosos do que quando estão encurralados em um canto.

– A Quarta Lei – murmurou Jean-François.

– *Os Mortos são como feras, parecem homens, morrem como demônios.* – Gabriel assentiu. – Mas, com a Ordem da Prata ao nosso lado, eu *sabia* que podíamos vencer. Lachlan e os outros santos tinham-se agrupado abaixo, e Joaquin e os queimados aumentavam seus números. Dois contingentes de dançarinos estavam prontos para avançar em gancho pelo leste e pelo oeste ao longo dor muros do mar, fechando-se em torno do dún enquanto nossas irmãs da prata e Donzelas das Luas nos cobriam com fuzis e arcos. Phoebe estava ao meu lado, e enquanto olhávamos além das neves para os sangues-frios nas muralhas do dún, ela apertou minha mão. Com a Bebedora de Cinzas erguida, eu inspirei fundo para gritar nosso ataque.

"*G-G-G-Gabriel, Gabegabe, a-a...*

"Eu franzi o cenho ao ouvir o gaguejar prateado, olhando para a dama sobre minha espada.

"'... Bebedora?'

"*A-a-a-a...*

"Pressionei meus dedos ensanguentados em seu rosto.

"'O que foi, *mon amie*?'

"*A-A-A-ATRÁS!*

"'Sandepra!', alertou Brynne. 'Cuidado!'

"Eu me virei ao ouvir o grito, com um nó no estômago. E ali, entrando em silêncio nos rios vermelhos das ruas de Novatunn às nossas costas, eles vieram. A vanguarda era toda formada de sangues-ruins, aparentemente milhares: mendigos e lordes, soldados e camponeses, pais e filhos. Seus cérebros estavam podres e estragados, seus corpos eram meras conchas para a sede em seu interior. Homens marchavam atrás, na casa das centenas. Corvos brancos adornavam seus escudos e tabardos, capacetes com formato de crânios, ombreiras em formato de mãos esqueléticas. Espadachins à frente e fuzileiros atrás, com fuzis nos ombros e morte nos olhos.

"'São os malditos Voss!', gritou Brynne.

"'*Não* pode ser', sussurrou Phoebe. 'Nós capturamos os mensageiros esta manhã. O Órd fica a *dias* daqui.'

"E, então, eu soube a verdade. Enquanto o rio *ficava* a dias de distância, enquanto os mensageiros de Nikita nunca o teriam alcançado a tempo, isso só teria importância se as Terrores tivessem esperado onde prometeram. Se seu mestre tivesse mantido a palavra para seu velho amante.

"'Fabién mentiu para Nikita.' Sacudi a cabeça. 'Ele estava planejando trair o Coração sombrio assim que tivesse uma oportunidade. E nós a entregamos para ele. Deixar que nós e os Dyvok nos enfraquecêssemos, depois varrer as sobras e recolher Dior na saída dos portões.'

"'Doces Luas-mães', sibilou Phoebe."

O Último Santo de Prata passou a língua pelos lábios manchados de vinho, olhando fixamente para o cálice.

– Então ali estávamos nós, historiador. Presos entre o martelo e a bigorna, afundados até as bolas no inferno, com um novo inferno se aproximando às nossas costas. Mais de mil sangues-ruins, soldados escravizados atrás deles, descansados e sem derramar sangue em batalha. E me esforçando para enxergar através da fumaça e da neve, eu as vi, como um par de boas pequenas imperatrizes, *muuuito* atrás de suas fileiras. Duas figuras pequeninas, vestidas de branco e preto, com as mãos encharcadas de vermelho.

"Eu ainda podia vê-las em minhas lembranças, reunidas em frente à minha casa na noite em que o temível pai delas bateu à porta. Elas ficaram paradas e observaram, enquanto ele fazia aquilo. *Riram* enquanto meus anjos morriam. E eu jurei que as veria mortas por isso, todas elas.

"'O que nós fazemos, Gabe?', sussurrou Phoebe.

"Eu ergui a espada, a tinta em minha pele em chamas.

"'É hora de cumprir uma promessa.'"

✦ IV ✦
AINDA MAIS FRIO

– "GABRIEL!"

"O grito ergueu-se acima dos ventos uivantes, os passos de botas pesadas às nossas costas. Olhei para as ruas da cidade abaixo, e Lachlan olhava para mim enquanto apontava para trás.

"'Eu posso vê-las!', gritei. 'Você pode cobrir os Dyvok?'

"Lachlan olhou para o dún, então assentiu, seu rosto ensanguentado e severo.

"'Suas costas! Minha espada!'

"'Angiss!', chamei. 'Leve seus lobos para oeste pelos portões de Portotunn e encontre Lachie no dún. Breandan!' Eu me virei para o primo de Phoebe. 'Leve seus assassinos para o leste. Brynne, você e os seus venham conosco! Irmãs da prata, cubram os santos, Donzelas das Luas, atrás de nós!'

"Abaixei para me proteger quando um rochedo do tamanho de uma casa pequena demoliu os muros ao meu lado. Vi Nikita arrancar outro bloco de muralha com as mãos.

"'Todos vocês, vão! *VÃO!*'

"Nós avançamos na direção de nossos inimigos, metade de nós na direção dos indomados à frente, o restante voltando para lidar com os corações de ferro atrás. Phoebe e eu saltamos para longe das muralhas que desmoronavam, Baptiste pulou até nosso lado, encolhendo-se quando o muro fez barulho acima, com pó de pedra e sangue emplastrados sobre a pele. Seu braço estava quebrado, pendurado em uma tipoia em volta do pescoço, um malho do aço de prata mais puro emprestado do mestre da forja Argyle agarrado em sua mão boa.

"'Gabe, eu preciso ir atrás de Aaron!'

"'Droga, Baptiste!', vociferei. 'O único jeito de libertá-lo é matar o Coração Sombrio! Eu o amo, *mon ami*, mas você não tem esse feito dentro de si!'

"Nós nos encolhemos outra vez, mais pedra desmoronando do alto, os corações de ferro se aproximando às nossas costas.

"'Não posso só deixá-lo! Você abandonaria sua esposa entre esses monstros?'

"E, então, sacudi a cabeça, com dor no peito. Sabia que meu velho amigo falava a verdade – que eu nunca deixaria minha amada para trás, não importava quanto aquilo pudesse me custar. Eu também sabia que, a menos que houvesse um milagre, Baptiste agora se dirigia para sua morte. Mas, que Deus me ajude, eu não tive coragem de impedi-lo."

– Os livros de histórias são cheios de tolos que morreram por amor – murmurou Jean-François.

– Isso eles são – assentiu o Santo de Prata, esfregando a barba por fazer. – E embora isso também pudesse fazer de mim um tolo, fico feliz por esse fato, historiador. Está lutando por nada? É exatamente isso o que se dá para defendê-lo. Mas se alguém luta por algo que vale a pena, e estou falando de alguma coisa que *realmente* importe, não há nada que você não faça. Irmandade. *Famille*. Lealdade. Amor. Tudo pelo que vale a pena tentar. Tudo pelo que vale a pena *morrer*. No fim, é isso que nos faz diferentes de você, vampiro. E o que nos faz diferentes, nos faz poderosos.

Gabriel sorriu.

– Por isso segurei a mão de meu irmão e disse as palavras que Aaron e eu tínhamos dito um para o outro na Batalha dos Gêmeos, olhando nos olhos da morte lado a lado.

"'Sem medo. Apenas fúria.'

"Baptiste beijou meu rosto ensanguentado e virou-se para se juntar aos santos de prata, correndo agora na direção do dún. Os guerreiros das Terras

Altas estavam correndo na direção dos corações de ferro, abrindo caminho através da vanguarda de atrozes. Brynne era uma usina de força coberta de sangue, lutando com garras e dentes, pintada até os cotovelos e cercada por um mar de seus próprios parentes uivantes. Eu vi um urso do tamanho de uma carroça abrir caminho através de meia dúzia de atrozes, partindo-os ao meio com garras e dentes. Uma chuva de flechas atravessou a tempestade, atingindo os soldados escravizados dos Voss atrás, fogo de fuzis crepitando no ar. Parte da cidade estava em chamas, os Mortos fugiam do fogo, fumaça escurecia o ar. Através da névoa, pude ver altos-sangues em meio às tropas dos Voss, liderando o avanço dos soldados escravizados, mas meus olhos estavam apenas naquelas duas sombras, leves e escuras, à espreita atrás deles. Aquelas generais temíveis, velhas quando o império era jovem, mãos entrelaçadas e encharcadas com o sangue de *ma famille*.

"Ouvi um sussurro de pano quando botas macias atingiram a neve, o cheiro de sangue fresco no ar. Eu me virei e vi Celene ao meu lado, os trapos ensanguentados sobre o rosto, olhos mortos nas Terrores.

"'Você deve ir ajudar Dior!', disse-lhe. 'Entre escondida no dún em meio ao caos e...'

"'Dior está sssegura por enquanto. Kiara está com ela.'

"'*Kiara?* Em que merda de pesadelo isso é seguro?'

"'Mães e filhosss. Pais e filhasss. Irmãs e irmãosss.' Ela sacudiu a cabeça. 'É uma teia e tanto que tecemos, nós que nos chamamos de *famille*. Mas a Mãe-loba está com Dior em segurança sob a sua asa. E você vai precisar de minha ajuda para derrotar minhas tias, irmão.'

"'Eu não achava que você se importasse, irmã.'

"Ela, então, olhou para mim, olhos mortos bordejados de vermelho, tranquilos naquela tempestade.

"'Eu nunca deixei de me importar, Gabriel. É por isso que dói tanto quando penso que você deixou.'

"Ela ergueu a espada e o mangual, olhando com fúria para as Terrores.

"'Agora, vamosss conseguir sangue por minha sobrinha.'"

O Último Santo de Prata inclinou-se para a frente, com o cálice vazio pendendo parado entre seus dedos. Sua irmã continuou muda, observando do outro lado daquelas águas escuras, imóvel como pedra. Gabriel olhou para ela, a respiração chiando delicadamente por entre presas, um pouco acelerada agora. Jean-François parou de escrever, olhando na direção do *capitaine* Delphine quando o clima na cela ficou um pouco mais sombrio. Soldados escravizados ficaram tensos nas sombras, prontos para entrar em ação se o Santo de Prata acalentasse a fúria que queimou brilhante e repentina em seus olhos, mas Gabriel apenas cerrou o punho, os nós dos dedos brancos, seu Cálice dourado amassando-se em sua mão enquanto murmurava:

— Você sabe o que é uma vitória dejânica, sangue-frio?

O historiador olhou outra vez para Delphine e gesticulou para que o homem se contivesse.

— *Oui* — assentiu Jean-François. — Tem esse nome por causa do rei Dejan de Talhost, que lutou contra Maximille, o Mártir, no cerco de Charinfel no ano de 8 AE. Ele lutou contra os augustins até chegarem a um impasse, mas perdeu noventa por cento de suas forças no processo. A expressão descreve um triunfo tão custoso que é semelhante a uma derrota.

Gabriel olhou para Celene por um átimo a mais, o ar pesado como chumbo. Largando seu cálice esmagado, ele pegou a garrafa de vinho e bebeu direto do gargalo.

— Nós corremos pela muralha oeste semidestruída — prosseguiu ele, com a voz levemente indistinta. — De volta na direção da retaguarda das fileiras dos Voss. Brynne e seu povo estavam abrindo caminho através da vanguarda dos corações de ferro, mas o avanço era lento e sangrento, e eu queria cortar em torno de seu flanco e atacar as Terrores pelas costas. Peguei a capa de um soldado morto para cobrir meu aegis enquanto corríamos, apenas três de nós; Phoebe, Celene e eu, disparando pelos escombros e pelas ruínas da passarela elevada. A fumaça e a neve estavam tão densas que não passávamos de sombras, a tempestade e a batalha tão barulhentas que não passávamos de sussurros, o fedor de sangue tão pesado que nunca sentiriam o cheiro de nossa aproximação. Por isso, seguimos em frente, rápidos e seguros pelos escombros, com a tempestade trovejando e olhos fixos na dupla delas.

"Estavam no arco em ruínas acima da guarita do portão externo, observando a batalha se desenrolar com olhos mortos e sombrios. Pacientes, antigas e satisfeitas em derramar cada gota do sangue de suas tropas desde que roubassem seu prêmio no final. Nossos guerreiros estavam rasgados e desgastados pela batalha; as tropas dos Voss, frescas. Os atrozes dos Dyvok tinham atacado nossas forças a esmo, mas, sob a vontade dos corações de ferro, os sangues-ruins Voss simulavam ataques e manobravam, pressionando os pontos mais fracos de Brynne e nossos dançarinos, dispersando e tornando a agrupar. Eu vi aquele úrfuil enorme tombar diante de uma montanha de sangues-ruins, Donzelas das Luas derrubadas por saraivadas de disparos de fuzis. Deixados sozinhos, os descendentes de Fabién ganhariam o dia. Mas ataque a cabeça do pastor, e as ovelhas vão se espalhar, vampiro, e cá entre nós, três leões, achei que podíamos aguentar um golpe ou dois.

"Elas acabaram sentindo a nossa chegada, mesmo com meu aegis escondido, pois há poucas chances de surpreender monstros que conseguem ler mentes. Mesmo assim, chegamos perto o suficiente no caos, e quando Alba e Alene se viraram em nossa direção, vi que elas tremeram, e uma onda atravessou as fileiras de sangues-ruins abaixo. Disparos de fuzil soaram e, das ruas em ruínas, soldados escravizados atiravam em nossa direção, tiros atingindo pedra ao nosso redor, mas nós continuamos correndo. As garras de Phoebe brilhavam, a espada de Celene gotejava e a Bebedora de Cinzas cantarolava em minha cabeça para acender um fogo em meu peito, aquela cantiga de ninar que eu cantava para Paciência quando ela era uma garotinha, acordada por terrores noturnos:

"*Durma agora, adorada, durma agora, querida,*
"*Sonhos sombrios vão desaparecer com o papai junto de ti...*
"*Não tema os monstros, não tema a noite*

"*Tudo vai ficar bem, agora que seu pai está aqui.*
"*Feche os olhos, querida, e saiba que é verdade:*
"*A manhã vai chegar, e o papai ama você.*

"Olhos escuros caíram sobre nós e, em seguida, vontades sombrias, martelando minha fronte com o peso de séculos sangrentos. Mentes tão antigas e frias que eram impossíveis de conhecer. Quantos anos elas tinham? Quantos assassinatos em sua conta? Ainda assim, senti um tremor quando viram Celene, com aquela espada de sangue ondulando em sua mão, as presas brilhando em seu crânio quando arrancou os trapos para revelar a ruína que Laure fizera em seu rosto.

"Eu podia ouvir em seus sussurros.

"Seu ódio.

"Seu *medo*.

"'*Esani...*'"

Gabriel ficou em silêncio quando Celene se ergueu de súbito. A Última Liathe agora parecia tomada pelo encanto da batalha, como estava o historiador, sua pena movendo-se agilmente pela página.

– Nós também pudemos ver isso. Sentir o gosto no próprio ar. Alba e Alene eram filhas de Fabién, irmãs da fera que me matara, e ver uma nesga de inquietação naquelas Terrores trouxe um sorriso para nossos lábios rasgados. Mas enquanto nos preparávamos, ali no alto da guarita do portão, Gabriel e sua bruxa de carne mirando Alba, nós em Alene, toda soberba se transformou em pó. Quando Alene sacou uma espada de seu chicote de montaria e desviou de nosso golpe, nós tornamos a olhar para nossa partícula no interior de Dún Maergenn, e um sussurro escapou de meus lábios:

"'*Kiara.*'

"A Mãe-loba chegara ao Salão das Coroas, à sombra da estátua da Novespadas, com a princesa e o Graal mancando atrás dela. Mas, então, congelou, e seus olhos arregalaram-se quando uma voz fria pronunciou o nome dela. Fumaça vinha com o vento e o hino das trompas de prata e das gaitas das Terras Altas, o chamado do cântico do destino. Dior praguejou e Reyne cerrou os dentes. E, virando-se, elas deram de cara com três figuras, todos os olhos fixos na traidora Mãe-loba.

"O primeiro era Kane, a grande e terrível espada do Decapitador apoiada no ombro. O segundo era Príncipe, rosnando com sua cicatriz. E a terceira, trajando um belo vestido preto e carmesim, com uma coroa de chifres sobre a testa e uma couraça de aço sobre o peito...

"'Lilidh', sibilou Dior.

"'Como estás, querida sobrinha?' A Sem Coração sorriu, acariciando o alto da cabeça de seu lobo que rosnava. 'Para onde viajas com os braços tão carregados?'

"'Minha temível senhora.' Kiara fez uma reverência, apontando com a cabeça na direção do barulho e da fúria do lado de fora. 'Santos de prata chegaram aos portões para ajudar o Leão. A batalha não está correndo bem. Lorde Nikita ordenou que a garota fosse levada para as muralhas.' Ela olhou com raiva para Kane. 'Que é onde *você* deveria estar, primo.'

"'A garota.' Os olhos de Lilidh então se dirigiram para Reyne. 'Entretanto, eu conto duas delas à minha frente.'

"A condessa inclinou a cabeça, intrigada.

"'Ou seriam três?'

"'Milady, eu...'

"'Tu achas que sou surda além de cega?' A Sem Coração olhou na direção da mão ensanguentada de Kiara, a marca de seu pai esfolada da pele. 'Achas que sou boba, sobrinha?'

"A Mãe-Loba cerrou os dentes e se colocou entre Lilidh e o Graal. Dior ainda parecia alquebrada e atordoada, e Reyne a sustentava. Mas, quando a dupla saiu andando na direção de uma porta de criados, Príncipe rosnou, com os olhos brilhando. Kane ergueu a espada, olhando enfurecido para a prima, mas Kiara olhava apenas para a Sem Coração, com o poderoso malho de batalha firme em seu punho. A ancien nunca oferecera nada além de crueldade para a sobrinha, nem dado a ela nada além de desprezo. Não sabíamos se Kiara julgava-se melhor do que Lilidh em batalha. Se achava que a condessa era mole por baixo daquele peitoral de aço, uma criatura de sussurros e saias de seda. Talvez estivesse só cansada. Furiosa. Traída. Sangrando. Nós não sabemos do coração da Mãe-loba, historiador. Só sabemos o que ela disse:

"'Acho que você é uma sádica', respondeu Kiara, com raiva. 'Uma víbora e uma perjura. Acho que é irmã de um bastardo', disse olhando para Kane, 'mãe de covardes e uma arquiteta da *ruína*, que se senta sobre um trono comprado com sangue que você saboreou beber, mas nunca arriscar.'

"A Mãe-loba cuspiu vermelho sobre a pedra quebrada.

"'Acho você uma *covarde*, Lilidh.'

"E com isso, Kiara levou o braço para trás e arremessou seu malho de batalha através do salão.

"Ela era apenas uma mediae, verdade, mas tinha bebido sangue de dançarino da lua e era uma guerreira dos indomados, endurecida por décadas de batalhas. O malho de Kiara cortou o ar com força o suficiente para fazer as janelas trepidarem, e embora Lilidh tenha feito menção de se mexer, os Dyvok são famosos por sua força, não pela velocidade. A Sem Coração foi atingida e voou para trás em um jorro de sangue, colidindo com a estátua da Novespadas com tanta força que ela se estilhaçou em pedaços. Granito cortou o ar como facas, e a lendária espada de Niamh cantou ao cair nas pedras do piso. Lilidh continuou a voar e bateu com força na parede além, as empenas acima rangendo agourentas quando desabou sobre a pedra.

"Kane gritou com a queda de sua mãe e lançou-se na direção de Kiara com sua grande espada. A Mãe-loba levou dois golpes, o primeiro decepando o braço esquerdo no cotovelo, o segundo cravando-se fundo no peito. E cuspindo sangue, xingando, Kiara jogou Kane para o lado com um forte golpe de revés. As armaduras em torno do salão tremeram quando o Decapitador atingiu a parede dos fundos e caiu no chão com um gemido gorgolejante.

E gritando de dor, Kane se viu preso contra a pedra, sua própria espada grande arrancada do peito de Kiara e jogada do outro lado do salão, penetrando em suas costelas e prendendo-o até o cabo na pedra às suas costas.

"Com a mão direita cerrada em um punho sangrento, a Mãe-loba avançou na direção da tia caída com assassinato nos olhos."

– Do lado de fora as coisas estavam ficando uma merda – disse Gabriel. – Brynne e seus parentes abriam caminho entre os Voss, mas, por sua vez, eram atacados mais a fundo. Cada morte do outro lado era comprada com uma nossa, habitantes das Terras Altas, sangues-ruins e soldados escravizados rasgando uns aos outros em pedaços. Lachie e seus santos de prata tinham chegado ao dún, e ali a batalha ficara de todas as tonalidades de sangue. Tinta de prata brilhava à luz baça do amanhecer, gritos dos que não morrem cortavam o ar. Os santos atingiram os muros quebrados, e saltaram e escalaram por eles na direção de seus inimigos nas muralhas. Mas, em vez de pedras jogadas do alto, Lachlan e seus santos encontraram outro horror derramando-se sobre suas cabeças.

"Aquilo era obra de Nikita. Minhas entranhas ainda se reviram ao pensar nisso, mesmo enquanto minha mente se maravilha com a genialidade dele. Pois no tempo que levamos para nos agruparmos, aqueles prisioneiros tinham sido recolhidos de suas jaulas, como seu senhor ordenara. Os paroquianos de Aveléne, as mães e as crianças, todos abertos como fruta madura e derramados pelas canaletas através das ameias, em seguida jogados em grandes jorros envoltos em vapor sobre os santos de prata que chegavam desde baixo."

– Sangue... – compreendeu Jean-François. – Misturado com cinza e neve, grudando-se à pele.

– Isso obscureceu a luz de seus aegis – assentiu Gabriel. – Pelo menos, o suficiente para os Dyvok contra-atacarem. E quando os santos de prata chegaram às ameias, Aaron caiu sobre eles, sobrenatural e desumano sob aquela luz prateada enfraquecida, com Nikita ao seu lado dançando a Tempestade com o amante sombrio; um dueto temível abrindo grandes espaços sangrentos através dos santos. Entre eles, os dois mandaram meia dúzia de irmãos para o túmulo, o jovem Tordo decapitado com um único golpe, Tomas e Maxim, até mesmo o velho Argyle caíram pelas espadas deles. Do meio do ataque dos dançarinos, ao longo da muralha do mar, Baptiste observava horrorizado, com um aperto no peito ao ver seu amado *rindo* com Nikita enquanto abatia aqueles filhos fiéis de San Michon.

"Nos portões, encaramos as Terrores, nós cinco um borrão através da neve que caía. Phoebe e eu dançávamos com Alba, mas embora fôssemos dois enquanto nossa inimiga era só uma, a pele da Terror era aço, e sua mente nos pressionava constantemente, sussurrando, ecos entreouvidos no fundo de minha cabeça, sombras sempre em movimento no canto de meus olhos.

"'*Papai?*'

"Foi a voz de Paciência que ouvi, assustada e fraca. Ela estava perto, eu podia *senti-la*, tentando falar comigo como fazia quando pequena, acordando sozinha e assustada na noite.

"'*Papai?*'

"Também ouvi a voz de Astrid, soando nos salões sombrios de meu coração. Eu, então, a vi sobre as muralhas, olhando de Phoebe para mim, com o coração partido naqueles olhos tomados de lágrimas.

"'*Você* prometeu. Como pode fazer *isso?*'

"*Não e-escute, Gabriel*, aconselhou a Bebedora. *Flores caídas, quadros esmaecidos. Ela se f-f-foi.*

"'*Papai!*'

"'*Você* prometeu*!*'

"*Elas s-s-se foram.*

"'Você falhou com elas, Leão.'

"Alba sorriu, movendo a cabeça para o lado quando minha espada atingiu seu rosto, deixando apenas um arranhão em sua pele de mármore. Desviando do golpe de Phoebe, a vampira atacou com a espada escondida em seu chicote de montaria, os olhos de meia-noite fixos em mim.

"'Você falhou com as duas.'

"'Cale a boca!'

"'Não escute, amor', sibilou Phoebe. "Isso não passa de mentiras.'

"'*Papai, onde está você?*'

"'CALE A BOCA!'"

Gabriel interrompeu o relato e tomou outro grande gole da garrafa. Passando uma das mãos pelo rosto, ele soltou um suspiro que parecia vindo de suas botas. A Última Liathe estava de pé na borda do rio, os olhos escuros sobre o irmão, paciente como uma aranha. Mas quando ficou óbvio que ele não ia falar, a Liathe continuou em seu lugar:

– A princesa Á Maergenn tinha feito a volta para fugir enquanto a batalha no Salão das Coroas aumentava. Reyne não estava pensando na segurança da Mãe-loba, apenas na da garota em seus braços, arrastando a ainda atônita Dior para trás da grande escadaria. Mas Príncipe voou do escuro como uma flecha, e a princesa e o Graal caíram no chão com um grito. Reyne berrou quando as presas do lobo branco se cravaram em seu ombro, fazendo jorrar sangue e ossos quebrarem, a grande fera possuída por uma força demoníaca. Com um grito de fúria, Dior saltou das pedras do piso e deu um chute selvagem e certeiro no crânio do lobo, seu salto pontudo e requintado acertando a boca aberta de Príncipe.

"'Pelo menos serve para alguma coisa', disse ela, ofegante.

"Lilidh permanecia imóvel no chão quando Kiara estendeu a mão boa. Mas, com um urro, o Decapitador atacou a Mãe-loba pelas costas. Seu crânio estava quebrado; o peito, aberto, mas ainda assim ele voou como uma lança e atingiu Kiara na coluna, os dois caindo ao chão. Kiara fervia de raiva, rosnando e cuspindo sangue, e sua mão enorme se fechou em torno do pescoço de Kane. O polegar do Decapitador afundou-se no olho dela, estourando-o como uma uva e esmagando o globo ocular por trás. Os dois continuaram lutando, primo contra primo, o único sangue entre eles adensado por ódio. Mas Kiara era a mais velha, a mais forte, e apertando com toda a sua força, ela enfiou os dedos no pescoço de Kane.

"'Eu lhe disse para tomar cuidado com a língua, primo.'

"Com um rosnado, a Mãe-loba arrancou uma mão cheia do pescoço do Decapitador, queixo e dentes e uma língua mole vindos com ela. E com um arquejo final, Kiara lançou o punho ensanguentado contra o crânio de Kane, espalhando-o sobre as pedras estilhaçadas por trás.

"Príncipe não recebeu bem o chute em sua cara, então o lobo voltou-se para Dior. Além de afastar a fera de Reyne, o Graal não tinha nenhum tipo de plano, e rastejou na direção dos escombros da estátua. O lobo saltou e cravou as presas na pele de Dior e a agitou, *agitou*, e o Graal gritou mais alto que os rosnados vazios da fera. E atrás dele, Reyne á Maergenn ergueu a espada que pegara nos escombros; a espada da mãe que nunca tinha sido uma mãe de verdade, que nunca esperara um momento de grandeza dela. E com um grito feroz, mergulhou a espada até o cabo nas costas de Príncipe.

"O lobo urrou, borbulhou e ganiu, enfim tombando sobre a pedra. Com um engasgar em seco, Reyne soltou a espada da Novespadas, pegou Dior e a levantou, e as jovens se afastaram, sangrando e cambaleantes, através do Salão das Coroas.

"Com a mão gotejante com os restos de seu primo, Kiara andou mancando até a tia. Lilidh ainda estava jogada sobre as madeiras estilhaçadas, o peitoral esmagado pelo malho da Mãe-loba, seus olhos de ancien ainda fechados. Kiara assomou-se sobre sua tia caída, envolta no pulso de raios e em uma chuva de poeira, erguendo o martelo sangrento nas mãos. Se essa fosse uma história de redenção, de heróis, a Mãe-loba poderia ter matado a Sem Coração ali mesmo. Mas quando a sobrinha ergueu alto sua arma, uma única gota de sangue pingou e caiu sobre os lábios de rubi de Lilidh.

"E a condessa abriu os olhos.

"'*P-para*.'

"Fervilhando, impotente diante daquele Açoite, Kiara parou.

"'*A-ajoelha-te*.'

"Indefesa como um bebê, Kiara caiu de joelhos enquanto Lilidh erguia-se dos destroços.

"'*Morra*.'

"E com a força de sete séculos nas pontas sangrentas dos dedos, a Sem Coração arrancou a cabeça da Mãe-loba do tronco com um jato de osso e sangue.

"E Kiara Dyvok morreu."

Silêncio se abateu sobre aquela cela escura abaixo de Sul Adair, e Jean-François franziu os lábios.

— Hum, é uma pena. No fim, eu até que gostava dela.

— Ela era a porra de um demônio. — Gabriel fixou os olhos turvos no marquês, com a voz embargada pelo vinho. — Açougueira de milhares. Assassina de mulheres e crianças inocentes. Uma matadora sedenta de sangue com nada parecido com uma consciência.

— Como eu digo. — Jean-François deu de ombros. — Eu até que gostava dela.

O silêncio foi rompido pela pena escrevendo quando o historiador retomou sua crônica. O Último Santo de Prata sacudiu a cabeça e tomou um gole de sua garrafa.

— Fora do dún — prosseguiu Gabriel —, os santos ainda combatiam os Dyvok nas muralhas. O preço cobrado pelos indomados era terrível, mas os dançarinos tinham chegado, Angiss e Breandan correndo pelos muros do mar e atacando os flancos dos altos-sangues. Baptiste corria com os lobos, mesmo com o braço quebrado; o louco sangrento tinha banhado seu machado de guerra em piche e ateara fogo nele com a pederneira de algum santo, e ele golpeava como um porrete em chamas de aço de prata. Agora, a batalha estava descendo dos muros, chegando ao pátio do dún, às ruas de Velhatunn, os Dyvok se atirando em sua Tempestade, toda a ordem se desfazendo nos doces braços do caos.

"Nikita e Aaron tinham aberto um caminho sangrento pelos muros, mas os santos contra-atacaram, com Lachlan lutando na vanguarda. Ele era o filho sangue-pálido do poderoso Tolyev, meu velho aprendiz, e fora criado em meio aos indomados antes de ser treinado por mim para matá-los. Depois de deixar um alto-sangue sem pernas e outro em cinzas nas pedras aos seus pés, ele se lançou contra Aaron, enfrentando o jovem nobre, espada contra espada.

"'Sempre me disseram que você era um bastardo, De Coste', disse ele com raiva.

"'E sabe o que me contaram sobre você, garoto?'

"Aaron sibilou em resposta, jogando Lachlan para trás sobre a pedra.

"'Absolutamente *nada*.'

"Fagulhas voaram quando o aço de prata de Lachlan atingiu a espada grande de Aaron, recém-nascido e santo de prata enfrentando-se espada contra espada. Eram quase iguais em força, talvez em fúria, os dois com tudo a perder. Mas, no fim, Aaron era apenas um iniciado quando foi expulso da ordem, e Lachlan era um santo com dezessete anos de guerras em suas costas. Com seu inimigo ainda mal preparado sob a luz mortiça de seu aegis ensanguentado, a espada de Lachlan encontrou um caminho através da guarda de Aaron e cortou o ombro do recém-nascido até o osso. Em seguida, com um giro, Lachlan desarmou meu irmão. A espada grande de Aaron brilhou quando viajou para fora das ameias, cantando ao atingir as pedras do pátio abaixo. E com as presas à mostra, Lachlan ergueu seu aço de prata para o golpe mortal.

"'Vou contar a Gabriel que você morreu bem.'

"Com um grito desesperado, Baptiste se jogou através da escaramuça e atingiu Aaron bem no peito. Emaranhados, o dedo preto e o recém-nascido caíram das ameias e atingiram a neve ensanguentada quinze metros abaixo. Lachlan pensou em ir atrás dos dois, mas quando o irmão Xavier foi golpeado em uma névoa vermelha poucos metros a sua esquerda, meu velho aprendiz viu-se em águas muito mais profundas. Ele aterrissou sobre aqueles muros quebrados a sua frente com um estrondo, encharcado dos pés à cabeça em tecido e sangue, os olhos brilhando como vazios.

"'Bom amanhecer, irmãozinho', disse Nikita com um sorriso."

— De volta aos portões — continuou Celene —, nós ainda lutávamos contra as Terrores. Abaixo de nós em Novatunn, soldados escravizados e sangues-ruins lutavam contra assassinos e dançarinos, mas, no alto da guarita do portão, lutávamos sozinhas. A bruxa de sangue tirara sangue de Alba, o ferro de seu pescoço rasgado pelas garras da dançarina da noite. Gabriel a empurrou para trás, sangrando de um corte no rosto, outro no peito, queimando vermelho com a luz de seu aegis. E embora isso queimasse os olhos de nossos inimigos, aquela luz maldita também me cegava, fazendo com que nossa adversária ficasse ainda mais perigosa. A pele de Alene era mármore cinza-escuro, e embora retalhasse suas roupas, minha espada não deixava ferimentos, apenas marcas e pequenas rachaduras na carne de seu braço, seu peito e seu pescoço.

"Ela estava em nossa cabeça, eu podia senti-la, pilhando meus medos, enchendo-me de dúvida. Nosso braço da espada e nossas pernas estavam trêmulos, a mente ecoando com memórias indesejadas. Sua irmã, minha mãe temível, rasgou meu pescoço e meu rosto ao meio. O inferno vermelho de mergulhar no abraço de Laure, dor terrível e prazer entrelaçados, redobrados e reverberando em meu crânio.

"'Nós te conhecemos, traidora.' As Terrores sorriram. 'Acólita de uma linhagem desprovida de visão, relegada à poeira da história. Nós já vimos os melhores de vocês queimarem, suas cinzas pretas e densas sobre as ruínas de Charbourg. Estávamos lá na noite em que a crença dos Fiéis vacilou. Você acha, criança, que pode nos enfrentar?'

"Espadas prateadas brilharam, sangue, neve e cinzas, e olhos escuros caíram sobre Phoebe.

"'Fique fora da minha cabeça', bradou a bruxa de carne.

"'*Pobre gatinha*', sussurraram elas. '*Vocês levaram seu povo para a morte, sem nenhuma rainha renascida, nenhuma Traztempestades. Sombra de uma glória há muito tempo desaparecida. Fracasso quebrado. Puta bêbada. Mãe viúva de um filho não nascido. Como falhou com seu pobre marido morto. Que vergonha de ti seu Connor sentiria.*'

"'Cale a porra da boca', rosnou Gabriel, tentando segurar o pescoço da Terror.

"'*Atroz prateado, agarrando-se à falsa esperança como um mendigo à sua garrafa. Você acha que se salvá-la vai conseguir se esquecer da música de seus gritos? Você pensa que Dior algum dia vai poder encher o buraco que nós vimos nosso pai abrir em seu coração?*'

"Gabriel gritou e jogou Alba deslizando pela pedra com um golpe da Bebedora de Cinzas. Sua fúria se tornou horrível e aterrorizante, e vimos que em vez de machucar seu espírito, as Terrores liberaram a loucura crescente dentro dele. Meu irmão colidiu contra Alba, sem se preocupar com a espada dela, a ancien o atingindo no peito e no pescoço quando ele a derrubou sobre a pedra. Gabriel caiu sobre ela, feridas jorrando sangue, os olhos selvagens, as presas à mostra enquanto apertava seu pescoço pálido com as mãos, o dom de seu pai sombrio enfim liberado. E quando um grito horrendo rasgou o ar cheio de cinzas, o sangue de Alba começou a ferver em suas veias.

"Alene se virou com o grito da irmã, o medo acumulando-se nos olhos escuros que tinha, e, naquele momento, aproveitamos nossa oportunidade. Enquanto meu invólucro derramava vermelho sobre as pedras aos pés da Terror, o restante de mim levantou-se pelas costas dela, segurou seu cabelo e, puxando sua cabeça para trás, forcei minhas presas na pele do pescoço, facas perfurando aquela pedra espancada e rachada. O berro de Alene transformou-se em um grito estrangulado, então um gemido trêmulo e melancólico quando nosso Beijo se prolongou, enquanto bebíamos, *eu* bebia, o grande peso de seu sangue, a força horrível de seus anos, a escuridão permanente na alma dela quebrando-se sobre nossa língua seca como poeira. Fazia muito tempo desde que eu bebera alguém tão fundo, todos nós em chamas, e envolvi braços fortes em torno da coração de ferro enquanto ela tentava escapar, como tinha feito quando sua irmã me assassinou.

"Alba debatia-se na pegada de Gabriel, os polegares dele agora se afundando nos olhos dela, que se derretiam. Ela agarrou o pescoço, a coluna arqueando, fumaça saindo das rachaduras cada vez maiores em sua pele. Phoebe olhou com horror para nós dois; eu envolvendo Alene em meu abraço mortal, Gabriel enterrando os dedos na cinza da pele de Alba. Podíamos sentir o terror de Alene, ouvir o grito horrível de Alba, subindo frenético no vento enquanto a morte estendia sua mão fria.

"'*Gabriel?*'

"A voz era delicada. Não em nossa cabeça, mas mesmo assim cortando através da tempestade, do grito da batalha, como uma lâmina de vidro quebrado. E ao erguer os olhos, com a boca cheia de êxtase glorioso e plúmbeo, nós o vimos sobre as muralhas cobertas de neve, pálido e com os olhos fixos no meu irmão.

"'*Gabriel?*', repetiu ele.

"O menino sangue-ruim que tinha falado na corte do Coração Sombrio. Com texturas de podridão na boca e nas pontas dos dedos, uma faixa de sangue fresco espalhado sobre os olhos e a testa. Ele parou e encarou quando meu irmão ergueu os olhos, e embora o inverno estivesse em sua plenitude, o ar a nossa volta ficou ainda mais frio quando aquela coisa morta sorriu. Os lábios de Gabriel afastaram-se com fúria, e os olhos dele ficaram sombrios quando reconheceu o monstro que ocupava aquela casca podre.

"'*Fabién.*'"

✦ V ✦
A MAIS SIMPLES VERDADE

JEAN-FRANÇOIS OLHOU NA DIREÇÃO de Gabriel, com a sobrancelha arqueada. O Santo de Prata estava imóvel como uma estátua, com a garrafa de vinho na mão, cicatrizes descendo por seu rosto como duas lágrimas gêmeas.

— Fazia quase um ano que não o via — falou ele, por fim. — Mas toda vez que os fechava, eu via seu rosto. Centenas de noites tinham-se passado desde que trocáramos uma palavra, mas em todas elas eu ouvia sua voz: *Tu és um leão brincando de ser cordeiro. E é por isso que fostes abandonado por Deus, e por que ele me mandou contra ti.*

"Seus olhos estavam fixos nos meus, embora tivesse dado uma olhada para cada uma de suas filhas. As veias de Alba estavam fervidas, quase secas, sua carne se desfazendo sob meus dedos como as cinzas da vida que ele desfizera. Alene caíra de joelhos, pálida e exangue, Celene tão cheia com seu sangue que ele escorria pelo queixo enquanto ela engolia.

"'*P-pai...*', sussurraram elas. '*N-não deixe que eles nos levem...*'

"'*Solta-as*', ordenou ele.

"E eu então ri. Realmente *ri* em meio àquela matança, aquela insanidade, aquele debulhador em movimento e louco por sangue que chamamos de guerra. Soldados escravizados corriam para ajudar suas senhoras, mas Phoebe os recebia na escada e os fazia em fatias. Por toda a nossa volta, as pessoas davam seu último suspiro; chamando suas mães, seus amados, seu Deus que não dava a mínima para nada daquilo. Encarei Fabién enquanto enfiava os dedos mais fundo no pescoço de Alba, sentindo sua carne transformar-se em pó enquanto ela gritava outra vez.

"'*Vais sofrer perdas insonháveis, Gabriel, se tu não detiveres a mão.*' O Rei Eterno mostrou as presas, com a voz trêmula de fúria: '*Pobre tolo, tu não sabes o que fazes*'.

"Aqueles olhos perfuraram os meus, aquela mente derramou-se sobre a minha, todo o peso do tempo, fúria e ódio por trás dela me apertando sobre a pedra. Mas visualizei o rosto de minha doce Paciência. Senti os braços de minha Astrid me envolverem. E eu era inquebrável.

"'Sei que estou tirando de você algo com o que se importa', falei com raiva, os olhos fixos nos dele. 'Qual a sensação de perder algo que ama, bastardo?'

"'*Vou perguntar o mesmo a ti quando Dior Lachance se encontrar fria em seu túmulo, e toda a esperança de salvação estiver perdida.*'

"Fabién então olhou para Celene, a boca de minha irmã ainda grudada no pescoço de Alene enquanto a bebia, desesperada e gemendo. Eu podia ver que a alma da ancien estava por um fio, medo terrível e êxtase horrendo em seus olhos enquanto minha irmã a engolia por inteiro. Jurei ter visto lágrimas brilhando nos olhos de Fabién, fervendo com o veneno em sua língua.

"'*Olha para isso*', sibilou ele. '*Abominação. Anátema. Os infiéis eram uma praga, Gabriel, levados pela loucura, pela arrogância e pelo embuste. Ninguém nesta terra merece mais o inferno que demos a eles.*' Ele sacudiu a cabeça, então, e o olhar sangrento tornou a cair sobre mim. '*Com o mais verdadeiro mal tu fizeste tua cama, velho amigo.*'

"Então sacudi a cabeça, quase sem fala.

"'Você... *ousa*... falar comigo sobre o mal?'

"Tornei a olhar para Alba, que tremia em minhas mãos. Lágrimas escuras estavam se acumulando em seus olhos derretidos, aquele velho terror familiar borbulhando em sua voz quando ela tentou suplicar. Implorar. E o fato era que eu vira tudo aquilo antes. Incontáveis monstros postos na tumba. Sempre o herói que me criaram para ser. Além de todos os blefes e ameaças vãs. Levando tudo em consideração, no momento final, vocês todos imploram como crianças, historiador."

Gabriel, então, olhou para a irmã do outro lado do rio.

– Vocês morrem como cães.

"'P-por favor', disse ela em voz baixa. 'Pai, me salv...'

"Então ela se foi. Destruída. Aniquilada. Todos os séculos se derramando sobre o vazio onde estivera sob mim, agora transformada em carvão e cinzas. Eu vi o Rei Eterno se encolher quando Alba morreu, como se minha mão o tivesse atingido. E me erguendo das ruínas de sua filha, eu voei na direção dele, pegando seu pescoço, os dedos afundando em carne podre e congelante. Quando o ergui nas ameias, soube que aquela coisa atroz não tinha nada a ver com Fabién; era apenas um fantoche de carne que ele cavalgava para me atormentar. Mas, mesmo assim, rezei com tudo o que tinha dentro de mim para que pelo menos ele sentisse a dor quando comecei a ferver o sangue de suas veias.

"'Você assassinou minha esposa', falei, enfurecido. 'Abateu minha bebê. Tudo o que eu já amei, você tirou de mim. E juro, por tudo o que sou e que um dia vou ser, que você vai queimar no inferno pelo que fez.'

"Cuspi no rosto dele, com ódio fervendo em minha língua.

"'E vou me encontrar com você por lá.'

"A coisa morta sibilou, e pareceu que *oui, tinha* sentido dor; sangue escuro ferveu quando escorreu pelos meus braços, os olhos enchendo-se de lágrimas sangrentas enquanto meu aegis o cegava com seu fogo. Mas mesmo assim, Fabién permaneceu naquele corpo, suportando a agonia para que pudesse me provocar uma última vez.

"'*Tua* famille *eu matei. Sangue por sangue é a regra, nós dois sabemos disso. E pode ser que uma noite você me atinja. Na verdade, parte de mim ainda reza por isso, velho amigo. Mas, eu me pergunto, precisa ter o mesmo rancor que aquela coisa às suas costas? Acalentar a mesma malícia? As mãos de tua irmã também estão manchadas com o sangue de tua* famille, *Gabriel.*'

"'Você é a porra de um mentiroso. Línguas mortas ouvidas...'

"'*Sei, sei.*' Ele sorriu, com olhos borbulhantes. '*Mas Celene Castia nasceu de* minha *linhagem, Santo de Prata. Como pode um coração de ferro deter o poder dos infiéis? Ela é apenas uma recém-nascida na contagem de seus anos. Como pode o poder de um* ancien *abrigar-se em suas veias?*

"Eu me virei para Celene, ainda grudada ao pescoço de Alene, sorvendo os últimos goles de suas veias; seu poder, sua alma e, com eles, seus *dons de sangue*. Os olhos sangrentos de minha irmã então se dirigiram para mim, a voz de Fabién se calando em minha mente:

"'*Pobre Wulfric.*'

"O corpo em minha mão estremeceu uma vez, e o sussurro dele ecoou em minha cabeça.

"'*Pergunta a ela como seu pai morreu.*'

"Ele desabou na poeira, destroçado pelo vento.

"'*Então pergunta a quem tu devias estar servindo.*'

"Alene gritou, seu corpo corcoveou, os dedos curvaram-se em garras enquanto a fera em seu interior lutava para se agarrar a alguma coisa, a *qualquer coisa*. E, com um lamento sufocado final, a Terror explodiu em uma chuva de cinzas, levada dos braços de Celene e desfeita pela tempestade. Minha irmã ajoelhou-se nos restos, a cabeça jogada para trás, os braços abertos, poeira preta rodopiando ao seu redor. E então vi, como eu tinha visto em Aveléne, que a ferida horrenda no pescoço e no queixo dela tinha diminuído, músculos afixando-se a osso, pele engrossando sobre sua carne arruinada.

"'Pelo sangue', disse ela em voz baixa, 'nós vamos ter vida eterna.'

"*Nós*, eu me dei conta.

"*Nós.*

"'Você o matou', sussurrei.

"Phoebe gritou por mim, com o triunfo à flor da pele. Os sangues-ruins e os soldados Voss estavam cedendo diante da morte de suas senhoras, os guerreiros das Terras Altas atacando, Brynne gritando mais alto que a carnificina. Os olhos de Celene dirigiram-se a mim, e vi o tom deles aprofundando-se para ainda mais perto do castanho que antes tinham, a compreensão assentando em meus ombros como poeira.

"Mas ela não negou nada. E então soube que era verdade.

"'Você bebeu meu pai.'"

Ali na cela abaixo de Sul Adair, o Último Santo de Prata e a Última Liathe se encararam de lados opostos daquelas águas escuras e traiçoeiras. Os olhos do santo estavam nublados, cinza-tempestade tingido do vermelho mais profundo. Mas os da Liathe eram preto puro, inundados até as bordas, escuros e sem fundo como o rio que corria entre ambos. Jean-François olhou de um irmão para o outro, o ar entre os dois gotejando ódio. E nesse silêncio pesado e desconfortável, o historiador limpou a garganta e falou:

– E o Graal? O que estava acontecendo no dún enquanto isso?

Irmão e irmã olharam furiosos um para o outro por uma eternidade antes que qualquer um deles falasse. É uma coisa estranha ser irmão. Tanto rancor e amor. Ódio e história. É um elo forjado em ferro, essa ligação. É preciso muito trabalho para rompê-la por completo.

Mas isso *pode* ser feito.

– Nas muralhas – rosnou Gabriel –, nós não tínhamos mais olhos. Só sei o que aconteceu daqueles que sobreviveram a isso. Alguns Dyvok escaparam quando dançarinos e santos caíram sobre eles, fugindo na direção de sua frota na baía, vivendo para lutar em outra noite. Mas em torno de Nikita, tudo era tempestade e fúria, o vampiro lutando nas ameias contra o irmão mortal que ele criara e torturara, esculpido em pedra. Seu duelo com Lachlan foi aterrorizante, disso eu sei. Uma batalha para ser contada por poetas e cantada por menestréis. Coração Sombrio contra Santo de Prata, irmão contra irmão, tudo ao seu redor transformado em pó e ruínas.

"Mas nos destroços de Velhatunn, Baptiste estava nas últimas. Ele salvara a vida de Aaron ao se jogar com ele do alto dos muros, mas o impacto sobre as pedras do calçamento não lhe fizera muito bem. Seu braço já estava quebrado, e agora tinha as costelas fraturadas também. Embora Aaron tivesse sido desarmado por Lachlan, ele pegou um machado em meio aos escombros, grande o suficiente para arrancar o pescoço de um homem de seu tronco. E essa parecia ser sua intenção enquanto perseguia um Baptiste, que mancava através das ruínas da cidade de Niamh.

"Baptiste gritava para seu amado enquanto fugia, ainda desesperado para romper o feitiço do sangue de Nikita. Em meio a toda aquela carnificina e horror, ele contava histórias de alegria e tristeza e tudo o que as separava; os pequenos momentos que duas pessoas que compartilhavam uma vida conheciam tão bem quanto o próprio nome. A vez em que Baptiste fez um buquê de flores das sobras de ferro para o dia de santos de Aaron. A noite em que se estabeleceram em Aveléne, e a discussão terrível que tiveram sobre quem carregaria quem até a lareira. Mas quando Baptiste falou de sua juventude em San Michon, houve um brilho de esperança.

"'Você estava treinando na Manopla', falou o dedo preto. 'Treinando com a Foice repetidas vezes. Enquanto eu montava um novo obstáculo para a Cicatriz, lembra?'

"Aaron rosnou de frustração conforme perseguia sua presa atravessando uma residência destroçada e sem teto. Baptiste girou para trás com um golpe, o malho erguido na defensiva, agora desesperado.

"'Eu desconfiava que você pudesse estar me observando.' O grandalhão de algum modo sorriu, defendendo o ataque e cambaleando para trás. 'Pelo canto do olho. Então tirei a camisa para testar a teoria, e você foi apanhado por uma das barras, lembra?'

"Aaron tropeçou ao ouvir isso, com o machado erguido para um golpe que nunca ocorreu.

"'Você quase quebrou o maxilar.' Baptiste sorriu, com o peito arquejante. 'Lembra?'

"A dupla estava parada sob a neve e as cinzas que caíam, separados por mais de cinco metros, de lados opostos dos escombros e das ruínas. Uma imobilidade se abateu sobre eles em meio àquele caos, o feitiço das palavras de Baptiste, e por mais que os olhos de Aaron ainda queimassem, agora não ardiam de raiva, mas... com lembranças.

"'Você... riu de mim', sussurrou ele.

"'Ri. Então avisei que você devia cuidar de seu rosto.'

"Os lábios de Aaron se curvaram uma fração mínima.

"'Eu perguntei... qual era o problema com meu rosto.'

"A voz de Baptiste se enterneceu, e o sorriso desapareceu. E, ousando ter esperança, ele deu um passo pequeno na direção de seu amor.

"'Eu disse a você que era a coisa mais bonita que eu já tinha visto.'

"Aaron estava parado na neve, o cabelo dourado solto nos ventos que urravam. A batalha era ensurdecedora, mas tudo era silêncio quando seu machado grande tremeu, então caiu de seus dedos, e meu amigo olhou para as mãos ensanguentadas como se não fossem dele.

"'E então você me beijou', disse ele em voz baixa.

"'Eu, então, soube que você era meu', disse Baptiste, chegando ainda mais perto. 'E eu, seu. Que nada *nunca* ia nos separar. Eu lembro como se fosse *ontem*. Você lembra, amor?'

"'Eu...' Aaron piscou com força. Sangue se acumulava em seus cílios. 'Eu...'

"Uma forma escura caiu do céu, aterrissando entre os dois com um estrondo de trovão. As pedras do piso racharam. Baptiste gritou quando foi jogado para trás, deixou cair seu aço de prata e bateu contra a cerca de ferro fundido da propriedade. E quando a neve e a poeira se abriram, ali, agachado nos destroços, estava Nikita. Seu sobretudo rasgado e sujo, seu braço esquerdo decepado na altura do bíceps. Seu peito, seu ombro e sua barriga estavam abertos até os ossos. Mas sua espada estava encharcada com o sangue do irmão que ele derrotara.

"Lachlan estava nos escombros abaixo dele, destroçado, mal conseguindo respirar, seu aegis apenas um brilho vacilante de prata através da cinza e do sangue espalhados sobre a pele. Erguendo-se da ruína de seu irmão, Nikita cuspiu sangue nas pedras quebradas.

"'*Fraco*', sibilou.

"O Coração Sombrio então olhou ao redor, os olhos mortos dirigindo-

-se primeiro para Aaron, depois para seu amado, ainda caído em meio a um emaranhado de ferro fundido. E com um sorriso frio curvando os lábios, Nikita estendeu a mão e a fechou em torno do pescoço de Baptiste."

– Elas correram pelo dún – sussurrou Celene. – Reyne e Dior. A perna rasgada do Graal pingando sangue, o ombro da princesa mordido até o osso, a espada de sua mãe pendendo inerte numa mão vermelha. Dior implorou a Reyne:

"'Pare, *pare*!'

"E, sem fôlego, ela pressionou a mão sobre o ombro rasgado da outra jovem, e o ferimento de mordida se fechou com o poder de seu sangue sagrado. Elas podiam ouvir a canção do som metálico das trompas e do enlevo das gaitas do lado de fora, mas a esperança ainda parecia estar a mil quilômetros de distância. Então continuaram a correr, Reyne meio arrastando meio carregando Dior, as duas respirando com dificuldade quando chegaram àquela pequena sala de estar. A lady Á Maergenn girou o candelabro, sussurrando uma prece de agradecimento quando a estante de livros se abriu.

"Elas seguiram aos tropeções pelo corredor estreito na direção do santuário, virando-se quando uma sombra cresceu às suas costas. Passos sussurrantes e o frio invernal enquanto Lilidh descia pelo túnel na direção delas. Ela ainda estava usando seu peitoral amassado, o aço respingado com o fim de Kiara, e tinha o olhar tão profundo quanto a meia-noite. Ela as teria apanhado, eu acho, não fosse por aquela sensação que também sentíamos; aquele ultraje sagrado que emanava do solo santificado da catedral que havia no alto, pressionando os ombros de Lilidh, atrapalhando seus passos. Mesmo assim, foi por pouco que as jovens conseguiram chegar ao santuário, meladas de suor e sangue, caindo quando passaram juntas pelo umbral e entraram na tumba abaixo do Santo Sepulcro.

"Minha partícula tinha sido deixada para trás, arrancada da pele de Dior quando ela entrou em solo sagrado. Mas enquanto aquele nosso fragmento vermelho voava até as pedras do piso, eu me senti confortada por saber que se *nós* não podíamos passar, Lilidh também não podia. A Sem Coração parou sibilante diante daquela grande porta de pau-ferro, da imagem entalhada da Virgem-mãe, com as presas à mostra em um rosnado.

"Elas estavam em segurança.

"Reyne puxou Dior para trás, o chão embaixo delas se encontrava melado de sangue, a perna do Graal rasgada e sangrando. A princesa desfiou a barra do vestido rústico e a apertou firme em torno dos ferimentos do Graal, estancando o sangue da melhor maneira possível enquanto Dior chiava de dor.

"'Tu não podes fugir de mim, Verme.'

"Reyne ergueu os olhos ao ouvir isso, o rosto respingado de vermelho, os olhos distintos iluminados. Lilidh espreitava no umbral, olhando com raiva para a princesa que ela escravizara, surrara e humilhara.

"'Eu não *preciso* fugir', retrucou Reyne furiosa e com os dentes à mostra em triunfo. 'Vamos só ficar aqui sentadas até a chegada do Leão, e aplaudir quando ele terminar com você.'

"'Encolhida no escuro', Lilidh escarneceu. 'Como ele fez quando tomamos esta cidade, quando matamos tua poderosa rainha e todo o seu rebanho fanfarrão? Pobre Verme. Sempre preterida. A indesejada.' Olhos sombrios dirigiram-se à espada ensanguentada nas mãos de Reyne. 'Mãos vis segurando uma espada de mentiroso. A filha bastarda de uma lenda fracassada.' Aquele olhar escuro se aguçou, prendendo Reyne ao chão. 'Mas ainda assim te concedo piedade se entregá-la a mim. Eu te ofereço uma chance. Serve-me como tu antes fazias, e eu vou poupar-te do que está por vir.'

"'E o que está por vir?', escarneceu Reyne, ficando de pé. 'Um exército das Terras Altas? Uma legião de soldados que tentaram escravizar? O herói que matou seu pai?'

"'O inferno está por vir, vadia', disse Dior, se levantando ao lado de Reyne. 'Para *você*.'

"Os olhos de Lilidh percorreram o portal da tumba, a porta de pau-ferro, o relevo da Virgem-mãe, circundado por aquela auréola de runas.

"'Tu foste educada em Elidaen, não foste, bastarda? Pelas sagradas irmãs de Evangeline?' Olhos de meia-noite caíram sobre Dior. 'E tu, filha de uma rameira... sabes ler?'

"'O que isso tem a ver com qualquer coisa?', retrucou o Graal com raiva.

"'Não escute.' Reyne apertou a mão de Dior. 'Ela não passa de uma mentirosa, amor.'

"'Uma mentirosa, sim.' Lilidh assentiu. 'Mas, além disso, mais. Uma assassina. Uma *monstra*. Mas uma sacerdotisa também, sabíeis disso? Minha mãe era uma mulher santa do Trono das Luas. Ela lia verdades em tábuas de pedra, lia augúrios nas vísceras de animais, via o futuro nas estrelas no céu, ah, eu me lembro das *estrelas*, garotas', sussurrou, olhando para cima. 'Havia tantas nos céus do passado que tentar contá-las era de enlouquecer. Eu tinha a intenção de seguir os passos de minha mãe, antes que o poderoso Tolyev me tomasse para si. Mas antes que meu criador sombrio arrancasse meu coração, minha mãe me ensinou a ler, doçuras. Aquelas pedras. Aquelas vísceras. E, é claro, a antiga língua de Ossway.'

"Lilidh levou a mão àquela porta de pau-ferro, acariciou as runas em torno da cabeça da Virgem-mãe e falou num sussurro um trecho das escrituras do Livro dos Juramentos, o mesmo que enfeitava a porta em Cairnhaem.

"'*Entrem e sejam bem-vindos aqueles que buscam perdão à luz do Senhor.*'

"'Ah, Deus', sussurrou Reyne.

"Os olhos de meia-noite de Lilidh caíram sobre o Graal.

"'Não parece um convite?'

"'Ah, *merda*', disse Dior em voz alta.

"Eu não sabia como aquilo ia se desenrolar, nem tampouco, penso eu, a própria Sem Coração. Nenhum kith podia pôr os pés em solo sagrado, nem entrar numa casa sem ser convidado. Mas ser convidado a entrar em solo sagrado pela palavra do próprio Deus? Como isso podia ser medido?

"Lilidh fechou os olhos, o rosto virado para os céus enquanto sussurrava:

"'Perdoa-me, Pai, pois devo pecar.'

"E fixando o olhar infinito nas garotas, Lilidh entrou na tumba."

– "GABRIEL!"

O Último Santo de Prata olhou para a garrafa vazia e limpou a boca com a manga.

– Esse foi o grito que ouvi se erguer nos ventos. Estávamos parados na sangrenta guarita do portão, com Alba queimada até a morte aos meus pés, Alene sorvida até virar cinzas aos de Celene. Olhei para minha irmã, vendo a verdade das palavras do Rei Eterno em seus olhos. Agora fazia sentido por que tinha sido liberada no mundo sem saber o que Dior precisava fazer. Agora eu entendia por que ela sabia tão pouco sobre o culto ao qual pertencia. Ela tinha matado o professor dela, roubado seu poder para si, antes que ele lhe ensinasse tudo o que poderia.

"O professor dela.

"Meu pai.

"E não tinha me contado."

– E por que eu contaria? – perguntou a Liathe, olhando com raiva do outro lado do rio. – Como ia saber que você se importaria com o monstro que não lhe dava a mínima?

– Eu não me importava – respondeu Gabriel. – Eu *não me importo*. Mas essa não é a porra da questão. Foi mais uma mentira, Celene. Mais uma de suas muitas mentiras. E poderia ter sido a gota d'água, ali naquele momento, saber que agora minha pequena peste parecia só ser feita de engodo. Mas então você olhou na direção do dún, com olhos cheios de medo.

"'DIOR PRECISA DE NÓS, *AGORA!*'

"E foi isso. Nenhum fôlego desperdiçado com fúria. Nenhum tempo para acusações. Durante o ano anterior, quando me deitava para dormir a cada noite, eu ouvia suas vozes. Minha linda mulher. Minha menininha. Ainda caminhando sobre esta terra em que apodreceram, e eu sufocava com a ideia de que tinha falhado com elas.

"Se não fosse pela garota naquela fortaleza, eu estaria morto, sabia disso. Minha vida gasta na luta sem sentido contra o Rei Eterno ou afogado no fundo de uma garrafa. Dior me mostrara que ainda havia algo em que acreditar, e embora fôssemos chama e pólvora, fogo e gelo, eu sabia que não podia amá-la mais nem que fosse minha própria filha. Às vezes, *famille* é mais do que sangue, vampiro. E quando tudo termina, quando os aplausos acabam e a música para, quando as histórias que contam sobre você viram silêncio e as canções que cantam são roubadas pelo vento solitário do inverno, resta a um homem apenas a mais simples das verdades."

– Que verdade, Gabriel? – murmurou Jean-François.

– Que não há nada que cresça tão fundo nesta terra verde, nada que brilhe mais forte em todos os espigões do céu, *nada* que queime tão forte no coração em chamas do inferno quanto o amor de um pai pelo seu filho.

O Último Santo de Prata sacudiu a cabeça com lágrimas nos olhos.

– Então olhei mais além daquela cidade em chamas na direção dela, através do fogo e do sangue, da morte e dos gritos, e ergui minha espada e avancei.

Celene encarava o irmão, os olhos emoldurados por mechas de cabelo preto como um corvo. Mas Gabriel tinha desviado o olhar, que agora estava perdido naquelas águas entre ambos, escuras e agitadas.

– Elas correram – disse ela por fim. – Dior e Reyne. Voltaram aos tropeções sobre a pedra na direção do caixão vazio da Virgem-mãe e das escadas secretas para a câmara que encontraram embaixo dele. Lilidh foi atrás, andando devagar pela pedra com as garras pingando vermelho.

"Minha partícula pelo menos podia testemunhar isso, e enquanto o restante de nós rezava por perdão, aquela gotícula alçou voo, adejando pelo ar atrás da condessa. Sempre desconfiada, Lilidh parou na beira daquela escada nas sombras, a ponta do pé tocando o brasão dos Esana entalhado na pedra. Olhando para o alto, ela viu o mesmo motivo; os crânios gêmeos com o Graal entre eles, inscritos no mosaico acima da cabeça de Michon. Nós podíamos ver insegurança em seus olhos. Medo enquanto permanecia parada naquele portal por uma eternidade de duração. Mas a canção de caos e carnificina ecoava de forma ensurdecedora na cidade lá fora, um crescendo chegando, e com lábios ensanguentados e apertados, a Sem Coração enfim desceu para o escuro.

"Era uma cripta, percebemos. Uma cripta mais antiga e elaborada do que a que havia acima dela. A câmara era *profunda*; a luz, mortiça e distante, derramando-se apenas da lanterna que Reyne á Maergenn levara consigo da sala de leitura. Estava muito abaixo, agora, no pé de uma longa escada em caracol, no coração de um salão vasto e frígido. Não havia sinal da princesa nem do Graal, mas nossos olhos perceberam detalhes enquanto Lilidh descia lentamente.

"O espaço me lembrou a capela de Jènoah em Cairnhaem – as paredes ali também eram circulares, entalhadas com um baixo-relevo das Guerras do Sangue. Centenas de figuras em armaduras antigas estavam gravadas ali; vampiro enfrentando vampiro, mortal abatendo mortal. Vimos o Rei Eterno novamente, liderando seus cavaleiros do sangue contra os fiéis, com um corvo no ombro e uma espada na mão. E então nós soubemos o que era aquele lugar.

"Quem dormia ali.

"O salão estava até as canelas com água escura do mar, que penetrara ali ao longo da lentidão de séculos, parada e estagnada. Da água fétida erguiam-se inúmeras lápides, centenas e mais centenas – mármore sujo arrumado em anéis concêntricos. Cada pedra era gravada com um nome, e cada nome era o de um vampiro abatido: Lyssa Chastain, Reynaldo Dyvok, Teshirr Ilon. No coração deles havia uma caixa de pedra com o peso de musgo e sujeira de séculos. A pedra central era esculpida com a imagem de um anjo em repouso, com as palmas unidas, a boca aberta como se cantasse. A lanterna tremeluzente estava sobre seu peito, e acima havia pendurada uma poderosa estátua de mármore do Redentor. O filho de Deus estava pregado sobre sua roda, com a boca aberta como o anjo abaixo, como se captado no momento em que gritava suas palavras finais. Seu pacto com aqueles que construiriam sua igreja sobre esta terra depois de sua morte.

– *Por este sangue* – murmurou Gabriel –, *eles terão a vida eterna.*

– Mas diferente das outras capelas no império – prosseguiu Celene –, ali a estátua do Redentor estava acompanhada de cinco outras, erguendo-se altas como casas em torno daquela água turva. Havia detalhes impressionantes esculpidos; sacerdotes e sacerdotisas em trajes antiquados, ajoelhados abaixo do corpo do próprio filho de Deus. Pareciam angustiados, rasgando suas roupas e gritando em silêncio. E em suas bocas abertas, vimos que seus caninos eram compridos e afiados.

"Como na capela de Jènoah, havia um plinto diante desse caixão, com um livro aberto esculpido em mármore cinza e sujo. Na página esquerda, aquele mesmo verso profético que Chloe mostrara a Gabriel estava gravado sobre a velha pedra em talhóstico antigo.

"Do cálice sagrado nasce a sagrada seara;
"A mão do fiel o mundo repara.
"E sob dos Sete Mártires o olhar,
"Um mero homem esta noite sem fim vai encerrar...

"Mas na página da direita, havia outro verso entalhado, escurecido com o tempo e a sujeira, mas gravado pela mesma mão antiga. E ao contrário de sua gêmea em Cairnhaem, a profecia ali estava inteira, e nossas asas estremeceram quando lemos aquelas palavras antigas e sagradas.

"Antes que os cinco virem um,
"Com uma espada santa sob o sol refeito,
"Pelo sangue sagrado ou por nenhum..."

O Último Santo de Prata então falou, com a voz dura e fria como seus olhos:

"Este véu de escuridão será desfeito."

"'Tu já solucionaste o enigma?', clamou Lilidh, e sua voz ecoou no escuro. 'Tu sabes, filha da rameira, o que tu és? O que, no fim, tudo isso significa?'

"A condessa entrou na água, avançando pelo lodo como um tubarão.

Caminhou aparentemente sem rumo, mas o tempo todo seguia o cheiro de mel do sangue de Dior, que pairava nítido no ar. E fazendo a volta na figura elevada de uma sacerdotisa gritando, ela lançou-se, pronta para agarrar o Graal em suas garras ensanguentadas.

"Não encontrou nada além de uma mancha de sangue na água salgada, sua fronte impecável obscurecendo-se. Panos sussurravam acima, e ela olhou para a estátua, tarde demais, e Reyne á Maergenn surgiu das dobras daquela túnica de pedra com a espada de sua mãe nas mãos, e o sangue de Dior fresco sobre a lâmina.

"'*Par...*'

"O golpe atingiu em cheio, pesado como um martelo; uma princesa, aquela criança, mas treinada pelos grandes Chante-Lames em Montfort. A espada cortou o rosto da condessa, rasgando pele, músculo e osso, e Lilidh xingou ao se afastar cambaleante. Sua carne inflamou-se como isca de fogo, o sangue sagrado do Graal transformando pele e osso em cinzas, seu grito cortando o ar.

"'Essa é por lady Arlynn', disse Reyne com rispidez.

"A princesa saltou da estátua e saiu chapinhando pela água no chão, com Dior deslizando atrás dela. Olhos azul-pálido brilharam como vidro quebrado quando Lilidh girou se debatendo, tentando arrancar a pele em chamas e desmoronando na água salgada aos seus pés. Chiando, a Sem Coração afastou uma cortina de cabelo molhado do rosto e logo ficou de pé. A chama tinha sido extinta, mas o dano era terrível; queixo pendurado como uma porta quebrada, a pele de alabastro queimada e escura. Reyne avançou, com a espada ensanguentada cortando o ar. E embora Lilidh levantasse a mão e emitisse uma ordem, seu rosto estava tão danificado que o Açoite era um nonsense deturpado, cheio de sangue e gorgolejante.

"'Basta de ordens', disse Dior. 'Senhora.'

"Reyne atacou a mão da condessa, e Lilidh deu, um grito agudo quando dois de seus dedos voaram; transformados em cinzas antes mesmo de tocarem a água. Sua carne queimava onde o sangue de Dior a beijara, e a ancien recuou com velocidade sobrenatural, a carne em chamas mergulhada na água salgada para apagar aquela chama sagrada.

"'Essa é por Gilly e Morgana', disse Reyne com raiva.

"A princesa avançou, todo o ressentimento e ódio por seus tormentos dos últimos meses chamuscando em seus olhos. Sua espada cortou o ar, sua forma temível. E embora Lilidh estivesse embebida com o poder de séculos, a Sem Coração no fim não era nenhuma guerreira, e além disso estava desarmada. Lilidh retrocedeu, sem se enervar com a visão de sangue escorrendo e fumegando sobre aquele aço, seus olhos estreitos de ódio. Com o Graal às suas costas, Reyne á Maergenn ergueu alto sua espada, sibilando através de dentes cerrados:

"'Essa é por mim.'

"E com um grito sangrento, a princesa atacou sua inimiga."

Gabriel se inclinou para a frente lentamente, os olhos cinza iluminados.

– Baptiste estava pendurado na pegada do Coração Sombrio, a guerra nas muralhas ainda se desenrolando acima, Lachlan ensanguentado e imóvel na pedra abaixo. Nikita sorriu, sem alma, olhando para o dedo preto como uma aranha para uma mosca. Aaron estava atrás de seu mestre, olhando para os dois; seu velho amante preso na pegada temível do novo. Seus olhos estavam cheios de lágrimas sangrentas, mas o rosto permanecia sereno. Eles tinham dividido uma vida juntos, Baptiste e ele. Amaram um ao outro com tanto ardor quanto qualquer casal que conheci. Mas o amor é mortal, historiador. O sangue é eterno.

"'Mestre', chamou Aaron.

"O Coração Sombrio se virou, com a sobrancelha arqueada, observando Aaron se ajoelhar.

"'Por favor', disse, olhando para Baptiste. 'Permita que *eu* acabe com ele.'

"Os lábios vermelhos de Nikita se curvaram, e seus olhos de meia-noite brilharam. Voltando-se para Baptiste, ele pareceu saborear a visão de toda luz morrendo nos olhos do dedo preto. A morte do amor. O assassinato da esperança. Deus, que destino. Ser tão vazio que só encontra alegria diante da visão de outros igualmente desolados. Que inferno. Pensar que o que você ama o torna fraco.

"'Eu *gosto* de ver-te de joelhos, dourado', disse Nikita.
"E largando Baptiste sobre a pedra, ele ofereceu a espada para seu servo.
"'Mostra-me que teu coração é meu.'"
– A espada de Reyne cortou o ar – disse Celene. – Assoviando muito perto da pele de Lilidh. A Sem Coração estava na defensiva, a pele queimada, o maxilar destroçado. Mas ela era ancien, afinal de contas, forte como montanhas, para nunca ser subestimada. E com a espada de sua mãe ungida com o sangue do próprio Graal, lamentavelmente, foi o que a princesa fez. Seus lábios entreabriram-se em um sorriso quando ela parou para provocar a inimiga, girando a espada nas mãos.
"'Eu vou abrir seu peito ao meio, demônio. Ver se você é mesmo sem coração.'
"Ela avançou, com a espada cortando o ar e Dior gritando de trás dela para tomar cuidado. Lilidh recuou pela água salgada, rápida e serpentina, e estendendo a melhor de suas mãos, ela arrancou uma das lápides dos círculos, partindo rocha como se fosse barro. Arremessou a lápide como uma lança e mandou a princesa cambaleante para o lado; o bloco de mármore quase acertando a cabeça dela. Lilidh saltou para trás, arrancando outra pedra e a lançando como uma deusa vingativa de histórias antigas. Reyne jogou-se para o lado outra vez, engasgando em seco, então outra pedra voou em sua direção, depois outra, mais rápido, *outra*, mármore quebrando-se, rachando e trovejando. Dior deu um grito de alerta, mancando à frente com olhos brilhantes. E quando Reyne xingou e tropeçou em uma pedra abaixo da superfície, um bloco de mármore do tamanho de um carrinho de mão a atingiu no peito.
"Com ossos estilhaçados, a princesa gritou, sangue e água salgada jorrando quando ela caiu. Dior gritou seu nome, cambaleando à frente com sua perna rasgada enquanto Lilidh sorria, com olhos mortos brilhando. E com o cabelo acinzentado grudado à pele molhada de suor, o Graal pegou a espada caída de Reyne da água. Ferida como estava, Dior ainda tinha sido treinada pelo Leão Negro. E dançando o vento norte, ela atacou: *barriga, peito e pescoço, repita*. Mas a arma da Novespadas tinha caído na água salgada assim como Reyne, lavando

o sangue de Dior de seu gume. E quando ela mordeu a carne de Lilidh, quase inofensiva, a Sem Coração pegou Dior pelo pescoço com uma garra escura.

"Depois de levantá-la alto, Lilidh jogou Dior de costas contra uma das poderosas estátuas; um padre gritando com um corvo preso por uma corrente ao seu ombro. A palma da mão de Dior tinha sido cortada para aguçar a espada de Reyne, e ela tentou agarrar o rosto arruinado de Lilidh. Mas a condessa era mais rápida e a segurou pelo pulso, sibilando quando carne morta fumegou sobre a pele ensanguentada de Dior. O Graal arquejou quando foi jogado outra vez de costas contra a estátua; crânio rachando, a garganta querendo sair pela boca. Ela conseguiu dar mais um golpe desafiador, mordendo a língua e cuspindo sangue sobre o rosto de Lilidh. A condessa gritou, sua carne queimando, e levou a mão ao interior do espartilho para pegar aquele punhal de ouro. E depois de erguê-la alto, ela o enfiou na mão de Dior e o cravou na pedra atrás.

"Dior gritou, Lilidh cambaleou para trás, com o rosto em chamas. Ela tornou a cair na água salgada e as chamas se apagaram com um chiado fervente. Erguendo-se e tentando se equilibrar, molhada e ensanguentada, a condessa levou a mão ao rosto destruído, rosnando enquanto recolocava o maxilar no lugar. O que antes era a imagem de uma deusa agora era um horror, carne queimada até o osso. Mas seus lábios estavam curvos em um sorriso terrível quando ela sussurrou naquela escuridão:

"'Então também chega a e-escolha da primavera para o carneiro. Ou os d-dentes do lobo para o veado...'

"Dior gemeu de agonia. Sua mão esquerda estava presa, o punhal cravado tão fundo na estátua que seu punho esmagara seus ossos em uma polpa. A dor deve ter sido terrível, mas mesmo assim ela lutava para se soltar, sangue sagrado jorrando vermelho e brilhante sobre a pele. E enquanto gritava e se debatia, ela viu de novo o que vira na tumba acima; aquele sangue escorrendo por seu braço, per seus dedos... aquele sangue estava *se mexendo*.

"Não entendia o que aquilo significava, nem como podia ser controlado, mas, mesmo assim, sabia que era fogo para sua inimiga. E então, com lágrimas escorrendo pelo rosto, estendeu a mão vermelha e gotejante na direção de Lilidh e ordenou que aquele sangue obedecesse.

"'Mexa-se', sibilou.

"E ele se mexeu, o que a fez perder o fôlego, olhos azul-pálido arregalados quando as gotas nas pontas de seus dedos estremeceram. Lilidh recuou, com os olhos estreitos, temendo algum novo feitiço. Mas embora o sangue de Dior vibrasse na ponta de seus dedos estendidos, tremendo como se as paredes estivessem abaladas e o mundo acabando... isso foi tudo o que ele fez.

"Nada além de tremer.

"'*Mexa-se!*', sibilou com dor.

"Lilidh sorriu, agora mais ousada, a maldade retorcendo seus traços mutilados. Ela se abaixou e pegou a princesa caída como se fosse um saco de trapos. Reyne gritou de dor, braço e ombro quebrados, ossos fraturados se raspando enquanto era puxada para cima, agora pendurada nas garras frias de Lilidh. E estendendo o dedo mínimo, Lilidh fez uma leve pressão sobre o peito de Reyne, partindo uma dúzia de suas costelas.

"'NÃO!', gritou Dior. 'Não a machuque!'

"Reyne se debatia, a respiração chiando por entre os dentes, agarrando a mão que estava sufocando a vida dela com o braço bom. Lilidh apertou delicadamente o pulso de Reyne, estilhaçando-o como vidro enquanto a princesa gritava.

"'PARE!', gritou Dior.

"A Sem Coração voltou-se para Dior enquanto Reyne gritava quando sua espinha estalou naquela pegada horrenda. A voz da vampira estava gorgolejante, gutural, seu maxilar era uma ruína queimada. Mas mesmo assim ela emitiu seu sibilo, afiado como faca, ecoando naquela escuridão abaixo do olhar frio do Redentor.

"'Implore.'

"'Por favor!', pediu Dior. 'Por favor, pare!'

"'Mais alto!'

"'*Por favor!* Não a machuque, n...'

"'D-Dior', sussurrou Reyne. 'N-não.'

"Então seus olhares se encontraram, acima daquela água escura; aquelas duas jovens com tão pouco tempo dado a elas, agora chegando ao fim dele. A verdade clara para que as duas vissem.

"'Ela v-vai me m-matar de qual...'

"A princesa engasgou em seco quando Lilidh a apertou com mais força, cortando sua voz.

"Dior gritou, horrorizada e furiosa, observando enquanto Reyne se debatia e sufocava na pegada de Lilidh. Os olhos da vampira estavam fixos nos da princesa, frios e cheios de trevas. O olhar de um tubarão aproximando-se de um nadador que se afoga, a boca escancarando-se para revelar incontáveis fileiras de dentes serrilhados.

"'Nós somos os fortes', gorgolejou Lilidh.

"Ela puxou Reyne para mais perto, a garota com o hálito final ofegante.

"'Vós sois os f...'

"Uma forma voou da escuridão, um borrão de branco duro e vermelho brilhante. Ela bateu nas costas de Lilidh e cravou os dentes em seu pescoço. A ancien gritou e soltou Reyne, e atacou com um golpe de revés que mandou a forma voando sobre as lápides atrás. Ela destruiu meia dúzia de túmulos com o barulho surdo de pedra se lascando e desabou na água antes de tornar a ficar de pé, o olho azul estreito enquanto ele rosnava.

"'Príncipe...', disse Dior em voz baixa."

– Phoebe gritou meu nome quando avancei na direção do dún – disse Gabriel. – Mas eu não dei nenhuma atenção a ela. E em vez de me deixar lutar sozinho, ela avançou comigo, com o povo das Terras Altas também, todos eles, deixando as sobras ensanguentadas das legiões dos Voss fugindo do campo, gritando enquanto atravessávamos as ruas de Novatunn de volta na direção de Velhatunn.

"Ali, nas ruínas de uma residência de nobres, Nikita Dyvok estava parado envolto em cinzas e neve. Aaron tinha ficado de pé com os olhos em Baptiste. O dedo preto estava ajoelhado, mudo e com o coração partido quando Aaron pegou a espada de seu mestre. Nikita sorriu para seu amante sombrio, vendo o que restava do coração de Aaron fenecer e morrer em seu peito. E Aaron ergueu Epitáfio alto acima da cabeça, olhando Baptiste nos olhos enquanto sussurrava:

"'Eu me lembro.'

"Aaron moveu Epitáfio com toda a força. E se esta fosse uma história para crianças, ele teria se virado e decepado a cabeça do Coração Sombrio. Ele teria provado que os poetas estavam certos, que os menestréis não são bastardos e que o amor sempre vence tudo. Mas embora não tivesse força para romper com o feitiço profano de Nikita, Aaron tinha força o suficiente para jogar aquela espada para longe, voando para as ruínas, brilhando ao cair. E virando-se para Nikita, ele disse com raiva:

"'Você pode ter meu coração. Mas nem todas as partes dele.'

"Nikita rosnou e deu um tapa de revés no rosto de Aaron com o braço bom. O golpe foi horripilante, mandando o nobre voando através da cerca de ferro e batendo contra outra parede. Mas ao tirar os olhos de Baptiste, o Coração Sombrio cometeu seu último erro."

Gabriel sorriu, com os olhos cinza brilhando.

— Porque às vezes o amor *vence* tudo.

"O golpe atingiu a parte de trás do crânio de Nikita – um malho de aço de prata puro, brandido por um homem que lutava sempre e apenas com o coração. O crânio do ancien foi lascado, ele cambaleou e se virou com um rosnado. O ferimento era terrível, mas não o suficiente para encher uma tumba, e Nikita ergueu a mão gotejante, com a intenção de, em vez disso, enterrar Baptiste. Mas outra mão surgiu, segurou seu tornozelo e triturou o osso em uma pegada de ferro.

"Lachlan estava nos escombros onde o Coração Sombrio o havia deixado, ensanguentado e rasgado, mas ainda assim sem ter sido quebrado. Ele sorriu, vermelho e firme, e segurou o irmão no lugar enquanto o segundo golpe de Baptiste arrancou o queixo de Nikita de seu rosto. Carne ancien se rasgou como papel, Nikita cambaleou, erguendo a mão boa para se defender de Baptiste. Mas o dedo preto já estava avançando para ele, perdido em uma fúria trovejante. A fúria de um amante ofendido, um marido traído, somada à força de um escravizado, caindo em cima de um cambaleante Nikita e batendo com aquele martelo repetidas vezes, osso e cérebro transformando-se em polpa, sangue e aço de prata fervilhando, o vampiro gritando, debatendo-se e xingando.

"'Ele era meu antes de ser seu, bastardo', disse Baptiste com raiva.

"E golpeando mais uma vez com o martelo, ele destruiu completamente a cabeça do Coração Sombrio.

"A coluna de Nikita se arqueou, seus braços se agitaram, um grito borbulhante saiu rasgando de sua garganta em ruínas. Toda a dor, toda a fúria e todo o horror de um imortal encarando o fim de sua eternidade. E, então, ele explodiu. Baptiste encolheu-se e Lachlan chiou em triunfo quando Nikita foi consumido, detonado, escuro e cinzento, seus restos soprados pelos ventos famintos e espalhados pelos destroços do reino que tentara tão desesperadamente forjar.

"Baptiste se levantou dos restos de Nikita com os olhos escuros em chamas.

"'Alguns amores são eternos.'"

Gabriel ficou em silêncio, passando os dedos sobre seu sorriso. Parecia que até o historiador tinha ficado tocado, com os lábios levemente curvados enquanto escrevia rapidamente em seu tomo. Mas o fim agora se aproximava rápido, e, presa em seu feitiço, Celene então falou:

— Príncipe pulou em cima de Lilidh — disse ela. — Voando como uma flecha no pescoço da condessa. Por um momento, nós nos perguntamos o que tinha acontecido com o cãozinho apaixonado que tínhamos visto segui-la sempre em seu encalço. Mas, então, lembramos... o lobo mordera Dior, é claro, *é claro*, os laços que o prendiam tinham sido rompidos pelo sangue sagrado do Graal. Lilidh agarrou o pescoço destroçado, afastou-se para o lado, atacou quando a fera passou e a jogou sobre uma daquelas grandes estátuas. E embora o golpe tivesse matado qualquer lobo comum, Príncipe voltou a ficar de pé em um piscar de olhos, sacudiu-se para se secar e saltou outra vez sobre a condessa.

"Mas embora fera e monstro lutassem por seu destino, os olhos de Dior estavam fixos em...

"'Reyne!'

"A princesa tinha caído da pegada da condessa quando o lobo atacou e mergulhara na água. A mão de Dior ainda estava presa à estátua pelo punhal de Lilidh, a lâmina cravada fundo na pedra e a palma de sua mão esmagada sob o punho. Reyne, porém, não estava se mexendo, flutuando de rosto para baixo na água salgada fedorenta. Mas em vez de ficar parada impotente e observá-la se afogar, Dior segurou seu pulso, apoiou os pés sobre a pedra e *puxou*.

"Ela gritou em agonia, aço cortando carne, ossos esmagados se rasgando. Sangue derramado denso e brilhante pelo braço de Dior, seu rosto retorcido, lágrimas acumulando nos olhos enquanto afastava os pés e tentava de novo. Suas mãos se rasgaram como pergaminho úmido. Tendões se esticaram e se partiram como corda molhada. E, enfim, com um último grito, Dior se soltou, deixando três dedos para trás quando caiu na água.

"Príncipe desviou da lápide atirada por Lilidh e saltou mais uma vez no pescoço da vampira. O pescoço já estava em ruínas, o maxilar pendurado e solto outra vez, e a Sem Coração gritou com voz gutural uma ordem que o lobo ignorou. Eles bateram contra o caixão no coração da tumba, a estátua do Redentor chorando em silêncio acima. As mãos de Lilidh se fecharam em torno do pescoço do lobo, e seu sangue se derramou sobre o anjo às suas costas. A lanterna de Reyne caiu na água, mergulhando a tumba em escuridão quase completa com um chiado fervilhante.

"Tudo, agora, estava gravado em silhueta, a luz da tumba acima a única iluminação. O lobo estava enfurecido, mas a Sem Coração ainda era uma Dyvok, o sangue dos indomados em suas veias, e suas mãos se fecharam em torno da boca da fera. O lobo gorgolejou e rosnou, garras rasgaram e enfim soltaram seu peitoral. Mas com um grito, Lilidh torceu a cabeça do lobo para o lado e quebrou o pescoço dele.

"Ela jogou seu corpo para o lado e se ergueu dos destroços da fera. Suas mãos e braços estavam pintados de sangue, assim como o caixão atrás, encharcado tanto com o sangue dela como o do lobo. A carne de Lilidh estava queimada; o rosto, maltratado; o corpo, rasgado, mas mesmo assim, ela ainda não tinha sido derrotada. E, com um rosnado, virou-se e se afastou da ruína de Príncipe.

"Direto sobre um metro de aço ensanguentado.

"Lilidh olhou fixamente para a espada enterrada até o cabo em seu peito. Dior segurava o punho, arquejando, os olhos azuis arregalados e fixos na Sem Coração. O Graal soltou a espada e cambaleou na direção de Reyne, agora deitada apoiada sobre uma das estátuas quebradas. A mão esquerda de Dior era uma massa disforme, dedos faltando e pingando vermelho; o mesmo que havia na espada que acabara de enfiar no coração de Lilidh. A condessa pressionou a mão sobre o peito em ruínas, sua carne começando a queimar, e seu sussurro gorgolejante rompeu a imobilidade.

"'N-não assim...'

"Então ela irrompeu em chamas.

"O grito que escapou da garganta de Lilidh foi uma coisa horrenda. Uma coisa viva. Sombria, retorcida e vil. Ela virou e girou quando chamas brancas sagradas brotaram do ferimento, percorrendo todo o seu corpo como um incêndio florestal em um capinzal no verão. Dior a golpeou outra vez, e a lâmina da Novespadas mordeu carne ancien, o fogo na pele de Lilidh agora tão forte que era cegante. E quando seu vestido se transformou em cinzas, enquanto seu corpo murchava e se desfazia, o grito de Lilidh se ergueu até ser a única coisa que Dior ouvia, até ela ser forçada a fechar os olhos, tapar os ouvidos e gritar também, até que os restos mergulharam na água, e aquela voz foi silenciada para sempre.

"Dior caiu na água salgada e tomou Reyne nos braços, lágrimas escorrendo por seu rosto ensanguentado. Ela passou seu sangue nos ferimentos da princesa, mas Reyne não estava respirando, *ela não estava respirando*. Dior gritou seu nome e acariciou seu rosto sardento enquanto segurava aquela garota ali no escuro, o choro afogando todo o mundo a sua volta.

"'Por favor, não me abandone', suplicou.
"Lágrimas caíram como chuva sobre o rosto da princesa.
"'*Todo mundo* me abandona...'
"Ela, então, sentiu braços segurando-a, uma voz baixa e distante por baixo do trovão em seu peito, os ecos de seu choro. E ela gritou e atacou, e os ossos quebrados em sua mão destruída cortaram o rosto dele, abrindo sua bochecha até o osso.
"'Sou eu!', chamou ele. 'Dior, pelo amor de Deus, sou *eu*!'
"Ela ficou imóvel, os olhos arregalados quando aquele grito ecoou pelas paredes, perdendo o fôlego por um instante sem ousar ter esperanças enquanto uma figura de preto e ensanguentada a envolvia nos braços.
"'... G-Gabriel?'
"'Estou aqui, amor', disse ele em voz baixa, apertando-a contra o peito. 'Eu estou aqui.'
"E, tremendo, Dior jogou os braços em torno do pescoço dele, chorando como uma criança recém-nascida. Gabriel também chorava com aquela garota enfim em seus braços, e embora a tivesse esmagado se a abraçasse com a força que desejava, ela o apertou com toda a força que tinha, os dois de joelhos na água ensanguentada. Dior estava sangrando e tremendo, e Gabriel pareceu entristecer-se ao ver como ela estava machucada, quanto tinha dado de si, quanto ele custara a ela.
"'Ah, Dior', sussurrou ele, segurando sua mão quebrada e sangrando. 'Ah, minha pobre menina.'
"'Você v-veio', sussurrou ela. 'Eu *sabia* que você viria.'
"Phoebe desceu a escada correndo, eu atrás dela, a espada de sangue erguida enquanto procurávamos por algum sinal de Lilidh e vimos apenas cinzas. A bruxa de carne correu até o lado de Dior, abaixando-se na água vermelha e jogando os braços em torno de Gabriel e dela, beijando o Graal no alto da cabeça com lábios ensanguentados. Meu irmão tinha rasgado a camisa e enrolado a mão ferida de Dior, abraçando-as apertado. Pressionando os lábios na testa do Graal,

ele olhou para a estátua do Redentor acima, o ódio nele sangrando para aquela água escura enquanto todas as suas preces eram atendidas.

"'*Merci*', disse ele com a voz baixa e trêmula. '*Merci*, meu irmão.'

"Uma tosse foi ouvida ao lado deles, e Dior gritou de alegria quando a princesa Á Maergenn gemeu e abriu os olhos outra vez. Reyne estava encharcada, sangue e água salgada, mas o dom sagrado do Graal tinha feito seu trabalho. As garotas caíram nos braços uma da outra, chorando e agarrando-se à vida. Phoebe fez uma careta, olhando para o ferimento que Dior abrira no rosto de Gabriel; um corte comprido abaixo de seu olho direito, descendo fundo até a bochecha. Ela o beijou com lábios ensanguentados, mas ele murmurou que aquilo ia sarar, que tudo agora ficaria bem, ajoelhado ali naquela cripta com sua *famille* ao seu lado.

"Ele olhou para o lugar, surpreso e perplexo; as lápides quebradas, o anjo ensanguentado, o livro de mármore, aquelas cinco estátuas assomando em torno da do Redentor. Seus olhos brilharam na quase escuridão, vermelhos com sangue, agora, olhando para mim.

"'O que é este lugar?', murmurou ele.

"Mas eu não respondi, e todo o meu corpo ficou tenso quando ouvi uma movimentação na água, ali nas sombras à frente. Gabriel também ouviu, e ergueu-se rapidamente da água salgada com sua bruxa de carne ao seu lado e a Bebedora de Cinzas na mão ensanguentada.

"Uma forma surgiu claudicante das sombras, com respiração pesada, os pelos pálidos pingando água do mar e sangue. Seu pescoço fora quebrado, era o que tínhamos ouvido, mas ali estava ele, com um olho brilhando na escuridão e fixo na dançarina da noite.

"'Doces Luas mães...', sussurrou Phoebe.

"Ela deu um passo à frente, exangue, sem fôlego e completamente surpresa.

"'*Connor?*"

✦ VI ✦
UM MOMENTO PERFEITO

— NÓS PUDEMOS VER o sofrimento nos olhos dela quando disse aquele nome.

Celene observava o irmão do outro lado da água agitada, dentes presos atrás daquela gaiola prateada. Jean-François olhou de esguelha para Gabriel; até Meline e o jovem Dario olharam para ele com uma espécie de pena. Mas o Último Santo de Prata fitava apenas a garrafa vazia em suas mãos, tamborilando com os dedos sobre o vidro.

— A voz da dançarina da noite estava trêmula enquanto ela ia cambaleante na direção do animal — prosseguiu Celene. — E como se tivesse sido liberado da prisão de algum enforcador horrendo há muito tempo apertado em torno de seu pescoço, o lobo caminhou à frente com algo entre um uivo e um grito. Eles se chocaram e se abraçaram da melhor maneira possível, a bruxa de carne se ajoelhando e abraçando o lobo apertado junto ao peito. Ali, enfim, estava a resposta do enigma; o segredo de onde Lilidh tinha conseguido o sangue de dançarino que abasteceu a conquista de seu irmão: um príncipe, levado de seu lar nas Terras Altas. Lágrimas correram pelo rosto ensanguentado de Phoebe, suas preces de agradecimento roucas com alegria e pesar. Ele não podia falar, mas a alegria de Connor com o reencontro brilhava no azul-pálido de seu olho, no rugido trovejante em seu peito, e embora não fosse capaz de dançar de sua forma de animal até o anoitecer mortiço, depois de *tanto* tempo afastados, era apenas questão de horas para que o marido de Phoebe á Dúnnsair pudesse tomar sua mulher nos braços mais uma vez.

"O *marido* dela.

"'Vimos aquele pensamento escurecer o cinza dos olhos de Gabriel, subindo por sua garganta enquanto ele tentava desesperadamente engolir. Phoebe olhou para ele, então, e vimos a mesma dor sofrida nela, brilhando naquele ouro que agora se enchia de lágrimas. Aquilo que estava perdido, encontrado. E o que havia sido encontrado, perdido. Isso pairava sem ser dito entre eles: uma separação, fria como aço e aguçada como uma lâmina quebrada. Gabriel afastou os olhos, com dentes cerrados, focando em vez disso na garota em seus braços; o minúsculo coração sangrento e pulsante desse mundo. Pois tinha movido o céu e a terra, nadado por um oceano de sangue, lutado com as legiões do inferno para voltar para o lado dela.

"E, no fim, se Dior estava bem, então *tudo* estava bem.

"'Ele nos a-ajudou.' Reyne olhou para o grande lobo ensanguentado, seus olhos distintos fixos em seu único olho azul. 'Ele nos salvou. Eu não sei por quê.'

"'Não importa', murmurou Gabriel, beijando a testa do Graal. 'Vocês agora estão em segurança.'

"'Eu machuquei você.' Dior fez uma careta, tocando o rosto rasgado e ensanguentado dele. 'Desculpe.'

"'Não, amor, silêncio', sussurrou ele, afastando o cabelo ensanguentado de Dior de seu rosto. 'Você não tem nada de que se desculpar. *Eu* machuquei *você*. E nem todos os pedidos de perdão no mundo vão ser suficientes, mas mesmo assim eu lhes ofereço. Me perdoe, Dior.'

"Ela sacudiu a cabeça.

"'Você manteve sua promessa. Você não me abandonou.'

"'Nunca', prometeu ele, os olhos brilhando com lágrimas. 'Eu estou *muito* orgulhoso de você.'

"'*Merci*', sussurrou ela. 'Pai.'

"Eles, então, trocaram um abraço apertado, um se agarrando ao outro no meio de toda aquela escuridão e aquele frio, quente, doce e brilhante. Pois o Santo Graal estava em segurança. A profecia tinha se cumprido. A morte dos dias ainda podia ser extinta. E pareceu por um momento que tudo estava bem no mundo. A batalha acima tinha diminuído. A tempestade prendera o fôlego. Por aquele breve átimo, não havia dor, mas alegria. Não havia morte, mas esperança. Não havia céu, mas o aqui. Um momento perfeito, merecedor de todo sacrifício sob o céu para se obter, como se fosse ali que a história terminava. Mas embora sejam tão diferentes quanto o amanhecer e o anoitecer, historiador, momentos e vidas têm uma coisa em comum."

Jean-François arqueou uma sobrancelha em uma pergunta silenciosa.

– Eles nunca duram – murmurou Gabriel.

– A mão de Dior estava arrebentada e ensanguentada – disse Celene. – O pano que Gabriel amarrara em torno dela já estava encharcado de vermelho. Ela estava pálida e frágil. Reyne, então, segurava sua mão boa enquanto o choque começava a ser absorvido. Mas mesmo assim Dior olhou para mim, com uma sombra nos olhos, aguçando-se quando tornou a olhar para meu irmão, para as estátuas ao seu redor, o Redentor no alto.

"'Você está vendo?'

"Aquele sussurro pairou no ar, pesado como a eternidade. O som da batalha na cidade acima chegava ao silêncio, gaitas selvagens, cantos ritmados, nossa vitória banhada em sangue ecoando nas ruínas do sonho da Novespadas. A canção da tempestade agora parecia distante, os trovões raivosos ecoando nas paredes quando Gabriel olhou para a tumba onde todos estávamos. Aquelas cinco figuras em torno de uma, vestindo antigos trajes de sacerdote, suas bocas com presas abertas em angústia. O rosto de meu irmão empalideceu ao ver que cada uma delas usava um brasão diferente em torno do pescoço – lobos gêmeos, rosas e serpentes, um urso e um escudo quebrado, dois crânios e, enfim, um corvo pálido voando. Olhando para o rosto *dessa* última figura, ele sussurrou um nome no escuro.

"'*Fabién.*'

"Era ele. Na visão de um artista, mas ainda assim inconfundível. Um jovem, feroz e morto, belo mesmo em seu horror. E Gabriel então falou, uma citação das escrituras que toda criança em Elidaen conhece. O Livro das Lamentações:

"'*E os céus ficaram vermelhos como sangue, e a tempestade fendeu o céu, e a chuva era como as lágrimas de toda hoste alada caída. Aqueles sacerdotes de falsos deuses e acordos violados, contando todos os dedos na mão ardente do inferno, estavam em uma perplexidade desolada.*'

"'Cinco d-dedos.' Dior engoliu em seco, olhando das manchas de sangue em sua pele para aquelas figuras gritando abaixo da roda do Redentor. 'Cinco sacerdotes.'

"'Cinco linhagens de sangue', percebeu Gabriel.

"'Doces Luas Mães...', sussurrou Phoebe, agora ficando em pé.

"'*E o Redentor e-ergueu os olhos para o trono de seu Pai Todo-poderoso*', prosseguiu Dior, voltando-se para mim. '*E seu coração marcou os ossos da terra, e com voz semelhante a um trovão, ele gritou...*'

"'Por este sangue', sussurrou Gabriel, 'eles terão vida eterna.'

"'Inferno.' Olhei para aquelas figuras ajoelhadas, assentindo. 'Eterno.'

"'Na missa, costumavam nos dizer que essa foi a promessa do Redentor para os fiéis.' Dior agora estava de pé, com o braço de Reyne em torno de sua cintura, de voz trêmula. "Seu acordo com aqueles que construiriam sua igreja depois que ele morresse. Mas esses são os sacerdotes que o *assassinaram*', disse ela, gesticulando para aquelas cinco figuras. 'Suas palavras finais não foram para nós. Foram para *eles*.'

"'Ele os *amaldiçoou*', sussurrou Phoebe. 'Em seu último suspiro. Esses sacerdotes...'

"Dior assentiu, os olhos frios nos nossos.

"'Eles foram os primeiros vampiros que a-andaram sobre a terra.'

"Meu irmão olhou para aquelas cinco figuras de pedra pálida, ajoelhadas em torno do filho de Deus que tinham assassinado. E então, no alto, para o Redentor para quem tinha rezado naquela mesma manhã.

"'Tudo isso', disse ele em voz baixa. 'Toda a desgraça. Todo o sangue.

Todos esses anos nós o olhamos em busca de salvação. Mas... foi você quem nos amaldiçoou.'

"Meu irmão sacudiu a cabeça, com lágrimas no rosto ensanguentado enquanto falava com aquela estátua.

"'Você os *fez*.'

"E então virou-se para mim, com fúria fervendo nos olhos.

"'E *você* sabia.'"

Silêncio abateu-se na cela, exceto pelo arranhar da pena de Jean-François. Os escravizados se entreolharam, Meline, Dario e Delphine e seus homens, perplexos com aquela revelação. De sua parte, o historiador apenas continuou a escrever, embora ninguém pudesse dizer se ele mantinha a compostura pela prática ou porque já soubesse a verdade. Mas o silêncio estendeu-se muito, e a pena ficou imóvel, e mesmo assim Celene Castia não falava.

Ela estava olhando com raiva para o irmão, agora, olhos escuros queimando como pequeninos sóis. Ele enfim tinha tirado os olhos da garrafa vazia, o rosto corado com fúria e palavras indistintas pela bebida.

– Bem? O que você está esperando?

– Que você termine – respondeu ela.

– Vá se foder – sibilou ele.

– Foi sua culpa, Gabriel.

– Vá. Se. Foder.

– Você e sua raiva idiota – rosnou ela, olhando para ele de alto a baixo. – Seu orgulho burro e obstinado. Se tivesse conseguido controlar *algum* deles, nada do que aconteceu depois...

– Você *sabia*! – rugiu Gabriel enquanto se levantava. – Sempre soube! Você nos enganou por meses! Mentira após mentira! Bebendo almas! Botando Dior em risco! Me apunhalando pelas costas!

– E mesmo assim você reclama desse jeito irritante! Seu *tolo* bêbado e chorão...

– CHEGA!

O grito do historiador fendeu o ar, fazendo com que os irmãos se calassem.

Jean-François também já estava de pé, o tomo agarrado em uma das mãos, os olhos chocolate em chamas com fúria.

— Eu ouvi vocês discutirem durante a maior parte da *noite*! E embora tenha a eternidade a minha frente, não tenho mais *nenhum momento* a perder com essa infantilidade! O sol já está nascendo, *mademoiselle* e *monsieur*, e vou provar os prazeres em minha cama quando ele estiver inteiro no céu, ou pelo *Todo-poderoso*, vocês dois vão pagar pelo prejuízo! Agora sentem-se e terminem com isso!

Uma imobilidade profunda perdurou naquela cela, os escravizados nem ousando respirar.

— Então que *Deus* me ajude...

— Então eu voei sobre ela — rosnou Gabriel. — Direto na porra de seu pescoço. Todas as mentiras, toda fúria e toda perda, sua traição em Cairnhaem, meu pai, isso... era demais para meu estômago naquele momento. Quando éramos crianças, lutávamos sempre lado a lado. Com varas na mão, de costas um para o outro, enfrentando legiões infinitas de inimigos imaginários.

"*Sempre em inferioridade numérica*, dizíamos. *Nunca derrotados. Sempre Leões.*

"Mas tudo isso era poeira e passado. E por mais que tivesse saudade disso, eu sabia que a cisão entre nós nunca seria remediada. Ainda podia ver o júbilo em seus olhos enquanto ela bebia Alene até virar cinzas. Ainda podia ouvir sua voz me dizendo para confiar em seu ódio. Então fiz isso, cuspindo aquilo, vomitando aquilo, voando na direção dela pelo escuro como uma faca, e desabando sobre ela com fúria. Dior gritou meu nome enquanto Celene e eu caíamos um em cima do outro, Phoebe largou Connor e gritou para que eu parasse, *parasse*. Mas estava cego por aquilo. As mentiras. A traição. Mas mais, principalmente, pela ideia de que todo o sofrimento deste mundo tinha sido por vontade *dele*.

"Parte de mim sempre soube. Quando você *realmente* pensa sobre isso, sozinho nas horas mais profundas, quando a música para e a falação termina, e você olha com dureza para aquele maldito espelho de sua alma, é impossível reconciliar a ideia de um criador benevolente com uma vida que se parece com isso. Se convencer de que aquele lá em cima se importa, quando há tanto horror, sofrimento e ódio no mundo. Só os cegos podem olhar para o fogo do inferno e sorrir. Só os covardes levantam a mão para o filho e chamam isso de amor. E eu me lembrei, então, daquela vez em que conversei com Paciência. Sua avezinha morta aninhada nas palmas de suas mãos em concha. As perguntas sobre por que ela tinha morrido. Eu lhe disse que é difícil explicar a morte para nossos filhos, vampiro, mas, na verdade, é impossível explicar *qualquer* coisa disso para *qualquer um*. Então nos acomodamos. Com o mito do grande plano. Com a fábula do Deus que nos ama. Aprendemos a acreditar na mentira, que tudo vai fazer sentido quando morrermos.

"Mas, na realidade, não há verdade em nada disso. Nós sofremos porque ele quer. Sentimos dor por sua vontade. Morremos porque ele gosta disso. E se *há* um plano, sangue-frio, *esta* é a dimensão dele."

Gabriel olhou para as paredes; a pedra escura em torno deles e a noite vazia lá fora.

– Um mundo de joelhos. Implorando por *apenas um* momento de misericórdia. Sangrando desgraçadamente até o fim nas bocas que a merda de seu próprio *filho* criou.

"Minhas mãos se fecharam em torno do pescoço de Celene, e as dela em torno do meu. Eu podia sentir nosso sangue fervendo, de nós dois, então Phoebe interveio para nos separar. Dior gritou meu nome outra vez, implorando que eu parasse, pai, *por favor*, os olhos brilhantes e azuis fixos nos meus.

"Então ela não viu a sombra às suas costas.

"Erguendo-se da água. Uma ruína escura e retorcida. Seu cabelo tinha sido queimado, seu vestido, suas habilidades; ela era pouco mais que um esqueleto num traje de pele carbonizada. Não restavam olhos em seu crânio, mas mesmo assim ela ainda podia sentir o cheiro daquele sangue denso e suculento no ar, e estendendo as duas mãos com garras, o que restava de Lilidh... ela..."

A voz de Gabriel vacilou e ele se calou.

– Ela...

Silêncio se escondeu no interior da cela, engolido pelas águas correntes. Os olhos do Último Santo de Prata estavam se enchendo de lágrimas, as mãos tremiam, cabelo comprido caía sobre o rosto como um sudário enquanto ele se ajoelhava naquela margem sombria.

– Eu não entendo – disse Jean-François. – Lachance tinha atravessado o peito de Lilidh. Seu sangue fora o suficiente para enterrar um ancien filho de Fabién Voss. Um Dyvok seguramente teria morrido com uma espada ungida em seu coração.

– Ela não tinha coração.

O historiador piscou, olhando fixamente para o Santo de Prata.

– Ela mesma dizia isso. Tolyev o arrancara na noite em que a matara.

– Nós kiths permanecemos no estado em que morremos, historiador – murmurou Celene. – Por que acha que ela nunca tirava o espartilho? Por que acha que a chamaram de a...

– Sem Coração... – disse Jean-François com um suspiro.

– Connor foi o primeiro a se mexer – disse Gabriel, a voz dura e fria. – Voltou-se na direção de Lilidh quando ela tentou pegar Dior, mas não foi rápido o bastante. As mãos de Lilidh se fecharam em torno do rosto de Dior, que gritou e se debateu, tentando escapar, desesperada. Mas embora seus dedos fossem pouco mais do que gravetos queimados, ainda assim aquela força terrível em Lilidh persistia. Não uma deusa, mas uma coisa que os matava. E com um rosnado disforme e odioso, Lilidh girou a cabeça de Dior com tanta força que ela quase se soltou do pescoço.

Gabriel abaixou a cabeça.

Ele olhava para as mãos estendidas.

Trêmulo.

– Ouvimos o som horrendo – sussurrou Celene. – Mesmo com nossos xingamentos, luta e Phoebe gritando, mesmo assim ouvimos, um estalo molhado, e Reyne gritou, e toda a luz do mundo se apagou. Com um rugido, furioso,

Deus, tanta fúria e ódio que abalava as paredes, Connor se lançou sobre a Sem Coração, e fechou as presas em torno de seu pescoço. Suas garras arrancaram as cinzas de seu peito, seus dentes se cravaram na ruína apodrecida do pescoço dela. Com um último golpe odioso dos limites do inferno em que tinha caído, Lilidh enfiou a mão através das costelas do grande lobo em um jorro vermelho. E quando o bravo Connor á Lachlainn, descendente do Trono das Luas e de Ailidh, a Traztempestades, arrancou a cabeça de Lilidh do tronco, ela também agarrou seu coração destemido e o arrancou de sua gaiola.

"Os dois caíram, Lilidh enfim explodindo num jorro de cinzas carbonizadas, Connor caindo na água, o preto tornando-se vermelho. Phoebe voou em sua direção, gritando, e caiu de joelhos ao lado do marido, pressionando mãos desesperadas sobre o buraco no peito dele. Mas toda esperança estava perdida. Toda a vida se esvaíra. As mágikas sombrias em suas veias enfim cederam quando a morte segurou sua mão, e seu corpo assumiu a verdadeira forma – ossos se retorcendo, o pelo retrocedendo, deixando apenas um homem, agora, sem vida, quebrado, aninhado nos braços de sua viúva chorosa. Ele era duro e bonito, mais velho que ela; um príncipe do Trono das Luas, rasgado por batalhas e com cicatrizes de provações, seu único olho azul ainda aberto, seu cabelo encharcado com água tomada por sangue. E Phoebe o segurou junto ao peito, jogou a cabeça para trás e gritou.

"Reyne estava chorando, com o corpo quebrado de Dior aninhado nos braços e balançando-a para a frente e para trás, para a frente e para trás. Gabriel e eu ainda estávamos na água, chocados demais para falar, até mesmo para nos mexermos, exceto para soltar a pegada chamejante que tínhamos no pescoço um do outro. Mas o feitiço da imobilidade foi quebrado quando meu irmão entendeu o que tinha acontecido – o que tínhamos feito e permitido que *fizessem* – e arrastou-se, então, pela água sangrenta até o lado de Dior. Ele a segurou, horror e descrença perfurando seu coração, e gritou:

"'Não, não, querida, *não, NÃO!*'

Então ele a apertou forte junto ao peito arquejante e olhou para mim, desesperado, loucura se acumulando e rachando nas bordas de seus olhos. Mas embora o sangue de um ancien pudesse resgatar uma alma das mandíbulas da morte, até um tolo podia ver que o soturno Mahné já tinha obtido seu prêmio; a cabeça da garota pendia inerte acima da espinha estilhaçada, sem pulso, sem respiração e sem vida.

"O Santo Graal de San Michon tinha morrido.

"'Dior?', sussurrou Gabriel, sacudindo-a.

"Lágrimas de sangue se derramaram por nosso rosto.

"Toda esperança dentro de nós morreu.

"'*DIOR!*'"

A Última Liathe sacudiu a cabeça, vermelho denso respingando de seus cílios.

– Eu vi o abismo junto de meu rosto, pecador. Ouvi as súplicas de incontáveis imortais enquanto imploravam por sua eternidade. Ouvi os gritos de mil bebês órfãos, noivos enviuvados, mães sem filhos, de um reino transformado em ruína completa, e digo a você, o grito que meu irmão soltou foi diferente de todos os sons que eu *já* tinha ouvido. Não era fúria. Não era medo. Era... o de um coração partido. Perfeito, terrível e completo. Era o grito de um homem que se arrastara dos limites do desespero, agora mergulhando na escuridão. Era o grito de um homem que tinha apostado tudo – seu coração, sua alma, sua sanidade – em não falhar outra vez com alguém que o amasse.

"Era o grito dos malditos.

"Eu me ergui de joelhos, ali no escuro, completamente perdida. Tudo o que tinha feito; toda mentira, toda traição e todo pecado... tinha sido feito por isso. Por *ela*. E agora ela estava morta. Olhei na boca do abismo que me esperava, as almas que eu tinha roubado subindo dentro de mim, sabendo que não haveria escapatória para nenhum de nós, agora. Será que eu devia apenas acabar com tudo, eu me perguntei. Agora que toda esperança tinha se esvaído? Será que deveria ir me encontrar com meu criador, tentar convencê-lo de que minhas mãos não estavam sobre a faca? Implorar, '*Pelo menos eu tentei*'?

"Pelo menos eu tentei.

"Tudo era escuridão. Tudo eram lágrimas se derramando pelo meu rosto enquanto Phoebe chorava sobre o marido, enquanto Reyne chorava pela sua primeira, quando Gabriel afastou o cabelo acinzentado de Dior de seu rosto sem vida e beijou sua testa que esfriava, sua canção delicada na escuridão.

"Durma agora, adorada, durma agora, querida,
"Sonhos sombrios vão desaparecer agora que o papai está perto...
"Não tema os monstros, não tema a noite
"Seu pai está aqui, e tudo vai ficar bem.
"Feche os olhos, querida, e saiba que é verdade:
"A manhã vai chegar, e o papai ama você."

✦ VII ✦

DESOLAÇÃO

— ELE NÃO FICOU para o funeral — disse Celene com um suspiro.

"Todos se reuniram ali nas ruínas da cidade de Niamh; todos menos Gabriel. Os habitantes das Terras Altas derramaram-se ali como água vermelha no chão e se perguntavam qual tinha sido o objetivo daquilo tudo. Lachlan á Craeg e as sobras esfarrapadas da Sororidade da Prata, pranteando o Graal e os irmãos caídos; além do velho aprendiz de Gabriel, mais nenhum Santo de Prata foi achado vivo depois da batalha. Os prisioneiros que Dior tinha salvado rastejaram dos porões de Velhatunn sem acreditar. Os escravizados que ela libertara, machucados e feridos, sem nunca ter uma chance de lhe agradecer. Algumas crianças foram descobertas por baixo dos trapos e dos corpos congelados naquelas jaulas horrendas no pátio; um punhado poupado pela piedade escassa de Aaron de Coste durante aquela hora final temível. A pequena Mila foi encontrada entre elas, de pé na neve com sua boneca de pano e seu vestido ensanguentado e perplexidade nos olhos velhos demais. Reyne tinha encontrado o jovem Joaquin Marenn perambulando pelas ruínas com sua cachorra, Elaina, chamando por sua querida Isla. Procurando a sua para sempre.

"Até hoje não sabemos se a princesa contou toda a verdade para ele.

"Ela foi colocada para descansar nas ruínas de Amath du Miagh'dair, o Sepulcro da Virgem-mãe, onde todos foram prestar homenagem. Reyne a vestira como naquela noite em que as duas conversaram na cripta. Uma roupa que caía melhor no Graal que qualquer roupa de seda roubada do esconderijo de um ancien, qualquer roupa de um guarda-roupa de princesa. Uma cota de malha reluzente de três camadas e uma espada longa de aço ossiano para combinar. Seu cabelo comprido e acinzentado tinha sido lavado e penteado, arrumado em uma auréola pálida em torno da cabeça, com as mãos entrelaçadas sobre o peito. A direita estava dentro de uma manopla, mas a esquerda estava nua, para que todos pudessem ver os sofrimentos pelos quais ela passara por eles; apenas restavam um indicador e um polegar esmagados. *A Mão Vermelha de Deus*, alguns a chamaram. *La Demoiselle du Graal*. Mas, cada vez mais, o sussurro que se transformou em grito que se transformou em hino religioso quando reuniram-se ali na escada arruinada daquela capela poderosa era simples e verdadeiro.

"San Dior, eles a chamaram.

"*San Dior.*

"Os céus ecoaram em resposta enquanto cantavam esse nome, escuros, furiosos e pesados como chumbo. Não havia alegria nessa despedida, apenas perda e, na verdade, agora nenhum de nós sabia o que fazer. Aaron de Coste ficou observando os ritos funerários do alto de um muro distante, com seu amado Baptiste ao lado, e todas as coisas horríveis que ele fizera pairando sobre os dois como uma sombra que tinha o rosto de Nikita Dyvok. Phoebe á Dúnnsair fez o discurso fúnebre, cantou as honras de Dior para seu povo e o céu uivante. Mas seu coração estava ferido tão fundo que ela era quase um fantasma, e o sangue estragado ainda corria dentro dela e de todos os seus semelhantes, e de volta em sua tenda, envolto numa mortalha sangrenta, outro amado esperava para ser enterrado.

"E Gabriel não estava presente para nenhum dos dois.

"Nós não sabemos quando ele partiu, nem se houve alguma despedida. Sabemos apenas que, quando fomos procurar por ele, não achamos nem sinal, e seu bravo Argent havia desaparecido do meio dos cavalos das Terras Altas. Nós pensamos por muito tempo em ir atrás dele."

A Última Liathe sacudiu a cabeça e escarneceu.

– Então eu achei melhor mudar de ideia.

"De minha parte, eu não consegui suportar estar presente quando a enterraram. Quando Lachlan á Craeg afastou a enorme tampa de prata do caixão vazio da Virgem-mãe e a pôs em seu interior, para ficar ali guardada por aqueles serafins e suas espadas de prata. Nós nos sentamos abaixo, bem no fundo da câmara da tumba de Maryn, até a cintura em água sangrenta, lágrimas de sangue escorrendo por nosso rosto. Os hinos da Sororidade da Prata me pareciam canções fúnebres. Todas as orações e nomes soando vazios. *Santa. Donzela do Graal. Mão Vermelha de Deus.* No fim, ela tinha sido apenas uma garota de quem eu gostava. Uma garota com quem eu falhara. Uma garota com um nome que sussurrávamos ali naquele escuro terrível, com os céus nos olhando furiosamente do alto e o inverno de boca aberta abaixo.

"'*Dior.*'"

– De quem você gostava?

As palavras foram cuspidas, não faladas. Gabriel se levantou daquela margem escura, cambaleando. Seus olhos queimavam com uma fúria bêbada, seus punhos estavam cerrados e firmes.

– *De quem você gostava?*

Celene se encolheu quando ele jogou a garrafa vazia, e o vidro se estilhaçou em centenas de cacos reluzentes sobre sua máscara de prata e sua pele de mármore.

– Você nunca DEU A MÍNIMA PARA *NINGUÉM* ALÉM DE SI MESMA!

Com um grito, Gabriel saltou para o outro lado do rio, o cabelo escuro e comprido agitando-se às suas costas, a boca aberta em um rosnado cheio de ódio. Ele cruzou aquelas águas escuras antes que Jean-François tivesse a chance de gritar, caindo sobre a irmã e derrubando-a sobre a pedra. Com os punhos cerrados, gritando de ódio, ele a golpeou no rosto, uma, duas vezes, com tanta maldade e ferocidade que a gaiola de metal sobre o rosto dela amassou, depois se soltou com o grito de metal torturado. Ela, então, caiu sobre ele, e os dois jogaram um ao outro no chão. No teto, sombras e chamas gêmeas atacavam-se em seu ódio. Sem conseguir ir atrás do Santo de Prata até o outro lado do rio, o Marquês pôde apenas berrar para Delphine, e o *capitaine* e seus soldados escravizados gritavam alto quando entraram na correnteza na altura do peito, atravessando enquanto os irmãos lutavam.

A Última Liathe e o Último Santo de Prata estavam como crianças brigando, socando, chutando, com dedos nos olhos e cusparadas. Mas, no fim, Celene cravou seus dentes no pescoço de Gabriel. Sangue jorrou, escorreu, e ela engoliu, cílios adejando, hálito sussurrando e lábios curvando-se até que os soldados chegaram e atacaram Celene com seus ferros em brasa, de modo que a vampira foi forçada a se afastar, gritando de medo das chamas e correndo para o fundo, para o canto mais escuro que ela pôde encontrar. Jean-François pouco podia ver do rosto dela por trás da cortina de longos fios pretos e sangue, exceto por seus olhos, arregalados e brilhantes de terror.

– Não a matem! – ordenou ele. – Tragam o santo de volta *AGORA*!

Os soldados obedeceram, ajudando um Gabriel sangrando e bêbado a ficar de pé, com uma das mãos pressionadas sobre o pescoço rasgado. Mas enquanto observava sua irmã encolhida nas sombras, ele ficou de pé e saltou sobre ela outra vez, detido apenas por Delphine e cinco de seus maiores homens.

– VADIA mentirosa!

– COVARDE infiel!

– Eu vou vê-la *morta*, juro! – vociferou ele, corcoveando nos braços que o arrastavam de volta. – Está me ouvindo, Celene? Juro por Deus acima e pelo inferno abaixo: vou contar para eles *tudo* o que sei sobre você e os seus só pela alegria de vê-la queimar.

– É tão exorbitante seu preço? – bramiu ela, cuspindo o sangue dele no chão e olhando para Jean-François. – Ah, não se deixe enganar, marquês! Meu irmão venderia a você as chaves do céu por uma garrafa em que se afogar e uma puta para beber.

– *Morra!* – praguejou Gabriel, estendendo a mão na direção dela enquanto o arrastavam pela margem rochosa. – Entre neste rio, Celene, e se deixe lavar! É só para isso que você serve! Isso é tudo o que você *vale*! Você é a merda da última de todos eles, então acabe com isso e desapareça!

– Eu *nunca* vou desaparecer! Eu sou pedra, está me ouvindo? Eu sou a MONTANHA!

– Tirem-no daqui! – berrou Jean-François. – Levem-no!

Gabriel se debateu, quebrando o braço de um escravizado e o queixo de outro antes que o espancassem até que obedecesse. Ensanguentado e encharcado com vinho, o Último Santo de Prata foi arrastado dali por Delphine e meia dúzia de seus soldados, botas deslizando pelas pedras do piso. Mas através das cortinas molhadas de seu cabelo, seus olhos permaneceram sempre na irmã, as cicatrizes duplas marcando o rosto dele como lágrimas, as presas à mostra com um ódio absoluto.

Jean-François permaneceu de pé na margem em meio ao silêncio barulhento, o tomo agarrado nas mãos. Meline estava ao seu lado, o rosto cansado e exangue. Afastando uma mexa de seu rosto imaculado, o historiador olhou fixamente para aquela coisa do outro lado da água, aquela jovem, aquele monstro. Ela tinha recuado para o canto mais distante e escuro da cela, ainda tremendo de medo daquelas chamas. Sua boca estava suja com o sangue do irmão, o cabelo escuro grudado no rosto como teias de aranha, os olhos fixos nos dele.

A voz dele soou nítida no escuro:

– Por que você não faz como ele sugeriu, *mademoiselle*?

A liathe inclinou a cabeça em uma pergunta silenciosa.

O historiador gesticulou para o rio.

– Se a taça está quebrada, se o Graal não existe mais, então também não há mais nenhuma esperança de sua salvação. – Ele deu de ombros. – Por que atrasar o inevitável? Por que não acabar com tudo, apenas?

– Aço enferruja. Gelo derrete.

Ela afastou o cabelo do rosto, livre daquela gaiola de prata, os lábios bordejados de vermelho. E embora a cela estivesse escura, mesmo assim ele podia ver a boca dela, seu queixo e seu pescoço, sem cicatrizes e imaculados. Intactos e inteiros abaixo daqueles olhos pretos como nanquim.

– Pedra resiste – sibilou ela.

Os vampiros observaram um ao outro de lados opostos da água, com sangue fresco nos lábios dela, na pedra e no ar. A pele de Jean-François formigou, os olhos dele escureceram, os dentes afiados em suas gengivas.

– Há muito mais nessa história do que você está contando, mlle. Castia – disse ele em voz baixa.

– Sempre há o amanhã, pecador – murmurou ela em resposta.

Jean-François arrumou o lenço no pescoço com o tomo preso sob o cotovelo, as mãos magras em torno dele, possesivas e protetoras. Meline estava atrás dele, passando os dedos com a delicadeza de uma pena em suas costas enquanto ele encarava Celene.

– Você precisa de mais alguma coisa antes que eu vá para a cama, *mademoiselle*?

– Você nos daria se pedíssemos?

Ele, então, deu um sorriso, frio e cruel.

– Não.

Seu sorriso desapareceu, e ele a cumprimentou com o menor aceno de cabeça.

– *Au revoir*, mlle. Castia.

– Mande nosso respeito para a imperatriz, pequeno marquês.

Passos se afastaram pela pedra, junto com o globo na mão de Meline.

As pesadas portas bateram e se fecharam, mergulhando tudo em escuridão.

E naquele escuro, a Última Liathe sussurrou:

– Diga a Margot que vamos vê-la em breve.

ALVORADA

✦ I ✦

O ASSASSINO ESTAVA DE guarda na janela estreita, ainda esperando pela chegada do fim.

O aposento estava como ele o deixara quando o arrastaram para o inferno abaixo. As pedras do piso esfregadas e quase limpas, velha lá de carneiro jogada sobre as manchas de sangue. A lareira estava sem chamas, mas não sem calor – eles tinham deixado um fogo queimar outra vez enquanto ele não estava, expulsando o frio. Duas poltronas antigas posicionadas no centro da cela, entre ambas uma mesinha redonda. Sobre ela, havia uma garrafa de verde fresco; ainda vazia, porém cheia de promessa.

Eles o arrastaram até ali daquela cela abaixo, o sangue de sua irmã sobre as costas de suas mãos, seu próprio sangue escorrendo do pescoço perfurado. Fora carregado pelos salões nos braços dos soldados escravizados do marquês, passando pelos cortesãos pálidos de Margot, os afrescos maravilhosos nas paredes, contando cada passo em sua cabeça. E quando ficou claro que a fúria havia sangrado dele, Gabriel teve permissão para andar, escoltado pelas escadas da torre para aguardar ali ao desprazer do marquês Jean-François Chastain.

Ele não esperou muito tempo.

Enquanto olhava pela janela para as montanhas lá fora, ele sentiu cócegas, como se uma mão estivesse afastando seu cabelo do pescoço para trás.

Virou-se e viu o sangue-frio a cinco metros de distância, cercado por seus escravizados; Meline, Jasmine e Dario, Delphine assomando às costas dele.

– Imagino que esteja muito satisfeito consigo mesmo, *chevalier* – disse o vampiro.

– Vou ficar satisfeito quando a merda daquela cobra estiver na cova.

– Eu não lhe dei permissão para botar as mãos nela.

– Ela mereceu. Cada gota.

– Que seja, mas Celene Castia é propriedade de minha imperatriz, não sua. – Jean-François olhou com raiva. – Se tentar lhe fazer mal outra vez, serei forçado a castigá-lo de novo. E não faz tanto tempo, creio, para ter se esquecido de como isso pode ser desagradável.

O historiador alisou a sobrecasaca, as chamas furiosas em seus olhos se aplacando.

– Mesmo assim. E no fim das contas, foi uma bela noite de trabalho, *mon ami*. – Ele deu um sorriso bonito para o Santo de Prata e deu tapinhas no tomo embaixo de seu braço. – A grande Margot vai ficar satisfeita. E embora eu esteja certo de que há mais nessa história do que você ou sua irmã amada estão contando, a terrível luz do dia chegou para nós. O sono me convida, e meu *boudoir* chama.

– Bons sonhos, vampiro. – O Santo de Prata inclinou a cabeça e tamborilou sobre os lábios. – Não, espere... você precisa de uma alma para sonhar, não é?

– Você precisa de mais alguma coisa antes que nos retiremos?

– Não.

– Tem certeza?

O Santo de Prata então encarou o vampiro, e aquele olhar profundo e achocolatado brilhou de divertimento. Os olhos de Gabriel dirigiram-se para Meline, a gargantilha justa envolta na linha longa e pálida de seu pescoço, os ornamentos finos e azuis de veias sobre seus seios. Então Gabriel relanceou para Jasmine, de olhar devasso, mãos espertas e pele escura e perfeita, antes de se voltar para Dario, o cabelo preto e comprido emoldurando seu queixo quadrado, as batidas de seu pulso martelando logo abaixo. O rosto de Gabriel estava em chamas com a lembrança deles na casa de banho mais cedo naquela noite, a sangue-jovem dando beijos delicados ao longo de seus ombros, a jovem passando as pontas dos dedos na parte interna de sua coxa, devagarinho. Os olhos do vampiro se dirigiram à sua virilha, os lábios curvados em um sorriso sábio.

– Peça que você vai receber, Santo de Prata.

– *Merci* – resmungou Gabriel, virando-se de costas, suor brilhando na testa quando entrelaçou as mãos apertadas às costas. – Mas ainda não sou esse tipo de bastardo.

– Se o *chevalier* está com sede, mestre... eu posso, pelo menos, buscar para ele outra garrafa?

Foi Dario que falou, olhos esfumaçados dirigindo-se então para o historiador, o sangue-jovem sempre ávido por agradar. Jean-François franziu os lábios, o olhar cobiçoso percorrendo o corpo do rapaz, suas mãos e seus lábios. Mas Meline deslizou delicadamente o dedo por sua coluna, sussurrando em seu ouvido, e o vampiro pareceu chegar à conclusão de que ela e Jasmine seriam suficientes para o dia.

– O que diz, *chevalier*? – Ele olhou para Dario. – Como eu disse, a safra é *maravilhosa*.

O Santo de Prata cerrou os dentes. Ele podia sentir o perfume inebriante do suor de Dario, ouvir os tambores acelerados do pulso do sangue-jovem enquanto o observava: os planos definidos de seu queixo, a artéria pulsando logo abaixo, hipnótica. Depois do *sanctus* que ele tinha fumado mais cedo naquela noite, a sede tinha recuado para o escuro onde se abrigava. Mas, como sempre, agora ela tinha voltado. Aquele buraco em seu interior nunca cheio. Aquela necessidade nunca saciada.

Odiar a coisa que está completando você.

Amar a coisa que está destruindo você.

– Talvez... outra garrafa – sussurrou ele por fim, rouco. – *Oui*.

Jean-François sorriu, sombrio e astuto, gesticulando com a cabeça para os soldados atrás dele. Quando Delphine e seus homens saíram da cela, ele pegou a mão de Dario, beijou seu pulso pálido, fazendo sua pele se arrepiar, aqueles olhos nórdicos escuros ficando molhados e arregalados.

– Cuide do que o *chevalier* precisa, amor.

– Como for de seu agrado, mestre.

– Leve a porra de seus olhos com você, Chastain – rosnou o Santo de Prata, olhando para trás por cima do ombro. – Eu não estou aqui para dar espetáculo.

O vampiro riu e projetou sua vontade através da cela. Uma pequena forma escura saiu rastejando das sombras da lareira, correndo apressada pelo chão na direção dele. Jean-François se abaixou e ergueu com delicadeza um pequeno camundongo preto na palma da mão, olhando para os olhos familiares.

– Venha, Armand – murmurou ele. – Nosso hóspede é tímido.

Jasmine deixou a cela com os pés calçados com chinelos, Meline saiu em seguida, e aguardou pacientemente depois da porta com os soldados, toda pele formigando e respiração contida. Jean-François ainda olhava fixamente para as costas do Santo de Prata, com navalhas no sorriso.

– No fim – murmurou ele –, você paga o preço da fera.

Gabriel olhou para ele às suas costas, então, a voz como cinzas:

– Ou ela cobra seu preço de você.

O Marquês fez uma reverência.

– *Santé, chevalier*.

– *Morté*, sangue-frio.

O vampiro se foi da cela como fumaça, e a porta foi fechada e trancada atrás dele. Gabriel ouviu seus passos, afastando-se pela escada de pedra fria, a respiração dos soldados esperando do lado de fora da cela. Ele podia ouvir o pulso acelerado do jovem atrás dele, sentir o perfume de seu sangue, misturado com o de sua irmã sobre as costas de sua mão, o seu próprio secando no pescoço, a lembrança de pele macia sob suas mãos quentes, lisa e pulsante sob sua língua, correndo por sua boca e descendo por sua garganta, ele inteiro em chamas.

Ele deu as costas para a janela, os olhos tempestuosos caíram sobre o prêmio que o marquês deixara para trás. Com a respiração acelerada. Os punhos cerrados. Gabriel olhou fixamente por uma eternidade, observando a beleza do sangue-jovem, olhos castanho-escuros, pele pálida como a neve e cabelo preto como nanquim. E quando teve certeza de que eles tinham ido embora – o vampiro de volta para a seda macia de seu *boudoir*, para ali se afogar na agonia que ele conhecia muito bem –, o sangue-pálido deu um passo na direção de seu alvo.

E mais um.

E mais um.

O sangue-jovem ergueu o queixo quando a sombra do Santo de Prata caiu sobre ele, engolindo em seco, as pupilas dilatadas nas sombras do amanhecer. O passo de Gabriel era como o de um homem caminhando para a forca, parando perto o bastante para sentir o calor do rapaz sobre sua pele. O coração estava pesado como ferro em seu peito. Seu sussurro, aguçado como uma faca no escuro.

– Antes que os cinco virem um,
Com uma espada santa sob o sol refeito,
Pelo sangue sagrado ou por nenhum...

O sangue-jovem levou o indicador e o polegar ao coração.

– Este véu de escuridão será desfeito.

– É melhor você estar pronto – alertou Gabriel. – Joaquin Joaquin Marenn.
O jovem assentiu, com aço brilhando por trás daqueles escuros olhos nórdicos.
– Pelo Graal, *chevalier*.
Gabriel assentiu.
– Pelo Graal.

✦ II ✦

A ÚLTIMA LIATHE ESTAVA sentada no escuro; sozinha, mas não sozinha.

Uma corredeira escura fluía pelo rio à sua frente, rápida como o sangue de seu irmão, que agora pulsava em suas veias. O inferno que haviam criado para ela estava sem luz, o marquês fora para a cama, e seus servos para os braços dele, e seu Santo de Prata tinha ido para o alto de sua torre. Mas, abaixo, em meio aos cacos de vidro estilhaçado, respingos de vermelho refrescante e fragmentos da gaiola de prata despedaçada que antes cobria seus dentes, mas não mais, Celene pôde sentir.

Uma pulsação diminuta na escuridão.

— Venha aqui, pequenino — sussurrou ela. — Nós não vamos machucar você.

Ela projetou-se com seus dons — roubados, *oui*, mas, ainda assim, dela — para o canto mais profundo de sua cela. Sentiu aquela mente pequena, ouviu aqueles pés diminutos arranhando as pedras ao seu chamado. Celene pôs uma mão pálida sobre a pedra, deixando que ele subisse nela, e o ergueu até seus olhos escuros, Mortos o bastante para enxergar naquela masmorra. Um pequeno camundongo preto, limpando os bigodes agitados com patinhas inquietas, olhando para ela com olhos quase tão escuros e duros quanto os dela.

— Do que seu mestre chama você, *petit frère*?

Ele guinchou uma resposta, curta e precisa.

— Marcel — repetiu ela. — Bonito.

A Última Liathe sorriu, um sorriso cortante como uma espada quebrada.

— Você está aqui para nos espionar, Marcel?

O pequenino guinchou uma afirmativa, fazendo um círculo na palma de sua mão. Ela assentiu e disse:

— Seu mestre não sabe mesmo com o que está lidando, não é?

Marcel guinchou em protesto, e ela inclinou a cabeça, escutando.

— Sem ofensa, *petit frère*. Ninguém sabe, na verdade. Mas vou dar uma amostra a você, como desculpas sinceras. Uma que vai encher seu estômago pequenino até o ponto de explodir. Um dia longo e terrível estende-se à nossa frente, e quem sabe quanto tempo vai se passar até que nos falemos novamente. Nós somos cruéis, Marcel, e somos frias, mas não tanto para deixá-lo insatisfeito. Então vamos ter um fim, pequenino. Um *finale* digno do nome.

Celene afastou do rosto o cabelo comprido azul da meia-noite, lambeu o vermelho de seus lábios, iguais aos da mãe: lisos, cheios e em forma de arco.

– Nós contamos a seu mestre sobre o funeral do Graal. Dos nomes que cantaram para ela, a resposta sombria dos céus, e que nós não a vimos ser enterrada. Tudo isso foi verdade. Esperamos abaixo, na cripta de Mãe Maryn, cercada por aquelas imagens silenciosas, aquele círculo de lápides partidas, paradas na água e olhando para aquelas palavras. Aquelas verdades.

"Sem saber seu significado.

"*Do cálice sagrado nasce a sagrada seara;*
"*A mão do fiel o mundo repara.*
"*E sob dos Sete Mártires o olhar,*
"*Um mero homem esta noite sem fim vai encerrar.*
"*Antes que os cinco virem um,*
"*Com uma espada santa sob o sol refeito,*
"*Pelo sangue sagrado ou por nenhum,*
"*Este véu enegrecido vai ser desfeito.*"

Marcel guinchou e Celene sorriu, acariciando a cabeça dele com a ponta dos dedos.

– Eu não sei quanto tempo esperamos, *petit frère*. Tempo o bastante para as canções enfim se calarem. Para a empolgação vermelha da vitória na cidade acima desvanecer, e o choque pelo preço que todos tinham pagado por isso começar a ser absorvido. As águas escuras em que ficamos estavam encharcadas de vermelho. Vermelho como as lágrimas que eu tinha chorado. Vermelho como a vida que ela derramara. Vermelho como as manchas naquele caixão de mármore à nossa frente; o sangue de um Dyvok ancien misturado com um príncipe dos dançarinos da noite e derramado sobre aquele anjo de pedra, gotejando sobre sua boca aberta.

"Para a boca no interior.

"Nós podíamos sentir ela acelerar, agora. Medo apunhalando nosso peito, caindo como uma mortalha escura e esfarrapada sobre nossos ombros. Como eu explicaria isso? Que razão poderia dar, que desculpa podia inventar, que feitiço eu devia tecer com aquelas coisas tão fracas e frágeis quanto palavras para explicar que eu tinha encontrado *tudo* o que procuramos por longos e solitários séculos, só para, no fim, deixá-la escapar entre os dedos e se estilhaçar como vidro sobre o chão?

"'Mãe, me perdoe', sussurramos.

"E o anjo então se mexeu, um mínimo tremor no mármore, o peso colossal daquele poderoso espigão trepidando como se a terra tremesse. Nós nos levantamos com a cabeça baixa, o terror incontido dentro de mim quando aquele anjo enfim foi arrastado para o lado quando o espigão se soltou e caiu na água salgada, e uma sombra escura se ergueu do vazio arqueado em seu interior.

"Era uma criança.

"Uma menina, pouco mais do que um bebê pela altura.

"Pele pálida como alabastro, dentes afiados como a verdade e olhos vazios como a eternidade.

"Ela caiu sobre nós com toda a fúria do céu, toda fome odiosa do inferno, faminta por séculos adormecida abaixo daquela terra sagrada. Demos um grito quando suas pequenas mãos caíram sobre nós, quando seus dentinhos se cravaram em nós, quando sua sede colossal foi liberada sobre nós, desolada e seca como pó, e, meu Deus, tão *profunda*. Sabíamos que ela só podia nos destruir. Forte como montanhas, poderosa como os próprios ossos daquele berço, aquele monstrinho nos envolveu e nos levou para perto, voraz, extraindo tudo o que eu era de dentro de minhas veias, euforia e terror entrelaçados, o abismo abrindo a boca aos nossos pés enquanto ela bebia imóvel, *bebia*, morta, mas só mais um gole, só mais um pouco, uma gota vermelha e brilhante de distância de...

"'Mãe Maryn', sussurrei. '*Por favor...*'

E então ela parou. Imobilizou-se. Aquela boca aberta pingando vermelho, olhos pequenos e profundos como o abismo voltados para o alto, para o alto na direção da tumba muito acima de nossas cabeças.

"Dentro da cripta em que a haviam enterrado, sob a pedra em que a puseram, o Graal estava em repouso. Ainda vestindo a armadura de cota de malha e couraça, cabelo cinza arrumado em uma auréola em torno de sua cabeça. *A Mão Vermelha de Deus*, eles a chamaram. *La demoiselle du Graal.* Mas acima de tudo, o sussurro que tinha se transformado num grito que tinha se transformado em um hino era simples e verdadeiro.

"'San Dior', disse Maryn em voz baixa.

"*San Dior.*

"Ela estava uma beleza, imóvel no escuro depois de uma vida de lutas.

"Salvadora.

"Pecadora.

"Santa.

"Uma garota de quem eu gostava.

"E ali no escuro, aquela garota abriu os olhos."

Gabriel Dior

- Baía Cega
- Talhost
- Vellen
- Charbourg
- Baih Side
- As Terras Altas
- O Berço das Maes
- Dún Fas
- Os Estreitos Vermelhos
- Ossway
- Dún Cuin
- Dún Maergenn
- Golfo dos Lobos
- Sūdhaem

AGRADECIMENTOS

Um obrigado e beijos sanguinolentos para:

Peter, Claire, Young, Lizz, Layla, Lena, Hector, Sara, Jonathan, Paul, Lisa e todos na St. Martin's Press; Natasha, Robyn, Vicky, Fleur, Chloe, Boisin, Sian, Emilie, Kim, Claire, Sarah, Alice, Fionnuala e todos na HarperVoyager do Reino Unido; Michael, Thomas e todos na HarperCollins Austrália, os incríveis Marco, Sam e todos os meus editores estrangeiros; Bonbonatron, Jason, Kerby, Micaela, Virginia, Orrsome, Cat, LT, Tom, Fiona, Josh, Tracey, Anna, Samantha, Steven, Toves, Joseph, Emily, Vova, Tatiana, Alix, Ally, Tiffany, Clarissa, Andrea, Mara, Daphne, Avery, Taylor, Gonzalo, Bill, George, Pat, Anne, Stephen, Ray, Robin, China, William, Christopher, George, Pat, Anne, Nic, Cary, Neil, Amie, Anthony, Joe, Laini, Mark, Steve, Stewart, Tim, Chris, Stefan, Chris, Brad, Marc, Beej, Rafe, Weez, Paris, Jim, Ludovico, Mark, Randy, Vessel, Elliot, CJ, Will, Pete (RIP), Tom (RIP), Dan, Sam, Marcus, Chris, Winston, Matt, Robb, Oli, Noah, Philip, Robert, Maynard, Ronnie, Corey, Courtney, Chris (RIP), Anthony, Lochie, Ian, Briton, Trent, Phil, Sam (RIP), Logan, Tony, Kath, Kylie, Nicole, Kurt, Jack, Max, Poppy; meus leitores pelo amor, meus inimigos pelas vendas. Os baristas de Melbourne, Sydney, Perth, Barcelona, Lille, Rennes, Bordeaux, Lyon, Montpellier, Toulouse, Frankfurt, Leipzig, Stuttgart, Strasbourg, Lucca, Roma, Milão, Veneza, Londres, Paris e, mais importante, Praga.

Por fim e em especial, para Amanda, por completar minha borda quebrada.